20 世纪中国戏剧理论批评史

[中卷]

主编：周　宁

山东教育出版社

目 录（中卷）

第六章 "为真理服务到底"：革命现实主义的批评实践

第一节　概述

从五四运动到五卅惨案，中国社会主要矛盾的变化导致文艺观念的转变，集体左转，"革命启蒙"取代新文化启蒙，成为文艺思想的主潮。所谓"革命启蒙"，是由五四新文化运动时期的人性或思想的启蒙演化而来的。在五四新文化运动时期，先进的知识分子，诸如陈独秀、胡适等人，试图凭借着由西方引入的"民主"和"科学"思想来唤醒中国民众的自我意识、民族意识，引导他们用新的方法，如实用论、怀疑论、进化论等来对传统思想加以重估，对现实社会生活中所出现的问题予以解决。这种思想意识上的启蒙在文学创作和评论领域中被具体化为"文学革命"，即"以大众活语言的新文学取代文言文的旧文学"。[1] 随着民族危机的不断加深，新知识分子们逐渐意识到，仅仅凭借开启民智式的思想启蒙活动似乎并不能彻底改变中国半殖民地半封建的社会性质，也无法达到救亡图存的目的。尤其是五卅惨案，它对中国知识分子的政治感情造成了极大的冲击。"这一次事件使他们当中的许多人猛省，使他们看到了西方列强'帝国主义'的存在，也使他们看到了与之并存于商业都会上海的工人们

---

[1] 周策纵：《五四运动——现代中国的思想革命》，周子平译，南京：江苏人民出版社，1999年版，第339页。

的悲惨状况。随着大多数作家的同情逐渐左倾，一个政治化的过程被调动起来。"[1]这种"左倾"的、"政治化"的过程在思想意识层面直接反映为启蒙主题的转变，即由人性、思想的启蒙转换为革命意识的启蒙。而"革命启蒙"思想的具体内涵是，"启发阶级解放意识的觉醒，宣传和鼓动的是为阶级、政党的利益目标而奋斗"[2]。也正是在"革命启蒙"思想的影响下，中国的文学创作从"文学革命"走向了"革命文学"。这一时期的戏剧评论也正是在这样的社会历史背景下展开的。

第二节　集结向左翼：从大众戏剧到左翼戏剧

20世纪30年代，在中国的思想意识形态领域中，"启蒙"的主题逐渐发生着变化，也即由以民主与科学启蒙为核心过渡到以救亡与革命启蒙为重点。

在五四新文化运动开展后的近十年时间里，随着民主与科学观念的广泛传播与接受，青年知识分子不但在民主与科学启蒙的视域下重新审视了自己的社会身份，而且自觉地对自身的生命存在状态加以全面观照。正如郁达夫所言："五四运动的最大成就，首先就在于个性的发展。"[3]青年知识分子们惊讶地发觉，原来一直以来他们作为"人"的基本权利并没有得到承认，尤其是在情感表达方面，在中国传统伦理道德观念的束缚下，甚至连人类最普遍而自然的欲望与情绪都无法正常地表述和宣泄。是故，在他们自认为充分地认识和了解科学与民主的基本含义之后，就将这两者作为其追求个性及独立人格的理论依据。需要指出的是，当时的青年知识

---

[1] 费正清主编：《剑桥中华民国史》下卷，北京：中国社会科学出版社，1994年版，第417页。

[2] 何锡章：《中国现代文学"启蒙"传统与古代"教化"文学》，见南京大学中国现代文学研究中心编：《中国现代文学传统》，北京：人民文学出版社，2002年版，第114页。

[3] 费正清主编：《剑桥中华民国史》上卷，第465页。

分子们将对于个体意识的强调外化为了对"爱"的崇尚。[1]这种思想倾向在戏剧创作领域中被具体化为对于美好、浪漫爱情的期待，以及对于家庭婚姻生活的关注。关于前者，青年艺术家们将创作的重点放在把自己心中对于"爱"的理解细致而真挚地加以表达上。由于"爱"本身就是非概念性的，它的内涵是非明确性、非确定化的，写实主义的创作手法显然不适合用来描绘这种极为柔腻而复杂的情感，而浪漫主义中的象征、暗示等表现手法显然更能将这种捉摸不定的情绪更为细腻地展现出来。因此，青年艺术家们对西方现代主义中的浪漫主义写作方法青眼有加。与此同时，也有一批作家热衷于在作品中抨击中国传统的婚姻制度，鼓励妇女们走出家庭以彰显自己人格的独立。由于这些作品大都是模仿易卜生的《玩偶之家》写成的，其女主角也都以"出走"作为结局，因此它们也被称作"娜拉剧"。事实上，无论是以描写个人情感状态为目的的中国早期浪漫主义戏剧，还是以揭露社会家庭生活黑暗面为主题的"娜拉剧"，它们所关注的只是个人在社会生活中的生存状态，因此可以把这些戏剧类型视为"平民戏剧"的具体形态。

到了20世纪30年代，随着民族危机的不断加深，救亡、革命运动的逐渐深入，救亡与革命的思想逐渐替代了民主与科学而成为启蒙的主题。这种社会思想意识形态上的转变表现在戏剧观念的转型上，就是从平民戏剧到左翼戏剧。如果说20世纪20年代的中国话剧创作者大都醉心于对西方现代主义尤其是对浪漫主义戏剧美学理论的研讨和实践之中，以及专情于对于个人家庭情状的解析之上，那么到了20世纪30年代，这些剧作家则纷纷转型，将其关注的焦点集中在现实社会的阶级斗争之上了。田汉就是其中的代表人物。田汉早期浪漫主义剧作热衷于探讨爱情与艺术在特定历史情

---

[1] 李欧梵在《剑桥中华民国史》中写道："在差不多整整十年之内，这种青春激情的爆发，可以用一个难以捉摸的字眼来概括：爱。对于迎着浪漫主义疾风骤雨前进的'五四'青年，爱已经成为其生活的中心，而作家则是这种爱的倾向的带头人。"参见费正清主编：《剑桥中华民国史》上卷，北京：中国社会科学出版社，1994年版，第466页。

境中的命运，并借此来阐发自己对于"灵"与"肉"之间冲突的体悟。到了20世纪30年代，田汉的创作路径出现了转折，他将目光投向了现实的社会政治生活，并试图在作品中描绘当时社会阶级斗争的实际情形，宣传某种特定的政治思想。

1929年底，田汉参加了中国左翼作家联盟的筹备工作。1930年5月，他发表了《我们的自己批判》一文。在该文中，他对由其所创立和领导的南国社的艺术实践活动作了总结，并对自己前十年的创作历程加以反思。他指出，一直以来，南国社的创作活动处于"热情多于卓识，浪漫的倾向强于理性，想从地底下放出新兴阶级的光明而被小资产阶级伤感的颓废的雾笼罩得太深了"的状态。他认为，"跟着阶级斗争底激烈化与社会意识之进展"，他必须引导南国社扬弃在政治上"朦胧的态度"，从而"斩截地认识自己是代表哪一阶级的利益"，由此使南国社的艺术创作"贡献于新时代之实现"。[1]显然，此时的田汉已经具有了明确的阶级意识，他开始自觉地调整自己的创作方向。1931年1月，中国左翼戏剧家联盟（以下简称"剧联"）正式成立，田汉担任了该组织执行委员会的负责人。

中国左翼戏剧家联盟是由中国共产党领导、组织的戏剧创作团体，参与该团体的剧作家大都接受了马克思主义的基本理论思想。也正是基于这一共同的思

中国左翼作家联盟会址纪念馆

想基础，经过反复商讨，他们制定出了一套明确的行动纲领，即《中国左翼戏剧家联盟最近行动纲领》（以下简称《纲领》）。其主要内容如下：

一、深入到都市无产阶级的群众中去……剧本内容的配合以所参加集会底特殊性质与环境来决定。通常是根据大多数工人群众所属的

---

[1] 田汉：《我们的自己批判》，见陈白尘、董健主编：《中国现代戏剧史稿》，北京：中国戏剧出版社，2008年版，第144页。

特殊产业部门的生产经验，从日常的各种斗争中指示政治出路——指出在半殖民地中，中国无产阶级所负的伟大使命，指示他们彻底反帝国主义，反豪绅地主资产阶级的国民党，反黄色与右倾的欺骗，拥护苏联及中国苏维埃与红军……

二、为争取革命的小资产阶级的学生群众与小市民……剧本内容暂取暴露性的，指出在资产阶级与无产阶级尖锐化的斗争过程中，中间阶级之没落底必然与其出路……

三、对于白色区域内广大的农民，本联盟当竭力充实主观力量与以文化的影响……剧本内容底共同原则是在封建的剥削及与外国金融资本相勾结的中国商业高利贷资本底榨取之下中国小农经济底急剧的破产，指示他们彻底反帝国主义，反豪绅地主阶级的国民党，扫除一切封建残余的势力，力争现阶段中国农村社会制度的完全民主化发展……[1]

除此之外，《纲领》还特别指出，"剧联"中的成员应当"致力于中国戏剧之普罗列塔利亚写实主义的建设"。不难看出，这套行动纲领从四个方面对"剧联"作家的创作活动进行了规定：其一，从创作题材的选择上说，"剧本内容的配合以所参加集会底特殊性质与环境来决定"。这也就意味着，剧作家必须以其作品的主要接受者的阶级属性为依据来遴选创作题材。其二，从创作方法的选择上说，剧作家在创作时要运用"普罗列塔利亚写实主义"的创作方法。其三，从作品的接受对象的阶级性质上说，剧作家务必为工人、学生群众和小市民、小资产阶级和农民而写作。其四，从创作目的上说，剧作家应当在其作品中向其作品的接受者传达某种特殊的政见，也即是引导民众参与到反帝反封建的革命斗争中来。其中，尤其值得注意的是《纲领》对于剧作家创作方法的限定。

"普罗列塔利亚写实主义"（又译作"无产阶级现实主义"）最早是由

---

[1] 葛一虹：《中国话剧通史》，北京：文化艺术出版社，1997年版，第457页。

日本文学理论家藏原惟人由苏联引入日本的。不久，钱杏邨又将这一概念从日本译介到了中国。[1]在苏联的语境下，"无产阶级现实主义"又被表述为"唯物辩证法的创作方法"。它是苏联"拉普"作家所必须遵循的一种创作原则。在《第一次莫斯科无产阶级作家代表大会文件》（以下简称《文件》）一文中，这种"唯物主义辩证法的创作方法"的基本内涵被阐释得较为清楚：

> 在阶级社会里，文学同其他方面一样为一定阶级的任务服务，并且只有通过阶级才能为整个人类服务。由此，无产阶级文学就是这样一种文学，它把工人阶级和广大劳动群众的心理和意识组织起来，使其适应于作为世界改造者和共产主义社会建设者的无产阶级的最终任务……无产阶级文学仍然是具有深刻阶级性的文学，它不仅把工人阶级的心理意识组织起来，而且会越来越影响社会的其他阶层，从而摧毁资产阶级文学的最后一个立足点。无产阶级文学是同资产阶级文学相对立的，是它的对立面。注定与其阶级一起灭亡的资产阶级文学脱离生活，逃到神秘主义、"纯艺术"的领域，把形式当作目的本身等等，力图掩盖自己的本质。相反，无产阶级文学则把革命的马克思主义世界观作为创作基础，把当代的现实生活（无产阶级就是这个生活的创造者），把无产阶级过去生活和斗争的革命浪漫主义精神以及它在未来可能取得的胜利作为创作材料。[2]

这段引文规定了"拉普"作家们的创作对象、创作目的和创作思维方式。就创作对象而言，"拉普"作家们应该在作品中描写作为"世界改造者和共产主义社会建设者的无产阶级"的生活状态和精神面貌；就创作目的来说，他们要将"无产阶级文学"作为"摧毁资产阶级文学"的有力武

---

[1] 美国学者安敏成指出："日本文学理论家藏原惟人在1928年4月在《战旗》创刊号上发表《通往无产阶级现实主义的路》一文，将'无产阶级现实主义'这一概念介绍到日本。他的文章很快就被钱杏邨译成中文发表在1928年7月的《太阳月刊》（上）。"参见［美］安敏成：《现实主义的限制——革命时代的中国小说》，姜涛译，南京：江苏人民出版社，2001年版，第51页。

[2] 张秋华编：《"拉普"资料汇编》（上），北京：中国社会科学出版社，1981年版，第3页。

器，在作品中揭露资产阶级文学的反动性特征；就创作思维方式而论，"拉普"作家们不仅必须将"革命的马克思主义"理论作为世界观，而且还要在这种世界观的指导下进行文学创作。简言之，他们不但要在作品中描写"无产阶级过去的斗争生活"，而且还要对斗争的结果做出预测——在无产阶级与资产阶级之间的斗争中，无产阶级必将取得胜利。显然，《文件》所显示出的价值指向是：文学创作已经成为阶级斗争活动的重要组成部分，文学本身已被视作与资产阶级进行斗争的有力武器。

通过对比可知，"无产阶级现实主义"与"唯物主义辩证法的创作方法"无论是从具体表述上，还是从价值取向上，均具有不少相同之处。事实上，前者恰恰就是后者在中国语境下的变体。因此有学者也曾指出，"剧联的这个行动纲领是在'左'的路线之下产生的，它强调配合特殊政治任务而忽视了演剧艺术的特殊性，这就把艺术为政治服务作了简单的理解"[1]。尽管如此，在20世纪30年代，"无产阶级现实主义"已经成为了中国语境下最重要的创作方法之一，"无产阶级现实主义"的话语体系也为中国大多数的话剧创作者和评论者所接受。无论是在进行艺术创作时，还是在从事戏剧作品评论的过程中，他们都自觉运用着这一套特定的思维方式和表述方式。也正是受着"无产阶级现实主义"创作观念的影响，这一特定历史时期内的中国剧坛上出现了一大批直接反映阶级斗争生活、宣传某种社会政治观念的戏剧作品。它们包括田汉创作的《乱钟》（1931年）、《战友》（1932年）、《扫射》（1932年）等，还包括被冠以"国防戏剧"之名的一系列作品，如由洪深所执笔的《走私》、《咸鱼主义》，由石凌鹤所撰写的《洋白糖》、《黑地狱》，章泯的《我们的故乡》、《东北之家》、《死亡线上》等。由于这些剧作具有极强的时效性和明确的政治指向性，其艺术审美价值相对欠缺，故它们上演次数并不多，尤其是在建国后，这些剧作大多在舞台上销声匿迹了。

---

[1] 葛一虹：《中国话剧通史》，北京：文化艺术出版社，1997年版，第124页。

　　需要指出的是，"左翼戏剧"的倡导者除了明确地提出要剧作家在创作中必须遵守"无产阶级现实主义"的写作方法之外，还坚持要实现戏剧的"大众化"。比如田汉就明确地提出"普罗文学必然是大众文学"[1]的口号。然而，"左翼戏剧"意义上的"大众化"并非是指全民化。虽然《纲领》明确地规定了"左翼戏剧"的接受对象是工人、学生和农民，但是由于"剧联"本身就是由中国共产党所领导的一个组织，而领导者又呼吁"左翼"的戏剧家"到工人群众中去"，因此从某种意义上说，"左翼"戏剧家大都是自觉地以充当"工人阶级"这一被压迫阶级的代言人为己任的。故而，他们的作品的实际接受者更多的是城市中的工人和学生。与此同时，熊佛西也是主张戏剧大众化的，但是他并没有用"大众"一词，而是用"民众"取而代之。早在1928年，熊佛西就发表了自己的戏剧主张，他说："近来有人唱着必须民众化的调子，我觉得最能民众化而且应该民众化的就是戏剧。但是民众化不是艺术本身的问题。我以为凡是艺术必是民众化的，否则便不是艺术。"[2]从这段表述不难看出，在熊佛西看来，"民众化"与戏剧艺术的审美品格之间没有必然的联系，它只是戏剧乃至所有艺术样式的存在方式。就如波兰导演、戏剧理论家格洛托夫斯基所理解的，戏剧最基本的两个元素即是演员与观众。如果没有观众的参与，戏剧创作将无法完成。而"民众"无疑是最广义上的"观众"。也正是基于这种对于戏剧展开方式的认识，熊佛西才会将民众化视为戏剧发展的必由之路。应当指出的是，他并非出于尊重戏剧艺术自身规律的目的来推行戏剧的"民众化"，相反，他更看重的是戏剧的社会功用价值。他认为，戏剧是一种启发民众的革命意识、激励民众参与救亡活动的有效教育手段。值得注意的是，与"左翼戏剧"对于"大众"的理解略有出入，熊佛西的

------

　　[1] 田汉：《戏剧大众化和大众化戏剧》，见周靖波主编：《中国现代戏剧论——建设民族戏剧之路》，北京：北京广播学院出版社，2003年版，第205页。
　　[2] 胡志毅：《国家的仪式——中国革命戏剧的文化透视》，桂林：广西师范大学出版社，2008年版，第37页。

"民众"更多的是指"农民阶层"，他的戏剧创作活动也是围绕着启发农民的自我意识和社会意识展开的。正如他自己所表白的："以期根据中国今日的农民现况，在农民中创造一种新的农民戏剧，使戏剧大众化的理论得到事实的昭示与根据，为中国的新兴戏剧开拓一条广大的途径。"[1]

从1932年到1937年的五年间，熊佛西等戏剧家借助了"中国平民教育促进会"的平台，在河北省的定县农村开展了一系列的"农民戏剧"的实践活动。[2]从某种意义上说，熊佛西所进行的"民众戏剧"的尝试在接受人群上与"左翼戏剧"构成了一种互补的关系，即它在一定程度上弥补了"左翼'戏剧大众化'运动初期在某种程度上忽视农民大众的缺憾"。[3]而就"民众戏剧"运动的本质而言，虽然它的基本戏剧主张与"左翼戏剧"有相似之处，但是它似乎更显现出相对温和的"改良"倾向，而不是激进的革命诉求。诚如学者胡志毅所说的，熊佛西之所以要利用戏剧来教化农民，帮助他们塑造具有现代意识的、健康的人格，是因为他清楚地意识到，"中国现代性的进程是和农村的现代化有关的"，而农村要实现"现代化"，农民的思想意识必须被改造。[4]

按照目前所通行的现代话剧史的观点，"国防戏剧"运动兴起于1936年到1937年间，它是"继左翼无产阶级戏剧运动之后的又一热潮"。[5]事实上，"国防戏剧"的口号依然是左翼戏剧家提出来的，它的创作纲领是根据中国共产党抗日民族统一战线的精神而制定的。与《中国左翼戏剧家最近行动纲领》类似，《国防剧作纲领》同样也严格地限定了戏剧的主题内容。比如，该纲领的第一条就明确地规定："'国防戏剧'的剧作的主题，是反帝抗×反汉奸，争取中华民族的解放；要把大众反帝抗×反汉奸的革

[1]熊佛西：《戏剧大众化之实验》，南京：正中书局，1937年版，第20页。
[2]有关熊佛西对于农民戏剧理论与实践等问题的研究，参见本书第四章第五节。
[3]胡星亮：《中国话剧与中国戏曲》，上海：学林出版社，2000年版，第115页。
[4]胡志毅：《国家的仪式——中国革命戏剧的文化透视》，桂林：广西师范大学出版社，2008年版，第37页。
[5]陈白尘、董健主编：《中国现代戏剧史稿》，北京：中国戏剧出版社，2008年版，第230页。

命情绪……具体地形象表现出来，唤起落后民众的觉醒，以保卫祖国，收复失地，把敌人驱出中国去。"[1] 显然，对于参与"国防戏剧"运动的剧作家而言，戏剧创作不再只是他们个人的艺术实践活动，它已然演化成了一项政治任务。从这种意义上说，剧作家作为艺术家的身份被消解了，他们已经扮演起了大众革命救亡意识的启蒙者的角色。其中石凌鹤、章泯和姚时晓就是当时较为活跃的"国防戏剧"作家，他们的作品就直接取材于当时的反帝抗日事件。比如石凌鹤于1933年发表的独幕剧《血》所表现的是"帝国主义的巡捕镇压工人示威而造成的血溅租界的惨案"[2]。可见，"国防戏剧"将戏剧的宣传功能发挥到了极致。不少剧作家的作品是"急就章"式的，他们几乎不再考虑剧作的艺术审美特性，而把创作的目光完全集中在如何将反帝抗日反汉奸的革命思想更为清晰地传达给观众上。因此，这些作品都不同程度地存在着戏剧人物概念化，情节单一化、公式化的倾向。客观地说，"国防戏剧"的剧作中鲜有极具审美价值的作品。然而，在当时特定的历史环境下，这些作品毕竟还是为宣扬抗日救亡思想、动员民众参与革命斗争起到过较大的作用。

　　总之，无论是"左翼戏剧"、"民众戏剧"（"农民戏剧"），还是"国防戏剧"，这些戏剧样态具有共同的意义指向，即它们的戏剧主张均带有"左"的倾向，且一致将戏剧当作一种用于宣传某种特定的社会政治意识形态的有效工具。尽管在某个特定的历史时期内，这种将戏剧工具化的做法是可以理解的，可是它的负面影响也是显而易见的：由于太过强调戏剧的社会功用价值性，戏剧作为一门独特艺术样态的审美本性最终被掩盖了。然而，这种非艺术审美性质的"左"的戏剧观恰恰是整个20世纪30年代戏剧思想的主导。它不但规定着戏剧家的创作思维，也限定了戏剧评论

---

[1] 周钢鸣：《民族危机与国防戏剧》，载《生活知识》，第1卷第10期，1936年2月。转引自中国社会科学院文学研究所现代文学研究室编：《"两个口号"论争资料选编》，北京：人民文学出版社，1982年版，第44页。

[2] 陈白尘、董健主编：《中国现代戏剧史稿》，北京：中国戏剧出版社，2008年版，第232页。

家的话语方式。更重要的是，这种"大众化"、工具化的价值指向与1942年毛泽东《在延安文艺座谈会上的讲话》（以下简称《讲话》）所提出的文艺要为工农兵服务的戏剧主张的价值导向具有内在的一致性，从这个层面上说，这种"左"的戏剧观念为《讲话》的接受做了有利的铺垫。

第三节 剧作者的诗意辩白

尽管"剧联"作家的人数较多，戏剧活动开展的范围较大，影响也颇为广泛，但当时中国剧坛并非没有另一种声音，这另一种声音首先来自南开新剧团。1929年，南开新剧团公演《争强》，关于《争强》一剧的讨论值得注意。在《〈争强〉·序》一文中，曹禺指出，高尔斯华绥的高明之处在于："他用极冷静的态度来分析劳资间的冲突，不偏袒，不夸张，不染一丝个人的色彩，老老实实把双方争点叙述出来，绝没有近世所谓的'宣传剧'的气味。全篇由首至尾寻不出一点摇旗呐喊，生生地把'剧'卖给'宣传政见'的地方。"[1]不难看出，曹禺所说的"宣传剧"往往有极其明晰的主题思想，具有明确的政治指向性。在20世纪30年代，由田汉所撰写的《苏州夜话》、《回春之曲》，由洪深所执笔的"颇负盛名的左翼剧作《农村三部剧》"[2]，即《五奎桥》（1930年）、《香稻米》（1931年）和《青龙潭》（1932年），以及被冠以"国防戏剧"之名的诸多剧目，均是广义上的"宣传剧"。"宣传剧"最为突出的特征是，剧作家让主人公直接向观众宣讲某种特定的政治观念，为某种社会政治意识形态"摇旗呐喊"。例如在《回春之曲》中，田汉就借助"高维汉"之口为观众进行了"革命

---

[1] 曹禺：《〈争强〉序》，原载于《争强》剧本，1930年南开新剧团。
[2] 陈白尘、董健主编：《中国现代戏剧史稿》，北京：中国戏剧出版社，2008年版，第204页。

意识的启蒙"。[1]曹禺早年对这种"把'剧'卖给'宣传政见'"的"宣传剧"无甚好感。他认为，在进行话剧创作时，剧作家即便要在剧中反映现实社会生活中的"劳资矛盾"，也应当用一种"不偏袒"、"不夸张"、不带任何个人及阶级偏见的笔法。除此之外，曹禺更加关注的是剧作家在戏剧语言设计和故事情节建构上的"手腕"。在他看来，高尔斯华绥所编写的舞台对话十分"经济"——他能够用最精练的语言刻画出深刻的人物性格。而他的剧作的章法也"严谨极了"，他能将一件繁复的罢工经过中最富有戏剧性的场景提炼出来，并"束在一个下午源源本本地叙出，不散，不乱，让劳资双方都能尽量发挥"。[2]这一点无疑证明了高尔斯华绥在戏剧创作上是个天才。这种"天才"也正是曹禺所由衷欣赏的。可见，此时的曹禺已经深得话剧艺术审美本质的个中三昧了。

南开新剧团坚持话剧的审美传统，在"左翼"大潮席卷剧坛的形势下，巩思文曾专门著文指出，过分地强调话剧的"宣传性"、"教育性"，可能影响话剧作为一种艺术的生长与成熟。巩思文在《话剧即新武器？》（1936年7月10日）、《戏剧的时代性》（1936年11月10日）和《新剧运动的歧路》（1937年4月10日）这些文章中，勾勒了20世纪30年代中国话剧的基本发展趋向，并反思和批判了当时流俗的对于话剧艺术本质的见解。尤其是在《话剧即新武器？》一文中，他论述道："目前却是先让人们接近话剧、认识话剧的时候。等他们对它发生兴趣了，然后才能作教育和宣传的功夫，到那时，它才是真正的新武器……即不得已，非把话剧当作武器不可，那也只好也以兴趣为先，而教育宣传的成分应居次要地位。如果不

---

[1]在《回春之曲》中，主人公高维汉"本想到东北参加义勇军，谁知一到上海就找到了报国的机会"。在"一·二八"激战中，他负伤并被大炮震坏了脑子，失去记忆……经过三年的治疗和休养，高维汉奇迹般地恢复了记忆。他急切地要知道："这三年中间祖国怎么样了？鬼子赶走了没有？东北收回了没有？"朋友告诉他"目前的情况是使人失望的"，这使他从心底发出了将抗日进行到底的呼唤。参见陈白尘、董健主编：《中国现代戏剧史稿》，北京：中国戏剧出版社，2008年版，第165页。

[2]曹禺：《〈争强〉序》，原载于《争强》剧本，1930年南开新剧团。

这样，话剧的地位在中国便难得到普遍的拥护，而所谓话剧即新武器者，更是谈不到。"[1]巩思文显然已经发现，当时的中国话剧界已普遍地将话剧视作揭露现实社会生活真实状况、宣传某种特定的政治思想观念的"新武器"。他清醒地意识到，话剧被"舶"到中国不过三四十年，中国的大多数话剧接受者都正处于"接近话剧、认识话剧的时候"，也即是处于对于话剧艺术本质加以初步探索的阶段。在这一阶段中，过分地强调话剧的"宣传性"、"教育性"不但可能将话剧创作引入只偏重其社会功用性，而相对忽略其形式创造的审美特性的"歧路"，而且不利于中国接受者真正地理解和把握话剧作为一门独特戏剧样态的审美意趣。因此巩思文提出，在把话剧当作"新武器"加以利用之前，必须要让中国话剧观众先了解作为一门"艺术"的话剧是如何展开其自身的。唯有如此，话剧才能在中国语境中得到健康、长足的发展，否则它将难以得到普遍的拥护，并终将失去观众。

　　坚持话剧的审美性是南开戏剧思想传统的重要特点。曹禺的出现绝不是偶然。从1933年到1938年，曹禺写出了《雷雨》、《日出》和《原野》。这三部作品一方面为他带来了极高声誉，另一方面也引起了戏剧界的一场大规模的论争。此次论争的中心议题是探讨如何评价曹禺剧作的艺术价值。以对曹禺剧作进行解读，对其审美价值、社会功用价值加以评判为契机，当时中国大多数的戏剧工作者开始回顾和反思自己的创作经历，并更进一步地思考话剧的艺术本质。如果说"《雷雨》、《日出》的出现，标志着中国话剧文学的成熟"[2]，那么有关曹禺剧作的评论或争论，则昭

青年曹禺像

---

[1] 巩思文：《话剧即新武器？》，载《文学与人生》，1936年7月10日。
[2] 陈白尘、董健主编：《中国现代戏剧史稿》，北京：中国戏剧出版社，2008年版，第255页。

示着中国话剧批评的成熟与现实主义批评原则的确立。

一、对于作品"诗意性"的追求

《雷雨》发表以后，评论界对于此剧给出了多种解读和诠释。这些阐释让曹禺惊讶不已，他甚至感到读者了解他的作品比他自己更为明确。由此曹禺也坦言道，来自于评论界诸多的见解"似乎刺痛了"他的"自卑意识"，评论者们"能一针一线地寻出个原由，指出究竟"，而他自己却只有"普遍地觉得不满不成熟"。[1]我们完全可以相信这是青年曹禺的肺腑之言。自《雷雨》问世以来，当屡次被问到该剧的写作目的和思想意义时，他感到十分茫然。如果非要为《雷雨》的写作强加上一个明确的"目的"的话，那么早在1935年，曹禺就在《〈雷雨〉的写作》一文中，对自己的创作意图加以表白。他说："我写的是一首诗，一首叙事诗……这固然有些实际的东西在内（如罢工等），但决非一个社会问题剧。"[2]简言之，曹禺是以写"诗"的心境来建构《雷雨》的。虽然读者能够在作品中找到某些似乎是影射了当时普遍存在的社会现象的剧情，但是作者并未以"暴露大家庭的罪恶"为目的来编织这类情节。因而他也一再地否认《雷雨》是"社会问题剧"。为了能够让观众体验到诗意，曹禺特意在该剧的前后加上了"序幕"和"尾声"。他说：

文化生活出版社，1953年第26版《雷雨》封面。

　　因为这是诗，我可以随便应用我的幻想，因为同时又是剧的形式，所以在许多幻想不能叫实际观众接受的时候……我不得已用了《序幕》及《尾声》……这剧收束应该使观众的感情又恢复古井似

――――――――――

[1] 曹禺：《雷雨·序》，见田本相、刘一军主编：《曹禺全集》第1卷，石家庄：花山文艺出版社，1996年版，第6页。

[2] 曹禺：《〈雷雨〉的写作》，载《质文》月刊，1935年第2号。

的平静，但这平静是丰富的，如秋日的静野，不吹一丝风的草原，外面虽然寂静，我们知道草的下面，翁翁叫着多少的爬虫，落下多少丰富的谷种呢。[1]

不难看出，"序幕"和"尾声"的设计目的有二：其一，在完成了《雷雨》的四幕剧之后，曹禺意识到，由于自己的"招数"用得"过分"，剧情才会显得过于紧张。太过紧凑的剧情往往会使观众将注意力完全集中在故事情节的起承转合上，沉溺于剧中人的悲欢离合中，而无法冷静地审视和评判剧中的人物关系和矛盾冲突。这不是曹禺所期待的观剧效果。曹禺所希望的是，在观赏完《雷雨》后，观众能"低着头，沉思着，念着这些在情热、在梦想、在计算里煎熬着的人们。荡漾在他们心里应该是水似的悲哀，流不尽的；而不是惶惑的，恐怖的，回念着《雷雨》像一场噩梦，死亡，惨痛如一只钳子似的夹住人的心灵，喘不出一口气来……流淌在人们中间的还有诗样的情怀"[2]。换言之，曹禺并不赞成观众只是简单地将感情转移到由演员所扮演的角色上，而是要求他们与剧中的人物和事件保持一种观赏距离，并且能运用理智来对作品中的情节加以评论。由此，曹禺便特意设置了"序幕"和"尾声"。这样的设置起到了"陌生化"的戏剧效果，它们能有效地淡化"舞台幻觉"。用曹禺自己的话说："（'序幕'和'尾声'）仿佛有希腊悲剧Chorus一部分功能，导引观众的情绪入于更宽阔的沉思的海。"[3]显然，这两部分起着类似于间离的作用，它们构成了一种激发观众的思考力的媒介。其二，"序幕"和"尾声"是《雷雨》作为一首诗的"诗眼"，是整个作品"诗意性"的依托。那么何谓曹禺所理解的"诗意性"呢？在《雷雨·序》中，他隐约地透露了自己对于"诗意性"的理解。他说：

[1] 曹禺：《〈雷雨〉的写作》，载《质文》月刊，1935年第2号。
[2] 曹禺：《雷雨·序》，见田本相、刘一军主编：《曹禺全集》第1卷，石家庄：花山文艺出版社，1996年版，第14页。
[3] 曹禺：《雷雨·序》，见田本相、刘一军主编：《曹禺全集》第1卷，第14页。

《雷雨》对我是个诱惑，与《雷雨》俱来的情绪蕴成我对宇宙间许多神秘的事物一种不可言喻的憧憬。《雷雨》可以说是我的"蛮性的遗留"……《雷雨》所显示的，并不是因果，并不是报应，而是我所觉得的天地间的"残忍"。（这种自然的"冷酷"）在这斗争的背后或者有一个主宰来使用它的管辖……而我始终不能给它以适当的命名，也没有能力来形容它的真实相，因为它太大，太复杂。我的情感强要我表现的，只是对宇宙这一方面的憧憬。[1]

曹禺指出，他创作《雷雨》的动力一方面来自于他对于"宇宙间许多神秘的事物"——具有不可预知性的命运的憧憬，另一方面源于他试图表现存在于生命之中的"蛮性的遗留"的冲动。无论是"命运"本身，还是人身上的"蛮性"，在他的眼中，均具有一种震撼人心的美感。这种美感正是他所意在凸显的"诗意性"。从某种程度上说，曹禺对于"诗意性"的表述，与西方的思想家海德格尔对于"诗"的本性的理解有着惊人的相似之处。海德格尔在《诗人何为？》一文中写道：

在这样的世界时代里，真正的诗人的本质还在于，诗人职权和诗人之天职出于时代的贫困而首先成为诗人的诗意追问……时代之所以贫困，乃是它缺乏痛苦、死亡和爱情之本质的无蔽。这种贫困本身之贫困是由于痛苦、死亡和爱情所共属的那个本质领域自行隐匿了。[2]

在这段表述中，海德格尔论述了诗人与"诗意"之间的关系。他认为，在"时代的贫困"中，诗人只有在对"诗意"的追问中才能成为其自身，作为诗人而在场。所谓"时代的贫困"，并非是指现世生活中物资的匮乏，而是意味着精神领域中某种东西的缺失。按照海德格尔的观点，

---

[1] 曹禺：《雷雨·序》，见田本相、刘一军主编：《曹禺全集》第1卷，石家庄：花山文艺出版社，1996年版，第7页。

[2] ［德］马丁·海德格尔：《林中路》（修订本），孙周兴译，上海：上海译文出版社，2004版，第284—288页。

所缺失的就是"痛苦、死亡和爱情之本质的无蔽"。或者说,人缺乏对于"痛苦、死亡和爱情"的真理性认识。需要指出的是,这里的"真理"并不是指西方认识论中的主观意识和客观对象相符合,而是指的"无蔽",即"揭示事情本身"。在海德格尔看来,对于"痛苦、死亡和爱情"的真理性认识显然不是通过逻辑推理和科学实证获得的,人只有通过认真体验自身的生存状态,才能领悟到它们的真谛。也只有当人真正体悟到了"痛苦、死亡和爱情",他才可能以一种更为超脱的、审美性的眼光来重新观照本身的生命展开境况。以此为前提,他才能真正领悟到人性本身的"诗意性",也即人性之美。从这个意义上说,人体认自身生存状态的过程也即是"诗意"生成的过程。由此,我们不难得出这样的结论:在创作过程中,剧作家并非仅依靠高超的编剧技巧就能营造出诗意的氛围,他们只有通过对自我的生存境况加以反思,才能获得某种独特的人生体验,而"诗意性"就寓于此。

曹禺将戏剧创作视为一种表达自我生命体验的特殊方式。

首先,他通过设计错综复杂的剧情来展现自己对于不可知的命运的敬畏。在《雷雨》一剧中,曹禺似乎有意无意地在设计一个"同心圆"的结构。[1] "同心圆"意味着剧中人的命运轨迹是按照相同或者相似的方式展开的。周氏父子之间的关系就处于"同心圆"结构的核心。尽管从人物的行为表现上看,周氏父子三人性情迥异(父亲周朴园处事霸道、世故,且性情冷酷;周萍生性忧郁、懦弱;周冲天真热情,不谙世事),但是从性格发展的深层结构看,他们的经历恰好共同

郑榕导演(复排),北京人民艺术剧院演出的《雷雨》剧照。

---

[1] 王晓鹰:《让〈雷雨〉进入一个新的世界》,载《中国戏剧》,1993年第3期。

构成了人生在世的完整历程。周冲处于具有"性善"特质的"人之初"阶段。他常常对社会和人生抱有幻想，看不到理想与现实之间的巨大差异，因此他才会给予四凤最真挚的爱。耐人寻味的是，周冲的思维方式和处理问题的方式与三十年前的周朴园如出一辙：周朴园也曾经热烈地爱着鲁侍萍（梅侍萍）。他教她读书写字，也想着要娶她为妻。尽管后来他们难成眷属，但是周朴园却极为珍视这段初恋经历，甚至在多年以后，他还记得鲁侍萍"永远喜欢夏天把窗子关上"[1]的习惯，并怀有要找到并修缮她的坟墓的意愿。周萍身上所反映出的是人由"人之初"向"人之末"的蜕变过程。周萍也曾与周冲一样，对爱情充满着期待，有着为爱情敢与伦理道德、社会舆论相对抗的勇气。这种勇气也正是曹禺所欣赏的"原始人生活中所有的那种蛮力"。随着周萍心智的慢慢成熟，他意识到自己与繁漪关系是"不自然"的，与继母通奸的行为是为社会伦理道德所唾弃的。因此，他常常处于一种极度郁闷、悔恨和惶恐的状态，并一再地试图结束这段不伦之恋。与此相仿，青年时期的周朴园也是迫于家庭和社会舆论的压力而不得不将自己的恋人与病危的孩子在除夕之夜赶出家门。周朴园本人体现的是人置身于"人之末"阶段的生存状态。在家庭关系中，他将自己的意志强加于他人，使妻儿屈从于他的淫威之下，其目的就是为了打造一个他所认为的"最圆满，最有秩序的家庭"[2]。在社会关系中，一方面他对于经济利益的追求达到一种极致。鲁大海就曾揭发他："你从前在哈尔滨修江桥，故意叫江堤出险……你故意淹死了两千二百个小工，每一个小工的性命你扣三百块钱！"[3]如此为牟取暴利而视人命如草芥的行为已经到了令人发指的地步。另一方面他刻意地要在世人面前塑造出完美的个人形象，比如他在周萍的心中就是一位"模范市民"、"模范家长"，

[1]曹禺：《雷雨》，见田本相、刘一军主编：《曹禺全集》第1卷，石家庄：花山文艺出版社，1996年版，第68—69页。
[2]曹禺：《雷雨》，见田本相、刘一军主编：《曹禺全集》第1卷，第70页。
[3]曹禺：《雷雨》，见田本相、刘一军主编：《曹禺全集》第1卷，第108页。

"除了一点倔强冷酷……是一个无瑕的男子"。[1] 不难看出, 在"人之末"时, 周朴园身上的"蛮性"已经被磨蚀殆尽了。那么是什么消解了人身上的"蛮性"呢? 是某种"异己的社会秩序"。[2] 用曹禺自己的话说, 是"机遇", 或者是"环境"。[3] 这种"秩序"或"环境"是具有强制性的, 只要人存在于社会之中, 他就要受到某种秩序的约束。这种约束不仅是一种行为规范, 更是思维方式上的限制。受制于"秩序"的人, 其人性中原始的欲望、冲动以及与之相关的一切美好、纯真的品性逐渐会被掩盖, 人的痛苦、惶惑也将隐匿。人性也就由此被异化, 人因此便无法体悟出自身生命的"诗意性"。从这一维度上说, 周朴园的悲剧就在于, 他不但被"秩序"所同化, 而且已然成为了秩序中的一部分。不仅他的一言一行都体现着当时最具有普适性的社会价值取向, 而且他还试图运用这些价值观念来教化他的下一代, 意在让他们成为被"任何人"都认同的"健全的人"。[4] 从某种意义上说, "今天"的周朴园极可能就是"明天"的周萍和周冲, 周萍、周冲或许即是"昨天"的周朴园。

不难看出, 曹禺所理解的命运其实并非是一种超自然的力量, 而是人类生活本身对于人的潜在的规定性。无论是在哪一种社会形态里, 人从降生在世上的那天起便置身于这种规定性之中。"人从幼稚到成熟、从天真到世故的过程, 也意味着一个蛮性被驯服、原始的生命力被异己的社会同化的过程, 这是不可避免的, 是由残酷的生活本身所决定的。"[5] 需要指出的是, 这种"潜在的规定性"是无法被认知的。人们既无从探寻它的源起, 也难以形容它的"真实相"。也正是这种不可知的力量, 激起了曹禺的好奇心和求知欲, 让他努力地去寻求这种力量背后的主宰, 并促使他抒

---

[1] 曹禺:《雷雨》, 见田本相、刘一军主编:《曹禺全集》第1卷, 石家庄: 花山文艺出版社, 1996年版, 第50页。

[2] 王晓鹰:《让〈雷雨〉进入一个新的世界》, 载《中国戏剧》, 1993年第3期。

[3] 曹禺:《雷雨·序》, 见田本相、刘一军主编:《曹禺全集》第1卷, 第8页。

[4] 曹禺:《雷雨》, 见田本相、刘一军主编:《曹禺全集》第1卷, 第70页。

[5] 王晓鹰:《让〈雷雨〉进入一个新的世界》, 载《中国戏剧》, 1993年第3期。

发自己对其独特的感受。

　　其次，曹禺通过塑造一系列具有鲜明性格的艺术形象，表达他对于人性中"蛮性"的肯定。关于这种"蛮性"，他描述道："人们会时常不由己地，更归回原始的野蛮的路，流着血，不是恨便是爱；一切都走向极端，要如电如雷地轰轰烈烈地烧一场，中间不容易有一条折衷的路。"[1]显然，这种"蛮性"是一种极其强烈的情感冲动。它不受理智的束缚，使人不愿再受环境、秩序的限制，让人拥有一种要突破道德、情感桎梏的勇气和力量。在《雷雨》中，最能体现"蛮性的遗留"的人物便是周繁漪。曹禺在她身上倾注了全部的创作激情。"蛮性"在繁漪身上被具体化为一种难以抑制的情欲冲动。这种冲动被曹禺表述为"最残忍的爱和最不忍的恨"。在遇到周萍前，繁漪已经不对自己的生活抱有任何的希望了，终日处于一种"准备好了棺材，安安静静等死"[2]的状态。遇到周萍之后，周萍给予了她同情和安慰，并于不自觉间"引诱"她"到一条母亲不像母亲，情妇不像情妇的路上去"。此时，她不但重新估量自己存在的价值，而且其人性中一直被压抑的情欲开始萌发。她将自己描述成"见着周萍又活了的女人……要真真活着的女人"[3]。她将自己对生活的全部期望都寄托在了周萍身上。为了获得周萍的爱，她不惜牺牲自己的家庭和名誉，甚至是性命。用她的话说即是："自从我把我的性命，名誉，交给你，我什么也不顾了。"[4]也正因为如此，当发现周萍的懦弱与背叛后，她失望至极。对她而言，周萍的执意离开不仅仅只是宣告一段感情的结束，而更意味着要将她重新推回原来的生存环境中，这恰恰是她最不能接受的。这种情感上强烈的失落感将繁漪对于周萍的爱转变成了一种具有极大破坏力的恨意。在这种恨意的驱使下，繁漪使周萍与四凤的私奔计划流产，并大胆

---

　　[1]曹禺：《雷雨·序》，见田本相、刘一军主编：《曹禺全集》第1卷，石家庄：花山文艺出版社，1996年版，第9页。

　　[2]曹禺：《雷雨》，见田本相、刘一军主编：《曹禺全集》第1卷，第80页。

　　[3]曹禺：《雷雨》，见田本相、刘一军主编：《曹禺全集》第1卷，第178页。

　　[4]曹禺：《雷雨》，见田本相、刘一军主编：《曹禺全集》第1卷，第80页。

地在众人面前揭开了自己与周萍的隐秘关系。尽管她早已预见到，她的所作所为既不利于其挽回周萍的爱意，也不能改变自己"闷死"在周家的既定命运，但是她却依然要做一次"困兽的斗"。而透过她一系列的极端行为，我们感受到的是一种人性的张力。由此，也就不难理解为什么在《雷雨》结尾，曹禺没有将繁漪的结局设计成死亡，而是让她走向了癫狂，并且又在"序幕"和"尾声"中，将周公馆改建为了基督教会的医院，还在屋里的正中央悬挂上耶稣受难像。这一切处理表明，曹禺是十分欣赏繁漪的。虽然她在"蛮性"的驱动下做了"'罪大恶极'的事情"，但是她强悍的意志及与命运相抗争的勇气却令人动容。因此，在剧的最后，曹禺选择让她在宗教氛围中继续生存，以求得精神上的救赎。

写完《雷雨》之后，曹禺对《雷雨》逐渐产生了一种厌弃之情。在《日出·跋》中，他写道："我觉出有些'太像戏'了。技巧上，我用的过分。仿佛我只顾贪婪地使用着那简陋的'招数'……"[1] "太像戏"指的是《雷雨》一剧的穿插成分太多，情节结构过于复杂，戏剧节奏太过紧凑。尽管这一点能够极大地引起观剧者的兴趣，但是却不利于他们体悟剧作所蕴涵的"诗意性"。在研读了契诃夫的作品之后，曹禺感受到了契诃夫作品的独特艺术魅力。他说：

> 我记得我几年前着了迷，沉醉于契诃夫深邃艰深的艺术里……然而这伟大的戏里没有一点张牙舞爪的穿插，走进走出，是活人，有灵魂的活人，不见一点惊心动魄的场面。结构很平淡，剧情人物也没有什么起伏生展，却那样抓牢了我的灵魂，我几乎停住了气息，一直昏迷在那悲哀的氛围里。[2]

在曹禺看来，契诃夫并不以建构精密的情节结构、设计惊心动魄的戏剧场面为追求，他的剧作结构乃是"平铺直叙"式的。比如，《三姊妹》

---

[1] 曹禺：《日出·跋》，见田本相、刘一军主编：《曹禺全集》第1卷，石家庄：花山文艺出版社，1996年版，第387页。

[2] 曹禺：《日出·跋》，见田本相、刘一军主编：《曹禺全集》第1卷，第387页。

一剧所描述的就是"三姊妹"在父亲去世后的生活状态。在剧中，契诃夫用极为细腻甚至是近似于琐碎的笔触记录了她们的日常活动。这样的创作倾向正是基于契诃夫对于话剧的独特理解。他说："在舞台上得让一切事情像生活那样复杂，同时又那样简单。人们吃饭，仅仅吃饭，可是在这时候他们的幸福形成了，或者他们的生活毁掉了。"[1] 在契诃夫眼中，生活中的人似乎长期重复着同样的活动，诸如吃饭、睡眠、工作等。虽然日常生活是平庸而细碎的，可每一个人的人生际遇却不同，他们对于生命存在的体验也必然不尽相同。他在作品中所着意展示的正是处于日常琐碎生活中的人物的精神面貌和心理状态。不难看出，尽管契诃夫没有运用佳构剧式的创作技巧，但是其剧作中却充溢着曹禺所追求的生命之"诗意性"。用曹禺的话说，在契诃夫的剧作中，"走进走出，是活人，有灵魂的活人"，在这些"活人"所参与的琐碎的戏剧行动中，有着"深邃艰深"的审美意蕴。这一点"抓牢了"曹禺的灵魂。

    契诃夫剧作的独特审美意味深深地触动了曹禺，他也渴望能够如契诃夫一样"老老实实"地创作一出戏。因此，在创作《日出》时，曹禺放弃了佳构剧式的编剧方法，他既没有在作品中穿插离奇的故事情节，也没有设置惊心动魄的戏剧场面，而只是截取了社会生活的一个横断面，并将之作为了模仿的对象。

    与《雷雨》的命运类似，《日出》发表之后，评论界中的大多数人并未能如曹禺所愿地领悟出"诗意性"，他们同样将该剧视作"社会问题剧"。为了阐明自己的写作目的，曹禺专门撰写了《我怎样写〈日出〉》一文（此文后来作为《日出》的"跋"被收录在文化生活出版社出版的《日出》单行本

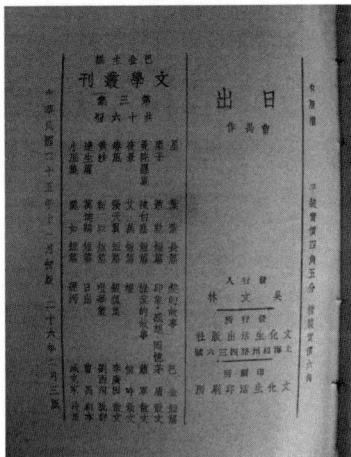

文化生活出版社，1936年版《日出》版权页。

---

[1]　[俄]契诃夫：《契诃夫论文学》，汝龙译，北京：人民文学出版社，1959年版，第420页。

中）。在该文中，曹禺强调了自己"写《日出》的情感上的造因"。这种情感的成分是十分复杂的，其中或许存有他作为一名青年知识分子的社会责任感，但更多的是他对于存在于天地之间的某种强大力量的体认。那么在《日出》中，隐藏在剧中的力量是什么呢？不少研究者指出，潜藏在剧中的其实有两股势力，未出场的"金八"和"太阳"便是它们的象征。"金八"代表黑暗腐朽的统治阶级——有研究者将之坐实为"金融资本主义"，"太阳"暗指某种具有巨大潜力的新阶层。按照这样的理解，《日出》的主题思想很可能就是要展示这两个敌对阶级之间的对抗。然而，曹禺却没有按照这样的思路来创作《日出》。这无疑让抱有此类审美期待的读者十分失望。

由此看来，曹禺对《日出》写作目的的申诉处于独白的状态。他说，他创作此剧就是为了"宣泄一腔愤懑"，并对一帮"荒淫无耻，丢弃了太阳的人们"高喊"'你们的末日到了'"。[1]尽管从字面上看，这段告白似乎显示出某种政治倾向，但是曹禺的本意并不是要在此对两种敌对势力相对抗的结果作出预测，就如他所言，他自己"看不出眼前有多少光明"[2]。如果非要挖掘出"金八"和"太阳"的确切意义的话，当代导演王延松的《日出》导演阐述中的只言片语或许能够给我们一些启示。他说，《日出》里各色出场人物的生活，是一种"唯物质的生活"——他们"谁也不能逃脱的'铁一般的真实'生活"。这种生活虽是阴暗的，却有一种"难以抵挡的诱惑"。[3]"阴暗"暗示着选择这种生活方式的人们的心中时刻怀有一种惶惑，那正是"人类受制于自身欲望的内心惶恐"[4]。"金八"正是这种生活之"阴暗"特质的象征化表达。在剧中，"金八"

[1] 曹禺：《日出·跋》，见田本相、刘一军主编：《曹禺全集》第1卷，石家庄：花山文艺出版社，1996年版，第382页。

[2] 曹禺：《日出·跋》，见田本相、刘一军主编：《曹禺全集》第1卷，第382页。

[3] 王延松：《戏剧解读与心灵图像》，上海：上海人民出版社，2010年版，第4页。

[4] 王延松：《戏剧解读与心灵图像》，第4页。

王延松导演，总政话剧团演出的《日出》剧照。

虽然没有出场，但是人人提起他都不由色变。通过戏剧人物对他的议论，不难猜测出，"金八"处在他们生活圈中的核心位置，掌握着生杀予夺的大权。他既能满足人的欲望，同样也能让这些人在他的势力范围下无法存活。"诱惑"则是指，尽管"唯物质"生活的本质是罪恶腐朽的，可是它表面却极为光鲜，能让人们甘愿沉湎于这种生活状态之中。比如陈白露早就习惯了在这种环境中生存，她也清楚自己难以逃离这种境遇。就如曹禺所描述的："她一个久经风尘的女人，断然地跟着黑夜走了。"[1]因此，当方达生提出要带她逃离时，她只是"笑了笑，没有理他"[2]，她知道方达生不可能真正拯救自己。按照王延松的思路，"太阳""象征一种'心灵救赎'。在《日出》里，'太阳'不是什么别的生命之外的存在，而是人类的良知"[3]。具体到剧中人物的身上，虽然陈白露已堕入风尘，可是她的心中仍然保留着人性中最为宝贵的东西——良知。也正是因为极为珍视这份良知，她才会在剧的最后选择自杀——从某种意义上说，她的自杀行为所表现的正是"一个年轻美丽女孩'心灵救赎'的生命自觉"。在生的世界中，她无法保证自己自始至终都能保留着心灵中的良知，于是她选择在自己还拥有这种品质的时候结束生命，以此种方式来守持这最为珍贵的善。这也即是王延松所说

---

[1] 曹禺：《日出·跋》，见田本相、刘一军主编：《曹禺全集》第1卷，石家庄：花山文艺出版社，1996年版，第384页。

[2] 曹禺：《日出·跋》，见田本相、刘一军主编：《曹禺全集》第1卷，第384页。

[3] 王延松：《戏剧解读与心灵图像》，上海：上海人民出版社，2010年版，第6页。

的"美被自我毁灭，恰是留住美本身"[1]。从这种意义上说，《日出》的创作意图与作者在写作《雷雨》时并无二致——曹禺仍然在剧中言说自己对于人生意义与价值的独特理解，表达自身某种特殊的生存体验。

在《原野》的创作中，曹禺依然延续着他对于戏剧"诗意性"的寻求。如果说，在《雷雨》和《日出》中，他试图表达的是人无法逾越某种境遇和规定的悲哀与无奈，那么在《原野》中，他所要凸显的便是自然人性之中"蛮性"和原欲的独特美感。在《原野·序幕》中，他用较为晦涩的语言隐约地表露了自己的创作目的。他写道：

文化生活出版社，1948年第14版《原野》封面。

> 大地是沉郁的，生命藏在里面。泥土散着香，禾根在土里暗暗滋长……巨树有庞大的躯干，爬满年老而龟裂的木纹，矗立在莽莽苍苍的原野中，它象征着严肃、险恶、反抗与幽郁，仿佛是那被禁锢的普饶密休士，羁绊在石岩上……在天上，怪相的黑云密匝匝遮满了天，化成各色狰狞可怖的形状，层层低压着地面……
>
> 大地是沉郁的。[2]

在这段表述中，曹禺对自己所意想的"原野"进行了描述。他眼中的"原野"是"沉郁"的。这种"沉郁"并非毫无生气，相反，"原野"上所有的物质都具有旺盛的生命力，均带有某种情绪。比如，巨树的形态仿佛是被缚的"普饶密休士"，它聚集着能够冲破一切束缚的能量。在"原野"这一场域之中，天与地之间似乎也存在着一种对抗关系：天上的黑云"层层低压着地面"，可大地却依然蕴藏着蓬勃的生命。在这种对抗之

---

[1] 王延松：《戏剧解读与心灵图像》，上海：上海人民出版社，2010年版，第6页。

[2] 曹禺：《原野》，见田本相、刘一军主编：《曹禺全集》第1卷，石家庄：花山文艺出版社，1996年版，第405—406页。

中，所有的生命体都似乎表现出一种原始的生命力度。而这种原始的生命能量也正是驱使生活在"原野"上的人们做出激烈行为的内在动力。如花金子之所以对仇虎表现出如此强烈的爱，不仅是因为她与仇虎曾经有过婚约，而更在于她与仇虎重逢后，仇虎能带给她生理和心理上的快感。由此可知，在创作该剧时，曹禺并不着意于构建一个情节惊心动魄、人物关系错综复杂的故事，他所试图展现的是一种"诗意"。他将这种"诗意"具体化为"原始或者野蛮的情绪"。为了烘托出作品的"诗意性"，曹禺才会借用欧美现代话剧中较为先锋的表现手法，刻意地在舞台上营造出神秘、紧张的氛围。

然而，无论是在当时的评论界，还是在演艺界，大多数评论者和演出团体似乎均没有真正理解曹禺的创作意图。他们简单地将《原野》的主题归纳为"农民复仇"，除此之外，他们似乎无法也无心再去挖掘更多的内蕴。因此《原野》一经发表，其艺术性就备受争议。

二、对于剧作"舞台呈现性"的偏重

巴金曾评价曹禺的作品，"既能读，又能演"。[1]"能读"是指曹禺的剧作结构严密，剧情生动曲折，戏剧矛盾错综复杂，人物心理刻画细腻，人物个性鲜明，具有极强的可读性；而"能演"是说其剧作的语言富于动作性，能够被直接呈诸舞台之上。那么何谓具有"动作性"的语言呢？这一问题直接涉及对于戏剧艺术本质的理解。

亚里士多德在《诗学》中曾对"悲剧"这一独特艺术样式的呈现方式做出了规定，他说，悲剧的"摹仿的方式是借人物的动作来表达"[2]。亚里士多德意义上的"行动"包含了两层意思：其一，悲剧的模仿对象是

---

[1] 王兴平、刘思久、陆文璧：《曹禺传略》，见王兴平、刘思久、陆文璧编：《曹禺研究专集》（上），福州：海峡文艺出版社，1985年版，第11页。

[2] ［古希腊］亚里士多德：《诗学》，陈中梅译，北京：商务印书馆，1996年版，第16页。

"戏剧行动"[1]，也就是一系列具有逻辑联系的事件，即"情节"。他特别强调，"情节"是由"突转"和"发现"构成的。"突转"是指"行动的发展从一个方向转至相反的方向"；"发现"是指"从不知到知的转变，即是置身于顺达之境或败逆之境中的人物认识到对方原来是自己的亲人或仇敌"。按照亚里士多德的看法，这两者同时发生乃是最佳的情节结构。[2]其二，悲剧必须借助于演员的身体行动才能被呈现在舞台上。也就是说，悲剧是一门通过演员的动作，"把人的行动直陈诸观众面前，使之成为一种现在时态直观"[3]的艺术。悲剧的这一特质对其语言提出了特殊的要求。首先，由于悲剧演出是即时性的，因此经由演员之口而宣讲出的台词必须能让观众容易接受和理解。这一点就决定了剧作家在创作中不宜使用书面语，或者过于古雅晦涩的词句，而要使用明白晓畅的口语。其次，与小说、史诗等文体不同，剧本不具备直接叙事的功能，它对于故事的讲述是借助于剧中人之间的对话展开的。因此，人物间的对白不仅要承担起讲述主要剧情、推动情节发展的任务，更重要的是，蕴藏于对白之中的潜台词还必须具备能经由演员的形体动作而呈现在舞台上的可能性。从这种意义上说，一个真正意义上的剧本就不能只具备文学性，还应当具有舞台呈现性。谭霈生曾对此做过十分精辟的论述：

> 剧作家写剧本毕竟不是只供读者阅读的。我们一般把只能供人阅读的剧本称之为"书斋剧"或"案头剧"，对于戏剧文学说来，这些都是贬词。好的剧本必须是能够在舞台上演出的，它们也只有通过导演、演员的再创造，把文学形象转化为舞台形象，才能具有戏剧的价值。[4]

---

[1] 王士仪认为："戏剧源于生活，并依照生活逻辑发展；凡生活中、计划性发展而成的（一连串）事件成为行动。"这个行动也就是"戏剧行动"。参见王士仪：《亚氏〈诗学〉中行动一词的四重意义》，载《戏剧》，2001年第1期。

[2] [古希腊]亚里士多德：《诗学》，陈中梅译，北京：商务印书馆，1999年版，第89页。

[3] [德]席勒：《论悲剧艺术》，张玉书译，杨业治校，见《古典文艺理论译丛》第六册，北京：人民文学出版社，1963年版，第98页。

[4] 谭霈生：《论戏剧性》，见《谭霈生文集》（一），北京：中国戏剧出版社，2005年版，第370页。

这段表述对剧本的基本用途和根本特性进行了规定。剧本是供舞台演出用的，这一点就决定了它的本质特性应当是"舞台呈现性"而非文学性。在具体的创作过程中，剧作家所要考虑的不仅是如何设计出动人心魄的情节，而更要考虑他所建构出的戏剧事件是否能通过演员的动作呈现在舞台上。假如一个剧作家所创作的剧本是"案头剧"，即只适合阅读，而不适合被搬演，那么这个剧本就不具有多大价值。因此，评价一个剧本的优劣的尺度并不是看它的语言多么地华丽，而是看其"文学形象"能否转化为"舞台形象"。

事实上，曹禺在进行艺术创作时，也一直将"既能读，又能演"当作自己的艺术追求。早在南开新剧团跟随着张彭春从事艺术实践活动时，他就已经意识到了剧本舞台呈现性的重要性。比如，在改译高尔斯华绥的《争强》时，他在惊叹高尔斯华绥语言的经济、人物形象的生动之外，更是发现剧作中台词的动作性。他特地分析了"罗大为演讲"这一情节来对此加以说明。他写道：

> 最能看出作者的手腕的地方，自然是罗大为在大成铁矿桥前一段长话。彼时工人疯狂似的反对他，他不顾生死，对众宣讲。在他猛火一般的话里含蓄满了勇敢、酸辛和愤慨，说到后来，全场工人的精神完全如醉如痴地听从他的指挥……恰巧陶美芝跑来报告他女人——罗爱莲的死，罗大为便起始由最高的山巅坠落，直到他慌忙走后，工人们又恢复了自己的意识，把方才所崇拜的英雄偶像又咒骂得分文不值……罗大为便完全由幸福的极顶降在悲惨的下层。[1]

通过曹禺的表述，不难看出，高尔斯华绥编剧"手腕"的高明之处就体现在他的戏剧布局或者说戏剧行动的安排上，也即是曹禺所说的"洞彻全剧的结构"[2]。在这段剧情中，他巧妙地安置了"突转"和

---

[1] 曹禺：《〈争强〉序》，原载于《争强》剧本，1930年南开新剧团。
[2] 曹禺：《〈争强〉序》，原载于《争强》剧本，1930年南开新剧团。

"发现"，并让二者同时发生。这样精妙的情节设计是以什么为媒介而在舞台上铺展开来的呢？是罗大为在铁矿桥前的"一段长话"，"同时就是通过演员的身体的媒介来对戏剧行动的表演的对话"[1]。通过这段"长话"，观众们一方面能感受到人物情绪的跌宕起伏，另一方面也能看清戏剧事件发展的方向。

正是由于悟解到了剧本的根本特性，所以曹禺在正式踏上戏剧创作道路后，尤为重视剧本的可搬演性。这一点在他作品的舞台说明中就有所体现。以《雷雨》为例，在剧本中，他不但为每个人物都写了札记，还对他所设想的戏剧事件发生的场景加以十分详尽的摹写。这些舞台说明无疑为试图排演该剧的导演和演员提供了极有价值的参考。由此看来，《雷雨》之所以会受到各类演出团体的青睐，被反复地搬演，其根本原因就在于它本身就包含着可被直接呈现在话剧舞台上的成熟的形式因素。

1938年7月，应中国青年救亡协会的邀请，曹禺在重庆小梁子青年会举行了一场讲演，其讲授的主要内容是编剧的基本方法。他的讲演稿后来被整理成了《编剧术》一文，收录在《战时戏剧讲座》的文集中。在这次讲演中，他首先表达了自己对于戏剧的艺术本质的理解。他认为戏剧"被'舞台''演员''观众'这三个条件所肯定"[2]。换言之，"舞台"、"演员"和"观众"是构成戏剧的三大基本要素。"舞台"是开展戏剧活动的场域，"演员"是戏剧得以呈现的媒介和载体，戏剧演出的目的是为了满足"观众"的审美需要。因此在完全意义上的戏剧实践中，这三者缺一不可。值得注意的是，在构成戏剧的诸多要素中，曹禺唯独没有提到"剧本"（编剧）。在他看来，尽管剧本是舞台实践的文本依据，但是编剧活动

---

[1] 邹元江：《曹禺剧作与中国话剧意识的觉醒》，载《厦门大学学报》（哲学社会科学版），2007年第2期。

[2] 曹禺：《编剧术》，见田本相、刘一军主编：《曹禺全集》第5卷，石家庄：花山文艺出版社，1996年版，第141页。

却受着演出场所和"观众的性质"的限制。[1]从这种意义上说，剧本的重要性与前三者相比要次要得多。不难看出，曹禺戏剧观中隐藏着这样的价值指向：文学性并不属于戏剧的根本艺术特性。基于这样的观念，曹禺更进一步地谈论了戏剧语言，也就是台词的编写问题。他说：

> 话剧感动人的，不是"话"而是"剧"。剧的重要成分是动作，所以爱好话剧的人跑进剧场，决不是听一幕一幕的话，而是欣赏一幕一幕的动作。剧本应该多动作，有些好的剧本，删去一些对话，依然成为完美的默剧。写剧本应尽量多找动作，用动作来代替对话。记住！在台上用一个真实的动作，比用一车子的话表述心情更有力量。[2]

在此处，曹禺对话剧的艺术审美特性进行了深入而细致的分析。他认为，话剧作为一种特殊的戏剧样式，其审美本质体现在"剧"，也即是"动作"上，而非"话"，也即单纯的人物对白上。话剧的"话"虽然是剧作家"表达一种思想、一种感情、一个念头的近似的符号"，但是它的意义"需要动作、姿态、语调、脸部表情、眼神和特定的环境来补足"。[3]这一点就决定了话剧之"话"不能只具有叙述性，必须还有动作性。而观众之所以走进剧场，其目的显然不是要听演员在高台上宣讲某些特殊的思想观念，而是去观赏通过演员的身体动作而呈现出来的剧情。因此，"动作"丰富的剧作，无疑才是最能吸引观众的。在创作戏剧作品时，剧作家只有"把'话'作为动作来写"，导演在具体排演的过程中才可能从剧本中发掘出戏剧动作，演员在导演的指导下才能通过表演将之立体地呈现在舞台上，观众们才能直观感受剧中人物的悲欢离合、喜怒哀乐。

---

　　[1]曹禺指出："古希腊演剧，由于舞台的简单，没有布景来表明时间地点，所以剧本的编制自始至终多半限于一个地点……至于'观众能影响编剧，更是显然的，因为戏是演给观众看的，剧作者对观众的性质若不了解，很容易弄得牛唇不对马嘴。台上的戏尽管自己演得得意，台下的人瞠目结舌，一句也不懂，这样的戏是无从谈起的'。"参见曹禺：《编剧术》，见田本相、刘一军主编：《曹禺全集》第5卷，石家庄：花山文艺出版社，1996年版，第141—142页。
　　[2]曹禺：《编剧术》，见田本相、刘一军主编：《曹禺全集》第5卷，第153页。
　　[3][法]狄德罗：《演员奇谈》，施康强译，见《狄德罗美学论文选》，北京：人民文学出版社，1984年版，第279页。

曹禺作为一名剧作家，他虽然从未对"戏"进行严格的界定，但是他却对戏剧本身有着独到的见解。从某种意义上说，曹禺将话剧创作当作了自己的生命展开方式。在写作的过程中，他探索着人生的终极意义，惊诧于人性中野蛮、原始的自然之美，宣泄着自己胸中的愤懑。这一切使他的作品拥有摄人心魄的艺术魅力。不仅如此，他对话剧的艺术特性还有着准确的把握——他将舞台呈现性视作话剧的根本特质，而这一点又让他的剧作易于搬演。与同时代的大多数剧作家相比，曹禺已经具备了相当成熟的话剧意识，并且远远走在了当时中国剧坛的前沿，甚至直到今日也无人能够企及。

第四节 革命现实主义的强势评论

在20世纪30、40年代，"革命启蒙思想"逐渐成为了当时中国语境下占主导地位的社会意识形态。在艺术评论与创作领域，它被具体化为"无产阶级现实主义"、"社会主义现实主义"（即"革命现实主义"）的创作观念。这种创作观不但要求评论者在从事艺术评论活动时，自觉运用"历史唯物主义"、"阶级斗争"等理论的相关话语来对作品加以解读，而且还要求作家在创作时，能用这些理论武装自己的头脑，写出有利于启发民众革命意识的作品。在曹禺剧作评论的领域中，张庚和周扬就是最早在"无产阶级现实主义"的理论视域下进行评述的人。

一、张庚论曹禺："不自觉的成功的现实主义者"

张庚于1939年发表了一篇题为《话剧民族化与旧剧现代化》的文章。在这篇论文里，他在回顾了五四新文化运动以来话剧在中国语境中的发展状况的基础上，指出了其所存在的亟待解决的问题，并以此为契机正式提出了"话剧民族化"这一著名口号。话剧如何实现"民族化"呢？从呈现形式上说，张庚认为，自话剧"舶"入国门起，从事话剧创作的人"从编剧一直到演出"，"专门从西洋戏剧学习技术"。[1]而这一点所直接导致的问题即是，话剧未能真正植根于中国的文化土壤中，它的形式创造依然还停留在对西方话剧的模仿上。他意识到，话剧作为一种外来的戏剧样式，与中国民众的欣赏趣味存在极大的差异。中国人是喜爱看"角儿"而非"戏"的。诚如齐如山所言，"今日的旧剧只有一个'主角'而没有'戏'"[2]。也就是说，中国观众所关注的是主角的"唱念做打"，他们并不在意戏曲中的故事情节。要使中国民众真正接受话剧，那么话剧就必须借鉴戏曲中载歌载舞的表现手法。从思想内容上说，话剧创作应当与现实生活紧密地联系在一起，真实地反映社会阶级矛盾。在张庚看来，"话剧虽然只有短短二十多年的历史，但是它也是一种阶级的意识形态……从它开始出现的一天起，一直就是站在进步的、反帝反封建立场上的，它已经锻炼成为一个暴露与反映现实的利器了"[3]。随着时代的发展和社会主要矛盾的变化，话剧作品不仅要揭露"我们过去社会组织中间许多腐败落后的东西"，更要反映我们民族的伟大进步，不仅仅是为了"在艺术上造一个时代的纪念碑"，而且更重要的是"用这些事实来教育广大的群众，提高他们的自信心，提高他们对于抗战必胜的信念"。[4]

"话剧民族化"不但要求话剧在呈现形式上吸纳传统戏曲中的元素，使之能够成为一种适应中国民众的审美习惯的艺术样式，而且还要求它表现中国当时的政治斗争生活，从而唤起人们的革命意识。这一点无疑和

---

[1]张庚：《话剧民族化与旧剧现代化》，见周靖波主编：《中国现代戏剧论——建设民族戏剧之路》，北京：北京广播学院出版社，2003年版，第304页。

[2]张庚：《话剧民族化与旧剧现代化》，见周靖波主编：《中国现代戏剧论——建设民族戏剧之路》，第291页。

[3]张庚：《话剧民族化与旧剧现代化》，见周靖波主编：《中国现代戏剧论——建设民族戏剧之路》，第303页。

[4]张庚：《话剧民族化与旧剧现代化》，见周靖波主编：《中国现代戏剧论——建设民族戏剧之路》，第295页。

"革命启蒙"精神的基本内涵不谋而合。实际上，张庚正是在这种特殊的思想意识形态的指导下来展开戏剧工作的。值得注意的是，在谈论话剧民族化的具体实施方案时，张庚明确地指出："现实主义就是民族化与现代化的最大的保证。"[1]

需要指出的是，"现实主义"这个词语也是由西方引入的。它的含义十分含混，甚至西方的文艺评论家都无法对其意义及范畴做出明确的阐释与界定。在西方语境下，它既可以被用来指称一种文艺思潮，又可以被当作一种创作方法而运用于艺术创作之中。当"现实主义"这一术语被用来指称一种文艺思潮时，它是指兴起于19世纪30年代欧洲文坛的、与此前风行于欧洲的浪漫主义潮流相对立的一股潮流。学界对这股文艺思潮的一般看法是："浪漫主义是对于资本主义现实的第一次主观的批判和反抗。现实主义者为自己提出了另一种任务：分析、理解和表现复杂的资本主义社会中的活动机制……在这里，写实的、客观的、自我隐退的语言代替了浪漫主义的主观语言。可以说，现实主义是'科学地'分析和理解资本主义现实的初次尝试。"[2]当它被当作一种创作方法时，"它的基本含义是要求文学艺术真实客观地反映生活。它提倡冷静地观察、精确地描绘客观现实，力求再现典型环境中的典型人物"[3]。这也就是说，现实主义的创作原则要求作者如实地描述现实，而"不要以自己的政治信仰、阶级倾向、道德信念、哲学观点去评价，去表现，去刻画人物……让人物按照自己本应有的样态去爱、去恨、去说话、去行动，生活中原本是什么样，就如实表现出什么样"[4]。简言之，"真实"、"客观"是现实主义的基本美学原则。然而，西方学界却对这种"真实"进行了质疑。安敏成指出："作为一

---

[1] 张庚：《话剧民族化与旧剧现代化》，见周靖波主编：《中国现代戏剧论——建设民族戏剧之路》，北京：北京广播学院出版社，2003年版，第305页。

[2] 伍晓明：《中国文学中的现代思潮观》，转引自陈顺馨：《社会主义现实主义理论在中国的接受与转换》，合肥：安徽教育出版社，2000年版，第15页。

[3] 马新国主编：《西方文论史》，北京：高等教育出版社，2002年版，第226页。

[4] 丁涛：《质疑与辨析——关于曹禺戏剧的现实主义（或社会问题剧）诸评价》（上），载《戏剧》，2003年第1期。

件艺术品，作品可能而且最终会被放置在与它声称所要描摹的现实的等级性关系中去比较、评价。但如此一来，这件艺术品便十分可疑了，因为无论它多么精确地描摹了现实，它也永远不能取代现实。"[1]可见，从某种意义上说，"现实主义"的"真实"只是人们一厢情愿的臆想，它本身就是有一定限度的。具体而言，一方面，这种"真实"否定了作家的创造性。按照其原则，作家只是在机械地"复制"现实生活，而不是在进行自由的艺术创作；另一方面，这种美学原则本身就应当被反思。虽然它要求作家站在"客观"的立场上对事件进行描述，但是任何一个作家作为社会活动的参与者，其思维方式无疑总是受到某种特定的社会思潮的影响。不仅如此，作为独特的生命个体，他们对自己的生存状态都有着特殊的体验。在这些因素的作用下，作家所描述的事件与现实中的实际情形之间总是存在着差异。也因此，在西方，"现实主义"一词不断地被批判。

中国现代语境下的"现实主义"一词是在五四新文化运动时期由具有新思想的知识分子引入国门的。当它被"舶"入国门之后，其意义便逐渐发生了转改。在不同的社会历史时期中，"现实主义"被人为地赋予了不同的含义。最初，学界将"现实主义"译作"写实主义"或者"自然主义"[2]，胡适将之表述为"易卜生主义"。在当时的文化学者看来，现实主义文艺思潮所提倡的"如实地表现生活的本来面目"[3]的美学原则是与五四新文化运动的倡导者所极力宣扬的人性和思想的启蒙精神相吻合的。[4]在此意义上，"写实主义"、"自然主义"或"易卜生主义"的创作观念就是这种启蒙精神在艺术创作过程中的具体化。到了20世纪30、40年代，"革命启蒙"的思潮已然成为了中国语境中占主导地位的意识形态，"社会主义现实

[1]［美］安敏成：《现实主义的限制——革命时代的中国小说》，姜涛译，南京：江苏人民出版社，2001年版，第13页。

[2]陈独秀：《现代欧洲文艺史谭》，载《新青年》，1915年第1卷第4号。

[3]丁涛：《质疑与辨析——关于曹禺戏剧的现实主义（或社会问题剧）诸评价》（上），载《戏剧》，2003年第1期。

[4]［美］安敏成：《现实主义的限制——革命时代的中国小说》，姜涛译，第31页。

主义"或"革命现实主义"[1]的创作方法就是它在文艺创作领域中的投射。然而与"易卜生主义"相比，"社会主义现实主义"对作家的要求更为苛刻了，它不但限制了作家的选材范围，还框定了他们的创作思维方式。张庚也就是以"现实主义"为理论基点来展开对曹禺作品的评论的。

1936年6月，张庚在《光明》创刊号上发表了《悲剧的发展——评〈雷雨〉》一文。在该文的开篇，他就对自己的写作思路加以表白，他说："真正的批评应当是向读者——观众来解释着作品的内容，它成功的原因，或者它之所以不能达到最崇高的境界的原因等等。"[2]在张庚眼中，《雷雨》意欲表达的是一种"遥远"的情怀，是人们对于不可知的命运的敬畏。由此可以推测，曹禺似乎始终与自己所处的客观世界保持着一定的距离，用张庚的话说就是："他对于人类社会所苦恼的中心是不接近的，同时也没有意识着去接近。"[3]这一点让张庚尤为不满。他认为，作为一个知识分子，曹禺理应有一种社会责任感，应当自觉地用先进的理论武装自己的头脑，并在作品中"为真理服务到底"[4]。这个"真理"也就是张庚所信奉的马克思主义的基本观念。相反，曹禺不但无意去暴露社会的黑暗面，而且还将自己的写作兴趣集中在对于某种原始而复杂的情绪的玩味之上。这一切直接导致了其作品的题旨狭小，无法跻身于最伟大的作品之列。

然而，张庚又发现《雷雨》并不是一无是处的，它在人物塑造，尤其是在对于女性的描写上是非常成功的。不仅如此，该作品中甚至还客观地存在着进步的反封建的思想。不过，这种先进的思想显然"并不是作者自己预先想到的"，而是来自于"现实主义"的创作方法。

---

[1]"社会主义现实主义"最早是由周扬提出的，但是这一概念并未在中国语境中被广泛地接受和使用，取代它的是另一概念——"革命现实主义"。"革命现实主义"是由冯雪峰提出的，尽管其内涵在具体表述上与前者不尽相同，但是二者的意义指向却是一致的。
[2]张庚：《悲剧的发展——评〈雷雨〉》，载《光明》半月刊创刊号，1936年6月。
[3]张庚：《悲剧的发展——评〈雷雨〉》，载《光明》半月刊创刊号，1936年6月。
[4]张庚：《悲剧的发展——评〈雷雨〉》，载《光明》半月刊创刊号，1936年6月。

作者并没有想批判什么，可是为了忠实于他的人物，爱他的人物，他的笔下到底忍不住发挥了痛快的暴露。因此他底剧作竟部分地有了反封建的客观意义。这难道是作者自己所预想的？不，这是他的人物典型——他的环境所给他的。还有，他的现实主义给他的。[1]

张庚曾明确地指出，曹禺是个"不自觉的成功的现实主义者"[2]。在创作过程中，他虽然没有一个明确的政治思想立场，但是却如实地反映了家庭生活的实际情形。而这种"实际情形"又恰恰是家庭生活中的阴暗面。在他看来，这种"如实"地展现家庭生活情形的创作取向恰好与中国语境中的"现实主义"的创作原则相吻合。它让曹禺于不自觉中揭露了封建大家庭中的黑暗面，这就使剧作本身具有了"反封建"的意义。但是，张庚也不无遗憾地指出：

> 《雷雨》的作者在创作过程上所表现的不幸，就是在我们反复述说的这点，世界观和他的创作方法上的矛盾。如果他的创作方法战胜了他的世界观，他的这个剧作是要更其深入和感人的。不幸的是，也象他的故事一样，那不可知的力量战胜了他的创作方法。[3]

也就是说，曹禺正是受到了"宿命论"的世界观的束缚，他才无法认清当时社会的主要矛盾，因此也就不可能坚持运用"现实主义"的创作方法，并在创作过程中有目的地对社会制度的黑暗面加以深度批判。这一点就使得他的作品在思想内容上难以"达到最崇高的境界"。这一点不能不说是曹禺自身的悲剧。

在评论《日出》时，张庚依然沿用了他用于解读《雷雨》的方法。他指出，虽然曹禺在《日出》中"表白了自己对于这个社会现象的不平，对它改革的热烈期望"[4]，可这并不能证明曹禺的思想境界就比他在创

---

[1] 张庚：《悲剧的发展——评〈雷雨〉》，载《光明》半月刊创刊号，1936年6月。
[2] 张庚：《悲剧的发展——评〈雷雨〉》，载《光明》半月刊创刊号，1936年6月。
[3] 张庚：《悲剧的发展——评〈雷雨〉》，载《光明》半月刊创刊号，1936年6月。
[4] 张庚：《读〈日出〉》，见王兴平、刘思久、陆文璧编：《曹禺研究专集》（下），福州：海峡文艺出版社，1985年版，第8页。

作《雷雨》时提升多少。通过对《日出》的细致品读，不难发现，曹禺对于整个社会的全盘否定不是建立在其对世间万象加以冷静而透彻的分析的基础之上的，而是以他潜意识中的"原始精神"[1]为依托的。这种"原始精神"实际上就是指人对于不公平的社会制度所产生的本能的破坏欲和反抗欲。[2]为了表达这种情感趋向，曹禺专门设计了第三幕。在这场戏中，曹禺将社会生活中最为残酷可怖的场景直接搬上舞台，意在宣泄自己胸中对于现实的不满。而张庚认为，尽管从这一幕戏中可以感受到曹禺是拥有正义感和同情心的，但是它却从一个侧面反映出曹禺的脑海深处依然遗存着旧式的观念，这种观念限制了曹禺的创作眼光，让他难以用现代人的眼光对社会生活加以观照。

　　除此之外，张庚指出，虽然《日出》中的人物形象生动，性格鲜明，可是这只能证明作者的写作技法的高超，而不代表作者对于造就这些性格的社会基础有着更深刻的洞悉。也正是由于对社会基础缺乏认识，《日出》中的部分人物存在失真的情况。比如，在描写"李石清"时，作者为了突出他不择手段地想融入上流社会的性格特征，特地设计了他"鞋都破了的事"[3]。这显然违背了当时的社会习惯——"只重衣衫不重人"[4]。也就是说，按照常理，像李石清这样身份的人是不会注意不到衣着上的细节的。

　　张庚的评论眼光似乎显得有些挑剔和苛刻，然而难得可贵的是，在此文中，他特别为《日出》的排演提出了建议。他不主张在实际的演出中将第三幕搬上舞台。其原因就在于：虽然《日出》的情节不具备"整

---

　　[1]张庚：《读〈日出〉》，见王兴平、刘思久、陆文璧编：《曹禺研究专集》（下），福州：海峡文艺出版社，1985年版，第11页。
　　[2]张庚在文中对曹禺的政治思想倾向作了这样的判断："……他却是一个无可抵赖的，本能地对现代资本主义文明，生活方式，由生活方式所产生的艺术样式不能忍受的人。"参见张庚：《读〈日出〉》，见王兴平、刘思久、陆文璧编：《曹禺研究专集》（下），福州：海峡文艺出版社，1985年版，第10页。
　　[3]张庚：《读〈日出〉》，见王兴平、刘思久、陆文璧编：《曹禺研究专集》（下），第12页。
　　[4]张庚：《读〈日出〉》，见王兴平、刘思久、陆文璧编：《曹禺研究专集》（下），第12页。

一性"，但是诸多的事件却是以陈白露的行动为主线而被串接在一起的。假如突然将与主线内容无甚关联的场景和事件置于幕前，观众的注意力很可能会分散。加上"第三幕刺激性极强，自成一个高潮，到了第四幕，白露的自杀，全剧的主要结束，恐怕反而会收不到强烈的效果"[1]。客观地说，虽然曹禺十分钟爱第三幕，并在《日出·跋》中一再强调他极为不满在排演中删去第三幕的做法，可是在当时有限的舞台条件下，这一幕在实际排演过程中也难以收到良好的效果。因此，张庚的建议是十分中肯的。

二、周扬[2]：绝对的"社会主义现实主义"尺度

周扬基本上是在与张庚相同的理论视域下对曹禺剧作进行评论的，他所运用的话语与张庚的表述显示出惊人的一致性。周扬在初涉文坛之时就明确地表达了自己对于艺术之本质的见解。1929年，他发表了自己的第一篇文学评论文章《辛克莱的杰作：〈林莽〉》。在该文中，周扬借用辛克莱的话来阐述自己的艺术观："一切的艺术是宣传，普遍地不可避免地是宣传；有时是无意的，而大底是故意的宣传。"[3]可见，周扬在从事艺术活

---

[1]张庚：《读〈日出〉》，见王兴平、刘思久、陆文璧编：《曹禺研究专集》（下），福州：海峡文艺出版社，1985年版，第14页。

[2]周扬（1908—1989），原名周运宜，字起应，湖南益阳人。他是一位颇具争议性的文艺理论家、文学翻译家。1928年，他毕业于上海大夏大学，同年冬赴日本留学。周扬在日期间，正值日本的左翼文学运动的高涨期，他参加了由中国留学生组织的"中国青年艺术联盟"，并与日本鼓吹左翼文艺思潮的人士有过接触。1930年，他回到上海，加入了"中国左翼戏剧家联盟"（"剧联"）。1931年年底，他又加入了"中国左翼作家联盟"（"左联"）。周扬是"左联"中的骨干人物，从1933年到1936年，周扬一直担任着"左联"的团委书记一职。他译介了大量的与马克思主义文艺理论相关的论文和以宣传阶级斗争、民主革命为主题的文艺作品。其中较有影响的论文包括《十五年来的苏联文学》、《关于"社会主义的现实主义与革命的浪漫主义"——"唯物辩证法的创作方法"之否定》等。尤其是后者，它是当时中国国内最早介绍和论述苏联语境中最主流的创作方法的文章。由他所翻译的文学作品有柯伦泰夫人的《伟大的恋爱》、《大学私生活》（与周立波合译），果尔德的《罢工》、潘菲洛夫的《田野的姑娘》等。1936年，为了适应新的革命斗争形式的需要，周扬建议解散"左联"。在此之后，他又积极筹措组建"中国文艺家协会"，并提出"国防文学"的口号。

[3]周扬：《周扬文集》（一），北京：人民文学出版社，1984年版，第1页。

动时，并未充分地尊重艺术的自足性。他只是将文艺活动当作了自己革命政治工作的一个重要组成部分，把艺术作品简单地视作宣传某种特殊政治意识形态的工具。

青年周扬像

1937年，周扬在《光明》2卷8期上发表了《论〈雷雨〉和〈日出〉并对黄芝冈先生的批评的批评》一文。如题所示，周文是针对黄芝冈所撰写的剧评《从〈雷雨〉到〈日出〉》而作的。黄芝冈试图在对《雷雨》和《日出》的写作目的加以探寻的基础上，勾勒出曹禺创作思想的发展轨迹。在评述《雷雨》时，他虽然承认了曹禺在编剧技巧方面的卓越才能，但是也毫不客气地指出，由于曹禺不具备"对社会有正确认识和剖析"的能力，故而"剧作者对剧情无正确的估量，不但是幻术般的欺骗了观众，而且也因为观众们的盲目拥护认不清自己的前途"。[1]

何谓"对剧情无正确的估量"呢？首先，黄芝冈认为，曹禺并未在剧中"正确"地反映出当时中国的国情。以周朴园和鲁侍萍的关系为例，他论述道，按照旧中国的婚姻制度，"周朴园和侍萍布置了一间房子，该婢女便该正式收为妾了；侍萍既替周家生了儿子，便没有妻的地位，妾的地位是根深柢固的，周朴园与另一贵家女人结婚和侍萍的妾的地位并不冲突"。[2]而在剧中，周朴园却执意要将侍萍在一个雪夜逐出家门。针对这样的剧情，黄芝冈颇有微词。他指出，既然将母亲逐出，偏又将儿子留下，"将儿子唤做萍来纪念母亲，我恐怕全中国也找不出这样的一件奇事"。[3]也就是说，黄芝冈以为，曹禺在《雷雨》中所建构的戏剧事件

---

[1] 黄芝冈：《从〈雷雨〉到〈日出〉》，载《光明》半月刊，第2卷第5期，1937年2月10日。

[2] 黄芝冈：《从〈雷雨〉到〈日出〉》，载《光明》半月刊，第2卷第5期，1937年2月10日。

[3] 黄芝冈：《从〈雷雨〉到〈日出〉》，载《光明》半月刊，第2卷第5期，1937年2月10日。

是一件"可能发生却不可信的事"[1]，它不符合当时中国人的生活习俗和思维习惯。其次，按照黄芝冈的理解，曹禺的写作目的也就是要鼓吹"正式结婚至上主义"。这种思想是由曹禺本人对于封建宗法制度的认同而衍生出来的。曹禺在《雷雨》中设置了"母子乱伦"、"兄妹乱伦"的情节，在黄芝冈看来，这些乱伦之罪产生的根源应当是"宗法礼教的自身的缺失"。[2]因此，剧中人即使犯了"乱伦"之错，也罪不当诛，即他们不应当为此而付出性命的代价。然而在剧中，曹禺不但让"蒸淫和兄妹恋爱"的当事人"依封建道德的观点认为自己做了'错事'"，而且还使他们在剧的最后非死即疯，"牺牲了青年人的有用的生命"。依照黄芝冈的思路，这一点无疑证明了曹禺潜意识中依然存在着旧的封建宗法制度的道德观。由此，黄芝冈得出的结论即是，曹禺的《雷雨》会将青年人的思想引向歧路。

在评论《日出》时，黄芝冈认为，"《日出》比《雷雨》能前进几步"[3]。前者比后者进步的地方在于，《日出》中的"偶然"，也即是"突转"和"发现"要少于《雷雨》，其所反映的是发生在现实生活中的真实的人和事。然而他又指出，《日出》"真实性"是有限的。比如他就认为陈白露的自杀就不合情理。与其说她是因为还不了巨额的负债走投无路而最终选择了结束自己的生命，不如说她是被作者"谋杀"的。他解释道："她决不因潘经理坍台了便再没有其他找钱的路，便不想再寻找其他找钱的路。"[4]不难看出，在评论曹禺的作品时，黄芝冈采用的是较为庸俗的"社会学"的理论视角，他所关注的只是作品是否客观地反映了当时的社会风气，而非作品本身的艺术审美特性。

---

[1]［古希腊］亚里士多德：《诗学》，陈中梅译，北京：商务印书馆，1996年版，第170页。

[2]黄芝冈指出："就一般而论，爬灰的症结是早婚和鳏居，蒸淫的症结是子长妻少，兄妹恋爱的症结是家禁森严，是宗法礼教的自身的缺失。"参见黄芝冈：《从〈雷雨〉到〈日出〉》，载《光明》半月刊，第2卷第5期，1937年2月10日。

[3]黄芝冈：《从〈雷雨〉到〈日出〉》，载《光明》半月刊，第2卷第5期，1937年2月10日。

[4]黄芝冈：《从〈雷雨〉到〈日出〉》，载《光明》半月刊，第2卷第5期，1937年2月10日。

周扬对黄芝冈针对《雷雨》和《日出》的发难很不以为然。他指出："读黄先生的文章，如果没有看《从〈雷雨〉到〈日出〉》这个题目，我真要疑心他写的是一篇社会批评：仿佛他从报纸上读到了两则关于家庭惨案和交际花服毒自杀的新闻，于是拿起笔来，他对这两个社会事件大加抨击。"[1]换言之，黄芝冈的解读方式有吹毛求疵之嫌，他的评论态度不"诚恳"，不"诚实"。与黄芝冈的观点相反，周扬认为："《雷雨》和《日出》无论是在形式技巧上，在主题内容上，都是优秀的作品，它们具有反封建反资本主义的意义。"[2]

从"形式技巧"上说，曹禺用极为细腻的笔触描摹了身处于封建大家庭之中的人们的生存状况，塑造了一系列真实可信的人物形象；从"主题内容"上说，《雷雨》"一方面暴露了封建家庭的残酷和罪恶，同时也正呈现了这个制度自身的破绽和危机"[3]，而《日出》则描绘出了一群"沦落在都市腐烂生活的旋涡里的人"的生活状态——他们之间是赤裸裸的金钱关系，每个人都为着谋求个人利益而不择手段。这样的生存目的"使他们堕落，使他们污恶，使他们服服帖帖做金钱的奴隶"[4]。那么是什么导致了曹禺剧作的成功呢？在这一点上，周扬认同并吸纳了张庚的观点，他同样认为，这要归功于曹禺在创作过程中自觉或者不自觉地运用了"现实主义"的创作方法。

需要指出的是，周扬所说的"现实主义"是指"社会主义现实主义"。在中国语境中，这一提法最早就是由他从苏联译介入国门的。1933年，在《关于"社会主义的现实主义与革命的浪漫主义"——"唯物辩

---

[1] 周扬：《论〈雷雨〉和〈日出〉并对黄芝冈先生的批评的批评》，见王兴平、刘思久、陆文璧编：《曹禺研究专集》（上），福州：海峡文艺出版社，1985年版，第566页。

[2] 周扬：《论〈雷雨〉和〈日出〉并对黄芝冈先生的批评的批评》，见王兴平、刘思久、陆文璧编：《曹禺研究专集》（上），第565页。

[3] 周扬：《论〈雷雨〉和〈日出〉并对黄芝冈先生的批评的批评》，见王兴平、刘思久、陆文璧编：《曹禺研究专集》（上），第570页。

[4] 周扬：《论〈雷雨〉和〈日出〉并对黄芝冈先生的批评的批评》，见王兴平、刘思久、陆文璧编：《曹禺研究专集》（上），第573页。

证法的创作方法"之否定》一文中，周扬一方面对苏联拉普作家所秉持的"唯物辩证法的创作方法"进行了反思和批判，另一方面又对"社会主义现实主义"的创作方法加以了详尽而系统的介绍。在对"唯物辩证法的创作方法"进行反思和批判时，他写道：

> "唯物辩证法的创作方法"这个口号便是"拉普"组织上的宗派性之在批评活动上的反映。"拉普"的批评家们常常用"唯物辩证法的创作方法"这个抽象的烦琐哲学的公式去绳一切作家的作品。他们对于一个作品的评价并不根据那作品的客观的真实性，现实主义和感动力量之多寡，而只根据于作者的主观态度如何，即：作者的世界观（方法）是否和他们相合。他们所提出的艺术方法简直就是关于创作问题的指令，宪法。结果，为唯物辩证法的创作方法的斗争就变成了唯物辩证法的歪曲，和创作实践的脱离，对于作家的创造性和幻想的拘束、压迫……虽然艺术的创造是和作家的世界观不能分开的，但假如忽视了艺术的特殊性，把艺术对于政治，对于意识形态的复杂而曲折的依存关系看成直线的，单纯的，换句话说，就是把创作方法的问题直线地还原为全部世界观的问题，却是一个决定的错误。[1]

在这段表述中，周扬从两个方面对"唯物辩证法的创作方法"进行了批判：从文艺理论的建设方面说，尽管"唯物辩证法的现实主义"这一提法看似是以马克思主义思想中的"唯物辩证法"为理论基础的，但事实上它却是"唯物辩证法"被曲解之后的产物。周扬指出，苏联的拉普作家其实并没有完全理解和掌握"唯物辩证法"的真意。在他看来，按照"唯物辩证法"的基本观点，艺术家的世界观与他的创作实践之间存在着辩证关系，即："艺术家是依存于他自身的阶级的世界观的……艺术家的世界观又是通过艺术创作过程的复杂性和特殊性而表现出来的。"[2]换言之，虽然艺术家的世界观能够影响他的创作实践活动，但是这种影响却十分有限。

---

[1] 周扬：《周扬文集》（一），北京：人民文学出版社，1984年版，第103—106页。
[2] 周扬：《周扬文集》（一），第105页。

这是因为艺术创作活动是具有其独特性的：其一，艺术创作的思维方式是形象思维，它有别于理论思辨的抽象思维。因此，任何人都无权苛求作家必须在作品中表达出某种明确的、成熟的政治观点。其二，对于作家自身而言，作品的创作过程实际上可以当作是真实地"再现"现实中的某一事件的发生过程。"真实地再现"是指作家以一种相对"客观"的态度来对事件本身进行观照。而在周扬看来，作家所持有的这种态度会使他的作品存在"他的艺术的创造的结果，甚至可以达到和他的世界观相反的方向"的可能性。[1]为了证明这一点，周扬援引了恩格斯的表述："巴尔扎克不能够不违背自己的阶级同情和政治成见，他见到了自己所心爱的贵族不可避免的没落，而描写了他们的不会有更好的命运……这些，我认为正是……老巴尔扎克的最大特殊性之一。"[2]这也就是说，恩格斯认为，尽管巴尔扎克是资产阶级中的一分子，然而在创作过程中，巴尔扎克却没有受到自身的"阶级同情和政治成见"的限制。他以客观的态度描述了"自己所心爱的贵族"必将走向没落的命运。因此，从巴尔扎克的作品中所体现出来的思想观念与作者本身所持有的世界观显然是相反的。从这种意义上说，"唯物主义辩证法的创作方法"无疑夸大了"世界观"对于创作实践活动的影响，这显然是有悖于马克思主义的唯物主义辩证法的。

从创作实践方面说，周扬认为，"唯物主义辩证法的创作方法"是"现实主义"创作方法在苏联语境中被偏狭化、庸俗化之后的产物，它束缚了作家的创作思维。在这种创作方法的影响之下，无论是作家自身还是作品的接受者，他们"对于一个作品的评价并不根据那作品的客观的真实性，现实主义和感动力量之多寡，而只根据于作者的主观态度如何，即：作者的世界观（方法）是否和他们相合"。这也就是说，"唯物主义辩证法的创作方法"并不要求作家在作品中"真实"地再现现实的社会阶级斗争

---

[1] 周扬：《周扬文集》（一），北京：人民文学出版社，1984年版，第105页。
[2] 周扬：《周扬文集》（一），第106页。

生活，而是要求他们在作品中标榜自己的世界观是先进的、革命的、马克思主义的世界观。显然，这种创作方法违背了艺术创作的普遍规律。那么到底有没有一种创作方法既符合唯物辩证法的理论思想，又兼顾艺术创作的普遍规律呢？周扬的答案是肯定的。他将这种特定的创作方法表述为"社会主义现实主义的创作方法"，并借用吉尔波丁的理论来阐述其内涵：

> "社会主义的现实主义"，借它的提倡者吉尔波丁的话说来，就是"在肯定和否定的契机中生活的丰富和复杂，及其发展之胜利的社会主义的根源之真实的描写"。真实性——是一切大艺术作品不能缺少的前提。真实使文学变成了反对资本主义拥护社会主义的武器。正因为这个缘故，那必须说谎，必须掩饰现实的资产阶级，就再不能创造出活生生的大艺术作品来；正因为这个缘故，"只有无产阶级文学和正转向劳动阶级方面来的作家所创作的文学，才能在艺术形象之中，在其一切的真实上，在其矛盾上，在其发展方向上，在无产阶级党和正建设着的社会主义的历史展望上，体现这现实。正在这中间，就包含着'社会主义的现实主义'的这个口号的意义"（吉尔波丁）。[1]

不难看出，所谓的"社会主义现实主义的创作方法"具有两种意义指向：其一，它具有明确的阶级性，是无产阶级作家所必须掌握的创作方法。它不但要求作家以现实生活中的阶级斗争为创作题材，而且还要求作家在创作过程中，自觉运用马克思主义理论中的阶级分析的方法来对斗争的结果进行预测。而按照这一特定理论的基本观点，在无产阶级与资产阶级相互斗争的过程中，无产阶级必然是会取得胜利的。其二，它是以"正确地反映真理"为美学原则的。需要指出的是，周扬所理解的"真理"与西方认识论中的"真理"的内涵是存在较大差异的。在西方认识论中，"真

---

[1] 周扬：《周扬文集》（一），北京：人民文学出版社，1984年版，第110页。

理"意味着主观认识与客观事实相符合。而周扬所谓的"真理"，是指马克思主义思想中的部分政治理论。在他看来，无论是在政治领域中，还是在文学创作领域中，这些理论是解决一切问题的根本方法及衡量一切价值的重要尺度。他说："文学的真理和政治的真理是一个，其差别，只是前者是通过形象去反映真理的。所以政治的正确就是文学的正确。不能代表政治的正确的作品，也就不会有完全的文学的真实……文学自身就是政治的一定形式。"[1]

从周扬对"唯物主义辩证法的创作方法"的批判中不难看出，他已经意识到艺术创作活动是有其特殊性的，它与社会政治活动有着根本区别。艺术家在从事作品创作时没有必要在作品中将自己的政治态度加以直白的表露，他们只需遵循特定的创作规律，"真实地"反映社会人生即可。然而，透过他对"社会主义现实主义"的诸多论述可知，周扬所谓的"真实性"是具有阶级属性的。在他看来，真实地反映社会生活的情形并不是指作家要以客观求实的态度来摹写生活的实际情态，而是意味着作家要自觉地站在无产阶级的政治立场上来揭露资产阶级生活的本来面目，用他的话说就是："真实使文学变成了反对资本主义拥护社会主义的武器。"在这里，"社会主义现实主义"不仅是一种创作方法，还是一种世界观。从某种程度上说，周扬正是通过"社会主义现实主义"创作观念的建构，试图在政治宣传与艺术审美之间架构起一个立意高与形式美的张力，但是他没有意识到二者之间的张力是极为脆弱的。

在评论《雷雨》和《日出》时，周扬所运用的即是"社会主义现实主义"的一整套话语。在这篇剧评的开篇，他认定曹禺在创作时所运用的就是"现实主义"的创作方法。在此前提下，他肯定了曹禺剧作的艺术水准，并将曹禺在艺术上获得成功的根本原因归结为其依循了这一特定的创作原则。在他看来，《雷雨》的艺术成就体现在人物形象的塑造和戏剧情

---

[1] 周扬:《周扬文集》（一），北京：人民文学出版社，1984年版，第67页。

节的组织上。就前者而言，曹禺在《雷雨》中写的是他所熟悉的人，他是"带着爱和感激"来描写他们的。他不但赋予了这些人物"美丽的心灵"、"火炽的热情"，[1]也揭露出了他们性格中的软弱性——没有反抗黑暗现实环境的力量。就后者来说，尽管曹禺在创作时"和实际斗争保持着距离"，但是他却忠实地描摹了现实中的劳资矛盾和阶级冲突情形，这一点使他的作品"达到了有利于革命的结论"[2]——具有了反封建反资本主义的意义。

　　言至此处，与张庚的评论思路相似，周扬也转变了笔锋，开始批评曹禺的"现实主义"的"不彻底、不充分"。这种不彻底性体现在曹禺所运用的创作方法与他本人的世界观相矛盾上。[3]周扬指出，虽然曹禺的创作方法是先进的，但是其世界观却是"宿命论"的。在这种落后的世界观的影响之下，一方面，曹禺不但对自己笔下人物的遭遇报以深深的同情，而且还极其期待读者和观众也能在"上帝的座"上，以一种悲天悯人的眼光来关注和评判剧中的悲欢离合；另一方面，他虽然看出了"大家庭的罪恶和危机，对家庭中的封建势力提出了抗议"[4]，但是他的抗议却是消极的。换言之，他没有表达出要用革命的手段来改变现实环境、与反动力量相抗衡的诉求，反而将造成剧中人的种种苦难的根源归结到不可知的超自然的力量之上。

　　从这种意义上说，"宿命论"就是《雷雨》的"Sub—Text（潜在主题）"。也正是基于这样的观点，周扬才尤其不满曹禺对于"鲁大海"这一人物的处理。在《雷雨》的众多人物中，鲁大海是唯一一个具有先进

————————

　　[1]周扬：《论〈雷雨〉和〈日出〉并对黄芝冈先生的批评的批评》，见王兴平、刘思久、陆文璧编：《曹禺研究专集》（上），福州：海峡文艺出版社，1985年版，第568页。
　　[2]周扬：《论〈雷雨〉和〈日出〉并对黄芝冈先生的批评的批评》，见王兴平、刘思久、陆文璧编：《曹禺研究专集》（上），第567页。
　　[3]周扬：《论〈雷雨〉和〈日出〉并对黄芝冈先生的批评的批评》，见王兴平、刘思久、陆文璧编：《曹禺研究专集》（上），第570页。
　　[4]周扬：《论〈雷雨〉和〈日出〉并对黄芝冈先生的批评的批评》，见王兴平、刘思久、陆文璧编：《曹禺研究专集》（上），第570页。

阶级属性的人，是新兴的工人阶级的代表。在他身上本应该具有能推翻以周朴园为代表的封建势力，"把人性解放出来"[1]的勇气和力量。然而曹禺却"把他写得那么粗暴、蛮横，那么不近人情"，使他的阶级特质流于皮相。特别是在描写他与生父周朴园的矛盾时，按照周扬的思路，曹禺完全可以将这二人之间的冲突处理成敌对阶级之间的对抗，"两种社会势力的相搏"，但是他却将写作的兴味集中在鲁周之间不同寻常的亲子关系上，仍然借此感喟着命数的不可抗拒性。由此，周扬甚至是有些愤懑地指责道：在"宿命论"世界观的左右下，《雷雨》的思想意义被"大大地降低了"。[2]

除此之外，《雷雨》中"序幕"和"尾声"的设置也让周扬颇感费解。在《〈雷雨〉·序》中，曹禺曾反复申诉过他设置"序幕"和"尾声"的用意，他将这两部分视为《雷雨》作为一首"诗"之诗意的依托。然而，周扬似乎并没有捕捉到蕴涵在该剧之中"诗意性"的丰赡内涵，他依然将此剧看作一部社会问题剧，并认为"序幕"和"尾声"有续貂之嫌。他说，与其利用它们把"这件罪恶推到时间上非常辽远的处所，将观众的情绪引入一种宽驰的平静的境界，不如让观众被就在眼前的这种罪恶所惊吓，而不由自主地叫出'来一次震撼一切的雷雨吧'"[3]。也就是说，他是反对曹禺试图用这两部分来拉开"欣赏距离"的做法的。在他看来，"欣赏距离"一旦拉开，此剧的社会现实意义会随之淡化，其对于人们的教育意义也会大大地削弱。

在解读《日出》时，周扬同样先肯定了此剧的艺术价值。从作品的取材上说，《日出》的选材视野显然要更开阔，它不再仅是拘泥于描摹封建

---

[1] 周扬：《论〈雷雨〉和〈日出〉并对黄芝冈先生的批评的批评》，见王兴平、刘思久、陆文璧编：《曹禺研究专集》（上），福州：海峡文艺出版社，1985年版，第571页。

[2] 周扬：《论〈雷雨〉和〈日出〉并对黄芝冈先生的批评的批评》，见王兴平、刘思久、陆文璧编：《曹禺研究专集》（上），第571页。

[3] 周扬：《论〈雷雨〉和〈日出〉并对黄芝冈先生的批评的批评》，见王兴平、刘思久、陆文璧编：《曹禺研究专集》（上），第572页。

大家庭的生活情态，而是力图"把一个半殖民地金融资本主义制度下的脓疮社会描绘在他的画布上"[1]。从戏剧人物的设计上说，曹禺在该作品中沿袭了其在创作《雷雨》时所运用的"对人物描写的独特的手法"[2]，故而《日出》中的"人物更是多样的，复杂的，每个人物有他们各自不同的独特容貌"[3]。例如，周扬就十分欣赏曹禺对于李石清的描写。在他看来，作家用极为细腻的笔触刻画出了"一个在金钱社会里拼死不顾往上爬的典型人物"[4]。在剧中，曹禺设计了这样一段戏词："我不比他们坏，这帮东西，你是知道的，并不比我好……他们跟我不同的地方是他们生来有钱，有地位……我告诉你，这个社会没有公理，没有平等。什么道德，服务，那是他们骗人。你按部就班地干，做到老也是穷死。只有大胆地破釜沉舟地跟他们拼，还许有翻身的那一天！"[5]显然，在李石清身上呈现出了一种悖论：他既对这个社会的黑暗本质有着最清醒的认识，痛恨这个社会的不公，却又深谙在这个特定的环境中求生存得发展的门道，也就是要大胆地与支配这个世界的有钱人以性命相搏方能改变自己的处境。无疑，这个"相搏"不是指从阶级斗争的层面上对"有钱人"进行彻底的否定和批判，而是在认同这些人的生活、行为方式的基础上，不择手段地进入他们所属的阶层。李石清的这段台词不但揭露了"关于有钱人所支配的世界的赤裸的真实"[6]，而且还展现出作为被剥削被损害阶层中的一员，其人格被分裂、被扭曲的悲剧命运。

---

[1] 周扬：《论〈雷雨〉和〈日出〉并对黄芝冈先生的批评的批评》，见王兴平、刘思久、陆文璧编：《曹禺研究专集》（上），福州：海峡文艺出版社，1985年版，第572页。

[2] 周扬：《论〈雷雨〉和〈日出〉并对黄芝冈先生的批评的批评》，见王兴平、刘思久、陆文璧编：《曹禺研究专集》（上），第573页。

[3] 周扬：《论〈雷雨〉和〈日出〉并对黄芝冈先生的批评的批评》，见王兴平、刘思久、陆文璧编：《曹禺研究专集》（上），第573页。

[4] 周扬：《论〈雷雨〉和〈日出〉并对黄芝冈先生的批评的批评》，见王兴平、刘思久、陆文璧编：《曹禺研究专集》（上），第573页。

[5] 曹禺：《日出》，见田本相、刘一军主编：《曹禺全集》第1卷，石家庄：花山文艺出版社，1996年版，第276—277页。

[6] 周扬：《论〈雷雨〉和〈日出〉并对黄芝冈先生的批评的批评》，见王兴平、刘思久、陆文璧编：《曹禺研究专集》（上），第573页。

　　周扬指出，尽管《日出》在一定程度上反映出了这个"损不足以奉有余"的社会的真实情状，但是该作品依然有很多未能尽善的地方，其中最突出的问题是主题思想的暧昧。周扬说："真正的精炼的艺术总是有明确的主题的。"[1] 按照他的思路，在创作之初，曹禺就应该设置一个最高行动线。在它的指导下，作家就能在更为广阔的社会阶级斗争的大背景中展开对剧中所有人物的描写，并将隐藏在剧中的"互相冲突的两种主要的力量"加以清晰、确定的表达。然而，与写作《雷雨》时的动机相似，引起曹禺写作《日出》的兴趣的还是"一段情节，几个人物"，而非一个明确的思想观念。这一点就直接导致了该剧中的人物关系不够紧密，不同阶级之间的人物的矛盾也不够突出。用周扬的话说即是："他们是散漫的零乱的一群……他们没有被某一主题的事件或一个主题的线所紧密地联系着。他们在金钱支配的世界里，七零八落，互相冲突，各自营着各自的生活。"[2] 即使在剧的最后，曹禺设计了一个"乐观"的结局——他让工人的夯歌随着太阳的升起而充斥着整个舞台空间，意在让观众领会到"腐烂的自会腐烂，光明自会来到"的社会历史发展的必然趋势，但是周扬却认为这个"乐观"是"廉价"的。[3] 他说："一个社会群的腐烂的人们，不管腐烂到怎样程度，假如不遭到外力的打击，是永远不会自己死亡。"与此相对应的，"象征光明的人们，现在还在黑暗中，不经过对黑暗的艰难的斗争，光明便永远也不能实现"[4]。不难发觉，在周扬的表述中潜藏着对于曹禺的一种期待，他希望曹禺能形成成熟的革命意识，能够改变自己的写作路数，自觉地在作品中表达出通过革命来改变社会现状的要求。

---

　　[1] 周扬：《论〈雷雨〉和〈日出〉并对黄芝冈先生的批评的批评》，见王兴平、刘思久、陆文璧编：《曹禺研究专集》（上），福州：海峡文艺出版社，1985年版，第574页。
　　[2] 周扬：《论〈雷雨〉和〈日出〉并对黄芝冈先生的批评的批评》，见王兴平、刘思久、陆文璧编：《曹禺研究专集》（上），第573页。
　　[3] 周扬：《论〈雷雨〉和〈日出〉并对黄芝冈先生的批评的批评》，见王兴平、刘思久、陆文璧编：《曹禺研究专集》（上），第576页。
　　[4] 周扬：《论〈雷雨〉和〈日出〉并对黄芝冈先生的批评的批评》，见王兴平、刘思久、陆文璧编：《曹禺研究专集》（上），第575—576页。

　　需要指出的是，周扬的这篇论文对于曹禺的影响是潜在的。虽然在曹禺早年，他既未正面回应过周扬的评论，也没有在后来的创作中采纳周扬所推崇的"社会主义现实主义"的创作原则，但是在解放后，他却开始认同并接受了周扬的意见。1950年，曹禺就以周扬的这篇评论为依据改写了《雷雨》、《日出》和《原野》。被改写后的作品虽然有了明确的主题思想，但是其艺术审美特性却荡然无存。晚年曹禺在回忆起这段经历时，感慨良多，他说："我修改《雷雨》和《日出》，就是开明书店出版的那本剧作选，我基本上是按照周扬写的那篇文章改的……我不是怪罪周扬，而是说明：不能把没有想通的东西，把自己还没有搞清楚的问题，就去生硬地灌到自己的作品中去……提倡如何如何，主张如何如何，提倡的结果，主张的结果，是英雄人物，正面人物，都写得更简单，思想的路子反而窄了。"[1]

　　在这段表述中，曹禺对周扬的创作主张加以深刻的反思。他体悟到，周扬所提倡的"社会主义现实主义"的创作原则，在实际的艺术创作中被具体化为了"主题先行"的写作方法。在这种创作方式的影响下，曹禺放弃了"诗意性"的戏剧美学追求，接受了将"社会功用性"视作艺术作品的根本特性的戏剧观。与此同时，他的创作陷入了困境之中——某种明确的主题思想不但不能激发他的创作灵感，反而扼杀了他的创造力，由此他再也创作不出既使自己满意也使读者和观众满意的作品了。

　　张庚和周扬所撰写的这两篇评论，开创了"曹评"写作的基本范式。自此以后的近六十年里，国内大多数评论者都依循着这个范式来展开对曹禺剧作的解读：他们几乎众口一词地先确认曹禺的身份，即他是一个自觉的或不自觉的现实主义者，接着又肯定他在戏剧事件的建构和人物塑造方面的成功，再承认其剧作"客观上"所存在的进步意义，继而又心照不宣

---

[1] 田本相、刘一军编著：《苦闷的灵魂——曹禺访谈录》，南京：江苏教育出版社，2001年版，第37页。

地感叹曹禺的"现实主义"的不彻底性，最后又指出曹禺的世界观和创作方法之间存在着矛盾。换言之，张、周二人用以评述曹禺剧作的表述方式已经逐渐成为曹禺评论界的权威话语模式。从某种程度上说，这种话语模式和与之对应的思维方式，不但使后来的研究者的视野受到了限制，而且还对曹禺的后期创作产生了负面的影响。

三、革命现实主义的失败之作：杨晦对于《原野》的批评

《原野》是曹禺早期的作品中最为特殊的一部。从创作取材上说，它是曹禺唯一一部展现农村生活图景的作品——它讲述的是一个农民复仇的故事；从主题思想上说，与《雷雨》和《日出》相比，它的内涵似乎显得更加晦涩——作者将这个故事讲得"鬼气森森"的；从创作技法上说，曹禺大胆地运用了欧美当时最为先锋的"表现主义"戏剧的手法，以至于不少读者和观众对其原创性产生了怀疑。因此，自1937年该剧发表以来，无论是评论者，还是演出团体，他们似乎都不愿过多地评论和搬演这部作品。

到了20世纪40年代，抗战的全面爆发极大地改变了中国文艺工作者对于艺术评论与创作的态度，他们将艺术活动视为政治革命斗争活动的一个重要组成部分。此时，"社会主义现实主义"（即"革命现实主义"）理论已经成为了最主流的创作观和最权威的艺术评价尺度。按照"革命现实主义"理论的思路，《原野》是一部毫无思想意义的作品。杨晦就在《曹禺论》中对该剧大加批判，并将《原野》贬斥为"曹禺最失败的一部作品"。他说：

> 《原野》里，却把那样现实的问题，农民复仇的故事，写得那么玄秘，那么抽象，那么鬼气森森，那么远离现实，那么缺乏人间味……（他）叫仇虎这个农民来对土豪地主复仇。这或者就是他的象征着光明的人物吧？假使他能就这样正面写下去，假使能对我们的农村社会，我们的农民革命有更深切的认识与了解，那么他会写成一部

有意义有价值的戏剧，或者一部悲剧。然而他却为他的思想所限制，他迷恋于神秘象征的艺术表现法，于是把一个现实的问题，给神秘象征化了，他不从现实了解社会问题，却从现在的社会问题里，得出神秘象征的了解……这也许就是曹禺所认为的艺术的最高境界吧，实际上这是他艺术的最大失败。[1]

杨晦从两个方面论述了《原野》失败的原因：其一，正是因为曹禺没有运用"革命现实主义"的创作方法，所以才会将一个"现实的问题"写得"那么鬼气森森，那么远离现实，那么缺乏人间味"。在他眼中，曹禺应当通过正面描写仇虎复仇的过程，来展现发生在农村的革命场景。然而在创作过程中，他却将写作的重点放在对仇虎复杂的心理特征的描摹之上，这一点直接造成了《原野》的社会意义大大降低。其二，曹禺之所以没有遵循"革命现实主义"的创作原则，是由于他受到了自身思想的限制。"革命现实主义"不但要求作家以"马克思主义理论"中的阶级分析论和唯物史观来武装自己的头脑，还要求作家在作品中再现发生在现实生活中的阶级斗争的场景。而曹禺的世界观是"神秘论"、"宿命论"的，他自身无法摆脱这种落后的世界观的束缚，故而也就认识不到"革命现实主义"创作观的先进性和重要性。不仅如此，在杨晦看来，曹禺戏剧审美倾向也不正确。他指出，由于曹禺过于"迷恋于神秘象征的艺术表现法"，以至于他将"农民复仇"这样"一个现实的问题，给神秘象征化了"，这一点是他"艺术的最大失败"。显然，在杨晦的视野中，作品的社会功用价值与艺术价值似乎没有明晰的界线，前者甚至可以成为评价后者的标尺。必须指出的是，这样的艺术观无疑将会带来极为严重的后果，按照这样的思维模式，艺术作品将完全丧失自足性，沦为宣传某种政见的工具。

令人深思的是，杨晦的评论态度虽然有些简单和粗暴，但是在特定的

---

[1] 田本相、胡叔和编：《曹禺研究资料》（上），北京：中国戏剧出版社，1991年版，第248、289页。

历史条件下，这也是可以理解的。然而，在他之后的近四十年里，学界的大多数评论者却依然沿袭着杨晦的话语模式来对《原野》加以批判，依然为曹禺没有在剧中正面展现农村的革命斗争生活面貌而耿耿于怀，甚至忿忿不平，这让曹禺感到十分困惑。他晚年时无奈地说："《原野》的倾向性很清楚，写农民的复仇。写的是民国初年的事，仇虎不这样又怎么办？……至今我也弄不懂，为什么《原野》始终被一顶无形的帽子压着？"[1]事实上，这顶"无形的帽子"也正是某种特定的社会政治意识形态，在它的左右下，评论者的思维已经逐渐形成了某种固定的模式。这种模式限制了评论者的解读视野，使他们难以对作品作出客观、公正的评判。

第五节　在革命现实主义教条之外

对于百年中国话剧史来说，20世纪30年代是极为重要的一个时期。在此阶段内，中国剧坛上不但出现了曹禺这样的戏剧大师，还涌现出一批具有较高理论素养的戏剧评论家。然而不难发现，在围绕着曹禺剧作而展开的一系列讨论中，尽管有不少真知灼见，但是大多数的评论内容，甚至那些表面上看来相左的意见，似乎都呈现出某种内在的同一性。比如，他们研究的视角囿于曹禺作品的主题是否具有正确的政治倾向性、从作品中所透露出的作者的世界观是否是进步的、曹禺在创作中是否运用了"现实主义"的创作方法等一系列问题上，并将作品的社会功用价值当作判断其艺术性的重要尺度。而造成这一趋向的根本原因在于，他们几乎是站在相同的视域，即中国语境下的"现实主义"的理论视域下，展开自己的评论活动的，他们用的是同一种思维方式、同一套话语体系。这也就意味着，中国话剧评论的写作方法开始逐渐形成某种固定的表述模式。耐人寻味的

---

[1] 田本相、刘一军编著：《苦闷的灵魂——曹禺访谈录》，南京：江苏教育出版社，2001年版，第146—147页。

是，评论者非但没有因此而感到焦虑，反而对此种趋势表现出了一种心安理得的态度。自此以后的很长一段时间内，在进行艺术评论活动时，评论者都习惯性地将剧作家的作品纳入"现实主义"理论的视野下，努力地挖掘着作品的社会功用价值。由此而引发的后果即是，文艺批评与政治时事评论的界限越来越模糊了，话剧作为一种独特艺术样式的审美自足性开始被消解。

20世纪30年代，中国语境下的现实主义已经成为用于评价曹禺剧作艺术价值的最主要的理论。评论者在对其作品加以解读时，都自觉地运用着"现实主义"的话语体系。他们乐此不疲地开掘着曹禺早期作品中的社会功用价值，批判着作者"宿命论"世界观的落后性，并对他的"现实主义"的"不彻底性"报以同情。值得注意的是，在这一历史时期内，有一批读者和观众自觉地打破了这种思维定势的限制，力图在新的理论维度下来对曹禺的早期作品加以观照。在解读过程中，他们虽然也发现曹禺作品中有些情节反映了现实中的社会政治斗争场面，但是却十分清醒地意识到，其作品并不能因此而被简单地定性为"社会问题剧"。这些评论者既没有追问曹禺的创作目的，也不再揣测其作品的主题思想，他们更为关注的是曹禺在人物塑造、情节编撰、技法运用等方面的得失及其作品的舞台搬演情况。

在《雷雨》问世后，远在日本的郭沫若在读到该剧后，给予了它极高的评价。在《关于曹禺的〈雷雨〉》一文的开篇，他就热情地赞扬道："《雷雨》的确是一篇难得的优秀的力作。作者于全剧的构造、剧情的进行，宾白的运用，电影手法之向舞台艺术的输入，的确是费了莫大的苦心，而都很自然紧凑，没有现出十分苦心的痕迹。"[1] 在这段表述中，郭沫若高度肯定了曹禺编剧技巧的卓越。他特别指出了曹禺在创作过程中

---

[1] 郭沫若：《关于曹禺的〈雷雨〉》，见王兴平、刘思久、陆文璧编：《曹禺研究专集》（上），福州：海峡文艺出版社，1985年版，第544页。

借鉴了"电影手法"。何为"电影手法"呢？实际上，它指的是电影艺术特殊的表现手段，即"蒙太奇"。"蒙太奇"的本意"指的是镜头的组接，即根据影视创作的整体构思，按照一定的情节发展和逻辑要求，组织和剪辑镜头的艺术手法"[1]。在话剧创作中，这种特殊的表现方式就被引申为戏剧关目和穿插的设计与布置。郭沫若以为，最见曹禺编戏功力的地方就在于，虽然《雷雨》中有大量的穿插，但是这些片段却被曹禺安置得十分妥帖，每一处的拼接和安插都十分自然，整个剧作呈现出一气呵成般的流畅，丝毫不见穿凿附会的痕迹。在对《雷雨》的审美意蕴进行探寻时，郭沫若运用了一种较为新颖的视域——精神病理学理论。在他看来，曹禺"于精神病理学、精神分析术等，似乎也有相当的造诣"[2]。因此，尽管曹禺明显地受到了古希腊悲剧的影响，但是作者本人似乎更倾向于在剧中展现"近亲相爱那种悲剧之必然性"[3]。在这里，郭沫若运用他极为专业的医学专业知识纠正道：这种"近亲相爱"的结果是否是悲剧，要取决于基因的组合方式。由此，郭沫若得出结论——曹禺对待"近亲相爱"现象的态度并不科学，他依然在用一种旧式道德的价值尺度来对此加以批判，因此其作品"缺乏积极性"[4]。在当时特殊的历史条件下，郭沫若的解读方式无疑很难引起人们的共鸣，但是他的贡献就在于将一种新的理论引入曹禺剧作评论的领域，拓宽了人们的解读视野。

1936年4月，李健吾以"刘西渭"为笔名发表了《〈雷雨〉——曹禺先生作》一文。他在解读《雷雨》时，虽然也试图厘清该剧的主题思想，但是他更偏重于人物性格的解析。关于前者，李健吾有自己独到的见解。他指出，虽然"这出长剧里面，最有力量的一个隐而不见的力量"是具有不

［1］王桂亭：《电视艺术学论纲》，上海：学林出版社，2008年版，第75页。

［2］郭沫若：《关于曹禺的〈雷雨〉》，见王兴平、刘思久、陆文璧编：《曹禺研究专集》（上），福州：海峡文艺出版社，1985年版，第544页。

［3］郭沫若：《关于曹禺的〈雷雨〉》，见王兴平、刘思久、陆文璧编：《曹禺研究专集》（上），第544页。

［4］郭沫若：《关于曹禺的〈雷雨〉》，见王兴平、刘思久、陆文璧编：《曹禺研究专集》（上），第544页。

可预知性的命运，但是作者并非要"替天说话"。[1]他认为，推动剧情发展的并不是无可抗拒的、不可被认知的"命运"，而是"藏在人物错综社会关系和人物错综的心理作用"里的"报复观念"，具体而言，也就是周繁漪和鲁大海的复仇意识。用李健吾的话说，"鲁大海要报复：他代表一个阶级，一个被压迫的阶级，来和统治者算账"[2]；而周繁漪要报复，是因为"就社会不健全的组织来看，她无疑是一个被牺牲者"[3]，可是却无人敢同情她。她被情欲所控制，当她的"热情到了无可寄托的时际"，她选择了报复。关于繁漪的报复对象，李健吾说："她要报复一切，因为一切做成她的地位，她的痛苦，她的罪恶。"[4]换言之，她要向一切背叛她的人，把她推向"母亲不是母亲，情妇不是情妇"这种绝境的人复仇。

关于后者，李健吾认为，《雷雨》中的女性形象比男性形象塑造得更为成功。在他看来，"繁漪"的形象最为深入人心。作者将一个受侮辱受损害的，心灵却又极为强悍的女人的内心冲突淋漓尽致地展现出来。在剧中，从繁漪对待周冲的态度上最能反映她的矛盾心理。一方面，面对自己亲生儿子，繁漪对他怀有一种本能的母爱。她理解并同情周冲的任何想法，并试图保护他不受伤害。比如在第一幕中，当周冲向她透露，自己爱上了四凤，并有拿出自己学费的一半供她读书的念头时，繁漪并没有马上责骂他，而只是很温和地劝告他，这样的想法是好的，但是却不现实——至少得不到其父周朴园的认可。另一方面，繁漪却又狠心地将儿子当作了用于报复周萍背叛的武器。在第四幕中，在她得知周萍要带着四凤私奔后，她挑唆着周冲去阻止他们。当周冲不愿受她的利用，甘愿放弃自己对四凤的感情，而成全周萍和四凤的关系时，她十分恼怒，几乎失去理智地痛骂周冲的懦弱。李健吾对此总结道："她不是不爱她的亲生儿子，是她不

---

［1］刘西渭：《〈雷雨〉》，见王兴平、刘思久、陆文璧编：《曹禺研究专集》（上），福州：海峡文艺出版社，1985年版，第539页。

［2］刘西渭：《〈雷雨〉》，见王兴平、刘思久、陆文璧编：《曹禺研究专集》（上），第540页。

［3］刘西渭：《〈雷雨〉》，见王兴平、刘思久、陆文璧编：《曹禺研究专集》（上），第542页。

［4］刘西渭：《〈雷雨〉》，见王兴平、刘思久、陆文璧编：《曹禺研究专集》（上），第542页。

能分心；她会恨他，如若他不受她利用。到了不能阻止自己的时候，她连儿子的前途也不屑一顾。"[1]与此形成对比的是，该剧中的男性的设计略显得粗疏。比如，鲁大海的性格中就存在互相抵牾的成分，用李健吾的话说就是："鲁大海写来有些不近人情。这是一个血性男子，往好处想；然而往坏处看，这是一个没有精神生活的存在。"[2]鲁大海的"不近人情"表现为其离家十年却从未再回周公馆探视过发疯的母亲；而李健吾所说的"精神生活"的缺失，也就是指鲁大海的性格中除了粗鲁、莽撞之外，没有其他特征。这使这一人物形象流于平面化、概念化。

值得注意的是，虽然几乎所有的评论都认定，曹禺深受古希腊悲剧的影响，但是似乎唯有李健吾意识到，曹禺对于古希腊悲剧的学习和借鉴不仅停留在他对于古希腊命运观念的认同上，而且体现在他对于亚里士多德意义上戏剧行动的悟解中。他说："作者的心力大半用在情节上，或者换一句话，用亚里士多德的术语，情节就是动作的动作上。"[3]所谓"动作"，实际上也就是亚里士多德意义上的"行动"。众所周知，亚里士多德曾在《诗学》中为"悲剧"下了一个著名的定义，即"悲剧是对一个严肃、完整、有一定长度的行动的摹仿"。这里的"行动"相当于"情节"，也即一系列戏剧事件的组合。而李健吾所说的"动作的动作"，即是指剧作家所建构的这一系列的事件能借助于演员的形体直接呈现在舞台上。换言之，李健吾所肯定的正是曹禺作品的可搬演性。

不难看出，李健吾是在一种较为纯粹的艺术审美性的视域下来对《雷雨》加以解读和评论的，从某种程度上说，他捕捉到了《雷雨》的审美特质，对曹禺所追求的"诗意性"也是有所领悟的。

1936年，《日出》诞生后，天津《大公报·文艺》的主编萧乾组织了

---

[1] 刘西渭：《〈雷雨〉》，见王兴平、刘思久、陆文璧编：《曹禺研究专集》（上），福州：海峡文艺出版社，1985年版，第542页。

[2] 刘西渭：《〈雷雨〉》，见王兴平、刘思久、陆文璧编：《曹禺研究专集》（上），第540页。

[3] 刘西渭：《〈雷雨〉》，见王兴平、刘思久、陆文璧编：《曹禺研究专集》（上），第543页。

一次关于《日出》的集体评论。参与这次大讨论的是当时文坛上知名的作家和评论家，包括茅盾、巴金、叶圣陶、沈从文、靳以、李广田、朱光潜（朱孟实）、杨刚、荒煤和燕京大学西洋文学系主任谢迪克等。他们所撰写的评论于1937年元旦前后分两次刊出。在这次讨论中，他们将目光集中在两个问题上：《日出》的主题思想和艺术表现手法。在探究《日出》主题思想时，大多数评论者认为，此剧的主题就隐藏在反复出现在剧作里的诗句中，即："太阳出来了，黑暗留在后面，但太阳是不属于我们的，我们要睡了。"在他们看来，这几句诗所蕴涵的意义即是，《日出》在揭露社会黑暗的同时，还预示着太阳升起，光明来临。然而也有读者指出，尽管曹禺在《日出》中暴露了现实社会的不公现象，可是他并没有找到造成这种状况的根源，因此也就无法寻求到改变现实的有效途径。

在对此剧的艺术表现手法进行探讨时，谢迪克在由其所撰写的《一个异邦人的意见》一文中，以一个"异邦人"所独有的视角对《日出》创作技巧上的得失进行了评判。在他看来，《日出》在人物形象的塑造上和戏剧语言的设计上均很见作者的编剧功底。在此剧中，被塑造得最成功的人物就是陈白露。在他眼中，陈白露的性格非常鲜明，且具有层次感。在剧的开场陈白露首次亮相时，她给读者和观众的印象似乎并不好，用谢迪克的话说，"起初她像好讥讽而且贪婪"。随着剧情的发展，她性格中可喜的成分开始逐渐展露，"不久我们才发见她对不幸者是那样慷慨而且充满了同情心。她是陷入了社会的圈套，又凭了她自己的能力在身份上保持相当的骄傲"[1]。尤其是在她费尽心力地试图从金八手中救下小东西的举动中，读者看到的是她的纯洁、善良和机警。而在她与顾八奶奶、张乔治、潘月亭等人周旋时，展现出的是她独有的女性魅力。正是基于这些分析，

---

[1]　［英］H. E. 谢迪克：《一个异邦人的意见》，见王兴平、刘思久、陆文璧编：《曹禺研究专集》（下），福州：海峡文艺出版社，1985年版，第4页。

谢迪克将陈白露誉为"剧中伟大的人物创造"[1]。从戏剧语言的设计上说，谢迪克认为："作者显然善于运用精彩的口语的对话……他使用的象征的确富有诗意，增助了本剧氛围的统一。"[2]用口语来写对话，无疑能让观众更容易理解剧情，把握事件发展的整个脉络。作者在剧中大量地使用了象征的手法，在舞台上营造出一种"诗意性"的氛围，这满足了观众的审美需求。

在谢迪克眼中，《日出》的不足之处也颇为明显。他说："它主要的缺憾是结构的欠统一。"[3]作品结构统一性的欠缺集中表现在第三幕的设置上。对此，谢迪克论述道："第三幕本身是一段极美妙的写实，作者可以不必担心会为观众视为淫荡。但这幕仅是一个插曲，一个穿插，如果删掉，于全剧的一贯毫无损失裂痕。即使将这幕删去，读者也还不容易找到一个清楚的结构。"[4]由此可见，谢迪克同样也认为，从戏剧情节的建构上说，《日出》第三幕中的行动是游离于全剧的主线剧情之外的，它让原本就松散的剧情，显得更加缺乏整一性。因此，在具体搬演中，这幕应删去为宜。除此之外，他指出此剧"还有一个缺憾，那是行文的冗赘，这部剧太长了。读者兴趣时常为那些段极长的对话抹淡了。人们出场次数嫌太繁。同时，作者似还犯了'重描'（over—emphasis）的毛病。如黄省三出场太多了"[5]。这也就是说，人物的台词过长过多，会冲淡观众的审美兴趣，而让同一个角色在舞台上出现的次数过多，会使观众产生审美疲劳。

不难看出，谢迪克本人是懂戏的。他的论述所传达出的价值取向即

---

[1]［英］H. E. 谢迪克：《一个异邦人的意见》，见王兴平、刘思久、陆文璧编：《曹禺研究专集》（下），福州：海峡文艺出版社，1985年版，第4页。

[2]［英］H. E. 谢迪克：《一个异邦人的意见》，见王兴平、刘思久、陆文璧编：《曹禺研究专集》（下），第5页。

[3]［英］H. E. 谢迪克：《一个异邦人的意见》，见王兴平、刘思久、陆文璧编：《曹禺研究专集》（下），第5页。

[4]［英］H. E. 谢迪克：《一个异邦人的意见》，见王兴平、刘思久、陆文璧编：《曹禺研究专集》（下），第5页。

[5]［英］H. E. 谢迪克：《一个异邦人的意见》，见王兴平、刘思久、陆文璧编：《曹禺研究专集》（下），第6页。

是：在评价话剧的优劣时，评论者不但要关注作者在文本写作上的得失，而且更要对该剧的舞台呈现性加以观照。

　　在针对《日出》的诸多解读和评价中，曹禺本人似乎最为重视朱光潜的意见和建议。这其中的原因他虽然未曾言明，但很可能是因为朱光潜具有深厚的西学背景并对西方戏剧研究有着较深的介入，他能以"内行人"的眼光给作家提出专业的意见。因此，曹禺在《日出·跋》一文中专门对其批评作出了回应。

　　在《"舍不得分手"》一文中，朱光潜对《日出》第三幕的设置提出了异议。与谢迪克等人的意见一致，他同样认为这一幕"只能使人起骈拇枝指之感"，"如果把有关这段故事的部分——第一幕后部以及第三幕全部——完全割去，全剧不但没有损失，而且布局更较紧凑"[1]。更重要的是，在他看来，第三幕反映出了作者的某种创作态度。这也是朱光潜所要重点探讨的问题。他说：

　　　　我读完《日出》，想到作剧的一个根本问题，就是作者对于人生世相应该持什么样的态度，他应该很冷静很酷毒地把人生世相的本来面目揭给人看呢，还是送一点"打鼓骂曹"式的义气，在人生世相中显出一点报应昭彰的道理来，自己心里痛快一场，叫观众看着也痛快一场呢？对于这两种写法我不敢武断地说哪一种最好，我自己是一个冷静的人，比较喜欢第一种，而不喜欢在严重的戏剧中尝甜蜜。在《日出》中我不断地尝到义愤发泄后的甜蜜。[2]

　　　　不难看出，朱光潜认为，作家在写作中应当以一种相对客观、公正的态度向人们揭示"人生世相的本来面目"，而不能为了迎合观众的趣味故意显露作家自己的情

青年朱光潜像

---

　　[1]朱光潜：《"舍不得分手"》，见《朱光潜全集》第8卷，合肥：安徽教育出版社，1993年版，第489页。
　　[2]朱光潜：《"舍不得分手"》，见《朱光潜全集》第8卷，第489—490页。

感和价值取向，并夸大事实真相，甚至扭曲戏剧人物的性格。曹禺对于现实的态度显然属于后者。在此，朱光潜举出了"小东西"抽金八耳光的例子。他说："'小东西'不肯受金八的蹂躏，下劲打他一耳光，我——一个普通的观众——看得痛快……不过冷静下来一想，这样勇敢的举动和憨痴懦弱的'小东西'的性格似不完全相称，我很疑心金八和阿根所受的那几个巴掌，是曹禺先生以作者的资格站出来打的。"[1]至于第三幕的写作目的，朱光潜一方面认定这一幕的设置就是为了引起观众们心理的刺激感；另一方面，他对曹禺是否对三等妓院的实际情形有着正确而深入的了解深表怀疑。

曹禺虽然不太认同朱光潜的意见，但是他还是用一种较为温和的态度对之进行了反驳。首先，他辩白道："老老实实写人生最困难，最味永。而把自己放在里面，歪曲事实，故意叫观众喝彩，使他们尝到'义愤发泄后的甜蜜'较容易，但也很无聊。"[2]在这段表述中，他将自己与朱光潜所说的通过奉送"打鼓骂曹"的义气而获取"义愤发泄后的甜蜜"的作家相区别。在他看来，真实客观地反映现实生活中的情形固然是作家所应当遵循的创作原则，但是这并不意味着作家就要放弃判断是非的权利。就如他所辩解的"以常识来揣度，想到是非之心人总是有的"[3]。换言之，作家在创作时自然会受到他自身认识层次、社会道德价值观的限制，因此评论者也就无权要求作家在艺术创作时必须保持一种绝对冷静的态度，对现实生活加以不偏不倚的、绝对客观的描述。其次，作为一个剧作家，曹禺认为，观众"才是剧场的生命"，故而以观众的审美趣味为依据来组织、

---

[1] 朱光潜：《"舍不得分手"》，见《朱光潜全集》第8卷，合肥：安徽教育出版社，1993年版，第490页。

[2] 曹禺：《日出·跋》，见田本相、刘一军主编：《曹禺全集》第1卷，石家庄：花山文艺出版社，1996年版，第394页。

[3] 曹禺：《日出·跋》，见田本相、刘一军主编：《曹禺全集》第1卷，第394页。

编撰情节的行为并不可耻。[1]同时他也申辩道，自己其实在创作过程中一直试图在"一面会真实不歪曲，一面又能叫观众感到愉快，愿意下次再来买票看戏"这二者中寻找平衡点。如若朱氏认为他的尝试是失败的，那曹禺只能将失败的原因归结到自己的"愚昧"上。再次，曹禺阐明了《日出》第三幕的重要性：其一，从戏剧结构上说，《日出》并不是要向观众讲述一个具有起承转合性质的完整的故事，而是"用着所谓'横断面的描写'"，"用多少人生的零碎来阐明一个观念"。[2]在这个作品中，既不存在一个主角，又不存在一个所谓的"主要的动作"，[3]从这个意义上说，曹禺用整整一幕戏来描述"小东西"在三等妓院中的遭遇是应当被允许的。其二，从情感上说，曹禺之所以如此珍视这幕戏，是因为他为着写这一段戏，遭受了许多折磨、伤害以至于侮辱。他曾在寒冬之夜，"在一片荒凉的贫民区候着两个嗜吸毒品的龌龊乞丐"，就是为了向他们学习数来宝，[4]也曾经亲自探访过"鸡毛店"，采访过最下等的妓女，体察过她们的悲惨处境。换言之，第三幕的写作是以他对现实生活的亲身体验为基础的。

　　通过以上论述，不难看出，尽管争辩的双方在措辞上都显得极为慎重，尽量地敛藏锋芒，但是他们却各执一词，并未对对方的意见表示出认同。年轻的曹禺依然我行我素地继续着自己对于"诗意性"的寻求，探索着新的话剧写作方法，而评论者们依然热情地提着意见和建议。虽然在话剧艺术实践中，这二者的视域很难达到融合之境，但是通过这次论争，他

---

[1]曹禺说："尽管莎士比亚唱高调，说一个内行人的认识重于一戏院子groundings的称赞，但他也不能不去博取他们的欢心，顾到职业演员们的生活……莎剧里，有时便加进些无关宏旨的小丑的打诨，莫里哀戏中也有时塞入毫无关系的趣剧，这些大师为着得到普通观众的欢心，不惜曲意逢迎。做戏的人确实也有许多明知其不可，而又不得已为五斗米折腰的。我说这些话，绝非为自己的作品辩白——如果无意中我已受了这种引诱的迷惑，得到万一营业上的不失败，今日目前几个亏本的职业剧团，藉着一本非常幼稚的作品，侥幸地获得一些赢余，再维持下去。这样是一个作者所期望的。"参见曹禺：《日出·跋》，见田本相、刘一军主编：《曹禺全集》第1卷，石家庄：花山文艺出版社，1996年版，第394—395页。
[2]曹禺：《日出·跋》，见田本相、刘一军主编：《曹禺全集》第1卷，第388页。
[3]曹禺：《日出·跋》，见田本相、刘一军主编：《曹禺全集》第1卷，第388页。
[4]曹禺：《日出·跋》，见田本相、刘一军主编：《曹禺全集》第1卷，第391页。

们对话剧的艺术本质均有了更深层次的了解。从这种意义上说，由《大公报·文艺》所组织的这次关于《日出》的集体批评，标志着中国艺术工作者话剧意识的觉醒。

王延松导演，天津人民艺术剧院演出的《原野》剧照。

相对《雷雨》和《日出》而言，关于《原野》的评论文章无论是从数量上还是从理论深度上都显得逊色很多。不仅如此，在这些有限的剧评中，大多数都否定了其艺术性。唯有郁达夫所撰写的《〈原野〉的演出》一文对该剧的审美价值予以了较为中肯的评价。在郁达夫看来，《原野》具有"特有"的艺术价值。这个"特有"是指，它是一部带有"象征意味的问题剧"[1]。在郁达夫看来，这种类型的问题剧是与一般意义上的"社会问题剧"相对的一种戏剧类型。后者所崇尚的是"现实主义"的创作原则，这一类作品的基本特征是，它"使人生社会的事事物物，压缩成简密的几幕，再在我们的眼前演映一回"[2]。其搬演目的在于，要引起观众对于现实生活的反思和批判。前者则不然，作者无须在剧中直接再现现实社会生活中的真实事件，他们只需用象征的手法来对这些事件加以表现即可。由此，此类剧作的主题往往是非明晰化的。而正是因为这一点，它才给读者和观众留有了更大的想象空间，其审美意味也更加隽永。按照这样的思路，《原野》作为一出带有"象征意味的问题剧"，其审美价值要超过《雷雨》和《日出》。除此之外，郁达夫对由武汉合唱团所搬演的《原野》也持肯定态度。他认为，每一个参与演出的演员，"演到了恰好处，各人都够味儿劲儿，互相搭

---

[1] 郁达夫：《〈原野〉的演出》，见郁风编：《郁达夫海外文集》，上海：生活·读书·新知三联出版社，1990年版，第621页。

[2] 郁达夫：《〈原野〉的演出》，见郁风编：《郁达夫海外文集》，第621页。

配得上"[1]。

从《雷雨》问世到《原野》发表，曹禺的创作视域与评论界中占主导地位的批评视域似乎始终没有达到融合。曹禺在《原野》中依然执着地追求着"诗意性"，而大多数评论者也仍旧固执地按照中国语境下的"现实主义"的思维定势来开掘该剧的社会功用价值。然而，评论者很快发现，在解读《原野》时，中国语境下的"现实主义"这一看似是万能的理论利器，突然陷入了失语的境地。如果说在分析《雷雨》和《日出》的主题思想时，他们尚且还能以这两部作品中所涉及的与现实生活相关的情节，诸如罢工、劳资矛盾等为依据，作出曹禺是"现实主义者"的判断，并用曹禺"现实主义"的不彻底性来解释其剧作主题思想的非明晰性，那么在《原野》中，面对符号化的戏剧人物，非整一性的故事情节，神秘、原始的舞台氛围，他们完全找不到一丝"现实主义"的痕迹，这让评论者们一筹莫展。由此，与解析曹禺的前两部作品不同，他们不再把注意力仅放在对作品主题思想的开掘上，而是转而关注《原野》的形式呈现本身。在20世纪30、40年代，大多数评论者对于《原野》的解读是按照"主要故事情节的归纳——写作手法的分析——主题思想的探寻"这一思路展开的。

1938年6月，李南卓在《文艺阵地》杂志上发表了题为《评曹禺的〈原野〉》一文。在该文中，作者就对曹禺的戏剧表现手法进行了较为详尽的探讨。

首先，李南卓肯定了曹禺戏剧结构的精巧和舞台语言的经济。他说："他的人物性格，对话，都同剧情一起一点一点的向前推移，进行，开展，直到它的大团圆。"[2]具体而言，在创作过程中，曹禺并没有将故事的起因、经过和结果完整地搬到舞台上，他截取一段靠近戏剧事件结局的行动作为模仿对象，借助剧中人之间的对话来完成对前情的补叙。以《原

---

[1] 郁达夫：《〈原野〉的演出》，见郁风编：《郁达夫海外文集》，上海：生活·读书·新知三联出版社，1990年版，第622页。

[2] 李南卓：《评曹禺的〈原野〉》，载《文艺阵地》，第1卷第5期，1938年6月。

野》第一幕中的情节为例：在这一幕中，曹禺让主要人物依次亮相，并让读者和观众从他们的交流中了解到人物之间的矛盾。比如在白傻子与仇虎的对白中，二人寥寥数语便交代了仇虎与焦家的恩怨，仇虎与花金子、焦大星之间的关系，以及他此次回来的目的——复仇。而通过焦大星与花金子的对话，作者不但点出了花金子与婆婆焦母的矛盾，而且还展露了焦大星在家庭中的尴尬处境。尽管李南卓认为曹禺的写作技巧十分"卓越"，但是他也指出，"就是因为作者太爱好技巧了，使得他的作品太象一篇戏剧"。换言之，曹禺在创作中有"炫技"之嫌，以至于他的作品对现实生活反映得不够，并疏于在作品中表达自己真实的思想情感。

其次，李南卓认为，曹禺的编剧技巧基本来自于西方戏剧。仅从《原野》中，他就能挖掘出至少三种戏剧资源，包括古希腊戏剧、奥尼尔（欧尼尔）的剧作和莎士比亚的作品。众所周知，古希腊的悲剧诗人特别钟爱在作品中表现命运的不可预知性和无可逆转性，而曹禺也同样热衷于探寻命运的"真实相"。在《雷雨·序》中，曹禺将自己的写作目的表述为"是对宇宙间许多神秘事物一种不可言喻的憧憬"；[1]在《日出·跋》里，他依然申述道，《日出》创作初衷与自己在写作《雷雨》时并无二致，他是通过《日出》的创作来疏泄一种强烈的愤懑。而在撰写《原野》时，曹禺继续保留着探索命运及人生真谛的兴趣。李南卓敏锐地觉察到，《原野》中"也藏有一个最重要然而不出场的主角"[2]。在他看来，曹禺之所以偏爱在剧中对这一类主题加以展现，并不见得是他"真相信命运"，"或者是由于一种爱好，对庄严的氛围的爱好"。[3]作者的这种创作倾向，在他看来，就是深受古希腊戏剧作品的影响。[4]

关于莎士比亚对曹禺创作的影响，李南卓是从戏剧情节的设计这一

[1] 曹禺：《雷雨·序》，见田本相、刘一军主编：《曹禺全集》第1卷，石家庄：花山文艺出版社，1996年版，第7页。
[2] 李南卓：《评曹禺的〈原野〉》，载《文艺阵地》，第1卷第5期，1938年6月。
[3] 李南卓：《评曹禺的〈原野〉》，载《文艺阵地》，第1卷第5期，1938年6月。
[4] 李南卓：《评曹禺的〈原野〉》，载《文艺阵地》，第1卷第5期，1938年6月。

维度来加以阐述的。他特别指出，曹禺所设计的仇虎杀害焦大星这一桥段就是"脱胎自莎士比亚的《马克白》（Macbeth）中马克白夫妇暗杀邓肯王（Duncan）一场"[1]。在《马克白》（又译作《麦克白》）里，马克白夫妇合谋杀死了国王，并成功篡取了王位。可是，他们并没有因此而获得幸福感和满足感。相反，他们惶惶不可终日。比如马克白夫人在梦游中仍然不停地洗着双手，她一边洗着一边沉重地叹息道："这儿还是有一股血腥气；所有阿拉伯的香料都不能叫这只小手变得香一点。"[2]由此足见其内心强烈的负罪感和恐惧感。与此相类似，在《原野》中，仇虎谋杀了焦大星后非但没有获得一种复仇后的快感，反而非常恐惧和后悔。尤其是他看着自己沾满焦大星鲜血的双手时，还发出了"这上面的血洗也洗不干净"的感叹。

　　至于奥尼尔，李南卓觉得他对曹禺的影响最大，他甚至认定曹禺的《原野》是模仿奥尼尔的《琼斯皇》而写成的。他指出，无论是从题材的选择上，还是从表现手法上，这两部剧作都有惊人的相似之处。就前者而言，他说："《原野》很明显的同欧尼尔的《琼斯皇》非常相象，都是写的一个同自然奋斗的人怎样还是被一座原始森林——命运的化身——给拿住了。"[3]关于后者，李南卓认为，在《琼斯皇》中，为了烘托出恐惧、紧张的戏剧氛围，奥尼尔大胆地采用了枪声和鼓声作为舞台的音效背景。而在《原野》的第三幕中，同样也是为了渲染气氛，曹禺听从了张彭春的建议，借用了《琼斯皇》中的鼓声，[4]并又在剧中掺杂了叫魂声。《原野》中鼓声的运用在李南卓眼中却是败笔。在他眼中，《琼斯皇》一

---

　　[1]李南卓：《评曹禺的〈原野〉》，载《文艺阵地》，第1卷第5期，1938年6月。

　　[2][英]莎士比亚：《麦克白》，朱生豪译，见《莎士比亚全集》（五），北京：人民文学出版社，1994年版，第266页。

　　[3]李南卓：《评曹禺的〈原野〉》，载《文艺阵地》，第1卷第5期，1938年6月。

　　[4]曹禺晚年在回忆《原野》的创作时，提及张彭春在观看演出后指出《琼斯皇》中的鼓声"很有力量"。于是曹禺接受了这个意见，在创作中加入了鼓声。见田本相、刘一军编著：《苦闷的灵魂——曹禺访谈录》，南京：江苏教育出版社，2001年版，第147页。

剧发生的地点是黑人聚居的小岛，而黑人在举行某些仪式的时候往往会用到鼓，因此鼓声与戏剧事件的展开环境是相协调的。而《原野》中的故事发生在中国的某个乡村，假如将《琼斯皇》中的声响元素硬搬进去，又与中国本土"固有的阎罗，判官，牛头，马面等等，放在一起，由于根源背景的不同，这实在是不调和的"[1]。除此之外，他还指出，在《琼斯皇》剧中，由于琼斯是位黑人，他从前的社会地位只是个苦力，因此，"在他的意识里，深深的埋藏着原始的迷信，当他从前犯那些罪恶的时候，心的深处其实实在是恐惧的、苦痛的，后来受了特别的激动，又走进恐怖的神秘气息很重的森林，这些潜伏的东西是会在半梦的状态中出现，使得他迷路"。然而，在《原野》里，仇虎完成了其计划了十年的复仇活动。按照一般的生活经验，他应当有相当轻松的心理状态，"他似乎没有象琼斯一样迷路等死的必要……何况还有一个明眼的伴侣——金子。金子应该认得路。因为有小庙在这里，是屋面前的地方，而且她可以问仇虎他从前做下的标志都是些什么，她可以趁着月光，代他寻找"[2]。由此，他认为，仇虎在黑林子里因为恐惧而发疯，这样的情节设计显然不符合日常生活的正常思维逻辑。

再次，李南卓指出，在《原野》的写作中，曹禺将注意力完全集中在编剧技巧的卖弄上，而没有将自己的创作热情倾注在人物形象的塑造之上，以至于此剧中的人物出现了符号化、抽象化的倾向。这也就是李南卓所说的，"人物都有点机械，成了表解式的东西，没有活跃的个性"[3]。与《雷雨》和《日出》中的人物相比，《原野》中的人物的确显得没那么"自然"[4]。这种不自然、不现实体现在两个方面：一是人物形象单薄。比如，白傻子这一人物的刻画就比较粗糙。李南卓批评道："自己尝鼻涕，

[1] 李南卓：《评曹禺的〈原野〉》，载《文艺阵地》，第1卷第5期，1938年6月。
[2] 李南卓：《评曹禺的〈原野〉》，载《文艺阵地》，第1卷第5期，1938年6月。
[3] 李南卓：《评曹禺的〈原野〉》，载《文艺阵地》，第1卷第5期，1938年6月。
[4] 李南卓：《评曹禺的〈原野〉》，载《文艺阵地》，第1卷第5期，1938年6月。

说滋味，都是丑角的故意做作，引不起人的实感。"[1] 二是台词过于冗长。在该剧中，为了揭示人物的心理变化，曹禺特地设计了大段的独白。李南卓对此深感不满，他虽然承认曹禺的台词写得"抑扬顿挫，一连串一连串的"，语言也非常流畅，但是他也中肯地指出，独白的大量设置既与我们民族的戏剧审美趣味不相投合，也不符合戏剧人物的身份地位。他说，这种直抒胸臆式的表白"颇似欧美的习惯"，而"我们这个民族虽好闲说、清谈"，可在情感表达上却要含蓄得多，"不大好用语言来表示自己心中所想的事情"。[2] 更何况剧中的人都属于农民阶层，按照常理，"乡下人更不会用大段的对话，或独白，有条有理的来表现他的情感"[3]。客观地说，李南卓的看法有一定道理。过于冗繁的言辞不但让戏剧人物失掉了真实感，而且还增加了此剧的演出难度。从某种程度上说，在曹禺早期的作品中，《原野》之所以被搬演得最少，很可能就是因为它本身就不太适宜被排演。这一点曹禺本人也非常清楚。在《〈原野〉附记》中，他就明确地指出："这个戏的演出比较难，第一，角色便难找……各人在每个角色的心理上展开每人的长处，是很费思索的。"[4] 换言之，在中国当时特定的历史条件下，能够将这些台词驾驭得好的演员非常难得。

通过李南卓对于曹禺编剧技术的诸多论述，不难看出这样的意义指向：曹禺的《原野》是模仿欧美的剧作而写成的，但是这种模仿并不成功。用他的话说即是："《原野》是太接近欧美的作品了。曾有人夸奖一本著作，说，简直跟翻译的东西一样。不管怎样，这种情形在文艺上却是一个严重的失败。"[5] 值得注意的是，李南卓的判断又牵扯出了另一个问题，也即是对于曹禺作品原创性的质疑。这种质疑到了20世纪80年代几乎走到了一种极端——有研究者甚至认为曹禺的早期作品就是"抄袭"西方

————————

[1] 李南卓：《评曹禺的〈原野〉》，载《文艺阵地》，第1卷第5期，1938年6月。
[2] 李南卓：《评曹禺的〈原野〉》，载《文艺阵地》，第1卷第5期，1938年6月。
[3] 李南卓：《评曹禺的〈原野〉》，载《文艺阵地》，第1卷第5期，1938年6月。
[4] 李南卓：《评曹禺的〈原野〉》，载《文艺阵地》，第1卷第5期，1938年6月。
[5] 李南卓：《评曹禺的〈原野〉》，载《文艺阵地》，第1卷第5期，1938年6月。

的经典剧作而来的，它们毫无艺术价值可言。[1]此种论断让曹禺本人激愤不已。他说："是有人说我是'抄'外国人的东西，如果我是'抄'人家的，没有自己的创造，外国的好戏那么多，何必演我这个'二道贩子'的戏。"[2]

其实，与其说曹禺是在刻意模仿西方的经典话剧作品，不如说他是在化用。对此，他曾经解释道："其实偷人家一点故事，几段穿插，并不寒碜。同一件传述，经过古今多少大手笔的揉搓塑抹，演为种种诗歌，戏剧，小说，传奇也很有些显著的先例。"[3]在这段表白中，曹禺并没有急于将自己的作品与西方经典剧作划清界线，而是将它们与前人旧作之间的关系定性为创作素材上的参阅与借鉴。我们完全可以相信，这是曹禺的肺腑之言。众所周知，曹禺是从南开新剧团走出来的。这个团体的成员所接触到的是当时欧美最新的作品及最为先锋的剧场艺术形式。早在20世纪20年代，曹禺仅凭着一本英文字典就研读了由张彭春所赠的英文版的《易卜生全集》。1935年，张彭春的助教巩思文在南开校刊《文学与人生》上发表了《奥尼尔及其戏剧》一文。在该文中，他从"奥尼尔的时代背景"、"奥尼尔的贡献"和"奥尼尔的地位和影响"三个方面对这位美国戏剧巨匠及其剧作的艺术特征做了全面而系统的介绍。尽管目前尚不能确定曹禺是否就是在此时接触到奥尼尔的作品的，但是从《日出·跋》中可以得知，早在1936年，他就已经深得奥尼尔戏剧艺术审美内蕴的个中三昧了。他在此篇文章中专门提到，在《日出》的第三幕里，他"利用在北方妓院一个特殊的处置，叫做'拉帐子'的习惯。用这种方法，把戏台隔成左右两部，在同一时间内可以演出两面的戏。这是一个较为新颖的尝试，我

---

[1] 李南卓：《评曹禺的〈原野〉》，载《文艺阵地》，第1卷第5期，1938年6月。

[2] 田本相、刘一军编著：《苦闷的灵魂——曹禺访谈录》，南京：江苏教育出版社，2001年版，第175页。

[3] 曹禺：《雷雨·序》，见田本相、刘一军主编：《曹禺全集》第1卷，石家庄：花山文艺出版社，1996年版，第6页。

在欧尼尔的戏（如Dynamo）里看到过，并且知道是成功的"。[1]也就是说，曹禺从奥尼尔（欧尼尔）的《发电机》（Dynamo）一剧中学习到了"拉帐子"的手法，并利用这种方法成功地打破了话剧舞台的时空限制，即：他仅用一道帐帘便实现了舞台表演区域的划分，将发生在同一舞台时间中的两个事件同时呈诸观众眼前。而在写作《原野》时，据曹禺晚年回忆，他当时已经看了奥尼尔的作品，如《悲悼》、《天边外》、《榆树下的欲望》，但是"根本没有看过"《琼斯皇》。其言外之意是非常明确的——既然未曾参阅，又何谈模仿或抄袭！对曹禺自身而言，《原野》只是他在艺术上的一种"大胆的探索"[2]。在他看来，用传统的写实手法是无法将仇虎的心理活动完全表现出来的，唯有用表现主义的手段才能对其加以充分的展现。由此可知，奥尼尔及其他的西方戏剧作品对曹禺的影响是潜移默化的，而将他的作品视作对西方戏剧名篇的仿制的观点无疑是有待商榷的。

　　《原野》发表的时间正值"抗战"爆发前夕，在这一特定的历史境遇中，大多数艺术活动者将目光投向了现实社会中的革命斗争生活，他们在作品中"及时、迅速地表现当时所发生的重大社会事件，揭露侵略者的罪恶和阴谋，描写中国人民与侵略者、汉奸浴血奋战的事迹"[3]，话剧的宣传功能被发挥到了极致。有学者曾总结道："战争将所有作家的注意力集中到国家的危亡上，为艺术而艺术的实验立即成为不合时宜了。"[4]《原野》恰恰就是曹禺"为艺术而艺术的实验"的产物，该剧所体现出的作者的审美意趣与当时流行的戏剧观念格格不入，因此它被误读、被漠视和被批判也是情理之中的事了。

────────────

　　[1]曹禺：《日出·跋》，见田本相、刘一军主编：《曹禺全集》第1卷，石家庄：花山文艺出版社，1996年版，第393页。
　　[2]田本相、刘一军编著：《苦闷的灵魂——曹禺访谈录》，南京：江苏教育出版社，2001年版，第146页。
　　[3]田本相主编：《中国近现代戏剧史》，南京：江苏教育出版社，2008年版，第246页。
　　[4]费正清主编：《剑桥中华民国史》下卷，北京：中国社会科学出版社，1994年版，第467页。

第七章　以救亡为主潮：戏曲演进的民族主义动力

第一节　概述

　　清末以来，各种西方思想和学说纷纷登陆中国，其中，进化论、国家主义、民族主义和马列主义在知识阶层中产生了重大影响，渐渐成为历次文艺运动的思想基础。一方面，民族意识和国家观念形成，并不断强化，建立强大的民族国家成为几代知识分子孜孜以求的梦想；另一方面，无产阶级革命文学和左翼文艺兴起，并蓬勃发展，革命古典主义思潮以及文艺为大众服务的观念成为文艺思想非常重要的一部分。这两个方面的原因促使论者往往以实用主义价值观审视、评判、要求戏曲，更多地关注和强调戏曲的社会功用。与此同时，另有部分论者着眼于戏曲本体，探讨表演艺术，对戏曲的综合性、虚拟性、歌舞性和程式化的艺术特征及其审美价值等亦有相当全面、深入的认识。

　　清末文艺改良运动中，论者称戏曲为"旧剧"、"旧戏"等，同时也赋予了戏曲改造自身、改造社会的重任。五四新文化运动期间，论者对戏曲的认知主要有三种：一、激进的新青年派认为戏曲早已失去存在的价值，主张以先进的新剧取而代之；二、齐如山、冯叔鸾（马二）和周剑云等认为戏曲优长与不足并存，应力行改革；三、以张厚载为代表的文化保守主义者认为戏曲是中国文学艺术的结晶，具有很高的价值，应完全保留。此后，在新思想熏陶下成长起来的一代知识分子渐渐成为文化界的主体，上述三种观点各有延续，第一种占据主流。进入20世纪30年代，一系列事件促使戏曲观念开始转变。如左翼戏剧运动遭遇难以走向民众的困境，开始倡导"戏剧的大众化"，并展开了讨论；"九一八"事变后，民族危机日益加深；1930年、1932年和1935年，梅兰芳和程砚秋分别出访欧美和苏联，备受西方戏剧界的称赞。部分论者或认同利用戏曲是文艺大众化的重要途径，或肯定戏曲表演艺术的价值，而要求改革戏曲，充分发挥其教育和宣传作用的呼声也此起彼伏。平剧名伶梅兰芳、程砚秋和周信芳等，兼跨戏曲和话剧的欧阳予倩、田汉、王泊生[1]和朱双云[2]等，倡言并致力于戏曲改革，已产生一定的影响。当然，应该指出的是，轻视、否定戏曲的观点仍然比较流行。抗战全面爆发后，戏曲界积极投身于救亡运动中，进一步促使论者重新认识戏曲的功用和价值，戏曲理论和批评也随之进入一个新的阶段。

这一阶段，戏曲论者主要可分为三大类：第一类主要是投身爱国戏曲运动的文化人，或兼跨戏曲与话剧，如欧阳予倩、焦菊隐、田汉和封至模[3]

［1］王泊生（1902—1965），河北遵化人，著名戏剧艺术教育家。毕业于北平国立艺术专科学校戏剧系，曾参加话剧运动，后学习京剧和昆曲，工老生，颇负盛名。1934年担任山东省立剧院院长，致力于旧剧改革，倡导新歌剧，曾自编自导新歌剧《岳飞》和歌剧《荆轲》，编写京剧《文天祥》，产生过较大影响，被周信芳誉为"北方怪杰"与"革新家"。

［2］朱双云（1889—1943），字立群，号云浦，上海人，中国话剧创始人之一，一直以戏剧为武器，进行反帝反封建宣传。1934年在武汉成立标准平剧团，倡导"剧场革命"。1937年8月20日汉口市剧业剧人劳军公演团成立，朱双云担任公演团主任，主持了为期一年多的戏剧公演等宣传活动，演出爱国剧目，宣传抗战思想。曾与洪深合编楚剧《岳飞的母亲》，著有《中国之优伶》、《新剧史》和《初期职业语剧史料》等。

［3］封至模（1893—1974），字挺楷，陕西咸宁人，早年参加话剧运动，同时精研秦腔、京剧和豫剧，在创作、导演、演出和教学等诸多方面都卓有建树。又致力于戏曲革新，为改革秦腔作出了突出贡献。曾加入易俗社，担任教务主任、评议长、编剧和导演等职，又创办夏声剧校、陕西省戏曲专修班和上林剧院等。还勤于研究和著述，撰写了《秦腔艺人考略》、《秦腔剧目汇考》、《中国戏曲表演艺术》和《秦腔声韵初探》等著作，《陕西四年来之戏剧》、《理想的导演》和《秦腔概述》等文章。

等；或主要服务于话剧，如洪深、刘念渠[1]、马彦祥[2]和张庚等；或致力于戏曲编导和戏曲活动，如龚啸岚[3]和马健翎[4]等；或从事文学、教育、媒体或其他职业，如丁玲、易庸（廖沫沙）[5]、老舍和茅盾等。他们多活动于国统区或根据地，深受"五四"新思想的熏陶，具有强烈的使命感和民族意识，以抗战救国、创造新文化为己任，不少人还曾远赴日本和欧美各国留学，受到过西方文化的洗礼，推崇西方戏剧，笔者称之为新文化工作者。第二类是潜心于演艺的伶人，主要活动于沦陷区或国统区，如程砚秋、马连良、周信芳、尚小云、王琴生[6]和王祖

---

[1] 刘念渠，生卒年待考，天津人，著名剧评家、戏剧理论家和剧作家。早年从事话剧活动，曾任职于山东省立剧院，担任教师，写有话剧《北地狼烟》、《全面抗战》、《李长胜重上前线》和《赵母买枪打游击》，论著《战时旧型戏剧论》、《抗战剧本批评集》、《十三年间》和《在人民的舞台上》等。

[2] 马彦祥（1907—1988），浙江鄞县人，原名履，笔名尼一、司徒劳，戏剧导演、戏剧活动家和理论家。1925年入复旦大学中文系，师从洪深学习戏剧理论和欧洲古典戏剧名著，曾先后加入复旦剧社、申酉剧社、上海剧艺社和中央青年剧社，主编《戏剧》、《戏剧电影周刊》和《抗战戏剧》等。建国后任文化部戏曲改进局副局长、文化部顾问等。

[3] 龚啸岚（1915—1996），笔名念禾，湖北房县人，戏曲作家、理论家、导演。抗战时期在郭沫若、田汉领导下举办留汉战时歌剧讲习班，组织楚、汉剧流动抗敌宣传队，在长沙参加编辑《抗战日报》、《新长沙报》。建国后，致力于戏改工作，参与编撰《中国大百科全书·戏曲曲艺卷》和《中国戏曲志》。曾创作《西施》、《文天祥》、《林则徐》、《赛金花》、《宝莲灯》和《二度梅》等剧及《水泊梁山》、《木兰从军》和《岳飞》等连本戏，有《舞台行脚》和《表演体系探微》等论著留世。

[4] 马健翎（1907—1965），陕西米脂人，中共党员，肄业于北京大学，著名剧作家，出色的导演和演员。1937年在延安师范学校任教，组织乡土剧团，创作演出抗战话剧《中国拳头》和秦腔《一条路》等。1938年，陕甘宁边区民众剧团成立，他率乡土剧团大部分人员加入，担任编导主任，共编写了60余部秦腔或眉户戏，《大家喜欢》、《查路条》和《血泪仇》等在各根据地影响很大，还曾改编秦腔传统戏《游龟山》、《四进士》、《游西湖》（与黄俊耀等合作）、《窦娥冤》和《赵氏孤儿》等。建国后，历任西北军政委员会文化部副部长、中国作协西安分会主席、副主席，西北戏曲研究院院长，陕西省戏曲剧院院长等职，有《马健翎现代戏曲选集》传世。

[5] 廖沫沙（1907—1990），原名廖家权，笔名易庸，湖南长沙人，中共党员。1934年加入"左联"，抗战期间先后在湖南《抗战日报》、桂林《救亡日报》、香港《华商报》晚刊、重庆《新华日报》任编辑主任。建国后历任中共北京市委宣传部副部长、教育部部长和统战部部长等职。1966年5月和邓拓、吴晗被错定为"三家村反党集团"，遭到残酷迫害，1979年平反。著有小说集《鹿马传》、《廖沫沙杂文集》，诗集《余烬集》等，另有与邓拓、吴晗合著的《三家村札记》。

[6] 王琴生（1913—2006），北京人，京剧老生演员。习谭派，兼擅铜锤花脸，擅演《失空斩》、《王佐断臂》、《群英会》、《大探二》、《四郎探母》、《打棍出箱》、《打渔杀家》、《定军山》和《捉放曹》等。建国后供职于江苏省京剧院，曾任副团长一职。

鸿[1]等。他们熟悉舞台，拥有精湛的技艺、丰富的舞台经验和大量的观众，有的还受到新思想的影响，较为进步、开明，具有民族气节和改革热情。第三类是传统文人，如徐慕云[2]、金仲荪[3]和张古愚[4]等。他们长期精研戏曲，熟悉舞台，对戏曲艺术的价值和特征有相当深入的理解。有的受到过新思想的影响，但仍然热爱、谨守传统；有的是资深票友，坚持学习演戏，与伶人交往密切。这三类论者最根本的区别在于戏曲价值观的不同，第一类视戏曲为强有力的宣传与教育工具，与清末以来重视戏曲社会功用的观念一脉相承；第二类认为戏曲是供人娱乐的技艺，具有很高的艺术价值；第三类则认为戏曲在思想和艺术上都有很高的价值，高度评价戏曲是民族精神的结晶和东方文化的代表。后两类观点比较接近，都立足于戏曲艺术本体，尊重传统。为便于阐述，笔者将后两类合称为旧派，而第一类则称新派。就当时的影响来看，新派无疑超过旧派，是建构战时戏曲理论的主干力量。

　　卢沟桥事变前，西安易俗社应邀赴北平，京朝派某名伶批评易俗社的演出。剧评者君萍、著名剧作家封至模等纷纷在北平《全民报》和《京报》上发表文章，予以驳斥，展开了一场争论。这场争论非常生动而典型地反映了两种不同的戏曲观：京朝派名伶认为戏曲是一种娱乐消遣、怡情

---

　　[1] 王祖鸿，生卒年与生平待考，京剧琴师，亦擅老生，精通京剧老生杨派（杨宝森）的舞台艺术。

　　[2] 徐慕云（1900—1974），江苏徐州人，著名戏曲理论家、戏曲教育家、剧评家和剧作家。一生痴迷京剧，曾师从京胡名家陈彦衡研究谭派（谭鑫培）唱腔，熟知梨园掌故，精通京剧音韵，先后担任上海戏剧学校教务长和中国国剧学校校长等职。曾编写《赵氏孤儿》、《黑旗刘》等新历史剧，著有《梨园影事》、《京都剧谈》、《中国戏剧史》、《故都宫闱梨园秘史》、《梨园外纪》和《京剧字韵》（与黄家衡合著）等。

　　[3] 金仲荪（1879—1945），原名金兆炎，号梅庐，祖籍浙江金华，著名戏曲教育家、京剧作家。历任中华戏曲音乐院南京分院副院长兼戏曲研究所所长、中华戏曲专科学校校长、《剧学月刊》社社长。曾编写《碧玉簪》（与罗瘿公合编）、《梅妃》、《文姬归汉》、《荒山泪》、《春闺梦》和《亡蜀鉴》等京剧剧本。

　　[4] 张古愚（1905—2008），安徽定远人，世居浙江镇海，著名剧评家、戏曲理论家。曾创办《戏曲旬刊》（后改组为《十日戏剧》），并担任主编，曾撰写大量剧评，在京剧史、京剧理论等方面卓有造诣。

养性的艺术，其价值主要体现于表演技艺，要求遵从传统和规范，重视四功五法，讲究技巧和绝活；君萍和封至模等人则视戏曲为宣传和教育的工具，在国难当头时，应该发挥激励、鼓舞民众的作用。封至模和京朝派名伶所代表的分别是新旧两派，在当时，新派的见解符合时代的需要，获得了更为广泛的支持。

　　卢沟桥的烽火点燃了中国民众的爱国热情，抗战救国成为压倒一切的头等大事。包括周信芳、金素琴和关德兴等名伶在内的一批艺人，以田汉、欧阳予倩、封至模和樊仰山等为代表的剧作家和戏曲活动家迅速行动起来，或参加劝募广播演唱；或奔赴前沿阵地和伤兵医院，慰问抗日将士；或组成抗敌宣传队，到各战区流动演出，宣传抗战思想；或成立剧团，组织劳军演出；或编写、演出、刊印抗战戏曲，创办报刊杂志；或主办各种座谈会和培训班，教育艺人进一步了解抗战的形势和意义。"这些民间与地方戏的、职业的与业余的工作者，尽量地贡献所有，自发地争先恐后地参加抗战宣传"，表现出了"深明大义，忠贞不移，甘愿受苦与牺牲"，"向上、求好、勇于学习、自我教育"的精神。[1]为了更有效地领导各地戏曲界的爱国活动，"上海文化界救亡协会歌剧部"、全国戏剧界抗敌协会及其分会、国共统战组织军委会政治部第三厅等团体或机构相继成立。在各方推动下，以上海、武汉和桂林为中心，长沙、西安、延安、重庆、成都、昆明和北京等众多的城市和乡村掀起了轰轰烈烈的爱国戏曲运动，为促进民族解放运动作出了巨大的贡献。夏衍曾予以高度评价："在参加了民族解放战争的整个文化兵团中，戏剧工作者们已经是一个站在战斗最前列，作战最勇敢，战绩最显赫的部队了。"[2]

　　参加"文化兵团"的大多是新文化工作者，他们不仅投身于各种形式的戏曲活动，还就戏曲的本质、作用与价值、戏曲大众化、戏曲创作和评

　　［1］洪深：《抗战十年来中国的戏剧运动与教育》，见《洪深文集》第4卷，北京：中国戏剧出版社，1959年版，第123页。
　　［2］夏衍：《戏剧抗战三年间》，载《戏剧春秋》创刊号，1940年11月。

论、旧剧改革与戏曲艺术的特征等论题进行了较为全面而细致的探讨。新文化工作者之外，旧派在戏曲创作、理论和批评等方面也颇有建树，不应忽视。在整个抗战时期，这两大群体同生共存，彼此影响，丰富了戏曲创作观、戏曲改革论和戏曲艺术论。

全面抗战爆发后，如何激发民众的勇气和斗志尤其显得重要，左翼戏剧运动倡导的国防戏剧发展为抗战戏剧运动，文艺大众化和戏剧大众化再度成为讨论的焦点。参与讨论的主要是新文化工作者，如茅盾、周扬、艾思奇[1]、老舍、洪深和艾青等。多数论者认为旧形式和民间形式比较通俗，广为人们熟悉、喜爱，易于发挥宣传和教育作用，利用它们是实现大众化的重要途径。就如何利用旧形式的问题，论者提出了"旧瓶装新酒"，即运用旧形式表现新内容的创作方法，引起了热议，赞成和反对的声音都不绝于耳。从1939年1月到1942年，在毛泽东的推动下，有关民族形式的问题引起了讨论热潮，此后还不断有余波泛起，参加讨论的有周扬、艾思奇、陈伯达、向林冰（赵纪彬）[2]、葛一虹[3]、胡风、郭沫若、茅盾和潘梓年[4]等近百名论者。多数论者认为新的民族戏剧应该是

---

[1] 艾思奇（1910—1966），原名李生萱，笔名崇基，云南腾冲人，中共党员。早年留学日本，1937年到达延安，历任中央研究院文化思想研究室主任、中共中央文委秘书长、《解放日报》副总编辑等。建国后，历任中共中央党校副校长、中国哲学会副会长、中国科学院哲学社会科学部委员等，著有《大众哲学》、《哲学与生活》和《艾思奇文集》等。

[2] 赵纪彬（1905—1982），原名化南，字象离，笔名向林冰、纪玄冰，河南省内黄县人，中共党员，中国近现代思想史家、哲学史家。曾相继执教于复旦大学、东北大学、东吴大学和山东大学等，著有《中国哲学史纲要》、《中国知行学说简史》、《中国哲学思想》、《哲学要论》、《古代儒家哲学批判》、《困知录》和《论语新探》等。

[3] 葛一虹（1913—2005），原名葛曾济，字衍舟，号巨川，笔名纪萱、黄芜茵（舞莺）、穆楔等，上海嘉定人。曾考入上海大同大学，在校期间参加话剧活动，1933年加入中国左翼戏剧家联盟，1936年在上海与章泯创办《新演剧》杂志，相继担任《中苏文化》、《文学月报》、《戏剧报》和《戏剧论丛》等报刊编委。建国后历任中国戏剧出版社副社长兼总编辑及中国艺术研究院话剧研究所所长等职，主编《中国话剧通史》、《中国左翼戏剧家联盟史料集》和《田汉文集》（16卷本）等，著有《五四运动后中国现代话剧的创作与发展》等。

[4] 潘梓年（1893—1972），又名宰木、定思，江苏宜兴人，中共党员，哲学家、逻辑学家，毕业于北京大学哲学系。曾主编《北新》和《洪流》等进步刊物，担任《新华日报》社长。1947年赴延安，在党中央城市工作部研究室主任，1948年调任中原大学校长，建国后任中国科学院哲学社会科学部副主任，兼哲学研究所所长。著有《物质与精神的关系》、《逻辑与逻辑学》、《文学概论》、《辩证法是哲学的核心》和《潘梓年文集》等。

新歌剧。关于新歌剧的创建，主要有三种观点：一、应该以旧剧为基础创造新歌剧，改造旧剧的过程也就是创造新歌剧的过程；二、创造新歌剧，决不能仅仅依靠旧剧；三、旧剧在音乐方面存在着各种缺陷，不适合表现现代生活，应重新创造新歌剧。可见，文艺（或戏剧）大众化、旧形式、民间形式和民族形式是一组相互关联的概念，利用旧形式和民间形式是实现大众化的途径，创造民族形式则是追求大众化的目的。作为旧形式和民间形式很重要的组成部分，包括平剧与各种地方戏在内的旧剧及其相关论题引起了高度关注。

出于救亡的现实需要，新文化工作者对旧剧的看法和态度有所转变，改革旧剧的呼声高涨。实践方面，在上海平剧界，淞沪抗战之后，郭沫若和欧阳予倩等主张"采用历史上民族御敌的故事编成新京剧来鼓舞人们群众的抗日斗志"[1]。周信芳重组移风

欧阳予倩《桃花扇》首演海报

社，在多次演出《明末遗恨》之外，还创作了《徽钦二帝》、《文天祥》和《史可法》等极富民族意识的新戏。欧阳予倩成立了中华剧团，主要演出他所编导的一批宣传抗战思想的平剧，如《渔夫恨》（根据《打渔杀家》改编）、《梁红玉》和《桃花扇》等。《梁红玉》刻画了一位民族女英雄的形象，在剧中，梁红玉大义凛然地抗议金兵："什么？要我们让出这一带地方？自古以来，那里就是我们中国的领土。身为武将，守土有责，寸步不让……"这些语言包含着强烈的民族情感，能激起观众的共鸣。金素琴、于素莲、张翼鹏（盖叫天之子）、潘鼎新、葛次江、吕君樵和李顺来等青年演员受到影响，分别加入移风社和中华剧团，积极投身平剧改良。1940

---

[1] 胡冬生主编：《中国京剧史》中卷，北京：中国戏剧出版社，1990年版，第228页。

年，张翼鹏、张二鹏、金素雯、李顺来和李瑞来等成立了"新艺改良平剧团"。1943年12月，吕君樵、李瑞来、曹寿春、何毓如等发起组织了"艺友座谈会"，每周聚会一次，讨论平剧改良问题。会议发言由专人整理成义，发表于《罗宾汉》等报纸。另外，武汉、成都、重庆、南昌和赣州等地，也有一批受过新思想熏陶的青年演员投身于平剧改良。在越剧界，1943年前后，袁雪芬、尹桂芳、范瑞娟和徐玉兰等在大来剧场和龙门大戏院打造新越剧，组成剧务部，建立起正规的编导制，编演了《香妃》、《忠魂鹃血》和《梁红玉》等新戏。在广州、香港等地，薛觉先和马师曾等继续致力于改良粤剧：吸收民间曲调，采用西洋乐器，自创新调；使用布景，改进服装、化妆，有意美化舞台画面等。在武汉，朱洪寿、周天栋、陈伯华和吴天保分别通过复兴汉剧社、时代汉剧社从事汉剧改良；在桂林，有以改革桂剧为宗旨的广西戏剧改进会（也称"桂剧改进会"），马君武和欧阳予倩先后组建南华桂剧改进社和广西桂剧实验剧团；在四川，张德成和刘成基等主持川剧改良；在昆明，1942年，由云南省政府主席龙云倡导，政务会议决议，创办了"以实验改进旧戏，培养戏剧人才为宗旨"的滇剧改进社（后改组为"云南戏剧改进社"），曾演出滇剧《大报仇》和《毛焦骂秦》等[1]。此外，在各地，其他剧种不少都尝试过改良，如潮剧、楚剧等。这些剧种改良的方法主要有两种——编演新戏和改编传统剧目，目的是通过舞台实践在唱腔、程式、行当、伴奏和舞美等方面有所突破，形成新的舞台风貌，以适应时代的需要。

理论方面，戏曲论者大多就旧剧改革发表过意见，其中，欧阳予倩、焦菊隐、张庚、田汉、刘念渠、丁玲、龚啸岚、施病鸠、沈琪和刘鹤云等较为活跃，而欧阳予倩和焦菊隐最有建树。报刊杂志也乐意为探讨旧剧改革提供平台，刊登相关文章最多的有《十日戏剧》（原《戏剧旬刊》）、《半月戏剧》、《影与戏》、《戏迷传》、《戏剧周报》和《电声》等，《立言

---

[1] 杨明等：《滇剧史》，北京：中国戏剧出版社，1986年版，第137页。

画刊》、《三六九画报》、《文艺阵地》、《戏剧春秋》、《文化丛报》、《克敌周刊》、《国艺》、《戏剧春秋》、《上海生活》、《戏报》、《快活林》、《申报》和《新华日报》等报刊对此也较为关注。论者最为关注的问题主要有两个：一是旧剧在内容、形式等方面哪些应该改造；二是如何改造，即改造旧剧的方式、方法和步骤等。讨论比较集中的问题还有以下七个：一、为什么要改造旧剧；二、旧剧是否需要改造；三、旧剧能否改造；四、旧剧改革的目标是什么；五、旧剧改革的原则和指导思想是什么；六、改造艺人的问题；七、建立导演制度的问题。

新文化工作者基于文艺的现实功用而批评旧剧已经落伍、腐朽，有的甚至认为旧剧毫无前途。与此同时，马连良、徐慕云、马二、金仲荪和张古愚等否认旧剧是简单、低级、僵死的艺术，肯定旧剧在内容、形式和美学等方面都颇有价值，又为百姓所熟悉、喜爱，值得提倡和保存。他们也承认旧剧已经或正在衰落，并着重分析了原因。相关的文章有曲工的《有望于旧剧界》、四树堂的《对于旧剧的展望》、李济时的《目前旧剧的前途》、海鸥的《旧剧界未来的变化》、俞勋的《旧剧界之展望》、王琴生的《我对于旧剧的几点意见》和梅花馆主的《旧剧衰落的一个重要原因》等数十篇，发表于《十日戏剧》、《半月戏剧》、《立言画刊》和《三六九

《十日戏剧》、《半月戏剧》、《立言画刊》

画报》等报刊。这些文章主要从以下五个方面分析了原因：其一，话剧和电影兴起，只有少数名伶尚能保持号召力，导致旧剧观众的大量流失。其二，彩头班着意在机关布景上翻新出奇，创造视听效果，破坏了旧剧艺术的美，虽引发观众一时的兴趣，但终会导致旧剧观众的流失。其三，伶人本身出现较为严重的问题。一方面，部分伶人缺乏合作精神，贪图虚荣，追求名利，品行不端，造成恶劣的社会影响；另一方面，演艺精湛的伶人越来越少，导致艺术水平的退化。其四，改良旧剧不得法，愈改愈糟，破坏了旧剧的完整性，导致表演技艺流失、退步，旧剧艺术的灵魂因此而侵蚀殆尽。其五，接受群体发生了较大的变化，观众看戏不是为了欣赏艺术，而是要捧名角，有些不懂旧剧，只图扮相好，看热闹。而旧剧又为求生存而迎合观众，剧评家也没有原则，取媚求荣。[1]可见，旧剧衰微，并不是由于戏曲艺术本身已经僵化、腐朽。

　　论者绝大多数要求或赞同改革旧剧，但出发点各不相同。欧阳予倩、田汉、张庚等新文化工作者认为以昆曲、平剧为代表的旧剧已经没落，不能顺应社会的变革。为了挽救、振兴旧剧，使旧剧负起抗战救国的使命，同时接受民族戏剧艺术遗产，创造新的民族戏剧，必须改革旧剧。焦菊隐等主张废弃旧剧，但话剧的宣传效力不够，旧剧的表演艺术不乏优长，又拥有大量的观众，因而不得不加以利用。李文钊甚至声称"我们的改良不是要挽回旧剧，而是要挽救民众"[2]。旧派倡导、赞同旧剧改良，主要是为了挽救旧剧的衰微，保留并发扬旧剧艺术，相关的论文有《十日戏剧》登载的《应改与不应改》（张古愚）、《旧剧不须改良吗？》（过宜）、《旧剧究竟是否需要改良》（瑞五）和《保存改良旧剧争议》（陈绍基），以及刊登于《立言画刊》的《保存旧剧精神》（鲁大夫）、《北平半月剧刊》的《怎样光大旧剧》（洗红）、《戏迷传》的《平剧之价值及改良刍议》（顾

　　[1] 李济时：《目前旧剧的前途》，载《立言画刊》，1940年第97期。
　　[2] 李文钊：《〈梁红玉〉上演与旧剧改良》，载《战时艺术》，第2卷第4期，1938年。

心梅）和《三六九画报》的《怎样挽回旧剧的颓运》（松声）等。论者多强调必须在演艺上下功夫，"保存旧剧原有的精华"[1]，"发扬旧剧固有的艺术"[2]，而保存旧剧最好的方式就是改良。也有部分论者并不认为改良是振兴旧剧的唯一出路，王琴生在《改良旧剧的几点愿望》中呼吁"把过去失传的艺术，以及失传老本子，搜罗出来，从新排演，保留旧有优点"。金仲荪在《旧剧摧残之危机》中也表达了相同的愿望。尚小云和余叔岩等名伶则通过排老戏、办新式戏校和灌唱片等形式致力于京剧的保存和传承。还有周信芳、张翼鹏和于素莲等少数受到新思想影响的名伶也值得关注，他们认为旧剧不应该仅仅用于娱乐，还应寓教于乐，具有教育意义。"唱戏不应该只当是职业"，"还应当把它当作事业，一件有意义有目标的事业去干"。但是，旧剧在内容和形式方面存在着各种缺陷和不足，必须改革[3]。

　　少数论者反对旧剧改革，原因也各不相同，大致可分为三种：其一，部分论者认定旧剧已经完全腐朽，失去生命力，无药可救，也没有改造的价值，应该全盘否定、废止，或听其自生自灭，同时致力于建设符合时代需要的新戏剧。很显然，这种看法是五四新文化运动期间新青年派戏曲观在抗战时期的延续。1941年底到1942年初，在延安鲁艺《批评》墙报上，师生们展开了一次关于平剧的讨论。文学系的两个学生认为平剧的形式虽然是民族的，其内容却是封建的，因此平剧没有前途，不能利用平剧为革命事业作贡献。鲁艺平剧研究团的阿甲、罗合如、王一达等人不同意这一观点。1942年春，鲁艺平剧团的成员到杨家岭毛泽东家做客，毛泽东就这个问题发表了意见，他说："平剧现在可以为人民服务，怎能说不是革命工作？平剧将来经过改造，也能为社会主义服务嘛，怎能说不是革命工

　　[1]海鸥：《旧剧界未来的变化》，载《立言画刊》，1944年第304、306、307期。
　　[2]松声：《怎样挽回旧剧颓运》，载《三六九画报》，第19卷第8期，1943年。
　　[3]于素莲：《我演改良平剧》，见蔡世成编：《〈申报〉京剧资料选编》，上海：上海市文化局，1994年内部发行，第509页。

作？"[1]领导人的教诲打消了某些平剧工作者的顾虑，统一了论者的思想。其二，部分爱好、精通旧剧的旧派，如马二，在五四新文化运动期间曾倡导旧剧改良，但此后渐渐改变观念，走向保守。马二并不认为旧剧已经衰落，[2]相反，在他看来，旧剧"犹具有吸引看客之能力"。"今之主张改革旧剧者，则皆出于一般文学家之口吻。宜乎其百无一当，能言而不能行也"；而且，他们不懂得"中西事物本不相关"的道理，多背离旧剧的特点，以西方戏剧为参照看待、评价、要求旧剧，未免方枘圆凿。[3]和马二观点接近的，还有唐镜溥、金仲荪、申襄农和顾心梅等。唐镜溥等并不反对改良本身，但认为当时改良平剧者多不懂平剧，或是不学无术之人，或为习于偷懒之辈，他们不顾平剧的艺术规律，"变通一切旧例，破坏一切成规"，"徒足以减低平剧价值"，"无一是处，实为平剧之罪人"。[4]金仲荪直言当时老剧新演的做法是摧残旧剧艺术，表面上是进步，实际上导致旧剧的灵魂侵蚀殆尽。而旧剧大量失传，造成技艺的频频流失，非常可惜。因此，他呼吁复兴和保存旧剧。[5]申襄农和顾心梅等认为平剧是艺术家呕心沥血的结晶，"虽不能断言其为尽善尽美，即小有不妥"，亦不足为疵；而且，平剧一直在自我改进，不断进步，无需骤加改良。[6]可见，旧派并不一定要反对改革本身，而是不认可改革的方式和方法。其三，还有少数论者，如刘鹤云等，他们承认旧剧兼具优长与不足，又认为旧剧"不适合表现现代生活，如果强行加入现代内容，只会破坏其美点，成为非驴非马的东西"，因此应该保存。他们指出："旧剧不是加以改良了之后便可以负起抗战的任务的，我们若要求歌剧能达到抗战的任务，定要

---

[1] 李纶：《回忆延安平剧活动情况》，见《延安平剧活动史料集》第1集，北京：文津出版社，1985年版，第258—259页。

[2] 马二：《旧剧是否衰落的探讨》，载《半月戏剧》，第1卷第7期，1938年。

[3] 马二：《旧剧不可改也》，载《国艺》，第1卷第3期，1940年。

[4] 唐镜溥：《对平剧妄言改良者有感而发》，载《上海画报》，1938年第1期。

[5] 金仲荪：《旧剧摧残之危机》，载《立言画刊》，1938年第2期。

[6] 申襄农：《平剧改良与否总论》，载《戏迷传》，第2卷第4、5、6、8期，1939年。

从新建立新的抗战歌剧。"[1]

对于旧剧在内容、形式等方面哪些应该改造，如何改造的问题，新旧两派的看法也截然不同。新文化工作者普遍认为应该以现实主义为原则，通过创演新编戏从内容到形式对旧剧实行全面改造，内容方面的毒素要彻底清除，而形式方面，动作程式、唱词念白、曲调音乐、化妆服装、舞台装置等，也都不能疏忽。在这里，论者反复阐明、强调的现实主义其实是无产阶级革命文学，是左翼文艺兴起后古典主义与现实主义的杂糅和中国化，可称之为革命古典主义。这一文艺思潮以古典主义为基础，强调文艺的政治理性，同时又吸收了现实主义的部分概念和原理。其主要内容如下：1. 文艺必须为现实政治服务；2. 文艺应如实地反映现实人生，表现社会理想，兼具现实性、真实性和理想性；3. 倡导写实、典型化和细节描写等创作手法。抗战以后，革命古典主义的政治特征更加突出，成为文艺创作和理论的指导思想。[2]部分论者比较理性，要求尊重传统，遵从旧剧的艺术规律，反对借鉴西方话剧写实的方法，不满于生搬硬套，如欧阳予倩和焦菊隐等。前者基于戏曲是综合艺术的认识，要求建立导演制度，由导演组织、调度各个部门，全面改造旧剧，"使其在内容上、在形式上都成为健全的综合艺术"。[3]后者多年研究旧剧，希望保留歌舞性、程式化和写意性等特点，发挥旧剧特有的长处，创造美的舞台形象。持论比较温和的还有施病鸠、白鸥等，或者要求只改内容，保存形式，[4]或者主张审慎的态度和循序渐进的方式，反对急于求成。[5]而部分论者非常激进，认为旧剧充斥着封建毒素，表演方法简单、陈旧、落后，束缚太多，应该

---

[1] 刘鹤云：《从旧剧谈到新歌剧的建立》，载《战时艺术》，第2卷第2期，1938年。

[2] 杨春时：《中国现代文学思潮史》，南京：南京大学出版社，2011年版，第434—447页。

[3] 欧阳予倩：《再说旧戏的改革》，见《欧阳予倩全集》第5卷，上海：上海文艺出版社，1990年版，第16、20页。

[4] 白鸥：《旧剧的改革问题》，载《战斗》，1938年第7期。

[5] 施病鸠：《改良平剧刍议》，见蔡世成编：《〈申报〉京剧资料选编》，上海：上海市文化局，1994年内部发行，第510—511页。

学习西方戏剧先进的观念和方法，"把'五四'以来从新文艺学到的现实主义渗透到旧的传统里"，"凡是妨碍反映现实的规律都可以大胆地放弃"，如"不自然的脸谱"、"不合时代习惯的台步"等。[1] 有的论者甚至直接明确地提出了"话剧化"的口号。[2] 很明显，这一主张疏忽了戏曲本身的艺术规律，是新文化运动期间新青年派的戏曲观在抗战时期的另一种发展。持此类观点的论者多是主张革命文艺的作家和理论家，如参加过"左联"的胡风、廖沫沙，哲学家和革命家艾思奇等。

相比之下，旧派持论保守得多，多注重传统，讲究表演技艺和舞台形象，认为应该按照老法子表演新戏，如马连良、周信芳、冯春航（子和）等。马连良认为要从唱腔、念白、服装、化妆、身段和舞台装置等方面精益求精，提高其美学价值，指责运用"彩头布景"是"背叛艺术原则"，"简直活要剧界的生命"。为了不断完善平剧的舞台艺术，提高其美学价值，他于1938年底，在《立言画刊》发表文章，呼吁开展京剧艺术化运动。[3] 周信芳演新戏，"手、眼、身、法、步都照旧剧唱，这就是他成功的要素"[4]。冯春航指出"本戏要照旧剧那么唱，才能有精彩的演出"[5]。与他们观点比较接近的还有王祖鸿等，他们对旧剧改良中欧风盛行的现象颇为不满，要求按照旧剧的特性进行改良，在吐字行腔、身段表情、服装布景等方面都保持旧剧原有的特征。[6] 同时，他们还主张谨慎、小心的态度，认为"旧剧有时不宜擅改"[7]。此外，还应做到以下五点：其一，网罗编剧人才，编写好剧本，既要有教育意义，也应唱、念、

[1] 艾思奇：《旧形式运用的基本原则》，见《延安文艺丛书·文艺理论卷》，长沙：湖南人民出版社，1984年版，第599—600页。

[2] 廖沫沙：《读欧阳予倩的旧剧作品——兼论旧剧改革》，见苏关鑫编：《欧阳予倩研究资料》，北京：中国戏剧出版社，1989年版，第346页。

[3] 马连良：《发起一九三九年：京剧艺术化运动》，载《立言画刊》，1938年第14期。

[4] 海生：《冯子和将在黄金客串》，见蔡世成编：《〈申报〉京剧资料选编》，第459页。

[5] 海生：《冯子和将在黄金客串》，见蔡世成编：《〈申报〉京剧资料选编》，第459页。

[6] 王祖鸿：《平剧改良的历史》，载《时代（上海1939）》，1939年第6期。

[7] 郑过宜：《旧剧有时不宜擅改》，载《上海生活》，第5卷第3期，1941年。

做三者并重。其二，成立新型戏校，培养好演员，在演艺之外，灌输新知识、新思想，使他们既有精湛的技艺，又有合作精神。其三，健全戏班组织，不能仅仅依靠头牌。其四，成立改进会，研究戏曲，把握戏曲的历史、规律和特征。其五，加强剧场管理，净化剧场和舞台，给伶人和观众创造良好的环境。论者相信只要各方合作、努力，旧剧必将复兴。总而言之，在他们看来，改良是为了更好地保存旧剧。

旧剧的艺术特征和美学价值也是论者关注的论题。在前人的基础上，欧阳予倩、焦菊隐、徐慕云、马连良、马二、王祖鸿、刘鹤云和张古愚等更加全面地把握了旧剧的艺术特征，更为清晰、深入地阐述了虚拟性、程式化、歌舞性和综合性等特征。以此为基础，论者进一步分析旧剧的形式美及其构成要素，探讨创造旧剧美的途径，并且大力肯定旧剧的美学价值。

为了更加充分地发挥旧剧的宣传和教育作用，论者提出了戏剧大同论。抗战前的戏剧界，不同的剧种之间，甚至是同一剧种的不同流派之间，常常互相排斥、贬抑，甚至互不往来。论者也往往限于一己之见，参与门户之争，助长了这种不良风气。抗战爆发之后，论者认识到门户观念在很大程度上消耗了戏剧界的力量，不利于形成抗战宣传的统一战线，于是提出了戏剧大同论。戏剧大同论呼吁打破门户壁垒，停止派系之争。1937年12月，中华全国戏剧界抗敌协会成立于汉口，话剧、文明戏、平剧、楚剧、汉剧、川剧、陕西梆子、山西梆子、滇戏、桂戏、粤剧和蹦蹦戏等剧种的演员都踊跃参加。田汉起草了《中华全国戏剧界抗敌协会成立宣言》，宣言要求全国戏剧界人士摒除一切成见，巩固超派系、超地域的团结，同舟共济，为民族解放战争服务。在《关于抗战戏剧改进的报告》中，田汉再一次强调："在今天危迫的局面，不容许有任何不必要的门户之见。"

论者热衷于讨论话剧与旧剧的关系，相关的文章有刘雁声《话剧的剧词与旧剧的念唱》、麦琳兰《我对于话剧与旧剧的认识》、张鸣琦《旧剧与新剧》、老蹇《某名小旦说，话剧比旧剧强》和王泊生《论旧剧对于新型戏剧创造上之功用》等，另有未署名文章《话剧与旧剧》、《旧剧与话剧的演技》、《旧剧伶人话剧热》和《旧剧话剧演法》等，分别登载于《立言画刊》、《吾友》和《三六九画报》等报刊。论者不仅比较话剧与戏曲在文学与表演等方面的异同，还号召两者互相补充、学习，结成联盟，共同服务于抗战。

　　国剧、平剧与地方戏的关系也是论者比较关注的论题之一，部分论者断定平剧"是中国戏剧的代表"[1]，"比一切地方戏技巧高，格局深"[2]。这一看法高度肯定了平剧的价值，提升了它的地位。应该说，平剧是集中国传统戏曲之大成的剧种，视之为戏曲艺术的代表是很有道理的，但部分论者片面地强调平剧的价值和地位而轻视其他剧种，就是偏狭之见了。也有论者认为"（平剧）不足以代表今日的中国戏剧"[3]，主张"一切地方戏都给以至高无上的估价"[4]。其理由有二：一是"京戏比地方戏或乡间戏更格律化了，因此也就是比较'不通俗'的"[5]，而地方戏是地域文化的产物，拥有大量观众，比平剧更深入民心；二是"艺术本无国界，决不容有地域观念存乎其间，不然湖南人死抱着所谓湘戏，湖北人死抱着汉调，北平人死抱着京调，诸如此类，专在一个小圈子里翻筋斗自鸣得意，不肯放开眼界看一看世界……岂非自外于今之世吗"[6]。论者认为无论从宣传和教育的功用出发，还是本着发展艺术的宗旨，都不应抱有地域观念，更不应该分出高下优劣，互相排斥。为了破除地域观念，是不是就应该抛弃剧种特色呢？老舍在《抗战以来文艺发展

　　[1] 徐慕云：《中国戏剧史》，上海：上海古籍出版社，2001年版，第275页。
　　[2] 丁玲：《略谈改良平剧》，见洛蚀文编：《抗战文艺论集》，上海：上海书店，1986年版，第322页。
　　[3] 刘念渠：《战时旧型戏剧论》，重庆：独立出版社，1940年版，第1页。
　　[4] 洪深：《抗战十年来中国的戏剧运动与教育》，见《洪深文集》第4卷，北京：中国戏剧出版社，1959年版，第213页。
　　[5] 艾思奇：《旧形式运用的基本原则》，见《延安文艺丛书·文艺理论卷》，长沙：湖南人民出版社，1984版，第598页。
　　[6] 欧阳予倩：《关于旧剧改革》，见苏关鑫编：《欧阳予倩研究资料》，北京：中国戏剧出版社，1989年版，第305页。

的情形》第四讲中指出："最近一个不好的现象是值得注意的，就是抗战以来二黄传到大后方来，有许多地方戏受了它的影响，而在逐渐改变。研究戏剧的人对此当充分注意，不要让这些宝贵的东西丧失。如湖北的花鼓戏，因不能在湖北演唱，移到四川，他们就用二黄的锣鼓，且加入二黄腔调，结果原来的二百多个调子现在只能唱两三个了，这种损失多么值得注意。"显然，老舍认为剧种自身的个性与特色非常宝贵，如果因为学习平剧而丢失了，是很大的损失。

还有部分论者讨论平剧的北派与南派。清末民初，平剧舞台分化出北派与南派两大派系。北派，又称为"京朝派"，以北平为根据地，强调对传统的继承与坚守，讲究规矩，尤其注重唱念的基本功；南派，又称为"海派"，属"外江派"的一种，以上海为大本营。清末以来，以汪笑侬、潘月樵、夏氏兄弟和欧阳予倩等为代表的上海平剧艺人，深受海派文化和西方戏剧观念的影响，致力于戏曲改良。他们吸收西方戏剧的元素，重视技巧，制作机关布景，编演了大批新戏，既有宣传民主革命思想的时装新戏，也有取材于历史和小说的连台本戏，表演艺术趋向追求生活化和性格化。由于上海平剧形成了明显不同于北平平剧的风格特色，因此被称为"南派"。在平剧界，北平的伶人多怀有优越感，认为北派才是正宗，轻视、贬低代表南方的海派；而上海的艺人则以创新自喜，讥刺北派过于保守。因此，多年以来，南北两派始终处于对抗和竞争的势头中。在理论界，北派与南派之分曾引起纷争，论者或独尊北派，或揄扬南派，各执一词，互不相让，几成水火之势。1936年12月18日，汪绍枋在《戏报》发表文章，率先提出"戏剧大同论"，希望北派与南派取长补短，融为一炉。抗战爆发后，论者呼吁北伶与南伶、京朝派与海派消除成见，共同对敌，赋予"戏剧大同论"新的含义。话剧与旧剧的互补、京剧与地方戏的联盟，以及京朝派与海派的融合，都可视为"戏剧大同论"的具体内容。

此外，讨论比较热烈的还有以下五个论题：

其一，戏曲教育。部分论者将人才匮乏、伶人品德存在各种问题视为旧剧衰落的主要原因，非常重视戏曲人才的培养，倡导成立新型戏校，取代旧式科班，建议以科学的教授法取代口传心授的旧式方法，而且，不仅传授技艺，还要灌输文化知识，培养深厚的国学根基。同时，新戏校应该设立编剧、导演各部门，编写既有教育意义又遵循旧剧艺术特征和规律的新戏。[1]对此，尚小云的观点明显不同，他关注表演艺术的传承，主张"恩威并施"的教学原则，既不能如旧时科班将打骂生徒视为加强教学效果的方式，也不能太过放松，导致生徒的懈怠心理。同时，他注重基本功，倡导排演旧戏，"以作各生艺业的根据"，"冀能把这个固有的国剧精华由他们这一行能够流传永久"。[2]

其二，戏曲电影。相关的文章有摩露随笔《旧剧怎样搬上银幕》、费穆《中国旧剧的电影化问题》、愚翁《旧剧排新电影仿旧》、异趣山人《由旧剧搬上银幕，想到的几个问题》、张而翔《旧剧电影论：驳华北电影圈的制片方针》和文熊《略论旧剧电影》等，另有未署名文章《以旧剧拍电影》和《大批旧剧搬上银幕，完全摄成"五彩电影"》等，发表于《三六九画报》、《青青电影》、《国民杂志》、《电影新闻》和《十日戏剧》等报刊。论者大力倡导戏曲电影，就如何拍摄戏曲电影、戏曲电影对戏曲的影响、旧剧伶人转向银幕等问题进行了探讨，并注意到电影实景与演员虚拟性、程式化的歌舞动作之间的矛盾，认为应尊重旧剧传统，"须适用舞台环境"[3]。

其三，观众培养。论者关注到观众对于戏曲艺术的重要性：一方面，演给空椅子看的戏曲是没有任何意义的，没有观众，戏班和伶人都无法生存，戏曲艺术也就失去了依托；另一方面，从某种程度上说，戏曲艺术是观众培育的，"剧场看客之眼光卑下，则必不能有良好之戏剧"[4]。有

---

[1]海鸥：《旧剧界未来的变化》，载《立言画刊》，1944年第304、306、307期；《创办戏曲学校》，载《立言画刊》，1943年第23期。

[2]尚小云：《我对于办科班的感想》，载《三六九画报》，第13卷第1期，1942年。

[3]《以旧剧拍电影》，载《三六九画报》，第27卷第2期，1944年。

[4]马二：《旧剧不可改也》，载《国艺》，第1卷第3期，1940年。

部分论者指出观众群体水平的降低是旧剧衰微的原因之一，反对迎合观众，倡导加强观众的培养，灌输旧剧知识，提高他们鉴赏旧剧的兴趣和能力。

其四，表演方面的各个细节。从音律、曲调、吐字、行腔、台步、身段、程式、剧词、念白、角色，到锣鼓、砌末、化妆、服装、布景等，论者进行了非常具体而细致的讨论。

另外，论者还就旧剧导演、编剧、伶人的品德修养等论题进行了讨论。

由上可知，影响论者戏曲观念的因素主要有三个：（1）高涨的爱国热情和崇高的救国理想；（2）来自西方的各种政治学说和文艺思想，尤其是西方的戏剧理论；（3）前人和时贤对戏曲与话剧的认识。战时戏曲理论存在着两个系统，一个主要是由新文化工作者建构的，一个主要是由旧派人建构的。新文化工作者以爱国主义为思想基础，以实用主义戏曲价值观看待、评价、要求戏曲，更多地关注戏曲艺术的外部规律和特征，主要就戏曲的现实功能、戏曲改革及戏曲的艺术特征进行了探讨。其主要观点如下：一、戏曲是最有效的宣传和教育工具之一；二、旧剧已经陈腐、僵化，充斥着大量的封建毒素，只有经过改造才能发挥其应有的社会功用，并创造出民族新戏剧；三、旧剧改革应以革命古典主义为指导思想。旧派则大力肯定戏曲的价值，从戏曲的本体出发，更多地关注戏曲的舞台艺术，就戏曲的命运、戏曲衰落的原因、戏曲改良、戏曲的艺术特征和美学价值等论题进行了探讨，旨在保留戏曲艺术的精华，将戏曲艺术发扬光大。这两大系统中，前者影响更大，是战时戏曲理论中更为重要的部分，具有鲜明、强烈的时代色彩。

第二节 两种不同的戏曲观

由于立足点和出发点截然不同，新旧两派形成了各自不同的戏曲观：新派偏重戏曲的题材和内容，强调戏曲的社会功用；旧派关注戏曲的表演艺术，重视戏曲的艺术价值。还有少数论者介于两者之间，既关注戏曲的内容和社会功用，又不忽视其形式与艺术价值。

一、有用与有害——戏曲是宣传与教育的工具

卢沟桥事变前夕，西安易俗社在北平引发了一场争论。这场论争规模不大，却反映了两种截然不同又颇有代表性的戏曲观。1937年6月，华北情势危急，战争一触即发。易俗社出于宣传抗战、鼓舞人心的目的，应国民革命军第29军军长宋哲元将军之邀，赴北平演出。6月17日，北平《全民报》报道易俗社在怀仁堂演出《山河破碎》，认为该剧"写历史的伤痛，促民族之觉悟，振聋发聩，立懦警顽，实对现时之中国当局，下一针砭。方今举国民众，抗敌殷切，故亦极欢迎此抗敌救国主义之民族佳剧也"。京朝派某名伶不屑于易俗社的演出，认为"不是那么回事儿"，还有人诬蔑易俗社"蛊惑人心，野声刺耳"。此言一出，随即遭到了强烈反对，很快就有剧评称赞《山河破碎》，要求京朝派向易俗社学习。文章说："剧本的爱国性，抗日反投降的喻情教意，演出阵容的宏大壮观，看得出封至模先生的艺术匠心，爱国热忱。看了陕西易俗社的演出，京朝派可以效法，看你们的路子对，还是易俗社的路子对？！"《全民报》也发表了《从易俗社谈起》等系列文章予以还击，作者在文中斥问京朝派："你们自己的玩意儿是不是那么回事儿！你问问易俗社编排的剧本，有没有诲淫诲盗那一类剧情？有没有神奇怪诞那一类剧情？像你们的《挑帘裁衣》，又教奸，又诲淫，究竟算那一回事儿！"介绍《武王革命史》时，作者说：

"易俗社之戏剧内容，涵义深远，极合时代之要求，有相当之价值，则诚然也。"君萍的剧评指出："易俗社的剧本……知道从国难上着想，这种精神不能不加以赞评。""易俗社是一个整体，全场角色都为剧情剧义而发挥，而牺牲，一种团结精神、努力精神，是现代京剧派艺人所应效法的。"7月7日，封至模在北平《京报》发表文章介绍《山河破碎》和《还我河山》，他明确表示："文学是时代精神的反映，戏剧是大众意识的表征，在家破国亡的时候，是冲锋破敌的号角。两剧算不得如何的剧本，唯一的希望是不要把它当作

剧作家、戏曲教育家封至模像

过去的历史看。一个国家，一个民族，到了被外族侵略、国将不国的时候，总有几个大或小的汉奸，媚外卖国为人奴役，或将领土拱手送人……观此剧而不扼腕叹息，振臂而起是无人心也。再回观现在的中国，现在的中华民族，现在国人的民族意识，是否与南北宋相若？！我们只有大声呐喊着，'山河破碎了！''还我山河吧！'"[1]

这场争论在易俗社及其支持者和京朝派名伶之间展开，涉及了五个问题：（1）戏曲是什么？（2）戏曲的作用和价值是什么？（3）戏曲应反映什么？观众需要怎样的戏曲？（4）如何评价一部戏的好坏？（5）戏曲应不应改革，应如何改革？在抗战时期，这五个问题一直为论者所关注，围绕这些问题发表的意见构成了战时戏曲理论的重要内容。作为易俗社的骨干，封至模明确主张戏曲应该反映"大众意识"和"时代精神"，体现了易俗社的一贯主张。易俗社心系天下，把戏曲视为启迪和教育民众、移风易俗、改造社会的工具，力图激发百姓的民族意识和爱国情感，因而顺应时代潮流，倡导革新，在题材内容、艺术形式和剧场管理等方面进行了大量尝试。易俗社认为，国难当头，救亡图存是民心所向，以抗敌御侮为主

---

[1] 封五昌：《易俗社赴北平抗战演出述略》，载《西安晚报》，2008年7月7日。

题的戏符合时代的需要和百姓的愿望，就是好戏，其价值就在于能"振聋发聩，立懦警顽"，鼓舞百姓的斗志和勇气。封至模创作的《山河破碎》、《还我山河》和《武王革命史》等作品虽是新编历史剧，但反映的是国破家亡的现实，意在"激励国人振臂而起，奋发图强"，故而大受好评。很显然，在形式、技巧、艺术价值与内容、情感、社会作用之间，易俗社更关注后者。而京朝派名伶的看法完全不一样，他们认为戏曲是一种娱乐消遣、怡情养性的艺术，其价值主要体现于表演技艺，要求遵从传统和规范，重视四功五法，讲究技巧和绝活。他们认为，观众进戏院，主要是为了欣赏表演。因此，创作一部新戏，应该在表演上精雕细刻，下足功夫。易俗社的新戏非常注重思想性和教育意义，和传统大异其趣，故而引起了他们的不满和反感。易俗社和京朝派名伶所代表的分别是新旧两派，他们的戏曲观截然不同，见解和追求自然就大相径庭，这是发生论争的原因所在。易俗社的观点符合时代的需求，因而赢得了广泛的支持。

随着抗战的全面展开，文艺的现实功用越来越受到关注。旧剧可以成为强有力的宣传武器，这一观点已成为共识，全盘否定旧剧的观点变得不合时宜。旧剧为什么可以成为宣传武器？

其一，"新文艺的读者依然只是知识分子和青年学生，新文艺还不能深入大众群中"[1]；而旧剧很流行，下层民众看惯、听惯了，容易接受。很显然，仅有三十年历史的话剧远不及旧剧普及，只能收到部分宣传效果。要想弥补这种不足，就必须"充分利用我们民族大众中流传着的旧艺术旧形式的优点"[2]。

其二，旧剧中也有不少积极、正确的思想，不应全盘抛弃。"八一三"事变后，上海戏界中人多次举办座谈会，讨论旧剧如何投入抗

---

[1] 茅盾：《文艺大众化问题》，见文振庭编：《文艺大众化问题讨论资料》，上海：上海文艺出版社，1987年版，第380页。
[2] 《陕甘宁边区民众娱乐改进会宣言》，见《延安文艺丛书·文艺史料卷》，长沙：湖南文艺出版社，1987年版，第500页。

战的问题。周信芳提出："旧戏一般被认为宣传封建思想，因此有许多戏遭到禁止，技术上渐次失传，但这些戏有的又实在是颇有反封建的意义的。"[1]可见，即使是封建社会的产物，旧戏中也不乏反封建的积极思想，与其简单、粗暴地全盘否定，还不如制定出切实可行的办法和衡量标准，具体剧目具体对待。很快，周信芳的呼吁得到了回应。1939年，教育部教科用书编辑委员会拟定修订平剧计划，初步选定平剧百种，次年四月刊行《平剧选第一辑提要》。该提要前的《说明》可能为主其事者赵太侔撰写，其文云："平剧为旧时代产物，不少教忠劝孝，激浊扬清之作；但往往杂以果报鬼神之见解，若竟摈而不选，所失甚大。"[2]在《战时旧型戏剧论》中，刘念渠也指出旧剧中"有迷信，也有真理"。很显然，旧剧在思想方面是精华与糟粕并存的，对于其精华，不应熟视无睹。

其三，在艺术形式方面，旧剧不乏优长。焦菊隐在他的博士论文《今日之中国戏剧》中指出："象征性的舞蹈，节奏性的动作及造型的考究综合起来就构成中国戏曲艺术的美。"《平剧选第一辑提要·说明》认为："平剧佳者，不在词藻优美，剧情曲折，而在表演技术。"[3]刘念渠在《战时旧型戏剧论》中认为旧剧凭借程式化、虚拟和夸张的表现方法，获得了一种完整、特殊而精美的形式，"既简洁，又合于美的原则"。老舍在《抗战戏剧的发展与困难》一文中也承认"旧形式中有许多优美之处理当保存"。

可见，由于流传久远，群众基础极为深厚，表现形式也不乏优长，旧剧在传播和接受等方面具有强大的优势。然而，由于大量含有封建毒素的传统剧目仍在上演，旧剧不仅不能发挥其应有的作用，反而妨害了抗战。田汉在《戏剧运动之开展》中指出："旧戏大部分都是传达着错误的历史的

---

[1] 田汉：《抗战与戏剧》，见《田汉全集》第15卷，石家庄：花山文艺出版社，2000年版，第328页。

[2] 洪深：《抗战十年来中国的戏剧运动与教育》，见《洪深文集》第4卷，北京：中国戏剧出版社，1959年版，第136页。

[3] 洪深：《抗战十年来中国的戏剧运动与教育》，见《洪深文集》第4卷，第154页。

事实的……一般民众，每天每天在那里看老戏，正是每天每天在那里接受错误的历史的遗毒。"焦菊隐在《从旧〈雁门关〉谈到新的〈雁门关〉》中不满于中国的剧作家缺乏政治头脑，认为他们"从来不直接处理国家民族或政治经济问题"，"写君主权宦，就不得不歌功颂德；要写民间生活而又闪开政治经济的重心"，"至于更重要的问题，如统治阶级之残虐，被压迫者之共同痛苦，以及国家民族之存亡问题，遂全被忽略"，"自然就十足地浸染着封建的色彩"。刘念渠在《战时旧型戏剧论》中批判当时的旧剧演出"与抗战不发生一点关系"，导引观众"迷醉于声色歌舞之中"，而且"其所含的浓厚的封建思想竟是妨碍抗战的"。首先，宿命论思想和奴隶思想贯穿了大部分剧目，替腐败的专制政治打掩护，欺骗民众，导致人民失去反抗精神；其次，不少剧目宣扬男尊女卑的观念，不利于形成全民抗战的局面；再次，旧剧所表现的民众往往是与民族、国家不发生任何联系的，国家和民族只是皇帝、贵族等少数人的所有物，这种观念不能激发民众的民族意识和爱国热情，是错误的。欧阳予倩把旧剧思想意识方面的问题归结为以下三点：

（一）把民间疾苦、社会缺陷的原因求之于土豪恶霸、贪官污吏之类，因而只图的救济，忘了整个的改革；

（二）在一大的事变或政变之际，常常图谶地说明其必然。如农民叛乱时的大屠杀常被解释为"为星宿下凡收人"，骁桀者攘夺政权常被尊为"真命天子出世"。同时，数千年来封建的主从关系养成无原则的"各为其主"、"得人钱财，与人消灾"的奴隶思想，实为产生无耻汉奸的最好的胎盘。这些实在要不得。

（三）关于男女关系，老戏里都宣传的是女子对于男子的绝对服从。有钱的娶多数老婆认为当然，平常正当的恋爱反认为诲淫。——这一些缺点在抗战戏剧中必须彻底地改革。[1]

---

[1] 田汉：《抗战与戏剧》，见《田汉全集》第15卷，石家庄：花山文艺出版社，2000年版，第329页。

　　尽管说法不一，但其核心是相同的：由于各种封建思想，如宿命论、奴隶思想、男尊女卑的观念、国家民族与民众无关的意识等充斥于戏曲舞台，旧剧妨碍民众形成正确、积极的观念，因此有害于当时的民族解放运动。可见，旧剧是有害的宣传和教育工具。那么，旧剧怎样才能从有害变为有用、有益呢？很简单，那就是进行改革，有关的思想和主张将于本章第四节详述。

二、"旧剧"、"旧歌剧"、"旧形式"等——戏曲是落后的艺术形式

　　正因为戏曲是宣传和教育的工具，而又很少直接反映现实，不能有效地发挥工具作用，适应时代的需要，因此，论者认为戏曲是落后的艺术。上个世纪前五十年对传统戏曲的一系列称呼，如"旧剧"、"旧戏"、"旧歌剧"、"旧乐剧"和"旧型戏剧"等，就隐含了这一观念。

　　称传统戏曲为"旧剧"和"旧戏"，始于清末。1903年，欧榘甲在《观戏记》中对广东戏曲用"旧曲旧调、旧弦索、旧锣鼓"表现"红粉佳人、风流才子、伤风之事、亡国之音"大加挞伐。1906年，春柳社成立演艺部，发表文章阐明其创立宗旨和戏剧主张，将演艺分为新派与旧派两类，前者指"以言语动作感人为主，即今欧美所流行者"，后者"如吾国之昆曲、二黄、秦腔、杂调皆是"。"本社无论演新戏、旧戏，皆宗旨正大，以开通智识，鼓舞精神为主。"[1]刘翌叔（一说佚名）《孤臣泪》卷首《剧旨》云："编此剧更有一个意义，是企图为中国旧剧界开一新纪元，是用了大刀阔斧来改良旧剧。"[2]以"旧"称名，含义主要有二：其一，清末民初，由西方传入的话剧开始兴起，这一新兴的戏剧样式被称为"新剧"，而本土的传统戏曲历史悠久，为人们所熟知，相对而言就成了

　　［1］《春柳社演艺部专章》，见阿英编：《晚清文学丛钞·小说戏曲研究卷》，北京：中华书局，1960年版，第636页。
　　［2］蔡毅：《中国古典戏曲序跋汇编》第4册，济南：齐鲁书社，1990年版，第2675页。

"旧剧"，新旧对举，以示区别。其二，当时西风东渐，多次感受列强炮火威力的国人认为西方文化更先进，于是一批致力于资产阶级维新与革命的人士试图以西方文艺为榜样来改造本土的文艺，达到移风易俗、振兴国家的目的。而改良传统戏曲的参照，则是新剧。首先，新剧多反映社会现实，能迅速改变人们的思想观念，在国家强盛的过程中能发挥重要作用。其次，新剧"不用歌曲而专用科白"[1]，又运用写实布景和"光学、电学各种戏法"[2]，"能使真境逼现"[3]。可见，"旧"字含有"陈旧"、"落后"之意，反映了论者对传统戏曲的态度、评价和要求，是当时戏曲观很重要的一部分。五四新文化运动中，占据主流的"新青年派"更加激进，认为传统戏曲是封建社会的遗物，掺杂着众多有毒和不合理的因素，毫无价值，应全盘否定、抛弃，而代之以正在蓬勃兴起的新剧。此后，"旧剧"、"旧戏"等称谓固定下来，用来专指传统戏曲，即没有经过改革的戏曲艺术。作为"旧剧"的代表，京剧也被称为"旧京戏"、"旧平剧"。

歌剧和乐剧是两个来自西方戏剧的名词，歌剧是兴起并流行于西方的戏剧样式，而乐剧则是19世纪德国作曲家瓦格纳对自己歌剧作品的称谓。"因为旧剧里有唱，所以一般人称之为'歌剧'；又因为旧剧里有锣鼓、牌子、散曲，所以又有人称之为'乐剧'。"[4]最早将中国戏曲称为歌剧的是宋春舫。1918年，宋春舫在《戏剧改良评议》中认为中国戏曲就是歌剧。此后，不少论者直接称呼旧剧为"旧歌剧"或"旧乐剧"，有的甚至把旧剧与歌剧混为一谈。田汉讨论旧剧改革时断言："我们对于旧的歌剧不

————————

　　[1] 健鹤：《改良戏剧之计划》，见王立兴：《中国近代文学考论》，南京：南京大学出版社，1992年版，第175—176页。
　　[2] 陈独秀：《论戏曲》，见阿英编：《晚清文学丛钞·小说戏曲研究卷》，北京：中华书局，1960年版，第54页。
　　[3] 孙宝瑄：《忘山庐日记》，上海：上海古籍出版社，1983年版，第858页。
　　[4] 焦菊隐：《旧剧新诂》，见《焦菊隐文集》第2卷，北京：文化艺术出版社，1988年版，第117页。焦菊隐的观点颇与众不同，他认为传统戏曲不是歌剧，理由有二：一、中国戏是一种以动作、话白为主体而以简单的调子为辅的戏剧，实际上具备话剧的特质；二、传统戏曲的音乐很贫乏，缺少感动的力量、叙述的机能和戏剧的成分，并不重要，几乎是可有可无的。有关论述见《旧剧构成论》与《旧剧新诂》等文。

存什么奢望了，也不相信旧剧名优们能改革旧剧。"[1]可见，这两个名词也被贴上了"旧"的标签。

另外，在抗战时期，传统戏曲还有一个名称——"旧型戏剧"。该名称首见于马彦祥的《旧剧抗战》，戏剧评论家刘念渠在专著《战时旧型戏剧论》中也使用了这一名称。[2]

由此可知，大多数新文艺工作者认为旧剧陈腐落后，应该被新剧取代，两者既不相干，也不能共存。有的还以居高临下的姿态，试图以话剧为榜样改造、拯救旧剧。李文钊在《〈梁红玉〉上演与旧剧改良》中呼吁话剧工作者投入旧剧改革："我们干话剧的为什么要去干旧剧？""干话剧的正要去帮助旧剧改良。"这些话非常典型地体现了话剧工作者鄙视旧剧、自视甚高的优越感，这种心理在相当程度上影响了当时的旧剧改革。随着民族危机的日益加深，论者的看法渐渐改变，旧剧可以成为宣传武器的观念得到了广泛的认同。张庚、刘念渠和白苓等人认为"话剧的力量还嫌单薄一点"[3]，"戏剧上的救亡工作决不是话剧可以一手包办的"[4]。瞿白音等相信如果运用得当，旧剧的收效之宏大之迅速，能超过话剧。[5]张庚、刘念渠和欧阳予倩等人指出话剧与旧剧各有所长，一方面，"旧剧反映现实的能力差"，但旧剧有广大的观众和大量的从艺人员；另一方面，话剧反映现实的能力强，一贯"站在进步立场上"，但"不能深入民间"。[6]可见，旧剧和话剧都不是万能的，应该取长补

　　[1]田汉：《评〈西施〉》，见《田汉全集》第16卷，石家庄：花山文艺出版社，2000年版，第581页。

　　[2]《战时旧型戏剧论》就传统戏曲的发展历程、艺术特征、存在形式、与抗战的关系以及战时戏曲的创作和研究等问题进行了讨论，是一部较早的通论性质的专著。该著作完成于1939年2月，次年由独立出版社出版。

　　[3]刘念渠：《战时旧型戏剧论》，重庆：独立出版社，1939年版，第33页。

　　[4]张庚：《1936年的戏剧》，见《张庚文录》第1卷，长沙：湖南文艺出版社，2003年版，第132页。

　　[5]洪深：《抗战十年来中国的戏剧运动与教育》，见《洪深文集》第4卷，北京：中国戏剧出版社，1959年版，第139页。

　　[6]张庚：《话剧的民族化与旧剧的现代化》，见《张庚文录》第1卷，第241、245页。

短，殊途同归。部分论者倡导话剧与旧剧的融合，在旧剧界引发了伶人参加话剧演出的热潮，童芷苓、李少春、吴素秋、李玉茹等都曾登上话剧舞台。刘念渠相信，"在话剧的影响之下，它可以用它自己的特长补助话剧力所不及的地方"，由此成为"话剧的一支颇有力的友军"。[1]洪深则建议"培养改良旧剧的大量新干部，并创立抗敌歌剧队，从事移动公演，深入农村及战区，以补话剧之不及"[2]。也有论者主张话剧向旧剧学习，焦菊隐认为"今天话剧界所最需要的莫过于严密的组织与共同遵守的法则"，"旧剧界的传统信条就有许多可以供我们参考，或者说可以供我们学习的了"。[3]应该指出的是，尽管不少论者主张话剧与旧剧应该互相帮助、支持，共同为抗战服务，但在多数新文化工作者看来，话剧更先进，应该成为主导，而旧剧只能是话剧的补充，两者的地位是不一样的。

另外，"文艺大众化"、"旧形式"、"民间形式"、"民族形式"等概念也与旧剧密切相关。早在新文化运动中，鲁迅等思想先驱就提出了文艺大众化的主张。20世纪30年代以来，随着马克思主义在中国的传播和民族危机的加剧，文艺大众化渐渐成为文艺界讨论的焦点问题。1930年春，"左联"成立前，部分左翼作家就开始了文艺大众化的第一次讨论。3月2日，鲁迅在"左联"的成立大会上作了题为《对于左翼作家联盟的意见》的讲话，第一次提出了文艺要为工农大众服务的方向。"九一八"事变爆发后，广泛动员群众投入抗战成为文艺的重要任务，文艺大众化的第二次、第三次讨论相继进行。为了使革命文艺能够为大众所接受，多数论者都主张利用大众所熟悉的旧形式。抗战全面爆发以后，文艺大众化成为当时最重大、最迫切的任务，论者的理解与上述观点一脉相承，讨论更为热烈。论者普遍认为，"我们为了抗战的利益，应该把大众能不能接受作为第一

[1]刘念渠：《战时旧型戏剧论》，重庆：独立出版社，1939年版，第33页。
[2]洪深：《第二期抗战中的戏剧运动》，载《新华日报》，1938年4月11日。
[3]焦菊隐：《我们向旧剧界学些什么？》，见《菊隐艺谭》，天津：百花文艺出版社，2000年版，第35页。

义"[1]，"最可靠的办法是利用旧形式"[2]。部分论者，如鹿地亘、艾青、吴奚如等认为，运用旧形式"完全是迁就目前大众文化水准落后的一种应急的办法，顶多是政治宣传上的一种手段，在文化发展史上及艺术的创作上可以说是毫无积极的意义与价值"[3]。焦菊隐也直言不讳："我们如今采用旧形式，是因为找不到另外一种更为民众熟悉而爱好的，这是一种不得已的权宜办法。"[4]还有少数论者提出了疑问，艾青、胡风、聂绀弩和吴组缃等担心早被否定了的旧形式"现在又抬起头来"，"可能削弱大众启蒙运动的本质的内容"。[5]

　　何谓"旧形式"？茅盾在《文艺大众化问题》中云："诸凡鼓词、京剧、说书、湘戏、楚剧、粤剧的艺员们也应当与利用旧形式的文艺工作者取得联络，密切合作。"老舍在《三年写作自述》中云："把旧的一套先学会，然后才能推陈出新。无论是旧剧，还是鼓词，虽然都是陈旧的东西，可是它们也还都活着。我们来写，就是想给这些活着的东西一些新的血液，使它们前进，使它们对抗战发生作用。"可见，"旧形式"指的就是那些产生于封建时代、在新文化运动中被批判与否定的文艺形式，如旧剧。利用旧剧的重要性和价值得到广泛的认同，不"脱离大众的实际生活和理解力"，成为利用旧剧的原则。[6]只有少数论者反对利用旧剧，理由大致有四点：其一，担心利用旧剧将妨碍话剧的发展。其二，旧剧也不够通俗，旧剧虚拟的手法创造的是舞台幻象，不易理解和接受，违背了大众化的原则。[7]其三，旧剧不适合表现现代生活。其四，利用旧剧会降低戏

　　[1]茅盾：《文艺大众化问题》，见文振庭编：《文艺大众化问题讨论资料》，上海：上海文艺出版社，1987年版，第383页。

　　[2]周扬：《我们的态度》，见《周扬文集》第1卷，北京：人民文学出版社，1984年版，第263页。

　　[3]向林冰：《旧形式的新评价》，见顾颉刚编：《通俗读物论文集》，上海：生活书店，1938年版，第60页。

　　[4]焦菊隐：《旧剧构成论》，见《焦菊隐文集》第1卷，北京：文化艺术出版社，1988年版，第266页。

　　[5]茅盾：《文艺大众化问题》，见文振庭编：《文艺大众化问题讨论资料》，第386页。

　　[6]丁浪：《谈旧剧现代化》，载《抗敌戏剧》，第2卷第12期，1940年。

　　[7]曲工：《有望于旧剧界》，载《三六九画报》，第3卷第15期，1940年。

剧的艺术水准。在当时，反对利用旧剧的观点并没有产生多大的影响。

必须指出的是，尽管利用旧剧的呼声空前高涨，但仍有不少论者认为旧剧是落后的艺术形式。黄药眠[1]断言"大鼓词，说书，唱词，小调，京剧""比较适合于落后民众"。[2]郑伯奇认为："为达到大众化的目的，我们不妨尽量地通俗化（只要不卑俗化），旧剧的形式我们无妨采用，地方剧的形式我们无妨模仿……旧剧和地方戏素来不被我们重视，但内地落后的大众对于话剧却感觉生疏乏味。站在抗战第一的立场上，我们的艺术洁癖也只好受点委屈。"[3]可见，新文艺工作者往往以居高临下的姿态看待旧剧。在他们心目中，旧剧虽然有利于抗战宣传，但仍然是落后的文艺形式，没有多少价值，甚至一无可取。

民间形式是一个与旧剧密切相关的概念，本质上与旧形式区别不大，曾引起热议。"所谓民间艺术形式，如大鼓词，楚剧，湘戏，说书，弹词，各种小调等都是。"[4]"大体上民间形式只是封建社会所产生的落后的文艺形式，但我们也承认民间形式中的某些部分尚具有较高的艺术性，可以作为建立民族形式的参考，或作为民族形式的滋养料之一。"[5]更重要的是，民间形式运用的是"老百姓习惯的常见的老办法"，"懂得的当地的乡土语"，亲和力强大，能在抗战宣传中发挥非常重要的作用。"从那乡土性浓厚的山歌、小曲、金钱板、高台曲等，到楚、汉、湘、桂、豫、陕、川、滇、粤等各类地方戏，到那集地方戏之大成的平剧——在抗战开始后，

---

[1]黄药眠（1903—1987），原名访苏、黄访、黄恍，笔名有达史、黄吉、番茄等，广东梅县人，中共党员，文学家、文论家、教育家和新闻工作者。曾赴日本留学，抗战后奔赴延安，在新华社工作，后辗转武汉、长沙、桂林和香港等地。建国后，执教于北京师范大学，著有小说集《暗影》、《再见》，散文集《美丽的黑海》，文艺论集《诗论》、《药眠文艺论文集》和《黄药眠美学论文集》等。

[2]黄药眠：《目前文艺运动的主流》，载《救亡日报》，1938年8月16日。

[3]田汉：《抗战与戏剧》，见《田汉全集》第15卷，石家庄：花山文艺出版社，2000年版，第312页。

[4]茅盾：《文艺大众化问题》，见文振庭编：《文艺大众化问题讨论资料》，上海：上海文艺出版社，1987年版，第383页。

[5]茅盾：《旧形式、民间形式与民族形式》，见《延安文艺丛书·文艺理论卷》，长沙：湖南人民出版社，1984版，第647—648页。

都曾由爱国的从业人员，用来服务于抗战，从事宣传、慰劳、征募。"[1]
可见，民间形式主要是在民间流行的旧形式。旧剧，尤其是各种地方戏，
也是民间形式很重要的一部分，已得到论者的关注。

　　民族形式是另一个与旧形式、民间形式、旧剧有关的概念。1938年10
月，在中共六届六中全会上，毛泽东作了《论新阶段》[2]的报告，要求
文化工作者"把国际主义的内容和民族形式"紧密结合起来，创造"新鲜
活泼的、为中国老百姓所喜闻乐见的中国作风和中国气派"。1940年1月，
在陕甘宁边区文化协会第一次代表大会上，毛泽东作了《新民主主义的政
治与新民主主义的文化》（后改为《新民主主义论》）的讲演，指出"中
国文化应有自己的形式，这就是民族形式"。毛泽东在号召创建民族形式
时，也确定了民族形式的内涵，为长期以来关于文艺大众化和旧形式等问
题的讨论与实践指明了新的方向。从1939年1月开始，一直到1942年，在
延安展开了关于民族形式问题的学习讨论，周扬、艾思奇、陈伯达、张
庚、萧三、何其芳、沙汀和柯仲平等人纷纷发表文章。在国统区的重庆和
桂林等地，《戏剧春秋》杂志社多次主办有关戏剧的民族形式问题的座谈
会，郭沫若、田汉、阳翰笙、黄芝冈、光未然、葛一虹、陈白尘、夏衍、
欧阳予倩和黄药眠等参加座谈会。还有不少论者撰写文章，各陈己见，形
成了一股热潮。向林冰和方白等重视利用民间的旧形式，在《大公报》副
刊《战线》和《新蜀报》副刊《蜀道》等报刊上发表《论"民族形式"的
中心源泉》、《再论民族形式的中心源泉》和《民族形式的"中心源泉"
不在"民间形式"吗？》等系列文章，反复阐述"民间形式的批判运用，
是创造民族形式的起点，而民族形式的完成，则是运用民间形式的归宿"
等观点，引发了一场规模较大的论争，当时几乎所有重要的报纸杂志都参
与其中。论者讨论的主要还是旧瓶装新酒的问题，反对意见中，葛一虹、

---

[1] 洪深：《抗战十年来中国的戏剧运动与教育》，见《洪深文集》第4卷，北京：中国戏剧出
版社，1959年版，第134、123页。
[2] 该文在收入《毛泽东选集》时改为《中国共产党在民族战争中的地位》。

胡风的观点颇具代表性。在《民族形式的中心源泉是在所谓"民间形式"吗？》等文中，葛一虹批评了全盘继承民族遗产的错误观点，认为民间文艺"本质上是用了充满了毒素的封建意识来吸引大众"，新文学利用旧形式，就是"降低水准"。1940年6月，郭沫若在《大公报》副刊《战线》上发表了《"民族形式"商兑》一文，介绍并解释了毛泽东关于民族形式问题的观点，提出"民族形式"的源泉是现实生活这一多数左翼作家都能接受的观点，在很大程度上平息了论争。1941年，华中图书公司出版了胡风主编的《民族形式讨论集》，可视为对这场争论的总结。

论者认为，在戏剧方面，新的民族形式应该是新歌剧，而旧剧是创建新歌剧的基础。柯仲平等指出利用旧戏是"创造新的民族形式的最初的一过程"[1]；田汉和欧阳予倩等论者曾主张应以旧剧为基础来创造新歌剧，以为旧剧改良后就是新歌剧。后来，田汉等论者的观点渐渐发生了改变。1936年，田汉与洪深、阳翰笙等进行了一次关于新歌剧的讨论。在这次讨论中，洪深认为："中国的古调虽可用，但将来的新歌剧却决不是中国旧剧的变形。将来的中国新歌剧必须建立在更广大的基础上。在新歌剧的成分中可以有西皮、二簧，但不是西皮、二簧即是新歌剧。"[2]对此，田汉表示赞同。1943年，田汉在《新歌剧问题——答客问》中重申了他1936年的观点："单是从中国老戏或民歌产生不出新的歌剧，正和单是西洋歌剧的模仿移植也不成为中国新歌剧一样……中国将来新的歌剧决不就是旧戏，但旧戏必就是一个重要的成份。"田汉和洪深等论者的观点很鲜明，旧剧只是创造新歌剧的基础之一。也有不少论者反对以旧剧为基础创造新歌剧，吴荻舟在《新歌剧工作的理论与实践》中认为："我们想起多年来的旧戏改革运动，没有收到什么具体的效果，只是做到了枝节的部分技术上的改良，而且仅仅改良而已。因此我们觉得，要从那样的形式下蜕化出新歌剧

---

[1] 柯仲平：《介绍〈查路条〉并论创造新的民族歌剧》，见《陕甘宁边区民众剧团艺术纪实》，西安：西北大学出版社，1993年版，第20页。
[2] 艾立中：《田汉与中国新歌剧》，载《中国社会科学报》，2011年第249期。

来，显然是不可能的。"焦菊隐断言传统戏曲一无可取，新歌剧应该是运用西洋音乐的技巧和原理来编制、抒写东方情调的歌曲，使西方音乐、西方歌剧中国化，否则新歌剧永远不会成功。[1] 而刘鹤云则指出旧剧自有其优长，但不适合表现现代生活，如果强行加入现代内容，只会破坏其美点，成为非驴非马的东西，因此，建立新歌剧应另起炉灶。[2]

由上可知，清末戏曲改良运动以来，尤其是五四新文化运动期间，新青年派的戏曲观影响深远，在很大程度上决定了20世纪30—40年代新文化工作者对戏曲的认识和看法。抗战全面爆发以后，新文化工作者的戏曲观虽然有所变化，但并没有根本性的突破，戏曲是落后艺术，必须改革的观念仍然根深蒂固。

三、戏曲是"东方艺术之代表作品"——另一种戏曲观

伶人与新文化工作者有着各种形式的交集，自身也有机会直接感受西方戏剧的魅力，故而在不同程度受其影响。1943年，老蹇在《三六九画报》第24卷第14期发表文章《某名小旦说，话剧是比旧剧强》。可见，面对新兴的话剧，部分伶人产生自卑心理，认同话剧更先进的观念。但是，旧派，如马连良、金仲荪、张古愚和文鹤荪等，却坚信旧剧并没有落伍，是具有很高价值的艺术。

首先，他们否定旧剧已经腐朽、毫无价值和前途的看法。《十日戏剧》和《立言画刊》等报刊发表了大量文章阐述这一观点，如张古愚的《旧剧是值得保存的》和《旧剧在民间是不会灭亡的》、愚的《旧剧非旧》、致和的《旧剧最合时代说》和慕秋的《旧剧是永远的进步》等。论者高度评价旧剧反映生活和社会的能力，指出旧剧自形成以来，就在不断地自我改造和完善，并不陈旧落后，仍有旺盛的生命力，又为广大百姓熟

[1] 焦菊隐：《旧剧构成论》，见《焦菊隐文集》第1卷，北京：文化艺术出版社，1988年版，第284页。

[2] 刘鹤云：《从旧剧谈到新歌剧的建立》，载《战时艺术》，第2卷第2期，1938年。

悉、喜爱，故而值得保存。李济时在《目前旧剧的前途》中肯定旧剧"是高尚的艺术娱乐"，"能左右人们的心理"。宋在《谈旧剧之盛衰》中谈到"近年来旧戏尊称国剧，已至极盛时代"。曲工反驳了话剧界人士对旧剧的各种批评和指责，认为旧剧并未忽略社会意义，而且，"戏剧都有他的艺术立场的，并没有绝对的好坏"，不能因为非写实、程式化的表现形式而认为旧剧落后、陈腐，进而否定其存在价值，还肯定旧剧有"打不倒的根"，在民间占有很重要的地位，永远也不会消亡。[1]马二并不认为旧剧已经衰落，"犹具有吸引看客之能力"[2]。二输认为"在旧剧盛兴的今日"，话剧"根本没有存在的价值"。[3]文鹤荪甚至批评那些声称旧剧无提倡价值的人是数典忘祖之流。[4]

其次，他们评价旧剧"完全是美的结晶"，以"歌舞并重，传神写意"为特征，在艺术上具有很高的价值。[5]第一，旧剧以象征手法为主，而"象征是艺术的最高形式"。[6]论者多认为以舞动马鞭代替骑马之类的手法为象征，指出运用这种手法极简洁，"不浪费空间、时间"[7]，而且不受限制，更为自由巧妙，还能引发观众的联想和想象。同时，还可"表现出各种优美的姿势和身段来，给予观众欣赏"[8]。这些表演效果都是西方戏剧达不到的，为旧剧独有的长处。第二，旧剧歌舞"极经济、极美妙、极传神、极生动"[9]。马连良在《发起一九三九年：京剧艺术化运动》中认为"中国戏的组织，是以声色表演为主体，歌以示声，舞以示色"，离不开"歌舞原则"，"歌唱得好，表演舞得好，便会意味无穷，

---

[1] 曲工：《有望于旧剧界》，载《三六九画报》，第3卷第15期，1940年。

[2] 马二：《旧剧是否衰落的探讨》，载《半月戏剧》，第1卷第7期，1938年。

[3] 二输：《我与话剧》，载《吾友》，第1卷第78期，1941年。

[4] 文鹤荪：《提倡旧戏三十出》，载《立言画刊》，1938年第3期。

[5] 徐慕云：《中国戏剧史》，上海：上海古籍出版社，2001年版，第276、273页。

[6] 刘鹤云：《从旧剧谈到新歌剧的建立》，载《战时艺术》，第2卷第2期，1938年。

[7] 王祖鸿：《平剧改良的历史》，载《时代（上海）》，1939年第6期。

[8] 《程砚秋谈剧——1939年7月某报记者于裕中饭店访问之专题报道》，见《程砚秋文集》，北京：文化艺术出版社，2003年版，第171—172页。

[9] 徐慕云：《中国戏剧史》，第277页。

领略不尽"。刘鹤云在《从旧剧谈到新歌剧的建立》中肯定旧剧"确有好些优良处，因为其言词是歌咏的，动作是舞蹈的"。马二在《旧剧不可改也》中将歌舞性与综合性联系起来理解，指出"旧剧是歌唱表演与武技等综合构成之一种艺术，而含有文学之意味"。第三，旧派并不认为程式化的表演机械、呆板，是一种限制和束缚，而是肯定"'旧戏'的好处，就是处处都离不开'程式化'，而用'抽象'的方法把她描写出来"[1]。第四，旧剧重视表演技巧的融合，尤其是平剧，"唱腔，作工，念白，武技等艺术，积以往之经验，集昆徽之所长，冶于一炉，已达艺术最高峰之阶"[2]。总之，旧派认为旧剧形式精练、优美，情味悠长，耐人咀嚼，并不落后、低级，是"一种富有美的组织的艺术"，"可以视为'写意派'的东方艺术之代表"，"有其独立存在的精神与旨趣"，确有不可泯灭的价值。[3] 应指出的是，新文化工作者中，欧阳予倩、焦菊隐和刘念渠等对旧剧的艺术魅力和美学价值也有不同程度的把握，但是，他们探究旧剧的艺术特征大多是为了更有效地改造旧剧，从而追求旧剧的现实功用。而且，在他们看来，旧剧是一种落后的艺术，这是新文化工作者最基本的认识之一。

　　旧派不仅高度肯定旧剧的艺术价值，对旧剧的思想价值也颇有认识。沈士英在《旧剧之意义》中肯定旧剧"昔日脚本皆寓有褒贬醒世之义"。顾心梅在《平剧之价值及改良刍议》中指出旧剧"主旨纯正"，除部分作品外，"无不以劝善惩恶，忠孝仁义为先"，还有不少作品"富于革命思想"，表现了平民反抗的呼声。马二在《旧剧不可改也》中为京剧作辩护："京剧固以孝悌忠信为骨干"，"决不背于现时代之潮流也"。弇人在《旧剧剧本编制的商榷》中也肯定旧剧"对于中国固有的美德，却有宣扬的功效，且较之旁的戏剧为强"。曲工认为《法场换子》诸作"使人能

<hr>

[1] 飞温：《旧剧特征》，载《三六九画报》，第21卷第13、14期，1943年。
[2] 唐镜溥：《对平剧妄言改良者有感而发》，载《上海画报》，1938年第1期。
[3] 徐慕云：《中国戏剧史》，上海：上海古籍出版社，2001年版，第272、271页。

趋于'正义'，并不是弄些'新闻'叫大家看"[1]。文鹤荪挑选了三十出具有教育意义的传统剧目，大力提倡。[2]徐慕云更是高度评价旧剧是"一部通俗历史"，是"千锤百炼的民族精神结晶"，也是"东方文化之结晶"。[3]可见，旧剧并不仅仅用于娱乐，同时也寓教于乐，具有宣传作用和教育意义。由于长年的喜好和研究，旧派深谙旧剧的个中三昧，因此充满了自豪感。他们对旧剧的揄扬，便以此为基础。这种肯定与揄扬，以及蕴涵其中的自豪感和自信心，都是新文化工作者缺乏的。

还必须注意的是，旧派所谓"旧戏"、"旧剧"，有时专指传统剧目。上海名伶冯春航认为："本戏要照旧剧那么唱，才能有精彩的演出。"[4]在这里，"本戏"指的是清末以来在上海等地曾非常流行的新编京剧连台大戏，如《狸猫换太子》、《封神榜》、《火烧红莲寺》、《七剑十三侠》和《彭公案》等。全剧往往有几十本，多演神怪、武侠故事，并以机关布景为号召。马连良讨论新编本戏的趋势时，指出旧戏乃千锤百炼，留精汰粕而成，因此能光华相映，耐人寻味。唱新戏比演旧剧更难，必须审慎。[5]可见，旧派所谓"旧戏"、"旧剧"，并不一定指传统戏曲，有时专指传统戏曲所演出的剧目，与新编戏相对应。而且，旧派以"旧"称名，多因约定俗成，并没有贬低、批评之意。

由上可知，新文化工作者和旧派审视戏曲的立足点完全不同，一个是现实功用，一个是艺术本体；他们的出发点也大相径庭，一个是追求宣传和教育的工具作用，一个是希望戏曲能够发扬光大。新文化工作者对戏曲的认识主要可概括为三点：其一，戏曲是落后、陈旧、低级的艺术，已

---

[1] 曲工：《有望于旧剧界》，载《三六九画报》，第3卷第15期，1940年。
[2] 文鹤荪：《提倡旧戏三十出》，载《立言画刊》，1938年第3期。
[3] 徐慕云：《中国戏剧史》，上海：上海古籍出版社，2001年版，凡例、第277页、自序。
[4] 海生：《冯子和将在黄金客串》，见蔡世成编：《〈申报〉京剧资料选编》，上海：上海市文化局，1994年内部发行，第459页。
[5] 马连良：《今后新编本戏之趋势》，载《三六九画报》，第13卷第1期，1942年。

失去生命力；其二，戏曲"可以成为抗战宣传的一种武器"[1]；其三，戏曲可以改造，而且只有通过改造才能重获生机，并实现其工具作用。很显然，虽然新文艺工作者对戏曲看法有所变化，但并没有本质的改变，只不过是出于抗战救国的迫切需要，戏曲的现实功能再一次被重视、强调。旧派对戏曲的认识可归结为一点：戏曲是中国历史文化的产物、民族精神的象征，仍颇具生命力，是一种可以和话剧分庭抗礼的艺术样式。还应注意的是，在当时，丁浪等已经开始反思："有些人忽略了旧剧有他的优美的历史传统和他的结构，人物典型等的优美，完全否定了他存在的意义；但是又觉得可以利用作为工具而暂时'利用'一下，这是没有认识到旧剧的发展前途，完全站在功利主义立场来处理的。"[2]作为一个新文化工作者，丁浪能够不囿时见，超越实用主义的戏曲价值观，可谓见识独到。

第三节 以救亡为主旨的戏曲创作论

抗战时期，论者非常重视戏曲创作。首先，在新文化工作者看来，大部分传统剧目都无益于抗战，编演新戏是改革旧剧最主要的途径，而且编演以抗敌御侮为主题的新戏，能更为直接、迅速地激发国民共赴国难的勇气和信心；其次，某些地方政府发令禁演部分传统剧目，导致剧目匮乏，甚至出现剧本荒；最后，伶人也需要增加新剧目以提高号召力，扩大影响。由于以上原因，戏曲创作成为新旧两派共同关注的论题。

一、革命古典主义——抗战戏曲的创作原则和方法

作为抗战时期创作观念很重要的一部分，以现实主义的面目出现的革命古典主义极大地影响了当时的戏曲创作，是作者在题材的选择、思想主

---

[1] 刘念渠：《战时旧型戏剧论》，重庆：独立出版社，1940年版，第2页。
[2] 丁浪：《谈旧剧现代化》，载《抗敌戏剧》，第2卷第12期，1940年。

旨的确立、故事情节与戏剧矛盾的安排、人物形象和环境气氛的描写等方面遵循的原则及运用的手法。其内容主要包括以下三点：

1. 高举民族主义和爱国主义的旗帜，要求戏曲为现实政治服务，旨在激发民众爱国的热情和抗争的勇气，投入抗战的行列。

2. 要求戏曲如实地反映现实和人生，以"适应现代的需要，建设现代的戏剧"[1]。多数论者认为传统戏曲反映现实的能力很弱，这成为旧剧必须改革的一个重要原因。在《关于旧剧改革》中，欧阳予倩大声呼吁旧剧必须"根本加以改革，使其成为一个新的结构，能够充分反映现社会"。在《二黄戏改革的可能性》中，他主张改革首先要扫清封建迷信，接近现实。徐特在《我对平剧的一点感想》中指出："改造平剧反映现实生活，是迟早需要解决而又感到非常困难的问题。"艾思奇在《旧形式运用的基本原则》中认为旧剧的程式化"是旧形式自身的镣铐，是对于它灵活地把握现实的一个致命的限制"。他提出，"凡是妨碍反映现实的规律都可以大胆地放弃"。论者热衷于倡导反映现实，是因为他们相信只有如实地反映抗战的现实，作品才有感人的力量，才能发挥教育、宣传的作用。

3. 反映现实的手法主要有写实、典型化、夸张等。焦菊隐在《从旧〈雁门关〉谈到新的〈雁门关〉》中指出，《新雁门关》运用"典型化"、"写实化"等现实主义的手法刻画人物，是作品取得成功的原因之一。艾思奇在《旧形式运用的基本原则》中认为夸张是戏曲特殊的手法，能使传统戏曲更加有力地把握并反映现实，是传统戏曲的特长。应指出的是，论者大多将反映现实简单地等同于"镜中看影般的如实描写"[2]，要求戏曲成为社会和生活的镜映。欧阳予倩在《戏剧改革之理论与实际》中发表了不同的意见，认为"灵的写实当然不能忽略"，"尤以神形并存方为上

---

[1] 欧阳予倩：《再说旧戏的改革》，见《欧阳予倩全集》第5卷，上海：上海文艺出版社，1990年版，第20页。

[2] 欧阳予倩：《戏剧改革之理论与实际》，见苏关鑫编：《欧阳予倩研究资料》，北京：中国戏剧出版社，1989年版，第231页。

乘"。艾思奇在《旧形式运用的基本原则》中指出，"艺术的作用原不需要纤微毕现的写实，而只要能有力地把握住现实"。欧阳予倩和艾思奇认识到反映现实的方式和方法是丰富多样的，不必拘泥于具体的手法，而是要求反映出生活的本质和时代的精神。基于这一认识，他们肯定现实主义是中国戏曲的传统，还结合戏曲艺术的特征，进一步指出戏曲现实主义精神的独特性。

很显然，论者强调现实主义有着很强的目的，表现为突出的政治理性，其具体内容主要是民族主义和爱国主义，实际上为古典主义在中国特定历史、文化环境中的演化，可称之为革命古典主义。论者通过实用主义的思维方式和论证方法直接借用了现实主义的部分概念与原理，但是，二者形同而神异，有着本质上的区别。

二、旧瓶装新酒——抗战戏曲的又一种创作方法

论者认为："自从抗战开始，任何工作，都应当和抗战联系起来。目前最迫切的问题，应当是如何发动民众抗战。"[1] 如上文所述，论者认为传统戏曲夹杂着大量的封建思想，只有新内容才能有效地激发民众抗战的热情和勇气。何谓新内容？论者提出了各种要求。云龙提倡戏曲创作应表现并歌颂民族英雄精忠报国的事迹。[2] 老舍在《抗战戏剧的发展与困难》一文中分析道："有人主张，抗战旧戏剧须用古代的故事，既便于穿行头，又易于认识"；然而，"古代的人与事很难，恰好反映出我们今日所能解决的一切，它至多也不过能给些一般的教训而已……而我们今日恰恰需要能明白指出怎样抗敌怎样坚强自己的办法来的戏剧。为了明白指示出办法，就非演目前实事不可"。刘念渠在《战时旧型戏剧论》中提出了以下三点要求：

---

[1] 茅盾：《文艺大众化问题》，见文振庭编：《文艺大众化问题讨论资料》，上海：上海文艺出版社，1987年版，第380页。

[2] 云龙：《提倡民族英雄剧本》，载《半月戏剧》，第1卷第4期，1938年。

1. "新内容必须适应抗战宣传的需要，吻合抗战情势的发展"；

2. "新内容是迅速反映当前现实的"，要让观众在旧形式中看到今日的现实，"用以代替旧有的《梁红玉》、《潞安州》和《明末遗恨》之类的戏剧"，这些作品"表现的主题并不适应今日的需要"；

3. "新内容用历史故事来表现，应该有新的观点与新的解释"。

中国戏曲编刊社在征稿时，对内容和题材提出的要求更为具体、详细：偏重题材的真实性，如果选择历史题材，倡导写黄花岗七十二烈士、辛亥革命、北伐战争和云南起义，目的在于激发民众的牺牲精神；如果选择时事，要求写"九一八"、"一·二八"、"七七"和"八一三"诸事变、台儿庄战役、南口血战、坚守四行仓库的八百壮士、"四二九"空战、抗日女英雄蔡金花和组织抗日游击队的北大教授杨秀琳等，意在揭露日寇阴谋，表彰前方将士，弘扬中华民族的正气，阐明抗战的意义，以激发民众同仇敌忾，为国效忠。可见，论者所倡导的新内容有两个特点——一是偏向现代题材，二是注重真实性，目的是尽可能更为充分地发挥戏曲的宣传和教育作用。刘念渠在《战时旧型戏剧论》中认为，仅表现时事还不够，还应当融入以下五个方面的思想和意识：

1. 唤起民众的自觉，使他们彻底的认识自己的力量，自己的地位，明白自己是抗战的主力军，必须"各尽所能"才能打退敌人。

2. 说明只有万众一心，团结御侮，才可以保障最后的胜利必属于我。

3. 指示民众怎样无分男女老幼的积极的参加抗战，阐明"有钱出钱，有力出力"的口号。

4. 暴露敌人的残暴与汉奸的无耻，还要表现出人民的力量。

5. 告诉民众，我们的仇敌是日本法西斯及其走狗、汉奸，而不是日本的民众……不从偏狭的爱国主义出发，把一切日本人当作仇敌。

总结这五个方面，其核心其实就是民族意识和爱国主义，这正是田汉在《抗战与戏剧》中所倡导的"竭力多演富有民族意义的戏，提高民众抗敌情绪，消灭一切宿命论的图谶的汉奸思想"。欧阳予倩对新内容的理解更宽泛一些，他说："抗战中的戏剧，也不定全要以战事为题材，凡属反日帝国主义的材料都可用。还有反封建的材料也非常要紧，因为在民众当中，封建思想的势力，还大大地在作祟。"[1]这是欧阳予倩对战时一般戏剧提出的要求，也非常适用于传统戏曲。总而言之，"剧目的选择应以民族抗战的利益为标准"[2]，新内容不外乎反帝反封建的意识和思想。

　　这些新内容如何运用旧剧的形式来表现？新内容与旧形式之间的冲突将如何解决？论者大力提倡"旧瓶装新酒"的创作方法，并展开了热烈的讨论。所谓"旧瓶装新酒"，喻指运用旧形式来表现新内容的创作方法，"新酒"指反映抗战现实和思想的内容，而"旧瓶"则指包括旧剧在内的各种传统的文艺形式。茅盾和向林冰等人撰写了一系列文章论证这一创作方法的必要性和可能性。茅盾有《利用旧形式的两个意义》、《大众化与利用旧形式》和《关于大众文艺》等，向林冰则有《旧瓶新酒释义》、《答旧瓶装新酒怀疑论者》、《再答旧瓶装新酒怀疑论者》、《论旧瓶装新酒与现实主义》、《旧形式的新评价》和《旧瓶装新酒在文化发展史上的任务》等，都收入《通俗读物论文集》，由生活书店于1938年10月出版发行。与茅盾和向林冰观点接近的，还有焦菊隐、王受真、周扬、徐懋庸和欧阳凡海等。工作于第二战区旧剧团的瞿白音[3]以大量的舞台实践为基础撰写了《新伶人》，他肯定"以旧剧的形式装的抗日的新酒，确为广大的观众所了解、所喜悦……得到的效果比新剧还要大"，他也承认"旧形式可限制内容是事实，用旧形式，有时甚至无法把新内容装进去——那会变成滑稽！——也是事实"，但他相信"这只是说明了旧剧当前的困难与缺陷，

---

[1] 田汉：《抗战与戏剧》，见《田汉全集》第15卷，石家庄：花山文艺出版社，2000年版，第327页。

[2] 田汉：《抗战与戏剧》，见《田汉全集》第15卷，第329页。

[3] 瞿白音（1910—1979），原名瞿金驹，曾用名颜可风、朱诚、胡幕云等，上海嘉定人，编剧、电影评论家。抗日战争时期任上海救亡演剧三队、四队负责人和新中国剧社理事长。建国后，历任上海市电影局副局长等职，著有电影剧本《水上人家》、《红日》和戏剧论著《新伶人》等。

是可以而且只有在实践当中去解决的"。[1] 讨论中，也有不同的声音，不少论者并不反对利用旧形式，但由于对"旧瓶装新酒"的理解不同，所以反对这一说法。欧阳予倩指出这一比喻"是说不通的"，反对旧剧运用填和套的方法来反映时事，认为"新的内容应当加以新的处理"；[2] 田汉认为"文艺上内容同形式的关系，不是瓶子和酒的关系"[3]；洪深认为"旧瓶装新酒""只是单纯地借用形式"，是一种"无批判的做法"。[4] 又由于创作实践中的确出现了生搬硬套的现象，白苓和阿恸等论者提出了异议。前者指出："以为凡是旧形式皆可装新内容，不管这一形式是怎样的不合理，是否为这一地区的群众所懂、所需要，那这是不对的。"[5] 后者认为"盲目地来采用旧形式"，很可能被"旧形式所利用"，出现"开倒车"的现象。[6] 经过争论，茅盾等的主张获得了多数论者的认可和支持。他们主张，利用旧形式，并不是机械地照搬，或简单地借用躯壳，而是"批判地利用"，"翻旧出新"，以实现新内容与旧形式的和谐，并最终完成新形式的创造。所谓"批判地利用"，其实就是改良、变革之意。

在创作实践中，"旧瓶装新酒"的主张往往被理解为以传统戏为模子加以改编，表现时事。1938年7月7日，为纪念抗日战争一周年，延安鲁艺平剧研究会演出了新编京剧《松花江》。此剧表现松花江畔一个打渔的老翁，因不堪忍受日本侵略者的凌辱，带领群众拿起武器与日本侵略者斗争的故事，是王震之根据《打渔杀家》的结构加上抗日的内容改编的。1939年，鲁艺实验剧团演出了《刘家村》、《赵家镇》和《夜袭飞机场》。《刘

---

　　[1] 洪深：《抗战十年来中国的戏剧运动与教育》，见《洪深文集》第4卷，北京：中国戏剧出版社，1959年版，第138—139页。

　　[2] 欧阳予倩：《改革旧戏的步骤》，见苏关鑫编：《欧阳予倩研究资料》，北京：中国戏剧出版社，1989年版，第309页。

　　[3] 田汉：《新歌剧问题——答客问》，见《田汉全集》第16卷，石家庄：花山文艺出版社，2000年版，第583页。

　　[4] 洪深：《抗战十年来中国的戏剧运动与教育》，见《洪深文集》第4卷，第135页。

　　[5] 白苓：《关于戏剧的旧形式与新内容》，见《延安文艺丛书·文艺理论卷》，长沙：湖南人民出版社，1984年版，第684页。

　　[6] 阿恸：《关于利用旧形式问题》，载《新华日报》，1938年5月29日。

家村》由罗合如根据《乌龙院》改编，剧中把刘唐改为八路军侦察员，把宋江改为准备起义的伪官吏，把阎惜娇、张文远改为敌伪的走狗。《赵家镇》由李纶根据《清风寨》改编，主要讲八路军战士伪装成妇女，将日军引入一民房，并将其活擒的故事。《夜袭飞机场》由陶康德根据《落马湖》改编，1937年10月19日，八路军129师夜袭阳明堡飞机场并一举炸毁敌机20架，致使日军在忻口会战时一度丧失空中支援能力，该剧表现的就是这一英雄事迹。在汉中，夏声剧社的郭建英根据京剧《打城隍》创作并排演了现代京剧《新打城隍》，表现北方某农村几个青年农民从城隍庙躲避抓壮丁到志愿参军与日军搏斗的故事。

　　论者还主张"剧本务求通俗化"，不脱离民众的实际生活和理解力，具体体现为选择时事题材、借鉴话剧的写实手法、用语通俗和采用现代语言等。[1]活跃于抗战宣传第一线的剧作家和剧团新创了大量现代戏，如，1938年八路军西北战地服务团创作平剧《白山黑水》。该剧演的是黑龙江省海伦日伪县长李思源从软弱变得坚强，最终和抗联联合，一举歼灭日军的故事。在演出时，该剧在服装、布景、灯光、音乐、台词等方面进行了某些改革，采用了话剧的一些写实手法，大量运用现代语汇。当时像《白山黑水》这样直接反映抗战现实的作品数量相当可观。同时，以田汉和欧阳予倩等为代表的剧作家还创作了大量取材于历史，但赋予了新观点与新解释的新编戏，如《新雁门关》、《抗金兵》、《江汉渔歌》、《木兰从军》和《梁红玉》等。这些作品借古言今，采用了一些新方法。如，田汉的平剧《江汉渔歌》以宋时金兵南犯为背景，讲述了汉阳太守曹彦若起用民间豪杰许禹、赵观和党仲策等人，联合江汉渔民，大破金兵的故事。为了突显主题，作者借鉴歌剧的手法，用一首新型歌曲为主题歌，表现江汉渔户反抗侵略、保卫家乡的决心。此外，该剧还采用了不少现代语汇。如

---

[1]施病鸠：《改良平剧刍议》，见蔡世成编：《〈申报〉京剧资料选编》，上海：上海市文化局，1994年内部发行，第510页。

剧作家、戏曲理论家、戏曲活动家田汉像

第36出，军民合作，大破金兵，汉阳转危为安之后，曹彦若、赵观、阮复成等人唱道："证明了要抗战就要动员民众"，"证明了军民合作才能够成功"，"证明了只有奋斗到底才能打破那敌人的迷梦"，"证明了要保家必须保种"，"证明了要杀敌救亡才称英雄"。[1]很显然，作者有意让笔下的人物成为自己的代言人。1939年1月29日演出于成都春熙舞台的京剧《血染黄州》也采取了这种做法。该剧内容上借"历史故事来说明现在的事实，将古比今，使大家团结抗战"；形式上，该剧采用了某些话剧的元素，包括话剧写实的布景和声响效果，以及现实生活的语言。尽管该作还存在各种不足，写意的身段与写实的布景"显得特别不调和，甚至引起了观众的哄笑"，刘念渠依然肯定"这出戏是比较完善的抗战戏剧"，"较前作有颇多的进步"，"旧型戏剧的基本的，亦是通俗的手法，作者是把握住了"。因此，"剧场的观众，与剧中人起了共感作用，更理解谁是国家民族的敌人"。[2]可见，在当时，论者倡导戏曲创作的目的非常明确、单纯，救亡为主，启蒙次之，故而侧重思想内容，能否起到宣传、教育的作用才是最重要的衡量标准。这一标准充分体现了思想性第一、艺术形式服务于内容的观念，其思想基础是实用主义的戏曲价值观。

三、编新剧须遵循旧剧规律，保留旧剧的精华

在新文化工作者倡导新编戏的同时，旧派也倾注了心力，或为了增强旧剧的号召力，或为了改良旧剧，使旧剧发扬光大，大力强调剧本的重要

---

[1] 田汉：《江汉渔歌》，见《田汉戏曲选》上册，长沙：湖南人民出版社，1981年版，第129页。

[2] 刘念渠：《战时旧型戏剧论》，重庆：独立出版社，1940年版，第47—50页。

性，呼吁伶界重视编剧人才的发现和培养，探究编剧方法和规律，总结编剧的经验和教训。应该指出的是，旧派倡导新编戏的目的不在于发动民众投入抗战，而是为了演出，因此，更重视舞台效果。他们认为唯有保留旧剧的精华，遵从旧剧的规律，才能创作出好剧本。

首先，他们认为编演新戏并非易事，不能轻易着手，态度一定要郑重、审慎。"不但京剧艺术本身的一切细节必须了若指掌，而与编戏、排戏稍有关联的东西，也应多知多懂。"[1]在创作过程中，须心存敬畏，做到全面考虑，千梳百剔。[2]"从案头到排练场，直到扮装演出，要经过很多磨砺。"[3]

其次，他们注重舞台性，要求遵循旧剧的艺术规律，保存旧剧的精华。翁偶虹是一个高产剧作家，一生共创作130个剧本，其中有不少完成于抗战时期。在《翁偶虹编剧生涯》中，他比较全面地阐明了自己的创作理念和方法，其核心在于舞台演出。具体体现为以下五点：其一，因人设戏的观念。抗战时期，他曾专门为程砚秋、金少山、李玉茹、王金璐、吴素秋、李世芳、宋德珠、喜彩莲、叶盛兰、刘迎秋和严月秋等名伶写戏，代表作有《锁麟囊》、《鸳鸯泪》、《女儿心》和《百战兴唐》等。在创作前，他非常详细、全面地了解演员，有意识地扬长避短，根据演员的特点组织唱、念、做、表。同时，还要为演员充分展示演技、

翁偶虹《翁偶虹编剧生涯》，同心出版社2008年出版。

提高艺术水平提供足够的空间。为徐东明、徐东霞姐妹编写《杜鹃红》时，他"着重地多写了几段唱"，因为她们的艺术造诣"唱优于念，念

[1] 翁偶虹：《翁偶虹编剧生涯》，北京：同心出版社，2008年版，第22页。
[2] 马连良：《今后新编本戏之趋势》，载《三六九画报》，第13卷第1期，1942年。
[3] 翁偶虹：《翁偶虹编剧生涯》，第18页。

又优于做、表"。[1] 程砚秋成名后，一般观众都认为程派总以唱腔取胜。翁偶虹给程砚秋编写《女儿心》时，有意识地改变这一观念，在发挥唱腔之美的同时，又特地穿插了不少念、打、舞、做。程砚秋有很好的武功底子，曾师从名家学过许多真功夫，而且多年来"从未忽略过武打的研究"，"从兵刃到技术，曾有过许多新颖的设计"，但一直没有机会施展。翁偶虹写戏时，有意识地为程砚秋提供了不少展示武功的机会。[2] 为吴素秋写戏时，他针对吴素秋擅演喜剧的特点，精心编写《比翼舌》，全面展示其才能。其二，将一台戏是一棵菜的观念融入整个创作过程，强调戏曲演出是一个完整的艺术整体，表演、音乐和舞美须不分主次，密切配合，充分发挥其作用。因此，在戏中，除了正角，配角的戏也不应疏忽大意，演员的表演与着装、化妆，以及与场面，乃至后台人员的配合，都不能马虎。其三，编剧的胸中必须要有舞台。创作时，"脑子里要先搭起一座小舞台，对于剧本中的人物怎样活动，必须先有个轮廓"[3]。编写唱词和台词时，应注意腔调和声韵，安排角色在舞台上的位置调度、做、表、舞蹈，设计锣鼓节奏，配合布景和戏乐，目的是尽可能有利于演出，并为演员展示演技提供保证。其四，翁偶虹认为经过长期的淘洗，戏曲创作已经积累了一整套切实有用的方法和技巧，值得吸收，而且，在继承前人经验的基础上，还须刻意求新。翁偶虹在人物刻画等方面总结出"烘云托月法"、"背面敷粉法"、"帷灯匣剑法"和"草蛇灰线法"等，力求不落窠臼。其五，强调编剧与演员的合作，为演员写戏应和演员商讨，重视并虚心听取演员的建议。

马二和马连良的创作思想与翁偶虹颇有共通之处。马二曾编写《大闹宁国府》、《鸳鸯剑》和《夏金桂自焚》等红楼戏，《夏金桂自焚》由欧阳予倩增添一出，改为《宝蟾送酒》。从丰富的实践经验出发，马二在《旧剧的编演难》中对戏曲创作提出了三点要求：第一，"编京剧者，必先能

[1] 翁偶虹：《翁偶虹编剧生涯》，北京：同心出版社，2008年版，第144页。
[2] 翁偶虹：《翁偶虹编剧生涯》，第133页。
[3] 翁偶虹：《翁偶虹编剧生涯》，第19页。

明瞭台上之做派及念唱等规则原理，方不致错误。"第二，"编唱词必能唱者，方不致错用辙口，以及字音平仄抑扬等等。"第三，"编剧者必与演剧者协商合作，方可不致误会原意，而妄行删减或增改。"马二提出这些要求完全是出于舞台演出的实际需要，唱念做都须依规矩，唱词的押韵和字音的平仄都不能疏忽，故而适合表演和欣赏。同时，马二也尊重剧作者的良苦用心，认为不应该妄加改动。马连良也深知"一棵菜"的含义，指出戏曲是综合艺术，构成戏曲的任何一个因素都不能疏忽，故事、结构、技术、艺术、行头、灯光和舞台场面等，都须兼顾，且要精益求精；而技术和艺术方面，唱念做的配合，正角与配角的搭配，都须协调、齐整。[1]

除了上述名家，其他熟谙旧剧的论者也提出了见解。顾心梅注重行当的设置和配合，指出平剧原本是"生旦净丑，四行并重"，而当年"生旦独盛"，"名伶多编私房小本戏，且以一己为主"，导致舞台表演在角色设置方面"失去均衡"，"净丑人才渐减"，影响到平剧的发展。[2]圆缺注意到"复角"的缺陷，要求编剧有意识地避免。[3]测海则认为编剧应该为每一角色设计"重要之演出"，给予演员"充分表演之机会"。[4]鲁大夫等认为"旧剧之所以深入民间，亦正在通俗焉"[5]，因而"一向主张从俗"，编新戏"应以不脱俗为原则"[6]。黄飘认为当时的观众群体已经变了，原来是内行看戏，关注的是演艺，如唱腔够不够味，有没有功夫等，而当时观众多是外行，看的是热闹，"最要紧的是故事"，因此，编新戏时"要有好故事，才有号召力"。[7]测海在评论欧阳予倩的《武松与潘金莲》时指出，平剧旧本"剧情警策，一气呵成。结构之缜密，章法之谨

---

[1] 马连良：《今后新编本戏之趋势》，载《三六九画报》，第13卷第1期，1942年。

[2] 顾心梅：《平剧之价值及改良刍议》，载《戏迷传》，第2卷第6期，1939年。

[3] 圆缺：《由避免复角推想到编剧的规律》，载《半月戏剧》，第1卷第3期，1937年。

[4] 测海：《〈武松与潘金莲〉剧本平议》（下），见蔡世成编：《〈申报〉京剧资料选编》，上海：上海市文化局，1994年内部发行，第461页。

[5]《如意馆剧话——旧剧精神》，载《立言画刊》，第220期，1942年。

[6] 鲁大夫：《保存旧剧精神》，载《立言画刊》，第263期，1943年。

[7] 黄飘：《旧剧没落及其新趋向》，载《立言画刊》，第200期，1942年。

严，极取精用宏之能事"，而欧阳予倩的改编本"不逮旧剧本之精严"，戏剧性减弱，没有给演员足够的机会发挥，而增添的几场戏没有多大意义，显得琐碎，可见，老戏有不少宝贵的经验值得编剧者学习吸收。[1]陈小田在评论程砚秋的《青霜剑》时，肯定哭灵、托子和祭坟等场不落窠臼，赞其为"全剧最精彩的场子"。[2]翁偶虹将梆子戏《忠义侠》改编为京剧《鸳鸯泪》，颇受好评，但也有人提出异议："《鸳鸯泪》是现成的剧情、现成的技巧，掇英撷华，等于顺手牵羊。真正讲到编剧，必须前无古人，自己创新。"[3]可见论者对出新的重视。

再次，在重视形式的同时，论者并没有忽视剧本的内容。一方面，论者指出剧情不宜过于简单，应该通过组织各种戏剧矛盾，使剧情引人入胜。基于这一观念，翁偶虹创作《鸳鸯泪》时，特意在悲苦的剧情中融入了忠奸、正邪等多重矛盾——"以弱抗暴、忍痛牺牲的矛盾，舍己救人、生离死别的矛盾，忍辱含冤、误会错打的矛盾"。这错综复杂的矛盾构成一个曲折离奇的故事，动人肺腑。[4]另一方面，论者也强调剧本的教育意义，认为剧作应该劝善惩恶，或"针砭世俗，揭示人情，暴露和批判一些应当讽刺的社会问题"，或"应当删除报应循环的迷信赘瘤"，或表现"人与人之间真与善的基本美德"，弘扬忠孝节义等道德观念。[5]翁偶虹在编剧时，颇为用心地在剧中融入积极的思想，如《三妇艳》、《鸳鸯泪》和《蝶恋花》等。在上海，周信芳和一批青年伶人颇关注剧本的思想性。周信芳主张将民族意识融入剧作，编演了一批宣传爱国思想的新戏，如《明末遗恨》、《徽钦二帝》等。1939年的"一·二八"纪念日，吕君樵、李瑞来、徐鸿培和潘鼎新在锦江茶室聚会，讨论创作剧本等问题。他们认

---

[1] 测海：《〈武松与潘金莲〉剧本平议》（下），见蔡世成编：《〈申报〉京剧资料选编》，上海：上海市文化局，1994年内部发行，第461页。

[2] 陈小田：《评〈青霜剑〉》，见蔡世成编：《〈申报〉京剧资料选编》，第444页。

[3] 翁偶虹：《翁偶虹编剧生涯》，北京：同心出版社，2008年版，第50页。

[4] 翁偶虹：《翁偶虹编剧生涯》，第47页。

[5] 翁偶虹：《翁偶虹编剧生涯》，第126、56、127页。

为创作"应该以抗战建国为主，其他社会问题为宾"[1]。张翼鹏排演了《太平天国》，意在给观众"一种正义感的刺激"[2]。

应该指出的是，论者多要求思想性和艺术性两者兼顾。顾心梅在《平剧之价值及改良刍议》中既强调保留旧剧艺术，也主张要"多创富于爱国思想的剧本"。海鸥在《旧剧未来的变化》中要求"编写各种富有时代及教育意义的新剧，不仅保存其原有的精华，并且能追随时代前进，与话剧同属国民的欢迎"。而"原有的精华"主要体现于舞台演出，因此要求"唱、念、做三者并重"。李直绳将军的遗作《香妃恨》不够"周密洒脱，其意义亦较为缺乏"，后经胡梯维改编，由周信芳、王熙春等排演，取得了很好的效果。梅花馆主盛赞其剧本"布局严整，场子紧凑，且蕴蓄激励顽懦之旨，堪称一绝妙脚本，故连演四十余日而售座不衰"[3]。

最后，部分论者倡导旧剧和话剧合流，旧剧应向话剧学习。言慧珠就曾借鉴话剧的手法改编《洛神》。石挥曾指出翁偶虹的《百战兴唐》有好几处运用了话剧的手法，翁偶虹随即总结了自己学习话剧的心得。[4]

此外，论者很重视旧剧的改编，要求保留旧剧的精华，保存绝活，消除旧剧中不合理、不健康的观念，注入新思想，同时汰芜取精，重加剪裁，删除原剧中词句不通之处。

由上可知，新旧两派的戏曲创作理论虽不乏相通之处，却存在着根本性的差异。新派追求的是教育和宣传作用，深受西方文艺理论的影响，更为重视题材、情节、思想性和政治立场；而旧派追求的主要是演出效果，能以舞台为中心，强调规律、表演技艺和艺术性，重视演员。形成这些差异的原因，归根结底还是在于戏曲价值观的不同。

---

[1] 海：《四青年伶人举行茶点会》，见蔡世成编：《〈申报〉京剧资料选编》，上海：上海市文化局，1994年内部发行，第470页。

[2] 未人：《张翼鹏排演〈太平天国〉》，见蔡世成编：《〈申报〉京剧资料选编》，第567页。

[3] 梅花馆主：《从〈香妃恨〉剧本说到香妃之有无问题》，见蔡世成编：《〈申报〉京剧资料选编》，第449页。

[4] 翁偶虹：《翁偶虹编剧生涯》，北京：同心出版社，2008年版，第217页。

第四节　旧剧改革论

自晚清以来，改良、革新旧剧的呼声此起彼伏，不绝于耳。抗战时期，由于救亡的需要，在新文化工作者看来早已过时、腐朽、没有前途的旧剧再一次获得了改革的可能和价值。而旧派为了使旧剧发扬光大，也呼吁改革。改革旧剧成为文艺界关注的热点，戏曲论者大多参与了讨论。最倾心尽力，又在理论上颇有建树的有欧阳予倩、焦菊隐、田汉、刘念渠和洪深等人。围绕为什么改革、如何改革等问题，论者发表了一系列见解和主张，在很大程度上影响了战时戏曲的创作精神和倾向以及舞台艺术。

一、旧剧改良与改革，批判地利用旧形式和旧剧现代化

在旧剧改革理论中，改良与改革二词常常混用，但有时又有区别。旧派多称改良，新派则多倡言改革。老舍探求改造旧剧的方法时指出，"不改旧剧，而改剧本，这当然说不上改革"，而去掉旧剧"不合理的部分"，则只是"去毛病"，只能算是改良。[1]廖沫沙讨论剧本创作时主张："我们不单要问它在形式上已有的改良程度，而且还要问它是不是有新的发现，新的试探，新的创造。"[2]他们所说的"改良"，指的是在运用旧形式时去掉或改造其不完美、不合理、不适宜的部分。在此基础上，打破形式的枷锁，加入新的成分，创造新文艺，这才称得上改革。可见，改良只是利用旧剧的开始和从事改革的基础，而改革则是进一步的突破和创造。

理解"批判地利用旧形式"，关键在于"利用"一词。在《利用旧形

---

[1] 老舍：《抗战以来文艺发展的情形》，见《老舍文集》第15卷，北京：人民文学出版社，1990年版，第513页。

[2] 廖沫沙：《读欧阳予倩的旧剧作品——兼论旧剧改革》，见苏关鑫编：《欧阳予倩研究资料》，北京：中国戏剧出版社，1989年版，第342页。

式的两个意义》中，茅盾非常详尽地分析了"利用"的含义：

> "利用"可以有两个意义。应用了旧的形式，把整套的间架都搬了过来，例如应用京戏这形式，就连台步脸谱统统都拿过来，"瓶"是完全旧的，连"瓶"上的旧招牌也完全不去动它，这是仅仅借用了躯壳的办法，可以说是初步的手续，但显然未尽利用的能事。所以进一步的"翻旧出新"必不可少。翻旧出新便是去掉旧的不合现代生活的部分（这是形式之形式），只存留其表现方法之精髓而补充了新的进去。

可见，"利用"包含了两种含义：一是"借用"，即原样照搬，依样画瓢；二是"翻旧出新"，即"批判地利用"。实际上，这是"利用"旧形式的两种方式，新文艺工作者所倡导的往往是后者。茅盾在另一篇文章《大众化与利用旧形式》中明确指出："既说是'利用'，当然不是无条件的接受。"杜埃也断言："我们认为旧瓶是可以灌进新酒的，但却并非毫无选择，而是批判地接受。"[1] 刘念渠承认"旧形式不能完全容纳新内容"，"为了表现新内容，我们必须批判的采用旧形式"。[2] 徐懋庸则认为"只要配上新内容，旧形式就不成其为完全的旧形式了。采用之际，或有改造，这改造就会使旧形式渐渐变为新形式"[3]。可见，对旧剧来说，论者所说的"利用旧形式"就是要改革、创新，以适于表现新内容。

戏曲现代化的提法，最早始于张庚。这一提法基于论者对传统戏曲的一种普遍看法，那就是戏曲艺术无论是内容还是形式都非常落后、陈旧，不适合表现现代生活，严重脱离时代的需要。1939年6月10日，张庚为延安鲁艺的学生作了一次报告，题为《话剧的民族化与旧剧的现代化》。在报告中，他提出了"旧剧现代化"的主张："要利用和改造旧形式不仅仅在为抗战作工具的意义，而且在接受民族的戏剧遗产的意义上。要彻底转

---

[1] 杜埃：《旧形式运用问题》，见洛蚀文编：《抗战文艺论集》，上海：上海书店，1986年版，第203页。

[2] 刘念渠：《战时旧型戏剧论》，重庆：独立出版社，1940年版，第39页。

[3] 徐懋庸：《民间艺术形式的采用》，见《延安文艺丛书·文艺理论卷》，长沙：湖南人民出版社，1984年版，第652页。

变过去话剧洋化的作风，使它完全适合于中国广大的民众，在这意义上，就把它归纳为一句口号：话剧的民族化与旧剧的现代化。"张庚提出这一主张至少酝酿了三年，1936年，他在《谈蹦蹦戏》中批判京剧是僵死的、没有活力的艺术，原因在于皮黄戏是封建文化培养出来的，思想腐朽落后，形式上"全部容受了昆曲的僵死的形态"，道白"文不文，白不白"，"演技是从图式化出发的"，"把一切事物单纯化、定型化"，包括身段、说白，没有变化，只要照着规矩去做就行了。而"蹦蹦戏是一种还在成长中的艺术，需要的是有眼光、有能力的人热心地改革"。1937年，他又在《1936年的戏剧》中进一步指出："旧戏本来随着时代变迁，现在又随着时代在没落，不但可以改革，而且也应当改革……各种地方戏也正在危机的交切点上站立着，腐烂的皮簧戏正在向它们侵蚀……如果不意识地去做改革工作，它们也会滑稽而又可悲地重复皮簧戏的腐烂。"出于对戏曲发展现状的这些认识，张庚认为传统戏曲只有走向现代化才能重获生机，而改革是传统戏曲现代化的唯一路径。他说："所谓改革旧剧，并不单是在形式上，而主要是使它的形式能表现新时代、新生活的现实，并且能够从进步的立场来批判并改造这现实。"[1]这段话道出了"旧剧现代化"的内涵，即站在进步的立场，用新的思想，从内容和形式两方面改造、革新传统戏曲，使之跟上时代的步伐。洪深非常赞同"戏曲现代化"的主张，在《抗战十年来中国的戏剧运动与教育》中特意介绍，并予以高度评价。光未然在《文艺的民族形式问题》一文中也大力肯定："我以为，象在《理论与实践》第三期上张庚所提出的'话剧民族化'和'旧剧现代化'的口号，在基本上是完全正确的，应该作为我们戏剧的民族形式的中心口号。"丁浪发表于《抗战戏剧》的《旧剧现代化》也极力揄扬张庚的主张。可以说，张庚改革旧剧的倡导获得了同道的认可。

---

[1] 张庚：《话剧民族化与旧剧现代化》，见《张庚文录》第1卷，长沙：湖南文艺出版社，2003年版，第242页。

由上可知，小标题列举的三个短语具有共同的底蕴，即改造、革新传统戏曲，以实现创建新文艺的目标，这是新文化工作者戏曲思想中最重要的内容之一。

二、改良、改革旧剧的原因和目的

在抗战之前，戏剧理论界曾经就旧剧值不值得改革、能不能改革等问题展开过热烈的争论，主要有四种意见：一是旧剧已经完全腐朽，用不着白费精力，应彻底摧毁，另行创造新歌剧；二是改革将破坏旧剧的艺术性，应原封不动地保存；三是不刻意改革，任旧剧自生自灭；四是旧剧虽然趋于没落，却仍受到民众的喜爱，又没有新歌剧可以代替，因此，改革势在必行。经过争论，再加上抗战的需要，论者的意见渐渐达成一致，认为改革旧剧非常必要，且不是空想。

论者倡导旧剧改革，最直接的原因是旧剧的形式不适合表现抗战宣传的新内容。但必须指出的是，改革并不仅仅是为了利用旧剧进行爱国主义教育，满足现实政治的需要，还有另外三个相当重要的原因：第一，作为社会教育的方法，演剧须"灌输应有之常识道德"，目的是推进文化，提高民众素质，促进社会的发展和文明的进步。[1]持这一观点的主要有徐慕云和欧阳予倩等。第二，改革是戏曲艺术自身保存与发展的需要。欧阳予倩指出旧剧落后的原因正是在于"追不上时代，不足以表现新社会的思想和动态"，只有"有计划的改革，才真足以延长旧戏的生命"。"有人以为改革旧戏便是破坏旧戏"，"丝毫不变原样才是保存"，欧阳予倩批评这是"自杀的政策"。[2]田汉从艺人的出路考虑这一问题，他说："时局紧张如此，旧有剧本已不能吸引观众"，"非另辟途径不能自存"。[3]可见，"除非

[1]徐慕云：《中国戏剧史》，上海：上海古籍出版社，2001年版，自序。

[2]欧阳予倩：《关于旧剧改革》，见苏关鑫编：《欧阳予倩研究资料》，北京：中国戏剧出版社，1989年版，第303—305页。

[3]田汉：《抗战与戏剧》，见《田汉全集》第15卷，石家庄：花山文艺出版社，2000年版，第325页。

不谈保存旧剧，若想保存，必须顺应时代的需要，根本加以改革"[1]。第三，改革是继承民族文化遗产、建设民族新歌剧的需要。民族新歌剧是民族新文艺、新文化的重要组成部分，改革旧剧对民族文化的建设具有相当重要的意义。中共文艺领域的中坚，如艾思奇、陈伯达、周扬、柯仲平、张庚和光未然等，国统区的田汉、洪深和瞿白音等，都认识到了这一点。周扬在《对旧形式利用在文学上的一个看法》中强调："利用旧形式不但与发展新形式相辅相成，且正是为实现后者的目的的，把民族的、民间的旧有艺术形式中的优良成分吸收到新文艺中来，给新文艺以清新刚健的营养，使新文艺更加民族化，大众化，更为坚实与丰富。"艾思奇在《旧形式新问题》中认为："旧形式的提起，决不是要简单地恢复旧文艺，也不仅仅是为着暂时应付宣传的要求，而是中国新文艺发展以来所走上的一个新阶段的标帜。这一阶段是要把'五四'以来所获得的成绩，和中国优秀的文艺传统综合起来，使它向着建立中国自己的新的民族文艺的方向发展，是为着建立适合于中国老百姓及抗战要求的进一步的发展。"柯仲平指出，旧戏还存在着许多可供学习使用的优长，吸收这些优长，并"加以高度适当的创造，这便能产生新的民族形式"[2]。光未然也设想"新的歌剧，将是在旧歌剧的基础之上，大量摄取民间传说和民间英雄故事以及现实生活的题材，溶会西洋歌剧的技巧，而创造出来的一种美丽的形式"[3]。显然，他们并不是孤立地看待旧形式的利用和旧剧的改革，而是站在更高的层面看，把利用旧形式、改革旧剧视为建设民族新歌剧的基础。

　　五四新文化运动以来，一批新文化工作者试图建设民族新歌剧，并使之成为能够代表中国民族特色的戏剧形式。黎锦晖等音乐家主张以中

---

[1] 欧阳予倩：《关于旧剧改革》，见苏关鑫编：《欧阳予倩研究资料》，北京：中国戏剧出版社，1989年版，第304页。
[2] 柯仲平：《介绍〈查路条〉并论创造新的民族歌剧》，见《陕甘宁边区民众剧团艺术纪实》，西安：西北大学出版社，1993年版，第20页。
[3] 光未然：《文艺的民族形式问题》，见《延安文艺丛书·文艺理论卷》，长沙：湖南人民出版社，1984年版，第638页。

国民族音乐为基础，借鉴西洋歌剧的手法，创造一种综合音乐、诗歌、舞蹈等艺术而以歌唱为主的戏剧形式；焦菊隐认为"中国的音乐已经衰亡"，传统戏曲并不是歌剧，创造新歌剧不能以传统戏曲为基础，"应直截了当地去利用西乐，使西洋音乐中国民族化，使西洋歌剧中国民族化"；[1]洪深和田汉等认为新歌剧必须从传统戏曲中吸取营养，但同时还要广泛地向其他艺术形式学习；欧阳予倩和王泊生等主张新歌剧的创造要以传统戏曲为基础。王泊生是著名的戏剧教育家，早年曾组织美生社话剧团，后改学昆曲和京剧，习京剧老生。1934年夏，在王泊生领导下，山东省实验剧院重建，易名山东省立剧院。以省立剧院为阵地，王泊生致力于新歌剧的创建。1935年，由王泊生亲自编剧、作曲、导演、主演的《岳飞》在济南首演，广告上称这出戏为"新歌剧"，介绍说是"溶冶皮黄、昆曲、杂剧、话剧以及中西音乐、布景、服饰、光影、道具、歌舞于一炉"。可以说，这是一次以传统戏曲为基础来创造新歌剧的尝试。光未然的见解与王泊生有共同之处，那就是，新歌剧的建设既不能离开传统戏曲，又要从西方艺术中吸取营养。《在延安文艺座谈会上的讲话》发表之后，论者对民族新歌剧的创造有了新的认识，其具体内容将在本书第十章展开介绍，此处不赘。

由上可知，与清末民初的戏曲改良运动相比，抗战时期的戏曲改革要复杂、丰富得多，并不仅仅出于现实政治的需要，也是为了创造民族的新文化，促进社会的发展，其出发点和归宿是不同的。

三、改革旧剧的指导思想和两个基础

在新文化工作者看来，改革旧剧应首先把握一个基本原则，那就是从他们所说的"现实主义"，即革命古典主义出发，把旧剧改革与抗战的现实，乃至整个社会的变革联系起来。如何联系？可以运用张庚《话剧民族

---

[1] 焦菊隐：《论新歌剧》，见《菊隐艺谭》，天津：百花文艺出版社，2000年版，第57页。

化与旧剧现代化》中的原话来回答："所谓改革旧剧，并不单是在形式上，而主要是使它的形式能表现新时代、新生活的现实，并且能从进步的立场来批判并改造这现实。"张庚的观点很典型，代表了当时多数新文化工作者对旧剧改革的要求。可以说，革命古典主义是旧剧改革的指导思想，这一点，本章第三节已有阐述，此处不赘。

　　以革命古典主义为指导，再加上实用主义戏曲价值观的影响，对思想性的高度重视成为必然，而要保持思想的正确性，就必须"坚持一个正确的思想方向，更具体一点就是政治的方向"，这是张庚在《话剧民族化与旧剧现代化》中倡导的，是改革旧剧所必备的思想基础。在坚持思想方向的同时，张庚认为还要"坚持一个进步的创造艺术的态度"。张庚称这两个坚持为"旧剧的现代化的中心"，还进一步将其具体化为以下两点："去掉旧剧中根深蒂固的毒素，要完全保存旧剧的几千年来最优美的东西，同时要把旧剧中用成了滥调的手法，重新给予新的意义，成为活的。"论者认为，要做到这两点，在动手改革旧剧之前，还必须认真、细致地分析、研究它，熟悉并充分掌握它各个方面的规律，认清它的优长和缺陷。这是改革旧剧的另一个基础，只有做到了这一点，才能正确决定如何扬弃。抗战初期，老舍曾创作《新刺虎》、《忠烈图》、《王家镇》和《薛二娘》四个京剧本子，根据自身的创作经验，他指出："把新内容恰好合适的装入旧形式里是件很不容易的事"，"无论是哪一种旧剧，从服装上，歌曲上，姿态上，故事上，都有它的缺点。我们若不明白它原来的缺陷，便不易给它输加新血——本来它的眼不好，而我们却先给它安上个假鼻子，岂不更加难看？所以我们必须费些工夫认识它，研究它，检讨它，而后才能改造它。"[1]茅盾也认为"此时切要之务，应该是研究旧形式究竟可以被利用到如何程度，应该是研究并实验如何翻旧出新，应该是站在赞成的立场上

---

[1] 老舍：《抗战戏剧的发展与困难》，见《老舍文集》第15卷，北京：人民文学出版社，1990年版，第397—399页。

来批评那些试验的成绩"[1]。张庚在《剧运的一些成绩和几个问题》中批评那些冒冒失失的改造者："没有掌握旧剧本身的技术，同时又没有掌握改造整理它的科学方法，没有掌握旧剧的规律性，也没有掌握艺术和戏剧一般的规律性。在这样的情形之下来谈改造这数千年发展下来的，传统相当深的东西，岂不是太不估计自己的力量了吗？"这一见解说明论者对旧剧有相当深入的认识，且非常理性，而这种认识和理性恰恰是旧剧改革的倡导者所缺乏的。

由上可知，论者认为旧剧改革须以革命古典主义为指导思想，并具备两大基础——一是思想基础，即正确的思想观念与政治立场；二是艺术基础，即对旧剧规律与特点的充分认识。

四、旧剧改革改什么

革命古典主义是旧剧改革中决定取舍的依据。艾思奇认为旧形式"合理的核心""有许多（而且可以说是大部分）地方是可以照样保留下来作为运用的基础的"，而其他"凡是妨碍反映现实的规律都可以大胆地放弃"。[2]刘念渠指出："旧型戏剧的优点，即它的通俗手法"，有利于反映现实，是可以运用的；同时，还应"扬弃了若干不必要的不能表现新内容的成分，创造了新的手法"。[3]可见，在改革过程中，须去掉错误的、不合理的、多余的、不符合现实需要的部分，或改进不够完善的部分，增加适应现实需要的新内容及有助于表现新内容的新手法，同时还须保留并发扬旧剧的优长。一句话，旧剧改革改的是不适合表现现实生活的部分。

具体说来，旧剧应该怎样改革呢？有哪些优长是可以保留的呢？刘念渠、艾思奇、老舍、丁玲、茅盾和光未然等论者提出了看法，以下两点是

---

[1]茅盾：《大众化与利用旧形式》，见文振庭编：《文艺大众化问题讨论资料》，上海：上海文艺出版社，1987年版，第387页。

[2]艾思奇：《旧形式运用的基本原则》，见《延安文艺丛书·文艺理论卷》，长沙：湖南人民出版社，1984年版，第599页。

[3]刘念渠：《战时旧型戏剧论》，重庆：独立出版社，1940年版，第35—36页。

他们较为一致认可的：1. 保留表演方面载歌载舞的形式，虚拟写意和夸张的手法；2. 编剧方法上"加强其艺术性和戏剧性"，"废弃低级的调笑，废弃形式化的片段的表演"。[1]刘念渠对通俗手法的强调是值得关注的，他把通俗手法总结为六点：第一，"首先提出故事的主角，给以明白扼要的介绍"；第二，"故事的展开总是平铺直叙的，只要从头到尾听下去，很容易的得到一个清楚的印象。就是长篇，有夹叙、有伏笔、有倒插笔，也必一一交代清楚"；第三，"不用布景，有类于莎士比亚时代的演出方法"；第四，"脸谱虽是原始的遗留，但应用脸谱也有助于观众认清剧中的个性"，"服装方面，也部分的有同样作用，而与脸谱取得协调"，"为了适应新内容，在这方面，可以试行新设计"；第五，"词句通俗，腔调单纯，使旧型戏剧得以广泛的流传"；第六，"地方剧拥有当地的演员，一向运用方言演出，这也很便利"。[2]

由于论者认为利用旧形式是文艺大众化的重要途径，因而比较关注旧剧的通俗性。另外，论者还认为旧剧的音乐可以部分保留，而对脸谱、服装和布景，则意见不一，下文还将提及。

哪些部分又是旧剧应该抛弃或改造的呢？首先是内容上的毒素。尽管少数论者"总以为技术的问题是旧剧改革的全部问题"，"把技术问题提在很重要的日程上，和它的内容问题分离开来"，[3]但大多数论者最为关注的还是旧剧表现的内容，他们认为旧剧中存在着大量不利于抗战救国和毒害民众的错误思想和观念，必须要彻底清除。哪些思想和观念是错误的，新内容又是哪些，上文已详述，此处不赘。其次是表现形式方面妨碍表现新内容的部分。论者最为不满的是程式化的表演形式，艾思奇和茅盾等人认为程式化的身段、台步、动作、服装、脸谱、音乐和道具等离现实生活

[1] 光未然：《文艺的民族形式问题》，见《延安文艺丛书·文艺理论卷》，长沙：湖南人民出版社，1984年版，第638页。

[2] 刘念渠：《战时旧型戏剧论》，重庆：独立出版社，1940年版，第41—46页。

[3] 张庚：《话剧民族化与旧剧现代化》，见《张庚文录》第1卷，长沙：湖南文艺出版社，2003年版，第234页。

的距离太大，不自然，限制很多，极大地妨碍了新内容的表现，应该弃而不用。廖沫沙的主张最为大胆，他断言"音乐节奏，是旧剧形式最根本的一个枷锁"，已经非常严重地"限制旧剧的服装动作歌唱道白的'现代化'，更限制整个内容的'现代化'"，必须进行大幅度改造。他提出："旧剧在形式上需要改革的地方，大体是三方面：1. 唱词与对白——和乐曲有最大的关系。2. 服装、身段、台步及一切动作表情，这也是受音乐节奏所制约的。3. 舞台场面——装置及道具。"[1] 另外，光未然主张废弃"低级的调笑"、"过分的不合理的夸张"等，而脸谱则可以部分取消，"代之以适度夸张的化装"。[2] 由此可知，论者认为旧剧从内容到形式、编、演、伴奏和舞美等各个方面都存在错误、不合理的因素，包括台步、动作、脸谱和服装等在内的程式化的表演方法和舞美设计，用于歌唱的曲调和锣鼓弦管的伴奏方法等等，都已成为表现现代生活的障碍，应抛弃或改造。

对于脸谱和服装，论者的观点往往相互冲突。艾思奇、茅盾和老舍等人认为应取消，采用话剧写实的方法；丁玲、刘念渠和光未然等人则希望保留一部分，同时"创造新型"[3]。对于旧剧平铺直叙的叙事方法，论者的意见也大相径庭。形成这些差异的原因主要在于论者对旧剧的认识和理解不同，受话剧影响的程度也深浅不一。

改革是为了创造新形式，因此，必须增添新的成分，才是真正意义上的改革，老舍设想："比如说，于旧歌腔而外加入抗战新歌，于旧舞姿而外加上新的跳舞等等……一旦得到新的血液，旧剧便可以走上改造的途径了。"[4] 丁玲有感于旧剧"乐器太少，又嘈杂，调子单纯"，"故应选择许

[1] 廖沫沙：《读欧阳予倩的旧剧作品——兼论旧剧改革》，见苏关鑫编：《欧阳予倩研究资料》，北京：中国戏剧出版社，1989年版，第351、344、349页。
[2] 光未然：《文艺的民族形式问题》，见《延安文艺丛书·文艺理论卷》，长沙：湖南人民出版社，1984年版，第638页。
[3] 丁玲：《略谈改良平剧》，见洛蚀文：《抗战文艺论集》，上海：上海书店，1986年版，第325页。
[4] 老舍：《抗战戏剧的发展与困难》，见《老舍文集》第15卷，北京：人民文学出版社，1990年版，第399页。

多外国乐器增加"。[1]张庚、欧阳予倩和焦菊隐等人则大力倡议建立导演制度，他们视之为提高戏曲艺术水平重要而有效的手段。

五、旧剧改革的方法

编演新剧不仅能表现新的内容和思想，还能不断地发现新问题，并在实践中寻求解决，从而实现各种设想和主张；因此，多数论者视编演新剧为改革旧剧最有效的方法。欧阳予倩一再强调要从剧本的改编与创作入手，"第一是使它的内容完全革新，要使内容和现代的社会思想相吻合，而有积极的意义"[2]。廖沫沙也认为剧本是旧剧改革的中心问题。[3]论者对剧本创作的强调，也体现了战时戏曲理论重视实践的思想。

老舍提出的方案更为全面，他曾热衷于利用旧形式，又熟悉当时的戏曲舞台。根据救亡的现实需要与抗战戏曲创作的实践经验，他在《抗战以来文艺发展的情形》第四讲中把改良和利用旧剧的方法总结为三种：1. 仍用旧戏，极力改良其不合理的部分；2. 不改旧剧，而改剧本；3. 演旧剧不要行头，即用现代服装，但仍用马鞭等。他又指出，前两种方法，没有增加新的成分，或者主要是沿用旧形式，只是去掉、改变其不合理、不适合表现新内容的部分，或者只改剧本，不改造表现形式。运用这些方法，"不过应抗战宣传的需要罢了"，"教育成分较多"，对建设民族新歌剧没有多少助益，因此，这些做法算不上真正的改革。在这里，老舍流露出了他对于旧剧改革的矛盾心理。一方面，他认为文艺家不应该只追求宣传、教育作用，民族新歌剧才是旧剧改革应追求的目标。但另一方面，他又非常关注、强调旧剧的现实功能。他主张"即以五四以来攻击旧戏之各点来改

---

[1] 丁玲：《略谈改良平剧》，见洛蚀文：《抗战文艺论集》，上海：上海书店，1986年版，第325—326页。

[2] 欧阳予倩：《改革旧戏的步骤》，见苏关鑫编：《欧阳予倩研究资料》，北京：中国戏剧出版社，1989年版，第309页。

[3] 廖沫沙：《读欧阳予倩的旧剧作品——兼论旧剧改革》，见苏关鑫编：《欧阳予倩研究资料》，第342页。

良",甚至赞同演旧剧不要行头,即用现代服装等,他认为这是"知道旧剧有宣传的力量而又无法备办行头才想出的妙法"。"这种戏的内容是民间的,现实的。如扮个老太婆一手拿了红缨枪在守卫,这一种戏因为服装是现代的,反更显得亲切,内容又是民间的,所以宣传上确实压倒一切。"可见,他以革命古典主义为原则要求旧剧的内容与形式,而且他将反映现实等同于写实。很显然,这些主张势必导致戏曲艺术的话剧化。还应指出的是,这些不仅仅是老舍的看法,也代表当时的不少戏曲论者,

六、实践与理论的结合

与以往相比,这一时期的旧剧改革非常强调实践,倡导者认为旧剧改革"不是一个单纯的理论上的问题",而是"一个实践的问题"。[1]在改革中,"第一要紧是大胆地作有计划的尝试"[2],书本和口头说的,都"要在舞台上举出例来,才能兑现"[3]。这是因为,只有在实践中不断解决问题,总结经验教训,才能创造新的形式,改革的目的和归宿正在于此。只有做到了这一点,改革才算完成。

重视实践的思想主要体现在以下两个方面:

第一,重视创作和演出,主张组织专门的团体作为改革的阵地。欧阳予倩认为改革戏曲应从剧本的创作和改编入手,不反对"把旧戏加以修改上演",但更主张"多写多排多演新的作品"。[4]在《战时旧型戏剧论》中,刘念渠用了两个章节,就战时戏曲的写作、研究、演出及其他问题,具体地讨论了注入新内容与"改良旧剧"的不同,战时需要怎样的新内容,形式与新内容的冲突,旧型戏剧基本手法的把握,写作与演出的关系,剧本检查、修正与计划的编剧等问题。还以《血染黄州》为案例,

---

[1] 刘念渠:《战时旧型戏剧论》,重庆:独立出版社,1940年版,第2页。
[2] 欧阳予倩:《关于旧剧改革》,见苏关鑫编:《欧阳予倩研究资料》,北京:中国戏剧出版社,1989年版,第305页。
[3] 欧阳予倩:《改革旧戏的步骤》,见苏关鑫编:《欧阳予倩研究资料》,第310页。
[4] 欧阳予倩:《关于旧剧改革》,见苏关鑫编:《欧阳予倩研究资料》,第305页。

讨论了如何运用旧形式来表现新内容的问题。潘文专门编写了《编剧法》指导战时的戏剧创作，该著于1941年2月由中国文化服务社出版。洪深在《抗战十年来中国的戏剧运动与教育》中以大量作品为案件分析、阐述战时的理论主张；丁玲就京剧《白山黑水》的改革尝试，特地撰写了《略论平剧改革》；廖沫沙和醉芳分别撰写了《读欧阳予倩的旧剧作品——兼论旧剧改革》和《划时代的〈梁红玉〉与〈渔夫恨〉》，在文中，他们结合对欧阳予倩作品的分析，提出了改革主张。这些都说明，在旧剧改革中，重视实践已成为共识。

欧阳予倩强调理论要和实践结合起来，创作了《梁红玉》、《桃花扇》、《木兰从军》等近10种戏曲剧本。田汉等剧作家也非常自觉地把这一主张融入他们的创作，编写了大量"发扬民族精神"的剧本。田汉的作品有《土桥之变》、《德安大捷》、《新天下第一桥》、《新雁门关》、《江汉渔歌》、《新儿女英雄传初集》、《岳飞》、《梁红玉》、《文天祥》、《戚继光》、《郑成功》、《南明双忠记》、《秦良玉》、《投军别妻》、《新武家坡》和《主仆逃难》等20余部。除了剧作家，剧团也重视新戏的创作，以演出秦腔和眉户戏为主的延安民众剧团在8年中共创作新戏49出，改编了历史剧15出。在西安，易俗社一直努力实践自己的戏曲主张，封至模、樊仰山、范紫东和谈栖山等人所编抗战戏曲极多，仅1938—1939年就新编了18部，其中直接反映抗战的有《长江会战》、《湘北会战》、《血战永济》、《闵行镇》和《民族之光》等11部，有很强的现实性。而以班超和戚继光等人的事迹为题材，宣传爱国思想的作品有7部。[1] 著名戏曲史家徐慕云曾称赞易俗社的演出"发聩振聋，极易感人，较全国流行之皮簧反觉明显而有意义，洵佳构也"[2]。

国民政府也重视剧本的创作与整理，1939年教育部教科用书编辑委

---

[1] 洪深：《抗战十年来中国的戏剧运动与教育》，见《洪深文集》第4卷，北京：中国戏剧出版社，1959年版，第128—131页。

[2] 徐慕云：《中国戏剧史》，上海：上海古籍出版社，2001年版，第83页。

员会拟定平剧计划，初步选定平剧百种，主其事者为赵太侔。各地的民教馆（民众教育馆的简称）从事剧本、说唱本的编写和刊行，并派出馆约人下乡业余演出。洛阳民教馆的王铁鹏于1938年按照旧剧改革的思想编写了《战区的民众》，表现"切实的问题"，指示"具体的办法"，以"唤起民众、组织民众、动员民众"。[1]

　　在重视创作的同时，演出也颇受关注。基于丰富的实践经验，欧阳予倩认识到："无论是改革旧戏，还是创造新戏，应当有一个健全的职业剧团，而这个剧团必须要从商业剧场解放出来，不然改革运动必要受到绝大的打击，甚至于无法进行。"[2]1937年底，他创办中华剧团演出他编导的《渔夫恨》（根据《打渔杀家》改编）和《梁红玉》等作品，实践他"改良平剧"的主张和设想。戏曲改革的实干家朱双云、王泊生和周信芳分别以标准平剧团、山东省立剧院和移风剧社为平台，在武汉、济南和上海等地进行了大量的尝试和努力。1939年1月，第二战区文化抗敌协会戏剧部成立了一个训练委员会，"组织了一个旧剧团，并从事剧员训练与旧剧改良的尝试工作"[3]。参加剧团的瞿白音总结实践经验，撰写了《新伶人》一书，就戏曲改革提出了不少宝贵的建设性意见。云南省主席龙云1942年提出由官方主办"滇剧改进社"，"以实验改进旧戏，培养戏剧人才为宗旨"，"以训练艺员，改进戏剧为目的"。[4]而延安及其他根据地也相继成立了大量的剧团，如民众剧团和鲁艺实验平剧团等。

　　第二，主张改造艺人。论者认为，在旧时，艺人地位低贱，大都染上嫖赌恶习，为统治阶级宣扬迷信、反动的高台文化，无论是思想、习性，还是技能，都不利于旧剧的改革，因此一定要予以改造。[5]刘念渠

　　[1]洪深：《抗战十年来中国的戏剧运动与教育》，见《洪深文集》第4卷，北京：中国戏剧出版社，1959年版，第125—127页。
　　[2]欧阳予倩：《关于旧剧改革》，见苏关鑫编：《欧阳予倩研究资料》，北京：中国戏剧出版社，1989年版，第304页。
　　[3]洪深：《抗战十年来中国的戏剧运动与教育》，见《洪深文集》第4卷，第137页。
　　[4]杨明等：《滇剧史》，北京：中国戏剧出版社，1986年版，第137页。
　　[5]石毅：《旧剧人的改造》，载《解放日报》，1941年10月4日。

在《战时旧型戏剧论》中建议从抗战知识、戏剧理论和生活改善等方面加强对旧剧艺人的训练。瞿白音在《新伶人》中提出要使旧剧改革具有实际的效果，必须从两方面着手：一方面是"给艺术以新创造"，另一方面是"对从艺者的再教育"，要使旧剧艺人成为一个战士，而不是"一种呆木的工具"，能够担当、完成新创造的工作。[1]论者倡导改造艺人，是因为他们认识到戏曲艺术中艺人的重要作用。1938年夏秋，国民政府军委会政治部联合当地的其他政府机构，在汉口举办一个短期的留汉歌剧演员战时讲习班，请田汉为教育长，郭沫若为班主任，受训的约七百人。1938年冬到次年春，第三厅留长工作人员在长沙续办旧剧演员训练班，主持者为田汉，参加者除了从武汉疏散来长沙的演员，更有原在长沙一带演出的湘剧演员。另外，上文提到的"滇剧改进社"（"云南戏剧改进社"）和第二战区成立的旧剧团也训练了部分旧剧艺人。经过训练，这些旧剧艺人在抗战宣传和戏曲改革等方面做了大量的实际工作。在中共领导的根据地，论者也认识到艺人在旧剧改革中的重要性。晋东南抗日根据地一等模范戏剧工作者王聪文在抗战后上书五专署的戏专员，要求改革戏剧和改造旧艺人。[2]1939年，在陕甘宁根据地陇东特委和专署的领导下，成立了由七个旧艺人组成的秦腔戏班。"这七个旧剧人在戏剧的表演上总是坚持他们师传的老一套办法，同时每天要钱要鸦片要吃的。"特委和专署特意派了干部和教员，耐心教育他们，终于帮助他们改掉恶习，变成了党领导的文艺战士。1941年10月4日，延安《解放日报》登载了石毅的《旧剧人的改造》，文中介绍了陇东特委和专署改造旧艺人的经验，认为旧艺人"是可以改造的"，而且"他们的演剧技术是可以利用的"。方法是以循循善诱、诲人不倦的精神耐心教育、劝说，同时在生活上关心、帮助他们，

---

[1] 洪深：《抗战十年来中国的戏剧运动与教育》，见《洪深文集》第4卷，北京：中国戏剧出版社，1959年版，第139—140页。

[2] 王礼易：《一等模范戏剧工作者王聪文》，见《山西文艺史料》第1辑，太原：山西人民出版社，1959年版，第212页。

让他们觉得"公家对咱们这么好"，愿意接受改造，听从党的领导。

可知，抗战时期，无论倡导戏曲改革的个人、剧团，还是各级政府，重视实践的观念是颇为一致的。

七、激进派与温和派

对于旧剧改革，不少新文化工作者态度激进，更多地关注、强调打破旧形式，加入新的成分，而对戏曲本身的艺术规律则有所疏忽。这批论者，笔者称之为激进派。激进派以廖沫沙和胡风为代表，前者在《读欧阳予倩的旧剧作品——兼论旧剧改革》中评价了欧阳予倩创作的《黛玉葬花》、《渔夫恨》、《梁红玉》、《桃花扇》和《木兰从军》五个戏曲剧本——这些作品在选材方面"没有超越一般旧剧的范围"；在主题方面表现出了反封建、反名教、提倡女权、歌颂妇女参加抗战、反妥协投降的思想和民族意识，有新问题新材料，把握了新的观点，已经走上了一条大道，值得肯定，但还"不够深刻和现实"；形式方面，一定程度上打破了旧乐曲的规律。譬如，《梁红玉》中，对白的分量超过了唱词，尤其是不上韵的对白明显增加；《黛玉葬花》和《木兰从军》"把唱词曲牌的字数限制打破了"，而且"从典雅改为通俗，使唱词能明白如话"。《木兰从军》采用合唱的形式，算得上是"旧歌剧的'新萌芽'"。应该说，欧阳予倩的创作不仅配合当时的现实需要，积极宣传抗战思想，而且还打破了曲调节奏的规范，改革的步伐不可谓不大。但是，廖沫沙并不满意，他认为"这还只是消极意义的解放"，"有限度的改变"，"还不够我们理想的标准"，"还有很大的荒土可能开辟而不曾开辟"。在他看来，欧阳予倩的改革"没有从旧的乐曲开始解放，尝试新乐曲的创造"；而且，"服装不能改变，化装不能改变，身段动作不能改变，舞台场面不能改变，对于整个的旧剧，差不多是'不曾改革'"。可以说，廖沫沙几乎全盘否定了欧阳予倩的努力，他希望欧阳予倩"有更大胆的创造，根本从乐曲牌调上着手，来一些革命意义的改造，以适应新的事物，新的内容，新的节奏"。廖沫沙并不是唯一的激进者，在他之前，胡风对抗战时的旧剧改编工作提出了严厉的批评："照我所看见的被改过的旧剧，还看不出新的因素。就内容方面说，只看见他们企图使旧剧去接近新任务的努力，但没有完成这任务。就形式方面说，音调和旋律也还没有脱掉旧美学的特点。因此我觉得旧歌剧改革到新歌剧创造还有相当长的过程。"在胡风看来，这些尝试非常消极、被动，"是改造新的去适应旧的"，"被改革的不是旧剧，而是我们自己"。[1]这些激进者有一个共同点，那就是把旧形式看成新内容的桎梏，主张进行大刀阔斧的改造。

激进派往往以西方戏剧尤其是话剧为榜样，倡导改革。在新文化工作者看来，话剧主要运用现实主义的创作方法如实地反映现实，直接地干预现实，能满足现实的需要，因而是进步的艺术样式。基于这一认识，话剧自然成为旧剧改革的榜样。一方面，论者以话剧的创作精神要求戏曲，希望戏曲像话剧那样直接、如实地表现现代生活，发挥其社会功用；另一方面，论者倡导运用话剧艺术的表现方法和手段来改造旧剧，直接提出"话剧化"的口号："旧剧的'话剧化'并不一定就算形式的改革，但至少它是一个改革的开端，一个改革的嚆矢。"[2]

更多的论者比较理性，既主张改革，又反对不顾艺术规律的做法，笔者称之为温和派。张庚在《话剧的民族化和旧剧的现代化》中并不认为旧剧"只是一种旧时代留下来的艺术"，"我们要怎么摆布它就可以怎么摆布它"，这是因为旧剧"还有它的组织，它的规则"。醉芳在《划时代的〈梁红玉〉与〈渔夫恨〉》中高度评价欧阳予倩"替中国戏剧史写出了新鲜的一页"，认为他的《梁红玉》与《渔夫恨》"在内容、表演、布景、灯光以及编剧手腕等各方面"都"建立了一个崭新的风格"，采用了很多新的演

[1]廖沫沙：《读欧阳予倩的旧剧作品——兼论旧剧改革》，见苏关鑫编：《欧阳予倩研究资料》，北京：中国戏剧出版社，1989年版，第342页。

[2]廖沫沙：《读欧阳予倩的旧剧作品——兼论旧剧改革》，见苏关鑫编：《欧阳予倩研究资料》，第346页。

法，"充分运用了装置的艺术"，同时"仍袭用着旧戏里的台步、韵白和西皮二黄"，"为旧戏保存了固有的许多美点"。丁玲在《略谈平剧改良》中认为平剧使用布景"宜于象征，不必太真"，虽然应该使用外国的乐器，但"调子却不能太欧化，应该保存一些东方的，中国的情调"。与廖沫沙相比，张庚、醉芳和丁玲等人显然温和得多，他们并不忽视旧剧的传统。

　　应该指出的是，虽然持论较为理性，但论者也难以摆脱西方戏剧及其理论的影响。欧阳予倩、茅盾、老舍和光未然等人针对旧剧的叙事方法、表演方法和手段、艺术特征、舞台格局、服装和化妆等发表的看法，明显都受到话剧艺术的影响。丁玲在《略谈改良平剧》中谈到脸谱时，记载了当时的两种完全相反的意见，"一部分是赞成同话剧一样"，"也有一部分人极力承认旧剧脸谱是非常艺术"。她提出旧剧演出时"台上人精神不互相贯注，有的拭泪哀啼，有的仍呆若木鸡，有唱才有做，不唱时即不动作无表情，可以自由瞧着台下观众"，这是旧剧的一大毛病，"应多多运用话剧之优点"。光未然主要着眼于新歌剧的创造来谈旧剧改革，主张吸收西方歌剧和舞蹈艺术的营养来改造旧剧。他说："酌量采取西洋发声法"，"群众的场面，应该有合唱"，"参照西洋的舞蹈法和舞队组织"。[1]

八、欧阳予倩[2]的旧剧改革理论

　　自从五四新文化运动以来，欧阳予倩一直致力于旧剧改革，在理论和实践两方面都卓有建树，是领袖群伦的剧坛宿将。要认识欧阳予倩的旧剧改革思想，首先应该了解他的戏剧理想。他认为戏剧是艺术，不是

　　[1]光未然：《文艺的民族形式问题》，见《延安文艺丛书·文艺理论卷》，长沙：湖南人民出版社，1984年版，第638页。
　　[2]欧阳予倩（1889—1962），著名戏剧艺术家，湖南省浏阳县人。1902年留学日本，1907年加入青柳社，演出话剧《黑奴吁天录》；1910年回国后组织新剧同志会；1916年起做京剧演员，创造了独特的舞台表演风格；1919年创办南通伶工学社；1925年底步入影坛；1926年加入南国社，创作剧本《潘金莲》等；1929年创办广东戏剧研究所；1931年加入"左联"，抗战时期编写历史剧《忠王李秀成》等；抗战胜利后编导《关不住的春光》等电影；新中国成立后任中国文联副主席，中央戏剧学院院长。

戏曲艺术家、剧作家、导演、理论家
欧阳予倩像

浅薄的娱乐品，也不仅仅是宣传、教育的工具。在他看来，戏剧应该给人们以知识，让人们认识自己，认识社会；更应该创造美，能安慰人的痛苦，陶冶人的情操，铸造人的品格，打造健全的人格；还应该宣扬文化，推动社会的发展。当然，戏剧也可以用于宣传和娱乐，但必须得先有戏剧。他理想中的戏剧是"尽了综合的能事而成了完美的综合艺术"[1]——在内容方面，表现美的情绪化的思想，情绪是血肉，思想是骨干；在形式方面，各种艺术元素综合在一起，将作为血肉的情绪和作为骨干的思想转化为美，创造出健全的、完整的舞台艺术。

欧阳予倩一生都把戏剧理想当作信仰来守护、追求，有助于去功利、去浮躁，确立戏剧艺术的独立和尊严。欧阳予倩戏剧理想是由三块基石构筑起来的：其一是知识分子高度的社会责任感和历史使命感；其二是革命古典主义创作观，这一点，本章第三节已论及，此处不赘；其三是综合艺术观，他将戏剧艺术视为由多种元素构成的和谐统一的整体，诸元素必须互相配合，相辅相成，才可能创作出美的艺术。其具体内容，将在本章第四节中详述。

欧阳予倩倡导并讨论旧剧改革的著述有《予之戏剧改良观》、《戏剧改革之理论与实际》、《怎样完成我们的戏剧运动》、《戏剧运动之今后》、《二黄戏改革的可能性》、《再说旧戏的改革》、《关于旧剧改革》和《改革旧戏的步骤》等近十篇，其中，后两篇写于抗战时期。通过这些著述，欧阳予倩全面而深入地阐明了他改革旧剧的思想。

他曾明确提出："中国的旧戏感觉到追不上时代，不足以表现新社

---

[1] 欧阳予倩：《再说旧戏的改革》，见《欧阳予倩全集》第5卷，上海：上海文艺出版社，1990年版，第16页。

会的思想和动态。"[1] "旧的那种形式，万万不能拿来表现新精神，新思想，和现实的要求。"[2] 类似的观点，他曾在著述中反复强调。但在《再说旧戏的改革》中，他又"感到用旧戏的方式表现反帝的情绪是可能的"。如何将可能性变成现实？那就是通过改革。他呼吁戏曲"必须顺应时代的需要，根本加以改革，使其成为一个新的结构，能够充分反映现社会"[3]。他以自己创作的《杨贵妃》、改编的《讨渔税》和姚莘农新编的《风波亭》为例，说明取材于历史故事和旧时代平民生活的作品也能反映社会现实和时代脉动，表达出强烈的革命精神和爱国思想。可见，经过改革，旧剧是能够反映现实的。然而，如何运用旧剧的形式来反映现实，欧阳予倩却没有给出具体而可行的答案。

和其他新文化工作者一样，欧阳予倩把创造"新歌剧"当作改革旧剧的目标之一。与众不同的是：1. 他主张把京剧当作创造新歌剧的基础；2. 他认为改革旧剧必须要有全盘的计划，"头痛医头，脚痛医脚，不但无益而且有害"。[4] 在《关于旧剧改革》和《改革旧戏的步骤》中，欧阳予倩阐明了他的总体构想。内容方面，他主张运用新的思想来表现社会现实，"要是历史戏也要加一种新的分析和新的解释，使现代人能够接受"；形式方面，则"要全部予以新的组织，编剧、演出法、表演法、音乐、舞台装置、灯光、服装、化妆都要予以统一的处理"。他指出，创造新戏曲，"并不是专注重个人趣味，聊以遣怀"，也不仅仅"是为着政治的宣传"，也是"为着社会教育，为着推进文化"。

如何以京剧为基础创造出健全的综合艺术呢？他认为首先要"认清二黄戏的性质。二黄戏的形式是特殊的，可是它接续不断地容纳了许多不同的材料——花鼓戏的成分，昆戏的成分，秦腔的成分，古舞的成分等等兼

---

[1] 欧阳予倩：《关于旧剧改革》，见苏关鑫编：《欧阳予倩研究资料》，北京：中国戏剧出版社，1989年版，第303页。

[2] 欧阳予倩：《民众剧的研究》，见苏关鑫编：《欧阳予倩研究资料》，第254页。

[3] 欧阳予倩：《关于旧剧改革》，见苏关鑫编：《欧阳予倩研究资料》，第304页。

[4] 欧阳予倩：《戏剧运动之今后》，见苏关鑫编：《欧阳予倩研究资料》，第261页。

容并包，近来又加上了文明戏、电影，还有爵士的成分，生吞活剥地形成一碗杂烩"。认清京剧本质后，"应当借新剧本演出的机会加以滤清，然后就它原来最有力的骨干，付以新鲜的血肉"[1]。新剧本的编演是滤清旧剧杂质和毒素最有成效的方法，这是因为排演新戏比较便于"将旧戏的弱点删除尽净，将优点保存而善用之"，"注入新的生命"。[2]

　　他强调，改革旧剧"第一就要从剧本的改编与创作入手。改编并不是拿旧时固有的剧本随便把词句改得通顺一点就算完事，是要根据新定的原则，用新的形式，根本加以改造，其实，改编也等于创作。所谓改编，不过是利用既有的故事和其一部分的技巧而已。新定的原则是什么？也就是我们对戏剧运动一贯的原则，就是我们要适应现代的需要，建设现代的戏剧"[3]。在《再说旧戏的改革》和《改革旧戏的步骤》中，他非常具体地提出了五点编写本戏的要求：1. 主题应具有鲜明的新意义，适合现代精神；2. 有对话，有歌舞，故事完整，"故事的排列，应根据不同的题材而有变化，引子、唱、白等的应用，不必拘于传统的公式"；3. "分幕分场分段要打破旧时传奇式的平铺直叙，而加以简洁有力的布置。如过场戏之可能的省略；重复之可能的避免"，"分场的多少可以不十分拘泥"，"角色的上下、每场的起结，可以根据旧戏的习惯，也可以用特别的新法子"；4. "角色要注重人格的描写，和相互间的关系"；5. "一本戏至长要演三个半小时"。

　　他指出，"综合艺术第一个组织者就是剧本作家"，"有了新的适当的剧本，文学的部分就算健全了"。接下来，"导演是实际的组织者"，他"应用最有效果的方法"，"经过演出计划的规定"，使"表演、音乐、布景、灯光种种部门，各以其所宜，集中力量于一点，以表现剧的内在精神，传播于观众，于是戏剧的作用完成"。其中，演员的表演固然重要，

---

　　[1]欧阳予倩：《再说旧戏的改革》，见《欧阳予倩全集》第5卷，上海：上海文艺出版社，1990年版，第26—27页。
　　[2]欧阳予倩：《二黄戏改革的可能性》，见苏关鑫编：《欧阳予倩研究资料》，北京：中国戏剧出版社，1989年版，第296页。
　　[3]欧阳予倩：《再说旧戏的改革》，见《欧阳予倩全集》第5卷，第20页。

但导演"还应当用种种有效的方法增加表演的力量"。身段动作方面，可以增加新的，"但所谓新的动作决不是把文明戏里写实的动作加进去，不过是使动作易于接近现代的观众而使之了解"。舞台调度方面，旧剧的舞台陈旧，呆板，不够生动，妨碍表演，"导演者应用最有效果的方法"，"将舞台上人物的排列增多变化"，"应当把品字形的排列，正中和两旁的平均排列的习惯打破"，"可以应用阶段使排列有高下，参错面成章致。也可以应用各种幔帐，使舞蹈的运用和亮相变成浮雕的形象"。"还要有适当的背景"，"旧戏的动作决不适宜于根据机械的写实观念而搭成的布景"，"要使线条与其特殊动作相调和"，"不妨像旧画，不妨像图案，或者用素底的幔帐，使人物显示出浮雕形。再加以适宜的照明，使色彩格外鲜明格外调和"[1]。音乐方面，旧剧的音乐过于单调，"治本的办法是将中国古今的音乐算一回总账，根本整理一下，再把各处的民间音乐，集拢来铸过一下，改造乐器，厘订乐谱，订正标准音，参考西乐而编制中国的和声学"。但这工程浩大，很难完成，"应急的办法，是就原有的场面，向着我们需要的方面逐渐改革，渐次将噪音的乐器减少，将乐音的乐器加多。在编剧方面，将剧的大体确定，音乐可以跟着一步步走，由勉强做到自然，由少做到多，由单调作成完备，持之以时日，也可以逐渐有比较好的歌剧出来"[2]。"新的曲调只要调和，只要合适，不妨充分采纳。"[3]"歌词必须打破二二三与三三四的束缚，而用长短句"，"每一首歌都要求其与整个戏的情调相调和，造成全戏的空气，决不以支离破碎的美丽为满足，也不以花腔取媚"。"弦与管要加多，弦管要居主位，锣鼓只可为宾。管弦不妨加入西洋乐器，但是有计划的，不违反艺术的原则

[1] 欧阳予倩：《再说旧戏的改革》，见《欧阳予倩全集》第5卷，上海：上海文艺出版社，1990年版，第16、27、29、30页。

[2] 欧阳予倩：《戏剧改革之理论与实际》，见苏关鑫编：《欧阳予倩研究资料》，北京：中国戏剧出版社，1989年版，第226页。

[3] 欧阳予倩：《改革旧戏的步骤》，见苏关鑫编：《欧阳予倩研究资料》，第309页。

的。"[1]可见，导演的作用是非常关键的，因此，他大力倡导建立导演制度。

　　欧阳予倩的旧剧改革理论有四点是与众不同的：1. 较为谨慎、理性。一方面，他反对生搬硬套的做法，一再强调新戏的创作要打破传统，"不要照着原有的戏象填词那样去填"；另一方面，他较为理解、尊重旧剧的艺术特征，一再坚决反对旧剧改革中的写实倾向，《新茶花》、《拿破仑》和《枪毙阎瑞生》等新编京剧穿时装演唱，有明显的写实倾向，他予以否定。为了招徕观众，当时的京剧舞台除了机关布景和变戏法，"还有耍蛇，耍鳄鱼，耍狗等，还有歌舞团的裸体跳舞"。对此，他表示强烈不满："唱工和做工不讲究了，打也不依老规矩，锣鼓刚停，洋鼓洋号吹打起来，这是二黄戏吗？现时流行的是杂耍。"[2]这些观点表明欧阳予倩始终没有背离戏曲艺术的本体，这对纠正旧剧改革中激进一派不尊重戏曲艺术特征的偏颇，是有积极意义的。2. 要求内容与形式的全方位改革。在形式方面，本着综合艺术观，强调表演、音乐、舞台装置、灯光、服装和化妆等元素的统筹兼顾、互相配合，反对顾此失彼的做法。3. 诸元素的完美配合，应该由导演担任总指挥，建立新的导演制度，是改革旧剧必须完成的。4. 对旧剧全新的改造应该通过新编戏的演出循序渐进地完成，不能一蹴而就。"我们只希望新编的戏加速度地增加，旧时的戏逐渐减少。譬如桂戏，每天尽管演旧时的戏，同时赶排新戏——合乎改革理论的新戏，就是合乎新艺术论不违反时代的新编歌舞剧。这样可使新戏渐渐加多，旧戏渐渐减少，内容与形式都可以一步一步进展而成为现代的艺术。"[3]

----

　　[1]欧阳予倩：《再说旧戏的改革》，见《欧阳予倩全集》第5卷，上海：上海文艺出版社，1990年版，第35页。
　　[2]欧阳予倩：《二黄戏改革的可能性》，见苏关鑫编：《欧阳予倩研究资料》，北京：中国戏剧出版社，1989年版，第295页。
　　[3]欧阳予倩：《关于旧剧改革》，见苏关鑫编：《欧阳予倩研究资料》，第304页。

九、焦菊隐[1]的旧剧改革理论

焦菊隐自称是"话剧工作者和忠实的拥护者"，"最初研究旧剧的动机是为了反旧剧"。他认为旧剧的内容和形式都有极大的缺点，"主张废弃旧剧而另以西洋音乐原理为基础所创造的歌剧来代替"。[2]由于话剧在抗战宣传中不够用，旧剧又为广大民众所喜爱，因而他主张利用旧剧的形式。在他看来，利用与改良的出发点、方法和目标都不同，应分别对待。

导演、戏剧理论家焦菊隐像

如果是利用，则主张只改内容，不改形式。他建议以抗战建国为主题，可改编旧剧本，也可新创剧本，"尽量编排明代抵抗倭寇的故事"[3]，或"把今日抗战中千百件惊心动魄的小说式的事实编进剧本"。形式方面，则"不妨先放下对于它的技巧单位的改良工作"，"用原有的符号重新组合，重新'拼配'"。[4]

对于如何利用旧剧的形式，焦菊隐提出了非常具体、细致的意见。首先，"舞台动作竭力保守传统的韵味"，程式化、虚拟性的身段动作不能含糊潦草，"否则，其特殊作风消失，中国剧就没有存在的理由了"。粤剧欧化的程度比较严重，他批评说"舞台动作极自由，极写实，结果处处呈

---

[1] 焦菊隐（1905—1975），中国戏剧家、导演，天津人。1928年毕业于燕京大学。1930年创办中华戏曲学校，任校长。1935年留学法国巴黎大学，获博士学位。抗日战争爆发后回国，从事戏剧教育、编导和译著，并创办北平艺术馆。建国后，历任北京师范学院文学院院长、中国剧协艺术委员会主任、北京人民艺术剧院副院长兼总导演等职。先后导演了《龙须沟》、《明朗的天》、《茶馆》、《虎符》等，著有《导演、作家、作品》、《豹头、熊腰、凤尾》、《守格、破格、创格》等。

[2] 焦菊隐：《旧剧构成论》，见《焦菊隐文集》第1卷，北京：文化艺术出版社，1986年版，第264—265页。

[3] 焦菊隐：《以"提示"作敬礼》，见《焦菊隐文集》第1卷，第295页。

[4] 焦菊隐：《旧剧构成论》，见《焦菊隐文集》第1卷，第274、283页。

现出不调谐的空气"。"旧剧动作的外形，处处表现着雕塑美"，这是旧剧特有的长处，必须发扬光大；因此，演员要练习武功、舞蹈，以求"尽量显露它的雕塑美"。[1]另外，他还主张"编排新剧本时，应将旧剧（尤其是失传剧本）中的特别技术应用进去，以一般人所不能为的本领，作集中观众兴趣的工具"。[2]讲究、强调技巧，也是旧剧的传统。其次，"演旧剧应尽力采用旧服装"，[3]这是因为旧剧服装"以戏剧动作作原则"，是"纯戏剧性的"，反对"生剥剥地把写实的服装加进去"，致使"原有的许多动作单位不能应用，印象作用便完全失掉，戏剧空气因之破坏"。[4]再次，舞台方面，方形舞台最能表现旧剧动作的雕塑美，因此，旧剧的舞台应该保持原状。又由于旧剧的动作是虚拟的，布景要少用、慎用，万万不可写实，否则"无补于戏剧空气，而且破坏了观众的想象"。使用前幕，"足以破坏空气，足以阻止观众的想象随剧情高涨"，因此前幕是不能用的。[5]

以上是焦菊隐利用旧剧形式的主张，其核心在于维护传统，发扬旧剧的特长。不过，他并不认为这些主张"取消了改良"，而"改良自会在利用中逐渐地生长"。[6]

如果不是为了抗战，焦菊隐的主张则又有不同。"改良旧剧不仅是剧本文学和思想主题的问题，且须在技巧上下功夫，如灯光之采用，音乐之复杂化，乐器之改进，服装之整理，舞台动作之修正，脸谱之革新，颜色之配合，都是很重要的节目。"[7]他主张"乐器上也应有所改进"，还要增加唱段，这是因为"旧剧歌调简单而乐器声音又过低弱"，增加唱段

[1]焦菊隐：《桂剧之整理与改进》，见《焦菊隐文集》第1卷，北京：文化艺术出版社，1986年版，第333—334页。

[2]焦菊隐：《以"提示"作敬礼》，见《焦菊隐文集》第1卷，第295页。

[3]焦菊隐：《以"提示"作敬礼》，见《焦菊隐文集》第1卷，第295页。

[4]焦菊隐：《旧剧构成论》，见《焦菊隐文集》第1卷，第280页。

[5]焦菊隐：《桂剧之整理与改进》，见《焦菊隐文集》第1卷，第337—338页。

[6]焦菊隐：《旧剧构成论》，见《焦菊隐文集》第1卷，第283页。

[7]焦菊隐：《旧剧构成论》，见《焦菊隐文集》第1卷，第284页。

"能助长戏剧空气"。[1]他主张把话剧舞台"灯光的配备和光色的使用"用到旧剧舞台，是因为光"能衬出形态"，"光色是柔和的，但又极富刺激的力量。光与色是最象征的，最启示的，最能唤起情绪及幻想"，"最适于用之于专会唤起情绪及想象的旧戏里"。[2]另外，他还倡议建立导演制度。

应该注意的是，焦菊隐旗帜鲜明地反对吸收话剧写实的手法应用于旧剧，这对纠正片面崇尚西方戏剧而忽视本土艺术的规律和特征的偏颇，是有积极意义的。然而，焦菊隐改良旧剧的主张也会导致矛盾，旧剧程式化、虚拟性和载歌载舞的表现方式以及与此相适应的服装和舞台是要抽离现实，用写意的方式反映现实，如何运用这一抽离现实的方式来反映现实中抗日英雄千百件惊心动魄的事迹？表现的方式与表现的内容存在着无法回避的矛盾，尽管他相信自己的主张"绝对不会破坏戏剧的一致，绝对不会发生任何矛盾"[3]，却并没有提供具体的建议。

十、旧派的旧剧改良主张

在旧剧界，对平剧改良的看法大致有四种：其一，平剧已衰落，存在着比较严重的问题，唯加以改良，方能保存；其二，平剧有很高的价值，值得保存，但有不完善处，为精益求精、发扬光大，应加以改良；其三，"平剧日见其盛，未见其衰"，不必改良；其四，平剧自形成以来，无时不在改善之中，无需骤加改良。[4]持前两种态度者更为常见，徐慕云较有代表性。他认为戏曲是"中国民族精神伟大的表现"，具有独立的精神和价值，"从事于中国民族独立的斗争，绝对不可忽略了中国的固有国粹——中国戏剧"。由于自古以来"错把戏剧当作玩物一念之差"，戏曲

---

[1] 焦菊隐：《以"提示"作敬礼》，见《焦菊隐文集》第1卷，北京：文化艺术出版社，1986年版，第295页。

[2] 焦菊隐：《桂剧之整理与改进》，见《焦菊隐文集》第1卷，第339页。

[3] 焦菊隐：《旧剧构成论》，见《焦菊隐文集》第1卷，第274页。

[4] 申襄农：《平剧改良与否总论》，载《戏迷传》，第2卷第4、5、6、8期，1939年。

"不免于谬误荒唐，招人诟病"。他倡导改良戏曲，就是为了清除戏曲中的杂质和谬误，使"中剧可以臻乎尽善尽美的境地"，从而充分展示其艺术价值。[1]徐慕云充分把握并肯定戏曲的价值，这是他戏曲改良观的出发点。旧派倡议改造戏曲，观点多与徐慕云接近。

改良论者最关注的问题有两个：其一是改良的原则，其二是改良的方法。讨论改良旧剧的原则，论者多认为应以旧剧"写意原旨为出发点"[2]，以"欲求平剧之尽善尽美"为目的，以"不抵触平剧向例，不违背平剧精神"为原则[3]，遵从旧剧的规律和特点，在表演技艺上下足功夫，"保存旧剧原有的精华"[4]。当时，倡言改革者往往不熟悉舞台，也不懂旧剧的艺术规律和特点，盲目借鉴话剧的思维和手法，"省略抽象表情，对作为歌剧的平剧主要因素加以殄灭，如剧音声韵、吐字行腔收韵、做工、表情身段"，再加上写实布景，令旧剧变得非驴非马。[5]对此，旧派深为不满。刊载于《三六九画报》的未署名文章《漫谈改革旧剧的问题》指出：改良平剧，"不是冒险的勾当，更不是拿着病人试手的事情"，必须慎重考虑，有内行人参加。平剧琴师王祖鸿和戏剧家史伟等都认为："平剧之所以为平剧者，因其本身自有其特性也……如不依其特性改良，而硬使话剧化，那又何必要其存在呢！反不如正式的去演话剧了。"唐镜溥则直接斥之"徒足为平剧之累，徒足以减低平剧价值"，"无一是处，实为平剧之罪人"。[6]

至于改良的方法，论者谈到了以下四点：其一，"编纂适应时代新剧本之工作，实亦当务之急者"。[7]金素琴的《演剧十四年》（冷芳笔录）、于素莲的《我演改良平剧》、松声的《怎样挽回旧剧颓运》、黄飙的

［1］徐慕云：《中国戏剧史》，上海：上海古籍出版社，2001年版，第271、273、275页。
［2］海鸥：《旧剧界未来的变化》，载《立言画刊》，1944年第304、306、307期。
［3］唐镜溥：《对平剧妄言改良者有感而发》，载《上海画报》，1938年第1期。
［4］海鸥：《旧剧界未来的变化》，载《立言画刊》，1944年第304、306、307期。
［5］王祖鸿：《平剧改良的历史》，载《时代（上海）》，1939年第6期。
［6］唐镜溥：《对平剧妄言改良者有感而发》，载《上海画报》，1938年第1期。
［7］徐慕云：《中国戏剧史》，第285页。

《旧剧没落及其新趋向》、海鸥的《旧剧界未来的变化》和弇人的《旧剧剧本编制的商榷》等文章强调创作剧本的重要性，要求设立编剧和导演等部门，网罗、培养编剧人才，编制新剧或改编老戏，融入时代意识，发扬旧剧固有的艺术。其二，培养新伶人。论者多认为旧剧衰退或不振的主要原因在于伶人，故而应注重伶人的培养问题，相关的文章有松声的《怎样挽回旧剧颓运》、马秀珍的《谈伶界教育问题》和《给伶界姊妹的一封信》、鹄雏的《谈谈优伶》、李恩寿的《站在戏剧艺术的立场上向诸伶进一言》、艾茹的《旧剧演员话剧剧本全在不健全状态》、怪石的《谈京剧兼及国语》、海鸥的《旧剧界未来的变化》、俞勋的《旧剧界之展望》、王琴生的《改良旧剧的几点愿望》、弇人的《旧剧剧本编制的商榷》、唐镜溥的《论伶人技艺之退化》和未署名文章《创办戏曲学校》等近百篇，发表于《半月戏剧》、《十日戏剧》、《立言画刊》和《三六九画报》等报刊。论者认为伶人演技退化，道德品质也存在着很大的问题，极不利于旧剧的传承和发展，呼吁成立新型科班，即戏校，改变口传心授的老方法，运用科学的新方法，既传授表演技术，使学员能存精去粕，苦心钻研，继承前辈的技艺，努力超越前人，又传授文化知识，培养学员高尚的情操；同时，还要发动整个伶界清除各种陈规和恶习，革除门户之见以及贪图虚荣的思想和自私自利的做法，团结起来，担负起改良平剧的使命。其三，呼吁政府的参与和领导，在各地建设国家剧院，组织旧剧改进研究协会，开设戏曲学校，供给资金，集合人才。其四，加强剧场管理，采取各种办法净化舞台，整肃剧场，为伶人表演和观众欣赏提供安静、有序的环境。论者对旧剧的前途充满希望，相信只要伶人、文人及其他人士共同行动起来，旧剧必将"复燃其生命之火把"。[1]

　　与上述论者相比，徐慕云的改良理论更具系统性，值得关注。徐慕云断言"中剧的病态，全在乎取材之谬误荒唐"。所谓"取材"，指的是

――――――――――

[1] 海鸥：《旧剧界未来的变化》，载《立言画刊》，1944年第304、306、307期。

戏曲理论家、剧作家、戏曲史家徐慕云像

表演的题材和内容。他认为传统戏曲只是因为充斥着封建意识才脱离现实，而其写意的歌舞表演"极经济、极美妙、极传神、极生动"，有"赏心悦目，操纵观众情绪的感动力"，在艺术上是成功的。[1]他承认传统戏曲表现的是封建意识，不合时宜，"须要改良，而使其能适应现代的精神"，但他又指出，传统戏曲是中国民族精神和民族美德的结晶，"确有不可泯灭的价值"，因此，"对于发扬忠、孝、节、义等一切美德的戏剧，确实应该保留而提倡"。《混元盒》、《天河配》和《月宫宝盒》之类的神怪剧，"乃调剂观客兴趣之作品，并非漫无意义"，"其剧艺上之美的表现，亦不无可取之价值，一旦抹煞，未免可惜"。"既经标明其为神怪剧，根本上已消失其惑人听闻之感应力与吸引力，观者只要采取其趣味，以求精神上之美感而已，自不致被其荒诞神怪所耸动，何害之有，故应暂行保存原状而勿改动"。至于"家庭社会剧、历史剧以及滑稽喜剧诸类戏剧"，"应当先行审查其有无神怪穿插及其他不良意识夹杂于内，而害及全剧，然后再提出此等弱点而改正之"。做到这些，传统戏曲"或可日趋于健全，而合乎时代意义了"。[2]按他的观点，传统戏曲在思想内容方面须删改的并不多。表现形式方面，他主张遵守传统，尤其反对运用写实的布景。海派本戏不遵守唱、做、念、打及行头和化妆等方面的成规，"电影化也，魔术化也，机关化也，愈演愈幻，几忘却旧剧之本来面目也矣"。他对此予以严厉的批评："海派本戏所听者为阴阳怪气之唱念，与欧化之音乐，所观者惟奇异之装束，蛮野之打武，癫狂之做工，妖形之勾脸，冗懈之穿插，悖理之剧情，与夫魔术机关之布景，视老戏之神味，大相

---

[1] 徐慕云：《中国戏剧史》，上海：上海古籍出版社，2001年版，第277页。
[2] 徐慕云：《中国戏剧史》，第277—278页。

迳庭，故极俗劣，不值识者一盼。"他甚至认为海
派的做法将毁掉戏曲艺术："海派本戏今竟盛极一
时，实非剧界良征。长此以往，吾国戏剧之精华，
必将戕贼殆尽，深愿与同好一挽此狂澜焉。"而京
朝派的新戏，"注重伶艺，不尚机关布景"，"与旧
剧之成规，尚无相悖之处"，"世人遂另垂青眼"，
"然其弊病亦正夥"。具体而言，有四点：1. "专
描写贵族化艳史"，不足以移风正俗；2. "青衣与
花旦，乃混而不可析分"，"实背旧剧类分诸旦之本
意"；3. "滥制新腔以资号召"；4. 新编之戏皆文人
编成，"词意过深不亚于南昆，殊失旧戏通俗之本

徐慕云《中国戏剧史》，民国二十七年
（1938年）世界书局初版。

意"。[1] 很显然，徐慕云竭力维护戏曲艺术在表演体制、角色体制、演出
方法、唱腔伴奏、舞台美术、艺术风格等方面形成的传统，虽倡言改革，
但与新文化工作者相比，其主张和态度是大相径庭的。另外，徐慕云还呼
吁政府出资组织国内戏剧调查团，创设国家戏院，成立中国戏剧公演团，
加强对戏校学生的思想教育，由中宣部统一审查并取缔不良剧本，优待剧
作家。他认为这些举措能大大地促进戏曲改良顺利进行。

　　由上可知，新文化工作者与旧派的改革主张不乏相通之处，但却存
在着根本性的不同。前者孜孜以求的主要是戏曲的社会功用，而后者却更
关注戏曲艺术的本体。新文化工作者要求改造的主要是不适合表现现实生
活的部分，而不适合表现现实生活的部分往往是旧剧最本质的部分，如虚
拟性、程式化和歌舞性的表现形式等。如何运用剥离现实的方式来反映现
实，成为旧剧改革中最实际、最让人困惑的问题。论者给予的答案主要有
两种：一是只改内容，至于表现形式，则完全保留。这一主张容易导致

[1] 徐慕云：《中国戏剧史》，上海：上海古籍出版社，2001年版，第316—318页。

舞台实践中的生搬硬套，造成内容与形式极度不和谐。二是以新内容为中心，打破形式的束缚与限制，不适合表现新内容的，则大胆弃之。这一主张又偏离戏曲艺术的特征，容易导致舞台实践中的话剧化。欧阳予倩等试图在新内容与旧形式之间找到平衡点，既重视新内容的表现，又尊重戏曲艺术的特征，但在舞台实践中似乎也没有成功。欧阳予倩在抗战期间创作的新戏都是历史题材，并没有涉及他本人强调的现实题材。可见，抗战时期的旧剧改革并没有解决新内容与旧形式之间的矛盾。迄今为止，这一矛盾仍然没有得到很好的解决。究其原因，主要有两点：一、实用主义的戏曲价值观导致论者狭隘地将新内容局限于现实题材；二、对革命古典主义的崇尚又导致论者反复强调应如实地、直接地反映现实生活。

第五节　戏曲艺术的特征及美学价值

现代戏曲理论对艺术特征的探讨，始于齐如山、张厚载和宋春舫等，经过余上沅、赵太侔、张次溪和程砚秋等人的阐发，积累较为深厚，戏曲艺术的综合性、歌舞性、虚拟性和程式化的特征已被不少论者所体认，成为进一步探讨的基础。抗战时期，旧剧改革是最受关注的热点论题之一，而部分论者或为了加强对传统戏曲的认识，如新文化工作者焦菊隐、欧阳予倩、刘念渠、老舍和丁玲等，或出于对戏曲艺术的责任感，如徐慕云、马连良和程砚秋等，撰文讨论、总结戏曲艺术的特征，并以此为基础分析了戏曲美学的部分问题。值得重视的是欧阳予倩关于戏曲艺术的综合性，焦菊隐关于戏曲艺术的程式性及形式美的理解与诠释。

一、"一棵菜"——完整性（综合性）

在戏曲界，"一棵菜"、"一台无二戏"的说法深入人心。马连良在《今后新编本戏之趋势》中强调，编演一出新戏要向整个剧情上去发展，向整个戏剧途径去发挥，戏中结构、戏情、技术、艺术，全好，唱、念、做、配角、行头、灯光、舞台、场面，全考究，才能说是完备，不是看见某角简单的事。这段话阐明的正是"一棵菜"的创作原则，参加演出的人员，包括伶人、场面和后台管事人、箱倌、检场人和催场人等，不仅要尽力完成自己的分内工作，还要与他人密切配合。大家和衷共济，才能演好一台戏。可见，戏曲演出是一个完整的艺术整体，需要各部门的共同努力。论者称之为戏曲艺术的完整性，实际上也就是综合性。

旧派主要从舞台演出的角度理解传统戏曲的综合性，新文化工作者的理解和分析更为全面、细致而深入，最有代表性的是欧阳予倩和焦菊隐。欧阳予倩把戏曲艺术视为一个有机统一的整体，并以此为出发点，全面研究分析，理解和把握戏曲艺术各个方面的优长与不足。

欧阳予倩指出，"戏剧是综合艺术，应分两种讲法：一种是各艺术部门的综合，一种是各种上演方式和表演方式的结合"[1]。"所谓综合，不是生吞活剥随便拼演，是在各种创作之统一与调和，就是取各种艺术精华完全戏剧化而统属之于一点。分开看好象各归各，合起来就是一个完整的个体，丝毫不能分开，然后这个戏剧才能造成浓厚清新的空气与美妙和谐的节奏。"从这一点出发，他反对"只注重片段的技艺"，"须求整个的完成，不取片段的齐整"。[2]京剧一般"专重歌唱和动作，所以把文词方面完全忽略了"。文明戏曾风行一时，"当时如潘月樵、刘艺舟都以长段演说讽刺时政，痛骂官僚负盛名。他们的演词也并没有什么精密的编制，信口说出，每每不通，而对于戏剧的整个组织往往不顾。所以不久听者都厌倦了"。"以后有《宏碧缘》、《包公案》、《济公活佛》等连台新戏，专以情节

---

[1] 欧阳予倩：《再说旧戏的改革》，见《欧阳予倩全集》第5卷，上海：上海文艺出版社，1990年版，第23页。

[2] 欧阳予倩：《戏剧改革之理论与实际》，见苏关鑫编：《欧阳予倩研究资料》，北京：中国戏剧出版社，1989年版，第194、195、224页。

变化、布景新奇相号召，剧本的内容和组织更不注意了"[1]。在欧阳予倩看来，构成旧剧艺术的诸元素是相辅相成的，任何一个元素都不可能孤立地存在、发展，正所谓牵一发而动全身。忽视了戏曲的综合性特征，顾此失彼，造成艺术的支离破碎，这正是京剧、文明戏和海派新戏的缺陷。戏曲艺术的各个元素如何才能融合在一起？他认为，在具体的舞台实践中，表演、音乐、布景、灯光等各个部门都应听从导演的安排，导演是综合艺术的实际组织者，作用非常重要。

焦菊隐在《今日之中国戏剧》和《旧剧构成论——利用、改良、创造的全面讨论发端》中论述了戏曲的发展历史、剧本创作、表演艺术、艺人、教育、剧场、改革等。在表演艺术方面，除了表演的程式、虚拟、歌舞，他还关注角色体制、舞台时空、戏曲音乐、布景、道具、行头、化妆与导演。他对戏曲的综合性也颇有体认，但并没有超越欧阳予倩。刘念渠、阿甲等论者运用"完整"一词来表达对旧剧综合性的认识，指出"种种旧型戏剧都有它自己的特殊的精炼了的完整的形式"[2]。在这里，"完整"有两层含义：其一，旧剧艺术由多种相互关联、影响的元素构成，这些元素必须协调一致；其二，旧剧艺术已经形成了一套完整的演出体系。

二、写意性——象征与虚拟

自张厚载开始，经过余上沅、赵太侔和程砚秋等的阐发，论者越来越明确、深入地认识到戏曲艺术的写意性。1932年，程砚秋以南京戏曲研究院副院长的身份赴苏联、德国和法国等国，经过一年多的考察写成《赴欧考察戏曲音乐报告书》。在报告中，他借一位法国戏剧家之口指出，中国戏曲"是可珍贵的写意的演剧术"。可见，写意性是戏曲艺术的优长，

---

[1] 欧阳予倩：《再说旧戏的改革》，见《欧阳予倩全集》第5卷，上海：上海文艺出版社，1990年版，第17—18页。

[2] 刘念渠：《战时旧型戏剧论》，重庆：独立出版社，1940年版，第6页。

已得到西方戏剧家的肯定和赞许。由于对写意性内涵的理解不同，又受到了西方文艺理论的影响，论者对写意性的形成途径主要有两种不同的认识，一是象征，一是虚拟。如上文所述，多数论者认为写意性主要是由象征手法造成的。抗战前，学术界曾有过一次有关平剧的讨论，不少论者引"马鞭象征真马"为证，认定旧剧是象征主义戏剧，"不是现实的产物"。

　　旧派大多认为象征手法是形成写意性的途径，体现了旧剧的长处。李济时指出，"旧剧之所以能维持到今日，是因为旧剧有三大好处：象征，不平凡，文武兼全"[1]。在这里，"不平凡"指的是京剧在内容题材方面，喜欢以奇人奇事抒奇情，显奇趣，在表演艺术方面讲究技巧，有许多令人叹为观止的绝活。刘鹤云的评价极高，他认为"（非写实）是牠（旧剧）独特的长处"，而"象征是艺术的最高形式"。[2] 王祖鸿和曲工等具体分析了象征手法的作用，前者指出："平剧演出方式以象征为主，一切服装置景，均以简便而令观众易于了解为原则，不浪费空间、时间。"[3] 后者承认旧剧运用象征的手法创造舞台幻象，明确指出"戏剧都有他的艺术立场的，并没有绝对的好坏"。象征手法"在时间上、在地理上，丝毫不受限制"，更为自由巧妙。[4] 张英超、徐慕云和程砚秋等在比较东西方戏剧不同特性的基础上明确指出象征手法不仅简洁、方便，而且美观，体现了戏曲艺术的高妙。徐慕云从"观点"、"方式"、"取材"和"用具"四个方面分析东西方戏曲迥然不同的艺术精神和旨趣，指出写意的唯一要义是"遗貌取神"，"征象人生"，"受了写意的支配，处处力求避免象真"，所以才能"利用极经济、极美妙、极传神、极生动的歌舞方式，表出极曲折、极

[1] 李济时：《目前旧剧的前途》，载《立言画刊》，1940年第97期。
[2] 刘鹤云：《从旧剧谈到新歌剧的建立》，载《战时艺术》，第2卷第2期，1938年。
[3] 王祖鸿：《平剧改良的历史》，载《时代》，1939年第6期。
[4] 曲工：《有望于旧剧界》，载《三六九画报》，第3卷第15期，1940年。

缜密、极复杂、极诡趣的情节"，而且还要使观众心领神会，这是"何等的高超神化"！[1] 有出国演出与考察经历的程砚秋断言京剧"比起西洋歌剧，另有许多优点为西洋所不及"。[2] 他说：

> 在表演上，京剧也有许多可取的，像那用以代替骑马的马鞭子，在西洋舞台上，便想不出这种简便的方法来。不但象征，还可由马鞭上表现出各种优美的姿势和身段来，给予观众欣赏。还有我们表演《孟姜女寻夫》，在一上场一下场再跑个圈儿圆场，观众更已了解她已经过了万里山，这种表现的手段，够多么的简洁！京剧的优点便在这里。[3]

张英超阐明了旧剧的象征手法更优于西方戏剧的写实手法：

> 中国旧剧在象征主义戏剧的效果上，最初给予观众一个动作，这个动作便是一个印象，在心理上引起了一个联想，由这一个联想而幻像成这一个动作所要传达的效果……写实主义戏剧所给予观众的印象是太直感了，而这印象是太没有郁馥的回忆，象征主义的演出为了多一重联想的曲折，在观众的欣赏会多刻划一个深刻的印像，在戏剧性的效果上认为象征主义是无疑的较为优胜。[4]

而新文化工作者大多习惯运用话剧思维看戏曲，对写意性颇为不满，或指责象征手法创造舞台幻象，使观众很难看懂，"违背了戏剧大众化的一个重要的条件"[5]，或"大半都认开门和上马一类的动作为不合理而加

---

[1] 徐慕云：《中国戏剧史》，上海：上海古籍出版社，2001年版，第276—278、272页。

[2] 《程砚秋谈剧——1939年7月某报记者于裕中饭店访问之专题报道》，见《程砚秋文集》，北京：文化艺术出版社，2003年版，第171页。

[3] 《程砚秋谈剧——1939年7月某报记者于裕中饭店访问之专题报道》，见《程砚秋文集》，第171—172页。

[4] 张英超：《从象征主义的中国旧剧谈到"古中国之歌"》，载《青青电影》1941年《古中国之歌》影片特刊。

[5] 曲工：《有望于旧剧界》，载《三六九画报》，第3卷第15期，1940年。

以非难"[1]。与他们相比，焦菊隐、欧阳予倩、艾思奇、刘念渠、柯仲平和丁玲等比较理性。焦菊隐明确指出写意性是由虚拟表演形成的，通过大量例子细致地分析了常见身段的虚拟性，还进一步分析了戏曲虚拟表演的作用。"虚拟舞蹈表明了时间、地点的变化"，"中国戏曲不遵守时间、地点整一律，不分场景"，实际上创造了自由的舞台时空。这种载歌载舞，又有节奏的虚拟表演极具表现力，"雅俗共赏，城乡交赞"。而且，戏曲"以象征性的动作在观众眼前描绘出引人入胜的故事情节，从而弥补了剧本的不足之处，不须使用大量的布景"。当时，部分伶人受西方话剧的影响，运用写实的布景，他认为这是错误的。他反对戏曲运用写实的布景，他说，"中国戏曲表演中的程式立刻与写实主义的布景形成对立，一定会让人觉得非驴非马滑稽可笑"。[2]欧阳予倩的看法与焦菊隐颇有相通之处，在《戏剧改革之理论与实际》、《再说旧戏的改革》和《二黄戏改革的可能性》等文中，他反对用写实的眼光评价戏曲，反对写实的布景，肯定"中国戏的表演形式是特殊的，在全世界独一无二"。

　　艾思奇，这位致力于马克思主义的中国化、建构政党意识形态的红色哲学家，对传统戏曲的理解也有独到之处。其一，他认为写意表演是反映现实的一种特殊的方式，因此否认传统戏曲的现实性是错误的。他承认旧剧"有非现实的一面"，但"并不离开现实"，而是以夸张为"反映现实的一种特殊的方法、方式，或手法"。其二，他将夸张和程式化视为形成写意性的原因，分析道："这种（写意）手法的特点在于把现实事物的重要的方面作夸张的格式化的表现……在这种意义上，我们可以说旧形式不是写实的，而是写意的。它的矛盾也就包含在这里。因为它的夸张性，所以能

---

[1] 欧阳予倩：《再说旧戏的改革》，见《欧阳予倩全集》第5卷，上海：上海文艺出版社，1990年版，第28页。

[2] 焦菊隐：《今日之中国戏剧》，见《焦菊隐文集》第1卷，北京：文化艺术出版社，1986年版，第184—185、228页。

够很强烈地反映现实，把它的要点放大，因此也就更有群众性。艺术的作用原不需要纤微毕现的写实，而只要能有力地把握住现实。在这一点上，旧形式是有它的特长的。"[1]

刘念渠的看法与艾思奇接近，他认为传统戏曲并非超越现实的艺术，"它的基本方法是写实的方法"，"它的内容既有其社会背景，表现这种内容的形式——程式化的美，也是由现实产生的"。他承认"旧型戏剧的一切动作，都是写意的表现"，但否认戏曲运用的是象征手法，在他看来马鞭仅仅只是马鞭，并不象征马，马存在于演员与观众的想象中。那么，写意性何以形成？他以《打渔杀家》为例说明旧剧"模仿现实生活，滤去了一切不必要的琐碎的动作，祇保留了最精美的，最能代表某种行为的部分，予以规律与节奏，这样美化了，成为写意的表现……这种写意的表现，开头是经过了写实这一步的，至少，最初也没有达到如今日的精炼程度"。很显然，简化、节奏化，并赋予某种规律是形成写意性的原因所在。这些手法不仅使旧剧样式既简洁又合于美的原则，而且还进一步"将保留了的部分加以适当的夸张，用来增强表现的力量"[2]。与艾思奇相比，刘念渠对传统戏曲的认识更加深刻，他将戏曲艺术的程式化、写意与夸张等手法联系起来考虑，肯定写意手法不仅能更有力地反映现实生活，而且还起到了很强的美化作用。

柯仲平将观念论（唯心论）视为造成写意性的原因，他说作者"从观念论出发"，"将他主观上的现实（这当然还是客观现实的反映），构成一种较单调的形象或音律。在表现上，他着重所谓'神气'或'神情'，至于是否符合那客观的现实，他就不十分考虑了"。"他每每是只能抓住一

---

[1] 艾思奇：《旧形式运用的基本原则》，见《延安文艺丛书·文艺理论卷》，长沙：湖南人民出版社，1984年版，第597—598页。

[2] 刘念渠：《战时旧型戏剧论》，重庆：独立出版社，1940年版，第8—9页。

个人的性格上的某一点，片面地来尽量地夸张它，它每每不能表现复杂的性格，他很容易造成各种最单调的典型人物，然而这些人物每每是缺少发展，或甚至根本没有发展的"。"属于写意的，比较优秀的作者、演员使他能够很细腻地把一个特点，尽量夸张地表明出来，而表现得非常生动"。[1]柯仲平虽然深受西方现实主义文艺观的影响，但能把写意性与中国特有的思维方式联系起来考察，还进一步指出抓住特点和夸张是创造写意性的具体手法，还是颇有见地的。

丁玲把旧剧的写意性视为与歌舞性同等的本质特征，她说："歌舞本是象征的，真的生活中没有谁用唱来代替了说话。所以他又是象征的戏剧。那么无的会成了有的，少的会变成多的，夸大、虚拟，成了很自然的现象。"[2]夸大与虚拟往往是紧密联系在一起的，对于这一点，丁玲的认识与艾思奇和刘念渠等有共同之处。不过，丁玲把象征等同于虚拟，又显得比较混乱。

由上可知，新旧两派对传统戏曲写意性的认识颇有相同之处，都承认写意手法的价值，写意性是传统戏曲的本质特征，而且还进一步认识到虚拟表演与舞台自由时空、程式、歌舞和夸张手法等的关系。不同的是，旧派多从舞台和艺术的角度高度肯定、赞扬写意手法的作用，显示出对民族艺术的自信心；而新文化工作者则往往将写意手法与"现实主义"联系起来，明显受到西方文艺理论的影响。

三、"歌舞原则"——"歌以示声，舞以示色"

抗战前，旧派对传统戏曲的歌舞性已有充分的认识。王国维在《戏

---

[1]柯仲平：《介绍〈查路条〉并论创造新的民族歌剧》，见《陕甘宁边区民众剧团艺术纪实》，西安：西北大学出版社，1993年版，第23—24页。
[2]丁玲：《略谈改良平剧》，见洛蚀文编：《抗战文艺论集》，上海：上海书店，1986年版，第322页。

京剧表演艺术家、马派创始人马连良像

曲考原》中说："戏曲者，谓以歌舞演故事也。"是否以歌舞的形式表演故事，被王国维视为主要的评判标准。可见，歌舞性是戏曲本质性的特征。齐如山将京剧艺术的歌舞性概括为"无声不歌，无动不舞"，他的论著多从歌舞着眼，如1932年完成的《国剧身段谱》，其中相当多的篇幅便是以当时戏剧场上的身段动作比附《乐记》、傅毅的《舞赋》、唐无名氏的《霓裳羽衣曲赋》等前人关于歌舞的言论。欧阳予倩在《戏剧改革之理论与实际》中也指出，就性质而言，旧剧"当然是一种歌舞剧"。

抗战时期，旧派对传统戏曲歌舞性的认识更为细致、深入。马连良在《发起一九三九年：京剧艺术化运动》中认为，"中国戏组织，是以声色表演为主体，歌以示声，舞以示色"，因此，平剧离不开"歌舞原则"，"歌唱得好，表演舞得好，便会意味无穷，领略不尽"。刘鹤云在《从旧剧谈到新歌剧的建立》中肯定旧剧"确有好些优良处，因为其言词是歌咏的，动作是舞蹈的"。马连良和刘鹤云的见解很有代表性，说明旧派不仅认识了旧剧载歌载舞的特性，还进一步肯定歌舞表演是旧剧的优长所在。马二在《旧剧不可改也》中将歌舞性与综合性联系起来理解，指出"旧剧是歌唱表演与武技等综合构成之一种艺术，而含有文学之意味"。对此，新文化工作者，如焦菊隐、欧阳予倩、刘念渠和丁玲等亦有不同程度的认识。丁玲在《略谈改良平剧》中指出，"平剧是继承中国传统的歌舞而演化成的……它的一切规律以合于能歌能舞"。可看出，王国维和齐如山"歌舞说"影响深远。

最为全面、细致地考察旧剧歌舞的是焦菊隐，但其见解和丁玲等人迥然不同，他高度肯定了舞蹈的地位，却否定了歌唱的重要意义。在

《今日中国之戏剧》第三章《表演技巧·舞蹈及歌唱》中，他指出"舞蹈总摆在首要地位"，并将舞蹈分成两大类：一是各种身段，一是包括独舞、集体舞、假面舞和武打在内的纯舞蹈。他指出，武戏中，"这种格斗也可以说是一种舞蹈、一套有节奏的动作"。这两大类几乎涵盖了戏曲舞台上所有的表演动作，与齐如山所说的"无动不舞"是颇为接近的。在焦菊隐看来，旧剧的舞蹈具有三大特点：其一，极强的技巧性。舞蹈动作来自傀儡戏，步伐虽"有些机械"，却需要"一种内里使劲的特殊功夫"，要求演员"有长期的训练"，"能随意指挥自己的身体"，"表现出控制肌肉的高超技能"。其二，讲究节奏。一方面，演员"有节奏地表演身段"，"舞蹈动作与停顿交替出现，时舞时停"，或者"有一些演员在翩翩起舞时，总是有另一些演员摆出塑型姿势静止不动"；另一方面，"演员在有节奏的音乐声中表演这些身段"。旧剧通过各种方式强化节奏，消解程式化的机械动作可能导致的单调和呆板。其三，图解性与象征性。旧剧的身段，如开锁、推门、喝茶、吃饭、睡觉、骑马、行船、登山和上楼等等，都潜含着一定的生活内容。在表演时，演员调度四肢和头部，在空中划出各种有力而美观的曲线，再配合脸部表情和眼神，完成身段动作的创造。这些身段连缀起来，就能描绘出较为具体、完整的故事情节。可以说，旧剧舞蹈是通过立体、生动的形象引发观众的想象，使他们懂得其特定的生活内容，因此，旧剧的舞蹈动作具有图解性；另一方面，这些舞蹈动作也是有象征性的，焦菊隐举出大量的实例来证明旧剧的舞蹈是一种虚拟表演，这一点下文还要提及，此处不赘。总而言之，焦菊隐认为"舞蹈是我国戏曲艺术特别活跃的成分"，具有丰富的表现力和强烈的感染力，而且"把语言、布景及所有这些在欧洲舞台上最为重要的因素填补上，并要符合美学上的要求"。他还深入分析了舞蹈的作用，可归纳为以下四点：其一，营造舞台氛围。"戏曲舞蹈使观众在不知不觉中，不由自主地加入进去，共同创造富有艺术感染力的舞台气氛"。其二，具有图解作用。"以象征性的动作在观众眼前描绘出引人入胜的故事情节，从而弥补了剧本的不足之处"。其三，"不须使用大量的布景"。这是因为"虚拟舞蹈表明了时间和地点的变化"，促使旧剧形成了自由的舞台时空。其四，大量身段动作"经过选择毫不犹豫地略去细节"，形成了简朴、精炼的风格。

焦菊隐并不认为歌唱是旧剧艺术形式中的重要元素，理由有三：其一，旧剧是"一种以动作、话白为主体而以简单的调子为辅的戏剧"，"具备着话剧的本质"。构成旧剧艺术主体的是"动作、姿态、表情和语言"，"歌唱只居很不重要的位置"。"如果把旧戏中的歌曲一概删掉，它依然可以演，依然可以让观众了解清楚，依然可以达到戏剧的目的，所以原则上讲，音乐和歌唱在旧戏里是可有可无的。"[1] 其二，旧剧歌唱和伴奏采用的曲调数量太少，常用的不过二十支左右，不能表现丰富的情感，也"限制了演员的独创性"[2]，缺乏动人的力量、叙述的机能和戏剧的成分[3]。再加上以锣、鼓、板为伴奏乐器，嘈杂、喧闹，导致旧剧的音乐太过原始，可说是"有音无乐"。[4] 其三，"戏曲演员重视说白甚于重视歌唱"。[5] 可见，"旧剧不属于歌剧领域"。[6] 尽管歌唱并不重要，但还是能起到以下三个方面的作用：其一，"唱词只用来渲染主题，有时用来强化主题"。"歌唱是用来增强表现力的，它是说白的补充。"其二，"简化事件的铺陈以避免重复"。其三，"唱词的意思与说白或剧情表达的意思几乎是

---

[1] 焦菊隐：《旧剧新诂》，见《焦菊隐文集》第2卷，北京：文化艺术出版社，1986年版，第119—121页。

[2] 焦菊隐：《今日之中国戏剧》，见《焦菊隐文集》第1卷，第191页。

[3] 焦菊隐：《旧剧新诂》，见《焦菊隐文集》第2卷，第118页。

[4] 焦菊隐：《旧剧构成论》，见《焦菊隐文集》第1卷，第277页。

[5] 焦菊隐：《今日之中国戏剧》，见《焦菊隐文集》第1卷，第191页。

[6] 焦菊隐：《旧剧新诂》，见《焦菊隐文集》第2卷，第117页。

一样的，虽然唱词和说白有些重复，但毕竟可以避免单调"。[1]歌唱是用来渲染和强化主题，避免重复和单调的，这些看法本身并没有什么问题，在演出中，歌唱的确能发挥这些作用。应该关注的是，焦菊隐在否定了歌唱的同时，突出了念白的地位。

关于歌唱和念白，焦菊隐还有两点看法是值得关注的：其一，念白也具有很强的音乐性："对白不论是韵文还是散文都具音乐性，从而使歌唱与动作的节奏和谐"；"戏曲语言中的音色、音乐性和强烈的感染力吸引着观众，艺术家要是慢慢地朗诵，用的又是四川、湖北音调，对白立刻变得非常柔和、优美、悦耳，富有戏剧性。用这种戏曲语言说白的人物能够直接把个性表现出来，比我们在现实生活中碰见的人物更加吸引人"。[2]很显然，尽管焦菊隐否定了歌唱，但认识到念白也带有强烈的音乐性。就这一点来说，他和齐如山的"无声不歌"是一致的。其二，歌唱带有浓厚的抒情意味。他指出："演员是为了表现以下各种感情才歌唱的：回忆、悲伤、思亲、惊奇、焦虑、欢乐、憎恨、苦恼、愤怒、恐惧、爱情及厌倦。"可见，歌唱是为了抒发情感，因而具有强烈的抒情性。[3]

黄芝冈[4]在《中国戏的唱与白》一文中将唱与念相提并论，他对唱与念的作用及其相互关系的认识是颇为到位的。他说："唱辞是用以增强语言的情调的一种方式；所谓言之不足，故歌咏之……使表达在唱辞里的情绪，比表达在平常语言里，更有力量；唱辞是音的语言、情的语言，但也是要人懂的语言……将白和唱巧妙地运用在一出戏里，像我们当言语的时

---

[1] 焦菊隐：《今日之中国戏剧》，见《焦菊隐文集》第1卷，北京：文化艺术出版社，1986年版，第189、191页。

[2] 焦菊隐：《今日之中国戏剧》，见《焦菊隐文集》第1卷，第194页。

[3] 焦菊隐：《今日之中国戏剧》，见《焦菊隐文集》第1卷，第191页。

[4] 黄芝冈（1895—1971），原名黄德修，又名黄衍仁、黄素、黄伯钧，长沙人，近现代戏曲史家、民俗学家。"左联"最早成员之一，建国后任职于中国戏曲研究院，担任学术委员，有《从秧歌到地方戏》和《汤显祖编年评传》等著作。

候言语，当嗟叹的时候嗟叹，当咏歌的时候咏歌。将白和唱分开说，白的作用像偏重说明剧情，唱的作用像偏重表现感情，但我们在一出戏里意味到戏的情节，依情绪的节奏进展，白和唱是节奏的波形线，白也在追逐情绪，唱也在搜求情节。"[1]唱与念兼具叙事与抒情的功能，但各有侧重，唱侧重于情，而白侧重于事；而且，白与唱一样要讲究节奏。与焦菊隐不同的是，黄芝岗强调了歌唱的抒情性，并没有明确将唱与念分出轩轾。

四、"拼字制"——程式化

自五四新文化运动以来，经过张厚载、余上沅和赵太侔等的阐发，戏曲艺术的程式化特征已被不少论者所体认。抗战时期，对程式化的认识大致有五种，最值得关注的是焦菊隐的"拼字体系"说。焦菊隐把程式化的表现手法称为"拼字制"，意指戏曲艺术把一定数量含有特定意义的符号单位拼起来表现生活。在他看来，旧剧在剧本编制、角色行当、身段动作、服饰道具、化妆脸谱、舞台装置、色彩的运用、歌唱与伴奏曲调的选择等方面都已形成一定数量的符号单位和组合方式，任何一部戏都是由有数目限制的单位在错综地调换着构成的，就好像无论多么复杂的文章都是由数目有限的二十几个字母所构成的一样，[2]因此，戏曲艺术又是"拼字体系"。他认为"拼字制"就像指挥棒，将戏曲艺术的各个构成元素强调统摄起来，使它们各司其职，各尽其责，互相联系并配合，成为一个和谐统一的整体。可以说，"拼字制"是戏曲艺术特有的构成法。

焦菊隐对程式化的认识是相当矛盾的，一方面，他承认每一种艺术形式都"不能不有许多限制的存在"，这些限制是自然的法则，也可称为艺

---

[1] 洪深：《抗战十年来中国的戏剧运动与教育》，见《洪深文集》第4卷，北京：中国戏剧出版社，1959年版，第222页。
[2] 焦菊隐：《旧剧新诂》，见《焦菊隐文集》第2卷，北京：文化艺术出版社，1986年版，第142—143页。

术文法，它们使得艺术形式具有自身的"调格"，以区别于其他种类的艺术。即使突破了原有法则，创造了新形式，这一新的形式又"会受到新的限制"。[1] "拼字制"就是旧剧的艺术文法，具体作用于舞唱、做念、角色、曲调、伴奏、服装、道具、化妆和剧本的编写等方面，使旧剧自成面目，独树一帜。他把行当视为表演技术程式化的结果及戏曲艺术重要的表现手段，不仅详细分析了各个行当的表演特点，还肯定行当"不仅表明人类心理活动多种多样，其丰富的程度是惊人的，而且使演员在掌握某一类型人物的表演技艺方面能精益求精"。[2] 他又指出，"拼字制"是看懂旧剧的一把钥匙，因为"每一符号都有意义"。可见，"拼字制"虽然简单，数目有限，却能表现复杂而完整的思想情感，"描写千万性格不同的人物"，[3] 其表现力是极强的。对于旧剧，程式化的作用和意义都很重大，具有本质性特征。

另一方面，焦菊隐又认为程式化带来了诸多的弊端。首先，"造成了导演制度的阙如"；[4] 其次，曲调简单，缺少变化，导致了"有音无乐"的缺陷；[5] 再次，"把后台的一切组织变得极为机械，使后台的分工制度很严格，似乎丝毫没有戏剧的空气，在那里，演剧简直是一个绝对机械的行动"[6]。这些弊端最终导致"在文化水准较高的人看来，这种表演实在有些简陋，原始"，只适合文化程度低的观众。[7] 总之，"拼字制"无法表现复杂生活，体现出旧剧艺术的落后。

除了焦菊隐，张庚、艾思奇、欧阳予倩等人的见解也颇有代表性：

---

[1] 焦菊隐：《旧剧新诂》，见《焦菊隐文集》第2卷，北京：文化艺术出版社，1986年版，第141—142页。

[2] 焦菊隐：《今日之中国戏剧》，见《焦菊隐文集》第1卷，第168页。

[3] 焦菊隐：《旧剧新诂》，见《焦菊隐文集》第2卷，第143页。

[4] 焦菊隐：《旧剧新诂》，见《焦菊隐文集》第2卷，第147页。

[5] 焦菊隐：《旧剧构成论》，见《焦菊隐文集》第1卷，第277页。

[6] 焦菊隐：《旧剧新诂》，见《焦菊隐文集》第2卷，第148页。

[7] 焦菊隐：《旧剧构成论》，见《焦菊隐文集》第1卷，第272页。

其一，张庚和艾思奇等新文化工作者多认为程式化过于单调、机械，是戏曲艺术的枷锁。前者指出程式化从图式化出发，把一切事物定型化，导致皮黄戏只有技术，没有性格，成为僵死的艺术。[1]后者把戏曲的程式化等同于格式化，称为脸谱主义，认为程式化"是旧形式自身的镣铐"，"是对于它灵活地把握现实的一个致命的限制"。[2]

其二，欧阳予倩等认为旧剧程式化的表演手法利弊并存。他指出，"中国戏，组织是类型的，有很鲜明的节奏……全有一定的方式，无论表演什么戏，所有固定的方式是永远不变的"，"这种动作与表演法是决不能用写实主义来批评的"。[3]这里所说的"类型"，实际上就是程式化；而"固定的方式"，就是按照"固定的模子"来表演，"怎么哭，怎么笑，怎么上马，怎么开门，怎么生气，怎么调笑，通通有一定的作法"，"所以无需乎导演"。[4]在他看来，这种表演是"旧戏的灵魂"，"去掉了就没有了旧戏。而且，旧戏的最好处，不是唱工，而是动作"。[5]他指出，这种表演手法有好处，具体体现于"线条的明晰简单，表现的夸张有力，节奏的整齐"；而其弊端也是很显著的，"到了现代就觉得有的地方呆板，有的地方不够，有的地方不易了解"。[6]可见，程式化的表演手法利弊并存，而其缺陷在于已经落后于时代。

其三，丁玲等认为程式化是一种典型化的手法，对手法本身不置褒贬。她在《略谈改良平剧》一文中说："它的服装告诉了他的身份，所以

[1]张庚：《谈蹦蹦戏》，见《张庚文录》第1卷，长沙：湖南文艺出版社，2003年版，第57—59页。

[2]艾思奇：《旧形式运用的基本原则》，见《延安文艺丛书·文艺理论卷》，长沙：湖南人民出版社，1984年版，第598页。

[3]欧阳予倩：《再说旧戏的改革》，见《欧阳予倩全集》第5卷，上海：上海文艺出版社，1990年版，第28页。

[4]欧阳予倩：《二黄戏改革的可能性》，见苏关鑫编：《欧阳予倩研究资料》，北京：中国戏剧出版社，1989年版，第299页。

[5]欧阳予倩：《再说旧戏的改革》，见《欧阳予倩全集》第5卷，第29页。

[6]欧阳予倩：《二黄戏改革的可能性》，见苏关鑫编：《欧阳予倩研究资料》，第299页。

那服装只是根据了当时现实的服装，夸大了起来，不渗杂了后来的，使其阶级分明，颜色鲜亮，合乎歌舞。就是它那些动作、脸谱，也是根据同一理由发展的。他主要点也是把剧中人典型化，曹操一语便知为奸臣，关云长不说话也是好人，包文拯的黑脸不同于李逵的黑脸，胡子也各有不同。"旧剧的歌舞、服装和脸谱等具有共同的艺术原理，其核心就是典型化的手法，这一手法的表达效果是使人物性格鲜明突出。

其四，旧派多认为"'旧戏'的好处，就是处处都离不开'程式化'，而用'抽象'的方法把她描写出来"[1]。与旧派观点比较接近的是刘念渠，他所理解的程式化并不仅仅指戏曲的唱、做、念、打及音乐伴奏等"都有着一定的法则或规律"。他认为"程式化不仅要求法则或规律，还要求节奏"，而"规律与节奏的存在完全是为了追求'美'——形式的美"。从这种意义上来说，"程式化即是一种美化"；而且，伶人在表演时可以在既定的法则或规律之内，"依自己所了解的和自己所能创造的自由发展"，并非毫无变化。[2]作为新文化工作者中的一员，刘念渠认识到了程式化对戏曲艺术的积极意义，颇为难能可贵。

另外，论者对戏曲艺术的技巧性、角色行当和自由时空等也有相当精辟的认识。丁玲指出京剧的"动作全有一定的动法，因为是配着音乐来的，然而一举一动一颦一笑，演出时因演员技巧的高下，便大不相同。所以平剧的观众不在了解故事的内容，只在欣赏技巧。几个旧剧本演来演去，一旦角争气，仍是人山人海"。[3]焦菊隐建议"编排新剧本时应将旧剧中的特别技术应用进去"，以激发观众的兴趣。[4]这都反映了论者对技

［1］飞温：《旧剧特征》，载《三六九画报》，第21卷第13、14期，1943年。

［2］刘念渠：《战时旧型戏剧论》，重庆：独立出版社，1940年版，第7页。

［3］丁玲：《略谈改良平剧》，见洛蚀文编：《抗战文艺论集》，上海：上海书店，1986年版，第323页。

［4］焦菊隐：《以"提示"作敬礼》，见《焦菊隐文集》第1卷，北京：文化艺术出版社，1986年版，第295页。

巧性及其作用的认识。

五、戏曲美学思想

在多数论者关注现实内容及宣传、教育作用的同时，徐慕云、马连良、程砚秋、张鸣琦、焦菊隐、刘念渠和老舍等探讨了戏曲的形式之美。伶界中人多认为载歌载舞、虚拟写意、程式化的手法与服饰、化妆等共同创造了戏曲的艺术之美。马连良认为京剧追求的是声色之美，"动作处要合于舞学唯美主义"。[1]徐慕云肯定"中剧的组织，完全是美的结晶"，"歌舞并重，传神写意"的表演"确可以极视听之娱，耳目之美，使人长期迷恋而成癖"。他还讨论了传统戏曲中真与假、虚与实的关系。他说："中剧，本着'写意'的旨趣，一切的构造，处处注重传神而不求象真。""故其环境之表现力，极为薄弱，全赖戏剧本身去加以说明。是以中国戏剧必须以审美为前提，方能补救环境感应力之不足，而易于动人美感。"基于这一认识，他反对使用写实的布景和道具。他认为写意手法的运用使戏曲"足够表现任何繁难之剧情"，"象真的布景用具"却"足以掩去中剧固有的美点"。[2]

部分新文化工作者肯定戏曲是一种创造美的舞台艺术，认为"平剧佳者，不在词藻优美，剧情曲折，而在表演技术"[3]。刘念渠在《战时旧型戏剧论》中认为，规律与节奏的存在完全是为了追求"美"——形式的美。程式化即是一种美化，简洁，有规律，有节奏。"写意的表现目的，不外是去糟粕取精华，滤去了一切语言、行动、表情上的渣滓，使表现出来的形式既简洁又合于美的原则罢了。不过单是滤去了渣滓是不够的，而更

---

　　[1]马连良：《发起一九三九年：京剧艺术化运动》，载《立言画刊》，1938年第14期。
　　[2]徐慕云：《中国戏剧史》，上海：上海古籍出版社，2001年版，第272—279页。
　　[3]洪深：《抗战十年来中国的戏剧运动与教育》，见《洪深文集》第4卷，北京：中国戏剧出版社，1959年版，第136页。

进一步，将保留了的部分加以适当的夸张，用来增强表现的力量，而非无目的的胡闹，这也是我们应该明了的一点。"[1]在他看来，戏曲之美来自对规律和节奏的追求、虚拟写意和夸张的手法，程式化并不是一种限制，而是达到戏曲之美必要的手段。老舍在《抗战戏剧的发展与困难》一文中承认"旧形式中有许多优美之处理当保存"，又在《抗战以来文艺发展的情形》第四讲中讨论了真与假的关系。他指出："因为旧剧之行头、脸谱全成了定型的艺术美，一改未必不失去这种美。真的未必美，求真而弃美亦为一大损失。戏剧不能完全注意实感，而不注意美。"可见，旧剧是追求美的艺术，"假"而"虚"的表演形式，程式化的行头、脸谱，都是形成戏曲之美的因素。为了求真而写实化，势必造成美的流失，是大损失，应该慎重。当时，不少新文化工作者都认为旧剧的服装、化妆以及虚拟化、程式化的表演对表现现实生活是一种束缚，应该向话剧学习。与他们相比，老舍的见解无疑更符合戏曲艺术的规律和特征。

对戏曲美学讨论最多、认识最为精深的还是焦菊隐。他对传统戏曲程式化、写意性、歌舞性、节奏性和夸张性等艺术特征都有较为准确而深刻的把握，并指出这些特征是紧密联系在一起的。以此为基础，焦菊隐认识到传统戏曲是美而非凡的艺术形式，追求塑型美是戏曲舞台艺术的核心。他说："旧剧把舞台当作一个石座，把演员当作塑像，要观众看演员是个立体的人物，要观众随便从哪一方面看去，都能欣赏到姿态的美。"[2]更难能可贵的是，他进一步分析了传统戏曲塑型美的构成，认为"象征性的舞蹈，节奏性的动作及造型的考究综合起来就构成中国戏曲艺术的美"[3]。

首先是舞蹈。它是"特别活跃的成分"，"符合美学上的要求"，"使观

［1］刘念渠：《战时旧型戏剧论》，重庆：独立出版社，1940年版，第6—9页。
［2］焦菊隐：《旧剧新诂》，见《焦菊隐文集》第2卷，北京：文化艺术出版社，1986年版，第158页。
［3］焦菊隐：《今日之中国戏剧》，见《焦菊隐文集》第1卷，第160页。

众在不知不觉中，不由自主地加入进去，共同创造富有艺术感染力的舞台气氛"。这样，任何一部作品"既具有集体创造的内涵，又具有个人创造的内涵。演员和观众在同一气氛中思想感情是相通的，同时还各自发挥高度的创造精神，描绘出各自的幻境"。[1]

其次是节奏性的动作。焦菊隐指出，"舞蹈及大部分舞台动作基本上是摹拟性的和有节奏性的"，"连续不断的机械动作免不了产生单调的感觉，中国戏曲恰恰善于发挥停顿的作用。演员表演了一套动作和舞蹈之后停顿片刻，为的是用宁静的美、静止的美来感染观众"。[2]

最后是造型的考究。旧剧"讲求姿态的线条，如何充分地表现力量"，有四点符合雕塑的原则和精神：其一，采用弧形线条，"每一个动作单位要用柔和的线条来发泄最大的力量"；其二，夸张手法的采用，表现在根据雕塑的放大原则来处理动作；其三，动作是立体的，"要求四面美观，它不但要把身体前部摆得好看，而且要求背部作戏，左右同时也需要有调和的线条"，"要观众随便从哪一方面看去，都能欣赏到姿态的美"；其四，既重视"静的活跃"，如亮相的动作就最富有雕塑性，又"极注意静与动的对衬"，"凡是应当静的时候，演员绝对不许随意动作"，而且要全神贯注，"以静来做戏"，"传达出动的情绪"。[3]

此外，焦菊隐还认为虚拟和程式化的运用使得戏曲具有了简朴的风格，而"这种简朴的风格增添了演出的美，使我们倾倒，因为这种简朴的风格包含着真实生活的主要轮廓"。[4]宽袍大袖的行头也是创造美的重要因素，他说："必须藉宽袍大袖的轻松、飘扬、颤动来作调剂，才显出韵律

[1]焦菊隐：《今日之中国戏剧》，见《焦菊隐文集》第1卷，北京：文化艺术出版社，1986年版，第183—184页。

[2]焦菊隐：《今日之中国戏剧》，见《焦菊隐文集》第1卷，第159—160页。

[3]焦菊隐：《旧剧新诂》，见《焦菊隐文集》第2卷，第157—159页。

[4]焦菊隐：《今日之中国戏剧》，见《焦菊隐文集》第1卷，第157页。

的美，才减少单调的陈迹。"[1]

　　总而言之，他认为写意、程式的身段动作、动与静的结合、对线条和造型的考究，是构成戏曲之美最重要的因素。"这些不同的要素结合得极其紧密，缺少其中一项，戏曲本身的美便会遭到破坏。"[2]毫无疑问，焦菊隐对戏曲艺术的美学特征已有相当准确而深入的认识。

　　综上所述，旧派和新派的戏曲理论各成系统，既存在千丝万缕的联系，又有着根本性的差异。前者始终立足于戏曲艺术的本体，全面而充分地认识到戏曲的社会功用、艺术特征和美学价值，并以此为基础比较中西方戏剧的不同特点，理直气壮地肯定传统戏曲的优长和价值，透露出一种自信心和自豪感。后者认知、评价和要求戏曲的观念框架主要由实用主义戏曲价值观与革命古典主义构筑而成。戏曲是武器和工具的论断成为一个核心命题，在很大程度上影响了抗战时期甚至整个20世纪中国戏曲艺术的走向。焦菊隐、刘念渠和老舍等新文化工作者也把握住了戏曲的美学价值，但他们的认识又不乏矛盾和冲突：一方面，他们坚信戏曲落后、腐朽、没有前途；另一方面又认为戏曲是富有表现力、创造力、感染力和美学价值的艺术形式。究其原因，不外乎上述戏曲观念使他们的文化立场和价值取向始终徘徊、摇摆在政治与艺术、传统与现代、中国与西方之间。

---

　　[1]焦菊隐：《旧剧构成论》，见《焦菊隐文集》第1卷，北京：文化艺术出版社，1986年版，第280页。
　　[2]焦菊隐：《今日之中国戏剧》，见《焦菊隐文集》第1卷，第160页。

第八章　以救亡为主潮：确立"民族化"的话剧存在形态

第一节　概述

抗战爆发后，抗日宣传和社会动员任务需要文学艺术等方面的大力支持。由于侵华日军封锁了东南沿海的水陆交通，胶片在当时作为军用物资被严禁输入，中国尚不具备自我生产胶片的能力，电影生产受到严重限制。战争动员和战略指导的任务在很大程度上只能依靠戏剧等艺术形式。

戏剧艺术具有综合性、集体性和专业性等特质，戏剧艺术家的劳动必须经过有效的组织才能发挥出应有的作用。抗战时期戏剧的组织化建设是引导戏剧家们进行抗日救亡工作的基础。1937年7月15日，上海剧作者协会改建为中国剧作者协会。淞沪会战爆发后，中国剧作者协会与上海剧团联谊社联合组织上海戏剧界救亡协会，并迅速组建十三个救亡演剧队到前线、敌后和大后方去演出。这一次对戏剧力量的整合，与1931年"九一八"事变时期的带有自发性质的戏剧宣传行动有所不同。那时的戏剧宣传行动与军事上的反击入侵类似，由于民间组织的自发性较强，在不同程度上缺乏持续性或连贯性。也正因为如此，通常所说的抗战时期戏剧应该是指全民抗战爆发之后的戏剧，这样才能更准确地反映全民抗战的意志。1937年12月31日，中华全国戏剧界抗敌协会在汉口成立。在这一全国戏剧界的爱国统一战线里，话剧艺术家作为主体，发挥了非常重要的作用。至此，戏剧界进入高度组织化的状态，抗战戏剧运动正式拉开了帷幕。

在很大程度上，抗战时期戏剧运动理论批评方面建设的重要性是随着实践任务的需要逐渐被戏剧家认识到的，并且随着实践的深入而深入。刘念渠在阐述抗战以前中国话剧理论建设的不足时，曾经指出："在这三十年间[1]，中国戏剧运动

上海戏剧界救亡协会成立。

始终是摸索着前进的。这是中国戏剧运动发展中的危机，我们不能再这样放任自己地摸索下去了，我们要求戏剧批评，我们要求适应现在中国戏剧运动的戏剧批评。"[2]在刘念渠看来，这三十年来中国的戏剧运动始终未进行系统的组织与建设。当客观环境迫切要求戏剧运动承担新的职责，并由于政治环境因素而获得前所未有的发展机遇时，倘若再不注意相关戏剧理论批评的建构，就极有可能限制戏剧艺术本身的发展。

在"亡国灭种"的生死存亡之际，全国上下民情振奋，戏剧运动风起云涌。那时的戏剧家最看重的是戏剧的宣传功能，并将其视为参与抗战的武器，认为戏剧艺术完全有可能有效地担负起战争动员或战略指导的任务，它从属于或服务于抗日民族解放战争。其次，由全民抗战引发的巨大变化还体现在戏剧艺术影响范围逐步扩大，戏剧从都市走入乡村，从前线来到敌后，这不仅仅表明观众群体数量的增加，更重要的是表明话剧的渗透能力和影响能力在不断提高。再次，尽管战争条件下演出的基础设施、物质供给困难，但跟此前的剧场演出相比，广场戏剧或露天表演在创作和演剧方式上更有机动性和灵活性。不仅如此，全面抗战时期剧本创作的数量亦有所增加。这种剧本创作数量的大量增长，以及观众群体的迅速扩

---

[1] 即1907—1937年——引者注。
[2] 刘念渠：《抗战剧本批评集》，重庆：华中图书公司，1940年版，第1页。

张，是此前不曾出现过的。抗战初期，尽管剧本的艺术质量参差不齐，但多数都被搬上舞台，与广大的观众见面。刊行本、手抄本等各种形式的戏剧作品都展现在了广大观众的面前。只不过，这一时期中国话剧理论与批评的建构，仍旧以西方为参照。经过抗日民族解放战争的洗礼，抗战戏剧运动亦经历了血与火的考验。这一时期的戏剧理论与批评在"中国化"和"本土化"的道路上表现出一种怎样的历史状态？积累了一些怎样的"中国经验"？留下了一些怎样的历史教训？这些问题，对于更深入地理解中国现代戏剧理论批评的历史发展和理论建构特色，具有极大的意义。

在抗战前后，多数中国话剧理论著作呈现出通俗化、普及化的特色。这种特色一方面表明了这一时期理论接受者的文化水平以及接受特点，另一方面也说明这一时期戏剧运动实践对戏剧理论建设的某些影响。1935年，洪深的《电影戏剧的编剧方法》、《电影戏剧表演术》，孔包石的《话剧演员的基本知识》出版。1936年，章泯的《喜剧论》、《悲剧论》，阎哲梧的《学校剧》，张庚的《戏剧概论》，徐公美的《小剧场经营法》、《农民剧》，李朴园的《戏剧技法讲话》，谷剑尘的《剧团组织及舞台管理》，向培良的《剧本论》、《导演论》、《舞台色彩学》、《舞台服装》，朱人鹤的《舞台装置》、《舞台化妆》，陈大悲的《表演术》，吴研英的《从故事到演剧》等论著出版。这些著作在话剧教育或培养话剧从业人员方面，发挥了巨大作用；但严格说来，这些著述具有明显的"普及知识"的特点，尚不属于对现代话剧理论本土化、民族化建设的系统探索。因此在这样的历史时期，试图期望确立中国现代戏剧的理论个性，或以本土性或民族性的姿态与西方话剧展开理论对话，为时尚早。以这样的理论知识基础作为背景来开展戏剧批评工作，尚缺乏许多基本条件。田禽[1]曾言，中国现代戏剧批评"始终处于被动的地位，而并没有尽到它应该尽的责任——指导

---

[1] 田禽（1907—1984），中国现代戏剧活动家、理论家。1939年任成都抗敌剧团副团长，在抗战期间曾导演陈白尘的《岁寒图》、阳翰笙的《塞上风云》、章泯的《战争》等剧作。

戏剧的动向"[1]。戏剧理论不应该是僵化的教条，而应该有效地辅助或影响舞台实践，推动戏剧运动进步，甚至指出未来戏剧的发展道路，但是当时的理论建设在很大程度上仅限于直接的工作指导和对戏剧家的培训，多停留在训练传统的认知习惯和思维方式上，发现问题、处理问题的能力被明显地忽略了。

现代戏剧活动家、理论家田禽像

　　戏剧理论建设的滞后或不足给戏剧批评带来了许多隐患，也衍生出许多直接的现实问题。田禽曾经直言不讳："虽说一般人都承认了戏剧批评的存在，不过，实际上，所谓批评文字，充其量也不过是一些胡捧与乱骂，还有就是一部分新闻记者作为补白的'新闻式'的批评了。"[2]戏剧理论关注的戏剧本质、戏剧特征、戏剧存在方式、戏剧创作、戏剧鉴赏等内容没有得到有效的接受，没有营造起良好的戏剧批评的氛围，戏剧批评的标准亦未确立，戏剧批评的科学性、针对性没有得到应有的重视，导致戏剧批评的影响力遭到质疑。剧作家陈白尘曾经这样看待戏剧批评的价值和效用："不能不令我稍感灰心的，是我们的戏剧批评家，一个剧作者要想从戏剧理论家与批评家那里得点创作上的指导，真比上天还难。他们的工作除了鉴定一个剧作者属敌属友，而分别给以或压或捧之外，好像就无所事事。而他们所知道的仿佛也仅止是一顶高帽子与一套术语罢了。"[3]作为剧作家，陈白尘对当时戏剧批评的氛围无可奈何。当戏剧批评无法指导剧作家的戏剧创作时，剧作家就只能发出"我是一个自学式的写剧人，我一直在黑暗中摸索"的感慨。

　　然而，抗战时期的戏剧理论与批评已逐渐表现出对中国经验的重视，

---

　　[1]田禽：《中国戏剧运动》，重庆：商务印书馆，1944年版，第2页。
　　[2]田禽：《中国戏剧运动》，第2页。
　　[3]陈白尘：《太平天国第一部·序》，见《太平天国》，上海：生活书店，1937年版，第5页。

中国化的民族特色和文化特色让这一时期的中国现代戏剧具有某种挥之不去的中国印迹。虽然人们对这一时期的理论工作成就在总体上评价不高，且理论建设并未像传统戏曲理论那样与中华民族传统文化相互契合，但不得不承认，这是中国现代戏剧理论不可忽视的一部分。艾思奇曾经说："理论的活动，也是很不够的。我们不是没有理论的指导工作，相反的，我们也有一些相当切实的理论工作。但那缺点是，也像创作一样，常常是偏重在零碎个别问题的讨论研究，这是不是不对呢？当然不是，相反的，我们还要说这是很切实、具体的，但问题是太偏重在这一方面，对于整个文艺运动的展望比较忽视，对于全国各方面的文艺活动缺乏全面的总结，这就是不够的地方。全体的问题没有适当的估计时，部分的个别问题的解决也常常会欠圆满。像抗战以前那样常常把大众化之类的大问题拿来做空洞的争论，更会走到另外的偏向。"[1]尽管存在各种问题，但是总体来看，抗日时期的戏剧理论大多数能够直接面对戏剧实践中的现实问题，充分体现戏剧家的艺术经验和理性认识。不仅如此，由于抗战时期特殊的时代条件，当时的戏剧家和理论家在观照和把握具体问题时，并非单纯地就戏剧谈戏剧，而是重视戏剧艺术的社会影响力，强调戏剧艺术在战争时期的社会动员中能够发挥的巨大力量，这些努力在客观上推动了中华民族综合实力的凝聚。戏剧艺术决非一成不变，而是在不同的时期反映不同的社会思潮，对戏剧艺术进行批评，也应该考虑到中国社会现代转型的实际情况，直面当时的现实文化需求。

　　抗战时期的戏剧论争非常活跃，抗日救亡的思潮进一步促使戏剧确立了"民族化"的存在形态。对戏剧的"民族形式"问题的大讨论，对历史剧问题的大讨论，对"战国派"戏剧家陈铨剧作的批判，以及其中表现出来的对旧戏、民间艺术、西方艺术的比较与辨析，对戏剧创作中现实主义观念和方法的认识等问题，都值得重视。从这些戏剧论争中不仅可以洞悉

---

[1] 艾思奇：《抗战文艺的动向》，载《文艺战线》，第1卷第1期，1938年2月16日。

当时戏剧理论建设的某些内在品质，还可以明确戏剧艺术与价值体系的变迁，思考戏剧艺术如何调整自我去满足时代的要求、回应社会的呼唤等问题，明晰戏剧理论建设的某些"中国经验"或中国特色。

第二节　"为抗战建国服务"：关于戏剧"民族形式"问题的讨论

　　20世纪40年代，时代与社会最急迫的任务是"抗日救亡"，这一使命需要有效的社会动员与宣传工作与之配合。考虑到广大民众的实际接受水平和接受习惯，抗战时期通俗文艺发展迅速。战争催生了那个时代特有的思维方式和价值准则，社会与民众需要的是能够有效且直接地动员抗日救国，激发民众的战斗热情，使民众尽快认清时局进而投身抗战洪流的文艺形式。

　　在抗战初期，通俗的旧文艺形式和民间文艺形式曾发挥过重要作用。1938年10月，毛泽东在《中国共产党在民族战争中的地位》一文中正式提出创造民族形式的任务。他在中国共产党第六届中央委员会第六次全体会议上的这份报告里明确提出，要使马克思主义在中国具体化，使它表现出中国的特性。"洋八股必须废止，空洞抽象的调头必须少唱，教条主义必须休息，而代之以新鲜活泼的、为中国老百姓所喜闻乐见的中国作风和中国气派。把国际主义的内容和民族形式分离起来，是一点也不懂国际主义的人们的做法，我们则要把两者紧密地结合起来。"[1]如果说之前关于通俗化或旧形式的论争是面对现实不得不做的妥协，那么毛泽东的这段话则指明了中国新文化建设的方向，也意味着中国马克思主义文艺理论具有了自主建设的可能性，同时这些极富创意的见解也为当时"利用旧形式"的

---

[1] 毛泽东：《中国共产党在民族战争中的地位》，见《毛泽东选集》（一卷本），北京：人民出版社，1964年版，第522—523页。

呼喊以及文艺大众化的理论和实践指引了方向。在1940年1月的《新民主主义论》中，毛泽东进一步阐述了他对建立文艺的民族形式的认识："中国文化应有自己的形式，这就是民族形式。民族的形式，新民主主义的内容——这就是我们今天的新文化"，"必须将马克思主义的普遍真理和中国革命的具体实践完全地恰当地统一起来，就是说，和民族的特点相结合，经过一定的民族形式，才有用处，决不能主观地公式地应用它"。[1] 这些论述对民族形式问题的大讨论起到了积极的推动作用，并对抗战时期文艺创作及文化建设产生了深远的影响。

　　中国现代话剧的理论批评建设，始终围绕两个话题展开，即话剧的大众化与民族化。前者思考的问题，是如何让话剧这一西方的艺术形式在中国"生根发芽"；后者思考的问题，是如何使其在中国"茁壮成长"。新剧在刚进入中国的时候只在少数城市知识分子之间传播，对广大民众，尤其是占中国绝大多数人口的农民阶级几乎毫无影响。"大众化"运动，正是要让话剧根植于广大民众之中，为民众服务，既要演出民众熟悉的内容，也要使民众从中受到教育。但是，话剧艺术若想获得广大民众认可，其艺术形式与表现手段就不能完全照搬西方，而应该考虑融入更多的中华文化内涵。抗日战争全面爆发以后，国人的国家民族意识高涨，话剧若想更大地拓宽自我生存发展的空间，就必须在内容上展现抗日救亡的风貌以及中华民族坚忍不拔、生生不息的民族精神。此时话剧得以在中国存在的唯一的合法性标准，即在于能为抗日救亡的民族大业服务。20世纪40年代的关于戏剧"民族形式"问题的大讨论，成为"国家戏剧"的起点。

　　大众化与民族化的问题始终牵连在一起。20世纪40年代初期，向林冰、林溪秋、老舍、茅盾、葛一虹、郭沫若等人集中发表了多篇相关著述，毛泽东的一系列论述对其中关键问题进行了更深一步的挖掘，由此知

---

　　[1] 毛泽东：《新民主主义论》，见《毛泽东选集》（一卷本），北京：人民出版社，1964年版，第667页。

识分子对文艺大众化等问题的思考日渐成熟。要建立民族形式，就必须以
“大众化”作为起点；要深入研究民族形式，就必须直面旧形式的优势与
问题。在话剧未在民众中广泛传播之前，被民众普遍接受的是传统戏曲艺
术和地方戏。要厘清民族形式的问题，就必须研究民众对旧形式的态度和
喜好。郭沫若的《“民族形式”商兑》和茅盾的《旧形式·民间形式·与
民族形式》等文章，在那个时期关于民族形式问题的讨论中影响较大。郭
沫若从抗战时期社会动员的紧迫性的角度强调了旧形式在宣传工作中的
必要性。同时由于民众受教育水平有限，对新型艺术形式（如电影）的
理解和接受存在明显的困难，所以可以利用民间形式，更重要的是务必
要采用现实主义方法进行文艺创作。新文艺形式之所以尚不能把握时代
精神，反映现实生活，最主要的原因是新文艺形式形成的时间短，尚未
培养出优秀的文艺干部。要去除新文艺的积弊，就必须要求作家去“亲
历大众的生活”，“学习大众的言语”，“体验大众的要求”，“表扬大众的使
命”。只有这样，作品才能发挥反映现实的功用，形式也才能够大众化。所
谓“民族形式”，并不是要求本民族在过去时代所创造出的任何既成形式的
复活，它是要求适合于民族今日的新形式的创造。民族形式的中心源泉应
该是现实生活。[1]茅盾在《旧形式·民间形式·与民族形式》中强调，“民
间形式”并不能看作是民族形式的中心源泉，“大众化”也不等于完全照搬
“民间形式”。民族形式的内容，应该是新民主主义的新现实。这种形式的
建立，是一件“艰巨而久长”的工作，既需要吸收民族文艺的优秀的传统，
更需要学习外国古典文艺以及新现实主义的伟大作品的精华；既要继续发扬
“五四”以来的优秀传统，更要考虑当时的民族现实。[2]

　　阳翰笙在回顾抗战初期戏剧发展过程时，提出从“八一三”事件爆发

　　[1]郭沫若：《民族形式“商兑”》，见《中国新文学大系（1937—1949）》（第二集 文学理论卷二），上海：上海文艺出版社，1990年版，第174—179页。
　　[2]茅盾：《旧形式·民间形式·与民族形式》，见茅盾、田汉等：《戏剧的民族形式问题》，桂林：白虹书店，1943年版，第1、5、10、11页。

1941年7月，文化工作委员会在重庆赖家桥集会，纪念郭沫若归国抗战四周年，图为周恩来、阳翰笙与郭沫若合影。

到武汉大撤退，戏剧在完成宣传任务的同时也暴露出很多缺点，如真实性和深刻性不足等。如果要作进一步的深化或改变，就必须有效地处理更现实的主题和题材，塑造更生动的人物性格。在阳翰笙看来，中国戏剧从元曲、昆曲到皮黄，已经发生过巨大变化，所以不能把戏剧的民族形式视为百年不变的形式。旧戏、地方戏并不是现实所要求的民族形式，需要对旧戏、地方戏按照民族新现实的要求加以改造，在这一改造中就有可能产生戏剧的新的民族形式。同时他还认为，戏剧的民族形式应该是多种多样的，如话剧和歌剧就明显不同。所以建立戏剧的民族形式可以从三条道路去尝试：一是话剧，二是对旧歌剧进行改革，三是创造新歌剧。在承认戏剧艺术永远处于变动不居的状态的前提下，可以利用古今中外的戏剧传统进行"民族形式"的创造——这与田汉之后在戏剧的民族形式问题座谈会上的主张不谋而合。[1]

不仅如此，艾思奇在《旧形式运用的基本原则》中提出，建立民族形式决不是一个简单的接近民众的技术问题，而是建立中华民族的新文化的问题。运用旧形式的目的，在于有效地反映新现实。[2]冯雪峰在《关于"艺术大众化"——答大风社》一文中，提出艺术大众化的根本任务不仅是政治宣传，更重要的是让艺术向更高阶段发展。[3]艾思奇、冯雪峰等人对运用旧形式和艺术大众化的认识，与毛泽东在《中国共产党在民族战

---

[1] 阳翰笙：《戏剧的民族形式问题座谈会·前会·发言》，见茅盾、田汉等：《戏剧的民族形式问题》，桂林：白虹书店，1943年版，第47页。

[2] 艾思奇：《旧形式运用的基本原则》，载《文艺战线》，第1卷第3期，1939年4月16日。

[3] 冯雪峰：《关于"艺术大众化"——答大风社》，载《抗战文艺》，第3卷第9、10期合刊，1939年2月18日。

争中的地位》和《新民主主义论》中的相关重要主张具有某种相通之处。在艾思奇看来，建立文艺的"民族形式"的核心，就在于重视表现社会现实和民众生活。冯雪峰则要求运用一切现实条件，继承所有的艺术遗产，综合地重构新的大众艺术，从"大众化"中创造更高的艺术和文化成果。同时，唯明的《关于大众化问题》、郑学稼的《论〈民族形式〉的内容》等论述则坚持"民族至上"、"国家至上"，主张建立具有"王道文化"特色的民族文化，体现了某种较为强硬激进的民族立场。[1]正是这些多元化的理论见识，构成了抗战时期中国社会关于建立文艺的民族形式问题的探讨。

　　1940年6月，在战火纷飞的重庆，田汉主持了一次特殊的戏剧的民族形式问题座谈会。[2]参与这次座谈会的戏剧家、文艺批评家、音乐家、画家，多有在西北、东南等地从事抗战文艺运动的经验。他们就建立戏剧民族形式的目标、方式等问题各抒己见。关于文艺民族形式问题的探讨集中出现在抗战时期，一方面是对"五四"以来的文艺形式的反思，另一方面也是因为抗战时期的新形势对文艺运动提出了新要求和新任务。他们主要思考的问题是以何种方式、通过何种路径来建立适应抗战现实需要的民族形式，但是众人思想背景的差异导致对这一问题的理解差异极大。一种观点认为，建立民族形式这一任务实际上是进一步完善"五四"以来追求的艺术形式，另一种意见则主张民族形式应该是中国民族特有的艺术形式，民间艺术形式虽然并不完全等同于民族形式，但民间艺术形式应该是民族形式的来源。向林冰、顾颉刚等人强调民间形式的重要性，但偏狭之处在于认为通过"旧瓶装新酒"就能建立民族形式。葛一虹等人则认为建

---

[1]戴少瑶：《民族形式问题讨论再认识》，见重庆地区抗战文艺研究会编：《国统区抗战文艺研究论文集》，重庆：重庆出版社，1985年版，第201页。
[2]戏剧的民族形式问题座谈会留下了两份笔谈记录。据杜宣回忆，由于参加笔谈的文化名人当时大多数住在重庆郊外，例如郭沫若住在重庆赖家桥，茅盾住在唐家沱等，敌机经常轰炸，而且交通不便，聚集四十多位著名文化人来座谈，难度极大。于是，由田汉拟定所要征询的论题写信预约时间，再逐一登门拜访，记录整理，寄回本人审定，最后以"座谈会记录"的形式刊发于《戏剧春秋》杂志1941年出版的第1卷第3期和第1卷第4期。

立民族形式时更要注重现实的民族生活，他们坚持认为要解决民族形式问题务必认真学习科学的世界观，认真学习现实主义创作方法，切实体验现实生活，学习的重心不能放到"在封建制度底下成长起来的旧形式或民间形式"中。基于这样的认识基础，葛一虹认为，张庚在《话剧民族化与旧剧现代化》一文中提出的话剧也要向旧形式学习的观点"可能陷入民粹主义的倾向"，田汉亦对此观点表示赞同。此外，潘梓年曾经提出，民族形式问题就是"中国化"的问题。新文艺形式可以通过"中国化"变成具有民族特性的新形式。黄芝冈则认为，不能把民族形式仅仅视为一种新文艺的手法或体裁，要充分关注民族形式中波澜壮阔的内容，认清血雨腥风的社会现实。纵然古典传统中有中国老百姓喜闻乐见的因素，但也保留着很多民众难闻难见甚至厌闻厌见的成分。时代的变化促使我们有必要按照新时代文化发展的要求对传统文化认真甄别并加以选择，否则不可能建成立足现实、面向未来的"民族形式"。黄芝冈特别强调了古典作品中"上层社会、知识分子的语言"与老百姓生活之间的差距。针对潘梓年的要从活的语言中吸收新的要素的观点，黄芝冈又明确表示，活的语言不仅是大众的，而且是时代的，务必注意语言的时代性。如果以"竞尚欧化"和"中文写外国语"为由，谨守"夷夏之防"，又有可能落入"民粹派"的窠臼。[1]

　　与黄芝冈不同，光未然更注重民族形式建设的综合性。在他看来，萧三、柯仲平注重运用旧形式的"秧歌舞"或《边区自卫军》式的诗歌，应该是大众化和民族化的成果。从民间歌曲、昆曲、皮黄中吸收有益成分的《黄河大合唱》，也是一种成功的尝试。国际遗产、民族传统、民间文艺、"五四"以来的新传统、现实主义创作方法、进步的世界观等都是可以建构民族形式的元素，关键在于如何综合性地加以改进和利用。在他看来，建立民族形式是更具体、更深入地实践大众化和民族化，必须立足于文艺

---

　　[1] 茅盾、田汉等：《戏剧的民族形式问题》，桂林：白虹书店，1943年版，第51页。

与现实生活、政治的结合过程。光未然对建立民族形式的方式或路径的认识，传达出某种"新启蒙运动"的特色。他既不反对接纳本土文化，也不反对吸收外来文化，而是更关注现实中的各种有益文化因素的综合。[1]

在参加田汉组织的座谈会之前，理论家胡风已经完成了一篇与民族形式问题相关的长篇论文。在"座谈会记录"中，他阐述了对现实主义文艺创作方法和创造新歌剧的看法，体现了当时大后方很多文艺家的共识。胡风指出，文艺创作必须把中华民族的真实处境告诉民众，在创造民族形式时需要充分发挥现实主义创作方法的作用。在创造新歌剧时，首先要接受和学习世界范围内的文化遗

冼星海指挥排练《黄河大合唱》。

产，尽最大可能反映现实。其次是深入了解大众生活，尤其要了解民众表现思想情感的方式。最后是加强对地方戏、山歌小调等民间艺术形式的研究，对其进行整体性的改进与利用，而非机械地进行切割与拼凑。[2]老舍曾经在抗战初期改编过老戏和鼓词。在他看来，旧形式在抗战初期的宣传工作中发挥过一定作用，但抗战现实在不断变化，旧形式明显已难以反映新内容。他指出："经改过的二黄的《岳飞》和汉调的《岳飞》我都看过了，这没有能使我们满意。我觉得我们与其停留于利用旧形式，不如努力去创造新形式。"[3]田汉赞同老舍对旧形式的基本评价，但他在使用、改造旧形式的方式和效果等问题上与老舍的主张有所不同：第一，田汉认为当时人们所说的"旧瓶装新酒"的表述不妥当，这一提法把问题简单化

---

[1] 茅盾、田汉等：《戏剧的民族形式问题》，桂林：白虹书店，1943年版，第56页。
[2] 茅盾、田汉等：《戏剧的民族形式问题》，第73页。
[3] 茅盾、田汉等：《戏剧的民族形式问题》，第75页。

了，导致人们无法发现旧形式与新内容之间因融汇而发生的变化。简言之，借旧形式来表达新内容，这本身就是对旧形式的否定，旧形式在这时已经发生了质的变化。第二，宣传和艺术并不是截然不同的两回事。在抗日战争时期，中国戏剧家不仅广泛运用各种形式有效地进行了抗战宣传，而且"提高了艺术水准"。田汉把艺术水准和宣传工作联系起来，坚持要更广泛、更深入、更完全地把握、改造、完善各种形式，使戏剧艺术更好地成为中国的文化武器。田汉的这一思考较为客观和全面，既没有扬话剧贬戏曲，也没有扬戏曲而贬话剧，具有较强的理论说服力，可以较为有效地推动创作实践。

陈望道从民族形式问题的讨论中发现了两种显得偏颇的简单化倾向，一种看重民族固有传统，另一种主张学习欧洲文化。在他看来，这两种倾向都不是建立文艺的民族形式的正确方法。他指出，文化发展的正确路径应该是"上下有变迁，四周有交流"[1]，应在实际的社会生活基础上，由简单到复杂，逐步积累而成。在这一过程中，既要系统地吸收固有文化传统的精华，也要接受外来文化的影响。"流本于源而不同于源"[2]，旧戏通俗、细腻的表演技巧，是值得认真总结的。对建立民族形式来说，这些传统因素在根据现实需要加以改造后，完全可以转化为民族形式的重要成分。抗战时期，中国在民族个性觉醒之时，同样也需要有意识地系统接受外来文化。除此之外，他还强调了加强实践工作的重要性，指出文艺形式的形成不是依靠少数人的短期行为就可以奏效的，更需要大多数人长期的运用以及坚持不懈的努力。

戏剧家洪深一直关注着民族形式问题的讨论，他在重庆期间曾系统收集过包括郭沫若《"民族形式"商兑》等论文在内的讨论民族形式问题的各种文章，并做了编目和笔记。他回忆了在第六战区的戏剧工作经历，提

---

[1] 茅盾、田汉等：《戏剧的民族形式问题》，桂林：白虹书店，1943年版，第79页。

[2] 茅盾、田汉等：《戏剧的民族形式问题》，第79页。

出理想中的民族形式应该是人们最容易理解、最习惯的形式，现实中逐步扩大的抗战宣传的要求凸显了建立民族形式任务的紧迫性。建设戏剧的民族形式，在创作中必须注意三件事：一是故事要有头有尾，应有尽有；二是要从头至尾，不用跳叙；三是要夹叙夹议，可以用电影式的"总说明"的方法来帮助观众理解。[1]在很大程度上，洪深将建立戏剧的民族形式的任务引向"通俗化"的方向，强调故事要完整、连贯，要在叙述中议论。这些主张表明，洪深尊重观众长期以来养成的文化心理和接受习惯，认为戏剧家要认清中国当时的现实，以大众的生活和经验为基础来构想和创造戏剧的民族形式。

以文与会的戏剧家、文艺批评家们几乎不约而同地注意到，建立戏剧的民族形式必须要以现实生活的要求为基点。田汉在组织这些"记录"时，也在不断地表述着、明确着对戏剧的民族形式的本体认识。他指出："这种形式必须回答两个问题：一、在革命的实践上能组织鼓动更广泛的民众。二、在创作方法上能配合日益波澜壮阔的生活内容。"这种形式即可称之为民族形式。[2]田汉对戏剧的民族形式的本体认知，强调了积极的社会效果和有效的艺术影响。章泯则是从创作经验出发，把建立民族形式的问题理解为一种对生活的把握。他认为，一切艺术品都是在一定的民族形式中完成的，并表现出强烈的民族性格。随着社会生活不断变化，民族形式和民族性格也会不断地改变。这样一来，不同历史阶段的民族形式和民族性格就会大不相同，建立民族艺术的真正基础就是正确把握特定历史阶段的现实生活。也就像别林斯基在解释"民族性"时所说的那样："只要忠实地描写生活，那自然是民族的。"[3]从章泯的阐述中不难发现，他很自然地将建立戏剧民族形式的任务与现实主义创作方法密切地联系在一

---

[1]茅盾、田汉等：《戏剧的民族形式问题》，桂林：白虹书店，1943年版，第92页。
[2]茅盾、田汉等：《戏剧的民族形式问题》，第115页。
[3]茅盾、田汉等：《戏剧的民族形式问题》，第116页。

起。创作方法上的现实主义与大众化、中国化的创作实践息息相关。[1]

石凌鹤指出，戏剧的民族形式问题在理论上早已引起注意，主要问题是实践方面做得不够，这其中最重要的问题在于戏剧家和戏剧创作与大众之间有距离，所以戏剧家的创作务必更紧密地贴近大众的生活。即使是旧形式，只要表现了现实内容，或被改造得适合表现现实内容，能够让大众喜闻乐见，就是新形式。他以在湖南衡山改造花鼓戏的经历为例，具体阐述了作为农民戏剧的花鼓戏朴素的演技和恰如其分的表演所具有的舞台影响力。花鼓戏《反情》的演员在舞台演出中成功地表现了夫妻的真情实感。他将《反情》改编为《劝夫投军》，采用话剧的独幕剧结构，用农妇合唱队合唱民间小调《送郎歌》，既没让演员在剧情和演技方面感到陌生，也得到了台下上千观众心满意足的回应。也就是说，在具体而切实的大众化实践中，可以运用和开发旧戏以形成新形式。这种新形式应该是丰富多彩的"戏剧的民族形式"之一，能够承担新形势的要求，完成时代交给戏剧工作的任务。[2]

运用和改革旧戏，并不等同于建立戏剧的民族形式，这还只是戏剧大众化的尝试之一，只能算是迈出了建立戏剧民族形式的第一步。即使是这个"第一步"，也仍然存在着许多值得探索的艺术问题。龚啸岚曾跟随田汉从事旧戏和地方戏改革，对平剧和地方戏的改革深有感触。他在提交给田汉的建议中作过这样的阐述："我个人觉得，谈到戏剧的民族形式，一定要先了解各种地方戏的旧有形式，更进一步要注意到戏剧与文学不同，它在作者与观众之间还要通过演员。我们研究各种地方戏剧的特异点之先，一定还得了解各个地方的风俗习惯交流语言，因为地方戏的演员，是被地方所支配的。"[3]地方戏的"地方性"是在历史过程中逐渐形成的，长期以来经济落后、交通不便以及各地区在语言方面的差异，导致各地方戏的

---

[1]茅盾、田汉等：《戏剧的民族形式问题》，桂林：白虹书店，1943年版，第118页。

[2]茅盾、田汉等：《戏剧的民族形式问题》，第126页。

[3]茅盾、田汉等：《戏剧的民族形式问题》，第126页。

"地方性"。一方面，或许某些地方戏不可能进行广泛的传播，但从另一方面看，无论是地理的还是文化的隔离造成的传播范围的限制，都在客观上促成了中国戏剧形式上的丰富多彩。同样一个戏，可能已经形成了好几种演出方法。对戏剧艺术家来说，可以在创作过程中获得更多的参照和启发。因此，经过在长沙和桂林的旧戏改革工作，龚啸岚由衷地感慨："和旧剧演员朝夕相处深深感到我们过去晓得的还是太少，因而我们改革所能运用的还不过是较表面较一般的部分。"对旧戏和地方戏了解越深入，就越能发现地方戏在满足不同地区观众的审美需求时的不可替代之处。田汉曾经说："改革旧戏太外行做不得，太内行也做不得。因为太外行不晓得怎样改，太内行他就不想改，舍不得改。"[1] 多数戏剧家们还是坚定不移地积极推动旧戏和地方戏改革。因为他们坚信，通过对大众化、通俗化的追求，可以提高中国戏剧艺术的水准，建立起中国戏剧的民族形式，确立起中国戏剧的民族性格。

　　1940年11月2日，桂林的戏剧工作者们在戏剧春秋社就戏剧的民族形式问题集中交换了意见。主要的与会者有宋云彬、聂绀弩、易庸、夏衍、欧阳予倩、黄药眠、蓝馥心、姚平、许之乔、杜宣等。座谈会由杜宣主持，他希望通过讨论，使戏剧的民族形式问题的理论研究更进一步地接触实际，指导实践工作。桂林诸家在讨论中提出的理论设想和具体措施，大体上与重庆诸家相似，不同之处主要体现在以下几个方面：第一，桂林诸家认为，民族形式必须经过实践，不能在短时期内确定，只能确立几个最基本的原则。欧阳予倩建议，以"中国的"、"现代的"、"大众的"三个方面作为建立戏剧民族形式的基本原则。也就是说，建立戏剧的民族形式，应该以现代中国社会为基点，建设适用于中国的、中国人民能接受能理解的、通俗的艺术形式。要实现真正的大众化，就必须深入浅出，必须不断

---

[1] 茅盾、田汉等：《戏剧的民族形式问题》，桂林：白虹书店，1943年版，第24页。

提高演艺水平。[1] 黄药眠指出，民族形式问题的提出，跟抗战时期民族意识的高涨有关；只要切实地把握住民族运动的内容，就可以创造出新文艺的民族形式；只要联系抗战时期的社会思想背景，以"民主的、科学的、大众的"基本原则作为艺术实践的指南，就能寻找到有效且具体的实践方法。第二，确立以现实生活为基础的、积极适应现实生活变化的民族形式观。只有面向未来，而不是返旧复古，才能创造出正确的民族形式。第三，如果要构想民族形式的发展前景，务必尊重大众的诉求，避免过于创新或过于陈旧的内容。不能旧瓶装新酒，也不能新瓶装旧酒，更不能新瓶装酸酒，新瓶装毒酒。[2]

在这一时期，戏剧界对民族形式的建构问题给予了前所未有的关注。这一问题关联着抗日与民众，国家与个人。对五四新文化运动、中国传统戏曲、民间形式、现实主义创作等诸多问题的思考，集中呈现在这次论争中。"民族化"是"国家戏剧"的起点，也是当代戏剧的核心问题，更是当代戏剧呈现出的种种问题与思考、论争与改革的来源。

第三节　从历史构筑意识形态：关于"历史剧问题"的讨论

20世纪40年代，历史剧创作达到高峰，其在抗战时期兴盛的原因是复杂的。一方面，虽然国民党政府在政治上采取高压统治，但是抗日宣传和社会动员工作必须继续进行，于是戏剧家转向历史题材的创作。另一方面，这场战争实际上是一个农业大国与一个现代化军事强国之间的博弈，不仅需要政治、军事、经济、技术、外交的支持，还需要民族精神和战斗意志的支撑。要探寻中华民族的前途、命运，发掘民族复兴的力量，就必

---

[1] 茅盾、田汉等：《戏剧的民族形式问题》，桂林：白虹书店，1943年版，第41页。
[2] 茅盾、田汉等：《戏剧的民族形式问题》，第48页。

须重构某些历史观念。于是在展望未来的同时认真追问历史，力图弄清现实中的黑暗和民族精神惰性根系何处，就成了这一时期中国的知识分子们普遍思考的问题。

理清史学与史剧的关系，是20世纪40年代历史剧创作不可回避的问题，亦是历史剧创作的前提。这两者关系的表现形式如何？内在协调的动力机制是什么？是一种什么力量将现代人文活动的两个领域统合到一种社会文化力量之中，跨越真实与虚构、知识与想象？[1]早在1902年，梁启超在《新史学》中就曾经提及，历史是叙述国族之进化的学术。国族是历史的主体，进化是历史的精神，历史则表现为国族之间的竞争、优胜劣汰的进程。建立新史学的意义，在于将国史的建立提高到国家建立的高度上，这是中国现代史学高度意识形态化的开端。历史是现代国家存在的认同形式，没有历史的进步的统一性，就没有国家的理念基础。国家是在历史中形成的，建立国家必须先建立以该国家民族为主体的国家意识形态。从历史中构筑国家理念，是具有现代观念的中国知识分子自觉的意识形态使命。[2]但是，梁启超发起的新史学运动，更多意义上是哲学化的意识形态运动，它必须面临"有机化"的问题，也就是使历史知识与历史哲学观念变成大众化的"民间传说"。[3]构筑现代国家意识形态的新史学，可以以历史学的方式在精英圈子里流传，也可以以历史剧的方式在大众阶层流传，让学术变为常识，成为构筑现代意识形态的力量。从大众化或常识化的角度看，历史剧比历史学更能使历史思想大众化，获得实践性或所谓意识形态的整体性。于是，新史剧成为成就"新史学"有机意识形态的大众化、常识化的方式，它可以弥合知识分子启蒙思想与大众常识及其社会运动之间的断裂，使新史学的观念成为改造社会甚至革命的力量。

---

[1]周宁：《从历史构筑意识形态：中国现代史学与史剧的意义》，见周云龙编选：《天地大舞台：周宁戏剧研究文选》，厦门：厦门大学出版社，2011年版，第179页。

[2]周宁：《从历史构筑意识形态：中国现代史学与史剧的意义》，见周云龙编选：《天地大舞台：周宁戏剧研究文选》，第184—185页。

[3]葛兰西将"常识哲学"或"大众哲学"称为"民间传说"。

1942年10月，《戏剧春秋》第2卷第4期刊发的《历史剧问题特辑》目录。

由郭沫若编剧、陈鲤庭导演的《屈原》在重庆公演时的报纸公告。

在20世纪40年代，历史剧作为从历史构筑意识形态的大众化形式，已经开始关注历史的民众主体问题，历史剧的成熟期也在此时到来。抗战时期历史剧主要有三大题材群：太平天国史剧、战国史剧以及南明史剧。这些剧作具有共同的"团结御侮"的主题，构成抗战意识形态的象征。新史学与新史剧"联手"从历史构筑意识形态并发挥其政治实践功能。1942年7月14日在桂林七星岩举行了历史剧问题座谈会，其中提出的历史剧创作的基本问题，推动了后来刊行于战时报刊中的相关论争。当时的与会者主要有茅盾、胡风、宋云彬、周钢鸣、蔡楚生、柳亚子、欧阳予倩、于伶、安娥、田汉等人，他们中的许多人都有历史剧创作的经验，此后的戏剧创作也直接或间接地与历史剧有关。

田汉在主持这次座谈会时，曾简述讨论历史剧创作问题的理由：一是自上海成为"孤岛"以后，历史剧创作数量增加，出现了如《岳飞》、《文天祥》、《大明英烈传》、《明末遗恨》、《海国英雄》、《屈原》、《高渐离》等作品。其中表现出多元的历史剧创作观：一种观点为历史剧务必忠实于历史，不能在历史剧创作中任意虚构；另一种观点则为历史剧的题材要基于历史事实，但要表述的是剧作家对现实的认识或感受，那么在创作时就有理由对史料进行取舍。二是田汉注意到，在沦陷区，敌伪正在有计划地篡改历史叙事，表现出文化侵略的新动向，明显地加强了对华的"思想宣传战"。日本的法西斯汉学家千方百计歪曲中国史实，丑化中华民族形象。为了侵略中国的政治需要和军事目的，敌伪曾把《霸王别姬》视为"国策影片"，每次放映之后，敌宣抚班都要向观众进行演说，把侵略舆论以胁迫方式强加于观众：项王自刎乌江，这是抵抗者的下场。田汉希望史剧家要重视史剧创作的政治背景，认真考虑抗战形势发展的新要求，关注史剧创作的重要性和政治敏感性，以防被敌伪利用。田汉的思考直接来源于对敌文化工作的需要，但从根本上体现出对历史剧创作中两大问题的追问：第一，如何处理历史剧"真实性"与"现实性"的关系；第二，如何在历史剧创作中体现"以人民为本位"的立场。

首先，话剧从20世纪20年代的浪漫主义的抒情历史剧转入20世纪40年代的现实主义的批判历史剧，所带来的一个敏感问题便是历史剧的"真实性"。在对待历史剧"真实性"与"现实性"的问题上，讨论者多认为历史剧应该有现实性，或者说有现实意识、现实倾向。其次，大家也多意识到历史剧应该以历史真实为依据，只是在何种意义上理解历史真实，是作为事实的真实（史实）还是作为精神的真实（史识），众人持有不同意见。历史剧的现实性是政治尺度，真实性是知识尺度；前者意味着权力，后者意味着知识。所谓历史真实与艺术真实的统一，是历史剧试图建立政治权力与历史知识之间协调合作机制的意识形态方式。欧阳予倩提出，要以历史剧的形式来正确地反映现实，是非常不容易的，"例如我们可以拿明代倭寇侵华的史实来暗示今日之现实，但明代的倭寇与现代的日本帝国有本质上的不同。我们最多只能拿当时中国民族与倭寇斗争的情形，来鼓起今日的抗战情绪"[1]。在欧阳予倩的戏剧观念和创作方法中，现实倾向性和历史真实性之间始终保持着某种相辅相成的关系。他追求历史的完整性，宁可放弃细节的真实，就是为了谋求现实倾向性和历史真实性的某种一致。

胡风也主张要表现历史真实，表现出历史与现实发展之间的联系。他认为只要写出历史真实就可以加强人们对在历史过程中人的力量及其作用的认识，这样就会对现实社会的发展更加自信。对史剧家而言，把握好古

---

[1]《历史剧问题座谈会》（黄旬记录），载《戏剧春秋》，第2卷第4期，1942年1月30日。

今之间的关系，才能正确处理主题和题材的联系。史剧创作是反映具体历史环境中的真实生活，追求真实并不一定要求全部都是"真事"。他还特别指出，要描写历史上作出过重大贡献的人物，就必须在细致研究的基础上写出能够反映历史真实的人物性格。电影艺术家蔡楚生也认为，历史剧可能会缺乏接触现实问题的亲切感和直接感，所以在创作中要特别注意历史真实性，要科学地评价历史人物，全面地认识历史人物的性格以及当时的社会制度和风俗习惯，完整地表现艺术形象。史剧家应该采用朴素自然的现实主义创作方法，如实地描写古代社会的风貌，更好地发挥史剧的社会作用。[1]由此可见，在尊重历史真实性的同时又坚持按照符合时代特点的观点去创作史剧，成为不少戏剧家秉持的创作态度。

陈白尘在创作"太平天国"系列历史剧时，曾经对石达开等人以及太平天国的政治、军事、经济、思想、风俗、习惯、言语、动作、礼节、服装等多方面做过去伪存真的研究。在陈白尘看来，历史剧创作，一方面要忠实于历史，另一方面也要关注现实，指导现实，求得历史和现实的统一。在塑造人物形象时，尊重人物的真实性，正确地评价人物，历史的经验教训就都在剧中了。表现历史的真实，并非自然主义式的繁琐细微的真实，也不是"历史"所要的真实。"写出人物的真实，便是写出人物的批判"，"写出人物的批判，也就是写出历史的教训"，所以史剧作者选择历史人物进行创作的标准，即在于这段历史教训对于现代是否有益。在创作中所追求的"真实"，指的是艺术的真实，要实现此目标，还需要一种"历史的语言"。"历史语言=现代语言'减'现代术语、名词，'加'农民语言的朴质、简洁，'加'某一特定历史时代的术语、词汇。"[2]这种在语言上的处理，主要目的是让观众看得懂，听得懂。郭沫若对历史语汇

---

[1]《历史剧问题座谈会》（黄旬记录），载《戏剧春秋》，第2卷第4期，1942年1月30日。

[2]关于陈白尘"天平天国"系列历史剧的创作观念，参见陈白尘所作《关于〈太平天国〉的写作》、《历史与现实》等文章，见《陈白尘文集》第8卷，南京：江苏文艺出版社，1997年版，第261、305—311页。关于"历史语言"的创造，陈白尘在《历史与现实》中认为这只是个人的试验，是一种"伪装的历史语言"，在1937年所作的《历史剧的语言问题》一文中，亦提及"这是一种冒险的尝试"，渴望语言学者赐教。

的处理亦遵循类似的原则，"以古今能够共通的最为理想"，若不得已使用古语，就需要在口头或形象上加以解释，且必须要避免使用在古代词语中未曾出现的现代词语。[1]在一定程度上，关于历史剧语言问题的探讨也可以被视为"民族形式问题"大讨论之后，戏剧家在现实主义创作观念中不断追求戏剧的民族化所进行的实践。

抗战期间，欧阳予倩为反对国民党反动派的消极抗战路线，自编自导了《忠王李秀成》、《越打越肥》、《胜利年》等剧目，对国民党反动当局进行了巧妙而大胆的抨击。图为《胜利年》剧照。

1946年，夏衍在《历史剧所感》一文中提到，历史和现实之间存在某些相似的社会条件和经济条件，可以从历史中认识现实和改造现实，历史剧可以更生动明白地揭示某些决定历史的因素。历史剧作家的主要任务就是通过对历史材料进行更易、补改、夸张、发明，从历史中洞悉社会发展的规律，更深刻地表现人们的思想和感情。"历史是为诗人而存在的，历史用戏剧表现出来，历史转化成了对白。"[2]人类可以在这些对白中荡涤精神的污垢。

与欧阳予倩、胡风、蔡楚生、夏衍等人不同，郭沫若并不刻意追求历史的真实性，而主张史剧创作可以"失事求似"。在他看来，史剧是艺术，也是科学。文学研究宜实事求是，不能虚构事实；而史剧作为艺术创作，要为现实服务，"用古代善良的人类来鼓励现代的人的善良，表现过去的丑恶而使目前警惕"。史剧既要根据事实又要"把握历史的精神"，可以通过艺术虚构"失事求似"。[3]那种视史剧家写史剧就是"逃避现实"或"不敢正视现实"的观点，是将"史剧和现实对立"，没有正确理解史剧

---

[1] 郭沫若：《我怎样写〈棠棣之花〉》，见《郭沫若论创作》，上海：上海文艺出版社，1983年版，第373页。

[2] 夏衍：《历史剧所感》，载《文章》，第2期，1946年3月。

[3] 关于郭沫若的历史剧观点，参见《历史·史剧·现实》、《我怎样写〈棠棣之花〉》，以及发表于1946年6月26日、28日上海《文汇报》的《郭沫若讲历史剧》等文章。

的功能和职责。与史学研究相比，作为艺术的历史剧有可能更普遍、更深刻、更真实地发挥相关的作用。郭沫若注意到，由于对现实主义原则的理解存在着片面之处，某些剧作家机械地视现实主义为现代的事实，从而将史剧和现实简单对立起来。实际上，"现实主义"是指揭示出表现对象的真实性，而不是指表现现代的事实。"现代的事实固可以称为现实，表现的真实性也正是现实。"[1] 他将现实主义创作方法理解为站在现实主义立场上进行表现，认为历史剧题材可以取自历史，但存在基础却是人们共有的生活经验，这种经验比外在的历史细节更重要。

其次，历史剧创作要表现"以人民为本位"的意识形态意义。郭沫若同时从事历史研究与历史剧创作，他曾言："我是很喜欢把历史人物作为题材而从事创作的，或者写成剧本，或者写成小说。"他的史学研究的"好恶的标准"就是"人民本位"，"合乎人民本位的应该阐扬，反乎人民本位的便要扫荡"。就戏剧创作而言，历史剧可以更好地"迎合观众"，内地的观众仍旧未能普遍接受现代戏，偏远地区的民众多喜爱历史剧，且历史剧可以"利用人民的爱好而去向他们灌输知识，可以事半功倍"，从而有效地实现戏剧的教育功能。[2] 1944年11月21日，毛泽东在致郭沫若的信中亦说"你的史论、史剧有大益于中国人民"。毛泽东所赞扬的正是其治史与作剧在"以人民为本位"的立场上的意识形态意义。然而，在郭沫若的历史剧创作中，"以人民为本位"的立场在抗战时期更多地被引申为号召民众发动革命，教育民众反抗国民党反动政权的统治等内容，从而为建构民族国家意识形态服务。郭沫若的史学研究，用马克思的历史唯物主义观念规划中国历史，认为中国的现实与未来会按照马克思主义的革命模式发展，从而证明马克思主义理论的普遍性，而马克思主义理论又可以证明中国"现实革命"的合理性。在他看来，"认清过往的来程，也正好决定我们

---

[1] 郭沫若：《历史·史剧·现实》，见《郭沫若论创作》，上海：上海文艺出版社，1983年版，第504页。

[2] 郭沫若：《谈历史剧》，见《郭沫若论创作》，第507—508页。

未来的去向”[1]。

郭沫若一生三度创作历史剧，早年的抒情历史剧完全将历史现实化，变成意识形态的代言。从《卓文君》、《王昭君》到《聂嫈》，叛逆变成了革命。作者为自己的创作赋予了“均贫富”、“茹强权”的意义，提倡“刺杀那些王和将相”。他试图用历史剧构筑历史中人民的主体与阶级冲突的动力结构。从1920年的诗剧《棠棣之花》到1940年的五幕剧《棠棣之花》，不同时代的现实意义叠加在同一题材上，“百姓”代表着模糊的人民概念，国家主题取代了个人主题，私仇变成了公愤，国家成为该剧的历史主体，抗战意识形态出现。

按照席勒在《舞台作为一种道德机关》中的观点，“如果各种戏剧具有一个共同的特色，如果戏剧诗人都有统一的目标——换句话说：如果诗人选材适当而且都从民族当前的主体出发——那就会出现民族舞台，我们就会成为统一国家”[2]。20世纪40年代初郭沫若历史剧创作达到高峰，直接的灵感就是在“历史的精神”中拯救国家与民族意识。在他的笔下，屈原的悲剧是“全中国民族的”，“中国民族的尊重正义，抗拒强暴的优秀精神，一直到现在都被他扶植着”，《孔雀胆》亦在修改中加强了得民心者得天下的描写。[3]抗战意识形态的历史剧试图将阶级意识融合到民族国家意识中，将这种思想通过历史剧传递出来，使之大众化、生活化，从而产生意识形态的力量。

早在20世纪30年代，历史剧就已经被赋予了号召民众团结一心拯救民族危亡的功能，阳翰笙在评论夏衍剧作《赛金花》时，就指出赛金花的形象具有“历史的真实”，而这种真实正是当时社会救亡思潮的直接映

[1] 周宁：《从历史构筑意识形态：中国现代史学与史剧的意义》，见周云龙编选：《天地大舞台：周宁戏剧研究文选》，厦门：厦门大学出版社，2011年版，第180—181页。

[2] 周宁：《从历史构筑意识形态：中国现代史学与史剧的意义》，见周云龙编选：《天地大舞台：周宁戏剧研究文选》，第182页。

[3] 郭沫若：《〈孔雀胆〉后记》，见《郭沫若论创作》，上海：上海文艺出版社，1983年版，第444页。

射。[1]到了20世纪40年代，在《〈孔雀胆〉的力量》中，阳翰笙继续发问：“为什么《孔雀胆》能够博得那样多观众的爱好？为什么这个戏竟能真真正正地达到了‘雅俗共赏’的境地？”“雅俗共赏”要求戏剧演绎“俗众”们爱好的历史故事，这在某种程度上也是对戏剧大众化运动的进一步探索。戏剧大众化运动自20世纪20年代已经开始，而在抗日战争时期，“我们的艺术应该是老百姓喜闻乐见的艺术”的呼声愈来愈高。该剧成功的最重要原因，即在于其题材是老百姓家喻户晓、感染力极强的历史故事，而该剧主题则是表现民众能够直接感受的“善与恶”、“公与私”、“合与分”的斗争，可以较为直观地折射民众的悲惨命运。不仅如此，在艺术形式上该剧利用旧戏的元素表现新的内容，从而得到百姓的喜爱，起到教育民众的作用。[2]

　　照此来看，20世纪40年代的历史剧创作应该以历史真实为依据，表现现实意识、现实倾向。而对其“真实性”或“现实性”的衡量，则应该以是否站在人民的立场上构筑革命救亡的意识形态为依据。历史剧只有从题材、主题、艺术形式等多方面进行“以人民为本位”的探索，才有可能被民众接受，从而实现其号召民众革命、从历史中建构意识形态的作用。戏剧家们在实践中对历史剧语言、表现形式等问题的研究与论争，亦可视为戏剧“民族化”实践的延续。中国现代话剧“大众化”与“民族化”的探索，在20世纪40年代历史剧问题的论争之中实现了交融。

---

　　[1]阳翰笙：《关于〈赛金花〉》，见《阳翰笙选集》第4卷，成都：四川文艺出版社，1989年版，第154—156页。
　　[2]阳翰笙：《〈孔雀胆〉的力量》，见《阳翰笙选集》第4卷，第196—199页。

第四节　"政治正确"与"表现人性"的博弈：关于 　　　　　《野玫瑰》的批评

1941年6月至8月，《文史杂志》第1卷第6、7、8期发表了"战国策派"[1]代表作家陈铨[2]的剧本《野玫瑰》。这部四幕剧刚刚连载完，国民剧团就于1941年8月3日以"劝募战债"的名义在昆明大戏院首演，引起关注。留渝影人剧团于1942年3月5日至20日在重庆抗建堂连续公演十六场，产生巨大反响。国民政府教育部授予该剧"学术审议委员会三等奖"，国民政府教育部长陈立夫、国民党中宣部文化运动委员会主任张道藩、国民党中央图书杂志审查委员会主任潘公展等对该剧极力支持，大加推崇。《野玫瑰》获奖后，当时重庆戏剧界联名向颁奖机构提出抗议，要求撤销奖项。在国民党中宣部中央文化运动委员会和国民党中央图书杂志审查委员会联合举行的招待戏剧界的茶话会上，很多戏剧家再次提出抗议，要求撤销奖励并禁演。但陈立夫宣称：审议会奖励《野玫瑰》是投票的结果。张道藩声称："抗议是不对的，只能批评。"[3]不久，延安、重庆、桂林的《解放日报》、《群众》杂志、《野草》杂志、《新华日报》、《现

---

[1]　"战国策派"，又称"战国派"。这一名称源于林同济、雷海宗、陈铨等人在抗战时期创办的著名刊物《战国策》和《大公报》副刊《战国》。雷海宗、林同济以文化形态史观推演而出当时世界乃是古代中国"战国时代的重演"的观点，并掀起了"民族文学运动"。参见江沛：《战国策派思潮研究》，天津：天津人民出版社，2001年版，第11—12页。

[2]　陈铨（1903—1969），字涛西，四川富顺县人，早年就读于清华留美预备学校。1928年公费赴美留学，原定留学时间为五年。留美期间，他发现德国在思想文化方面的独异之处，遂申请把留美的计划改为留美两年，留德三年。1933年在德国克尔大学获文学博士学位。1934年初回到祖国，任教于清华大学。抗战爆发后，陈铨随学校内迁昆明，在西南联合大学担任德语教授。在教学之余，积极从事德国哲学和文学研究，是中德比较文学研究早期的奠基者之一，同时也是"战国策派"在文艺方面的代表。

[3]　《本报重庆讯》，载《解放日报》，1942年6月28日。

代文艺》杂志等媒体纷纷发表李心清、汉夫、欧阳凡海、颜翰彤[1]、谷虹、方纪等人的批评文章，围绕"战国策派"以及《野玫瑰》一剧展开的论争愈演愈烈。

在抗战时期，《野玫瑰》是与郭沫若的《屈原》和沈浮的《重庆二十四小时》齐名的、上座率较高的三大名剧之一，与其一同获奖的还有曹禺的《北京人》。为什么《野玫瑰》会遭到来自戏剧界的抵制，以及批评界的政治挞伐？从意识形态的角度来说，这是戏剧家们对于戏剧是否为抗战服务，以及能否在作品中传递正确的国家民族意识等问题的思考；从戏剧创作理念的角度来说，则是树立"典型人物"与弘扬"个性人物"的观念的博弈。

首先，批判《野玫瑰》的学者，普遍将该剧视为"毒素"或"毒草"，认为其宣扬汉奸理论："《野玫瑰》是抗战以后最坏的一部剧作。无论是在意识上和写作的技巧上，都是有着非常恶劣的倾向。在意识上，它散播汉奸理论。在戏剧艺术方面，它助长了颓废的、伤感的、浪漫蒂克的恶劣倾向。所以，不仅是抗战以后最坏的一部剧本，也可以说是最有毒害的一部剧本。"[2] "作者是用男女关系纠缠不清的噱头的情调的糖衣麻醉了观众，而无所顾忌地向观众输送着同情与宽恕汉奸的毒药。"[3] 在批判者看来，"战国策派"所鼓吹的"战国时代"风潮，从根本上否认战争具有正义与非正义之分，否认抗日战争是自卫的、求解放自由的战争，同时也否定了革命的三民

《野玫瑰》作者，"战国策派"代表人物陈铨像

---

[1] 即刘念渠。

[2] 谷虹：《有毒的〈野玫瑰〉》，见《中国新文学大系（1937—1949）》（第二集 文学理论卷二），上海：上海文艺出版社，1990年版，第477页。

[3] 方纪：《糖衣毒药——〈野玫瑰〉的观后》，载《时事新报》第4版，1942年4月8日。

主义以及发展民族工业的重要性；[1]"战国策派"与陈铨崇尚的尼采的超人学说以及对"力"的提倡，都是为法西斯主义服务的，他们将英雄神化为发明一切、创造一切的神秘人物，却忽略了群众意志的伟大。[2]抗日战争是以弱抗强、以正义抗野蛮的对决，陈铨的作品缺少明确的敌我战线的划分以及正义的立场，甚至忽略了人民对这场战争所发挥的伟大作用，在当时被批判，也就不足为奇了。

但是对于陈铨以及"战国策派"而言，他们将战时文化的重建置于民族竞存、国力竞争的背景之下，希望能从世界文化竞存的角度进行文化重构，以此唤醒民族生机与强力。[3]陈铨提出的"民族文学"的口号，旨在倡扬文学的"民族意识"，"民族意识"才是产生"民族文学"的前提与保证。[4]"战国策派"所提出的"战国时代的重演"，实际上也是希望"救大一统文化之穷"，从而改造国民性的弱点，为中华民族注入新的活力。[5]但是，在那个将文艺视为政治工具的时代，陈铨及"战国策派"的理论，的确有些不合时宜。

其次，在陈铨的专著《戏剧与人生》及其《民族文学运动》、《民族运动与文学运动》等著述中，他曾经多次提到"特殊"、"差异"、"个性"等概念，这与抗日战争时期刻画"典型环境下的典型人物"的现实主义创作观念差异极大，而这也成为关于《野玫瑰》的论争中的一个关键性问题。在陈铨看来，"文学艺术的目的，是要描写人类世界特殊的状态"，它并不

————————

　　[1] 茅盾：《"时代错误"》，见蔡仪主编：《中国抗日战争时期大后方文学书系（第二编 理论·论争 第一集）》，重庆：重庆出版社，1989年版，第463—464页。

　　[2] 张子斋：《从尼采主义谈到英雄崇拜与优生学》，见蔡仪主编：《中国抗日战争时期大后方文学书系（第二编 理论·论争 第一集）》，第490—491页。

　　[3] 丁晓萍、温儒敏：《"战国策派"的文化反思与重建构想（代前言）》，见温儒敏、丁晓萍主编：《时代之波——战国策派文化论著辑要》，北京：中国广播电视出版社，1995年版，第1—2页。

　　[4] 陈铨：《民族运动与文学运动》，见温儒敏、丁晓萍主编：《时代之波——战国策派文化论著辑要》，第370、372、378页。

　　[5] 林同济：《文化形态史观·卷头语》，见温儒敏、丁晓萍主编：《时代之波——战国策派文化论著辑要》，第2—3页。

要求寻找普遍真理，只需要找出某时某地的某种"特殊现象"，并且将这种"特殊的状态"表现出来。[1]文学受时间和空间的限制，要表现"此时此地特殊的情状"。民族文学运动，不是"复古的"、"排外的"、"口号的"文学运动，"需要中国的语言，中国的情节，中国的人物，创造中国的新技术，不能够生吞活剥，把西洋的戏剧搬上中国的戏台"。同时，民族文学运动应当发扬中华民族固有的精神，培养民族意识，"采中国的题材，用中国语言，给中国人看"。[2]

追求民族的"特殊"性，是文学"民族化"的前提之一。在戏剧创作中，这种对于"特殊"的追求则表现为对"个性人物"的推崇。作为戏剧家，首先务必要观察"特殊的人"，这种人通常具有"深刻个性"，作品中没有这样的人物，就只能产生肤浅的戏剧作品。其次，戏剧家还应当观察这种"特殊的人"所处的"戏剧的局面"，即"冲突的局面"。[3]戏剧家要发挥观察与想象的能力来塑造人物和构思冲突，但这只是"戏剧的外形"，"思想才是戏剧的内心"，有思想的戏剧家所要表达的正是对世界和人性的认知，并且要在具体的表现中使思想行为深刻化。戏剧家应具有"崇高的理想"和"伟大的感情"，否则国家民族将陷入"不可救药之境"。[4]在陈铨看来，结构是戏剧的灵魂，而结构的核心问题在于如何塑造"典型人物"与"个性人物"。典型人物是肤浅的、观念的象征，而不是"真正的人"，艺术塑造决不能依靠抽象的伦理观念，而应该描绘具体的、有个性的事物。[5]戏剧的作用，与其说是指导人生，不如说是表现人生，而表现时"深刻"与"肤浅"的标准，即在于作者对人生、人生意

[1]陈铨：《民族运动与文学运动》，见温儒敏、丁晓萍主编：《时代之波——战国策派文化论著辑要》，北京：中国广播电视出版社，1995年版，第393—394页。

[2]陈铨：《民族文学运动》，见温儒敏、丁晓萍主编：《时代之波——战国策派文化论著辑要》，第369—370、376—378页。

[3]陈铨：《戏剧与人生》，上海：大东书局，1947年版，第2—4页。

[4]陈铨：《戏剧与人生》，第6—10页。

[5]陈铨：《戏剧与人生》，第13、16页。

义以及戏剧的语言三方面的把握：

> 第一流的作家，必须要能够深入浅出。用透明的对话，表现深刻复
> 杂的心灵，深刻而不晦塞，明白而不肤浅，这才算戏剧最上乘的作品。

作为戏剧家，不需要"解释"人生的意义，只需要用艺术的方式把人
生"表现"得淋漓尽致即可。自然真实的人生，才是深刻的。[1] 或许在
某种程度上，"肤浅而有兴趣的戏剧"是"对民众宣传最好的工具"，没有
必要对这类戏剧"讥评"，而应当体会当局者的苦心。然而，文艺事业既
要求普及，也要求提高。只以多数民众为对象，就容易使艺术"肤浅"。
戏剧的最高理想，是做到雅俗共赏。[2]

若做到雅俗共赏，在创作中就务必要创造具有复杂性的、能够引起观
众兴趣的人物，也就是"特殊的人物"，即"个性人物"，只有这种人物才
是"特殊生动的活人"。作家不必担心非典型性的反常人物有毒害世道人
心的危险，因为戏剧家可以将自己劝善惩恶的意图寄寓在字里行间，观众
自会甄别。同时，"典型人物"与"个性人物"并非水火不容。作家可以将
"典型人物"心态与意图转化进"个性人物"之中，使之既具有全人类的
共通性，也有自我的个性。[3]

综合来看，陈铨的戏剧创作观，追求有个性的人物和崇高的思想，对
"典型人物"的刻画以及民众能够普遍接受的"肤浅"的戏剧嗤之以鼻。
陈西滢对此表示肯定与欣赏，认为只有细致刻画出人物的意志和感情，才
可能让戏剧冲突更加紧张，观众才有"戏"可看。陈铨并没有将《野玫
瑰》中的王立民设定为"脓包"，相反，王立民是"一个有才智的人，而
且他有他的人生观。他要的是政权"，"王立民是一个意志坚强不恤人言独
行其事的角色，虽然他的行为在别人眼里是大错而特错"。[4] 陈西滢对陈

---

[1] 陈铨：《戏剧与人生》，上海：大东书局，1947年版，第18—20、25页。
[2] 陈铨：《戏剧与人生》，第26页。
[3] 陈铨：《戏剧与人生》，第39—45页。
[4] 西滢：《野玫瑰》（书评），载《文史杂志》，第2卷第3期，1941年1月。

铨这种突出敌伪形象性格特点的处理方法非常赞赏，认为只有充分刻画出敌人强悍的性格，才不至于辱没了英雄的能力。

　　然而，绝大多数批评者对该剧人物塑造的方法和表露出的抗战态度大加挞伐。颜翰彤认为，1937年前后反汉奸主题的剧本多存在概念化和公式化的倾向，没有深入地分析与刻画人物形象。作者在把握这类题材时，必须"以正确的观点和方法去解剖汉奸的思想，行为和感情，揭发他的存在基础，发展过程和灭亡因素。在另一方面，剧作者还得具体表现出来反汉奸工作者怎样以周密的组织，计划的行动，适当的手段，坚决的态度和牺牲的精神给汉奸以积极的，致命的打击。这样，才能反映抗战过程中的战斗一面"。纵然《野玫瑰》是一个反汉奸的剧本，但是它的主题模糊，结构混乱，人物是"概念化"的，语言也没有"性格化"，所以它的艺术水准依然停留在1937年前后，甚至还隐藏了"战国策派"的毒素。[1]之所以这样说，是因为剧作中看不到"汉奸的罪行"，亦没有"生死斗争的场面"，更看不到锄奸斗争必须要付出的"精力与心血"，不过是一些"平凡的乃至庸俗的侦探小说的情节"的拼凑。纵然王立民灭亡了，但原因却是服毒自杀，"一点也没有说及汉奸必然灭亡的原因"。但是锄奸主题的戏剧，必须要思考"背叛国家民族利益的汉奸怎样走上卖身投靠的道路"，创作时必须表现"典型环境中的典型的性格"。王立民是个极端的个人主义者，作者却对其表示宽容和同情，未能"正面的和具体的暴露王立民的汉奸罪行"，将王立民的对手（云樵、王安等）也都刻画得软弱无力，缺少对正面斗争情节的刻画。即使剧中提到"王立民，你最利害的敌手，就是中国四万万五千万人的民族意识"，但这种"民族意识"的表现却是非常概念化的。[2]

---

　　[1]颜翰彤：《读〈野玫瑰〉》，见蔡仪主编：《中国抗日战争时期大后方文学书系（第二编 理论·论争 第一集）》，重庆：重庆出版社，1989年版，第542—543页。
　　[2]颜翰彤：《读〈野玫瑰〉》，见蔡仪主编：《中国抗日战争时期大后方文学书系（第二编 理论·论争 第一集）》，第543—545页。

不仅是颜翰彤，方纪、谷虹等人亦批判了剧中王立民形象的塑造方式，认为这是陈铨为汉奸开脱寻找借口，体现着作者的"变态心理"。王立民及警察厅长，"在作者的笔下并没有刻画成其他人物的反面，他们是一样的具有人性，一样地不使人憎恶"，这种塑造方式不能戳穿汉奸的面具，无法展现汉奸的可恶，充其量只能展现汉奸的"可怜"。[1]陈铨塑造的王立民，具有"铁的意志"，"有感情有良心"，是一个"倔强的英雄"，容易让观众对汉奸产生同情，以为汉奸中也有好人，这是"公然地企图篡改观众读者的抗战意识"。抗战以来，对汉奸的一致看法是"没有灵魂的傀儡"，"日本人的玩偶"，但是作者却忽略了汉奸形象的"典型性"。[2]在论述"典型性"时，谷虹认为，《野玫瑰》没有塑造出"典型"的人物，因为剧中的每一个人都代表着陈铨的声音，忽视了剧中人物各自的个性表现，所有的人物只能代表"替汉奸现身说法的陈铨教授而已"。[3]

然而，为何陈铨会塑造如此的汉奸形象并对其如此宽容呢？因为在陈铨看来，"意志是一切人类行为的中心"，"道德是奴，意志是主"，"人类不但要求生存，他还要求权力"。这种个人主义思想，透露了其"争于力"的观念。[4]陈铨所崇尚的"力"，来源于尼采哲学。王立民明知倒行逆施是对不起国家民族的事，但仍旧具有强烈的掌握支配政治的欲望，否则"生活便没有意义"。对"力"的崇拜形成了他的变态心理——只有"力"真正地存在于人间，夫妻关系等不过是虚伪的"买卖式"的结合，失去了"力"

---

[1]方纪：《糖衣毒药——〈野玫瑰〉观后》，见蔡仪主编：《中国抗日战争时期大后方文学书系（第二编 理论·论争 第一集）》，重庆：重庆出版社，1989年版，第551页。

[2]方纪：《糖衣毒药——〈野玫瑰〉观后》，见蔡仪主编：《中国抗日战争时期大后方文学书系（第二编 理论·论争 第一集）》，第551—554页。

[3]谷虹：《有毒的〈野玫瑰〉》，见《中国新文学大系（1937—1949）》（第二集 文学理论卷二），上海：上海文艺出版社，1990年版，第475页。

[4]颜翰彤：《读〈野玫瑰〉》，见蔡仪主编：《中国抗日战争时期大后方文学书系（第二编 理论·论争 第一集）》，第545—547页。

的支配，生命便也行将结束。[1]陈铨对王立民形象的设置，源于法西斯主义邪恶思想的作祟，他也就成为了法西斯主义的"应声虫"。[2]

但值得注意的是，这些批判者的观点似乎又是自相矛盾的。他们反对公式化、概念化的创作倾向，却批判这种非概念化的汉奸形象违反了社会与民众对汉奸的一致看法。他们认为失去了汉奸形象塑造的"典型性"，就会混淆民众的抗战意识，但却又坚信民众的欣赏水平已经大为提高，应该提高戏剧艺术的质量以配合民众的进步。对《野玫瑰》的批判，已经不仅仅是单纯的戏剧论争，其中更多的是文化观念、意识形态以及政党之间的斗争。

陈铨几乎没有对这样的批判作出回应，在署名林少夫的文章《〈野玫瑰〉自辩》中，提及陈铨希望能够将引起人类兴趣的战争、爱情、道德三种题材联合表现出来，表现出中国新时代的精神。同时在创作中，汉奸的形象不一定一直遵循某种"创作公式"，让汉奸永远是脸谱化的、曹操式的人物。汉奸的"最基本的病症"是"个人主义"。当王立民遇到了夏艳华、刘云樵等为"民族主义"而奋斗的人，就只能走向灭亡。照此观点来看，陈铨并非批判者们眼中的"个人主义"者，那些批判也就只能算是"断章取义"、"故意歪曲"了。[3]

在很大程度上，《野玫瑰》中所表现的戏剧冲突正是牺牲个人、报效国家和民族的主题。剧作所张扬的民族意识、英雄意识以及寄托的某种"改造国民性"的期待，在一定程度上也是与抗战时期的宣传话语相似相通的。在战火纷飞的岁月里，提倡加强民族意识，激扬民族意志，对中

---

[1]方纪：《糖衣毒药——〈野玫瑰〉观后》，见蔡仪主编：《中国抗日战争时期大后方文学书系（第二编 理论·论争 第一集）》，重庆：重庆出版社，1989年版，第551页。

[2]颜翰彤：《读〈野玫瑰〉》，见蔡仪主编：《中国抗日战争时期大后方文学书系（第二编 理论·论争 第一集）》，第545—547页。

[3]林少夫：《〈野玫瑰〉自辩》，见《中国新文学大系（1937—1949）》（第二集 文学理论卷二），上海：上海文艺出版社，1990年版，第482—483页。

华民族在抗战中走向自强之路而言，具有积极意义。在这个时候分析、理解、倡导英雄崇拜，可能更具有直接的现实性。但是，《野玫瑰》一剧表达出来的这些认识，却引来了进步文艺界的激烈反击。从直接的社会原因看，与当年国民党当局的高压统治以及由此引发的社会对国民党蒋介石集团的政治合法性的质疑有关。国民党当局缺乏法治和遵守法定程序的观念与意识，利用国家机器最大限度地与民争利，在政治上过分迷信暴力，以残酷的特务制度镇压人民。在经济上，官僚资本主义畸形化，严格保护"四大家族"的利益。缺乏制度创新和政治变革的能力，贪污横行，腐败成风，这样的问题导致中国社会对现代民族国家的认同过程充满困扰或障碍。当年对陈铨和"战国策派"的政治批判与弥漫在中国社会中的对国民党当局的不信任感密不可分。从政治层面扩散出来的这些心态或情绪很容易演变成文化论争。进步文艺界对陈铨以及"战国策派"的反击，无论是思维方式还是论辩的内容，都很强烈地传递出这样的情绪。

从更进一步的意识形态差异的情况来看，在中国现代文化早期发展阶段，内忧外患的社会现实加重了中国现代知识分子的紧张感和焦虑感，同时又缺乏相应的时间和空间促成文化的成熟。不难发现，抗战时期无论是进步文化界，还是"战国策派"的自由主义知识分子，其思考过程和得出的结论都在某种程度上显得匆忙或急迫。也许是因为受到抗战时期极端二元对立思维方式的限制，他们双方在探讨那些本该属于文化思想领域中的问题时，也都不约而同地表现出某些褊狭的政治立场，很难展开相对深入的讨论。陈铨戏剧观中浪漫主义的色彩十分浓厚，他曾经说："实际上'浪漫'原来的意思，是人生理想的无限追求。浪漫主义在某种意义之下，也可以说是理想主义。剧中的人物，都是有高尚理想的人物，他们追求的，是荣誉，是感情，是道德上的责任，为着荣誉感情责任，他们可以牺牲一切。这一种浪漫的精神和对人生的态度，也许是中国新时代所最需要的。"[1]陈铨关注戏剧对人格和精神境界的作用，不仅仅是因为他对这种"摆脱物质主义的浪漫精神"[2]的现实价值的重视，还在于其中某种精神现象学知识背景的文化追求。只不过，在家国危机集中爆发的时代，知识分子们多全身心地投入到救亡浪潮之中，文艺作品被赋予了太多为现实政治服务的内涵，却忽略了对人生和人性的终极关怀。

　　[1] 陈铨：《金指环后记》，载《军事与政治》，第3卷第1期，1942年6月30日。
　　[2] 陈铨：《青花》，载《中央周刊·国风副刊》，第12期，1943年4月16日。

第九章　台湾戏剧：从日据时代到国民党统治初期

第一节　概述

　　台湾话剧诞生于日本殖民统治前期，与当时的民族救亡、文化启蒙运动和商业文明的兴起密切相关。"在日本殖民时期，台湾人一面继续汉学教育与中华文化传统，另方面则接受近代思潮（如社会主义、无政府主义等）与皇民文化的灌输，形成多种意识形态的冲击与融合。"[1] 以写实戏剧形态演出的西方现代戏剧在中国的孕育与生成是一个渐进的历史过程，台湾地区也不例外，并且直接受到祖国大陆与日本的双向影响。

　　20世纪初，受到西方文化思潮的影响，中国掀起新文化运动。台湾地区虽然身处日本殖民统治之下，但在文化发展上仍然与祖国大陆遥相呼应。台湾新文化运动是在大陆新文化运动的直接影响下开展的，是中国新文化运动的重要组成部分。1920年1月11日，新民会在日本东京成立；同年7月，《台湾青年》创刊号提出标志西方现代文明的"民族、民主、科学"观念，"西风东渐"不仅为台湾地区带来了大量西方文化，也促使当地逐渐开始"文化觉醒"。张我军曾以《文艺上的诸主义》一文，首次向台湾地区系统地介绍了欧洲自文艺复兴到20世纪初的各种文艺思潮和创作潮流。"一度西潮"所传递的"民主"与"科学"思想，对当时倍受殖民压

---

[1] 王淳美：《台湾日据末期的现代戏剧活动（1937—1945）》，载《南台科技大学学报》，2008年第30期。

迫的台湾地区而言，就是如何吸收西方文明以重塑中华文化，也就是将文化启蒙与民族运动自觉地紧密结合。

在东西文化交汇的背景下，台湾现代戏剧经历了"一度西潮"，西方戏剧对于早期台湾话剧的影响不言而喻。值得注意的是，日据时期台湾对西方文化的吸纳，也包括来自日本的间接传播。日据时期，大量台湾青年留学日本，西方文化和日本文化对他们的熏染可想而知。日据时期台湾演剧活动中时常搬演西方戏剧作品，如高尔基的《夜店》、果戈里的《钦差大臣》、莫里哀的《守财奴》；改编西方经典戏剧作品也是早期话剧的主要方向之一，例如，《疑云》改编自莎士比亚的《奥塞罗》，《群魔现形录》改编自果戈里的《钦差大臣》。

在戏剧思潮方面，台湾的文艺界为了更好地呼应社会运动，反映民生民意，在诸多现代主义戏剧思潮中选择了现实主义，在创作上则以写实主义为主，从早期搬演大陆话剧作品到日据末期厚生演剧的《阉鸡》、《高砂馆》等剧都是如此。当时称为"新剧"的台湾话剧，与大陆新生的话剧相似，基本上是受易卜生等人的影响，走写实主义路线，直接反映日常生活经验，剧情紧扣现实社会。台湾早期戏剧家张维贤就是在看过了胡适的剧作《终身大事》后开始对戏剧创作产生兴趣的，而《终身大事》这一剧作就是胡适在易卜生的《玩偶之家》的影响下创作而成的。可见，对大陆话剧影响深远的"易卜生主义"，对台湾的话剧也起到了同样的作用。

与欧美现代戏剧"西洋"影响同步，台湾话剧受日本"东洋"话剧影响也在进行。同祖国大陆一样，台湾新剧史也是由留日学生揭开第一页的。台湾日据时期的知识分子大都曾留学日本，戏剧人士也不例外，日本剧场成为台湾日据时期剧作家培养的重要园地。日据时期台湾的戏剧人士大都于日本进行现代戏剧的学习与实践，例如，杨逵参加了日本"前卫演剧研究会"接受演剧训练，林抟秋在日本"红磨坊"剧团多年从事戏剧工作，张维贤、吕赫若、吴坤煌都曾在日本各剧场从事戏剧工作。此外，简国贤、张深切、张文环、吕泉生等人也在留日期间深受日本演剧的影响。

台湾留日学生的戏剧学习与实践，是他们走上戏剧创作道路的重要经验，为他们回台后开拓台湾新剧运动奠定了深厚的专业基础。台湾留日学生在日本获得的剧场经验，是台湾现代戏剧初期发展的重要资源。

日本对于台湾新剧产生的重要影响，不仅表现在带来了最初的新剧形式，培养了一大批留日学生，也在于一些日本殖民者在台湾的戏剧活动。日据时期，有许多日本戏剧人士在台湾进行演剧活动。如1925年，藤原泉三郎、安井清、宫崎直介等人在台湾公演尤金·奥尼尔的《鲸》；1934年2月25日，日本人组织了"台北剧团协会"，并举办为期四天的"新剧祭"，其中，张维贤领导的"民烽剧团"就是在这次活动中声名鹊起的。另外，日据末期日本人松居桃楼在台湾也进行了长期的戏剧活动。日本文化对台湾戏剧的操控在某种程度上也影响着台湾戏剧的走向，在今天台湾戏剧舞台上存在的"胡撇子戏"，就是当时"改良戏"的文化遗留。同时，当时许多剧作都是以日文进行写作或演出的，文字符号所携带的文化因素必然对台湾话剧有所影响。

台湾话剧的诞生，直接受到来自大陆和日本新剧运动的冲击，而中国大陆和日本的话剧都是时代变革中"西风东渐"的结果，即都是受到西方戏剧影响而诞生的，都是"舶来品"。值得注意的是，中国的新剧运动同时也受到日本的影响。"日本是培养早期中国话剧人才的摇篮，绝大多数有影响的演员、剧作者，都在日本受过教育，得到过相应的艺术训练和熏陶。"[1]例如，中国最早成立的话剧团体"春柳社"就是由留学日本的曾孝谷、李叔同在东京成立的。总而言之，台湾话剧是在话剧自西方向东方传播这样一个复杂、丰富的过程中破茧而出的。

话剧在台湾发展之初被冠以各种名称，一般统称为"新剧"，以表明是不同于传统戏曲的新形态戏剧，实际上还包括各种不同意识形态和政治

---

[1] 袁国兴：《中国话剧的孕育与生成》，北京：中国戏剧出版社，2000年版，第63页。

诉求的名称，如殖民初期商业演出性质的"新派剧"和带有民族运动及
社会运动色彩的"文化剧"，也包括"皇民化运动"时期宣传"皇民"思
想、服务战争宣传的"青年剧"、"皇民剧"等。日据时代，台湾新剧的
发展被"皇民化运动"挫败。国民党政府接收台湾的初期，台湾实现了
文化回归，台湾戏剧一方面排除"皇民文学"影响，"去殖民化"，另一方
面"再中国化"，加强两岸文化交流，来自大陆的文艺思潮、文艺理论和
文艺作品在台湾迅速传播。然而，短暂的"开放时代"很快过去，1950年
代国民党推行政治高压的文艺政策，掀起"反共抗俄剧"的热潮，戏剧
沦为"战斗文艺"的政治宣传工具，一边是戒严体制和白色恐怖的硬性
压制，一边是金钱诱惑和组织拉拢的软性收编，高度意识形态化损害了
戏剧的生机。半个多世纪过去了，台湾戏剧为动荡的政局所累，难以自由
发展，也难以产生系统成熟的理论批评。

　　台湾话剧的早期发展总是伴随着殖民、战争、两岸隔绝等灾难与历史
动荡，从殖民时代的民族化新剧、"皇民剧"到国民党统治初期的"反
共抗俄剧"，无不是特殊情势下话剧政治激进化的表现。选择写实主义
话剧作为文化启蒙、民族抗争、阶级斗争和两岸对立的文化武器，也
使得写实主义发生了社会变异，成为意识形态色彩浓厚的"拟写实主
义"。本章的内容旨在探讨台湾早期话剧的探索实践与理论建构在动荡时
代中的艰难发展。

第二节　日据时期的戏剧状况

一、最初的新剧

　　日据时期台湾出现的新剧，是针对与传统戏曲迥然不同而命名的戏
剧形式，它包含了不同发展阶段、不同社会背景、不同艺术内涵的多种形

式：改良戏、文化剧、新剧及青年剧等。

新剧在台湾的萌芽，受到三个层面的影响：日本演剧的间接传播、大陆文明戏的影响和台湾留日学生的戏剧活动。

台湾地区最早出现的不同于传统戏曲的演剧，是从日本舶来的新派剧。1910年5月4日，日本新派剧的创始人川上音二郎率剧团在台北"朝日座"演出现代社会悲剧，为台湾带来了全新的演剧形式。[1] 1911年，日本人庄田和"朝日座"主人高松次郎开始尝试组织演出"日本改良戏"的台语剧

日本新派剧代表人物川上音二郎像

团，招募一些本土无业游民开始演出改良戏，由日本导演高野氏指导，演出的剧目多为当时台湾时事题材，包括《可怜之壮丁》、《廖添丁》、《大男寻父》、《巨贼简大狮》、《周成过台湾》、《孝子复仇》等剧目。这些演出与大陆的"文明戏"一致，没有剧本，采用传统的幕表制。后来，由本地人将其改组为"宝来团"，巡回演出，不久解散。由于演员被视为游手好闲之徒，俗称为"鲈鳗戏（流氓戏）"。这些以商业演出为主要形态的演剧活动，虽然实质上是殖民国向被殖民地区输出"先进"文化，却也催生了台湾新剧的出现。

大陆剧团赴台的商业性文明戏演出也催生了台湾新剧的出现。1921年6月，上海"民兴社"受邀来台，在万华、桃园和新竹三地巡回演出；两个月后，又因台中麻豆戏院主人刘金福包戏，在台中、台南、嘉义继续巡回演出，演出了二十多个剧目。之后，刘金福留下"民兴社"的两位演员，并吸收了原"宝来团"的演员，组成了"台湾民兴社文明戏剧团"，演出剧目多为上海民兴社早前的剧目。此外，曾担任"民兴社"解说工作

---

[1] 川上音二郎所改良的日本新派剧，也称为"书生剧"、"壮士剧"，以反映当时的社会问题、宣传自由民权思想为主。

的台南人吴鸿河，另组了"台南黎明新剧团"，在全台巡回演出。这两个剧团以商业演出为主，由于存在语言隔阂，影响不大，维持的时间也不长久。可见，20世纪20年代初期，在日本新派剧和中国大陆文明戏的双重影响下，台湾以商业演出为目的的改良戏（与大陆文明戏类似）已经逐渐形成。当然，改良戏与传统戏曲关系密切，后来有一些传统戏曲也沿用这个名词，却有较大差异。

留学日本的台湾学生在日本的演剧活动，也对台湾新剧起到"发动"的作用。事实上，与中国大陆话剧最初由春柳社发起于日本继而传回中国大陆一致，台湾的话剧萌芽最初也出现于日本。1919年，台湾留日学生组织剧团在东京的中华青年会馆义演，演出剧目包括日本剧作家尾崎红叶的《金色夜叉》和《盗瓜贼》，主要成员包括张暮年、张芳洲、吴三连、黄周、张深切等人，并且得到了当时身为会馆干部的田汉、欧阳予倩和马伯援等人的帮助。[1]《金色夜叉》可以说是大陆和台湾首部合作演出的话剧作品，这次演出具有开拓性的历史意义，张深切认为此次演出是台湾文化剧的发轫。[2]

1926年，星光演剧研究会至台湾宜兰演出的开演纪念合影。

台湾新剧深受大陆话剧的直接影响，早在1923年，《台湾民报》创刊号就刊登了胡适的剧作《终身大事》和《李超传》。当时的许多台湾话剧团体都不同程度地受到大陆话剧的启发，星光演剧研究会[3]由于不满于旧剧的俗浅，对新剧十分向往，甚至

[1] 吕诉上：《台湾电影戏剧史》，台北：银华出版部，1961年版，第294页。
[2] 杨渡：《日据时期台湾新剧运动（一九二三——一九三六）》，台北：时报文化出版，1994年版，第52页。
[3] 星光演剧研究会由陈凸、张维贤、王井泉、陈奇珍等人于1924年在台北成立，《终身大事》并非公演，而是在陈奇珍家的宅院里。

把田汉、欧阳予倩的剧本看作是理想的中国话剧，研究会成立后上演的第一个剧目就是胡适的《终身大事》。该剧团之后几年的演出都引起热烈回应，1928年在永乐座连演十天，创下当时最长的公演记录。不同于早期演出的商业特性，他们的演出具有新观念、新思想，以艺术追求为主。

1925年，由大陆返台的留学生陈崁、谢树元、林朝辉、周天启、潘炉等人，在彰化成立了鼎新社，演出了由大陆带回的剧本《社会阶级》、《良心的恋爱》等具有社会政治批判意识的剧作。所谓"鼎新"，即"革故鼎新"之意。吕诉上认为鼎新社是台湾本省人创立的第一个带有政治运动性质的文明戏剧团，"该社起初成立的宗旨是为提倡新艺术，促进新剧的实现……另一目标是本省人为着要抵抗日本帝国主义而借此社教活动而做掩护"[1]。

但是，由于此时为台湾话剧萌发期，对于话剧的认识和界定还很模糊，在鼎新社内部出现了"艺术派"和"宣传派"的分化，追求艺术理想的"艺术派"成员组成了"民烽演剧研究会"，主张社会批判的"宣传派"成员组成了"台湾学生同志联盟会"。鼎新社的分裂是当时新剧文化使命双重性——文化启蒙与民族救亡——造成的，这种戏剧主张的分歧当时在其他戏剧团体中也存在，二者虽然倾向不同，但都提倡台湾社会文化的改革与进步。

新剧的真正兴盛，应以台湾文化协会为核心组织的知识青年倡导的"文化剧"为标志。杨渡认为，日据时期"新剧"与"文化剧"二者有别："与文协（文化协会）系统有关的剧团或团体而组成剧团，排演时始称'文化剧'，而'新剧'则泛指了'以语言、动作为主要表现手段，采用分场分幕的近代的编制方法和写实的化妆、服装、装置、照明，表现当代的生活面貌和历史故事的近代话剧'。是故，新剧尚包括了'改良

---

[1] 吕诉上：《台湾电影戏剧史》，台北：银华出版部，1961年版，第296页。

戏'……"[1]可见，"文化剧"以服务于社会运动、民族运动为主，与殖民同化统治相对立；"新剧"则趋向对西方写实主义戏剧的模仿，与传统戏曲（旧剧）相对应。杨渡将台湾话剧的萌芽期分为两脉："有关台湾话剧运动的发展，以发轫期的移植为一脉，则文化协会与文化剧活动则是另一脉，此两大主脉，前者并未负载文化与思想启蒙之使命，仅是剧场的一种新形式演出，但后者则以此新形式意欲透过剧场，达到文化之革新、思想之启蒙、社会之改造为目的。因而前者具备的是娱乐之性质，而后者则侧重在文化运动。"[2]

"文化协会"是日据时期台湾最重要的文化组织，也是台湾新文化运动和民族运动的重要组织。在它的推动和鼎新社的影响下，各地新剧团体纷纷成立，文化剧演出日益频繁。这些文化剧的演出多以唤醒民族意识，促进台湾文化的进步，谋求台湾社会的解放和文化的提升为目标。文化剧的兴盛，显示了台湾知识分子文化抗争意识的觉醒。杨渡在《日据时期台湾新剧运动（一九二三——一九三六）》一书中对"文化剧"作了如下定义："'文化剧'系指日据下，以政治运动（包括文化协会、农民组合、工友总联盟、台湾民众党等抗日团体之运动）为主体而展开的文化运动中的一环。'文化剧'与早期文协之文化演讲同时兴起，因政治运动、农民运动之勃兴而达于极盛，但也在政治的分裂、路线斗争、文协与民众党之对立互相攻击、日本当局的逮捕压制中，走上没落衰微的途径。"[3]

以"文化剧"为代表的新剧实际上寄寓着知识分子文化和政治的双重理想：一是改革社会、传播新文化和新思想的文化理想，以新剧对抗旧剧，改变传统戏曲中封建陈旧的形式和思想；二是将新剧作为社会文化启

---

[1]杨渡：《日据时期台湾新剧运动（一九二三——一九三六）》，台北：时报文化出版，1994年版，第97页。

[2]杨渡：《日据时期台湾新剧运动（一九二三——一九三六）》，第53页。

[3]杨渡：《日据时期台湾新剧运动（一九二三——一九三六）》，第95页。

蒙和抵抗殖民统治的利器，以戏剧宣传实现非武装反日的政治理想。早期文化剧的参与者大多不以演剧为职业，而是知识分子、爱国人士和无政府主义者，他们往往扮演着践履文化启蒙的社会角色。

台湾话剧运动不可避免地受到左翼思想的影响，尤其是肩负政治使命的文化剧，其思想根基是无政府主义和自由主义思想。台湾话剧诞生的时代背景决定了它的政治性格和文化使命，其发展也自然而然地随着政治运动的兴衰而起伏。1930年8月的《台湾战线》发刊宣言就宣称：

> 我们知道，从前文艺只是少数的布尔乔亚、贵族阶级独占、鉴赏，现在这已经丧失其存在价值，也已经衰微不堪，自掘坟墓，已经没有手段可以拯救，来到死灰期了。当这时候，我们不该再事踌躇，应该觉悟要一致努力，把文艺夺取到普罗列塔利亚的手中来，作为大众的所有物，而且来促进文艺革命。我们深知：在这过渡期，倘没有正确的理论，便没有正确的行动。故要使劳苦群众能够发表马克思主义理论和普罗文艺，如此才能使无产阶级的革命理论和无产阶级革命运动汇合起来，加速度的发展才也有可能，缩短历史的过程。[1]

总而言之，台湾话剧诞生伊始，就承担着民族独立和社会改革的责任。新剧作为新式的舞台艺术被引入台湾，最初属于商业演剧范围，但随着知识青年的加入与文化协会活动的日益密切，成为政治运动、社会文化改革的重要手段。20世纪20年代到30年代，台湾话剧运动掀起第一次高潮。

二、艺术派与大众派

20世纪30年代，台湾新剧"艺术派"与"文化派"的分化代表了这一时期台湾话剧现代化道路上专业化与大众化的两大追求。以张维贤、张深切为代表的台湾话剧界人士正是在吸纳了中国大陆和日本双重"养分"

---

[1] 王诗琅译注：《台湾社会运动史·文化运动》，台北：稻香出版社，1988年版，第508—509页。

张维贤（1905—1977），被誉为"台湾新剧第一人"，对台湾话剧的专业化起了重大作用。

的基础上，坚持台湾话剧的专业化和大众化发展方向，在严酷的殖民统治下，初步实现了台湾话剧的提升和发展。

20世纪30年代，台湾话剧开始从业余形态逐渐进入专业化阶段。在这一过程中，被誉为"台湾新剧第一人"的张维贤代表了"艺术派"一方，他凭借在中国大陆和日本的戏剧学习和实践，对台湾话剧的专业化起了重大作用。

张维贤在星光演剧研究会时期，就深切感受到台湾旧剧的落后，认为旧剧"内容与形式都差不多，做来做去还是那一套，死板板地毫无变化，与吾人的实际生活距离遥远，似乎没有关系"[1]。于是，他开始学习和发展新剧艺术，他认为"台湾新剧运动的特色是当时一般热心者所提倡，并不是出自文学界的人士或文学青年，而是一种好奇心做中心，对原来的旧剧，已发生厌恶的人们发动起来的"[2]。张维贤在"星光"的演出中进行艺术创新，如注重演员排练、添加西乐、讲究舞台布景和灯光效果等，这在当时并不多见。1928年，在"星光"公演十天后，张维贤决定赴东京深造戏剧：

> 更以此时的文化启蒙运动及社会运动，刚趋旺盛。一般的社会智识水准尚低，虽有小部分的进步分子，已达到世界水准，形成思想对立，一般大众，还不能理解消化，况且日人更特别加以用心良苦的愚民政策，笔者觉得无论如何，应是从事启蒙运动，使其本身有充分的理解力与判断力之后，再谈别的，于是决心专门从事演剧，组织职业剧团，巡回全岛，谋代替歌仔戏而深入民间，当时赞成我理想者，颇不乏人。但是没有合格可用的演员，更没有指导者，况且过去业余

---

[1] 张维贤：《我的演剧回忆》，载《台北文物》，第3卷第2期，1954年8月。
[2] 张维贤：《台湾新剧运动史略》，载《台北文物》，第3卷第2期，1954年8月。

时代，岂能与职业剧团相提并论，如不力求深造，是无法代替拥有大量观众的旧戏和歌仔戏，更无法得到知识分子的长期支持，遂于一九二八年冬，决心赴日本东京筑地小剧场求学。[1]

张维贤在领导星光演剧研究会五年之久后，决定赴东京筑地小剧场[2]进行戏剧深造，这也是他立志革新戏剧的重要一步。一方面，他意识到在台湾启蒙运动兴起之初，台湾演剧的发展仍重在启发民智，他将反抗殖民统治、改革社会的思想寄望于戏剧，力求"将演剧化为艺术力量作为文化启蒙的利器，来揭穿'日本帝国主义美化的糖衣'"[3]。另一方面，则开始为组建职业剧团做多方面努力，希望台湾的新剧走上专业化道路。因此，在"筑地"深造期间，他深入了解演出、演员、照明、效果、舞台等各个部分以及舞台装置设备的科学化、演员训练的专业化。

1930年夏，张维贤返台组织了民烽演剧研究会，并同时担任台湾无政府主义者和台湾劳工互助会的指导。民烽演剧研究会的宗旨与宣言如下：

我们祖先生活在过去，我们生活在现在，将来也必须活下去。无论过去与现在的生活，我们受到太多的肆虐、强权的欺骗蹂躏以及侮蔑，压得我们喘不过气来。然而我们要不断努力，前仆后继，奋斗不懈。我们衷心盼望，为寻求'真正人类的生活'，还要奋斗不休。艺术即是因此产生意义。艺术的目的，是要教育我们以正确的观念，来纠正人类继起的欲望，改变传统陋习，并使人团结友爱，共同迎向新的社会秩序。在追求理想的过程中，有着正确的观念与坚定的意志，才能唤醒社会大众的认同。更要紧的，要靠艺术来确立起社会大同的理想。艺术具备结合大众思想与情感的功能。透过

---

[1] 张维贤：《我的演剧回忆》，载《台北文物》，第3卷第2期，1954年8月。

[2] 注：张维贤进入筑地小剧场适逢筑地分裂前后。1927年，"筑地"主持人小山内薰逝世，小剧场内部受到左翼思潮的冲击，内部纷争迭起。1929年，"筑地"分为两派，一派为自由主义剧团"筑地小剧场"，另一派为宣称普罗演剧的"新筑地剧场"。参见杨渡：《日据时期台湾新剧运动（一九二三——一九三六）》，台北：时报文化出版，1994年版，第77页。

[3] 毛一波：《半世纪的友情——哭张维贤兄》，载《台湾文艺》（革新号），第3期。

艺术的发展向上，可使得社会化为创造并充满新生命的大同世界。因此艺术和真正的科学不是互相排斥的，而且相依为命的同胞弟兄。艺术的真正使命，也在于能够唤醒我们去拥抱更多更广阔且面貌丰富的生活，暗示我们去过人类真正意义的生活……本剧团同仁对声称不关心艺术的大众大声呼吁，请尽速来参与为艺术而艺术的剧团，共同完成我们对艺术的使命。[1]

这是日据时期台湾最有力的剧团宣言，也表明了张维贤的戏剧观。

1932年初，张维贤再度赴日深造，前往东京舞蹈学院学习"达鲁库罗兹"的全身韵律运动，半年后返台重组演剧研究会，开始从重理论到重实践的训练，并于1933年秋在台北永乐座进行了为期四天的公演，演出剧目包括《飞》（徐公美作，独幕剧）、《原始人的梦》（佐佐春雄作，张维贤译，九景）、《一$》（达比特宾斯基作，张维贤译，独幕剧）、《国民公敌》（易卜生作，张维贤译，五幕）。这次公演，不仅大大提升了台湾新剧的水平，也扩大了张维贤的影响。次年，民烽剧团受邀参加日本人组织"台北剧团协会"举办的"新剧祭活动"，作为唯一一个台湾地区本土剧团和日本人剧团竞相演出，并以本土的语言演出，上演的剧目为拉约斯·美洛的《新郎》。这次演出十分成功，"当时声势之大，使日人剧团相顾失色……此次新剧祭演出，奠下他在日据时期台湾演剧界的地位"[2]。

张维贤本来计划进行全岛巡回演出，向职业剧团奋进，这一计划也显示了他的戏剧理念并不仅仅在于艺术实践与研究本身，还在于以演剧唤醒民众、实现社会大同的目标理想。但是，由于经费、剧本、演员等方面存在诸多难以克服的困难，同时，随着法西斯主义抬头，世界战局日益严峻，这一计划最终流产。之后，张维贤赴上海考察剧运，希望投身大陆戏

[1]翁佳音：《台湾社会运动史：劳工运动、右派运动》，台北：稻香出版社，1992年版，第892页。

[2]王诗琅：《新剧台湾第一人——悼张维贤兄》，载《台湾文艺》（革新号），第3期，1954年8月。

剧实践，但也失望而归。

　　相比大陆的话剧初期发展状况，台湾显得略为滞后。台湾出现文明戏的时候，大陆的文明戏已经走向没落，且早期赴台的文明戏内容多以男女私情为主。张维贤不满于旧剧和文明戏从形式到内容的僵化，开始探索学习与现代生活相关的演剧方式："台湾所有的戏若要上演，必须获得检定通过的剧本才行。本来所有台湾从前的各种戏剧，根本没有所谓剧本，因之叫苦连天，每逢演出，非星夜赶写剧本不可，日本当局虽然雷厉风行地认真执行检审，但这也只是表面上的热闹。至于所演的戏，剧本的编排及内容如何，及演出与剧本是否一致，他们概不过问，但独于文化戏，则别蒙青睐，演出非与剧本一致不可。"[1]

　　通过两度赴日的戏剧学习以及对于中国大陆话剧作品的排演，可以说，张维贤启动了台湾话剧的专业化建设。他不仅强调剧场的专业训练、完善编剧中心制，且坚持以当时的大众语言——闽南语作为舞台语言，甚至以闽南语上演易卜生的《国民公敌》等欧美名剧。可见，张维贤致力于提升话剧艺术性的同时，也着重新剧对本土文化的表现方式。虽然他多借鉴日本的剧场技术，也演绎欧美名剧，但坚持使用本土的语言表达，这可以说是当时特殊文化背景下多元融合的演剧探索。但是，由于日本当局的压制、剧场资源的匮乏等因素的限制，他建立职业剧团、推动台湾话剧现代化的理想仍然举步维艰。

　　如果说张维贤作为"艺术派"的代表倾向于话剧艺术的专业化，那么，同样致力于新剧创作的张深切则是"大众派"的代言人，更注重发扬话剧的社会功能。张深切是典型的参与新剧运动的留日知

张深切（1904—1965），台湾最早进行戏剧活动的知识精英之一，其戏剧理想主要为实现"文艺大众化"。

[1]张维贤：《我的演剧回忆》，见《张维贤》，台北：文建会，2005年版，第154—164页。

识青年，作为台湾最早进行戏剧活动的知识精英，虽然也主张"为人生而艺术"，但他的戏剧理想更多的是实现文艺大众化。

早在1925年，张深切就作为"草屯炎峰青年会演剧团"的负责人，自编自导新剧，并自认艺术性高于其他新剧。他说："当时雾峰也已有文化剧，协助文化运动。他们的戏剧是属于宣传为主，艺术为副，我们是属于以艺术为主，宣传为副，所以我们的剧团比较受欢迎。"[1]

张深切是坚定的民族主义者，甚至曾遭到日本殖民政府的逮捕，入狱3年。出狱后（1930年8月），张深切创立了台湾演剧研究会，并创作了大量剧作，包括《论语博士》、《暗地》、《汉乐》、《接花木》、《方便》、《为谁牺牲》、《中秋夜半》、《洋乐合奏》等，其中，《暗地》和《接木花》由于具有强烈的社会批判性和民族色彩，遭到日警查禁。台湾演剧研究会以"文艺大众化，须从演剧做起"为演剧理念。张深切认为："当时台湾还没有所谓真正的话剧，只有乱弹、四平、九角戏（高脚戏）、采茶灯的旧剧和改良戏及所谓'文化剧'。台北方面虽然也有话剧组织，却还未达到'本格化'的水准。我为要从新剧方面打开新路线，纠合了四五十位青年男女，掀起了一个崭新的新剧运动。"[2]他还坚持要让文化落实到基层，不能仅靠文字的力量，"因为只在文字上论文艺大众化，举不出多大效果，需要透过演剧，从舞台上唤醒民众和文盲，才能通俗和普遍化"[3]。他主张透过戏剧演出，有效地唤起民众的政治意识和批判精神。1934年5月6日，他与黄纯青、巫永福等人组织台湾文艺联盟，该联盟及其杂志《台湾文艺》在20世纪30年代台湾文坛扮演着重要角色，主张台湾文学应立足台湾一切真实的路线上，与台湾社会、历史一起发展。

作为当时最活跃的剧作家，张深切结合时局积极进行戏剧创作。反对专制、攻击警察、介绍世界民主政治、打倒封建思想、消除陋习和迷信等

---

[1] 张深切：《里程碑》，见《张深切全集》第1卷，台北：文经出版，1998年版，第278页。
[2] 张深切：《里程碑》，见《张深切全集》第1卷，第525页。
[3] 张深切：《里程碑》，见《张深切全集》第1卷，第397页。

等，这些都是当时演讲与文化剧的中心题材。当时为使运动更通俗普遍化，所谓"文化剧团"也在各个地方如雨后春笋般成立起来，获得了相当大的效果。只经三四年的努力，社会风气为之焕然改观，台湾的文化一时颇有突飞猛进之势。同时，他也为新剧运动疾呼："惟有演剧才能达到大众化，如果闲却了演剧，则台湾的文化是难能进展的。"[1]张深切的努力，显示了台湾新剧运动与民族运动和新文化运动的密切结合，但同样遭遇到日本殖民统治的压制。

随着文协的分裂与世界时局的变化，新剧运动在20世纪30年代逐渐走向衰微。新剧运动的衰微一方面是内部政治主张的分歧导致的，另一方面与日本当局的镇压密切相关。即便在文化剧兴盛的1925年，日本官方已规定新剧必须在演出前将剧本送当局检查，得到通过后始得排演。到了1930年，这种对新剧的镇压愈加严厉：新剧演出之前，须先经警察署检查通过，若不当者可要求其修改或禁演；警署可于演出中随时调派"临监官"，并传导演问话。

三、"皇民化"与"反皇民化"戏剧

日本殖民统治真正深刻改变台湾文化生态，是在日据后期，集中体现在"皇民化运动"上。中日战争爆发后，时任台湾总督的小林跻造提出"皇民化"的治台政策。"皇民化"是指在以天皇为中心的极权主义的领导下把台湾人强制改造成日本人的政策，其实质即"去中国化"，力求全面切断中华文化血脉，消灭中华文化传统；在"去中国化"的同时，强调以日本文化为规范对台湾文化进行同化改造。随着"皇民化运动"的强制推进，台湾传统的歌仔戏、布袋戏遭到禁演，新剧运动也被迫中断，出于战时宣传需要的"皇民化新剧"（简称"皇民剧"）倒是乘势而起。在"皇民化运动"时期，日本当局展开全面的"禁鼓乐"，传统戏曲活动被

---

[1]徐遒翔主编：《台湾新文学辞典》，成都：四川人民出版社，1989年版，第822页。

"皇民剧"是战时体制下的殖民产物。

强制禁止，职业戏班被迫解散，包括民间业余自娱的戏曲子弟团也停止表演活动，仅仅台湾演剧协会核定的五十个剧团和少数皮影戏、布袋戏存在，传统戏曲作为民众娱乐的重要部分在民众生活中逐渐失声。

"皇民化运动"的文化同化策略对台湾戏剧进行压制和改造，使得传统戏曲和新剧艺术遭受了致命摧残。日本在禁演传统戏剧、压制进步新剧的同时，为了宣传日本国民精神和武士道精神以应战争需要，大力推广"皇民剧"和"青年剧"，二者是"皇民化运动"控制台湾戏剧的特殊文化产物。"皇民剧"以为日本侵华战争歌功颂德为主，充满教化意味，并要求演员着日本服装，手拿日本武士刀，甚至使用日语。"皇民剧"的实质是加强"皇民炼成"，是战时体制下戏剧工具化的殖民产物。"青年剧"兴起于20世纪30年代，原本是台湾地方青年团为了练习日语而业余演出的校园戏剧。中日战争爆发后，日本政府在地方推行青年戏剧运动，"青年剧"成为地方文化演剧的重要部分。虽然"青年剧"比"皇民剧"重视文化娱乐性，但是，在那个特殊时期，也不可避免地带有政治宣传色彩，并且于1943年之后，彻底成为日本殖民者宣传战争的重要工具。总之，工具化的"皇民剧"和"青年剧"，以各种形式强行改造、摧残着传统戏曲和现代新剧，旨在灌输日本的侵略思想，极大威胁着台湾戏剧的生命力。

"皇民化运动"阻遏了台湾话剧的正常发展，日本对台湾戏剧的控制还体现在将日本国内的演剧形式直接移植至台湾。一方面，在台湾也以日本国内的"移动演剧联盟"模式，组织了"皇民奉公会指定演剧挺身队"。"演剧挺身队"首先接受思想"教育"，被灌输侵略思想，主要任务是赴台湾乡下进行巡演，为"台湾演剧协会"管理（第二回巡演后，皆由松居桃楼负责）。另一方面，在台湾搬演"国民演剧"的范本，如获得第一届"情报局奖"的八木隆一郎的剧作《赤道》（由松居桃楼组织台湾"艺能文化研究会"，训练人才，排演此剧），期望将其作为日据末期"皇民剧"的范本。虽然演出宣传称"《赤道》的上演从筹备之初，即担负着实践'大东亚演剧'、在台湾树立'国民演剧'与示范'真正的新剧'等三重目的"，《赤道》表现了"个人坚守岗位的'灭私奉公'精神，为国奉献的荣誉感以及遭遇挫折后再度站起来的战斗意志"[1]，但是，结果却仍由于一味鼓吹战争精神、宣传日本南进思想等原因，收效甚微。当时《兴南新闻》刊登的评论认为该剧"整体而言，呈现'有热情却没有力量'的结果"[2]。

"皇民化演剧"一统天下的局面，直到厚生演剧研究会出现才得以逆转。1943年4月，林抟秋、吕赫若、张文环[3]、王井泉、吕泉生等《台湾文学》杂志社成员，聚合力量，决心重振台湾新剧，主张通过创作讲述台湾人自己的故事的新剧来对抗殖民当局的文化压制和文化歧视，最终决定创立厚生演剧研究会。研究会成立后，全体成员立即投入组织会员和创作新剧的工作中，并于同年9月举行了第一届研究发表会。此次发表会在台北永乐座连续上演了林抟秋编导的《阉鸡》、《高砂馆》、《地热》、《从山上看见的街市灯火》[4]等四剧，演出大获成功，不仅观剧人数创新高，还引起了全社会的热烈讨论，创造了"皇民化运动"时期台湾话剧难得一见的辉煌景观。日籍学者泷田贞治[5]对此作出了这样的评价："由桃园、

[1]《空と海に挑わ进军谱/艺文便り'赤道'五幕の梗概》，载《兴南新闻》，1943年7月19日。
[2]［日］神川清：《演出阵の力，演技员の热》，载《兴南新闻》，1943年8月2日。
[3]张文环（1909—1978），嘉义人，日本东洋大学文学部毕业，1941年《台湾文学》创刊人员，日据时期台湾的重要作家，多以日文创作。
[4]《从山上看见的街市灯火》是一出音乐童话剧。
[5]泷田贞治（1901—1946），东京帝国大学文学部毕业，1929年赴台任教于台北帝国大学文政学部，专攻日本近代的文学、戏剧研究，对台湾的新剧发展十分关注。

林抟秋（1920—1998），日据后期重要的戏剧工作者。

新庄、士林有志者组成的剧团在经过长期的排练时间后，终于公演了，其成绩优异远超过预期。而且，四天的公演大爆满，被迫延长两天的日程，舞台达到的成绩，简单来说，已经达到台湾过去达不到的高度，让我们感觉看到了台湾新剧运动的黎明……厚生剧团今回的公演的确为台湾新演剧运动史画出新纪元。这个剧团的重大特征在于，无论创作、导演、装置、灯光都好，都是剧团自己完成的。而且作者林抟秋……在导演上可以看到出色的手法。"[1]

1943年9月，厚生演剧研究会举行了第一届研究发表会，《阉鸡》一剧获得巨大成功。

此次演剧的成功应归功于林抟秋等人对早先确定的演剧方向的坚持，担任林抟秋编导助手的简国贤曾提到：

演剧这条道路表面上看来充满着华丽的色彩，但实际上却是踏袭秋霜前进的一条严苛的道路。艺通于道，所以是艺道。艺就是要磨练、试炼我们的灵魂。有志于树立新文化的我们，将以演剧探求在这

―――――――――

[1]　[日]泷田贞治：《台湾新演剧运动的黎明——厚生演剧的种种新纪录》，载《新建设》，1943年10月。

个时代中真挚地生存的方法。[1]

"厚生"的成员在戏剧理念与实践上都十分注重对台湾民众的本土生活、思想感情的真挚表现。《阉鸡》的原著作者张文环也表示："我想我从未对旧有的台湾戏剧感到满意，每当看到那种太过悖离时代的戏剧，我就会坐立难安焦躁万分。那并非是戏剧，而是让剧情能够使文盲了解的一种方法，我一直希望改革这种戏剧。"[2]

"厚生"将新剧演出与生活、生存紧密联系，是特殊时代精神力量的彰显，也体现了现实主义的创作思想和原则。不仅如此，他们还强调乡土取材和剧运的主体性："台湾戏剧的取材应以本地人民的生活情感以及时事为对象。"[3]要具体阐释日据末期台湾话剧是如何通过戏剧创作、演剧活动实现文化融合、文化抗争的，林抟秋的《阉鸡》和《高砂馆》是最好的例子。由于日本当局的政治阻挠，原本要公演七十天的《阉鸡》只演了六天。《阉鸡》为台湾早期新剧运动集大成之作，在思想性和艺术性上都达到了前所未有的高度。该剧突破了"皇民化运动"的政治限制，是台湾日据时期新剧创作中最具本土化意识的作品，也是民族意识觉醒、追求文化进步过程中重要的文化现象和文化活动。

以厚生演剧研究会为代表的日据末期台湾新剧团体，巧妙地利用殖民政策中推行"青年剧运动"的机会，筹组剧社并进行公演。他们提出了"乡土"和"写实"的戏剧理念，体现了青年知识分子经历了战争与殖民后觉醒的民族意识和厚重的乡土情怀，在精神上与20世纪20年代的新剧运动一脉相承，并走向成熟。

日本占据台湾初期，对台湾民俗生活采取所谓"尊重"的态度，因此，台湾与大陆（尤其是闽粤地方）相一致的民俗活动、戏剧传统得以

---

[1] 石婉舜：《林抟秋》，台北：文建会，2003年版，第106页。

[2] 邱坤良：《传统与现代之间——台湾新剧剧本搜集整理计划期末报告》，台北：台北艺术大学，2001年版。

[3] 石婉舜：《林抟秋》，第106页。

延续。日人记载："台人好演戏，与日人相同。祭典农岁，必演戏以乐之。"[1]同时，日本戏也时有上演，当时台北就有荣座和朝日馆两家戏院专门上演日本戏。另外，当时的台湾还出现了一种融合中国传统曲艺与日本传统戏剧的"艺旦戏"，"艺旦戏"的流行也显示了文化的交融对戏剧艺术的影响。

日据时期，倡导新剧的知识青年往往将传统戏曲尤其是歌仔戏当作旧文化加以对立，"这些'粉墨登场'的新剧运动者与传统观念中的伶人大不相同，多受较高的教育，有良好的经验与视野，他们认为旧的戏剧不论在形式、内容及艺术层次上均不足以反映社会需要，必须用新的戏剧才能达到教育民众的功能"[2]。台湾民众党甚至把反对歌仔戏列为"政治纲领"之一，该党的宗旨为："确立民本政治，建设合理的经济组织及革除社会制度的缺陷。"张维贤也提及"台湾新剧运动的特色是当时一般热心者所提倡，并不是出自文学界的人士或文学青年，而是一种好奇心做中心，对原来的旧剧，已发生厌恶的人们发动起来的"[3]。

20世纪30年代，歌仔戏成为台湾戏剧主流，较之新生的新剧更加深入民间，出现了近三百个歌仔戏剧团。中日战争爆发后，"日政府禁止一切中国方式之娱乐，歌仔戏和各种旧剧、音乐等民间艺术，均被禁止"[4]。歌仔戏剧团仅剩余约三十个团，并改组为"台湾新剧"、"台湾歌剧"或"皇民化剧"。1937年9月，基隆市的择胜社歌仔剧团，聘请在台日本新派演员橘宪正编导了以本土语言演出的《一死报国》、《母性爱》等剧，受到赞许，并成为"皇民化"戏剧的典范。[5]

---

[1]［日］佐仓孙三：《台风杂志》，台湾文献丛刊第107种，转引自叶肃科：《日落台北城：日治时代台北都市发展与台人日常生活（1895—1945）》，台北：自立晚报出版社，1993年版，第249页。

[2]邱坤良：《日治时期台湾戏剧之研究：旧剧与新剧（一八九五——一九四五）》，台北：自立晚报出版社，1992年版，第307页。

[3]张维贤：《台湾新剧运动史略》，载《台北文物》，第3卷第2期，1954年8月。

[4]吕诉上：《台湾电影戏剧史》，台北：银华出版部，1961年版，第318页。

[5]吕诉上：《台湾电影戏剧史》，第319页。

"皇民化运动"时期，歌仔戏等传统剧团纷纷打着"新剧"和"皇民剧"的招牌，以"改良戏"的形式重新上演。这种"改良"多包括服装、音乐、化妆、舞台装置等外在形式上的"现代化"和"皇民化"，在剧情、角色、曲调和表演方式上却仍然保持传统戏曲的内容。"改良戏就是为了蒙骗上面的人将歌仔戏稍作改良的产物，大部分跟歌仔戏是同一团体。服装上洋服、国民服可以将就，但是舞台上三个人中必定有一个人穿着戏服。"[1] 可以说，虽然打着"新剧"的旗号，无非是服装、称谓上的现代化，剧目、唱腔却仍然是传统的。

第三节 从"去皇民化"到"再中国化"：台湾的冷战 戏剧

一、"去皇民化"的方向：世界化或中国化

1945年，随着日本战败和第二次世界大战的结束，台湾结束长达半个世纪的异族统治，在文化上也重新回归中华文化传统。从这个时候开始，台湾实现了政权回归与文化回归。在文化复兴上，一方面力求摒除日本"皇民文学"遗毒，"去殖民化"成为战后台湾文艺发展的首要任务；另一方面，加强两岸文化交流，重建台湾新文化，来自大陆的文艺思潮、文艺理论和文艺作品在台湾迅速传播。1946年成立的台湾文化协进会，是战后初期影响最大的文化社团，成员包括了大陆及台湾的文化界人士，致力于消除两岸的语言隔阂和文化隔阂，恢复台湾的中国文化传统，建设民主的台湾新文化。

国民党政府接管台湾，也是抗战时期国统区戏剧活动转向台湾的开

---

[1] 王育德：《台湾演剧の今昔》，载《翔风》，第22期，1941年7月9日。

始，主要是军队话剧的赴台演出。最早赴台的大陆演剧，是台湾驻军第七十师政治部的剧宣队以及一批从上海请来的戏剧工作者，演出了《河山春晓》、《野玫瑰》、《反间谍》、《密支那风云》等剧。[1] 但是，这次演出在语言和剧情上都存在隔阂，影响不大。值得注意的是，这一时期台湾话剧发展由于特殊的文化转型、语言转换问题，出现了国语话剧和闽南语话剧（也有国语、闽南语、日语混杂使用的话剧）并存的局面。

大陆国语话剧团体赴台演出的增多，使得台湾民众能够近距离领略大陆国语话剧的魅力。中国大陆话剧经过几十年长足发展，已经进入繁荣时期，出现了曹禺、田汉、夏衍、洪深等一大批优秀的戏剧家，随着大量祖国文化的对台传播，他们的剧作也开始为台湾民众认识。1946年11月，青年艺术剧社在台北演出曹禺的《雷雨》，演出盛况空前，后又在台中加演三天，这是"国语话剧在台湾第一次受到群众的欢迎"[2]，这次演出"激起了台湾剧运的浪潮，它使得话剧艺术更广泛地深入到人民心中"[3]。同年12月，在台湾省行政长官公署的邀请下，上海的"新中国剧社"赴台演出，表演的剧目包括四幕历史剧《郑成功》（阿英原著，齐怀远改编，欧阳予倩导演），该剧是国民党退守台湾后首次由大陆职业剧团大规模演出国语话剧；1947年，该剧社又推出幻想剧《牛郎织女》（吴祖光编剧，张友良导演）、《日出》（曹禺编剧，欧阳予倩导演）和历史剧《桃花扇》[4]（欧阳予倩编导）。其中，由于台湾民众对于民族英雄郑成功的深厚感情和文化认知，《郑成功》一剧尤其受到欢迎，而其他几出历史和现实题材的演出也产生了极大的影响。同时，台湾省实验剧院本计划邀请"新中国剧社"设班培训戏剧人才，该剧社的演出活动也筹划赴台湾中南部演出，但是，因为"二二八"事件的爆发而中止，不仅取消了南部

[1] 马森：《戏剧——造梦的艺术》，台北：麦田出版，2000年版，第29页。
[2] 马森：《戏剧——造梦的艺术》，第29页。
[3] 张文彦：《台湾话剧的演变历程及其特点》，载《世界华文文学论坛》，1993年第2期。
[4] 为了减少语言隔阂，《桃花扇》一剧还出售分幕剧情说明。

的演出计划，且全剧社人员也匆匆返回上海。然而，
这次职业剧团的大规模演出对于这一时期台湾现代戏
剧的发展具有重要的文化和社会意义，"受到'新中
国剧社'演出的刺激，本地既有剧团纷纷有推出新戏
的计划，甚至有不少筹组剧团的传闻"[1]。

　　"新中国剧社"的一系列演出，成为台湾了解
祖国大陆的一扇窗子，也奠定了今后台湾数十年话剧
发展的基础。随着一些大陆戏剧人士的赴台，台湾
话剧发展也开启了两岸合作的新局面，促进了两岸
的文化融合，陈大禹就是其中的重要代表人物。陈

陈大禹（1916—1985），国民党政
府接管台湾后两岸话剧交流和台湾
话剧运动的重要人物。

大禹于1946年赴台从事戏剧工作，并和一些台湾戏
剧人士合组了"实验小剧团"，上演了《守财奴》、《原野》等中外经典剧
作。在经典剧作的排演中，陈大禹注意到台湾独特的语言文化环境，为了
帮助观众更容易观看演出，他往往将演员分组，采用日场闽南语、夜场国
语的轮流演出方式。1947年9月，实验小剧团以国语与闽南语两组轮流的
方式演出了曹禺的《原野》。除了经典剧作的排演，陈大禹也有许多具有
现实意义和多元文化融合的原创剧作。同年11月，剧团又上演了陈大禹编
导的四幕喜剧《香蕉香》，以国语、闽南语、日语配合演出，该剧展现了
"二二八"事件前后台湾本省和外省人之间的种种误会，真实反映了当时
台湾的现实生活。在演出期间就引起了台湾本省和外省观众之间的争执，
在政治混乱、白色恐怖盛行的时代，该剧由于题材敏感和批判尖锐，只
演了一天就遭当局禁演。

　　此外，在《台北酒家》一剧中，陈大禹同样以国语、闽南语、日语夹
杂的方式进行创作，并在剧本发表时说明了他对于台湾文化多元特点和戏

---

[1] 林鹤宜：《台湾戏剧史》，台北：空中大学出版，2003年版，第212页。

剧困境的理解："台湾近前的现实，除了本质上仍为中华民族的血液以外，实在不能说是台湾乡土本质，因为，无论从任何方面看来，现实的台湾，不管是社会架构、经济生产、风俗生活，都有其不可忽视的、历史演成的、一种混成体的特殊性……现在要想写实于当前生活，最成问题，还是如何写作方能适应普遍阅读者的了解，这点，到现在为止，我自己还是找不出路来。"[1]

陈大禹对于台湾文化转型时期话剧运动的思索是独到而深刻的，其戏剧创作中语言运用的杂多现象，是他针对当时文化转型问题，为了推广话剧艺术而采取的自由灵活的语言策略。

国民党政府接管台湾后台湾本地的戏剧活动也开始恢复，1945年9月，台南市主办的演艺大会，演出独幕剧《偷走兵》和二幕剧《新生之朝》。1946年元旦，由台湾艺术剧社（1945年成立）在台北市中山堂演出的独幕歌舞喜剧《街头的鞋匠之恋》，台词为闽南语，歌词则为日语；另一独幕剧《荣归》则以国语对话演出。由台湾师范学院学生组成的台语戏剧社，演出了田汉的《南归》和曹禺的《日出》。该社成员认为《日出》一剧具有强烈的社会批判力，为了将其更普遍地推向社会大众，他们尝试将它改编为闽南语版的剧本，并改名为《天未亮》。该社也注意到了文化转型背景下话剧演出的语言问题：

> 台湾剧运当前的重大问题，可说是在于运用方言，使得大多数的由于不懂国语失去欣赏国语话剧机会的民众，获得享受的机会。不过至于运用台语的目的，并不该仅在于此。戏剧工作者应该更进一步，为台湾文化着想。[2]

在国民党政府接管初期，国语话剧和闽南语话剧是同生共存的，而这

———————

[1] 陈大禹：《台北酒家 一个剧本的序幕》，载《新生报》，1948年7月14日。

[2] 林曙光：《剧运在台湾》，载《新生报》，1949年1月16日。转引自朱宜琪：《战后初期台湾知识青年文艺活动研究——以省立师院及台大为范围》，台湾成功大学台湾文学研究所，硕士论文，2003年。

本有同等发展的空间。有心的人士且有意促成二者的合作，譬如陈大禹、王淮合组的实验小剧团，就轮流以国语和闽南语分别演出莫里哀的《守财奴》。

　　台湾戏剧运动在与大陆的交流学习中逐渐升温：一方面，两岸剧运呈现汇流局面；另一方面，在对日据时期台湾新剧运动经验积累的基础上，台湾戏剧运动实现了对新剧运动的传承，艰难地进行着从"新剧"向"话剧"的转型和演进。这一时期的台湾剧运，有两个显著的特点：首先，大陆剧运开始直接输入台湾，大陆剧人来到台湾，协助台湾剧运的开展；其次，就是台湾剧运和大陆的汇流。戏剧史划分不出省界的，剧人也没有本外省的分别，大陆剧运和剧人不断地进入台湾，使本来自成一系的台湾剧运和外来的汇合在一起，凝结成一支更有力的壮大的台湾戏剧劲旅。[1]

　　台湾新剧运动在"皇民化运动"的殖民政策下泥足深陷，举步维艰，即使随后台湾实现了政治转型，台湾新剧也未能迅速重整旗鼓。一方面是语言转换和文化转型中的障碍使然，另一方面则由于国民党当局制定了严格的演剧管理制度。国民党政府接管初期，台湾当局即设立了"台湾省行政长官公署宣传委员会"全权掌管戏剧演出，颁布了《台湾省剧团管理规则》，对剧团登记演出、剧本审查制度作了严格规定，包括"剧团必须向宣传委员会申请登记，经核准发给登记证后，方准在本省境内演出"、"本省电影戏剧事业演出影片或戏剧……应于演出前，将剧本送请宣传委员会审查"[2]等等。虽然该委员会也有促进两岸戏剧交流的设想，但诸多计划也因"二二八"事件而夭折。"二二八"事件后，审查制度更加严厉，"一出话剧演出必须经四个机关审查：宣传委员会、教育部、党部、警备司令部，而警备司令部有'一票否决权'"[3]。

————————————

　　[1]吕诉上：《台湾电影戏剧史》，台北：华银出版部，1961年版，第332页。
　　[2]黄仁：《台北市话剧史九十年大事纪》，台北：亚太图书出版，2002年版，第32页。
　　[3]田本相：《台湾现代戏剧概况》，北京：文化艺术出版社，1996年版，第19页。

　　当时相关制度对于演剧艺术的严苛限制，足以表明国民党政府接管初期台湾戏剧发展的文化环境并不健康，但是，在这种严峻的形势下，台湾本土话剧仍然沿着日据以来形成的传统艰难发展，闽南语话剧的产生成为这一本土话剧发展的新景观。除了陈大禹等人多语言创作、演剧的尝试，这一时期台语戏剧社、圣烽演剧研究会的实践也是例证。

　　1945年之后，国民党在当地实行"行政长官公署"的专权体制，社会矛盾激化，最终爆发"二二八"事件。"二二八"事件波及许多热心社会活动的文艺界人士，他们或遇害或逃亡海外，得以留下来的也因为接踵而来的白色恐怖开始远离政治，保持缄默，这也正是国民党专权统治、政治干预改变台湾文化生态的开始。"二二八"事件后，台湾文艺创作陷入沉寂，但是，关于台湾文化前途与发展的论争和探索反倒十分热烈。1946年《新新》月报社主办的"谈台湾文化的前途座谈会"就是一例。这次会议的出席者包括了新生报王白渊、台湾大学教授黄得时和张冬芳、画家李石樵、人剧团顾问王井泉、作家刘春木、剧作家林抟秋等人。这次会议议题十分丰富，其中，黄得时教授提出的"中国化"和"世界化"两条文化运动路线尤其值得注意：

　　　　……台湾的文化运动方向，可以从两方面来考虑。一方面是过去台湾文化受到日本式文化的影响很大，因此同时能够达到世界水平。另一方面是台湾文化……很多地方尚未达到中国化。今后，世界化和中国化这两方面应该如何同时推进呢？若已达世界水平的文化，今后应当更加扩张、推进。若将中国自身的文化作为比较对象时，有不合之处及不适合之处，则有必要尽快达成良好意义的中国化。[1]

　　由此可见，国民党政府接管初期，台湾文化人士就开始关注文化多元发展的方向。如果说在台湾回归祖国、台湾文化与大陆文化汇流的背景下，"中国化"的提出是顺应时代趋势的必然，那么，"世界化"路线的提出则

---

[1] 黄得时：《谈台湾文化的前途》，载《新新》（台湾），第7期，1946年10月17日。

显示了文艺人士深具前瞻性的远见卓识。

事实上，国民党政府接管初期的台湾文坛仍然十分注重对于西方文艺作品、文化思潮的引介。《中华日报》的文艺栏和《新生报》的文艺副刊等，在龙瑛宗、何欣等人的坚持下，成为这一时期台湾接触西方文化的窗口。此外，"银铃会"诗社的刊物《潮流》[1]也是一例。《潮流》不仅成为当时知识青年的创作园地，还经常介绍国外的文学思潮、理论与作品。可见，台湾文化对于西方文化的吸纳并未因时局改变而有所中断，并为20世纪60年代现代主义思潮的兴起作了前期铺垫。

"二二八"事件之后，时任国防部长的白崇禧把南京的联勤总部特勤处演剧第三队调到台湾，改为隶属国防部新闻局军中演剧第三队，其中有不少优秀的演员成为以后台湾戏剧界的中坚。同时，军队剧团陆续赴台演出话剧，包括陆军整编第七十师政治部政工队的四幕剧《河山春晓》，国防部新闻局军中演剧第三队[2]于1947年7月在中山堂演出的《刑》（宋之的编剧，陈力群导演），1947年10月的《草木皆兵》（宋之的编剧，司徒阳导演），青年军第205师"新青年剧团"的《大明英烈传》（于伶编剧，谢夫导演），等等。不仅如此，1949年5月，装甲兵团由上海带去多个军中演剧队，成为台湾发展影剧的种子，后来甚至有"无甲不成戏"[3]的说法。可以说，军队剧团的赴台演出奠定了台湾军队演剧的基础。

大陆职业剧团赴台演出在"二二八"事件之后，以"上海观众戏剧演出公司旅行剧团"为主力，再度掀起高潮。刘厚生、冼群领导的上海旅行剧团是继"新中国剧社"之后赴台演出的高水准职业剧团，从1947年11月到1948年，陆续演出了历史剧《清宫外史》（杨村彬编剧，刘厚生导

---

[1] 1942年，由诗人张彦勋发起成立诗社"银铃会"，该社在战后继续创作活动，并于1947年将原诗刊更名为《潮流》。

[2] 国防部新闻局军中演剧第三队：国民党政府于1947年3月将南京的联勤总部特勤处演剧第三队调往台湾，后改名为"国防部新闻局军中演剧第三队"，专门从事演剧事业。参见张文彦：《台湾话剧的演变历程及其特点》，载《世界华文文学论坛》，1993年第2期。

[3] 黄仁：《台北市话剧史九十年大事纪》，台北：亚太图书出版，2002年版，第47页。

演）、《岳飞》（顾一樵编剧，刘厚生导演）、《万世师表》（袁俊编剧）等剧目。另外，1948年台湾省政府邀请了"国立南京戏剧专科学校剧团"，该剧团在台北上演了吴祖光的历史剧《文天祥》和黄宗江的《大团圆》。

从上述台湾话剧的发展情况来看，虽然这一时期的话剧发展身处文化转型、社会失序的困难情势之中，但是两岸交流、本土传承都使得话剧不断融合新文化，走向成熟，从而突破了话剧发展的种种限制和困难。国语话剧和闽南语话剧的共生与互补尤其具有重要意义：国语话剧的发展引导着话剧艺术走向成熟，同时，闽南语话剧的演出突破了日语的禁用和国语的陌生这一语言障碍，闽南语成为沟通日语和汉语、衔接台湾与大陆文化脉搏的桥梁，也促使闽南语话剧成为当时台湾话剧发展中独特的过渡形式和创新形式。这一时期闽南语话剧的发展具有深远影响，在今天的台湾戏剧舞台上，闽南语剧以及将闽南语作为剧作语言之一的戏剧都十分常见。

二、再中国化：冷战意识形态的戏剧观

"二二八"事件爆发后，台湾话剧发展的文化环境日益恶劣，尤其是具有社会批判意识和文化运动性质的演剧活动被当局强行压制。1949年，内战战败的国民党政府迁往台湾，并宣布于当年5月20日开始实行"全境戒严"，两岸进入新一轮的长期隔绝。20世纪50年代台湾当局实施"反共抗俄政策"，戏剧一度沦为"战斗文艺"的政治宣传工具。1950年4月27日，台湾成立"中国青年反共抗俄联合会"，6月13日，成立"战时生活运动促进会"，台湾进入备战状态，台湾戏剧也成为"反共抗俄"的政治工具。

国民党当局对政治、思想方面的整顿和操控深刻影响了台湾的文化生态。国民党采取以党代政的"党国体制"，并发动"国民党改造运动"，以达到清除异己力量、巩固蒋氏政权的目的。同时，还制定了一系列具有浓厚冷战色彩的政策，"战斗文艺"运动也同步掀起，甚至到了"软硬兼

施、文武并行"的地步。所谓"软硬兼施、文武并行"表现在两个方面：第一，在以"清共"为名义执行的残害知识分子行动的同时，国民党当局以奖励和收编机制扶植文艺创作，可谓"软硬兼施"；第二，由蒋经国领导的"国防部总政治部"发表了《敬告文艺界人士书》，要求作家们到军中去，出现了许多"军中作家"，使得"战斗文艺"呈现出"战鼓与军号齐鸣、党旗同标语一色"[1]的"文武并行"架势。

此外，国民党当局对于中国20世纪30年代形成的左翼文艺思潮也开始进一步"清肃"，"借由政权的力量，企图扭转五四以降的左翼文艺潮流，重建官方文化的权威性格"[2]。"戒严"状态下国民党当局发动的"清肃运动"，将台湾文化置于政治高压之下，文艺创作自由受到严苛限制。与此同时，国民党当局注重加强官方主导的文艺建设，从推进"战斗文艺"到展开"文化复兴运动"。1950年4月，国民党当局官方设立了"中华文艺奖金委员会"，旨在"奖助富有时代性的文艺创作，以激励民心士气、发挥反共抗俄的精神力量"[3]。由当时"立法院院长"张道藩领导的"中国文艺协会"成立，这一官方文艺团体不断收编台湾的文艺工作者，促成了官方操控的文化体制的生成。

张道藩于1952年提出了他的"三民主义文艺观"，集中体现了台湾当时文艺政策的大方向：

> 以反共抗俄为内容的作品，即是三民主义的文艺作品。不仅可以消除赤色共产主义的毒素，而且导引国民实践三民主义的革命理想。文艺的反共抗俄，是反侵略的，从而发扬我们的民族主义精神；文艺的反共抗俄，是反极权的，从而发扬我们民权主义的真谛；文艺的反共抗俄，是反斗争、反屠杀的，从而发扬民生主义的精义。[4]

---

[1] 郭枫：《40年来台湾文学的环境与生态》，载《新地文学》，1990年第2期。

[2] 郑明娳主编：《当代台湾政治文学论》，台北：时报文化出版，1994年版，第12—71页。

[3] 徐迺翔主编：《台湾新文学辞典》，成都：四川人民出版社，1989年版，第846页。

[4] 张道藩：《论当前文艺创作的三个问题》，载《文艺创作·创刊周年纪念特刊》，1952年。

　　这一文艺观论述通过国民党当局、媒体、学校和军队等机构的宣扬，其影响深入到文艺创作与理论批评的各个层面，在戏剧界更甚。

　　20世纪50年代，"战斗文艺"运动中戏剧彻底沦为政治工具。就"国家戏剧"而言，此一时期大陆与台湾戏剧虽然价值取向不同，政治态度对立，但戏剧政治化的思维模式却是相似的。"反共抗俄剧"以军队、校园作为推动剧运的安全堡垒，国民党党政军剧团及学校话剧社成为当时剧运的主力。话剧活动以公营话剧团的演出为主，包括国民党当局、军队和学校中的剧团，这些剧团多进行非商业性演出；其他少数几个民间剧团，如实验小剧团、成功剧团等，也跟国民党当局有密切关系。

　　如果说国民党在接管台湾初期，只是以政治手段干预和控制文艺，那么这一时期，则直接将戏剧作为政治手段，对戏剧的检查及监督尤其严苛。[1]台湾在当局政策和话剧运动的紧密结合上是史无前例的，在世界话剧发展史上也属少见。以1950年成立的"中华文艺奖金委员会"、"中国文艺协会"和"中央改造委员会"为代表的国民党官方主导的文艺组织，大力倡导"反共抗俄剧"。张道藩在"文协"成立之初就制定了"文协"的宗旨："团结全国文艺界，研究文艺理论，从事文艺创作，展开文艺活动，发展文艺事业，完成反共抗俄复国建国任务，促进世界和平。"[2]"文奖会"以高额奖金拉拢戏剧人进入"反共抗俄"阵营，刺激"反共抗俄剧"的创作。资料显示："……文奖会所给予剧作家的奖励都是高额奖金，以独幕剧本而言，每本有250元，多幕剧本则每本高达600至2000元；在当时，公务员一个月的薪水则不到200元。"[3]"文奖会"虽然仅存在七年多，却对20世纪50年代的文艺思潮产生了重大影响。对此，焦桐在《台湾战后初期的戏剧》一书中谈到："文奖会"所提供的奖

　　[1]马森：《台湾戏剧——从现代到后现代》，台北：秀威资讯，2010年版，第19页。
　　[2]《文协十年》（台湾），"中国文艺协会会章"之第一章第二条，1960年5月。
　　[3]李立亨：《在适当的位置做最适当的事——李曼瑰和她所推广的剧运》，载《表演艺术》，1995年第4期。

赏，不啻诱导所有文艺人力投入政治宣传工作，文艺创作进入意识形态挂帅的年代，台湾的各种戏剧也被全面收编，汇入"反共抗俄剧"运动的激流。[1]

一边是戒严体制和白色恐怖的硬性压制，一边是金钱诱惑和组织拉拢的软性收编，投身"反共抗俄"主潮无疑是某些戏剧人士的不二选择，更何况许多"反共抗俄剧"的创作者也的确胸怀"反攻复国"的"理想"。"反共抗俄剧"的创作力量以军中话剧团队为主，军中话剧团队包括"总政治部"话剧队、陆军的陆光话剧队、海军的海光话剧队、空军的蓝天话剧队（后改为"大鹏话剧队"）、联勤的明驼话剧队等。"海、陆、空、勤、警五个军中话剧队，以往每年皆在十月庆典期间，有盛大之观众或竞赛演出，成绩斐然，并巡回各军中长时作劳军公演。"[2]军中话剧仅偶尔做营业性公演，主要演出为巡回各军中的慰问劳军演出和重要庆典的合演。

在"文奖会"六届"获奖"作品的剧目中，"反共抗俄剧"所占比例是惊人的，除了少数历史题材作品，绝大部分都充满了"反共抗俄"主题和政治宣传口号，而剧中人物也多为"反攻复国""国策"的传声筒。由心理上的"恐共"、"仇共"所导致的"反共"戏剧运动，正是政治危机和民间心理动荡的集中体现。"五十年代的戏剧为配合整个时代背景，戏剧的表现都是反共抗俄的样板。即使每一部戏剧都有其各自的特色，却仍然脱离不了政治的窠臼。"[3]并且，"反共"戏剧由台湾当局强力推动，将道德层面的"善与恶"具象化为政党斗争层面的"国民党"与"共产党"，"反共剧发挥了政治功能、社会功能，也同时发挥了心理治疗的效益——

[1]焦桐：《台湾战后初期的戏剧》，台北：台原出版社，1990年版，第56页。

[2]吴若、贾亦棣：《中国话剧史》，台北：文化建设委员会，1985年版，第220页。

[3]汪靖容：《台湾五〇年代反共抗俄剧的盛行》，台北师范学院社会科教育学系历史组，硕士论文，2004年。

既唤醒又催眠"[1]。

　　"反共抗俄"成为当时台湾文艺创作的"思想风标"，不仅话剧如此，台湾地方戏曲歌仔戏、傀儡戏等民间演剧也融入"反共抗俄"内容。由于话剧艺术的直观性和群体性，"反共抗俄剧"作为这一时期台湾话剧发展的特殊形态，成为台湾国民党当局政策实施和推广的工具。"此时，台湾的戏剧和其他文学艺术的发展处在风声鹤唳下，到处吹起反共的号角声，这种文艺的反共动员令，绝对要求文学的自由主义者牺牲个人的自由，要求作家放弃个人单独的行动和写作主张，一致声讨共产党。"[2] 1955年，"台湾省改良地方戏剧委员会"通过十三项地方戏剧禁演标准，其中，（1）至（6）条都与"反共政策"一致：

　　（1）违反国策。

　　（2）违反国家法律或政令。

　　（3）挑拨离间国内各民族之团结。

　　（4）含有共产主义思想毒素。

　　（5）在战时对士气民心有不良影响。

　　（6）夸大描写盗匪流氓等非法行为而有诲盗作用。

　　（7）表示重大犯罪行为不予法律制裁而有鼓励作用。

　　（8）台词或动作有淫秽情态。

　　（9）通过描写赌博、狎妓、吸毒等情形足以引人堕落。

　　（10）鼓励自杀行为而无道德意义。

　　（11）描写儿童犯罪行为而无教育意义。

　　（12）表现神奇怪诞面引人迷信。

　　（13）传布无稽邪说。[3]

---

　　[1] 纪蔚然：《善恶对立与晦暗地带：台湾反共戏剧文本研究》，载《戏剧研究》（台湾），2011年第7期。

　　[2] 葛贤宁：《论战斗中的文学》，台北："中华文化出版事业委员会"，1955年版，第124页。

　　[3]《台湾新生报》，1955年6月16日。

如果说在国民党败退台湾以前，台湾现代戏剧的理论建设和批评中心是以民族、阶级为基本概念和美学色彩的激进式文艺批评，那么在"戒严"后的三四十年中，台湾现代戏剧则是遵循与大陆意识形态势不两立的粗暴逻辑，不仅在戏剧创作上企图颠倒黑白，在批评上也高度意识形态化。

20世纪60年代，"反共抗俄剧"因为生命力衰竭迅速走向消亡，尤其是话剧创作严重脱离现实生活，不仅使得观众丧失了对这一话剧形式的兴趣，甚至有"'反共抗俄剧'中的角色可以用猴子来扮演，因为那些人物没有灵魂"和"罚你看话剧"[1]的嘲讽说法。在题材方面，"反共抗俄剧"也将台湾话剧导向了荒芜的境地。对此，焦桐在《台湾战后初期的戏剧》中论述道："当反共抗俄剧在不能获得一般民众的认同时，这一项戏剧运动便像在泥土上播种，注定难以发育出健康的幼苗；当反共抗俄的主题愈是雷厉风行，愈是冰封了这块本来就很贫瘠的戏剧土壤。"[2]

[1] 徐钜昌：《戏剧哲学》，台北：东方出版社，1968年版，第183页。
[2] 焦桐：《台湾战后初期的戏剧》，台北：台原出版社，1990年版，第64页。

第十章　革命古典主义：意识形态主导的戏曲观念

第一节　概述

　　抗战时期，中国共产党及其军队创建的根据地主要有陕甘宁、晋绥、晋察冀、晋冀豫、冀鲁豫、苏北和淮南等20余个。由于领导层的高度重视，中共中央致力于文化建设，一再强调文艺的宣传、教育作用，建立了一整套管理机构，中央有宣传部和文化工作委员会（简称"文委"），军委则由总政治部负责。中央下属的分局、专署（或行署）、地委（或特委）和县委等都设有宣传部、文艺处或文教科等；各军区、军分区政治部多设文艺科。同时，在党、政、军直接组织和领导下，各种文艺协会、社团、文工队（或宣传队）和剧团等大量涌现，从事各项具体的文艺工作，如，陕甘宁有文化界抗日救亡协会（以下简称陕甘宁"文协"）等，冀鲁豫有文化界救国联合总会（以下简称"文联总会"），晋察冀有文化界抗日救国联合会（以下简称"文救会"或"文联"）和中华文艺界抗敌协会分会（以下简称晋察冀"文协"）等。得力于党、政、军的推动，为政治服务的文艺运动在诗歌、小说、戏剧、曲艺、歌舞和美术等领域蓬勃兴起。

　　1942年5月，延安文艺界的整风运动正式开始。当月2日至23日，延安召开了文艺座谈会，毛泽东分别在座谈会开始和结束时发表讲话，这就是对中国的文学和艺术产生重大影响的《在延安文艺座谈会上的讲话》（以下简称《讲话》）。同年6月，中宣部发出了在全党范围进行整风学习的通

知，《讲话》被传达至各根据地，成为整风学习的纲领性文件。次年10月
19日，《讲话》由延安《解放日报》正式发表。紧接着，中共晋绥根据地
的《抗战日报》和晋察冀根据地的《晋察冀日报》等重要报纸也相继全文
转载。包括毛泽东、周恩来、朱德、贺龙、聂荣臻、陈毅、刘少奇、林伯
渠、陈云、凯丰（何克全）[1]、博古（秦邦宪）和李卓然[2]在内的领导
人多次发表对文艺工作的意见，党、政、军各级文宣部门也下达了一系列
有关文艺工作的号召与指示。这些意见、号召和指示紧跟《讲话》精神，
就文艺的性质和功用、文艺与政治的关系、文艺创作的内容和形式、文艺
工作的方法和途径等提出了具体要求。为了介绍、阐释、宣传党的文艺思
想及政策，周扬、冯雪峰、艾青、萧军、萧三、刘白羽、张庚、周而复、
何其芳和林默涵等文论家在《解放日报》、《新华日报》、《群众》、《群众
文艺》和《大众文艺丛刊》等报刊发表了大量文章。与此同时，中国共产
党采取了召开大会、座谈会和检讨会，举办学习班，树立典型，编辑并出
版各种报刊，举办征文与评奖活动，检查与总结工作，组织嘉奖等多种方
式，全面而深入地贯彻文艺政策。此后，文艺界的认识高度统一，文艺创
作与理论开始转向，戏曲创作与理论随之发生了微妙而显著的变化，走上
为政治服务的道路，这是形成国家意识形态化戏曲理论体系的开端。

　　代表中共文艺思想的《讲话》主要阐明了三大问题：一是"文艺工作
和党的整个工作的关系"，《讲话》再一次强调了文艺为政治服务的观念，
要求文艺工作者必须"站在党性和党的政策的立场"；二是文艺为什么人

---

　　[1] 何克全（1906—1955），江西省萍乡人，又名凯丰、何凯丰。中学期间参加学生运动，
毕业后回乡组织农民协会，并于1927年加入中国共青团。后被派往苏联，入莫斯科中山大学学
习。1930年冬回国，转为中共党员。1932年转移到中央革命根据地，1934年参加长征，并出席遵
义会议，先后担任中共中央监察委员会委员、宣传部部长、长江局委员、南方局常务委员、宣传
部代理部长等职。建国后，历任沈阳市委书记和中共中央宣传部副部长等职。
　　[2] 李卓然（1899—1989），湖南湘乡人。早年参加五四运动，1920年与周恩来一起去法国
巴黎勤工俭学，1923年转为中共党员，1926年赴苏联留学，1929年回国，被派往中央革命根据
地。1934年10月出席遵义会议，1937年底到达延安，任中共中央军委总政治部宣传部部长、陕甘
宁边区中央局宣传部部长、西北局宣传部部长等职。建国后历任中共中央宣传部副部长、中央顾
问委员会委员和全国政协常委等职。

服务的问题，指明文艺要为工农兵服务，要求文艺工作者深入工农兵，了解、熟悉他们，向他们学习，最终有效地教育、指导他们；三是文艺如何为工农兵服务的问题，包括正确处理普及与提高、歌颂与暴露的关系，政治和艺术、内容与形式应该统一，运用社会主义现实主义的创作方法以及政治第一、艺术第二的批评标准等。毛泽东提出这些问题，是有针对性的。整风运动前，根据地的文艺观念存在着各种分歧。中共领导层和文宣部门一直强调党性和阶级性，要求文艺反映现实，为政治服务，而文艺工作者并不能完全认同。有的坚持艺术的独立性和创造性，要求艺术家"绝不应落在先进的政治之后"；有的较为关注艺术的能动性，认为艺术的反作用能指导政治；有的反对文艺为政治服务，斥之为"功利主义"，追求艺术本身的价值；有的提出超阶级的人性论，反映了艺术为人生的观念；有的认为大众没有文化艺术，强调大众化是为了"化大众"。[1]针对这些观点，毛泽东在《讲话》中明确指出"为艺术的艺术，超阶级的艺术，和政治并行或互相独立的艺术，实际上是不存在的"，文艺必须从属于政治；鼓吹超阶级的艺术，追求文艺的独立性与纯粹性都是资产阶级及小资产阶级的观念，已导致艺术至上主义、形式主义以及脱离政治和群众的倾向，必须纠正。

整风运动中，在各种座谈会、检讨会和工作会议上，党、政、军各级文宣部门及领导人反复强调《讲话》精神，分析并批评上述各种错误观念。1942年8月，司令员聂荣臻在晋察冀军区文艺工作会议上指出，"部队的文艺工作者，在组织上讲，是属于政治部门"，因为"我们的军队是党的军队，有自己的阶级性和党性。我们的艺术也是如此，有阶级性，有党性，有自己一定的立场和观点"。[2]1943年5月，时任晋察冀边区参议会

---

[1]《加强文艺整风运动，为克服艺术至上主义的倾向而斗争——胡锡奎同志在北岳区党的文艺工作者会议上的结论》，见张学新等编：《晋察冀文学史料》，天津：天津社会科学院出版社，1989年版，第266、267、269、270、271页。

[2]《关于部队文艺工作诸问题——在晋察冀军区文艺工作者会议上的讲话》，见张学新等编：《晋察冀文学史料》，第192、196页。

议长的成仿吾[1]在北岳区文艺工作者会议上的发言中将文艺为政治服务解释为"文艺为一定阶级的阶级斗争服务"[2]。同时，他们也承认，"艺术并不就等于政治，也不能单纯的看成一般宣教工作，而是有它的特殊性"[3]。艺术的特殊性在于它生动、形象，比教科书和直接说教更有感染力和说服力。但是，政治与艺术的重要性是不同的，"首先要在政治上没有错误，然后在技术上要求"[4]。

经过反复的学习、争论和整顿，文艺思想基本上达成一致，党性和阶级性仍是核心概念，而文艺为工农兵服务的观念和革命古典主义则成为两个基本点。如第七章所述，抗战爆发以后，以突出的政治理性、鲜明的理想主义倾向和强调写实原则为特征的革命古典主义成为文艺创作的指导思想。随着《讲话》精神的贯彻执行，在各根据地，革命古典主义发生了三点变化：1. 政治理性被进一步强化、深化、细化，明确要求文艺要配合具体的政治任务；2. 文艺大众化的思想进一步发展，为工农兵服务成为大众化的主要途径；3. 理想主义倾向进一步加强，论者普遍认为文艺作品反映出来的生活可以也应该比实际生活更高、更强烈、更理想。同时，文艺应"以写光明为主"[5]，表现出鲜明的倾向性。

---

[1] 成仿吾（1897—1984），原名成灏，笔名石厚生、芳坞、澄实，湖南新化县人。早年留学日本，从事革命活动，与郭沫若等创办创造社，回国后于1925年加入中国国民党。大革命失败后，流亡欧洲，在巴黎加入中国共产党。1931年9月回国，参加左翼作家联盟。同年11月初到达鄂豫皖边区，1934年随红军长征，到达延安后，同毛泽东、周恩来、徐特立等一起倡议成立延安鲁迅艺术学院，先后担任陕北公学和华北联合大学校长，以及中共晋察冀中央局委员等职。建国后，历任中国人民大学、东北师范大学和山东大学等校校长，著有《仿吾文存》、《从文学革命到革命文学》、《文艺论评》、《新兴文艺论集》和《成仿吾文集》等。

[2]《成仿吾同志在北岳区党的文艺工作者会议上的发言》，见张学新等编：《晋察冀文学史料》，天津：天津社会科学院出版社，1989年版，第258页。

[3]《军区政治部关于开展部队文艺工作的决定》，见张学新等编：《晋察冀文学史料》，第183页。

[4]《聂司令员在第二届艺术节大会上的演讲》，见张学新等编：《晋察冀文学史料》，第190页。

[5] 毛泽东：《在延安文艺座谈会上的讲话》，见《毛泽东选集》第3卷，北京：人民出版社，1991年版，第871页。

在当时，专门就戏曲创作和理论所展开的讨论并不多。戏曲往往被混杂在文艺、戏剧之中，论者谈及文艺工作与戏剧活动时，也阐明了对戏曲的看法、见解和要求。论者主要可分为三类：第一，从中央到地方，党、政、军各部门，尤其是文宣部门的领导者，如毛泽东、周扬、艾思奇、成仿吾、亚马（李汝山）[1]等。第二，兼跨诗歌与小说创作、话剧研究和文艺评论的陈荒煤[2]、张庚、刘芝明[3]、艾青、萧三、萧军、光未然、何其芳、赵树理和阮章竞[4]等。他们大都是在接受新思想、新文学的熏陶中成长起来的知识分子，抗战以后投奔根据地，在各学校、报刊、剧团或文协担任教学、编辑、记者或领导工作。一般说来，他们较少涉足传统戏曲，更关注新文艺。第三，从事表演、创作或研究的戏曲工作者，大多

---

[1] 亚马（1919—1999），原名李汝山，山西平定县人，中共党员。早年参加学生运动，先后担任中共兴县中心县委书记、晋绥边区文联主任、晋绥西北艺术学校校长、西北艺术学院副院长、长春电影制片厂厂长、吉林师范大学校长等职。曾编写剧本《愠家庄》、《千古恨》和《交城山》等，撰写《关于戏剧运动三题》、《论成长发育的大众文艺运动》和《沿着社会主义的道路发展电影事业》等文章。

[2] 陈荒煤（1913—1996），原名陈光美，笔名荒煤，小名沪生，祖籍湖北襄阳，生于上海。早年参加左翼戏剧家联盟，1938年秋赴延安，执教于鲁迅艺术学院戏剧系、文学系。历任中南军区文化部部长、中南军政委员会文化部副部长、文化部电影局局长、文化部副部长等职。著有《荒煤短篇小说集》、论文集《为创造新的英雄典型而努力》、电影文学评论集《解放集》等、散文集《梦之歌》与《难忘的梦幻曲》等、话剧剧本《扑食》与《我们的指挥部》等，曾主编《中国现代文学史汇编》、《中国新文学大系》和《当代中国电影》丛书等。

[3] 刘芝明（1905—1968），原名陈祖赛，曾用名陈公愚，辽宁盖州人，中共党员。早年留学日本，回国后在上海参加革命活动，先后执教于上海政法大学、暨南大学。抗战爆发后赴延安，历任中共中央党校教务处主任和延安平剧研究院院长等职，组织、领导新编京剧《逼上梁山》和《三打祝家庄》的创作与演出。建国后曾任文化部副部长与全国文联副主席等职。

[4] 阮章竞（1914—2000），曾用名洪荒、啸秋，广东中山市人，著名诗人、画家，中共党员。历任八路军太行山剧团团长、太行文联戏剧部长、华北局宣传部文艺处处长、中国作家协会党组成员、北京市作家协会主席、全国文联第四届委员等职。著有长篇小说《霜天》、《白丹红》，话剧剧本《未熟的庄稼》、《糠菜夫妻》、《在时代的列车上》，歌舞剧剧本《民族的光荣》，活报剧本《茂林事变》，歌剧剧本《比赛》和《赤叶河》，诗集《霓虹集》、《勘探者之歌》、《阮章竞诗选》、《边关明月胡杨泪》、《夏雨秋风录》和《三百里西江路》等，纪实文学《赵亨德》和《五阴山虎郝福堂》等。

任职于各学校或平剧研究院，如齐燕铭[1]、阿甲[2]、李纶[3]、王聪文、金紫光[4]、魏晨旭[5]、任桂林[6]和张东川[7]等。可见，参与讨论的成员多而杂，而了解、爱好戏曲的并不占主导地位。

从整风运动开始，到建国之初"五五"指示正式颁布，在戏曲领域，

[1] 齐燕铭（1907—1978），曾用名齐振勋、齐震、田在东，笔名齐鲁、叶之余，北京人，中共党员。早年曾参加学生运动，抗战前先后执教于中国大学、中法大学与东北大学等。1940年到延安，先后任职于中央研究院、中共中央党校与延安鲁艺等，曾参与创作新编京剧《逼上梁山》和《三打祝家庄》等。建国后历任中共中央统战部副部长与文化部副部长等职。

[2] 阿甲（1907—1994），原名符律衡、符镇宝，曾用名符正，生于武进，长于宜兴，中共党员。早年学京戏，习老生，1938年春赴延安，考入鲁迅艺术文学院美术系，历任鲁艺平剧研究团团长、延安平剧院研究室主任与副院长等，曾参与编演京剧《打渔杀家》、《逼上梁山》、《钱守常》等，参与导演京剧《三打祝家庄》和《进长安》等。建国后，历任文化部戏曲改进局研究室主任、中国京剧院总导演与副院长、中国文联第四届委员、中国剧协第三与第四届副主席、第六届全国政协委员等，曾参与编导京剧现代戏《白毛女》和《红灯记》等，著有《戏曲表演论集》等。

[3] 李纶（1916—1994），剧作家，文艺评论家，原名李维伦，曾用名艾三、艾玉等，山东泰安人，中共党员。1937年参加革命，曾入延安鲁艺戏剧系学习，先后任职于延安鲁艺实验剧团、延安鲁艺平剧研究团、平剧研究院等，后调任山东平剧实验剧团团长、东北京剧实验剧团团长、东北人民政府文化部戏曲改进处处长、《戏曲新报》总编辑等。曾编写京剧剧本《赵家镇》、《难民曲》、《郑铁匠自新》、《仇深似海》等，另著有《杂谈戏曲改革问题》和《戏曲杂记》等。

[4] 金紫光（1917—2000），笔名紫光、思杰，河南焦作人，中共党员。1938年毕业于延安鲁艺戏剧音乐系，曾任职于延安吴堡青训班、延安泽东青年干校和延安中央管弦乐团等，历任中央实验歌剧院秘书长、北方昆曲剧院副院长兼研究员、北京市文联秘书长、中国文联副秘书长和中国戏剧协会理事等，曾参与编演京剧《逼上梁山》，编写昆曲剧本《红霞》等。

[5] 魏晨旭（1917— ），河北赵县人，中共党员。1937年参加红军。抗战后被送到延安学习，1942年调入平剧研究院，任研究员。建国后，先后任职于中央文化部戏曲改进局、中国戏曲研究院、中央党校等。曾编写京剧剧本《边区自卫军》、《摘棉花》和《新闹天宫》等，并与任桂林、李纶等合编京剧《三打祝家庄》，撰写《平剧改造中的几个问题之浅见》等文章。

[6] 任桂林（1915—1989），戏曲编剧和演员，河北辛集人，中共党员。早年其父曾创办昆曲班社祥庆社，因受其熏陶，任自小嗜好戏曲，曾考入山东省立戏剧学院表演系，京、昆兼擅，习小生。1937年到延安，在延安平剧院从事表演、创作与研究工作。建国后，历任文化部艺术局副局长，中国戏曲研究院、中国京剧院与中国戏曲学院副院长，中国剧协第三、第四届理事等。曾与李纶、魏晨旭合编京剧《三打祝家庄》等，编写《即墨之战》、《秦良玉》、《郑成功》、《玄武门之变》等剧本，有《任桂林戏曲文集》传世。

[7] 张东川（1917—2003），京剧导演，戏剧活动家，河北赵县人，中共党员。曾入延安陕北公学、抗大、延安鲁艺学习，历任东北文协京剧团团长、东北戏曲研究院院长、《群众文艺》和《戏曲新报》主编等。建国后，历任中国评剧院院长、北京市文化局副局长、中国京剧院院长等。编有京剧连台本戏《秦始皇》、《岳飞》，评剧《金印记》等，改编出版京剧《红娘子》，创作京剧《九件衣》（与宋之的合编）及《平原游击队》等，参加导演评剧《小女婿》、《杨三姐告状》和京剧《雁荡山》、《恩仇恋》等。撰有论文《慎重地对待戏曲改编和创作工作》、《发展中的中国京剧》、《京剧〈红灯记〉改编和创作的初步体会》等，著有《张东川剧本评论选集》等。

论者围绕上述的核心概念和基本点就戏曲的本质，戏曲与政治的关系，戏曲的作用与任务，大众化、民间形式和民族形式，秧歌剧的形式、表演和前景，旧剧改革，戏曲创作与戏曲评论等论题展开了讨论，初步形成了国家意识形态化的戏曲理论体系。革命古典主义戏曲观是这一体系的核心，在很大程度上决定了论者对戏曲的认知和主张。

对戏曲本质特性的确认是形成国家意识形态化戏曲理论体系的基础，据前文所述，自晚清以来，戏曲是宣教工具的观念已获得广泛的认可。《讲话》称文艺是"整个革命机器的一个组成部分"，又进一步强化了这种观念。作为文艺形式的一种，新时代的戏曲不再是充斥着封建毒素的旧艺术，而是"团结人民、教育人民、打击敌人、消灭敌人的有力的武器"[1]。戏曲与现实斗争、政治立场和教育意义等紧紧捆绑在一起。在各根据地，论者强调、突出作品内容的重要性，明确指出作品的价值取决于内容的教育意义和宣传功效，而形式则成为内容的附庸，无足轻重。很显然，论者已将工具性视为戏曲艺术的本质所在。从党、政、军领导部门到各大小剧团，从领导人到戏曲工作者，无一不竭力追求戏曲的"宣传性、组织性、动员性"。"部队中的剧团，大都演戏与开会配合一起的。开会为了进行宣传，演戏更负着双层任务。""演戏一般是在大会程序的末项，它可以稳定会场，保证大会顺利进行。"往往锣钵一响，"很快就会掀动全村"，起到召集群众的作用。[2]在陕甘宁根据地，民众剧团自称"大众艺术野战兵团"，编演了一大批反映当时政治斗争、宣传党的政策和号召的现代戏，获得了领导和群众的赞赏，被公认为模范剧团。太岳根据地阳城固隆农村剧团因"在敌人面前，勇敢地进行艺术宣传活动"，被誉为一支

[1] 毛泽东：《在延安文艺座谈会上的讲话》，见《毛泽东选集》第3卷，北京：人民出版社，1991年版，第848页。
[2] 王镇武：《漫谈游击战中的平剧活动》，见《延安平剧活动史料集》第1集，北京：文津出版社，1985年版，第98页。

"不扛枪的队伍"。[1]新编京剧《逼上梁山》和《三打祝家庄》都获得了领导层与广大干部的高度评价，主要是因为前者"写出广大群众的斗争和反抗，一个轰轰烈烈的创造历史的群众运动"，体现出"群众的力量、集体的力量"，[2]后者恰当地表现了调查研究、自我批评和改正错误的工作作风，"配合目前已在进行着的政策教育及党的开展准备反攻的城市工作的任务"，都"发挥了完满的教育效果"。[3]可见，戏曲工作者，包括编导、演员和论者等，不仅自觉把自己当作以艺术为武器和敌人作战的士兵，而且相信戏曲的强大力量，能有效地解决工作中遇到的各种问题，从而顺利完成各项政治任务。

　　论者认为，要充分利用戏曲的工具作用，其前提是正确认识戏曲与政治的关系，深入理解并相信戏曲"是服从政治，为完成政治任务的一种有力工具"。[4]首先，要弄懂"政治"的含意。在这里，"政治"决不是一个抽象、含糊的名词，包括两大内容：一是中国共产党的思想和主张，利益和前途；二是中国共产党及其政府与军队制定的各项政策，安排的各种工作和任务等。唯有深入理解这两点，戏曲工作者才能保持党性、阶级性和战斗性，站对站稳立场。阿甲在《关于平剧的接受遗产与服务政治问题》中明确肯定"平剧服务政治，在思想上是无条件的"。对于戏曲工作者来说，这是具有总结性的论断，不容置疑。其次，要不断反思、检讨以往工作中"脱离现实，对政治冷淡的偏向"。[5]这一偏向主要表现为艺术至上主义，片面强调技术和单纯盲目的娱乐观点等，或由于"对大戏和旧中

　　[1]夏青：《"不扛枪的队伍"》，见《山西文艺史料》第3辑，太原：山西人民出版社，1961年版，第273、275页。

　　[2]刘芝明：《从〈逼上梁山〉的出版到平剧改造问题》，见《延安平剧活动史料集》第1集，北京：文津出版社，1985年版，第19、23页。

　　[3]金灿然：《论〈三打祝家庄〉》，见《延安平剧活动史料集》第2集，北京：文津出版社，1989年版，第71、75页。

　　[4]《军区政治部关于开展部队文艺工作的决定》，见张学新等编：《晋察冀文学史料》，天津：天津社会科学院出版社，1989版，第183页。

　　[5]柯仲平：《平剧工作者应该欢迎批评》，见《延安平剧活动史料集》第2集，第10页。

国的旧戏的溺爱"，"对学习旧技术，抱着保守成见，把学习和改造对立起来，不合时宜地强调'今天是研究阶段'"，"原封不动的不加选择地搬运旧戏的全套家当"；[1]或"单纯从技术上着眼不顾其内容的好坏及影响，把演出看成单纯的娱乐活动"，"原封搬演旧剧本，对内容毫不注意"；[2]或"把欣赏的意味，代替了教育的实质"，演大戏成风；[3]或"单以技术来决定戏的好坏"；[4]或认为党组织对戏曲的要求"不合符艺术创造的原则"，戏曲创作"决不能由一纸命令来从事"，要求尊重戏曲艺术的规律；[5]或"只看重整套的最定型的平剧，对于平剧中附属部分小形式的戏剧，没能给予必要的注意，没能研究和改造利用"[6]。这些做法都"严重的脱离了实际政治斗争"，[7]必须纠正。最后，必须把握为政治服务的正确途径。张庚在《对平剧工作的一点感想》中遵从《讲话》精神，要求平剧为工农兵、新时代服务。中央文委1943年3月在延安召开戏剧座谈会强调戏剧"为战争、教育、生产服务"。[8]无论戏曲为工农兵服务，还是为战争、生产和教育服务，其实质都是"抱着为新政权、新部队服务的目的"，针对具体的政治任务，"为之宣传动员"。[9]可见，戏曲发挥工具作用的途径在于配合具体的政治任务，教育、指导群众。

---

[1]啸秋：《当前戏剧界的几个问题》，见《山西文艺史料》第1辑，太原：山西人民出版社，1959年版，第223页。

[2]《执行中央文委会决定，平剧院确定今后方向》，见《延安平剧活动史料集》第2集，北京：文津出版社，1989年版，第23页。

[3]阿甲：《工作关于平剧的接受遗产与服务政治问题》，见《延安平剧活动史料集》第2集，第7页。

[4]巩廓如：《太行区第一次文教会议（1945年）戏剧组讨论概况》，见《山西文艺史料》第1辑，第194页。

[5]张庚：《论边区剧运和戏剧的技术教育》，见《延安文艺丛书·文艺理论卷》，长沙：湖南人民出版社，1984年版，第482页。

[6]《执行中央文委会决定，平剧院确定今后方向》，见《延安平剧活动史料集》第2集，第23页。

[7]啸秋：《当前戏剧界的几个问题》，见《山西文艺史料》第1辑，第223页。

[8]《执行中央文委会决定，平剧院确定今后方向》，见《延安平剧活动史料集》第2集，第22—24页。。

[9]张庚：《论边区剧运和戏剧的技术教育》，见《延安文艺丛书·文艺理论卷》，第476页。

　　戏曲怎样才能配合具体的政治任务？论者提出了革命古典主义的创作原则和手法。《讲话》倡导社会主义现实主义的创作方法，并把现实主义纳入马克思主义的范畴，实际上确认了革命古典主义在戏曲领域的领导地位。根据当时延安的戏曲理论家、剧作家和剧评家撰写的相关文章，如任桂林的《从平剧演变史谈到平剧在延安》、李纶的《建立平剧导演制度——对平剧工作的一个初步意见》、魏晨旭的《平剧改造中几个问题之浅见》和徐特的《我对平剧的一点感想》等，可知文艺工作者已经在非常自觉、熟练地运用革命古典主义的概念和原理编写剧本，阐述观点，批评作品。一方面，论者强调政治理性，要求戏曲工作者站在工农兵的立场上，"从现实的革命发展中真实地、历史具体地去描写现实"，深入反映现实生活的本质，完成"从思想上改造和教育劳动人民的任务"。[1]另一方面，论者认为戏曲还应该表现理想，激发工农兵大众的热情和斗志，达到改造社会、实现社会理想的目标。政治理性与理想色彩的结合是这一时期戏曲理论的显著特征。

　　文艺的大众化与通俗化，以及与之相关的旧形式、民间形式和民族形式等，曾是根据地文艺界讨论的焦点问题。尽管部分论者轻视各种旧形式和民间形式，但主流的观点却是主张利用大众所熟悉与爱好，且易于理解的各种旧形式与民间形式，尽可能地发挥文艺的宣传教育作用。不过，由于多数戏剧工作者并没有认识其价值，以为"老百姓那里根本没有什么可学的"，误认为"普及工作就是把工作做得简单一些、马虎一些、粗糙一些"，"百姓不能接受什么细致的东西"，因此，他们没有对民间文艺给予足够的关注，群众性的戏剧运动也没有真正展开，或者说，展开得还远远不够。[2]

　　[1]《第一次全苏作家代表大会作家协会章程（1934年4月）》，见《苏联文学艺术问题》，北京：人民文学出版社，1953年版，第13页。
　　[2]张庚：《谈秧歌运动的概况》，见《延安文艺丛书·文艺理论卷》，长沙：湖南人民出版社，1984年版，第487—488页。

　　《讲话》重提了大众化问题，重新诠释了大众化的内涵。所谓大众化，"就是我们的文艺工作者的思想感情和工农兵大众的思想感情打成一片。而要打成一片，就应当认真学习群众的语言"。在整风运动中，1942年5月13日，延安的40多位戏剧作家、演员、戏评家和剧运工作者在文化俱乐部进行了一次会谈。在会上，讨论了剧运方向、如何配合目前政治情况和戏剧界的团结等问题。讨论普及的方式时，提出了戏剧地方化问题，涉及地方戏和方言等。[1]同年6月27日，陕甘宁边区政府文委召集延安剧作者座谈，成立了"剧作者协会"。塞克[2]和王震之[3]等谈及延安过去只演大戏、外国戏，看不起自己的小戏，是一种应该纠正的偏向。剧作者应以工农兵为主要对象，在普及中提高。晋绥、晋察冀和冀鲁豫等根据地也多次召开文艺工作会议和文联大会，聂荣臻、朱良才[4]、周扬、成仿吾、胡锡奎[5]等军事或文宣部门的领导人在会议上发言，论者也纷纷在《晋察冀日报》、《解放日报》或《群众》等报刊发表论文。比较重要的论文

---

　　[1] 唯木：《当前的剧运方向和戏剧界的团结》，见《延安文艺丛书·文艺理论卷》，长沙：湖南人民出版社，1984年版，第466—468页。

　　[2] 塞克（1906—1988），原名陈秉钧，曾用名陈凝秋，河北霸县人，诗人、剧作家、画家、话剧和电影演员、导演。曾加入南国社，1938年到延安鲁迅艺术学院担任教授，著有话剧《流民三千万》、《铁流》，被誉为"抗战吼狮"。历任延安青年艺术剧院院长、辽北省政府教育厅副厅长兼辽北学院副院长、东北鲁迅文艺学院院长和东北人民艺术剧院院长等职。

　　[3] 王震之（1916—1957），河北定县人，中共党员。1935年考入南京同济大学，抗战后赴延安。历任中国延安鲁迅艺术学院戏剧系教师、副主任及实验剧团主任、西北联防军政治部部队艺术工作团团长与电影局电影剧本创作所所长等职。著有戏曲剧本《松花江》、《松林恨》和《摩擦鉴》等，话剧剧本《顺民》、《咆哮的河北》、《流寇队长》和《冀东起义》等，电影剧本《白衣战士》、《卫国保家》和《内蒙人民的胜利》等。

　　[4] 朱良才（1900—1989），原名朱绍时，字少时，号振声，湖南汝城县人。早年参加革命，开展农民运动，1926年参加中国国民党，次年加入中国共产党。1928年参加红军，曾参加黄洋界保卫战，第一、第二次反"围剿"，赣州战役，漳州战役和水口战役等，并参加长征。历任晋察冀军区政治部主任、华北军政大学副政委兼政治部主任、华北军区政治部主任和北京军区政委等职。

　　[5] 胡锡奎（1896—1970），湖北孝感人，1925年加入中国共产党，次年冬赴苏联，入莫斯科中山大学学习。回国后长年坚持地下工作，先后担任中共北平市委书记、天津市委代理书记、唐山市委代理书记、京东特委书记等职。1938年8月任中共晋察冀区党委常务委员兼宣传部部长，后改任中共中央晋察冀分局宣传部部长，主办党刊《战线》，创办《半月时事》、《工作通讯》等，1944年同邓拓主持出版第1部《毛泽东选集》。建国后，历任中国人民大学副校长、中共中央西北局书记处书记等职。

有张庚《论边区剧运和戏剧的技术教育》、唯木《当前的剧运方向和戏剧界的团结》、凯丰《关于文艺工作者下乡的问题——在党的文艺工作者会议上的讲话》、萧三《可喜的转变》、沙可夫《晋察冀新文艺运动发展的道路——点滴经验教训的介绍》、何其芳《关于艺术群众化问题》、周而复《边区的群众文艺运动》、张庚《谈秧歌运动的概况》和林默涵《略论文艺大众化》。这些发言和论文以《讲话》精神为指导，本着文艺为工农兵服务的观念，将大众化、民间形式与民族形式等统一为同一个问题，那就是文艺深入工农兵群众的问题，可具体为两结合，即艺术和工农兵结合，文艺工作者和工农兵结合。

　　这一认识对戏曲的影响主要有四点：1. 作为民间形式和旧形式的一种，秧歌剧受到空前的关注，促进了新秧歌剧的兴起和繁荣。论者认为新秧歌剧是真正属于大众的戏剧，部分论者还进一步倡导以新秧歌剧为基础创造新歌剧，即戏剧的民族形式。有关秧歌剧的探讨成为当时戏曲思想很重要的一部分，下文将详述。同时，其他地方戏也受到重视和提倡。2. 强化了戏曲领域的群众观点，群众剧运的重要性及其方式、方法等，都成为论者关注的话题。论者认识到戏曲的大众化从根本上说是思想和立场的问题，戏曲工作者应积极主动地改造自己的世界观，真正从思想上理解艺术为群众服务，从而在创作中"贯穿着群众观点"。[1]论者认为："今天我们剧运的主要工作是把剧运推向农村中、部队中、工厂中，使之在那里发展、生根、开花、结果。"怎样才能把剧运推向农村和部队？首先，要表现"老百姓的生活，现实的，抗战和民主所变更了的他们的新生活"[2]。其次，要"大量采用民间形式，采用为广大群众能听得懂，看得懂的形式，采用为老百

---

[1] 何其芳：《关于艺术群众化问题》，见《延安文艺丛书·文艺理论卷》，长沙：湖南人民出版社，1984年版，第775页。

[2] 张庚：《论边区剧运和戏剧的技术教育》，见《延安文艺丛书·文艺理论卷》，第475—476页。

姓能解得下的形式"[1]，如秧歌剧、秦腔与眉户剧等。只有这样，戏曲才能够在老百姓当中真正扎下根，并且发展起来。再次，论者认为向群众学习是戏曲大众化的途径之一。在陕甘宁根据地的绥德、米脂地区，政府号召群众到南边来开荒。为了宣传政府的移民号召，鲁艺的一个剧团演出了《下南路》。"剧作与演技都比他们下乡前提高了一步"，剧团的负责人认为这"主要是向群众学习的结果"，创作剧本时，"曾向参加过当时斗争的农民干部详细访问过"，排演时，又"请农民干部担任了临时导演"。据此，论者指出"向群众学习是解决艺术群众化的第二个关键"。[2]最后，论者认为只有"发动群众参加到剧作中来，才能更深刻更正确的表现了群众"[3]。要真正完成戏曲的大众化，还应鼓励集体创作和突击创作的方式，发动群众参与剧作的编写、排练与演出。秧歌剧比较简单好学，又热闹，可以吸引广大群众参与其中，故而得到论者的大力倡导。3. 戏曲工作者将《讲话》精神化为自己的思想，自觉下乡、入伍，深入工农兵群众，和他们生活在一起，向他们学习，学习他们的语言、劳动观念和斗争精神，按照他们的面貌来改造自己，抛弃小资产阶级知识分子的思想，获得无产阶级的立场。4.影响了论者对旧剧改革目标、方法和途径的讨论。

在各根据地，中国共产党领导的旧剧改革正式开始于1942年。《讲话》指明了文艺为工农大众服务的发展方向，而整风运动又统一了广大文艺工作者的思想认识，为旧剧改革扫清了思想障碍。同年10月10日，致力于改革平剧的延安平剧研究院正式成立，毛泽东特意为研究院题写的"推陈出新"成为改革旧剧的方针。研究院的李纶、阿甲、罗合如、魏晨旭、徐特、柯仲平、任桂林等人探讨平剧改革的方针、方法与途径，研究平剧艺术的演唱、舞蹈、道白的规律，撰写了一系列文章。在平剧研究院

［1］凯丰：《关于文艺工作者下乡的问题——在党的文艺工作者会议上的讲话》，见《延安文艺丛书·文艺理论卷》，长沙：湖南人民出版社，1984年版，第158页。

［2］何其芳：《关于艺术群众化问题》，见《延安文艺丛书·文艺理论卷》，第768—776页。

［3］赵树理等：《秧歌剧本评选小结》，见《山西文艺史料》第3辑，太原：山西人民出版社，1961年版，第250页。

之外，张庚和周振吾等人也著文讨论旧剧改革。1943年春夏，阿甲、柯仲平、李纶和周振吾等在《解放日报》发表了六篇论文，讨论了延安平剧工作的方针、方向和改革的步骤、过程等问题。1943年至1945年，中央党校和平剧研究院相继排演了新编历史剧《逼上梁山》和《三打祝家庄》，获得了毛泽东等中央领导人和文宣部门的高度评价。毛泽东称前者"恢复了历史的面目"，为"旧剧革命的划时期的开端"，又肯定后者"创造成功，巩固了平剧革命的道路"。[1] 另外，作为改革平剧的尝试，延安平剧研究院还创作、演出了平剧现代戏《上天堂》和《难民曲》等。

抗战胜利以后，东北与华北解放区相继成立专门机构，开展了旧剧改革运动。东北有1947年7月1日成立的东北文协平剧工作团和后来成立的评剧工作组；华北有1948年成立的华北文艺界协会戏剧音乐工作委员会。1948年周扬担任华北中央局宣传部长，11月23日华北解放区《人民日报》发表了周巍峙起草、周扬修改的社论，题为《有计划有步骤地进行旧剧改革工作》。社论遵照毛泽东的意见，从政治的角度提出审查旧戏好坏的标准以及旧剧的修改与创作的方法，还强调"旧剧的改

延安平剧研究院1944年集体创作的《三打祝家庄》

革，有赖于文艺界工作者与旧艺人的通力合作"。这些论述为当时和建国后的戏曲改革乃至整个文艺事业的发展提供了重要依据。1949年3月，中共七届二中全会在西柏坡召开，中宣部部长陆定一接见了为大会演出的华北平剧院的骨干，再次强调："对平剧要在继承的基础上进行改革发展，要取其精华，去其糟粕，推陈出新"，还提出了整理、改编传统剧目和创作新编历史剧及现代戏并举的主张，明确了改造旧平剧时应遵循的改人、改

<hr>

[1]《毛泽东书信选集》，北京：人民出版社，1983年版，第222页；艾克恩：《延安文艺运动纪盛》，北京：文化艺术出版社，1987年版，第569—570页。

文艺理论家、文学翻译家和文艺活动家
周扬像

制的"双改方针"。[1]同年7月，第一届全国文艺工作者代表大会在北京召开，周恩来在政治报告中着重谈到了改造旧文艺的问题。不久，中共中央决定成立旧剧改革领导机构，由周扬具体负责。7月28日，为开展旧剧改革，中国戏曲改进会发起人大会在北京饭店举行，郭沫若、欧阳予倩、田汉、杨绍萱、赵树理、马彦祥和阿甲等百余人参加了大会。大会阐明了旧剧改革的重要意义，号召戏曲工作者在毛主席文艺思想的指导下，从思想上改造自己，投身于戏曲改革。大会还就"学习马列主义、毛泽东思想"、"有组织、有计划、群众性、全国性的进行改革"以及"培养新干部"等问题提出具体的意见。[2]在北平、南京和上海等地，解放军进城后，军管会文管会成立旧剧处或文艺处，先后举办戏曲讲习班或地方戏剧研究班，聘请欧阳予倩、田汉、马少波、洪深和阿甲等戏剧名家，为旧剧艺人授课，讲解了革命人生观、政治修养和旧剧改革等问题，着重改造艺人的思想，提高他们的政治觉悟，为旧剧改革做准备。

建国后第二天，中国戏曲改进会改组为中华全国戏曲改革委员会（简称"戏改委"），负责进行以京剧为中心的戏曲改革工作。同月底，"戏改委"改称"中央人民政府文化部戏曲改进局"（简称"戏改局"），由田汉担任局长，致力于戏改工作。次年7月，文化部专门邀请戏曲界知名人士与戏曲改进局的负责人，共同组建了戏曲改进委员会，作为"戏改"最高顾问机关，周扬、田汉等四十三人名列其中，周扬担任主任委员。委员会主要负责审定剧目，并就戏改工作的计划、政策及有关事项向文化部提出建议。此外，委员会还制定了审定传统剧目的标准。同年冬，周扬主持

［1］张俊瑞：《忆中央有关负责同志对华北平剧院领导骨干的一次谈话》，见《延安平剧活动史料集》第2集，北京：文津出版社，1989年版，第42页。
［2］马少波等：《中国京剧史》下卷第一分册，北京：中国戏剧出版社，1999年版，第12页。

召开了全国戏曲工作会议，会上有人提出"百花齐放"的主张，呼吁坚持"改人、改戏、改制"。周扬很重视，向毛泽东作了汇报，不久就出台了"百花齐放，推陈出新"的方针。根据周扬的大会总结报告和会上许多戏曲艺术家及戏曲工作干部的建议，周扬主持起草了中央人民政府政务院《关于戏曲改革的指示》，经周恩来审定修改后于1951年5月5日签发，这便是著名的"五五"指示。此后，以"改人、改戏、改制"为主的戏改运动在全国范围内轰轰烈烈地展开。

戏改期间，有关戏改的讨论非常具体、零散，但主要围绕以下九个问题展开：1.戏改的原因、任务和目标；2.戏改的原则；3.戏改的方案、方法；4.戏改的步骤和过程；5.改编旧剧和创造新戏的问题；6.改造艺人的问题；7.建立导演制度的问题；8.如何改造形式的问题；9.必须纠正的偏向。这些论题实际上可归为三大部分：旧剧为什么必须改革；旧剧改革改什么；旧剧改革如何进行。

新编戏的创作也是论者最关注的论题之一。论者认为编演新戏不仅是改造旧剧最切实可行的方式，也是开展剧运的关键，能更为充分地发挥戏曲的宣教作用，故而应大力提倡。围绕新编戏的创作，论者主要探讨了以下四个方面的问题：1.论者非常重视作者的政治素质，要求作者把握马列主义的观点、立场和阶级分析的方法，熟悉、研究并理解中共的路线和政策，有意识地配合政治任务，尤其是每一阶段的中心任务。2.论者坚持革命古典主义的创作方法。首先，论者普遍认同现实生活是戏曲创作的源泉，现代题材因而颇受重视，现代戏大行其道。其次，作品主题的确定、题材的选择和处理、情节的安排和人物的刻画等都应该配合具体的政治任务，听从组织或者领导人的指示，以满足宣传政策和教育群众的需要。再次，剧作者应该真实地再现社会现实，创造典型环境和人物。这里所说的"现实"既是具体的，同时也是历史的，在不断变化发展中。存在于这一现实中的各种复杂的社会关系及其矛盾运动过程，即构成典型环境。把人物置于典型环境，刻画其典型性，是剧作者的要务。最后，论者强调真实性，也认为创作应该具有鲜明的倾向性，应正确处理歌颂、批评和暴露的关系，以歌颂光明为主。另外，论者还就"旧瓶装新酒"的方法、集体创作与突击创作的方式、大胆创造新的形式等问题展开了讨论。

戏曲评论的原则、标准和方法在很大程度上都取决于论者对戏曲的认识和要求，内容第一、政治第一的观念决定了当时的戏曲评论对思想性和教育作用的偏重。观点主要包括以下五点：

一、评论戏曲，首先要根据作品的政治内容分析其立场和原则，"因为立场错了，政治原则错了，便一切都错了，不管你动机如何，客观上都帮助了敌人说话"。[1]

二、评判一部作品有没有价值，应主要依据其表现内容进行分析，只要反映并指导了现实，配合了政治任务，发挥了宣传和教育作用，就值得肯定；而且，教育作用越大，其价值也就越大。马琰在《七月剧社三个月的工作》中热情洋溢地肯定了七月剧社编演的剧作，原因是剧作都反映了群众自己的生活，而且又给了群众新的力量，就是所演出的历史剧对当前的政治斗争也都是有帮助的。志华在《看戏十九天》中肯定了他在晋东南群英大会上看到的48部戏，理由是"这些戏都说出了劳动人民心里的话，吐出了劳动人民肚里的气，指出劳动人民应走的道路"。这两篇评论很有代表性，体现了当时的剧评偏重作品现实功用的倾向。

三、判断一部作品是否成功，关键要看作品是否有效地宣传了各种政策，是否起到了教育群众的作用。卢梦对道情剧《大家好》的评价颇具典型性，他认为作品是成功的："它的成功主要是它反映了根据地人民与军队间平常的生活，而这平常的生活中却贯穿了一个极重要的政策。它通过了艺术的形式，把这个政策向群众作了有效的宣传。"[2]这部戏写的是军

[1] 巩廓如：《太行区第一次文教会议（1945年）戏剧组讨论概况》，见《山西文艺史料》第1辑，太原：山西人民出版社，1959年版，第194页。

[2] 卢梦：《对于〈大家好〉的评论》，见《山西文艺史料》第2辑，第196页。

民关系，宣传的是军爱民、民拥军的道理，而这个道理关联着拥军、爱民的政策。杨戈对眉户剧《王德锁减租》的分析也很有代表性。该作"很全面地反映了减租政策的整个执行过程，及边区人民在民主生活中的丰富的斗争事迹"，能起到很大的宣传和教育作用。"剧中贯穿着一个斗争性不强的农民王德锁，如何在群众斗争中，在农会的教育部帮助下坚定起来。因此，它首先可以使王德锁一型的农民得到教育。"该剧还通过两类地主形象的对比"阐明了对地主的政策"："一种是对共产党有极深的敌对情绪的，如何只顾自己发展，不管群众死活，如何暗地破坏减租法令，如何不顾抗战利益，不识大体，甚至同特务勾勾搭搭，幻想着旧政权旧军这些封建残余同他重新结合。而另一型开明地主，则识大体，随潮流，同农民合作，亲自参加劳动，于是全家身体健康，和和睦睦，落得一个好名誉，并不比以前少收入多少，更其是一样得到政府的照顾，'保证交租交息'。"这个对比是强烈的，"更具说服力量"。[1]

当然，形式和技巧也是不应忽视的。论者认为，"构成一个好的戏剧，它得有三个条件，即革命的思想、人民的社会生活与尽可能完美的艺术形式"，[2]而完美的艺术形式应运用现实主义（即革命古典主义）的创作方法和高度的技巧来创造。卢梦的《对于〈大家好〉的评论》和杨戈的《关于"王德锁减租"》中都把写作方法和形式技巧纳入了评论的标准。"《大家好》的作者们从群众中吸收了丰富的拥政爱民与拥军运动的材料，很好地研究了它，组织、集中了一下，使其更为典型化，然后写成剧，演给群众看，把拥爱与拥军政策贯彻了下去，这种写作的方法是十分正确的"；而且，这部戏"情调是愉快而活泼的"，"从头到尾都很紧张热

---

[1] 杨戈：《关于"王德锁减租"》，见《山西文艺史料》第2辑，太原：山西人民出版社，1959年版，第201—203页。
[2] 刘芝明：《从〈逼上梁山〉的出版到平剧改造问题》，见《延安平剧活动史料集》第1集，北京：文津出版社，1985年版，第26页。

烈"，"使观众的情绪经常保持住饱和与满足的状态"，人物也都很朴实、生动。而《王德锁减租》"许多场面使用对比，再加上旧的手法适当夸张，就显得非常简捷有力，使许多矛盾鲜明而尖锐地在斗争着，使人一目了然，这样就造成了很好的演出效果"；而且，剧中的细节描写生动真实，非常成功地刻画了鲜明的人物形象。应该指出，卢梦与杨戈虽然肯定了形式与技巧的作用，但主要还是着眼于它们是表现思想内容必不可少的媒介和手段。论者还指出一部成功的作品应以旧形式为基础，应学习话剧等新的表演方法，使之与旧的表演方法融合，创造出新的形式。蓬飞在《解放日报》发表剧评《半年来延安演出的戏剧杂谈》，指出延安演出的新剧不仅配合了政治任务，而且在形式上以秦腔和秧歌为基础，吸收了话剧的表现手法。对于形式方面的突破和创新，论者普遍表示赞赏，并且大力倡导。还有少数论者对戏曲艺术的特征给予了一定的关注，如，西戎在《"大家合作好"评介》中分析作品的不足时指出"在一些分场上话剧味道是很重的"，可见作者并不赞成运用话剧的表现手法。

四、强调真实性。论者普遍认为真实的故事和人物能打动人，失去真实性很可能产生反效果，对取材于真人真事的做法尤为关注和肯定。

五、群众应参与评论，而且他们的意见应得到重视。风林《蒲阁寨民主演剧队》、朱穆之《"群众翻身，自唱自乐"——在边区文化工作者座谈会上关于农村剧团的发言》、胡正《谈边区群众剧运》和华含《介绍武乡东堡村解放剧团》等文章都把群众参与评论视为剧团工作和剧本编演成功的重要原因，要求戏剧工作者予以重视。亚马在《抗敌日报》发表了《关于戏剧运动的三题》，要求戏剧工作者"把群众看作是集体的批评家"，"经受群众对自己的考验"，只有这样，"才能真正学到很实际的东西，以达到戏剧工作者和边区新的群众的思想感情相结合，才会写出群众所迫切需要的更动人的作品，也才会创造出更丰富的艺术"。《解放日报》很快转载此文，编者按指出，文章中重视群众评论的观点值得关注。陕甘宁文教大会

"也把这作为戏剧工作的重要方针之一"。[1]

　　另外，论者还强调了批评与鼓励相结合的批评方法，并就鼓励的方式进行了讨论。

　　尽管论者更多地关注戏曲的现实功用，但延安鲁艺及平剧研究院的一批戏曲工作者却就平剧的艺术特征和美学价值发表了看法。张庚在《对平剧工作的一点感想》中称许平剧的技术是完整、成熟、精致、优秀的。阿甲在《平剧研究院和平剧工作》中提出了相似的看法，还进一步指出平剧的艺术表现很精练，而且"是从生活里提炼出来"，不过，平剧"不是直接的生活写实，它是以歌舞来表现生活的"。李纶在《建立平剧导演制度——对平剧工作的一个初步意见》中肯定"平剧是一种具有歌舞规律的成型已久的艺术"。魏晨旭在《平剧改造中几个问题之浅见》中的看法较为独到，他认为："正因为中国戏剧没有布景，剧作者和演员都得到了很大的方便……（演员）可以尽量发挥自己的天才，去创造各种优美的虚拟动作，加之中国戏剧中因为音乐性的特点，产生了一切都要节奏化的要求，形成了中国戏剧中虚拟的节奏化的舞蹈动作。"可见，论者已经准确而清晰地把握了平剧艺术的综合性、歌舞性和虚拟性的表现方式及特征，并且肯定这些特征体现了平剧艺术的优长。

　　对于平剧艺术程式性等特点，论者也有所把握。魏晨旭《平剧改造中几个问题之浅见》中认为平剧"存在着严重的严整性和僵固性"以及"公式主义、僵固呆板、过度夸张和粗野简陋等缺点"。阿甲在《平剧改造运动中的几个问题》中进一步分析平剧的表演体系"是封建观念的产物"，"它的体系，是各个技术单位，机械的组合而成，分开来是许多死的套子……这些程式的机械活动，便规定了人物角色的类型化、概念化"。可见，论者虽已掌握平剧程式化的表现方法和艺术特征，却视之为一种缺

---

　　[1] 亚马：《关于戏剧运动的主题·编者按》，见《延安平剧活动史料集》第2集，北京：文津出版社，1989年版，第44页。

陷，视之为导致平剧艺术陷入形式主义泥潭的重要原因。

　　另外，平剧研究院的罗合如精通平剧的唱腔、音韵和表演，撰写了《谈味儿》和《字、词念唱方法的研究》等文章，探讨京剧的板眼、行腔、旋律，以及字的四声、五音、四呼、半音和尖团等，还相当细致地分析了如何处理发音的轻重、快慢和高低，从而使唱腔圆润有力，抑扬顿挫。难能可贵的是，罗合如还进一步论及意境问题，他认为，不单是唱腔，还有身段和表情都是在舞台上营造意境的重要因素。演员应该在演出之前充分了解整个故事，还有所装扮的角色及与其有关联的其他角色，把握剧中人物的个性，体会到他的情绪和情感，"然后能幻想自己为剧中人，使自己剧中人化"。只有这样，唱腔与思想、情感相融合，演员才能创造出意境，"把听众的精神拉到故事的情感里面去"，让观众感到津津有味。平剧研究院的王铁夫擅演丑角，曾撰写《丑角漫谈》，阐述他对丑角的认识，包括丑角所扮演的人物、表演特点和作用等。一方面，他认为把劳动人民扮成丑角是"把人民大众看成人下人，当作奴隶"，反映了"剥削阶级的专制观念"；另一方面，他又指出，"生、旦、净、丑，各种角色都有好坏，不能把'丑'做为好坏善恶的标帜"。在当时，论者普遍运用阶级分析的方法，认为把劳动群众扮成丑角是一种轻视和污蔑。王铁夫无疑受到了影响，但由于他精通舞台，又不能完全认同时论，因而产生了矛盾。

　　关注戏曲美学的论者很少，阿甲是其中的一个。在《没落时期的京戏的美学观》一文中，他通过批判旧的京剧美学观阐述了自己的京剧美学观。他从以下三个方面概括了旧的京剧美学观：1. 美和功利分开。欣赏一出戏，是为了求美。美感的获得，与现实世界和宣教作用无关。"戏的故事内容，只能当作一种结构而存在，应该注意的是形象的本身。""听京戏，首先应注意腔的美，腔里头再去寻求音韵的美，音韵里头又去追求风格的美。""京戏的歌舞形象，应当有它超脱的境界，不能和思想内容混做一谈。"2. 美感和真实感对立。"美的追求，在于撇开真实"，"引起一种超然的想象"，领略不可言传的意境。一旦有了真实性，就会失掉意境的美。3. 美要从抽象出发。"意境、气韵、线条、轮廓、色泽等等，这是京剧独立的生命，至于剧的思想主题，那是美感以外的东西"。阿甲认为这些观念是属于封建阶级的，应予以否定，应倡导新的京剧美学观：1. 美是有功利性的，不能独立于戏的思想主题而存在；美感的获得来自于客观现实，与作品的思想内容和宣教作用有着密切的关系。2. 美感离不开现实主义的创作方法，与真实感并不是对立的，而是统一的。3. 京剧的美是健康、朴素、明朗的，更适合于表现人民的力量。阿甲是著名的京剧编导和资深票友，曾多年任职于延安鲁艺平剧团和平剧研究院，熟谙我党的戏曲政策和观念。因此，他的美学观很有代表性，值得关注。

戏曲理论家、表演家和导演阿甲像

由上可知，20世纪的前50年，从"戏园者，实普天下人之大学堂"[1]，到"戏剧是宣传教育最有力的武器"[2]，再到戏曲无条件服务于政党、政治，戏曲的工具作用被不断强化、突出，甚至被视为戏曲艺术的本质特性，这是建构国家意识形态化戏曲理论体系的基石。这一理论体系以革命古典主义为核心，以戏曲改革论和戏曲创作观为两大支柱，基本上确定了此后戏曲发展的方向和格局。

---

[1] 三爱：《论戏曲》，见阿英主编：《晚清文学丛钞·小说戏曲研究卷》，北京：中华书局，1960年版，第52页。

[2] 张庚：《剧运的一些成绩和几个问题》，见《张庚文录》第1卷，长江：湖南文艺出版社，2003年版，第288页。

第二节　革命古典主义的戏曲观

文艺整风运动以来，在各根据地，革命古典主义成为文艺思想的核心，对戏曲观的影响是决定性的。

一、旧戏与新剧、大戏与小戏、历史剧与现代戏——戏曲的本质

其一，旧戏与新剧。

自晚清戏曲改良运动之后，戏剧被划分为旧戏与新剧两大类，分别指传统戏曲和从西方传入中国的戏剧形式。在根据地，这一新旧的区分发生了显著的变化，赵树理和靳典谟在《秧歌剧本评选小结》中对"新剧"进行了新的诠释："根据群众见解，凡以新的内容所确定的表演形式，包括改造了的旧形式，统谓之新剧。"无论是话剧、歌剧等新形式，还是京剧、秦腔、秧歌剧等旧形式，只要是表现了新内容，就是新剧。很明显，新内容是新剧唯一的关键词。朱穆之[1]在《"群众翻身，自唱自乐"——在边区文化工作者座谈会上关于农村剧团的发言》中，对"新剧"的解释更加详尽、具体，他说："有些同志多少偏重于形式，认为话剧或话剧配以部分唱词，或新歌剧，就是新剧。在内容方面，虽也认识到与旧剧有所不同，认为演现代的事应是新剧，但什么是现代的事的观念是模糊的。我们认为，反映群众翻身的戏，就是新戏，所谓翻身，不但只是减租、反奸、反恶霸，它包括着群众一切的翻身活动，如生产、参军等等。"朱穆之将"新内容"具体为与群众翻身相关的一切活动，同样没有将形式纳入衡量标准，

---

[1] 朱穆之（1916—　），原名朱仲龙，江苏江阴人。毕业于北京大学外语系，曾任八路军第129师政治部宣传部副部长、太行军区第六军分区政治委员、中共中央太行分局宣传部宣传科科长、中共晋冀鲁豫中央局宣传科科长等职。建国后历任新华通讯社社长、中共中央宣传部副部长和文化部部长等职。

把艺术当成了宣传政策、教育群众、配合政治任务的工具。他又指出："这种新戏常常具有某种新的形式，大半是从群众喜爱的民间形式中演变出来的一种形式。"可见，与旧剧相比，新剧的形式也发生了变化，而这种变化是新内容促成的。曼晴[1]在《晋察冀一年来的乡艺运动》中把话剧、歌剧、综合性的歌舞剧归入新剧。在这里，"综合性的歌舞剧"指的是运用歌唱、舞蹈、对话，甚至还有快板、活报等表现手段演出的戏剧形式，内涵与之相近的概念还有"大杂烩式的新颖活泼的民间形式"、"一揽子的戏剧形式"、"综合性形式"和"综合形式"等。其创作情形大致如下："在运用形式上，他们并不是套在旧形式中，而是根据剧情的发展，该说就说，该话（快板）就话，这里想唱就用调子，那里要打就配家俱，发挥了当地的秧歌小调，吸收了大戏中为群众欢迎的曲调，创造了大杂烩式的新颖活泼的民间形式。"[2]是否有利于内容的表现是选择、运用形式的唯一标准，这种做法被认为是对旧形式的改革，论者往往予以肯定和揄扬。晋察冀阜平高街村剧团采用这种做法编演的《穷人乐》受到根据地政府的嘉奖，被视为农村剧运的方向。

倡导新剧是论者共同的声音，他们普遍认为"今后不发展旧剧要发展新剧"[3]，而且还要通过发展新剧，"逐渐地把旧剧从农村文化阵地上挤出去"，而"新剧总是剧运的主流"，其前途是光明的无止境的。[4]对于旧剧，论者的看法主要有以下三种：1. 旧剧是落后的艺术形式，但仍为群众

---

[1]栗曼晴（1909—1989），笔名曼晴，河北广宗人。早年参加学生运动，抗战爆发后奔赴延安，曾于西北战地服务团任战地记者，后工作于晋察冀边区文救会、文联、文协等部门。建国后历任《石家庄日报》编辑、记者、副总编、总编，石家庄市文化局副局长，石家庄地区文联主任等职。曾主办《新诗歌》和《诗建设》等诗刊，有《曼晴诗选》存世。

[2]胡正：《谈边区群众剧运》，见《山西文艺史料》第2辑，太原：山西人民出版社，1959年版，第89页。

[3]璧夫：《道蓬庵农村剧团的经验——关于农村剧团方面问题的研究》，见《山西文艺史料》第3辑，太原：山西人民出版社，1961年版，第266页。

[4]蒋平：《两年来的太南剧运工作及目前存在着的几个问题》，见《山西文艺史料》第3辑，第235页。

习惯与喜爱，应批判地接受，即去其糟粕，取其精华，主要是去掉其思想上的毒素，代之以配合政治任务的新内容。2. "对旧戏不是一律禁止，但要注意政治影响，宣传封建秩序与有伤风俗的戏，我们应禁止演出。"[1]演出未经改造、没有新内容的传统剧目，是散布封建毒素的错误行为。3. 群众与论者的看法并不完全一致。据巩廓如《太行区第一次文教会议（1945年）戏剧组讨论概况》、曼晴《晋察冀一年来的乡艺运动》、赵树理《艺术与农村》和璧夫《道蓬庵农村剧团的经验——关于农村剧团方面问题的研究》等，晋绥、晋察冀、太行和太岳等根据地不少地区的群众一度"不喜欢看新剧，非叫演旧剧不行"[2]，"一时间，请把式，闹旧剧几乎成风"[3]。论者认为造成这种现象的原因主要有三个：1. "有部分村庄对新旧剧的认识尚不够明确"，没有清楚地意识到未经过改造的旧剧含有封建毒素。[4] 2. "新戏没有好戏，压不倒旧戏。"[5]赵树理在《艺术与农村》中指出，经过"大胆的改造"，"打破了旧戏旧秧歌的规律，用自由的语言动作来表演现实内容。这种做法出来的东西，不但是懂艺术的看了不过瘾，就是村子里学过这一道的人，虽然也一面参加在里边，一面却也连连摇头，大有'今不如古'之叹"。3. 群众不习惯包括话剧在内的新剧。志华在《看戏十九天》中认为话剧"比秧歌进步得多，和真的事情一般，活模活样"，但同时又承认"咱老百姓看不惯"，"和咱这人一样，不象戏"。对于解决问题的方法，论者提出了三点建议：1. "首先动员干部，说明现在演戏不是光为闹红火的，还要给群众开脑筋"，让群众理解新戏的教育意

---

[1] 曼晴：《晋察冀一年来的乡艺运动》，见张学新等编：《晋察冀文学史料》，天津：天津社会科学院出版社，1989年版，第337页。

[2] 璧夫：《道蓬庵农村剧团的经验——关于农村剧团方面问题的研究》，见《山西文艺史料》第3辑，太原：山西人民出版社，1961年版，第266页。

[3] 华含：《介绍武乡东堡村解放剧团》，见《山西文艺史料》第3辑，第260页。

[4] 华含：《介绍武乡东堡村解放剧团》，见《山西文艺史料》第3辑，第260页。

[5] 巩廓如：《太行区第一次文教会议（1945年）戏剧组讨论概况》，见《山西文艺史料》第1辑，第194页。

义。[1] 2. 领导要旗帜鲜明地"为新剧团撑腰"，克服部分干部群众"单从自己兴趣出发"，"光点旧剧，不演新剧"的偏向。[2] 3. 重视剧本创作，多写好剧本，以此吸引群众，压倒旧剧。

由上可知，论者把形式排除在外，仅以内容为标准划分新旧剧，形式成为内容的附属物，不同戏剧样式之间在形式方面的特点和差异很容易被忽视，被混淆。论者还进一步将内容局限于能够配合政治任务的现实题材，表现出追求戏曲宣教作用的迫切愿望。

其二，大戏与小戏（舞台戏与广场剧）。

大戏与小戏是论者对戏剧样式的另一种划分。张庚在《论边区剧运和戏剧的技术教育》中认为大戏"乃是外国的名剧和一部分并非反映当时当地具体情况和政治任务的戏"，因为多在舞台演出，又称"舞台戏"。这类戏"在技术上有定评，水准相当高"，演出的目的主要在"提高技术"。在文艺整风运动之前，陕甘宁和其他根据地演大戏一度成风，而且是以演《雷雨》、《日出》和外国戏为主。在文艺整风运动中，这种现象受到了非常严厉的批评，被斥为艺术至上、技术第一、脱离现实斗争与工农群众、"对于活泼生动的边区现实生活不发生表现的兴趣，失去了政治上的责任感"，[3] 是"非党的资产阶级小资产阶级思想原则"导致的，[4] 也是"艺术工作者的自由主义、个人主义与一切三风不正的具体表现"，必须纠正和改进[5]。文艺整风运动纠正了演出大戏的风气，论者对大戏的理解和评价也有所改变。肖秦在《关于戏剧工作的几点意见》中将"大戏"定

[1] 璧夫：《道蓬庵农村剧团的经验——关于农村剧团方面问题的研究》，见《山西文艺史料》第3辑，太原：山西人民出版社，1961年版，第270页。

[2]《太行三专署关于农村剧团的指示》，见《山西文艺史料》第3辑，第238页。

[3] 张庚：《论边区剧运和戏剧的技术教育》，见《延安文艺丛书·文艺理论卷》，长沙：湖南人民出版社，1984年版，第470页。

[4] 聂伯：《北岳区区党委召开党的文艺工作者会议》，见张学新等编：《晋察冀文学史料》，天津：天津社会科学院出版社，1989年版，第256页。

[5] 沙可夫：《晋察冀新文艺运动发展的道路》，见张学新等编：《晋察冀文学史料》，第423页。

义为"登场人物较多，剧本情节结构较复杂，演出时间较长，主题有相当深度"的戏。[1]紫池在《关于演秧歌剧与大戏的一点意见》中对大戏的看法与肖秦一致。新编历史京剧，如《逼上梁山》、《三打祝家庄》和《廉颇蔺相如》等都属于大戏。而小戏，则是群众性的戏剧形式，如秧歌剧等，形式比较短小，故事情节不复杂，上场的演员不多，因为常常在广场表演，又称"广场剧"。延安鲁艺《兄妹开荒》和《牛二起家》、延安枣园文工团的《动员起来》、中央党校的《牛永贵负伤》等等，都是代表作。

对于如何看待大戏和小戏，论者多认为二者不可偏废，因为"群众是要求多样性的"。无论是大戏还是小戏，"只要内容是反映现实而又指导现实的，或反映历史现实而引古证今的"，观众会"不但爱看而且是能够看得懂的"。"如果它不是'写的群众的实际生活，不能和当前的任务结合'，或其思想主题有了毛病时，那末，即使是小型广场剧，观众也一样是不欢迎的。"[2]至于具体采用何种形式，论者的意见主要有三种：1. 二者有高下之分，"大戏"的水平更高，适合文化水平比较高的观众，"各职业剧团为了干部的需要，酌量演些大戏也是需要的"，而且，"目下边区群众的经济条件改变了，生活提高了，艺术工作者应当适应这种提高，写出提高的作品，以满足群众的要求"。但是，"我们演出的对象，始终主要的是广大工农士兵群众，所以我们应以演出逐渐提高的小型广场剧为主"。[3]2. "看具体题材而确定其表现形式与大小。题材大，就搞大的；题材小，就搞小的。题材宜广场，就在广场；宜在台上，就在台上。"[4]3. 不能耽误生产。"业余剧团，由于生产时间上的限制，不适合演大戏"，而职业剧团，"为了适应生产时间"，也要"多搞小型的"。[5]

---

[1]肖秦：《关于戏剧工作的几点意见》，见《山西文艺史料》第2辑，太原：山西人民出版社，1959年版，第93、100页。

[2]紫池：《关于演秧歌剧与大戏的一点意见》，见《山西文艺史料》第2辑，第98页。

[3]肖秦：《关于戏剧工作的几点意见》，见《山西文艺史料》第2辑，第94页。

[4]紫池：《关于演秧歌剧与大戏的一点意见》，见《山西文艺史料》第2辑，第100页。

[5]刘芝明：《东北三年来文艺工作初步总结》，见《江潮集》，沈阳：辽宁人民出版社，2007年版，第210页。

　　由上可知，论者批评大戏，问题并不在于大戏本身，而在于许多大戏往往脱离现实，没有紧密配合当时的政治任务起到宣传和教育的作用。划分大戏与小戏的意义在于根据干部与群众的实际需要和接受程度，更加切实、充分地发挥戏曲的政治功用。

　　其三，历史剧与现代戏。

　　历史剧与现代戏的划分主要着眼于题材。现代戏指现代题材的戏曲作品；历史剧的含义比较模糊、混乱，论者多将古装戏一律称为历史剧，有时又特指取材于历史人物和事件的剧目。由于现代戏直接表现现实政治，紧密配合政治任务，能够快速而有效地发挥宣传和教育的作用，所以受到了论者的高度关注和肯定，被确定为戏剧发展的方向。同时，历史剧的价值也得到了肯定。阿甲在《平剧改造运动中的几个问题》中指出，"在排新剧中改造旧形式，是实践改造最有效的办法"。由于旧平剧形式的凝固与僵化，演员的创造又是有限度的，所以，"在目前的段落，平剧改造，主要还是演历史剧为宜"。紫池在《关于演秧歌剧与大戏的一点意见》中认为，只要内容是"反映历史现实而引古证今的"，如《三打祝家庄》一类的大戏，群众也很欢迎，原因在于这些戏对当时的政治斗争有帮助。蒋平在《两年来的太南剧运工作及目前存在着的几个问题》中肯定"历史剧仍然要演出"。《华北文艺界协会成立大会记事》也提倡"要创作新的历史剧"。同时，论者对历史剧的创作提出了两方面的要求：其一，在思想内容方面，"旧史实新意义"的做法值得关注，[1] 要求剧作家以新的、正确的历史观分析材料，"改正过去为统治阶级所歪曲了历史"，"写出历史的真相与因果"，表现人民和集体的力量，揭示历史是人民群众创造的这一新的历史观。同时，也不应违背历史的真实，诸如反对帝国主义、解放人民和反封

---

[1] 唯木：《当前的剧运方向和戏剧界的团结》，见《延安文艺丛书·文艺理论卷》，长沙：湖南人民出版社，1984年版，第468页。

建等政治口号，出现在历史剧中"是不妥当的"。[1]其二，在形式方面，必须要改革、创新，不能拘于旧的形式而妨碍了内容的表现。应该说明的是，部分论者将古代题材的作品一律视为历史剧，模糊了历史与文学、艺术的界限与区别，导致了认识上的混乱。

上述三组概念的区分主要体现了以下两点认识：1. 艺术样式的性质是由作品的内容决定的，形式只是内容的附庸，无足轻重；2. 戏曲的本质在于其工具作用，戏曲是服从政治、配合政治任务的有力工具，作品内容的教育意义和宣传功效是决定其价值高低的关键。

二、反映现实是戏曲艺术实现工具作用唯一的途径

既然工具性是戏曲艺术的本质特性，那么，戏曲存在的价值就取决于其宣传与教育作用。论者普遍认为只有如实地反映现实，戏曲才能发挥宣传与教育作用，从而作用于现实。艾青在《创作上的几个问题》中进一步提出通过批判现实来指导现实的主张，他说："艺术不仅是消极地反映现实，更重要的是积极地批判现实，组成社会意识。"在这里，"批判现实"指的是用批评的眼光对取自社会万象的素材加以选择与分解，重新融化，塑造出真实的艺术形象，帮助人们认识生活，正确地评判各种社会现象。他又指出，"由于我们没有足够认识革命的自我批评的重要，不敢描写斗争，不敢描写矛盾，所以在我们的作品里常常缺乏力量"。而力量来自于对现实的批评，对斗争与矛盾的描写。中国共产党一贯主张文艺创作的倾向性，应着重歌颂中国共产党的英明领导，以及根据地与解放区人民的新生活。尽管艾青也认为艺术应该为政治服务，但他又明确指出艺术家应该有批评、批判的勇气，应反映革命队伍内部的矛盾与斗争。在当时，艾青提出这一主张需要见识和胆量，是非常难能可贵的。

什么是现实？首先，现实包括历史的现实与当前的现实，而历史现

---

[1] 阮章竞：《群众文艺创作上的几个问题》，见《山西文艺史料》第3辑，太原：山西人民出版社，1961年版，第100页。

实指的是"历史的真实生活，同时又能对现实斗争有作用的"[1]。毛泽东认为，"历史是人民创造的"，而旧文学、旧艺术中的历史长期被颠倒，"在旧戏舞台上，人民却成了渣滓，由老爷太太少爷小姐们统治着舞台"。[2]他们在舞台上歌颂帝王将相，宣传听天由命、迷信鬼神思想，来消蚀人民的反抗性，来维持他们的统治。[3]可见，在旧剧中很难看到对真实生活的表现，而旧剧革命就是要把颠倒的历史再颠倒过来，恢复其本来面目。获得肯定的传统剧目与新编历史剧主要可分为两类：一是《风波亭》、《岳飞》和《亡宋鉴》等歌颂民族英雄，总结亡国教训的历史剧；另一是《红巾起义》、《瓦岗山》、《逼上梁山》、《三打祝家庄》、《李逵夺鱼》、《武松》、《大名府》、《鱼腹山》、《李自成进长安》、《闯王进京》、《红娘子》、《从开封到洛阳》和《北京四十天》等以历代农民起义为题材的历史剧。论者认为这些作品既反映了历史的现实，又"与当前形势可以紧密结合"。前者"对反对国民党投降派勾结日寇，共同反共的投降主义政策和教育部队坚持抗战，反对投降，打退国民党反共高潮，把抗日战争进行到底有着现实意义"；[4]后者则揭示官逼民反的历史真相，表现出人民的力量和集体的力量，既为中国共产党政权的合法性找到足够的依据，同时又总结起义失败的教训，起到以古鉴今的作用，为中国共产党夺取全国政权提供思想上的准备。可见，历史的现实也是有选择性的，必须满足当前政治的需要，符合政党、政权的利益。而当前的现实主要包括三个部分：一是根据地和解放区的建设与人民群众的新生活，诸如大生产运动、减租减息运动、民主改革、土地改革、百姓丰衣足食的生活、参军与拥军拥属、支援前线、与敌特和土豪劣绅做斗争、移民的新生活、破除迷信、学习文化知

[1] 李纶：《谈历史剧的创作》，见《延安平剧活动史料集》第2集，北京：文津出版社，1989年版，第84页。

[2] 毛泽东：《毛泽东书信选集》，北京：人民出版社，1983年版，第222页。

[3] 巩廓如：《太行区第一次文教会议（1945年）戏剧组讨论概况》，见《山西文艺史料》第1辑，太原：山西人民出版社，1959年版，第191页。

[4] 马书龙：《活跃在冀鲁豫边区的京剧团——冀鲁豫军区第四分区业余剧社简介》，见《冀鲁豫文学史料》，石家庄：河北教育出版社，1989年版，第242页。

识、实施新婚姻法等；二是敌占区和国统区的黑暗，敌人对人民的压迫、剥削和践踏，以及老百姓水深火热的生活；三是抗击日寇，和国民党顽固派作斗争。这些现实紧密配合着中心工作和政治任务，生动地展现了"边区的人民过去是如何翻身的"，"而现在他们又如何热爱边区，如何来保卫与建设他们所手创的这个抗日民主根据地"，"群众的伟大力量与群众所创造的历史在舞台上再现了出来"。[1]

其次，现实不是一成不变的，将随着不同时期中心任务和党的政策方针的变化而变化。抗战时期，现实是"民众及将士在抗战中的英勇斗争，日寇、汉奸、投降分子、顽固分子的阴谋诡计"。[2] 抗战胜利后，"解放区人民正进行着大规模的爱国自卫战争"，戏曲创作"应该为爱国主义的自卫战争服务"，现实就变成了广大官兵的新英雄主义、战斗的胜利、"人民的生产、拥军、优抗和一切为了取得胜利的行动与爱国热忱"。[3]

最后，现实生活应该是具体、细致的。在大生产运动中，现实生活是广大军民积极开荒、种地、收割，改造二流子；在减租减息和土改运动中，现实生活是群众渐渐打消顾虑，改变思想，采取各种方法和地主作斗争，并在斗争中受到教育，增强信心等；在与国民党顽固派的斗争中，现实生活是共产党和民众坚持抗战，而顽固派阻挠、破坏、反对抗战；在参军运动中，现实生活是动员、支持群众和亲人报名参军，欢送新兵入伍；在拥军、优抗的活动中，现实生活是踊跃上交公粮，积极做军鞋、军服，照顾部队伤病员，尊重军属、烈属，并帮助他们改善生活；在创造新生活、新文化的运动中，现实生活是坚持参加冬学，破除迷信，养成卫生习惯、实行婚姻自主等等；在新旧社会的对比中，现实生活就是根据地和

---

[1] 何其芳：《关于艺术群众化问题》，见《延安文艺丛书·文艺理论卷》，长沙：湖南人民出版社，1984年版，第768页。

[2] 《军区政治部关于开展部队文艺工作的决定》，见张学新等编：《晋察冀文学史料》，天津：天津社会科学院出版社，1989年版，第183页。

[3] 《中共晋察冀中央局关于开展边区文艺创作的决定》，见张学新等编：《晋察冀文学史料》，第65页。

解放区人民丰衣足食，安居乐业，过上了民主、和平的新生活，而国统区人民则在水深火热中饱受欺凌，痛苦不堪。论者认为，无论是当前现实还是历史现实，都应选择那些适于宣传、教育、指导干部和群众的事件。直接反映当前的现实，更贴近群众，更有说服力，也更能发挥宣传和指导作用。因此，在现实题材与历史题材之间，前者无疑更受重视。

对于反映现实与指导、改造现实之间的因果关系，论者归之为三点：其一，真实性。颇为典型的表述是："这种做法（演出本村的真人真事）比开会强，人们容易懂，并且本地的事情，人们信以为真，愿意看，力量大。"[1] 论者以人们更容易相信真人真事为前提，认为只要如实地反映现实就能产生强有力的宣传和教育功效。其二，示范性。在舞台上直接反映现实斗争是一种很生动的培训方式，能起到很好的示范作用。对此，论者深信不疑，往往通过具体作品予以佐证。如，《打蟠龙》"教育着各村青壮年和民兵，顽强展开麻雀战、窑洞战，积极打击、消灭敌人，保卫群众财产，保护群众转移"。"《三更放哨》的演出，又唤醒了敌区被蹂躏的人民如何'支应'敌人与掩护抗日；许多伪政权干部，都受到影响，慢慢回头。这对敌后抗日工作给了有力的支援。""《李来成家庭》的出演，又从积极方面给翻身农民指出了一条新民主主义幸福家庭建设的道路。"[2] "昔东赵壁剧团编出《反抽丁》、《反清乡》两剧，具体告诉群众如何采取办法对付敌人，如何武装起来对敌斗争。"[3] 其三，感动效应。华含在《武乡东堡村解放剧团》中记叙了三个典型事例：第一，东堡村发动拥军运动时，解放剧团演出《招待所》，很多人看了戏，都受到触动，争着向剧中的人学习，当拥军模范。"当了多年看庙和尚的刘心玉说：'咱

[1] 工农兵：《阳南剧团的来历》，见《山西文艺史料》第1辑，太原：山西人民出版社，1959年版，第230页。
[2] 泽然：《农村剧团的旗帜——记太行人民剧团的成长》，见《山西文艺史料》第3辑，太原：山西人民出版社，1961版，第255—256页。
[3] 赵树理等：《秧歌剧本评选小结》，见《山西文艺史料》第3辑，第247页。

从前烧香，把命都给烧了，现在八路军又救了咱的命，拥军可比烧香好得太多了'，把自己一只羊送给军队；四五十岁的刘春莲捏了饺子，送到招待所给伤员；史仙则把从远地捎来的葡萄也送给伤员。她们说：'没见人家演戏，八路军就是咱救命恩人嘛！'"第二，"李生望的娘看见媳妇就恼，婆媳关系很坏，在演《劝母亲》时，她女儿娥纣扮一个受气的媳妇，她看后很受感动，娥纣回去又再三劝她，于是她后来有了惊人转变"。第三，1944、1945两年大反攻时，该村军人牺牲好几个，参军工作大受影响。"剧团便于起枢时演《追悼会》，剧中指出为人民事业牺牲是光荣的，并强调应该更好地优待烈属，解开了烈属们心里的'疙瘩'，又掀起参军热潮，立即便有史秀虎等九人集体报名参军"。在报道、表彰剧团工作成绩的文章中，此类事例不胜枚举。诸如调解婆媳矛盾，改造懒汉、神婆，发动大生产运动，说服汉奸投诚，宣传党和政府的某项政策等，只要敲响锣鼓，在当事人跟前演出一场特意为他们编写的戏，往往产生立竿见影的效果。很显然，论者相信只要用心研究，掌握规律，就能透过现象抓住本质，从而真实地反映现实生活，而戏曲的力量就在于此。只要反映了现实，就能有效地作用于现实。

三、革命性与艺术性应该紧密结合

周扬在《艺术教育的改造问题》中倡导建立一种"以马克思主义的世界观为基础"，"以大众，即工农兵为主要对象"的"新的革命的现实主义"。革命的现实主义必须是艺术性与革命性的紧密结合，其结合必须通过现实主义的创作方法。如上文所述，论者所说的"现实主义"其实是古典主义与现实主义的杂糅与中国化，即革命古典主义。论者认为，唯有运用写实和典型化等手法，才能使作品的现实内容获得完美的形式。

论者强调写真实的人和事，但又不得不面对旧形式与新内容之间的矛盾。阿甲在《平剧研究院和平剧工作》一文中的分析最为细致、深入："旧剧的一定的程式，一定的风格，套在一个演员的身段上、歌唱上，使这种外形，和他在心理上所要求传达的新的思想感情，是对立着的"，因此"减弱了艺术的真实感"，体现了"旧艺术体制和革命现实的矛盾"。任桂林、魏晨旭、李纶和刘芝明等也承认这一矛盾。魏晨旭在《平剧改造中几个问题之浅见》中坦言："就平剧固有的技术来说，它可能适于表演历史故事，而不适于反映现代生活。"任桂林在《从平剧演变史谈到平剧在延安》中也指出由于内容与形式不统一，"平剧与现实存在着极大的矛盾"。李纶在《建立平剧导演制度——对平剧工作的一个初步意见》中更是认为"旧有技术限制了历史真实的完善表达"。旧剧形式与现实生活之间的不统一，实质上是戏曲的艺术体制与写实的创作原则之间的矛盾，很难解决，但论者认为戏曲要"达到艺术性、革命性和谐的程度，并不是不可能，要经过一个艰苦的'扬弃'的过程"[1]。论者就如何解决矛盾提出了各种建议：魏晨旭提出"主要利用平剧现有的技术，一般的不做大的改造"[2]；任桂林认为"只要用现实主义的手法处理新的历史体裁……突破旧的束缚，创造新的形式，和现实生活的反映就比较近"。不过，"那时平剧的内容变了，形式也变了，形式也换上个新名词叫做新歌剧"[3]。阿甲也主张"打破旧的公式"，"不能太姑息于技术而损害内容"，但又认为应以学习、研究并掌握旧规律、旧技术为基础。[4]王镇武则"强调革命的、进步的新内容"，至于形式，"那怕它'非牛非马'"，只要"能和斗争紧紧配合在一起，忠心服务于政治"，也"应为我们所提倡"。[5]而刘芝明则建议"先演新观点的历史剧，然后再尝试创作演出现代剧"[6]。总的来说，论者更倾

[1] 阿甲：《平剧研究院和平剧工作》，见《阿甲戏剧论集》，北京：中国戏剧出版社，2005年版，第6页。

[2] 魏晨旭：《平剧改造中几个问题之浅见》，见《延安平剧活动史料集》第1集，北京：文津出版社，1985年版，第132页。

[3] 任桂林：《从平剧演变史谈到平剧在延安》，见《延安平剧活动史料集》第1集，第122页。

[4] 阿甲：《平剧研究院和平剧工作》，见《阿甲戏剧论集》，第6、10页。

[5] 王镇武：《漫谈游击战中的平剧活动》，见《延安平剧活动史料集》第1集，第98—99页。

[6] 刘芝明：《从〈逼上梁山〉的出版到平剧改造问题》，见《延安平剧活动史料集》第1集，第27页。

向于通过打破旧剧表演体制与艺术规律来解决矛盾。

论者并不仅仅满足于写实与真实性，还要求典型化的表现手法。典型化是源自现实主义的一个重要概念，指的是对生活加以分析研究，从中提炼并表现出普遍的、具有代表性的人物或事件。论者认为不够典型化是当时戏曲创作存在的一个问题，其原因是作者没有运用一定的政治眼光去全面分析研究，而后剪裁组织，使之典型化，或者是"以特殊当一般，写真实故事而写不出典型故事来"。[1]对于解决问题的办法，论者认为一方面要加强政治学习，了解并熟悉党的各种政策；另一方面要深入生活，多方面体验、认识生活，从生活中抓住各种典型的富有教育意义的题材，提炼出能够表现生活的新的舞台形象。另外，论者在关注典型化的同时，也论及个性，至于如何才能表现出个性，论者却没有深入。另外，还有少数论者指出现实主义与夸张并不矛盾，"艺术在反映现实的基础上，必有一定的夸张性，现实主义的艺术夸张是正常的"[2]。

要实现革命性和艺术性的紧密结合，还应正确认识并处理思想内容与形式技巧的关系。不管是哪一种文艺形式，内容的现实性和思想性是第一位的，而形式是服务于内容的。对于二者的关系，论者的看法主要有以下三点：1. 应该根据内容的需要来考虑形式和技巧，内容决定形式，思想指导技术，这是确定无疑的。[3]周扬在《谈文艺问题》中将"技术"定义为"赋予内容以一定形式求得内容与形式和谐的一套方法、一套手段"。艾青在《创作上的几个问题》中说："这次我们描写北平的民主青年，起初想用秧歌剧的形式来表现，但觉得不好，不自然，后来改为话剧，显得很不错。这说明了形式服从于生活内容，内容需要什么形式写，就用什么形式

---

[1]《太行区第一次文教会议（1945年）戏剧组讨论概况》，见《山西文艺史料》第1辑，太原：山西人民出版社，1959年版，第194页。

[2]马少波：《正确执行"推陈出新"的方针》，见《戏曲改革论集》，上海：华东人民出版社，1952年版，第35页。

[3]周扬：《谈文艺问题》，见张学新等编：《晋察冀文学史料》，天津：天津社会科学院出版社，1989年版，第430页。

写。"可见，形式和技巧的价值就在于它能否充分地表现题材内容和思想感情。2."新的内容要求新的形式来表现"[1]，应该"从旧美学的束缚中解放出来"，提倡大胆尝试与创造[2]。3.不能轻视形式及技术，成功的作品应该是思想性和艺术性的高度结合，但是，"决不放松内容，决不为技术的爱好而迁就内容，在必要的时候，必须在一个具体的地方牺牲技术，即使是优秀的技术"。[3]

四、革命古典主义的倾向性

中共的文艺思想一贯强调主观性与客观性的统一，要求表现出鲜明的倾向性。毛泽东在《讲话》中着重谈到了歌颂和暴露的问题，实际上讲的就是倾向性。毛泽东认为中共领导下的文艺应该像苏联在社会主义建设时期的文学那样"以写光明为主"，当然也写工作中的缺点，也写反面的人物，但是这种描写只能成为整个光明的陪衬，并不是所谓"一半对一半"。"一切危害人民群众的黑暗势力必须暴露之，一切人民群众的革命斗争必须歌颂之，这就是革命文艺家的基本任务。"

在《讲话》精神的指导下，论者更为具体、细致地阐释倾向性，要求创作者在思想上与中共保持一致，站稳立场，对于敌占区和国统区的黑暗现实，以暴露为主，对于根据地的新气象，则要以歌颂为主。对党的工作中的缺点与某些消极落后现象，应予以适当的批评，但决不能夸大。1948年秋季太行根据地的文艺创作运动中，秧歌剧的创作在这方面就有所欠缺。"关于纠偏的作品，大都单纯地，过分地强调因'左'倾冒险主义而产生的消极因素"，"而对于消灭封建，土地改革的伟大成果，和贫雇农在这一伟大运动中的革命作用，则被冲淡，或忽略，甚至无形中否定了""选

---

[1]周扬：《谈文艺问题》，见张学新等编：《晋察冀文学史料》，天津：天津社会科学院出版社，1989年版，第430页。

[2]艾青：《创作上的几个问题》，见张学新等编：《晋察冀文学史料》，第445页。

[3]张庚：《对平剧工作的一点感想》，见《延安平剧活动史料集》第1集，北京：文津出版社，1985年版，第72页。

择民主整党主题的作品"，"多数还是过分地，不全面地强调了党员干部的不纯部分；贪污、腐化、多占、作风不正、思想不纯。把某些工作组在执行整党政策中的'贫雇路线'，'踢开老基础'的错误作法，不正确地固执地写成是农村支部的错误。因此就夸大了党员干部的消极和黑暗的东西，而对于战胜日寇，胜利地进行了伟大的爱国战争，消灭封建，领导生产运动，这些不应该在整个作品精神中忘记的东西，表现得都很含糊，或者没有了"。论者认为，为了弥补欠缺，纠正错误，创作者应加强学习，不断提升政治水平和理论水平，并且要运用马列主义的思想和方法对各种现象予以批判分析，分清"什么问题是本质的，主要的；什么问题是非本质的，次要的"。在批评工作中的缺点和错误时，应该肯定"这是前进中的缺点或错误，我们是在热情与严肃的进行斗争，而不是眼巴巴地对着错误现象，唠唠不休"。[1]一句话，在肯定、歌颂与批评、揭露之间，要以前者为主，突显党的伟大力量和成就，鼓励、鼓舞干部和群众，使他们信赖、支持党的领导，并抱定必胜的信心。

由上可知，这一时期，有关戏曲观的讨论做到了两个坚持：一、坚持为政党服务的核心观念，二、坚持革命古典主义。这两个坚持是密切相关、互为表里的。一方面，论者继承西方古典主义的内核，又运用革命功利主义，即实用主义的思维方式和论证方法，吸收并改造了西方现实主义的部分概念和原理；另一方面，为了符合政党的需要，论者又将戏曲艺术的现实功用本质化，大力肯定戏曲艺术干预现实的力量，还明确倡导倾向性，明显背离了现实主义的创作精神。而且，戏曲的艺术精神与现实主义的创作原则因矛盾重重而难以统一，论者虽然承认，却没能提出切实可行的解决方案，这是革命古典主义戏曲观的致命伤。

---

[1]阮章竞：《群众文艺创作上的几个问题》，见《山西文艺史料》第3辑，太原：山西人民出版社，1961年版，第94—95页。

第三节　延安文艺整风运动后的旧剧改革论

1941年底到1942年初，延安鲁艺师生曾展开过一次关于平剧的争论。文学系的两个学生承袭五四新文化运动以来的旧剧观，在《批评》墙报发表文章，指出平剧没有前途，不能服务于革命事业，鲁艺平剧研究团的阿甲、罗合如和王一达等提出了不同的观点。[1]这场争论讨论的问题实际上是旧剧能否表现新内容，以满足现实政治的需要。柯仲平的观点代表了主流意见，他认为，"问题不是可以不可以，问题是你肯不肯，能不能下苦功去做"[2]。这里所说的"下苦功去做"指的就是改造旧剧，用毛泽东的话来说，就是"旧剧革命"。论者普遍认为唯有经过改造，旧剧才能为革命事业做贡献。1942年10月，旨在改造平剧的延安平剧研究院正式成立，旧剧改造成为各根据地戏剧活动中最受重视的工作之一，而有关旧剧改造的看法和主张也成为戏曲理论中很重要的一部分。

一、旧剧改革的原因、任务和目标

讨论旧剧改革的原因时，论者主要谈到了以下三点：首先，旧剧在内容上歌颂帝王将相，宣传听天由命、迷信鬼神思想，来消蚀人民的反抗性，来维持他们的统治，因此有许多毒素；但也不乏值得肯定的、积极的成分，如，部分旧剧"内容上有部分的感情能和群众结合，如家人父子夫妇间的感

《解放日报》（延安）1942年10月10日
《平剧研究院成立特刊》

---

[1] 参见本书第七章"概述"部分。

[2] 柯仲平：《献给我们的平剧院》，见《延安平剧活动史料集》第1集，北京：文津出版社，1985年版，第69页。

情"[1]，或者"富有反封建的民主因素"[2]。其次，在形式上，旧剧已经僵化，成规陋俗太多，不能反映现实，但"在动作、音乐、舞蹈和色彩上都有着优点，是继承了中国古代演剧的一些宝贵传统的。这种传统，在创造新歌剧和民族歌剧上都会有一定的成就和贡献，我们不应加以漠视和无原则的一概抛弃"[3]。最后，旧剧深得群众的欢迎和喜爱，其宣传和教育作用是其他文艺形式所无法替代的。可见，与此前相比，改革旧剧的理由颇有共通之处，无外乎是旧剧拥有庞大的观众群体，却不能充分发挥其现实功用。很显然，现实政治的需求和要求仍然是推动旧剧改革的强大动力。

对于旧剧改革的任务，马少波在《正确执行"推陈出新"的方针——在北京星期文艺讲座》中谈得比较全面。在文中，他总结了两点：一是"消灭封建的文化毒素"，二是"接受优秀的民族艺术遗产"。所谓封建毒素，指的是封建伦理道德、因果报应与宿命论等迷信思想、轻视人民和男尊女卑的观念等。如果旧剧改革仅仅停留于此，明显不能满足现实政治的需要，还应该构建新的思想和观念。周扬和张东川在《〈逼上梁山〉序》和《由"九件衣"的演出谈起》等文中倡导旧剧改革"要把旧文学、旧艺术中长期被颠倒的历史再颠倒过来，恢复历史的面目"。"以新的观点来发掘真正的历史面貌"，"表现人民创造历史这一根本思想"。"五五"指示更是进一步提出："戏曲应以发扬人民新的爱国主义精神，鼓励人民在革命斗争与生产劳动中的英雄主义为首要任务。"可见，在消除封建文化毒素的同时，旧剧改革还必须宣传新的历史观、爱国主义精神和英雄主义，建构并巩固新国家所必不可少的意识形态。在重视思想内容的同时，对旧剧

[1] 巩廓如：《太行区第一次文教会议（1945年）戏剧组讨论概况》，见《山西文艺史料》第1辑，太原：山西人民出版社，1959年版，第191、195页。

[2] 徐特：《我对平剧的一点感想》，见《延安平剧活动史料》第1集，北京：文津出版社，1985年版，第148页。

[3] 张东川：《由"九件衣"的演出谈起》，见《张东川剧本评论选集》，沈阳：辽宁人民出版社，1995年版，第6页。

的舞台艺术、戏改理论也表现出相当程度的关注。1943年春夏，柯仲平、李纶、周振吾等在《解放日报》发表六篇论文，讨论继承平剧艺术遗产的态度问题，以及学习、掌握平剧艺术及其规律和平剧服务于政治任务的关系。张庚、阿甲、刘芝明和魏晨旭等人纷纷撰文，指出继承旧剧艺术遗产的重要性。"五五"指示也明确继承旧剧艺术遗产是非常必要的。

　　基于上述旧剧改革的原因和任务，建立人民新戏曲被拟定为改革的目标。所谓"人民新戏曲"应该包括以下两层含意：其一，人民新戏曲是为人民大众服务的，同时也是为社会主义服务的；其二，人民新戏曲"是以民主精神与爱国精神教育广大人民的重要武器"，适应建设新中国的需要。[1]创造民族歌剧、新歌剧，或新歌舞剧，是旧剧改革的另一目标，阿甲、任桂林和刘芝明在《平剧研究院和平剧工作》、《从平剧演变史谈到平剧在延安》与《从〈逼上梁山〉的出版到平剧改造问题》中探讨了这一目标，是有关民族形式讨论的余波。

二、改革旧剧的原则

　　探讨旧剧改革的原则时，论者提出了政治原则、群众原则、以旧剧为基础的原则和京剧与地方戏兼顾的原则等。所谓政治原则，就是加强党对旧剧改革的领导，使戏曲改革与现实斗争相结合，为政治、政党服务。1943年3月，中央文委在延安召开戏剧座谈会，倡言"改造平剧，使它能够适应于政治的需要"[2]。阿甲在《关于平剧的接受遗产与服务政治问题》中指出"平剧服务政治，在思想上是无条件的"；金灿然在《论〈三打祝家庄〉》中强调政治内容与平剧规律的结合；李纶在《谈戏曲改革实验问题》中要求"改革戏曲与现实斗争相结合"。类似的表述非常普遍，说

---

[1]《政务院关于戏曲改革工作的指示》，见《建国以来重要文献选编》第2册，北京：中央文献出版社，1992年版，第250页。

[2]简朴：《艺术思想的大解放　艺术成果的大丰收——对一九四三年延安平剧活动方向问题讨论情况的回忆》，见《延安平剧活动史料集》第2集，北京：文津出版社，1989年版，第1页。

明党关于旧剧改革的意见得到了广大文艺工作者的认同和遵从。所谓"群众原则"，颇有代表性的解释是"不要忘记我们搞平剧在革命教育上的责任感"，"在服从政治的任务下，只要老百姓爱看，兵士爱看，就是好的，就是实际出发"。和群众结合，教育群众，时时刻刻要手握一柄尺，"衡量着群众的水平，以提高艺术的水平"。[1] 可见，群众原则是与政治原则紧密相联的，其核心是以教育群众的方式为政治服务。任桂林把城乡兼顾、以农民为主要对象视为遵从群众原则的途径，这是因为"改革旧剧是教育农民最好最有效也最广泛的一个重要环节"[2]。李纶则认为群众路线还体现为"发动群众，大家动手，共同进行"，展开群众性的戏曲改革运动。[3] 张东川在《由"九件衣"的演出谈起》中强调"必须在旧剧基础上改造旧剧，逐渐的推陈出新"，反映出对旧剧形式的关注。这一观念颇有代表性，也是改革旧剧的原则之一。此外，由于认识到京剧与地方戏的不同，论者还提出了京剧与地方戏兼顾的原则。京剧拥有一整套复杂的程式，规矩较多，而地方戏相对来说比较自由、灵活，比较容易改革，且"包含更丰富的人民生活的革命面"；因此，在改革京剧的同时，也不能忽视各种地方戏。[4] 上述四大原则中，政治原则是最基本的，它是旧剧改革最重要的指导思想。

三、"百花齐放，推陈出新"的指导方针

"推陈出新"原本是1942年毛泽东为延安平剧研究院的成立所题的词，

---

[1] 阿甲：《平剧研究院和平剧工作》，见《延安平剧活动史料集》第1集，北京：文津出版社，1985年版，第84、86、89页。

[2] 任桂林：《关于河北省旧剧改革问题》，见任葆琦编：《任桂林戏曲文集》，北京：中国戏剧出版社，1992年版，第132页。

[3] 李纶：《展开群众性的戏曲改革运动》、《论群众性的戏曲改革运动——沈市群众性的戏曲改革运动经验总结》等，见《杂谈戏曲改革问题》，沈阳：东北戏曲新报社，1951年版，第27—36页。

[4] 任桂林：《关于河北省旧剧改革问题》，见任葆琦编：《任桂林戏曲文集》，第132—133页。

后成为各根据地旧剧改革的指导方针。毛泽东题词的思想基础是他在《新民主主义论》中就建立民族文化提出的观点，对传统文化应"排泄其糟粕，吸收其精华"，这是发展民族新文化的重要途径。论者普遍认为这一方针意义重大，解决了"旧艺术形式和政治现实的不统一"造成的矛盾，能使戏曲艺术完成服务政治和接受遗产的任务，[1]"从陈旧没落中真正获得了光明的出路，有了新的生命"[2]。论者对"推陈出新"的理解不乏共通之处，认为"出新"强调的是创新精神，即"去掉其反动封建的部分，灌输以新的思想和精神"，"使旧的作品取得新的生命"。[3]但也存在着分歧，对于"推陈"，大部分论者理解为剔除其封建性糟粕，吸收其民主性精华，而少数论者认为是要把旧剧目推开、推掉、推翻，要"以新代旧"。而毛泽东本人的解释是："陈者，旧也，过去的事物都叫旧，也就是所谓传统。传统有精华，也有糟粕，所以要改革。推字可以作推开、推掉、推翻解释，也可以解释成

图注：

1942年，毛泽东为平剧研究院成立题词"推陈出新"。

推崇、推动、推进。封建糟粕要推开、推掉、推翻，这就对了。"[4]著名戏曲理论家马少波在受到毛泽东的肯定和鼓励之后，撰写了《正确执行"推陈出新"的方针》等文章，从11个方面非常详尽地阐述了对"推陈出新"的理解：1. 只有不断加深对戏曲的理解，掌握它的基本规律，才能进行有效的具体的改革；2. 既要打破守旧观念，也不能全盘否定戏曲，更不能抱残守缺；3. 改革戏曲应以内容为主，消除其封建毒素；4. 不能忽视对形式的改革；5. 大胆地吸收各种戏剧形式的优良成分；6. 决心"为人民服务"；7. 必须"依靠艺

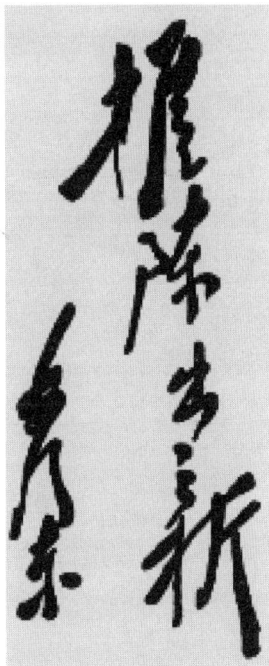

　　[1]　阿甲：《关于平剧的接受遗产与服务政治问题》，见《延安平剧活动史料集》第2集，北京：文津出版社，1989年版，第5—7页。

　　[2]　马少波：《正确执行"推陈出新"的方针》，见《戏曲改革论集》，上海：华东人民出版社，1952年版，第1页。

　　[3]　《华北文艺界协会成立大会记事》，见《山西文艺史料辑》第3辑，太原：山西人民出版社，1961年版，第67页。

　　[4]　马少波：《20世纪50年代戏改回忆》，载《当代戏剧》，2008年第1期。

剧作家、戏曲理论家、戏曲改革家马少波像

人群众"；8."旧剧改革的中心问题是剧本问题"，要"将旧剧本适当的加以修改"；9."为了推动和提高工作，应该热烈开展戏曲批评"；10."树立新的导演制度，提高演员的艺术修养"；11."改善封建制度，改造落后思想"。由此可知，论者主要从两个层面理解"推陈出新"的内涵：一是批判地继承，去其糟粕，取其精华；二是创新精神。

1950年冬，在周扬主持的全国戏曲工作会议上，有人提出戏曲工作应该"百花齐放"。在会议的总结报告中，周扬把这一建议写了进去。1951年的4月3号，由梅兰芳担任院长的中国戏曲研究院在北京成立，毛泽东亲笔题词："百花齐放，推陈出新。""八字方针"问世后，论者反复思考、讨论，马少波的理解颇为全面、深刻。首先，"百花齐放"有两层含意，一是提倡各剧种互相吸收、借鉴，共同发展；另一是各剧种在保持政治方向一致的基础上应该追求题材、风格、流派和行当的多样化。其次，对"推陈出新"的理解，仍要依据《新民主主义论》中的阐释，将"精华"和"糟粕"区别开来，并在实践中具体贯彻这一指导思想。最后，"百花齐放"和"推陈出新"互为因果，相辅相成，没有百花齐放就不可能有全面的推陈出新，没有推陈出新也不可能有真正的百花齐放。[1]然而，不管是继承、创新，还是百花齐放，都是为了更好地服务于现实政治，这是戏改的核心。

---

[1] 祝晓风、易舟：《毛泽东"百花齐放，推陈出新"题词的故事》，载《中华读书报》，2001年10月17日。

四、禁戏、改戏与创新戏三者的结合是戏改的首要工作和中心环节

从晚清开始，关于剧目的问题一直是旧剧改良、改革论者关注的焦点之一。抗战以来，各根据地更重视禁戏和创新戏。太行山根据地的戏剧工作者王聪文在五专署当旧戏视察员时，将搜集到的一百多种旧剧分为准演、暂演和禁演等三类。有毒素的戏，即含有封建迷信思想，事涉淫亵，出现皇帝和清官，侮辱、轻视人民大众等的戏，统统禁演，准演的戏数量不多。王聪文的三分法得到绝大多数论者的认同，其思想基础是戏曲乃宣教工具的观念，而抗日救亡的迫切需要又极大地强化了对作品题材内容和思想性的重视。论者认为传统剧目不能直接而迅速地满足现实政治的需求，对创演新戏更为重视。当然，也有部分论者关注旧剧本的修改。如张庚在《对平剧工作的一点感想》中指出，修改旧剧本和创造新剧本应该互相结合，不可偏废。阿甲不仅在《关于平剧的接受遗产与服务政治问题》和《平剧改造运动中的几个问题》等文章中讨论传统剧目的改编，还改编、演出了部分传统剧目。但是，传统剧目并没有得到足够的重视。

抗战胜利以后，论者对传统剧目的认识更为理性一些，认为"旧剧本保留有民族文化中不少有生命的东西"[1]，如反封建的民主因素，下层百姓的生活、情感和愿望等等，因此不应简单、粗暴地禁演传统剧目，"审定节目，修改旧剧本应做为工作的重点"[2]。论者建议"组织旧戏审查委员会，通盘审查旧戏，去掉戏剧里封建反动迷信堕落腐化色情的部分，拉一个戏单，由行署明令公布，开放旧戏，又必须按戏单唱"。[3]还把修改旧剧分成两步："头一步做到'初改'，只是去去其中封建反动迷信淫荡的毒

---

[1]《华北文艺界协会成立大会记事》，见《山西文艺史料辑》第3辑，太原：山西人民出版社，1961年版，第67页。

[2] 阿甲：《平剧改造运动中的几个问题》，见《阿甲戏剧论集》上册，北京：中国戏剧出版社，2005年版，第30页。

[3] 李春兰：《谈旧戏的改造》，见《冀鲁豫文学史料》，石家庄：河北教育出版社，1989年版，第115页。

素，紧接着该走第二步——'翻改'、'新编'，站在人民的立场上，重新编写。"[1] 其中，去掉封建毒素的工作最重要，论者称之为"消毒"。至于如何"消毒"，论者认为应以"对人民有益还是有害"为基本原则，紧密联系现实斗争和人民群众，运用阶级观点分析、认识历史人物、历史与现实的关系，以及旧剧本的主题和人物，重点是清官戏、神话戏、鬼神戏和爱情戏等，辨别旧剧本的毒素何在，改变或除掉它；同时还要分析旧剧本的精华（内容和技术上的），保存并发扬它。[2]

创演新编戏被视为旧剧改革最有效的方法，因而受到重视，相关的主张或建议将在下一节展开详述，此处不赘。

禁戏仍然被视为不可缺少的手段。1948年11月13日，《人民日报》发表社论《有计划有步骤地进行旧剧改革工作》。社论遵照毛泽东的意见，从政治的角度提出审查旧戏好坏的标准是"有利、有害与无害"，认为旧剧从内容上大体可以分为"有利的部分"、"无害的部分"、"有害的部分"三大类。社论还进一步确立了禁戏的原则和改革旧剧的步骤："改革旧剧的第一步工作，应该是审定旧剧目，分清好坏……对人民绝对有害或害多利少的，则应加以禁演或大大修改。""有害"的剧目包括《九更天》、《翠屏山》、《四郎探母》、《游龙戏凤》和《醉酒》等。社论指出，旧剧的"修改与创作的方法必须是历史唯物主义的"，要"恢复历史的本来面目"，"而不是将历史与人物染上现代的色彩"。社论还强调"旧剧的改革，有赖于文艺界工作者与旧艺人的通力合作"。从此，禁戏、改戏与创新戏三者的结合被视为戏改的首要工作和中心环节。

应指出的是，在戏改工作中，某些地区出现了因禁戏过多，艺人无戏可演，生活发生困难，群众无戏可看，产生不满情绪等问题。导致这一偏

---

　　[1]《冀鲁豫文联干部大会讨论问题的总结》，见《冀鲁豫文学史料》，石家庄：河北教育出版社，1989年版，第142页。

　　[2]李纶：《谈改编和创作历史剧的几个问题》、《由创作观点谈起》，见《杂谈戏曲改革问题》，沈阳：东北戏曲新报社，1951年版，第3、5、8、18、72、82、94—110页。

差的原因主要在于审定传统剧目缺乏统一的标准，而论者和戏改干部对封建毒素的理解各有不同，容易产生偏激、过左的观念。如，包括神话剧在内的凡是出现鬼神的戏，都斥之为宣扬封建迷信；凡是表现男女爱情的，都认为是淫乱色情之作；凡是出现皇帝和清官的，都批评为调和阶级矛盾。而农民起义领袖和下层百姓由丑角应工，画小花脸的，则是污蔑、羞辱、丑化劳动人民，颠倒历史，是封建统治阶级的感情和观念。对此，李纶等提出了两点原则：其一，以"对人民有益还是有害"为基本原则；其二，考虑如何更好地运用戏曲这一武器来教育人民。[1]文化部戏曲改进委员会也结合各方面意见，制定了标准："凡是宣扬麻醉与恐吓人民的封建奴隶道德与迷信；宣扬淫毒奸诈；有丑化和侮辱劳动人民的语言和动作等作品，应加以修改，少数严重者得停演。"为纠正过激的看法，委员会强调审定工作应区别迷信和神话、恋爱和淫乱等的关系。李纶、马少波等论者则通过具体作品进行了分析，主要观点如下：其一，关于神话剧与鬼神戏。如果"是藉神仙人物来表明人间的斗争或人间的理想"，"宣传着反抗封建统治者的思想"，则是神话剧；否则，则是"宣传封建统治者的思想"，"宣传迷信愚昧及神鬼主宰世界及人类的命运等"，要予以改编或禁演。[2]其二，关于清官戏，有的作品包含了人民的希望，"有民主斗争因素"，不能一概否定。应该看到，与赃官相比，清官对人民还是有一定的好处的。但另一方面，更主要的，清官是封建统治阶级的官员，"与同时代的农民起义的领袖有着本质的区别"，他主要是为地主阶级服务，这是本质所在。如果看不到这种区别，就会混淆阶级，产生阶级调和论调。[3]其三，关于表现历史上的英雄人物，应运用阶级的观点去看待分析，而且不应"片面强调英雄对'历史'的作用，否认群众的决定作用"[4]。其四，

[1] 李纶：《谈戏曲改革实验问题》，见《杂谈戏曲改革问题》，沈阳：东北戏曲新报社，1951年版，第83—86页。
[2] 李纶：《杂谈戏曲改革问题》，见《杂谈戏曲改革问题》，第96—97页。
[3] 李纶：《谈改编创作历史剧的几个问题》，见《杂谈戏曲改革问题》，第8—9页。
[4] 李纶：《由武训谈历史人物》，见《杂谈戏曲改革问题》，第11页。

关于历史上的农民起义。"对于旧剧本的修改必须慎重的翻改主题，把历史的颠倒，颠倒过来，分清界限，判明是非。"[1]

五、"移步不换形"与"移步换形"

1949年11月，梅兰芳接受《进步日报》记者采访时，提出了"移步不换形"的主张："旧戏要改，要把封建的毒素去掉，但是技术要保留下来"，"京剧的思想改革和技术改革最好不必混为一谈，后者在原则上应该让它保留下来，而前者也要经过充分的准备和慎重的考虑，再行修改，才不会发生错误"。这是因为京剧是一种古典艺术，有深厚的传统，必须慎重，"改要改得天衣无缝，让大家看不到一点痕迹来"，而且形式方面"不要改得太多，尤其是在技术上更是万万改不得的"。梅兰芳"移步不换形"的主张在很大程度上代表了旧剧界的看法，但明显不符合当时中国共产党的戏曲改革思想。采访录于3日见报后，田汉、马少波、阿甲等纷纷表示反对，梅兰芳被批评者戴上了改良主义的帽子。阿甲的反对意见主要有四点：其一，改造旧艺人和改造旧技术是不能分开的，"改造旧艺人的思想，必须是为了改造旧技术，不是要他去保守旧技术"。其二，改造形式和内容是分不开的，旧剧的美学规则，不足以表现劳动人民的生活。京剧的思想改革，同时必须是技术的改革，也必须是美的改革。因为技术的美是思想内容的组织形态。其三，所谓"天衣无缝"，指的是内容与形式的统一。统治阶级将旧剧降低为娱乐品，只重于形式的欣赏，结果使技术游离于内容，孤立发展。必须要将接受遗产和表现人民的内容联在一起，一点一点地去创造，才能真正做到"天衣无缝"。其四，"移步"是说明思想活动的片段，"换形"是说明主题的完成；"移步"是"推陈"的开始，"换形"是"出新"的表现。所以"移步"必须"换形"。[2]同月27日，天津剧协召

[1] 马少波：《正确执行"推陈出新"的方针》，见《戏曲改革论集》，上海：华东人民出版社，1952年版，第18页。
[2] 阿甲：《谈梅兰芳的旧剧改革观》，见《阿甲戏剧论集》上册，北京：中国戏剧出版社，2005年版，第19—26页。

开座谈会，在座谈会上，梅兰芳修正了观点，指出形式和内容不可分割，内容决定形式，"移步"必然"换形"。同月30日的《进步日报》和《天津日报》都报道了梅兰芳的发言。

梅兰芳与田汉、马少波、阿甲等人之间的争论，可归结为两个问题：旧剧的形式，尤其是表演技术要不要改革？如何改革？梅兰芳并不反对改革旧剧的形式，但提出了两个条件：一是不能草率，事先要有充分的准备；二要改得自然，表演技术应保留不动。对此，以田汉、马少波和阿甲等为代表的改革派表示反对。他们认为旧剧形式已经凝固、僵化，决不能因为迁就形式而损害内容，必须大胆突破旧形式，"在实践中继承改造旧的表演技术和丰富发展新的表演技术的基本要求"[1]，"创造新的演技体系"。对于如何创造新的演剧体系，论者讨论了虚拟性的舞蹈动作能否取消，程式化的身段是否保留，比较文雅的道白是否应当通俗化，叫板、锣鼓、过门、曲调如何变化，道具、布景、行当、脸谱、服装和灯光的运用和改造等非常具体的问题。值得注意的观点主要有三种：1. 道具和布景应该简单轻便，不应因布景而妨害作者的创作和演员的表演，不应机械模仿话剧，"但应增加一些简单的轻而易举的舞台装置"，"弥补旧歌剧中物质装备较贫弱的缺点"。[2] 2. "台词应力求大众化，并合乎文法的要求，克服过去的过于简陋和文字不通"[3]。3. "地方戏互相之间，不能存门户之见，要打破隔膜，互相学习，交流优点。不管谁家，只要有好的曲调，或者好的器乐，别家也可采用"[4]。

部分论者，如阿甲、魏晨旭、张庚等，强调学习旧剧的技术。出于对平剧艺术完整性的深入认识，阿甲和魏晨旭的态度较为明确、坚决。1942

[1]李纶:《建立平剧导演制度——对平剧工作的一个初步意见》,见《延安平剧活动史料》第1集,北京:文津出版社,1985年版,第125页。

[2]魏晨旭:《平剧改造中几个问题之浅见》,见《延安平剧活动史料》第1集,第143页。

[3]魏晨旭:《平剧改造中几个问题之浅见》,见《延安平剧活动史料》第1集,第132页。

[4]巩廓如:《太行区第一次文教会议（1945年）戏剧组讨论概况》,见《山西文艺史料》第1辑,太原:山西人民出版社,1959年版,第197页。

年10月至1943年4月，阿甲在《解放日报》发表了《平剧研究院和平剧工作》和《关于平剧的接受遗产与服务政治问题》等文章，指出改革平剧的目的在于解决"旧的艺术形式和政治现实的不统一"，真正做到"推陈出新"。而解决这一矛盾，"必先费一番功夫去理解它，掌握它，然后才能知道'陈'究竟如何'推'法，'新'究竟如何'出'法"。而现阶段，还必须以学习旧技术为主要任务，并不是要"等到把旧技术学精了再动手创造"。魏晨旭在《平剧改造中几个问题之浅见》中也主张"主要利用平剧现有的技术，一般不做大的改造"，以求能"保持中国戏剧全部优点"。而平剧的组织最严密，形式最完备，要想改造它，"决不是一件简单轻易的事情，决不是短时期内所可完成的。单就学习其技术掌握其规律来说，就不是三五年内可以做好的"。相比之下，张庚就显得自相矛盾。在《对平剧工作的一点感想》中，他认为"我们今天的问题恐怕还不是改造技术，而是使用技术"。但同时，他又批评"为了技术的缘故而容忍落后的内容"、"越发不敢轻举妄动的慎重态度"，认为这些做法会导致多学习、少批判的后果，要求大力改造旧剧的形式。这些观点不同程度地体现了对旧剧规律及形式特征的关注，与梅兰芳有共同之处。但是，他们的观点并没有得到广泛的认同。1943年4月到5月间，柯仲平、李纶和周振吾等人在《解放日报》上发表了《平剧工作者应该欢迎批评》、《平剧工作中的错误观点》和《谈平剧活动的偏向》等文章，批评阿甲"用想象中的将来的服务政治来代替目前所急需的现在的服务政治"，"拿'学院派'的方法来进行平剧工作，把'学习阶段'无限期延长着，并以这名词来拒绝可能服务于政治的机会与能做到的尝试"。平剧院也认为工作出现了偏向，由柯仲平亲自领导，多次召开讨论会，深入地研究平剧改造中的各种具体问题，如改造的步骤、平剧与其他地方戏的关系、新剧本的创造、新的教学方法和导演制度等。论者的意见很快达成一致，承认"对学习平剧技术的重要性有了不正确的认识"，"认为在学习过程中，可以不必着重内容的好坏。当技术没有'达到某种程度'以前，可以不问当前的政治需要，可以不谈改造与创作"，这些看法都是必须纠正的。通过讨论，决定按照中央文委确立的剧运方向，着手审查、修改旧剧本，创作新剧本，使旧剧内容与形式的改造同步进行，面向工农兵，坚决为战争、生产、教育服务。[1]

应注意的是，关于旧剧改革的步骤，新文艺工作者还提出了其他各种主张，最著名的是三阶段论：首先学习并掌握旧剧的技术，了解旧剧的规律，认清其技术上的缺陷；其次，研究历史剧；最后，系统地改良旧剧体制，研究如何改革旧剧音乐。[2]魏晨旭在《平剧改造中几个问题之浅见》中提出的三阶段论有所不同：首先是创作旧形式新内容的历史剧；其次是创作新形式新内容的历史剧，即新历史剧；最后是现代化的新歌舞剧。"这一工作，不是短时期内所可完成的，而是一个长期的改造过程，由量变到质变的发展过程。"周振吾在《谈平剧运动的偏向》中记录的"改造过程论"包括四个阶段：1. 接受旧剧遗产，达到精通的程度；2. 逐渐尝试修改内容；3. 进行大修改；4. 创造新的历史剧。这些主张的共同点在于要求循序渐进，态度较为谨慎。

六、改造旧艺人是旧剧改革的中心问题

早在晚清，戏曲改良论者就注意到改造艺人的重要性。抗战前，山西旧剧艺人王聪文曾向阎锡山上"改革戏剧计划书"，建议政府组织艺人戒除毒瘾。抗战后，王聪文又上书太行区根据地五专署的戏专员，要求改革旧剧和改造旧艺人。[3]1941年10月4日《解放日报》登载了石毅的《旧剧人

---

[1]《执行中央文委决定 平剧院确定今后方向》，见《延安平剧活动史料》第2集，北京：文津出版社，1989年版，第23—24页。

[2]普耳：《一个地方的旧剧运动》，载《国讯旬刊》第271期；李纶：《平剧工作中的错误观点》，见《延安平剧活动史料集》第2集，第13—14页。

[3]王礼易：《一等模范戏剧工作者王聪文》，见《山西文艺史料》第1辑，太原：山西人民出版社，1959年版，第211—212页。

的改造》，以陇东剧团为例介绍了改造秦腔艺人的经验。

旧剧改革开始之后，论者越来越认识到艺人的重要性。艺人是戏曲艺术的创造者，拥有精湛的表演技艺和丰富的舞台经验，深受观众欢迎。而且，他们也是被压迫阶级，多出身贫农，地位低微，饱受剥削，熟悉群众的生活和情感。但是，他们在政治思想、生活作风和生活习惯等方面又有各种各样的毛病与不足，如思想保守、落后，好抽大烟，嗜赌，行为不检点，文化水平低等。可见，旧剧改革离不开艺人，但艺人又"不可能来完成这个任务"[1]，因此部分论者认为改造艺人是旧剧改革中的中心问题，而且通过改造，大多数旧艺人"开始走上了新生的道路"，肯定"人民政府一直在大力帮助艺人们的改造"，"是非常贤明的措施"。[2]

在改造旧艺人的实践中，论者不断总结经验和教训，提出了一系列建设性的意见，相关的论文有阿甲的《平剧研究院和平剧工作》、李春兰的《谈旧戏的改造》、夏青的《旧艺人的新生活》、陈荒煤的《关于农村文艺运动》、李纶的《略论改革京剧》、泽然的《农村剧团的旗帜——记太行人民剧团的成长》和任桂林的《石家庄市文艺工作问题》等。首先，论者相信旧艺人是能够改造的。其次，论者认为团结和教育艺人是改造艺人的法宝。1945年4月太行根据地举行了文教会议。在会上，王聪文介绍了农村职业剧团改造旧艺人的经验，提出了团结与教育两者不能偏废的观点，"只团结不教育不能进步，只教育不团结不能接受"[3]。如何团结艺人？论者提出了四点看法：其一，必须要有耐心，不应以自己的尺度来衡量旧艺人，更不能急于求成，"必须首先发挥其特长，而后提出新问题，根据他

---

[1]阿甲：《关于平剧的接受遗产与服务政治问题》，见《延安平剧活动史料集》第2集，北京：文津出版社，1989年版，第6页。

[2]阿甲：《谈梅兰芳的旧剧改革观》，见《阿甲戏剧论集》上册，北京：中国戏剧出版社，2005年版，第19页。

[3]《磐石同志总结报告》，见《山西文艺史料》第1辑，太原：山西人民出版社，1959年版，第189页。

接受程度，求得逐渐改进"。[1]其二，对艺人不能"采取轻视、对立的态度"，要尊重艺人，向旧艺人学习表演技术。[2]其三，关心、照顾、扶持他们，"政治上使他们感到温暖，经济上使他们顾身养家"[3]。其四，要发挥组织的作用，通过成立 "艺人工会"、"业务改进组"和"补习学校"等，促使艺人不断进步。[4]如何教育艺人？论者的意见主要有以下四点：其一，最重要的是运用正确的思想引导他们，使他们认清形势，提高政治觉悟，从而站稳立场；而且，对艺人思想的改造要与技术的改造结合起来。其二，要教育、帮助艺人改掉其生活上的各种恶习。其三，教育旧艺人要有耐心，要善于发挥榜样的力量，"掌握积极分子、积极单位，典型示范，多表扬少批评，表扬演员中的积极分子"，"用活人活样子影响教育群众"。[5]总之，改造旧艺人，要把"发挥旧艺人的特长，生活上的照顾，政治上的提高"三者结合起来，[6]努力使旧艺人成为有进步的政治思想、优良的生活作风和生活习惯，在新社会里为人民服务的"宣传战士"。[7]

七、建立新的导演制

由于西方戏剧的影响，没有导演被认为是中国戏曲落后的原因或表现之一。20世纪30年代初，程砚秋先生访问欧洲各国，对西方戏剧的导演制大为称赞，认为国内戏曲排戏的方式太草率，建议加强导演的权威。张

---

[1] 巩廓如：《太行区第一次文教会议（1945年）戏剧组讨论概况》，见《山西文艺史料》第1辑，第198页。

[2] 李纶：《略论改革京剧》，见《杂谈戏曲改革问题》，沈阳：东北戏曲新报社，1951年版，第122—123页。

[3] 李春兰：《谈旧戏的改造》，见《冀鲁豫文学史料》，石家庄：河北教育出版社，1989年版，第115页。

[4] 任桂林：《石家庄市文艺工作问题》，见任葆琦编：《任桂林戏曲文集》，北京：中国戏剧出版社，1992年版，第142页。

[5] 李春兰：《谈旧戏的改造》，见《冀鲁豫文学史料》，第115页。

[6] 巩廓如：《太行区第一次文教会议（1945年）戏剧组讨论概况》，见《山西文艺史料》第1辑，太原：山西人民出版社，1959年版，第198页。

[7] 泽然：《农村剧团的旗帜——记太行人民剧团的成长》，见《山西文艺史料》第3辑，太原：山西人民出版社，1961年版，第254页。

庚、欧阳予倩和焦菊隐等论者认为建立导演制度是提高戏曲艺术重要而有效的手段，因而大力倡导。

延安旧剧改革正式开始后，建立导演制度的论题渐渐得到了重视，"创造新的表演技术必须要建立导演制度"的观念获得了认同。李纶在《建立平剧导演制度——对平剧工作的一个初步意见》一文中比较全面而集中地讨论了建立导演制度的重要性和要求等，其观点主要有以下三点：首先，平剧要充分表现新内容和新观点，就必须在改造旧的表演技术的同时创造新的表演技术。平剧旧有的排练方法和制度陈腐落后，不利于新技术的创造，因此，建立科学的导演制度势在必行。其次，建立科学的导演制度决不是简易的事情，需要"一些精通了平剧表演技术，且能运用新的表演方法的演员"，"精通科学表演方法与旧有平剧表演方法"的导演，"具有历史知识、现代知识和平剧表演知识的剧作者"，"持有系统理论见解"的批评者。可见，建立新的导演制度是一种系统工程，需要演员、导演、编剧和评论家的通力合作，因此，培养新的演员、导演、剧作者和批评者，乃是切要的工作。

在旧剧改革中，通过向话剧学习，选用导演排演新剧，戏曲艺术渐渐建立了导演制度，有关导演制度的理论也越来越丰富完善。1950年4月，《人民戏剧》创刊号登载了马少波全面论述导演制度的文章《关于戏曲导演》。在文中，作者讨论了三大问题：一、为什么要有科学的导演工作？首先，"有了科学的导演工作，才能更完整的把戏剧文学和戏剧艺术统一起来，才能充分的把平面的文学变成立体的艺术形象"。"旧戏曲的演出，恰恰疏忽甚至抹煞了这种作用"。其次，旧戏曲也有类似导演的工作，但只是"单一的形式主义的传授和指点"；而且，演旧戏"多临时并班，对词说戏，潦潦草草，没有细致科学的导演工作，不仅在形式上粗糙松懈，在政治上也常出毛病"。二、怎样建立科学的导演工作？首先，建立导演组织，配备导演人才，掌握思想原则与艺术理论原则，并按民主集中制启发大家的工作热情和创造性。其次，导演工作中应注意的八个问题：1. 必须把思想性和艺术性统一起来，不能把教育性和娱乐性截然分开。2."导演、演员必须通过研究剧本、学习历史、熟悉故事、吸取教训这一自我教育的过程，提高认识，端正立场；然后进一步体会剧情生活，掌握人物性格，扩大和活跃自己的想象力，体会你所扮演的人物的阶级、身分、性格、生活习惯以及他和其他剧中人的相互关系，捉摸和创造形象"。3."必须发展歌舞剧中音、色、舞的综合特点，尊重艺术中优秀的技巧"。4."必须树立舞台上的集体主义精神"，要统一计划，一起努力，"主要演员不要脱离剧情去追求个人表现，次要演员也应不断做反应，不要在旁看戏"。5."演员必须接受导演人的指导，而导演又要善于启发演员的创造性"。6."必须严肃舞台作风，演员自觉地遵守舞台纪律，做到一字一句一行一动对观众负责"。7."在把握戏曲的基本规律、尊重其优秀技巧的原则下，大胆改进，创造新的艺术形象和音乐"。在演技方面，应打破生旦净末丑的固定格式，根据性格分配演员，又必须尊重旧的成熟技巧。在音乐方面，也不要拘泥于老规矩，只要能够充分而正确地表现与增强剧情，可以适当地修改和创造。8."必须广泛的吸收意见，不断的修正改进"。三、导演工作包括哪些步骤？1."说剧情，讲解剧本的主题和政治意义"。2.念剧本，把剧中人物的性格、感情和语气等都念出来。3.演员读词，捉摸和把握角色，酝酿感情和创造形象。4."布置乐队、服装、布景、灯光的准备工作"。5."初排，主要是对词，排部位"。6.草排若干次，"必要时可以抽出主要场面重点排演，并进行演员个别训练"，还应"注意乐队和舞台人员的训练，和舞台各个工作部门的检查"。7.精排。8.彩排。9.定排，即"结合预演，事后征求审查指导者的意见，适当修改，然后定型"。10.上演。

1950年8月，《新戏曲》月刊编委会召开"如何建立新的导演制度"座谈会，田汉主持，王瑶卿、欧阳予倩、白云生、李少春、李紫贵、周贻白、洪深、翁偶虹、景孤血、杨绍萱、马彦祥、韩世昌和郑亦秋等人应邀出席。与会者围绕戏曲剧团如何建立导演制度的问题畅所欲言，献计献策，讨论情况见《新戏曲》月刊第1卷第2期。阿甲的《戏曲建立新的导演制度问题》是参加座谈会的发言稿，分析了以下四个问题：其一，应该思考并讨论"如何把中国的表演方法与苏联斯坦尼斯拉夫斯基的表演理论相结合"；其二，今后的导演，如不能解放程式，就很难产生准确反映新观点的历史戏剧；其三，创作者和演员合作，"话剧的导演和旧剧界合作"是"建立戏改导演制度，改造戏曲导演方法的必须步骤"；其四，"班社制度一定要改革，不然就无法建立导演制"。时任戏曲改进局副局长的马彦祥也发表意见，强调了以下四点：其一，为了提高戏曲舞台艺术，必须建立新的导演制度；其二，导演工作是一种新的舞台艺术工作，因此新旧戏剧工作者必须相互合作；其三，要提高演员特别是主要演员对导演的认识，使其明白导演工作在整个演出中的重要性；其四，在导演方法上，可以突破旧形式，但必须从原有的规律中去突破。

八、净化舞台是旧剧改革不可缺少的环节

论者认为旧剧的表演方法、态度和作风，也就是舞台形象，存在着病态、丑恶和落后的一面，必须净化。对此，讨论最全面细致的是马少波。马少波先后在《人民日报》等报刊发表了《关于澄清舞台形象》、《清除戏曲舞台上的病态和丑恶形象》和《创造健康、美丽、正确的舞台形象》等文章，前两篇收入马少波的《戏曲改革论集》和《戏曲艺术论集》，后一篇见河南人民政府合作化事业管理局编印的《戏曲改革工作》。在文中，马少波发表的不仅是个人的看法，也吸收了其他论者的意见。

首先，马少波把澄清舞台形象提高到爱国主义的最高原则来认识。他指出，旧剧舞台在表演方法、态度和作风等方面不乏野蛮、恐怖、猥亵、奴化和庸俗的形象，这些形象侮辱了自己的民族，伤害了国人的自尊心，使戏曲艺术蒙上了灰尘。"戏曲改革工作，固然着重改进的是思想内容，但是，如果不把脸上肮脏的灰尘洗擦干净，想使戏曲面貌达于健康完美的境界，是绝对不可能的。"因此，"每一位具有爱国主义思想的戏剧工作者，都应是责无旁贷的，毫不犹豫的把澄清舞台形象的工作，提高到爱国主义

的原则来认识和实践"。

　　其次，他非常细致具体地盘点了应该清除的17种丑恶形象，并把它们归为两类：一是必须毫无保留地革除的，另一是必须经过科学分析分别扬弃的。这些丑恶形象分别是：1. 小脚。舞台上表现小脚的主要是跷工，踩跷在舞台上夸张而集中地表现了生理的残缺，身段并不美，也与"柔婉之美"有本质不同，表现的是民族的缺陷与丑恶。2. 淫荡猥亵。如戴肚兜、摇帐子、两个食指比上比下等迎合某些落后观众低级趣味的做法。3. 迷信恐怖。如《探阴山》、《游六殿》宣传"循环报应"，"通过阴曹地府厉魂恶鬼的形象，恐吓人民，愚弄人民"。4. 酷刑凶杀。如《九更天》中的滚钉板，《铡美案》中的开铡，《风波亭》中的剥皮，《界牌关》中的肚破肠流，《纣王与妲妃》中的开膛剜心、炮烙剜眼，《庆阳图》中的李刚把奸臣的腿撕断，《黄一刀》中姚刚把女人的腿劈断，把断肢的小脚放到鼻子上闻臭，《战宛城》中典韦拿两个尸体代替兵器，还有许多开黑店的戏，把人和牛羊一样宰割，包人肉扁食，诸如此类的表演一定要废除。5. 打屁股。丑化了中国人，损害了人民的尊严，可移到黑场。6. 磕头。在舞台上磕头如捣蒜，这种礼节带有极其浓重的侮辱的压迫的成分。7. 辫子。男子留辫子是民族压迫的一种可耻的标志。8. 不科学的武功。危险、野蛮、残酷的武功容易伤害演员健康，而脱离剧情的武功仅仅是为了逞技炫目，都不是正确的表演方法。9. 表演擤鼻涕、撒尿、喝尿、吃屎等，实在是肮脏之极。10. 丑恶的脸谱。有些脸谱实在过于狰狞、丑恶，如破脸、歪脸、鬼脸、花三块瓦脸、豆腐块粉脸等；有些带有封建迷信成分，如包拯脸谱的月牙、赵匡胤脸谱的龙形、姜维脸谱的太极图、杨七郎脸谱的虎字等；有些包含了封建等级意味的纹饰。这一切均应根据具体情况适当地删除，或者简化，或者修改。11. 不合理的服装。戏演的是秦汉唐宋明的故事，而常有穿着满清服装的人物出场。把衙役、禁卒、解差、老鸨、捞毛、盲人、医生等扮成青装，包含轻蔑的意味，体现了封建等级观念。12. 检场。检场是戏曲舞台多年存在的落后现象，不仅破坏了剧情，也严重伤害了艺术形式的完整，应移至幕后。开戏之后，除开剧中人，任何人都不要在台上出头露面，乐队也要想办法隐蔽起来，这样才会使得舞台面干净、健康、合理、完美。13. 走尸。在旧戏表演中，常常看见人死了以后又活了。角色死后，又以演员的身份爬起来下场。如，《阳平关》中的焦灼、慕容烈被赵云枪挑身亡之后，竟然表演"回殃"下场。这种表演很不合理，必须改革。14. 饮场。饮场是为了保护嗓子，但破坏了剧情，使得舞台紊乱，应该改在幕后。15. 把场。有的把场人在舞台上出头露面，也破坏了剧情。16. 抓哏逗笑。有的角色在舞台上低级取闹。如有的演员饰王婆，当她给潘与西门作介绍时，说："这是西门庆同志，这是潘同志。"这种做法既不尊重现实，又歪曲了历史。有的演员在台上自轻自贱，把自己比作王八，骂得狗屁不如，目的是博观众一笑，这种做法也很不合理。17. 恶俗的噱头。"有些剧团不恰当地安排布景和道具，以'真蛇上台'、'真牛上台'等等炫奇斗胜。"李万春剧团今年演出《天河配》，除了"真井真水、空盆出火、满台莲花、满台喜鹊、织女游泳、西瓜堆字、真鸟上台、真牛上台……"，还有"实地背景"，加演电影，可以说是最典型的例子。这是恶俗的噱头，决不是艺术，应坚决予以纠正。

最后，要澄清舞台形象，应该做到两点：一是"必须广泛的深入的进行宣传和动员工作，使得艺人以至广大群众熟悉政策"；另一是"不能简单和粗鲁，必须根据内容，根据爱国主义的美学观点具体分析，具体批判"。删除酷刑现象，"并非要在舞台上杜绝用刑，问题在于避免凶残恐怖的影响，而又达到戏剧应有的效果。也就是说，看是否用得恰当确当"。"脸谱的改进，也是去芜存菁，不是不分青红皂白，一律废除；磕头，也是尽量减少，不是在舞台上全不跪拜；辫子，是民族压迫的耻辱的记号，不必去百般炫耀"；"至于武功、服装、彩头的改进，则更应保留与发展其基本优秀的成就，修改或废除其落后、丑恶的部分"。

九、应该纠正的四种偏向

论者认为，在改造旧剧舞台艺术时，还应纠正以下四种偏向：首先是脱离实际斗争，不能紧密配合当前的政治任务；其次是不尊重戏曲艺术的创作规律，运用话剧的思维和方法改造戏曲。张东川在《由"九件衣"的演出谈起》中强调"必须在旧剧基础上改造旧剧，逐渐的推陈出新"。李纶在《谈戏曲改革实验问题》中指出："若以话剧形式来代替便一定会取消了歌舞等特点，这种改革京剧的办法实际上已不是改革京剧艺术，而是使京剧艺人抛弃京剧艺术，学会表演他种艺术。这种做法，由已有的话剧演员等来进行将是更为合适的。"张庚、阿甲和魏晨旭等都反对戏曲的话剧化。再次是没有认识到改造旧艺术是一项十分细腻而艰苦的工作，依靠强迫命令，出现简单化、急性病的偏向，收不到好效果，产生了假改造的情形，外面挂起了新戏的牌子，里面演旧剧。[1]最后是从简单的公式出发，千篇一律，形成固定的格套。"创作的政治立场是基本的，有丰富的政治内容自然是最好，但不必要求包罗万象，甚至想把革命道理都塞进去。"[2]

另外，还应提及，论者讨论的问题还有剧团改制、剧场管理等，相关的论文有毓明、叶枫的《襄垣农村剧团的改造》，阿甲的《戏曲建立新的导演制度问题》，马少波的《正确执行"推陈出新"的方针——在北京星期文艺讲座》与《关于剧场管理——在北京市场管理委员会周年纪念大会上的讲话摘要》等。论者主要探讨了改革剧团的管理制度，以及加强剧场管理的必要性与重要性，还提出了具体的要求、方式、方法及经验等。

第四节　以配合政治任务为核心的戏曲创作论

在各根据地，演出旧戏被视为传播封建毒素或"脱离现实、对政治冷

---

[1]刘芝明：《1950年春节文艺活动初步总结——1950年3月19日在东北文联各地主任联席会上的讲话》、《关于文艺工作中的几个问题——在沈阳文代大会上的讲话摘录》，见《江潮集》，沈阳：辽宁人民出版社，2007年版，第210—211、214页。
[2]马少波：《正确执行"推陈出新"的方针》，见《戏曲改革论集》，上海：华东人民出版社，1952年版，第36页。

淡"的错误行为，[1]论者大力倡导编演新戏、改编旧戏。各根据地的戏曲演出也都以新编戏为主。随着戏曲活动的日益繁荣，戏曲创作掀起了高潮，各个剧种都编演了大批现代戏和古装剧，还改编了少量传统剧目。论者以革命古典主义为基础，本着文艺是教育和宣传工具，必须无条件服从并服务于政治的观念，就剧作者的思想改造、戏曲创作的目的和任务、革命古典主义的创作方法、内容与形式的关系、集体创作与突击创作的方式等问题阐明了观点。

一、剧作者的政治素质和自我学习、改造

《讲话》专门谈到了文艺工作者的立场、态度及其改造问题，号召文艺工作者"很虚心地学习马克思列宁主义"，深入工农兵大众，向他们学习，努力改造自己。在1942年5月至6月间，艾青、萧军、刘白羽和李雪峰在《解放日报》和《华北文艺》等报刊上发表了《我对于目前文艺上几个问题的意见》、《对于当前文艺诸问题的我见》、《对当前文艺上诸问题的意见》和《关于文化战线上的几个问题》等文章。这些文章在把握毛泽东文艺思想的基础上更为细致地阐述了文艺与政治的关系，文艺工作者的学习和自我改造等问题，要求作家正确理解文艺为政治服务的观念，通过长期、深入地学习，"真正掌握马列主义的立场、观点、方法"，坚定地"站在无产阶级的立场，党的立场"，"清楚地认识并理解现实生活"，"与现实革命斗争相结合"。艾青撰文后，还曾应邀和毛泽东深谈，并按照毛泽东的指示进行了修改。因此，这些文章对当时的戏曲创作起到了较大的指导作用。

在各根据地，不断有论者重申并强调剧作者的思想政治素质问题。1945年4月，太行根据地第一次文教会议上，戏剧组提出有些作品"虽然写真实故事，也还出毛病，甚至是原则上的"，"其原因是作者没有一定的

---

[1] 柯仲平：《平剧工作者应该欢迎批评》，见《延安平剧活动史料集》第2集，北京：文津出版社，1989年版，第10页。

政治眼光，去全面分析研究"，"有好多作者是拿来故事，不加研究，照样写出……没有明确的政治目的"。[1] 1949年1月10日，阮章竞在《人民日报》发表《群众文艺创作上的几个问题》，指出部分戏曲作品"政治上思想上都很贫弱"，不能突出共产党的领导作用与地位，其原因主要在于创作者"对党的路线和政策的掌握很不够"，"主题的选择和处理"不恰当，处理题材时又"单纯的把许多表面现象原封不动地搬到纸上"，不加以阶级分析。

对于如何解决问题，论者开出的"药方"主要有"三味药"：其一，戏曲工作者必须坚持集体学习、讨论和自我反思、检讨，研究党的路线和政策，熟悉当前的形势，不断纠正错误观念，提高政治理论水平，强化自身的党性和战斗性；其二，戏曲工作者要深入工农兵群众，熟悉他们，并向他们学习，以他们为榜样改造自己的思想和灵魂，获得正确的立场；其三，熟悉并理解革命古典主义的创作方法。其实，这"三味药"都来自《讲话》。在论者看来，这些都是戏曲创作的前提条件和思想基础。

二、戏曲创作的任务、目的

论者普遍认为，在把握马列主义的立场、观点和方法，熟悉并理解中共的路线和政策的基础上，剧作者还必须进一步明确戏曲创作的任务和目的，"一定要懂得我们为什么要演戏，演给谁看，要告诉观众些什么问题"[2]，"要起什么作用"[3]。对这一问题的认识主要有三个层次：其一，戏剧工作者"必须抱着为新政权、新部队服务的目的"。[4]其二，1943年3月，中央文委在延安召开戏剧座谈会，确定剧运方向为"为战

[1]巩廓如：《太行区第一次文教会议（1945年）戏剧组讨论概况》，见《山西文艺史料》第1辑，太原：山西人民出版社，1959年版，第194页。

[2]巩廓如：《太行区第一次文教会议（1945年）戏剧组讨论概况》，见《山西文艺史料》第1辑，第193页。

[3]赵树理等：《秧歌剧本评选小结》，见《山西文艺史料》第3辑，太原：山西人民出版社，1961年版，第245页。

[4]张庚：《论边区剧运和戏剧的技术教育》，见《延安文艺丛书·文艺理论卷》，长沙：湖南人民出版社，1984年版，第476页。

争、生产和教育服务”，并于同月27日公布。延安平剧研究院迅速响应，多次召开全院大会和研究室会议，检讨过去工作中对现实政治关注不够的弱点，研究今后如何具体执行新的任务。啸秋的《当前戏剧界的几个问题》和工农兵的《阳南剧团的来历》等文章也明确表示赞同，后者指出："本来农村剧团也是业余剧团的一种，它必须服从生产、战斗和学习。"其三，1945年4月，太行区第一次文教会议呼吁戏剧工作"要与当前任务相结合"，"与村工作配合"。[1]同年9月29日，晋察冀《抗战日报》报道："兴县杨家坡群众剧团，自去年组织以来，积极为人民服务，配合各个时期的中心工作，演出了很多新戏……给了群众很大的教育。"1947年7月，太行根据地三专署下达关于农村剧团的指示，要求"剧团首先要联系群众，和中心工作紧紧结合"。[2]同月，《人民日报》先后发表了华含的《介绍武乡东堡村解放剧团》和蒋平的《两年来的太南剧运工作及目前存在着的几个问题》。这两篇文章都把为群众服务和宣传、教育群众联系起来，希望"农村剧团的工作同志要更加明确的树立为农民服务的观点，经常虚心倾听与采纳群众意见，紧密地结合当前现实，配合中心工作"[3]。可见，从服务于政权和政治任务，到"为战争、生产和教育服务"，再到"配合各个时期的中心工作"、"与村工作配合"，戏曲创作的任务越来越清楚、具体。宣传中国共产党的方针、政策，教育群众是戏曲为大众服务的方式，这一观点得到了戏曲工作者的广泛认同。

在戏曲创作中，无论剧团还是个人，都自觉地执行中国共产党的文艺路线，把配合政治任务视为自己的本职工作。胡正的《谈边区群众剧运》、华含的《介绍武乡东堡村解放剧团》和泽然的《农村剧团的旗

---

[1] 巩廓如：《太行区第一次文教会议（1945年）戏剧组讨论概况》，见《山西文艺史料》第1辑，太原：山西人民出版社，1959年版，第194页。

[2]《太行三专署关于农村剧团的指示》，见《山西文艺史料》第3辑，太原：山西人民出版社，1961年版，第236页。

[3] 蒋平：《两年来的太南剧运工作及目前存在着的几个问题》，见《山西文艺史料》第3辑，第235页。

帜——记太行人民剧团的成长》等文章热情赞扬了七个模范农村剧团。其中，兴县杨家坡群众剧团编演了《刘成龙告状》、《青年自愿参军》等剧。武乡东堡村解放剧团的编演完全是从时代与群众的需要出发，他们的口号是"报上提啥提的紧了咱就编啥"。"渡荒中太行曾掀起'西线援助东线'、'北线援助南线'的互救互助运动……（太行人民）剧团专门编演了《天灾人祸》，到处出演。当观众看到那里的同胞在蒋伪蹂躏下而妻离子散的苦境时，许多人都被感动了，许多人不自禁的把带来的干粮扔上台去。"从马琰的《七月剧社三个月的工作》、张竞等的《寺家塔的秧歌队及其创作》、辛酉的《集体的突击——记黑峪口秧歌队》、夏青的《不扛枪的队伍——太岳阳城固隆农村剧团介绍》和璧夫的《道蓬庵农村剧团的经验——关于农村剧团方面问题的研究》等文章来看，当时的剧团都能根据全党或本地各项工作的需要编演新戏，并视之为必须完成的任务。

个人创作也自觉以服务于政党、政权为目的，马健翎的创作就很有代表性。作为1928年即加入中国共产党、曾任中共米脂县委宣传部部长、肄业于北京大学的剧作家，马健翎不仅极富创作才能，精通舞台艺术，还有很强的党性和战斗性。马健翎编写的《血泪仇》、《大家喜欢》、《一家人》和《穷人恨》等作品，反映了国统区人民水深火热的痛苦生活，揭露了国民党顽固派的罪行，歌颂了根据地人民光明幸福的新生活，对教育群众发挥了巨大的作用。在《写在〈穷人恨〉的前边》一文中，他陈述了自己的创作意图："我的主观目的，想让这

剧作家、戏曲活动家马健翎像

个剧使观众看后，认识封建社会的罪恶，认识中国共产党、人民解放军是为解放中国最大多数受苦受难的同胞而斗争。尤其是新解放过来的士兵们，看了此剧，知道自己家中老小，被蒋匪罪恶政府及地方土豪剥削、压迫成个什么样子；知道自己现在参加解放军是为解放大众，也是为解放自己家中受难的父母妻子兄弟姐妹而斗争。"可见，中国共产党的文艺思想已内化为戏曲

工作者创作观念很重要的一部分。在他们看来，戏曲创作的任务和目的就是教育、指导广大群众，使他们了解、认同、支持共产党的各项政策和方针，相信、拥护、热爱、服从共产党的领导，"去全力服务战争，服务生产，并为反封建、反迷信与建立自己的新生活而奋斗"[1]。

三、在创作方法上坚持革命古典主义

抗战以后，革命古典主义已成为一种普遍的创作模式。在戏曲领域，革命古典主义可从以下四个方面来理解：

（一）现实生活是戏曲创作的源泉

文艺应该真实地反映现实，这原本是现实主义最基本的主张之一。上世纪革命文艺和左翼文艺兴起后，论者借用这一主张，使之成为革命古典主义很重要的一部分。从这一主张出发，自然推出现实生活是戏曲创作的源泉这一结论。

论者认为，以现实生活为戏曲创作的源泉，并不容易做到，首先必须深入生活，深入群众，对现实生活了如指掌，其次要立足于现实生活，以马克思主义和中国共产党的文艺观念为理论工具，对具体的人和事进行研究、分析。如果做不到这两点，将导致各种问题。1945年年初，晋察冀《战友报》收到了大批稿件，其中不少秧歌剧"内容上似乎离开现在远些"，造成的原因是"对实际研究及揣摩还较少些"。"有些同志只是抓住了现实问题的一个环节，抓住问题的一面，但未能更深刻的刻画一下。"[2]1948年7月7日，太行区党委宣传部发出了关于创作的通知。在两个多月时间内，各地群众创作了四十多个秧歌剧本。担任过八路军太行山剧团团长和太行区文联戏剧部长的阮章竞在《群众文艺创作上的几个问题》中总结了这次创作活动存在的问题，其中之一就是没有真正立足于现实生活，故

[1]泽然：《农村剧团的旗帜——记太行人民剧团的成长》，见《山西文艺史料》第3辑，太原：山西人民出版社，1961年版，第255页。
[2]冬帆：《对今后文娱创作的几点意见》，见《冀鲁豫文学史料》，石家庄：河北教育出版社，1989年版，第101页。

而不能深入、细致地反映政治斗争。他说，不少作品都写了一个类似于党代表性质的"工作员"，但差不多把他写成了小官僚主义分子，"很不容易看见他如何去深入了解群众思想，在群众中进行艰苦工作，具体的体现党的政策与主张。同时，也很少看到：经过多年严峻斗争考验的农村支部，如何领导群众斗争的事实"[1]。可见，不深入现实生活，不认真研究，即使反映了现实，也不能充分发挥宣传教育作用，甚至不能突出党的领导作用和地位。

（二）主题的确定、题材的选择和处理及倾向性

论者认为，以现实生活为源泉，并不意味着没有选择，无产阶级的文艺创作与"小资产阶级看病不开方的纯客观主义的文艺创作"有着根本性的区别，其分水岭就是"立场和目的性"。[2]其具体体现主要在以下三个方面：

1. 主题是确定的，要有意识地针对现实斗争中的某项工作或某个问题，宣传共产党的方针和政策，确证并突出共产党的领导作用和地位。在剧团的经验总结以及政府与部队的批示中，创作应配合具体政治任务的观念被反复地倡导、强调。领导干部按照这一观念要求作者，作者也自觉奉行，而按照这一观念创作出来的作品也往往受到赞许和表彰，这些都说明了这一观念的深入人心。1943年8月，苏北根据地盐阜区的黄其明创作现代淮剧《照减不误》，宣传共产党的"减租减息"政策，得到新四军第三师师部、苏北区党委的充分肯定。师长黄克诚特奖给黄其明金笔一支，师政治部赠给文工团一套幕布和部分道具。1943年12月5日，《解放日报》还报道了该剧大受欢迎的盛况。1944年春天，淮南路东根据地开展大生产运动，党中央号召组织生产互助。7月，天高县宣传部缪文渭响应号召，创作了现代洪山戏《生产互助》。9月，县委成立民兵剧团，专门演出该剧。该剧在新四军军部和二师师

[1] 阮章竞：《群众文艺创作上的几个问题》，见《山西文艺史料》第3辑，太原：山西人民出版社，1961年版，第96页。

[2] 阮章竞：《群众文艺创作上的几个问题》，见《山西文艺史料》第3辑，第95页。

部演出，得到陈毅等领导人的赞许，并于次年7月由淮南通俗文化出版社出版，影响日益扩大。1944年4月，毛泽东在《学习与时局》一文中充分肯定了郭沫若的《甲申三百年祭》，中共中央宣传部与军委总政治部联合发出通知，号召党和军队的干部认真学习，要求党员戒骄戒躁，以防重蹈李自成的覆辙。从该年到1948年，各个解放区都涌现了一批响应号召、总结李自成经验教训的历史剧。同年11月，冀鲁豫军区《战友报社》文艺版编辑田牧军遵照政治部朱光主任的指示，创作了新编京剧《甲申三百年祭》，由分区业余剧社在练兵大会演出。同年，在晋察冀中央局党校参加整风运动的梁斌、邓拓、韩庄、王琢、王焕如、蔡维心和王林等人联合编写了京剧《李自成》。除了这两部作品，相近主题的还有马少波的京剧《闯王进京》、李一氓的京剧《九宫山》、周玑璋的京剧《小仓山》和马健翎的秦腔《鱼腹山》等，可说是形成了一个作品系列。而当时包括村剧团在内的业余剧团的创作，或者"是由村干部、劳动英雄、剧团的同志们根据村中的实际情况，确定了要宣传什么"[1]，或者是"报上提啥提的紧了咱就编啥"[2]。这些做法被视为剧团取得成功的原因之一。可以说，在当时，戏曲作品基本上都和《照减不误》、《生产互助》、《甲申三百年祭》和《李自成》一样，是创作应紧密配合具体政治任务的观念的产物。

2. 在题材的选择和处理上，按照已确定的主题，在现实生活中寻找、选择题材，再予以集中、加工、提炼、概括，使之典型化。典型化的现实题材直接反映当前的现实，更贴近群众，更有说服力，也更能发挥宣传和指导作用。因此，党、政府和部队屡屡强调的，以及论者津津乐道的，多是现实题材。被树为典范的剧作中，除了京剧《逼上梁山》和《三打祝家庄》，其他多是现代戏，如《血泪仇》、《穷人乐》、《照减不误》、《兄妹开

---

[1] 胡正：《谈边区群众剧运》，见《山西文艺史料》第2辑，太原：山西人民出版社，1959年版，第88页。

[2] 华含：《武乡东堡村解放剧团》，见《山西文艺史料》第3辑，太原：山西人民出版社，1961年版，第263页。

荒》等。以阜平高街村剧团创作的《穷人乐》为例，该剧"真实地反映边
区群众翻身的过程，不但内容异常丰富生动，歌颂了群众的英雄主义，而
且形式也是群众自己选择的综合性形式，表演活泼熟练，深刻而真实地表现
了劳动人民的思想感情"，"是文艺为工农兵服务的新成就"。[1]1945年12
月23日，中共中央晋察冀分局下达了关于阜平高街村剧团创作的《穷人
乐》的决定，要求"各系统各级宣教部门及剧团等文艺组织，特别是领导
机关，应根据本决定及今天晋察冀日报关于《穷人乐》的社论，进行检查
反省，贯彻执行党的文艺政策，沿着《穷人乐》的方向，进一步发展群
众文艺运动，组织群众文化生活"。同日，《晋察冀日报》发表社论《沿着
〈穷人乐〉的方向发展群众文艺运动》，冀中文协发表了《〈穷人乐〉方向
的范例》。有各级党组织的不断强调，再加上各种方式的宣传鼓吹，发展
现代戏成为戏曲工作的重点。

　　3. 创作冲动往往取决于作者的立场、态度和观念。部分论者认为，主
题好，不一定能写出好作品，创作冲动很重要。没有感受，勉强写出来，
它就不好。只有被刺激、感动，产生强烈的创作冲动，"觉得把它写出来，
就可以表现一个什么主题的"[2]，才能写出好作品。著名剧作家马健翎在
《〈血泪仇〉的写作经验》中指出，生活中耳闻目睹的人与事常常使他产
生憎恨、怜惜、悲伤、激愤、愉快、赞美等情绪。"那些遭难的人物与事
件，当我听到的时候，有的使我难受，有的当时我就掉泪了，有的我设身
处地地替他想，想象到他的悲哀情景，不由得也掉泪了。至于当我写作的
时候，那些受难人的情景和哀鸣，在我脑子里演映与哭诉时，我自己禁不
住滚滚泪下，常常滴湿了稿纸。"《血泪仇》就是这样写出来的，因此获得

---

　　[1]《中共中央晋察冀分局关于阜平高街村剧团创作的〈穷人乐〉的决定》，见张学新等
编：《晋察冀文学史料》，天津：天津社会科学院出版社，1989年版，第313页。
　　[2]马健翎：《〈血泪仇〉的写作经验》，见《陕甘宁边区民众剧团艺术纪实》，西安：西北大
学出版社，1993年版，第27页。

了成功。他认为，"感动不能虚伪做作，感动一定是真实的"，"对于劳苦的人民大众，没有热爱，就不会对他们的悲伤表示同情，不会关心他们的命运，也不会切齿痛恨迫害他们的人"。可见，作品的情感力量在很大程度上取决于作者的立场、态度和观念。

还应指出的是，戏曲创作不仅应该具有明确的针对性，还应处理好歌颂光明、批评缺点与揭露黑暗的关系。

由上可知，主题的确定、题材的选择和处理实际上与创作心理密切相关。论者认为作品能不能实现其宣传和教育作用，关键在于作者的立场，因为立场决定了创作意图和创作过程中对待政治任务的态度，以及情感的抒发。这里的情感，主要指对根据地、党组织和人民的热爱，以及对敌人的痛恨。

（三）对真实性的强调与对真人真事的偏好

由于真实性被视为文艺作品的生命线，所以论者再三强调。文艺整风运动后，对真实性的强调发展为对真人真事的偏好。周扬在《谈文艺问题》中指出："写真人真事，是'文艺座谈会'以后文艺工作上的一个新现象，是文艺工作者走向工农兵，工农兵走向文艺的良好捷径。"1945年12月23日，中共中央晋察冀分局在《晋察冀日报》发布《关于阜平高街村剧团创作的〈穷人乐〉的决定》，要求群众文艺运动以《穷人乐》为方向，原因之一，就是该剧"采用真人真事，把创造过程和演出过程相结合的方法"。冀中文协也发表《实践和发展〈穷人乐〉方向的范例》，称许该剧"把本村有意义的穷人来编成剧本，由本村的人来演，使本村的老百姓特别爱看，特别受感动，教育意义也就特别大"。1947年3月，中共晋察冀中央局在《开展乡村文艺运动的决定》中肯定以往的作品多数"反映了群众斗争的内容，大多数作品为本地实事。真实、亲切、教育意义很大"，要求"今后应更加大量发动群众创作，提倡反映本地实事，表现积极人物与英雄模范，正确适当的批评工作中的缺点与某些消极落后现象"。对此，文艺工作者的观点是相同的，兰静之在《〈晋察冀戏剧〉读后》中指出："今后的剧作应当是'要从目睹手触的人间事物中，寻找人，寻找人所造成的戏剧的真实'。"偏好真人真事，主要原因在于"观众会感到更亲切，更容易感动，效果也更大"[1]。不仅"给了群众以新的力量"，而且"启发与鼓励了群众斗争的信心"。[2]

论者强调真实性，并不限于题材本身，也着眼于编写和表演的技术。在编写技术上，"剧情的不调和，过分夸张，人物的交代不清，故事发展的突然，直线化"等等，都会使作品丧失真实性。[3] "过分地强调了情节的舞台效果"，也很可能使作品"失去了真实"；而且，"用血淋的现象来处理悲剧，由肉体的痛苦刺激观众"，"这种手法往往使我们忽略了对人情深刻的理解，忽略了人物思想的深刻性，使我们不去发现更深重的不幸与痛苦"，也是不好的。[4]

论者又指出，强调真实性的同时不能忽视倾向性，否则可能会导致一些错误的认识和做法，以为写实就是"写熟悉的题材，说心里的话"，结果流连在狭隘的个人生活的小圈子里，只写过去的经历和旧人物，而不去理解工农兵及其新生活，并使一些不健康的思想感情得到肯定。[5]可见，真实性和倾向性必须相结合才能保证创作不出现偏差。

（四）典型化和个性

部分论者提出更高的要求，认为作品在真实的基础上还应具有典型性和个性。魏晨旭在《平剧改造中几个问题之浅见》中要求作品"尽量表现个性和抓住典型"； 刘芝明在《从〈逼上梁山〉的出版到平剧改造问题》

---

[1] 华含：《介绍武乡东堡村解放剧团》，见《山西文艺史料》第3辑，太原：山西人民出版社，1961年版，第263页。

[2] 马琰：《七月剧社三个月的工作》，见《山西文艺史料》第2辑，太原：山西人民出版社，1959年版，第114页。

[3] 巩廓如：《太行区第一次文教会议（1945年）戏剧组讨论概况》，见《山西文艺史料》第1辑，太原：山西人民出版社，1959年版，第194页。

[4] 艾青：《创作上的几个问题》，见张学新等编：《晋察冀文学史料》，天津：天津社会科学院出版社，1989年版，第439页。

[5] 何其芳：《关于艺术群众化问题》，见《延安文艺丛书·文艺理论卷》，长沙：湖南人民出版社，1984年版，第771—772页。

中主张创造新的群众典型，这种群众典型"不是个人的表现，而是群众的典型化了的带着普遍性的人物。在这些人物的思想、活动的背后，是广大的群众"；阮章竞在《群众文艺创作上的几个问题》中指出人物、故事、思想和感情在戏剧艺术中都是十分重要的，如果人物没有个性，"作品本身又缺乏故事性"，只有"脱离人物故事思想感情的生硬的、干巴巴的政治说教"，作品就不能迸发出生动活泼的感染力。从这些论述来看，论者对典型性、个性的理解和阐述都不够明确、清晰。在论者看来，所谓典型，指的是普遍性或代表性。那么，何谓"典型化"？1945年4月，太行区第一次文教会议上戏剧组讨论时，与会者纷纷指出，当时部分剧目虽然写真实故事，但还是出现各种问题，"其原因是作者没有一定的政治眼光，去全面分析研究，而后剪裁组织，使之典型化"[1]。1948年夏天，艾青在华北大学文艺研究室的发言中提出艺术反映需要高度的真实性，但真实并不就是艺术，更不能代替或取消艺术。作品中真实的生活是"在社会万象中，采取了素材，用批评的眼光加以选择与分解之后重新融化和塑造出来"，要有概括力和想象力。[2]分析、选择材料，重新结构与塑造的过程就是典型化的过程。说得简单一些，典型化就是对现实社会生活中复杂现象进行拆分、概括、提炼，集中各个原型的特点，组合成具有普遍性和代表性的典型形象。

必须清楚的是，尽管部分论者谈及批评、批判现实与人物个性等，但同时更强调党性和阶级性，这是不管何时何地都不能放松的。

四、表现形式的选择、运用与突破

关于表现形式，论者公认的选择标准有两条：其一，百姓喜爱，理解，能发挥教育和宣传作用。1944年11月27日，晋绥三分区在临县为了总

---

[1] 巩廓如：《太行区第一次文教会议（1945年）戏剧组讨论概况》，见《山西文艺史料》第1辑，太原：山西人民出版社，1959年版，第194页。

[2] 艾青：《创作上的几个问题》，见张学新等编：《晋察冀文学史料》，天津：天津社会科学院出版社，1989年版，第438—439页。

结寺家塝秧歌队的经验，召开了一次座谈会。在会上，分区党委宣传部王部长就曲调问题指出："大家就用老百姓的调子，老百姓爱听甚调子，就唱甚调子，只要唱的是新的就行，旧调子也可以。"[1] 1945年4月，在太行区第一次文教会议上，戏剧组就形式问题进行了讨论，与会者普遍认为："演出形式上，要用群众最喜欢的，也最能起作用的形式。"[2] 1947年3月，中共晋察冀中央局在开展乡村文艺运动的决定中要求创作者"应尽量采用群众自己选择的、喜爱的、熟悉的形式"[3]。很显然，借助何种形式表现，运用什么调子演唱，并不重要，重要的是要群众接受、认同、喜爱。其二，已经过改造，有了新的发展。1946年6月，晋冀鲁豫根据地召开了文化工作者座谈会，担任中共晋冀鲁豫中央局宣传科科长的朱穆之在关于农村剧团的发言中要求采用"在当地群众最喜闻乐见的民间形式的基础上，又经过相当修改与发展的一种形式"[4]。上文提及的中共晋察冀中央局关于开展乡村文艺运动的决定要求创作者采用既是群众欢迎的，也是"改造了的民间固有形式（如梆子、秧歌、说书、年画等）"[5]。强调运用改造过的形式，是因为论者普遍认为旧形式不适合表现新内容，不能一味迁就旧形式。

关于形式的选择，还有两种看法应了解：其一，1946年，邯郸边区文化工作者大会对农村剧团的工作提出了四点要求，其中第四点是"演出形式短小精悍"，当时在晋冀鲁豫边区文化宣传方面担任领导的文艺评论家

---

[1] 张竞等：《寺家塝的秧歌队及其创作》，见《山西文艺史料》第2辑，太原：山西人民出版社，1959年版，第128页。

[2] 巩廓如：《太行区第一次文教会议（1945年）戏剧组讨论概况》，见《山西文艺史料》第1辑，太原：山西人民出版社，1959年版，第193页。

[3] 《中共晋察冀中央局开展乡村文艺运动的决定》，见张学新等编：《晋察冀文学史料》，天津：天津社会科学院出版社，1989年版，第323页。

[4] 朱穆之：《"群众翻身，自唱自乐"——在边区文化工作者座谈会上关于农村剧团的发言》，见《山西文艺史料》第3辑，太原：山西人民出版社，1961年版，第209页。

[5] 《中共晋察冀中央局开展乡村文艺运动的决定》，见张学新等编：《晋察冀文学史料》，第323页。

陈荒煤特地在《关于农村文艺运动》一文中重申了这一要求。[1]其二，"形式服从于生活内容，内容需要什么形式写，就用什么形式写"，这是艾青在《创作上的几个问题》一文中提出的建议。紫池在《关于演秧歌剧与大戏的一点意见》中的看法与此很接近，"群众是要求多样性的"，现代戏和历史戏、广场戏和舞台戏、各种歌剧和话剧等，群众都爱看，且看得懂。"要看具体题材而确定其表现形式与大小了……宜用某种歌剧，就用某种歌剧；宜用某种话剧，就用话剧。断不应只限于一种，而否认其他。否则，就将一则违背群众要求，二则题材的表现也受到了限制。"不过，在多种形式中，"主要的还是要利用当时当地群众最喜闻乐见的形式（如陕西的秦腔、山西的梆子）"。当时的剧团多能表演"一揽子"的戏剧形式，有旧戏、秧歌、话剧等，[2]这一建议颇具可操作性。

　　上述看法，可引用艾青的一段话来总结："对于形式的要求，从我们服务的对象上来讲，是要使群众爱好与欢迎，要使群众'喜闻乐见'，要求'多样'与'统一'也是这样。"[3]

　　选择了表现形式后，更重要的问题是如何运用。论者的主张主要有三种：其一，利用并改造旧形式。抗战初期，"旧瓶装新酒"的方法曾得到认可。由于普遍存在生搬硬套的毛病，在创作中出现了不少失败的例子；因此，论者认为这一方法不适合表现新内容，是"缺乏创作能力"的表现。[4]1945年，晋冀鲁豫边区政府第一厅编审委员会开展了秧歌剧评选活动。在活动中，某些地区的作品"还是以现代人物穿上古戏服装，新的问题

　　[1]陈荒煤：《关于农村文艺运动》，见《山西文艺史料》第3辑，太原：山西人民出版社，1961年版，第47页。
　　[2]工农兵：《阳南剧团的来历》，见《山西文艺史料》第1辑，太原：山西人民出版社，1959年版，第230页。
　　[3]艾青：《创作上的几个问题》，见张学新等编：《晋察冀文学史料》，天津：天津社会科学院出版社，1989年版，第444页。
　　[4]冬帆：《对今后文娱创作的几点意见》，见《冀鲁豫文学史料》，石家庄：河北教育出版社，1989年版，第102页。

仍是旧的表演手法，不伦不类，群众看着很不起劲"[1]。针对这一问题，赵树理和靳典谟在《秧歌剧本评选小结》中非常迫切地指出："在今天决不能仍是'旧瓶装新酒'，使内容受到限制"，而是要改造它，"使之适合于新的内容，适合群众要求"，如，旧表演中的"字儿话"，群众听不懂，不感兴趣，应"改为群众语言"。和赵树理看法相近的论者为数不少，胡正在《谈边区群众剧运》中指出："在形式的运用上，他们并不是套在旧形式中，而是根据剧情的发展，该说就说，该话（快板）就话，这里想唱就用调子，那里要打就配家俱，发挥了当地的秧歌小调，吸收了大戏中为群众欢迎的曲调，创造了大杂烩式的新颖活泼的民间形式。"蒋平在《两年来的太南剧运工作及目前存在着的几个问题》中主张："要真踢开旧圈子，打破老一套，发扬大胆创造的精神，把旧有的演奏技术根据新剧的特点与需要加以改造。"根据表达的实际需要，吸收旧形式的长处，同时改造、突破旧形式，大胆创造新的形式，这是戏曲工作者的共同追求。其二，向话剧学习。话剧现实主义的创作精神，如实反映现实的创作方法，真实、逼真的表演，写实的布景，都值得戏曲学习借鉴。其三，批评、反对单纯为了娱乐、"单以技术来决定戏的好坏"的形式主义[2]和千人一面、缺少变化的公式主义等。阮章竞在《群众文艺创作上的几个问题》中指出："有的作品，存在着戏剧八股，公式主义，收场必定是个大合唱或大齐唱，而又必定是秧歌舞，而唱词必定是'毛主席象红灯'，'共产党是救星'等等。"作者认为这种结尾俗套，不自然，缺乏力量。另外，部分论者认为抛弃旧剧的优点，盲目学习话剧是不对的。"如果吸收了话剧的精神，如话剧的现实性与集中性，便得到了成功。但是如果照着话剧的形式，如全部对话，中间只插几段唱，如不管故事发展过程，硬编成几大幕，便觉得顶的慌，群众感觉不得劲，因为话剧

---

[1] 赵树理等：《秧歌剧本评选小结》，见《山西文艺史料》第3辑，太原：山西人民出版社，1961年版，第248页。

[2] 巩廓如：《太行区第一次文教会议（1945年）戏剧组讨论概况》，见《山西文艺史料》第1辑，太原：山西人民出版社，1959年版，第193—194页。

有话剧的形式，索性用话剧形式演出，倒也觉得舒服，中间硬插一段唱，便感觉不调和、突然。旧形式的优点正在它的唱与节奏动作，如果把这点忽略了，那便不是改造旧形式，而是取消旧形式了。"[1]

五、集体创作与突击创作的方式

1943年11月，延安平剧研究院为纪念十月革命节及执行党中央文艺政策，发动新剧本创作运动。经过四天突击共创作17个新剧本，内容是反映河南难民生活、边区防奸运动、移民、生产、丰衣足食和保卫边区等现实题材，这种做法"甚得群众好评"。[2]张庚在《论边区剧运和戏剧的技术教育》中认为突击创作"是在戏剧范围内的艺术服从政治这问题的具体化，乃是新戏剧创造之精神所在"。1944年4月28日，西北局文委召开会议，宣传部部长李卓然主持会议。在会上，柯仲平根据下乡经验讲述"服从当时当地政治任务的临时创作"的重要性，论及领导对突击创作的肯定。[3]1944年至1947年间，《解放日报》、《抗战日报》（晋察冀）、《人民日报》（晋冀鲁豫、华北局）、《课本与写作》、《北方通讯》、《文艺杂志》、《北方杂志社》、《工农兵》和《人民时代》等报刊发表了一系列总结剧团工作经验、讨论戏剧运动和创作活动的文章，如马琰《七月剧社三个月的工作》、亚马《关于戏剧运动的三题》、张竞等《寺家塌的秧歌队及其创作》、鲁石《一个民间剧社的成长——记临县任家沟剧团》、辛酉《集体的突击——记黑峪口秧歌队》、工农兵《阳南剧团的来历》、风林《蒲阁寨民主演剧队》、赵树理等《秧歌剧本评选小结》、夏青《不扛枪的队伍——太岳阳城固隆农村剧团介绍》、朱穆之《"群众翻身，自唱自乐"——在边区文化工作者座谈会上关于农村剧团的发言》、胡正《谈边区群众剧运》、泽然《农村剧团的旗帜——记太行人民剧团的成长》、华舍《介绍武乡东堡村

---

[1] 巩廓如：《太行区第一次文教会议（1945年）戏剧组讨论概况》，见《山西文艺史料》第1辑，太原：山西人民出版社，1959年版，第195页。
[2] 艾克恩：《延安文艺运动纪盛》，北京：文化艺术出版社，1987年版，第468页。
[3] 艾克恩：《延安文艺运动纪盛》，第492页。

解放剧团》和璧夫《道蓬庵农村剧团的经验——关于农村剧团方面问题的研究》等。这批文章都将集体创作与突击创作的方式视为创作成功的经验所在，加以揄扬和宣传。华含在《介绍武乡东堡村解放剧团》中指出：

> 他们的编、演完全是由时代需要与群众需要出发，他们的口号是"报上提啥提的紧了咱就编啥"；有很多剧本连夜排出演出，也有很多剧本演一两次便永用不着了。这应是他们成功的第一个原因。
>
> ……
>
> 在编剧与排演方面，采取大家商量集体创作的方法。一个剧本的产生是干部先决定主题，然后下去搜集材料，回来共同讨论戏剧中的人物、场面、剧情，由编辑股执笔写出后，再通过干部及全体团员集体修改。演出时，注意观众反应，如到外村演出，还派人打入观众中听取意见，再加修改；这样，一个剧本不知经过几番增删……这是成功的第三个原因。

辛酉在《集体的突击——记黑峪口秧歌队》中指出：

> 离新年仅有五六天了，没有合适的剧本怎么办呢？后来想出：除单独创作外，还要发动集体创作。25号晚上是集体创作最热闹的一夜，决定要写"上冬学"，大家说，什么人最不愿意上冬学呢？想到神婆。关于如何写神婆，都提出了很多意见。有的竟学神婆唱起来……从这些宝贵的材料堆里，找出更宝贵的材料组织起来，写成了一个活的神婆、一个活的男二大流，和一个"好比太阳落西山，熬成胶来也不沾"的不愿上冬学的顽固老汉。
>
> 采取集体排演，进行互相批评，互相纠正动作表情；又分别对词的对词，排演的排演……三天功夫，就把三个戏排得熟瓜瓜……29号夜又突击出一个"夫妻英雄"来。

论者提倡这两种创作方式的理由非常简单，发动群众参与创作是开展群众性戏剧运动的重要途径，体现了毛泽东所倡导的群众路线，能最大限度地实现戏曲的教育和宣传功用，以达到配合政治任务的目的。其具体体现是：其一，"和老百姓合作写剧本，请老百姓当导演"，采取集体创作的方式，是"坚持现实主义，坚持工农兵立场"的有力保证。[1]
其二，"（只有）发动群众参加到剧作中来，才能更深刻更正确的表现群众"[2]。因为这种创作方式"把文艺及艺术放手交给群众"，相信群众创造艺术的才能，真正做到了"把群众放在新文艺的主人地位"。[3]其三，集体创作"集思广益，互相学习，打破了过去创作上的个人主义"[4]。

六、改编旧剧的原则与方法等

在较为关注旧剧改编的论者中，李纶、马少波和张东川等最为用力，发表了非常具体、细致的看法。首先是改编旧剧的原则。李纶提出了两大原则：其一，正确理解并运用阶级观点和群众观点，以"对人民有益还是有害"为基本原则分析清官戏、鬼神戏、神话戏等，反对阶级调和的论调；其二，不主张"拿今天的斗争去要求古人"，反对歪曲历史。[5]马少波则提出了三大原则：其一，历史剧的现实性问题，必须以历史唯物主义的观点分析人物和事件，历史的真实与对现实的影响与作用应该力求统一。其二，群众路线，即团结广大艺人，和他们同审、同编、同演、同营。"外行"向"内行"学习，使"外行"成为"内行"；"内行"向"外行"学习，获得政治和文化的滋养。其三，艺术的真实性问题，具体体现为两点：1. 任何一种艺术，只要为群众所需要，而又为群众所喜欢，都有其存在的价值，不必统一于一个模式；2. 在舞台条件允许的情况下，

[1] 张庚：《谈秧歌运动的概况》，见《延安文艺丛书·文艺理论卷》，长沙：湖南人民出版社，1984年版，第490页。
[2] 赵树理等：《秧歌剧本评选小结》，见《山西文艺史料》第3辑，太原：山西人民出版社，1961年版，第250页。
[3] 朱穆之：《谈创造新文艺》，见《山西文艺史料》第3辑，第29、32页。
[4] 马琰：《七月剧社三个月的工作》，见《山西文艺史料》第2辑，太原：山西人民出版社，1959年版，第115页。
[5] 李纶：《谈改编创作历史剧的几个问题》、《由创作观点谈起》、《杂谈戏曲改革问题》和《略论改革京剧》等，见《杂谈戏曲改革问题》，沈阳：东北戏曲新报社，1951年版，第4—5页。

应尽量运用道具和布景，但与舞蹈动作之间应注意统一。[1]

马少波认为修改旧戏和编演新戏"是一个问题的两面，是完全统一的"。他把旧剧分为三类，相应的改编方法各有不同：毒素较多的旧剧，"必须慎重的翻改主题，把历史的颠倒，颠倒过来，分清界限，判明是非"，如《连环套》、《四郎探母》等；"还有一类经过一番消毒作用，不须根本翻动，便可以保留下来的，如《宝莲灯》"；"另一类则是旧剧中最好的剧本，但也须稍事修改的，如《打渔杀家》"。[2]

七、应该纠正的两种偏向

除提出改编旧剧的原则、方法外，论者还总结了戏曲创作中两种有待纠正的偏向：其一，公式主义的偏向。阿甲在《平剧改造运动中的几个问题》中指出，作者在编写剧本时，脑子里有一个公式："穷人受欺，官家压迫，最后是人多造反，哈哈哈胜利结束。""至于这个胜利如何得来，现实性在哪里，领导胜利的智慧、策略是否合乎历史的斗争条件，好像都不大考虑。"因此，"写历史剧，不是从科学的历史观出发，而是从主观想像的公式主义出发。将这种公式主义的创作企图，削足适履地去联系当前的政策，作为反映政策的要求，我们往往把一个时期学习理论的心得，装备在古人的身上，表演出来。单说台词吧，有的是把我们的思想，译成文言文，借古人之口来宣传"，"有的便干脆讲出现代的术语"。为了纠正这种创作偏向，阿甲提出了四点意见："第一，历史剧不是为了古人，而是为了教育现代的人而写的，所以一定要为今天服务。第二，历史剧是发掘前人的经验教训，指导今天的斗争，不是把今天的斗争经验，去伪装历史。第三，历史剧应当又是科学的历史教科书，又是现实的宣传文学。如果一个题材的历史真实，和现实的宣传发生矛盾时，在主题思想上，应该不违反

---

[1] 马少波：《正确执行"推陈出新"的方针》，见《戏曲改革论集》，上海：华东人民出版社，1952年版，第28—35页。
[2] 马少波：《正确执行"推陈出新"的方针》，见《戏曲改革论集》，第18—23页。

现实的宣传，但不宜超出历史的条件与性质。第四，历史剧要多方面的写各种人物的斗争思想，写问题，只要观点是无产阶级的，不要局限于群众暴动一个斗争形式。"李纶、马少波等论者的观点与阿甲相近，在《谈改编创作历史剧的几个问题》、《由武训谈历史人物》、《由创作观点谈起》、《谈戏曲改革实验问题》、《杂谈戏曲改革问题》、《略谈改革京剧》、《正确执行"推陈出新"的方针》和《戏曲的历史真实与影射》等文章中非常具体、详尽地分析并批评了创作中的公式主义。他们认为公式主义的创作倾向是反历史主义的，不主张"拿今天的斗争去要求古人，并企图使古人的思想与行动达到今天革命干部的水平，或达到改编者所主观想像的某些标准"[1]，也反对让剧中的古人说现代新术语，"把活生生的现实斗争，楞装进某些旧京剧的形式中去"[2]。作为戏改的最高顾问性质的机关，文化部戏曲改进委员会也指出："历史剧应忠实地反映历史真实，不应将历史人物'现代化'，将历史事迹与现代中国人民的斗争事迹作不适当的类比。"[3]

其二，忽视艺术性。李纶等认为"改革的戏曲既然仍是艺术品"，应"要求好的艺术性"，"要求政治性和艺术性的统一"。缺乏艺术性的艺术品，是没有力量的。[4]因此，"把作品的政治性和艺术性绝对对立起来，并因此取消了艺术性，这是不正确的"，"应该于政治内容之外，以很大的努力，把剧本写得生动活泼，充分熟悉与利用京剧的表演技术，并创造新的技术使剧本易于为各个京剧团体所演出，取得最多的观众及最大的宣传效果"。[5]

由上可知，延安整风运动后，戏曲创作理论具有三大特征：其一，从服务于民族解放战争向服务于政权和政党转化，政治理性更加突出。其

［1］李纶：《谈改编创作历史剧的几个问题》，见《杂谈戏曲改革问题》，沈阳：东北戏曲新报社，1951年版，第4—5页。

［2］李纶：《略谈改革京剧》，见《杂谈戏曲改革问题》，第118—119页。

［3］马少波：《中央人民政府文化部戏曲改进委员会首次会议确定戏曲节目审定标准》，见《戏曲改革论集》，上海：华东人民出版社，1952年版，第133页。

［4］李纶：《杂谈戏曲改革问题》，见《杂谈戏曲改革问题》，第92页。

［5］李纶：《略谈改革京剧》，见《杂谈戏曲改革问题》，第122—123页。

二，实用主义的思维方式与论证方法所起的作用极大。强调甚至是迷信创新，为适应内容的表达而打破、改造形式获得肯定和赞许，为了教育意义而损害艺术性被视为革命工作的需要，重视形式或技术则被指责为艺术至上或形式主义，导致了对形式、艺术性与创作规律的漠视。其三，与20世纪20年代以来兴起的革命文艺理论和左翼文艺理论一脉相承，苏联文艺理论和西方文艺观念的强势影响仍在继续。

第五节　新秧歌剧论

　　文艺整风运动之前，论者已注意到秧歌（包括秧歌舞和秧歌剧等），相关的论文有冯宿海的《关于"秧歌舞"种种》和康濯的《秧歌舞——零碎想起的一些意见》等，发表在《晋察冀日报》等报刊。这些文章的见解主要有以下三点：其一，秧歌是一种纯粹的旧形式，内容不健康，色情，肉麻，形式僵化、简单，音乐不协调，小丑是比较重要的角色，滑稽调笑，不能正确、形象地反映现实。其二，观众"或多或少抱着些某种不太严肃的娱乐成分或游戏态度"，有的甚至持有"'为看媳妇而看秧歌'的污秽观点"。其三，应加以改造、发展，使之"走上歌舞剧的道路"。首先，"必须有一个完整的故事"，"反映现实"；其次，"它的舞式、舞法、舞姿，就不能再那样简单了"，"它的全部动作，要表现整体的意义，而每一个小的动作，又表现出每一动作的特殊的意义"，和内容"统一起来"。再次，化装与道具须改良，应"不加修饰地反映现实"。最后，音乐的配置也要改变，"音乐一定要服从整个的剧，不应该妨碍剧的任何一个小动作的演出和观众的视听。音乐在全剧的作用，只是辅佐的作用——加强剧的演出与帮助掌握观众的情绪"。[1]

---

　　[1] 冯宿海：《关于"秧歌舞"种种》，康濯：《秧歌舞——零碎想起的一些意见》，见张学新等编：《晋察冀文学史料》，天津：天津社会科学院出版社，1989年版，第168—181页。

整风运动之后，文艺为大众服务的观念改变了戏剧工作者对民间艺术的看法和态度。作为旧形式和民间形式的一种，秧歌越来越多地进入文艺工作者的视野，引起他们的关注。他们开始创作秧歌剧，各机关、部队和乡村也纷纷组织秧歌队，秧歌剧的演出渐趋活跃，在1943年到1945年间盛极一时。据《解放日报》发表的通讯和论文，当时的秧歌剧表现最多的是群众的生活和斗争，以歌颂人民、歌颂劳动、歌颂革命战争为主题，代表作品有《兄妹开荒》、《刘二起家》、《钟万财起家》、《动员起来》、《女状元》、《变工好》和《刘生海转变》等。由于"演的都是他们切身的和他们关心的事情，剧中很多人物就是他们自己"，秧歌剧受到了群众的热烈欢迎。[1]一大批诗人、作家、戏剧音乐工作者、学生、工人、农民、士兵和店员积极参加创作和演出，掀起了轰轰烈烈的群众戏剧运动。毛泽东、周恩来和凯丰等领导人通过各种方式予以褒扬、倡导，论者也纷纷撰文，肯定秧歌等民间艺术是发展中国新歌剧的基础，发展秧歌剧体现了毛泽东的文艺思想，是延安文艺活动新方向的开始。[2]

一、综合形式、歌舞剧、广场剧、"群众的戏剧"、"小形式的戏剧"、宣传工具

论者主要从六个层面认知秧歌剧：其一，综合形式。周扬将秧歌剧定义为"一种熔戏剧、音乐、舞蹈于一炉的综合的艺术形式"。[3]诗人艾青积极参加秧歌运动，他的认识比周扬更为具体、细致。在他看来，秧歌剧"是吸收了民歌、民谚、旧秧歌舞、旧秧歌剧、地方剧、话剧的成份，结合而成的形式"。[4]曾任鲁艺教员的丁里主要从演出的角度理解秧歌剧的综合性，认为"在演出上为求得一定的效果，对各方面——戏剧文学，

---

[1] 周扬：《表现新的群众的时代》，载《解放日报》，1944年3月21日。
[2] 毛泽东：《文化工作中的统一战线》等，见《延安文艺丛书·文艺理论卷》，长沙：湖南人民出版社，1984年版，第57、95、158页。
[3] 周扬：《表现新的群众的时代》，载《解放日报》，1944年3月21日。
[4] 艾青：《秧歌剧的形式》，载《解放日报》，1944年6月28日。

诗歌，音乐，舞蹈，导演，演员，则不得不有较高的要求，还要求得一定限度的统一"。[1]显然，论者所注目的秧歌剧是经过了改造的新形式，已经加入了不少话剧的因素。其二，秧歌剧以歌舞为主要表现手段，是一种歌舞剧。其三，秧歌剧多在广场、街头演出，其舞台是开放性的。其四，秧歌剧的故事短小而集中，反映的是"民主政治、新的经济政策下的现实生活"，"贯穿着人民的觉醒、抬头、斗争以及胜利"，充满了欢乐与喜悦[2]；形式热闹，好懂，程式不多，曲调以民歌为主，比较简单、易学，群众多能参与创作和表演，易于表现集体的力量。而且，秧歌剧"在广场中央演出……四面向着观众……和观众的接触又是最直接、最密切的"。[3]再加上秧歌剧本来就兴起、流行于民间，具有深厚的群众基础。因此，秧歌剧是最适合群众的艺术形式之一。艾青在《秧歌剧的形式》中称秧歌剧是"群众的新歌舞剧"，"群众的喜剧"。周扬在《表现新的群众的时代》中指出"秧歌剧的长处是在它的群众性"。其五，"秧歌剧是一种小形式的戏剧，她所能处理的主题的范围和深度是有限制的"。[4]称秧歌剧是"小形式的戏剧"，指的是秧歌剧形式简单，故事简短，上场的角色少，又多在广场和街头演出。其六，由于秧歌剧是群众性的艺术形式，正好适用于宣传工作，故而成为"今天最好的宣传工具之一"。[5]1944年9月21日，延安市文教会组织秧歌座谈会，由周扬主持，参加座谈会的有农民、小商人、店员、手工业者，与会者都主张秧歌应用于宣传。[6]1945年3月，记者天蓝在著名的三五九旅调查了一个月，不少战士认为秧歌剧"可以转变脑筋——宣传力量相当大"。[7]戏剧家杨醉乡长期在乡村工作，地方干部对他说："你们演一次，比我们宣传一百次都强。这就说明秧

---

[1]丁里：《秧歌舞简论》，载《解放日报》，1942年9月23日。

[2]艾青：《秧歌剧的形式》，载《解放日报》，1944年6月28日。

[3]周扬：《表现新的群众的时代》，载《解放日报》，1944年3月21日。

[4]周扬：《表现新的群众的时代》，载《解放日报》，1944年3月21日。

[5]艾青：《秧歌剧的形式》，载《解放日报》，1944年6月28日。

[6]《秧歌座谈撮要》，载《解放日报》，1944年10月5日。

[7]天蓝：《部队文艺调查的一点材料》，载《解放日报》，1945年3月19日。

歌工作和党政工作有血肉不分的关系。"[1]可见，无论是领导、戏剧工作者，还是普通群众，都认为秧歌剧应用于宣传教育，配合政治任务。

二、新秧歌剧是"三结合"的产物

秧歌剧有新旧之分，旧秧歌剧具有两大特点：其一，恋爱是"最普遍的主题，调情几乎是她本质的特色"，多"色情、露骨的描写"；[2]其二，"形式比较简单，用两三个人的对话，对唱，问答对唱来表达剧情"[3]，同时配合着舞蹈。

在文艺和政治结合、文艺及文艺工作者和工农兵结合、普及和提高相结合的过程中，秧歌剧旧貌换新颜，兴盛一时。首先，新秧歌剧清算了小资产阶级的观念和趣味，在内容上"把抗战、生产和教育的问题作为主题"，配合党和各级政府的各项工作，宣传党的各种号召、各项政策和法规等，实现了"文艺与政治的密切结合"。[4]其次，新秧歌剧是文艺工作者与工农兵群众结合的产物。整风运动后，文艺工作者在深入工农兵群众并向他们学习的过程中，发现"老百姓绝不是没有高尚艺术趣味和现实主义的艺术观点的"，开始注意并研究包括秧歌在内的陕北民间的流行艺术。和秧歌接触越多，了解越多，文艺工作者就越清楚秧歌并不是一种"单纯表现低级趣味、表现色情内容的东西"，"它的内容和形式是很丰富、很值得仔细研究的"。他们诧异于"中国民间艺术竟是如此有内容有艺术性"，态度从原来的轻视变成欣赏，甚至是激赏，并开始创作秧歌剧。[5]同时，鲁迅艺术学院、中央党校等首先行动起来，成立了秧歌队，在1943年春节期间创作并演出了反映大生产运动的秧歌剧《兄妹开荒》、反映改造二流

[1] 杨醉乡：《对开展农村秧歌活动的意见》，载《解放日报》，1946年1月19日。

[2] 周扬：《表现新的群众的时代》，载《解放日报》，1944年3月21日。

[3] 艾青：《秧歌剧的形式》，载《解放日报》，1944年6月28日。

[4] 艾思奇：《从春节宣传看文艺的新方向》，载《解放日报》，1943年4月25日。

[5] 张庚：《谈秧歌运动的概况》，见《延安文艺丛书·文艺理论卷》，长沙：湖南人民出版社，1984年版，第488页。

子的《刘二起家》，引起了强烈反响。这次成功使广受群众熟悉和喜爱的秧
歌剧引起了政府宣传部门和文艺工作者的注意。1943、1944两年间，《解放
日报》发表了大量有关秧歌剧的报道、通讯和剧评，如朱乃英的《留政秧
歌队》、《高司令家的秧歌队》、《军法处的秧歌》、《延安市民的秧歌队》，
蒋达生的《清涧春节机关秧歌队》，颜一烟的《工人秧歌》、《孩子们的秧
歌——抗小秧歌活动的一点经验》，萧三的《看了〈动员起来〉之后》，蓬
飞的《我们的戏剧工作在向前迈进着》，江华的《战士们秧歌剧的演出——
记保卫团秧歌队》、《老百姓的秧歌》、《一个群众秧歌队的成长》和《太行
军民秧歌廿七队庆贺参议会开幕》等。各机关、部队、党校和乡村组织了
大量的秧歌队，轰轰烈烈的秧歌运动得以蓬勃开展。在内容上，新秧歌剧
主要表现生产劳动、军民关系和自卫防奸等，既与政治任务相配合，又与
百姓的现实生活紧密相关。工农兵成了剧中的主角，小丑只能"表现新社
会之破坏者、蠹虫"[1]，而表现形式在语汇、语法、容貌、服饰、腔调、
姿势等方面也符合群众的实际[2]。更应该指出的是，"群众已经自觉地把
秧歌剧当作一种自我教育的手段来接受"[3]。周扬在《表现新的群众的
时代》中记录了数则群众对新旧秧歌剧的评价，群众认为新秧歌剧"有故
事"，反映现实，好看，而"旧的秧歌老是一套"，"脏死了"，没意思，"都
不爱看"。可见，新秧歌剧已获得广大群众的认同和喜爱。他们不仅喜欢观
看秧歌剧的演出，还积极参与创作和表演。从剧本的内容到形式，从秧歌
队的组织到演出，新秧歌剧都极富有群众性。可见，它的繁荣"体现了毛
泽东的文艺方向——和群众结合"[4]。最后，秧歌剧的繁荣得益于普及与
提高的结合。在依靠群众创作并演出秧歌剧的同时，鲁艺等单位的文艺工
作者"利用了可以利用的，舍弃了应该舍弃的"，"在形式上也有不少的加

————————

[1] 周扬：《表现新的群众的时代》，载《解放日报》，1944年3月21日。
[2] 艾思奇：《从春节宣传看文艺的新方向》，载《解放日报》，1943年4月25日。
[3] 周扬：《表现新的群众的时代》，载《解放日报》，1944年3月21日。
[4] 艾青：《秧歌剧的形式》，载《解放日报》，1944年6月28日。

工改造"，"产生了许多新鲜活泼，有生命力，有感召力的作品"，取得了相当高的成就。[1]可见，在普及的基础上，新秧歌剧也得到了提高。

以上种种可归结为一点，在多数论者看来，秧歌剧的繁荣是《讲话》精神和旧剧改革取得的成就，体现了毛泽东文艺思想的正确和伟大。

三、秧歌剧的创作

创作秧歌剧的原则是必须坚持革命古典主义，这一点早已得到论者的公认。长期在乡村工作的戏剧家杨醉乡在《对开展农村秧歌活动的意见》中提到了另外两个原则：其一，秧歌剧的创作应该是"先求普及，再谈提高"，"多利用民间形式和调子写"，力求短小精悍；其二，秧歌剧的创作"要以农村现实条件做基础"。他强调这两点非常重要，如果疏忽，将影响作品的宣传效力。

对于如何处理内容与形式的关系，张庚的观点非常鲜明。他认为必须"把中心放在内容上，注意所反映的生活的现实性，不为技术上的理由歪曲一点点现实，真正以革命工作者的精神，把老百姓的喜怒哀乐如实地反映给广大的观众"，还要"站在老百姓自己的立场"，"克服知识分子气味的流露"。另一方面，"抓紧现实主义的作法，突破了形式"。"认识了秧歌技术中的积极部分，设法掌握和发挥它"；同时"把话剧中间能够反映农村现实，能够为农民所接受的手法，运输到秧歌剧中间去"。[2]对于学习话剧手法，部分论者提出反对意见，冯牧认为秧歌剧"必须区别于舞台话剧"，"不应轻易地抛弃或冷视它的广场剧的歌舞特质"，"不赞成在秧歌剧中加入话剧的成分，打击乐器的伴奏应该占有极其重要的地位"。[3]

关于秧歌剧的创作方法和过程，张庚的阐述最为具体、全面。在《鲁艺工作团对于秧歌的一些经验》一文中，他从收集材料、结构剧本、刻画

[1]艾思奇：《从春节宣传看文艺的新方向》，载《解放日报》，1943年4月25日。
[2]张庚：《谈秧歌运动的概况》，见《延安文艺丛书·文艺理论卷》，长沙：湖南人民出版社，1984年版，第489、490页。
[3]冯牧：《对秧歌形式的一个看法》，载《解放日报》，1945年3月4日。

典型、运用语言和写词配曲等方面针对具体的问题进行了详尽的分析。在收集材料方面，他认为戏曲工作者不应"只对于能直接有利于他的创作素材发生兴趣"，而应全面地原原本本地了解、掌握事件，"再去寻求那些最能集中、最能尖锐地表现问题的素材"，"使观众能得到对于真实事情的正确认识"。在结构剧本方面，秧歌剧的创作存在着两个偏向："一个是为结构而牺牲现实"，拘于旧的形式和手法而不能表现现实中某些很重要的部分；"另一个是毫无结构的罗列现象"，没有抓住现实的中

戏剧理论家、教育家、戏曲活动家张庚像

心。唯有"大胆创造新的手法"，才能纠正前一个偏向；解决后者的方法就是抓住人物或事件的实质，把最能体现实质的场面写出来。在刻画典型方面，张庚指出应该抓住人物的基本特征（对于事物、事变和人的态度），再加上小特征（个性）来丰富其色彩。在运用语言方面，张庚认为应该运用陕北方言，选择明朗活泼的，能真正而深刻地表现百姓的生活、思想与感情的语言。在写词配曲方面，一方面，应该摒弃旧剧的老一套和知识分子的抒情腔调，而运用真正属于老百姓且富有动作性、宜于表演的新语言。另一方面，曲调应以民歌小调为基础，灵活多变，并创作新的曲调，使词与曲的配合协调。艾青在《秧歌剧的形式》中就唱词、曲调和配乐也发表了看法，与张庚大致相近，所不同的是艾青还提到了押韵的要求。

　　至于创作方式，论者普遍倡导集体创作，或"和老百姓合作写剧本，请老百姓当导演"，或主张老百姓自编自排自演。

　　另外，杨醉乡在《对开展农村秧歌活动的意见》中还要求地方党政积极帮助，他认为，如果没有地方党政的帮助，秧歌剧的创作是不能顺利完成并达到目标的。

四、秧歌剧的表演

论者比较关注表演，初步建构了秧歌剧的表演理论，主要内容有三点：其一，做好充分的准备工作，在充分地理解剧本、揣摩角色的基础上加以分析和研究，把握人物和事件的实质，摒弃自身和角色不相符合的思想、情感和趣味。著名演员王大化排演《兄妹开荒》时认真分析、研究、体验角色，但发现扮演的人物依然很像自己。为了更加贴近角色，他有意识地抛弃自身小资产阶级知识分子的看法和情感，从思想和感情上了解、贴近农民，内心燃烧起对农民的热爱。"我把他当作革命斗争中的主要力量来表演"，"表现那种边区人民跃动而愉快的民主自由生活，这儿的青年人是如何明朗与快乐"；"表现人民对生产热情，及在群众中广泛展开了的吴满有运动"，"注意着把生活趣味带到戏里来"。[1]经过一番努力，王大化和李波担纲的《兄妹开荒》大获成功，王大化扮演的哥哥王小二也得到了观众的广泛认可。王大化通过亲身经历体会到，演员要获得成功，必须尽可能地靠近、了解所扮演的角色。

王大化像

《兄妹开荒》

其二，在表演方面，论者主张象征手法与写实手法的结合，要求真实性，鼓励研究、创造新的演技。艾青在《秧歌剧的形式》中把秧歌剧的表

---

[1] 王大化：《从〈兄妹开荒〉的演出谈起——一个演员创作经过的片断》，载《解放日报》，1943年3月25日。

现手法分为象征的和写实的两种。象征手法是用手势或别的动作，来形容物体的存在和运动；而写实手法要求动作真实，给观众增加真实感和亲切感。王大化和章秉楠在《从〈兄妹开荒〉的演出谈起——一个演员创作经过的片断》与《漫谈秧歌剧的表演——一个演员的点滴经验》等文中结合舞台实践的体会和经验，进一步阐发了艾青的见解。

　　首先，他们认为表演动作应该真实，王大化在总结成功经验时指出，他"尝试着大胆地用写实的表演"，如睡觉、吃米面馍、喝米汤、"一直到后来主人公掏完了地，抖掉鞋里的土，用鞋擦掉镢头上的土，把衣服搭在镢头上回家"，"这一切的表演我都是努力往真实的那样做"，同时把握整个戏的节奏，吻合秧歌的节奏舞步。他认为，"真实地反映"里面包括了情感的真实加以艺术上的创造，因此，他努力感受、体验、把握角色的情感，配合戏的节奏，真实而生动地表现出来。[1]章秉楠认为真实感与人物的身份紧密相关。"动作主要应当是以音乐伴奏的大动作，这样才能把那空旷的大场子活跃起来"。但是"这些动作必须要由剧中人物的身份性格来决定，包括动作的大小、舞步的姿态、外形的创造和内心性格的表现等"，"不赞成那种只单纯去追求动作的美，以为在广场中没有几个耀目的动作，抓不住观众"。"动作的美与否，是决定于它是否合乎人物的身份、性格"，不合人物的身份，"动作再美，也会带给观众极不舒服的感觉"。[2]由于强调写实，创作者对真实性的关注有时走向了极端，演员因而无所适从。章秉楠在《漫谈秧歌剧的表演——一个演员的点滴经验》中指出了这一偏向："歌唱在秧歌剧中，占着相当重要的位置；大部分的情节都应当用歌唱的手法表演出来，而且歌唱不仅是叙事的，还是抒情的，这一点，给不少人带来了苦恼，感到唱起来会失去真实感。"张庚《鲁艺工作团对于

---

　　[1]王大化：《从〈兄妹开荒〉的演出谈起——一个演员创作经过的片断》，载《解放日报》，1943年3月25日。
　　[2]章秉楠：《漫谈秧歌剧的表演——一个演员的点滴经验》，载《解放日报》，1945年3月10日。

秧歌的一些经验》的分析更为详尽："无条件地要求真实感，演员在台上演戏，要求自己的感情和感觉与剧中人当前的感情感觉完全一致，要求自己在上台的时间完全成为剧中人，而忘了自己。这种思想本来是中国话剧演员从未实现过的理想，也可以说是一种外国教条。可是今天的秧歌演员在舞台上要求自己做到这一步，因为不可能而发生苦闷，提出问题：没有布景，建立不起真实感，怎么办？独白、旁白，自己感到生活中是没有的，演起来感不到真实，怎么办？唱，生活中是没有的，唱起来感不到真实，怎么办？"解决问题的关键在于重新理解真实感，章秉楠指出，"所谓真实，主要的是把剧中人的思想感情真实地表现出来，而不仅仅是那种生活上的模拟"。"歌唱不过是一种表现形式，一种感情上的夸大的表现，语言的美化"。[1]张庚则认为，"真实感不能绝对化，要演员自己绝对变成剧中人物是不可能的。所谓真实感，无宁说是演员按照他自己角色的思想感情去看他周围的一切事物、事变和人，发为一定的行为（动作、语言）"。"凡艺术，对于现实生活必有夸张，另一方面也有省略。它是从现实中提炼出来，不是现实生活的照象"。[2]可见，真实并不排斥夸张。张庚还进一步分析了缺乏真实感的原因：1.对台词和人物理解不正确，不深刻，又不从现实中取得材料充实它。2.表演秧歌，必须采用一部分旧剧的动作、唱法，这在原则上正确的；但如果只是搬用，就会一般化、表面化，没有深刻的内容。如何解决问题？"更努力的学习社会"是唯一的途径。演员希望自己扮演一个角色能装得更典型些，应广泛学习和分析工农兵处理事情、应付事变、对待人的精神和态度，了解角色的思想感情。

其次，论者主张学习旧戏的象征手法和节奏性。在过去，论者往往"看不起民间形式中一些东西的，譬如一些象征的手势，一些形象的习惯动作"，"因为那只是一个死的外形，而没有通过内心情感的指导，因而他

---

[1]章秉楠：《漫淡秧歌剧的表演——一个演员的点滴经验》，载《解放日报》，1945年3月10日。

[2]张庚：《鲁艺工作团对于秧歌的一些经验》，载《解放日报》，1944年5月15日。

们不能给人以情绪的感染"，所以"是无生命的，不现实的"。通过学习、领会文艺工作中的群众观点，论者认识到"只有运用群众熟悉、喜欢的形式，才容易接近群众"，而"这些东西却是人民所很熟悉与欢喜的"，应该用心学习。[1]章秉楠的观点有所不同，他认为象征的手法并不简单，"因为要用手势和动作，来使观众感觉到物体的重量、大小，危险性等"，比如开门的动作，决不能千篇一律，要研究是什么样的门，开门的是什么样的人，只有这样做了，"表演才有个性，才更现实"[2]。很显然，章秉楠探寻的仍然是以象征手法创造真实感的可能性。王大化较为关注旧戏的节奏性，他认为旧秧歌剧的象征动作缺少生命，与新演技相矛盾，但又是群众所喜爱的。如何在借鉴旧秧歌剧象征手法的同时又输入鲜活的生命力？王大化想到的解决办法就是学习旧秧歌剧的节奏性。"首先就是角色的动作步伐的问题，他的动作步伐得合乎秧歌节奏"；接着，"我就跟了音乐的节拍和主人公的心情、性格各方面加以秧歌舞动作的夸张"。当然"不能忽略一个青年农民动作走路的写实性"，同时"又得加上秧歌的舞蹈性，动作是活泼、轻松，而又充满了活力的"。在这过程中，演员必须要"通过内心的联系去创造"，通过感受、体验、把握以及表现角色内心的愉快，形成角色的外形与步伐，从而把形式的东西化为有生命的表演，造成真实感，将观众带到戏里来。[3]艾青对节奏性的理解有所不同，他认为秧歌剧将"真实的动作表情"舞蹈化，使之"合乎舞蹈的节拍和风味"，显示出与话剧不同的特点。[4]章秉楠从表演的效果看待节奏性，他指出"动作的节拍性是秧歌表演的一大特点"，应该"好好向旧艺人学习，学习旧戏中动作

---

[1] 王大化：《从〈兄妹开荒〉的演出谈起 —— 一个演员创作经过的片断》，载《解放日报》，1943年3月25日。

[2] 章秉楠：《漫谈秧歌剧的表演 —— 一个演员的点滴经验》，载《解放日报》，1945年3月10日。

[3] 王大化：《从〈兄妹开荒〉的演出谈起 —— 一个演员创作经过的片断》，载《解放日报》，1943年3月25日。

[4] 艾青：《秧歌剧的形式》，载《解放日报》，1944年6月28日。

的稳重、有力"；"同时动作起来，不是在你眼前幌一下就完了，而是在观众面前停留片刻，把那一缕情感，给观众一个思索想像的余地，这给人带来的印象是极深刻的"。[1]

再次，音乐与舞台语言方面，王大化主要强调歌唱和念白的重要性，提出了一系列要求。他认为，除了外形动作，演员还通过语言和歌唱"把主题传给观众"，因此，语言和外形动作分不开。做为一个演员，要"把每一句话、歌，通过内心以具体的声音表情、面目表情、动作表情等传达给群众，在观众那里引起极强烈的反应"。在技术上，应要求演员做到"语言群众化"、"吐字清楚"、"外形把握的群众生活化"，而且，这几个要求"得有机的联系，而不能割开单独的运用，那会是片面的"。"唱时一定得唱出情感来"，还要和观众打成一片，"把演、唱、观众反应有机的联系起来"。[2]章秉楠的主张更具体些，他要求运用"道地的陕北话，来唱陕北的民歌"，要求"掌握民歌的明快、活泼的特色"，"吐字要真，要清楚"，而且"要根据一定人物的性格和情绪来决定唱时的特点"。[3]艾青更强调音乐的作用，他认为："一个秧歌剧演出效果的好坏，音乐的配合有很大的关系。剧本写得再好，情节再生动，语言再活泼，假如没有很好的音乐也是枉然。"他指出："音乐的作用在使人物的语言、歌唱、动作、表情增加色调——使悲伤的时候更显得悲伤，快乐的时候更显得快乐"；同时，"乐器可以用来做效果"，"烘托剧情"，因此，"全剧要有音乐的气氛"。[4]

最后，论者还要求加强观演之间的感情交流。他们认为秧歌是街头剧、广场剧，观众就在你面前，比在舞台上与观众的距离更近，必须要打

---

[1]章秉楠：《漫淡秧歌剧的表演——一个演员的点滴经验》，载《解放日报》，1945年3月10日。

[2]王大化：《从〈兄妹开荒〉的演出谈起——一个演员创作经过的片断》，载《解放日报》，1943年3月25日。

[3]章秉楠：《漫淡秧歌剧的表演——一个演员的点滴经验》，载《解放日报》，1945年3月10日。

[4]艾青：《秧歌剧的形式》，载《解放日报》，1944年6月28日。

破舞台上的第四堵墙，要注意观众，加强和观众的交流。[1]

另外，还应该指出的有两点：1.论者多强调形式的创新，认为做为一个新演员，"决不能为那旧的东西所束缚，更不能以为旧的东西就是群众所喜欢的而不顾一切的去用，去迎合他们，这样没法跳出旧的形式的圈子，失掉了艺术创造的真意义。因为实际告诉我们，只有新的东西才是有前途的"[2]。2.论者多反对噱头，因为噱头追求的往往是不健康、不正确的趣味，把艺术创造市侩化，对观众也显得极不尊重。[3]

其三，舞台美术方面，论者按照写实的原则对服装、化装和道具提出了各种要求。首先，"参加的人物应当是现实的人物——广大的工农兵群众，并把这些人物通过身份、职业、年龄等特点明显的分别出来"。"在大秧歌里应一律是正派人物；少许反动人物如特务、顽固、反动派等，只能作为人民欢乐和威风的陪衬，应该严格规定它们的化装动作和表情"。"应按人物的身分职业年龄，穿不同的衣服。要尽量做到华丽鲜艳，因老百姓喜欢光彩夺目的花衣服。但应是现实主义的，不能过分夸大，以使各色各样的色彩调和为原则"。比方，"八路军的形象，应表现出一种威武严肃奋发有为，精神饱满，勇敢前进的革命军人的气魄"，与此相配合，"八路军出现在大秧歌里，服装应是整齐朴素的，表情应是活泼而又严肃的，动作要健康、明朗、有力"。而且，"道具也应按身分职业等分别开，如学生拿课本，农人背镢头，八路军背枪……"。[4]必须注意的是，论者并不满足于写实原则，还主张新秧歌剧的化装、服装、道具应该区别于话剧，应

————————

　　[1] 王大化：《从〈兄妹开荒〉的演出谈起——一个演员创作经过的片断》，载《解放日报》，1943年3月25日。

　　[2] 王大化：《从〈兄妹开荒〉的演出谈起——一个演员创作经过的片断》，载《解放日报》，1943年3月25日。

　　[3] 王大化：《从〈兄妹开荒〉的演出谈起——一个演员创作经过的片断》，载《解放日报》，1943年3月25日。

　　[4] 肖秦：《关于戏剧工作的几点意见》，见《山西文艺史料》第2辑，太原：山西人民出版社，1959年版，第96—97页。

"比话剧的更典型化"，"更富有图案色彩"。要做到这一点，就必须对现有的加以改造，需要画家们"细心地研究人民的面貌、装束、用具，找出他们的特点，加以某种程度地夸大，使之色彩的对照强烈"，以强化舞台效果。[1]

五、新秧歌剧存在的问题

论者认为，尽管新秧歌剧取得了相当高的成就，但并不完美，存在着各种问题。首先，新秧歌剧还没有完全做到大众化，甚至还有相当的距离，具体体现是普及范围、群众观点、群众语言、群众感情和群众作风都还不够。采用的群众语言少而不精，一般化，不能凸显人物的性格和个性，语言中掺入了很多杂质，多旧戏式的唱白，或文人腔调，很难表达出群众真实的感情。[2]其次，公式主义的倾向正在形成，对群众生活的反映比较单调，冗长而散漫，"五分钟之后则完全变成了话剧"，"有时则有类似西洋风的歌舞，令人很难捉摸到演员的语句和情感"。形式纷乱，不为群众理解，也不为知识分子所接受。[3]再次，创作者"更多地致力于形式上的雕琢，或多或少地忽略了内容上的重量"，鲁艺创作的秧歌剧就存在这一问题。[4]最后，部分论者认为"秧歌剧的艺术性不够"，在这里，"艺术性"是指真实、具体、生动地反映生活，即形象化。作品愈形象化，艺术性就愈高。由于形象只能从生活中得来，艺术性也只能在对生活的反映中形成。要求秧歌剧真实地反映生活，并不是排斥夸张和想象，也不是反对虚构，但这些都不能"离开现实基础，不是引导人逃避现实，而是引导人改造现实"[5]。另外，论者认为"没有创造出很成功的角色"也是新秧歌剧的不足之处。所谓"成功的角色"，指的是"带典型性的而又有个性特征

[1] 艾青：《秧歌剧的形式》，载《解放日报》，1944年6月28日。
[2] 周扬：《表现新的群众的时代》，载《解放日报》，1944年3月21日。
[3] 冯牧：《对秧歌形式的一个看法》，载《解放日报》，1945年3月4日。
[4] 冯牧：《对秧歌形式的一个看法》，载《解放日报》，1945年3月4日。
[5] 周扬：《表现新的群众的时代》，载《解放日报》，1944年3月21日。

的人物，他有自己的语言，他有真实的情感，他经过演员的创造，生动地出现在观众面前，使人看了永不能忘记"。[1]

由上可知，为政治服务和革命古典主义创作观构成了论者的观念框架，前者是发展秧歌剧的动因和目的，后者则是形式和手段。

综上所述，文艺整风运动后各解放区的戏曲理论可概括为五个关键词：工农兵群众、现实生活、政治任务、旧剧革命、革命古典主义。工农兵群众是戏曲服务的主要对象，现实生活是戏曲反映的内容，完成政治任务是戏曲工作的目的，旧剧革命是实现这一目的的必经之途，革命古典主义则是戏曲创作的原则和手法，这五点构成了戏曲理论的框架。与政治任务紧密相关的是政党、政权及其理论，以及阶级斗争学说，它们是戏曲理论的思想基石。可以说，这一时期的戏曲理论在一定程度上已完成政党化，而政党化正是国家意识形态化的重要特征。

必须强调的还有两点：一、论者反复阐述、不断强调，并推崇为指导思想的"现实主义"与西方的现实主义文艺理论之间存在着本质差异，论者只是借用并改造了现实主义文艺理论的部分概念和原理，实际上已演化为普遍化和中国化的"革命古典主义"。二、抗战时期，无论是解放区还是国统区，戏曲理论都高扬革命古典主义，倡导政治理性，但其具体内容和目标各不相同。前者以巩固加强共产党政权为目标，强调的主要是党性和阶级性；而国统区以抗战建国为目标，强调的主要是民族主义和爱国主义。抗战后，解放区的戏曲理论仍然坚持革命古典主义的道路，而国统区却重续此前因为抗战而中断的启蒙传统，倡导以反对封建思想、铸造现代人文精神为宗旨的旧剧改革。

---

[1] 周扬：《表现新的群众的时代》，载《解放日报》，1944年3月21日。

第十一章　"推陈出新"：戏曲改革理论

第一节　概述

　　延安时期开始的以新编历史剧《逼上梁山》及毛泽东对其"从此旧剧开了新生面"的评价为重要标志的戏曲改革，到了建国后迅速在全国范围内声势浩大、轰轰烈烈地铺展开来。1948年11月13日，华北解放区《人民日报》发表社论《有计划有步骤地进行旧剧改革工作》，预示着全国规模的戏曲改革运动大幕将启。1949年7月，中华全国文学艺术工作者代表大会宣告延安解放区的文艺是"真正的新的人民的文艺"，由此规定了"新中国的文艺的方向"，"除此之外，再没有第二个方向了"，[1] 而在戏曲领域，延安"旧剧革命"开辟了新中国戏曲发展的道路。建国后，随着中华全国戏曲改革委员会（后改称为"中央文化部戏曲改进局"）、文化部戏曲改进委员会以及中国戏曲研究院等机构的相继成立，中国戏曲历史上规模最大、变革最深刻的一次改革运动紧锣密鼓地开始了。

1949年，周扬、茅盾、郭沫若（左起）在第一次全国文代会中的合影

　　这一场戏曲改革运动作为一种政府行为，由专设的机构组织领导，自上而下统一运行，呈现出"指导思想的明确与自觉性的提高"、"工作规模的扩大与计划性的加强"[2] 等迥异于中国戏曲发展史上历次变革的特点，"开辟了

---

[1] 周扬：《新的人民的文艺》，见《周扬集》，北京：中国社会科学出版社，2000年版，第64页。
[2] 张庚主编：《当代中国戏曲》，北京：当代中国出版社，1994年版，第16页。

中国戏曲发展的新阶段"[1]。这期间，一系列方针、政策、讲话、指示等构成了理论表述的重要和特殊的形态。"十七年"中，围绕着戏曲改革中的种种具体问题，又不断生发出许多思想观念。这些思想观念本身的相互冲突，以及思想观念指导现实实践产生不可预期的结果后纠偏策略的运用等等，使得这一时期的戏曲改革具有突出的"实验性色彩"。"推陈出新，百花齐放"、"有利、无害、有害"、"改戏、改人、改制"、"两条腿走路"、"以现代戏为纲"、"三并举"、"打破清规戒律"、"大胆放手开放剧目"等口号，关于"移步不换形"、反历史主义、新神话剧、鬼戏等的论争，关于戏曲艺术改革的论争，关于《四郎探母》、《斩经堂》等传统剧目的讨论以及对于《李慧娘》、《谢瑶环》、《海瑞罢官》等新编剧目的批判等等，诸种思想观念纷繁驳杂，构成了20世纪中国戏曲理论批评史上最为跌宕、复杂的一幕。"十七年"戏曲改革运动就在这一系列思想观念的冲撞中逐步推进。今天看来，建国伊始启动的这次戏曲改革运动是中国戏曲史乃至中国文化史上的一件大事，相关理论批评产生的巨大、深刻的现实和历史影响应该得到充分的估量和反思。

第二节　政治工具论和传统戏曲危机

　　延安时期的旧剧革命，延至建国后的戏曲改革，都基于两个基本的理论前提，一是对戏曲本质和功能的认识，二是对传统戏曲遗产整体的认识。"十七年"戏曲改革的思想观念和操作实践皆由此出发。这两个理论前提本身关系密切，对戏曲本质和功能的认识直接影响了对传统戏曲遗产整体的认识。对戏曲本质和功能的认识与对传统戏曲遗产整体的认识，为延安时期解放区的旧剧革命及至建国后全国范围的戏曲改革运动建立了合

---

[1] 张庚主编：《当代中国戏曲》，北京：当代中国出版社，1994年版，第15页。

法性基础，又直接影响了"文革"戏曲形态，甚至在今天依然余波不断。

戏曲本质和功能的问题，在"十七年"中，实质上就是戏曲与政治的关系问题，这一问题不仅是"十七年"戏曲改革理论的核心，是"解读'十七年'戏剧的关键"[1]，也是解读"文革"十年"样板戏"的关键，甚至是20世纪后半叶中国戏剧批评的关键。

毛泽东在《在延安文艺座谈会上的讲话》中阐明了文艺与政治的关系："在现在世界上，一切文化或文学艺术都是属于一定阶级，属于一定的政治路线的。为艺术的艺术，超阶级的艺术，和政治并行或相互独立的艺术，实际上是不存在的"，"无产阶级文学艺术是无产阶级整个革命事业的一部分"，"是整个革命机器中的'齿轮和螺丝钉'"；党的文艺事业，"在党的整个革命工作中的位置是确定了的，摆好了的；是服从党在一定革命时期内所规定的革命任务的"。明确文艺服从、服务于政治的同时，毛泽东确立了党对于文艺的绝对领导地位，强调文艺批评是"文艺界主要的斗争方法之一"，"文艺批评有两个标准，一个是政治标准，一个是艺术标准"，"任何阶级社会中的任何阶级，总是以政治标准放在第一位，以艺术标准放在第二位的"。[2]毛泽东的文艺观直接指导着新中国文学艺术理论和实践的生成和发展，当然也规定了新中国人们对戏曲本质和功能的认识。戏曲是政治的工具、戏曲为政治服务的观念在建国后被反复表述。这样的戏曲认识论使得重新审视传统戏曲遗产成为一项重要和必要的工作，由此直接导致了传统戏曲危机，从而规定了新中国戏曲的发展道路。

毛泽东文艺思想是戏剧作为政治工具这一核心理论的源泉。追溯到20世纪30、40年代，其时关于利用旧形式、民族形式问题的讨论已经涉及对戏曲在抗战时期本质和功能的认识问题和对传统戏曲形式和内容的评价

---

[1] 董健、胡星亮主编：《中国当代戏剧史稿（1949—2000）》，北京：中国戏剧出版社，2008年版，第4页。

[2] 毛泽东：《在延安文艺座谈会上的讲话》，见陈思和主编：《中国现代文论选》，上海：上海教育出版社，2010年版，第53—56页。

问题。20世纪30、40年代，在延安，毛泽东在多种场合强调利用戏曲为抗战作宣传。1938年，毛泽东观看了秦腔《五典坡》和京剧《升官图》后说："你们看，群众非常喜欢这种形式。群众喜欢的形式，我们应该搞，但就是内容太旧了。应该有新的革命内容。"又说："宣传上要做到群众喜闻乐见，要大众化。现在很多人谈旧瓶新酒，我看新瓶新酒、旧瓶新酒都可以，只要对抗战有利。"[1]1942年5月，在《在延安文艺座谈会上的讲话》中，毛泽东说："对于过去时代的文艺形式，我们也并不拒绝利用，但这些旧形式到了我们手里，给了改造，加进了新内容，也就成为革命的为人民服务的东西了。"[2]毛泽东看到了戏曲较之其他文艺形式具有更为深厚的群众基础，同时又由于戏曲旧有的内容与抗战任务的不相称而给出了利用和改造的观点。《在延安文艺座谈会上的讲话》发表之后，毛泽东对于延安戏曲工作的重要指示是在这一年的10月10日为延安平剧研究院书写的"推陈出新"的题词。至此，"戏曲事业作为革命文艺事业的组成部分"、戏曲"为人民服务的方向"的戏曲本质和功能论，以及改革戏曲以实现其本质和功能的根本性方针，都已经非常明白清晰，成为指引延安戏曲改革工作的重要观念。

到了1944年1月9日，毛泽东看了延安平剧院排演的新编历史剧《逼上梁山》后，连夜给编导杨绍萱、齐燕铭写信说："历史是人民创造的，但在旧戏舞台上（在一切离开人民的旧文学旧艺术上）人民却成了渣滓，由老爷太太少爷小姐们统治着舞台，这种历史的颠倒，现在由你们再颠倒过来，恢复了历史的面目，从此旧剧开了新生面，所以值得庆贺。郭沫若在历史话剧方面做了很好的工作，你们则在旧剧方面做了此种工作。你们这个开端将是旧剧革命的划时期的开端，我想到这一点就十分高兴，希望你

---

[1] 北京市艺术研究所、上海艺术研究所编著：《中国京剧史》（上），北京：中国戏剧出版社，2005年版，第930页。

[2] 毛泽东：《在延安文艺座谈会上的讲话》，见陈思和主编：《中国现代文论选》，上海：上海教育出版社，2010年版，第49页。

们多编多演，蔚成风气，推向全国去！"[1]第二年，延安平剧院另一个新编历史剧《三打祝家庄》公演后，毛泽东又写信祝贺，说："我看了你们的戏，觉得很好，很有教育意义。继《逼上梁山》之后，此剧创造成功，巩固了平剧改革的道路。"[2]毛泽东对《逼上梁山》和《三打祝家庄》两剧的高度"肯定、鼓励和赞扬"，为延安时期及至新中国戏曲"推陈出新"的改革指出了一条具体清晰的路径，以至于建国前夕周扬在第一次文代会上的报告中把《逼上梁山》、《三打祝家庄》视为全国旧剧改革的模式。周扬说："旧剧把中国民族的历史通俗化了，但它是通过封建统治阶级的意识将历史歪曲了，颠倒了，我们的任务就是要恢复历史的本来面目，用历史唯物主义的观点来创作新的历史剧。"[3]

　　毛泽东"推陈出新"的题词和给《逼上梁山》编导的信是延安时期关于旧剧改革的重要文献，也是指导建国后戏曲改革的"两个纲领性文献"[4]。中国戏曲的"推陈出新"显然并不始于延安的旧剧改革，中国戏曲发展史本身就是一部戏曲艺术不断"推陈出新"的历史。诚如阿甲所说："'推陈出新'是戏曲发展的客观规律，其实也是一切事物发展的客观规律。"[5]毛泽东"推陈出新"的题词决不是关于戏曲除旧布新的泛泛之谈，而是有其"特定的背景和意义"。这个"特定的背景"即抗战的历史情境及毛泽东在《在延安文艺座谈会上的讲话》中勾勒出来的文艺与政治的关系和"对文艺工作的指示"；"特定意义"则是"以扬弃批判的态度接受平剧遗产，开展平剧的改造运动"，使平剧能完善地为新民主主义服务。[6]因此，"推陈出新"已经包含着毛泽东确立的包括戏曲在内的一切文艺与政治的关系的内涵。这一内涵当然也为延安戏曲界正确、充分地理

　　　[1]中央文献研究室编：《毛泽东书信选集》，北京：人民出版社，1983年版，第222页。
　　　[2]白金华：《毛泽东谈作家和作品》，长春：吉林人民出版社，1993年版，第326页。
　　　[3]周扬：《新的人民的文艺》，见《周扬集》，北京：中国社会科学出版社，2000年版，第78页。
　　　[4]谢柏梁：《中国当代戏曲文学史》，北京：高等教育出版社，2006年版，第120页。
　　　[5]阿甲：《伟大的时代，必然产生崭新的戏曲——论戏曲艺术革新的几个基本问题》，见李春熹选编：《阿甲戏剧论集》（上），北京：中国戏剧出版社，2005年版，第195页。
　　　[6]王安祈：《当代戏曲》，台北：三民书局，2002年版，第11页。

解和把握。作为推动延安戏曲改革工作的重要力量，延安平剧研究院在《创立缘起》中即称建院目的是："研究平剧，改造平剧，进行平剧为新民主主义服务的工作。"[1]延安平剧研究院在《致全国平剧界书》中说："改造平剧，同时说明两个问题：一个是宣传抗战的问题，一个是继承遗产的问题。前者说明它今天的功能，后者说明它将来的转变。从而由旧时代的旧艺术，一变而为新时代的新艺术。"[2]新编历史剧《逼上梁山》和《三打祝家庄》显然是延安平剧院理解、把握毛泽东"推陈出新"思想的直接产物。

因此，"推陈出新"预设的目的即戏曲为政治服务。延安对"出新"的迫切召唤在于期待这个"新"来实现戏曲在抗战时期的历史担当。而"出新"之前的"推陈"本身又表达了延安对传统戏曲的评价。显然，传统戏曲作为旧时代的产物无法体现延安对戏曲本质和功能的认识和期待。因此，"推陈出新"内在地包含着传统戏曲危机论，在这基础上突显其"作为一种对传统戏曲生存危机的应答方式的意义"[3]。新编历史剧《逼上梁山》作为传统戏曲"推陈出新"的成果，恢复了"历史本来面目"，体现出戏曲服务政治的本质和功能。毛泽东给《逼上梁山》编导的信在彰扬戏曲的政治效用的同时，也表达了对传统戏曲整体的看法，将"旧戏也即传统戏曲概称为老爷、太太、少爷、小姐的舞台"[4]。到了建国后，《逼上梁山》的编导之一、时任文化部戏改局副局长的杨绍萱在全国戏曲工作会议筹备会议上提及戏改的意义时说："在旧时代，中国人民在舞台上是没有发言权的，使旧舞台成为买办官僚和落后市民的玩笑场所，旧戏园几乎成为垃圾堆，斫丧着、腐蚀着广大观众的灵魂。"[5]这代表了新中国对传统

[1] 钟敬之、金紫光主编：《延安文艺丛书·文艺史料卷》，长沙：湖南文艺出版社，1987年版，第562页。

[2] 钟敬之、金紫光主编：《延安文艺丛书·文艺史料卷》，第564页。

[3] 傅谨：《论推陈出新》，载《二十一世纪》，1998年2月号。

[4] 谢柏梁：《中国当代戏曲文学史》，北京：高等教育出版社，2006年版，第120页。

[5] 傅谨：《新中国戏剧史（1949—2000）》，长沙：湖南美术出版社，2002年版，第11页。

戏曲整体的评价，杨绍萱的话当然也是对毛泽东话语的重复。延安时期就已形成的对戏曲本质和功能的认识，以及对传统戏曲整体的认识，在建国前后被反复强调，成为新中国戏曲改革工作的重要理论。

1948年《人民日报》社论《有计划有步骤地进行旧剧改革工作》这样评论旧剧："旧剧也和旧的文化教育的其他部门一样，是反动的旧的压迫阶级用以欺骗和压迫劳动群众的一种重要的阶级斗争的工具。我们不需要欺骗与压迫劳动群众，相反，我们要帮助和鼓励劳动群众去反对与消灭这种欺骗和压迫，所以我们对于旧剧必须进行改革。"社论认为，华北解放区的二十余种戏曲剧种"绝大部分还是旧的封建的内容，没有经过一定的必要的改造"，这种现象与"新民主主义文化建设的方向相违反"，因此，"旧剧改革的任务便更急迫地提到我们面前，需要我们认真地加以解决"。[1]

毛泽东同周扬等在第一次文代会上。

建国前夕的第一次文代会上，周恩来在政治报告中提到了包括旧剧在内的旧文艺改造的问题，说："凡是在群众中有基础的旧文艺，都应当重视它的改造。"[2]周扬在《新的人民的文艺——在全国文学艺术工作者代表大会上关于解放区文艺运动的报告》中阐述了对旧剧和旧剧改造的看法："旧剧一般地又是旧的反动的统治阶级用以欺骗麻醉劳动群众的一种阶级斗争的工具，因此改造旧剧是一个非常重要的任务，也是一个非常复杂的思想斗争"，旧剧的改造是"在民族的、科学的、大众的基础上，将它们改造成为人民服务的文艺，这就是我们对一切旧形式的根本态度"。[3]

---

[1]《有计划有步骤地进行旧剧改革工作》，载《人民日报》，1948年11月13日。

[2]周恩来：《在中华全国文学艺术工作者代表大会上的政治报告》，见中共中央文献编辑委员会编辑：《周恩来选集》上卷，北京：人民出版社，1980年版，第354页。

[3]周扬：《新的人民的文艺》，见《周扬集》，北京：中国社会科学出版社，2000年版，第70、77页。

1950年在第一次全国戏曲工作会议上，时任文化部戏曲改进局局长的田汉在《为爱国主义的人民新戏曲而奋斗》中指出："戏曲审查的主要目的在于从新民主主义的民族的、科学的、人民大众的立场评价旧戏曲，辨别其对人民的利或害以为褒贬取舍。"[1] 1951年5月5日，政务院在听取文化部关于第一次全国戏曲工作会议的报告后，发出关于戏曲改革工作的指示："人民戏曲是以民主精神与爱国精神教育广大人民的重要武器"，"戏曲应以发扬人民新的爱国主义精神，鼓舞人民在革命斗争与生产劳动中的英雄主义为首要任务。人民戏曲是以民主精神与爱国精神教育广大人民的重要武器。我国戏曲遗产极为丰富，和人民有密切的联系，继承这种遗产，加以发扬光大，是十分必要的。但这种遗产中许多部分曾被封建统治者用作麻醉毒害人民的工具，因此必须分别好坏加以取舍，并在新的基础上加以改造、发展，才能符合国家与人民的利益"。[2]

1952年11月14日，周扬在第一届全国戏曲观摩演出大会上作总结报告时说："戏曲既是这样一种联系千百万群众的艺术，那么，它应当如何配合我们国家正在开始的大规模经济建设和文化建设，发挥出它更大的教育人民、改造社会的力量呢？它应当帮助国家正确地教育人民，用爱国的思想、民主的和社会主义的思想教育人民，传播社会的新风气，提高人民的道德品质，丰富人民的精神生活。如果不能这样，在新的人民的生活中也就没有它的光荣的地位。"[3]

建国前后的这几份戏曲改革相关文献对于戏曲改革目的和传统戏曲遗产的阐述，完全承续了延安时期毛泽东的戏曲观，形成了"十七年"戏曲政治工具的本质和功能理论，以及传统戏曲整体的认识论，是左右"十七年"

[1] 田汉：《为爱国主义的人民新戏曲而奋斗》，见《田汉全集》第17卷，石家庄：花山文艺出版社，2000年版，第181页。

[2]《政务院关于戏曲改革工作的指示》，见《中国新文学大系（1949—1976）》（第19集 史料·索引卷一），上海：上海文艺出版社，1999年版，第6页。

[3] 周扬：《改革和发展民族戏曲艺术》，见《中国新文学大系（1949—1976）》（第19集 史料·索引卷一），第133页。

戏曲发展的主流思想和观念，当然也就是"十七年"戏曲改革运动的指导思想。"十七年"中相似的表达频频见诸政府的戏曲改革政策，也见诸各种理论批评文字。

作为"十七年"戏曲改革的理论前提，对于戏曲的本质和功能的认识至少包括以下几个层次的含义：

一、戏曲的意识形态性质。毛泽东的文艺思想决定了戏曲的意识形态性质。"毛泽东从马克思的一定的'经济基础'决定'上层建筑'的性质、状况的观点出发，来考虑中国的文学问题，指出'中华民族的旧政治和旧经济，乃是中华民族的旧文化的根据；而中华民族的新政治和新经济，乃是中华民族的新文化的根据'。因而，随着中国出现新的经济基础和新的政治制度，他认为，也必然要建立、出现新的文化，新的文学艺术。"[1]具体到戏曲，戏曲反映和生产意识形态，属于上层建筑。传统戏曲产生于旧时代，代表着旧的社会意识形态，对应的是旧的社会经济基础。社会经济基础变化了，上层建筑理应跟着变化，因此戏曲改革势在必行。

戏曲的意识形态性质在第一次文代会上确立之后便指导着戏曲改革工作。"第一次文代会确立了戏剧作为意识形态存在的原则问题。文艺为政治服务的'工具论'，就是新中国的文艺方针。它在戏剧界的推行，就成为戏剧思潮的核心内容。"[2]戏曲改革中出现的诸多问题都与对戏曲的意识形态性质的认识相关。1956年，张庚总结戏曲改革中的教条主义时指出戏曲改革中存在的缺点和错误："粗暴地禁戏改戏，片面强调配合当前政治任务而不注意，甚至完全不注意戏曲艺术本身的发展；不顾实际情况脱离传统地强调'改革'；不依靠艺人，而用包办代替的办法进行工作等等。"张庚指出这些偏向的理论根据之一就在于："根据斯大林在'马克思主义与语言学问题'中所提出的命题'当基础发生变化和被消灭时，那末它的上层建

---

[1] 洪子诚：《中国当代文学史》，北京：北京大学出版社，1999年版，第11页。

[2] 董健、胡星亮主编：《中国当代戏剧史稿（1949—2000）》，北京：中国戏剧出版社，2008年版，第11页。

筑也就会随着变化，随着被消灭'来进行演绎的：旧戏曲既是封建时代的上层建筑，那末它就必须随着封建社会的消灭而被消灭。"张庚认为戏曲除了有意识形态的成分外，也有超意识形态的成分，因此，这一理论根据并不完全适合于戏曲改革。他说，戏曲中"有意识形态的成分，也有纯技术的成分和创作法则的成分，这些都是历代艺人在舞台劳动中长期积累下来的成果；就在意识形态的成分中，也不是简单地只反映了封建统治阶级的思想、感情、意志和愿望"[1]。但是张庚在1956年的反思根本无法改变戏曲改革的方向，到了60年代，戏曲意识形态论影响更甚，成为戏曲评价的最重要的标准。

二、作为意识形态的戏曲必须为政治服务。1963年11月，毛泽东在修改周扬《哲学社会科学工作者的战斗任务》讲话稿时指出："作为意识形态，作为社会的上层建筑之一的哲学社会科学，在我国，同自然科学一道，是为社会主义的经济基础服务的为革命的政治斗争服务的。不为经济基础服务，不为当前的政治斗争服务，是不行的。"[2]为社会主义经济基础服务是戏曲存在的意义。这就意味着戏曲必须传递政治观念，配合政治任务。"十七年""推陈出新"的戏曲改革的重要实质就在于革除旧戏曲内容和形式两方面的旧的意识形态，构造为新中国政治服务的新戏曲。

作为意识形态，戏曲必须为政治服务，对戏曲这一实用功能的界定决定了新中国戏曲改革的"统一的制度管理"模式。"作为一种顺理成章的结果，文化目标的实用性必然带来文化管理的集中化。对文化实用性的认识自然地指向两层觉悟。第一，既然文化是有作用的，它就可能有正作用也可能有反作用，就是说它可能为利也可能为害，因而对这种要紧事物必须严加掌握。第二，既然文化是可用的，就应该最大限度地利用之，使其发

[1] 张庚：《反对用教条主义的态度来"改革"戏曲》，见《张庚戏剧论文集（1949—1958）》，北京：中国社会科学出版社，1981年版，第244—245页。

[2] 《对周扬〈哲学社会科学工作者的战斗任务〉讲话稿的批语和修改》，见《建国以来毛泽东文稿》第10册，北京：中央文献出版社，1996年版，第400页。

出最大功效，而只有将其高度的组织化才能做到这一点。严加管理与高度的组织化也就是管理的集中化。"[1] 也正因此，新中国戏曲改革运动成了戏曲发展史上第一次由权力机构全面地、自上而下地领导的戏曲改革。

现代剧作家、导演吴祖光像

　　统一管理即意味着党对戏曲改革工作的绝对领导，因此，1957年，吴祖光很快就因关于戏剧工作的领导问题的言论而在戏曲界首当其冲成为反右斗争批判的对象。1957年5月13日，吴祖光在文联第二次座谈会上发言说："解放后有一个现象，那就是组织的力量非常庞大，依靠组织。服从组织分配，已成为人民生活起码的道德标准。组织和个人是对立的，组织力量庞大，个人力量就减少"，"组织力量把个人的主观能动性排挤完了。我们的戏改干部很有能耐，能把几万个戏变成几十个戏。行政领导看戏，稍有不悦，艺人回去就改，或者一篇文章，一声照应，四海风从。这是因为党有如此空前的威信，政府如此受人爱戴。但是声望应起好的作用，现在却起了坏的作用。过去，搞艺术的有竞争，不竞争就不能生存。你这样作，我偏不这样作，各有独特之处。现在恰恰相反。北京如此，处处如此。北京是《白蛇传》、《十五贯》，于是全国都是《白蛇传》、《十五贯》"。他又说："我感觉党的威信太高了。咳嗽一下，都会有影响，因之作为中央的文艺领导就更要慎重、小心"，"组织制度是愚蠢的。趁早别领导艺术工作"。[2]

　　吴祖光在1957年第11期《戏剧报》上发表了《谈戏剧工作的领导问题》。在这篇文章里，吴祖光指出："我们谁都会谈所谓'社会主义制度的优越性'，可是它在培养文学艺术人才这一方面表现了什么呢？对于解放以来，工、农、兵的每一条战线上都是人才辈出，蓬勃前进，而文艺战

　　[1] 李书磊：《1942：走向民间》，济南：山东教育出版社，1998年版，第180页。
　　[2] 吴祖光：《在1957年5月13日文联第二次座谈会上的发言》，见牛汉、邓九平主编：《荆棘路·记忆中的反右派运动》，北京：经济日报出版社，1998年版，第75页。

线上独独新人寥落的具体现象我们又该如何解释呢？""解放以后的新社会产生了新的生活习惯，这种新的生活习惯形成了新的制度，我感觉到这种制度可以叫做组织制度……革命的成功正是把全国人民的力量组织起来的结果，这是谁也不能否认的事实。但是就文学艺术的角度看来，我以为组织力量的空前庞大使个人力量相对地减小了。""所谓'组织'亦就是指的领导。领导的权限无限扩展的结果，必然是日深一日的目空一切，自以为是。从主观主义开始，教条主义、宗派主义、官僚主义必然接踵而来。从文艺工作说来，谁都懂得'为人民服务'的道理，但是今天无数的艺术团体的领导，偏偏就从不估计人民群众的需要，认为群众浑噩无知。对群众喜爱的东西，用无数清规戒律斩尽杀绝，把群众不喜爱的东西塞给群众作为对群众进行教育。""我们的传统艺术有着悠久的历史，我们的优秀的表演艺术家们代代相传，每一个都身怀绝技。作为新文艺工作者得到与民间艺人合作的机会正应该抓住机会好好地向他们学习一下，但是绝大多数的同志们却是颐指气使，发号施令；还没有摸到传统艺术的规律，便神气活现地以改革者自居，把自己的一知半解硬去套人家的脖子。中国的传统戏曲节目之丰富是尽人皆知的，但是这些年来把拥有几万出戏的古典戏曲生生挤兑得只剩了寥寥几出戏在舞台上苟延残喘，这种大杀大砍的手段真是令人惊佩。'成事不足，败事有余'，真是这些戏改干部的活活写照。""对于文艺工作的'领导'又有什么必要呢？谁能告诉我，过去是谁领导屈原的？谁领导李白、杜甫、关汉卿、曹雪芹、鲁迅？谁领导莎士比亚、托尔斯泰、贝多芬和莫里哀的？"[1]

吴祖光对党领导戏曲改革工作过程中出现的问题的勾描真实且直率。然而，应该是意料之中，吴祖光很快因言获罪，他的以上相关言论被冠以《党"趁早别领导文艺工作"》之题，以供批判。吴祖光在反右斗争中的遭遇说明了党领导戏曲改革工作及整个文艺工作不可置疑、不可撼动的地

---

[1] 吴祖光：《谈戏剧工作的领导问题》，载《戏剧报》，1957年第11期。

位，从而也说明了戏曲及整个文艺的政治工具的实用性质和功能。

三、戏曲作为意识形态为政治服务的途径在于塑造合乎政治要求的社会主义新人。"'改戏'的目标主要是用新的意识形态来整理和改造旧戏，引导矫正大众的审美趣味，规范人们对历史、现实的想象方式，再造民众的社会生活秩序和伦理道德观念，从而塑造出新时代所需要的'人民'主体。"[1] 正是因为戏曲较之话剧等其他艺术形式具有更为广泛深厚的影响力量，具有塑造社会主义新人的强大的形式基础，同时又由于其承载的是旧的意识形态，因此，新中国建立伊始戏曲就成为被改造的对象。可以看到，新中国建立后，戏曲遗产屡屡被官方描述为"麻醉、毒害人民的工具"，而为着成为"以民主精神与爱国精神教育广大人民的重要武器"，戏曲改革势在必行。

在戏曲的政治工具论笼罩之下，传统戏曲遭遇严重危机，"十七年"戏曲改革工作中对于传统戏曲的阐释、禁戏政策和纠偏政策，以及对现代戏的热切倡导等，都与新中国的戏曲本质论、功能论息息相关。

第三节　对于传统戏曲的阐释

"推陈出新"的戏曲改革运动使得对传统戏曲的重新审视成为新中国的一项重要工作，由此不可否认地促成了"十七年"中传统戏曲研究的发展。"十七年"中对传统戏曲的阐释，不仅包括对传统戏曲文学剧本创作的思想内容和艺术特点的总结，也包括对传统戏曲演剧艺术的总结，不仅包括对传统戏曲遗产的整体认识，也包括对具体剧目的细致分析。而对传统戏曲的一系列阐述又直接影响了戏曲改革运动中政策的生成和实践的推

---

[1] 张炼红：《从"民间性"到"人民性"：新中国戏改运动》，见上海社会科学院文学研究所编：《多维视野的文学文化研究——上海社会科学院文学研究所论文精选》，上海：上海社会科学院出版社，2008年版，第212页。

进。"'如何理解传统的价值与意义，如何对待传统'，是导致1949年后中国戏剧发展走向的最重要的因素之一，也是解读新中国戏剧发展史的关键之一。"[1]这一阶段，张庚的学术研究转向戏曲领域，他在探索中国戏曲本质的过程中提出了戏曲的"剧诗说"，这对于人们的戏曲认识和戏曲创作无疑起到了重要的指导意义。为打破戏剧界只认定斯坦尼斯拉夫斯基体系的狭隘的戏剧观，具有丰富舞台实践经验的阿甲孜孜不倦地探析戏曲舞台的艺术规律，他关于"生活的真实和戏曲表演艺术的真实"的论述及对于戏曲程式等问题的分析研究等，在整个中国戏曲研究史上都具有奠基性的成就和贡献。黄佐临在1962年总结教训、解放思想的广州会议上发表了《漫谈"戏剧观"》的讲话，强调在斯坦尼斯拉夫斯基的戏剧观之外，还有布莱希特的戏剧观和梅兰芳代表的中国戏剧观。黄佐临指出独尊斯坦尼斯拉夫斯基体系对戏剧工作包括戏曲改革工作的危害，呼吁用中国戏曲表演观念开启话剧创演的新局面。黄佐临的《漫谈"戏剧观"》影响深远。除了对戏曲文学和舞台艺术的本质规律的探讨外，这一阶段对于传统戏曲剧目的思想内容的分析评价也成了戏曲理论言说的重要构成部分。引介自苏联文艺界的"人民性"、"现实主义"等概念及理论成为衡量传统戏曲剧目思想内容的核心方法和工具。而对于"人民性"、"现实主义"内涵的理解不一，使得对于传统戏曲剧目的分析评价存在诸多不同意见，也显示了这一时期这一部分理论观点多有分歧的特点。无论是张庚的"剧诗"说、阿甲的"生活的真实和戏曲表演艺术的真实"的研究、黄佐临的《漫谈"戏剧观"》，还是"十七年"中张庚、戴不凡、光未然等人对传统戏曲剧目的"人民性"和"现实主义"的发掘、分析，都体现了在"推陈出新"的戏曲改革运动中，理论构建传统戏曲艺术合法性的努力。对传统戏曲艺术的理解不一，也决定了人们对戏曲改革持有不同的看法。从新中国成立初期梅兰芳的"移步不换形"风波，到1954年《戏剧报》上马少波、吴祖光等

---

[1] 傅谨：《新中国戏剧史（1949—2000）》，长沙：湖南美术出版社，2002年版，第11页。

人的论争，戏曲改革过程中始终存在各种不同的见解。

一、传统戏曲文学剧本和舞台艺术的本质规律探索

（一）张庚："剧诗"说

张庚1953年调任中国戏曲研究院副院长，由此产生了他学术研究上的一大转折，从这个时候开始，他发表了探讨中国传统戏曲本质规律的诸多论述。张庚自己说："一九五五年以来，我开始注意戏曲艺术规律性的研究。研究的动机是因为在戏曲改革的过程中存在着粗暴保守之争，当时很多人都觉得，如果我们掌握了戏曲的规律，在改革工作上就比较好办些了。我的想法也是如此。"[1]"剧诗"说就是这种探索的主要结果。

20世纪40年代，张庚在《鲁艺工作团对于秧歌剧的一些经验》、《秧歌与新歌剧——技术上的若干问题》等文章中借用西方"剧诗"概念，谈论中国秧歌剧、新歌剧。到了1962年，《关于"剧诗"》一文在《文艺报》第5、6期刊出，翌年他又在《戏剧报》发表《再谈"剧诗"——在第一期话剧作者学习创作研究会上的发言》，这两篇文章可算是张庚关于传统戏曲的系统的"剧诗"说的发端。

《关于"剧诗"》开篇即说明："我想谈的题目是关于'剧诗'。西方人的传统看法，剧作也是一种诗，和抒情诗、叙事诗一样，在诗的范围内也是一种诗体。我国虽然没有这样的说法，但由诗而词，由词而曲，一脉相承，可见也认为戏曲是诗。戏剧在我国之所以称为戏曲，是与拿来清唱的抒情或叙事的'散曲'相对待的，这样看来，我国也把戏曲作为诗的一个种类看待。"在确认把戏曲剧本"当作一种诗的形式""很有道理"且"很有好处"后，张庚从言志、语言两个方面论述了剧诗别于抒情诗和叙事诗的特点。

---

[1] 张庚：《推陈出新及其他》，见《张庚戏剧论文集（1959—1965）》，北京：文化艺术出版社，1984年版，第89页。

"'诗言志'，其中应当有情、有境、有理。情理交融，情境相生，这才是诗的上乘。""诗应当言志，剧诗当然也应当言志。"但是，剧诗言志的方法和抒情诗、叙事诗不同，"它不让作者直接向观众说一句话。作者只能写出人物的对话或独白来"。"在这种特殊条件之下，作者用什么方法来言自己的志呢？"张庚认为，剧诗有自己言志的方法，剧诗可以在"选择题材、塑造人物、结构故事、揭露矛盾中间表露出自己的看法来"。"剧作家就是通过人物的行为和他们相互之间的关系来说明自己的看法的。这就是戏剧诗人言志的方法。"汤显祖《牡丹亭》等剧诗言志比其他的诗更难，原因在于"它所用以言志或载道的材料既不是主观的直抒胸臆的感情，又不能对于所描写的对象直截了当以作者资格来发表意见"。

剧诗要成为好诗，除了言志之外，还要有好的语言。"成为好剧诗的根是思想感情的丰富，但借以表达这些思想感情的却是语言。"但是，剧诗的语言与其他诗的语言也不同，剧诗的语言不仅要"漂亮"，而且"必然是剧情发展的结果"。剧诗"模仿人物的声口来表现他的性格"，它"最独特的东西"就是"人物性格语言的诗化"。剧诗的说白和唱一样应该予以重视，"白也是诗的一部分"。[1]

1963年，张庚在第一期话剧作者学习创作研究会上再谈剧诗，强调剧诗的诗意与意境问题。张庚称："一个剧本最不能使人忘记的，还是剧中所表现出来的作者的真正的爱憎，真正的感情……那是一种渗透到人的心灵里的震动。这样的效果也许就是剧中诗意之所在吧……剧本的诗意到底从何而来呢？是作者参加了斗争，对生活有了较深的了解，对人物有了较深的感情之后才能得到的。"

张庚20世纪60年代初的《关于"剧诗"》和《再谈"剧诗"》在后来人们总结其关于中国戏曲本质的"剧诗"说时一再被提起。如果说60年代初的这

---

[1] 张庚：《关于剧诗》，见《张庚戏剧论文集（1959—1965）》，北京：文化艺术出版社，1984年版，第164—184页。

两篇文章还不可否认地带有西方戏剧理论影响的印记，且所论者又不只是戏曲，而是包括话剧等戏剧形式在内，而且更多的是作为创作指导指出戏剧剧本"应当怎么样"，那么到了新时期，张庚在《戏曲艺术论》等文章、著作中对戏曲的"剧诗"理论作了更深入完善的论述，"从戏曲美学的角度对这一学说进行了更为完备的论述，并将中国古典艺术理论中的'物感说'融入到对'剧诗'的阐述中，使剧诗说理论得到了进一步的深化与开拓"。[1]

（二）阿甲：生活的真实和戏曲表演艺术的真实

阿甲在"十七年"中孜孜不倦地探索着戏曲艺术在舞台方面的本质规律。延安时期，阿甲即加入鲁艺，从事戏曲编剧、表导演工作。建国后，50、60年代中，阿甲历任文化部戏曲改进局艺术处研究室主任，中国戏曲研究院研究室主任，中国京剧院总导演、副院长，舞台经验丰富。1954年到1956年间，阿甲又跟随苏联专家系统学习斯坦尼斯拉夫斯基戏剧理论。长期的舞台实践和学习为阿甲关于中国戏曲的理论论述奠定了基础，他的戏曲艺术论都是从舞台事实出发，具有舞台事实依据。同时，阿甲50、60年代中的戏曲理论阐发又总是与当时中国戏曲改革的状况密切相关，与戏曲改革工作中出现的问题分不开，他的理论是他分析、评价、论述问题的成果，所以具有较强的现实针对性和实际的直接的现实指导意义。尤其是50年代中后期阿甲针对戏曲界照搬斯坦尼斯拉夫斯基体系的研究阐述，对当时戏曲界廓清思想认识、把握戏曲改革方向影响深巨，同时毋庸置疑地又具有理论经典的性质，深刻影响着其后的戏曲实践和研究。

阿甲的戏曲理论虽是从戏曲改革现实出发，却有着构建理论系统的远景。延及20世纪80、90年代，阿甲经过漫长的实践和思考，"营造了一座戏曲理论大厦"，"从现代理论的意义上说，这是一个新的设计，一次尝试性的建设，一个无所依傍的创造性的工程"。"阿甲的理论大厦是一个和谐的

---

[1] 李荣启：《张庚戏剧艺术理论探微》，载《文艺理论与批评》，2007年第6期。

整体，具有独特而严整的逻辑结构。""首先，作为这座大厦的基座的，是阿甲同志关于生活真实与戏曲艺术真实的思想，这是他从哲学、美学角度对戏曲艺术的基本认识。""其次，是阿甲戏曲理论大厦的支柱。其中有两个最为重要的，一个是他关于程式和生活的关系的思想，一个是他关于体验与表现的关系的思想，前者涉及了演员创作的外部形式、外部规律，后者则深入到演员创作的内心活动，涉及了表演艺术的内部规律。"[1]阿甲在20世纪50、60年代就已经提出了很多他后来终其一生思考、探求的戏曲相关范畴、问题，理论建树初见规模。1956年的《生活的真实和戏曲表演艺术的真实》、1958年的《再论生活的真实和戏曲表演艺术的真实》，以及《谈戏曲表现现代生活》、《关于戏曲舞台艺术的一些探索》、《关于戏曲表导演的一些问题》、《伟大的时代，必然产生崭新的戏曲——论戏曲艺术革新的几个基本问题》等一系列文章都阐述了阿甲对于中国戏曲艺术本质规律的思考总结。

在《关于戏曲表导演的一些问题》一文中，阿甲开篇即说："中国戏曲历史悠久，舞台艺术很丰富，经验很多，需要很好地总结。""把中国戏曲的表演方法系统地、科学地总结提高成为理论，这对戏曲工作有很大好处。"[2]而他完整、系统地总结中国戏曲理论的愿望，非常具体地与中国戏曲试图从斯坦尼斯拉夫斯基戏剧理论的权威地位造成的生存困境中突围而出的背景密切相关。阿甲20世纪50、60年代的戏曲论述屡次强调"中国戏曲在世界戏剧艺术中作为一个流派而放射异彩"，肯定中国戏曲是"中国劳动人民高度的创造力的表现"。[3]

在《生活的真实和戏曲表演艺术的真实》一文的开头，阿甲就指出了

---

[1] 李春熹：《阿甲戏剧理论初探》，载《艺术百家》，2004年第6期。

[2] 阿甲：《关于戏曲表导演的一些问题》，见李春熹选编：《阿甲戏剧论集》（上），北京：中国戏剧出版社，2005年版，第188页。

[3] 阿甲：《关于戏曲舞台艺术的一些探索》，见李春熹选编：《阿甲戏剧论集》（上），第167页。

当时戏曲改革工作中的教条主义偏差，即"运用斯坦尼斯拉夫斯基的戏剧理论来解决我国戏曲表演艺术问题"。阿甲说："这原来是一件好事，可是在学习这种先进经验时，不是从中国戏曲的实际出发，而是从教条出发。"教条地运用斯坦尼斯拉夫斯基戏剧理论，将"内容决定形式"、"从生活从发"的"普遍真理"具体放在戏曲艺术上，"就要求演员在排戏、在表演的时候，反对运用'程式'，认为一个戏的形式，一个角色的性格外向，在排演场中在导演的启发下，根据角色的体会而后自自然然地产生出来……如果演员先掌握一套表演技术即我们所谓'程式'的东西，那就是在创作上犯了原则错误……在这种只要有了内心体验技术自然相应而生的理论指导下，当导演的和当演员的就不必去研究戏曲艺术的表演特点和它一整套的舞台规律，演员也更不必练功。曾经有这样的理论，认为戏改的目的，在舞台艺术上就是打破这种规律，从而产生新的面貌。这些人有意无意地采取自然主义的方法或话剧的方法来评论戏曲表演艺术的真实或不真实，依据这个尺度去衡量传统的表现手法，一经遇到他们所不能解释的东西，不怪自己不懂，反认为这些都是脱离生活的东西，也即认为应该打破应该取消的东西。"[1]可以说，打破苏俄戏剧理论在中国戏曲领域的权威性，直接驱动着阿甲探索戏曲艺术本体，并且成就卓著。

20世纪50年代中期以后，中国戏曲界出现照搬斯坦尼斯拉夫斯基体系的倾向，戏曲根本的表现手法程式等反倒被认为是不真实的、脱离生活内容的、形式主义的、应予以否定的东西。阿甲的《生活的真实和戏曲表演艺术的真实》等诸多文章针对上述倾向，有的放矢。阿甲50、60年代的一系列文章都在不断强调"生活的真实和戏曲表演艺术的真实"的命题。"明确'生活的真实和戏曲表演艺术的真实'，主要是要求对戏曲艺术的创造和发展，必须认识自己的特点，掌握自己的规律；反对目前形式主义、特

---

[1]阿甲：《生活的真实和戏曲表演艺术的真实》，见李春熹选编：《阿甲戏剧论集》（上），北京：中国戏剧出版社，2005年版，第103—104页。

别是自然主义的倾向。不然的话，不管你在表演、导演上搬出斯坦尼斯拉夫斯基也罢，在音乐作曲上搬出柴可夫斯基也罢，都要出毛病——脱离传统，脱离人民的。"[1]

阿甲说："不能说只有实物形象的舞台才是真实的，虚拟的形象就一定是不真实的。""不要以为角色在舞台上，走一个圆场百十里，唱一段慢板五更天，就以为这种创作是唯心主义的。"戏曲艺术有自己的表现生活的手段、角度和方法，"戏曲舞台的真实，有它自己的解释"[2]。而要理解戏曲艺术的真实，又要从戏曲表演的角度来谈，从戏曲表演上一整套程式的问题来谈，"在戏曲舞台上，脱离开戏曲表演的特殊手段，就没有戏曲艺术的真实，因而也不能反映生活的真实"。[3]

阿甲首先肯定："不管中国戏曲的表演艺术有多么特别，它不可能不是从生活中提炼而来，这一套艺术形式的形成，是从表现简单的生活内容进而表现复杂的生活内容的一个长时期艺术实践的结果。"[4]他归纳中国戏曲表演艺术的特点："一是分场（上下场）的舞台方法。这种方法，它表现舞台的时间和空间，有无限的自由。舞台虽小，变化很多；它可以不受任何限制地表现深远广阔的故事内容，反映社会生活的全貌。二是虚拟动作。这种动作，不仅是表现角色的思想感情，还表现角色所处的环境（自然环境和社会环境），没有这种动作的虚拟，假想的舞台空间和时间，就失去具体的内容。三是唱、做、念、打的表现手段。唱、做、念、打（歌唱、表演、道白、舞蹈的结合），是分场的舞台方法和虚拟动作的具体化。如不是唱、做、念、打，舞台上空间、时间的表现和虚拟的表演，就不容

---

　　[1]阿甲：《生活的真实和戏曲表演艺术的真实》，见李春熹选编：《阿甲戏剧论集》（上），北京：中国戏剧出版社，2005年版，第126页。

　　[2]阿甲：《关于戏曲舞台艺术的一些探索》，见李春熹选编：《阿甲戏剧论集》（上），第166—167页。

　　[3]阿甲：《生活的真实和戏曲表演艺术的真实》，见李春熹选编：《阿甲戏剧论集》（上），第105页。

　　[4]阿甲：《生活的真实和戏曲表演艺术的真实》，见李春熹选编：《阿甲戏剧论集》（上），第106页。

易说明它复杂的内容。"概括来讲，"中国戏曲的表现特点是：它主要用分场和虚拟的舞台方法，通过唱、做、念、打，作为自己艺术手段的一种特殊的戏剧表现方法。"所谓程式，则是"戏曲表现形式的材料"。[1]"上下场，唱、做、念、打和音乐伴奏，都有一定规格"，这规格就是程式。"没有程式，就没有中国戏曲的表演技术，也产生不了戏曲舞台艺术的真实，以反映生活的真实。"[2]

程式的基础，是生活。戏曲的舞台艺术、程式技术，"都是从生活提炼而来的"。戏曲程式的生活源泉非常广泛，"不仅限于直接对人的摹仿和体验，它还要从古典舞蹈、民间舞蹈，从武艺拳术，从演义小说，从壁画塑像，从飞禽走兽，从书法图画等等材料中摹拟其形，摄取其神，作为自己的内容。龙骧虎步，鸟飞鱼潜，常常作为戏曲表演摹仿的对象，概括在程式之中"[3]。戏曲程式总是有生活逻辑的依据，"所以运用程式时，并不能从程式出发，而要从生活出发；并不是用程式来束缚生活，而是以生活来充实和修正程式"，"运用程式，必须从生活出发，从人物的具体思想性格和具体的规定情景出发"。阿甲同时也看到了程式与生活之间的矛盾。"程式从生活中来，又和生活不是一个东西"，"生活是自自然然的"，"它要求保持自然形态的真实"，程式则"要求舞台生活有严格的规格，循规蹈矩，一举一动，丝丝入扣"，"生活总是要冲破程式，程式总是要规范生活"。[4]

虽然程式来自生活，但是又不同于生活，也即"艺术的真实从生活的真实中来，又和生活的真实不一样"，"在舞台上利用戏曲程式表现生活的

　　[1]阿甲：《再论生活的真实和戏曲表演艺术的真实》，见李春熹选编：《阿甲戏剧论集》（上），北京：中国戏剧出版社，2005年版，第129页。
　　[2]阿甲：《生活的真实和戏曲表演艺术的真实》，见李春熹选编：《阿甲戏剧论集》（上），第113—114页。
　　[3]阿甲：《再论生活的真实和戏曲表演艺术的真实》，见李春熹选编：《阿甲戏剧论集》（上），第130页。
　　[4]阿甲：《生活的真实和戏曲表演艺术的真实》，见李春熹选编：《阿甲戏剧论集》（上），第115—116页。

真实，这是一个以美学处理生活的问题"。形成、运用程式必须符合美学原则。因此，戏曲演员演戏的时候，"不仅要体验生活，还要讲究程式的运用"。[1]在肯定了程式的重要性后，阿甲批驳了当时戏曲排演上形式主义和自然主义的做法。

从戏曲表演程式的真实性出发，阿甲谈到了戏曲程式表演的体验与表现的问题。在阿甲看来，演员不仅需要在假定的情景中感受或者体验角色，唤起舞台感情，还必须按照舞台的法则来创造角色。"所以，演员的感情体验，不是目的，而是工具，它的目的是为了在观众面前创造一个有思想的能揭示客观真理的艺术形象。"因此，"舞台感情是具有美学评价的。这是舞台感情的实质。这种具有美学意义的感情，不可能不具有表现的性质，惟'体验'派所强调的感情体验实质是破坏美的感情的"。当然，这也不是肯定戏曲演员抽象地运用程式，对角色无动于衷。"如果这样，那就太假了。那种矫揉造作的表演，也就会破坏了美。美和真是不能分开的。一味强调表演技巧，就要走上破坏艺术的道路。""只强调表现则失真，只强调体验则失美。"[2]

阿甲在"十七年"论及的中国传统戏曲范畴和理论到了新时期得到进一步完善，并终成系统，在很大程度上影响和指导着中国戏曲理论和实践的发展。"历史证明，阿甲同志的理论深刻地影响了他身后的几代戏曲工作者，他所研究的对象，几十年前他提出来的范畴，甚至包括他对一些具体问题的结论，至今仍多为人们所尊崇、所重复。"[3]

（三）黄佐临：漫谈"戏剧观"

到了20世纪60年代初，毛泽东等国家领导人开始反省1957年的反右倾机会主义和1958年的"大跃进"中党的工作的失误。1962年3月，继年

---

[1]阿甲：《生活的真实和戏曲表演艺术的真实》，见李春熹选编：《阿甲戏剧论集》（上），北京：中国戏剧出版社，2005年版，第116—118页。

[2]阿甲：《戏剧艺术的真和美》，见李春熹选编：《阿甲戏剧论集》（上），第207—208页。

[3]李春熹：《阿甲戏剧理论初探》，载《艺术百家》，2004年第6期。

戏剧艺术家、导演黄佐临像

初北京"七千人大会"之后，全国科技工作会议和全国话剧、歌剧、儿童剧创作座谈会同时在广州召开，在文化知识领域纠"左"。周恩来在两个会议的开幕式上作了《论知识分子问题》的报告，陈毅也在两个会议上作重要报告和讲话。广州会议极大鼓舞了当时的知识界。

当时，戏剧界共有一百六十多位剧作家、戏剧理论家、导演以及文化、戏剧部门的领导人参加全国话剧、歌剧、儿童剧创作座谈会，热烈探讨"进一步促进戏剧创作百花齐放、百家争鸣和表现人民新时代"等诸多先前被禁锢的问题。会议还重新肯定了受到批判的"第四种剧本"及其剧作者。正是在这次总结教训、解放思想的会议上，黄佐临作了题为《漫谈"戏剧观"》的发言，全文刊发于1962年4月25日的《人民日报》，对中国当代戏剧理论和实践产生了深刻的影响。

黄佐临所谓"戏剧观"，指的是"系统化了，变成体系了"的戏剧表现手段。在《漫谈"戏剧观"》中，黄佐临比较斯坦尼斯拉夫斯基、梅兰芳和布莱希特的戏剧观，发掘它们"既一致又对立的辩证关系"。"梅、斯、布都是现实主义大师，但三位艺人所运用的戏剧手段却各有巧妙不同。"因当时的戏剧界对梅兰芳和斯坦尼斯拉夫斯基比较熟悉，对布莱希特相对陌生，黄佐临先用较多的篇幅介绍了布莱希特的戏剧理论。其后黄佐临这样概括梅、斯、布三者最根本的区别："斯坦尼斯拉夫斯基相信第四堵墙，布莱希特要推翻这第四堵墙，而对于梅兰芳，这堵墙根本不存在，用不着推翻。因为我国戏曲传统从来就是程式化的，不主张在观众面前造成生活幻觉。"同时，黄佐临强调："第四堵墙"的表现方法仅仅是话剧众多表现方法中的一种，但如果我国的话剧工作者和观众认为这是话剧唯一的表现方法，就会受到束缚，影响创造力的发挥。布莱希特主张破除第四堵墙，破除生活幻觉，在破除之后则使用"间离效果"代替。梅兰芳代表的中国戏曲恰恰是打破舞台幻觉的一个典型例子。黄佐临提到布莱希特在1936年《论中国戏曲与间离效果》一文中"狂赞梅兰芳和我国戏曲艺术，兴奋地指出他多年来所朦胧追求而尚未达到的，在梅兰芳却已经发展到极高的艺术境界"。黄佐临说："可以说，梅先生的精湛表演深深影响了布莱希特戏剧观的形成，至少它起了画龙点睛的作用。"

黄佐临在斯坦尼斯拉夫斯基之外，强调梅兰芳和布莱希特，并非"贬低斯氏体系"，其目的是"打开我们目前话剧创作只认定一种戏剧观"，即只认定斯坦尼斯拉夫斯基的戏剧观的"狭隘局面"。黄佐临从梅兰芳的戏曲表演艺术或曰中国戏曲艺术中总结出世界范围内戏剧观的多样性，概括起来，就是说，除了造成生活幻觉的写实的戏剧观之外，还有破除生活幻觉的写意的戏剧观。"纯写实的戏剧观只有七十五年历史，而产生这戏剧观的自然主义戏剧可以说早已完成了它的历史的任务，寿终正寝，但我们中国话剧创作好像还受这个戏剧观的残余所约束，认为这是话剧唯一的表现方法。突破一下我们狭隘的戏剧观，从我们祖国'江山如此多娇'的澎湃气势出发，放胆尝试多种多样的戏剧手段，创造民族的演剧体系，该是繁荣话剧创作的一个重要课题。"

黄佐临在呼吁用中国戏曲表演观念开启话剧创演的新局面的同时，也谈到了狭隘的戏剧观，简言之，独尊斯坦尼斯拉夫斯基戏剧观束缚了建国后的戏曲改革："我们可以从一个相反的角度来思考这个问题。有些戏曲改革工作者，因为对戏剧观问题注意不够，常常将话剧的戏剧观强加于戏曲的戏剧观上，造成不协调的结果。"他引用了阿甲的话来说明戏曲改革中存在的这种情况："这些人（指戏改工作者）有意无意地采取自然主义的方法或话剧的方法来评论戏曲表演艺术的真实或不真实，依据这个尺度去衡量传统的表演手法，一经遇到他们所不能解释的东西，不怪自己不懂，反认为这都是脱离生活的东西，也就认为应该打破，应该取消的东西。他们往往支解割裂地向艺人们提出每个舞蹈动作（如云手、卧鱼、鹞子翻身、踢腿、磋步等），要求按照生活的真实还出它的娘家来，不然就证明这些程式都是形式主义的东西。老艺人经不起三盘两问，只好低头认错，从此对后辈再也不教技巧了，怕犯误人子弟的错误。演员在舞台上也不敢放开演戏了，一向装龙像龙，装虎像虎的演员，现在在台上手足无措，茫然若失，因为怕犯形式主义的错误。""打背躬，不敢正视观众。过程拖得很长。举动、节奏含糊，身段老是缩手缩脚。据了解，这是在舞台上力求生活真实，拼命酝酿内心活动，努力打破程式的结果。"

　　谈到戏剧观中的编剧问题时，黄佐临肯定中国戏曲的编剧和演出手段、方法对话剧的启发意义。他说："如果一个剧本是以写实戏剧观写的，我们就很难以写意的戏剧观去演出，否则就不免要发生编导纠纷。但我国传统戏曲编剧法和我国戏曲演出的戏剧手段一样，是多么巧妙啊！举一个浅显例子来说，一段'自报家门'常常比整一幕话剧交待得还要简明有力；一个'背躬'可以暴露出多少的内心活动！放着这些还有许多许多其他的优越手段，我们的剧作家不去取用、借鉴，而偏偏甘愿受写实戏剧观所限制，这实在是不可理解的事。"[1]

　　斯坦尼斯拉夫斯基表演体系因为中国建国后政治上向苏联的一边倒的情况而在中国戏剧界长期占据一统天下的地位，深刻影响着中国戏剧包括戏曲在内的理论和实践。与张庚、阿甲等人试图在戏曲领域破除斯坦尼斯拉夫斯基迷信，回归戏曲本体相似，黄佐临意欲在话剧领域消解斯坦尼斯拉夫斯基戏剧理论的绝对权威。"相对于'五四'以来戏剧界一直强调中国戏剧必须走'现代化'的道路，而且在不知不觉中就把按斯坦尼的戏剧表演理论改造本土戏剧当作现代化的代名词，黄佐临提出中国戏剧自己的'戏剧观'的实际意义，是显而易见的。""至少在1962年，黄佐临倡导梅兰芳戏剧观，顺应了一个时代的要求。在这个特殊的年代，众多不愿意屈服与盲从外来的苏联理论的中国戏剧家，需要一种理论化的表达，就像当时中国与苏联为首的共产主义阵营的关系一样，既可以清晰而明确地表

---

[1] 黄佐临：《漫谈"戏剧观"》，载《人民日报》，1962年4月25日。

现出摆脱苏联戏剧观念的统治的愿望，又可以小心翼翼地避免与这个阵营的主流意识形态以及共同利益发生直接与正面的冲突。"[1]而黄佐临在消解斯坦尼斯拉夫斯基戏剧理论压倒一切的绝对权威时，对于梅兰芳所代表的中国戏曲的分析、肯定和推崇，也为当时戏曲界回归戏曲本体的呼声助力。因此，黄佐临的《漫谈"戏剧观"》在戏曲领域的贡献，与阿甲、张庚等人对戏曲本质的研究殊途同归。

"文革"结束之后，80年代初，黄佐临对《漫谈"戏剧观"》一文稍加修改后，以《梅兰芳、斯坦尼斯拉夫斯基和布莱希特戏剧观比较》为题，再次发表。该文与1962年的《漫谈"戏剧观"》并无本质上的差异，不过在题目中明确将梅兰芳、斯坦尼斯拉夫斯基和布莱希特的戏剧观并列起来，平行比较。1982年孙惠柱接过黄佐临的题目做进一步的文章《三大戏剧体系审美理想新探》，从动作入手比较斯坦尼斯拉夫斯基、布莱希特、梅兰芳戏剧表现手段上各自的特殊个性。也就是孙惠柱的这篇文章，首次出现"斯坦尼斯拉夫斯基戏剧体系"、"布莱希特戏剧体系"、"梅兰芳戏剧体系"的"三大戏剧体系"的提法。这种提法后来又衍生出"世界三大戏剧体系"的概念，又因为黄佐临在戏剧界的重要影响，上个世纪80年代之后，黄佐临与"世界三大戏剧体系"的直接关系，以及"世界三大戏剧体系"的含义几乎成为戏剧界的一个常识。

二、"人民性"、"现实主义"观照下的传统戏曲剧目

在漫长的发展历程中，中国戏曲各个剧种积累了无比丰厚的剧目遗产，"如何评价和对待戏曲遗产是一个非常现实的具体问题"[2]。而这个问题的关键在于，大量传统剧目产生于旧的封建社会，代表的是旧的封建社会意识形态，与新中国新政权的意识形态不可避免地存在着矛盾冲突，由此带来了戏曲界在传统剧目认识上的混乱；又因传统剧目数量庞大，影

---

[1]傅谨：《"三大戏剧体系"的政治与文化隐喻》，载《艺术百家》，2010年第1期。
[2]张庚主编：《当代中国戏曲》，北京：当代中国出版社，1994年版，第607页。

越剧《梁山伯与祝英台》剧照，该剧"化蝶"剧情引起"神话与迷信"的争论。

响深广，使得考量传统剧目在新政权意识形态构造过程中继续存在的合理性，或者，更进一步，将传统剧目纳入新中国意识形态内容，参与新中国意识形态生产、传递成为一个重要的迫切需要完成的任务。也正因为以新的意识形态去审视传统剧目，"十七年"中，对于传统戏曲剧目相关问题的表述，以及剖析、衡量传统戏曲剧目的思想观念，都打上了新的意识形态的烙印，比如，"神话与迷信"、"爱情与色情"、"历史的真实"等问题的论争以及"人民性"、"现实主义"等概念无不与新的意识形态相关。理解"十七年""国家意识形态全面介入文化生活并左右舆论导向之际，围绕传统戏曲而形成的特定的评论阐释系统"[1]，是理解戏曲改革的关键点之一。

传统剧目评价始终是伴随着戏曲改革运动过程的一个争论不休的问题。而对于这个问题的论争，总是与相关剧目的"禁"与"放"的处理密切联系，因此现实意义和影响不容忽视。到了1956年，全国性的戏曲改革工作已经开展七年，传统剧目评价中产生出的清规戒律带来的戏曲舞台上演剧目贫乏单调的问题日益突出。这一年，文化部在北京召开第一次全国戏曲剧目工作会议。张庚在会上作了专题报告《正确地理解传统戏曲剧目的思想意义》，其中对戏曲改革中许多不成文的清规戒律的阐述可视为对建国后传统戏曲评价领域出现的诸多问题的一次总结。

张庚在谈到戏曲改革工作中衡量传统剧目方面存在的思想上的混乱时

---

[1] 张炼红：《从"民间性"到"人民性"：新中国戏改运动》，见上海社会科学院文学研究所编：《多维视野的文学文化研究——上海社会科学院文学研究所论文精选》，上海：上海社会科学院出版社，2008年版，第212页。

说："这些混乱是造成目前戏曲舞台上剧目贫乏单调的原因之一，甚至可以说是主要原因之一；而剧目贫乏单调，又是目前戏曲艺术向前发展的主要障碍。"正是这些混乱，"造成了一些衡量剧目的不成文的清规戒律，使得剧目的上演，特别是传统剧目的上演，还有整理、改编以至发掘都受到许多不必要和不应有的限制"[1]。

这些清规戒律归纳起来主要表现为：一、对于"人民性"的混乱理解；二、对艺术的教育作用的误解。关于对人民性的"很不明确"的理解产生的"各种不正确、不全面的看法"，张庚列举了三种情况：一是"唯成分论"，二是忠孝节义禁忌，三是没有反映"历史的基本矛盾"的戏即没有人民性。第一种指"关于人物的阶级性方面，有这样简单化的看法：认为既是统治阶级，其中就不会有好人，但如果是劳动人民，其中就决不会有坏人"。第二种认为"凡是忠孝节义的词句，或有关忠孝节义、杀妻、休妻、二妻的戏都不能演，因为宣传封建思想，而宣传封建思想自然是没有人民性的"。第三种意味着涉及帝王将相公主驸马，肯定、歌颂这类人物的戏因为缺乏人民性都应该禁演。

唯成分论使人对《秦香莲》中的包公提出非议，因为包公是统治阶级，"肯定包公就是肯定统治阶级"；又使人将好多丑角戏视为坏戏，因为丑角戏都是"歪曲劳动人民的形象，侮辱劳动人民的"，因此，京剧、川剧、粤剧等中间的很多丑角戏都不大演了。张庚说："唯成分论的说法是危险的，是可以引出艺术上完全荒谬的结果来的。根据这种说法推论下去，势必至于一个阶级只有一种典型人物，势必至于剧中人物高度的概念化；再则把阶级斗争的

《四郎探母》剧照，马连良扮演杨四郎。

---

[1] 张庚：《正确地理解传统戏曲剧目的思想意义》，见《张庚戏剧论文集（1949—1958）》，北京：中国社会科学出版社，1981年版，第224页。

复杂图景简单化为一边是坏人——统治阶级，一边是好人——劳动人民和一切被压迫者，势必至于使得剧本内容高度的公式化，势必至于从艺术中排除了一切活泼生动、形象而具体的东西，只剩下了干巴巴的几根骨头。这样的戏，是绝对不会被广大群众所喜爱的。"张庚认为，"衡量一个剧目中有无人民性，决不能单单抓住其中所肯定或否定的人物的阶级成分或社会成分来予以强调"，而应该分析剧目的具体情况，如剧目中的"那些清官和为民请命的人物"，他们"本是统治阶级的人而同情人民"，甚至愿为人民服务，也有"背叛了劳动人民而卖身投靠于统治阶级的叛徒一类人物"。因此，"那种不问具体情况，认为只有写了好的劳动人民，丑化了统治阶级就是有人民性，反之就没有人民性的衡量标准是完全片面的，因而也就是完全错误的"[1]。

关于忠孝节义禁忌问题，张庚也提倡应该对具体剧本进行具体分析，而不能简单地凭一些社会概念来否定，持"一律枪毙的粗暴作风"。张庚说："戏里的忠、孝、节、义这类词句，固然有基本上是表达封建思想的，但在某些地方也不是没有包含一些人民的思想。""在封建时代，虽然统治阶级用忠孝节义来统治，但人民也利用这些来进行反抗。秦香莲在《闯宫》那场戏中骂陈世美，仍是骂他'不忠不孝不仁不义'，《琵琶记》中张大公骂蔡伯喈也是骂他'三不孝'…… 我们分析剧本，切忌从字面、概念出发，一定要分析这些字句、概念后面所形象地表现出来的实在的东西，从观众那里得到的实际效果。我们必须知道，在那个年代，人民还不得不运用封建统治阶级所运用的带有浓厚封建气味的语言来表现自己的思想，不到一定的历史时期，人民就无法创造一种足以普遍号召的，能够更加鲜明地表达自己思想的语言，如资产阶级革命时期的'自由、平等、博爱'，以及我们今天的'集体主义'、'为人民服务'等等。如果不懂得这条道

---

[1] 张庚：《正确地理解传统戏曲剧目的思想意义》，见《张庚戏剧论文集（1949—1958）》，北京：中国社会科学出版社，1981年版，第225—226页。

理，就容易犯反历史主义的错误；如果不懂得这条道理，就容易从字面出发、从概念出发，去否定许多具有人民性内容的戏。"

关于第三种情况，张庚说，"这个问题必须弄清楚，因我国传统剧目中涉及帝王将相内部矛盾的占了一个不小的数量"。"这类戏的人民性问题是比较复杂的，必须对具体作品进行具体分析，才能够说清楚。""首先，人民对待统治阶级并不是简单地一概反对的，他们赞成那些符合于或比较符合于人民利益的，反对那些违反人民利益的。"比如，人民把岳飞、杨家将等加以表扬，尊为英雄。因此，"那些反映了人民的看法的戏，即令它们所描写的生活并不是直接和人民有关的，也会具有一定的人民性，甚至有些还具有强烈的人民性"。

张庚概括说："'人民性'并不是如有些人所理解的那么狭隘"，"人民性在一个剧目中的表现，是那贯串全剧的思想、感情、愿望、见解、态度属于人民，为人民着想，替人民说话。至于所采取的是什么方式，运用的是什么题材，那是可以多种多样的。"张庚在辨明对"人民性"的理解之后，又强调，在审查传统戏曲剧目时，并不是说"能用'人民性'说明的戏就可以上演，否则就不可以，必须禁止"，对于难于用"人民性"解释但对于人民决不是有害的戏，也是可以上演的。"还有一些戏，用思想性和人民性来衡量往往很勉强"，但是"有歌有舞，能够给人赏心悦目，也应当承认它是有益至少是无害的戏"，也是可以上演的。

对于艺术的特点、艺术教育作用的理解问题，是造成清规戒律的另一个思想根源。"由于这些，勉强要求戏曲去起它所无法起的作用，担任它所无法担任的工作。如果没有办到，就认为它不好，不能演，或者要修改了。"这表现在"给某些剧目生硬加入'思想'，使它能'教育'观众"，这就"粗暴地破坏了传统剧目的艺术"。这又表现在"否定艺术的浪漫主义因素，不允许幻想，不允许夸张，不允许创造，把艺术特有的有力武器给缴了械"。这就使舞台上的鬼戏因为是"迷信的"、"宣传宿命论"的，而"悬为禁令"。而关于鬼戏，张庚说："我们应当承认，是有宣传宿命论和迷信的鬼，如《滑油山》这类戏中间的就是，但也有不属于这种性质的鬼，如《红梅记》中的李慧娘就是其中的一个。"李慧娘是"有反抗性、有人民性的鬼"，这类鬼应当在舞台上出现。这类鬼还有很多，比如《牡丹亭》中的杜丽娘。对于艺术的浪漫主义手法的否定还表现在"要求必须按历史上的真人真事来衡量戏曲中的历史人物，如果不合，就认为最违反历史真实，这个剧目就不好，就不应当演"。这就使得"到处是清规戒律，几乎很少戏没有问题，使人在每一个戏上演时都惴惴不安，恐怕这中间会有'歪曲历史人物的错误'"。关于这个问题，张庚强调应分清历史科学和戏曲艺术。

在《正确地理解传统戏曲剧目的思想意义》的最后，张庚特别提出，衡量传统戏曲剧目"必须对于具体作品进行具体分析"，"作具体的解决"，然后才能"去掉遗产中的糟粕，发扬其中的精华"，同时，"必须密切与艺人合作"，要尊重、重视戏曲表演艺术上的价值。[1]

张庚《正确地理解传统戏曲剧目的思想意义》的讲话，本质上，就是在传统戏曲剧目受到前所未有的抑制的情况下，努力为其争得纳入新中国意识形态中继续存在的合理性。实际上，1956年前后，张庚的一系列文章，包括《谈〈蝴蝶杯〉里的精华与糟粕》、《〈秦香莲〉的人民性》、《扩大上演剧目的几个问题》、《反对用教条主义的态度来"改革"戏曲》等都在做着同样的工作，即为传统戏曲剧目构造价值。《正确地理解传统戏曲剧目的思想意义》则是对建国后戏曲改革工作中不利于传统剧目存在的清规戒律的直接的、总的"清算"。

在戏曲改革运动中诸多理论论述都从传统剧目评价出发，从辨明传统剧目中的精华和糟粕出发，试图赋予传统剧目更大的生存空间。1952年光未然在《戏曲遗产中的现实主义》一文中以第一届全国戏曲观摩演出大会上演的传统的流行剧目为例，谈论戏曲遗产中的现实主义，并附带谈到

---

[1] 张庚：《正确地理解传统戏曲剧目的思想意义》，见《张庚戏剧论文集（1949—1958）》，北京：中国社会科学出版社，1981年版，第224—236页。

旧有剧目的整理与修改工作的得失。光未然肯定戏曲中存在现实主义，他说："戏曲遗产中的现实主义，主要表现在它描写了封建社会的历史真实，揭露了封建社会生活的根本矛盾——人民同封建统治者、封建制度的不可调和的矛盾；以生动的集中的艺术形象证明了：不管在哪个朝代，不管在怎样的黑暗统治下，人民的自由与正义的火焰是从不熄灭的。戏曲艺术在表现这一生活真理的时候，对当时的社会生活采取了精确的具体描写的方法，把当时的社会环境、世态人情、人物的性格与精神状态描写得活灵活现，使我们如临其境，如见其人，因而情不自禁地受到感动与启发。"光未然又说："在古代戏曲、民间戏曲，特别是民间传说与神话题材的戏曲中，现实主义和浪漫主义（理想的或幻想的成分）巧妙地结合在一起。《梁山伯与祝英台》就是这样的例子……'化蝶'或'化鸟'固然是现实生活中不存在且不可能存在的事物，但是通过这个幻想形式，表现了古代人民追求自由生活的真实的顽强的意志，因而在浪漫的色彩中仍然蕴藏了现实主义的核心。""同样的，在《白蛇传》这个几乎整个是幻想形式的悲剧里，不但白蛇、青蛇、许仙这些人物的性格是客观的真实的描写，而且通过这一幻想形式，把人民与封建势力的矛盾，以及人民要求摧毁封建势力的强烈愿望，作了真实的、惊心动魄的反映，因而其基本精神仍然是现实主义的。"

《戏曲遗产中的现实主义》一文接着指出现实主义和人民性的关系。文章说："戏曲艺术的现实主义和它的人民性有着不可分割的关系。戏曲的人民性是其现实主义的基础。我国的戏曲艺术，绝大部分是人民或人民的艺术家所创造，因而具有不同程度的人民性。""戏曲艺术既然是人民或人民的艺术家所创造，就不可能不表现人民的思想、感情和愿望，不可能不描写人民的生活并且以人民的眼光来观察和描写社会各阶层的生活，且通过人民的语言、人民喜爱的艺术形式来表现它们，这就是戏曲的人民性。同时，戏曲既然要表现人民的思想、感情和愿望，就必然要求忠实于生活，要求真实地反映生活。因此，人民的艺术往往要求一种适于反映人民生活的艺术创作方法，艺术的人民性往往要求艺术方法上的现实主义来适应它；而现实主义的方法也经常引导艺术家和当时人民的思想感情相结合。一条现实主义的红线贯串着民族戏曲艺术的整个发展过程，以致形成为一种牢固的、深厚的艺术传统，其根由就在于此。""今天看来，凡是在人民群众中久远流传和广泛流行的剧目，大部分都具有一定的人民性和现实主义精神。"[1]

"人民性"、"现实主义"的概念舶自苏联，在"十七年"中作为新中国文艺理论乃至整个意识形态的核心话语，成为评价传统戏曲剧目的首要乃至唯一的标准，在戏曲理论批评领域频频出现。戴不凡《古典剧作的人民性问题》开篇直陈："在我国戏曲界中，'这个戏有没有人民性？'这句话事实上已经成为鉴定和整理改编传统剧目的主要标尺"，这是个"具有重大现实意义的问题，也是戏曲界日夜争论着的问题"。戴不凡认为，"描写人民才能有人民性"这个公式的错误在于"把作品所描写的对象（题材）是人民，和作品的人民性内容混淆起来了"。"作品的人民性，应当首先看它提出的问题和流露出来的思想，是不是反映了人民的……或者是接近、倾向、符合于人民的利益（包括人民的切身利益，人民的意志、愿望、追求、喜爱等等）。""《长生殿》并不因为写了皇帝就没有人民性；《四郎探母》也不因为它写了杨家将——人民心目中的民族英雄就有什么人民性。"[2]

也正是由于对"人民性"、"现实主义"概念及传统戏曲剧目有着不同的理解，1960年张庚的一系列为传统戏曲剧目张目的文章受到了批判。今天看来，批判的实质并不在于辨清"人民性"和"现实主义"等范畴的真正含义，关键在于究竟如何评价和处理传统戏曲剧目，而这个问题又总是受到其时阶级斗争观念的影响，以至于政治判断取代了学术辨识。1960年，《戏剧报》的《关于推陈出新问题的讨论》专栏陆续刊登了朱卓群的

──────────

[1] 光未然：《戏曲遗产中的现实主义》，载《文艺报》，1953年第24期。
[2] 戴不凡：《古典剧作的人民性问题》，载《戏剧论丛》，1957年第1期。

《戏曲应该超迈古人的成就而不断前进——就戏曲遗产估价问题与张庚同志商榷》、《从如何理解人民性说起——与张庚同志商榷》、《不要混淆人民性和封建性的政治界限——再评张庚同志"忠孝节义有人民性"的论点》，南开大学中文系戏剧评论组的《推陈出新，不断革命——评张庚同志关于戏曲艺术规律的错误观点》，刘皓然的《坚持戏曲工作的不断革命精神——驳张庚同志〈反对用教条主义的态度来"改革"戏曲〉一文中的若干论点》等十多篇文章，批评张庚在50年代后半期关于传统戏曲剧目的"人民性"的论述。"这场批判刚开始时，在形式上多少还有点像是一场正常的学术讨论"，而后火药味渐浓，批判的内容也从"忠孝节义也有人民性"进一步扩大到张庚对戏曲艺术规律的研究，以及他在一篇名为《反对用教条主义的态度来"改革"戏曲》的文章里对"戏改"态度鲜明的反思。[1]

三、传统戏曲认识基础上对于戏曲改革的不同看法

1949年的"一代会"上，周恩来在报告中说："凡是在群众中有基础的旧文艺，都应当重视它的改造。这种改造，首先和主要的是内容的改造，但是伴随这种内容的改造而来的，对于形式也必须有适当的与逐步的改造，然后才能达到内容和形式的和谐与统一。"[2]对于传统戏曲包括内容和形式两方面的不同阐释和评价，产生了文化界对于戏曲改革的不同态度。这种态度的差异在建国初梅兰芳"移步不换形"风波中即显露无遗。到了1954年，《戏剧报》陆续发表了马少波、老舍、吴祖光、马彦祥、梅兰芳、赵树理等人关于戏曲艺术改革看法的文章，形成了两种不同的观点。

（一）梅兰芳"移步而不换形"风波

1949年10月下旬，梅兰芳应天津市文化局局长阿英的邀请赴天津演出。11月2日下午梅兰芳接受了天津《进步日报》文教记者张颂甲的专

---

[1] 傅谨：《"忠孝节义"有什么不好》，载《中国图书评论》，2007年第12期。

[2] 周恩来：《在中华全国文学艺术工作者代表大会上的政治报告》，见中共中央文献编辑委员会编辑：《周恩来选集》上卷，北京：人民出版社，1980年版，第354页。

1949年10月1日，梅兰芳应邀在天安门参加开国大典。

访。访谈文章《"移步"而不"换形"——梅兰芳谈旧剧改革》11月3日发表于《进步日报》第三版。文章写到梅兰芳对"京剧如何改革，以适应新社会的需要？"这一问题的看法："京剧改革又岂是一桩轻而易举的事！不过，让这个古老的剧种更好地为新社会服务，为人民服务，却是一个亟须解决的问题。""我以为，京剧艺术的思想改造和技术改革最好不要混为一谈。后者在原则上应该让它保留下来，而前者也要经过充分的准备和慎重的考虑，再行修改，这样才不会发生错误。因为京剧是一种古典艺术，有几百年的传统，因此，我们修改起来，就更得慎重些。不然的话，就一定会生硬、勉强。这样，它所达到的效果也就变小了。""俗话说，'移步换形'，今天的戏剧改革工作却要做到'移步'而不'换形'。"[1]

　　文章发表后，文艺界反应激烈。梅兰芳"移步而不换形"的言论被认为与周恩来在第一次文代会上提出的不仅应重视旧文艺内容的改造也要适当地、逐步地改造旧形式的精神相违背，是阻碍了戏曲改革运动，是在宣扬改良主义。在北京，田汉、马少波、阿甲、马彦祥等人准备在报刊发表反对意见。时任中共中央宣传部部长的陆定一考虑到梅兰芳在戏剧界的旗帜地位，制止了公开批评。最后，经天津市委研究决定，天津市戏剧曲艺工作者协会于11月27日召开一个小型的旧剧改革座谈会，请梅兰芳自我批评。张颂甲等人以《向旧剧改革前途迈进——记梅兰芳离津前夕津市戏曲工作者协会邀集的旧剧座谈会》为题撰文记录了座谈会的详细情况，发表于11月30日《进步日报》的第一版和《天津日报》第四版。梅兰芳在座谈会上发言修正了自己"移步而不换形"的观点："关于剧本的内容与形式问题，我在来天津之初，曾发表过'移步而不换形'的意见。后来和田汉、

---

　　[1]　张颂甲：《梅兰芳天津滞留记》，载《炎黄子孙》，2005年第2期。

阿英、阿甲、马少波诸先生研究的结果，觉得我那意见是不对的。我现在对这问题的理解，是形式与内容的不可分割，内容决定形式，'移步必然换形'。比如唱腔、身段和内心感情的一致，内心感情和人物性格的一致，人物性格和阶级关系的一致，这样才能准确地表现出戏剧的主题思想。我所讲的'一致'是合理意见，并不是说一种内容只许一种形式、一种手法来表现。这是我最后学习的一个进步。""我希望，为着适应目前运动的需要，剧作家、文学家以及有创作能力的旧艺人，都应大胆放手创作新的剧本，以供给全国迫切的需要，使运动很快地展开。同时在内容和形式方面，也还要尽可能地细心慎重，初期虽难免出丑，但不要紧，我们可以在这个基础上逐渐提高。这样，我们的旧剧改革，一定会有新的前途，会达到胜利成功的地步。"[1]

梅兰芳的"移步而不换形"说，是他基于自己戏曲表演实践及戏曲改革经验总结得出的见解。所谓"移步"，指我国一切戏曲艺术形式的进步和发展；所谓"形"，则指我国民族戏曲艺术的传统特色，包括它的传统表现手段。梅兰芳在1949年11月末虽然修正了自己的观点，但是，他对戏曲改革始终持谨慎态度。1954年参与戏曲艺术改革问题讨论时，梅兰芳认为："京剧应该改革，应该发展，但不可操之过急。如果把京戏的特点整个改掉了，京戏也就不成其为京戏了。"[2]这实际上再次表现出梅兰芳在发表"移步而不换形"说时对戏曲艺术、戏曲改革的基本看法。

（二）戏曲艺术改革讨论

1954年10月，《戏剧报》发表了马少波《关于京剧艺术进一步改革的商榷》一文。《戏剧报》在《编者的话》中表示了借此文以引起讨论的愿望："戏曲的艺术改革问题，近来已引起各方面的重视。京剧在舞台艺术上如何进行正确的改革或革新，也是艺术界非常关心的问题。我们认为，就

---

［1］张颂甲：《梅兰芳天津滞留记》，载《炎黄子孙》，2005年第2期。

［2］《戏曲的艺术改革问题的初步讨论——综合报导》，载《戏剧报》，1954年11月号。

762 20世纪中国戏剧理论批评史（中卷）

京剧和各种戏曲的艺术改革问题展开讨论，交流经验，是很有必要、很有好处的。"马少波的文章直接引发了1954年、1955年关于戏曲艺术改革问题的讨论。

1954年11月至12月间，中国剧协在中国文学艺术界联合会第二届全国委员会会议期间连续举行了三次座谈，讨论戏曲的演剧艺术改革问题。座谈会及其后发表的文章显示出关于戏曲艺术"保守"和"改革"的两种主要态度的争鸣。后者的代表人物是马少波、马彦祥等，前者的代表人物是吴祖光、老舍、梅兰芳、叶盛兰、李少春等。

吴祖光《谈谈戏曲改革的几个实际问题》首先肯定戏曲改革的方向，说："我认为戏曲艺术要改革是肯定的。'戏曲改革'也应当不是一个新名词，事实上过去的戏曲历史也正说明戏曲艺术是在不断地发展，也就是不断地在改革着的。""应当说，改革是不可阻挡的，保守是不可能的；提出保守的意见，它本身就是粗暴的，是阻碍历史的进步的。"他又肯定了解放之后五年时间里戏曲艺术改革取得的一些成就，比如取消"检场"。"'检场的'去掉以后，舞台上比从前干净多了，清净多了。今后在技术上再有所改进还能做得更好。"

吴祖光接着又指出戏曲艺术经历了数百年历史，是无数艺术家辛勤劳动的结果，改革应该谨慎。"今天要改它，假如只是开几个会，或者是几个人，甚至是一个人，想一想就改了，那显然是不合适的……这种改革就会失之粗暴。"吴祖光说："今天谈戏曲改革，我的意见是首先要肯定什么是戏曲艺术的精华，必须保留它，发展它。什么是不好的、不妥当的，要进行修改或消灭它。"吴祖光以"写意"概括戏曲的表演方法，称这是"我们古典戏曲艺术传统的天才创造"，在这个认识基础上，他否定了戏曲改革中采用布景等做法。吴祖光谈了对戏曲表演上"自报家门"、一桌两椅等的看法，同时又谈到了古典剧本的修改问题。他最后总结说："无论是表演、剧本及其他任何方面关于传统剧目的改革，一定要极为慎重地处理，而不能采取轻率的态度。"[1]

　　老舍《谈"粗暴"和"保守"》一文指出："懂得一些业务的人，不管是内行或'票友'，都容易保守"，"因他们热爱戏曲，愿意保留戏曲中原有的技术"。老舍又说："如果主张什么都不应该改，这样的保守就跟粗暴一样。我们反对粗暴，但是拼命保守也要同样反对，这是真理。当然，不懂业务的人就容易粗暴，这是可以想象的。因为他不懂业务，他可能没有对业务的热爱。这样，他就只觉得非改不可，甚至不惜用行政命令的手段。对业务不懂而要改革，就容易粗暴。"老舍谈到戏曲改革中处理"国际朋友的意见"的问题，认为一味地、不加分辨地采用国际友人的意见容易失之粗暴："如何对待国际朋友关于戏曲艺术改革的意见，对国际朋友的意见采纳与否，我觉得应当有个尺寸。国际友人给我们善意的批评时，如果提到的是话剧、芭蕾舞、歌剧等等，是应该接受的，因为他们是内行。就京剧来说，似乎不能这样。他们往往认为我们的表演都是一样的，因为他们只看了几天戏，不知道程先生和梅先生同是演《玉堂春》，却有不同之点；同是《四进士》，周信芳先生和马连良先生的演法就又有不同。当然，他们的批评是善意的。但外国朋友一提意见，我们马上照办，不多去考虑一下，也未免粗暴。"老舍强调艺人在戏曲改革中的主体地位，"把老艺人都动员起来，使他们有发言的机会，使他们能够把老技巧拿出来，这样似乎更周到更好一些"。"我希望我们今后多找一些艺人们来谈谈，这样可以多听听他们的意见。我觉得光听咱们这一伙人的意见，就难免片面，而且提出的问题也许不具体。"[2]

　　此外，梅兰芳在《对京剧表演艺术的一点体会》中也主张对待京剧改革的谨慎态度："京剧的表演艺术，如唱腔、音乐、身段、动作，与宽大的行头、脸谱、长胡子、水袖、厚底靴、马鞭、船桨等等是有密切关系的，

　　[1]吴祖光：《谈谈戏曲改革的几个实际问题》，载《戏剧报》，1954年第12期。
　　[2]老舍：《谈"粗暴"和"保守"》，载《戏剧报》，1954年第12期。

而且是自成体系的，我们谈到艺术改革，必须在原有的基础上仔细研究，慎重处理。"从对于京剧表演艺术的认识出发，梅兰芳反对取消脸谱、使用布景等。叶盛兰在《我的意见、我的希望——在"戏曲的艺术改革问题座谈会"上的发言》中也肯定了京剧改革向前发展的必然性。"问题就是怎样改？"叶盛兰在发言中对京剧音乐、角色扮相化装、脸谱、胡子等具体的问题都认真谨慎地作了分析。[1]赵树理在讨论中表示：戏曲改革应该"照顾到旧剧的特点、发展的规律、当前的缺点、各剧种的差别等等，否则仍会粗暴"[2]。

与吴祖光、老舍、梅兰芳等人看法相左的是马少波、马彦祥等人。马少波在1955年撰写《关于京剧艺术进一步改革的再商榷》一文，批评吴祖光对于京剧艺术改革所持的"保守倾向"的基本观点，否定吴祖光关于京剧表演艺术的"写意"方法的归纳，并对吴祖光关于布景、一桌两椅、自报家门等问题的看法提出不同见解。马少波甚至指出，吴祖光"提出的意见，是片面的，他把演员的作用强调到否定党的领导的位置，而且否定了演员之外的其他方面的艺人以及和新的文艺力量的合作关系"，吴祖光"对于过去的戏曲艺术的不断发展，和新中国在毛泽东'百花齐放，推陈出新'的方针下所进行的戏曲改革工作毫无区别地完全混同起来……完全抹煞了新中国党和政府在戏曲改革政策中所体现的马克思的指导作用"。[3]

1954、1955年的这场关于戏曲艺术改革的讨论，反映了建国之后戏曲改革工作中客观存在的两种主要观念的矛盾。这一矛盾实际上一直贯串于"十七年"戏曲改革整个过程。只不过随着戏曲政治工具论代表的戏曲界"左"倾思想的日趋严重，关于戏曲改革的保守一方的观点渐渐失去表达的空间。这次讨论，"是构建在'移步不换形'风波延长线上的一场重

[1]叶盛兰：《我的意见、我的希望——在"戏曲的艺术改革问题座谈会"上的发言》，载《戏剧报》，1954年第12期。
[2]赵树理：《我对戏曲艺术改革的看法》，载《戏剧报》，1954年第12期。
[3]马少波：《关于京剧艺术进一步改革的再商榷》，载《戏剧报》，1955年3月号。

要的争鸣活动。它之所以重要，是因为当时的文学艺术界还没有被诸多的'批判'事件困扰，不少京剧演员、作家、关心京剧的人士还有不少发言的空间。这个宝贵的空间使得他们把自己对戏改的诸多真实想法记录了下来"[1]。

第四节 禁戏政策与纠偏措施

从如何评价传统戏曲剧目出发的对传统戏曲剧目"禁"与"放"的处理和争论是"十七年"中关于如何进行戏曲改革的重要理论和实践问题。"中国戏曲艺术有成千上万的传统剧目，不是一堆故纸，而是台上的活戏，这是一宗财富，又是一个难题。戏曲改革非得从这里入手。"[2]因此，戏曲改革初期的重点就是审定传统剧目。当然，"戏曲改革非得从这里入手"的最根本的原因在于上述关于戏曲改革的两种理论前提，即新中国政权对于戏曲本质和功能的认识和对于传统戏曲遗产整体的认识。"十七年"中传统戏曲剧目在戏曲的政治工具论的观照之下，演绎出政府的禁戏政策与多番纠偏措施相纠结的反复、复杂经历。

当然，禁戏并不起自"十七年"。中国的禁戏史与戏曲发展史同步。中国戏曲在悠长的发展历史中积累了数目繁多的戏曲剧目。如何处理剧目几乎是伴随着中国戏曲发生、发展的一个持久的问题，由此也便形成了中国戏曲历史悠久的禁戏传统。历史上，出于"政治秩序、道德风化、民生经济"等理由禁戏的"官方政令与民间舆论不绝"。[3]"作为主要代表官方文化的权力话语，禁毁戏剧可以说渗透并参与了戏剧史的这一生成框架，在不断强化戏剧之政治仪典载体、社会道德功能时，却不断对其游戏

[1]孙洁：《二十世纪五十年代京剧史探微》，载《戏曲艺术》，2009年第1期。
[2]张庚：《当代中国戏曲》，北京：当代中国出版社，1994年版，第696页。
[3]周宁：《想象与权力》，厦门：厦门大学出版社，2003年版，第52页。

娱乐与艺术审美功能予以强制性禁毁，对古代戏剧史的展开过程产生了很大的负面影响。"[1]新中国建立前后戏曲改革运动中的禁戏可谓中国历史上"最大规模的禁戏"，影响也最为深刻。

建国前夕，"人民解放军所到之处，戏曲改革运动必定随之而起"[2]。随着新政权在各地纷纷建立，新政权掌握了文化领导权之后，新旧文化的更替工作随即展开，各地便出现了程度不一的禁戏现象。为了统一思想，1948年11月13日《人民日报》发表了社论《有计划有步骤地进行旧剧改革工作》。这是新中国政权在建国前夜与禁戏相关的第一份文件，其中制定了审定传统戏曲剧目的标准，即"有利、有害和无害"论，又给出了对待这三类剧目的具体措施。

社论说："改革旧剧的第一步工作，应该是审定旧剧目，分清好坏。首先，我们必须确定审查的标准。我们要以对人民的有利或有害决定取舍。对人民有利或者利多害少的，则加以发扬和推广，或者去弊取利而加以若干修改；对人民绝对有害或害多利少的，则应加以禁演或大大修改。在现有旧剧内容中，大体上可以分成有利、有害与无害三大类，应具体研究，分别对待。第一，是有利的部分，这是旧剧遗产的合理部分，必须加以发扬。这包括一切表现反抗封建压迫，反抗贪官污吏的（如《反徐州》、《打渔杀家》、《五人义》等），歌颂民族气节的（如《苏武牧羊》、《史可法守扬州》等），暴露与讽刺统治阶级内部关系的（如《四进士》、《贺后骂殿》等），反对恶霸行为的（如《八蜡庙》、《问樵闹府》等），以及反封建家庭压迫，歌颂婚姻自主，急公好义，勤俭起家的剧目。第二，是无害的部分，如很多历史故事戏（如《群英会》、《古城会》、《萧何月夜追韩信》等），对群众虽无多大益处，但也无害处，从这些戏里还可获得不少历史知识与历史教训，启发与增加我们的智慧。第三，有害的部分，包括

---

[1] 丁淑梅：《中国古代禁毁戏剧史论》，北京：中国社会科学出版社，2008年版，第2页。

[2] 田汉：《为爱国主义的人民新戏曲而奋斗——1950年12月1日在全国戏曲工作会议上的报告》，见《田汉全集》第17卷，石家庄：花山文艺出版社，2001年版，第174页。

一切提倡封建压迫奴隶道德的（如《九更天》、《翠屏山》等），提倡民族失节的（如《四郎探母》），提倡迷信愚昧的（如舞台上神鬼出现，强调宣传神仙是人生主宰者等等，至于一般神话故事，如孙悟空大闹天宫的戏，则是可以演的），以及一切提倡淫乱享乐与色情的（如《游龙戏凤》、《醉酒》等），这些戏应该加以禁演或经过重大修改后方准演出。第一与第二类节目都是不加修改或稍加修改即可演出的，第二类尤其占旧剧目中的极大部分。在修改对象上，除了旧剧以外，应当特别着重地方戏的改革。各种地方戏的剧目是很多的，应当有计划有组织地加以搜集，这些戏许多是口头传授的，保留在旧剧人的脑子里，应当把它们记录下来，加以研究审定与修改。这部分遗产的发掘，对于改革与建设中国民族的新歌剧，将是极为珍贵的。"[1]

《有计划有步骤地进行旧剧改革工作》发表后，出现了"不同的或补充的意见"。这其中，田汉在《怎样做戏改工作？——给周扬同志的十封信》中谈到，正是认识到戏曲改革的问题之紧、规模之大、意见之多，所以就应该更慎重、更明确。对于《有计划有步骤地进行旧剧改革工作》提出的"有利、有害和无害"论，田汉认为："我以为'禁'或'准'暂时不必作太硬性的规定，而先搞通我们自己的思想，统一我们自己的看法，倒是很要紧的……的确，专论倘使有缺点，那便是单止告诉我们哪些旧剧'有害'，哪些是'无害'，哪些是'无益'，而没有提出判断'害'、'益'的'明确的原则'。"[2]从这里就已经可以看出戏曲改革过程中传统戏曲剧目审定工作的难度和禁戏标准的不确

《游龙戏凤》剧照，这是解放初期的禁戏之一。

［1］《有计划有步骤地进行旧剧改革工作》，载《人民日报》，1948年11月13日。

［2］田汉：《怎样做戏改工作？》，见《田汉全集》第17卷，石家庄：花山文艺出版社，2001年版，第99页。

定性。

　　事实也是，在全国各地的戏曲改革工作中，禁戏一直存在与官方期待不相符合的两种偏差：一是放任自流，一是强制禁演。从建国之后新中国政权采取的诸多戏曲改革指导政策和举措，以及戏曲界发出的声音可以看出，强制禁演带来的消极影响远比放任自流更甚，政府、戏曲界更多的都是在弥补、纠正强制禁演带来的后果。

　　1950年10月3日，田汉在发表的《一年来戏改工作答问》中谈到戏曲禁演问题。他说："从我们入城市到北京军管时期由于对敌人的警惕，不免管制得严一些。北京军管会便曾发表过五十五出暂时停演剧目。其它省市禁演剧目从七八十到百二十，有多到二百出的。上党戏据说抗战时期还有三百余出，一下子禁到二三十出，当然是艺人无戏可演，人民无戏可看。当东北文教当局号召限期肃清有毒素戏剧时，中央曾以详细电令纠正这一偏向，指出对一般旧戏原则上'不应采取禁的政策而应采取与这些旧艺人共同商量修改的政策。对于演新戏也不应用法令来强制执行而应采取自愿和鼓励帮忙的原则'。戏曲改进局也曾根据中央这一精神解释各地所提出的问题。但各地也还是有些理解和步骤不一致的地方，我们正在想如何有效地贯彻中央的政策方针。"[1] 这一年11月27日至12月10日，第一届全国戏曲工作会议在北京召开，"这次会议是在建国一年来，戏曲改革取得初步成绩，但又存在某些偏差和问题的情况下决定召开的"[2]。12月1日田汉在会上作《为爱国主义的人民新戏曲而奋斗》的报告，再次提到禁戏问题："关于戏曲改革的方针，中央文化部还未发布正式的指示，各地对戏曲改革工作的认识和执行上就不免发生偏差，最突出的是表现在禁戏问题上，好些地方对禁戏漫无标准，多有过左偏向，或因禁戏过多，使艺人生活困难，或因强迫命令，引起群众的不满。""徐州解放后便曾禁止二百

---

　　[1]田汉：《一年来戏改工作答问》，见《田汉全集》第17卷，石家庄，花山文艺出版社，2001年版，第172—173页。
　　[2]余从、王安葵主编：《中国当代戏曲史》，北京：学苑出版社，2005年版，第12页。

多出戏，使艺人无戏可演，戏院无法维持。东北一度禁止京剧及评剧等达百四十出，有限期肃清旧剧毒素的决定。其后锦州曾采取分期禁演办法，北安县连《玉堂春》也不许演，通化县把评戏禁得只剩六出。这些偏向后来均有纠正。山西上党县原有二三百出，禁到剩三十余出。天津专区所属汉沽县教育科对京评戏只准演十出。山东济宁市一百二十出'拉呼腔'只批准二十出，反复演出，观众生厌，因而影响艺人生活。有的地方由于区村干部以强迫命令去当场禁演旧戏，致发生与群众冲突的事情，引起群众的不满，甚至与政府对立。"[1]

　　1952年10月6日至11月14日，文化部在北京举办了第一届全国戏曲观摩演出大会，展示戏曲改革的初步成果。大会的闭幕报告《把戏曲改革工作向前推进一步！》这样描述50年代初全国各地存在的粗暴禁戏的状况：

"高高地站在艺人群众之上，滥用权威……往往藉口其中含有封建毒素而一笔抹煞，有时且随便采用禁演或变相禁演办法，以致引起艺人和群众的极度不满……戏曲改革工作中对待艺人的官僚主义态度和对待遗产的反历史主义倾向，使三年来戏曲改革工作遭受到很大的损害。"[2]第一届全国戏曲观摩演出大会结束之后，《人民日报》紧接着在1952年11月16日发表社论《正确地对待祖国的戏曲遗产》，严厉批评戏曲改革中随意禁戏的现象：

"但是在以往的三年中，中央、各大行政区、各省文化工作的主管部门，对中央的戏曲改革政策没有作认真的深入的传达，对各地戏曲工作干部没有进行认真的经常的教育，直到现在，中央的戏曲改革政策在各地的执行情况，是非常不能令人满意的。目前各地戏曲改革工作中的严重缺点，主要表现为对待戏曲遗产的两种错误态度：一种是以粗暴的态度对待遗产，一种是在艺术改革上采取了保守的态度。这两种错误态度是戏曲改革工作向前发展的主要障碍，必须坚决地加以反对。各地戏曲工作干部中有不少

　　[1]田汉：《为爱国主义的人民新戏曲而奋斗》，见《田汉全集》第17卷，石家庄，花山文艺出版社，2001年版，第178—179页。
　　[2]《把戏曲改革工作向前推进一步！》，载《文艺报》，1952年第19号。

优秀的工作者，他们依靠当地艺人的通力合作，以正确的态度对待遗产，因而取得了成绩；但也有不少戏曲工作干部长时期不提高自己的政策水平、思想水平与文艺修养，经常以不可容忍的粗暴态度对待戏曲遗产。他们对民族戏曲的优良传统，对民族戏曲中强烈的人民性和现实主义精神毫不理解；相反地，往往借口其中含有封建性而一概加以否定，甚至公然违反中央人民政府政务院'关于戏曲改革工作的指示'，不经任何请示而随便采用禁演和各种变相禁演的办法，使艺人生活发生困难，引起群众的不满。他们在修改或改编剧本的时候，不是和艺人密切合作审慎从事，而是听凭主观的一知半解，对群众中流传已久的历史故事、民间传说，采取轻举妄动的态度，随便窜改，因而经常发生反历史主义和反艺术的错误，破坏了历史的真实和艺术的完整。"[1]

可以看到戏曲改革工作一经开展，禁戏过多就是一个突出的问题。政府的纠偏措施几乎与戏曲改革工作同步。1950年戏曲改进委员会的成立，应该也是政府意欲纠正各地随意禁戏等戏曲改革工作中的偏差而采取的一项重要措施。1950年7月，文化部邀请戏曲界的代表人物、戏剧专家以及文化部戏曲工作的负责人员共四十三人组成了戏曲改革工作的最高顾问性质的机构——文化部戏曲改进委员会，周扬任主任委员。文化部戏曲改进委员会的工作任务是：审定戏曲改进局提出修改与改编的剧本，就戏曲改进工作的计划、政策向文化部提出建议。戏曲改进委员会的设置正体现了官方在戏曲改革工作中一直强调的团结、依靠艺人的指导思想。

文化部戏曲改进委员会在7月11日的第一次会议上讨论了一年来对戏曲剧目的审定工作，认为无论是以单纯的行政命令禁演，或是采取放任自流政策，都是不对的。关于审定标准，会议在交换意见后，一致认为对下列情形之剧目应加以修改，对其少数最严重者加以停演：①宣扬麻醉与恐吓人民的封建奴隶道德与迷信者；②宣扬淫毒奸杀者；③丑化和污辱劳动

---

[1]《正确地对待祖国的戏曲遗产》，载《人民日报》，1952年11月16日。

人民的语言和动作。同时指出审定工作必须注意神话与迷信及爱情与淫乱的区别。根据上述标准，会议对当时各地提出应当停演的剧目，逐一慎重讨论，认为《杀子报》、《九更天》、《滑油山》、《奇冤报》、《海慧寺》、《双钉记》、《探阴山》、《大香山》、《关公显圣》、《双沙河》、《铁公鸡》、《活捉三郎》等十二出戏应予停演。这是文化部由戏曲改进委员会发出的第一次明确的禁演令。加上之后的《大劈棺》、《全部钟馗》等，直到1952年，文化部明令禁止上演的禁戏共二十六出。

为了遏制各地禁戏过多的情况，官方除了提供剧目审定标准之外，还不断强调禁戏应由文化部决定，同时剧目审定应依靠艺人。"凡对人民有重大毒害、必须禁演的戏曲，则应统一由中央文化部处理。"[1] 1951年5月5日，中央人民政府政务院根据《全国戏曲工作会议关于戏曲改进工作向文化部的建议》由周恩来签发《政务院关于戏曲改革工作的指示》，明确表示："进行改革主要地应当依靠广大艺人的通力合作，依靠他们共同审定、修改与编写剧本，并依靠报纸刊物适当地展开戏曲批评，一般地不应当依靠行政命令与禁演的办法。对人民有重要毒害的戏曲必须禁演者，应由中央文化部统一处理，各地不得擅自禁演。""戏曲改革是改革旧有社会文化事业中的一项严重任务，不可避免地将要遭遇许多复杂的问题，因此，戏曲改革工作必须有步骤地进行。一般地说，应当由最容易着手和最容易获得多数艺人同意的范围开始，然后逐步推广。必须防止在戏曲改革工作上的急躁情绪，和由此而来的粗暴手段。"[2] "五五"指示颁布之后，5月7日《人民日报》发表社论《重视戏曲改革工作》，称："对人民的爱好、趣味和欣赏习惯，必须尊重，不能任意加以抹煞。因此，戏曲改革工作，必须依靠对广大艺人的教育与合作，依靠以新的戏曲逐渐代替旧戏曲的自由竞赛，换句话说，就是依靠思想斗争的方法，一般地不应依靠行

[1] 中国戏曲志编辑委员会等编：《文化部一九五〇年全国文化艺术工作报告与一九五一年计划要点》，见《中国戏曲志·北京卷》（下），北京：中国ISBN出版中心，1999年版，第1327页。

[2]《政务院关于戏曲改革工作的指示》，见《中国戏曲志·北京卷》（下），第1328页。

政命令与禁演的方法。这就是为什么在禁戏问题上我们要采取慎重态度的理由。"[1]

　　文化部统一发出禁演令实际上也是为了防止各地随意的、大规模的禁戏，也是一种纠偏措施。"现在回头讨论文化部在1950年代初明令禁演上述26个剧目的历史作用，就必须透过这些禁戏令本身，看到它实际上所包含的双重含意。一方面，就像人们可以从表面上理解的那样，它确实是对一部分剧目的禁演令；但另一方面，它还包含了另外一层意思，那就是对这26出剧目之外更多剧目的谨慎态度。在某种意义上说，它的后一种含意虽然很容易为后人忽视，却更为重要。因为它试图针对此前各地方政府擅自大量禁戏的现象，提出一种更宽容的艺术政策。"[2]

　　除了由文化部颁布禁演令之外，官方各种场合下的纠偏努力不断。田汉在《为爱国主义的人民新戏曲而奋斗》的报告中指出，禁戏问题是戏曲改革过程中各地在认识和执行上发生偏差表现最突出的问题，由此，必须明确戏曲改革工作中关于戏曲审定、戏曲修改等的几个针对性的问题。"对于能发扬新爱国主义精神，与革命的英雄主义，有助于反抗侵略、保卫和平、提倡人类正义、反抗压迫、争取民主自由的戏曲应予以特别表扬、推广"；对旧有戏曲中的不良内容，"各地文教主管机关，应与艺人商量，并在与他们充分合作的条件下加以修改。其少数最严重的，应请示中央处理，一般地应尽量消除其中毒素而保留其原剧目，不要轻易采取禁演、停演的办法"。[3]中央人民政府政务院针对随意禁戏的现象指出："一年多以来，各地戏曲改革工作已获得显著成绩。新戏曲已大量出现，并受到了广大群众的欢迎；许多艺人学得了新的知识与新的观点，成为戏曲改革运动的骨干。但在工作中亦存在若干缺点，最主要的是审定剧目缺乏统一标准，与

　　[1]《重视戏曲改革工作》，载《人民日报》，1951年5月7日。
　　[2]傅谨：《近五十年"禁戏"略论》，载《二十一世纪》，1999年4月号。
　　[3]田汉：《为爱国主义的人民新戏曲而奋斗》，见《田汉全集》第17卷，石家庄：花山文艺出版社，2001年版，第181页。

编改剧本工作中还有某些反历史主义的、公式主义的倾向。""戏曲应以发扬人民新的爱国主义精神，鼓舞人民在革命斗争与生产劳动中的英雄主义为首要任务。凡宣传反抗侵略、反抗压迫、爱祖国、爱自由、爱劳动、表扬人民正义及其善良性格的戏曲应予以鼓励和推广，反之，凡鼓吹封建奴隶道德、鼓吹野蛮恐怖或猥亵淫毒行为、丑化与侮辱劳动人民的戏曲应加以反对。各地文教机关必须根据上述标准对上演剧目负责进行审查，不应放任自流，而应采取积极改革的方针。""目前戏曲改革工作应以主要力量审定流行最广的旧有剧目，对其中的不良内容和不良表演方法进行必要的和适当的修改。必须革除有重要毒害的思想内容，并应在表演方法上，删除各种野蛮的、恐怖的、猥亵的、奴化的、侮辱自己民族的、反爱国主义的成份。对旧有的或经过修改的好的剧目，应作为民族传统的剧目加以肯定，并继续发扬其中一切健康、进步、美丽的因素。在修改旧有剧本时，应注意不违背历史的真实与对人民的教育的效果。"[1]

特别需要注意的是，对传统戏曲剧目的评价和处理，"禁"和"放"的论争关涉到的决不仅仅是对传统戏曲剧目的态度问题、对于历史遗产的态度问题，还在于它反映了新政权对全国广大戏曲艺人的认可问题，更重要的是它是一个直接决定艺人生存、生活的重要问题。戏曲改革运动过程中新中国政权对于禁戏持有的谨慎的态度，官方和戏曲界从理论和实践两方面一直做的纠偏努力都首先与这个重要的现实相关。周扬说："建国之初，就发生了如何正确对待旧剧的问题，这是关系到全国刚刚获得解放的几亿人口文化生活的问题，也是关系到成千上万戏曲艺人就业的问题。"[2]

要看到的是，尽管从戏曲改革工作一开始，政府对于各地禁戏的纠

---

[1]《政务院关于戏曲改革工作的指示》，见《中国戏曲志·北京卷》（下），北京：中国ISBN出版中心，1999年版，第1328页。

[2]周扬：《进一步革新和发展戏曲艺术》，见《周扬集》，北京：中国社会科学出版社，2000年版，第291页。

偏措施不断，但是禁戏带来的戏曲舞台剧目贫乏的问题仍日趋严重。"随着建国之后开始的戏剧改革的深入，单纯强调戏曲政治功能的指导思想占了上风，禁演的剧目也越来越广。以北京市为例，原有的京剧、评剧、传统剧目有1200多出，但1955年经常上演的京评两剧，加在一起只有132出。"[1] 以至于1956年流行着这样的说法："翻开报纸不用看，'梁祝姻缘'《白蛇传》"，或"翻开报纸不用看，《梁祝哀史》《白蛇传》，不是《百日缘》，就是《秦香莲》"。程砚秋的"戏宰局"之说正表达了戏曲表演艺人对禁戏过多、演出剧目贫乏的悲愤。"1957年春，在中央文化部整风大会上，程砚秋发言批评文化部原来的戏曲改进局（简称戏改局）禁戏太多，使各地方剧团几乎无戏可演，一时又创作不出新戏来，以致影响了只会演老戏的演员生活。他的情绪激动起来，气愤地说'戏改局不如改为戏宰局'。"[2]

　　演出剧目贫乏的另一方面问题必然是艺人生活的困难和艺术生命的窘迫。1956年夏天，田汉在湖南、广西、广东、山东、上海、湖北等地考察之后，连续写了两篇为戏剧演员的生活与艺术生命呼吁的文章——《必须切实关心并改善艺人的生活》和《为演员的青春请命》。文章说到禁戏过多等戏曲改革工作中的问题对于戏曲艺人生活的影响："在戏曲界，如有些剧团过多地集中优秀演员，又不做适当安排，以致有的终年得不到休息，有的却长期没有戏演。曾经一个时候有些戏曲剧团偏重演现代剧，或对传统剧目尊重不够，限制过严，好些优秀艺人，特别有些老艺人不被重视，某些不恰当的音乐改革又每每使艺人变成外行，得不到发挥，感到没有前途。"[3] "我们领导戏剧改革的也都知道该如何尊重传统，接受遗产，爱护艺人点滴的进步贡献。而在实际工作上，人们对艺人的生活困难并不那

　　[1] 凤凰卫视2012年3月16日《腾飞中国：文化纪事》（55）（《〈十五贯〉的新生》）的文字实录。

　　[2] 章诒和：《细雨连芳草，都被他带将春去了——程砚秋往事》，载《南方周末》，2006年9月21日。

　　[3] 田汉：《为演员的青春请命》，载《戏剧报》，1956年第11期。

样关心，甚至对一些名老艺人的死也不真正可惜。这说明我们还是不尊重传统，轻视这些'活的遗产'的。在戏曲改革问题上，多是按照干部的主观意图去改戏，常常把戏改得脱离群众，不被人民喜闻乐见，而一些有本事的老艺人却没有用武之地，只好把他们晓得的那些'带回土里去'，这是人民多么大的损失。"[1]

　　20世纪50年代中期越来越凸显出来的禁戏过多问题，深刻地反映出从延安开始形成的戏曲政治工具论所带来的严重影响。事实上，正如张庚在1955年思考的："政府明令禁演或暂时停演的戏并不多，有些没有禁演，但内容很坏的戏，群众要求停演。如《麻疯女》这类，算起来也是少数几个。那么现在的上演剧目为什么产生贫乏的现象呢？""我想，主要原因是我们体会、执行中央的戏改政策不够，或是对政策宣传不够，给自己造成了太多限制。"[2]对戏曲改革政策体会不足的实质在于各地对于戏曲政治工具论的自觉的、毫无保留的接受，以及艺人在戏曲政治工具论背景下主动权的丧失。吴祖光说："可能有些同志……会说：'文化部明令禁演的不过只有二十几出戏啊！'但是他们忘记了，广大的民间艺人都是以他们对党的无比忠诚来仰体戏改领导同志的意旨的。他们随时注意谛听领导同志的言论。他们相信组织，依靠组织；无须文化部下令，只要领导同志写一篇不同意什么什么的文章，说什么是'落后'和'丑陋'，说什么是歪曲和无理……即使不写文章，只要摇摇头，或是做一个什么表情，略显不悦之色也就够了。他们就明白了，就会服从组织，赶快收摊子，免得自讨没趣了。"[3]吴祖光说，演员们"在接触到戏曲改革的具体问题时"，"常常是惶惑的，没有信心的。"吴祖光举了这样一个例子："记得有一次在中国京剧团遇见李少春同志，他很紧张地拉我在一旁问：'你们拍梅先生的舞台

---

　　[1]田汉：《必须切实关心并改善艺人的生活》，见《田汉全集》第17卷，石家庄：花山文艺出版社，2001年版，第234页。

　　[2]张庚：《扩大上演剧目的几个问题》，见《张庚戏剧论文集（1949—1958）》，北京：中国社会科学出版社，1981年版，第161页。

　　[3]吴祖光：《谈戏剧工作的领导问题》，载《戏剧报》，1957年第11期。

艺术纪录片是挂胡子，还是粘胡子？'我告诉他，我们是'挂胡子'。像李少春这样著名的演员，又是中国京剧团的副团长，对于'胡子'问题尚且有这样深深的顾虑，这就说明我们只在口头上说尊重演员的意见还是不够的。我们必须用尽一切办法使演员们毫无保留，毫无顾忌地随时提出他们的意见，使他们衷心地认识到，在戏曲改革这一工作中，他们站在极其重要的，具有决定性的地位上。"[1]

　　为了解决"演出剧目贫乏"的问题，1956年6月和1957年4月文化部连续召开两次全国戏曲剧目工作会议。1956年6月第一次全国戏曲剧目工作会议的召开，应该说也与这一年浙江昆苏剧团的昆曲《十五贯》获得巨大成功有关。

周恩来赞誉《十五贯》："一出戏救活了一个剧种。"

　　浙江昆苏剧团改编创作昆曲《十五贯》于1956年4月进京演出。毛泽东、周恩来、刘少奇、彭德怀等中央领导观看演出。从高层到戏曲界到普通观众，《十五贯》赢得满钵赞誉。毛泽东看戏后提出"是好戏，要推广，要奖励"三条意见。文化部和中国戏剧家协会邀请首都文艺界人士特地召开座谈会。周恩来分别于1956年4月19日、5月17日作了两次关于昆曲《十五贯》的讲话。在4月19日的讲话中，周恩来说："你们浙江做了一件好事：一出戏救活了一个剧种。《十五贯》有丰富的人民性和相当高的艺术性。" 周恩来指出《十五贯》带来的在传统剧目、历史剧目认识方面的启发意义："不要以为只有描写了劳动人民才有人民性。历史上的统治阶级中也有一些比较进步的人物……毛主席说过的百花齐放，并不是要荷花离开水池到外面去开，而是要因地制宜，有的剧种一时还不适应演现代戏的，可以先多演些古装戏、历史戏。不要以为只有演现代戏才是进步的。昆曲的一

---

　　[1] 吴祖光：《谈谈戏曲改革的几个实际问题》，载《戏剧报》，1954年第12期。

些保留剧目和曲牌不要轻易改动、不要急。"在5月17日的讲话中，周恩来由《十五贯》肯定了历史题材的教育意义："《十五贯》是从传统剧目的基础上改编的……《十五贯》有着丰富的人民性，相当高的思想性和艺术性，它不仅使古典的昆曲艺术放出新的光彩，而且说明了历史剧同样可以很好地起现实的教育作用。有人认为，历史题材教育意义小，现代题材教育意义大。我看不见得，要看剧本如何。现代戏如果写得不好，教育意义也不会大。"[1]

1956年5月18日《人民日报》发表社论《从"一出戏救活了一个剧种"谈起》。社论说，"现代的过于执们"使"一个具有悠久历史的剧种在解放后就被压抑了好几年"，而现在，"'满城争说《十五贯》'的盛况，不仅给了现代的过于执们一个响亮的回答，也向这几年来的戏曲改革工作，向领导戏曲改革工作的文化主管部门，提出了严重的问题：在'百花齐放'的时候，是不是还有不少的花被冷落了，没有能灿烂地开放？在扶植和发展了不少地方剧种的时候，是不是同时也压抑和埋没了一些地方剧种？"社论说："自然，任何人决不会抹杀这几年来戏曲改革工作的成就。可是，昆曲《十五贯》的出现，即为我们的戏曲改革工作作了一次检验。据说，全国的地方剧种和艺人至今没有完全精确的统计和调查，这中间，蕴藏着多少的艺术珍宝，亟待我们去发掘啊！那么，那些对于我们还很生疏的剧种的命运，也就十分令人牵挂了。希望每一个还没有受到重视的剧种，今后不再要等到来北京演上一出戏以后，才能'救活'。"[2]

昆曲《十五贯》在1956年4—5月一时成了戏曲理论批评的焦点，并且直接影响了传统戏曲剧目的命运。这一年6月，旨在打破"清规戒律"，扩大和丰富传统戏曲上演剧目的文化部第一次全国戏曲剧目工作会议在北京召开。"这次会议是对新中国成立以来实施的戏剧政策进行检讨与修正

---

　　［1］周恩来：《关于昆曲〈十五贯〉的两次讲话》，载《文艺研究》，1980年第1期，转引自《中国戏曲志·北京卷》（下），北京：中国ISBN出版中心，1999年版，第1391—1395页。
　　［2］《从"一出戏救活了一个剧种"谈起》，载《人民日报》，1956年5月18日。

的具有转折性的事件。"[1]在这次会议上，张庚作了《正确地理解传统
戏曲剧目的思想意义》的专题报告，对于戏曲改革中出现的一系列"清规
戒律"进行了"清算"。结合张庚的专题报告，与会人员对《四郎探母》、
《连环套》、《一捧雪》等剧目进行热烈讨论，认为"不仅正确地描写历史
上的政治斗争和被压迫人民对压迫者的反抗的剧目才有人民性、艺术性和
教育意义，凡是能起积极作用、鼓舞人们奋发向上、给人以美的享受和精
神上的愉快感觉的剧目都应加以肯定"[2]。

    第一次全国戏曲剧目工作会议之后，6月27日，文化部负责人就丰富
戏曲上演剧目问题向新华社记者发表谈话："丰富戏曲上演剧目，改变剧目
贫乏的情况，已经成为当前戏曲艺术事业中的首要问题。""只要积极依靠
艺人，破除清规戒律，正确地对每个剧目具体分析，认真地加以整理和改
编，是完全可以把丰富多彩的各剧种的原有剧目发掘出来的。"[3]

    1956年11月8日，文化部通知各地："根据现在剧目工作的情况，提出
丰富、扩大上演剧目的方针，根据这个方针，首先应对大量的过去并未明
令停演，但由于种种原因而久未上演的传统剧目加以挖掘、整理或改编，
迅速恢复上演……对于过去公布停演的剧目，在未经文化部明令准予上演
之前，不得公演。各地如果对其中的某个或某些剧目，经过研究认为可以
修改上演，可以将修改的剧本报文化部审核批准后上演。"[4]第一次全
国戏曲剧目工作会议和文化部的通知在全国掀起了"一个着眼于抢救的全
面、深入地发掘戏曲遗产的高潮"："各地通过'挖箱底'、访问老艺人、
分批鉴定、举行观摩演出和剧目展览周等方式，大力开展传统剧目的发掘
工作，成绩十分突出。截至一九五七年四月，全国在发掘传统剧目方面，
开列出名目的有51 867个，已有文字记录的14 632个，经过初步整理的

[1]傅谨：《新中国戏剧史（1949—2000）》，长沙：湖南美术出版社，2002年版，第49页。
[2]《记全国戏曲剧目工作会议》，载《戏剧报》，1956年第7期。
[3]《文化部负责人——谈丰富戏曲上演剧目问题》，载《戏剧报》，1956年第7期。
[4]《如何对待明令停演的剧目　文化部最近发出指示》，载《戏剧报》，1956年第12期。

4 223个，已上演的10 520个……发掘工作不限于剧目。这是一次对戏曲遗产的全面性的调查研究，同时在发掘表演艺术经验、剧种、唱腔、曲牌、脸谱等方面，收获也很丰富。"[1]《戏剧报》在1957年第5期发表1956年发掘戏曲传统剧目工作综合简述，高度肯定了1956年第一次全国戏曲剧目工作会议的意义："今天，实践已越来越充分地证明这次会议的重大历史作用，它开辟了我们戏曲事业的新阶段。半年多来，全国各省、各地已先后动员起来了，建立了领导机构，组织了发掘剧目的'勘探'队伍，开始向'箱底'翻宝，向'地下'探宝，并普遍举行了各种规模的会演，对一些新发掘出的剧目作了实地研究。这一工作得到了广泛的社会人士的支持，特别是老艺人更表现了高度政治与艺术热情，积极参与工作，争相献出私藏珍本、秘本，一时形成了热潮。"[2]

　　1957年4月10日至24日，文化部召开第二次全国戏曲剧目工作会议。这次会议召开的直接原因是演出剧目贫乏，社会历史背景却是整个社会思想意识形态领域的变化，即毛泽东于1956年5月、1957年3月相继在最高国务会议和全国宣传工作会议上提出并强调贯彻"百花齐放，百家争鸣"的方针。在话剧领域，"第四种剧本"出现了。戏曲领域，第二次全国戏曲剧目工作会议就在这样的背景下，紧跟着第一次全国戏曲剧目工作会议取得的成就紧锣密鼓地召开了。在这次会议上，文化部副部长刘芝明作了《大胆放手，开放戏曲剧目》的总结发言。刘芝明总结了第一次剧目会议以来在发掘传统剧目方面的成绩，论述了"大胆放手，开放戏曲剧目"及贯彻"百花齐放，百家争鸣"方针的必要性，部署了"今后剧目工作的方针、做法和几个问题"。张庚在会上作了《关于戏曲剧目的整理改编和创作问题》的专题发言；周扬讲话强调依靠艺人，并提出"全面挖掘，分批整理，结合演出，重点加工"的对待传统剧目的办法。这次会议对于剧目工

---

[1] 张庚主编：《当代中国戏曲》，北京：当代中国出版社，1994年版，第43—44页。
[2] 《在"遍地黄金"的祖国——1956年发掘戏曲传统剧目工作综合简述》，载《戏剧报》，1957年第5期。

作的进一步开展，起了推动作用。[1]

第二次全国戏曲剧目工作会议之后，4月27日，《人民日报》发表了题为《大胆放手，开放剧目》的社论，总结和肯定了第一次全国戏曲剧目工作会议的成就，并为第二次全国戏曲剧目工作会议后进一步开放剧目造势："去年6月间第一次全国戏曲剧目工作会议以来，各地进行了大量的挖掘整理戏曲剧目的工作，使得戏曲舞台的演出状况为之一变。数以万计的剧目重新复活到舞台上，打破了上演剧目贫乏的局面，活跃了艺术创造，适当满足了群众的文化娱乐需要，大多数剧场的上座率也得以普遍提高，艺人的生活也因之有所改善。此外，从挖掘剧目中发现了许多被遗忘的剧种；也从发掘中组织成了一支包括职业和业余戏曲作家的队伍。所有这些，都是在戏曲工作中，大力贯彻'百花齐放，百家争鸣'的方针所得到的可喜的收获。"社论在简介第二次全国戏曲剧目工作会议状况的同时，破除戏曲界仍然存在的对于开放剧目的顾虑，提出大胆放手传统剧目"利大于弊"："最近，中央文化部为了总结这一阶段的工作成绩，交流经验，克服缺点，进一步把戏曲剧目工作做好，又召开了第二次全国戏曲剧目工作会议，会上根据毛主席关于正确处理人民内部矛盾的指示，热烈讨论戏曲工作中所发生的各种问题，确定了必须在大力贯彻中央方针和巩固已有成绩的基础上，继续大胆放手，开放剧目。这一点是十分重要的……在去年开放剧目的过程中，也出现了少数思想内容不健康的剧目，于是有人惊慌了，要求'收'，要求'禁'。他们害怕剧场混乱起来。其实，根据各地的调查统计，含有毒素的坏剧目是极少数，不及上演剧目的1%。目前的问题，不是戏曲剧目开放已经够了，而是'放'的还很不够。对挖掘整理传统剧目的重要性认识不足，估计不够，仍是目前相当普遍的现象。""我们认为对传统剧目采取大胆放手的方针，是利多弊少的。我们存在着有利的条件：一、绝大多数观众鉴别的能力提高了。二、广大艺人的政治思想

[1] 张庚主编：《当代中国戏曲》，北京：当代中国出版社，1994年版，第52页。

水平提高了。三、戏曲基本上是劳动人民创造的，大多数带着强烈的人民性。四、各级文化领导部门，对戏曲工作有了一定的经验。有这四条，那些善意的人们，应当不必再害怕了，应当相信在戏曲这块园地内让'百花齐放'，是不会'天下大乱'的了。"[1]

很快，5月17日，文化部发出《关于开放禁戏的通知》："解放初期，本部曾根据当时社会政治情况，经由戏曲界代表人物组成的'戏曲改进委员会'的研究讨论，从一九五〇年到一九五二年先后禁演了26出戏曲。这些戏曲的禁演是有一定理由的，在当时基本上是正确的和必要的。但是即使在当时，由于对这些禁演剧目的解释不够明确，缺乏分析，在执行中又造成了许多清规戒律，妨碍了戏曲艺术的发展。现在，我国大规模阶级斗争已经基本结束，广大人民群众的政治觉悟已经有了很大提高，戏曲艺人已经能够更好地掌握剧目。为了贯彻百花齐放、百家争鸣的方针，1956年举行的第一次剧目会议和今年举行的第二次剧目会议，都曾决定开放剧目，并且收到了好的效果。为了进一步推动艺术事业的繁荣和发展，本部现再决定，除已经明令解禁的奇冤报、探阴山外，以前所有禁演剧目，一律开放。今后各地对过去曾经禁演过的剧目，或者经过修改后上演，或者照原本演出，或者经过内部试演后上演，或者径行公开演出，都由各地剧团及艺人参酌当地情况自行掌握。"[2] "这次开禁可以看作是文化部1956、1957年相继召开两次全国戏曲剧目工作会议的产物，它的问世，也为那个时代戏剧界的'百花齐放，百家争鸣'，提供了一个历史的注脚。"[3]

但是，"开放禁戏"很快又引起"混乱"，"各地剧团自作主张，'毒草'又放出来了，如北京上演了《杀子报》等色情暴力的戏，戏曲界、学术界都反对"。[4]于是，1957年7月21日，出席第一届全国人民代表大会

---

[1]《大胆放手，开放剧目》，载《人民日报》，1957年4月27日。
[2]国务院法制局编：《中华人民共和国法规汇编（1957年1月—6月）》，北京：法律出版社，1957年版，第289页。
[3]傅谨：《近五十年禁戏略论》，载《二十一世纪》，1999年4月号。
[4]李小菊：《于平易处见豪雄——郭汉城先生访谈录》，载《文艺研究》，2010年第3期。

第四次会议的戏曲界代表梅兰芳、周信芳、程砚秋等七人联合建议戏曲界不演坏戏，称："开放剧目的目的，是为了更好地发扬我们戏曲艺术中的优良传统，虽然政府不用行政命令来取缔坏戏，但我们必须认识到这不等于艺术上没有好坏的标准。""我们提倡的是富有思想性艺术性的优秀剧目，至于内容和表演无甚价值甚而丑恶、淫猥、恐怖，对人们身心健康有害的东西，则是我们所坚决反对的。"[1]当时正处于反右斗争的过程中，在戏剧界，吴祖光首当其冲，因《谈戏剧工作的领导问题》中的"右派言论"遭到激烈批判。

　　7月25日，《人民日报》发表社论《有毒草就得进行斗争》，称梅兰芳等人的建议是"切合时宜的重要号召"，"希望全国戏曲界积极加以响应和支持"。社论指出，文化部开放禁戏之后有些城市和剧团出现了"竞放毒草"的现象。社论引用了毛泽东的话说："毛主席在'关于正确处理人民内部矛盾的问题'的报告中说：'不加批评，看着错误思想到处泛滥，任凭它们去占领市场，当然不行。有错误就得批判，有毒草就得进行斗争……我们要同群众一起来学会谨慎地辨别香花和毒草，并且一起来用正确的方法同毒草作斗争。'这是我们对待毒害人民的坏戏所应取的态度，也是我们对待一切毒草所应取的态度。"[2]反右斗争以及"同毒草作斗争"几乎完全抑制了第二次全国戏曲剧目工作会议进一步开放剧目的作用。传统剧目开放宽松的气氛戛然而止。及至1958年大跃进期间"以现代剧目为纲"口号出笼，戏曲舞台只剩下现代戏一条腿走路。虽然"大跃进"之后重提的"两条腿走路"、1960年的"三并举"方针对传统剧目和现代剧目关系进行了明确的调整，但是随着阶级斗争论的甚嚣尘上，尤其是毛泽东1963年、1964年作出关于文艺工作的两个批示，60年代初相继开展对新编历史剧《李慧娘》、《谢瑶环》和《海瑞罢官》的批判，传统戏曲剧目万马齐喑，

　　［1］《梅兰芳等建议戏曲界不演坏戏》，载《戏剧报》，1957年第14期。
　　［2］《有毒草就得进行斗争》，载《人民日报》，1957年7月25日。

完全处于被压制的状态。

直至"文革"结束，1977年5月，曾在延安被毛泽东热情赞誉为"旧剧革命划时代的开端"的新编历史剧《逼上梁山》才由四川一些地区的川剧团上演。同时，北京市京剧团以纪念毛泽东《在延安文艺座谈会上的讲话》发表三十五周年为契机，演出《逼上梁山》中的三场戏："风雪山神庙"、"火烧草料场"、"造反上梁山"。这年9月，在纪念毛泽东逝世一周年之际，北京市京剧团和北京京剧团同时分别全本演出《逼上梁山》。《逼上梁山》恢复上演这一事件的"象征意义远远超过了它艺术层面上的实际意义"："也许我们可以这样说，在导致古装戏绝迹舞台的禁令下沉寂多年以后，中国的戏剧家以及戏剧观众终于看到了能够充分体现中国戏剧之魅力的古装戏重现于世的一种可能性，所以才会有剧团罔顾演出古装戏仍然存在的政治危险，甚至更是顾不得认真考虑《逼上梁山》这个具体剧目本身是否适合于上演，以及是否能够得到观众的欢迎，决然将它重新搬上舞台。因此，我们真可以把这种冲破禁令上演《逼上梁山》的行为也比作戏剧界'逼上梁山'式的无可奈何的选择。""无论如何，《逼上梁山》这样一部并不具有很高欣赏价值的戏剧作品，总算在1977年以后获得了第二次生命，继延安时代它为古装剧目在解放区的合法存在提供了很冠冕堂皇的理由之后，再一次为满足民众欣赏他们千百年来情感所系的传统戏剧，提供了一个勉强可以说通的理由。而以《逼上梁山》为代表的古装戏得以重现舞台，意味着中国戏剧真正进入了'文革'之后的'新时期'。"[1]

《逼上梁山》剧照

值得一提的是，"十七年"的禁戏问题，除了

---

[1] 傅谨：《新中国戏剧史（1949—2000）》，长沙：湖南美术出版社，2002年版，第150页。

禁演剧目之外，还包括"澄清舞台形象"。"这一问题，在中央是和修正戏曲内容同时提到爱国主义的最高原则来认识的。""为了发展爱国主义的精神，提高民族的自信心和自尊心，使得中国的旧舞台面貌变为新舞台面貌——清新而完美，那就不仅是修改内容、充实内容问题，与此血肉相连的形式问题、形象问题也必须紧跟着解决。"[1]澄清舞台形象主要包括：一是革除庸俗落后的表演方法，如跷工、走尸、淫亵动作、无聊噱头等；二是取消丑恶、野蛮、恐怖的舞台形象，如厉魂恶鬼、酷刑凶杀、狰狞和带有封建迷信的脸谱等；三是改革旧戏曲的舞台陋习，如台上饮场、出台把戏、检场人露面等。"总之，舞台上一切野蛮的、恐怖的、猥亵的、落后的、奴化的、侮辱自己民族的、反爱国主义的成分，都在革除之列。经过这一番打扫灰尘的工作，戏曲舞台面貌更为健康、洁净和美好。"[2]1950年全国戏曲工作会议之后，戏曲界开展了关于澄清舞台形象问题的讨论。

无论是剧目禁演还是舞台形象澄清，都是新中国意识形态建构过程中重新审视传统戏曲的结果。这其中的反复曲折、矛盾纠葛正体现了新中国意识形态建构工作的复杂性。

第五节 国家政权对戏曲现代戏的吁求

新中国成立后，戏曲现代戏创演一直就是戏曲改革工作的组成部分之一。从建国之初政务院提倡"地方戏尤其是民间小戏"反映现实生活到1964年全国京剧现代戏观摩演出大会盛况空前地举办，戏曲现代戏作为20世纪中国戏曲发展的特殊形态，在"十七年"经历了一个异乎寻常的过程，出现了三个上演高潮，最终成为独占舞台的戏曲形态。戏曲现代戏在

---

[1]马少波：《关于澄清舞台形象——答〈文汇报〉记者谢蔚明先生》，载《文汇报》，1951年8月6日，转引自《中国戏曲志·北京卷》（下），北京：中国ISBN出版中心，1999年版，第1332—1334页。

[2]张庚主编：《当代中国戏曲》，北京：当代中国出版社，1994年版，第31—32页。

"十七年"中的发展变化与国家政权的强烈吁求分不开，"现代戏问题是一个政策性很强的问题，与政治生活关系特别密切"[1]。梳理"十七年"戏曲现代戏相关政策，不仅是要理解这一时期戏剧改革思想演进的经过，也是厘清"十七年"戏剧思想与"文革"戏剧思想之间不可抹煞的逻辑连续性的重要前提，是把握"文革"戏剧思想的重要前提。

一、"地方戏尤其是民间小戏"反映现代生活

戏曲现代戏编演在延安时期就是旧剧革命的重要一翼。延安平剧研究院、民众剧团等演剧团体积极创演戏曲现代戏，并且卓有成效。但是，延安旧剧革命的方向是由新编历史剧《逼上梁山》所确立的。在1949年7月召开的第一次中华全国文学艺术工作者代表大会上，周扬明确指出"旧戏的改革"主要是"用历史唯物主义的观点来创作新的历史剧"[2]。到了新中国成立，"审定流行最广的旧有剧目，对其中的不良内容和不良表演方法进行必要的和适当的修改"[3]成为戏曲改革工作初期的重心。迟至1951年5月5日，周恩来签发《政务院关于戏曲改革工作的指示》，鼓励各种戏曲形式"百花齐放"，提到"地方戏尤其是民间小戏，形式较简单活泼，容易反映现代生活，并且也容易为群众接受，应特别加以重视"。[4]这句话证实"大力发展戏曲现代戏是党和政府建设社会主义新戏曲的基本政策之一"，"对于与时代、人民、生活密切联系的表现现实生活和革命斗争题材的戏曲现代戏来说，无疑在精神上给予了极大的支持和关怀"。[5]

这之前，1950年11月27日至12月11日，文化部召开全国戏曲工作会议，总结讨论一年多戏曲改革的成就和问题。"在这次会议上，产生了京剧和地

---

[1] 张庚主编：《当代中国戏曲》，北京：当代中国出版社，1994年版，第609页。

[2] 周扬：《新的人民的文艺》，见《周扬集》，北京：中国社会科学出版社，2000年版，第78页。

[3]《政务院关于戏曲改革工作的指示》，见《中国戏曲志·北京卷》（下），北京：中国ISBN出版中心，1999年版，第1328页。

[4]《政务院关于戏曲改革工作的指示》，见《中国戏曲志·北京卷》（下），第1329页。

[5] 高义龙、李晓：《中国戏曲现代戏史》，上海：上海文化出版社，1999年版，第131页。

方戏以何者为主的争论。有人主张'百花齐放'，鼓励各类戏曲剧种自由竞争，共同繁荣。"[1]"毛泽东同志非常欣赏'百花齐放'这个提法，认为这是反映了广大群众和艺人的意愿和利益的，就采用了这个口号。"[2]1951年4月3日，中国戏曲研究院成立，毛泽东书写院名，同时题词："百花齐放，推陈出新。"这八个字直至今天都被视为"戏曲政策的核心"、"戏曲工作的根本性的方针"。《政务院关于戏曲改革工作的指示》中的上述表述可以看作是对"京剧和地方戏以何者为主"这个问题的明确表态，为"地方戏尤其是民间小戏"的发展指出一条异于京剧发展的道路。

《刘巧儿》剧照，新凤霞扮演刘巧儿。

这一时期涌现出一些优秀的戏曲现代戏。1952年第一届全国戏曲观摩演出大会前后出现了评剧《小女婿》、《刘巧儿》、《小二黑结婚》，沪剧《罗汉钱》、《三里湾》，淮剧《王贵与李香香》，吕剧《李二嫂改嫁》，秦腔《一家人》，眉户戏《梁秋燕》等现代戏剧目，形成"十七年"中戏曲现代戏创演的第一个高潮。这时期的戏曲现代戏多"与宣传《婚姻法》、抗美援朝运动、镇压反革命运动、农业合作化运动紧密配合"[3]。一些剧目的成功上演也鼓舞了建国初期戏曲现代戏的创作演出和理论探讨的热情。1952年11月14日，周扬在第一届全国戏曲观摩演出大会的总结报告《改革和发展民族戏曲艺术》中说："戏曲遗产是反映过去人民的生活的，但新的人民生活，也要求新的戏曲来表现它。因此，如何用各种戏曲形式恰当地，而不是生硬地表现人民的新生活，成为戏曲工作者当前的，也是长期的一个严重的创造性任务。广大群

［1］张庚主编：《当代中国戏曲》，北京：当代中国出版社，1994年版，第27页。
［2］陈晋：《毛泽东与文艺传统》，北京：中央文献出版社，1992年版，第249页。
［3］高义龙、李晓：《中国戏曲现代戏史》，上海：上海文化出版社，1999年版，第135页。

众渴望表现人民新生活的剧本。"[1]这期间，倡导现代戏是戏曲界的一个重要声音。比如田汉说："对反映现代生活的剧本，更应充分予以重视和提倡。"夏衍说："我们处身在一个波澜壮阔的、人民生活起着巨大变化的社会主义改造时期，人民群众热切地期待着能够更真实地反映他们自己的生活和斗争的剧本，不看到这种要求，不善用这些适宜于表现现代生活的剧种去创造更多和更好的剧目，无疑是错误的。"[2]

从建国初戏曲现代戏上演的第一次高潮及政府、戏曲界的相关政策和言论中可以看出，建国伊始，对戏曲现代戏的提倡，内在地包含了对戏曲现代戏较之传统剧目在实现戏曲为政治服务的功能方面具有的优越性的认同。当然，在这个阶段，戏曲现代戏还没有被提高到抗衡、挤压传统戏曲剧目的地位，京剧演不演现代戏也还没有上升为反映阶级斗争的政治问题。这由1951年初文化部戏曲改进局复函东北文化部戏曲改进处谈有关戏改政策的问题即可看出。针对东北文化部戏曲改进处提出的"戏曲改进工作中，从总的方面来讲，是着重表现现代生活，还是表现历史生活呢？强调哪一方面，要不要明确提出？"和"京剧表现现代生活，是当作改进京剧的方向来提，还是作为改进京剧的附带的工作来提呢？"的问题，文化部戏曲改进局表示："戏曲改进工作究竟应该着重表现现代生活还是在表现历史生活，这是应该就各剧种的本身形式来决定的。如上所述，有些地方戏，特别是民间小戏，以其形式尚未十分程式化，易于表现现代生活，自然应尽量运用它来反映当前现实。至于有些大型的地方剧，如昆曲、京剧、川剧、秦腔、汉剧等，由于它们的演出方法已臻于程式化，有的程式化甚至已到了凝固的程度，就更宜于表演历史故事。这一类的地方剧，在他们的舞台动作和音乐还未能改进到可以恰切地表现现代的生活节奏的时候，要表现现代的生活故事是有一定的局限性的，因此，我们很难笼统地

[1]周扬：《改革和发展民族戏曲艺术》，见《中国戏曲志·北京卷》（下），北京：中国ISBN出版中心，1999年版，第1361页。

[2]高义龙、李晓：《中国戏曲现代戏史》，上海：上海文化出版社，1999年版，第152页。

说戏曲改进究竟应该表现现代生活还是表现历史生活。""以京剧形式来表现现代生活，过去曾经有人做过不少试验，未见十分成功。我们以为主要的原因在于音乐的限制。目前京剧的乐曲还是根据农业社会的生活节奏和方式制成的，因此，它更适于表现封建社会的生活，拿它们来表现现代人的生活和情绪，就觉有些格格不入。如何使这表现社会的生活节奏的旧音乐能为新的现实内容服务，我们以为可以作为今天改进京剧的一个方向来提出。"[1]

文化部戏曲改进局对于戏曲现代戏相关问题的这一回复意见，代表了戏曲改革工作中的一种典型观点。这种观点与之后的"两条腿走路"、"三并举"思想有着内在的联系，它意味着肯定传统戏曲剧目与现代剧目之间宽松的关系。"一九五五年中国评剧院成立时，文化部副部长钱俊瑞代表文化部提出：'评剧院今后的工作，应在继承和发展评剧艺术的基础上，积极反映现实生活题材，认真挖掘整理优秀传统剧目。'一九五七年北方昆曲剧院成立时，经周恩来总理批准的建院方针中确定：'继承和发展昆曲艺术，以演出为主，并结合演出，大力进行昆曲传统剧目的发掘、整理和研究工作。'"[2]可以看到，至少在1958年"大跃进"之前，"对现代剧目与传统剧目都应重视，并根据剧种的不同情况处理好两类题材剧目的相互关系的政策思想"[3]在戏曲界得到广泛认同。

文化部戏曲改进局的复函中也包含着20世纪50、60年代戏曲界的剧种分工思想。"所谓'分工论'的意思是，虽然政府十分强调现实题材新剧目的创作演出的意义，但是这一功能最好是由评剧、沪剧、越剧等发展时代较短，甚至还不够成熟的剧种去实现。至于像京剧、昆曲等历史悠久、表现手法成熟的剧种，就可以允许它们以演历史题材为主，不同剧种之间，

[1]《中央文化部戏曲改进局复函谈有关戏改政策的三个问题（摘录）》，见《中国戏曲志·北京卷》（下），北京：中国ISBN出版中心，1999年版，第1325页。
[2]张庚主编：《当代中国戏曲》，北京：当代中国出版社，1994年版，第698页。
[3]张庚主编：《当代中国戏曲》，第698页。

可以有这样的'分工'。"[1]这种观念究其实质就是认为京剧等剧种可以只演历史题材剧目，而不必要求创演现代戏。

剧种分工的思想在1958年之前，可以说也表明官方对于戏曲现代戏及京剧发展的一种态度。1952年，周扬在第一届全国戏曲观摩演出大会上作总结报告《改革和发展民族戏曲艺术》时说道："当我们要求戏曲表现人民新生活的时候，又必须考虑到现有各种戏曲形式和它所表现的新的内容之间可能发生的矛盾……然后按照各个剧种的发展的不同情况，凡适合于表现现代生活的，就使它在这方面得到充分的发挥，凡目前尚不适合于表现现代生活，而只适合于表现历史和民间传说的题材的，都不要强求它立刻表现现代生活，以致损害它固有的优点和特色，而只能逐步地引导它向这个方向发展。在这里，性急和粗暴是有害的。""中国戏曲，特别是京剧，多数本来是适合于表现历史故事的题材的，我们也需要有新的正确的观点来创作新的历史剧。"[2]在1954年关于戏曲的艺术改革问题的讨论中，梅兰芳谈及京剧编演现代戏时，说："我虽然介绍了几位老先生表演时装戏的成就，但京剧是否适宜于表演现代生活的问题，却还是值得更慎重地加以研究的。我曾经演过五六个时装戏，最末一个是'童女斩蛇'，以后就只向历史歌舞剧发展，不再排演时装戏了，这是由于我感觉到：京剧表演现代生活，究竟有很大的限制……穿了时装，手势、台步、表情、念白完全不是京剧舞台上固有的一套，而是按照现实生活表演，除了唱时有音乐伴奏，不唱时音乐就使用不上了。总的说，是完全脱离了原有的体系……根据我的经验，京剧虽也可以，而且确也演过时装戏，但并不是最适当的，京剧的主要任务，在目前还该是表演历史题材的歌舞剧。"[3]1956年，张庚《反对用教条主义的态度来"改革"戏曲》一文指出戏曲改革中存在的

---

[1]傅谨：《现实如何重归当代戏剧》，载《文艺争鸣》，2010年第5期。

[2]周扬：《改革和发展民族戏曲艺术》，见《中国戏曲志·北京卷》（下），北京：中国ISBN出版中心，1999年版，第1362页。

[3]梅兰芳：《对京剧表演艺术的一点体会》，载《戏剧报》，1954年第12期。

缺点和错误，其中包括戏改工作人员根据苏联关于"每个剧院每年一定要上演一定数量的新剧目"的政策，认为"戏曲一定要表现现代生活，如果某一剧种认为自己还不能表现现代生活，就被指为没有发展前途，就被冷遇起来"。针对这一现象，张庚说，花鼓、采茶、秧歌、花灯一类小戏，评戏、沪剧、锡剧等剧种在表现现代生活上有很好的条件，而地方大戏、京戏、昆曲等，我们只能对它们中间表现现代生活的自愿的实验表示同情和支持，而不能对它们作任何要求。[1]

　　吴祖光也是主张剧种分工的。他在1957年《论京剧不能适用立体布景和表现现代生活》一文中说："京剧（实际也就是所有的古典戏曲，如更老的昆曲、川剧、汉剧等等）到底是过去旧社会的产物，它的表演方法也就只可能从古代的生活条件里产生出来。它的动作也就是古代人的生活中动作的夸张和提炼，没有那样的宽衣博带，也就产生不了戏曲表演当中的长袖善舞和那些台步身段。"而舞蹈动作作为京剧表演艺术的主要部分，又和服装、头部装饰和化装、道具、音乐、歌唱、说白以及色彩等其余部分是一个完整统一的体系，形成和谐一致的美，并已臻于成熟。"历史发展到现代，人们的生活习惯和京剧里面所表现的生活现象已经越走越远了"，这就使传统的表演方法和现代生活无所适应，它也就无法完成表现现代生活的任务。"评剧之所以能够表现现代生活，在于评剧形成为一个剧种只有三四十年的历史，它的最早的'老戏'很多都是现代戏，评剧根本不能称为古典戏剧。"吴祖光指出，京剧等古典戏曲表现现代生活除了"不可能"之外，也是"不必要"的。话剧、新歌剧、新舞剧以及某些地方剧种就是表现现代生活最好的艺术形式，不会有任何困难。没有必要硬要"打鸭子上架"，把京剧"变成不伦不类的'现代剧'"，"变成无所不能的百科全书"，"可以让有才能的京剧演员安心地好好地发掘遗产，整理旧剧目，创

　　[1]张庚：《反对用教条主义的态度来"改革"戏曲》，见《张庚戏剧论文集（1949—1958）》，北京：中国社会科学出版社，1981年版，第246页。

造新的历史内容的新剧目，把古典戏曲的京剧提到更高的阶段"。[1]

剧种分工思想无论如何缺乏"学理的基础"，缺乏"历史支撑"，[2]却充分表明了戏曲界对于戏曲尤其是京剧等历史悠久的剧种表现现代生活的困难度的体认，以及随之对于戏曲尤其是京剧编演现代戏持有的谨慎态度。这也表明了在戏曲改革过程中，戏曲界对于戏曲表现现代生活过程中不可避免地颠覆戏曲表演艺术的担忧及同时对于传统的坚守姿态。而到了1958年"以现代剧目为纲"出笼、1964年京剧现代戏观摩演出大会召开，关于剧种分工思想的进一步理清工作也便被搁置了起来。

二、"以现代剧目为纲"

"十七年"戏曲现代戏第二次编演高潮出现在1958年。其时，社会经济领域的"大跃进"之风迅猛席卷文艺界包括戏曲界。这一年3月3日至5日召开的首都戏剧、音乐创作座谈会提出，戏剧、音乐创作的"大跃进"是我们当前的中心任务。3月5日，文化部发出《关于大力繁荣艺术创作的通知》，要求："现在，全国处处是生产大跃进的壮丽图景，每时每刻都出现新人新事，新道德、新风尚正在广大人民群众中生根、成长。伟大的社会主义革命和社会主义建设高潮正在要求出现一个与自己相适应的规模宏伟的社会主义文化高潮。艺术界必须反映这一伟大时代的现实，必须立即奋起直追，整饬和壮大队伍，鼓起十二万分的革命干劲，大量创作为广大工农群众所需要与喜爱的多种多样的艺术作品……现在急需创作反映我国当前的和近十年来的伟大变革、歌颂我国伟大社会主义建设者的英雄业绩的艺术作品。"[3]由此可见"大跃进"浪潮中文化领域与社会经济领域齐头并进、比学赶超的焦虑感。

---

[1] 吴祖光：《论京剧不能适用立体布景和表现现代生活》，见《吴祖光谈戏剧》，南昌：江西高校出版社，2003年版，第165—168页。

[2] 傅谨：《现实如何重归当代戏剧》，载《文艺争鸣》，2010年第5期。

[3] 《文化部关于大力繁荣艺术创作的通知》，见《中国戏曲志·北京卷》（下），北京：中国ISBN出版中心，1999年版，第1441页。

　　在戏曲界，1958年6月13日至7月14日，文化部在北京召开全国戏曲表现现代生活座谈会。"这次座谈会是建国以来第一次专题讨论戏曲工作中关于大力发展戏曲现代戏的大型会议，也是戏曲工作中第一次把戏曲现代戏的工作作为今后戏曲工作的方向提出来，所以它的影响是很深远的，在戏曲现代戏的发展史上占有不可低估的地位。"[1]7月14日，文化部副部长刘芝明在座谈会上作总结发言《为创造社会主义的民族的新戏曲而努力》，明确提出："在戏曲工作中，大力贯彻建设社会主义的总路线；以政治带动艺术，百花齐放、推陈出新；以现代剧目为纲，推动戏曲工作的全面大跃进，在大力发展现代剧目的同时，继续认真发掘和整理传统剧目，并排演新历史剧目；在充分发扬优秀的传统艺术的基础上，推陈出新，创造社会主义的民族的新戏曲，有力地为工农兵服务，为社会主义革命和社会主义建设服务。""鼓足干劲，破除迷信，苦战三年，争取在大多数剧种和剧团的上演剧目中，现代剧目的比例分别达到20%至50%。争取在三五年内有大批的现代剧目具有高度的思想性、艺术性和表演技巧，成为优秀的保留剧目。"[2]周扬在座谈会期间为全体代表和剧团讲话提出，"把戏曲表现现代生活作为一个方向提出来"，"要使戏曲艺术不仅适合于新时代的需要，而且要使它能够表现工农兵、表现新时代"。[3]出席座谈会的十二个院团向全国戏曲剧团发出了倡议书，提出"苦战三年争取现代剧目在全部上演剧目中所占比例，分别达到20%至50%，或50%以上"[4]。

　　座谈会后，1958年8月7日《人民日报》发表社论《戏曲工作者应该为表现现代生活而努力》。社论说："我国六亿人民正以史无前例的巨大规模和速度进行伟大的社会主义建设，一切文化艺术工作都在跃进再跃进，主动地积极地为社会主义建设服务……随着技术革命和文化革命普

[1]高义龙、李晓：《中国戏曲现代戏史》，上海：上海文化出版社，1999年版，第164页。
[2]刘芝明：《为创造社会主义的民族的新戏曲而努力》，见《中国戏曲志·北京卷》（下），北京：中国ISBN出版中心，1999年版，第1454页。
[3]《周扬同志谈戏曲表现现代生活问题》，载《戏剧报》，1958年第15期。
[4]《十二个戏曲剧团向全国剧团提出倡议书》，载《戏剧报》，1958年第15期。

遍而深入地展开，进一步大力发展社会主义内容的新戏曲的客观需要和趋势看来是越来越明显了。伟大的时代需要在戏曲作品中得到反映，伟大的社会主义、共产主义社会的建设者——具有敢想、敢说、敢作、敢为的共产主义风格的工农兵群众要成为文艺作品的主人公，也要在戏曲舞台占重要地位；戏曲拥有庞大的队伍和广大的观众，应该在宣传和贯彻总路线上起更大的作用；戏曲艺术在新的时代应该有新的发展，这就要大力发展社会主义内容的新戏曲。任何一种艺术形式都应当既能表现历史生活，又能够表现现代生活，否则它的发展就会受到很大的限制。运用传统的戏曲形式来表现现代人民的生活，会有一些矛盾和困难，需要克服。有些旧的程式需要突破，在开始的时候，内容和形式之间可能还不很和谐。经验证明，这是难免的，但也是完全可以逐步解决的。从这次现代剧目联合公演看来，有些剧种和剧目已经解决得很好，向来认为京剧是很难表现现代生活的，现在看来，这方面也可以作适当的努力。戏曲表现现代生活内容已经有了新的成就。表现现代生活是今后戏曲工作的发展方向……在相当长的时期内，对现代剧目强调不够，提倡不力，特别是有不少人对现代剧目要求过严，清规戒律很多，对新生事物泼冷水，伤害了创作与演出现代剧目的积极性，在戏曲改革工作中出现了保守倾向，这样就来了个现代剧目的低潮。现在在全国大跃进的形势的带动下又出现了上演现代剧目的新高潮。"[1]

在文化部于社会主义"大跃进"热潮中大力鼓动戏曲现代戏的同时，继1956年、1957年两次全国戏曲剧目工作会议倡导开放传统戏曲剧目后，1957年7月21日，梅兰芳等七位戏曲表演艺术家联合发表"不演坏戏"的意见书，随后，7月25日《人民日报》发表社论《有毒草就得进行斗争》。社论称："戏曲艺术是富有广泛群众性的艺术，每天影响着成千上万观众的思想感情。若不注意剧目的思想性和艺术性，乱放'毒草'，那就是开倒车

---

[1]《戏曲工作者应该为表现现代生活而努力》，载《人民日报》，1958年8月7日。

了。"[1]传统戏曲剧目在反右斗争中迅速噤声。戏曲表现现代生活座谈会上"以现代剧目为纲"一出，戏曲现代戏理所当然地成为1958年戏曲创演的主潮，成为"大跃进"中戏曲界跃进的主要方式和内容。"'以现代剧目为纲'的方针，把现代戏提高到不恰当的地位，与其他类型的剧目对立起来，势必在实际工作中出现'一条腿走路'的倾向。"[2]

三、"两条腿走路"和"三并举"

1958年社会主义"大跃进"浪潮里，戏曲界"以现代剧目为纲"的戏曲工作方针很快就淹没了此前周扬、田汉等人提出的戏曲剧目"两条腿走路"的思想。1958年4月，杭州越剧团带了《关不住的姑娘》等现代小戏到北京演出。周扬在约见杭州越剧团和浙江绍剧团的座谈会上，阐述了他对表现新时代和继承传统的关系的认识。周扬说，"今天的文艺工作者有一项共同的任务——在文学艺术中来表现我们的时代"，"戏剧工作者一方面要继承传统，一方面要表现新的群众时代，只抱住传统而不去从事新的创造，不表现我们的时代，是没有出息的。表现新时代和继承老传统不能偏废，有人在提倡发掘传统时就什么戏都搬出来，在提倡表现现代生活时就不要传统，显然都是片面的"。"戏曲反映现代生活，应当作为一个努力方向坚持下去，要不怕失败，要克服一切困难，要采取种种步骤和方式"。周扬认为，"一方面提倡戏曲反映现代生活，一方面重视传统，一方面鼓励创造新剧目，一方面继续整理、改编旧有剧目，双管齐下，既保存了好的传统，又发展了新的东西；这样做对戏曲改革也会有推动，会突破过去表现手法上有束缚的东西，而好的东西又不但不致丢掉，而且还可以得到发展"[3]。周扬的这次讲话被看作是戏曲发展"两条腿走路"思想的初次表达。

戏曲界对周扬关于表现新时代和继承传统的关系的阐述非常重视。

---

[1]《有毒草就得进行斗争》，载《人民日报》，1958年7月25日。
[2]高义龙、李晓主编：《中国戏曲现代戏史》，上海：上海文化出版社，1999年版，第164页。
[3]江东：《戏剧一定要表现新的群众时代——记周扬同志和演员们的一次谈话》，载《戏剧报》，1958年第9期。

《戏剧报》刊登了周扬与杭州越剧团的谈话纪要，《文汇报》也予以摘要发表。中国戏剧家协会为此专门召开了一次座谈会。在主持这次座谈会时，田汉发表讲话，重申"两条腿走路"思想："我们并非只要表现现代生活，打倒传统，而是要着重表现现代也不要放松传统……周扬同志主要告诉我们要用两条腿走路，既要明确重点，又要克服片面性。既要表现现代生活，又要继承传统。"田汉在讲话中特别讲到"关于传统和现代的正确关系问题"，他说："周扬同志说作家有两方面的任务，一是继承传统，一是表现现代；这好比两只脚走路，不能偏废，提倡传统就不分美丑好坏，把传统的箱底都翻出来，而不要表现现代；提倡现代，又百分之百地演现代剧目，把传统发掘工作停下来，把已经发掘整理的东西搁置起来，这都是片面。"田汉又引用《人民日报》社论文章分析所谓"现代"的含义："关于什么是'现代'？是广义地把五四以来有现实意义的剧目都叫现代剧呢，还是主要指写当前的生活斗争的剧目呢？这在最近以前还有过争论。党在杭州市越剧团来京演出的机会向广大戏剧工作者明确提出了迅速反映新的群众时代的生活，反映先进人物、先进事迹，为当前政治运动生产斗争服务的要求，而且痛切地说：'群众生产建设的劲头那么大，形势的发展那么快，群众对文化的要求那么迫切，热心于为群众服务的作家就不能慢吞吞地来写，等十年八年之后才端出作品来。'（见四月二十六日《人民日报》社论《要创作更多短小的文艺作品》）我们要求所有搞剧作的同行们踊跃响应党的这一号召，用又多又快又好又省的现代作品来回答这个号召！"从田汉对于"现代"含义的分析可以看到戏曲现代戏的实质，看到现代剧目与传统剧目紧张关系背后官方寄予现代戏的特殊期望。田汉又说："另一方面，我们挖掘传统，整理传统，向传统学习，上演传统剧目，又绝不是与现代无关而是为了现代。拿传统中的有益的精华的部分来教育现代，拿它的虽无大益而有技术的部分来娱乐现代。"[1]座谈会后，《戏剧报》在刊

---

[1] 田汉：《用两条腿迈向戏剧的新阶段》，见《田汉全集》第17卷，石家庄：花山文艺出版社，2001年版，第274—281页。

载座谈会发言纪要时，田汉亲笔题写了《用两条腿迈向戏剧的新阶段》的标题。从此，"两条腿走路"的剧目方针就被正式确立起来。

而在"大跃进"中，传统剧目严重受挫，现代戏一条腿走路成了戏曲界的事实。实际上，刘芝明在1958年全国戏曲表现现代生活座谈会的总结发言中还说，"所谓两条腿：一是现代剧目，另外一条就是传统剧目"，"在一定的历史时期内，用两条腿走路，对于戏曲的发展和繁荣是有好处的"。虽然如此，"大跃进"的狂热浪潮还是完全淹没了"两条腿走路"思想，"以现代剧目为纲"仍然成为其时戏曲工作的指导方针。

直到"大跃进"热潮过后，1959年5月3日周恩来邀约人大代表、政协委员中部分文艺界代表和委员及北京部分文艺界人士在中南海紫光阁座谈，在座谈会上周恩来发表了《关于文化艺术工作两条腿走路的问题》的讲话，称"两条腿走路，就是对立面的统一"，"这是我们的哲学思想，也是我们重要的工作方法"。周恩来倡导"文化艺术工作也要两条腿走路"，"总之，要从思想到工作方法，学会两条腿走路，以便做好我们的工作，同心同德，群策群力，推动我们的文化艺术工作不断前进"。在戏曲领域，"两条腿走路"被重新提出来以纠正"以现代剧目为纲"。这一年年初，田汉在《戏剧报》第一期发表文章指出今后戏曲工作"两条腿走路"的指导思想，指出1958年"大跃进"期间的偏向，即"把传统剧目又摆在无足轻重的地位"，"甚至走得更远，现代剧占的比例到百分之八九十甚至百分之百"，"我们不能一条腿，或一条半腿走路，必须用两条腿"。[1]

"两条腿走路"作为戏曲改革中剧目发展的思想，形容的是戏曲剧目发展中现代戏与传统戏的关系，它在"比喻在发展现代戏的同时不可偏废传统剧目"[2]的同时，实际上，也强调在这样的一种剧目发展过程中传统戏曲之于现代戏的重要意义。

---

[1] 田汉：《从首都新年演出看两条腿走路》，载《戏剧报》，1959年第1期。

[2] 傅谨：《新中国戏剧史（1949—2000）》，长沙：湖南美术出版社，2002年版，第76页。

20世纪50年代末60年代初形成的历史剧创作高峰，直接促成了戏曲剧目发展思想从"两条腿走路"到"三并举"的完善。1960年4月13日至29日，文化部在北京举办了现代题材戏曲剧目观摩演出。4月29日，时任文化部副部长的齐燕铭在观摩演出大会的总结报告中提出"三者并举"的口号。5月7日，齐燕铭在《北京日报》上发表文章提出："我们要大力发展现代剧目，积极整理、改编和上演传统剧目，多多提倡编写和演出新观点的历史剧，使我们戏曲事业从各方面更加繁荣。"[1]

文学家、戏剧家、书法篆刻家
齐燕铭像

现代题材戏曲剧目观摩演出大会之后，1960年5月15日，《人民日报》发表社论《戏曲必须不断革新》。社论肯定了1958年"大跃进"以来戏曲现代戏的"极大的成就"："现在，戏曲表现现代生活已经获得了显著进步，前途无限广阔、光明"，"这就要求全国戏曲艺术工作者，必须继续鼓足干劲，深入群众，学习马克思列宁主义，学习毛泽东同志的著作，继续改造和提高自己的思想，丰富文化知识，提高文艺修养，提高技巧，永远做新生事物的歌颂者和促进派，成为戏曲战线上的又红又专的战士"。社论最后说："我们在提倡现代剧目的时候，决不要忽视继续整理传统剧目的工作。我们应该坚持在为工农兵服务的共同方向下，做到戏曲题材、风格的多样化。应该大力提倡艺术上的自由竞赛，贯彻'百花齐放'的方针。这次参加观摩演出的京剧、沪剧、豫剧、评剧、庐剧、曲剧以及全国各个剧种，都各有不同的艺术特点和风格。每个剧种都各有自己的发展途径。这里，各级文化主管部门和戏曲工作者必须特别注意：人民群众的爱好是多方面的。传统剧目正随着时代的进步而不断革新，它们获得广大观众的喜爱。现代剧目的上演，必将进一步推动传统剧目的革新。为了丰富人民的文化

---

[1] 齐燕铭：《现代题材戏曲的大跃进》，见《中国戏曲志·北京卷》（下），北京：中国ISBN出版中心，1999年版，第1471页。

生活，我们要大力发展现代题材剧目，同时积极改编、整理和上演优秀的传统剧目，还要提倡以历史唯物主义观点创作新的历史剧目，三者并举。各剧种、剧团可以根据自己的条件和特点，妥善安排，以满足广大人民群众多种多样的欣赏需要。这样才能正确地贯彻党的'百花齐放，推陈出新'的方针，更好地适应社会主义建设的继续跃进的形势，更好地推动戏曲事业不断革新。我们相信，在党的领导下，经过全体戏曲工作者的共同努力，我们一定能够创造出更多更好的社会主义的新戏曲，在舞台艺术上作出新的贡献。"[1]至此，"三并举"思想被确定为指导剧目工作的方针。

　　无论是"两条腿走路"还是"三并举"，都是戏曲改革过程中关于传统戏、现代戏和新编历史剧关系的重要的理论表达，至今仍得到基本肯定。要注意的是，"两条腿走路"和"三并举"剧目政策的产生，有其特殊的社会历史背景，针对的是20世纪50年代末形成的戏曲剧目严重失衡的局面，目的是打破现代戏一枝独秀的状况，为传统剧目及后来的新编历史剧争得一席之地。

四、从"大写十三年"到"京剧革命"

　　1962年9月24日，中共八届十中全会在北京召开，毛泽东在会上提出"千万不要忘记阶级斗争"，要求"阶级斗争必须年年讲、月月讲、天天讲"。在这次会议上，小说《刘志丹》遭到批判，对戏曲《李慧娘》、《海瑞罢官》、《谢瑶环》的批判也呼之欲出。八届十中全会后，毛泽东对文艺领域投以更大的关注。1962年12月21日，毛泽东就文艺问题发表意见说："对资本主义要有一些人专门研究，宣传部门应多读点书，也包括看戏。有害的戏少，好戏也少，两头小中间大。帝王将相、才子佳人多起来，有点西风压倒东风，东风要占优势。"[2]柯庆施"大写十三年"口号就是在这样的背景下出笼的。

---

　　[1]《戏曲必须不断革新》，载《人民日报》，1960年5月15日。
　　[2]陈晋：《毛泽东与文艺传统》，北京：中央文献出版社，1992年版，第273—274页。

1963年1月4日，中共华东局第一书记、上海市委第一书记、上海市市长柯庆施在上海文艺界新年联欢会上发表讲话，提出"大写十三年"口号："解放十三年来的巨大变化是自古以来从未有过的。在这样伟大的时代、丰富的生活里，文艺工作者应该创作更多更好的反映伟大时代的文学、戏剧、电影、音乐、绘画和其他各种形式的文艺作品。今后在创作上，作为领导思想，一定要提倡和坚持厚今薄古，要着重提倡写解放十三年，要写活人，不要写古人、死人。我们要

柯庆施像

大力提倡写十三年——大写十三年！"[1]柯庆施"大写十三年"的讲话1月6日在上海《文汇报》和《解放日报》刊登后，引起全国文艺界的轩然大波。在北京，周扬、林默涵、邵荃麟等人坚决反对"大写十三年"口号。

但是几个月之后，柯庆施得到了毛泽东的明确支持。1963年12月12日，毛泽东在中宣部编印的《文艺情况汇报》第116号《柯庆施同志抓曲艺工作》上作了批示："此件可以一看。各种艺术形式——戏剧、曲艺、音乐、美术、舞蹈、电影、诗和文学等等，问题不少，人数很多，社会主义改造在许多部门中，至今收效甚微。许多部门至今还是'死人'统治着。不能低估电影、新诗、民歌、美术、小说的成绩，但其中的问题也不少。至于戏剧等部门，问题就更大了。社会经济基础已经改变了，为这个基础服务的上层建筑之一的艺术部门至今还是大问题。这需要从调查研究着手，认真抓起来。许多共产党人热心提倡封建主义和资本主义的艺术，却不热心提倡社会主义的艺术，岂非咄咄怪事。"[2]这一年，毛泽东多次讲话对戏曲界及整个文艺界的状况作负面评论。9月，毛泽东在中央工作

---

[1]叶永烈：《"四人帮"兴亡》中卷，北京：人民日报出版社，2009年版，第499页。
[2]黎之：《文坛风云录》，郑州：河南人民出版社，1998年版，第411页。

会议上说："文学艺术部门、戏剧、电影等，也要抓一下推陈出新问题。舞台上都是帝王将相、家院丫环。内容要变一变，形式也要变一变，例如水袖等等。推陈出新，出什么？出封建主义、资本主义？旧形式也要推陈出新。按照这个样子，20年以后就没有人看了。上层建筑，总要适应经济基础。"11月，毛泽东又说："我们有了方向不等于执行了方向，有方向是一回事，执行方向又是一回事。一个时期，《戏剧报》尽宣传牛鬼蛇神。文化部不管文化，封建的、帝王将相的、才子佳人的东西很多，文化部不管。""文化工作方面，特别是戏曲，有大量的封建落后的东西，社会主义的东西很少。在舞台上无非是帝王将相、才子佳人。文化部是管文化的，应当注意这方面的问题。要好好检查一下，认真改正。如不改，文化部就要改名字，改为帝王将相部、才子佳人部，或者外国死人部。"[1]到了1964年，毛泽东写出关于文艺问题的第二个批示。这年的6月27日，毛泽东在中宣部汇报各地学习毛泽东关于文艺问题的第一个批示状况的《关于全国文联和各协会整风情况的报告》中写道："这些协会和他们所掌握的刊物的大多数（据说有少数几个是好的），十五年来，基本上（不是一切人）不执行党的政策，做官当老爷，不去接近工农兵，不去反映社会主义的革命和建设。最近几年，竟然跌到了修正主义的边缘。如不认真改造，势必在将来的某一天，要变成像匈牙利裴多菲俱乐部那样的团体。"[2]在这样的情况下，戏曲现代戏编演与否，舞台上表现的是工农兵，表现的是社会主义革命和建设，还是封建的、帝王将相的、才子佳人的东西，就已经不再是戏曲发展的问题，而演变成为一个阶级斗争的重要问题。1964年的全国京剧现代戏观摩演出大会，同样明确了演不演戏曲现代戏尤其是京剧现代戏的阶级斗争性质。

　　1964年6月5日至7月31日，京剧现代戏观摩演出大会在北京召开，历

---

[1] 黎之：《文坛风云录》，郑州：河南人民出版社，1998年版，第410页。

[2] 黎之：《文坛风云录》，第440页。

全国京剧现代戏观摩演出
大会会刊

毛主席与京剧现代戏演出观摩人员

时近两个月，共35个京剧现代戏剧目参加演出，盛况空前。党和国家领导人毛泽东、周恩来、彭真、陆定一等先后出席会议，观看演出。周恩来、彭真、陆定一、周扬等为大会作了八次报告和讲话，将京剧现代戏提到了一个前所未有的高度。

6月5日中共中央政治局候补委员、国务院副总理陆定一在京剧现代戏观摩演出大会开幕式上发表了题为《让京剧现代戏的革命之花开得更茂盛》的讲话。陆定一指出，举行这样大规模的京剧现代戏观摩演出"对京剧和戏曲界都是一件具有革命意义的大事"。陆定一用阶级斗争论解释了建国后戏曲改革过程中出现的一些现象，指出阶级斗争可以在京剧工作中有所表现。陆定一说，最近京剧舞台上出现了许多鬼戏和坏戏，这是资产阶级和封建势力对社会主义的疯狂进攻，戏剧界不能被所谓"有鬼无害论"蒙骗。社会主义的戏剧，必须为社会主义革命和社会主义建设服务。我们不反对优秀的传统剧目（如三国戏、水浒戏、杨家将戏等）以及优秀的神话戏（如《大闹天宫》、《三打白骨精》）等的演出，但还应提倡用历史唯物主义观点新编有教育意义的戏，特别是鸦片战争以来的近代历史戏，但京剧领域更需要"开一朵革命的鲜花"。京剧领域的斗争也是一场与帝国主义者和现代修正主义者进行的阶级斗争。我们要向革命的、健康的方向发展，使京剧改革不仅具有国内意义，更要具有国际意义。京剧现代戏以革命的精神教育了观众，京剧演员也因演现代戏改变了自己的精神风貌，同工农兵结合起来，京剧现代戏在各地都受到了热烈的欢迎，这样的改革"好得很"。[1]

7月1日彭真在京剧现代戏观摩演出大会上发表讲话。他说，过去的京剧"长期基本上是为封建主义、资本主义服务的"，现在是要把它"改革成为一个为工农兵服务、为社会主义服务的艺术"，"这是文艺界的一件大事情，是一场大革命。这个革命，现在已经取得初步胜利"。京剧"一定要改革，非改革好不可"，这是因为，社会主义社会的京剧"为社会主义服务"，要"演有利于社会主义革命和社会主义建设的戏"，要"为绝大多数工农兵（包括革命的知识分子）服务"，"这是一个根本性的问题"。至于怎样改革，涉及到京剧"内容和形式问题"。"京剧的内容应该是革命的思想内容"，但是，"革命的内容应该和京剧独特的艺术风格统一起来"，这正是京剧"改革的困难"所在。这涉及到两个问题："一个是京剧的程式要不要改革？"京剧的程式原来是演古人的，而现在主要是要演现代人，演工农兵，那么势必要有所改革。"另一个问题是，对别的艺术的好的东西要不要吸收？"京剧本就是吸收其他剧种优势而发展起来的，但在吸收其他剧种优势的同时，也应保持一个统一的京剧艺术的风格。[2]在京剧现代戏观摩演出大会的闭幕式上，彭真又一次发表讲话：京剧艺术已经进入了新的阶段，当前根本的矛盾是社会主义道路和资本主义道路的矛盾、无产阶级和资产阶级的矛盾，也表现为马克思列宁主义和修正主义的矛盾。京剧为工农兵服务，为社会主义服务，就会有光明的前途。[3]无论是陆定一的讲话，还是彭真的讲话，都明确地把京剧编演现代戏从戏曲改革的艺术问题转变成为一个革命的、阶级斗争的问题。

正是在这次京剧现代戏观摩演出大会上，江青"登台亮相"，第一次

[1]陆定一：《让京剧现代戏的革命之花开得更茂盛》，载《人民日报》，1964年6月6日。
[2]彭真：《在京剧现代戏观摩演出大会上的讲话》，载《红旗》，1964年第14期。
[3]《京剧现代戏观摩演出大会在京闭幕》，载《人民音乐》，1964年第Z1期。

演说，从此开始她在戏曲领域公开的角色扮演。1964年6月23日，江青出席了周恩来召集的京剧现代戏观摩演出大会部分演出人员座谈会，并以《谈京剧革命》为题发表了讲话。在这篇毛泽东予以"讲得好"评价的讲话中，江青重复着毛泽东在60年代初对文艺界尤其是戏曲界的忡忡忧心："在共产党领导的社会主义祖国舞台上占主要地位的不是工农兵，不是这些历史真正的创造者，不是这些国家真正的主人翁，那是不能设想的事。我们要创造保护自己社会主义经济基础的文艺。在方向不清楚的时候，要好好辨清方向。"江青提供了两个数字："第一个数字是：全国的剧团，根据不精确的统计，是三千个（不包括业余剧团，更不算黑剧团），其中有九十个左右是职业话剧团，八十多个是文工团，其余两千八百多个是戏曲剧团。在戏曲舞台上，都是帝王将相、才子佳人，还有牛鬼蛇神。那九十几个话剧团，也不一定都是表现工农兵的，也是'一大、二洋、三古'，可以说话剧舞台也被中外古人占据了……第二个数字是：我们全国工农兵有六亿几千万，另外一小撮人是地、富、反、坏、右和资产阶级分子。是为这一小撮人服务，还是为六亿几千万人服务呢？这问题不仅是共产党员要考虑，而且凡有爱国主义思想的文艺工作者都要考虑。"江青指出今后戏曲舞台的首要任务是"反映建国十五年来的现实生活"，"塑造出当代的革命英雄形象来"。[1]

京剧现代戏观摩演出大会结束之后，《人民日报》发表社论《把文艺战线上的社会主义革命进行到底》。社论称："京剧现代戏观摩演出大会，是京剧艺术的一场大革命，它在我国戏剧史上写下了光辉的一页。这个大革命，把京剧推向为工农兵服务、为社会主义服务的崭新阶段。""社会主义的舞台，是社会主义重要的思想阵地。在社会主义的舞台上，是宣传封建阶级思想、资产阶级思想，还是宣传无产阶级思想，这是资本主义同社会主义两条道路的斗争……京剧要不要革命、演不演革命的现代戏，是意

---

[1] 江青：《谈京剧革命》，载《红旗》，1967年第6期。

参加1964年全国京剧现代戏观摩演出大会的《红灯记》，李少春在其中扮演李玉和。

1964年7月17日，毛泽东等观看京剧《智取威虎山》演出后和演员们合影。

识形态上一场剧烈的阶级斗争。在这一场阶级斗争中，京剧革命现代戏的胜利演出，有着特别重大的意义。"[1]

1964年的京剧现代戏观摩演出大会前后形成了建国后戏曲现代戏创演的第三个高潮。除了参加京剧现代戏观摩演出大会的《红灯记》、《芦荡火种》、《智取威虎山》、《奇袭白虎团》、《节振国》、《红嫂》、《红色娘子军》、《草原英雄小姐妹》、《黛诺》、《六号门》、《杜鹃山》、《洪湖赤卫队》、《红岩》、《革命自有后来人》、《朝阳沟》、《李双双》、《箭杆河边》等三十七个现代戏剧目之外，各地纷纷举办现代戏观摩演出，编演现代戏。

1964年的京剧现代戏观摩演出大会为现代戏定性，现代戏尤其是京剧现代戏创演被赋予无产阶级在戏曲领域斗争胜利的标志，这直接开启了"文革"戏剧时代。"京剧现代戏观摩演出大会对全国各地创作上演现代戏的推动作用是不言而喻的，从柯庆施提出有争议的口号'大写十三年'到北京举行的京剧现代戏观摩演出，中国戏剧演出的整体格局发生了彻底变化。"[2]

[1]《把文艺战线上的社会主义革命进行到底》，载《人民日报》，1964年8月1日。
[2]傅谨：《新中国戏剧史（1949—2000）》，长沙：湖南美术出版社，2002年版，第109页。

第十二章 "北焦南黄"：探索中国的演剧理论

第一节 概述

2012年北京人艺建院60周年庆典活动让20世纪50、60年代北京人艺副院长和总导演焦菊隐的名字再一次鲜亮。2012年6月12日，焦菊隐的儿子在人民大会堂为父亲领取北京人艺向作出贡献的老一辈戏剧大家致敬的奠基杯。同时被授予奠基杯的还有曹禺、欧阳山尊、赵起扬等人。

1952年北京人艺建院时，赵起扬、曹禺、焦菊隐、欧阳山尊连续一周每天开会六小时构想人艺蓝图。

曾任北京人艺院长的曹禺说过，北京人艺可以没有其他人，"但是如果没有焦菊隐，就没有北京人艺的艺术成就"[1]。曹禺称，"在北京人艺的发展史里"，焦菊隐是"应该长久被我们记住的名字"。[2] 而在2005年纪念焦菊隐百年诞辰之际，田本相这样评价："百年中国话剧历史成就甚多，但是最有代表性的成就，一是曹禺先生的剧作，它成为话剧剧作最具特色的代表，二是焦菊隐先生所创立的北京人艺演剧学派。"[3]

---

[1] 田本相：《焦菊隐在中国话剧史的地位和意义》，载《中国戏剧》，2006年第1期。

[2] 曹禺：《纪念北京人艺建院三十周年》，见《曹禺全集》第6卷，石家庄：花山文艺出版社，1996年版。

[3] 曹禺：《纪念北京人艺建院三十周年》，见《曹禺全集》第6卷。

　　焦菊隐已经被公认为一位在中国现代戏剧史上作出卓越贡献的大师级人物。作为北京人艺的总导演，他又是一位"出色的作家"、"优秀的翻译家"和"杰出的学者"。[1]他办过戏曲学校，对中国戏曲有深厚的研究和欣赏的态度；他在巴黎大学做戏剧研究获得博士学位，熟悉西方现代戏剧思想；他经由丹钦科系统学习斯坦尼斯拉夫斯基体系；他像丹钦科一样，始终不懈地走在为"创造新的戏剧艺术"而献身的殉道者的道路上；同时，他对中国话剧在20世纪历史情境中衍生和演变的诸多命题勤于思考、勇于担当。凡此种种，使得焦菊隐能够融汇中外，创新自成，创立北京人艺演剧学派，为中国现代演剧理论贡献出相对系统完整的思想。

　　焦菊隐在20世纪为中国话剧舞台艺术探索出一条极具民族风格的道路。他认识到导演对于现代演剧的重要性，从而投身导演理论和实践。他作为导演的志向也不仅仅是排演数个作品，而是与创造一种新的戏剧艺术、创立一所新的剧院、建立一套发挥演员创造性的训练方法和教育体系乃至艺术至上的行政制度等密切相关。他在理论探索的前期，基于中国话剧演剧的具体实际，创造性地运用斯坦尼斯拉夫斯基体系，提出"心象说"，以指导中国演员创造舞台形象。"心象说"已经成为培养中国话剧演员的重要方法。1956年起，他开始不断深入地探索汲取戏曲精神创建民族化的话剧风格，明确和奠定了北京人艺话剧民族化发展道路，实现了"五四"以降诸多话剧导演的梦想，启示了一大批后来者。没有人会否认，在今天，理解和继承焦菊隐的演剧理论，是中国话剧走向未来的重要前提。

　　如果说，焦菊隐代表着斯坦尼斯拉夫斯基体系的中国道路，与之相应，黄佐临则代表着与斯坦尼斯拉夫斯基体系相对的布莱希特体系在中国的影响。邹红曾经对20世纪50、60年代焦菊隐和黄佐临的经历作过比较，她说："这时期真正活跃在话剧舞台上的只有两人，即黄佐临和焦菊隐。前者

────────────

[1] 邹红：《焦菊隐戏剧理论研究》，北京：北京师范大学出版社，1999年版，第3页。

为上海人民艺术剧院院长，后者为北京人民艺术剧院总导演，一南一北，正形成双峰并峙之势，当时话剧界所谓'南黄北焦'之说，便由此而来。不过话虽如此，由于种种现实因素的制约，在50、60年代，黄佐临可以驰骋的舞台天地远不及焦菊隐宽阔，其成就、影响也较焦菊隐略逊一筹。直到80年代以后，黄佐临因其倡导写意戏剧而声誉日隆，遂取代焦菊隐而成为中国话剧导演的领军人物。在焦、黄二人这种影响、地位的转换背后，可以说隐含了中国当代话剧导演理念的重大变化。"[1]

"南黄北焦"代表着中国现代话剧观念的两个方向，对20世纪后半叶中国戏剧理论批评有着重要影响。早在1925年，黄佐临在英国伯明翰大学学习商科期间，就开始涉足戏剧创作。他所撰写的短剧《东西》和《中国茶》曾得到英国著名戏剧家萧伯纳的赞赏。1935年，黄佐临再次赴英深造，就读于剑桥大学皇家学院，专门从事莎士比亚研究，同时还在伦敦戏剧学馆学习导演技巧。也就是说，与焦菊隐类似，黄佐临同样是在西方语境中系统地学习了"话剧"这种原本就根植于西方文化土壤中的艺术形式，故而他对于话剧艺术的审美本质特性有着精准的把握。值得注意的是，1929年黄佐临回国后，曾直接参与南开中学的话剧活动。这一年，为了庆祝建校二十五年，南开新剧团特地排演了高尔斯华绥的名剧《争强》。观赏过该剧后，黄佐临撰写了题为《南开公演〈争强〉与原著之比较》的评论文章。在剧中饰演主角之一"安敦一"的曹禺读完此评论后，"通过《大公报》查到作霖[2]的地址，亲自登门拜访"[3]。由此不难推知，这篇文章中的主要观点带给南开话剧活动者极大的启示。然而，由于黄氏的戏剧活动一直游离于被当时的戏剧界视为主流的"左翼"戏剧活动之外，因此，他的戏剧思想和理论主张并未受到重视。在建国后的"十七

---

[1] 邹红：《焦菊隐到黄佐临：中国当代话剧导演理念的二度转向》，载《文艺研究》，2007年第7期。

[2] 黄佐临，原名黄作霖。

[3] 纪宇：《喜剧人生·黄佐临》，济南：山东画报出版社，1996年版，第33页。

年"时期，当斯坦尼表导演理论在中国语境下被狂热地追捧，并被树立为绝对权威的话剧创作指导思想时，黄佐临却敏锐地发现，此种以在舞台上制造幻觉为目的的戏剧理论观念严重地束缚了中国话剧工作者的艺术创作思维，以至于他们居然认为这是话剧唯一的表现方式。有鉴于此，他提出"三大体系"说与"写意的戏剧观"，意在开阔话剧工作者的理论眼界，提醒他们戏剧的表现形式应当多样化，而不能仅尊斯坦尼一家之言。尽管在20世纪50、60年代，黄佐临的戏剧观念并未受到当时戏剧界的重视，甚至还被嘲讽和曲解，但是时隔近二十年后，当中国的戏剧工作者回顾黄佐临的戏剧主张时，他们也不得不承认，黄氏的戏剧理论主张是具有前瞻性的。

第二节　导演中心论

在北京人艺建院六十周年纪念中，"导演为主导的生产体系"被认为是使北京人艺长时间延续辉煌、保持旺盛的艺术生命的重要原因之一。"导演主导的艺术生产体系"，"实际上在某种意义上抵制了行政在各个创作部门的牵制"，保证了作品的艺术性。北京人艺"导演为主导的生产体系"正是由焦菊隐一手建立，并且"一直被人艺延续下来"。"在这样一种生产体系的保护下剧目能不断出来"，"人艺优秀的剧目都有一个导演在制作中起着重要的作用"。[1]

焦菊隐在北京人艺建立起"导演为主导的生产体系"与他对导演在一个剧目、一所剧院中应该扮演的角色和工作的理解相关。焦菊隐于20世纪30年代末40年代初开始导演实践。1939年10月在桂林，焦菊隐作为执行导演之一参导夏衍的话剧《一年间》，这是他从事导演工作的开端。1940年秋天，他为广西国防艺术社独立执导曹禺的《雷雨》。在正式进入导演工作

---

[1]童道明等：《北京人艺六十周年五人谈：开放传统中走向未来》，载《北京日报》，2012年6月14日。

领域之前，焦菊隐已经表现出对导演工作的重视和兴趣，并早已开始了相关理论的学习和探索。

早在1927年，焦菊隐在《"职业化"的剧团》一文中考察中国话剧发展状况，分析演剧失败原因，同时倡导纯职业剧团运作时，就已经论及导演对于演剧的重要性。在早年的这篇文章中，焦菊隐也隐约表露出建立职业化剧团的愿望，他说："我们若想使剧团的生命延长，工作有效，非使其职业化不可，若想不一试即败，则也非使其先职业化而后职业不可。我希望有人能也肯出来创办，计划中处处要看实际，似从前北京艺术剧院的计划，恕我不该说，仿佛有些痴人说梦吧。"[1]

焦菊隐在20世纪30年代完成的博士论文《今日之中国戏剧》中分析认为，导演在中国戏曲中不占地位的现象与戏曲的表演程式相关，戏曲演员入行即开始学习一个行当的程式，"戏曲教师预先充当了学生们的导演，待到他们成为演员，熟谙演出的程式之后便不需要导演了。一出戏演得成功与否完全靠他们自身的努力、他们的表演和他们的才能"[2]。

焦菊隐在《桂剧之整理与改进》一文中把戏曲程式称为"拼字体系"，再次论述到戏曲要求演员掌握程式而不需要导演的现象。焦菊隐说："旧戏里没有导演。原因是伶人从师傅手里把技巧学习娴熟，自己应行各戏也已能演，大家合拢起，便成一戏，就再也没有'导演'之必要。"在焦菊隐看来，这种现象并非不需要改变。他说："殊不知，照旧剧的传习惯例，演员只知道戏中自己的部分，甚至其他角色的戏词和动作，都还不甚清楚，表演时，大家临时合作，如何能紧张出色。况且有的戏久不上演，也会生疏，即兴演剧，小之使剧情松懈，大之歪解主题。至于全剧中心空气，以及各个人物性格的特殊描写，更无法使之强化。桂戏的上演，倘求精彩独到，则非有了解艺术理论的导演不可，所以桂戏剧团的组织中，应

————————

[1]焦菊隐：《"职业化"的剧团》，见《焦菊隐文集》第1卷，北京：文化艺术出版社，1986年版，第7页。

[2]焦菊隐：《今日之中国戏剧》，见《焦菊隐文集》第1卷，第199页。

当一律加入导演一席，他的职责是在统一戏剧空气，系紧并调谐动态声音曲乐，及规定人物性格，发挥剧本的意识。"[1]

1941年的《旧剧新诂》一文重申了上一观点，"旧剧的拼字体系下，又造成了导演制度的阙如"，"演员在投师学艺的时候，把演出技巧及单位差不多早已学会，而且一切旧有剧本全经教师一一排练过。所以在正式从业时，不再需要导演。旧戏剧本的导演，事实上，就是演员旧时的教师"，"旧剧从来没有导演，因为它的演出只凭各种演技单位的拼凑，所以绝不需要导演"。在这篇文章中，焦菊隐也批评了戏曲的这一现象，比如，"拼字体系不仅使旧剧的导演制度不需要存在，而且把后台的一切组织变得极为机械"，后台严格分工后，管衣箱的、管检场的、管音乐的，只管自己的事，"分外的事绝对不去多事"，而且对剧本不必有所了解，"每个人都变成一个机械的单元，合起来，造成演出的整体"，"因此，如果我们走到旧剧的后台，在那里所见到的，似乎丝毫没有戏剧的空气，在那里，演剧简直是一个绝对机械的行动"。[2]

从焦菊隐20世纪20年代开始的戏剧理论研究论述中，可以看出他对于导演工作的重视。而投身导演实践，使焦菊隐对于导演的创造性工作及其重要性有了更加深切的体会。导演《雷雨》后，焦菊隐在1941年的《关于〈雷雨〉》一文中阐述自己对作品的认识和导演的意图。在这篇文章中焦菊隐谈到了他对导演的能动性、创造性的理解和肯定。他说："我不是支持英国戈登·克雷式文学的主张，我也不赞成梅耶荷德以私人的立场来任意解释人物，但导演能给剧本一个时代的新生命是现在新剧坛公认的权利。不过导演没有自己，他生在哪一个时代、哪一个环境，他就得顺着那一个时代、那一个环境的要求，给那一时代、那一环境一个满足，一个预示。

---

[1] 焦菊隐：《桂剧之整理与改进》，见《焦菊隐文集》第1卷，北京：文化艺术出版社，1986年版，第336页。

[2] 焦菊隐：《旧剧新诂》，见《焦菊隐文集》第2卷，北京：文化艺术出版社，1988年版，第148页。

这种导演政策，在中国方在萌芽，或者大胆地说，正在创始，自然不会马上有惊人的成功。我个人不计失败，很愿一直往此方向迈进，虽然这次《雷雨》的导演在这一点上没有成功。"[1]

　　同年焦菊隐在宋之的话剧《刑》演出之前写作《〈刑〉及其演出》一文。《关于〈雷雨〉》和《〈刑〉及其演出》两篇短文"可以看作是焦菊隐研究重心转向导演领域的一个标志，自此以后，他的主要兴趣便放在了导演理论及实践上"[2]。《〈刑〉及其演出》再次强调导演让剧本"获得舞台上的生命"的重要作用，强调"没有导演便没有戏剧"，由此阐明他对"导演中心制"的认同。他说，"剧本是文学而戏剧是艺术"，"剧本若不搬上舞台，就永远不能完成它的艺术价值与效能"，文学剧本倘要获得舞台上的生命，就"必须把这个重责寄托在导演的身上"，"怎样给剧本一个舞台上的生命，那就是导演的任务了"。"剧本的创造者是剧作家，而上演的剧本的生命，则是导演赋予的。导演不是剧作家的代言人或解释者，他是舞台戏剧的创造者。没有导演便没有戏剧。这便是'导演中心制'的真意义。"焦菊隐又说："导演应当弥补剧本的缺失。凡是剧作家疏略，或者在上演时与主题有矛盾的地方，删改都是当然的事。不仅如此，导演更应根据'给予剧本以一另外的生命'的立场来给旧剧本一种新意识的解释。人物的性格，精神的发挥，空气的造成，导演都应有一个通盘的创造。"焦菊隐强调导演在演剧过程中的"全权"，他说："这不是不尊重一个剧本及其作者，反是为了更明确地创造剧本的另一生命所必须的忠实的努力。"可以看到，其时，焦菊隐已经接触到斯坦尼斯拉

1935年梅兰芳访问苏联期间与斯坦尼斯拉夫斯基合影。

---

　　[1]焦菊隐：《关于〈雷雨〉》，见《焦菊隐文集》第2卷，北京：文化艺术出版社，1988年版，第56页。
　　[2]邹红：《焦菊隐戏剧理论研究》，北京：北京师范大学出版社，1999年版，第28页。

夫斯基体系。他在提到"导演中心制"时也提到"表演中心制"，称："导演中心制是对待剧本的文学价值论而产生；表演中心制，又是为了赋予戏剧以舞台生命之统一性而产生，所以是互相关联的。这和排戏的程序及其理论毫不相违。相反地，也正是斯坦尼斯拉夫斯基体系所以提出的动机。斯氏体系仅是一个排戏的最进步的方法，要通过这种方法，给予舞台上的戏剧一个更有灵魂的生命。"[1]应该说，1952年建院之初北京人艺"四巨头"提出的"要把北京人民艺术剧院办成像莫斯科艺术剧院那样具有世界第一流水平，而又有民族特色和自己风格的话剧院"的理想和目标中，已经包括"导演中心制"的思想。在"导演中心制"思想的指导下，作为人艺党委书记的赵起扬始终保障焦菊隐在艺术上的全权，才使北京人艺在焦菊隐的带领下坚持话剧民族化探索，并且能够在50、60年代复杂多变的政治环境下为中国话剧史创作出《茶馆》等经典作品。

1941年末焦菊隐开始翻译丹钦科的回忆录《文艺·戏剧·生活》，这使得他对导演的理解更加深刻、全面，而且因为在个人生活和艺术追求过程中面临的境遇与丹钦科极其相似，因此他从丹钦科那里获得了巨大的精神支持和鼓舞。焦菊隐开始将导演理论和实践视为人生志向，并且在这条道路上以丹钦科为前驱者指引自己不懈前行。丹钦科一方面为焦菊隐树立了献身艺术生活、为艺术战斗不已的殉道者形象，另一方面也为焦菊隐提供了一种可以借鉴的非常具体的戏剧事业图景。焦菊隐这样概括丹钦科一生的戏剧活动中相互联系着的成就：

一、为了创造一个新的剧场，必须培植成为这样剧场骨干的新的演员。于是，丹钦科首先和旧的戏剧教育方法作斗争，给戏剧学校的行政、训练、课程、教授法等等，重新建立一个新的制度。

二、为了使新演员发挥他们的创造性，必须反对采用程式化的、形式主义的、肤浅的、庸俗的、无内容的剧本。于是，丹钦科专心去

[1] 焦菊隐：《〈刑〉及其演出》，见《焦菊隐文集》第2卷，北京：文化艺术出版社，1988年版，第62—63页。

发掘、团结、鼓舞一向被忽略或者被残害的作家，去培植和艺术剧院怀着同样理想的作家；并且改编文学巨著和发扬文学遗产。

三、为了使这样的剧本的价值不受损害，必须摧毁旧的导演和表演的方法。于是，丹钦科提出"导演是一面镜子"，"导演必须死而复生在演员的创造中"，"导演是教师，又是组织者"和"演员内心体验"的理论。

四、为了保证这种理论在实践上的实现，必须使"行政屈服于演出之下"。于是，丹钦科实行了"戏剧行政是为演出而存在"的集体创造制度。[1]

1952年之后，作为北京人艺总导演的焦菊隐，为自己绘制出来的艺术追求目标无疑与他综括出的丹钦科的四种成就息息相关。他对导演的理解显然不仅仅与排演作品有关，还与剧院、表导演方法、教育制度、行政制度等等有关。

1951年，成功导演《龙须沟》之后，焦菊隐在《我怎样导演〈龙须沟〉》和《导演的艺术创造》两篇总结性的理论文章中完整地论述了导演二度创造的工作的内容范围，包括以"有机的人体和无机的声、光、颜色，以及点、线、面、体积与节奏气氛等等""重现"原剧本的形象，"实现原剧本作者的意图，刻画出原剧作者'灵魂的眼睛'里所看到的人物"，"发扬作者的思想和情感"。导演除了应该把"自己的'内在创造动力'与剧作家的合而为一"，更重要的，"还必须和他所要处理的、所要二度创造出来的人物的生活、思想、情感，结合在一起。他应当活在他所要二度创造的人物里。每一个演员只须活在一个人物（角色）里边，而导演却需要活在全剧的全部人物里边，整个那个生活里边"。[2] "导演不但要把自己的和剧作家的思想和情感结合成为一体，以发挥他的创造性，更重要的，还必须和他所要二度创造的人物的生活、思想与情感，结合在一起。他应

---

[1] 焦菊隐：《〈文艺·戏剧·生活〉译后记》，见《焦菊隐文集》第2卷，北京：文化艺术出版社，1988年版，第322页。

[2] 焦菊隐：《我怎样导演〈龙须沟〉》，见《焦菊隐文集》第3卷，第1—3页。

当生活在他所要二度创造的生活和人物里。""导演在研究处理一个文学剧本的工作上，不应当以一个技术执行者的身分自居，而应当把自己看成是这一片生活里、这一阶级阶层里的人物中间的一个。他必须要自己觉得要那样想，那样动，那样说。唯有这样，导演所处理下的人物，才能真地活起来；导演所处理下的整个舞台剧，才是现实的生活而不是做戏；导演所指导下的演员，也才能在舞台上成为活生生的人物。——也唯有这样，导演的工作才能值得被称为二度创造的艺术。"[1]可以看到，焦菊隐理解的导演工作一方面包括导演与剧作家的关系，一方面也包括导演与剧本、剧中人物的关系。后者正是焦菊隐在这个时期正式提出的"心象说"的内容之一。

导演的二度创造当然与演员的表演分不开，"有机的人体"是导演在舞台上重现剧本形象的重要工具，因此，"导演的创造，应当和演员的创造有机地联合在一起"，导演的创造"必须能启发、发挥、发展演员的创造性"，"而演员这被启发、发挥、发展了的创造性，翻转过来又更启发、发挥、发展了导演的创造性"。焦菊隐说："导演与演员互相启发推动的关系，是我们在运用斯坦尼斯拉夫斯基体系的时候所应当特别重视的一个要诀。"他援引丹钦科的名言："导演的创造力，要死在演员的里面而复生，正如一粒麦子死在土里而复生。"[2]正是从导演发挥演员创造性的任务出发，焦菊隐发展出以"心象说"为核心的表演理论。

1985年曹禺撰文《这样的戏剧艺术家》纪念焦菊隐诞辰八十周年、逝世十周年。文中写道："我们常说，没有好剧本和好演员，就没有好戏。现在，我愈发明白了，没有一位才能与思想都攀上高峰的导演，好剧本与好演员的本领也是枉然。焦菊隐先生是剧本与演员的桥梁，他既是一座美伦美奂、精心建造的大桥，又是一条天然与清新的河流。舞台仿佛是一汪

---

[1] 焦菊隐：《导演的艺术创造》，见《焦菊隐文集》第3卷，北京：文化艺术出版社，1988年版，第24—25页。

[2] 焦菊隐：《导演的艺术创造》，见《焦菊隐文集》第3卷，第56页。

水塘，剧本仿佛是水，而演员又像水中的鱼。他的劳动使这一切交溶在一起。"[1] 曹禺诗样的文字生动地形容出焦菊隐导演工作的意义。而在焦菊隐连接"剧本与演员"即启发演员创造剧本人物的过程中，"心象说"起到了至关重要的作用。

第三节　从形成"心象"到创造形象

　　虽然戏剧界对焦菊隐的"心象说"有不同的理解，但一般都给予较高的评价，认为它是焦菊隐演剧体系中重要的理论贡献。"在不少研究者看来，焦菊隐整个戏剧理论中最具光彩、最引人瞩目的，是以'心象'说为核心的表演理论。"[2] 童道明认为："'心象'说是焦菊隐假借斯坦尼斯拉夫斯基的名义提出来的，但实际上是焦菊隐从中国民族戏剧美学出发并适应着中国话剧舞台艺术的实际，对斯氏体系的精心校正和发挥，因此也是焦菊隐戏剧学说中最有光彩，也最富独创性的一个部分。"[3] 田本相说："焦菊隐——北京人艺演剧体系的内容是十分丰富的，但最突出的是熔铸着中国民族诗性灵魂和艺术精神传统的舞台诗的创作方法。其精粹之点即是焦菊隐的'心象'学说。"[4]

　　"心象"作为一个新词被焦菊隐创造并运用始于20世纪40年代初焦菊隐翻译丹钦科回忆录《文艺·戏剧·生活》。1941年末，焦菊隐离开桂林到当时中国戏剧教育的最高学府四川江安国立戏剧专科学校任教。然而国立剧专的办学思想与焦菊隐的"梦想和热望"格格不入。焦菊隐后来回忆

　　[1] 曹禺：《这样的戏剧艺术家》，见《曹禺全集》第6卷，石家庄：花山文艺出版社，1996年版，第431页。
　　[2] 邹红：《焦菊隐戏剧理论研究》，北京：北京师范大学出版社，1999年版，第144页。
　　[3] 童道明：《心象说》，见于是之等：《论北京人艺演剧学派》，北京：北京出版社，1995年版，第48页。
　　[4] 田本相：《以诗建构北京人艺的艺术殿堂》，见于是之等：《论北京人艺演剧学派》，第285页。

说："我看不出那个地方的行政当局的教育目的是什么"，"我要求当局建立新的教育制度，要求加强课目内容和充实训练的方法，至少，要求不要贻误青年；然而，所得的答复，反是一串'鸡皮狗蛋'的对付"，"我的错误是：向耗子要求实现光明——这岂不是一种梦想吗？"[1] 在这种情况下，焦菊隐很快像"逃出魔窟"一样离开国立剧专，来到重庆。而在重庆，他饱受贫困、疾病的折磨，唯一的寄托就是丹钦科回忆录的翻译工作，"好供给全国戏剧工作者作为一本教科书，同时，也好向全国戏剧界提出一个严重的问题"[2]。

　　焦菊隐把丹钦科回忆录中现在通译为"形象"的"образ"一词译成"心象"，个别地方也译作"意象"。于此，焦菊隐创造了"心象"概念。童道明对照焦菊隐的译本和丹钦科的原著发现这一点后揣测，"在焦菊隐的理解里，'心象'（意象）乃是舞台形象的初阶、胚胎"[3]。陈世雄提出焦菊隐在《文艺·戏剧·生活》一书里用的"心象"概念与后来焦菊隐的研究者们所概括的"心象"不是一回事。焦菊隐在导演《龙须沟》过程中提出的"心象说"中的"心象"主要"指的是人，是角色在演员心中的感性呈现"；而在《文艺·戏剧·生活》中，焦菊隐译为"心象"的丹钦科所用的"образ"不仅仅指人，还指景物等。陈世雄因此认为："我们在研究焦菊隐的'心象'说时，完全可以不再考虑它和'образ'一词的对应关系；与其这样做，不如干脆把它看成焦菊隐先生独创的一个新词。研究'心象'说本身，搞清它的意义和价值，才是最重要的事情。"[4] 姑且不论焦菊隐翻译丹钦科回忆录所用的"心象"与导演《龙须沟》期间正式提出的"心象说"中的"心象"是否一致或具承继关系，可以确定的是，在重庆

　　[1] 焦菊隐：《〈文艺·戏剧·生活〉译后记》，见《焦菊隐文集》第2卷，北京：文化艺术出版社，1988年版，第326页。

　　[2] 焦菊隐：《〈文艺·戏剧·生活〉译后记》，见《焦菊隐文集》第2卷，第327页。

　　[3] 童道明：《心象说》，见于是之等：《论北京人艺演剧学派》，北京：北京出版社，1995年版，第48、49页。

　　[4] 陈世雄：《焦菊隐"心象"说辨析》，载《戏剧》，2002年第3期。

贫病交困中对丹钦科回忆录的翻译为焦菊隐的艺术人生开启了一扇关键性的大门。从这里，他由丹钦科而接触契诃夫，继而接触斯坦尼斯拉夫斯基体系以及整个的莫斯科艺术剧院运作状况，而这个系统对他孕成"心象说"乃至整个演剧体系起着决定性的影响作用。同时丹钦科为焦菊隐树立了献身戏剧的前行者的形象，直接启示、指引着焦菊隐坚定地走在殉道于新的戏剧的道路上。

《龙须沟》剧照，于是之、英若诚、郑榕、叶子等参演。

　　1950年夏天，焦菊隐接受"老人艺"院长李伯钊之约导演老舍的《龙须沟》，在这期间，他正式提出"心象说"并用以指导演员创造角色。在《龙须沟》之前，1947年焦菊隐为抗敌演剧二队执导师陀、柯灵两人根据高尔基原著《底层》改编的话剧《夜店》。这是焦菊隐初次尝试运用斯坦尼斯拉夫斯基表演理论和方法的导演实践。《夜店》在1947年4月上演后获得巨大成功，焦菊隐的导演才华因此为人们所认识。《夜店》的成功直接影响了焦菊隐沿着斯坦尼斯拉夫斯基体系运用的道路在《龙须沟》导演过程中继续探索。"《夜店》成功的演出是焦菊隐的一次十分重要的艺术实践，使他积累了经验，所以两年以后在新的条件下排演《龙须沟》时，就更进一步发挥出他的导演才华，创造了他在这个阶段的艺术高峰。"[1]

　　《龙须沟》演出之后，焦菊隐写了两篇总结性理论文章《我怎样导演〈龙须沟〉》和《导演的艺术创造》。尤其是在《导演的艺术创造》一文中，焦菊隐频频运用"心象"概念阐明他在《龙须沟》排演过程中帮助演员创造人物的方法。焦菊隐指出，导演的职责"不是机械地规定演员在舞台上的动作和部位，以及安排'舞台画面'"，而是"发挥演员们的创造性"，"诱导演

---

　　[1]苏民、左莱等：《论焦菊隐导演学派》，北京：文化艺术出版社，1985年版，第22页。

员去生活成为他所扮演的人物"。[1]焦菊隐批评了导演在戏一开排的时候就把舞台"地位"、姿势动作、词的读法、人物性格等等向演员规定出来的"艺术思想上的形式主义和程式主义"，称自己作为一个学习新现实主义导演的学生，坚持的方法是"在排演初期，绝不指定一切，却尽量要求演员依靠他们自己的内心活动，在'规定情境'里，尽量叫外在的身体去'活动'，不去给他们规定'地位'，不找舞台画面，不肯定甚至纠正其台词的读法与小动作"。焦菊隐称，这是因为"演员唯有因思想的活动而发出外在动作，才会带来情绪；唯有对'规定情境'和其他人物有了内心的反应，他的情绪才能把握得准确，而确切的情绪才能反过来又修正他的思想，他所扮演的人物也才能在他内心发育健全，演员的内心与形体的活动，也才能逐渐蜕化成为人物的，演员的台词也才能蜕化成为人物的"。[2]

　　在《导演的艺术创造》这篇长文中，焦菊隐在介绍了导演"怎样认识文学剧本"、"导演是二度创造的艺术"、"怎样修改剧本"、导演和演员"怎样体验生活"、"日记·自传·圆桌会议"和"怎样认识斯坦尼斯拉夫斯基体系"之后，在"怎样运用斯坦尼斯拉夫斯基体系"部分，强调排演中导演和演员交互启发、联合创造的方法和过程。他说："这就是我个人在实践中运用斯坦尼斯拉夫斯基体系的一个经验。自然，和演员联合创造与启发演员的创造性，方法是多样的。可是，导演无论用什么方法，倘若只在演员们旧有的创造方法的基础上去运用斯氏的体系，那依然不会奏效，因此，去掉那些障碍演员们创造性的各种习惯，成为排演过程中第一步应做的工作。"[3]而"心象"之说实际上是焦菊隐在这里交代的"去掉那些障碍演员们创造性的各种旧有习惯"、"启发演员的创造性"的第三种方法。

　　焦菊隐介绍这第三种方法时称，他把排演的过程分成两个段落，"前

---

　　[1]焦菊隐：《我怎样导演〈龙须沟〉》，见《焦菊隐文集》第3卷，北京：文化艺术出版社，1988年版，第8页。
　　[2]焦菊隐：《我怎样导演〈龙须沟〉》，见《焦菊隐文集》第3卷，第10页。
　　[3]焦菊隐：《导演的艺术创造》，见《焦菊隐文集》第3卷，第62页。

一段落——较大的一个段落——作为体验生活的继续"，"后一个段落作为进入角色的过程"。焦菊隐说："演员虽然体验过了生活，可是那只是感性的认识或印象；演员虽然结合着剧本形成了他的'心象'，可是这个'心象'只是一个概念，只是一个理性的认识，还不能称作是一种'真知'；这个'心象'还只存在于演员的想象中，他自身和这个'心象'还有着距离。而且，这个'心象'的认识是否正确，他能否活在这个'心象'里，也还不得而知。"[1]在焦菊隐看来，演员"心象"的孕育产生有赖于体验生活、研究剧本，而即使是体验生活、研究剧本之后，演员的"心象"也只是处于初级的阶段。焦菊隐说："演员在排演以前的体验生活和'进入角色'，只是一个准备工作。他所要扮演的人物的'心象'还没有发育成形。他即或在天桥、臭沟沿体验过生活，可是还没有在《龙须沟》剧本的'规定情境'里，和剧本所创造的这一群人物生活当中体验过生活呢。"[2]演员在体验生活、写日记、写自传等工作中得到"心象"，必须"从实践中得到证明、修正和批准，才能认识得更深刻更正确，才能使自己的思想情感与人物结合而进入人物中去"。这就意味着，演员"必须在排演场上，把角色的生活一遍又一遍地生活，才能把感性的认识发展成为理性的认识，具体地结合在他自己的舞台实践中，才能把他想象中的人物思想与情感，融化在他的行为中。排演是一个感性与理性认识反复着丰富起来的一个实践过程"。演员在不断的排演中，"在剧本的'规定情境'和指定生活里，在和别的人物的接触上，一遍又一遍地去体验，去生活，才能通过具体而真实的刺激反应作用而修正、充实、发展他的人物"[3]。也就是在不断的排演中，"修正"、"丰富"、"正确"地形成角色的"心象"，这就是焦菊隐排演过程中的"前一段落"。

---

[1]焦菊隐：《导演的艺术创造》，见《焦菊隐文集》第3卷，北京：文化艺术出版社，1988年版，第64页。

[2]焦菊隐：《我怎样导演〈龙须沟〉》，见《焦菊隐文集》第3卷，第10页。

[3]焦菊隐：《导演的艺术创造》，见《焦菊隐文集》第3卷，第64页。

在这一阶段，焦菊隐强调体验生活之于形成"心象"的重要性，而在他看来，体验生活延伸到了排演的过程中，延伸到演员在"规定情境"和指定生活里与别的人物的接触过程中。焦菊隐说："不叫演员在排演的过程中继续生活的体验，则演员所创造出来的人物虽然不是生活的摹拟了，却又是'心象'的摹拟了。因此，人物便依然会成了空洞的刻板的公式的定型，从此便失掉了修订发展余地，也便失去了真实感；演员的创造性，也就会在一开排的时候便被窒息了。"[1]

于是之在《龙须沟》中扮演程疯子，这是他首次实践焦菊隐的"心象说"。

针对演员"一向都认为排演的开始便是创造角色的开始，以为角色的'心象'早已在体验生活那一个阶段里完整地形成了"，"总是一开排就希望导演马上规定或者决定他们的声音动作，以完成他们的人物造型"的情况，焦菊隐质问道："或在你内心的人物形象既然还没有完整呢，你又怎么能创造出什么形象来呢？就算你的'心象'已经完整了吧，而你还没有生活在它的里边，你又可能创造出什么样的人物呢？"[2]显然，在焦菊隐看来，排演的这前一段落在于使演员关于人物的"心象"完整，在于使人物生活于演员。

焦菊隐总结的排演的前一段落主要是形成"心象"。可以看出，焦菊隐所说的"心象"主要指的是演员对于人物的认识，是角色在演员内心的呈现，并不包括角色的生活环境、场景。而人物的"心象"不仅仅指人物的内心活动，还应该包括人物外部特征，是人物内外部结合统一的形象。于是之1950年为创造《龙须沟》中程疯子一角写的日记中就不仅包括程

---

[1] 焦菊隐：《导演的艺术创造》，见《焦菊隐文集》第3卷，北京：文化艺术出版社，1988年版，第65页。

[2] 焦菊隐：《导演的艺术创造》，见《焦菊隐文集》第3卷，第65页。

疯子的内心特征, 比如"疯子有一种悲天悯人的心理", "疯子有一种空幻不实的思想"等, 又包括程疯子的外形动作, 比如"疯子的扇子, 一直拿着, 扇的节奏很不匀, 应随着他的心事扇来扇去"。[1] 20世纪80年代于是之扮演美国戏剧《洋麻将》中魏勒一角, 他在准备工作中写的日记显示出他在内心构建魏勒这个人物形象的过程:

> 8月15日 已经接受突击《洋麻将》, 扮演魏勒。昨天看剧本两遍。"运气不好"成为他晚年唯一的精神支柱。他都不敢承认自己是生活中的弱者, 是生活的拳击场中被打败了的人。他总要在生活中发现一个强者、胜利者的自己。否则自己就要变成了这"行尸走肉的仓库"中的"尸肉", "卖呆儿", "等死"。他和芳西雅绝对不愿意总蹲在居室里, 他俩都怕看到其他的那些"他们", 因为"他们"是他俩的明天。这在他俩的心里是感觉得很清楚的。虽耄耋, 还要像个"男子汉"。"运气"、"机会", 美国有些人似乎是特别相信这种偶然性因素的, 因为看上去有实例——其实那背后隐藏着一个历史的必然。这个"养老院"迟早是要"散架"的。(但现在还有活力。)
>
> 8月17日 一个健壮的人的衰老。不动, 坐着, 大老板, 健壮, 气壮; 动起来, 见出衰老。很有意思。生活使他"犬儒"。芳西雅的爸爸, 没大出息; 我的爸爸才是有出息的。
>
> 8月27日 腿左膝盖有病, 老伤, 或因踢球造成。左脚内八字, 因而挂拐杖。可能颈略向右偏, 头稍向前探。写字用左手。(大半是由于想起了一位英国导演, 他的老境并不富裕。但愿他现在富裕起来。)面部肌肉随思想情绪, 有一种(或几种)不随意的微动。(想到了几个朋友的脸, 有的已作古。)这些都得下边练, 排练时不管。不知为何, 一幕二场魏勒说幻觉一段, 我准备时哭了, 控

1984年, 于是之、朱琳合作《洋麻将》, 于是之饰演魏勒。焦菊隐的"心象说"成就了于是之的表演艺术。

---

[1] 于是之:《创造"程疯子"日记摘抄》, 见王宏韬、杨影辉编:《演员于是之》, 北京: 十月文艺出版社, 1997年版, 第93页。

制不住，念一次哭一次——生活是需要长年积淀的，可能。[1]

可以看出，于是之构建魏勒人物"心象"既有对于角色的内心特征的想象，也包括关于角色的外部形象特征的想象，因此，"心象"是演员在创作过程中心中建立起来的内外部统一的形象的构思。

"心象"从哪里来？演员如何获得人物"心象"？焦菊隐强调的是包括不断排演的体验生活的过程。焦菊隐说："苏联的导演和演员们，称排演为'活动'，我称之为'生活'，这都是因为我们认为排演的全部过程是一个由体验生活到进入生活以至创造出人物的过程，而不是一个单纯创造的过程。"[2]于是之后来说："'从自我出发'同'从生活出发'，这两个概念从理论上也许可以讲出它们并不相干或它们有一致性，但我始终喜欢这个'从生活出发'。"他总结道："'心象'从哪里来？我以为首先从生活中来。"[3]

于是之继而强调从体验生活获得的"心象"不仅意味着"体会和了解人物的'内心'"，还包括人物的"外形"。他说："这就涉及到了一个体验生活的观点和方法的问题。我觉得我们过去在讲体验或深入生活时，总要特别地强调体会和了解人物的'内心'，有哪一个多讲了些'外形'，多少就会被视为走上歧途，要加以匡正了。注重'内心'，对。要在深入生活中努力探索同所要扮演的角色有关的人们的心灵，并获得对这个或这种人的社会评价。这些都不错。但是，没有没有形式的内容。一切的'内心'无不表现为'外形'。生活中每一个不同的性格，都有各自不同的'内心'，同样也都有各自不同的外在的表现形式。我们所体验到的'内心'，其实无一不是通过某种特定的'外形'感觉到的。因此，我要说在我们体验生活时，千万不要忽略了对'外形'的观察。它与'内心'等价，都是创作中不可缺少的支柱。有的角色，你头一次读剧本，便可以与他通心，与他共

[1] 于是之：《排〈洋麻将〉日记摘抄》，载《戏剧报》，1986年第2期。
[2] 焦菊隐：《导演的艺术创造》，见《焦菊隐文集》第3卷，北京：文化艺术出版社，1988年版，第64页。
[3] 于是之：《焦菊隐先生的"心象"学说》，载《戏剧报》，1983年第4期。

同振奋或落泪；也有的角色，你头一次与他相见，便会想起几个故人的模样来。这都好。"由此，于是之说："所以我觉得'从内到外'和'从外到内'，并不是两种截然不同的创作方法。在一个角色的创作中，它们差不多都是结合着使用的。当我们在生活中，或者在自己的生活库存里，发现某一个眼神、手势或步态或者一种说话的声音，可以为我的角色所用时，那都不是没有来由的。总是因为我们反复揣摩剧本的结果，总是受了作者的文字的启发。否则我们为什么觉得这个可用而那个是不相干的呢？所以被看中了的人物的外在的特点，都是经过自己的内心的选择的。"这也就是说，体验生活中获得的人物"心象"是内外部特征的结合和统一。

于是之接着说道："但是，按照焦先生的办法，光看中了就模仿不行，还要'练'。要从多次的模仿中进一步探索它的内在的根据，逐渐把它们变为自己的有机的东西。这种'练'，我以为是真正意义上的小品，它是为了摸索人物的'心象'和找到角色的正确的自我感觉才做的，而不是为了做给导演看的。"[1]这也就是焦菊隐强调的在不断的排演中，反复地体验生活，"生活、生活、再生活"，"修正"并"丰富""心象"，使"感性与理性的认识不断地反复地指导"演员"去实践人物的生活"，"才能进入生活而创造出角色来"。[2]

于是之总结"心象"的形成状况说："'心象'的形成，我的经验，有早有迟，大约有几种情形：有时完成于开排之前。由于在生活中努力捕捉，再加上'练'，一上排演场，已经有了角色的模样，这自然是最愉快的了；完成于排练当中，不定从哪一个片断的排练里，自己所要演的人物，一下子在心里明白地看见了他……也有在戏的彩排时，由于化装或服装等的启发，把多日苦思冥想的那个'他'，一下子召唤到自己的面前，突然须眉毕见……当然也有在演出中获得的，这也好；最苦的是演到最后，也没

[1] 于是之：《焦菊隐先生的"心象"学说》，载《戏剧报》，1983年第4期。
[2] 焦菊隐：《导演的艺术创造》，见《焦菊隐文集》第3卷，北京：文化艺术出版社，1988年版，第70页。

看见'我的那个他'……"[1]

形成"心象"还不够，演员的表演最终在于在舞台上创造出人物形象来。演员形成"心象"是让"角色生活于你"，创造角色则是演员"生活于角色"。"创造人物的初步过程，并不是一下子生活于角色，而应该是先要角色生活于你，然后你才能生活于角色。你必须先把你心中的那个人物的'心象'，培植发展起来，从胚胎到成形，从朦胧恍惚到有血有肉，从内心到外形，然后你才能生活于它。"[2]"人物'心象'在你心里的出现和人物的创造的完成，都不是突然的。其发展也不是按照逻辑的顺序的。当你的角色开始生活于你的时候，最初只是一点一滴的出现：有时候是一只眼睛，有时候是一个手指，有时候只是他对于某事物的一刹那的反应……人物'心象'的出现，正如胎儿一样，他会使孕妇焦急、惊喜，但是必须耐心地等待。你必须首先以惊喜忧惧交集的心情，孕育营养这个'心象'的胎形，久而久之，它会成长，会在你的心里具体地完整地展示出来。你的创造——人物的完成，也是同一个道理，同一样的过程。人物也不是一下子就能创造完整的，形象也是没有逻辑的顺序出现的。第二自我在你（第一自我）的身上，也是一点一滴地、逐渐地发展起来的；你（第一自我）的因素，也是随着'心象'的形成而逐渐消灭下去的。所以，在排演与创造的过程中，我们不能奢望一下子就能生活于角色，绝不能要求一下子就完全摆脱开第一自我。"[3]

上述不断"练"的过程，不仅有助于完善"心象"，而且也是焦菊隐指出的创造形象的重要途径。不断的排演、不断的练，实际上是一个从外到内、从他到我的过程。"在多次的模仿中进一步探索它（角色形体动作）的内在的依据，逐渐把它们变为自己有机的东西"，[4]由此，演员才能化

[1] 于是之：《焦菊隐先生的"心象"学说》，载《戏剧报》，1983年第4期。
[2] 焦菊隐：《导演的艺术创造》，见《焦菊隐文集》第3卷，北京：文化艺术出版社，1988年版，第73页。
[3] 焦菊隐：《导演的艺术创造》，见《焦菊隐文集》第3卷，第74页。
[4] 于是之：《焦菊隐先生的"心象"学说》，载《戏剧报》，1983年第4期。

身为角色、生活于角色。于是之这样记载在自己演程疯子的过程中焦菊隐关于"练"的说法："你要把那个典型性的外形动作，孤立地练习，练习，不断地练习，在反复的模仿中，你会体会到那个人当时所以那样动作的内在动机，也就是他的思想情感。然后在排演场里，要忘记那个动作，只要你情绪掌握对了，那个动作就会自然地出来了。"[1] 焦菊隐后来在排演《茶馆》第一幕的时候也这样对演员说："如果一时沉不下心进入角色时，可以先找人物的形体动作线，然后再找思想情感的线（心理动作线）。这样，戏就不至于乱。合乎规定情境要求的形体动作线，往往能诱发丰富的内心动作。"[2] 于是之在排演过程中的确也经历了这样一个过程，他回忆自己在不断练习程疯子的步态中逐渐领会人物的内心情绪："继而愈是那么走就引起我的联想愈多，而且也愈把我的联想向思想深处引去；我发现了这种走路与茶馆里那些人的半请安半鞠躬的礼节是分不开的，又因为这样走路不会走快，我发现了这种人或者根本就不想快走，慢慢走正可以让他慢慢想……我很难用笔一一记出我在练习这种走路的时候所产生的那么多的联想。但是，总的我可以说，从这种外形的模仿中，又帮助我体会到更多的程疯子的内在情绪。"[3]"正是这些内在情绪的获得，为于是之后来在舞台上的表演达到流畅自如，形神兼具奠定了重要的基础。"[4]

作为得益于焦菊隐"心象说"的演员，于是之回忆《茶馆》排演情况时写道："'要想生活于角色，先要叫角色生活于自己'；'要想创造形象，首先得有心象'。焦菊隐先生的这些话我总难忘记，而且只好照办。因为此外我不知道还有什么更好的办法。"[5] 于是之在另外一篇文章里摘录了焦菊隐在《龙须沟》排演时对演员的谈话："没有心象就没有形象"；"先有

[1] 于是之：《我演程疯子》，见《于是之论表演艺术》，北京：中国戏剧出版社，1987年版，第19页。
[2] 焦菊隐：《排演〈茶馆〉第一幕谈话录》，见《焦菊隐文集》第3卷，北京：文化艺术出版社，1988年版，第423页。
[3] 于是之：《于是之论表演艺术》，第20页。
[4] 邹红：《焦菊隐戏剧理论研究》，北京：北京师范大学出版社，1999年版，第173页。
[5] 于是之：《于是之论表演艺术》，第84页。

于是之在《茶馆》中扮演王利发。

心象才能够创造形象"；"你要想生活于角色，首先要叫角色生活于自己"。这也就是焦菊隐在《导演的艺术创造》一文中总结的排演的两个段落。于是之的摘录中还包括焦菊隐的话："这次演员的创作，要从外到内，再从内到外，先培植出一个心象来，再深入找其情感的基础"；"要突破自己，就要先看角色与自己的差别"；"准备角色的时候，可以用哥格兰的办法，然后进入体验"；"从自我表演到第一自我监督第二自我是进了一步了，是走向下意识的途径"；"吸收到外在的东西，要反复地练，摸到它内在的思想感情。排练是不要模仿，思想感情到了，自然出来"。[1] 焦菊隐的观点更突出了对于演员的第一自我存在及其自主性、创造性的肯定和重视。

焦菊隐在《导演的艺术创造》一文中说："每一个演员都知道，演员在舞台上的生活，应该是第二自我的生活，就是说，是剧中人物的生活，所以不应该有演员的第一自我存在。"[2] 因此，焦菊隐称他在排演中用了种种方法帮助演员"消除演戏的感觉"。焦菊隐举例说他在《龙须沟》排演中间故意加大各种音响，嘈杂混乱，以致演员很不习惯，很苦恼，抗议说这种嘈杂混乱搅扰了他们的对话，粉碎了他们的情绪。焦菊隐说："演员们提出这种抗议，就等于承认了他们仍然存在着很强烈的'我是在演戏'的意识，这就证明了他们既未进入角色，也未进入生活。"但是同时，焦菊隐又强调第一自我在创造人物即第二自我过程中的重要性。他说："我们必须知道，演员用以创造人物的工具，不是别的，正是他自己的心理与形体。舍掉这个物质的基础，却企图创造出一个人物来，这种思想是很不科学的。第二自我（角色）应该是从第一自我（演员）的身上，发展些什么，

[1] 于是之：《焦菊隐先生的"心象"学说》，载《戏剧报》，1983年第4期。
[2] 焦菊隐：《导演的艺术创造》，见《焦菊隐文集》第3卷，北京：文化艺术出版社，1988年版，第74页。

克服些什么，而慢慢蜕变出来的……如果不从演员作为一个人的第一自我的一切因素上，发展其为角色的，克服其为演员的，那么第二自我又能从什么基础上形成呢？"焦菊隐说，"否定第一自我的一切，要求凭空出现第二自我的一切"，会使得"演员在创造人物上，就好比种麦子而没有土壤，成胎而没有母体"。[1]

于是之曾经引用了郑板桥画竹的例子来形象说明在创造角色过程中第一自我即演员的主观能动性，以及演员从体验生活到形成"心象"到创造形象的过程。他说："我以为郑板桥题画的一篇小文，说得很妙：江馆清秋，晨起看竹。烟光、日影、露气，皆浮动于疏枝密叶之间。胸中勃勃，遂有画意。其实胸中之竹，并不是眼中之竹也。因而磨墨、展纸、落笔，倏作变相，手中之竹，又不是胸中之竹也。总之意在笔先者定则也，趣在法外者化机也。独画云乎哉！他说'独画云乎哉'，对的。在我们演员的创作中，生活——'心象'——形象的关系，以及在创作过程中的主观因素作用，他这里都提到了。"[2]

演员从形成"心象"到创造形象的过程中，导演的工作不可或缺。焦菊隐一再强调导演的重要任务是"诱导演员去生活成为他所扮演的人物"，"发挥演员们的创造性"。[3]在焦菊隐看来，不仅仅演员要形成"心象"，导演也要形成"心象"，演员体验生活和排演过程中需要形成所扮演的人物的"心象"，导演则需要形成剧中所有人物的"心象"。与演员形成"心象"的过程一样，"演员所要扮演的人物，其形成是逐渐的，不是、也不可能是一下子就具备了内心与形体的。在导演方面也是一样。导演内心所孕育着的人物和生活，也不可能是一下子就具备了完整的内心与形体的，它

---

[1]焦菊隐：《导演的艺术创造》，见《焦菊隐文集》第3卷，北京：文化艺术出版社，1988年版，第66页。

[2]于是之：《焦菊隐先生的"心象"学说》，载《戏剧报》，1983年第4期。

[3]焦菊隐：《我怎样导演〈龙须沟〉》，见《焦菊隐文集》第3卷，第8页。

们也是逐渐形成的"[1]。导演还要以自己内心的"心象"去启发、诱导演员形成和修正"心象"，"导演必须首先把自己'心的眼睛'里所看到的、所理解到一定程度的人物和生活，用解释、举例、暗示、启发等等方法，叫演员的'心的眼睛'也能看见；诱导着演员去和那个人物接近而终于结合"[2]。焦菊隐强调演员要写日记，写人物自传，以及开圆桌会议，这样"导演才能经常地和演员内在情况联系在一起"，了解演员在体验生活中的收获，把握人物"心象"在演员身上孕育的程度。只有这样，导演"才有可能完成丹钦科所提出的三个任务"："作为演员的一面镜子，随时都能清清楚楚地知道演员的内在创造发展到了什么程度"，"作为演员的导师，知道他们的优缺点，好帮助他们去创造"，"设身处地地作为演员，尽量去了解去熟悉每一个演员的可能性，就着他们各人不同的条件，去个别地给演员打通创造的大路"。[3]

苏民等人认为，焦菊隐总结《龙须沟》的两篇理论文章《我怎样导演〈龙须沟〉》和《导演的艺术创造》在某些表演理论上和焦菊隐的排演实践"并不一致"，"甚至背道而驰"。比如，在演员表演中的"体验"与"体现"的关系问题上，焦菊隐在《龙须沟》排演实践中，已经创造性地找到和运用了一套使"体验"与"体现"相统一的行之有效的艺术方法，但在文章中却把哥格兰的"第一自我监督第二自我"的表演学说和斯坦尼斯拉夫斯基体系"经过意识达到下意识"的表演学说牵强地联系起来，而且还强调消灭第一自我。又如，他在《龙须沟》的导演过程中已经懂得舞台艺术的"假定性"，但在理论总结时，却强调"一片生活"，强调"消灭演戏的感觉"。苏民等人因此说，在写作《我怎样导演〈龙须沟〉》和《导演的艺术创造》时，"焦菊隐的理论阐述并不完全符合他的艺术实际；同时，

---

［1］焦菊隐：《导演的艺术创造》，见《焦菊隐文集》第3卷，北京：文化艺术出版社，1988年版，第57页。

［2］焦菊隐：《导演的艺术创造》，见《焦菊隐文集》第3卷，第58页。

［3］焦菊隐：《导演的艺术创造》，见《焦菊隐文集》第3卷，第48页。

他在某些重要的演剧理论问题上，还存在着思想认识上的混乱"[1]。苏民等人认为，这与当时戏剧界斯坦尼斯拉夫斯基体系"一家独尊"的情况有关。

实际上，在排演《龙须沟》时，焦菊隐已认识到正确理解同时创造性地而非教条地运用斯坦尼斯拉夫斯基体系的意义和重要性。他说："需要知道，斯坦尼斯拉夫斯基的理论，是一个体系，而不是一个单纯的、片面的、孤立的、技巧上的方法。它既然是一个体系，我们就应该寻求如何通过我们自己的方法，把它在中国的土壤里培养、发展、壮大起来，而不能从苏联生硬地、教条地移植搬运到中国来……"焦菊隐还大段援引了斯坦尼斯拉夫斯基本人亲口对一些特地到苏联去向他学习的外国导演与演员们说的话来说明这个问题："你们不应该照抄莫斯科艺术剧院。你们必须创造你们自己的一些东西。你们如果照抄，那就等于说，你们仅仅是在因袭了。那你们就不是在往前发展了。""我们的体系之所以适合于我们，因为我们是俄罗斯人……我们这个体系是从实践中、从不断的修正中、从不断地把意象中那些已经陈腐下去的现实抛掉而代之以新鲜的现实，代之以越来越接近真理的现实中得来的。你们也必须这样做。"[2]

焦菊隐的"心象说"，正是根据中国演员的具体实际，破除曲解斯坦尼斯拉夫斯基体系的现象，同时对斯坦尼斯拉夫斯基体系的创造性的运用和发展。焦菊隐指出主张"以内心的活动自发地联系起肌肉的活动"的斯坦尼斯拉夫斯基体系在中国"应当有适用于中国演员条件的方法"。焦菊隐认为，新中国的年轻话剧演员基本训练的基础远远不够，还很缺少作为一个好演员的技术基础，"与其说他们那些使人看来不舒服的表演是犯了形式主义，还不如说那是他们不知道用什么具体的形象来表现思想情感，因而造成无所措手足的结果更为恰当"。另外一个普遍存在的现象是"生吞斯坦

[1] 苏民、左莱等：《论焦菊隐导演学派》，北京：文化艺术出版社，1985年版，第53页。

[2] 焦菊隐：《导演的艺术创造》，见《焦菊隐文集》第3卷，北京：文化艺术出版社，1988年版，第50页。

尼斯拉夫斯基心理准备过程的理论，无原则地否定形象，认为凡是形象全是形式主义"。[1]焦菊隐引用了斯坦尼斯拉夫斯基《演员自我修养》开头的话："我们体系的演员，有双重的重任：一是培养内心情绪的训练，二是形体与声音的训练。"他指出："生活和技术固然有主从的关系，可是在取得生活体验以后从事创造人物时，如何针对着中国演员的条件，寻求具体实践的方法，以建立我们自己的斯坦尼斯拉夫斯基体系，乃是今日中国导演与演员们的最高最重大的责任。"[2]正是基于中国话剧演员"不知道用什么具体形象来表现思想情感"和"无原则地否定形象"的两种偏差，焦菊隐提出了他的"心象说"，阐明体验生活与形成"心象"以及创造形象的关系和过程。

　　焦菊隐导演《龙须沟》时，由于中苏两国政治上的友好关系，中国戏剧界正以行政手段掀起系统全面学习斯坦尼斯拉夫斯基体系的热潮，斯坦尼斯拉夫斯基体系几乎成为指导戏剧创作的唯一的理论和方法。当然，中国戏剧界这时接受的并非是斯坦尼斯拉夫斯基体系的全部。《演员的自我修养》（第二部）等斯坦尼斯拉夫斯基后期的论著还没有进入中国戏剧界的视界。焦菊隐从20世纪40年代就开始接触斯坦尼斯拉夫斯基体系，他的"心象说"对于内心体验、生活真实、规定情境等的强调和阐发直接从斯坦尼斯拉夫斯基体系那儿得到启发。与此同时，"心象说"在破除中国戏剧界误读斯坦尼斯拉夫斯基体系的基础上亦显示出焦菊隐的创造性。焦菊隐的"心象"与斯坦尼斯拉夫斯基的"内心视象"、焦菊隐的"从生活出发"与斯坦尼斯拉夫斯基的"从自我出发"、焦菊隐认可的"从外到内"与斯坦尼斯拉夫斯基早期强调的"从内到外"等，有着本质的差异。

　　邹红在焦菊隐研究中发现，斯坦尼斯拉夫斯基曾在一篇手稿中表述了和焦菊隐的"心象说"非常相似的演员创造角色的方法。斯坦尼斯拉夫斯

　　［1］焦菊隐：《导演的艺术创造》，见《焦菊隐文集》第3卷，北京：文化艺术出版社，1988年版，第53页。
　　［2］焦菊隐：《导演的艺术创造》，见《焦菊隐文集》第3卷，第52页。

基指出："还有一些演员，他们所创造的想象中的形象对他们说来已成他们的alter ego，他们的孪生兄弟，他们的第二个'我'。它不停不休地同他们在一起生活，他们也不（与它）分离。演员经常注视着它，但不是为了要在外表上抄袭，而是因为处在它的魔力、权力之下，他这样或那样地动作，也是由于他跟那个在自己身外创造的形象过着同一的生活。"邹红指出，斯坦尼斯拉夫斯基提到的这种方法与焦菊隐"心象说"的方法非常相似。"它既吸收了哥格兰方法的某些因素，同时又将其纳入体验的范畴——演员在内心想象出角色的形象并不是要从外表上去模拟抄袭，而是为了使之成为演员的第二自我。"尽管斯氏提到并肯定了这种演员创造角色的方法，却没有将其纳入体系，"至多是把它视为演员创造角色方法的一种特例，而在焦菊隐，则是当作演员创造角色的基本手段"。有意思的是，随着时间的推移，斯坦尼斯拉夫斯基当年视为特例的方法在苏联却越来越引起人们的注意，其价值也逐渐为人所认识。[1] 由此可见焦菊隐"心象说"的独创性及其在角色创造上的重要意义。

应该说，焦菊隐在导演《龙须沟》的总结性理论文章中强调的"一片生活"、"消灭第一自我"、"消灭演员的演戏感觉"一方面与他这一阶段对于斯坦尼斯拉夫斯基体系的学习、理解有关，与整个中国戏剧界"一家独尊"有关，另一方面也与老舍《龙须沟》的创作特点有关。在焦菊隐看来，老舍的《龙须沟》剧本"格调很高，没有巧妙的布局，没有庸俗的套数，没有冗长的描写，没有生硬和口号式的对话——有的，只是一片北京劳动人民的生活，一群活生生的劳动人民和他们的思想与情感"。焦菊隐称："我一向偏爱契诃夫、高尔基和夏衍等作家的剧本，因为他们的作品都是那么简朴、厚实、清爽、明朗；而通过这种简单朴实的风格所表现出来的，却又是那么现实的生活，那么透彻的真理和那么明确的道路。因此，

---

[1] 邹红：《焦菊隐戏剧理论研究》，北京：北京师范大学出版社，1999年版，第209—213页。

我也很爱这本《龙须沟》。"[1]因此，导演《龙须沟》更适合用导演契诃夫作品的方法。正像契诃夫的剧本对于斯坦尼斯拉夫斯基体系具有重要的意义一样，老舍的《龙须沟》也是焦菊隐孕成"心象说"的重要契机。焦菊隐后来在总结《虎符》排演体会时谈到："我觉得无论运用什么形式，如果单纯地从形式的本身去考虑，就容易作出错误的结论。如果不从剧本本身的内容、条件和要求去考虑形式，就会走入唯美主义、形式主义的歧途。比如《龙须沟》里，根据剧本所描写的生活内容，剧本的要求，为了创造真实的舞台气氛和真实的舞台生活情调，就不能不运用现实的细节，甚至'自然主义'的细节来突出主题，来再现作者的艺术风格。如果说这样做整个演出就是自然主义，我就不能同意。"[2]从这里可以看出老舍《龙须沟》剧本和焦菊隐导演主张之间的关系。

　　值得注意的是，关于《龙须沟》的两篇总结性文章之后，《焦菊隐文集》中几乎看不到焦菊隐明确的对于"心象"的继续阐述。焦菊隐在走向话剧民族化的道路上，颠覆了他总结《龙须沟》过程中的一些提法，进一步完善了"心象说"。而于是之，在他的艺术生涯中则继续践行着焦菊隐的"心象说"，将之作为指导艺术创作的最重要的方法，为中国话剧贡献出一个又一个极具感染力的舞台艺术形象。焦菊隐的"心象说"，成就了于是之扮演的这些经典人物，成就了于是之，当然也成就了许多演员。诚如曹禺在1985年说的："有许多演员、舞台美术工作者，他们也像我一样地怀念焦先生。因为，二十多年来他们与焦先生共同创造了多少部好戏。正是在这种创造中，他们成熟了，有些已经成为出色的戏剧艺术家。他们从焦先生那里得到的启发，得到的教益与灵感，就像火种被点燃，一星星、一点点，已经燃成了美丽的火焰。"[3]

---

　　[1]焦菊隐：《导演的艺术创造》，见《焦菊隐文集》第3卷，北京：文化艺术出版社，1988年版，第19页。

　　[2]焦菊隐：《关于话剧汲取戏曲表演手法问题——历史剧〈虎符〉的排演体会》，见《焦菊隐文集》第3卷，第393—394页。

　　[3]曹禺：《这样的戏剧艺术家》，见《曹禺全集》第6卷，石家庄：花山文艺出版社，1996年版，第431页。

第四节 话剧民族化

1956年7月，北京人艺由焦菊隐和梅阡两人担任导演排演郭沫若40年代的话剧作品《虎符》。北京人艺《虎符》是中国话剧在继承民族表演形式和吸收戏曲表演方法的实践上，"第一次有意识有计划的尝试"[1]。1957年1月31日，《虎符》公演，反响强烈，由此正式开启了焦菊隐话剧民族化的理论和

《虎符》的舞台设计

实践探索的道路。在这条道路上，焦菊隐其后又陆续推出《茶馆》、《蔡文姬》、《武则天》、《关汉卿》等作品，为中国话剧的民族化发展打开一片新天地，并启发后来者在这个领域不断戮力拓深。在焦菊隐之后，可以开列出一批导演的名字，比如徐晓钟、陈颙、林兆华、王晓鹰、查明哲等，他们在焦菊隐开辟的道路上继续探索并且卓有成就。

一、从《虎符》开始的民族化转向

话剧民族化的命题始终伴随着中国话剧的发展历程，并在20世纪30、40年代抗战时期成为讨论的热点。尽管焦菊隐从1956年的《虎符》正式开始话剧民族化探索，但是他对这一问题的关注、思考却由来已久。话剧民族化问题中必然包含的话剧借鉴汲取戏曲资源的问题，也几乎一直存在于焦菊隐的艺术视野之中。

1930年青年焦菊隐着手筹备创建北平戏曲专科学校，并于1931年在北平戏曲专科学校成立后出任校长，直到1935年辞职赴法留学。"在焦菊隐

---

[1] 焦菊隐：《关于话剧汲取戏曲表演手法问题——历史剧〈虎符〉的排演体会》，见《焦菊隐文集》第3卷，北京：文化艺术出版社，1988年版，第391页。

戏剧思想发展历程上，这是一段颇为重要的时期。作为戏曲专科学校的校长，出于培养戏曲专业人才的需要，焦菊隐必须尽快掌握戏曲专业知识，变外行为内行。因此，一方面，他拜那些著名的老艺人为师，虚心向他们求教，从他们的表演实践中来学习、领会传统戏曲的精髓……另一方面，焦菊隐又阅读了大量的戏曲文献，包括戏曲论著、戏曲史、传世的剧本等等，其中还有不少是宫廷或私人收藏的秘本。这样，在短短的几年间，焦菊隐系统而全面地掌握了戏曲知识，成为这一领域的专家……这个时期对传统戏曲的研究，为他在法国写作博士论文奠定了重要的基础。"[1]焦菊隐在法国巴黎大学文学院完成的博士论文《今日之中国戏剧》主要以戏曲为论述对象。1938年从法国回国后，焦菊隐来到桂林，通过桂剧进一步认识戏曲，完成了《桂剧之整理与改进》、《桂剧演员之幼年教育》、《旧剧构成论》、《旧时的科班》、《旧剧新诂》等一系列戏曲研究文章。在这些文章里，焦菊隐分析了戏曲的特征及其构成因素，评论了戏曲教育状况等。与新文化运动以降文化知识界形成的贬抑戏曲的观念不同，焦菊隐对戏曲始终秉持客观的学术研究态度。在《旧剧新诂》的《前言》部分，焦菊隐说："姑不论普通观众、一般演员、若干票友和随便谈谈的剧评家，就是戏剧研究者，其中也有不少人停留在歧途上，贡献着、强辩着、坚持着缺少审辩的议论，遂使旧剧一直蒙受了不正确的评价。这不仅使改良和利用旧剧的工作遭遇着种种无法解决的困难，即使站在保守的立场上来看，也是直接使旧剧没落和日渐衰亡的主要原因。"而他的研究完全从戏曲实践出发，"既没有丝毫成见，更没有预先拟设、假定"，而是"经过了十余年实际试验和演出，再以旧剧剧本和演出本身作直接材料，加以统计分析"。[2]正是对戏曲公允的态度和厚实的研究使得焦菊隐比同时代的其他人具有更为宽广的视域，他因此"始终关注话剧与戏曲之间的相互学习和相互

---

[1] 邹红：《焦菊隐戏剧理论研究》，北京：北京师范大学出版社，1999年版，第13页。

[2] 焦菊隐：《旧剧新诂》，见《焦菊隐文集》第2卷，北京：文化艺术出版社，1988年版，第114—116页。

借鉴"，"一方面，他经常有意识地引入话剧的观念、方法去考察研究传统戏曲……另一方面，他也时时不忘探讨旧剧能为话剧提供哪些有益的借鉴"。[1]1956年《虎符》的尝试可以说是焦菊隐探索实现他的"要把戏曲的表演手法和精神，吸收到话剧里来"[2]的艺术理想的第一步。

　　话剧民族化包括戏曲化的探索同时又是焦菊隐学习斯坦尼斯拉夫斯基体系，不断钻研表导演艺术的结果。从20世纪40年代初翻译丹钦科的回忆录，进而认识契诃夫和斯坦尼斯拉夫斯基，到1951年导演《龙须沟》，焦菊隐创造性地运用斯坦尼斯拉夫斯基体系，根据中国演员的现实实际提出"心象说"。焦菊隐对于演剧理论和实践的探索并没有因为《龙须沟》的成功而止步，相反，《龙须沟》只是"焦菊隐导演学派的起点"。1952年6月12日，北京人艺重组成立，焦菊隐正式调离北京师大，出任北京人艺第一副院长、总导演。他在给北京师大音乐戏剧系学生的信中说："我如果想走一条舒服的路，不如在这里教书当教授。办一个剧院，办一个中国式的自己的剧院，没有人给我一套现成的东西。这也许是一条痛苦多于欢乐的道路，但我还是决定要走下去，因为那是我多年的梦想，也曾是很多前辈的理想，它只有在今天才能成为现实。至于荣辱成败，由别人去判断吧。"[3]显然，焦菊隐预见到演剧艺术的探索之路还很漫长，对其中必然包含的艰辛也有着充分的估量。

　　《龙须沟》演出之后，也有人指出在焦菊隐"一片生活"、"消灭第一自我"、"消灭演戏的感觉"的思想指导下，《龙须沟》存在自然主义的倾向。这种批评与其说是道出《龙须沟》的缺陷，毋宁说折射出当时中国话剧舞台的普遍问题。这正是焦菊隐曾指出的："另外，还有一个现象，也相当普遍地存在着，那就是：生吞斯坦尼斯拉夫斯基心理准备过程的理论，

　　[1]邹红：《焦菊隐戏剧理论研究》，北京：北京师范大学出版社，1999年版，第23页。
　　[2]焦菊隐：《千言万语说不尽》，见《焦菊隐戏剧论文集》，上海：上海文艺出版社，1979年版，第4页。
　　[3]苏民、左莱等：《论焦菊隐导演学派》，北京：文化艺术出版社，1985年版，第53页。

无原则地否认形象，认为凡是形象全是形式主义。"[1]

这一现象和问题到了1956年第一届全国话剧观摩演出大会期间暴露无遗。1956年3月，第一届全国话剧观摩演出大会在北京举行。新中国成立后的这第一次话剧艺术的"全面展览和检阅"，集中表现出话剧表导演方面普遍的突出的"自然主义倾向"问题。对于这个问题，著名导演孙维世批评说："我们在舞台上出现了许多琐碎生活细节，这些生活琐碎和生活细节占据了珍贵的舞台时间和空间，也排挤、削弱了艺术真实的表现。如果毫不选择地把什么'真实'都照相似的搬到舞台上，那反会破坏艺术的真实，冲淡艺术的表现力。""在许多戏里，演员抽一袋烟要抽半天，收拾东西就收拾半天，回答人家的话，也要停顿好半天；站在台上，半个脸朝着台里面，只让观众看见一只耳朵。生活中是有这种情形的，可是，我们不应该就把生活不加选择地搬到舞台上来。""生活的琐碎、生活的真实会破坏舞台的真实和艺术的真实。例如在台上用水洗脸，观众一下子就出了戏，因为他们怕演员把油彩洗掉了。有的人把洗脸水往地下乱泼，洒到布景上，观众又出了戏，怕把布景弄糟了。演员用脏手巾擦眼泪，观众怕他生眼病。演员在台上翻草弄得满台飞尘，观众怕尘土吹到台下来。这些琐碎的动作，把观众带到戏外，破坏了艺术的真实。""从这次会演中，我们可以看到许多生活的真实破坏了艺术的真实的情形。"孙维世指出话剧舞台对自然主义"没有引起足够的注意"，"自然主义降低了文艺反映生活的作用和意义，不重视艺术体现的方法，它使得演员不能够创造出正确的、全面的艺术形象"。[2]

观摩话剧会演的外国专家也指出同样的问题："他们缺少那种把现实移植到永远崭新独特的形式中的创造活力，他们停留在实际生活的水平上，就好比一面不放过任何丝毫细节的镜子一样，不折不扣地反映了生活。这

---

[1] 焦菊隐：《导演的艺术创造》，见《焦菊隐文集》第3卷，北京：文化艺术出版社，1988年版，第53页。

[2] 孙维世：《克服话剧导演表演艺术中的自然主义倾向》，载《人民日报》，1956年5月7日。

种倾向必然把我们引向自然主义。""看起来，演员所作所为好像完全合乎斯坦尼斯拉夫斯基体系的全部法则：舞台生活都是非常有机，都是从自我出发的，一点儿也没有'表演'，他们都生活在作者的规定情境之中，时时都保持了他们的自我。可是恰恰因为这个原故，却使人希望演员演点什么，希望他们不仅说出人物的话，而且有一种内在的创造欲，通过人物拿出点'自己的'玩艺儿来。总而言之，就是希望舞台上出现'形象'……只有自然形态的有机行为，但没有自觉的目标，明确的技巧，因此，也没有真正的艺术。只有表面的真实，而没有提高到形象的创造。"[1]

话剧表演上长期存在的这种情况当然也为焦菊隐所认识，是他在《龙须沟》排演前后一直都在思考的问题。而在导演《龙须沟》之后，焦菊隐从于是之的夫人李曼宜手里借到斯坦尼斯拉夫斯基《演员自我修养》（第二部）。与此同时，焦菊隐又把苏联生理学家巴甫洛夫在生理心理学方面的新成就——第二信号系统（条件反射）学说，和表演上的心理——形体动作的原理联结起来。于是他以为自己不但找到了表演艺术理论的根据，而且也找到了自然科学（生理心理学）的唯物主义的根据。这促使焦菊隐1954年在导演曹禺《明朗的天》时，"在艺术方法上出现了一个大转弯——决心要公开和只讲'体验'不讲'体现'的话剧舞台常见病宣战，决定要实验'从外到内'的艺术方法"[2]。尽管这一次实验并不很成功，在排练中，演员对"从外到内"的方法也不适应，以致与焦菊隐产生矛盾，戏称焦菊隐为"面人焦"，称他的排练方法为"捏面人"；但是焦菊隐在这个方向的探索并未因此停止。1963年焦菊隐在沈阳讲学时回忆这段经历说："用形体动作来启发，我是经过几年摸索的。为了试验形体动作方法，我在排《明朗的天》时，演员们给我提了不少意见，说我拿演员做傀儡。这种方法我还是坚持下来，到现在演员也习惯了，方式有些改进，没有强制

[1]苏民、左莱等：《论焦菊隐导演学派》，北京：文化艺术出版社，1985年版，第73页。
[2]苏民、左莱等：《论焦菊隐导演学派》，第57页。

演员。形体动作一定要结合体验去做。"[1]

恰恰也就是在话剧观摩会演期间，一些初次接触戏曲的外国专家对戏曲表现出极大的热情。田汉在介绍这一情况时说："在话剧会演时，许多外国朋友谈到，他们来是想向中国人民的表现方法学习的，但在中国话剧中看不出话剧向民族戏曲传统学习的任何痕迹。他们希望中国戏剧工作者建立起革命的话剧通向民族戏曲传统的黄金桥梁。"[2]实际上在外国朋友之前，焦菊隐已经公开谈到了话剧向戏曲学习以解决形体动作的问题。1954年焦菊隐在北京市文艺工作者第二次代表大会上作专题发言，针对北京舞台表演艺术上的问题发表看法。他谈到动作问题，称"这是一个很现实的问题，必须及早从思想上明确方向，立刻工作，才能纠正目前的一些混乱现象"。在这次发言的结尾，焦菊隐明确提出："话剧所应当向戏曲学习的，便是这种刻画人物内心的创造方法和表现方法，而不是什么掌握观众的情绪。"[3]正是因此，当苏联专家抱怨中国话剧的公式化概念化时，焦菊隐说："他们没看过中国戏曲，请他们去看京戏《三岔口》、《虹桥赠珠》。"而当专家看了戏后问："中国的戏曲手法这么丰富，你们怎么不用？"焦菊隐答道："我早就想用了！"[4]

1956年，苏联戏剧专家鲍·格·库里涅夫在北京人艺院长曹禺的邀请下，到人艺讲学，教授斯坦尼斯拉夫斯基晚年提出的"形体行动方法"，并在北京人艺指导排演高尔基的《耶戈尔·布雷乔夫和其他的人们》。焦菊隐认真地听了库里涅夫的课，并且完整参与了库里涅夫的排练工作。"苏联专家的排练工作是以'在行动中分析剧本与角色'的方法开始的"，关于"在行动中分析剧本和人物"的概念，库里涅夫解释说，"这是斯氏晚年

---

[1] 焦菊隐：《和青年导演的谈话》，见《焦菊隐文集》第4卷，北京：文化艺术出版社，1988年版，第243页。

[2] 田汉：《话剧要有鲜明的民族风格》，载《戏剧报》，1957年第8期。

[3] 焦菊隐：《表演艺术上的三个主要问题》，见《焦菊隐文集》第3卷，第325页。

[4] 辛夷楣、张桐：《记忆深处的老人艺》，北京：生活·读书·新知三联书店，2009年版，第82页。

对体系的重要发展"，"形体动作是内心任务
的外在表现。它具有一定的目的，而且是按
照人物的逻辑在发展"。"当演员把形体行动
和具体复杂的心理活动联系起来的时候，就
很难区别哪一处是形体行动，哪一处是心理
活动，这二者是有机地统一在一起的，是不
可分割的，千万不要简单地、庸俗地把'形
体行动方法'只理解为外部形体的动作，而

1956年，北京人艺刁光覃、朱琳等参与演出《耶
戈尔·布雷乔夫和其他的人们》。

应该是内心活动与外部动作有机统一的'心理形体行动'。"[1]跟随库里
涅夫听课和排演使焦菊隐更完整地认识了斯坦尼斯拉夫斯基体系，体会到
表演上"'从内到外'与'从外到内'的辩证关系"。应该予以注意的是，
在这个认识过程里，他对戏曲的研究基础发挥了重要的作用。焦菊隐后来
说："我学习斯坦尼斯拉夫斯基体系，得力于契诃夫作品的启发者不少，
而得力于戏曲的启发者也不少。戏曲给我思想上引了路，帮助我理解和体
会了一些斯氏所阐明的形体动作和内心动作的有机的一致性。符合于规定
情境、符合人物性格，合理的、合逻辑的形体动作，能诱导正确的内心动
作，在这一点上，我们的戏曲比斯氏的要求更加严格。因此，在反映现实
生活的戏的表演上吸取戏曲的精神，起码是无害的。"[2]

　　洞察到了戏曲与斯坦尼斯拉夫斯基体系之间的深刻联系，焦菊隐在
库里涅夫的学习班结束不久，就向院领导提出了"民族化"的试验。《虎
符》由此而来。北京人艺演员郑榕后来回忆说："库里涅夫来中国提倡的做
法正是焦菊隐当年想实践的……此次授课，焦菊隐收获很大，但是他不照
抄模仿，跟库里涅夫学完，他找到科学依据后，联想到中国的传统戏曲也

---

　　[1]苏民、左莱等：《论焦菊隐导演学派》，北京：文化艺术出版社，1985年版，第64—65
页。

　　[2]焦菊隐：《关于话剧汲取戏曲表演手法问题——历史剧〈虎符〉的排演体会》，见《焦菊
隐文集》第3卷，北京：文化艺术出版社，1988年版，第396页。

具有这样的优点，就是人物在舞台上只要用心行动，就能产生内心体验。他有个想法：要让中国传统的戏曲美学、传统的表演方式与西方戏剧紧密结合，要开创属于中国人自己的表演流派。焦菊隐'民族化试验'的消息就像炸开了锅，当时我们都不理解，不大赞成。只有党委书记赵起扬支持，他说'民族化是路线问题，有意见可以提但不准反对'。"[1]

焦菊隐在跟随库里涅夫听课和排演的过程中"找到了搞民族化改革的科学依据"，"就是说符合逻辑的外部动作能够引起人的内在的情感"[2]。因此，焦菊隐从《虎符》开始，向戏曲借法。走话剧民族化的道路，与他在排演《龙须沟》阶段提出的"心象说"实际上一脉相承，体现了焦菊隐在演剧理论上的推进。焦菊隐后来在《略论话剧的民族形式和民族风格》一文中说："话剧向戏曲学习的主要目的有两个：一是丰富并进一步发展话剧的演剧方法；二是为某些戏的演出创造民族气息较为浓厚的形式和风格。"[3]《虎符》的实验中，这两个目的同时并存。《虎符》是焦菊隐在提出"心象说"之后进一步体会"从内到外"和"从外到内"的辩证关系，继《明朗的天》之后实验从形体动作入手指导演员的作品，而由戏曲的表现形式入手，便使《虎符》自然具有浓厚的民族气息。

在《关于话剧汲取戏曲表演手法问题——历史剧〈虎符〉的排演体会》一文中，焦菊隐说："吸取戏曲表演方法可以有两种作法。一种是吸取戏曲表演方法的精神；一种是吸取精神也兼带形式……《虎符》就是吸取戏曲精神也兼带形式的一种试验。"焦菊隐总结了《虎符》排演过程中学习民族表演形式上包括思想感情的真实、一系列形体动作表现内心动作、没有实物的表演、台词、布景、音乐等八个方面的体会。这其中，戏曲以

---

[1] 陈晓勤：《他们带来斯坦尼体系的灵魂——属于莫斯科艺术剧院与北京人艺的20世纪记忆》，载《南方都市报》，2011年8月16日，B16版。

[2] 陈晓勤：《他们带来斯坦尼体系的灵魂——属于莫斯科艺术剧院与北京人艺的20世纪记忆》，载《南方都市报》，2011年8月16日，B16版。

[3] 焦菊隐：《略论话剧的民族形式和民族风格》，见《焦菊隐文集》第3卷，北京：文化艺术出版社，1988年版，第450页。

人物外在的形体动作来表现人物的内在思
想情感的真实是焦菊隐谈论的一个重要内
容。"所有戏曲的形式都服从于内心世界
的刻画，都为表现内心的真实而存在。"
他举例比较了话剧和戏曲在表现人物交流
上的差异，指出："戏曲就是这样采取许
多外形动作，以表现内在的真实。另外，
也还用某种夸张的形体动作来突出内在的

北京人艺《虎符》剧照

真实。""戏曲是通过一系列的贯串的、逻辑的、合理的、正确的但又非常
简练的形体动作，来表现内心动作的……戏曲动作的特点是简练、鲜明、
准确、合理。它把特定人物在特定环境中的思想感情上的特点、变化，
鲜明地、恰如其分地表现出来。"焦菊隐称："《虎符》也是在寻找这样简
明、准确的动作，来表现复杂的内心世界的，但只能说这仅仅是在寻找的
过程中。有时自己寻找不出，就去搬用戏曲的套子，加以改动，加以组
合。所以就看出生硬的痕迹来。"[1]

　　焦菊隐导演《虎符》的主导思想是借法戏曲尝试一种既有体验又强调
"表现"的艺术方法。[2]《虎符》吸取了戏曲的其他方面，比如时间的艺
术、台词、没有实物的表演、布景、音乐等在后来焦菊隐关于民族化的探
索中得到了进一步的提升。

　　焦菊隐在《关于话剧汲取戏曲表演手法问题——历史剧〈虎符〉的排
演体会》中也论述到了话剧民族化涉及的另外两个重要问题：一是民族化
和戏曲化的关系，一是话剧戏曲化的适合程度。焦菊隐认为"民族风格"
和汲取戏曲遗产并不是一回事。他说："我国的话剧演出，有的戏在民族形
式上更突出些，有的戏虽已具有了民族风格而不易使人察觉。"焦菊隐认为

————————

　　[1] 焦菊隐：《关于话剧汲取戏曲表演手法问题——历史剧〈虎符〉的排演体会》，见《焦
菊隐文集》第3卷，北京：文化艺术出版社，1988年版，第397—399页。
　　[2] 苏民、左莱等：《论焦菊隐导演学派》，北京：文化艺术出版社，1985年版，第78页。

《万水千山》、《冲破黎明前的黑暗》等话剧因为表现了中国人民的性格，它们表现人物思想情感的方式方法也具有民族特征，所以"在剧本的创作上就已经有了鲜明的民族色彩"，"认为我国的话剧演出完全没有民族风格，恐怕是看得太狭隘了，那样恐怕是错误的"。焦菊隐接着说："当然，使某些戏的演出能更多地继承民族遗产，吸取传统的表演方法，以创造更浓厚的富有民族色彩的艺术形象，也是非常有意义的。《虎符》的演出，就是属于这一类的尝试。"[1]因此在焦菊隐看来，话剧的民族化并不始于《虎符》。比如《龙须沟》也是有很强烈、浓厚的民族色彩的。而《虎符》则是在"吸取民族传统的表演方法来丰富它的舞台艺术形象"方面作了尝试和试验。

而对于吸取戏曲形式是否只适合于历史剧而不适合于现代戏的演出，或两者皆可的问题，焦菊隐持谨慎的保留意见。现代戏是否可以吸取戏曲演出形式？他说提不出什么具体意见，因为后者"还没有作过试验"。焦菊隐又说："《龙须沟》很难用戏曲的形式来表演，不能想象，丁四演成'开口跳'，赵大爷演成'架子花'……而象《虎符》这样的历史戏，却可以吸收戏曲的形式来表演。因为作者笔下的历史上的英雄人物，不是通过生活细节来表现的，而是通过集中地突出了人物的主导思想、巨大的激情和最感动人的行为来表现。""是否所有的历史戏都要用《虎符》这种形式来演呢？我认为不一定。有些戏不宜用，有些戏可以用也可以不用。"焦菊隐说："如果作家的感情是澎湃的，作品是富于诗意的，而我们用写实的方法来处理，可能就限制了戏剧的感染力，演出就可能失败。因此，对这样的作品，必须采取能够表现澎湃的感情的方式，更提炼，更美化，更有气魄的形式。像诗人郭沫若同志所写的《虎符》这样富有诗意的剧本，就有运

---

[1] 焦菊隐：《关于话剧汲取戏曲表演手法问题——历史剧〈虎符〉的排演体会》，见《焦菊隐文集》第3卷，北京：文化艺术出版社，1988年版，第392—393页。

用现在我们所探索的这种形式的必要。"[1]什么样的话剧适合运用戏曲的表现方法？焦菊隐强调的是从剧本本身的内容、条件和要求出发去考虑，他称《虎符》剧本的特点，使得在处理《虎符》时"就不能不用千百年来在戏曲舞台上所探讨过和实践着的传统方法来作我们的指导，而进行新的创造了"[2]。

《虎符》演出后，在社会上产生广泛影响，引起戏剧界同行的高度重视和浓厚兴趣，对它有褒有贬，但更多的是肯定。如阿甲说，"《虎符》并不是根据戏曲的方法来接受戏曲，而是根据话剧的特点来吸取戏曲的"，"是根据体验来运用程式的"。有人甚至赞扬说："如何向千锤百炼的表演传统学习，在话剧中得到体现，人艺是先锋。"[3]焦菊隐以《虎符》开端的话剧民族化探索，很快就在《茶馆》、《蔡文姬》、《武则天》等剧中步步推进。

二、从借鉴戏曲形式到吸取戏曲精神

在《虎符》的实验之后，焦菊隐对于"现代戏是否可以吸取戏曲演出形式"的问题，说提不出什么具体意见，因为"还没有作过试验"。而他很快就在1958年推出的《茶馆》和《智取威虎山》这两个现代戏中成功进行了民族化的探索。这两个作品正表明了焦菊隐在话剧民族化理论上的推进。如果说《虎符》更多"直接运用戏曲的程式动作"，

《茶馆》首演剧照

那么《茶馆》和《智取威虎山》这两个现代戏却更多"'化'用了戏曲的

[1] 焦菊隐：《关于话剧汲取戏曲表演手法问题——历史剧〈虎符〉的排演体会》，见《焦菊隐文集》第3卷，北京：文化艺术出版社，1988年版，第393—394页。
[2] 焦菊隐：《关于话剧汲取戏曲表演手法问题——历史剧〈虎符〉的排演体会》，见《焦菊隐文集》第3卷，395页。
[3] 苏民、左莱等：《论焦菊隐导演学派》，北京：文化艺术出版社，1985年版，第70页。

一些艺术方法和原则"[1]。《茶馆》和《智取威虎山》之后，1959年到1963年，焦菊隐又陆续导演了《蔡文姬》、《武则天》、《关汉卿》等作品，他还计划排演话剧《白毛女》，"从剧本入手，包括导演、表演、舞台美术设计各个方面，全面地尝试着运用戏曲艺术的原则、规律"[2]。

这个时期，是焦菊隐戏剧理论研究的又一个高峰期，他在《排演〈武则天〉的一些想法》、《〈武则天〉导演杂记》、《导演·作家·作品》、《豹头·熊腰·凤尾》、《守格·破格·创格》、《连台·本戏·连台本戏》、《谈话剧接受民族戏曲传统的几个问题》、《话剧和戏曲要互相借鉴》、《和青年导演的谈话》、《中国戏曲艺术特征的探索》等一系列论文和讲学记录，以及《论民族化》、《论推陈出新》两篇论文提纲中，密集地探讨了话剧民族化问题。"这一系列内容丰富的理论著作的出现，标志着他的以民族化为核心的导演学派已达到理论与实践相结合的成熟时期。"[3]

这一时期，焦菊隐频频论及话剧民族化问题，自觉地将它作为一个重要的历史命题来承担和倡导。他在1961年《谈话剧接受民族戏曲传统的几个问题》一文中说："对从事话剧艺术的人来讲，更有一个不可推卸的历史责任，即如何实现话剧民族化的问题。我们要有中国的导演学派、表演学派，使话剧更完美地表现我们民族的感情、民族的气派。"[4]1963年《论推陈出新》提纲中又强调："必须植根于本民族的土壤之中，不能丢掉我们千百年来所形成的欣赏习惯、趣味。特别是我们民族艺术自己的、独特的概括生活及表现生活的艺术方法，是需要我们下大力气认真加以研究的宝贵财富。"[5]

焦菊隐也一再辩明话剧的民族化问题并不等同于话剧借鉴戏曲问题。这个问题他在《虎符》的排演体会中已经有所阐发，1959年焦菊隐在《略

[1] 苏民、左莱等：《论焦菊隐导演学派》，北京：文化艺术出版社，1985年版，第91页。

[2] 焦菊隐：《谈构思》，见《焦菊隐文集》第4卷，北京：文化艺术出版社，1988年版，第221页。

[3] 苏民、左莱等：《论焦菊隐导演学派》，第114页。

[4] 焦菊隐：《谈话剧接受民族戏曲传统的几个问题》，见《焦菊隐文集》第4卷，第13页。

[5] 焦菊隐：《论推陈出新》，见《焦菊隐文集》第4卷，第152页。

论话剧的民族形式和民族风格》一文中进一步廓清了民族风格和戏曲形式的区别，他说："不能说话剧这种形式不是民族的形式，也不能说，它的演出风格不是民族风格。同时，戏曲形式自然也不是唯一的民族形式。"但是焦菊隐紧接着说："但它（戏曲）究竟是民族形式。所以话剧适当地、有机地吸收一些戏曲手法，使某些戏的演出，在形式和风格上的民族风格更显得浓厚些，却是很值得摸索试验的。"焦菊隐总结说，"戏剧表演是否具有浓厚的民族味道"主要在于："刻画人物的时候，是否用了人物自己的民族方法方式在表达他的思想感情"，"人物的重要的心理活动，是否也用形体动作细致地形容出来"，"和主线有关的情景，特别是人物的独特的态度，是否表现得特别强烈"，"是否善于选择所要强调的重点，并把它们强调起来，而其强调方式又是中国观众所喜闻乐见的"，等等。[1]焦菊隐在总结这些方面的时候，举到了很多戏曲的例子与话剧作比较，来说明话剧的民族风格问题。从这些归纳中，可以看出焦菊隐这一阶段的民族化探索已经深入戏曲的艺术精神，而不再停留在具体的程式动作之上。

焦菊隐还强调话剧借鉴戏曲，但还是要保留话剧本体性质。他说："话剧可向戏曲学习的东西很多"，但是，"必须严加注意两个方面"，一是"不能丢开自己最基本的形式、方法和自己所特有的优良传统"，二是应当注意"吸收不是模仿，不是生吞活剥，不是贴补，而是要经过消化，经过再创造"。焦菊隐举例说，话剧需要适当吸收戏曲的形体动作，"但是，在我们运用这些动作单位的时候，我们应当首先叫演员进行体验，再在体验的基础上去要求他们适当地运用戏曲动作……在我们演出里所运用的一切戏曲形式，看上去虽然完全象是戏曲的东西，却应当不是戏曲原原本本的东西，一切都得为规定情境、人物性格和特定的思想情感而消化和加工创

---

[1] 焦菊隐：《略论话剧的民族形式和民族风格》，见《焦菊隐文集》第3卷，北京：文化艺术出版社，1988年版，第454—459页。

造"[1]。1963年在给话剧作者讲话时，焦菊隐也谈到这个问题："一定要根据话剧本身的条件和特点，特别要根据它所反映的生活现实内容，借鉴戏曲的美学处理方法，创造性地丰富话剧的表现手段。话剧的新形式，决不能是戏曲的形式。"[2]

焦菊隐在《关于话剧汲取戏曲表演手法问题——历史剧〈虎符〉的排演体会》一文中说："吸取戏曲表演方法可以有两种作法。一种是吸取戏曲表演方法的精神；一种是吸取精神也兼带形式。"《虎符》是"吸取戏曲精神也兼带形式的一种试验"，应该说，《虎符》的探索更多表现于吸取戏曲形式。焦菊隐后来说："当时演员们学习了许多戏曲中的表演程式：亮相、走台步、运用水袖等，就象小孩描红模子那样，在表演上搬用了许多戏曲中好的表现方法。遗憾的是我们未能很好地消化它。"《虎符》之后，焦菊隐更多强调话剧吸取戏曲精神。他说："后来排《蔡文姬》时，大家不满足这种生搬硬套的做法了，在表演上也展开了诸种争论。总的说，就是懂得了注意戏曲中的表现手法、程式这些东西的内涵，使之与话剧结合得更好一些，更自然一些，后来我们在群众场面、舞台调度、时空关系方面的处理上做了一些尝试。这次

《蔡文姬》剧照

排《胆剑篇》就力求人物在舞台上自然、生动，把戏曲的表现形式和技巧与人物创造以及与整个的舞台艺术形象融化得妥帖一些，使之不那么露痕迹。将来排《武则天》时，设想在表演上更接近于生活，在形式问题上能够更超脱一些，把注意力集中于学习、运用民族戏曲传统的精神、原则上。"[3]

随着话剧民族化的深入探索，焦菊隐

---

[1] 焦菊隐：《略论话剧的民族形式和民族风格》，见《焦菊隐文集》第3卷，北京：文化艺术出版社，1988年版，第461—462页。

[2] 焦菊隐：《豹头·熊腰·凤尾》，见《焦菊隐文集》第4卷，第154页。

[3] 焦菊隐：《谈话剧接受民族戏曲传统的几个问题》，见《焦菊隐文集》第4卷，第14页。

越来越强调话剧"化用"戏曲的一些艺术方法和原则，而不是直接运用戏曲的程式动作。焦菊隐说："话剧所要向戏曲学习的，不是它的单纯的形式，或者某种单纯的手法，而更重要的，是要学习戏曲为什么运用那些形式和那些手法的精神和原则。掌握了这些精神和原则，并把它们在自己的基础上去运用，就可以大大丰富和发展自己的演剧方法。""继承、借鉴民族戏曲传统，远非仅限于形式上一招一式的东西，各种手法都应该学。但这只是初步，是基础。更为重要的是，我们要研究戏曲为什么要这样表现，道理何在？再结合我们话剧的特点，吸收、借鉴戏曲手法，并加以发展，使它成为话剧的东西。总之，要消化。"[1] 到了排演《武则天》时，他也说："如果我们只满足于学习和借鉴戏曲的程式化形式和它们的一些传统的艺术手法，而不是发掘这些形式和手法的意义与规律（其中包括美学原则），从而加以学习运用，我们就创造不出话剧艺术的更高形式和更巧妙的表现手法来。"[2]

1963年，焦菊隐在《论民族化》的论文提纲中总结出话剧可以学习、吸收、借鉴的戏曲的"精神和原则"。这一年年初，焦菊隐为一篇想写的论文撰写提纲，这也可以说是他探索话剧民族化的过程中一个初步的小结。当时他打算出版一本《戏剧论文集》，其中有一篇三万字到五万字的论文是准备根据这个提纲来撰写的。提纲分成为个小点：

（一）欣赏者与创造者共同创造。

（二）通过形似达到神似，主要在神似。

（三）通过形使观众得到神的享受，关键不在形，但又必须通过形。

（四）以少胜多。戏剧艺术的全部手段都是为刻画人物服务的。与刻画人物的思想、内心矛盾冲突无关者，该简就简，不拖，不追求所谓"真实"。舞台上的真实不等于生活真实。表演更是如此。

---

[1] 焦菊隐：《谈话剧接受民族戏曲传统的几个问题》，见《焦菊隐文集》第4卷，北京：文化艺术出版社，1988年版，第14页。

[2] 焦菊隐：《排演〈武则天〉的一些想法》，见《焦菊隐文集》第4卷，第40页。

（五）反之，也可以以多胜少。与刻画人物有关者，要细，不放过任何一点细微的矛盾冲突。要有浓郁的情感，细致的过程。人物的思想感情的变化，在生活中是瞬间的事，而舞台上却可以渲染很长时间，这恰是观众要欣赏的。

（六）以少胜多，以多胜少，才能在舞台上产生起伏、节奏、高潮。

（七）在有限的空间和时间中（舞台演出）表现出无限的空间和时间（生活真实）。虚与实的结合，以虚带实（以虚代实）。

（八）一切服从于动。人物之间的关系、矛盾、性格冲突推动情节的发展。由动出静。

（九）以深厚的生活为基础创造出舞台上的诗意。不直，不露，给观众留有想象、创造的余地。但关键又在于观众的懂，如齐白石画虾，画面上只有虾，而欣赏者"推出"有水。如果欣赏者什么也看不出，如何"推"，又"推"向哪里去？这正是戏曲传统的特点，既喜闻乐见——懂与欣赏是交融在一起的，又留有"推"的余地。

（十）要认真研究我们民族戏曲传统中的规律，并兼重欣赏者的要求、习惯。喜闻乐见不等于迎合，要考虑剧场效果，使观众于美的享受中，提高自己的道德情操。[1]

焦菊隐在1961年《谈话剧接受民族戏曲传统的几个问题》中说道："戏剧艺术有个与观众的关系问题。这个问题解决好了，在解决话剧民族化的问题上会有很大好处。我个人认为首先要打破'我演你看'的旧局面。我们的戏曲是与观众共同进行创造的。演员在台上演戏时要忘掉观众，而在着手创造时，却要时时考虑到观众。你的表演他懂不懂，怎样做才能使人物更深刻一些。要讲究安排。要善于打开观众想象的大门，并留有余地，使观众有联想，有回味。切忌一览无余。"[2]焦菊隐对于戏剧艺术观演关系的理解，对于戏剧观众的重要性的理解，应该说是从戏曲那

---

[1]焦菊隐：《论民族化》（提纲），见《焦菊隐文集》第4卷，北京：文化艺术出版社，1988年版，第149—150页。

[2]焦菊隐：《谈话剧接受民族戏曲传统的几个问题》，见《焦菊隐文集》第4卷，第22页。

里得到直接的启发的。认识到戏剧是由欣赏者与创造者共同创造的艺术，而不是将舞台看成观众通过第四堵墙的钥匙孔看里面发生的一切，直接决定了焦菊隐对于生活真实和艺术真实的关系，对于舞台形体动作，以及多少、虚实、形神、观众的想象等一系列关于戏曲的"精神和原则"问题的理解阐述。

在排演《龙须沟》时，焦菊隐强调"一片生活"、"消灭第一自我"、"消灭演戏的感觉"；到了民族化探索阶段，他则强调"观众要看的是戏"、"戏是演给观众看的"、"台上的一片生活并不等于艺术品。观众要看的是戏，也就是经过集中、提炼、典型化了的生活"。这个戏，不是生活，但因其反映了生活的本质，因此也是真的，是艺术的真实。生活的真实与艺术的真实的问题是焦菊隐话剧民族化探索阶段阐述的一个重要的基础的理论问题。焦菊隐说："表演必须真实。但是这种真实又不同于现实生活中的真实。所谓'真真假假'，我理解是这样：在舞台上活动的是活生生的人物，这一点与现实生活无异，不同的是舞台上表现的每个人物又与生活中我们所见的不一样。他是提高了的，是经过演员深入生活以后所提炼、所概括的典型人物。这里面包括有演员对生活、对人物的本质的独特认识。"[1] 1963年，焦菊隐在给中国戏曲学院编剧讲习班讲话时，又专门讲到生活真实与艺术真实的问题。他针对"舞台艺术、表演艺术是真还是假"的问题分析道："从艺术与生活的关系来讲，生活是艺术创造的源泉，艺术是反映生活的。艺术和生活有区

1958年《茶馆》排演中，焦菊隐、老舍（前排右起）与演员座谈。

---

[1] 焦菊隐：《谈话剧接受民族戏曲传统的几个问题》，见《焦菊隐文集》第4卷，北京：文化艺术出版社，1988年版，第21页。

别，但它是从生活中来的。那么你能说从生活中来的是假的吗？"焦菊隐说："艺术所表现的，是人的精神世界，是人的精神面貌，是生活的本质，从这个意义上讲，艺术也是真的。"认识到这一点，对于写戏和排戏都很有帮助。艺术真实反映了生活本质的东西，"戏曲主要就抓这一点。戏曲是通过程式来表现人的精神面貌的，这是一种特别形式的艺术真实。戏曲艺术创造是从生活出发的，越运用丰富的程式，所表现的生活就越传真"[1]。在《茶馆》一剧的排演过程中，在演员们已获得人物"心象"，并且生活在角色后，大茶馆的气氛却并没有出来，"台上的'生活'并不生动，看的人感到索然无味"。这时候焦菊隐启发大家说："舞台表演要自然真实，这是首要的。但台上的一片生活并不等于艺术品。观众要看的是戏，也就是经过集中、提炼、典型化了的生活。"[2]在这个认识基础上，焦菊隐作了很多改善工作，包括对于音响效果配合的调整，他从生活的真实和艺术的真实两方面着手设计了茶馆声音高低起伏、快慢缓急的效果。

正是因为戏曲是有别于生活真实的反映生活本质的艺术真实，所以戏曲可以以少胜多，以多胜少，以有限表现无限，以反映生活的本质，达到艺术的真实。焦菊隐说："戏曲演员是最了解观众心理的，他们懂得观众需要看的是什么。该做的戏，哪怕一点点细小的矛盾也不肯轻易放过去，做得足足的；该省略的地方，轻轻带过，绝不多花力气。"焦菊隐举《拾玉镯》中孙玉姣拾镯子的一段戏为例说明戏曲以多胜少的特点："在生活中青年男女素不相识，一见钟情，他们相互表达爱慕之意，恐怕是唯恐别人发现，稍一表示就会立即避开，不可能把时间拖得很长。而在戏曲中却把人物此时复杂的内心活动表现得淋漓尽致，唯恐不细，唯恐不真，时间要比实际生活中不知长多少倍。但观众并不以为长，因为它是观众希望看的。"同时，戏曲还能以少胜多，"戏曲中对有些细节却表现得非常粗略。'酒宴

[1]焦菊隐：《真假、虚实及其他》，见《焦菊隐文集》第4卷，北京：文化艺术出版社，1988年版，第180—181页。
[2]焦菊隐：《排演〈茶馆〉第一幕谈话录》，见《焦菊隐文集》第3卷，第424页。

摆过'一吹打就算吃完了。一个圆场跑下来，'前面已到什么什么地方'，就算到了"。"这些正是我们话剧艺术迫切需要学习的地方。为了创造人物，要敢于'简'，也敢于'繁'。"[1]焦菊隐指出："我们的话剧，有时既缺少从生活中提炼的东西；又不是抓到一个东西狠狠地强调。这些地方，就需要向戏曲学习。"[2]

　　关于戏曲的虚与实的问题，焦菊隐的理解是："所谓实者就是指所要塑造的人。戏曲最大特点就是集中一切手段表现人，表现人的精神面貌。所以戏曲对布景道具并不讲究，讲究的是如何集中表现人。所谓虚者就是指所要描写的周围环境、客观事物。戏曲舞台上对这些客观环境并不作为重点来表现，而是通过实在的人来表现人所处的环境（自然环境、社会环境、生活环境）和人对环境的感受。""虚实问题总的抓住这个就容易搞通。这几年我们排历史戏，借鉴戏曲，主要就是学这个东西。"[3]

　　对于话剧舞台上人物的行动的强调，也与焦菊隐对戏曲的本质规律的认识相关。焦菊隐在《〈武则天〉导演杂记》中说道："很久以来，有一个现象，引起我不断地深思。戏曲文学剧本总是很短的，可是演出来不但很长，而且精彩动人，紧紧吸住观众。我国传统表演艺术和西洋演剧的最大区别之一是，在舞台艺术的整体中，我们把表演提到至高无上的地位……从台词里挖掘形体动作和舞台行动，用生活细节和浓郁感情来丰富舞台生活和人物形象，因而使剧本一经演出，就焕发光彩，这是中国学派表演艺术的惊人的创造。"他又说："戏曲界有一句内行俚语说，'千斤语白四两唱'，意思是，台词远重于歌唱。据我看来，还应该补充说，'千斤做功四两白'。对于戏曲，念功固很重要，而做工却应当是一切……戏曲表演，非常强调演员的手、眼、身、发、步，正因为中国学派的舞台艺术非常懂

　　[1] 焦菊隐：《谈话剧接受民族戏曲传统的几个问题》，见《焦菊隐文集》第4卷，北京：文化艺术出版社，1988年版，第21—22页。
　　[2] 焦菊隐：《和青年导演的谈话》，见《焦菊隐文集》第4卷，第249页。
　　[3] 焦菊隐：《真假、虚实及其他》，见《焦菊隐文集》第4卷，第183页。

《武则天》剧照

得形体动作的重要性，非常懂得生活气息和微妙的内心活动，不是用语言所能形容的。"[1]从戏曲那里受到启发，认识到舞台形体动作的重要性，使得焦菊隐在强调演员有了内心体验的同时也强调表演的形式。排演《武则天》过程中，焦菊隐这样启发演员："戏是演给观众看的。台上发生的事，演员的感受，一定要让观众明白。演员有了内心体验，还必须找到精确的表现形式，也就是要用语言性的动作，将内心活动表达出来。"[2]正是意识到形体动作表达情感思想的作用，焦菊隐在《武则天》里用到了"无声的台词"："用人物的一举一动、一个姿式、一个神态、一个眼神，说出比有声的语言更响亮、更准确、更复杂的语言，来和作家写出来的台词，交织成为人物内在面貌的交响曲。这样会使人物的议论有了风趣；也会使写实手法的表演，浓厚地染上浪漫的色彩。"[3]

对焦菊隐来说，《武则天》是他"摸索戏曲表演规律的开始"。他说："我在导演《虎符》的时候，较为生硬地采用了戏曲的程式化动作，也采用过一些锣鼓经，加以适当的变化。导演《蔡文姬》略能懂得消化，但没有完全抛开戏曲的形式。由于《武则天》的内容和写作方法所决定，这一次我就必须最大限度地使用话剧的写实的形式，通过这样的形式来体现戏曲表演的精神……《武则天》已经给我构思中的话剧《白毛女》，开始提供了一些初步经验。"[4]然而，焦菊隐的这一构想没能得到实现，他的话剧民族化探索在1963年的《关汉卿》和两部终未完成的论文《论民族化》、《论推陈出新》中草草收场。

---

[1] 焦菊隐：《〈武则天〉导演杂记》，见《焦菊隐文集》第4卷，北京：文化艺术出版社，1988年版，第106—107页。

[2] 焦菊隐：《〈武则天〉导演杂记》，见《焦菊隐文集》第4卷，第53页。

[3] 焦菊隐：《〈武则天〉导演杂记》，见《焦菊隐文集》第4卷，第107页。

[4] 焦菊隐：《〈武则天〉导演杂记》，见《焦菊隐文集》第4卷，第109—110页。

第五节　斯坦尼或布莱希特：演剧观的两种选择

中国当代戏剧史上有"南黄北焦"之说。邹红曾经对处于20世纪50、60年代的焦菊隐和黄佐临的经历做过比较。她说："这时期真正活跃在话剧舞台上的只有两人，即黄佐临和焦菊隐。前者为上海人民艺术剧院院长，后者为北京人民艺术剧院总导演，一南一北，正形成双峰并峙之势，当时话剧界所谓'南黄北焦'之说，便由此而来。不过话虽如此，由于种种现实因素的制约，在50、60年代，黄佐临可以驰骋的舞台天地远不及焦菊隐宽阔，其成就、影响也较焦菊隐略逊一筹。直到80年代以后，黄佐临因其倡导写意戏剧而声誉日隆，遂取代焦菊隐而成为中国话剧导演的领军人物。在焦、黄二人这种影响、地位的转换背后，可以说隐含了中国当代话剧导演理念的重大变化。"[1] 从某种意义上说，黄佐临在20世纪50、60年代之所以无法拥有更广阔的创作空间，正是由于他所坚持的"写意戏剧观"的审美意义指向与当时戏剧界占主导的"社会主义现实主义"创作观的价值取向大相径庭。事实上，黄佐临的 "纯艺术"的、纯粹审美化的戏剧美学追求在20世纪30年代就已经初现端倪。

黄佐临早年留学英国期间，便和当时两位诺贝尔文学奖的获得者——萧伯纳与高尔斯华绥建立了联系。在他眼中，后者无论是在人格魅力上还是在艺术修养上，都略胜于前者。黄佐临认为，萧伯纳为人处事过于张扬，他特别渴望公众对他的肯定，因此他总是十分乐意将自己的身世、经历及创作历程公之于众，而高尔斯华绥却"太谦逊"，他对自己的家庭、

---

[1] 邹红：《从焦菊隐到黄佐临：中国当代话剧导演理念的二度转向》，载《文艺研究》，2007年第7期。

个人际遇及写作经验极少提及。[1]或许是这种性格上的差异性导致了这二者的文风迥异。萧伯纳热衷于在作品中探讨现实社会的实际问题。他试图"把剧场变成他的布道坛"，并急于把自己对于某个社会问题所持有的观点灌输给观众。而高尔斯华绥更倾向于在创作中将人的在世境遇"如其所是"地加以呈现。用他自己的话说，也就是："我剧本里根本没有什么教训，我只不过想讲个故事而已"。[2]尽管高尔斯华绥无意于通过"故事"来解说"教训"，但是其剧作的接受者却在他的"故事"中体认到了比"教训"更为深刻的东西，即人性的巨大张力。例如，在《法网》一剧的第三幕第三场中，他仅借助于演员极为有限的肢体动作就将囚徒"福尔特"在监狱中的情状铺展在了舞台上。虽然这场戏没有一句台词，观众却能通过演员的行动而体验到人物内心的孤独、绝望。与这种感受并生的乃是人强大的意志力——福尔特在不断地克服内心恐惧的同时还不懈地探求着生存之路。人性的张力正是在剧中人一面对生命绝境的惶惑，一面又对此加以积极突围的过程中被凸显。从这个意义上说，高尔斯华绥的作品具有了形而上学层面的意义。是故，黄佐临才会得出结论："在诗人高尔斯华绥身上尚有哲学家的余地，而在哲学家萧伯纳的身上没有诗人的余地"。[3]由此可见，兼具诗人般敏感的心灵与哲学家的敏锐洞察力这双重特质的高尔斯华绥更吸引黄佐临。

　　除此之外，黄佐临高度肯定了高尔斯华绥在编剧技巧方面的才能。他曾说："我以为高尔斯华绥是现代文学巨匠中最智慧最完整的佼佼者。他描绘气氛的才能，他对形式的掌握和匀称的技巧，他的深厚感情，他的

---

　　[1]黄佐临特意举出一个例子以证实这二人性格上的差异，他说："萧与高……的名字同被刊入了贝莱克出版社的《名人录》，而不同的是他们在《名人录》中填写的内容：萧伯纳唯恐写得少，字数虽然有限制，内容尽量填多……高尔斯华绥只怕写得多，除了他的主要著作、住址、所加入的俱乐部之外，只有寥寥数语……"参见纪宇：《喜剧人生·黄佐临》，济南：山东画报出版社，1996年版，第35页。

　　[2]纪宇：《喜剧人生·黄佐临》，第35页。

　　[3]纪宇：《喜剧人生·黄佐临》，第36页。

嘲弄眼力——一切都完整，一切都是艺术，一切都是真实！"[1] 无独有偶，曹禺在改译高尔斯华绥的《争强》时曾发出与黄佐临相似的感慨。他说，高尔斯华绥的高明之处在于，"他用极冷静的态度来分析劳资间的冲突，不偏袒，不夸张，不染一丝个人的色彩，老老实实把双方争点叙述出来，绝没有近世所谓的'宣传剧'的气味。全篇由首至尾寻不出一点摇旗呐喊，生生地把'剧'卖给'宣传政见'的地方。"[2] 这一巧合说明，黄佐临与曹禺是在同一种视域之下来观照话剧这种独特的戏剧样式的。

出演南开新剧团《争强》一剧的女演员张英元

他们所偏重的并非是剧作所蕴涵的思想内容，而是作品本身在形式上所呈现出的独特美感。

黄佐临在回国之后，得知南开新剧团准备排演高尔斯华绥的名作《争强》，便前去观演，并在观剧结束后写了《南开公演〈争强〉与原著之比较》一文。在该文中，他从戏剧语言的编译、人物形象的塑造、关目的设置和舞台调度等方面将南开的改译本与高尔斯华绥的原著进行了对照，并中肯地指出，虽然前者基本尊重了原著，可是在某些细节的处理上却存在失误，以至于损害了原著中的"高氏意味"。事实上，在评价南开版《争强》的过程中，黄佐临解读该作品的方法是存在"吹毛求疵"和"机械对应"的问题的。[3] 尽管如此，黄佐临却未将当时流行的社会学理论引入对作品艺术价值的判断之中。这一点便足以证明他对于话剧独特艺术审美特质的充分尊重与对于作品艺术格调的执着追求。令人寻味的是，同样是在看过南开新剧团所排演的《争强》后，田汉作了一篇题为《关于写作态度——〈国民公敌〉与〈争强〉》的文章。在此文中，他就如何翻译剧

---

[1] 纪宇：《喜剧人生·黄佐临》，济南：山东画报出版社，1996年版，第39页。

[2] 曹禺：《〈争强〉序》，原载《争强》剧本，1930年南开新剧团。

[3] 邹元江：《曹禺剧作与中国话剧意识的觉醒》，载《厦门大学学报》（哲学社会科学版），2007年第2期。

名"Strife"的问题发表了自己的意见。他说："我不十分赞成把Strife译成《争强》。我们知道，劳资斗争是近代特有的一种惨烈的生活斗争，而不是单纯的性格上的争强斗争。译为《争强》，容易把一个社会问题当作个人问题来处理。"[1]也就是说，田汉之所以认为该剧的剧名最好译为"争斗"，是因为"争强"所凸显的是人物之间内在的意志冲突，这无疑遮蔽了他们所分属的不同阶级之间的激烈矛盾。而"争斗"一词不但政治色彩要鲜明得多，而且能更为准确地体现出劳资矛盾的"惨烈"程度。可见，田汉更为看重的是作品的政治实效性，而非纯粹的艺术审美意味。

　　显然，从涉入戏剧评论领域伊始，黄佐临似乎就具有某种艺术上的自觉：他在评价某些剧作家的艺术成就或者某部作品的艺术价值时，自动放弃了田汉等人所惯用的社会政治意识形态化的话语模式。他所关心的是戏剧作品的呈现形式是否能带给观众审美愉悦，剧作是否蕴涵着某些深刻的在世体验。不难发现，在黄佐临早年的戏剧美学追求中，他后来所提出的"写意的戏剧观"中的主要观点已经初步形成了。

　　虽然同样有着海外留学经历，也同样研修过西方演剧（导演）理论，但是与焦菊隐相比，黄佐临的戏剧理论视野似乎更为广阔。他没有把自己的研究眼光仅囿于斯坦尼理论体系一家，而是同时将研究视线投向了其他理论体系，诸如布莱希特等人的戏剧主张，并密切关注了中国戏曲的审美特质。据黄佐临回忆，他是于1936年留英期间接触到斯坦尼理论的。[2]由于当时讲授斯坦尼所撰写的《演员自我修养》的教师并非斯坦尼的忠实信徒，因此他们实际上探讨的不是完全意义上的斯坦尼体系。也可能出于这

---

　　[1]田汉：《田汉全集》第14卷，石家庄：花山文艺出版社，2000年版，第546页。
　　[2]黄佐临说："我和丹尼在英国，一个学导演，一个学表演，那时候是一九三五年至一九三七年，到一九三六年英文版的《演员自我修养》出版，我们就在那儿学了。可是我们的学习是向一个法国人学的，法国人和英国人那时都在讨论这本《演员自我修养》，而教的时候却不是斯坦尼体系。"参见黄佐临：《总结·借鉴·展望》，见《导演的话》，上海：上海文艺出版社，1979年版，第282页。

样的原因，与焦菊隐笃信斯坦尼理论的正确性不同，黄佐临对斯坦尼体系的认同感没有那么强烈。同年，黄佐临读到了布莱希特所撰写的《论第四堵墙与中国戏剧》。在这篇文章中，布莱希特宣称，他就是要打破斯坦尼所极为珍视的"第四堵墙"。如何推翻这"第四堵墙"呢？布莱希特从梅兰芳的演出中获得了极大的启发。他兴奋地说，"我要追求的'间隔效果'跟梅兰芳的表演太相近了"[1]。布莱希特的表述引起了黄佐临极大的兴趣，并促使他开始关注布莱希特的艺术实践活动。自此以后，黄佐临也越来越清醒地意识到，在西方语境下，虽然斯坦尼斯拉夫斯基的表导演理论已被广泛地认可与接受，可是这些观念并非如中国语境中的接受者们所臆想的那样，是每个戏剧创作者所必须依循的金科玉律。相反，它只是西方诸多戏剧主张中的一种，且只给出了戏剧排演的一种可能样式。

黄佐临对中国戏曲的呈现方式也进行了较为细致的考察。在黄佐临夫妇回国暂居于天津英租界期间，二人就经常去看昆曲，并且和当地的昆家名角有交往。[2]不久，他们应曹禺之邀，前往重庆国立戏剧学校任教。在渝期间，黄佐临的夫人丹尼对京剧产生了极大的兴趣，并决意要学习几出戏。她和黄佐临积极寻师求艺，并最终学会了《四郎探母》中的《坐宫》。虽然丹尼在京剧表演艺术上的才能有限，黄佐临本人同样也不精于此道，但是他的观剧与学艺经历无疑有助于他对戏曲艺术特性的理解。

20世纪50年代，斯坦尼斯拉夫斯基表导演理论体系被系统地引入中国，被国内的大多数演员及导演奉为圭臬。无论是表述表演体会，还是阐述导演计划，表导演者均自觉或不自觉地运用着斯坦尼体系的话语。在

[1] 黄佐临：《总结·借鉴·展望》，见《导演的话》，上海：上海文艺出版社，1979年版，第291页。

[2] 由于租界中的人们对昆曲演出并不热衷，因此昆曲生计比较艰难。"为了帮昆剧团摆脱困境，作霖（佐临）点了几出戏，让他们精心排练，做好演出准备。他用英文写了一篇热情介绍昆曲的文章，通过三个剧目，介绍昆曲古老的传统和精湛优美的表演艺术。"也正是在黄佐临的极力推介下，租界中前去观赏昆曲的人越来越多，甚至观看昆曲一时成为了当时外国人和"高等华人"的时尚。参见纪宇：《喜剧人生·黄佐临》，济南：山东画报出版社，1996年版，第70页。

当时中国的语境下，人们之所以会如此推崇斯坦尼的表导演方式，原因有二：其一，"现实主义"的创作方法一直在中国剧坛上占据着绝对权威的地位。这种创作方法是以"真实"地再现生活中的事件为戏剧美学追求的。它的美学意义指向与斯坦尼的要在舞台上真实地再现生活的审美意趣具有内在的一致性；其二，中国与苏联的特殊关系为斯坦尼理论被系统地引入、推广提供了良好的契机。[1]虽然从客观上说，通过对斯坦尼表导演理论的研习，中国戏剧工作者的艺术修养和专业技能得到极大的提升，但是当斯坦尼理论体系的话语方式逐渐上升为戏剧创作的权威话语时，它便开始限制艺术家的艺术创作思维。

　　焦菊隐在排演《虎符》时，就已经发现了斯坦尼表导演理论的局限性。在排演过程中，焦菊隐所面临的困难之一是台词的处理方式。《虎符》一剧的台词不具有统一的文体：有的是明白晓畅的口语，有的是类似散文诗式的表达样式。比如，剧中"如姬"的一段长达三千字的独白就是以韵文的形式写成的。[2]韵文式台词的念诵方式与日常语言式台词的演说方法无疑是不同的。焦菊隐也敏锐地意识到，如果他将这些由不同文体写成的台词统一使用"写实的方法来处理，可能就限制了戏剧的感染力，演出就可能失败"[3]。那么，如何能在舞台上突显出作品中"诗"的韵味呢？焦菊隐的方法是在坚持斯坦尼表演方式的前提下，借鉴中国传统戏曲的表现手段。按照斯坦尼的观点，话剧隶属于"体验艺术"，或者说是

---

　　[1]陈世雄指出："斯坦尼斯拉夫斯基体系乃至苏联的各种文学艺术在中国的传播不仅不再遇到任何政治障碍，而且一路绿灯，传播的方式也从自发、零散的民间交流改变为国家以行政手段有计划、有组织地大规模传播，这主要是从1953年开始的……1953年至1957年，是我国戏剧界比较全面、系统、深入地学习斯坦尼斯拉夫斯基体系的时期……在这期间，我国先后聘请了7位苏联专家来华讲授斯坦尼斯拉夫斯基体系。"参见陈世雄：《三角对话：斯坦尼、布莱希特与中国戏剧》，厦门：厦门大学出版社，2003年版，第104—105页。

　　[2]焦菊隐：《焦菊隐论导演艺术》（下），北京：中国戏剧出版社，2005年版，第543页。

　　[3]焦菊隐：《焦菊隐论导演艺术》（下），第543页。

非"表现性艺术"，而中国戏曲乃是"表现性艺术"中的一种。[1]无论是在形式呈现上，还是在审美价值指向上，这二者的差异性极大。焦菊隐试图在这二者之间寻求到一个平衡点。他在《关于话剧汲取戏曲表演手法问题——历史剧〈虎符〉的排演体会》一文中说："我学习斯坦尼斯拉夫斯基体系……得力于戏曲的启发也不少。戏曲给我思想上引了路，帮助我理解和体会了一些斯氏所阐明的形体动作和内心动作的有机的一致性。符合于规定情境、符合于人物性格、合理的，合逻辑的形体动作，能诱导正确的内心动作，在这一点上，我们的戏曲比斯氏的要求更加严格。"[2]简言之，焦菊隐认为，戏剧人物的内心活动必须通过演员的形体动作展示出来。只要能有效地传达出戏剧人物的所思所感，那么排演者就不必拘于某一种表现手段。斯坦尼所推崇的生活化、日常化的形体表达方式固然能准确地表现出剧中人物的内心动作，但是，在中国戏曲中，戏剧人物的喜、怒、哀、乐分别与一整套程式动作相对应。这些戏曲程式同样能准确地传达出人物的情感状态，只是表现同一种情绪或情感经验的具体程式可能因戏剧人物所属行当的不同而有所差别。基于此，他在排练中大胆地引入了一系列戏曲程式。仅在"祖饯"一场中，他就用了"二三十个戏曲的动

[1]斯坦尼斯拉夫斯基在《论戏剧艺术的各种流派》一文中，分别阐释了"匠艺"、"表现艺术"和"体验艺术"。他将"表现艺术"也称为"第二种流派"。他指出："按照第二种流派的见解，应该比朴素的天性本身更好、更美，它应该纠正生活，并使它变得雅致。在剧场中需要的不是真正的生活本身及其实际的真实，而是使这种生活理想化的美丽的舞台程式。"在这段表述中，斯坦尼所说的"表现艺术"显然不是以在舞台上真实地再现生活中的事件为目的的艺术形态。用他的话说，"表现艺术"中展示的生活应当比真实的生活更"美"，更"雅致"。而呈现这种"美"和"雅致"的载体或媒介正是一系列的程式。由此不难得知，所谓"表现艺术"，是指建立在程式的组合、化合的基础之上的，以直接在舞台上塑造和呈现美的形式为目的的艺术样式。按照斯坦尼的思路，中国戏曲、西方的歌剧都应当属于纯粹的"表现艺术"。与"表现艺术"相对的"体验艺术"是"非表现性"的。斯坦尼指出："体验艺术的目的是在舞台上创造活生生的人的精神生活，并通过富于艺术性的舞台形式反映这种生活。"这也就是说，"体验艺术"并不以在舞台上直接创造和呈现纯粹的美的形式为目的，而是要在舞台上展示人的精神面貌和情感状态，而"富于艺术性的舞台形式"仅仅只是反映"活生生的人的精神生活"的媒介。参见〔苏联〕斯坦尼斯拉夫斯基：《斯坦尼斯拉夫斯基全集》第6卷，郑雪来、姜丽、孙维善译，北京：中国电影出版社，1986年版，第69—79页。

[2]焦菊隐：《焦菊隐论导演艺术》（下），北京：中国戏剧出版社，2005年版，第545页。

作"。需要指出的是，焦菊隐并不是生硬地直接搬用这些程式，而是把它们进行重新改造后，再将之重组、化合。[1]不但如此，在舞美设计上，焦菊隐还参照了中国传统戏曲的舞台布置方法，放弃使用繁复的布景和道具，而将舞台还原成一个"空"的空间。正如学者邹元江所言，中国戏曲舞台本来就是一个"空荡荡"的空间，正是它的"空无一物"才建构出中国戏曲艺术的审美至境。[2]总之，在《虎符》的排演中，焦菊隐将中国传统戏曲的表现手法引入话剧舞台创作中的尝试无疑是成功的。曾与他有过两度合作经历的梅阡也肯定了焦菊隐的做法，他说："在《虎符》排演过程中，我们强调了向戏曲表演艺术学习……学习在舞台动作上的去粗存精，删繁就简，千锤百炼，只是具有鲜明表现力的精神……在剧本方面也做了一些调整，突破三一律的束缚，把剧本拆开重新分了场次……在舞美方面，反复构思，多次设计，最后用了全堂的黑幕作衬，只摆几件具有典型意义的道具来说明环境追求的是诗的意境而不是繁琐的写实，从效果看，还是较有气势的。"[3]

从某种意义上说，焦菊隐将中国戏曲的表现手法引入话剧创作之中的目的，是为了弥补斯坦尼体系自身所存在的话剧表现手段贫乏的缺陷。他尚未对斯坦尼体系的局限性加以深度反思。黄佐临对斯坦尼体系却持有与焦菊隐完全不同的态度。他在意识到斯坦尼理论的局限性后，大胆地否认了斯坦尼理论体系的绝对权威性。与此同时，他开始不遗余力地介绍布莱希特的戏剧美学思想。

1959年，黄佐临决定排演布莱希特的作品《胆大妈妈和她的孩子们》。他选择排演该剧是出于两个原因：其一，在建国十周年之际，"按照中德文化协定，中国要排一出德意志共和国的戏剧。德国大使馆提供了

---

[1] 焦菊隐：《焦菊隐论导演艺术》（下），北京：中国戏剧出版社，2005年版，第547页。

[2] 邹元江：《中西戏剧审美陌生化思维研究》，北京：人民出版社，2009年版，第285页。

[3] 柯文辉：《梅阡》，北京：十月文艺出版社，1995年版，第92页。

《胆大妈妈和她的孩子们》这部剧本"[1]。也就是说，搬演该剧与其说是带有实验性质的艺术实践活动，不如说是个政治任务。其二，黄佐临试图借排演《胆大妈妈和她的孩子们》的机会来探寻迥异于"四堵墙"式戏剧呈现形态与高度程式化的戏剧展演样态的新的戏剧表现形式。

　　在排演《胆大妈妈和她的孩子们》时，黄佐临做了大量的准备工作。首先，他深入地解读了剧情，尤其是对主要人物"胆大妈妈"的形象作了全面解析。在他看来，"胆大妈妈"决非是符合当时中国观众和评论界的审美期待的英雄人物。"胆大"并不是指她具有革命性、反叛性，相反，她是"一个唯利是图，一个依附于战争，却被战争残酷地夺去了全部亲人生命的商贩，一个被战争和物欲扭曲了的典型形象"[2]。她和占据着当时中国舞台的"高、大、全"式的人物有天壤之别。其次，他意识到，排演布莱希特的作品，就必须打破"第四堵墙"的限制。1959年8月，在正式排演《胆大妈妈和她的孩子们》之前，黄佐临专门作了题为《德国戏剧艺术家布莱希特——在上海人民艺术剧院排演〈胆大妈妈和她的孩子们〉前的讲话》的报告。他强调布莱希特的戏剧创作目的是，试图在作品中展现"病态的社会条件如何歪曲了原来勇敢、勤劳、正直的人的性格，怎样在腐朽的社会制度下变成了强盗、寄生虫和淫棍"[3]。从表面上看，布莱希特的戏剧主张似乎与"易卜生主义"或者说"现实主义"的内涵具有内在的一致性，即戏剧演出的目的似乎是揭露人性及现实社会的阴暗面。然而，与后者相比，前者并不满足于对人性弱点和社会不平现象做一般性的展示和描绘，而更倾向于对造成此种状况的原因进行形而上学层面上的探讨。尤其需要注意的是，布莱希特是需要观众一起参与到这种讨论之中的，故而他希望观众不要简单地把自己的注意力集中在演员所演绎的剧情上，而是要求他们运用理智来对剧情与剧中人物的行为加以评判。因此，他主张

---

　　[1] 纪宇：《喜剧人生·黄佐临》，济南：山东画报出版社，1996年版，第107页。
　　[2] 纪宇：《喜剧人生·黄佐临》，第108页。
　　[3] 黄佐临：《导演的话》，上海：上海文艺出版社，1979年版，第135页。

"间离效果"，也即在舞台上破除生活幻觉，人为地拉开演员与角色、演员（角色）与观众之间的距离。在具体的排演过程中，黄佐临基本上也是按照布莱希特的戏剧思路来导演该剧的。可令人遗憾的是，尽管他的案头工作做得十分扎实，演员的演技也非常出色，这部戏还是无法为当时的大多数观众所接受，甚至连戏剧专业的教员也看不下去。据上海戏剧学院的教授何纪华回忆，在《胆大妈妈和她的孩子们》首演当晚，他是为了观摩何为"间离效果"才去观看演出的，而一般观众则是抱着好奇心去的，他们只是"想来看看布莱希特究竟是怎么回事"。观剧的结果正如何纪华所描述的："……我看了还不到一半，就觉得看不下去。这时观众已大批离场，我想我应该坚持住，不是戏本身吸引我，而是想看个究竟……最后只剩下三四个人，又走了几个，剩下一个人，那就是巴金……"[1] 其实，当时的观众乃至于戏剧研究者难以认可《胆大妈妈和她的孩子们》的原因是显而易见的。对于习惯于观赏具有"起、承、转、合"性质的剧情、陶醉在"舞台幻觉"中的观众而言，布莱希特的具有"间离性"的作品自然无法取悦他们。这一点所反映出的事实即是，在当时中国的语境下，中国观众所秉持的戏剧观与布氏的戏剧美学思想是大相径庭的。也正是通过这次演出，黄佐临对这一点有了深刻的认识。而《胆大妈妈和她的孩子们》排演的失败也促使黄佐临进一步反思斯坦尼理论体系给中国话剧界带来的负面影响，并确立坚持推介布莱希特戏剧美学主张之决心。而这又为黄佐临"三大体系"说的提出打下了基础。

第六节 从"三大体系"到"写意戏剧观"

1962年，黄佐临发表了《漫谈"戏剧观"》一文。在该文中，他正式

---

[1] 纪宇：《喜剧人生·黄佐临》，济南：山东画报出版社，1996年版，第110页。

提出了"三大体系"说。黄佐临所言的"三大体系"乃是指斯坦尼斯拉夫斯基理论体系、布莱希特理论体系与梅兰芳表演体系。众所周知，一个完整"体系"的构成不但需要充分的理论准备，而且理论的合理性还必须经得起实践活动的检验。不仅如此，一个成熟而完整的体系是拥有某种特殊的、相对固定的思维模式和话语方式的。从这个意义上说，"三大体系"说中所涉及到的这三个"体系"是否都能称其为"体系"是有待商榷的。

斯坦尼斯拉夫斯基表导演理论，实际上承袭了由亚里士多德所开创的西方戏剧传统。亚里士多德在《诗学》中为"悲剧"下了著名的定义。在这个定义中，他规定了悲剧的内容、呈现方式以及创作目的。所谓"内容"，也即是悲剧应当模仿什么的问题。按照亚里士多德的说法，悲剧应当模仿"严肃"、"完整"且有一定长度的"行动"。"完整"又被他阐释为"整一性"。在他看来，编织一个结构完美的布局就是建构出具有"整一性"的行动。这个"整一性的行动"内部要"严密到这样一种程度，以致若是挪动或删减其中的任何一部分就会使整体松裂脱节"。[1]事实上，亚里士多德意义上的"整一性的行动"包括了两方面内容：一方面，剧作家所构想的戏剧事件的发生、发展和完结必须严格地按照逻辑顺序依次展开；另一方面，作品中人物性格的前后变化也应当具有一定的逻辑层次。亚里士多德说："作为一个整体，悲剧必须包括如下六个决定其性质的成分，即情节、性格、言语、思想、戏景和唱段。"[2]其中，"事件的组合"，也就是"情节"，是"成分中最重要的"。[3]"性格"的重要性虽次于"情节（行动）"，但是由于"思想和性格乃是行动的两个自然动因"，因此剧中人物"性格"的变化走向也就应当和"情节"的发展方向具有逻辑上的

---

[1]［古希腊］亚里士多德：《诗学》，陈中梅译，北京：商务印书馆，1996年版，第78页。
[2]［古希腊］亚里士多德：《诗学》，陈中梅译，第64页。
[3]亚里士多德指出："事件的组合是成分中最重要的，因为悲剧摹仿的不是人，而是行动和生活［人的幸福与不幸均体现在行动之中；生活的目的是某种行动，而不是品质；人的性格决定他们的品质，但他们的幸福与否却取决于自己的行动。］所以，人物不是为了表现性格才行动，而是为了行动才需要性格的配合。"参见［古希腊］亚里士多德：《诗学》，第64页。

一致性。在西方语境中，亚里士多德所提出的"整一性"是最重要的戏剧美学原则之一。悲剧的呈现方式被限定为借助于"人物的行动"，也就是演员的形体表演。虽然亚里士多德在《诗学》中只有极少的言辞涉及到了演出技巧，但是他却对诗人的创作提出了这样的要求："在组织情节并将它付诸言词时，诗人应尽可能地把要描写的情景想象成就在眼前，犹如身临其境，极其清晰地'看到'要描绘的形象，从而知道如何恰当地表现情景，并把出现矛盾的可能性压缩到最低的限度……诗人还应尽可能地将剧情付诸动作……例如，体验着烦躁的人能最逼真地表现烦躁，体验着愤怒的人能最逼真地表现愤怒。"[1]简言之，亚里士多德希望诗人能够以"设身处地"的状态来编织情节，仿佛他本人就参与到了自己所建构的戏剧事件之中。尤其在塑造人物形象时，诗人若要使自己所描写的人物真实可信，也要全身心地去体察某一人物在规定情景中的特殊情绪，并将这种情绪如实地记录下来。这样做的益处在于，一方面它能使诗人所架构的戏剧情节的发展过程符合人们认识的一般逻辑，另一方面，它使诗人笔下的人物形象更加生动和鲜明。不难看出，亚里士多德所给出的这些剧本编写上的建议无疑对演员的表演也有启示意义：在舞台上，演员显然是不能完全按照自己的意愿来展演角色的，[2]他们的演出应当以剧本为依据，以对于戏剧人物内心情感的"体验"为基础，唯有如此，他们塑造出的角色才是逼真的、具有可信性的。悲剧创作目的被亚里士多德表述为引发观众们"怜悯和恐惧"并使这种感情得到"疏泄"。这里的"疏泄"、"疏散"或"陶冶"，其原文是"卡塔西斯"。作为宗教术语，它是"净罪"意思，而作为医学术语，它有"医疗"的意思。在亚里士多德对悲剧所下的定义里，他所取的是"医疗"之意。他认为悲剧在观众的心里引起太强或太弱的恐惧与怜悯都不好，必须求其适度。"悲剧的卡塔西斯作用"就是使这种恐惧和怜悯成

---

［1］［古希腊］亚里士多德：《诗学》，陈中梅译，北京：商务印书馆，1996年版，第125页。

［2］亚里士多德指出："演员们以为不加些自己的噱头观众就欣赏不了，因此在表演时用了许多动作……"参见［古希腊］亚里士多德：《诗学》，第191页。

为适度的感情，使观众们通过对悲剧的观赏来获得心理的健康。显然，在亚里士多德看来，悲剧也并非要在舞台上展现纯粹的审美形式，它与人的精神生活有着十分紧密的关系。这一点使西方戏剧从此具有了认识论上的意义。

斯坦尼斯拉夫斯基所提出的"最高任务和贯串动作"，其实可理解为亚里士多德意义上"整一性"的引申。斯坦尼指出："最高任务和贯串动作是蕴藏在我们的天性中、蕴藏在我们隐秘的'自我'中的天赋的生活目的和意向。每一剧本、每一角色都包含有自己的最高任务和贯串动作，它们构成角色和整个作品的活生生的生活的主要实质。贯串动作更应该到天生的激情中去寻找，到宗教的、社会的、政治的、美学的、神秘的及其他的情感中去寻找，到天赋的资质或缺陷中，到人的天性中最为发达的、受它秘密指引的善或恶的因素中去寻找。"[1]显然，斯坦尼意义上的"最高行动线"或者称"最高任务"包括两层意义：就戏剧作品本身而言，"最高任务"可具体化为作品本身均蕴涵着的某个特殊主题，而这些主题往往就是作者对于"生活的主要实质"的独特理解；对于演员来说，他们的任务就在于思考如何借助于自己的肢体行动将戏剧事件呈诸观众面前，并将作品的主题意蕴加以清晰地表达。显然，演员的舞台动作是与剧情的推进、作品思想内蕴的层层揭示紧密相关，它是具有一定指向性、目的性的。那么演员又该如何表演，从而实现"最高行动线"的展演呢？斯坦尼认为这取决于演员能否"正确地"表演角色。而"正确地"表演角色又被他表述为"体验角色"。他阐释道：

> 什么叫做"正确地"表演角色？这就是说：在舞台上，要在角色的生活环境中，和角色完全一样正确地、合乎逻辑地、有顺序地、像活生生的人那样去思考、希望、企求和动作。演员只有在达到这一步以后，他才能接近他所演的角色，开始和角色同样去感受。用我们的

[1]　［苏联］斯坦尼斯拉夫斯基：《演员创造角色》，见《斯坦尼斯拉夫斯基全集》第4卷，郑雪来译，北京：中国电影出版社，1985年版，第161页。

行话来讲，这就叫做体验角色。[1]

不难看出，斯坦尼意义上的"体验角色"与亚里士多德所说的"体验"有共同的意义指向，即它们都是以艺术创作者（诗人/演员）重新审视并再次体察自身所已经经验过的人生境遇和感情经历为创造的开端的。斯坦尼在亚里士多德的基础上，从表演学的角度对"体验"加以了进一步的阐发。在斯坦尼看来，"体验"作为演员"正确地表演角色"的方法，它要求他们以剧本中角色的思维方式思考问题，按照角色的生活方式生活，其目的就是要在舞台上塑造出"逼真"的人物形象。这里的"逼真"有两重含义：其一是指演员在"外部表现"上尽量地接近其所要饰演的角色；其二是指演员要通过自己的表演"创造角色的'人的内心生活'"，也即揭示出角色内在的精神状态。对于斯坦尼而言，后者显然更为重要，他将这一点归结为"舞台艺术的基本目的"。

需要指出的是，斯坦尼所认定的"舞台艺术的基本目的"与亚里士多德所规定的悲剧的演出目的是存在分野的。前者以为，演员只有通过"体验"角色，才能与其所要饰演的角色合二为一，由此方能让观众相信他们所扮演的角色、所演绎的故事是真有其人其事的。也正是基于这种逼真性，观众们才会不自觉地将自己的注意力完全集中在情节的发展和人物性格的演进上，并且密切地关注着剧中人物的喜怒哀乐。在此种情况下，观众们常常会与角色在情感上产生强烈的共鸣，并从这种观剧体验中获得独特的审美快感。而后者则强调，悲剧演出的目的不只是让观众沉迷于激烈的戏剧矛盾冲突之中，感喟剧中人的不幸遭遇，它要求观众在观剧过程中自觉地运用理智，克制自己随时可能被紧张的剧情所诱导而泛滥的情感，并能冷静地评判剧中人物的得失，从而使自身的道德情感得到升华。由此不难看出，事实上，斯坦尼所理解的戏剧演出目的仅止于亚里士多德意义上的"引起观剧者的怜悯和恐惧"层面上，而尚未达到"卡塔西斯"的境界。

---

　　[1]［苏联］玛·阿·弗烈齐阿诺娃：《斯坦尼斯拉夫斯基体系精华》，郑雪来等译，北京：中国电影出版社，2008年版，第154页。

布莱希特所推崇的戏剧形态，无论是在戏剧的呈现形式上还是在排演的目的上都迥异于亚里士多德式的戏剧性戏剧；布莱希特的戏剧主张与斯坦尼斯拉夫斯基的戏剧美学思想也大相径庭。诚如瓦尔特·本雅明所言："布莱希特以其史诗性戏剧同以亚里士多德的理论为代表的狭义的戏剧性戏剧分庭抗礼。因此可以说，布莱希特创立了相应的非亚里士多德式的戏剧理论，就像利曼创立了非欧几里得几何学一样。"[1]布莱希特将自己所建构的"非戏剧性的戏剧"界定为"史诗剧"。他在《马哈哥尼城的兴衰》的注释中，首次在理论上对这种戏剧样式进行了阐述。尤其值得注意的是，在这篇论著中，他将戏剧性戏剧的美学特征与史诗剧的形式特点进行了详细对照，意在说明"从戏剧形式戏剧向史诗形式戏剧的一些重点的移动"：

戏剧形式的戏剧	史诗形式的戏剧
舞台体现一个事	舞台叙述一个事件
把观众卷进事件中去	把观众变为观察家
消磨他的行动意志	唤起他的行动意志
触发观众的感情	促使观众作出抉择
向观众传授个人经历	向观众传授人生知识
让观众置身于剧情之中	让观众面对剧情
用暗示手法起作用	用辩论手法起作用
保持观众各种感受	把感受变为认识
把人当作已知的对象	把人当作研究的对象
人是不变的	人是可变的而且正在变
让观众紧张地注视戏的结局	让观众紧张地注视戏的进行
前场戏为下场戏而存在	每场戏可单独存在
事件发展过程是直线的	事件发展过程是曲线的
自然界是不会发生突变的	自然界是会发生突变的
戏展示世界现在的面貌	戏展示世界将来的面貌

[1] 张黎编选：《布莱希特研究》，北京：中国社会科学出版社，1984年版，第13页。

表现人应当怎样	表现人必须怎样
强调人的本能	强调人的动机
思想决定存在	社会存在决定思想[1]

通过对比，不难看出，亚里士多德所建构的西方传统的戏剧性戏剧与布莱希特所倡导的史诗剧至少在两个方面是存在着明显分野的。从戏剧的形式结构上说，戏剧性戏剧的结构是封闭式的，其剧情的起、承、转、合之间有着严密的逻辑关系，并且有一个"最高行动线"贯穿于全剧之中；而史诗剧的结构是松散的、开放式的，它并不苛求戏剧事件本身的"整一性"，甚至不追求舞台展演的整体效果。从观剧体验上看，戏剧性戏剧发展到斯坦尼斯拉夫斯基所处的历史阶段，它以调动情感来吸引观众，让他们沉溺于戏剧情节之中，与剧中人物同喜同悲。史诗剧则不然，它要表现"存在决定意识"的观念，告诉人们一切都在变化着，一切都是可以改变的。它力图唤醒观众的理智，让他们面对舞台时成为冷静的旁观者，能动地对待剧情，对戏剧行动不是去入迷地感受，而是采取一种批判的态度，去判断、认识与剧情相对应的社会本质，最终达到唤起观众去改造社会的目的。

史诗剧是如何做到使观众自觉地与舞台上正在进行的剧情保持一段距离，且以客观、冷静的态度来对待戏剧事件的呢？布莱希特在史诗剧的创作中，致力于推翻斯坦尼斯拉夫斯基所极为珍视的"第四堵墙"，打破舞台幻觉。为了达到这一目的，他使用"陌生化"的手法对其要表现的戏剧事件加以了重构。关于"陌生化"的含义，他在《戏剧小工具篇》中解释道："陌生化的反映是这样一种反映：对象是众所周知的，但同时又把它表现为陌生的。""长期未曾改变过的事物，似乎是不可改变的。我们到处都遇到一些过于理所当然的事物，我们必须去理解它们……戏剧必须借助对人类共同生活的反映，激发这种既困难又有创造性的目光。戏剧必须使它的观众惊讶，而这要借助一种把令人信赖的事物陌生化的技巧。"这样，"某些自然

---

[1] ［德］布莱希特：《布莱希特论戏剧》，丁扬忠译，北京：中国戏剧出版社，1990年版，第106—107页。

而然的事变得不那么自然而然了，当然只是为了真正地变得可以理解"。简言之，所谓"陌生化"的过程，也就是要对人们所习以为常的事物加以"悬置"（Epoche）或者说"加括号"，并加以再认识的过程。对于"悬置"，胡塞尔在《纯粹现象学通论》中论述道："我们使属于自然态度本质的总设定失去作用，我们将该设定的一切存在性方面都置入括号：因此将这整个自然世界置入括号中，这个自然界持续地'对我们存在'，'在身边'存在，而且它将作为被意识的'现实'永远存在着，即使我们愿意将其置入括号之中。"[1]

胡塞尔所说的"自然态度"指的是这样一种态度："我们在自然的观点中直向地面对现实世界，将现实世界的存在看作是一个毋庸置疑、不言自明的前提，不将它看作问题，不把它当作课题来讨论。"[2]"悬置"则是指"使那个规定着自然观点本身的普全存在信仰（自然观点的总命题）失去效用。与此同时，所有那些在课题对象方面的理论成见也受到排除"[3]。因此，"悬置"也就意味着将无论是现时的还是习惯的思维方式或行为方式都判为无效。也正是在"悬置"的基础上，人们才有可能更进一步地对已经被"判为无效"的思维方式和行为方式进行反思。必须要指出的是，在胡塞尔的理论体系中，"反思"是指"我们的意识目光不是像我们在日常生活中所做的那样，直向地面对空间事物"，而是要"反过来朝向我们意识本身的活动"。换言之，"反思"的对象不是外在于我们的日常生活中的"空间事物"，而是我们自身的意识活动。而也只有通过"悬置"，通过"反思"，人们才可能把握住事情的本质（爱多斯）。"悬置"与"陌生化"的意义指向是具有内在的一致性的。"陌生化"同样是要求艺术家在艺术创作的过程中，能够放弃他所持有的"自然态度"，即摒弃某

---

[1][德国]胡塞尔：《纯粹现象学通论》，李幼蒸译，北京：商务印书馆，1996版，第97页。

[2]倪梁康：《现象学及其效应——胡塞尔与当代德国哲学》，上海：三联书店，1994年版，第131页。

[3]倪梁康：《胡塞尔现象学概念通释》，上海：三联书店，1999年版，第127—128页。

种思维定势，转而用一种全新的视角来对他所掌握的创作材料尤其是对那些为人们所熟悉的事物，加以重新观照。具体而言，他必须对素材加以打碎、重组和再造，并在此基础上捏合出新的艺术形式。在经过这样的程序之后，在面对新的呈现形式时，接受者们会发现，他们自以为早已熟知的事物开始显露出他们从未发觉的新特征，而这种特征却最能反映出事件本质。这样的认知经验在带给人们全新的审美体验的同时，无疑还将提示人们更进一步地对自己"习以为常"的思维方式加以再反思。而这种反思的过程，实际上也正是人的认识能力的提升过程。

在布莱希特的舞台实践中，"陌生化"效果是借助演员的表演来实现的。在史诗剧中，演员与角色之间的关系不再如亚里士多德式的戏剧中那样，是前者体验后者，"进入"后者，而是"演员非常明确自己既是一个角色的临时扮演者，又是一个旁观者，即是与角色相分离、站在角色对面的评判者"[1]。这个由演员在跳出自己所饰演的角色之后而临时充当的"旁观者"的主要任务，就是为观众们讲解剧情及剧中人物在规定情景中的特殊情感经验。演员们希望他们对戏剧事件和人物的述评能启发观众的思维，让他们运用知性对正在进行的事件以及事件中的人物加以思考与评判，且从观剧活动中掌握一种"实践方法"，也即认识世界、改变世界的方法。

尽管布莱希特所坚持的史诗剧一直以来被认为——甚至连他自己也确信——是一种反亚里士多德式的戏剧形式，但是史诗剧本身对于西方戏剧传统的反叛恐怕仅止于戏剧的形式呈现上，即：它打破了具有"整一性"的情节结构，丰富了话剧的表现手段；它让演员以一种非体验的、非进入角色式的方式来进行表演。事实上，它依然无法跳脱出其认识论层面上的意义传统。史诗剧的演出目的一方面是让观众在观剧过程中获得审美愉悦，另一方面是让他们在获得审美快感的同时提升自身的认知能力。从这个意义上说，史诗剧在美学追求上所实现的恰恰正是亚里士多德式戏剧的

---

[1] 邹元江：《中西戏剧审美陌生化思维研究》，北京：人民出版社，2009年版，第147页。

最高审美诉求，即观众们"怜悯和恐惧"的情感在观剧后得以"疏泄"，而"疏泄"后的结果便是某种"实践能力"的获得。这样的观剧结果与亚氏意义上的"卡塔西斯"有某种共通之处，只是后者所着意凸显的是道德效果。也正是基于这一点，不难推知，由承袭和发展亚里士多德的戏剧性戏剧而来的斯坦尼斯拉夫斯基戏剧理论体系与宣称是反亚里士多德戏剧的布莱希特的戏剧思想，这二者无论是在理论建构上还是在舞台实践上均表现为一种互补的关系，它们所给出的是西方话剧的两种可能形态，而这两种可能形态可被视作构成了完整的西方戏剧理论与实践体系。

　　以上诸多论述所指向的结论即是：黄佐临将斯坦尼戏剧理论和布莱希特戏剧美学思想视作两种独立而完整的思想体系的观点是值得质疑的。那么，黄佐临所提出的"梅兰芳表演体系"是否真能成其为"体系"呢？"梅兰芳表演体系"是否就等价于"中国京剧表演体系"呢？在探讨这一论题之前，我们必须了解梅兰芳是谁，称他为某个体系的代表人物的合法性在哪里，对这些问题的解答将直接构成回答上述论题的前提和基础。

　　在中国现代语境中，"梅兰芳"已经不仅仅是那个原名梅畹华的京剧演员的艺名。"梅兰芳"已经被符号化了，被视作是中国京剧舞台表演艺术的最高审美形态的体现者。也正因如此，目前学界似乎已经习惯以梅兰芳的演剧观来代称"中国京剧表演体系"的核心。[1]应当注意的是，黄佐临提出的"三大体系"均是由该体系的创始人或者最能体现该体系审美价值指向及审美旨趣的人物的名字来命名的。斯坦尼斯拉夫斯基与布莱希特是戏剧理论家、教育家和导演，他们直接介入戏剧表导演理论的建构工作，唯有梅兰芳是活跃在舞台表演中的演员。这一点似乎就暗示了，中国京剧的演剧套路和审美追求与西方话剧是迥然不同的。

　　按照斯坦尼的思路，京剧乃至戏曲艺术作为"表现性艺术"，其目的是要在舞台上通过歌舞手段，也即"唱念做打"而创造和呈现出极富美感

---

[1] 邹元江：《梅兰芳的"表情"与"京剧精神"》，载《文艺研究》，2009年第2期。

的艺术形象。由此不难推知，中国戏曲的编剧方式以及戏曲演员与角色之间的关系，和西方话剧这种"体验艺术"的编剧法及演员对角色的处理方法截然不同。如果说在西方传统的戏剧性戏剧的创作过程（剧本写作和舞台实践）中，剧作家在剧本写作时要兼顾戏剧情节的"整一性"与思想性，演员在表演时以进入角色、与其所扮演的角色合而为一为追求，那么在中国戏曲艺术里，"整一性"与"体验角色"并不是戏曲创作的核心问题。从编剧的思维方式上说，戏曲艺术"处处是非整一的"。"编剧是匿名的……舞美是虚化的，脸谱是可单独欣赏的，文武场面也是可以让人喝彩的，服饰也具有非确定身份、非确定朝代的审美观赏性……总之，戏曲的构成因素都是充分独立化、审美化了的。戏曲以它非综合的间断性，结构了综合的统一性。"[1]在中国戏曲中，编剧的地位并不重要，这也就意味着戏曲不是一种以叙述完整而复杂的故事、传达某种明确的主题思想见长的戏剧形态。戏曲作品要表现的故事基本取材于人们熟悉的文学作品。即使是戏曲艺人，他们对于戏曲故事的了解也仅仅止于"说戏师傅"的"故事梗概"而已。也正是基于此，对于戏曲观众而言，他们到剧场（戏园子）里去"看戏"，不是去重温早已熟知的剧情，而是去欣赏演员精湛的技艺、俊美的"扮相"、华丽繁复的服饰和脸谱。对于戏曲演员而言，他们是凭借着建立在极其繁难的童子功训练的基础上的个人精湛技艺而站立在舞台之上的。是故，他们作为演员（"我"）与角色（"他"）的关系也并不是"我"成为"他"，甚至于"我"就是"他"的关系，而是以"行当"为中介而进入到角色扮演之中的。简言之，与其说戏曲演员在舞台上是在塑造某类人物形象，不如说他们是在向观众展示其所工的某个"行当"的程式动作组合。也正是基于此，戏曲演员的表演状态较之西方话剧演员似乎要自由得多。他们既是角色的饰演者，又同时充当剧情的叙述者，还是戏剧事件及人物行动的评论者。例如，在评剧《花为媒》中有这样的桥段：

[1] 邹元江：《对"戏曲导演制"存在根据的质疑》，载《戏剧》，2005年第1期。

张家小姐（张五可）被告知，本欲与之结亲的王俊卿因为认为她"貌丑无才，身材不苗条"而要退婚。她感到十分不解，便自行走到镜前对自己的样貌气质做了细致的观察和评判。她唱道："听此言不由我心中气恼，王俊卿大不该将我笑嘲。想必是自己难辨拙与巧，我何不对菱花自作推敲？慢闪秋波仔细观瞧，见自己生来的俊，好似鲜花一样娇……"显然，演员在完成这一唱段的过程中，其实是从三个叙事视角来观照了"王俊卿退亲"这一事件。作为"张五可"扮演者，她正在做着"对菱花自作推敲"的行动；作为事件的叙述者，她又以极其冷静、客观的态度描述了"张五可"在镜子中所看到的自己的形象；作为事件和角色的评判者，她表达了自己对"王俊卿退亲"的看法，即：他"大不该"在背地里贬损张五可。不但如此，在有的剧目中，戏曲演员的表演几乎还可以不受剧情的限制——他们甚至能随时跳到剧情之外，唱上一段与剧情毫无关联的唱段或者展示自己身上的特技。简言之，戏曲演员在舞台上并不需要去理解角色，他们只需要按照程式而进入角色的"行当"，并将行当的精彩技巧在舞台上加以展示即可。由此而知，中国戏曲艺术是以演员为中心的，而梅兰芳的个人技艺已经达到了炉火纯青的境界，因此黄佐临以他的名字来为一种表演体系命名是可以理解的。

然而，正如邹元江指出的："梅兰芳的戏曲美学观是混杂的。'以梅兰芳为代表的京剧精神'实际上是一个特定历史时代戏剧美学思想泛西方化、泛斯坦尼化的产物。"他作出这一判断的依据是："梅兰芳对'表情'的重视显然是与'京剧精神'相悖的。"[1] 何谓梅兰芳所理解的"表情"呢？按照梅兰芳的理解，"表情"有两层意义："第一种是要描摹出剧中人心里的喜怒哀乐，就是说遇到得意的事情，你就露出一种欢喜的样子，悲痛的地方，你就表现一种凄凉的情景……第二种是要形容出剧中人内心里

---

[1] 邹元江：《梅兰芳的"表情"与"京剧精神"》，载《文艺研究》，2009年第2期。

面含着的许多复杂而矛盾又是不可告人的心情。"[1]在梅兰芳看来，戏曲演员对于前一种"表情"的表现显然是较为容易的，它不但能通过演员的面部肌肉群的紧张与放松的变化来实现喜怒哀乐的展现，而且还能通过固定的戏曲程式动作来加以表达。后一种"表情"是人物的复杂的内心活动，把它清晰细腻地展示出来，有赖于演员对角色情绪的细致"揣摩"。这里的"揣摩"与斯坦尼意义上的体验角色是具有同一性的。显然，重"表情"的体验式思维方式与中国戏曲重"表现"的创作思维模式是相悖的。

与对"表情"的重视相关联，梅兰芳的另一种审美追求便是对剧情和戏剧人物心理"合道理"的坚持。其实，早在20世纪20年代，梅兰芳在以齐如山为代表的文人的建议下就开始注意"表情"与"合道理"了。齐如山在晚年回忆道，民国元年（1912年），他曾为当时剧坛的红伶与较有影响力的票友作过一次关于"国剧"（京剧）与西洋戏剧的排演方式及审美意趣之比较的讲演。齐如山的这次讲演有着明确的价值指向。他说："我讲了差不多三个钟头，大致说的都是反对国剧的话，先说的是国剧一切太简单，又把西洋戏的服装、布景、灯光、化妆术等等，大略都说了。"[2]然而，听众们的反应是出乎他意料的。他们竟然十分认同齐氏的观点。究其原因，主要还是因为活跃在中国戏剧界的演员及戏剧爱好者在面对来自西方文化背景下的思想观念及艺术样式时，普遍地怀有某种自卑感，这种自卑感来源于他们对本民族文化艺术传统的盲目否定。而青年梅兰芳也正是抱着这样的文化心理来采纳齐如山的意见的。

齐如山说，他在看完梅兰芳主演的《汾河湾》后，便给后者写了一封长达三千余字的观剧感。在这封信中，他对这出戏的传统处理方式提出了疑问：柳迎春（梅兰芳饰）与薛仁贵（谭鑫培饰）有十八年未见，当薛仁贵回到家并在窑门外唱了一大段之后，柳迎春居然还是脸朝里不理会；这

---

[1]邹元江：《梅兰芳的"表情"与"京剧精神"》，载《文艺研究》，2009年第2期。
[2]齐如山：《齐如山回忆录》，北京：中国戏剧出版社，1989年版，第89页。

样的反应实在是不可思议。齐如山批评道："听
他在窑外说话，假装没听见不合道理，听见脸
上没有表情不合道理；表了半天的情，进窑后
问得还是这些话，更不合道理。"[1] 显然，"合
道理"就是指戏剧事件与人物性格的发展要符
合人们的逻辑思维习惯。有意味的是，在收到
齐如山的信之后，梅兰芳虽然没有马上回复，
但是十余天后，当他与谭鑫培再次合演《汾河

齐如山与梅兰芳的合影

湾》一剧时，齐如山发现，梅兰芳接受了他的建议，并按照他的意思改变
了自己的演剧方法——他在谭鑫培演唱的时候，做起了身段和"表情"。
梅兰芳的这一行动表明他开始认同和接受西方话剧写实的演剧观念，并
积极地运用这种与中国京剧审美旨趣相悖的理论主张指导自己的舞台实
践。从这一维度上说，梅兰芳并非真正意义上的"中国戏曲表演体系"
的代言人。

　　黄佐临在将布莱希特的戏剧理论与梅兰芳的表演理论加以比较时，他
欣喜地发现，这二者有相通的地方。黄佐临作出此种判断的依据是，布莱希
特在莫斯科观看了梅兰芳的演出后所写的一篇题为《论中国戏曲与间离效
果》的文章。在此文中，布莱希特"狂赞梅兰芳和我国的戏曲艺术，兴奋地
指出他多年来所蒙眬追求而尚未达到的，在梅兰芳却已经发展到极高度的艺
术境界"[2]。黄佐临甚至据此断定"梅先生精湛的表演深深影响了布莱希
特戏剧观的形成"[3]。然而，这恐怕只是他的一厢情愿。事实上，布莱希
特仅仅只是在戏剧舞台呈现形式的层面上，意识到梅兰芳的表演形式与他所
追求的"间离化"、"陌生化"的演出效果有相通之处；而从更深层次的戏剧
观的维度说，他不见得就认同中国传统戏曲的美学观念。

---

　　[1] 齐如山：《齐如山回忆录》，北京：中国戏剧出版社，1989年版，第109页。
　　[2] 黄佐临：《漫谈"戏剧观"》，见《导演的话》，上海：上海文艺出版社，1979年版，第181页。
　　[3] 黄佐临：《漫谈"戏剧观"》，见《导演的话》，第181页。

　　总之，黄佐临所提出的"三大体系"说在客观上开拓了当时中国话剧工作者的理论视野，并让他们逐渐意识到，话剧应当有而且必须有其他的呈现形式。然而，黄佐临本人并没有将斯坦尼、布莱希特与梅兰芳之间的关系进行深入而细致的梳理和分析，尤其是他本人甚至也尚未真正捕捉到后两者之间在审美本质上的根本差异，这直接导致了"三大体系"说呈现出意义含混、歧义丛生的状况。

　　"写意的戏剧观"是在"三大体系"说的基础上抽绎出来的。在比较了"三大体系"的基本戏剧理论观点的基础上，黄佐临将戏剧观的性质大致规纳为两种，即"写实的戏剧观和写意的戏剧观"。在他看来，斯坦尼戏剧理论观念便是"写实的戏剧观"。这种戏剧观使中国话剧工作者的创作受到了极大的束缚。在剧本创编过程中，剧作家们不但必须使自己架构出的情节的每个细节都"合道理"，即符合观众们的认知思维习惯并经得起他们的逻辑推敲，还要让观众们相信他所讲述的这个事件可能真实地发生过；在舞台演出过程中，演员不得不费尽心力地去追求与角色合而为一乃至成为角色的境界。然而，这种"我就是"的状态，演员不可能在每次演出中都能达到。布莱希特曾对此做过较为精辟的论述："演员不可能持久地进入角色；他很快地便枯竭了，然后他便开始模仿人物的外在的一些特征、举止或音调，于是在观众面前所引起的效果便削弱到一种可怜的地步。"这也就是说，依靠"体验"角色内心而试图"成为"角色的表演方式是具有偶然性的，它所依赖的是演员在演出时的即时状态。如果演员反复演出某个特定的角色，他必然会慢慢对这项重复性的工作产生疲劳和厌倦。在此种情况下，他的表演便沦为对他以往表演的简单复制——这种复制很可能仅止于人物的外在表现形式，这样的表演显然是很难具有美感的。布莱希特的戏剧理论与梅兰芳的艺术表演理论是具有写意性质的。布莱希特的戏剧观念的"写意性"体现在其叙事的"间断性"、演员表演的"间离性"上；而以梅兰芳为代表的中国戏曲舞台创作观的"写意性"体现在人物的类型化、戏曲舞台布景的虚化("空的空间")、演员的表演歌舞化、剧情的非"整一性"上。也正是这些特质使得布莱希特的史诗剧和中国戏曲显现出一种令人惊异的美感——前者带给观众的是理性思辨上的乐趣,而后者则给观众带来感官上的满足。因此,"写意的戏剧观"尤其值得话剧工作者去重新认识和接受。

值得注意的是,黄佐临在提出"写意戏剧观"的同时,也表明了他对于斯坦尼理论体系的态度。众所周知,尽管焦菊隐在排演《虎符》时已经发现了斯坦尼理论的局限性,但是他依然在坚持以斯坦尼的戏剧美学理论为核心指导思想的前提下,从中国戏曲中吸纳表现手段以弥补前者戏剧舞台表现力不足的缺憾。而与以焦菊隐为代表的当时中国大多数的话剧工作者不同,黄佐临坦然地面对了斯坦尼表导演理论关于演员训练、演员舞台演出方法的论述并不具有绝对真理性的事实。他在写于1978年的《总结·借鉴·展望》一文中以现身说法的方式大胆地指出,即使没有斯坦尼表导演理论的指导,话剧工作者依然能找到更为合适的演员训练法和舞台展演方法。黄佐临的这一论断无疑消解了斯坦尼理论话语在中国语境中的权威性。在此基础上,黄佐临又再次强调了"写意的戏剧观"的优越性——它能更加自由和充分地真正表达"无产阶级思想感情"。[1]黄佐临的这一表述是极具政治意识形态色彩的。在当时的历史环境中,阶级分析理论已经成了强势话语,故而黄佐临在谈论艺术问题时用到了诸如"无产阶级"之类的语词也是可以理解的。

关于如何在艺术创作中将"写意的戏剧观"付诸实践,他说:"写意有四方面的特点:1. 生活写意性,即不是写实的生活,而是源于生活。又是对生活加以提炼、集中、典型化。高于生活就是写意……2. 动作写意性,京戏也好,芭蕾舞也好,都是一种达到一定意境的动作。3. 语言写

---

[1] 黄佐临:《总结·借鉴·展望》,见《导演的话》,上海:上海文艺出版社,1979年版,第293页。

意性，即不是大白话，是提炼为有一定意境的艺术语言，达到诗体的语言……4.舞美写意性。"[1] 在这段表述中，从剧本创作到舞台设计，黄佐临均给出了建议。在文本写作上，他提示剧作家应当将其所选择的创作材料进行"提炼、集中"，即进行"陌生化"的处理，以此来使舞台上所展示的生活更具有可观赏性；在演员表演上，他虽不再要求演员完全进入角色，但是对演员在舞台上的形体动作提出了更高的要求——他要求演员从京戏和芭蕾舞的表现形式中吸取养分，以便使自己的舞台形象更具有外在形式上的美感；在舞台场景的设计上，黄佐临提示导演要将舞台空间进行写意化处理。这个"写意化"显然是与斯坦尼表导演理论影响下舞台布景的极端写实化相对照的。它是指将舞台重新还原为一个空的场域，以便使演员有着更为宽阔的表演场地。同时舞台的"空"实际上也意味着对于观众的邀请，也就是说，它鼓励观众参与到舞台创作之中，激发他们的想象与联想，并让他们从中获得审美的愉悦。总而言之，"写意的戏剧观"的核心主旨即是要拉开现实生活与戏剧艺术创造之间的距离，充分地尊重戏剧之为戏剧的审美自足性。

综上所述，虽然黄佐临对于"三大体系"说及"写意的戏剧观"的表述与论证尚存在着不少有待斟酌和商榷之处，但是它们对20世纪末中国戏剧发展的影响是巨大的。而这种影响的深远性直到20余年之后才显现出来——不仅20世纪80年代戏剧观的大讨论源于黄佐临，探讨的问题集中于他所提出的戏剧观，而且，20世纪80年代后中国实验戏剧的探索也多得益于他所提出的"写意的戏剧观"。

---

[1] 黄佐临：《总结·借鉴·展望》，见《导演的话》，上海：上海文艺出版社，1979年版，第292页。

20 世纪中国
戏剧理论批评史

[上卷]

主编：周　宁

山东教育出版社

图书在版编目（CIP）数据

20世纪中国戏剧理论批评史／周宁主编．—济南：
山东教育出版社，2013
ISBN 978-7-5328-8161-1

Ⅰ．①2… Ⅱ.①周… Ⅲ.①戏剧文学—文学批评史—
中国—20世纪 Ⅳ.①I207.309

中国版本图书馆CIP数据核字（2013）第229501号

20世纪中国戏剧理论批评史

周　宁　主编

主　　管：山东出版传媒股份有限公司
出 版 者：山东教育出版社
　　　　　（济南市纬一路321号　邮编：250001）
电　　话：(0531) 82092664　传真：(0531) 82092625
网　　址：http://www.sjs.com.cn
发 行 者：山东教育出版社
印　　刷：山东临沂新华印刷物流集团有限责任公司
版　　次：2013年12月第1版第1次印刷
规　　格：787mm×1092mm　16开本
印　　张：85.5印张
字　　数：1164千字
书　　号：ISBN 978-7-5328-8161-1
定　　价：246.00元（上、中、下卷）

（如印装质量有问题，请与印刷厂联系调换）
（电话：0539-2925659）

编委会

总目录

目 录（上卷）

导 论

20世纪中国戏剧理论批评史,论争多于理论,而"争"又多于"论"。从新旧剧之争开始,一系列的论争就持续不断,而这些论争的动机往往是社会政治的,不是艺术美学的,所以论争的焦点不是戏剧观,而是社会政治的使命与立场。20世纪戏剧理论批评史发端于新旧剧论争。倡兴新剧、摈弃旧戏的理由与论据,都来自启蒙社会改革政治的现代化运动。

现代戏剧理论批评的社会政治化起点,决定了20世纪戏剧观念中的核心问题,即政治与美学的二难选择。这个问题成为核心问题,根本原因在于20世纪在中国大历史中的特殊意义,这是个千年未有之大变局的激化时代,所有的活动,不管是政治的、经济的、文化艺术的,都离不开这个大历史的动机,所有活动的方式与特点,也都为这个动机所决定。所以,20世纪戏剧观念的总体取向是政治话语强势压倒美学,戏剧的社会政治性作为正题贯穿始终,美学性只是间或出现的副题,它可以在特定历史条件下修正或减弱政治强势,但从未彻底颠覆或取代前者。新时期戏剧观大讨论中,有人意识到20世纪中国戏剧理论批评史的真正问题是戏剧工具论,应该回归戏剧的美学本体。但大多数人避免这个与百年传统对冲的方式,转而发掘戏曲的美学资源,以此对抗现代话剧的政治工具论。20世纪中国戏剧理论与批评有个百年传统,即戏剧政治工具论传统,还有一个千年传统,即戏剧审美娱乐论传统。

现代化运动发动的现代戏剧,与生俱来地伴随着中国现代性的思想困境,即中西古今的二元对立。中国的即古代的,西方的即现代的,在启蒙大叙事下,西方现代优于中国古代,所谓古今之争与中西之争实际上已经有了定局。在戏剧界，这个二难境界最初体现在新剧与旧戏、话剧与戏曲之争上，为了超越这个二难境界，人们提出话剧民族化与戏曲现代化的出路，但指明方向易，实践方法难。在建设国家戏剧的宏大理想上，提出"古为今用、洋为中用、百花齐放、推陈出新"的意识形态方针，试图用国家意识形态统一新旧中西之争，用意或许是有道理的，但具体艺术实践的成果却被扭曲了。八部"样板戏"为八亿人民服务了八年，结果不是解决了戏剧本身的现代性困境，而是回避了困境，进一步束缚了现代戏剧的发展。探索戏剧一度展开广阔领域的激情探索，但最终又绕回那个话剧民族化与戏曲现代化的老问题，希望在布莱希特这座虚拟的桥梁上，使中国现代戏剧自由过渡，话剧可以民族化，戏曲也可以现代化。走不出的现代性困境，难道是中国现代戏剧理论批评的宿命？

　　20世纪中国戏剧理论批评的社会政治属性选择了现实主义创作方法，只有现实主义创作才能启蒙社会、改良政治。但客观中立科学的原教旨现实主义，无法完成中国现代戏剧的社会政治使命，在变革的时代里，戏剧的政治立场比艺术方法更重要。而现实主义一旦负载起意识形态使命，就必须放弃其科学性与客观性。当现实主义被规定为"社会主义"现实主义时，现实就不再是客观真实，而成为被指令的"虚构"。现实主义走向其反面，不是揭示真理而是创造幻觉。现实主义的堕落导致现代主义兴起，它打破现实主义的幻觉，在新时期从解放创作方法入手解放戏剧观念，广泛探索现代主义表现手法。令人遗憾的是，创作方法可以广泛探索，创作原则却难以动摇，现实主义的意识形态背景仍在；更让人尴尬的是，现代主义即便是从政治权力手中夺回戏剧，却从观众眼前失去戏剧。20世纪中国戏剧从一开始就附着在社会政治运动上，失去这个靠山，未成熟的中国现代戏剧难以独立。探索戏剧运动之后，中国现代戏剧既无进路，亦无退路。一度慷慨激昂、喋喋不休的戏剧理论探索，突然感到理屈词穷。

　　我们从三组矛盾问题上梳理20世纪中国戏剧理论批评史，来路逐渐清晰，但出路尚不明确。现代戏剧的政治化与美学化的冲突还在，只是暂时被遗忘了；话剧民族化与戏曲现代化的问题仍没有解决，只是暂时被搁置起来；现实主义与现代主义的冲突依旧发生，只是人们觉得已经无关紧要了。21世纪到来，再说20世纪的事，似乎过去的世纪并没有过去，一切仍在延续中；已来的世纪仍未到来，戏剧思想尚未为我们打开新境界。我们在此回顾历史，希望为未来的戏剧思想寻找一个合理的、充满希望的新起点。可是，环顾左右，不禁想起T. S. 艾略特的话："向上的路就是向下的路，向前的路就是向后的路。"

一、政治化与美学化：戏剧观念的正题与副题

唐德刚先生论中国社会文化转型，指出中国近五千年历史中有两次大的转型，一次发生在春秋战国，一次则在近现代。第一次大的转型完成了中国的帝制化，第二次大的转型将完成中国的现代化。第一次的帝制化运动从商鞅变法开始，到秦皇汉武定制结束，历时三百年；第二次的现代化运动，从鸦片战争开始，至今已近两百年，尚未完成。在中国社会的第二次转型运动中，20世纪无疑是一个关键的世纪，中国社会经历了历史的低谷，艰难地从救亡到复兴，其中充满危险与动荡，希望与失望，直到21世纪，转型仍未成功，中华人民共和国的国歌仍在唱"中华民族到了最危险的时候……"。

从大历史视野看20世纪，这个世纪最重要的主题，是全民动员的、以民族救亡和国家复兴为使命的社会运动。这个世纪的所有大事，都围绕着这一主题进行，不管是政治的、经济的，还是文化的，正所谓"君子务本，本立而道生"。20世纪中国戏剧理论与批评的基本动机与目的，也离不开这一主题。戏剧为民族救亡和国家复兴服务，社会政治化或意识形态化构成20世纪中国戏剧理论与批评的基本特色，不可避免也无可厚非，只是在不同时段，社会政治化或意识形态化的具体意义不同。

社会政治化或意识形态化方向确立在20世纪中国戏剧理论与批评的起点上。20世纪初改良派提出"小说界革命"，目的就在唤醒民众，启蒙

民智，改良社会风气。1902年梁启超在《新小说》杂志创刊号上发表《论小说与群治之关系》，呼吁"小说界革命"，赋予小说（包括戏曲）严肃的社会启蒙与政治革命的使命。不独改良派如此，维新派也将戏曲改良当作革命的工具，柳亚子《二十世纪大舞台发刊词》、三爱（陈独秀）《论戏曲》、箸夫《论开智普及之法首以改良戏本为先》，都表达的是同一意思。在民族危亡的大背景下，无论是旧剧改良还是新剧创立，无不以社会启蒙和政治救亡为目的，具有强烈的功利主义实用主义色彩。

在20世纪中国社会历史特殊背景下理解中国戏剧思想的功利化与实用化倾向，就会理解这种倾向的合理性，它决定了20世纪中国戏剧思想的基本特征。

首先，社会启蒙政治革命构成新旧剧论争的动机。旧剧必须改良，因为旧戏是"中国群治腐败之总根源"，帝王将相、妖魔鬼怪腐蚀人心与社会，不革除旧戏之弊，就不可能兴新剧之长。晚清戏曲改良思想过分强调戏曲的社会教育与政治革新的作用，对20世纪的戏剧，既是一种鼓励，又是一种陷害。鼓励是赋予戏剧以神圣的社会道德与国家政治使命，陷害是使戏剧沦为政治与道德的工具，丧失其艺术本体的独立性。整个20世纪戏剧思想的主要问题，即社会政治导向的实用主义与功利主义戏剧观。

现代戏剧观的政治化倾向，在20世纪初的戏曲改良与新剧创立的观念起点上，就已经注定了，其直接原因是中国五千年历史中两次大的社会转型之一，即现代化运动。梁启超首开从社会启蒙政治革命角度"抬举"戏剧的观念，"今日欲改良群治，必自小说界革命始，欲新民，必自新小说始"。他将戏剧当作启发民智的工具，"欲新一国之民，不可不先新一国之小说。故欲新道德，必新小说；欲新宗教，必新小说；欲新政治，必新小说；欲新风俗，必新小说；欲新学艺，必新小说；乃至欲新人心、欲新人格，必新小说"。梁启超所说的"小说"，包括戏剧。改良派与维新派从社会启蒙政治革命角度"抬举"戏剧的观念，固然可以追溯到传统中国"文以载道"的传统，诗文非小道，可以厚人伦、美教化、移风俗，但更多地来自一种被误读的启蒙理想。梁启超的政治小说主张引证西方启蒙历史，不无根据，但亦有夸大之辞："在昔欧洲各国变革之始，其魁儒硕学，仁人志士，往往以其身之所经历，及胸中所怀，政治之议论，一寄之于小说。于是彼中缀学之子，黉塾之暇，手之口之，下而兵丁、而市侩、而农氓、而工匠、而车夫马卒、而妇女、而童孺，靡不手之口之。往往每一书出，而全国之议论为之一变。彼美、英、德、法、奥、意、日本各国政界之日进，则政治小说，为功最高焉。"[1]

　　20世纪中国社会历史转型的大环境，注定了现代戏剧的实用主义、工具主义宿命，这是20世纪所有戏剧问题的起点。改良旧戏是为了创生新剧，创生新剧是为了启蒙民智、变法维新。戏剧改良的目的不在改良戏剧，而在改良社会。在戏剧改良论述中，西方现代启蒙思想与中国传统教化思想，奇怪地扭结在一起。梁启超等人的戏剧改良论，是用中国传统的高台教化理论解释西方启蒙戏剧，夸大戏剧的社会政治功能。梁启超并不真正了解西方启蒙时代的戏剧思想，不过是在日本道听途说然后肆意发挥。

　　戏剧改良思想包括改良旧剧和创立新剧两方面。新剧改良风化、补助教育，是中国变法维新的理想工具。仅有新内容不够，还必须有新形式，于是引进布景、化妆、表情、说白等西洋戏剧因素，新剧实际上已经接近西洋戏剧。当时所谓"新剧"，意义含混，但基本不出三种："一是旧事中之有新思想者，编为剧本；二是以新事编造，亦带唱白，但以普通之说白为主，又复分幕；三是完全说白不用歌唱，亦如外国之戏剧者。"[2]值得注意的是，在一个社会转型的大背景下，戏曲改良是"政治正确"的，毋庸商量，戏剧必担负起改良社会、启蒙民智的政治使命；可商量的只是如

---

　　[1]梁启超：《译印政治小说序》，载《清议报》第1册，1898年。见陈平原、夏晓虹编：《二十世纪中国小说理论资料》第1卷，北京：北京大学出版社，1989年版，第21—22页。
　　[2]黄远生：《远生遗著》卷二《新茶花一瞥》，见《民国丛书》第2编第99册，上海：上海书店，1990年版，第377页。

何改良。借鉴西方戏剧，从舞台技术到剧本形式，演光电之学各种戏法，废歌曲专用科白，甚至提倡悲剧，都是戏曲改良可选择的方法。

改良旧戏、创立新剧，最激进的方法是引进西洋戏剧。19、20世纪之交，西洋戏剧传入中国，从上海学生演剧开始，到春柳社、春阳社、通鉴学校、进化团、新民社，这些戏剧组织都试图将西洋戏剧引入中国，而他们引进西洋戏剧的动机，大多不是艺术的，而是政治的。在《论戏曲》中，陈独秀指出引进西洋戏剧在戏剧体制、内容与社会功用方面的意义，与中国视演戏为贱业不同，西方的演员与"文人学士"是平等的，"盖以演戏事，与一国之风俗教化极有关系，决非可以等闲而轻视优伶也"。所以在戏曲改良的过程中"宜多新编有益风化之戏"，同时还要"采用西法"，这样才能于世道人心有益，"发生人之忠义之心"，"开通不识字人"，"感动全社会"。[1]

改良旧戏，倡导新剧的动机来自社会政治运动，从变法到维新。旧戏改良，新剧创生，最彻底最直接的方式就是引进西洋戏剧。但新剧易于引进，难于普及。新剧实为"西剧"，在启蒙社会改良政治主题下创立新剧，政治动机的确立并不能代替艺术特征的确立。春柳社主张"以演艺为改良社会之前驱，促进文明之利器"，演出《黑奴吁天录》的动机在于以美洲黑奴故事唤起国民种族意识的觉醒。然而，新剧之"新"，并不足以为"新剧"提供充分的存在理由，因为在进步、进化观念下，任何新事物若不与时俱新，都可能成为"旧"，今日谓之新剧者，他日即成旧剧。有人意识到，新剧存在与发展的要义，还在提高新剧的艺术水准，所谓"光大剧学"实为改良旧戏、提倡新剧的不二法门；也有人看到，"新剧"对于社会进化、政治改良没有多大实际作用，戏剧若只为政治工具，失去艺术追求，必不可光大持久。

倡导新剧者中，南开新剧团是戏剧修养最好的。南开新剧团在新剧美

---

[1] 三爱（即陈独秀）：《论戏曲》（1905年），原载于《新小说》，第2卷第2期。见阿英主编：《晚清文学丛钞·小说戏曲研究卷》，北京：中华书局，1960年版，第53—55页。

学上的追求，体现在两个方面：一是新旧剧并重，坚守新剧的价值，亦不否认旧剧的贡献，并探索新旧剧各自发展的新出路；二是学习西方戏剧的艺术形式并实践之，全面引进西方戏剧的编剧与表导演体系。遗憾的是在当时中国社会大变局的背景下，新剧的美学追求几乎无处容身。南开新剧团的宗旨，仍在服务社会、教育救国，南开演剧对西方戏剧观念的引进与体制上的探索，影响难出校园。

　　"五四"时期，《新青年》派参与新旧剧之争，社会政治化立场更加明确。他们从文学进化论出发，懂文学多于懂戏剧，关注现实问题多于关注戏剧艺术。他们主张革旧戏，倡新剧，引入以易卜生"社会问题剧"为楷模的"纯粹戏剧"。其实，《新青年》派提倡的"纯粹戏剧"，一点都不纯粹。在他们的戏剧主张中，新剧的创建宗旨是社会改良，方法是易卜生社会问题剧式的"写实主义"。但这些《新青年》派们的所谓"社会问题"，都是易卜生式的"超人"问题，与大众生活脱节。

　　新派人物倡导的新剧，不管在观念上还是在形式上，都缺乏中国现实的社会基础。创立新剧旨在启发民智、革新社会，但缺乏民众基础，又如何完成启发民智、革新社会的使命？没有社会基础是新剧的致命弱点。1920年《华伦夫人的职业》演出失败，新剧倡导者们开始反思新剧的出路。新剧不为民众所接受，便无法实现其社会价值，无法实现其启蒙社会、革新政治的"戏剧使命"，新剧的存在意义也就可疑了。20世纪20年代出现的"爱美的戏剧"，试图解决一个新剧的大众化问题。

　　"爱美的戏剧"的理论基点仍在"为社会"、"为人生"、"为民众"的功利主义戏剧观。建设民众剧场的意义在于教育民众改造社会，新剧试图自我拯救的路径不在向内探寻的美学追求，而在向外发展的社会追求，这与现代戏剧预设的政治化方向是一致的。"大众化"是一个模糊的概念，谁是大众？难道是人数之众吗？五卅惨案之后，普罗意识形态渐入中国，大众的阶级概念开始清晰，大众即普罗大众。新剧的政治化倾向被赋予新的内涵，为民众的戏剧开始落实到为普罗大众的戏剧，20世纪30年代新剧戏剧观"左转"，与新剧起点指向的政治化方向有关。左翼戏剧在社会意义上延伸了"爱美的戏剧"的社会理想，在美学上背叛了"小剧场运动"的审美理想。"爱美的戏剧"高蹈的理想，所谓"中国社会由病的状态到健全的状态最短的一条路，就是爱美的戏剧"，[1]"爱美的戏剧家底惟一责任就是从戏剧艺术底一条路上引自己以及民众去实行个人灵魂底革命"，[2]在普罗大众面前，已经显得矫情而不切实际。

起点决定方向。20世纪最初30年中国戏剧理论与批评的政治化指向是一致的，为人生而艺术，启发民智改良社会，这种观点逐渐成为现代中国戏剧理论的传统或正统。中国现代戏剧的开山祖们的戏剧志向，都是社会政治的。夏衍曾经说过："中国话剧有三位杰出的开山祖，这就是欧阳予倩、洪深和田汉。"欧阳予倩早年投身春柳社，立志以戏剧的方式反映民间疾苦；田汉走向民间，20世纪30年代"左转"，主张救亡图存的戏剧运动；洪深坚持"为人生"的戏剧观念，呼唤戏剧走向"血肉相搏的民族战场"。戏剧的社会政治功能是戏剧存在的合理性依据。

启发民智改良社会是"时务"，识时务者为俊杰。抗战爆发前夕，田汉检讨"南国社"的戏剧活动，认为自己被"小资产阶级伤感的颓废的雾笼罩得太深了"，"跟着阶级斗争底激烈化与社会意识之进展"，他要"南国社"扬弃在政治上"朦胧的态度"，"斩截地认识自己是代表哪一阶级的利益"，使"南国社"的艺术创作"贡献于新时代之实现"。[3]这是一种政治宣言。随后，出身南开新剧团的曹禺写出《雷雨》、《日出》和《原野》，在艺术性上达到中国现代话剧的高峰，同时也引起了戏剧界一场大论争。论争的焦点并不在戏剧的艺术性上，而在戏剧的艺术审美与社会功用何者为先，或者说在何为话剧的本质问题上。

---

[1]陈大悲：《爱美的戏剧》（《民国丛书》第4编），上海：上海书店，1922年版，第261页。

[2]陈大悲：《爱美的戏剧》（《民国丛书》第4编），1922年版，第262页。

[3]田汉：《我们的自己批判——〈我们的艺术运动之理论与实际〉上篇》。转引自陈白尘、董健主编：《中国现代戏剧史稿》，北京：中国戏剧出版社，2008年版，第144页。

曹禺在那个时代追求戏剧的美学理想，多少有些不识时务。他自认为写戏是在写诗，评论者有的看到他在写社会问题，有的看到他在回避社会问题。曹禺着实委屈，他关心的是话剧的"戏剧性"，评论者关心的是其话剧的"政治性"。论争最后落实到"革命的现实主义"创作原则上。论争的意义不在促进思想，而在确立教条。此时现实主义已经不是一种简单的创作方法，而是一种政治原则，似乎只有现实主义创作方法，才能为现实的社会政治服务。这些武断的批评者几乎没有想过南开新剧团反思过的问题，戏剧固然要服务社会，但戏剧没有艺术性，又如何服务社会呢？

在20世纪中国戏剧社会化政治化的思想传统中，虽不时出现一些美学化的修正，戏剧界关于"为人生"还是"为艺术"的争论始终没有停止过，但美学化或"为艺术"始终没有成为主流。20世纪20年代"国剧运动"关注戏剧的美学特质，但那只是一个短暂的插曲。五卅惨案发生，抗日战争爆发，美学化的声音沉寂了，彻底淹没在全民动员的救亡大潮中。戏剧的政治意识空前提高，田汉在《关于抗战戏剧改进的报告》中论定：抗日战争使戏剧"为人生"还是"为艺术"的争论归于统一，无论是新剧还是旧剧，都统一到为人生、为抗战服务。

那不是一个可以平心静气讨论理论问题的时代，在宏阔激荡的社会历史变局中，戏剧的社会政治化命运是无从选择的。黑格尔辩证法中论述道：凡是存在的都是合理的，凡是合理的都应该存在。这是真正有见识的观点。理解艺术史上的任何观念，首先应该假设其合理性，然后才可能深入思考，如果轻易假设其不合理性，就没有思考的意愿与余地了。

在大变局的时代里，戏剧担当起社会启蒙与政治变革的使命，是真诚而正当的。抗战爆发后，即使是那些坚守戏曲审美本质的伶界中人，也自觉担负起救亡重任，提倡戏曲的社会政治功能。抗战不仅暂时平息了旧戏与新剧的论争，将二者统一到抗日的"统一战线"上，用夏衍的话说："在参加了民族解放战争的整个文化兵团中，戏剧工作者们已经是一个站在战斗最前列，作战最勇敢，战绩最显赫的部队了。"[1]而且，更重要的是，抗日战争唤起的民族意识，也为作为民族艺术形式的戏曲的存在与发展提供了充分的理由。戏曲成为广大群众喜闻乐见的、具有广泛影响力的宣传手段，抗战的社会政治使命，将戏曲从变法革新与新文化运动为戏曲设定的被动位置中解救出来。

抗战进一步加强了戏剧的社会政治性，也暂时搁置了戏剧界的一些论争。这对新剧旧剧都是一个机会，甚至一度消除了二者的对立。就话剧而言，进一步强调戏剧的社会政治意义，已经无可厚非了，在全民抗战的大背景下，话剧必须无条件地亲近民众、服务抗战。与西洋话剧不同，旧戏具有民众基础，更易于发挥宣传和教育作用，但问题是如何利用旧戏而又不违背戏曲改良与新剧引进的启蒙初衷。论者提出"旧瓶装新酒"，运用旧形式，表现新内容，可解救亡运动之急需。但这种"权宜之计"虽落实了戏曲的社会使命，却解决不了现代戏曲的艺术问题。有人为民族戏剧规划前景，认为新歌剧才代表着中国未来戏剧发展的方向，一则以旧剧为基础创造新歌剧，改造旧剧的同时也就创造了新歌剧；二则以新歌剧为主导，可避旧戏之短、扬新剧之长；三则新歌剧解决了现代戏剧的大难题，即话剧如何民族化，戏曲如何现代化。八年抗战结束，中国现代戏剧的社会政治化倾向发展到极端，下面似乎已经没有退路、只有进路了。这个进路是毛泽东《在延安文艺座谈会上的讲话》指出的：文艺为政治服务。

文艺为政治服务，不同立场的表述有不同的意义。20世纪中国戏剧理论与批评从起点上设定的社会政治化倾向，在《讲话》之后，尤其是在中华人民共和国建立、《讲话》成为文艺政策的最高纲领之后，意义发生了根本性转化。曼海姆研究知识社会学，曾仔细辨析过知识作为乌托邦与意识形态的区别。一切知识，不管是自然科学还是社会科学，或多或少，都不可能是纯粹客观的，其想象性的内在逻辑起点，或者是乌托邦的，

---

[1] 夏衍：《戏剧抗战三年间》，载《戏剧春秋》创刊号，1940年11月。

或者是意识形态的，其差别只在于知识与现实秩序之间的关系；意识形态与乌托邦可能是同一套话语体系，但在不同的社会公共生活领域中，表现出不同的功能。意识形态与乌托邦都是与现实不一致的思想；但意识形态的功能是维护现实秩序的，而乌托邦是否定现实秩序的。在具体的历史过程中，乌托邦可能转化为意识形态，而意识形态也可能取代乌托邦。与现存秩序一致的统治集团决定将什么看作是乌托邦（一种不可能实现的思想）；与现存秩序冲突的上升集团决定将什么看成意识形态（关于权力有效的官方解释）。[1]

社会政治化的戏剧观从乌托邦不知不觉地转化为意识形态。乌托邦是超越的、颠覆性的社会想象，而意识形态则是整合的、巩固性的社会想象。艺术家作为现存秩序的反叛者，自觉地提倡戏剧为社会政治服务，戏剧作为一种改良甚至革命的力量，在现代启蒙与救亡运动中发挥过颠覆、超越并否定传统力量与现存秩序的作用；当政治家作为现存秩序的维护者，有意提倡戏剧为社会政治服务的时候，戏剧的社会政治倾向就成为整合、巩固权力与现存秩序的意识形态。

从1942年《讲话》发表到新中国提倡国家戏剧，社会政治化的戏剧理论与批评的话语没有变，但实质内容与现实功能却发生了根本的变化。社会政治化的戏剧思想已经从乌托邦变成意识形态，戏剧主张与批评尺度从反叛与批判转化为歌颂与维护，戏剧从观念上需要成为一种肯定现实权力秩序的力量。这种话语功能的转化难以察觉，却非常剧烈而危险。戏剧被彻底政治化，大陆"十七年"戏剧理论与批评的核心问题就是戏剧与政治的关系问题，也就是戏剧如何为国家政治服务的问题，"无产阶级文学艺术是无产阶级整个革命事业的一部分"，属于"党的文艺事业"。这个思路不仅大陆如此，台湾也如此，"反共抗俄剧"大行其道，戏剧成为政治宣传工具，所谓"战斗文艺"的重要组成部分。两岸戏剧的意识形态立场虽然对

---

[1] 参见［德］卡尔·曼海姆：《意识形态与乌托邦》，黎鸣、李书崇译，北京：商务印书馆，2000年版，第四章。

立，但思维方式是一致的。戏剧自觉或不自觉地成为意识形态工具。

新中国的戏剧艺术担负起"筑就我们的国家"的历史使命，成为国家最高意识形态的象征，国家元首亲自关注戏剧理论。1949年7月27日，《人民日报》发表毛泽东为戏曲改进会的题词"推陈出新"，1951年4月3日，中国戏曲研究院成立，毛泽东又为之题词"百花齐放，推陈出新"。毛泽东的政治权威身份赋予"推陈出新"以戏剧思想最高意识形态纲领的意义。1952年在文化部举办的第一届全国戏曲观摩演出大会上，周恩来详细阐明毛泽东提出的"百花齐放，推陈出新"的戏改方针。1960年1月，《戏剧报》开辟了"关于'推陈出新'问题的讨论"专栏，"推陈出新"成为贯穿"十七年"的一个不容置疑的戏剧理论批评观念。

为什么国家意识形态重视戏剧理论与批评，为什么"推陈出新"成为戏剧思想的最高纲领？理解这一问题的关键是戏剧的国家意识形态性。"推陈出新"作为戏剧批评原则，具有以下三层意义：一是明确的意识形态意义作为理论前提。这层意义理论上是从马克思主义政治经济学中演绎出来的，经济基础决定上层建筑，新的经济基础出现，上层建筑，诸如文学艺术，一定要随之变化，简单地说，就是新社会要有新戏剧。二是明确的政治斗争工具作为体制前提。戏曲为政治权力所用，也必须为政治权力所管，新中国建立了一整套艺术管理体制，从宣传部到文联作协剧协之类，戏剧变成政权的宣传工具。三是明确的意识形态属性和政治工具功能要求戏曲必须被改造成符合政治斗争需要的宣传工具。戏曲必须经过"改造"，之后方能为新政权所用，过去改良旧戏属于社会问题、艺术问题，如今变成纯粹的政治任务。

"推陈出新"作为国家戏剧政策提出，立场与方法完全是国家意识形态的。如果戏剧是普天下人之大学校，这个学校的彻底意识形态化，在新中国的政治环境下已经不可避免。或许这是最初的旧戏改良者们为戏曲设定社会政治使命时没有预想到的结果。改良旧戏的观念已经从社会乌托邦变成政治意识形态，这个微妙的转变是难以察觉的，有个别敏感直率的人发现问题便提出异议，如吴祖光；大多数人在温水里慢慢煮，等发现可怕的结局时已经没有抗议的能力和意愿了；更多人是在沉醉或狂热状态中拥护新政权的戏剧政策，主动意识形态化。"十七年"戏曲改革运动轰轰烈烈，表面上看似乎是政治权力压制的结果，实际上，也是戏剧家自觉接受甚至主动配合的结果。

从"十七年"的"推陈出新"政策到"文革"时期革命样板戏的"标新立异"，戏剧意识形态化为政治统治工具的倾向，已经强化到极端。"文革"十年，中国现代戏剧理论与批评的所有问题，如平民戏剧与左翼戏剧、"戏改"，以及话剧民族化与戏曲现代化，几乎都可汇入"样板戏"观念中，甚至从艺术形式上看，"国剧运动"的理想，也呈现在"样板戏"艺术实践中。"八亿人民八个戏"，是中国现代戏剧从最初就表现出来的政治化倾向被极端意识形态化的表现。可问题是，仅八个"样板戏"以"为人民服务"的名义为政权服务，也太单薄太单调了。人们往往不是缺乏理论，而是缺乏常识，谁都知道文艺是为人民服务的，可八年里八亿人民只看八个戏，难道文艺就是这样为人民服务的？

新时期"样板戏"的极端化实践虽然结束了，但样板戏的观念模式，却依旧潜在于国家戏剧政策与行政管理体制中。反思"样板戏"理论与实践，不在于批判一段已经结束的历史，而在反省一种依旧在延续的现实。探索戏剧表面上看是有些"标新立异"的艺术实验，实际上也是戏剧尝试摆脱意识形态化宿命与革命现实主义管制的一种迂回方式。戏剧观大讨论试图有限地回归戏剧的美学本体，策略不是否定戏剧的政治功能，而是避而不谈政治，讨论戏剧的形式美学问题。戏剧观大讨论中批评的戏剧的"假、干、浅"、公式化、概念化，不仅是"文革"时代戏剧的问题，也是新剧一贯的问题。遗憾的是，一次讨论不可能解决一个世纪的问题，批判可以从观念上暂时动摇一种现实，但维护这种现实的真正力量，并不来自某种观念，而来自一种有形无形间运作的体制。

戏剧观大讨论试图将戏剧从"筑就我们的国家"的宏大政治使命中

解放出来，遗憾的是讨论最终也没有触及问题的本质，而是不自觉地陷入自身存在的观念误区。新时期戏剧理论在启蒙理想感召下诉求"五四"传统，殊不知塑造中国现代戏剧政治化命运的，恰好是"五四"新文化传统。戏剧观大讨论如果误以为可以以一种政治观念挑战另一种政治观念，最终的结局只能是出卖戏剧艺术本身，戏剧观大讨论，雷大雨小，不了了之。

戏剧观大讨论说了不做，探索戏剧实践做了不说。探索戏剧专注于形式实验，借鉴西方现代主义戏剧方法，试图以现代主义对抗被政治权力驱使的现实主义，这种迂回的挑战方式，虽然难以从根本上改变现代戏剧观念传统，但可以逐步消解它，加之20世纪90年代以来的商业大潮的冲击，戏剧作为政治工具的传统被空洞化，戏剧尽管在体制内依旧为政治服务，但服务的效果可疑。探索戏剧的艺术深度、影响力与持续性都有局限，它可以在观念上暂时质疑"正统"，但话语体制的力量很快就扭曲并消融了它的挑战意义。探索戏剧没有找到戏剧美学的立足点与自足性，传统的政治现实主义在观念与体制上根基厚实，新出现的"商品化"、"企业化"冲击激烈，政治功利主义与商业功利主义"合谋"，戏剧的美学抵抗力量微弱而式微。犬儒主义／犬溺主义流行，人们不再以思想对抗思想，而是以不思想对抗特定思想。事实也许令人失望，但又不可回避。

任何时代戏剧观念的主题中，都包含着一个正题和一个副题。正题和副题处在一种辩证的关系中，相互排斥又相互矫正，在特定环境下，副题又可能作为正题出现。在戏剧政治化作为正题出现的20世纪中国戏剧理论批评史上，戏剧审美化作为副题，时时以"艺术本体"为立场，矫正戏剧的意识形态化倾向。戏剧的政治立场与美学立场作为正题与副题，构成20世纪中国戏剧理论批评史发展的动力与方式，戏剧理论批评史上的许多问题，都可以从这个角度做一致性的解释。

20世纪初的中国戏剧理论批评以新旧剧论争发端，新剧借政治化倾向处于强势，旧戏唯一可留守的阵地，就是审美特征。新文化运动中人们对戏曲的看法不一，激进者认为戏曲已无存在的价值，应以新剧取而代之；折中者认为戏曲优长与不足并存，应力行改革；保守者认为戏曲集中国文学艺术之精华，其艺术价值是新剧无法比拟的。在话剧政治化的时候，戏曲仍保存着美学化的潜力。

戏曲的审美性优势成为其坚守的底线。戏剧实为艺术，以政治使命为其存在辩护仍不够，还需要艺术本身的意义。戏剧本不该分新旧，关键看其是否有艺术性，新剧批评家周剑云认为戏剧基本特性都是"为文艺、美术之综合物"。[1]新剧虽新，但也有恶俗之嫌，旧戏虽旧，但不失艺术之美与精致，断不可以新旧取舍戏剧，"戏曲综文艺、美术而成，乃人类之写真世界之缩影"。[2]若能进行适当改良，亦可有裨于政教风俗。宋春舫有感于新剧的功利主义实用主义，明确指出"戏剧是艺术的而非主义的"[3]，戏剧赖艺术以生存，戏剧的本质是艺术，艺术之外的"问题"、"社会"、"主义"，均非戏剧本质。"国剧运动"倡导者进一步反思，认为新剧论者以政治取代艺术，以"主义"、"观念"论戏剧，最终导致新剧的失败。"国剧运动"试图从"整理与利用旧戏入手"，充分肯定旧戏的审美价值，以此矫正新剧的政治化倾向。

新剧的政治使命是新剧立足的根据，但新剧有主张难实践、有演出无影响，也使新剧开始反思戏剧的社会政治功能，关注戏剧的审美性问题。新剧家冯叔鸾认为过分夸大戏剧改良社会、教育民众的作用，有些虚妄而不切实际。改良社会与改良戏曲的关系应该倒过来，先改良社会，才能改良戏曲，戏曲的本质还是娱人耳目。张伯苓为南开新剧团的发展规划了两个阶段：第一阶段是"藉演剧以练习演说，改良社会"；第二阶段是深入

---

[1]剑云：《晚近新剧论》，见周剑云编：《鞠部丛刊·剧学论坛》，上海：上海交通图书馆，1918年版，第59页。

[2]剑云：《三难论》，见周剑云编：《鞠部丛刊·剧学论坛》，第12页。

[3]宋春舫：《中国新剧剧本之商榷》，见《宋春舫论剧》第1集，上海：中华书局，1923年版，第268页。

探索西方演剧传统，尤其是现实主义剧场艺术，"做纯艺术之研究"。[1]可惜南开新剧团的"纯艺术之研究"并没有充分展开。或许曹禺20世纪30年代的创作，标志着新剧美学化追求的初步成功，但其影响很快被"革命现实主义"的批评浪潮覆盖了。

正题还是正题，副题依旧是副题。抗战戏剧强化了戏剧的政治化倾向，美学问题没有讨论的余地。从抗战到建国，戏剧担负起新的政治使命，为政治服务的国家政策继续强化戏剧的政治倾向。在"十七年"的"推陈出新"的戏剧实践中，戏剧的美学倾向作为副题，时隐时现，始终没有摆脱"被动"与"从属"的地位，尽管张庚、阿甲等人试图在政治化强势话语下发掘戏曲的艺术性，但都无法张扬戏剧的审美特质。因为《讲话》作为国家艺术政策是不容偏移的，其原则就是政治标准第一，艺术标准第二。

政治标准第一，艺术标准第二，同时期台湾的状况也一样，戏剧的艺术追求服从于"反共抗俄"的政治需求。戏剧的审美诉求正面提出，首先是在台湾的现代主义戏剧思潮中。戏剧领域的现实主义与现代主义，并不是简单的创作方法问题，而是戏剧思想从政治化向美学化的转向问题。在中国特定的戏剧环境下，现实主义创作方法实际上是戏剧政治化的实践层面的问题，现实主义是有特定政治内涵的。现代主义戏剧思潮出现，首先试图从政治化宿命中解放现代戏剧思想，恢复戏剧的美学品质。在台湾戏剧的"二度西潮"中，西方现代主义戏剧理论的引进与探索戏剧的实践，冲淡了戏剧观念的意识形态色彩，使戏剧有可能回归艺术本体，戏剧的审美特质突出了，中国现代戏剧思想中的副题有可能转为正题。船小好掉头，台湾现代主义戏剧思潮以反写实的前卫戏剧重塑台湾剧场美学，似乎已经摆脱了传统的意识形态重荷，回归戏剧本体思想。大陆的转型则曲折反复，20世纪80年代的戏剧观讨论与探索戏剧一度试图回归戏剧艺术本

---

[1] 张伯苓：《四十年南开学校之回顾》，1944年10月17日。见崔国良主编：《张伯苓教育论著选》，北京：人民教育出版社，1997年版，第308页。

体，但体制化与市场化很快就窒息了这一美学冲动。后现代主义思潮可以消解政治化传统，但无法确立新的美学原则。

20世纪中国戏剧理论与批评史的正题始终是正题，副题也一直是副题，虽然也有过"转正"的机会，但很快就消失了。中国戏剧思想的社会政治化，已经形成一个百年传统，它有中国"文以载道"的千年传统的渊源，但更多的是由中国现代化社会大转型这个近因造成的。在这个大转型的时代，社会文化的"紧张状态"容不下戏剧思想的"美学自如"。

二、现代化与民族化：戏剧观念的坦途或迷途

20世纪戏剧理论与批评史发端于新旧剧之争，新旧剧之争的根本动机是社会政治运动，即所谓社会启蒙政治革命。所以，所谓新剧之"新"、旧剧之"旧"，基本上是个社会政治概念。时人论新剧，所谓"新剧者，一般人士呼为文明戏者也……则主其事者，即当时时以文明为念，以文明为范围。夫如是始无背于开通风气，启迪民智之大宗旨；始末不悖于苦口婆心，劝世惊人之大志愿"。[1] 综观当时的新剧概念，首先是戏剧的功用之新，凡以改良社会、启蒙民智为目的的戏剧，都可谓新剧；其次是戏剧的内容之新，凡表现新观念、新习俗、新事物的戏，都可谓新剧；最后才是形式之新，所谓"采用西法"，诸如布景、化妆、表情、说白。[2]

最初的"新剧"概念是没有明确的戏曲与话剧之分的。周剑云解释的"新剧"，融合西洋话剧与中国戏曲的因素，"新剧"包括纯粹歌剧、演唱参合剧、纯粹白话剧三种，他推崇的是集歌剧与话剧之长的"演唱参合剧"："演剧必须唱、做、表、白四种完备。纯粹歌剧，全恃乎唱，使不解音律者当之，必生厌倦之心，精神一疲，将不俟其终曲。纯粹白话剧，全

[1] 剑云：《新剧平议》，原载于《繁华杂志》，第5、6期，1915年1月—2月。见季玢编：《中国现代戏剧理论经典》，苏州：苏州大学出版社，2008年版，第54页。

[2] 陶报癖在《余之新剧观》中说明："新剧有四大要素：一、布景；二、化妆；三、表情；四、说白。"见《繁华杂志》，第4、5期，1914年11月—1915年1月。见季玢编：《中国现代戏剧理论经典》，第44页。

恃做白，乐歌全废，实太平淡。文字不能废诗，戏剧断不能无唱，文言之不足，诗以咏叹之，做白之不尽，歌以振发之，两者相辅而实相生，倘能繁简互济，演唱并用，宜雅宜俗，不高不卑，务使观剧者无男女长幼，各投其好宜去，合于多数心理，是则莫善于演唱参合剧矣。"[1]这种"演唱参合剧"在形式上与戏曲无异。

　　早期"新旧剧之争"概念颇为模糊。新旧分野，多在戏剧的功能与内容上。改良戏曲，则可谓新剧，因其改良风化、补助教育；如果新剧堕落，内容陈腐不堪、淫秽鄙俚，即使采用西法，也难为新剧。随着新旧剧论争的继续与新文化运动的展开，新旧剧的界限越来越明确，逐渐与"中西剧"的界限重合。创立新剧，必然走向西洋戏剧。

　　讨论新旧剧的问题，依旧不能忘记那个社会转型的大背景。当年李鸿章、梁启超所谓"千年未有之变局"，真正的动力或原因在一场遍及朝野的从器物到制度、从习俗到思想的"西化"运动。没有西方的冲击，20世纪中国的一切变革都无从说起。新旧对立的格局，又对应着中西对立的格局，似乎新的就是洋的、西方的，与之相反，旧的就是土的、中国的。

　　20世纪开始于庚子事变。义和团排教灭教，是中国朝野仇洋排外情绪的总爆发。团民设坛烧香、画符念咒、毁铁路、砸海关、拔电杆、封邮局、杀洋人、灭洋教，逞一时之快；朝廷昏昧，也想借这些"天兵天将"，将"外夷"赶尽杀绝，解多年心头大患。结果是义和团不但没有能够扶清灭洋，反倒是扶了洋差一点灭了清。八国联军借机侵华，义和团一哄而散，朝廷仓皇出逃，北京失陷。1900年夏天，是20世纪中国的一个动荡冲突的开端。中国现代全面"西化"的起点，应该设在1900年这一年，而不是五四运动爆发的1919年。慈禧回到北京后，知趣地表示要"量中华之物力，结与国之欢心"。此时，朝廷一向仇洋排外的倾向改变了，而

---

[1]剑云：《戏剧改良论》，见周剑云编：《鞠部丛刊·剧学论坛》，上海：上海交通图书馆，1918年版，第10页。

民间的崇洋风气更甚。所谓"大江南北，莫不以洋为尚"。[1] 1903年4月12日，《中外日报》发表《论近时媚外之弊》道："十年以前，大约排外之一类人为多……于开学堂则以为养成汉奸，于改制度则以为用夷变夏，于设制造局则以为作奇技淫巧。至于今日，其底里已毕露，其明效大验，已为人所共知……于是排外之习一转而为媚外之极，乃至外人一举一动无不颂为文明，一话一言无不奉为蓍蔡也。"5天以后，1903年4月17日，《大公报》又著文讨论同一问题，说时下年轻人惟洋是骛，"……看着外国事，不论是非美恶，没有一样不好的；看着自己的国里，没有一点是的，所以学外国人惟恐不像"。

20世纪中国文化的"西化"风，表现在戏剧领域，就是引进西洋戏剧。传统旧戏已经无法承担社会启蒙和政治改良的重任，必须借鉴西洋戏剧，宣传新思想、新观念，反映新生活、新文明。改良旧戏只是一个方向，如何改良，就是方法了。20世纪初的戏曲改良思想，经历了一个逐步深化的过程，首先是内容改良，赋予戏曲以启蒙民智、疗救社会的政治意义；其次是形式改良，试图以新剧取代旧戏，新剧不仅以变法维新为使命，而且借鉴西方舞台手段；最后是戏剧整体的革新，以西洋剧取代中国传统戏曲。

将中国传统戏曲与西洋话剧对立起来，极端表现在《新青年》发起的新旧剧论争上。1918年10月，《新青年》第5卷第4号开辟"戏剧改良"专号，首发胡适的《文学进化观念与戏剧改良》，胡适以文学进化论观点全面否定中国传统戏曲，认为戏曲完全是旧时代的"遗形物"，阻碍戏剧的进化，中国戏剧只有"采用西洋最近百年来继续发达的新观念、新方法、新形式，如此方才可使中国戏剧有改良进步的希望"。傅斯年发表于同一专号上的《戏剧改良各面观》和《再论戏剧改良》从进化论角度进一步否定中国传统戏曲，似乎宋元以来中国戏曲花了八百年还没有进化为"真正

---

[1] 陈作霖语。见陈登原编著：《中国文化史》下，上海：世界书局，1935年版，第166页。

的戏剧"，所谓改良戏曲为新剧，最多只是过渡时期的权宜之计，最终的目的还是彻底废除旧戏，全盘接受西洋戏剧。

　　胡适从文学进化论角度批判旧戏、提倡新剧，这样，戏剧进化就包含着多层意义。第一，文学是人类生存状态的记载，"一代有一代的文学"，人类生活与戏剧均随着时代变迁。旧剧是旧时代的产物，在新时代，就应该产生新的戏剧，如果一味地留存旧有形态，戏剧将难以维系。第二，文学是由低级逐渐进化到发达的。西方戏剧就是自由发展的进化，中国戏剧却是"局部自由"的结果。例如杂剧的规则就过于严格，导致毫无生气，在表演上缺乏对于社会生活与人情世故的细腻体会。胡适并不否认从元杂剧到明传奇，题材更加自由，脚色表情等更加生动，但同时也认为由于戏曲的守旧思想过于强大，"未能达到自由与自然的地位"。同时，他警告戏剧界不要被旧戏的恶习惯束缚，形成既不通俗又无意义的恶劣戏剧。第三，在文学进化的过程中，旧社会的遗形物仍有可能存在，只有将这些遗形物清除干净，才可能有"纯粹戏剧"出现。学习西洋戏剧的新观念、新方法、新形式，才可使中国戏剧有改良进步的希望。[1]

　　《新青年》派从文学进化角度否定旧戏，认为中国传统戏曲已经没有改良的必要与可能，他们倡导的"新剧"，已经明确是西洋的戏剧了。胡适、傅斯年等人在论述中多次提到了"纯粹戏剧"的概念，认为进步的、文明的、成熟的戏剧，就是"纯粹戏剧"。这一概念是以西洋戏剧为参照，同中国传统戏曲对比得出的。西洋戏剧与中国戏曲即是分属"纯粹"与"不纯粹"两大阵营中的差异极大的艺术形式。《新青年》"戏剧改良"专号刊出后，周作人继续撰文，明确主张废除中国旧戏，引进西方新剧，《论中国旧戏应废》提出中国旧戏已无"存在的价值"，而废除旧戏后的建设"只有兴行欧洲式的新戏一法"。

　　胡适、傅斯年、周作人从文学进化论角度否定戏曲，言论不仅过激，

---

[1] 参见胡适：《文学进化观念与戏剧改良》，载《新青年》，第5卷第4号，1918年10月。

甚至有些"外行"。《新青年》还用次要的版面发表了张厚载为旧戏辩护的文章《我的中国旧戏观》和《"脸谱"——"打把子"》:"中国旧戏,是中国历史社会的产物,也是中国文学美术的结晶。可以完全保存。社会急进派必定要如何如何改良,多是不可能,除非竭力提倡纯粹新戏和旧戏来抵抗。但是纯粹的新戏,如今很不发达。拿现在的社会情形看来,恐怕旧戏的精神,终究是不能破坏或消灭的了。"在"五四"新文化运动大背景下为旧戏辩护,分明是有道理但又不合时宜的。在这场非此即彼的激进讨论中,新派如欧阳予倩的观点还算中肯,他虽然出于新文化的立场批判旧戏,但依旧认为旧戏是可改良的,办法一是向西方学习剧本创作,担负起社会进步的使命,二是训练新型的、专业的演剧人才。

现代文明是一种进步崇拜的文明。在中国现代性思维结构的核心处,存在着一个二元对立的模式,新与旧是一对对立的概念,而且,新胜于旧、今胜于古,是任何思想领域的新旧之争都不可争辩的价值尺度;在进步/进化观念下,新旧二元对立的观念模式上,还重合着西与中的二元对立模式,似乎西方的就是新的、进步的,中国的就是旧的、传统的。所以新旧剧之争又暗合中西剧之争。而当新旧剧之争转化为中西剧之争时,中国现代性的思想困境就出现在戏剧观念中。如果现代中国仍保守传统旧戏,中国现代戏剧的"现代身份"就丧失了,如果新文化运动创造的"新剧"不过是一个西洋戏剧的摹本,那么中国现代戏剧的"中国身份"又失落了。

新剧的困境也是中国现代文化的普遍困境。新文化运动的旗手们很快意识到这种困境,开始修正自己的极端主张。周作人在《中国戏剧的三条路》[1]中提出折中的设想,中国戏剧有三条路可走:一是"纯粹新剧,为少数有艺术趣味的人而设";二是"纯粹旧剧,为少数研究家而设";三是"改良旧剧,为大多数人而设"。梅兰芳访美归来,胡适也修正了他的

---

[1] 周作人:《中国戏剧的三条路》,载《东方杂志》,第21卷第2期,1924年1月25日。见周靖波主编:《中国现代戏剧论》上卷《建设民族戏剧之路》,北京:北京广播学院出版社,2003年版,第113—117页。

旧戏观，认为旧戏不仅具有作为文物的保留价值，而且还有继续完善的可能。[1]

新文化运动中新剧压倒旧剧的强势逐渐减弱，戏曲也开始从美学立场寻找为自身辩护的机会。首先是新剧派观点开始开放，张彭春在《从三个观点谈中国戏剧》一文中，谈及研究中国传统戏曲的三个角度——社会地位、戏剧艺术、文化变迁。从社会地位上看，国人一直认为戏剧是一种娱乐品，只是近年西方对于戏剧的看法逐渐传入中国，戏剧的社会地位才得以有所提高；从戏剧艺术上看，中国戏既不是话剧，亦不是歌剧，因为，在语言文字上，中国的戏由歌曲与念白混合而成，并非完全的代言体，而在表演上，中国戏在根本上承认"艺术"与"日常形式"之间的距离，程式化的动作代代相传，所以虽然中国戏的动作与身段脱离了日常形式的捆绑，却能够得到观众的肯定与认同；从文化变迁上看，任何一种文化方式，只要有可注意或可供参考之点，就应当研究与保存，使其适存在于世界上。[2]中国传统戏曲艺术独特的美学特色，使其格外注重演员的程式化、虚拟、优美的动作与完美协调的身体造型艺术。所以，中国舞台艺术最首要的艺术特征，就是以演员的才艺造诣为主导与中心要素，或者说，是以演员为中心的。

新剧占领了社会政治高地，旧戏只能从美学角度为自身辩护。中国传统戏曲的魅力在于表演的程式化。[3]程式化表演不同于日常生活动作，它来自于对真实动作的观察，但将其适当地公式化，使观众得到艺术美的满足。[4]"中国人是以缓慢、渐进的方式演化出现实与艺术之间的区别

[1]胡适：《梅兰芳与中国戏剧》，见梅绍武：《我的父亲梅兰芳（续集）》，天津：百花文艺出版社，2003年版，第107页。

[2]参见张彭春访谈：《从三个观点谈中国戏剧》，原载于《申报》，1935年2月22日。见崔国良主编：《南开话剧史料丛编（剧论卷）》，天津：南开大学出版社，2009年版，第288—290页。

[3]参见张彭春：《中国舞台艺术纵横谈》，黄燕生译，柳无忌校，原载于《梅兰芳与中国戏剧》，1935年英文版。见崔国良主编：《南开话剧史料丛编（剧论卷）》，第279—284页。

[4]参见张彭春：《中国舞台艺术纵横谈》，黄燕生译，柳无忌校，见崔国良主编：《南开话剧史料丛编（剧论卷）》，第279—284页。

的。"[1]中国戏曲艺术的最有价值的特征就在于它渐进的、而非停滞的程式化的发展。"具有传统价值观念的传统戏剧的体裁虽然已经不适用于当代,但是,演员的艺术才能中,却可能蕴蓄着既有启发性,又有指导性的某种活力,它不仅对中国新戏剧的形成,而且对世界各地的现代化戏剧实验都将起推动作用。"[2]

新文化运动中新旧剧论争两派各走极端,论争过后冷静下来,什么才是中国现代戏剧的出路?可能既非中国传统的旧戏,亦非西方现代的新剧,而是某种融合创新的产物。新文化运动中新旧剧论争留下的难题是:中国戏剧如果保守中国旧戏,就无法创造标志着现代文明的新剧;如果照搬西洋戏剧,虽然创造了现代新剧,但却不是中国的。如何创立中国现代戏剧,使其既是中国的又是现代的?几位欧美留学生提出他们的"国剧运动"构想,试图发扬中国戏曲的审美特征,融合西方话剧的写实特点,创立一种"由中国人用中国材料去演给中国人看的中国戏"——"国剧"。遗憾的是"国剧运动"最终只停留在"构想"阶段,如果说他们的构想在20世纪戏剧史上有过实现的机会,那就是"样板戏",人们只注意从政治上批判样板戏,却不曾细想艺术角度上"样板戏"的某种美学合理性。

"新剧"仍没有获得一个明确的美学概念。"五四"新文化运动中的新旧剧论争,对新剧观念的深化在于进一步明确了新剧的形式特征,即西洋戏剧的形式。于是,新文化运动中的"新旧剧之争",被表述为"中西剧之争",而中西剧之争又可能演化为话剧与戏曲之争。这个转化过程经历了20年的时间,标志是洪深用"话剧"定义"新剧"。他在《从中国的新戏说到话剧》中从"对话"这一核心概念定义新剧,新剧即话剧,即一种"主要使用对话"来表达故事的艺术形式,其中的音乐、舞蹈,都只是

---

[1] 张彭春:《中国的新剧和旧戏》,崔江译,马振铃校,原载于《南大半月刊》,第3、4期合刊,1933年7月15日。见崔国良主编:《南开话剧史料丛编(剧论卷)》,第213—216页。

[2] 张彭春:《中国舞台艺术纵横谈》,黄燕生译,柳无忌校,原载于《梅兰芳与中国戏剧》,1935年英文版。见崔国良主编:《南开话剧史料丛编(剧论卷)》,天津:南开大学出版社,2009年版,第284页。

这种艺术形式的附属品。[1]洪深的话剧定义，可以从现代西方关于戏剧的定义"戏剧是对话的艺术"，一直追溯到亚里士多德《诗学》对悲剧的定义。

"话剧"概念的提出并不能掩盖所谓"新剧"的西洋出身，也不能回避话剧如何"中国化"的问题。这个问题在社会层面上的表述为话剧的大众化问题，话剧必须走大众化道路，赢得中国观众；在政治层面上表述为话剧的民族化问题，话剧必须植根于中国本土。于是，中国现代话剧观念开始向两个向度展开，一是政治立场与价值取向，那就是中国话剧的民族化与大众化；二是艺术方向与方法，那就是西方传统的"为人生"的现实主义戏剧观念。这两个向度的出发点是同一的，那就是中国现代戏剧的现代性困境；但发展方向却是分裂的，大众化与民族化的社会政治取向决定于中国现代戏剧的中国身份认同，而"为人生"的现实主义戏剧方向与方法，最终取自西方戏剧与文化传统，一种"异化"中国身份的力量。

话剧的身份分裂若隐若现，成为20世纪中国戏剧理论与批评自身难解的症结。张庚在《话剧民族化与旧剧现代化》中明确提出"话剧民族化"问题，直接讨论话剧如何"民族化"。从呈现形式上看，自话剧传入中国，从事话剧创作的人"从编剧一直到演出"，"专门从西洋戏剧学习技术"。[2]而这一点所直接导致的问题即是，话剧未能真正植根于中国的文化土壤中，它的形式创造依然还停留在对西方话剧的模仿上。话剧作为一种外来的戏剧样式，在欣赏趣味上与中国民众存在极大的差异。相反，戏曲内容虽旧，但有深厚的民众基础。要使中国民众真正接受话剧，话剧就必须借鉴戏曲的表现手法。

话剧需要民族化，说白了就是戏曲化，但这种"化"仅限于形式或技巧。话剧在本质上仍拥有正统优势。从思想内容上说，话剧创作关注现

---

[1]洪深：《从中国的新戏说到话剧》，原载于《现代戏剧》，第1卷第1期，1929年5月5日。见梁淑安主编：《中国近代文学论文集（1919—1949）·戏剧卷》，北京：中国社会科学出版社，1988年版，第23页。

[2]张庚：《话剧民族化与旧剧现代化》，见周靖波主编：《中国现代戏剧论》上卷《建设民族戏剧之路》，北京：北京广播学院出版社，2003年版，第304页。

实，真实地反映社会阶级矛盾，在张庚看来，"话剧虽然只有短短二十多年的历史，但是它也是一种阶级的意识形态……从它开始出现的一天起，一直就是站在进步的、反帝反封建立场上的，它已经锻炼成为一个暴露与反映现实的利器了"。[1]随着时代的发展、社会主要矛盾的变化，话剧作品不仅要揭露"我们过去社会组织中间许多腐败落后的东西"，更要"来反映我们民族的伟大进步，不仅仅是为了在艺术上造一个时代的纪念碑，而且更重要的是我们用这些事实来教育广大的群众，提高他们的自信心，提高他们对于抗战必胜的信念"。[2]

新文化运动中的戏剧观念是偏袒新剧贬抑旧戏的，说白了也就是偏袒话剧贬抑戏曲的。但问题是话剧虽洋虽新，却是"异己"的，戏曲虽土虽旧，却是"自己"的。抗战激起的民族意识，为戏曲赢回了第一局，新中国建国后的国家艺术使命，又可能为戏曲赢回第二局。

首先，新文化运动高潮过后，戏曲在观念上开始出现某种程度的复兴，其中原因是多方面的：一是话剧在理论与批评上的优势并没有得到实践的支持，外来剧种的影响仅限于大城市与知识青年圈子内，难以为民众接受，倡导"戏剧的大众化"恰恰说明戏剧不够大众化；二是五卅惨案、九一八事变促进了民族意识觉醒，同时也促进了民族艺术形式的复兴；三是梅兰芳和程砚秋分别出访欧美和苏联，中国戏曲得到西方戏剧界的推崇。于是，在戏剧大众化讨论中，有论者认为，肯定戏曲的表演艺术价值，适当改革戏曲的内容，是戏剧大众化的重要途径。既然话剧只是"小众"的艺术，那么戏剧大众化必须借助戏曲的力量。"戏剧大众化"的需求为戏曲提供了复兴的机会，但戏曲必须改革，利用戏曲的表演艺术的优势，革除戏曲的腐朽内容。有人说得很直接，改革戏曲不是为了保留戏曲，而是为了挽留观众。

---

[1] 张庚：《话剧民族化与旧剧现代化》，见周靖波主编：《中国现代戏剧论》上卷《建设民族戏剧之路》，北京：北京广播学院出版社，2003年版，第303页。

[2] 张庚：《话剧民族化与旧剧现代化》，见周靖波主编：《中国现代戏剧论》上卷《建设民族戏剧之路》，第295页。

改革戏曲是为了拯救戏曲，拯救戏曲是为了拯救戏剧的观众。从戏剧大众化问题出发重新理解戏曲的意义，人们对戏曲的看法不禁有了变化。改革戏曲论者中有持温和态度的，认为戏曲改革是在保留并发扬戏曲艺术的传统优势的同时，在戏曲内容与体制上做相应的改革。戏曲可继承并发扬的方面主要在艺术形式上，如歌舞性、虚拟化、程式化、写意性等；戏曲必须革新的方面主要在内容与体制上，如反映现代生活内容与进步甚至革命观念，引进导演制度等现代戏剧制度。当然也有论者直接提出戏曲必须"话剧化"。[1]但"话剧化"的戏曲还是戏曲吗？戏曲如何话剧化并话剧化到什么程度，当时并没有详细的论述。只是改革戏曲的方式如果是彻底话剧化，那就几乎等于废除戏曲了。

抗战大局结束了新旧剧之争或话剧戏曲之争。人们尽管还在分别讨论话剧与戏曲并比较话剧与戏曲在文学与表演等方面的异同，但基点不是相互排斥，而是相互学习、取长补短，共同服务于抗战。所谓"戏剧大同论"主张消除门户观念，停止派系之争，建立戏剧界抗战宣传的统一战线。1937年12月，"中华全国戏剧界抗敌协会"成立于汉口，参加者包括话剧、文明戏、平剧、楚剧、汉剧、川剧、陕西梆子、山西梆子、滇戏、桂戏、粤剧等戏剧界人士，田汉起草《中华全国戏剧界协会成立宣言》，强调"在今天危迫的局面，不容许有任何不必要的门户之见"，要求全国戏剧界人士摒除一切成见，巩固超派系、超地域的团结，同舟共济，为民族解放战争服务。

从新旧剧之争到话剧与戏曲之争，最终都消弭在抗战戏剧的大同论中。中国现代戏剧理论与批评的社会政治化导向再次统一了观点。但是，就戏剧艺术本身而言，问题不是解决了，而是暂时被搁置了，就现代戏剧思想的进程而言，似乎又回到了起点。这个起点依旧是新剧的起点，"新剧总是剧运的主流"，但新剧的定义只是具有新内容的戏剧，只要有新内

---

[1]廖沫沙：《读欧阳予倩的旧剧作品——兼论旧剧改革》，见苏关鑫编：《欧阳予倩研究资料》，北京：中国戏剧出版社，1989年版，第346页。

容，不论话剧、歌剧、歌舞剧，都是新剧。[1]而且，新剧与旧戏除了思想内容的新旧外，也没有明确的区分，新剧也可根据政治需要，汲取旧戏中群众喜闻乐见的艺术手法，表现进步内容。

另一方面，值得注意的是，新剧与旧戏的界限被模糊化的同时，新剧却要与西方戏剧切割分离。文艺整风运动批评"演大戏"，认为演《雷雨》、《日出》和外国戏，是艺术至上，脱离现实斗争和工农群众，推卸政治责任，忘记了戏剧的政治宣传与社会教育意义。从新文化运动中新剧向西洋戏剧归并，到延安整风运动中新剧试图与西洋戏剧分割，中国现代戏剧观念已经发生了细微的转变，而促成这种转变的，不是戏剧艺术自身，而是社会政治思潮：民族主义与共产主义。

中国现代戏剧的理论批评，始终向两个问题向度展开，一是话剧的大众化与民族化；二是戏曲的文明化与现代化。前者思考的问题，是如何让"话剧"这一西方的艺术形式在中国"生根发芽"、"成长壮大"；后者思考的问题是如何让戏曲这一本土戏剧形式在现代社会"洗心革面"、"焕发活力"。而不管是话剧的大众化或民族化，还是戏曲的文明化或现代化，最终都应该是艺术努力的结果，而不是社会政治运动的成果。历史事实似乎相反，社会政治运动不仅暂时促成话剧的大众化民族化，也促成戏曲的文明化与现代化。抗战爆发之后，话剧自觉承担起国家动员民族救亡的重任，话剧在社会政治内容与使命意义上大众化与民族化了；与此同时，戏曲也担负起同一重任，唤醒民众，抗日救国，在社会政治内容与使命上文明化与现代化了。

当然，这种解决方式是暂时而轻率的。国难当头，没有人有"闲情逸致"讨论戏剧的艺术问题，抗战爆发前便有人对30年来中国话剧理论与批评的缺陷表示不满："在这三十年间，中国戏剧运动始终是摸索着前进

---

[1]参见赵树理和靳典谟《秧歌剧本评选小结》、朱穆之《"群众翻身，自唱自乐"——在边区文化工作者座谈会上关于农村剧团的发言》、曼晴《晋察冀一年来的乡艺运动》中的相关论述。

的。这是中国戏剧运动发展中的危机，我们不能再这样放任自己地摸索下去了，我们要求戏剧批评，我们要求适应现在中国戏剧运动的戏剧批评。"[1]这种不满是有道理的，但表达不满的方式与思路却没有道理，为什么不能放任自己摸索下去呢？适应现在中国戏剧运动的戏剧批评究竟是什么？谁来判定？作者的语调表现出那个时代特有的急躁与武断。抗战期间戏剧界关于《野玫瑰》的批判更能说明问题，戏剧批评的政治狂热已经开始背叛艺术本身，戏剧为抗战服务，不仅目的不容选择，方式也不容选择。

抗战不是解决了现代戏剧的问题，而是悬置了问题，话剧与戏曲的分野甚至对立还在，话剧尚未在艺术上民族化，戏曲也没有明确如何现代化。中国现代戏剧的身份认同与艺术选择问题仍没有解决。中国现代戏剧的出路，或许既不在西洋传统的话剧，也不在中国传统的戏曲，而在话剧民族化与戏曲现代化后的某种"国剧"。当年有人设想的中国现代戏剧的理想，将在合适的时机再度提出，只是提出的动机不同了。

新旧剧之争留下的问题是：新剧是现代的，但不是中国的；旧戏是中国的，但不是现代的。当年的国剧运动与话剧民族化、戏曲现代化表述，只是从戏剧自身理解并试图解决这个中国现代性设置的困境。如今，戏剧批评成为意识形态，问题的含义变了。艺术家提"国剧"的动机是艺术的，政治家提"国剧"的动机则是政治的。话剧民族化与戏曲现代化将被无条件地统一在意识形态权力之下，历史的选择最终是，既然艺术家不能放任自己的探索，政治家将为他们指引出路。新编历史剧《逼上梁山》在延安演出，毛泽东评价"从此旧剧开了新生面"，由此启动的戏曲改革运动，"开辟了中国戏曲发展的新阶段"。[2]1948年华北解放区《人民日报》发表社论《有计划有步骤进行旧剧改革》，1949年中华全国文学艺术工作者代表大会宣告延安解放区的文艺作为"真正的新的人民的文艺"，规定

[1] 刘念渠：《抗战剧本批评集》，重庆：华中图书公司，1940年版，第1页。
[2] 张庚主编：《当代中国戏曲》，北京：当代中国出版社，1994年版，第15页。

了"新中国的文艺的方向"，"除此之外，再没有第二个方向了"。[1]戏曲改革运动作为一种政府行为，由专设的机构组织领导，自上而下统一运行，党和政府不仅启动了戏曲改革运动，而且规定了戏曲改革的方向与方法。

　　在国家意识形态化的戏剧运动中，戏曲由于其民族性获得了生机。"'如何理解传统的价值与意义，如何对待传统'，是导致1949年后中国戏剧发展走向的最重要的因素之一，也是解读新中国戏剧发展史的关键之一。"[2]"推陈出新"的戏曲改革运动使得对传统戏曲的重新审视成为新中国的一项重要工作，"十七年"中对传统戏曲的阐释，不仅包括对传统戏曲文学剧本创作的思想内容和艺术特点的总结，也包括对传统戏曲演剧艺术的总结；不仅包括对传统戏曲遗产的整体认识，也包括对具体剧目的细致分析。而对传统戏曲的一系列阐述又直接影响了戏曲改革运动中政策的生成和实践的推进。这一阶段，张庚的学术研究转向戏曲领域，他在探索中国戏曲本质的过程中提出了戏曲的"剧诗说"，这对于人们的戏曲认识和戏曲创作无疑起到重要的指导意义。具有丰富舞台实践经验的阿甲面对戏剧界生硬照搬斯坦尼斯拉夫斯基体系的现象则孜孜不倦地探析戏曲舞台的艺术规律，他关于"生活的真实和戏曲表演艺术的真实"的论述及对于戏曲程式等问题的分析研究等，放置在整个中国戏曲研究史上都可见其奠基性的成就和贡献。同样为了打破戏剧界独尊斯坦尼斯拉夫斯基体系的狭隘的戏剧观，黄佐临在1962年总结教训、解放思想的广州会议上发表了"漫谈戏剧观"的讲话，强调在斯坦尼斯拉夫斯基的戏剧观之外，还有布莱希特的戏剧观和梅兰芳代表的中国戏曲的戏剧观，黄佐临指出了独尊斯坦尼斯拉夫斯基体系对戏剧工作包括戏曲改革工作的危害，呼吁用中国戏曲表演观念开启话剧创演的新局面。

　　"十七年"戏曲改革运动轰轰烈烈，围绕着戏曲改革中的种种问

---

　　[1]周扬：《新的人民的文艺》，见《周扬集》，北京：中国社会科学出版社，2000年版，第64页。

　　[2]傅谨：《新中国戏剧史（1949—2000）》，长沙：湖南美术出版社，2002年版，第11页。

题进行过持续的论争，新名词不断涌现，诸如"推陈出新，百花齐放"、"有利、无害、有害"、"改戏、改人、改制"、"两条腿走路"、"以现代戏为纲"、"三并举"、"打破清规戒律"、"大胆放手开放剧目"、"移步不换形"、反历史主义、新神话剧、鬼戏等等等等，但回顾戏曲改革运动热闹的历史，却不禁让人感到凄凉，论争像一出出木偶剧，最终引人注意的不是台前的演出，而是台后那只提线的手。戏曲改革的真正动机是使戏曲改革成为政治服务的便捷工具，名为"戏曲改革"，实为"戏曲改造"，是社会主义思想改造运动的一部分。

在戏曲改革运动将戏曲现代化的实质替换为戏曲政治化的同时，话剧也在新国家意识形态指导下进行话剧民族化运动，而话剧民族化的途径已经具体化为话剧的戏曲化。1957年初，北京人艺排演的《虎符》公演，被誉为中国话剧"在继承民族表演形式和吸收戏曲表演方法的实践上""第一次有意识有计划的尝试"。[1]《虎符》演出成功，北京人艺又陆续推出《茶馆》、《蔡文姬》、《武则天》、《关汉卿》等作品，持续探索话剧的民族化的道路。在焦菊隐那里，话剧民族化的理论和实践探索的具体方式，便是话剧借鉴吸取戏曲形式。

话剧的民族化从具体可操作层面上又意味着话剧的戏曲化。焦菊隐早年研究戏曲艺术时，已经开始思考话剧与戏曲之间的相互学习和借鉴的问题，《虎符》给了他"把戏曲的表演手法和精神，吸收到话剧里来"[2]的实践机会。焦菊隐尝试在斯坦尼斯拉夫斯基体系基础上，引入戏曲艺术手法，而这种"民族化试验"完全符合当时的政治方向，得到了政治护身符，所以话剧界有人提出异议时，北京人艺党委书记发话了："民族化是路线问题，有意见可以提但不准反对。"焦菊隐从《虎符》开始，向戏曲借

---

[1] 焦菊隐：《关于话剧汲取戏曲表演手法问题——历史剧〈虎符〉的排演体会》，见《焦菊隐文集》第3卷，北京：文化艺术出版社，1988年版，第391页。

[2] 焦菊隐：《千言万语说不尽》，见《焦菊隐戏剧论文集》，上海：上海文艺出版社，1979年版，第4页。

法，走话剧民族化的道路，后来在《略论话剧的民族形式和民族风格》一文中总结："话剧向戏曲学习的主要目的有两个：一是丰富并进一步发展话剧的演剧方法；二是为某些戏的演出创造民族气息较为浓厚的形式和风格。"[1]

　　话剧究竟在多大程度上、什么角度上可以戏曲化？历史剧可以戏曲化，现代剧是否可以戏曲化？焦菊隐一时也没有答复，一切还在探索中。如果说《虎符》更多"直接运用戏曲的程式动作"，那么《茶馆》和《智取威虎山》这两个现代戏却更多"'化'用了戏曲的一些艺术方法和原则"[2]。《茶馆》和《智取威虎山》之后，1959年到1963年，焦菊隐又陆续导演了《蔡文姬》、《武则天》、《关汉卿》等作品，他还计划排演话剧《白毛女》，"从剧本入手，包括导演、表演、舞台美术设计各个方面，全面地尝试着运用戏曲艺术的原则、规律"[3]。但话剧民族化毕竟不能完全等同于话剧戏曲化，话剧借鉴戏曲艺术，但不能失去话剧艺术的本体特征："话剧可向戏曲学习的东西很多"，但是，"必须严加注意两个方面"，一是"不能丢开自己最基本的形式、方法和自己所特有的优良传统"，二是应当注意"吸收不是模仿，不是生吞活剥，不是贴补，而是要经过消化，经过再创造"[4]。话剧"吸取戏曲表演方法可以有两种作法。一种是吸取戏曲表演方法的精神；一种是吸取精神也兼带形式"[5]。

　　话剧要民族化，戏曲要现代化，大家的思考都集中在"如何"上，没有思考过"为何"的问题。话剧为什么必须民族化？戏曲为什么要现代化？答案不在艺术，而在政治。就话剧而言，话剧民族化与其说是一个艺

　　[1] 焦菊隐：《略论话剧的民族形式和民族风格》，见《焦菊隐文集》第3卷，北京：文化艺术出版社，1988年版，第450页。

　　[2] 苏民、左莱等：《论焦菊隐导演学派》，北京：文化艺术出版社，1985年版，第91页。

　　[3] 焦菊隐：《谈构思》，见《焦菊隐文集》第4卷，第221页。

　　[4] 焦菊隐：《略论话剧的民族形式和民族风格》，见《焦菊隐文集》第3卷，第461—462页。

　　[5] 焦菊隐：《关于话剧汲取戏曲表演手法问题——历史剧〈虎符〉的排演体会》，见《焦菊隐文集》第3卷，第396页。

术形式问题，不如说是一个政治立场问题。焦菊隐自觉地将话剧民族化当作戏剧家的历史使命："对从事话剧艺术的人来讲，更有一个不可推卸的历史责任，即如何实现话剧民族化的问题。我们要有中国的导演学派、表演学派，使话剧更完美地表现我们民族的感情、民族的气派。"[1] 在1963年的《论推陈出新》提纲中他又强调："必须植根于本民族的土壤之中，不能丢掉我们千百年来所形成的欣赏习惯、趣味。特别是我们民族艺术自己的、独特的概括生活及表现生活的艺术方法，是需要我们下大力气认真加以研究的宝贵财富。"[2] 站稳政治立场容易，实践艺术方法却不简单，在焦菊隐尝试援戏曲手法入话剧的同时，黄佐临提出"写意戏剧观"的问题，试图以西人之法还制西人，用布莱希特体系挑战斯坦尼斯拉夫斯基体系，结果是以"惨败"收场。[3] 其实黄佐临不明白，话剧的民族化问题本来就不是个艺术问题，而是个政治问题。

　　大陆在戏曲现代化的向度上进行戏曲改革，推陈出新，台湾戏剧界20世纪70年代也出现文化寻根的倾向，复兴中国传统戏曲，并尝试将西方戏剧因素引入传统戏曲创作中。郭小庄创办"雅音小集"对台湾戏曲创新具有开创性影响。雅音小集将传统戏曲带入现代剧场，引进戏曲导演观念，聘请专业剧场工作者设计戏曲舞台美术、扩大戏曲创作群，使京剧由"前

---

　　[1] 焦菊隐：《谈话剧接受民族戏曲传统的几个问题》，见《焦菊隐文集》第4卷，北京：文化艺术出版社，1988年版，第13页。

　　[2] 焦菊隐：《论推陈出新》，见《焦菊隐文集》第4卷，第152页。

　　[3] 1959年，黄佐临排演布莱希特的名剧《胆大妈妈和她的孩子们》"惨败"，用他的话说："《胆大妈妈和她的孩子们》一剧，是我导演八十八个戏中最大的失败，我归罪于'间离效果'，把观众都间离到剧场外面去了。"这是为了庆祝中华人民共和国建国10周年，按照中德文化协定，由德意志民主共和国大使馆提供的剧本。黄佐临为了此剧的演出做了充分的准备，他特别做了《德国戏剧艺术家布莱希特——在上海人民艺术剧院排演〈胆大妈妈和她的孩子们〉前的讲话》，这是一篇系统介绍布莱希特演剧体系的，具有学术价值的文章，虽然是由声名赫赫的黄佐临所作，却没有引起人们的重视。当时《胆大妈妈和她的孩子们》一剧隆重开演，首场演出"开始时，剧场全满，多数观众是抱着好奇心，想来看看布莱希特究竟是怎么回事。……开场不久，就有人悄悄退席，演到快一半时，观众纷纷离场，走了一大半了。等到演至五分之四时，剧院里观众已寥若晨星，比舞台上卖力演戏的演员还少。到全剧结束时，台下只剩了一个观众为他们鼓掌。佐临撩起幕布一看，原来'坚持到底'的，是他的老友巴金"。参见纪宇：《戏剧人生：黄佐临》，济南：山东画报出版社，1996年版，第109页。

一时代大众娱乐在现今的残存"转型为"当代新兴精致艺术"。吴兴国创办了当代传奇剧场，演出《欲望城国》，赋予戏曲以现代形式。王安祈认为戏曲创新关键在赋予戏曲作品以现代意义："（戏曲）现代化不只是增加灯光布景，不只是新作服装，现代化的核心是剧本的情感思想，新编剧本的内涵一定要能反映现代人的欲求想望，贴近现代人心灵。'保存传统'不只是演古人编写的戏，传统的内涵是'传统戏曲唱念做打表演体系'，不只是传统戏码。戏曲不仅具备'文化资产'的意义，更是鲜活的'剧场艺术'，除了保存之外，更该积极延续，而现代化正是延续传统最有效的手段。"[1]台湾戏曲现代化运动的标志为《荷珠新配》舞台形式的现代化、《王有道休妻》等剧思想精神的现代化，以及《欲望城国》戏曲改编的跨文化互动、尝试将西方戏剧原著与中国戏曲结合。而以当代传奇剧场和国光剧团为代表的京剧的现代改编，则开创了传统戏曲现代化的新局面。

以戏曲现代化与话剧民族化为目标的新中国戏剧运动，最终的成果是"样板戏"。样板戏用《人民日报》"社论"的话说："突出地宣传了光焰无际的毛泽东思想，突出地歌颂了历史主人翁工农兵。它贯穿了毛主席的为工农兵服务、为无产阶级政治服务的革命文艺路线，体现了'百花齐放'、'推陈出新'、'古为今用'、'洋为中用'的正确方针，做到了'革命的政治内容和尽可能完美的艺术形式的统一'。"[2]样板戏不仅在艺术形式上同时尝试了戏曲的现代化和话剧的民族化，而且在社会效果上实现了戏曲的现代化和话剧的民族化的预定目标，不仅全国人人观看"样板戏"，全国各地还"人人学唱样板戏"，现代戏剧从来没有这样"大众化"过。

"样板戏"成为革命文艺的至高无上的样板的同时，"样板戏"理论也成为戏剧的样板理论。"样板戏"时代过后，人们激烈批判"样板戏"，

---

［1］王安祈：《绛唇珠袖两寂寞》自序，台北：INK印刻出版，2008年版，第16页。
［2］见1967年5月31日《人民日报》社论《光辉的革命文艺样板》。

但批判的角度依旧是政治的,"样板戏"成为文化大革命的罪证。肯定样板戏与否定样板戏的思维方式是一致的,即意识形态思维。

假定一个现象的历史不合理性并加以批判,并不能引发深入的思考;假定一个现象的历史合理性再加以批判,思想才有可能深化。样板戏的政治意识形态动机是不言而喻的,甚至根本不值得理论分析,样板戏的艺术动机才有理论分析的必要。从20世纪中国戏剧思想史上看,话剧的民族化与戏曲的现代化是个贯穿始终的问题,而样板戏从艺术角度看,可能是戏曲现代化与话剧民族化的一次彻底的实验。"样板戏"在京剧作为基本形式的基础上,融入话剧因素,甚至西方的芭蕾舞、交响乐,确实贯彻了毛泽东"古为今用,洋为中用;百花齐放,推陈出新"指示的大部分内容,但似乎独缺"百花齐放"。

从话剧民族化与戏曲现代化的世纪命题角度理解"样板戏"的艺术意义,多少可以看出某种"历史合理性"。遗憾的是"样板戏"的政治色彩掩盖了它的艺术追求。"样板戏"兴起的动机是政治的,"样板戏"消失的动机也是政治的。艺术的问题提出了,但没有深入探究与解决。新时期话剧的民族化与戏曲的现代化,仍是一个潜在的话题。戏剧观大讨论中有关"写意戏剧观"的讨论,仍是这一话题的变相延续,只是现在人们开始关注话剧的民族化与戏曲的现代化的艺术与文化层面上的意义。

黄佐临的三大戏剧体系的划分,背后仍是"中西之争"的格局,梅兰芳与斯坦尼斯拉夫斯基分别是中西剧场体系的代表,布莱希特代表着这两大体系之间可沟通的桥梁,西方戏剧的民族化和中国戏曲的现代化的可交流的平台。黄佐临20世纪60年代初的文章,引起了20年后的讨论,他最初的想法出自"推陈出新"运动中的困境,试图通过布莱希特走出中西二元对立格局:"我想围绕三个绝然不同的戏剧观来谈一谈,那就是:斯坦尼斯拉夫斯基戏剧观,梅兰芳戏剧观和布莱希特戏剧观——目的是想找出他们的共同点和根本差别,探索一下三者之间的相互影响,相互借鉴,推陈出新的作用,以便打开我们目前话剧创作只认定一种戏剧观的狭隘局面。"[1]

　　20世纪80年代的讨论扩大了内容，但中西之争仍是个潜在的问题，思维结构没有变。强调现代戏剧在向西方学习的同时，也要向中国传统戏曲学习，"话剧要向传统的戏曲表演艺术学习，就得强调表演的技艺，而不能只注重所谓的内心的体验。戏曲表演艺术的出发点是假戏真做，也就是说，全部的表演艺术都是建立在舞台的假定性上。承认这个前提，就得研究演员化为角色的方法"。在具体的创作实践中，出现了所谓"间离写意剧"试图沿着当年黄佐临指示的方向探索布莱希特史诗剧场与中国传统戏曲在表现形式上的共通性，同时也从"术"到"道"，将"写意"的概念推广到中国艺术的内在精神与美学追求上，最终"引禅入戏"，尝试"禅式写意剧"的创作。

　　新时期探索戏剧同时关注话剧的民族化与戏曲的现代化两个向度的问题。他们试图在前现代的中国传统戏曲与后现代的西方戏剧之间找到共通点，在戏剧的跨文化方向上找到话剧民族化与戏曲现代化的出路。他们的意图或许是善的，但道理却未必真。历史让人感到困惑与遗憾的是，当所有人的努力都汇入同一条道路，而这条道路在起点上就可能错了；话剧民族化与戏曲现代化原本是个社会政治问题，人们却从艺术上努力。从"国剧运动"到新时期探索戏剧，话剧民族化与戏曲现代化始终是戏剧家自觉的使命，回顾一个世纪的思想历程，他们的努力究竟是误导了方向还是误用了方法？

三、现实主义或现代主义：戏剧观念的立场或方法

　　1939年张庚提出"话剧民族化与旧剧现代化"的命题，认为不论"话剧民族化"还是"旧剧现代化"，出路都是现实主义。旧剧必须反映现实生活与革命斗争，才能为现代社会所接受；新剧的问题或许不在反映现实

---

　　[1] 黄佐临：《漫谈"戏剧观"》，转引自杜清源主编：《戏剧观争鸣集（一）》，北京：中国戏剧出版社，1986年版，第4页。

的内容，而在反映现实的方法。新剧如何为大众所接受？"话剧民族化"不但要求话剧在呈现形式上吸纳传统戏曲中的元素，使之能够成为一种适应于中国民众审美习惯的艺术样式，而且还要求它表现中国当时的政治斗争生活，唤起人们的革命意识。这一点无疑和"革命启蒙"精神的基本内涵不谋而合。实际上，张庚正是在这种特殊的思想意识形态的指导下来展开戏剧工作的。值得注意的是，在谈论话剧民族化的具体实施方案时，张庚明确地指出："现实主义就是民族化与现代化的最大的保证。"[1]

现实主义创作原则的问题，是20世纪中国戏剧理论批评史的三大核心问题之一。从新旧剧之争开始的20世纪中国戏剧理论批评史，在起点上就设定了现实主义创作方法的正统性。这种正统性，在政治上来自现实主义艺术关注现实改造社会，肩负着社会启蒙政治革命的使命；在艺术上来自现实主义是西方戏剧的基本原则，从古希腊悲剧到幻觉剧场的西方戏剧传统与中国戏曲相比，总体上是现实主义的。现实主义既是政治原则，又是美学原则；既是戏曲现代化的出路，又是话剧民族化的出路。我们所说的三组大问题，戏剧本质的政治化与美学化、话剧的民族化与戏曲的现代化、创作方法的现实主义与现代主义，在思想上是密切相关、相互对应的。

现实主义是倡导新剧的根据，也是批判旧戏的根据。辛亥革命前后新剧提倡者们虽然没有明确的现实主义戏剧观念，但对戏剧的现实作用的强调，无疑为日后现实主义作为一种戏剧原则的提出，做了充分的铺垫。新文化运动中，戏剧批评在继承晚清民初戏曲理论批评的基础上，进一步引进西方戏剧观念，以西方戏剧为批评标准来批判旧戏，认为旧戏不能反映社会现实，不能揭露中国传统社会的固陋，无法适应新文化运动的需求。这套观念虽然没有以明确的现实主义创作方法作为名目，但已完全具备现实主义创作原则的基本内容。

"五四"新文化运动大量引进西方现代戏剧观念，包括启蒙主义、

---

[1] 张庚：《话剧民族化与旧剧现代化》，见周靖波主编：《中国现代戏剧论》上卷《建设民族戏剧之路》，北京：北京广播学院出版社，2003年版，第305页。

现实主义、浪漫主义以及现代主义，但新文化运动者对易卜生代表的现实主义戏剧推崇尤甚。他们将"易卜生主义"当作改革旧戏、建立新剧的尺度，新剧必是一种写实主义的戏剧，"肯说老实话"，"把社会种种腐败龌龊的实在情形写出来叫大家仔细看"。中国戏剧的出路，在于摒弃旧戏，建构以易卜生式的写实主义为核心的"纯粹戏剧"。以写实主义为核心的"易卜生主义"，成为新剧的创作原则与艺术追求。《新青年》派强调新剧社会启蒙和政治革命的作用，将其视为促进社会进步的工具，认为写实主义的新剧有利于戏剧的进步、人的自由与发展，他们推崇的所谓"纯粹戏剧"，就是肩负着启蒙社会、改革政治的功利主义使命的戏剧。

这里值得注意的是，中国新文化运动推崇的西方写实主义，强调了其社会政治含义，忽略或扭曲了其知识与美学含义。西方的现实主义创作方法主张艺术以科学的精神再现现实生活，他们的创作方法建立在"认知的真实论"的基础上，现实主义艺术的第一信条是艺术家必须保持客观科学的态度，呈现客观现实，既不能主观随意地批评现实，更不能随艺术家的主观意图改变甚至歪曲现实。新文化运动者从写实主义角度推崇新剧，其实并不了解或者也无心了解现实主义戏剧的艺术内涵。首先是对"易卜生主义"的曲解，其实易卜生戏路很广，包括早期的浪漫主义戏剧和晚期的象征主义戏剧，所谓写实主义的"社会问题剧"只占其创作的极少部分；其次是根本不关心西方现实主义戏剧的艺术美学特质，即幻觉剧场的意义。所以，新文化运动提倡写实主义戏剧创作原则，真正的用意是社会政治运动。

新文化运动最初理解提倡的现实主义戏剧观念，是一种浅薄庸俗的现实主义。它只关注政治立场，不关心艺术方法，关于"易卜生主义"，他们也大多只看到易卜生的社会批判内容，看不到易卜生幻觉剧场的艺术魅力。"国剧运动"的倡导者们的戏剧修养相对更好一些，他们发现了西方幻觉剧场不真实的问题。西方的写实主义舞台假设"第四堵墙"，剧场被分成两段，观演隔离，反而不易实现其营造幻觉的目的。中国戏曲虽然非写实的、程式化的，但舞台效果生动，极富表现力。他们在中西戏剧的比较视野内意识到戏剧的写实与写意可能殊途同归，这是20世纪世界戏剧运动的大势所趋："中国剧场在由象征的变而为写实的，西方剧场在由写实的变而为象征的。也许在大路之上，二者不期而遇，于是联合势力，发展到古今所同梦的完美戏剧。"[1]西方戏剧走向象征主义，中国戏剧走向写实主义，这种换位走向意味着什么？余上沅提出，"我们建设国剧要在'写意的'和'写实的'两峰间，架起一座桥梁，——一种新的戏剧"。[2]"国剧"运动者都是理想主义者，或许这种"互倾的趋向"、"不期而遇的动机"，最终可能实现"古今所同梦的完美的戏剧"。[3]

所谓"完美的戏剧"最终只是一个梦想，一个现实主义社会运动洪流中的瞬间即逝的泡沫或插曲。现实主义创作原则的含义是模糊的，但功能却异常重大。首先，现实主义是新剧取代旧戏的根据，在现实主义创作原则下，旧戏已经没有存在的理由，因为旧戏根本无法反映现实生活。其次，现实主义是新剧自我确认的依据，戏剧应该是"为现实人生"的艺术，其价值与方法均体现在现实主义上。新剧反映现实人生问题，具有重要社会意义。洪深认为，戏剧首先是描写人生的艺术，其价值亦在于此。"戏剧所搬演的，都是人事，戏剧的取材，就是人生。同别的艺术（如图画音乐）相比较，戏剧更是明显地、充分地描写人生的艺术了。"[4]作家必须"亲自去阅历人生、观察人生、了解人生、直接记录人生"，而人生不是固定不变的，人生与作者所处的时代社会是紧密相联的，"一个时代

[1] 余上沅：《中国戏剧的途径》，原载于《戏剧与文艺》，1929年5月，第1卷第1期。见上海艺术研究所话剧室等主编：《余上沅研究专辑》，上海：上海交通大学出版社，1992年版，第54页。

[2] 余上沅：《国剧》，原文为英文，篇名为"Drama"。发表于《中国文化论文集》，部分译文载1935年4月17日上海《晨报》。见上海艺术研究所话剧室等主编：《余上沅研究专辑》，第77页。

[3] 参见余上沅：《中国戏剧的途径》，见上海艺术研究所话剧室等主编：《余上沅研究专辑》，第56—59页。

[4] 洪深：《属于一个时代的戏剧》，原载于《洪深戏曲集》，上海：现代书局，1933年版。见孙青纹编：《洪深研究专集》，杭州：浙江文艺出版社，1986年版，第158页。

有一个时代的精神与状态",因此,"一切有价值的戏剧,都是富于时代性的。换言之,戏剧必是一个时代的结晶,为一个时代的情形环境所造成",[1]"每一个剧本必然包含一种人生哲学;必然是对社会某一问题表示主张和态度的"。[2]

戏剧作为"为人生"的艺术,现实主义创作方法便成为其理所当然的选择,尤其是20世纪30年代中国话剧思潮"左转"后,戏剧不仅要"为人生"、"为大众"而且要"为革命"。目的决定手段,田汉早期推崇新浪漫主义戏剧,追求"真艺术"与"真爱情",其中虽有现实主义倾向,但并不明确。20世纪30年代他开始自我批判,越发关注戏剧的"写实性",推崇"普罗大众文艺","谁不能真走到工人里去一道生活,一道感觉,谁也就不配谈大众化"。[3]抗战爆发强化了这种"运动现实主义"倾向,中华民族危亡之际,"中国戏剧家的责任就在艺术地、有血有肉地描画出这个现实,使广大观众瞭解并且痛感这个现实,大家起来为中国民族的独立自由而战。——戏剧家以及一般的文化人,只有意识地担负这个责任的,才会产出划时代的东西,才能自致于伟大与悠久"。[4]

现实主义创作方法在"左转"之后便获得了明确的政治甚至党派意义,于是,写实主义也有了新旧之分。田汉自认为自己的创作观念已经从"旧写实主义"转向了"新写实主义"[5]:"旧写实主义的作品里是看

[1]洪深:《属于一个时代的戏剧》,见孙青纹编:《洪深研究专集》,杭州:浙江文艺出版社,1986年版,第158页。
[2]洪深:《十年来的中国的戏剧》,见上海文艺出版社编:《中国新文学大系》第1集《文艺理论集一》,上海:上海文艺出版社,1987年版,第296页。
[3]田汉:《戏剧大众化和大众化戏剧》,原载于《北斗》,第2卷第3、4期合刊,1932年7月20日出版。见《田汉全集》第15卷,石家庄:花山文艺出版社,2000年版,第234—236页。
[4]田汉:《对于戏剧运动的几个信念》,原载于南京《新民报》日刊,1935年10月10日。见《田汉全集》第15卷,第255—256页。
[5]田汉这里所言的"新写实主义",主要指他在20世纪30年代"左转"之后所推崇的戏剧观念,即根植于大众的生活,不再像20世纪20年代那样描写小资产阶级的"灵"与"肉"的冲突并抒发苦闷彷徨的感情,仅仅从个性解放的角度表现反帝反殖民的时代精神,而是注重从社会解放的角度表现当时的矛盾与斗争,在作品中反映阶级斗争、民族斗争的激情。参见陈白尘、董健主编:《中国现代戏剧史稿(1899—1949)》,北京:中国戏剧出版社,2008年版,第144页。

不到出路的。它们都充满着一种绝望的苦闷。新写实主义在这点上是进步的，它于详细地解剖之后，而再赋予一种新的希望，唤起人们已死的心灵，勇敢地生活下去，使社会愈加健康起来"，"我们干戏剧的，戏剧就是我们的武器，我们应当用我们的武器来创造人生，创造社会"。[1]

新写实主义可以具体表述为"革命现实主义"或"社会主义现实主义"，这与30年代启蒙主题的转换密切相关。启蒙从社会启蒙转向政治启蒙，从政治启蒙转向政党启蒙，"启发阶级解放意识的觉醒，宣传和鼓动的是为阶级、政党的利益目标而奋斗"。[2]政党启蒙主题是以"革命启蒙"表述的，戏剧为革命现实服务，而革命现实的意义，又是主持革命的政党规定的。中国文学从"文学革命"走向了"革命文学"，戏剧也完成了同步转换，"无产阶级现实主义"赋予现实主义创作方法以政党政治与阶级斗争的内涵。首先，它规定了现实主义作为唯一合法的创作方法。其次，它规定了现实主义创作方法的具体创作内容，也就是不仅规定了现实主义方法，还规定了"现实"，这个现实就是无产阶级革命和无产阶级革命必胜的"现实"。价值决定真实，政治利益决定创作原则，无产阶级文学则把革命的马克思主义世界观作为创作指导思想，把当代无产阶级的"现实"生活当作创作对象，把无产阶级现实主义当作革命武器。[3]

到此为止，现实主义已经不是一种可供选择的创作方法，而是唯一可供选择的创作方法；已经不是一种戏剧创作方法，而是一种体现意识形态权力的创作原则。20世纪30年代曹禺创作出《雷雨》、《日出》、《北京人》，标志着中国现代话剧艺术的高峰。奇怪的是，剧作上演后得到的恶评甚至多于好评，让人不可思议。张庚虽然承认曹禺是位"不自觉的现实主义者"，但也指出《雷雨》远离现实，题旨狭小，缺乏社会责任感，没

[1] 田汉：《戏剧的理论与实践——在国立戏剧学校讲演》，原载于《北平晨报》，1935年11月17日。见《田汉全集》第15卷，石家庄：花山文艺出版社，2000年版，第261页。

[2] 何锡章：《中国现代文学"启蒙"传统与古代"教化"文学》，见南京大学中国现代文学研究中心编：《中国现代文学传统》，北京：人民文学出版社，2002年版，第114页。

[3] 参见张秋华编：《"拉普"资料汇编》上，北京：中国社会科学出版社，1981年版，第3页。

有用先进的思想，也就是马克思主义观点指导创作。《日出》虽然表达了作者对社会不公的愤怒与改革的期望，但总体上思想境界相较《雷雨》并无太大提升。曹禺的社会批判不是建立在历史唯物主义的客观分析上，而是建立在他潜意识中的、非理性的"原始精神"[1]上。黄芝冈对曹禺的批判庸俗而过激，认为曹禺不具备"对社会有正确认识和剖析"的能力，"对剧情无正确的估量，不但是幻术般的欺骗了观众，而且也因为观众们的盲目拥护认不清自己的前途"。[2]周扬对这种批评也感到过分，这似乎不是在写艺术评论，而是写社会评论。周扬继续在张庚的思路上评论曹禺的创作，认为曹禺在创作过程中自觉或者不自觉地运用了"现实主义"的创作方法："《雷雨》和《日出》无论是在形式技巧上，在主题内容上，都是优秀的作品，它们具有反封建反资本主义的意义。"[3]唯一的遗憾是，他希望曹禺能具有成熟的革命意识，改变自己个人化、唯美化的写作路数，自觉地表达改造社会的革命要求。

　　张庚、周扬等人围绕着曹禺剧作进行的评论，与其说是对具体剧作家、剧作的评论，不如说是对"社会主义现实主义"批评方法的演习。周扬运用所谓的"社会主义现实主义"理论批评曹禺的创作，而"社会主义现实主义"创作观念或批评尺度，要求创作者评论者自觉运用"历史唯物主义"、"阶级斗争"等理论指导创作，解读作品。所谓"社会主义现实主义的创作方法"具有两种含义：其一，它具有明确的阶级性，是无产阶级作家所必须掌握的创作方法。它不但要求作家以现实生活中的阶级斗争为创作题材，而且还要求作家在创作过程中，自觉运用马克思主义理论中的阶级分析的方法来对斗争的结果进行预测。而按照这一特定理论的基本观点，在无产阶级与资产阶级相互斗争的过程中，无产阶级必然是会取得胜

　　[1]张庚：《读〈日出〉》，见王兴平、刘思久、陆文璧编：《曹禺研究专集》（下），福州：海峡文艺出版社，1985年版，第11页。
　　[2]黄芝冈：《从〈雷雨〉到〈日出〉》，载《光明》半月刊，第2卷第5期，1937年2月10日。
　　[3]周扬：《论〈雷雨〉和〈日出〉并对黄芝冈先生的批评的批评》。见王兴平、刘思久、陆文璧编：《曹禺研究专集》（上），第565页。

利的。其二，它是以"正确地反映真理"为美学原则的。这里的"真理"是有特定所指的、被规定的"真理"，即是指马克思主义政治思想。无论是在政治领域中，还是在文学创作领域中，马克思主义都是用以解决一切问题的根本方法，以及衡量一切价值的重要尺度。他说："文学的真理和政治的真理是一个，其差别，只是前者是通过形象去反映真理的。所以政治的正确就是文学的正确。不能代表政治的正确的作品，也就不会有完全的文学的真实……文学自身就是政治的一定形式。"[1]

曹禺内心虽然反感这种将"'剧'卖给'宣传政见'"的"宣传剧"，希望以自己的"易卜生式戏剧"创作坚守戏剧的审美本质，但他未作任何反驳。个人的审美追求终归无法抵抗群众性批判的暴力，更何况建国后"社会主义现实主义"创作与批评观念被尊为圣训，此时曹禺已不是消极抵抗而是积极迎合了。1950年，曹禺就以周扬的评论为依据改写了《雷雨》、《日出》和《原野》，结果不伦不类，被改写后的作品虽然有了明确的主题思想，但是其艺术审美特性却荡然无存。曹禺晚年有过反思，其实更应该反思的是周扬。

20世纪30年代围绕着曹禺剧作进行的批评，实际上是一场戏剧批评的意识形态化演习。从戏剧理论批评史上看，戏剧界自身提前完成了从浅薄庸俗的现实主义到粗暴专制的现实主义的转型，现实主义不再是个简单的创作方法问题，而是一个体现意识形态权力的创作原则问题。抗战的全面爆发，加剧了现实主义创作原则的意识形态转化，戏剧界自觉地将艺术活动视为政治革命斗争活动的一个重要组成部分，"社会主义现实主义"（"革命现实主义"）理论理所当然地成为主流的创作观和权威的戏剧批评尺度。结果是在这种大环境下，曹禺又不合时宜地写出《原野》。按照"革命现实主义"理论原则，这无疑是一部毫无思想意义的作品。杨晦就在《曹禺论》中对该剧大加批判，称《原野》为"曹禺最失败的一部

---

[1] 周扬：《周扬文集》（一），北京：人民文学出版社，1984年版，第67页。

作品"。

20世纪30年代出现的革命现实主义戏剧思潮，一方面是政治权力干预的结果，另一方面也是艺术家自愿选择的结果。这一文艺思潮的主要内容可以表述为三个方面：1. 文艺必须为现实政治服务；2. 文艺应如实地反映现实人生，表现社会理想，兼具现实性、真实性和理想性；3. 倡导写实、典型化和细节描写等创作手法。这一文艺思潮在其后的半个世纪不断加强，从乌托邦到意识形态，"社会主义现实主义"创作原则在建国后被尊为不容置疑的圣训，艺术成为政治，理论成为教条，批评成为批判。戏曲改革、话剧革命，从"十七年"到"文化大革命"，"社会主义现实主义"始终是戏剧创作与批评的最高原则。直到改革开放后，这一原则也没有被否定，而是在有限的范围内被质疑、无限的范围内被搁置。

动摇现实主义至尊地位的是现代主义，然而，现代主义未必敢于否定现实主义，只是提供了另一种选择。现实主义是不容否定的，因为在20世纪的中国，它已经成为一种拥有政治权力的意识形态；现实主义是可以质疑的，但仅限于创作方法层面，这是中国大陆的"现实"。

现实主义与现代主义之争，台湾的状况有相同的方面，也有不同的方面。首先，国民党退守台湾后对戏剧的意识形态控制是直接、粗暴的，并没有经过一套"戏剧理论"的精心包装。"反共抗俄"意识形态下的戏剧创作与评论幼稚粗暴可笑，难怪台湾有人说"反共抗俄剧"中的角色，用猴子都可以扮演。1949年之后，台湾戏剧与大陆戏剧长期分隔，但二者在精神上仍高度一致。高度意识形态化的现实主义戏剧的理论被奉为至尊，它与其说是一种创作方法，不如说是一种政治原则。姚一苇、张晓风、马森等台湾话剧现代转型的先行者，最初都是遵循中国现代话剧的写实传统，后来才在西方现代主义戏剧思潮影响下，开始探索新的戏剧表现手法，推动台湾戏剧从现实主义向现代主义转型。

20世纪60年代现代主义戏剧思潮的传入，开启了台湾戏剧的"二度西潮"，使台湾戏剧逐渐走出意识形态化的阴影。姚一苇、马森等人不断引介西方现代主义戏剧理论，并以自己的创作实践其戏剧理论与戏剧观。台湾戏剧反叛"拟写实主义"传统，接受西方现代主义戏剧思潮，从布莱希特的史诗剧场、阿尔托的残酷剧场、格罗托夫斯基的贫穷剧场到谢克纳的环境剧场，种种西方现代主义后现代主义戏剧理论与实践，将台湾戏剧观念从现实主义传统中解放出来。这种解放在台湾是彻底的、无禁忌的，现代主义不仅否定了现实主义的创作方法，甚至否定了现实主义创作方法背后的意识形态。经济发展、政治变革，也成为戏剧界从现实主义向现代主义转型的动力。这次转型对台湾现代戏剧命运的转变是根本性的。大陆的现代主义戏剧思潮并未有这般成效，它可以从创作手法上松动现实主义正统，但不可以从创作原则上动摇其意识形态内涵。

大陆新时期戏剧批评从质疑现实主义的意识形态内核开始。人们意识到所谓"革命现实主义"、"社会主义现实主义"，实际上是违背现实主义的基本精神的，它所反映的现实是被意识形态规定的"伪现实"。现实主义美学的核心概念是"真实"，社会主义现实主义是掩盖或歪扭"真实"的。令人遗憾的是，过去人们将谎言当真理，现在人们把常识当理论。新时期戏剧思想未敢违背正统的现实主义创作原则，在有限的范围内讨论的现实主义反映"真实"的问题，在戏剧思想上缺乏理论深度。而且说到底，所谓"直面现实'讲真话'、'干预生活'"，"提出为千百万人所关心的重大问题"之类的说法，也是以一种意识形态取代另一种意识形态的斗争，戏剧思想并没有获得美学与理论的依据。真正的问题不在政治观的更新上，而在戏剧观的更新上。

新时期戏剧观的更新，从质疑现实主义的意识形态功能和美学方法两个层面上展开，不断深入。就意识形态而言，人们反对将戏剧当作意识形态化的宣传工具，争取戏剧的美学自主性。用美学原则取代政治原则，不仅颠覆了"社会主义现实主义"的正统观念，甚至要从起点上颠覆新剧以来的现代戏剧观念，强调戏剧并非服务社会政治的工具。新时期戏剧反思中最深刻的问题，触及到20世纪中国戏剧理论批评的核心症结。遗憾的是，此时思想的武器尚未准备好，而政治的武器已经严阵以待。现实主义的正统地位在意识形态斗争中是不容动摇的。

现实主义的正统地位不容动摇，但是否可以容忍美学上的另类选择？新时期不仅从创作原则上质疑"社会主义现实主义"，还从具体创作方法上反叛现实主义传统。探索戏剧观念从总体上说有两个基本特点：一是以现代主义超越现实主义，二是以千年传统超越百年传统。

首先，以现代主义超越现实主义。新世纪探索戏剧将反思的焦点集中在现实主义问题上，如果说"社会主义现实主义"创作原则的意识形态权威一时难以破除，至少可以从创作方法上动摇现实主义正统。现实主义的源头在西方，现代主义的源头也在西方，西方现代主义戏剧挑战"幻觉剧场"与"斯坦尼斯拉夫斯基体系"，以子之矛攻子之盾，现代主义戏剧便成为新时期中国探索戏剧挑战现实主义传统的理论工具。现代主义看出现实主义的内在矛盾：现实主义戏剧一方面要揭示现实的真相，另一方面又在制造幻觉，如何以幻觉的方式揭示真理呢？这是布莱希特的问题。

布莱希特反对亚里士多德的幻觉剧场的理论前提是，幻觉剧场通过观众的同情制造"骗局"，使观众的精神处于一种"无批判力的状态中"，"这些戏剧家的本领实在惊人，他们居然能够借助这样一种关于真实世界的残缺不全的复制品，强烈地打动他们兴致勃勃的观众的感情，这是世界本身所不及的"。[1] 布莱希特首先假设戏剧是现实世界的反映或再现，然后假设亚里士多德传统的幻觉剧场是虚假的反映或再现，每一个时代都有它的戏剧，科学时代的戏剧"把新的社会科学方法——唯物主义辩证法运用到它的反映中来"，具体技巧就是陌生化。

西方现代主义以史诗剧场挑战幻觉剧场，以布莱希特挑战斯坦尼斯拉夫斯基，新时期探索戏剧像当年改良派维新派倡导新剧那样，再次借助

---

[1]［德］布莱希特：《戏剧小工具篇》二十七，见《布莱希特论戏剧》，丁扬忠等译，北京：中国戏剧出版社，1990年版，第16页。

西方的资源解决中国的问题。"社会主义现实主义"戏剧是背叛现实制造幻觉的，西方现代主义对现实主义的批判让我们看到问题。戏剧是反抗虚伪意识形态的现代精神仪式，正是在这个意义上，布鲁克将布莱希特与阿尔托结合起来，让新时期探索戏剧看到超越"社会主义现实主义"的艺术之路。布莱希特假设传统戏剧的虚幻，提倡一种理性的、科学的、批判的史诗剧场。他的批判传统戏剧与流行意识形态的途径是社会理性的，辩证法戏剧是打破精神梦幻的方式。阿尔托同样认为，西方传统戏剧，或心理主义语言中心的戏剧及其所维护的现代文明，本质上是一种温情脉脉的幻梦。传统戏剧是意识形态的"替身"，戏剧必须同时打破现实意识形态与传统戏剧的幻梦，使人们进入自己的心灵深处，发现那种去掉假面与伪善的真实。

现实主义戏剧制造幻觉，史诗剧场则打破幻觉。西方现代主义戏剧思潮给中国新时期戏剧提供了超越20世纪中国戏剧的现实主义正统传统的艺术途径，这是以十年新创挑战百年传统的问题。还有更深意义上的探索，就是用千年传统挑战百年正统。

新剧曾用现实主义正统否定中国传统戏曲，如今现实主义传统出了问题，探索戏剧开始从中国传统戏曲中寻找艺术资源，中国传统戏曲是写意的、审美的，恰好可以否定写实的政治的现代戏剧正统。于是，20世纪初的新旧剧之争，到20世纪末发生了转向，最传统的变成最现代的，而曾经现代的又变成传统的，中国传统戏剧观念在探索戏剧中复活。与此同时，西方现代主义戏剧又通过布莱希特的史诗剧场，沟通了中国戏曲传统。黄佐临的"写意戏剧观"，恰好借西方现代主义之力，打通中国传统戏曲，挑战"社会主义现实主义"戏剧正统。这是所谓以千年传统挑战百年传统。

20世纪80年代开始的探索戏剧思潮同时表现出两个转向，一是转向西方，用现代主义超越现实主义，于是大量的西方现代主义戏剧理论与实践被介绍到中国，从布莱希特到阿尔托，从梅耶荷德到格洛托夫斯基，从马丁·艾思林到彼得·布鲁克，从皮斯卡托到博雅尔等等，中国探索戏剧也开始尝试他们的现代主义与后现代主义创作方法；二是转向古代，用中国传统戏曲超越现代话剧，于是，探索戏剧纷纷到古典戏曲形式中寻找创新的灵感，并将戏曲形式引入探索戏剧中。以《论戏剧观》为起点，强调在借鉴西方现代戏剧理论的同时，注意发掘民族戏剧形式的潜力，探索戏剧中对"民族史诗"形式的追求，是这方面最具创造性的探索。

　　20世纪80年代以来的探索戏剧思潮，试图以纯艺术的方式突破"社会主义现实主义"戏剧传统，从现实主义转向现代主义，从政治转向美学，从话剧转向戏曲，最终回归戏剧艺术本体。但是，超越现实主义并非一朝一夕之事，因为现实主义已经成为中国现代戏剧的传统，它早已不是简单的创作方法，而是复杂的、协调知识与权力的意识形态。钟明德认为，"二度西潮"下的中国现代戏剧要实现从现实主义向现代主义的转型，大陆有更多的困难，探索戏剧最终难以撼动根基厚实的现实主义传统与意识形态体制。大陆的"二度西潮"，不仅要面对政治的强力与戏剧自身的惰性，还要抵抗"商品化"大潮的冲击。政治与经济都是实体强大的，在它们面前，美学力量或许微不足道。

　　相对而言，探索戏剧借助现代主义，将现代戏剧从现实主义中解放出来，使戏剧摆脱意识形态束缚回归戏剧的美学本体，台湾似乎比大陆做得彻底："台湾八〇年代的小剧场运动，在吸收、消化、生产剧场现代主义方面，显得时机和形势都比大陆要好，同时也多少累积了相当的成果。但是，由于台湾的写实主义现代戏剧太弱，小剧场运动的剧场现代主义也因此显得空泛，没有目标，经常给人标新立异、光怪陆离的印象，而没有令人深刻地体认到剧场现代主义在台湾社会的历史性任务。另一方面，就大陆的现代戏剧发展来看，八〇年代的一些新声很清楚地指出了写实主义剧场的局限和危机。当写实主义所预设的'能动的主体'、'透明的语言'和'客观存在的真实'，愈来愈无法体现'四个现代化'之后的生活经验时，剧场的现代主义化似乎是一个迟早必须面对的问题和一个可能的出路。"[1]

　　20世纪80年代开启的探索戏剧运动，几乎"探索"了西方现代主义实验戏剧的各种方向与方法。遗憾的是探索戏剧并没有使戏剧走出危机，而是使之陷入更深的危机。20世纪中国现代戏剧的主要问题，不是没有戏剧创作，而是没有戏剧观众。现代戏剧某几个高峰时刻，戏剧的确也赢得过观众，如抗战时期、"文革"时期，但赢得观众的力量并不来自戏剧艺术，而来自社会动力或政治权力。探索戏剧在现代主义道路上将戏剧"探索到"危机，又乞灵于现实主义，试图通过现实主义召回观众。

　　新写实戏剧试图打通中国传统和西方现代，重新探索中国戏剧的现实主义道路。新写实戏剧面对的问题是探索戏剧的现代主义困境，现代主义、后现代主义戏剧从反叛现实主义戏剧到反戏剧，激情过后，是剧场的冷清。探索戏剧毕竟是"小众"的艺术，观众散去，戏剧家也没了兴致，又开始怀念现实主义戏剧曾经的热闹。新写实戏剧又称为新现实主义戏剧，它秉承了现实主义传统，也吸收了现代主义的表现手段。新写实戏剧有创作尝试，但无理论自觉。徐晓钟主张"破除生活幻觉，创造诗化意象"，[2]认为应当将"体验派和表现派的表演特征，在一些有才能的演员身上经常不同程度的结合起来……表演艺术的现实主义是一个广阔而丰富的概念，它应包含符合现实主义美学原则的多种样式、流派和多种的艺术观念"。[3]

　　新写实戏剧昙花一现，既没有深入的艺术探讨，也没有系统的理论建设。20世纪中国戏剧理论批评史，最薄弱的环节是理论建设。台湾现代主义戏剧运动中，姚一苇被称为"暗夜中的掌灯者"。他的戏剧理论研究梳理西方经典戏剧理论传统，对戏剧的定义、戏剧意志、戏剧动作、戏剧幻

　　[1]钟明德：《继续前卫——寻找整体艺术和当代台北文化》，台北：书林出版社，1996年版，第192—193页。
　　[2]徐晓钟：《在兼容与结合中嬗变》，载《戏剧报》，1988年第4、5期。
　　[3]徐晓钟：《坚持在体验基础上的再体现的艺术》，载《戏剧报》，1984年第7期。

觉和戏剧时空处理等问题，都进行了深入的探讨和剖析。姚一苇通晓东西
方戏剧理论，时常援引中国戏曲理论阐释西方戏剧理论，其中不乏对中国
传统戏剧理论的深刻见解。在台湾戏剧理论史上，马森几乎是与姚一苇同
等重要的人物。马森将台湾现代戏剧的现代化前后的形式分为"拟写实"
和"写实"两种形态，他认为现代主义与现实主义的区别首先在于戏剧关
注的对象不同，现实主义更关注社会问题，包括社会生活及社会正义等；
现代主义比较关注人生和人性问题，包括人生的处境。马森提出台湾戏剧
经历过"两度西潮"，第一度西潮是现实主义的，第二度西潮是现代主义
的。"二度西潮"的意义是现代主义戏剧观取代了过度政治化、形式化的
"拟写实主义"戏剧观。[1]

　　大陆新时期"戏剧观"大讨论，是理论品位最高的一次讨论，黄佐
临《漫谈"戏剧观"》在20年后才引发的这场关于"戏剧观"大论辩，焦
点在于所谓的"写意戏剧观"。戏剧观大讨论起初的动机是摆脱戏剧意识
形态束缚，回归艺术本体，但随着讨论的深入，关注的问题逐渐从戏剧的
本体性回归转向创造民族的演剧体系、繁荣话剧创作的问题，前者还是个
美学问题，后者已是个文化问题。黄佐临提出斯坦尼斯拉夫斯基、梅兰芳
和布莱希特三大戏剧体系，认为中国现代戏剧可以从中选择借鉴，推陈出
新，打开中国戏剧创作的新思路。[2]

　　戏剧观大讨论在当时的历史环境下有避重就轻、无的放矢之嫌，陈恭
敏在《当代戏剧观新变化》中把不同的戏剧观的变化总结为四点：一，从
诉诸情感向诉诸理性的变化；二，从重情节到重情绪的变化；三，从规则
的艺术向不规则的艺术的变化；四，从外延分明的艺术向外延不太分明的
艺术的变化。[3]谭霈生提出质疑："就我国戏剧艺术而言，如果不彻底肃

　　［1］参见马森：《西潮下的中国现代戏剧》，台北：书林出版社，1994版。
　　［2］黄佐临：《漫谈"戏剧观"》，见杜清源主编：《戏剧观争鸣集（一）》，北京：中国戏剧
出版社，1986年版。
　　［3］张法：《走向艺术规律：改革开放初期艺术学的走向（之一）》，载《当代文坛》，2008年
第6期。

清庸俗社会学的影响，所谓'个性'，'主体创造性'，'创作自由'，都只是空洞的口号……在有些阐明'新观念'的文章中，不是已经出现否定戏剧艺术基本规律的倾向吗？"[1] 戏剧观大讨论在思想上可能是回避问题，不是揭示问题。中国现代戏剧究竟应该是摆脱戏剧工具论，回归现实主义的本真传统，还是放弃现实主义以及现实主义的社会道义与责任，逃入现代主义形式实验中去？

在现代主义误解现实主义的问题的同时，现实主义也在误解现代主义。现实主义不等于工具论，现代主义也不等于形式论。那么，什么才是新时期戏剧理论与批评的真正问题？清算百年传统，使戏剧回归美学本体？清算千年传统，使戏剧焕发民族精神？

论争有利于激发思想，不利于深入思想。戏剧观大讨论后，谭霈生从"情境说"开始他的戏剧本体论研究，中国现代戏剧已经有近百年的历史，真正缺乏的是系统的戏剧理论建设。宋宝珍在《残缺的戏剧翅膀——中国现代戏剧理论批评史稿》中指出："在中国现代戏剧理论批评史上，很少看到具有独特创造性的戏剧理论著作，很少看到具有深厚戏剧学术根基的戏剧理论家，更很少看到真正的戏剧理论的学术争鸣，而更多的却是非学理式'批判'。甚至理论受到轻视，始终没有形成理论的风气，没有形成理论生成的优化环境。"[2] 在这种环境与风气下，几位有限的戏剧理论家所做的工作显得意义重大。

纵观20世纪中国戏剧理论的发展，宋春舫、洪深、陈瘦竹、谭霈生的戏剧理论研究，构成一条理论探索逐步深化的主线。宋春舫介绍西方戏剧的理论与实践，陈瘦竹试图用西方戏剧理论解释中国戏剧现实的问题，谭霈生则从戏剧本体论研究开始，为中国现代戏剧理论奠基。谭霈生有关戏剧情境的论述，是其戏剧理论的精华部分。谭霈生的戏剧理论是在新时期

---

[1]谭霈生：《〈当代戏剧观念的新变化〉质疑》，载《戏剧报》，1986年第3期。
[2]宋宝珍：《残缺的戏剧翅膀——中国现代戏剧理论批评史稿》，北京：北京广播学院出版社，2002年版，第13页。

戏剧摆脱工具论影响，回归艺术本体的背景下产生的。在20世纪80年代初的戏剧观大讨论中，戏剧理论家们要求清除庸俗社会学的影响，重新由本体视角来审视这门艺术。在这场讨论及以后的戏剧理论发展中，谭霈生的戏剧本体论思想成为最富建设性、最系统的理论成果，直接继承20世纪前半叶洪深的戏剧理论探讨。可惜，热衷于论争的理论界对真正的理论研究并不敏感，谭霈生的《戏剧本体论纲》在一家省级刊物上连载的时候，人们对戏剧理论或争论已经兴趣索然。

一部20世纪戏剧理论批评史，更准确的意义上说，应该是戏剧批评史，因为其中真正的理论建树并不多，即使是批评，也缺乏理论的根据与升华。清点一个世纪的戏剧理论与批评，我们发现，戏剧工具论传统建立了，但没有破除；话剧民族化与戏曲现代化的问题提出了，但没有解决；现代主义动摇了现实主义传统，但自身并没有立足之地。大多数的理论浅尝辄止，几乎所有的论争都不了了之。20世纪末，中国戏剧理论与批评陷入暮色中的寂静，理论探讨与观点论辩似乎都消失了，不是没有问题，而是没有诚意；不是没有理论，而是没有热情。有人依旧守候着这块土地，不是因为希望，而是因为害怕绝望。

第一章　戏曲改良思潮和现代戏曲理论的奠基

第一节　概述

　　20世纪初期的中国戏曲理论批评是在民族危机、救亡图存的社会历史背景下展开的，无论是戏曲改良思潮还是早期的新旧剧探讨，无不肩负着救亡与启蒙的历史使命。它同时也贯穿在20世纪前半期的戏曲理论批评中，具有强烈的社会政治色彩。

　　1840年鸦片战争之后，西风东渐，伴随着西方现代工业文明的侵入，中国传统的农业社会受到了前所未有的冲击，包括文学、学术在内的中国社会的各个方面都经历着巨大的嬗变与转型。1895年甲午战争失败，再一次刺激了国人的神经，成为促成晚清社会变革和思想变化的关键性事件，有学者指出："此一历史事实，实为冲激思想演变之原始动力。近代文学之巨变，其创意启念，亦当自此为起始。思想动力总纲，原为力求救亡图存，在此动力推动之下，于是展开种种思潮之激荡，演为种种之改革论说，文学之工具功用，遂亦成为思考目标之一。"[1]以康有为、梁启超为代表的资产阶级维新派希图通过政治上的改良或革命，实现救亡图存，富国强兵。他们鼓吹社会变革，提倡西学，兴办学校，筹办各类学会，创办报纸，著书立说，社会思想领域出现了生机勃勃的气象。但是由于自身的

[1]　王尔敏:《近代文化生态及其变迁》，南昌:百花洲文艺出版社，2002年版，第198页。

软弱性、妥协性和局限性，维新变法很快就失败了。

青年梁启超像

梁启超是主张维新变法的中坚人物，也是近代思想史、文学史上的前驱人物，"他人无法侵夺与代替，后世亦无从曲解与掩盖，在思想史上固然如此，在文学史上，亦不可抹杀"[1]。维新变法失败后，在流亡日本的过程中，梁启超对变法的失败进行了深刻的反思。与此同时，他开始接触西方的新思潮、新观念，接受了来自西方的各种启蒙学说，思想观念发生了转变，由前期的主张政治改革向文化启蒙过渡，认为只有民众思想意识的觉醒，才有改良的成功。他的文化启蒙，借助的工具是文学，从"诗界革命"到"文界革命"再到"小说界革命"，文学运动广泛开展，形成了一场影响广泛的中国近代文学革新运动。文学从创作主体、接受群体、思想观念、艺术形式、语言语体、传播手段等都发生了根本性转变，"其总体发展方向是文学的平民化、艺术形式的多元化、语言的通俗化和传播方式的大众化"。[2]20世纪初期的戏曲理论批评正是在这一背景下展开的。

1902年梁启超在日本创办了《新民丛报》，明确提出："本报取《大学》'新民'之义，以为欲维新吾国，当先维新吾民。中国所以不振，由于国民公德缺乏，智慧不开。故本报专对此病而药治之。"[3]以"新民"命名刊物，意在唤醒民众，启蒙民智，改良社会风气。同年冬，梁启超主编的《新小说》杂志创刊，创刊号上他发表了《论小说与群治之关系》一文，正式提出了"小说界革命"的口号，同时也揭开了晚清戏曲改良运动的序幕。梁启超的理论主张立即得到了有识之士的广泛响应，他们纷

---

[1] 王尔敏：《近代文化生态及其变迁》，南昌：百花洲文艺出版社，2002年版，第211页。

[2] 郭延礼：《近代西学与中国文学》，南昌：百花洲文艺出版社，2000年版，第262页。

[3] 梁启超：《〈新民丛报〉章程》，见夏晓虹辑：《〈饮冰室合集〉集外文》上册，北京：北京大学出版社，2005年版，第75页。

纷在报刊上发表文章，发挥梁氏的理论主张，如楚卿（狄葆贤）《论文学上小说之位置》，别士（夏曾佑）《小说原理》，陶祐曾《论小说之势力及其影响》，梁启超、曼殊等《小说丛话》，摩西（黄人）《〈小说林〉发刊词》，天僇生（王钟麒）《论小说与改良社会之关系》，棣《改良剧本与改良小说关系于社会之重轻》等等。表达民族危机意识，提倡戏曲改良以开启民智遂成为社会思潮之主流。而当时所谓"小说"皆包含戏曲在内。

维新派的理论主张也得到了革命派的积极响应，陈去病、柳亚子、汪笑侬等人于1904年创办了《二十世纪大舞台》杂志，将资产阶级民主革命和戏剧改良联系起来，明确以"开启民智"、"唤起国家思想"为宗旨，发表了一系列文章，探讨戏曲改良，如陈去病《论戏剧之有益》、柳亚子《二十世纪大舞台发刊词》、三爱（陈独秀）《论戏曲》、箸夫《论开智普及之法首以改良戏本为先》、佚名《观戏记》等等。尽管资产阶级革命派的政治主张与维新派很不相同，他们之间亦存在政治斗争和党派利益之争，但是在主张以戏曲改良社会、开启民智的认识上是一致的，即从戏曲的表现特征和观众的审美接受心理出发，强调戏曲的社会作用。

梁启超鼓吹"小说界革命"，希望借小说、戏曲以实现推广新知、启蒙民众的任务，然而中国戏曲发展到近代，杂剧和昆腔传奇的创作、演出已经相当衰落，内容陈旧，形式僵化，缺少了原有的生机和活力，它所代表的传统文人的审美趣味距离普通观众越来越远，内容上多才子佳人、神仙鬼怪、《三国》、《水浒》之戏，不能反映现实，无法承担改良的重任。于是主张改良的戏曲理论家们提笔创作，将启蒙的思想诉诸艺术实践。1902年梁启超连续发表了《劫灰梦》（未完）、《新罗马》（未完）、《侠情记》，[1] 在《劫灰梦》传奇楔子中，他借人物之口说道："你看从前法国路易第十四的时候，那人心风俗，不是和中国今日一样吗？幸亏有一个文人，叫做福禄特尔，做了许多小说戏本，竟把一国的人，从睡梦中唤起来

---

[1]《侠情记》是《新罗马》四十出中的一出，因此，严格意义上梁启超的传奇创作是两部，即《劫灰梦》和《新罗马》。

了。想俺一介书生，无权无勇，又无学问可以著书传世，不如把俺眼中所
看着那几桩事情，俺心中所想着那几片道理，编成一部小小传奇，等那大
人先生，儿童走卒，茶前酒后，作一消遣，总比读那《西厢记》、《牡丹
亭》强得些些，这就算我尽我自己面分的国民责任罢了。"梁启超的剧本
都是未完成的，但是却开启了近代杂剧传奇创作的先声。很快传奇杂剧创
作出现了新的繁荣景象，一些报纸杂志大量刊载杂剧传奇，宣传改良思
想，据阿英《晚清戏曲小说目》统计，1901至1912年间，传奇杂剧创作
有94种。据左鹏军《近代传奇杂剧研究》一书统计，1902年至1910年八
年间，杂剧传奇的发表作品数量达到91种，"这个数字几乎等于近代前期
六十一年[1]的作品总和"，[2]也远远超出文学史上任何一个时期。这一时
期的传奇杂剧"表现出十分强烈的政治化、现实化的倾向，内容多集中于
维新变法的启蒙宣传、民主共和的政治鼓吹、反清革命的思想号召，还
有宋元之际、明清之交历史的回顾抒写……许多戏曲家相当自觉地运用
传奇杂剧进行政治变革、文化启蒙的宣传倡导，传奇杂剧的主导内容发生
着明显的变化"。[3]主张维新变法的作品如玉桥《云萍影》、欧阳淦《维新
梦》、洪炳文《普天庆》等；反映秋瑾和徐锡麟革命活动的作品如洪炳文
《秋海棠》、吴梅《轩亭秋》、萧山湘灵子（韩茂棠）《轩亭冤》、伤时子
《苍鹰击》、华伟生《开国奇冤》等；反映反抗异族统治的民族英雄事迹
的作品如幽并子《黄龙府》、浴日生《海国英雄记》、洪炳文《悬岙猿》、
乌台《秣陵血》、吴梅《风洞山》等；揭示民族危难、警醒世人、寄托建
立强大国家理想作品的有黄燮清《居官鉴》，洪炳文《警黄钟》，杨子元
《新西藏》、《黄金世界》等。郑振铎在评价这一时期的杂剧传奇创作时指
出："我汉族之光复运动，万籁齐鸣，亿民效力，而戏曲家于其间亦尽力
甚多。吴瞿安先生之《风洞山传奇》，浴日生之《海国英雄记传奇》，祈

---

[1] 即1840年—1901年。
[2] 左鹏军：《近代传奇杂剧研究》，广州：广东高等教育出版社，2001年版，第38页。
[3] 左鹏军：《近代传奇杂剧研究》，第38页。

黄楼主之《悬岙猿传奇》，虞名之《指南公传奇》，皆激昂慷慨，血泪交流，为民族文学之伟著，亦政治剧曲之丰碑。"[1]这些杂剧传奇的创作宗旨在于宣传政治改革，启蒙民众，多为案头之作，很少舞台搬演，艺术成就不高，但它们的意义不在于其文学价值，而在于思想价值，"排开文学家所持之观点理论不计，以此时期文学作品实际表现而论，其反映新思潮新理念者，可谓丰富已极，随其出现作品，俯拾即是，多可采辑。正足见醒觉者众，呼唤者频，在思想史上决不可忽略此一普遍觉醒之现象……若就思想史上价值而言，正为一无量宝藏"。[2]

晚清的戏曲改良，不仅包括杂剧传奇，演出繁盛的京剧和地方戏也包括在内。19世纪末20世纪初，京剧进入了成熟期，[3]成为近代剧坛最有活力的戏剧艺术样式。与杂剧、传奇主要通过报刊传播、接受者主要为知识分子不同，京剧和地方戏将传播的范围从案头扩展到舞台，从知识分子扩大到普通民众。从这个意义上讲，改良的意义更大，也更有效。著名老生演员、剧作家汪笑侬是这一时期京剧改良的领军人物。他和陈去病、柳亚子共同创办了《二十世纪大舞台》，希望通过戏曲改良，"抒其所学，编新戏，创新声，变数百年来之妆饰，开梨园一代之风气"。[4]为此，他创作和改编了《党人碑》、《桃花扇》、《瓜种兰因》、《哭祖庙》、《受禅台》、《长乐老》、《缕金箱》等大量剧本，[5]

汪笑侬与袁寒云《分金记》剧照，汪笑侬饰管仲（右），袁寒云饰鲍叔。

———————

[1] 郑振铎：《晚清戏曲录叙》，见郑振铎：《郑振铎古典文学论文集》，上海：上海古籍出版社，1984年版，第1005页。

[2] 王尔敏：《近代文化生态及其变迁》，南昌：百花洲文艺出版社，2002年版，第229页。

[3] 马少波等：《中国京剧史·绪论》，北京：中国戏剧出版社，1990年版，第8页。

[4] 张次溪：《清代燕都梨园史料续编》之《燕都名伶传·汪笑侬传》，北京：中国戏剧出版社，1988年版，第1204页。

[5] 据蒋星煜《汪笑侬编演剧目存佚考》考证，汪笑侬编写剧本38种。参见蒋星煜：《中国戏曲史钩沉》下册，上海：上海人民出版社，2010年版，第733—735页。

宣传革命思想，呼唤民族精神，时人评价他的京剧改革功绩说："今笑侬以新戏改良，处处激刺国人之脑，吾知他日有修维新史者，以笑侬为社会之大改革家，而论功不在禹下也。"[1]他不仅进行创作和改编，而且还登台表演，香港《中国日报》评价他的演出："如名伶汪笑侬所演之《党人碑》、《瓜种兰因》、《桃花扇》等剧，使阅者惊心动魄，视听为之一变。"[2]与汪笑侬同时提倡京剧改良的还有艺人潘月樵、夏月润、夏月珊、田际云等，他们也积极投身京剧改革，宣传资产阶级民主思想，把京剧改革和社会变革紧密联系起来，编演了如《新茶花》、《黑籍冤魂》、《明末遗恨》、《波兰亡国惨》等剧。据阿英《晚清戏曲小说目》一书统计，1903年至1911年，报刊所载新编京剧剧目近60种。苕水狂生在《海上梨园新历史序》中评价这些新编剧目："嬉笑怒骂，皆成文章；离合悲欢，许多关目。以改良为宗旨，新剧频编，以劝善为关键，苦心煞费。一洗旧剧海淫之习，足餍周郎顾曲之心也。"[3]辛亥革命后，随着戏曲改良运动走向低潮，京剧改良亦随之衰微，1916年以后，改良京剧已基本退出舞台。但是，这一时期的京剧改良对宣传资产阶级民主革命思想的意义是不容忽视的。

　　京剧之外，一些地方戏如川剧、秦腔、评剧等也参与到戏曲改良运动中来。1905年四川创立"戏曲改良公会"，进行川剧改良；1912年，陕西西安成立了秦腔的改革班社——易俗社。他们都力图通过戏曲改良，实现社会改良。川剧改良公会的宗旨是"改良戏曲，辅助教育"，易俗社的宗旨是"编演各种戏曲补助社会教育、移风易俗"。与此同时，他们还创作、改编、整理了大量剧本，其中成绩比较突出的有川剧作家黄吉安、赵熙，秦腔作家范紫东、孙瑗，评剧作家成兆才等等。他们为这些地方戏曲剧种的思想和艺术水平的提高做出了重要贡献，同时也为改良社会、开启民智、推动戏曲改良运动的深入发展起到了积极作用。

---

　　[1]《致汪笑侬书》，载《二十世纪大舞台》，1904年第2期。

　　[2]《绍介大舞台》，载《二十世纪大舞台》，1904年第2期。

　　[3] 苕水狂生：《海上梨园新历史序》，见苕水狂生：《海上梨园新历史》，上海：小说进步社，1910年版。

伴随着戏曲改良运动，西方戏剧（包括日本新剧）和戏剧观念进入中国，为提倡戏曲改良的理论家们所接受，并将之与传统戏曲加以对比，指出西方戏剧的优长。他们认为，传统旧戏无法承担改良的重任，时代召唤着能宣传新思想、新观念、反映新生活的"新剧"（这里主要指话剧）。从19世纪末的上海学生演剧，到1906年底李叔同、曾孝谷在日本东京发起建立的以戏剧为主导的艺术团体——春柳社，从王钟声领导的春阳社，到第一所新剧教育机构——通鉴学校，从任天知创办的进化团，到郑正秋组织的新民社，都意图将西方戏剧介绍到中国，代表着新的戏剧观念和美学原则的新剧——话剧在中国落地生根了，"从思想上说，它以人道主义、民主主义和爱国主义对人民大众进行启蒙教育，表现了强烈的反帝反封建的进步政治倾向，为我国资产阶级民主革命的舆论宣传立下了功劳；……如果说梁启超、汪笑侬一派人的戏曲改良，还只是在中国戏剧的旧途上挣扎，那么文明新戏却已经撞开了中国戏剧现代化的大门……"[1]

辛亥革命后，风行一时的戏曲改良运动陷入了低潮，杂剧传奇、京剧、地方戏及话剧的创作和演出虽还保持着一定的数量，但"戏与演员，同时退化，同时失败的"。[2]戏曲改良理论家们的激情在消退，但改良的精神却还像烟雾一样笼罩着民初的剧坛，冯叔鸾、郑正秋、周剑云等关于旧剧改良、戏剧的功能及特征的探讨，齐如山《观剧建言》中关于中西观众审美习惯的探讨，构成了民初戏曲理论批评的核心内容之一。

在一片戏曲改良的浪潮之外，也有些学者从中国戏曲的基本特性出发，对戏曲的文体、历史、音乐、曲词、结构等进行了总结和重申，如吴梅、姚华。他们的理论观点比之于传统戏曲理论批评虽无更多创新之处，且有游离于主流思潮之嫌，但是他们的理论批评恰恰弥补了这一时期戏曲批评中重内容、重思想价值而轻视艺术、忽视中国戏曲自身特性的不足。

[1]陈白尘、董健主编：《中国现代戏剧史稿·绪论》，北京：中国戏剧出版社，2008年版，第5—6页。

[2]洪深：《现代戏剧导论》，见刘运峰编：《1917—1927中国新文学大系导言集》，天津：天津人民出版社，2009年版，第190页。

　　梁启超、陈独秀倡导的戏曲改良，是以西方戏剧和日本戏剧为参照，并加以引证和发挥的。他们的出发点和关注点是戏曲的社会功能，即能否反映民族危机，能否承担唤醒国人救亡图存的意识。他们将眼光转到了西方的戏剧美学观念、思想方法，在对戏曲历史的追源溯流中，以定义戏曲为基础，对中国传统戏曲和戏曲观念重新加以审视和观照，分析并探讨了戏曲的特征。

　　相比于传统的戏曲理论批评，20世纪初期的戏曲理论批评出现了前所未有的新现象。西方的文化思潮、学术思想、戏剧及戏剧观念伴随着西学东渐，被介绍到中国来，传统的戏剧观念、戏剧理论受到了巨大冲击，一方面，戏曲在整个文学批评中的地位发生了改变，传统文学批评以诗文为主导，近代以来，小说、戏曲批评越来越占据文学理论批评的中心，文学批评的重心发生了由抒情文体向叙事文体的转移。另一方面，西学的强烈冲击和戏曲自身求新求变的要求共同作用，推动着戏曲和戏曲批评从古典走向现代。中西、新旧戏剧观念之间交锋、碰撞，构成了20世纪初期的戏曲理论批评的基本特点。

　　首先，20世纪初期的戏曲理论批评是在救亡图存的政治历史背景下展开的，因此它不可避免地具有强烈的时代和政治色彩。戏曲改良理论强调戏曲的社会功能和价值，提高戏曲的社会地位，从根本上说，是从当时的政治需要出发，以宣传民族危机意识、改良社会、开启民智为旨归，为社会政治变革服务，为资产阶级的改良或民主革命造势。其中尽管有传统戏曲理论"教化论"的痕迹，但二者之间却有着本质的不同，传统戏曲"教化论"的核心在于劝善惩恶，维护君主专制的封建等级秩序，宣扬封建伦理道德和三纲五常等封建思想；戏曲改良理论强调戏曲的社会作用，是要求戏曲为资产阶级的民主革命服务，宣传新思想、新观念，一新一旧，理论内容发生了质的变化，不可等量齐观。

　　其次，由于一些主张戏曲改良的批评者都有游历或留学欧美、日本的经历，受到西方文化的熏陶和洗礼，眼界比较开阔，因此他们的批评常常将西方的思想观念、批评方法运用到戏曲批评中来。无论是梁启超、陈独秀还是王国维，他们的戏曲批评都表现了这一特点。在梁启超、陈独秀倡导戏曲改良、论述戏剧的功能时，常以西方戏剧和日本戏剧为范例，并加以引证和发挥，尽管他们的关注点和出发点主要在戏剧能否反映民族危机、社会现实，承担时代所赋予的唤醒国人救亡图存的意识，认识还比较肤浅，但较之传统的戏曲理论批评，其进步是不言而喻的。新剧的输入，打开了国人的眼界，写实的戏剧观念和写实性的戏剧表演，与传统戏曲的写意性、虚拟性、程式化形成了鲜明的对比，"我国中之最以伪名者，莫如戏，故曰游戏，曰儿戏，曰相戏，皆属无信无实之公名词，曾见有歌台舞榭，一曲千金，而规切当时之事势者乎"。[1]时人已经注意到话剧再现、写实的艺术表现方法，"西剧之长，在画图点缀，楼台深邃，顷刻即成。且天气阴晴，细微毕达。令观者若身历其境，疑非人间"，[2]"不用歌曲而专用科白"，"剧场上之种种关目，不过为其写真机器耳"。[3]对新剧基本审美艺术特性的体认，对传统戏曲的重新观照，使他们自然而然地将二者加以对比：哪种戏剧样式更贴近现实，更能够承担改良的重任？于是一场关于新旧剧优劣的探讨自然展开了。将西方的批评观念作为参照系，对传统戏曲加以审视，"使他们有条件对中外小说戏剧进行比较研究，引进域外文学、哲学、美学来从事小说戏曲理论批评，这对近代小说戏曲审美思想的确立与深化，批评家理论视野的开阔，理论批评文体的逻辑化、系统化，都有着有力的推动。近代小说戏曲理论批评无论是内在精神，还是外在形态，无论是价值观，还是本体观，都开始出现了脱离、超越传统的趋势"。[4]当

---

[1]健鹤：《改良戏剧之计划》，见王立兴编：《中国近代文学考论》，南京：南京大学出版社，1992年版，第176页。

[2]戴鸿慈：《出使九国日记》卷四"哥伦比亚大学"条，长沙：湖南人民出版社，1982年版，第89页。

[3]健鹤：《改良戏剧之计划》，见王立兴编：《中国近代文学考论》，第175页。

[4]程华平：《中国小说戏曲理论的近代转型》，上海：华东师范大学出版社，2001年版，第289页。

然，其思想缺陷也是十分明显的，以西方的理论观念来批评中国戏曲，对中国戏曲而言也是不公正的。

再次，与传统戏曲批评主要依靠书籍传播、批评主体为传统文人不同，近代的戏曲理论批评者大多有从事报刊、书籍编辑出版工作的经历，他们的作品和理论批评文章也都发表在报刊上，这不仅促成了戏曲理论批评传播方式的近代化，使他们的批评言论可以及时迅速地产生广泛的社会影响，而且也促进了戏曲理论批评形式、批评观念的变化，戏曲理论批评从序跋、评点、曲论、曲话的零散感性的认知，发展为具有系统性、逻辑性、完整性的理论批评，从羽翼经史、言志载道、劝善惩恶的框架观念中脱离出来，成为独立自由的文艺批评样式。

在倡导社会变革推动下兴起的戏曲改良思潮，是以实用主义为基础，民族主义为核心，"欧化主义"为方式和手段建构起来的，明显存在着自身无法克服的弱点。一是它将戏曲定位于社会改良、启蒙民智的工具，虽有积极意义，但片面强调其现实政治的一面，忽视了娱乐性和艺术性，显然不利于戏曲的进一步发展，这也是辛亥革命后新、旧剧创作和演出热潮消退的重要原因。这一定位也使戏曲与主流意识形态的关联越来越紧密，偏离了自身的发展逻辑。二是它在批评传统戏曲无法承担改良、启蒙的重任时，主要以西方戏剧和戏剧观念为参照，评价中国传统戏曲，抹杀其价值和意义，没有意识到中外戏剧之间的差异，对中国戏曲是不公平也不客观的。三是无论是戏曲改良理论还是新旧剧探讨，对戏剧的艺术和审美特性的认知还相当不足。以悲剧来说，悲剧是西方美学中一个重要的概念范畴和戏剧样式，中国传统戏曲无悲剧概念。这一时期理论家们将之运用到戏曲批评中来，提出"欲有益人心，必以悲剧为主"，对悲剧的认知主要着眼于社会功能，而非审美特性，而且重悲剧，轻喜剧，这些看法都是比较肤浅的。

20世纪初期戏曲理论批评存在的优长和不足，反映了它在从古典向现代转换过程中的艰难性、复杂性，蜕旧变新并不是一帆风顺的。经历了低潮之后，至"五四"时期，戏曲理论批评又进入了一个新起点、新阶段。

第二节　晚清戏曲改良理论

1902年梁启超在日本横滨出版了《新小说》杂志，创刊号上发表了《论小说与群治之关系》一文，提出了"小说界革命"的口号，揭开了晚清戏曲改良运动的大幕，也揭开了20世纪戏曲理论批评的序幕。当时理论界论及小说理论时皆包含戏曲在内，在使用"小说"概念时，也包含戏曲。

"今日欲改良群治，必自小说界革命始；欲新民，必自新小说始"，这是梁启超小说界革命的基本理论主张。他将小说看成启发民智的工具，"欲新一国之民，不可不先新一国之小说。故欲新道德，必新小说；欲新宗教，必新小说；欲新政治，必新小说；欲新风俗，必新小说；欲新学艺，必新小说；乃至欲新人心、欲新人格，必新小说"。然而传统小说"则吾中国群治腐败之总根源"，"吾中国人状元宰相之思想何自来乎？小说也。吾中国人佳人才子之思想何自来乎？小说也。吾中国人江湖盗贼之思想何自来乎？小说也。吾中国人妖巫狐鬼之思想何自来乎？小说也"。[1]传统戏曲、小说不足以担起改良群治的重任，唯政治小说方能担起启蒙的重任。为此，他亲自动手创作小说、戏曲，其目的非常明确，即"专欲发表区区政见"。[2]也就是说，梁启超的小说界革命理论与政治上的改良目标是一致的，是为了变法图强、宣传民族独立和发展资本主义的政治目的服务的。

---

[1] 梁启超：《论小说与群治之关系》，见陈平原、夏晓虹编：《二十世纪中国小说理论资料》第1卷，北京：北京大学出版社，1989年版，第34、36页。

[2] 梁启超：《新中国未来记·绪言》，见陈平原、夏晓虹编：《二十世纪中国小说理论资料》第1卷，第37页。

其实，梁启超以小说启蒙民智的思想发端于此前。1896年梁启超在撰写维新派改良纲领《变法通议》时，便在"论幼学"第五中，把"说部书"作为学校教育的科目，"妇孺农氓，靡不以读书为难事，而《水浒》、《三国》、《红楼》之类，读者反多于六经"。[1]明确提出以小说作为国民教育的工具。康有为在1897年出版的《日本书目志》卷十四也提出："仅识字之人，有不读经，无有不读小说者。故《六经》不能教，当以小说教之；正史不能入，当以说入之；语录不能谕，当以小说谕之；律例不能治，当以小说治之。"[2]以小说教育国民，启发民智，成为维新派的共识。戊戌变法失败后，梁启超在逃亡途中阅读了日本畅销书作家柴四郎的小说《佳人奇遇》，并加以翻译。1898年底，《清议报》在日本横滨创刊，《佳人奇遇》于创刊号上发表，梁启超撰写了序言，《政治小说佳人奇遇序》（即《译印政治小说序》），提出了政治小说的主张，"在昔欧洲各国变革之始，其魁儒硕学，仁人志士，往往以其身之所经历，及胸中所怀，政治之议论，一寄之于小说。于是彼中缀学之子，黉塾之暇，手之口之，下而兵丁、而市侩、而农氓、而工匠、而车夫马卒、而妇女、而童孺，靡不手之口之。往往每一书出，而全国之议论为之一变。彼美、英、德、法、奥、意、日本各国政界之日进，则政治小说，为功最高焉"。[3]梁启超认为，欧美资产阶级革命及日本近代改良运动皆借助小说进行了思想和舆论上的准备，中国要改良社会政治、启发民智也需循西方和日本的改良之路，创为政治小说。

梁启超的戏曲、小说改良理论在维新派人士中得到了广泛的共鸣，

［1］梁启超：《变法通议·论幼学》，见陈平原、夏晓虹编：《二十世纪中国小说理论资料》第1卷，北京：北京大学出版社，1989年版，第12页。按《变法通议》始作于1896年，"论幼学"一章刊于《时务报》1897年1月3日至3月30日，第16至19期。

［2］康有为：《日本书目志》卷14，见《康有为全集》第3集，上海：上海古籍出版社，1992年版，第1212页。

［3］梁启超《译印政治小说序》，载《清议报》第1册，1898年。见陈平原、夏晓虹编：《二十世纪中国小说理论资料》第1卷，第21—22页。

他们纷纷发表文章，对梁氏的理论加以阐述和发挥。1903年，无涯生[1]《观戏记》："欲善国政，莫如先善风俗；欲善风俗，莫如先善曲本。曲本者……即国之兴衰之根源也。"文中列举德法战争中，法国战败后，以"专演德法争战之事"的戏剧激起民众誓雪国耻之心为例，说明演戏对法国政治改革的意义，"故改行新政，众志成城，……故今仍为欧洲一大强国。演戏之为功大矣哉！"[2]狄平子认为："今日欲改良社会，必先改良歌曲；改良歌曲，必先改良小说，诚不易之论。盖小说（传奇等皆在内）与歌曲相辅而行者也。夫社会之风俗人情、语言好恶，一切皆时时递变。而歌曲者乃人情之自然流露，以表其思慕痛楚、悲欢爱憎。然闻悲歌则哀，闻欢歌则喜，是又最能更改人之性情，移易世之风俗。故必得因地因时，准社会之风俗人情、语言好恶，而亦悉更变之，则社会之受益者自不少。"[3]定一也认为："中国小说之范围，大都不出语怪、诲淫、诲盗之三项外，故所演戏曲亦不出此三项。欲改良戏曲，请先改良小说。"[4]这些言论和主张与梁启超的戏曲改良论如出一辙。

另一方面，梁启超从小说、戏曲的文体特点出发，抬高其文学地位。1903年他在《新小说》上发表论文，运用达尔文进化论，从小说、戏曲的特性出发，提出"自宋以后，实为祖国文学之大进化。何以故？俗语文学大发达故"。"凡一切事物，其程度愈低级者则愈简单，愈高等者则愈复杂，此公例也"。故诗由四言渐进为五言、七言、长短句，"由宋词而更进为元曲，其复杂乃达于极点"，就文学地位而言，"以为中国韵文，其后

---

[1] 无涯生，文中作者自称。据冯自由《革命逸史》之第二集《康门十三太保与革命党》、《孙总理癸卯游美补述》，第四集《美洲革命党报述略》等载，无涯生为欧榘甲。欧字云樵，号云台、伊庵、海天、无涯生、太平洋客等，广东归善（今惠阳）人。师从康有为，宣扬维新。1902年赴美，任《文兴报》记者，并在美创办《大同日报》，自任总编辑。

[2] 无涯生：《观戏记》，见阿英编：《晚清文学丛钞·小说戏曲研究卷》，北京：中华书局，1960年版，第68、72页。

[3] 狄平子：《小说丛话》，载《新小说》第九号（1904年）。见陈平原、夏晓虹编：《二十世纪中国小说理论资料》第1卷，北京：北京大学出版社，1989年版，第71页。

[4] 定一：《小说丛话》，载《新小说》第十三号（1905年）。见陈平原、夏晓虹编：《二十世纪中国小说理论资料》第1卷，第80—81页。

乎今日者，进化之运，未知何如；其前乎今日者，则吾必以曲本为巨擘矣"。在戏曲著作中他最推重《桃花扇》："以结构之精严，文藻之壮丽，寄托之遥深论之。窃谓孔云亭之《桃花扇》，冠绝前古矣。"究其原因在于："《桃花扇》于种族之戚，不敢十分明言，盖生于专制政体下，不得不尔也。然书中固往往不能自制，一读之使人生故国之感。余尤爱诵者，如'莫过乌衣巷，是别人家新画梁。'（《听稗》）'谁知歌罢剩空筵？长江一线，吴头楚尾路三千，尽归别姓，雨翻雪变。寒涛东卷，万事付空烟。'（《沈江》）'将五十年兴亡看饱，那乌衣巷不姓王，莫愁湖鬼夜哭，凤凰台栖枭鸟。残山梦最真，旧境丢难掉，不信这舆图换稿。诌一套《哀江南》，放悲声唱到老。'（《余韵》）读此而不油然生民族主义之思想者，必其无人心者也。"[1]梁启超推重《桃花扇》的最主要原因是它寄托着"民族主义之思想"。也是从这里，以变革政治制度为中心的变法运动一变而为以"新民"为标志的文化启蒙运动。

需要指出的是，梁启超推尊小说、戏曲，强调戏曲开启民智的教化功能与明清戏曲理论家们在本质上是不同的，如果说高则诚的戏曲创作希望借戏曲以实现"厚人伦，美教化，移风俗"，使人"思忠、思孝、思廉、思义"，从而将三纲五常作为戏曲教化的实质内容，为中央集权的封建统治服务，为封建伦理秩序服务，那么维新派戏曲理论家们的戏曲观，则是希望通过戏曲为君主立宪政体服务，二者重视戏曲的教育功能相同，而要求戏曲所要表达的内容和精神则完全不同。也正是在这个层面上，他们的戏曲改良理论有了新的内涵，具有时代精神和意义。

值得注意的是，在维新派中还有一些人从小说戏曲的创作与接受出发，研究其性质和特点。"人类之普通性，何以嗜他书不如其嗜小说？……吾冥思之，穷鞫之，殆有两因：凡人之性，常非能以现境界而自满足者也。而此蠢蠢躯壳，其所能触能受之境界，又顽狭短局而至有限也。故常

---

[1]梁启超：《小说丛话》，载《新小说》第七号（1903年）。见阿英编：《晚清文学丛钞·小说戏曲研究卷》，北京：中华书局，1960年版，第308—314页。

欲于其直接以触以受之外，而间接有所触有所受，所谓身外之身，世界外之世界也。此等识想，不独利根众生有之，即钝根众生亦有焉。而导其根器使日趋于钝、日趋于利者，其力量无大于小说。小说者，常导人游于他境界，而变换其常触常受之空气者也。此其一。人之恒情，于其所怀抱之想象，所经阅之境界，往往有行之不知、习矣不察者；无论为哀为乐、为怨为怒、为恋为骇、为忧为惭，常若知其然而不知其所以然。欲摹写其情状，而心不能自喻，口不能自宣，笔不能自传。有人焉和盘托出，彻底而发露之，则拍案叫绝曰：'善哉善哉。如是如是。'所谓'夫子言之，于我心有戚戚焉'。感人之深，莫此为甚。此其二。"[1]梁启超从接受者阅读心理角度加以分析，说明人们乐于接受小说戏曲的根本原因，并把小说分为"理想派小说"和"写实派小说"。楚卿《论文学上小说之位置》一文认为："小说者，实文学之最上乘。""小说者，实举想也、梦也、讲也、剧也、画也，合一炉而冶者也。""吾以为今日中国之文界，得百司马子长、班孟坚，不如得一施耐庵、金圣叹；得百李太白、杜少陵，不如得一汤临川、孔云亭。"[2]松岑《论写情小说于新社会之关系》指出："人之生而具情之根苗者，东西洋民族之所同；即情之出而占位置于文学界者，亦东西洋民族之所一致也。以两社会之隔绝反对，而乃取小说之力，与夫情之一脉，沟而通之，则文学家不能辞其责矣……非独文明国然，彼观《游山》、《拷火》、《御碑亭》之剧本，与夫《聊斋志异》聂小倩、秋容、小谢之鬼史，或尝以见色不乱，反躬而自律焉。'南山有鸟，北山张罗，''使君有妇，罗敷有夫。'凛然高义之言，其视宓妃、神女之赋，劝百而讽一者固殊矣。故吾所崇拜夫文明之小说者，正乐取夫《西厢》、《红楼》、《淞隐漫录》旖旎妖艳之文章，摧陷廓清，以新吾国民之脑界，而岂复可变本而

---

[1]梁启超：《论小说与群治之关系》，见陈平原、夏晓虹编：《二十世纪中国小说理论资料》第1卷，北京：北京大学出版社，1989年版，第33—34页。

[2]楚卿（狄葆贤）：《论文学上小说之位置》，原载于《新小说》第七号（1903年）。见陈平原、夏晓虹编：《二十世纪中国小说理论资料》第1卷，第61、64页。

加之厉也？"[1]尽管维新派人士在论述小说戏曲改良时也涉及戏曲小说的本体特点及艺术规律，但其核心和实质仍是为社会政治改良服务。

应当说梁启超的小说界革命理论是有积极意义的。首先它提高了小说地位和功用。小说向来被文学正宗视为不登大雅之堂的"小道"，为正统文人们所不耻。梁启超称小说为"文学之最上乘"，认为其可以担负起改良社会政治的重大责任，出发点虽在宣扬维新思想，是政治需要，并非小说、戏曲发展过程中的内在要求，但其影响是相当深远的，"新小说"很快取代旧小说，成为创作的主流。然而梁启超等维新派人士过分夸大了小说戏曲的社会功用，小说作为一种文学艺术样式，对政治、社会及民众的影响都是间接的，它不可能也不可以是改良思想的政治纲领，"似说部非说部，似稗（稗）史非稗（稗）史，似论著非论著"的体例模式，往往多载法律、章程、演说、论文等，连篇累牍，毫无趣味，必然导致小说艺术思想的丧失，其存在短暂是必然的。"凡一国之进步也，其主动者在多数之国民，而驱役一二之代表人以为助动者，则其事罔不成；其主动者在一二之代表人，而强求多数之国民以为助动者，则其事鲜不败"。[2]民众意识不觉醒，缺乏对革命重要性的认知，没有积极的态度，志士的摇旗呐喊也只能化为一曲悲凉的挽歌。维新派以小说启发民众、宣传维新思想的理想落空了，"尽管维新运动没有能达到它的政治目标，但它所引起的思想变化却对中国的社会和文化有着长期的和全国规模的影响。首先，这一思想变化开创了中国文化的新阶段，即新的思想意识时代……维新的时代出现了由于西方思想大规模涌进中国士大夫世界而造成的思想激荡。这便引起了原有的世界观和制度化了的价值观两者的崩溃，从而揭开了20世纪文化危机的帷幕。从一开始，文化危机便伴随着狂热的探索，使得许多中国知

---

[1]松岑：《论写情小说于新社会之关系》，原载于《新小说》第十七号（1905年）。见陈平原、夏晓虹编：《二十世纪中国小说理论资料》第1卷，北京：北京大学出版社，1989年版，第154—155页。

[2]梁启超：《过渡时代论》，见张枬、王忍之编：《辛亥革命前十年间时论选集》第1卷（上），北京：三联书店，1960年版，第7页。

识分子深刻地观察过去，并且超越他们的文化局限去重新寻找思想的新方向"。[1]正是从这里开始，中国近代历史再一次发生了深刻的变化与转折，以启蒙现代性为核心的20世纪的中国文学思潮也由此开启。

"小说界革命"的口号是维新派为配合改良群治的政治主张而提出的，它将民族的危机、国家的命运与民众的启蒙，将社会的变革与文学的社会教育功用紧紧联系在一起，因此很快就受到了包括资产阶级革命派在内的有识之士的广泛欢迎。

1904年，以陈去病为首的资产阶级革命派创办了《二十世纪大舞台》杂志，把戏曲改良与资产阶级民主革命联系起来，将戏曲改良运动推向了一个新阶段。陈去病和汪笑侬在《〈二十世纪大舞台丛报〉招股启并简章》中指出："同人痛念时局沦胥，民智未迪，而下等社会尤如狮睡之难醒。侧闻泰东西各文明国，其中人士注意开通风气者，莫不以改良戏剧为急务，梨园子弟遇有心得，辄刊印新闻纸报告全国，以故感化捷速，其效如响。吾国戏剧本来称善，幸改良之事兹又萌芽，若不创行报纸，布告通国，则无以普及一般社会之国民；何足广收其效，此《二十世纪大舞台丛报》之所由发起也。"[2]尽管资产阶级革命派在政治主张和思想倾向上与维新派理论家不尽相同，但在关于小说戏曲的社会功能和表

1904年，陈去病、汪笑侬、柳亚子等在上海创办戏剧杂志《二十世纪大舞台》，这是中国最早的戏剧刊物。图为《二十世纪大舞台》封面。

现特征的理论认知上基本是相同的。革命派的理论家们也看到了戏曲在现实社会中对普通民众的意义和影响，希望借戏曲来开启民智，改良社会，振兴国家。《春柳社演艺部专章》就规定："无论演新戏、旧戏，皆

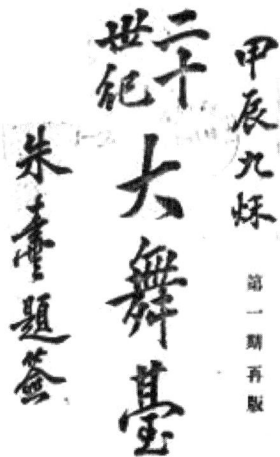

---

　　[1]　[美]费正清、刘广京编：《剑桥中国晚清史》下卷，北京：中国社会科学出版社，1985年版，第371—372页。
　　[2]　《〈二十世纪大舞台丛报〉招股启并简章》，载《二十世纪大舞台》，1904年第1期。

宗旨正大，以开通智识，鼓舞精神为主。"[1]

首先，资产阶级革命派也强调戏曲的社会功能，并将其作为改良社会的不二法门，要求戏曲为民主革命服务。《〈二十世纪大舞台丛报〉招股启并简章》中声明，戏曲改良当"以改革恶俗，开通民智，提倡民族主义，唤起国家思想为唯一之目的"。柳亚子（署名亚庐）在《发刊词》中写道："翠羽明珰，唤醒钧天之梦；清歌妙舞，招还祖国之魂；美洲三色之旌旗，其飘飘出现于梨园革命军乎！""今以霓裳羽衣之曲，演玉树铜驼之史，凡扬州十日之屠，嘉定万家之惨……皆绘声写影，倾筐倒箧而出之，华夷之辨既明，报复之谋斯起。""吾侪崇拜共和，欢迎改革，往往倾心于卢梭、孟德斯鸠、华盛顿、玛志尼之徒，欲使我同胞效之……今当捉碧眼紫髯儿，被以优孟衣冠，而谱其历史，则法兰西之革命，美利坚之独立，意大利、希腊恢复之光荣，印度、波兰灭亡之惨酷，尽印于国民之脑膜，必有骤然兴者。"[2]陈去病在《论戏剧之有益》一文中，亦号召热血青年"遁而隶诸梨园菊部之籍，得日与优孟、秦青、韩娥、绵驹之俦为伍，上之则为王郎之悲歌斫地，次之则继柳敬亭之评话惊人，要反足以发舒其民族主义，一吐胸中之块垒"，"对同族而发表宗旨，登舞台而亲演悲欢，大声疾呼"。更呼吁革命家从事演剧，"慨然舍其身为社会用，不惜垢污以善为组织名班，或编《明季裨史》而演《汉族灭亡记》，或采欧、美近事而演《维新活历史》，随俗嗜好，徐为转移，而潜以尚武精神、民族主义，一一振起而发挥之，以表厥目的。夫如是而谓民情不感动，士气不奋发者，吾不信也"。[3]箸夫《论开智普及之法首以改良戏本为先》一文也指出："剧也者，于普通社会之良否，人心风俗之纯漓，其影响为甚大也。"[4]

---

[1]《春柳社演艺部专章》，原载于《北新杂志》，1907年第30卷。见季玢编：《中国现代戏剧理论经典》，苏州：苏州大学出版社，2008年版，第27页。

[2]柳亚子：《二十世纪大舞台发刊词》，载《二十世纪大舞台》，1904年第1期。

[3]陈去病：《论戏剧之有益》，载《二十世纪大舞台》，1904年第1期。

[4]箸夫：《论开智普及之法首以改良戏本为先》，原载于《芝罘报》，1905年第7期。见阿英编：《晚清文学丛钞·小说戏曲研究卷》，北京：中华书局，1960年版，第60页。

借戏曲以开启民智，移风易俗，进而改良社会，这是时人的共识。1904年，陈独秀署名三爱发表了《论戏曲》一文，旗帜鲜明地提出："戏园者，实普天下人之大学堂也；优伶者，实普天下人之大教师也。""惟戏曲改良，则可感动全社会，虽聋得见，虽盲可闻，诚改良社会之不二法门也。"[1]天僇生《剧场之教育》一文也认为："今日欲救吾国，当以输入国家思想为第一义。欲输入国家思想，当以广兴教育为第一义……欲无老无幼，无上无下，人人能有国家思想，而受其感化力者，舍戏剧末由。盖戏剧者，学校之补助品。"[2]1904年健鹤[3]《改良戏剧之计划》一文提出："演剧必

陈独秀像

如何而始有价值乎，则描摹旧世界之种种腐败，般般丑恶，而破坏之；撮印新世界之重重华严，色色文明，而鼓吹之是也。"其目的是以"痛论时局，警醒国民，以说部上之欧化主义，隐唤起民族主义之暗潮"。[4]将戏曲作为社会教育的工具和不二法门，通过戏曲灌输民众以新的思想，新的意识，使之成为"新民"，成为资产阶级民主革命的拥护者、支持者。

然而，传统戏曲存在诸多问题，不能够承担起"新民"的重任，因此必须进行改良，并提出了改良戏曲的具体措施。无涯生《观戏记》一文指出："红粉佳人，风流才子，伤风之事，亡国之音，昔在本国已憎其无谓，今岂复堪入耳哉？不忍卒观而去。"作者以日本明治维新和德法战争中法

---

[1] 陈独秀：《论戏曲》，原载于《安徽俗话报》第11期（1904年9月10日），次年又在《新小说》第2卷第2期发表。见阿英编：《晚清文学丛钞·小说戏曲研究卷》，北京：中华书局，1960年版，第52、55页。

[2] 天僇生：《剧场之教育》，原载于《月月小说》，1908年第2卷第1期。见阿英编：《晚清文学丛钞·小说戏曲研究卷》，第57页。

[3] 健鹤，生平事迹未详，有学者认为，健鹤即创作《新中国传奇》之横江健鹤。参见王立兴编：《中国近代文学考论》，南京：南京大学出版社，1992年版，第167—168页。

[4] 健鹤：《改良戏剧之计划》，原载于《警钟日报》，1904年5月30日—6月1日。见王立兴编：《中国近代文学考论》，第174、175页。

国失败后，以戏剧激发国民的爱国精神，施行新政，终成强国的事实为例，认为中国戏曲亦应如日、法等国加以改革，"中国不欲振兴则已，欲振兴可不于演戏加之意乎？加之意奈何？一曰改班本，一曰改乐器。改之之道如何？曰，请详他日。曰，请自广东戏始。"[1]天僇生认为，改良戏曲的根本是删旧戏："去其词曲鄙劣者十之三，去其宗旨乖谬者十之三，去其所引证事实与时局无涉者十之三……凡有害风化，窒思想者，举黜弗庸。"[2]删改旧戏的同时还要编写新戏。陈独秀《论戏曲》一文提出，传统戏曲只有"改弦而更张之"，革除一切弊端恶套，方能发挥其功效，并提出了改良戏曲的五项具体意见，即"宜多新编有益风化之戏"、"采用西法"、"不可演神仙鬼怪之戏"、"不可演淫戏"、"除富贵功名之俗套"。不同于其他一般性的改良口号文章，陈独秀的《论戏曲》从实际出发，提出了切实可行的改革措施，既要改造旧戏，同时要编写新戏，这一点是非常难能可贵的。他所说的新戏是"以吾侪中国昔时荆轲、聂政、张良、南霁云、岳飞、文天祥、陆秀夫、方孝孺、王阳明、史可法、袁崇焕、黄道周、李定国、瞿式耜等大英雄之事迹，排成新戏，做得忠孝义烈，唱得激昂慷慨"。[3]柳亚子认为新戏应"捉碧眼紫髯儿，被以优孟衣冠，而谱其历史，则法兰西之革命，美利坚之独立，意大利、希腊恢复之光荣，印度、波兰灭亡之惨酷，尽印于国民之脑膜"。[4]陈去病提出"采欧美近事，而演维新活历史"。[5]

在具体的戏曲改良理论主张中，理论家们还提出了其它一些措施。健鹤尝考察日本的演剧组织：有总部，有支部，总部"遥领于内政"，"支部则分隶于各省"，又"有事务所，有事务长，有评议员，与一国之政党

[1] 无涯生：《观戏记》，见阿英编：《晚清文学丛钞·小说戏曲研究卷》，北京：中华书局，1960年版，第67、72页。

[2] 天僇生：《剧场之教育》，原载于《月月小说》，1908年第2卷第1期。见阿英编：《晚清文学丛钞·小说戏曲研究卷》，第57页。

[3] 陈独秀：《论戏曲》，见阿英编：《晚清文学丛钞·小说戏曲研究卷》，第54页。

[4] 柳亚子：《二十世纪大舞台发刊词》，载《二十世纪大舞台》，1904年第1期。

[5] 陈去病：《论戏剧之有益》，载《二十世纪大舞台》，1904年第1期。

无少异"，"欲著为脚本，以输入于公众之舞台者，由事务长鉴定其脚本，后经评议员之通过，始许将其书逐部开演，别给相当之价值以酬其劳"。基于此，健鹤提出，"我国今日谋演剧之改良"，宜仿日本剧部之形制，"组织一中国完全之剧部"，"于上海特设一戏剧总机关部，而于各直省各都会则分设支部以隶属之，庶几上自大人先生，下至屠贩妇竖之属，得日日吸受新戏剧之真理由"。[1]

优人是戏曲改良的执行者，他们的思想和素质直接关系到改良的成败，"唤醒那种迷人，除非要全靠着你们一班唱戏的身上才好"，[2]因而改造演剧组织之外，改良戏曲还必须"改变优伶社会，使皆为有品、有学、有益、有用之国民"。而要改变优伶社会首先必须提高优人的社会地位，"优伶者，实普天下人之大教师也"，"以优伶与文人学士同等"，[3]让优伶能够赢得与文人士大夫一样的社会普遍尊重。同时使优人明白自身的重要性，不再自轻自贱。失名《告优》指出："你们唱戏的人，自己看得狠轻，别的人看你们也狠轻……中国古时候，看得乐舞狠重；现在西洋各国的人，看唱戏的人也狠重。有许多人列名在文学家里面，你们还怎么自己看得这样轻贱呢？"演戏在宣传思想、普及普通民众教育方面有着和课堂一样的功绩，优人是课堂的教师："各处的戏场，就是各种普通学堂，你们唱戏的人，就是各学堂的教习了。"[4]《告女优》提出："只是西洋的女优，和那日本的艺妓，人人都能识字，人人都有爱国的心，不论在着自己国中，或在外邦谋生，总是爱恋着自己的国家，一心要想尽力保护的，从不说道，国家的事情，我们小百姓是不管账的。咳，就这一椿看来，那外国串戏的女子，自然是大家要敬重他了。我们髦儿戏，虽说是好，但是这

---

[1] 健鹤：《改良戏剧之计划》，见王立兴编：《中国近代文学考论》，南京：南京大学出版社，1992年版，第174页。

[2] 醒狮：《告女优》，载《二十世纪大舞台》，1904年第2期。

[3] 三爱（陈独秀）：《论戏曲》，载《安徽俗话报》，第11期，1904年9月10日。见阿英编：《晚清文学丛钞·小说戏曲研究卷》，北京：中华书局，1960年版，第52、53页。

[4] 失名：《告优》，载《俄事警闻》，第34号，1904年1月17日。见王立兴编：《中国近代文学考论》，第165—166页。

件事，却那里能及得他来呢？""但是那京班里头，曾唱新戏的一班先生，究竟与你们姊妹，比较起来，是没甚高下的，他们会唱新戏，这名声就好来了不得，难道你们这班姊妹，就输上他了来么？……极愿意你姊妹，快快儿做个预备，把这些《瓜种兰因》、《长乐老》、《玫瑰花》、《缕金箱》、《桃花扇》，照着他一出一出的演唱起来，这是真真了不得哩。"[1]这些理论主张的出发点和落脚点虽然是戏曲改良，但对于破除传统社会中优伶为贱民的思想观念，提高演员的社会地位是有积极意义的。

值得注意的是，在这些具体的改良措施中，一些理论家提出以"西法"来改良传统戏曲。如陈独秀就提出"演光学、电学各种戏法，则又可练习格致之学"，[2]健鹤也提出"若实事之铺张微有不足，则以油画衬托之，以电光镜返照之"，希望戏曲借鉴西方戏剧舞台美术方面的优长，以达到改良传统戏曲的目的。此外，健鹤还以日本新剧为例，主张演剧"不用歌曲而专用科白"，废唱。[3]然而不论是以戏剧来"新民"，还是在舞美、语言方面的革新，这些只是向西方戏剧学习的表层，这一时期的戏曲改良理论中，有人已经开始将西方的戏剧理论观念和批评方法运用到中国戏曲批评中，王国维是这方面的代表。（王国维的戏曲理论详后）蒋观云《中国之演剧界》一文认为，中国戏曲的最大缺陷是无悲剧，"中国之演剧也，有喜剧，无悲剧。每有男女相慕悦一出，其博人之喝采多在此，是尤可谓卑陋恶俗者也"。他认为，只有悲剧才有益于社会和人心，"剧界多悲剧，故能为社会造福，社会所以有庆剧也，……而欲有益人心，必以有悲剧为主"。"悲剧者，能鼓励人之精神，高尚人之性质，而能使人学为伟大之人物者也，故为君主者不可不奖励悲剧而扩张之"，[4]戏曲改革"必以

———————————

[1] 醒狮：《告女优》，载《二十世纪大舞台》，1904年第2期。

[2] 陈独秀：《论戏曲》，见阿英编：《晚清文学丛钞·小说戏曲研究卷》，北京：中华书局，1960年版，第54页。

[3] 健鹤：《改良戏剧之计划》，见王立兴编：《中国近代文学考论》，南京：南京大学出版社，1992年版，第176、175页。

[4] 蒋观云：《中国之演剧界》，见阿英编：《晚清文学丛钞·小说戏曲研究卷》，第50—52页。

有悲剧为主"，并以此作为戏曲改良的方向。

　　应当说，资产阶级革命派重视戏曲社会作用的理论主张与维新派是没有实质性区别的，尽管他们的政治主张、政治立场、政治理想不同，但将"新民"的美好愿望寄希望于戏曲，将戏曲作为改良社会的主要工具这一点是相同的。因此，20世纪初期的戏曲理论从一开始就带上了鲜明的政治工具论色彩，那就是启蒙和救亡。

　　总体来说，晚清的戏曲改良理论具有明显的新旧交叉、交替的特点，很大程度上，它也是中国古典戏曲理论和西方现代戏曲理论体系之间的矛盾和斗争。虽然这一时期，西方戏剧理论的译介很不系统，但某些概念和范畴已经为批评者所接受，并运用到戏曲批评中，影响了辛亥革命之后新旧、中西戏剧之间的探讨。

第三节　戏曲本体论

　　20世纪初期，在资产阶级维新派和革命派倡导以戏曲改良社会、启蒙民智的同时，伴随着西学东渐的脚步，西方的美学思想、文艺思潮、戏剧观念和戏剧样式不断地被介绍、翻译到中国来，为闭塞的中国戏曲理论批评注入了一股新鲜的空气，它开阔了学者们的眼界，影响了他们的戏剧观念，于是一些戏曲理论家对传统戏曲的艺术特性和审美本质重新进行了审视和观照。

一、王国维的"真戏曲"

　　王国维对中国戏曲本质特性的理解，是建立在戏曲史研究的基础之上的，与他的戏曲史观紧密结合在一起。他认为，中国戏曲起源于上古巫觋和春秋时期的俳优，"巫以歌舞为主，而优以调谑为主……言语之外，其调戏亦以动作行之，与后世之优，颇复相类。后世戏剧，当自巫、优二者

王国维与罗振玉，1916年摄于日本京都。左为王国维。

出"。[1]汉代的角觝百戏，已间演故事，然"合歌舞以演一事者"，则实始于北齐，"后世戏剧之源，实自此始"。唐、五代时期，歌舞戏、滑稽戏发达，然二者未能实现很好的结合，故未能形成纯粹之戏曲。宋之杂剧、金之院本"非尽纯正之剧，而兼有竞技游戏在其中"，"其结构与后世戏剧迥异，故谓之古剧"，然此时已有"纯粹演故事之剧；故虽谓真正之戏剧，起于宋代，无不可也"，然而由于二者皆没有剧本流传下来，"故当日已有代言体之戏曲否，已不可知。而论真正之戏曲，不能不从元杂剧始也"。所谓"真正之戏曲"，即"必合言语、动作、歌唱，以演一故事"。

王国维认为，"戏剧"和"戏曲"是两个不同的概念，"戏剧"是一个比较宽泛的表演艺术概念，它是古代各种表演艺术包括歌舞戏、滑稽戏以及其他杂戏的总称，当然也包括元杂剧、南戏，即"真戏剧"在内。所谓"真戏剧"者，"必合言语、动作、歌唱，以演一故事，而后戏剧之意义始全。故真戏剧必与戏曲相表里"。"真戏剧"必包含歌舞、动作，但离不开戏曲，故"与戏曲相表里"。这里所言"戏曲"[2]主要是就曲辞、言语意义上而言，即戏曲文学，因此尚不能称为"真戏曲"。何谓戏曲？"戏曲者，谓以歌舞演故事也"。[3]"真戏剧"与"戏曲"所包含的内容要素——动作、舞蹈、唱念、演一故事是一致的，"真戏剧"即是"戏曲"，是"真戏曲"。"而论真正之戏曲，不能不从元杂剧始也。"因此宋金以前

　[1] 王国维：《宋元戏曲史》，见《王国维戏曲论文集》，北京：中国戏剧出版社，1984年版，第6页。本节所论王国维戏曲观点皆出自上书，以下不再一一注释。
　[2] 王国维的"戏曲"概念使用比较复杂，它首先是一个文学概念，即指戏曲文学，如"北宋固确有戏曲，然其体裁如何，则不可知"，"宋金时或当已有代言体之戏曲，而就现存者言之，则断自元剧始，不可谓非戏曲上之一大进步也"等等；其次它是一个表演艺术概念，如"戏曲者，谓以歌舞演故事也"，"元杂剧之视前代戏曲之进步，约而言之，则有二焉"等。
　[3] 王国维：《戏曲考原》，见《王国维戏曲论文集》，第163页。

的戏剧不能称之为"真戏剧"，亦不能称为"真戏曲"。从"戏剧"到"真戏曲"，必须具备两个条件，一是"乐曲上之进步"，即乐曲表现的自由灵活和宫调的扩展；二是"由叙事体而变为代言体"，即由第三人称叙述故事，变为第一人称表演故事，"此二者之进步，一属形式，一属材质，二者兼备，而后我中国之真戏曲出焉"。因此中国古代真正称得上"真戏曲"者，当自元杂剧、南戏始。从"戏剧"到"真戏曲"，正是中国古代戏剧从萌芽到成熟的历史发展过程，"我国戏剧，汉魏以来，与百戏合，至唐而分为歌舞戏及滑稽戏二种；宋时滑稽戏尤盛，又渐藉歌舞以缘饰故事；于是向之歌舞戏，不以歌舞为主，而以故事为主，至元杂剧出而体制遂定。南戏出而变化更多，于是我国始有纯粹之戏曲"。自此之后，"戏剧"与"戏曲"两个概念，厘然为二，界限始清，不再混用。

在区别了"戏剧"与"真戏曲"概念的基础上，王国维对元杂剧给予了极高的评价。元杂剧作为"真戏曲"的代表，其价值不在于"思想结构"，而在其"文章"。他在第十二章《元剧之文章》论元杂剧的艺术成就云：

> 元曲之佳处何在？一言以蔽之，曰：自然而已矣。古今之大文学，无不以自然胜，而莫著于元曲。盖元剧之作者，其人均非有名位学问也；其作剧也，非有藏之名山，传之其人之意也。彼以意兴之所至为之，以自娱娱人。关目之拙劣，所不问也；思想之卑陋，所不讳也；人物之矛盾，所不顾也；彼但摹写其胸中之感想，与时代之情状，而真挚之理，与秀杰之气，时流露于其间。故谓元曲为中国最自然之文学，无不可也。若其文字之自然，则又为其必然之结果，抑其次也。

"自然"是中国古代美学的一个重要范畴，它是作家文学艺术创作的最高美学追求，即不粉饰，不雕琢，没有人工斧凿的痕迹。司空图《诗品·自然》所言"俯拾即是，不取诸邻。俱道适往，著手成春。如逢花开，如瞻岁新。真与不夺，强得易贫"；苏轼论文"随物赋形"、"行云流水"；王士禛"神韵天然，不可凑泊"等等，皆把"自然"作为最高的审美境界。它是作家审美创造中内心的超功利性和超目的性，是作家思想情感的如实抒写。王国维的"自然"说，除了受到传统美学思想的影响，还受到康德、叔本华美学思想的影响。[1]康德认为："在一个美的艺术的成品上，人们必须意识到它是艺术而不是自然。但它在形式上的合目的性，仍然必须显得它是不受一切人为造作的强制所束缚，因而它好像只是一自然的产物……所以美的艺术作品里的合目的性，尽管它也是有意图的，却须像似无意图的，这就是说，美的艺术品须被看作是自然，尽管人们知道它是艺术。"[2]而叔本华论自然，更多着眼于艺术家心灵的"自然"，是灵感的瞬间与天才的自由意志冲动结合的产物。王国维所说的"自然"即是康德所说的"形式上的合目的性"，是"无目的的合目的性"，它是"艺术家运用想象力'从真的自然所提供给他的素材里创造一个象似另一自然来'"，[3]也是叔本华所说的艺术家进行美的创造过程中心理的无限自由。元杂剧作家既非"名位学问"之人，也不杂名利之想，完全出于自娱、娱人之目的，故能心有所感，信手而作，意兴所至，直抒胸臆，创作动机的无功利性，使他们的作品自然表现出"真挚之理"、"秀杰之气"，"道人情，状物态，词采俊拔，而出乎自然，盖古所未有，而后人所不能仿佛也"，即臻于"自然"之境。元杂剧唯其描写"自然"，所以"元剧自文章上言之，优足以当一代之文学。又以其自然故，故能写当时政治及社会之情状，足以供史家论世之资者不少"。

与"自然"相联系的是"意境"。王国维在《宋元戏曲史》第十五章《元南戏之文章》一节中说："元南戏之佳处，亦一言以蔽之，曰自然而已矣。申言之，则亦不过一言，曰有意境而已矣。"显然，"意境"与"自然"是紧密关联的，"元杂剧'有意境'，是从读者的审美感受方面而言；

[1] 佛雏：《王国维诗学研究》，北京：北京大学出版社，1987年版，第272—276页。当下学者亦多认同此说。然亦有学者指出，王国维所言之"自然"不是受叔本华影响，而是受到席勒美学思想的影响。参见肖鹰：《自然理想：叔本华还是席勒？——王国维"境界"说思想探源》，载《学术月刊》，2008年第4期。

[2] 康德：《判断力批判》第45节，宗白华译，北京：商务印书馆，1964年版，第151—152页。

[3] 佛雏：《王国维诗学研究》，北京：北京大学出版社，1987年版，第273页。

而赞赏其'自然'，则是从作家的创造表达方面而言；本是一个问题的两个方面"。[1]"意境"本是中国古代诗词批评中的一个重要概念范畴，自唐王昌龄始，以下皎然、刘禹锡、司空图、宋严羽、清王士禛等皆就"意境"问题作了探讨，指出了意与象、意与境、情与景之间相互交融而构成的艺术形象，以及借助读者想象而构成新的艺术形象的问题，然皆就诗词而言。明代以后，戏曲理论家们把"意境"概念引入到戏曲批评中来，如王世贞评马致远〔双调·夜行船〕《秋思》套曲云："放逸宏丽，而不离本色。押韵尤妙。长句如：'红尘不向门前惹，绿树偏宜屋角遮，青山正补墙东缺。'……俱入妙境。"[2]汤显祖评周朝俊撰《红梅记》说："境界迂回宛转，绝处逢生，极尽剧场之变。"[3]吕天成《曲品》评《五福记》"境界平常"，评张太和《红拂记》"境界描写甚透"，评汤显祖《牡丹亭》"巧妙叠出，无境不新"。又如祁彪佳《曲品》评史槃《唾红记》，"匠心创词，能就寻常意境，层层掀翻，如一波未平，一波复起"；[4]其《剧品》评朱有燉《乔断鬼》，"本寻常境界，而能宛然逼真，敷以恰好之词，则虽寻常中亦自超异矣"。[5]他们都用"境"、"意境"或"境界"评戏曲。王国维在继承了传统的"意境"说的同时，借鉴了西方的美学观点，提出了"境界"说（或曰"意境"说），并将其用在诗词批评中，《人间词话》中说："境非独为景物也。喜怒哀乐，亦人心中之一境界。故能写真景物、真感情者，谓之有境界。否则谓之无境界。"又说："大家之作，其言情也必沁人心脾，其写景也必豁人耳目。其辞脱口而出，无矫揉妆束之态。以其所

　　[1]黄霖：《中国文学批评通史·近代卷》，上海：上海古籍出版社，1996年版，第862页。

　　[2]王世贞：《曲藻》，见中国戏曲研究院编：《中国古典戏曲论著集成》（四），北京：中国戏剧出版社，1959年版，第28页。

　　[3]玉茗堂：《〈红梅记〉总评》，见蔡毅编著：《中国古典戏曲序跋汇编》，济南：齐鲁书社，1989年版，第1200页。

　　[4]祁彪佳：《远山堂曲品》，见中国戏曲研究院编：《中国古典戏曲论著集成》（六），北京：中国戏剧出版社，1959年版，第44页。

　　[5]祁彪佳：《远山堂剧品》，见中国戏曲研究院编：《中国古典戏曲论著集成》（六），第147页。

见者真，所知者深也。"[1] 有"境界"的前提是作家对客观外物的描绘、内心情感的发抒都必须要真实、深入，惟其如此，情感表现才能沁人心脾，景物描绘才能"豁人耳目"，达到"意与境浑"。以"境界"来衡词，则五代、北宋之词可为有境界；若以"境界"来衡曲，则非元曲莫属。他说：

> 然元剧最佳之处，不在其思想结构，而在其文章。其文章之妙，亦一言以蔽之，曰：有意境而已矣。何以谓之有意境？曰：写情则沁人心脾，写景则在人耳目，述事则如其口出是也。古诗词之佳者，无不如是。元曲亦然。明以后其思想结构，尽有胜于前人者，唯意境则为元人所独擅。

与诗词不同的是，戏曲的曲词虽可看作广义的诗，但从形式内容上来说，它还是叙事文学，情景之外，它还要叙述故事，因此王国维在诗词的情景要求之外，特别指出"述事则如其口出"，即剧中所写之事要符合剧情，符合人物的身份、地位、性格。除此之外，戏曲的叙事文学特征，使其在写情、写景上也与诗词有别，它所写的景不是作家眼中之景而是剧中角色眼中之景，所写的情亦不是作家胸中之情而是剧中色之情，只有这样的情景才可以诉诸读者、观众的心灵，使其身临其境，感同身受。元杂剧之所以有意境，还与它语言的通俗、曲牌用字的自由灵活有关，"古代文学之形容事物也，率用古语，其用俗语者绝无。又所用之字数亦不甚多。独元曲以许用衬字故，故辄以许多俗语或以自然之声音形容之。此自古文学上所未有也……元剧实于新文体中自由使用新言语……其写景抒情述事之美，所负于此者，实不少也"。王国维以"意境"概括元杂剧，不仅是对杂剧曲词、叙事特征的体认，他还道出了中国戏曲与西方戏剧在艺术形式上的根本不同，即一写意一写实。这是王国维元曲"意境"说的贡献所在。

在对"真戏曲"——元杂剧的批评中，王国维还从悲剧、喜剧的角度

---

[1] 王国维：《人间词话》，北京：人民文学出版社，1960年版，第193、219页。

对其进行评价。悲剧是西方美学中重要的审美范畴，也是西方戏剧的主要样式之一。从古希腊亚里士多德开始，以下黑格尔、叔本华、尼采等都对悲剧进行过研究。我国古代戏曲理论中没有悲剧的概念。王国维的悲剧观主要来源于西方哲学和美学。他早年深受叔本华、尼采的唯意志论思想的影响，尤其倾心于叔本华的悲剧人生观，并将其运用到小说和戏曲批评中来，"及读叔本华之《意志和表象的世界》一书，悦其观察之精锐与议论之犀利，而大好之。然稍稍又觉其有矛盾处，因作《红楼梦评论》以发其慨。谓《红楼梦》一书之意义，乃在人生之欲之提出与解答，苦痛固由于吾人自造，然仍须自求其解决之途径。人生为一悲剧，《红楼梦》不失为一自然演进之悲剧，且其悲剧壮美的成分尤多于优美者也"。[1] 王国维首先将叔本华的美学思想运用到小说《红楼梦》的批评中，[2] 认为生活的本质是欲望，人的欲望在现实社会中常常是无法满足的，于是人生产生苦痛，因此人生是"欲与生活、与痛苦"。以此为出发点，他认为，小说《红楼梦》的根本精神就是"以生活为炉、苦痛为炭，而铸其解脱之鼎"，其美学价值在于描写了"人生之所固有"的悲剧，是"悲剧中之悲剧"。然而中国古代的小说戏曲往往充满乐天色彩，"始于悲者终于欢，始于离者终于合，始于困者终于亨"，[3] 缺少彻头彻尾的悲剧，只有《红楼梦》、《桃花扇》等少数作品例外。1906年他在《三十自序二》中也说："吾中国文学之最不振者，莫戏曲若。元之杂剧，明之传奇，存于今日者，尚以百数。其中之文字，虽有佳者，然其理想及结构，虽欲不谓至幼稚，至拙劣，不可得也。国朝之作者，虽略有进步，然比诸西洋之名剧，相去尚不能以道里计。"[4] 同一年写作的《文学小言》中，他也表达了类似的看法："至

---

[1] 赵万里：《静安先生遗著选跋·〈静安文集〉一卷》，见吴泽、袁英光编：《王国维学术研究论集》第1辑，上海：华东师范大学出版社，1983年版，第318页。

[2] 王国维：《红楼梦评论》，原载于1904年《教育世界》第76至78号、80至81号上，是中国近代史上第一篇采用西方文学理论思想评价中国小说的系统性论文。

[3] 王国维：《红楼梦评论》，见姚淦铭、王燕编：《王国维文集》第1卷，北京：中国文史出版社，1997年版，第1—14页。

[4] 王国维：《自序二》，见姚淦铭、王燕编：《王国维文集》第3卷，第474页。

叙事的文学，（谓叙事诗、史诗、戏曲等，非谓散文也。）则我国尚在幼稚之时代。元人杂剧，辞则美矣，然不知描写人格为何事。至国朝之《桃花扇》，则有人格矣，然他戏曲则殊不称是。"[1] 1908年始，王国维在对《宋元戏曲史》的研究过程中，发现元杂剧中存在着多部感人的悲剧，于是修正了原有的观点，他指出：

> 明以后，传奇无非喜剧，而元则有悲剧在其中。就其存者言之：如《汉宫秋》、《梧桐雨》、《西蜀梦》、《火烧介子推》、《张千替杀妻》等，初无所谓先离后合，始困终亨之事也。其最有悲剧之性质者，则如关汉卿之《窦娥冤》，纪君祥之《赵氏孤儿》。剧中虽有恶人交构其间，而其蹈汤赴火者，仍出于其主人翁之意志，即列之于世界大悲剧中，亦无愧色也。

王国维把有无悲剧作为文学评价的标准，西方戏剧因为描写了"人格"悲剧，所以发达。以此衡量中国戏曲，明传奇因多描写"先离后合，始困终亨"之事，有喜剧而无悲剧，故成就不如元杂剧。元杂剧作家因为描写了"主人翁之意志"，即作为个体的人的意志与人所不能支配的力量——现实命运之间不可调和的矛盾冲突，造成了悲惨的结局，也就是西方戏剧理论中所说的命运悲剧，故"列之于世界大悲剧中，亦无愧色"。王国维以悲剧论元杂剧、明传奇，把西方的文学理论引入到中国戏曲批评中来，无疑是有重大意义的，20世纪的戏曲本体论批评也正是在他的研究基础之上走向扩展和深化。

二、吴梅的戏曲本体论

吴梅关于戏曲本体论探讨的主要著作有《奢摩他室曲话》、《顾曲麈谈》、《曲学通论》等。其中《奢摩他室曲话》为后来《顾曲麈谈》中之一部分，《曲学通论》是一部带有总结音律曲谱性质著作，其第六章、第七

---

［1］王国维：《文学小言》第14则，见姚淦铭、王燕编：《王国维文集》第1卷，北京：中国文史出版社，1997年版，第28页。

章《作法》及第十章《务头》与《顾曲麈谈》
第一章第三节《论南曲作法》、第二章第一节
《论作剧法》同，因此可以说，吴梅的戏曲本
体论集中地体现在《顾曲麈谈》一书中。

吴梅在苏州蒲林巷住宅前。

　　《顾曲麈谈》[1] 共四章，分别为《原曲》、
《制曲》、《度曲》、《谈曲》，其中涉及戏曲本
体论的主要在《原曲》一章中。《原曲》开篇论
曲体、曲源云："曲也者，为宋金词调之别体。
当南宋词家慢近盛行之时，即为北调榛莽胚胎
之日。"又云："沿至末年，世人嫌其粗卤，江
左词人，遂以缠绵顿宕之声以易之，而南词以起。此南北曲之原始也。"
把曲看作词的别体，认为曲是由词发展而来，南曲是北曲的后裔。吴梅的
这一观点并无新颖之处，早在明代王世贞即提出此说，其《曲藻序》云：
"曲者，词之变。自金、元入主中国，所用胡乐，嘈杂凄紧，缓急之间，
词不能按，乃更为新声以媚之。"[2] 王骥德《曲律》亦云："曲，乐之支
也。……入宋而词始大振，署曰'诗余'，于今曲益近，周待制、柳屯田
其最也；然单词只韵，歌止一阕，又不尽其变。而金章宗时，渐更为北
词，……入元而益漫衍其制，栉调比声，北曲遂擅盛一代；顾未免滞于弦
索，且多染胡语，其声近噍以杀，南人不习也。迨季世入我明，又变而为南
曲。"[3] 皆认为戏曲从根本上说是词的别体变调，吴梅只是继承了旧说而
已。实际上，戏曲的源流并非是单一的，词调只是曲调的来源之一，民间
音乐、外来音乐都对戏曲音乐有不同程度的影响，而且北曲与南曲之间，

---

　　[1] 吴梅：《顾曲麈谈》，见王卫民编：《吴梅戏曲论文集》，北京：中国戏剧出版社，1983
年版。本节所论凡出自该书者，不再一一注出。
　　[2] 王世贞：《曲藻》，见中国戏曲研究院编：《中国古典戏曲论著集成》（四），北京：中国
戏剧出版社，1959年版，第25页。
　　[3] 王骥德：《曲律·论曲源第一》，见中国戏曲研究院编：《中国古典戏曲论著集成》
（四），第55页。

不是源和流的关系，从产生时间上来说，南曲产生在前，兴盛于后，北曲产生在后，兴盛于前。吴梅沿袭旧说，既没有辨明曲源，对曲体的认知也是不够全面的。

在探讨曲源的基础上，吴梅还就宫调、曲牌和曲韵等问题进行了讨论。宫调是读者读曲、作者作曲和歌者唱曲首先面对的问题，但长期以来"宫调究竟是何物件，举世且莫名其妙"。针对这一问题，吴梅非常明确地提出："宫调者，所以限定乐器管色之高低也。"并以昆曲定调之笛色为例，谓笛六孔七音，以小工调为基础，依次转换，产生不同的调高，"是每字皆可作工，此即古人还相为宫之遗意。今曲中所言宫调，即限定某曲当用某管色，凡为一曲，必属于某宫或某调，每一套中，又必须同是一宫或一调"，并进一步归纳了昆曲六宫十一调的笛色分配情况。这一归纳清晰地揭示了宫调的实质，即西洋音乐中的调式、调高及相互之间的关系问题，解答了长久以来人们对宫调理解的歧义和迷惑，为乐队演奏和演员演唱提供了方便，也对我们了解戏曲宫调及曲情有非常重要的意义，这是吴梅对曲学的重要贡献。

确定宫调之性后，还要对曲牌加以选择，否则出宫犯调，不能被入管弦。吴梅对数百支曲牌所属之宫调进行了排列、归纳，指出创作者"只须就本宫调联络成套，就古人所固有者排列之，则自无出宫犯调之病"。但他同时指出，在实际创作中，曲牌的运用是非常灵活的，不能拘泥、死守条例，既守法又不拘泥于法，方能创作出旋律优美、符合剧情的作品。

曲律论中涉及的另一重要问题是音韵，"曲中之要，在于音韵"，"音有清浊，韵有阴阳"，只有明乎音韵，才能依韵填词。所谓"音"即宫、商、角、徵、羽五音，分属人口，则为喉、颚、舌、齿、唇；所谓"韵"，指平上去入四声。因此辨别音和韵的清浊与阴阳，"依谱以填句，守部以选韵，庶不致倜规越矩者矣"，方能"无拗折嗓子之诮"。

宫调、曲牌、音韵之外，吴梅还从创作实践的角度对曲体特征加以论述。具体来说，南曲创作涉及曲牌体式、用字与行腔、曲之节奏板眼、曲牌联套，北曲创作包括曲谱、套数和"务头"。对于长期以来解者纷纷的"务头"，吴梅从北曲创作内容出发，别出新解，指出"务头者，曲中平上去三音联串之处也"。这些见解既是他制曲的经验总结，也是他研曲的心得体会，对于作曲亦具有很强的指导意义。

应当说，吴梅的曲学研究成就在近代戏曲史上无人比肩，甚至今人也无法超越，但他对曲体性质和特征的论述，从根本上说并没有超越传统曲学的范围，它是元明以来以"曲"为中心的理论思想的重申和总结。传统的戏曲理论是建立在诗学理论基础之上的，无论是周德清《中原音韵》，还是王骥德《曲律》、吕天成《曲品》，无论是汤沈之争，还是本色当行之辨，主要都是围绕音律、曲词关系展开的，囿于以诗词为正宗的文学观念，他们把戏曲看作诗词的延伸，是广义的诗。立足点的偏差，使他们不可能认识到戏曲作为一种文学艺术样式所具有的特殊性质和美学品格，忽视了戏曲作为叙事艺术具有的审美特质，因此是诗学化的"曲"体观。吴梅的戏曲本体论正是这一传统思想的继承，他将戏曲限于音律、辞章，轻视思想内容，忽视情节、人物性格，对艺术创新认识也不足，这些都使他的戏曲本体论停留在"曲"的层面，没有实现进一步的突破，只能是旧曲学。有学者评价他的曲论云："他之所以研究曲律、制曲谱，是为了挽狂澜于既倒，而这实际上是不可能的。这样一种态度就使吴梅的研究工作带有悲剧的色彩，使他只能成为古典曲学的终结者，而未能成为近现代戏曲的开路人。"[1]

三、冯叔鸾的戏剧美学思想

冯叔鸾的戏剧美学思想，主要体现在《啸虹轩剧谈》一书中，是书之《戏之基本观念》、《戏之界说》、《戏之三要素》、《戏之性质》、《戏病篇》、《喜剧与悲剧之分别》等篇中，比较全面地阐述了他关于新旧剧的基本理论观点。他认为，戏有广义、狭义之分：

---

[1] 安葵：《吴梅戏曲理论的贡献和对我们的启示》，载《艺术百家》，1994年第3期。

凡可以娱悦心志之游戏，皆戏也。故有京戏、昆戏、梆子戏、马戏、影戏、木人戏，以及变戏法、说书、滩簧、像声、绳戏等，戏之范围，乃至广。若就狭义论之，则惟扮演古今事实，有声而有色者，始得谓之戏。[1]

冯叔鸾所说的真正的戏剧也就是狭义的戏剧，它包括三个要素：脚本、姿势、声调，其中脚本最为重要，"戏情如何，关系全在脚本；脚本不佳，戏情殆未由而佳也……脚本者，实戏中唯一之要素"。[2]戏之基本观念在于脚本之取材选择，脚本取材分为三类，即取材于历史材料、小说材料和时事材料，"欲对时症而下针砭，非演时事戏不可；欲为一种社会谋改革，非取材于小说不可；而演述兴亡，指点当局，更非历史戏不为功。由此而言，三者皆有所长，未容偏废"。[3]无论是编旧剧还是写新剧，都必须以此为原则。他重视脚本，强调戏剧取材三方面的内容，目的是批判现实、改良社会、启蒙民众，脚本是一部戏成功的基础，它既关系到戏的主题内容，也关乎戏的艺术创造，是一剧之本。所谓"姿势"，是指身段、容止、步法等舞台表演动作，这是舞台演出的关键所在，也是演出成功的保证。所谓"声调"，指"戏中一切语言及歌曲"，然戏中语言不同于日常生活语言，一方面要观众能够听得懂，另一方面也要含有种种意味，使闻者能够为之色动兴起，二者都要求声音"高矮疾徐、抑扬吞吐，必有一定之程序"。在论述戏之要素基础上，他又指出，戏的根本性质包括五端：美术、文学、通俗、声乐、感化。所谓美术，艺术，即审美，这是戏剧艺术的核心和旨归。

纵横古今，号国曰万，则其社会间所呈现之事实，固不止于亿兆京垓也，演戏者，将以何者为标准而取材乎？一言以赅括之，亦惟取其富于美术之观念者而已。故英雄儿女也，节烈豪侠也，神圣庄严也，温柔绮旎也，自外貌观之，则千综万错，备极纷歧，自根本上观

---

[1] 冯叔鸾：《啸虹轩剧谈》卷上《戏之界说》，上海：中华图书馆，1914年版，第10页。

[2] 冯叔鸾：《啸虹轩剧谈》卷上《戏之三要素》，第12页。

[3] 冯叔鸾：《啸虹轩剧谈》卷上《戏之基本观念》，第9页。

之，则一以美术为归宿。[1]

在艺术的大原则下，对剧本进行剪裁、穿插、点缀、演绎，这是"文学"的工作。所谓"通俗"，是要求戏剧语言要通俗易懂，便于接受，不能曲高和寡。"声乐"，则要求演员表演要提高声调，配之抑扬顿挫和节奏。"感化"，是就戏之作用言，要求戏剧既要有"陶熔性情，变化气质"的艺术魅力，又要有感人至深的艺术效果。在明确戏剧性质的基础上，他进一步指出，戏剧创作和表演要避免八病，即假、漏、误、苟、偷、陋、小、呆，并对八病进行了具体的阐述。[2]

另外，关于悲剧、喜剧，冯叔鸾也提出了自己的看法。中国传统戏曲无悲剧、喜剧之说，20世纪初，中国的文学理论界引入了西方的悲剧观念，并进行了理论阐发，如蒋观云《中国之演剧界》、无涯生《观戏记》等从社会政治的角度理解悲剧，强调悲剧的社会作用，抬高悲剧的地位，希望用悲剧激起民众的斗志，"悲剧者，能鼓励人之精神，高尚人之性质"。[3] 1905年王国维发表了《红楼梦评论》一文，以哲学为视点体认悲剧的内涵，指出悲剧的美学价值在于以"生活为炉，苦痛为炭，而铸其解脱之鼎"，在于表现人生苦痛的无所不在和对解脱之道的艰难寻求。王国维关于悲剧的论述，直接影响了20世纪的戏剧批评。在王国维发表此文后不久，当时不少理论家也就悲剧问题发表了见解，冯叔鸾即是其中之一。他认为：

> 盖喜剧与悲剧之分别，在戏中情节之结果，而不在戏中情节之苦乐。是故戏中情节，虽备有惨苦，而结果乃能团圆富贵，即为喜剧。戏中情节，虽极花团锦簇，而结果乃死亡分散，即为悲剧。故演悲剧者，不必其能描摹愁苦凄惨之容也，演喜剧者，不必其善为嬉笑快乐

---

[1] 冯叔鸾：《啸虹轩剧谈》卷上《戏之性质》，上海：中华图书馆，1914年版，第14页。

[2] 冯叔鸾：《啸虹轩剧谈》卷上《戏病篇》，第17—19页。

[3] 蒋观云：《中国之演剧界》，见阿英编：《晚清文学丛钞·小说戏曲研究卷》，北京：中华书局，1960年版，第50页。

之状也。[1]

　　冯叔鸾对悲剧的认知主要是从戏剧的情节、故事结局出发，揭示悲剧特点及其与喜剧的区别，既不同于蒋观云等从社会功能出发论悲剧，也不同于王国维从哲学视角来揭示悲剧的美学价值，体认其审美特性，他是在体认悲剧审美特性的基础上，强调悲剧的情节结构特点，即判断悲剧的标准在于故事结局是否"死亡分散"，即使情节内容花团锦簇，结果凄惨愁苦，仍不能称为喜剧。喜剧的判断正好与悲剧相反。"始困终亨、先离后合"是中国戏曲普遍存在的情节结构模式，典型作品如《西厢记》、《牡丹亭》、《长生殿》等，团圆结局普遍存在的结果是中国古代无悲剧，这是王国维在《红楼梦评论》中提出的观点。冯叔鸾的悲剧思想很明显地受到了王国维悲剧美学思想的影响，即以故事结局的是否团圆作为判断的标准。尽管他的论述主要是针对新剧，内容十分简单，但这一探讨无疑对20世纪关于悲剧问题的讨论是具有推动意义的。

　　受冯叔鸾思想影响，对新旧剧关系做较深入探讨的还有王梦生。他认为，戏剧从根本性质来说是"美术"，并将其概况为"德、容、言、工""四德"。所谓"德"，即戏剧的品格；"容"指演员的身段、台步、容止等舞台表演；"言"指演员的说白表演功夫；"工"是指唱工、做工的讲究。[2]同时，王梦生还把戏剧提升到"戏学"的高度。他说："或问：'戏有学乎？'曰：'有学。且为专门之科学。''何以知其然乎？'……曰：'凡合数种科学以成为一学科者，皆谓之专门之学。若戏则喜怒爱乐，心理学也；抬步技击，体育学也；化装扮演，审美学也；腔调节奏，音乐学也；时代人物，历史学也；以言君臣政事则通乎国家学，以言父子夫妇则通乎家政学，以言朋友交际则通乎社会学。凡斯种种，非合数种科学以

---

[1]冯叔鸾：《啸虹轩剧谈》卷上《喜剧与悲剧之分别》，上海：中华图书馆，1914年版，第45—46页。

[2]王梦生：《梨园佳话》，原连载于《小说月报》，第5卷第3—12号。见《民国京昆史料丛书》第1辑，上海：学苑出版社，2008年版，第117—119页。

成为一学科乎？'"[1]这是近代戏剧史上较早地将戏剧作为一门学科来看待。

概括而言，20世纪初期的戏曲本体论的美学探讨具有以下特点：

首先，它是在西方的文化思潮、戏剧观念、戏剧样式不断涌入中国的大背景下展开的，表现了古今新旧杂糅、中西交汇融通的特点。一方面，戏剧家们对明清时期的戏曲理论观念加以重申和总结，对戏曲保持了极度的推崇，为传统的戏曲理论批评划上了一个完美的句号。另一方面，他们将西方的美学观念和文学理论引入戏曲批评，意图对处于封闭状态中的传统戏曲进行解读，在与西方戏剧的对比中，揭示其审美艺术特性，指出其价值和意义。尽管解读中存在着一定的表面化、片面性以及生搬硬套的痕迹，但他们的戏曲本体论探讨开启了20世纪戏曲美学研究的大门，为中国戏曲理论批评揭开了崭新的一页，奠定了中国戏曲现代化的理论基石。

其次，20世纪初期的戏曲本体论的美学探讨的核心是：定义并廓清"戏曲"这一概念的内涵和外延，分析其包含的要素。戏曲是什么？明清以来，戏曲理论家们在追溯戏曲源流、探讨戏曲的性质特点时，都是围绕着曲词、曲律、曲谱来进行的，将"曲"作为戏曲艺术的核心，表现了"曲"本位的思想，其间偶有超出此范围之外者，亦并非戏曲理论批评的主流。20世纪初期的戏曲概念探讨，特别是王国维对戏曲的定义，是将戏曲作为一项综合艺术来看待的，尽管在具体问题的探讨中还存在着明显的片面性，表现出重视文本、强调曲辞、忽略舞台表演的一面，但它为后来的戏曲本体论探讨奠定了坚实的基础，20世纪20、30年代戏曲本体论的美学探讨，都是在这一基础上展开并深入的。

---

[1] 王梦生：《梨园佳话》，原连载于《小说月报》，第5卷第3—12号。见《民国京昆史料丛书》第1辑，上海：学苑出版社，2008年版，第120页。

第四节　早期的新旧剧探讨及戏曲改良理论

在资产阶级维新派、革命派代表人物梁启超、陈独秀、柳亚子等倡导戏曲改良理论的影响下，包括汪笑侬等在内的戏剧家们躬行实践，对传统戏曲的表现内容和艺术形式都进行了改良革新，于是舞台上出现了不同以往的"新剧"：穿西装，用写实性道具，用钢琴伴奏等等。与此同时，西方话剧也被介绍到中国，这种以写实性为基本特征的艺术样式，完全不同于写意性的传统戏曲，对国人而言，也是"新剧"。然此"新剧"非彼"新剧"，要之，皆称为"新剧"。因此20世纪初期，关于"新剧"的概念十分淆乱复杂，因此有必要做一澄清。

> 新剧者，一般人士所呼为文明戏者也……则主其事者，即当时时以文明为念，以文明为范围。夫如是始无背于开通风气，启迪民智之大宗旨；始不悖于苦口婆心，劝世惊人之大志愿。然则《果报录》《双珠凤》《落金扇》《潘巧云》《蝴蝶杯》《白蛇传》等剧，何以演之于煌煌庄严之新剧舞台耶？今之新剧大概可分为八种，即日本新剧、欧洲新剧、实事新剧、古装新剧、小说新剧、昆曲新剧、弹词新剧、旧派新剧是也。[1]

这里关于"新剧"的类分十分繁复，它所谓"新"的标准是"开通风气，启迪民智"，其事"文明"，即内容上表现了改良和革命的思想，因此"新剧"也称为"文明戏"。

> 新剧应分二派：一为文艺派的新剧，一为歌舞派的新剧，如前新舞台，及其他舞台所演之《明末遗恨》、《黄熏伯》、《黑籍冤魂》、

---

[1] 剑云：《新剧平议》，原载于《繁华杂志》，第5、6期，1915年1月—2月。见季玢编：《中国现代戏剧理论经典》，苏州：苏州大学出版社，2008年版，第54页。

《妻党同恶报》、《张汶祥刺马》、《赌徒造化》等。袍笏笙歌，仍未脱旧剧窠臼，实系歌舞派的新剧。至若春柳剧场，及其他之新剧团体所编排者，化妆布景，取法东西，诚为文艺派的新剧。[1]

所谓"歌舞派新剧"，主要指以汪笑侬、潘月樵、夏月珊、夏月润兄弟等参与的改良戏曲——京剧；"文艺派新剧"是指采用写实性艺术手法的话剧。这一观点与春柳社在成立时发表的《春柳社演艺部专章》关于"新剧"概念相似："演艺之大别有二：曰新派演艺（以言语动作感人为主，即今欧美所流行者），曰旧派演艺（如吾国之昆曲、二黄、秦腔、杂调皆是）。[2]

新南社第三次聚会合影。前排左起第二人为柳亚子，第二排左起第一人为陈望道，第四排左起最后一人为陈去病。

---

[1]陶报癖：《余之新剧观》，原载于《繁华杂志》，第4、5期，1914年11月—1915年1月。见季玢编：《中国现代戏剧理论经典》，苏州：苏州大学出版社，2008年版，第44页。

[2]《春柳社演艺部专章》，原载《北新杂志》，第30卷，1907年。见季玢编：《中国现代戏剧理论经典》，第27页。

今日普通所谓新剧者，略分三种。（一）以旧事中之有新思想者，编为剧本……（二）以新事编造，亦带唱白，但以普通之说白为主，又复分幕……（三）则完全说白，不用歌唱，分幕度数，亦如外国之戏剧者。[1]

这里所说的三种新剧，第一种主要是指传统戏曲的改编本，即赋予旧故事以新思想；第二种是受西方戏剧——话剧影响，以白为主，加少量唱词的新创剧；第三种是指完全不用歌唱的话剧。

其实，当时人们关于"新剧"概念的界定、范围及形式类分远不止以上三种。"新剧"概念类分的多样性和歧义性，比较典型地反映了这一时期人们关于"新剧"概念界定的混乱。人们认定的新剧不仅包括话剧，凡是包含了新内容、新形式，表达了新思想、新观念，表现了新精神、新风尚的剧，皆可称为"新剧"，有学者称之为"新潮演剧"。[2]它是梁启超戏曲改良运动"新民"思想的产物，从最初兴起到渐成声势再到衰退，前后不过短短十几年时间，与"五四"时期的新旧剧之争既有内在的联系，也有本质的区别。

早期的新旧剧探讨具有以下特点：

（一）无论是汪笑侬的京剧改良还是春柳社的新剧实践，都强调戏剧必须具有改良社会、启蒙民智的重要作用。汪笑侬在《二十世纪大舞台·题词》中说："稳操教化权，借作兴亡表。世界一戏场，犹嫌舞台小。"其《自题肖像》诗二首其二亦云："手挽颓风大改良，靡音曼调变洋洋。化身千万倘如愿，一处歌台一老汪。"[3]明确以戏剧改良为己任。春柳社的戏剧活动以"即今欧美所流行者"也就是话剧为主，不排斥旧剧，

[1] 黄远生：《远生遗著》卷二《新茶花一瞥》，见《民国丛书》第2编第99册，上海：上海书店，1990年版，第377页。

[2] "清末民初新潮演剧"观点是2009年底在由中国华南师范大学文学院、日本早稻田大学演剧博物馆联合主办的"清末民初新潮演剧国际学术研讨会"上，由学者袁国兴首次提出的。它包括清末民初的"文明新戏"、"改良戏曲"、"学生演剧"及各种地方戏等。见《戏剧艺术》2010年第3期《清末民初的新潮演剧》，笔谈。

[3] 汪笑侬：《自题肖像》，载《二十世纪大舞台》，1904年第1期。

但无论新剧旧剧都以"开通智识、鼓舞精神"为宗旨。戏剧被作为改良社会、新民的工具来对待，是一种普遍的共识。

（二）以是否表现新的内容作为新旧剧评判的标准，唯新为尚。戏曲理论批评界几乎是一边倒地倡导新剧，批评传统旧剧，"新剧原为改良风化、补助教育之利器，以视旧戏之徒悦耳目、无补社会者，殊难同日而语"，[1]新剧表现新内容、新思想、新观念，旧剧则诲淫诲盗，卑陋恶俗，无补于世，在否定旧剧思想内容的同时也否定了其艺术价值。尽管也有部分论者在强调新剧的功能时也论及到戏剧的审美艺术特征——具有声形并茂的综合艺术的特点和感染人心的艺术力量，但其出发点和归宿仍然是改良和新民。"当时的剧人不懂得这个'新'的意义，当革命形势急转直下使他们完全迷失了方向的时候，他们就盲目地为'新剧'这个艺术形式来争生存权，不惜用各种落后和反动的思想来作为'新'剧的内容以图获得观众。"[2]

（三）在批评旧剧、提倡新剧时，不约而同地把目光转向西方，主张"采用西法"，使用新的戏剧样式。"戏中有演说，最可长人之见识，或演光学、电学各种戏法，则又可练习格致之学"；[3]"一一写真，一一纪实"，"以说部上之欧化主义，隐唤起民族主义之暗潮"；[4]"新剧有四大要素：一、布景；二、化妆；三、表情；四、说白"。[5]随着西方"新剧"（包括日本新派剧）——话剧逐渐被介绍到中国，话剧接近生活真实的语言动作，写实主义的艺术手法得到了戏剧理论家的认可，他们以西方的戏剧观念和美学标准衡量中国传统戏曲，指出传统戏曲内容上的卑陋恶俗，艺术

[1] 昔醉：《新剧之三大要素》，见周剑云编：《鞠部丛刊·剧学论坛》，上海：上海交通图书馆，1918年版，第60页。

[2] 张庚：《中国话剧运动史初稿（第一章）》，载《戏剧报》，1954年第4期。

[3] 三爱（陈独秀）：《论戏曲》，见阿英：《晚清文学丛钞·小说戏曲研究卷》，北京：中华书局，1960年版，第54页。

[4] 健鹤：《改良戏剧之计划》，见王立兴编：《中国近代文学考论》，南京：南京大学出版社，1992年版，第176、175页。

[5] 陶报癖：《余之新剧观》，原载于《繁华杂志》，第4、5期，1914年11月—1915年1月。见季玢编：《中国现代戏剧理论经典》，苏州：苏州大学出版社，2008年版，第44页。

表现形式上的"虚假""矫情"，"新剧之动作，即旧戏之做工。不过旧戏皆由历练而来，新剧纯取自然之势，一矫一顺，其分别即在于此"。[1]这些言论都表现了论者对传统戏曲虚拟性、写意性认识的片面，以及对中西戏剧样式的差异性理解的不足。

　　当然，也有部分论者在提倡改良新剧时，看到了新剧存在的问题。至辛亥革命前后，新剧演出已遍及大江南北，而暴露出的问题越来越多，"迨辛亥革命以来，而所谓新剧团新剧社者，几乎遍地皆是，亦可谓极一时之盛矣。然试一调查其内容，则除高尚优美、资格最老之春柳剧场外，大率令人头痛脑胀，作三日恶。盖巧拟新颖之剧名，以号召观客，及开幕时，画数张通用之油画，而号称曰景；搜罗几许青年无识之子弟，而狂吹曰新剧大家。一度登场，举止声容，动贻笑柄，甚至取淫秽鄙俚之小说弹词，编为脚本，或将陈腐不堪之旧剧，略更易其节目，插入背景，免去管弦，即于剧名上，加以'重编'暨'特别改良'字样，藉迎合社会之心理，而达其吊膀子骗金钱之目的。噫，新剧潮流，迄今已成江河日下之势，新剧家名誉之损失，道德之堕落，一至于此……"[2]这是新剧普遍存在的问题。因此，理论家们在倡导新剧时，不废旧剧，要求兼采新旧之所长。

二、戏剧功能论

　　从梁启超提出"小说界革命"之始，戏剧与社会之关系就始终是维新派和革命派论述的核心问题，他们认为戏曲的功用超出了经史、诗文，"实为六教之大本"，[3]认为戏曲是"国之兴衰之根源"，演戏有左右一国之力，[4]并对此深信不疑。这种认识显然只是倡导者的一厢情愿，既夸

---

[1]剑云：《新剧平议》，见季玢编：《中国现代戏剧理论经典》，苏州：苏州大学出版社，2008年版，第50页。

[2]陶报癖：《余之新剧观》，原载于《繁华杂志》第4、5期，1914年11月—1915年1月。见季玢编：《中国现代戏剧理论经典》，第43页。

[3]康有为：《日本书目志》卷11，见《康有为全集》第3集，上海：上海古籍出版社，1992年版，第1013页。

[4]无涯生：《观戏记》，见阿英编：《晚清文学丛钞·小说戏曲研究卷》，北京：中华书局，1960年版，第72页。

大了戏曲的社会作用，也脱离了实际，因此他们的
变革主张和构想或多或少都带有空想色彩。晚清戏
曲改良运动陷入低潮后，他们的理论主张得到了新
剧家们的认可，重申并发挥了他们的理论主张。

戏剧理论家、中国电影事业的奠基者郑
正秋像

郑正秋认为，戏剧"不但有文学的价值，更有
美术的价值，更有伦理的价值，更有社会的价值"。
[1]强调戏剧的社会教育功能是他戏曲理论批评的
核心，贯穿于他戏剧批评的始终。他在第一篇剧评
《丽丽所戏言》中说："戏剧能够移易人性情，有裨
风化不少。"[2]稍后，在《民立画报》上他又提出：
"戏剧者，社会教育之实验场也，优伶者，社会教
育之良导师也。"[3]这一观点与陈独秀在《论戏曲》一文中所提出的"戏
园者，实普天下之大学堂也；优伶者，实普天下之大教师也"观点如出一
辙，即以剧场为教育场地，以艺人为教师，以戏剧为改良社会的教科书，
向普通民众宣传改良思想，启蒙民众之智识，要求戏剧在文学价值之外，
思想内容上必须具有教育功能，有益于风化，能够移风易俗。他创作改
编的系列戏剧如《铁血鸳鸯》、《隐痛》、《窃国贼》、《退位》、《恶家庭》、
《苦丫头》、《义弟武松》、《秋瑾》、《桃源痛》等，无不实践着以戏剧教
育社会的宗旨，"思以改良戏风行全国，以符移易社会风俗之志愿"。[4]

与郑正秋思想接近的还有周剑云。他认为："戏曲一道，关乎一国之
政教风俗至深且巨，质之古今中外，无有否认者也。"[5]旧剧的教育教化

---

[1]郑正秋：《义弟武松》，载《新闻报》，1914年6月11日。

[2]郑正秋：《丽丽所戏言》，载《民立报》，1910年11月26日。

[3]郑正秋：《粉墨场中的杂货店》，载《民立报》副刊，1911年。见龚稼农：《龚稼农从影回
忆录》，台北：传记文学出版社，1980年版，第74页。

[4]郑正秋：《新剧经验谈（一）》，见周剑云编：《鞠部丛刊·剧学论坛》，上海：上海交通
图书馆，1918年版，第52页。

[5]剑云：《戏剧改良论》，见周剑云编：《鞠部丛刊·剧学论坛》，第1页。

功能已被广泛认同，无需讳言，新剧之社会功能与旧剧同。新剧"实通俗教育之助，宜赞美而发扬之，使其日进无疆，为剧界前途放一异彩，则社会之幸，人民之幸"。"演新剧者之学行，可以补教育之不及，作国民之导师。"[1]周剑云的戏剧功能论与郑正秋几无二致，即将戏剧作为社会教育的工具，推广新知，开启民智，普及教化，是晚清戏曲改良运动思想的重申。

　　在郑正秋和周剑云强调新旧剧社会功能的同时，新剧家冯叔鸾表达了不同的意见。冯叔鸾虽然也承认戏曲有教育作用，"为社会教育之一种"，但他认为，戏剧并非人类社会生活的全部，也不是教育的唯一途径，"戏剧社会者，社会中之一部分也"，将改良重任完全寄托于戏剧显然是不可能的，"以一部分之力，而欲改良全体，其事既甚难矣"。[2]他从中国观众的审美心理和欣赏习惯出发，指出观众一方面能观正面文字，不能悟反面文字，因此即使是非常优秀的剧目，反而观者寥寥；另一方面"喜观富贵团圆之旧套，而不愿观悲苦卓绝之畸行"。[3]先离后合、始困终亨的团圆结局是中国戏曲作品中普遍存在的现象，也是中国戏曲情节的共同特征，作家乐为之，观者乐观之，审美心理决定的戏曲创作与演出倾向，并不是一朝一夕能够改变的。而梨园剧团为盈利，曲意迎合观者心理，一意搬演此种类型戏剧，则戏剧改良之要务"移风易俗之旨渐没"，这是戏剧界面临的必须解决的问题，"改良社会者，戏剧之作用也。惟欲改良社会而不立定脚跟，必且同化于不良之社会，并戏剧之良者而亦湮灭之矣"。[4]戏曲固然有改良社会的作用，但唯有先改良社会，才能改良戏曲。冯叔鸾的戏曲社会关系论，将戏曲改良社会的命题颠倒过来，对梁启超、陈独秀、郑正秋等人片面夸大戏曲的社会作用，无疑是一剂清醒药。

---

　　[1]剑云：《晚近新剧论》，见周剑云编：《鞠部丛刊·剧学论坛》，上海：上海交通图书馆，1918年版，第57、59页。

　　[2]冯叔鸾：《啸虹轩剧谈》卷上《戏剧与社会之关系》，上海：中华图书馆，1914年版，第6页。

　　[3]冯叔鸾：《啸虹轩剧谈》卷上《戏剧与社会之关系》，第7页。

　　[4]冯叔鸾：《啸虹轩剧谈》卷上《戏剧与社会之关系》，第7—8页。

　　与新剧家们对戏曲功能的认知稍有不同，旧曲学的代表人物之一姚华也强调戏曲的功能，但其出发点颇不同。从尊体思想出发，姚华反对贵古贱今的文学史观，认为"文章体制，与时因革"，[1]"变而益进"。曲源于古诗乐，降至明清，代诗而王，为时所授，莫可与争，具有超越其他文体的优越性，"语似浅而实深，意若隐而常显，情沿俗而归雅，义虽庄而必谐……小令数语，常若丰泽，套词连章，自成机杼，杂剧传奇，更兼众妙"。[2]曲既兼"众妙"之长，那么它完全可以代"诗"而行史职，发挥诗歌所具有的社会功能，与官史雁行，补官史之不足。"古之为史也二，诗、书职之"，诸体诗歌为"人群之通史"，词为"民纪之实录"，"自曲之兴，骚赋五七言长短句，仍不替于世，为无当于史材，故宁置而不取"，而曲妙于写情叙事，摹世间百态，写人情物理，故"援曲以继体"，以诗人之心，承古史之职，行稗官之志。曲之为文，作者称为"骈史"，意谓曲擅于志俗，为形象的民俗史，可与官史分庭抗礼。从先秦开始，"诗即史"的观点即广泛存在于各种典籍之中，此后"以诗证史"便成为人们对中国古代诗歌功能的一般认知。所谓"以诗证史"，就是"历史典籍凭借诗歌文本的证据而修补它的舛陋，这叫'以诗补史之阙'，或简称'以诗证史'"。[3]姚华称曲为"骈史"，以曲代诗，意在提高戏曲的地位，强调戏曲超出一般的社会功能。

　　"曲"不仅可以补史家之不足，而且能够娱人并育人，具有巨大的社会作用。"人生于有限，劳而后存，以时休息，不忘其适，择于其所限，而因以自遣，于是娱乐之具生焉。"[4]作者视曲为一种用于休息、自遣的娱乐方式，但同时又将曲纳入了礼乐的范畴："节文歌舞者，礼乐之式也。"姚华继承了礼乐治民的传统观念，认为刑政礼乐皆用于约束、规范人之情

　　[1]姚华：《曲海一勺》，见郭绍虞、王文生编：《中国历代文论选》第4册，上海：上海古籍出版社，1980年版，第406页。
　　[2]姚华：《曲海一勺》，见郭绍虞、王文生编：《中国历代文论选》第4册，第408页。
　　[3]周裕锴：《中国古代阐释学研究》，上海：上海人民出版社，2003年版，第380页。
　　[4]姚华：《曲海一勺》，见郭绍虞、王文生编：《中国历代文论选》第4册，第409页。

与欲，而"乐尤与人亲，其效捷于礼，而优于政刑"。[1]帝制之下，"礼数益多，积弊相承，循而不改，人病其烦，卒底于乱"。[2]礼失则求之于乐，"选乐于今，必以昆曲为主"，这是因为"吴音既被，南北以壹，闻者习于欢虞，见者忘其愁苦，准人情之所适，常含蓄而有余"。[3]得其陶冶，众皆成为"和平之民"，结果是"人安其居，各守厥常"，"终明、清之世，昆曲之域，未有大乱"。可见，其社会作用是巨大的，因此，姚华对昆曲推崇备至。

姚华强调戏曲的功能和意义，与晚清戏曲改良运动及新剧家们是不同的。后者强调戏曲在启蒙民众、变革社会中具有不可替代的社会教育作用，是以实用主义价值观为思想基础，关心的是戏曲的意识形态功能，偏离了戏曲艺术的本体，而且以西方戏剧为评判参照物，认为中国戏曲是一种落后的艺术，评价亦有失偏颇。姚华从戏曲史出发，从文体性质出发，强调戏曲在体物写心、抒情叙事方面的优长，进而得出戏曲在志俗、娱人、育人方面超越诸体的功能，其出发点和落脚点与戏曲改良运动倡导者及新剧家们是截然不同的。

三、戏剧改良理论及批评

继晚清戏曲改良运动之余波，新剧家们亦倡导改良。冯叔鸾即为其中最有代表性的一位。他的戏剧改良理论包括改良旧剧和创作新剧两方面。所谓"改良"，即改去戏剧中之不良者，这既包括旧剧，也包括新剧，"戏剧改良则并新旧而浑言之"。[4]改良旧剧方面，针对当时旧剧废唱的言论，他指出："今之言旧剧改良者，动辄曰废去演唱，此至不通之论也。感人之道，歌乐较语言为捷，而涵育心性，娱悦神志，尤非语言所能奏

[1] 姚华：《曲海一勺》，见郭绍虞、王文生编：《中国历代文论选》第4册，上海：上海古籍出版社，1980年版，第411页。
[2] 姚华：《曲海一勺》，见郭绍虞、王文生编：《中国历代文论选》第4册，第410页。
[3] 姚华：《曲海一勺》，见郭绍虞、王文生编：《中国历代文论选》第4册，第411页。
[4] 冯叔鸾：《啸虹轩剧谈》卷上《戏剧改良论》，上海：中华图书馆，1914年版，第1页。

功。如之何其可废？旧剧之精神，在演唱，今先废去演唱，是先废去其精神也。"[1]旧剧具有涵养心性、愉悦神志的功效，废唱相当于废除旧剧之精华，因此唱决不可废。其次，旧剧结构组织本已十分精密，不容增减，所需改良者，"如举袖报名，向看客说话之类"，另有化妆不合理、布景不周备之处。[2]再次，对于批评者一再否定的迷信、诲淫、诲盗，他认为，旧剧之所谓迷信鬼神之说，"本多中古以上之事实，神怪之说，掌故原文所载，剧中亦安能尽行删去？如此等处，只可酌量改去，然必不能全删"。"盖戏剧本为美术文学的范围"，"甚有趣"，[3]可以保留。其实，冯叔鸾所言"迷信"，乃戏中所包含的神话、传说的内容，以及虚构想象的故事，关乎到戏剧的题材，以及观众的审美取向，确实不能尽删。这在当时一片反对迷信的声浪中，确实是难能可贵的。至于诲淫、诲盗之作，实为言情、游侠之戏，亦不可尽废，编剧只需要"邪正之间，少加留意"即可。[4]

戏剧改良之另一翼——新剧创作方面，冯叔鸾认为，其存在的主要问题是"脚本不佳，化装不备"。[5]脚本不佳源于文学知识缺乏，化装不备，原因在于经济不足。然前者尤其匮乏。"脚本者，演剧人之规矩准绳也"。当时新剧演出脚本"幕表而外，一无所有，只凭排剧者之口讲数小时；或有脚本矣，而不耐心诵习，亦等于无有"，因此编新剧者应审慎研究，不能草率落笔。同时，新剧创作不能停留在翻译外国作品上，因为"风尚习俗之不同，则思想好恶皆不无歧异"[6]，故应取材国内的人物、事件、时事，入于剧中。对于化装，冯叔鸾认为，新剧"往往一人一身装束，在家如是，行路如是；女子未出阁如是，既出嫁仍如是；平常如是，喜庆大典亦如是"。[7]始终不变的着装，既不合乎剧情，又有悖于常理。

---

[1] 冯叔鸾：《啸虹轩剧谈》卷上《戏剧改良论》，上海：中华图书馆，1914年版，第2页。
[2] 冯叔鸾：《啸虹轩剧谈》卷上《戏剧改良论》，第2页。
[3] 冯叔鸾：《啸虹轩剧谈》卷上《戏剧改良论》，第3页。
[4] 冯叔鸾：《啸虹轩剧谈》卷上《戏剧改良论》，第3页。
[5] 冯叔鸾：《啸虹轩剧谈》卷上《戏剧改良论》，第3页。
[6] 冯叔鸾：《啸虹轩剧谈》卷上《论新剧脚本》，第36、37页。
[7] 冯叔鸾：《啸虹轩剧谈》卷上《论化装》，第23页。

因此改良戏剧之要务在于："第一先泯去新旧之界限，第二须融会新旧之学理，第三须兼采新旧两派之所长。"[1]新旧两派之间，若只知相互鄙夷，相互诋諆，自守涯岸，则戏剧改良无从谈起，只有互相为用，取长补短，融会贯通，荟萃精华，则改良戏剧之事始成。

改良论是冯叔鸾戏曲理论的核心内容。他对旧剧的态度既不同于文化保守主义者的一味保留，也不同于文化激进主义的一味批判抹杀，他能够看到旧剧中有意义、有价值的部分，强调通过有的放矢的改编实现改良。对于新剧，他总体持肯定态度，但也发现新剧在剧本创作、演出等方面存在的诸多问题，主张新剧在创新的同时要能够汲取旧剧的长处。这些见解对当时的剧坛有重要的指导意义。

与冯叔鸾的改良主张比较一致的是王梦生。王梦生认为，戏剧改良应"新"、"旧"、"徽"、"秦"合一。具体来说，第一步是"以新戏之法改旧戏"，第二步是"以旧戏之法入新戏"，第三步是"融合新旧两法，特别制为戏"。这种新旧剧融合的思想，体现了新剧进入中国以后，有识之士认识到中国传统戏曲应当变革的现实。然而，王梦生对新剧的认识却是片面的，如他说"新戏古所未有，实即我周秦时代所为也，专取说白传情，绝无歌调身段"，又说新剧在艺术形式上有说白无歌舞，内容上亦有诸多不易表现之处，故"仍具之半体，而未得其全者"，"在初创固一新耳目，然持久恐难掩生歌"。[2]因此虽说是新旧合一，但由于对新剧认识的局限，他的新旧剧融合的核心仍然是以新剧融入到旧剧之中。

新剧家中对旧剧的艺术特点有比较明确认识的是郑正秋。郑正秋的"戏言"、"伶评"对旧剧的表演艺术特点包括唱腔、说白、咬字、吐字、拖腔运气等，都进行过非常细致的分析。如在第一篇剧评《丽丽所戏言》中论京剧："吾国之京调，自有一种高雅之性质，北方人几于家喻户晓，南

---

[1] 冯叔鸾：《啸虹轩剧谈》卷上《戏剧改良论》，上海：中华图书馆，1914年版，第4—5页。

[2] 王梦生：《梨园佳话》，见《民国京昆史料丛书》第1辑，上海：学苑出版社，2008年版，第268—271页。

边人知音者不数数觏，如能体贴入微，领会入神，贯通其巧妙之工，一旦红氍毹上，夺喉而出，有不令人心移神往者，吾不信也。"论唱工"以有惊人句为上，嗓子不在高，而在清楚圆活，腔调不宜板，而宜长短适中，自树旗帜为贵，傍人篱落已次"[1]；论说白"须口齿清楚，字字能辨"，字正腔圆。[2]这些都表明了他对旧剧的认知。他的《丽丽所伶评》，还就当时京剧名伶刘鸿声、谭鑫培、孙菊仙、汪桂芬、潘月樵、夏月珊、夏月润等数十位艺人的表演艺术作了具体评析。如他评名伶刘鸿声：

> 起净、唱工、白口，并皆佳妙……刘唱《空城计》"我用兵"一段，句句老气横秋，尤以"放大了胆"之"胆"字为最佳，中气之长，罕与伦比。效颦者虽多，得其秘者盖少。"就在此琴"一句，人都注意"此"字，而不知"在"字，亦大有工夫在。"我本是"一节，句句体会入神。"散淡的人"之末一字，及"先帝爷下阳御驾三请"等，收音转音，均有工夫。"鼎足三分"一句，尤见精神。"在敌楼"接"亮一亮"接得最好，"我站在城楼"一段，圆转自如，疾徐有节，气度雍雍，从容不迫，令人想煞当年武侯景象。[3]

结合具体剧目，指出其表演特色，分析其短长，表现了郑正秋作为一个新剧家对旧剧表演艺术的稔熟和重视。倡导新剧而不废旧剧，他的"戏言"、"伶评"在当时的戏剧界产生了广泛的影响。

这一时期，戏剧改良的倡导者还有新剧批评家周剑云。周剑云的戏剧改良主张是站在"新剧"立场上，在明确"新剧"的艺术特性基础上展开的。他所说的"新剧"包括纯粹歌剧、演唱参合剧、纯粹白话剧三种，对于三种新剧样式，他的态度是不相同的：

> 演剧必须唱、做、表、白四种完备。纯粹歌剧，全恃乎唱，使不解音律者当之，必生厌倦之心，精神一疲，将不俟其终曲。纯粹白话

---

[1] 郑正秋：《丽丽所戏言》，载《民立报》，1910年11月26日。
[2] 郑正秋：《丽丽所戏言》，载《民立报》，1910年11月27日。
[3] 郑正秋：《丽丽所伶评》，载《民立报》，1910年11月28日。

剧，全恃做白，乐歌全废，实太平淡。文字不能废诗，戏剧断不能无唱，文言之不足，诗以咏叹之，做白之不尽，歌以振发之，两者相辅而实相生，倘能繁简互济，演唱并用，宜雅宜俗，不高不卑，务使观剧者无男女长幼，各投其好以去，合于多数心理，是则莫善于演唱参合剧矣。[1]

他所赞赏的新剧既不是传统的旧戏，也非纯粹的话剧、歌剧，而是唱白兼济、繁简得宜、雅俗共赏的改良新剧。它以言说为主体，中间穿插歌唱，即话剧加唱，唱是言说的辅助和说明。虽然这一样式还不是完全意义上的话剧，具有明显的折中新旧、中西的特点，但它要表达的思想内容则是全新的。这一点与郑正秋"新剧应加唱"的观点也是基本相同的。

周剑云认为，无论是哪种样式的新剧，其基本艺术特性是"为文艺、美术之综合物"。[2]他说：

> 戏剧何必分新旧？日新又新，事贵求新，应新世界之潮流，谋戏剧之改良也。新剧何以曰文明戏？有恶于旧戏之陈腐鄙陋，期以文艺、美术区别之也。[3]

> 戏曲综文艺、美术而成，乃人类之写真世界之缩影。[4]

周剑云将新剧定义为一种综合性的艺术样式，包含了文学脚本、表演、化妆、舞台美术等要素在内，它是现实世界的反映和缩影，贵在表现新事物、新现象、新潮流，以适应现实社会的需要，与表现陈腐鄙陋之旧俗的旧戏有别。他对旧戏的态度虽有偏颇之处，但对新剧审美特性的认识还是比较准确的。

周剑云认为，新剧在表现出明显优越性的同时，存在的问题也是不容忽视的。一是演员智识低下，"生性浮薄，误交匪人，假舞台为渔色之

---

　　[1]剑云：《戏剧改良论》，见周剑云编：《鞠部丛刊·剧学论坛》，上海：上海交通图书馆，1918年版，第10页。

　　[2]剑云：《晚近新剧论》，见周剑云编：《鞠部丛刊·剧学论坛》，第59页。

　　[3]剑云：《晚近新剧论》，见周剑云编：《鞠部丛刊·剧学论坛》，第57页。

　　[4]剑云：《三难论》，见周剑云编：《鞠部丛刊·剧学论坛》，第12页。

所，视戏剧为淫欲之媒"，以至新剧"乃成罪恶之薮，淫盗之丛，众矢之的矣"。[1]二是伤风败俗的"伪新剧"盛行，成"真新剧"发展之障碍，"今之新剧，特假借新剧名义，以诈欺取财耳"，因此"伪新剧一日不消灭，真新剧一日不克实现"。他的消灭伪新剧的方法是实行新剧革命，具体措施是："组织模范新剧团，严订规则，共同遵守。无剧本之剧，虽佳不演；违背宗旨之剧，虽能卖钱不演；演员无普通学识，虽聪明不收；有恶劣行为，虽名角必除。"[2]新剧只有在这些方面进行革命，才能实施社会教育，立足中国社会。

在极力倡导新剧、主张新剧革命的同时，周剑云认为，传统戏曲亦有其价值和意义，不能完全抹杀，不同的戏曲剧种要根据演出状况、艺术特点和在观众中的影响力等，进行不同程度的改良，以求有裨于政教风俗。如昆曲，他认为：

> 昆曲音节谨严，词章典雅，唱必谐律，白有分寸，结构完密，文武场均齐备，做工少词，不如皮黄之有精神，表情较皮黄稍合情理，惟其音节谨严，苟非素习，便瞠目不知所谓，欲其字字入耳，识曲知义，为效甚微……曲高则和寡，故难发达……予谓但能句分平仄，语成片段，即可尽话白之能事，过于艰涩，咬文嚼字，似可不必。[3]

昆曲虽然在词章、音律、宾白、结构等方面都有其他戏曲无法比拟的优长，但曲高和寡，主要的接受对象是文士，普通程度的国民已难以接受，必须改良，只要"句分平仄，语成片段，即可尽话白之能事"，不必晓风残月、高山流水之音。

对于当时盛行的皮黄，他颇多肯定之言：

> 论唱虽不如昆曲之严，亦有四声五音尖团字阴阳平之分，而审于发音，精于读字，初无二致，行腔转调，必依工尺，吐字收音，必

---

[1] 剑云：《晚近新剧论》，见周剑云编：《鞠部丛刊·剧学论坛》，上海：上海交通图书馆，1918年版，第58页。

[2] 剑云：《晚近新剧论》，见周剑云编：《鞠部丛刊·剧学论坛》，第60页。

[3] 剑云：《戏剧改良论》，见周剑云编：《鞠部丛刊·剧学论坛》，第10页。

合板眼，皆与昆曲无异，不过较为活动耳。察其脚本之穿插，创始之者，亦具匠心……每遇变故，初问一语，佯若未闻，必再加询诘，曰"你待怎讲"；事急必击帽摸股；武剧之下手，不分何剧，必是一式打法。刻板文章，千篇一律，见之增厌，必须改良。余若唱口分十字、七字一句，大引子，小引子，定场诗，进场白等，可悉存其旧，做工台步，极有精采，非其他戏剧可及。[1]

他认为京剧的唱腔、表演形式、做工、脚本等，都有其他戏剧样式不可比拟之处，但表演程式化、单一化，千篇一律，缺少变化，必须改良。显然，周剑云对皮黄程式化的表演方式缺少足够的认识，对皮黄的态度也有一定的片面性。

对于秦腔，他则基本持否定的态度，认为："秦腔之声噍以厉，为亡国之音，如菜蔬中之有葱蒜辛辣。在演艺界亦有一部分势力，卧读生斥为'北鄙杀伐之音，非声音之正'，其言实有至理。且其无论何戏，靡不控喉直嚷，大声狂呼，疾弦促节，梆子喧嘈，健步如飞，满台乱跑，形如中魔，睹之不耐。此等唱法，无论如何佳妙，当然在摒弃之列。惟其脚本，间有佳者，如全本《八义图》等，可取而重编，不能以人废言也。"[2]秦腔除了个别有思想价值的剧本可以保留之外，别无可取，必须废除。周剑云对秦腔的态度也是偏颇的。

总体而言，周剑云的改良旧剧是以"新剧"为旨归，要求旧剧"分幕、布景、切末必从新剧，化妆、表情必从新剧"。[3]他站在新剧的立场上改良旧剧，对新剧和旧剧、中国戏曲和西方戏剧艺术样式认识是不足的。

在新剧家们倡导改良的同时，姚华对旧剧发表了不同的看法。他推崇昆曲，认为它压倒诸腔，为"和平之表，文化之符，今乐之圣"。艺术上，昆曲"吴音缓曼，其教宽柔，平气所感，和声斯应，和平之民，莫吴

---

[1] 剑云：《戏剧改良论》，见周剑云编：《鞠部丛刊·剧学论坛》，上海：上海交通图书馆，1918年版，第10页。

[2] 剑云：《戏剧改良论》，见周剑云编：《鞠部丛刊·剧学论坛》，第10—11页。

[3] 剑云：《戏剧改良论》，见周剑云编：《鞠部丛刊·剧学论坛》，第11页。

人若。吴音既被，南北以壹，闻者习于欢娱，见者忘其愁苦，准人情之所适，常含蓄而有余，顺气成象，海内晏然，治世之音，有如此者"。[1]从昆曲唱腔的特点出发，指出其平缓、流丽、悠远，语音细腻柔婉的特点，及在表现人的内心情感上具有独特的优越性，反映了和平社会中大众的戏曲接受心理，这是昆曲在明清"治世"盛行的原因。出于对昆曲"今乐之盛"的推崇心理，眼见昆曲日渐衰落的现实，姚华认为，"昆曲之盛衰，实兴亡之所系，道、咸以降，昆曲不复，中兴之颂未终，海内之人心已去"。[2]将社会的盛衰与昆曲联系在一起，显然是不足取的。

姚华推尊昆曲，但对于当时舞台演出兴盛的皮黄戏并没有持完全否定态度，他认为："皮黄品介雅俗，士夫素人，往往习之，盖弦索之遗制，燕乐之偏裨也。"[3]从品格上来说，皮黄介于雅俗之间，因此不论文人雅士还是市井小民都乐于接受，接受群体相当广泛。不仅如此，皮黄还有如下特点："濡染正音，规随雅操，亦既有合于习俗，而复不得罪于风雅。虽羊欣羞涩，未忘揣摸，然中郎典型，已堪叹赏。苟宫词主盟，以之敷佐，犹足鼓吹休明，粉藻丰乐。等诸邹下，尚存旧国之风；即愧卢前，不废当时之体。"[4]雅俗共赏之外，皮黄在发展过程中，能够濡染追随昆曲等正音，在艺术上又能够加以借鉴、揣摩，吸收其优长，故虽在整体艺术成就上不及昆曲，然典型俱在，多有值得称道之处，可为昆曲之"敷佐"。从戏曲发展史来说，"盖皮黄之于昆调，犹元曲之于宋词，家法虽变，臭味犹亲"，[5]指出了昆曲与皮黄之间的关系，后者实际是前者的变化与发展。尽管姚华对皮黄不无微词，但他同时也看到，皮黄取代昆曲成为戏曲舞台主角的历史发展趋势。此外，在肯定皮黄戏的同时，姚华也指出它"似有

[1] 姚华：《曲海一勺》，见郭绍虞、王文生编：《中国历代文论选》第4册，上海：上海古籍出版社，1980年版，第411页。
[2] 姚华：《曲海一勺》，见郭绍虞、王文生编：《中国历代文论选》第4册，第412页。
[3] 姚华：《曲海一勺》，见郭绍虞、王文生编：《中国历代文论选》第4册，第411页。
[4] 姚华：《曲海一勺》，见郭绍虞、王文生编：《中国历代文论选》第4册，第411页。
[5] 姚华：《曲海一勺》，见郭绍虞、王文生编：《中国历代文论选》第4册，第411页。

待于议论"之处：其一是"简易过甚，流俗易通……笑乐则有余，陶写则不足"；其二是"渊源授受，不出教坊，音节律度，囿于市井，未经通人为之斧藻"。[1] 所谓"通人"，指的是精通戏曲的士大夫。显然，传统知识分子根深蒂固的尊崇雅文化心理，以及对昆曲"今乐之圣"的尊体思想影响了他对皮黄戏的评价。

此外，姚华对包括"秦声"、"梆子"在内的流传民间的"时剧杂弄"大加挞伐，视之为乱世之音，认为它们"非惟村鄙，实属下流"，倘流传异域，辄为他人所笑。探讨其原因，不外乎以下两点，其一，姚华理想中的雅乐"音扬而雅，情丽以则"，"刚气不怒，柔气不慑"，"谐庄于俗，致近于远"，能"荡涤凡秽，涵养性灵"，而秦声"急管繁弦，耳聒而欲聩"，梆子则"以激昂之音，行暴慢之气"，民间戏曲的这些特点，是没有办法和抒情含蓄委婉、文辞典雅优美、音乐柔缓舒纡的昆曲相比的，甚至连皮黄戏也无法相比。其二，秦声和梆子"奸声逆气，情肆而弥张"，"既作淫盗之媒，遂破和平之序……闻者喻而思乱"，可谓是"情天之星孛，而欲海之迷津"，甚至到了"法令不行，廉耻丧尽"的地步。[2]"星孛"，即彗星，为灾祸之兆。将清朝的灭亡、民初的动荡，都归罪于秦声和梆子，显然是错误的，表现了他戏剧观保守的一面。

此外，姚华还对当时处于发展初期的新剧给予了理性而客观的评价，他认为：

> 辛亥革命，前史斯斩，文章之运，当亦随之。以曲推移，理宜一变。变将奚若？愚见所测，今乐西来，将趋兴盛，音即备矣，辞或阙如。观夫胶庠所习，坊肆所陈，产若芝草，涌譬醴泉，非不成章，仅能具体，不足铺张国华，涵养民性，其必斟酌古今，镕铸于中外，不有温故之功，焉见知新之益？[3]

[1] 姚华：《曲海一勺》，见郭绍虞、王文生编：《中国历代文论选》第4册，上海：上海古籍出版社，1980年版，第411页。

[2] 姚华：《曲海一勺》，见郭绍虞、王文生编：《中国历代文论选》第4册，第410—411页。

[3] 姚华：《曲海一勺》，见郭绍虞、王文生编：《中国历代文论选》第4册，第408页。

　　"新剧"指的是19世纪末、20世纪初在西方戏剧影响下形成的一种新的戏剧形式，即话剧。姚华既预言了新剧蓬勃发展的未来，又看清了新剧的不足，提出了解决方案，主张融汇古今中外戏剧之优长，提升民族戏剧自身的思想内涵和艺术水平，观点独到而深刻，超越了晚清戏曲改良的相关理论，显示了作者对戏曲特性的全面把握。

　　总的来说，20世纪初期，关于新旧剧问题的讨论，是话剧艺术进入中国以后，引起的新旧、中西之间戏剧观念的碰撞与冲突，中国戏剧界已经比较清醒地意识到，这是摆在戏剧面前的一个不可回避的问题，即如何对传统戏曲进行创造性转化，使之适应现代社会的需要？话剧如何借鉴戏曲之精髓，使之符合中国社会的需要，符合中国观众的审美要求？尽管他们的认知还相当有限，阐述也不够深入，但是这些理论却开启了20世纪戏曲现代化、话剧民族化讨论的大幕，后来的戏剧理论家们都是沿着他们的思路向前拓展的。

第二章　戏曲的现代化："五四"戏曲论争与现代戏曲观念的确立

第一节　概述

从"五四"新文化运动到1937年抗日战争全面爆发，戏曲理论批评在继承晚清民初戏曲理论批评的基础上，进一步深化和扩展。一方面，一些深受西方文化思潮、戏剧观念影响的剧作家、批评家用西方的戏剧批评标准对传统旧戏进行了激烈的批判，他们批评旧戏不能反映变化了的社会现实，不能揭露中国传统社会道德、法律、人性的种种痼疾，无法适应思想革命和文学革命的要求，主张改良旧戏，甚者废除旧戏，要求向西方戏剧，特别是现实主义戏剧学习，表现出明显的"欧化"倾向。另一方面，西方戏剧思想和戏剧样式的输入，促进了传统戏剧观念的更新，推动了现代戏曲观念的确立。然而新的戏剧观念和戏剧形式并没有对旧戏形成大的冲击，传统戏曲深广的群众基础，使京剧等旧戏不仅没有因为批判而削弱，反而得到了飞速的发展，包括剧本文学、表演艺术、音乐、舞蹈、舞台美术等方面都取得了极高的艺术成就。特别是京剧表演艺术方面，旦行、生行齐头并进，继承谭鑫培表演艺术的四大老生——余叔岩、言菊朋、高庆奎、马连良，自成一派——麟派的周信芳，受益于王瑶卿表演艺术的四大名旦——梅、程、荀、尚等都建立了各具风格特色的流派，京剧舞台异彩纷呈，争奇斗艳。创作方面，剧本的文学性、艺术性、可读性大大提高，一些深受新思潮影响甚至留学欧美的剧作家为京剧编写剧本，更为引人注目的现象是，四大名旦与剧作家的合作，如齐如山、李释戡与梅兰芳，罗瘿公、金仲荪与程砚秋，陈墨香与荀慧生，溥绪、李寿民与尚小云等。他们的合作不仅产生了大量优秀的经典剧目，而且对各派艺术的形成起到了积极的推动作用。此外，在戏曲音乐、服装与化妆、布景等方面都有了不同程度的革新和发展。京剧艺术进入了发展的鼎盛期。正是在这样的背景下，戏曲理论批评不仅在讨论的内容上进一步深化，而且在探讨的范围、批评方法的采用上均有所扩展。

值得一提的是，这一时期戏曲作为一门课程正式进入了大学的讲堂。1917年吴梅在北京大学开设戏曲课程，讲授古乐曲，这不仅意味着戏曲文学史、艺术史地位的变化，更主要的是，它作为一个学科被正式纳入到现代的学术体系中，进入现代学术的讲堂。它促进了人们戏曲观念的转变，推动了现代戏曲观念的确立，同时也使得戏曲与戏曲史研究以及戏曲理论批评得到了跨越式的发展。

一、"五四"戏剧论争及其影响下的戏剧改良理论与批评

晚清戏曲改良运动是在戊戌变法反清排满的政治历史背景下展开的。辛亥革命后，社会政治环境发生了变化，"一方面，旧的体制、规范、观念、风习、信仰、道路……都由于皇权崩溃，开始或毁坏或动摇或日益腐烂；另方面，正因为此，强大的保守顽固势力便不断掀起尊孔读经、宣扬复辟的浪潮，想牵引局面恢复或倒退到'前清'时代去。对知识者特别是年轻的知识一代来说，国家和个人的前景何在，路途何在，渺茫之外，别无可说"。[1] 正是在这万马齐喑、无比沉闷的政治局面之下，1915年9月，以陈独秀创办《青年杂志》（第2卷起改名为《新青年》）为标志，中国社会掀起了一场声势浩大的思想解放运动——"五四"新文化运动。"五四"新文化运动高举"科学"与"民主"的旗帜，主张全盘吸收西方文化，认

---

[1] 李泽厚：《启蒙与救亡的双重变奏》，见李泽厚：《中国现代思想史论》，合肥：安徽文艺出版社，1994年版，第13页。

为"近代欧洲之所以优越他族者，科学之兴，其功不在人权说下，若舟车之有两轮焉……国人而欲脱蒙昧时代，羞为浅化之民也，则急起直追，当以科学与人权并重"，[1] 因此，"要拥护那德先生，便不得不反对孔教，礼法，贞节，旧伦理，旧政治；要拥护那赛先生，便不得不反对旧艺术，旧宗教；要拥护德先生，又要拥护赛先生，便不得不反对国粹和旧文学"。[2] "五四"新文化运动以雷霆万钧的狂飙突进之势，破坏、扫荡一切封建的旧思想、旧道德、旧文化、旧文学，提倡新文艺、新文学，以道德革命和文学革命为内容的新文化运动蓬勃开展起来。

受"五四"新文化运动思想解放思潮的影响，现代西方的各种文化思潮——启蒙主义、现实主义、浪漫主义以及现代主义（包括象征主义、表现主义、未来主义、荒诞派等）的著作和思想被大量介绍到中国来，相关的戏剧观念也随之传播到国内。与此同时，以京剧为代表的传统戏曲，作为旧文化的堡垒，遭到了无情的批判，传统的戏曲观念受到根本性的冲击，建立能够反映当时社会实情、反映现代审美观念的、全新的戏曲观已经迫在眉睫。从1917年初开始到1919年，以《新青年》杂志为核心，陈独秀、胡适、钱玄同、傅斯年等人，陆续发表讨论戏剧问题的文章，对中国传统旧戏的思想内容、社会意义、审美价值等方面发起了猛烈的攻击。1918年10月，《新青年》第5卷第4号被开辟为"戏剧改良"专号，先后发表了关于旧剧改良的"通信"、胡适的《文学进化观念与戏剧改良》、钱玄同的《随感录》、傅斯年的《戏剧改良各面观》和《再论戏剧改良》等一系列文章，以不容置疑的姿态对旧戏大加讨伐，彻底地否定、批判旧戏。他们认为，中国旧戏既无文学上、美术上的价值，也无丝毫科学上的价值，既不能表现人生理想，文章又极恶劣不通。他们要大力提倡并推行的是"新剧"，也就是"西洋派"的戏剧。"要建设西洋式的新剧，要高扬

---

[1]陈独秀：《敬告青年》，载《青年杂志》，第1卷第1号，1915年9月15日。
[2]陈独秀：《本志罪案之答辩书》，载《新青年》，第6卷第1号，1919年1月15日。

戏剧到真的文学底地位，要以白话来兴散文剧",[1]
"采用西洋最近百年来继续发达的新观念、新方法、
新形式，如此方才可使中国戏剧有改良进步的希望"。
[2]与此同时，以张厚载为代表的保守派，从维护旧
戏的角度出发，对《新青年》派的观点予以反驳，双
方展开了激烈的论辩，史称"'五四'戏曲论争"。

《新青年》派主将傅斯年像

　　这场论争持续的时间虽不长，但它对中国戏剧界
的影响却可以用"震撼"来形容。《新青年》派从民
族虚无主义出发，以西洋戏剧为样本，以西方戏剧的
理论观念和审美标准来衡量中国旧戏，生吞活剥、生
搬硬套地将西方戏剧理论用于京剧等旧戏的改良中，
没有注意到中西戏剧在审美旨趣、审美追求和艺术本质特征上的差异，以
及二者之间沟通的可能性，对旧戏的美学特质甚至缺乏最基本的、常识性
的认知，因此批判中存在着明显的简单化、绝对化、片面化的倾向，但他
们的旧戏批判，冲击并破坏了传统的戏剧观念，促进了传统旧戏观念的更
新，推动了现代戏曲理论观念的确立。

　　在《新青年》派与保守派论争的同时，一些素养深厚、眼界开阔的
戏剧批评者，超越于两家的论争之外，以高屋建瓴的姿态，从戏剧的艺术
特性和艺术形式出发，在中西戏剧的对比中，分析中国旧戏与西方戏剧的
差异，进而探讨旧戏的本质特征、美学特点和美学追求，典型如宋春舫。
宋春舫在20世纪20年代初曾提出："戏剧是艺术的而非主义的。"[3]指出戏
剧赖艺术以生存，戏剧的本质是艺术，艺术之外的"问题"、"社会"、"主
义"与戏剧无关。正是在这样的戏剧理念之下，他否定了《新青年》派强

[1] 鲁迅：《〈奔流〉编校后记（三）》，见《鲁迅全集》第7卷，北京：人民文学出版社，
1981年版，第163页。
[2] 胡适：《文学进化观念与戏剧改良》，载《新青年》，第5卷第4号，1918年10月15日。
[3] 宋春舫：《中国新剧剧本之商榷》，见《宋春舫论剧》第1集，中华书局，1923年版，第
268页。

加给旧戏的"意义"、"价值"，强调了旧戏的艺术品格。他的旧戏评价超越了当时社会对启蒙和革命的要求，突出了戏剧的艺术审美特性。与宋春舫的思想接近，宗白华将戏曲文学作为文学艺术门类中的三种类型之一，认为它是抒情文学与叙事文学综合而成的艺术，是最高也是最难的艺术创造。他从戏曲文学的本质出发，肯定中国旧戏的价值和意义，避免了唯政治性、图解式的艺术评判。

《新青年》派对传统旧戏的批判在20世纪20、30年代的批评界有着深刻广泛的响应，当时戏剧界一些有影响的剧作家和激进的新派剧人如向培良、郑伯奇、洪深等，对旧戏的评价几乎也是全盘否定。他们以西方话剧写实主义的标准评价中国旧戏，认为旧戏思想内容贫乏，内容陈腐，封建迷信，腐朽没落；艺术上粗糙拙劣，无论是歌唱还是音乐，舞蹈还是动作，舞台美术还是演员表演，都无丝毫可取之处，并不分青红皂白地把旧戏贴上了"玩物"、"把戏"、"拙劣"、"野蛮"的标签。应当说，他们批评旧戏不能及时反映社会现实，不能紧跟时代，内容陈旧等都是很有见地的，这也正是以京剧为代表的中国戏曲在发展中存在的、必须面对和解决的问题。遗憾的是，他们无视旧戏存在的历史条件和社会基础，忽视了中国戏曲与西方戏剧美学特点和艺术追求之间的差异性，在批判旧戏存在问题的同时，将旧戏的艺术价值也一并否定了。戏剧家张庚回顾这一时期的戏曲理论批评时指出："自'五四'以后，文艺界对于中国戏曲，议论一直很多，绝大部分都是贬辞。这些贬辞的作者，真正对戏曲有过研究的却又很少，如果说一个真有研究的都没有，恐怕也不过分，但这些人中，又有相当数量是新文艺运动中很有名气、很有地位的人，他们说的话在社会上是很有影响的。这就使得相当长的一个时期中间，戏曲在文艺界，或者准确些说，在新文艺界没有地位，干脆被摒弃在文艺的视野之外，对它除了贬斥之外，是绝对不屑加以认真研究的。"[1]这正是"五四"戏曲论争以

---

[1] 张庚、郭汉城：《中国戏曲通论·前言》，见张庚、郭汉城主编：《中国戏曲通论》，上海：上海文艺出版社，1989年版。

来旧戏批评中非常突出的现象。

不同于新派剧人的盲目否定和批判,传统文人从旧剧的历史传统、艺术特性出发,对改良发表了看法。他们认为,旧剧在剧本的思想内容和情节、舞台表演、戏园管理等方面都存在着诸多不可回避的问题,并针对这些问题提出了非常具体的改良主张,包括创作和改编剧本,更新舞台装置,慎用布景,实行导演制,整理和创作新音乐等等。同时,他们对旧剧改良采取了非常谨慎的态度,要求不能以话剧的写实手法来改造旧剧,旧剧的改造必须是内行人在遵循艺术规律的前提下进行,不能为改而毁了旧剧。

在一片倡导旧戏改良的思想浪潮中,戏曲艺人们作为被改良对象的舞台实现者,无论是情愿还是不情愿,都不可能置身事外,因此改良也成为这一时期戏曲艺人们不得不面临且必须躬行实践的问题。梅兰芳是京剧舞台改良的代表人物之一,他在肯定旧戏确实需要改良的前提下,提出京剧的改良必须遵循艺术的内在规律,遵循美的原则,不能为改而改,旧戏虽有糟粕,但亦有精华,吸收借鉴旧戏的优长为新戏所用,才是改良的正确方向。也正是本着这一思想,梅兰芳与齐如山等人合作,整理、改编并演出了几十出戏,包括时装新戏、古装新戏和传统戏。这些戏不仅成为梅兰芳舞台演出的经典剧目,也为梅派艺术的形成提供了保障。在倡导戏曲改良的艺人队伍中,理论主张方面阐述最多、影响最大的是程砚秋。1932年至1933年,程砚秋赴欧洲考察戏剧,通过对西方戏剧的观摩及与西方戏剧界的交流,他对西方戏剧及京剧都有了新的认识,回国后写出了几万言的《赴欧考察戏曲音乐报告书》,对京剧改革提出了十九条具体的、有建设性的意见和建议。程砚秋从东西方戏剧的对比中观照京剧,认为京剧在戏曲教育、导演、舞台装置、化妆、灯光、音乐等方面都要向西方学习,进而沟通中西戏剧。他的京剧改良理论是以西方戏剧为标准,以舞台演出为中心,表现出明显的"欧化主义"倾向。而这也是近代以来许多新派戏剧理论家们的共同特点。尽管在后来的演出实践中,程砚秋放弃了改良的计划，但他的改良理论在20世纪的戏曲理论批评史上仍占有重要的地位。此外，周信芳也就戏曲改良发表了自己的看法。

二、戏曲本体论的美学探讨

20世纪20、30年代，对中国旧戏的审美艺术特性探讨比较深入的是"国剧运动"的倡导者余上沅、赵太侔、闻一多等人。他们认为，西方戏剧一开始进入中国就被曲解，误入了歧途，"第一次认识戏剧既是从思想方面认识的，而第一次的印象又永远是有权威的，所以这先入为主的'思想'便在我们脑筋里，成了戏剧的灵魂"。[1] 思想取代了艺术，"主义"、"观念"代替了戏剧，这是新剧失败的原因。他们借鉴吸收了西方形式主义、表现主义、象征主义等理论思想，反对用艺术去纠正人心，改变生活，认为戏剧是纯粹艺术的创造，是超功利、超现实的，目的是使人愉快，"艺术虽不是为人生的，人生却正是为艺术的"。[2] 这是国剧运动的倡导者们对戏剧的基本主张和认知态度。以此为出发点，从"整理与利用旧戏入手"，他们对中国旧戏的审美艺术特性作了归纳和概括，提出中国旧戏具有"写意性"、"虚拟性"、"程式化"的特点，并对此进行了深入分析和探讨。国剧运动倡导者们从戏剧艺术本体上对旧戏审美特点的概括，揭示了传统戏曲的基本美学特质，肯定了旧戏的审美艺术价值，对"五四"以至20世纪30年代剧坛功利主义、写实主义的戏剧观是有力的反驳，不仅将20世纪初期王国维、吴梅、张厚载的戏曲美学思想向前推进了一大步，而且对今天的传统戏曲美学研究也具有重要的指导意义。

在20世纪20、30年代的戏曲本体论探讨中，齐如山是比较引人注目的一位。齐如山早年游历欧洲，深受西方文化思潮和文学观念影响，早期的戏剧理论批评也是以西方戏剧的美学标准和价值尺度来观照中国戏剧，这比较典型地反映在《说戏》、《观剧建言》、《编剧浅说》等早期著作中。

[1] 闻一多：《戏剧的歧途》，见余上沅编：《国剧运动》，上海：新月书店，1927年版。
[2] 余上沅：《国剧运动·序》，见余上沅编：《国剧运动》。

在为梅兰芳编戏的过程中，他的戏剧（主要指京剧）观念发生了变化。他从中国戏曲的历史传统出发，全方位地观照了中国戏曲的审美艺术特性，从1928年开始，撰写并出版了一系列著作，包括《中国剧之组织》、《戏剧脚色名词考》、《国剧脸谱图解》、《戏班》、《京剧之变迁》、《国剧身段谱》、《国剧浅释》、《国剧简要图案》、《梅兰芳艺术一斑》等，系统地研究了戏曲的历史、基本特征、脚色、脸谱、音乐、舞蹈、道具等方面的问题，全面阐释了他对中国戏曲审美艺术特性的理解。齐如山将中国戏曲的本质概括为"有声皆歌"、"无动不舞"。这一概括，既不同于王国维以文学文本为中心的本质概括，也不同于吴梅以"曲"为中心的艺术理解，它是以舞台为中心和切入点，强调舞台表演在戏曲艺术中的中心地位，即戏曲的本质是以表演为中心，以舞台为中心的。与歌舞性相关，齐如山还对戏曲的写意性特点进行了全方位的概括，包括动作、服装、脸谱、道具、舞台时空等。

这一时期关于戏曲本体论探讨中还涉及到另外一个话题——象征主义。象征主义是19世纪中叶诞生于法国的一个现代文学流派，它主张以象征、暗示、隐喻等艺术手段，曲折地表达作家的思想及人的微妙复杂的情绪。20世纪20年代，象征主义文艺思潮被引进中国，相关的作品和理论著作很快被广泛接受和认可，并运用到戏曲艺术批评中。批评者们在中国旧剧的表演中看到了象征主义的影子，于是认定中国戏曲在本质上也是象征主义的，如程砚秋、马彦祥、佟晶心等。与此同时，一些批评者如艾思奇、张庚等提出，中国戏曲的象征性手法不能等同于西方的象征主义，二者之间是有本质区别的。尽管讨论中尚有诸多问题如写意与象征，象征与虚拟等之间的关系还没有完全解决，但他们的理论探讨对20世纪中国现代戏曲美学观念的确立仍具有十分重要的意义。

三、戏曲创作论

尽管新剧家们从20世纪初开始，就将西洋式的新剧视为中国戏剧改良的方向和出路，但新剧失败的现实并未从根本上改观，与拥有广泛群众基础的旧戏相比，新剧在发展过程中"模仿的倾向，'欧化'的倾向，都使它不能迅速在广大中国观众中打开局面"。[1]中国观众的欣赏习惯、审美心理、审美趣味决定了其选择的形式和内容主要还是旧戏。这一时期，旧戏尤其是京剧在剧本创作方面的成就令人瞩目。据不完全统计，从1917至1935年，创作和改编剧目达177种，其中创作剧目110种，整理、改编剧目67种。[2]这些剧目不仅在思想内容上超越了以往，在艺术形式、结构、语言等方面也非此前的剧本可比。与此同时，秦腔、评剧、粤剧、川剧、汉剧等其它剧种的戏曲文学创作和表演都取得了长足的进步，如川剧作家黄吉安、刘怀叙，易俗社后期作家高培支、范紫东等，评剧作家成兆才等，都创作了大量内容丰富、题材多样的剧本，为这些剧种的蓬勃发展奠定了坚实的基础。

在戏曲创作取得长足进步的同时，相关的戏曲创作理论亦随之丰富发展。这一时期的戏曲创作理论探讨中，既有齐如山、陈墨香、金仲荪、清逸居士等专门从事戏曲剧本写作的大家，亦有既从事戏曲创作又长于话剧创作的剧作家、批评家，如欧阳予倩等。前者以齐如山为代表，后者以欧阳予倩为代表。齐如山等人编剧理论的一个突出特点是从舞台演出实际出发，从观演关系出发，强调情节结构要波澜起伏，矛盾冲突的设置要"蓄势"，语言要雅俗共赏，更重要的是，要求注意剧作的舞台可演性。如果说前一时期吴梅、许之衡等人戏曲创作论的重心在于度曲、订曲，其重心在于剧本，那么，齐如山等人则对演员表演、观众心理给予了高度重视，甚至于编剧时量体裁衣，结合演员的特长和戏路打造合适的剧目。

不同于齐如山等人的戏曲创作论，欧阳予倩提出用戏剧性来改造传统旧戏。他认为传统戏曲创作相比于西方戏剧存在着诸多不足，尤其是不懂得如何讲故事，缺乏叙事技巧和方法，过于平铺直叙，缺少戏剧冲突，

---

[1] 陈白尘、董健主编：《中国现代戏剧史稿》，北京：中国戏剧出版社，2008年版，第66页。

[2] 马少波等主编：《中国京剧史》（中卷），北京：中国戏剧出版社，1990年版，第53—62页。

人物性格不够鲜明。他从剧本文学出发，以西方戏剧样式为旧戏创作的榜样，对旧戏创作提出要求。他的创作论是他戏曲改革主张的有机组成部分，即通过旧戏的根本性改造（其中剧本是改造的基础和中心），创造"新剧"。

四、戏曲艺人的表演艺术理论

舞台改良实践之外，戏曲艺人们还对自己所从事的表演艺术进行了总结和概括，其中以梅兰芳和周信芳、欧阳予倩为代表。[1]

遵循"美"的原则，以"美"为旨归，这是他们对表演艺术的理解和永恒追求。他们认为，舞台表演不是闭门造车，演艺的成熟与成功，必须以广泛地学习、吸收和借鉴为前提，向前辈艺人学习，取其精华，去其糟粕，"既要继承又要发展，既要认真向前人学习，又要大胆进行创造革新"，[2] 才是艺术不断向前发展的正确方向。他们强调，人物形象塑造是表演艺术的核心，理解剧情是人物创造的前提。因此一方面要能"入乎其中"，设身处地去体验、感受人物的情感心理，另一方面也要能"出乎其外"，按照程式化的动作，创造性地表现人物。在此基础上，他们对京剧的唱、念、做、打以及表情等表演技巧作了细致精彩的论述。他们的表演艺术理论从舞台实践出发，从具体的表演经验出发，不仅对后来的京剧表演艺术有重要的指导意义，而且丰富了20世纪的戏曲理论批评。

五、戏曲大众化的理论倡导

1927年大革命失败后，中国的社会局势发生了明显变化，社会思潮也逐渐开始发生转变。1931年九一八事变发生，民族危机加深，社会矛盾愈加尖锐突出，"五四"新文化运动倡导的启蒙主义思潮逐渐消退，代之而

---

[1]民国以来，京剧舞台表演艺术创新的代表性人物主要有继承谭鑫培表演艺术的余叔岩、言菊朋、高庆奎等，以及自创一派的周信芳，继承王瑶卿表演艺术的四大名旦梅兰芳、程砚秋、荀慧生、尚小云等，然各家于舞台实践改良与创新颇多，理论著述较少，故无法加以一一论述。

[2]梅兰芳述、许姬传记：《舞台生活四十年》，见梅绍武、屠珍等编撰：《梅兰芳全集》第1卷，石家庄：河北教育出版社，2001年版，第499页。

起的是受苏联和日本无产阶级文学运动影响的"左倾"文艺思潮，以太阳社和创作社等成员为核心的作家们提出革命文学的口号。所谓革命文学，是"以无产阶级的阶级意识，产生出来的一种的斗争的文学"。[1]他们将文学视为斗争的工具，宣传思想的武器，文学理论批评包括戏曲理论批评日渐政治化。1930年3月中国左翼作家联盟成立，明确提出当前的文学创作，"首先第一个重大的问题，就是文学的大众化"，"今后的文学必须以'属于大众，为大众所理解，所爱好'（列宁）为原则"。[2]从话语权力、创作题材、方法、形式都对文学艺术进行了规范。20世纪20年代末至30年代的文学大众化理论倡导，在戏曲理论批评中也有清晰的反映。

　　瞿秋白、鲁迅、田汉、郑振铎等都对京剧的雅化趋向进行了批判。他们认为，当时的京剧过于雅化，文辞过于典丽雅驯，是重蹈昆曲之覆辙，"梅兰芳及其亚流的京戏目前是走着昆曲一样的路"，"所演各剧的封建的内容与反大众的表现形式，决定了他的艺术已不适于现代的生存"；[3]"从俗众中提出，罩上玻璃罩，做起紫檀架子来"。[4]表现内容过于陈旧，唱词过于雅化，脱离了大众，缺少生气，陈腐死板，成为少数人的笃好，成为带着"等级的气味"、"绅商阶级的艺术"。[5]很显见，戏曲大众化的倡导者们从戏曲的社会功能出发，要求京剧适应时代的需要，创造大众化的戏剧。这是文艺大众倡导在戏曲批评领域的反映，他们的观点对此后20世纪40、50年代的戏曲运动和戏曲理论批评产生了重要影响。

---

　　[1]李初梨：《怎样地建设革命文学》，原载于《文化批判》，第2期，1928年2月15日。见上海文艺出版社编：《中国新文学大系》第2集《文学理论集二》，上海：上海文艺出版社，1987年版，第59页。

　　[2]冯雪峰：《中国无产阶级革命文学的新任务———九三一年十一月中国左翼作家联盟执行委员会的决议》，原载于《文学导报》，第1卷第8期，1931年11月15日。见上海文艺出版社编：《中国新文学大系》第1集《文学理论集一》，第419—420页。

　　[3]田汉：《中国旧戏与梅兰芳的再批判》，见《田汉全集》第17卷，石家庄：花山文艺出版社，2000年版，第14页。

　　[4]鲁迅：《略论梅兰芳及其他（上）》，见《鲁迅全集》第5卷，北京：人民文学出版社，1981年版，第579页。

　　[5]瞿秋白：《乱弹（代序）》，见《瞿秋白文集》（文学编）第1卷，北京：人民文学出版社，1985年版，第350页。

概括来说，这一时期的戏曲理论批评表现出以下特点：

第一，这一时期的戏曲理论批评是在"五四"新文化运动的大背景及其影响下展开的，不可避免地打上了这一时期的社会历史烙印。"尽管新文化运动的自我意识并非政治，而是文化。它的目的是国民性的改造，是旧传统的摧毁。它把社会进步的基础放在意识形态的思想改造上，放在民主启蒙工作上。但从一开头，其中便明确包含着或暗中潜埋着政治的因素和要素……启蒙的目标，文化的改造，传统的扔弃，仍是为了国家、民族，仍是为了改变中国的政局和社会的面貌。它仍然既没有脱离中国士大夫'以天下为己任'的固有传统，也没有脱离中国近代的反抗外侮，追求富强的救亡主线。"[1]《新青年》派从功利主义的戏曲观念出发，否定旧剧，将旧戏的创作、批评提高到政治高度，提高到国民性批判的高度，要求旧剧承担文化启蒙的任务，与晚清民初戏曲改良运动的目的和要求有着相当的一致性。他们的理论主张在新派的戏剧理论批评家那里得到了广泛的响应，他们批判旧戏，否定旧戏的艺术价值。尽管他们的理论批评存在着明显的偏颇，但它促使人们以批判的眼光来观照传统旧戏，重新审视旧戏的主题内容、思想意义、审美特点、美学价值等问题。他们的旧戏批判，一方面冲击并破坏了传统的戏剧观念，促进了传统旧戏观念的更新，推动了中国戏曲审美特性的深入探讨，推动了现代戏曲理论批评观念的确立。另一方面，中国旧戏的研究和探讨开始从一般意义上的鉴赏，逐渐上升到学科的高度，从不登大雅之堂的小道，正式登入了学术殿堂，成为中国文学不可或缺的一部分。20世纪20年代后期，"时代的危亡局势和剧烈的现实斗争，迫使政治救亡的主题又一次全面压倒了思想启蒙的主题"，[2]戏曲理论批评的内容与主题亦随之发生转变，戏曲大众化的要求成为此后至抗战时期戏曲理论批评的重要内容，并影响着此后二三十年间戏曲理论

---

[1] 李泽厚：《启蒙与救亡的双重变奏》，见李泽厚：《中国现代思想史论》，合肥：安徽教育出版社，1994年版，第15—16页。

[2] 李泽厚：《启蒙与救亡的双重变奏》，见李泽厚：《中国现代思想史论》，第36页。

批评的面貌，但启蒙仍是这一时期戏曲批评的主旋律。

第二，这一时期的戏曲理论批评在批判旧剧的同时，从戏曲本体出发，对中国戏曲的美学特征进行了深入探讨。一方面以西方戏剧为参照，强调中西戏剧审美特质的差异性，归纳出中国戏曲写意性、虚拟性、程式化的特点，既规避了启蒙主义工具理性对旧剧批判的偏激性，又将西方表现主义、浪漫主义、象征主义等重表现、重形式等特点融入其中，表现了纯粹的学理性色彩。另一方面，在前一时期王国维等开启的戏曲本体论探讨的基础上，进一步深化和扩展，即从戏曲特性入手，立足于舞台演出，突出传统戏曲艺术的舞台特性。拒绝了学术问题研究的政治化，体现了学术探讨的自由性、独立性，表现了较为开阔的学术视野，深刻地揭示出中国戏曲的基本特点，抓住了中国戏曲有别于西方戏剧的独特的审美本质，现代戏曲观念也终于在这一时期得以确立。

第三，这一时期戏曲理论批评的主体不再局限于传统的剧作家、戏曲理论家，一些文化艺术水平较高的艺人也参与到戏曲理论批评中来，发表了相关的理论探讨，这是中国戏曲史上从来没有的现象。批评主体的变化，使得戏曲理论批评的内容亦随之表现出新的特点。他们的理论批评虽然亦顺应旧戏改良的潮流，但不是简单地空谈理论，不是以局外人的眼光来审视旧剧，而是结合自己舞台艺术实践的经验，结合具体剧目，倡导改良，进行改良，同时，他们将自己的舞台表演经验加以概括和总结，并提升到理论的高度。因此，他们的理论批评更具有针对性和实效性，对旧剧舞台的改良和表演艺术的创新更具有指导意义。

第二节　"五四"戏曲论争

辛亥革命以来，伴随着西学东渐的脚步走向深入，西方的戏剧作品和戏剧观念大量地传入中国，中国戏剧界的戏剧观念开始发生转变。经过清末民初的戏剧实践和探索，新剧开始了从文明新戏向现代话剧的转变。为了给新剧发展鸣锣开道，以胡适、陈独秀为代表，一些具有西方戏剧观念的知识分子，从中西戏剧对比出发，以西方戏剧的理论观点和评价标准来衡量旧戏，对中国传统旧戏（主要指皮黄京调）大加挞伐，批判旧戏的种种"恶腔死套"，极力赞美新剧的价值和意义。与此同时，以张厚载、马二先生为代表的知识分子则对旧戏加以维护，于是双方展开了一场激烈的论辩，史称"'五四'戏曲论争"。

1915年9月15日，陈独秀创办《青年杂志》。1916年9月1日第2卷第1号起改名为《新青年》。《新青年》是"五四"新文化运动中宣传马列主义及反帝反封建思想的主要阵地。图为《青年杂志》第1卷第1号封面。

《新青年》是这次论争的主战场。1917年1月胡适发表了《文学改良刍议》一文，提出"今日之中国，当造今日之文学"，"白话文学为中国文学之正宗"，举起文学革命的义旗。1917年2月1日，陈独秀在《新青年》上发表了《文学革命论》一文，正式提出了"文学革命"的口号，吹响了"五四"戏曲论争的号角。所谓"文学革命"，包括三方面的内容："曰推倒雕琢的阿谀的贵族文学，建设平易的抒情的国民文学；曰推倒陈腐的铺张的古典文学，建设新鲜的立诚的写实文学；曰推倒迂晦的艰涩的山林文学，建设明了的通俗的社会文学。"[1]胡适、陈独秀的理论主张很快得到了刘半农、钱玄同、傅斯年等知识界人士的广泛响应。紧接着，从1917年3月《新青年》第3卷第1号起，陈独秀等人在讨论"文学革命"的文章和通信中开始批判旧戏，提出戏剧改良。1918年10月，《新青年》第5卷第4号被辟为"戏剧改良"专号，发表了胡适、傅斯年、欧阳予倩等人的文章，对传统旧戏发起全面攻击，张厚载亦在同期发表文章，

---

[1]陈独秀：《文学革命论》，载《新青年》，第2卷第6号，1917年2月1日。

对传统旧戏进行辩护，论争由此展开。

"五四"戏曲论争中，首先对传统旧戏发难的是钱玄同。他在《寄陈独秀》的信中说："若今之京调戏，理想既无，文章又极恶劣不通，固不可因其为戏剧之故，遂谓有文学上之价值也。（假使当时编京调戏本者，能全用白话，当不至滥恶若此）又中国戏剧，专重唱工，所唱之文句，听者本不求其解，而戏子打脸之离奇，舞台设备之幼稚，无一足以动人情感。"与中国旧戏不同，欧洲戏剧追求写实主义，"新剧讲究布景，人物登场，语言神气务求与真者酷肖，使观之者几忘其为舞台扮演"，因此"中国之小说戏剧，与欧洲殆不可同年而语"。[1]钱玄同的论点成为"五四"戏曲论争中《新青年》派方向性、根本性的意见。随后，刘半农和胡适在《新青年》第3卷第3号分别发表了《我之文学改良观》、《历史的文学观念论》响应钱玄同的观点。刘半农说："吾所谓改良皮黄者，不仅钱君所举'戏子打脸之离奇，舞台设备之幼稚'，与'理想既无，文章又极恶劣不通'，与王君梦远《梨园佳话》所举'戏之劣处'一节已也。凡'一人独唱，二人对唱，二人对打，多人对打'（中国文戏武戏之编制，不外此十六字）；与一切'报名'、'唱引'、'绕场上下'、'摆对相迎'、'兵卒绕场'、'大小起霸'等种种恶腔死套，均当一扫而空，另以合于情理、富于美感之事物代之……是余之喜白话之剧而不喜歌剧，固与钱君所谓'旧戏如骈文，新戏如白话小说'同一见解。"[2]并对改良戏曲提出了四条意见。胡适从"一时代有一时代之文学"的观点出发，认为白话文学是文学发展的必然趋势，戏剧亦然。"昆曲卒至废绝，而今之俗剧（吾徽之'徽调'，与今日'京调'、'高腔'皆是也）。乃起而代之。今后之戏剧，或将全废唱本而归于说白，亦未可知。"[3]他认为中国今后之戏剧一定是话剧，目前中国戏剧的任务就是向西方戏剧学习，"西洋的文学方法，比我

---

[1] 钱玄同：《寄陈独秀》，载《新青年》，第3卷第1号"通信"栏，1917年3月1日。

[2] 刘半农：《我之文学改良观》，载《新青年》，第3卷第3号，1917年5月1日。

[3] 胡适：《历史的文学观念论》，载《新青年》，第3卷第3号，1917年5月1日。

们的文学，实在完备得多，高明得多，不可不取例。……更以戏剧而论，二千五百年前的希腊戏曲，一切结构的工夫，描写的工夫，高出元曲何止十倍。近代的Shakespear和Moliere更不用说了。最近六十年来，欧洲的散文戏本，千变万化，远胜古代，体裁也更发达了。……所以我说：我们如果真要研究文学的方法，不可不赶紧翻译西洋的文学名著，做我们的模范"。[1]

钱玄同、胡适、刘半农等人对中国旧戏一笔抹杀的批判，遭到了张厚载的反对，他致书《新青年》，对钱、胡、刘的观点发表了自己的看法，他认为胡适"论中所主张废唱而归于说白，乃绝对的不可能"；针对刘半农批判旧戏"一人独唱，二人对唱，二人对打，多人对打"，他反驳说："只有一人独唱，二人对唱，则《二进宫》之三人对唱，非中国戏耶？至于多人乱打，'乱'之一字，尤不敢附和。中国武戏之打把子，其套数至数十种之多，皆有一定的打法；优伶自幼入科，日日演习，始能精熟；上台演打，多人过合，尤有一定法则，决非乱来；但吾人在台下看上去，似乎乱打，其实彼等在台上，固从极整齐、极规则的工夫中练出来也。"对于钱玄同所谓"戏子打脸之离奇"，他指出："戏子之打脸，皆有一定之脸谱，'昆曲'中分别尤精，且隐寓褒贬之义，此事亦未可以'离奇'二字一笔抹杀之。"并总结改良旧戏的思想观点："中国戏曲，其劣点固甚多；然其本来面目，亦确自有其真精神。固欲改良，亦必以近事实而远理想为是。否则理论甚高，最高亦不过如柏拉图之'乌讬邦'，完全不能成为事实耳。"[2]可以看出，相较于钱、胡、刘对中国戏曲艺术形式不加甄别的否定，张厚载的质疑更具有学理性，他是从中国旧戏的艺术特点和审美特性出发，对其加以评判和肯定的，并非盲目的批评。

然而，张厚载的观点并没有得到钱、胡等人的认同，反而遭到了强烈

---

[1] 胡适：《建设的文学革命论》，载《新青年》，第4卷第4号，1918年4月15日。

[2] 张厚载：《新文学及中国旧戏》，载《新青年》，第4卷第6号"通信"栏，1918年6月15日。

的评判。《新青年》第4卷第6期在张厚载的书信后，附有钱、胡、刘等人的复信。钱玄同答复说："我所谓'离奇'者即指'一定之脸谱'而言；脸而有谱，且又一定，实在觉得离奇得很。若云'隐寓褒贬'，则尤为可笑。朱熹做《纲目》学孔老爹的笔削《春秋》，已为通人所讥讪。旧戏索性把这种'阳秋笔法'画到脸上来了，这真和张家猪肆记卍形于猪鬣，李家马坊烙圆印于马蹄一样的办法，哈哈！此即所谓中国旧戏之'真精神'乎？"[1]针对张厚载的意见，刘半农结合自己的观感，重申了自己的立场："'二人对唱'一句话，仅指多数通行脚本之大体言之，若要严格批驳，恐怕京戏中不特有《二进宫》之三人对唱，必还有许多是四人对唱、五人对唱……然我辈读书作文，对于所用文义，固然有许多是不可移易的；却也有许多应当放松了活着看的……平时进了戏场，每见一大伙穿脏衣服的，盘着辫子的，打花脸的，裸上体的跳虫们，挤在台上打个不止，衬着极喧闹的锣鼓，总觉眼花缭乱，头昏欲晕。虽然各人的见地不同，我看了以为讨厌，决不能武断一切，以为凡看戏者均以此项打工为讨厌；然戏剧为美术之一，苟诉诸美术之原理而不背，即无'一定的打法'，亦决不能谓之'乱'；否则即使'极规则极整齐'，似亦终不能谓之不'乱'也。"[2]"通信"中，胡适没有对张厚载作专门的答复，而是"另作专篇论之"，"专篇"即后来发表在"戏剧改良"专号上的《文学进化观念与戏剧改良》。针对双方的争论，"文学革命"的倡导者陈独秀亦对张厚载的言论加以批驳："尊论中国剧，根本谬点，乃在纯然囿于方隅，未能旷观域外也。剧之为物，所以见重于欧洲者，以其为文学、美术、科学之结晶耳。吾国之剧，以文学上、美术上、科学上果有丝毫价值邪？……欲以'隐寓褒贬'当之邪？夫褒贬作用，新史家尚鄙弃之，更何论于文学美术。且旧剧如

---

    [1]钱玄同：《复张厚载》（题目为笔者所加），载《新青年》，第4卷第6号"通信"栏，1918年6月15日。
    [2]刘半农：《复张厚载》（题目为笔者所加），载《新青年》，第4卷第6号"通信"栏，1918年6月15日。

《珍珠衫》、《战宛城》、《杀子报》、《战蒲关》、《九更天》等，其助长淫杀心理于稠人广众之中，诚世界所独有，文明国人观之，不知作何感想？至于'打脸'、'打把子'二法，尤为完全暴露我国人野蛮暴戾之真相，而与美感的技术立于绝对相反之地位。若谓其打有定法，脸有脸谱，而重视之邪？则作八股文之路闰生等，写馆阁字之黄自元等，又何尝无细密之定法，'从极整齐极规则的工夫中练出来'。然其果有文学上美术上之价值乎？演剧与歌曲，本是二事；适之先生所主张之'废唱而归于说白'，及足下所谓'绝对的不可能'，皆愿闻其详。"[1]这次"通信"，正式拉开了新旧两派论争的序幕。

此后，《新青年》第5卷第1号上，钱玄同重申了自己对旧戏的看法："中国的旧戏，请问在文学上的价值，能值几个铜子？试拿文章来比戏：二簧西皮好比'八股'，昆曲不过是《东莱博议》罢了，就是进一层说，也不过是'八家'罢了，也不过是《文选》罢了。'八股'固然该废，难道《东莱博议》、'八家'和《文选》便有代兴的资格吗？……如其要中国有真戏，这真戏自然是西洋派的戏，决不是那'脸谱'派的戏。要不把那扮不像人的人，说不像话的话全数扫除，尽情推翻，真戏怎样能推行呢？"[2]钱玄同一概否定中国旧戏，主张全盘西化，大力推行"西洋派的戏"。

针对钱玄同等人文章中提出的意见，旧派学者马二先生（冯叔鸾）发表文章，一一予以驳斥，响应张厚载的旧戏观。他说："然则脸之有谱，岂非至普通之事，特惟京班，乃有此脸谱之名词耳，而玄同乃诧为'离奇得狠'，意者玄同乃不解戏剧须有化装术耶。夫脸谱固化装术之一种，仅有方法优劣精粗之讨论，断不能以'离奇'二字，一笔抹去，而不许其有也。"[3]他认为："夫声乐因地而异，我燕人也，不能解粤讴。则中国人何

---

[1] 陈独秀：《复张厚载》（题目为笔者所加），载《新青年》，第4卷第6号"通信"栏，1918年6月15日。

[2] 钱玄同：《随感录（十八）》，载《新青年》，第5卷第1号，1918年7月15日。

[3] 马二先生：《评戏杂说》，原载于《时事新报》。见周剑云主编：《鞠部丛刊·品菊余话》，上海：上海交通图书馆，1918版，第112页。

须观外国剧，且即以外国剧论，亦岂无重唱工者。乃独秀等之议论，必欲人以外国剧绳中国剧，且必不许唱，而其理由，乃绝未一言，仅责人之限于方隅，岂非可怪之事。中国之旧剧亦多矣，而独秀乃指摘《珍珠衫》、《战宛城》、《杀子报》、《战蒲关》、《九更天》等剧为助长淫杀，果其尔尔，则删除此数出可也，何至因噎废食，而遽一笔抹煞。且以中国之习俗而言，是否有此种事实，如其有也，则此种剧，亦是一种写实派，不思革其习，而但欲废其剧，毋亦本末倒置乎？"[1]文章中的观点虽亦有偏颇之处，如"中国人何须观外国剧"等，但是对《新青年》派以外国剧绳中国剧，要求中国旧剧废唱等观点的批评，却深中要害。很快在《新青年》第5卷第2号上，钱玄同对马二先生的批评予以回应，再次重申了自己的观点，将这次戏曲论争又向前推进了一步。

对张厚载的观点进行回应的还有旧派学者沈芳尘，他认为："吾人须知中西文学之异点，而戏剧则绝然不同。故今日我国戏剧，万不能与西洋戏剧同日而语。故在中国而提倡白话新剧，实与今人之提倡白话文学同，其事至难也……不过新剧既无推翻京剧之能力，则京剧当然存在。"但他同时又指出，京剧尤其是昆剧的主要缺点在于"脚本之过于深奥"，"昆剧也，京剧也，若厌守成法而不知改良，就进化之理言之，将来当处于失败地位"。[2]并预言将来之新剧"必为一种歌白并用、妇孺易解之脚本耳"。沈芳尘的观点是从当时剧坛现状出发的，对新剧的看法和未来戏剧潮流的概括虽有失偏颇，但他从中西文化背景的差异着眼，指出中国旧戏存在的价值和合理性还是比较中肯的。

1918年10月，《新青年》第5卷第4号被开辟为"戏剧改良"专号，刊发了论辩双方的文章，将论争推向了高潮。

戏剧改良专号上首发了胡适的《文学进化观念与戏剧改良》一文，

---

[1] 马二先生：《评戏杂说》，原载于《时事新报》。见周剑云主编：《鞠部丛刊·品菊余话》，上海：上海交通图书馆，1918年版，第113页。

[2] 芳尘：《戏剧潮流》，见周剑云主编：《鞠部丛刊·剧学论坛》，第35—36页。

他从文学进化论观点出发，认为："在中国戏剧进化史上，乐曲一部分本可以渐渐废去，但他依旧存留，遂成一种'遗形物'。此外如脸谱、嗓子、台步、武把子……等等，都是这一类的'遗形物'，早就可以不用了，但相沿下来至今不改……但这种'遗形物'，在西洋久已成了历史上的古迹，渐渐的都淘汰完了。这些东西淘汰干净，方才有纯粹戏剧出世。中国人的守旧性最大，保存的'遗形物'最多……这种'遗形物'不扫除干净，中国戏剧永远没有完全革新的希望。不料现在的剧评家不懂得文学进化的道理，不知道这种过时的'遗形物'狠可阻碍戏剧的进化；又不知道这些东西于戏剧的本身全不相关，不过是历史经过的一种遗迹；居然竟

陈独秀和胡适。1925年12月陈独秀和胡适在上海聚会时的合影。胡适自题"两个反对的朋友"。

有人把这些'遗形物'，——脸谱、嗓子、台步、武把子、唱工、锣鼓、马鞭子、跑龙套等等——当作中国戏剧的精华！这真是缺乏文学进化观念的大害了。"胡适所说的"遗形物"（Survivals or Rudiments）是"形式虽存在，作用已失；本可废去，总没废去"的"过去时代的纪念品"。因此中国戏剧只有"采用西洋最近百年来继续发达的新观念、新方法、新形式，如此方才可使中国戏剧有改良进步的希望"。西方戏剧相对于中国旧戏，益处之一是有"悲剧的观念"："中国文学最缺乏的是悲剧的观念。无论是小说，是戏剧，总是一个美满的团圆……西洋的文学自从希腊的Aeschylus，Sophocles，Euripides时代即有极深密的悲剧观念……有这种悲剧的观念，故能发生各种思力深沉、意味深长、感人最烈、发人猛醒的文学。这种观念乃是医治我们中国那种说谎作伪、思想浅薄的文学的绝妙圣药。"益处之二是"文学的经济方法"，包括时间、人力、设备、事实四个方面，认为中国的戏剧，最不讲究这些经济方法，"现在大多数编戏的人，依旧是用'从头至尾'的笨法，不知什么叫做'剪裁'，不知什么叫

做'戏剧的经济'。补救这种笨伯的戏剧方法，别无他道，止有研究世界的戏剧文学，或者可以渐渐的养成一种文学经济的观念。"[1]无论是悲剧观念还是文学的经济方法，包括西方古典主义戏剧的"三一律"，都是以西方的文学观念和文学理论为标准来审视中国旧戏，既没有考虑到中国人自身的民族审美心理特性，也没有意识到中国旧戏"虚拟性"本身具有特别"经济"的一面，而且以"大团圆"结局作为中国旧戏缺乏悲剧观念的理解也偏于狭隘。

戏剧改良专号上还发表了《新青年》派健将傅斯年的《戏剧改良各面观》和《再论戏剧改良》二文，系统地阐述了他的戏剧改良理论。首先，他认为，"真正的戏剧纯是人生动作和精神的表象"，"是人类精神的表现"，中国戏剧不过是"百衲体"的把戏，既没有美学价值，也没有文学价值。他说："可怜中国戏剧界，自从宋朝到了现在，经七八百年的进化，还没有真正戏剧，还把那'百衲体'的把戏，当作戏剧正宗！……百衲体的把戏，虽欲近人情而不能组成纯粹戏剧的分子，总不外动作和言语，动作是人生通常的动作，言语是人生通常的言语；百般把戏，无不合有竞技游戏的意味，竞技游戏的动作言语，却万万不能是人生通常的动作言语；——所以就不近人情，就不能近人情了。"就美学价值言，中国戏剧形式固定，动作粗鄙，音乐轻躁，违背了美学上的均比律，声色刺激又过于强烈，因此，"美术的戏剧，戏剧的美术，在中国现在，尚且是没有产生"。[2]就文学价值言，无论是词句、结构、体裁还是思想，都毫无价值。

其次，在批判旧戏的基础上，他对当时的改良京戏亦加以否定："旧戏改良，变成新剧，是句不通的话，我们只能说创造新剧。"但他同时又提出，在新剧未登台以前，一是要从以后的新剧出发，"编制剧本，培植剧才，供给社会剧学的常识"；二是要从现实戏曲舞台出发，"改演'过渡

[1] 胡适：《文学进化观念与戏剧改良》，载《新青年》，第5卷第4号，1918年10月15日。
[2] 傅斯年：《戏剧改良各面观》，载《新青年》，第5卷第4号，1918年10月15日。

戏'，才可以导引现在的社会，从极端的旧戏观念，到纯粹的新戏观念上头去"，"等到新剧预备圆满了，我便要主张废除'过渡戏'，犹之乎现在主张废除旧剧了。——这'过渡戏'的功用，不过像个过得的桥罢了"。对于旧戏的将来，傅斯年认为，旧戏"总要改变体式，另成一宗；就是从戏剧的位置，退到歌曲的地步。易词说来，从音乐、歌唱、情节三种混合品，离开情节退到纯粹的音乐度曲"。[1] 此外，他还就新剧的创造、当时的戏评现状进行批判。

其实，傅斯年的观点可以归结为一点，即废除传统旧戏，以新剧（即话剧）取而代之。在《再论戏剧改良》中，他重申："中国旧戏，只有一种'杂戏体'，就是我在前篇说的'百衲体'。这是宋元时代的出产品……况且主观旧戏所以有现在的奇形怪状，都因为是'巫'、'傩'、'傀儡'、'钵头'、'竞技'……的遗传。（见王国维《宋元戏曲史》）如果不把这些遗传扫净，更没法子进步一层。"[2] 可以看出，傅斯年完全用西方戏剧的评价标准，丈量中国旧戏，既缺乏对中国旧戏舞台艺术实践的历史考察，也完全漠视中国戏曲独有的艺术特性，出于对旧道德、旧文化、旧文学全盘否定以建设新文化的目的，傅斯年等人文章中观点的缺陷也是十分明显的。

在傅斯年《戏剧改良各面观》文后，附录刊载了张厚载的《我的中国旧戏观》[3] 一文，为中国旧戏辩护，这是这次戏曲论争中最有分量和价值的文章。张厚载的观点主要有三方面：

第一，"中国旧戏是假像的"。所谓中国旧戏的"假像"，就是"中国旧戏描写一切事情和物件，也就是用'指而可识'的方法。譬如一拿马鞭子，一跨腿，就是上马。这种地方人都说是中国旧戏的坏处。其实这也是中国旧戏的好处"。张厚载所说的"假像"就是旧戏表演中虚拟性的艺术

---

[1] 傅斯年：《戏剧改良各面观》，载《新青年》，第5卷第4号，1918年10月15日。

[2] 傅斯年：《再论戏剧改良》，载《新青年》，第5卷第4号，1918年10月15日。

[3] 张厚载：《我的中国旧戏观》，载《新青年》，第5卷第4号，1918年10月15日。

表现手法，是演员通过对现实生活中动作的模拟，以形写神，以虚代实。它极大地发挥了艺术家的舞台创造力，也调动了观众的艺术想象力。同时虚拟性在舞台时间和空间的处理方面具有相当的灵活性，所以"曹操带领八十三万人马，在戏台上走来走去，狠觉宽绰"。这正是中国旧戏"假像会意"的便利之处，"所以狠有游戏的兴味，和美术的价值"。

第二，中国旧戏"有一定的规律"。张厚载认为："中国旧戏，无论文戏武戏，都有一定的规律。昆腔的'格律谨严'，是人人都晓得的。就是皮簧戏，一切过场穿插，亦多是一定不变的。文戏里头的'台步'、'身段'，武戏里头的'拉起霸'、'打把子'，没有一件不是打'规矩准绳'里面出来的。唱工的板眼，说白的语调，也是如此……可以说是中国旧戏的习惯法。无论如何变化，这种法律，是牢不可破的。要是破坏了这种法律，那中国旧戏也就根本不能存在了。"张厚载所说的旧戏的"规律"，即是戏曲表演的程式化问题，这是中国旧戏表演的根本性特点，离开了程式，戏曲也就不存在了。程式是戏曲表演的规范性的体现，突出表现为动作的规范化和人物的脸谱化。但程式并不完全是对戏曲表演的限制，"中国旧戏的种种规律，看来仿佛拘束的力量太大。其实'习惯成自然'，这种拘束力，在唱戏的早已成了一种自然力"。程式在表演中既有约束性也有灵活性。

第三，中国旧戏有"音乐的感触和唱工上的感情"。张厚载认为："中国旧戏向来是跟音乐有连带密切的关系，无论昆曲、高腔、皮黄、梆子，全不能没有乐器的组织。因此唱工也是中国旧戏里头最重要的一部份……俗语'唱戏'两个字，就是'歌''戏'两种观念，联络的表示。中国旧戏拿音乐和唱工来感触人，是有两个好处。（A）有音乐的感触。（B）有感情的表示。"所谓"有音乐的感触"，是指中国旧戏的音乐可以移人性情，既关乎通俗教育，也关乎社会风俗。所谓"有感情的表示"，主要就旧戏的唱工而言，"拿唱工来表示感情，比拿说白来表示，是分外的有精神，分外的有意思"。对于傅斯年等人废唱的主张，他认为，废唱用白，是绝对不可能的，是对旧戏根本的破坏。应当说，张厚载关于旧戏音乐和演唱的理论虽阐述较多，但相比于前两方面，理论性和概括性并不强，说服力亦有限。

在论述了中国旧戏的基本特征之后，张厚载得出结论："中国旧戏，是中国历史社会的产物，也是中国文学美术的结晶。可以完全保存。社会急进派必定要如何如何的改良，多是不可能，除非竭力提倡纯粹新戏，和旧戏来抵抗。但是纯粹的新戏，如今狠不发达。拿现在的社会情形看来，恐怕旧戏的精神，终究是不能破坏或消灭的了。"这一结论虽然有偏颇和保守的一面，但他对中国旧戏审美艺术特征的概括总体来说还是比较精到的。

在《新青年》同一期"通信"栏内还发表了张厚载的《"脸谱"——"打把子"》一文，他指出："脸谱之作用，则在区别舞台上各色人物之性质……盖舞台上之脚色。亦所以形容或区别其性格与形状也。"脸谱只是旧戏的化妆术，与陈独秀所言"暴露吾国野蛮"真相无关，而且"打把子"不仅有"Athletic精神"，亦颇能表示"古代战争之状态"。陈独秀等人论中国剧的根本谬误点在于，"仅能旷观域外，而方隅之内，反懵然无睹"[1]。这一观点也正击中了《新青年》派论剧的要害。

在戏剧改良专号傅斯年《戏剧改良各面观》文后，还刊登了欧阳予倩的理论文章《予之戏剧改良观》。[2]欧阳予倩首先提出了何谓戏剧的问题。他认为："戏剧者，必综文学、美术、音乐，及人身之语言动作，组织而成。"其中又以剧本文学为根本，元明以来的杂剧、传奇"决不足以代表剧本文学"，皮黄唱本更无从谈起，因此"剧本文学既为中国从来所未有，则戏剧自无从依附而生"。欧阳予倩对旧戏的批判和否定态度是明确的，这一点与陈独秀等人是一致的，但是他的批判又和《新青年》派在出发点和立足点上有根本的不同，如果说《新青年》派对旧戏的批判是出于反对旧道德、反对旧文学以建立新道德、新文学的目的，那么欧阳予倩

[1] 张厚载：《"脸谱"——"打把子"》，载《新青年》，第5卷第4号，1918年10月15日。
[2] 欧阳予倩：《予之戏剧改良观》，原载于《讼报》，后转载于《新青年》，第5卷第4号，1918年10月15日。

则是从保存旧戏出发，要求旧戏进行改良，这一点与张厚载又是相通的。"中国旧剧，非不可存，惟恶习惯太多，非汰洗净尽不可"。即旧戏可以保存，但必须经过改良。他所赞赏的戏剧是"一剧本之作用，必能代表一种社会，或发挥一种理想，以解决人生之难问题，转移误谬之思潮。演剧者，根据剧本，配饰以相当之美术品（如布景、衣装等），疏荡以适宜之音乐，务使剧本与演者之精神一致表现于舞台之上，乃可利用于今日鱼龙曼衍之舞台也"。对剧本文学的重视，从根本上说，是要求戏剧"发挥一种理想，以解决人生之难问题，转移误谬之思潮"。在此基础上，他对当时的戏剧提出了要求，一是"须组织关于戏剧之文字"，包括剧本、剧评和剧论。剧本创作"宜多翻译外国剧本以为模范，然后试行仿制"，剧评"必根据剧本，根据人情事理以立论"，剧论以"名剧本之分析，及舞台上之研究"为最要紧。总之，剧本是戏剧之根本。二是"须养成演剧之人才"。他批评当时剧坛艺人抱残守缺、夜郎自大的行为和心理，提出"须组织一'俳优养成所'；以四五年卒业，以养成新人材"。也就是说要创办新式戏曲学校，培养新型的戏曲人材。欧阳予倩的戏曲批评虽有过激之处，但基本上是建立在对戏曲特质的把握基础上的，相对于《新青年》派的一味否定，更具体，更现实，亦更值得重视。

戏剧改良专号刊出以后，《新青年》第5卷第5号"通信"栏发表了周作人《论中国旧戏之应废》[1]一文，提出"中国旧戏没有存在的价值"，原因有二，一是"中国戏多含原始的宗教的分子"，"在现今时代，已不甚相宜，应该努力求点长进，收起了千年老谱才是"。二是有害于"世道人心"。中国旧戏的内容无外乎"淫杀、皇帝、鬼神"，因此应当废除。废除之后的建设，"只有兴行欧洲式的新戏一法"。稍后，在《新青年》第5卷第6号上，周作人又发表了《人的文学》，指出："我们现在应该提倡的新文学，简单的说一句，是'人的文学'。应该排斥的，便是反对的非人的

---

[1] 周作人：《论中国旧戏之应废》，载《新青年》，第5卷第5号，1918年10月15日。

文学。"中国旧戏作为"各种思想和合结晶"，是"非人的文学"的代表，"妨碍人性的生长，破坏人类的平和的东西，统应该排斥"。周作人站在《新青年》一派，用西方的戏剧观念来审视和评价传统戏曲，批判旧戏的缺点，主张废除旧戏，追随西方戏剧潮流，创造新剧。

激进派与保守派以《新青年》为阵地的集中争论虽告一段落，但呼应激进派思想观点的文章层见迭出。后来，张厚载还陆续发表了《我对于改良戏剧的意见》[1]、《最近中国之戏曲观》[2]、《布景与旧戏》[3]、《戏剧新语》[4]等文章，为旧戏辩护，但都没有引起集中的论争。

特别值得一提的是，这场论争后的1924年，周作人发表了《中国戏剧的三条路》[5]一文，对"五四"戏曲论争时的旧剧观进行了纠正。他认为，现在的中国戏剧可以走三条路：一是"纯粹新剧，为少数有艺术趣味的人而设"，二是"纯粹旧剧，为少数研究家而设"，三是"改良旧剧，为大多数人而设"。第一种自不必说，关于第二种，他认为，要完全保存其旧式，供"研究文化的学者、艺术家、或证明受过人文教育"的少数人参观，因此"旧戏的各面相可以完全呈现，不但'脸谱'不应废止，便是装'跷'与'摔壳子'之类也当存在"，因为这其中既"存着民族思想的反影，很足供大家的探讨"，而且"许多丑恶的科白，却也当有不少地方具特别的艺术味，留东方古剧之一点余韵"。周作人要提倡的是第三种戏剧，即为大众而设的"改良旧剧"。如何改良旧剧？他认为，要"把旧剧中太不合理不美观的地方改去，其余还是保留固有的精神，并设法使他调和，不但不去毁坏他，有些地方或者还当复旧才行"，"我的笼统的结论只是旧剧是民众需要的戏剧，我们不能使他灭亡，只应加以改良而使其兴

---

[1] 缪子（张厚载）：《我对于改良戏剧的意见》，载《晨报》，1919年1月7日。

[2] 张厚载：《最近中国之戏曲观》，载《公言报》，1919年1月20日。

[3] 张厚载：《布景与旧戏》，载《晨报》，1919年3月4日。

[4] 缪子（张厚载）：《戏剧新语》，载《晨报》，1919年3月30日。

[5] 周作人：《中国戏剧的三条路》，载《东方杂志》，第21卷第2期，1924年1月25日，见周靖波主编：《中国现代戏剧论》上卷《建设民族戏剧之路》，北京：北京广播学院出版社，2003年版，第113—117页。

盛"。从彻底废除到局部改良，保留其固有的精神和传统，周作人的旧剧观发生了根本性的转变，"我的意见，则以为新剧当兴而旧剧也决不会亡的"，假使一味地"使新剧去迎合群众与使旧剧来附和新潮，都是致命的方剂，走不通的死路"。新旧剧各行其道，齐头并进，这是中国戏剧发展的未来之路。

与周作人一样，旧剧的观念后来也发生转变的还有胡适。1930年，梅兰芳访美，胡适发表了《梅兰芳与中国戏剧》[1]一文，修正了他的旧戏观。虽然他仍坚称旧戏是"历史的遗形物"，但这"遗形物"不再需要扫除干净，而是应保留其"戏剧发展和戏剧特征的原始状态"，从而"更经常地促使观众运用想像力并迫使这种艺术臻于完美"。1926年，张厚载发表了《新文学家与旧戏》一文，评述了"五四"戏曲论争及周作人、胡适观点的转变："从前我为了旧戏问题，常常同一班新文学家（像钱玄同，周作人，胡适之一班人）大起辩论。他们都主张把旧戏根本废除，或是把唱工废掉；他们更痛骂'脸谱'，'打把子'，说是野蛮，把脸谱唤作'粪谱'。但是最近他们的论调和态度，也有些变迁了。周作人在《东方》杂志上，登过《中国戏剧三条路》，已主张保存旧戏。而胡适之近来对于旧戏，也有相当的赞成，去年在北京常在开明院看梅兰芳的戏，很加许多的好评。那时我在开明院遇见他，曾问他道：'你近来对于旧戏的观念，有些变化了罢？'他笑而不答。现在徐志摩、陈西滢一班人，对于杨小楼、梅兰芳的艺术，常加赞美……当时我费了多少笔墨，同他们辩论，现在想想，岂不是多事么？"[2]1928年鲁迅论及这场论争时亦说："那时的此后虽然颇有些纸面上的纷争，但不久也就沉寂，戏剧还是那样旧，旧垒还是那样坚；当时的《时事新报》所斥为'新偶像'者，终于也并没有打动一点中国的旧家子的心……再后几年，则恰如Ibsen名成身退，向大众伸出和睦

　　[1]胡适：《梅兰芳与中国戏剧》，见梅绍武：《我的父亲梅兰芳（续集）》，天津：百花文艺出版社，2003年版，第107页。
　　[2]镠子（张厚载）：《新文学家与旧戏》，载《北洋画报》，第7期，1926年7月28日。

的手来一样，先前欣赏那汲Ibsen之流的剧本《终身大事》的英年，也多拜倒于《天女散花》，《黛玉葬花》的台下了。"[1]

《新青年》杂志发起的激烈论辩，引起了戏剧家们的广泛关注和参与，20世纪20年代初，宋春舫和宗白华接续《新青年》讨论的话题，从戏剧的艺术特性角度出发，对中国戏曲的性质、艺术特点做了概括和归纳。

宋春舫早年即游学西方，对西方戏剧的发展状况和理论非常熟悉。针对《新青年》派和张厚载之间的论辩，他从欧洲的戏剧传统出发，从戏剧分类入手，提出了不同于新旧两派的见解。他认为，欧洲戏剧可分为两大类，"一曰歌剧Opera，一曰非歌剧Drama"，就歌剧来说，又可分为两类，"一曰纯粹歌剧，即Opera，是纯用歌曲不用说白者；二曰滑稽歌剧Operette，有说白而兼小曲，纯具滑稽性质者也"。同样，非歌剧亦可以分为两类，"一曰诗剧（Poetic Drama），二曰白话剧（Prose Drama）"。[2]中国戏曲依其体裁，应属于歌剧：

> 吾国昆曲、京剧均非白话体裁。昆曲类诗剧，而有曲谱，则是歌剧耳。京剧性质纯是欧洲歌剧体裁，英语所谓Operatic是也。京剧如《李陵碑》、《空城计》、《二进宫》等，可名之谓纯粹歌剧Opera；如《黑风帕》、《梅龙镇》，则类Comic Opera（即纯粹歌剧而具滑稽性质者）；《小上坟》、《小放牛》等，则颇类滑稽歌剧Operette。中国戏剧数百年，从未与音乐脱离关系，音乐为中国戏剧之主脑，可无疑也。[3]

> 中国的戏曲，无论梆子，二簧，昆曲，都是唱与说白合并的，完全是含有歌剧的性质。[4]

---

[1] 鲁迅：《〈奔流〉编校后记·（三）》，见《鲁迅全集》第7卷，北京：人民文学出版社，1981年版，第163—164页。

[2] 宋春舫：《戏剧改良平议》，见《宋春舫论剧》第1集，上海：中华书局，1923年版，第261页。

[3] 宋春舫：《戏剧改良平议》，见《宋春舫论剧》第1集，第263页。

[4] 宋春舫：《改良中国戏剧》，见《宋春舫论剧》第1集，第277页。

宋春舫不是如新旧两派非此即彼式地简单选择论断，也不对新旧两派的观点加以优劣高低的评述，而是在戏剧形式类分的基础上，指出中国戏剧的归属——歌剧。也就是说，中国戏曲和白话剧一样，同属于戏剧大家族的一员，有着存在的合理性，二者之间本身并没有好坏优劣之别。且不说这种类分正确与否，仅从其立脚点而言，既避免了新旧两派批评的情绪化和功利化，同时又有相当的理论性。这在当时的戏剧理论批评中是非常难得的。

宋春舫认为，白话剧尽管对社会有"远大之影响"，然而京剧在当时的中国有着更为广泛的影响，远非白话剧所能比拟，因此戏剧改良不可能舍京剧而行。

> 激烈派之主张改革戏剧，以为吾国旧剧脚本恶劣，于文学上无丝毫之价值，于社会亦无移风易俗之能力，加以刺耳取厌之锣鼓，赤身露体之对打，剧场之建筑既不脱中古气象，有时布景则类东施效颦，反足阻碍美术之进化，非摒弃一切，专用白话体裁之剧本，中国戏剧将永无进步之一日。主张此种论说者，大抵对于吾国戏剧毫无门径，又受欧美物质文明之感触，遂致因噎废食，创言破坏。不知白话剧不能独立，必恃歌剧以为后盾，世界各国皆然，吾国宁能免乎？[1]

所谓"激烈派"即倡导新剧的《新青年》派。宋春舫认为，《新青年》派一味攻击旧剧，不惟不能改良旧剧，而且脱离了旧剧的白话剧在中国也不能立足，中国戏剧的改良"必恃歌剧以为后盾"。针对保守派排斥话剧的言论，他指出："顾吾国旧剧保守派以为'一国有一国之戏剧，即英语所谓National Drama，不能与他国相混合……且鉴于近数年来新剧之失败，将白话剧一概抹杀'。此种囿于成见之说，对于世界戏剧之沿革、之进化、之效果，均属茫然，亦为有识者所不取也。"[2] 保守派的否定话

---

[1] 宋春舫：《戏剧改良平议》，见《宋春舫论剧》第1集，上海：中华书局，1923年版，第264页。

[2] 宋春舫：《戏剧改良平议》，见《宋春舫论剧》第1集，第265页。

剧，其实是缺乏识见、盲目自大的表现，无论新剧还是旧剧，皆属戏剧，二者应并行不悖，并肩而行，"吾们要晓得歌剧与白话剧，是并行不悖的。中国的歌剧。虽然从原质上，构造法上两方面看起来，是应当改良。但是如果吾们能把白话剧重新提倡起来，与歌剧并驾齐驱，吾们竟可将歌剧置之不理，任他自生自灭，因为歌剧生存的理由，是'美术的'，美术可以不分时代，不讲什么'Isme'（主义），无论如何，吾们断断不能完全废除歌剧。'音乐'两个字，是人类天性中的一种不可少的东西，《乐记》说："诗言其志，歌咏其声，舞动其容"。可是现在提倡白话剧的人，不明白这个道理，极端主张废弃歌剧，这就是他们主张，不能受社会容纳的大原因。"[1]他并不反对旧戏改良，但改良不是废除，不是以新剧取代旧剧。宋春舫虽没有提出具体的旧剧改良主张，但他从戏剧的艺术样式和特点出发对中西戏剧性质的区分，相比于新旧两派，既表现了开阔的学术视野，又具有相当的理论深度。

针对宋春舫提出的旧剧改良思想，1920年3月30日，宗白华在《时事新报·学灯》发表了《戏曲在文艺上的地位》[2]一文，呼应宋春舫的改良主张。他也是从文学艺术分类出发，阐述中西戏剧之性质与差异。他将文学艺术分为三大类：抒情文学（Lyrik），叙事文学（Epik）和戏曲文学（Drama），指出"抒情文学的目的，是注重表写人的内心的情绪思想的活动，他虽不能不附带着描写些外境事实，但总是以主观情绪为主，客观境界为宾"；"叙事文学的目的是处于客观的地位，描写一件外境事实的变迁，不甚参加主观情绪的色彩"，"而这两种文学结合的产物，乃成戏曲文学"。如果说抒情文学表现的是主观之情，叙事文学表现的是客观之事，那么，戏曲文学则是"那由外境事实和内心情绪交互影响产生的结果——

---

[1] 宋春舫：《改良中国戏剧》，见《宋春舫论剧》第1集，上海：中华书局，1923年版，第280—281页。

[2] 宗白华：《戏曲在文艺上的地位》，见林同华主编：《宗白华全集》第1卷，合肥：安徽教育出版社，1994年版，第184—186页。

人的'行为'。所以，戏曲的制作，要同时一方面表写出人的行为，由细微的情绪上的动机，积渐造成为坚决的意志，表现成外界实际的举动，一方面表写那造成这种种情绪变动的因，即外境事实和自己举动的反响"。

"戏曲的中心，就是'行为'的艺术的表现"。因此"戏曲的艺术是融合抒情文学和叙事文学而加之新组织的，他是文艺中最高的制作，也是最难的制作"。宗白华从戏曲文学的表现对象出发，准确地概括了戏曲文学的基本特征，同时给了戏曲以极高的地位和评价。

但这并不意味着中国戏曲不需要改良，相反，"中国旧式戏曲有改良的必要，已无庸细述。不过，我的私意，以为中国戏曲改良的一件事，实属非常困难。一因旧式戏曲中人积习深厚，积势洪大，不容易接受改良运动。二因中国旧式戏曲中，有许多坚强的特性，不能够根本推翻，也不必根本推翻。所以，我的意思，以为一方面，固然要积极去设法改革旧式戏曲中种种不合理的地方，一方面还是去创造纯粹的独立的有高等艺术价值的新戏曲"。宗白华在肯定中国戏曲必须改良的前提下，指出改良是为了创造纯粹高等艺术的新戏曲。比之于宋春舫，宗白华倾向于更为纯粹的中国戏曲艺术创造，言辞之间对中国传统文学艺术有着鲜明的情感倾向性。

然而，宋春舫、宗白华对新旧剧艺术特征与形式的探讨在20世纪20年代初并没有得到广泛的响应，直到20年代中后期，余上沅、赵太侔等人倡导"国剧运动"时，关于中国戏曲艺术本质特征的理论探讨才有了较为深入系统的进展。（关于国剧运动的理论探讨详后）

综观新旧两派的论争，不同的戏剧审美观念形成了不同的评价标准和结论。以钱玄同、胡适、傅斯年、刘半农等为代表的《新青年》派，以西方戏剧的艺术形式、思想内容、表现方法、审美标准等衡量和评价中国戏曲，认为旧戏无论怎样改良都没有办法承担新的时代和社会所赋予的重任，只有将其从根本上否定、废除才有可能创造新剧。他们既没有看到中国旧戏形成和发展的社会、历史文化背景，也没有意识到中国旧戏所独有的区别于西方戏剧的审美艺术特性优长；既没有对新剧创造提供具体而有益的理论指导，也没有对旧戏必须废唱提供充分合理的理论依据，而是单纯地"以外国剧绳中国剧，且必不许唱，而其理由，乃绝未一言"，故宋春舫批评《新青年》派说："大抵对于吾国戏剧毫无门径，又受欧美物质文明之感触，遂致因噎废食，创言破坏。"[1]而以张厚载、马二先生为代表的保守派，主要是从中国社会历史文化的角度出发，从旧戏的艺术审美特性、舞台表现手法、音乐和唱腔出发，认为中国旧戏是"中国历史社会的产物，也是中国文学、美术的结晶"，应当保存。"余所坚持之旧剧不亡论，要点所在，全为旧剧之表演方法，及其程式，在艺术上，有颠扑不破之价值，故深信旧剧可以永久存在"。[2]他们没有意识到旧戏已经无法容纳和表现新的时代和社会，无力表现新的思想观念、新生活和新事物，"中国人何须观外国剧"的观念，更表现了他们思想观念的保守性和狭隘性，既影响了中国戏曲现代化的进程，也妨碍了中国戏曲走出国门，走向世界，所以宋春舫驳斥说："囿于成见之说，对于世界戏剧之沿革、之进化、之效果，均属茫然，亦为有识者所不取也。"这正击中了保守派的软肋。

应当说，这次论争，无论出于怎样的动机和目的，都在客观上推动了中国现代戏曲理论和戏剧美学的进一步发展，其意义是十分明显的。

首先，戏剧界的有识之士已经清醒地意识到中国旧戏存在的问题，指出改革的重要性和紧迫性。一方面，旧戏是"中国社会历史的产物"，反映的是旧的时代和社会的思想观念，色情、迷信、神仙、妖怪、强盗、才子佳人等题材内容，已经脱离现时代和社会，缺乏对现实生活的深刻反映，不能够"发挥一种理想，以解决人生之难问题，转移误谬之思潮"，[3]旧有的戏剧形式没有办法装入新的表现内容，只能在原有的规范里打转，唯有进行改良，方能保存。另一方面，"惟恶习惯太多，非汰洗净尽不可"。[4]

[1] 宋春舫：《戏剧改良平议》，见《宋春舫论剧》第1集，上海：中华书局，1923年版，第264页。

[2] 聊公（张厚载）：《旧剧之兴亡趋势》，载《立言画刊》，第320期，1944年11月11日。

[3] 欧阳予倩：《予之改良戏剧观》，载《新青年》，第5卷第4号，1918年10月15日。

[4] 欧阳予倩：《予之改良戏剧观》，载《新青年》，第5卷第4号，1918年10月15日。

由于旧戏演员抱残守缺，墨守成规，不思进取，旧戏演出已腐败至极，改革势在必行。旧戏的维护者张厚载亦说："文学之有变迁，乃因人类社会而转移，决无社会生活变迁，而文学能墨守迹象，亘古不变者……倡言改革，乃应时代思潮之要求，而益以促进其变化而已。"[1] 他并不反对改良旧戏，只是反对彻底激进的做法，"盖凡一事物之改革，必以渐，不以骤；改革过于偏激，反失社会之信仰"。因此倡言改良已经成为知识界的普遍共识。这次论争不仅有力地推动了新剧的发展和旧戏的改良，而且开启了20世纪中国戏曲改革的序幕，中国戏曲向着现代化的道路迈出了坚实的一步。此后，中国旧戏题材虽仍以爱情婚姻为主，但思想性和文学性已非传统旧戏可比，而是具有"五四"新文学的特性。

其次，它促使人们进一步深入思考旧戏的美学特征，探讨旧戏的表演艺术特点和舞台创新等问题。虚拟性、程式化、写意性、符号化是中国旧戏表演艺术具有的美学传统，是区别于西方戏剧的本质特点。但长期以来，这些美学特性被人们忽略了，没有系统地加以归纳和总结，更缺乏深入的开掘和整理。张厚载《我的中国旧戏观》一文所总结的中国戏曲表演的特征——假像的（即虚拟性）、有一定的规律（即程式化）、音乐上的感触和唱工上的感情，为20世纪20年代中后期中国戏曲美学的本体论探讨奠定了基础。

再次，它促进了旧有戏曲观念的更新。这次论争是中国传统戏曲观念和西方戏剧观念的第一次正面的碰撞和交锋。《新青年》派全盘西化的观点，虽然没有从戏剧美学的高度对西方的戏剧观念和艺术特点进行剖析，但它却促使中国戏曲界人士对旧戏所展现的思想内容和艺术表现方法进行更深刻的思考，即在古典向现代的转换过程中，中国旧戏如何打破旧有的模式规范，承载新的思想内容；如何在保持旧有美学传统特性不丧失的前提下进行改革。论争本身没有为中国戏曲的未来给出明确而一致的答案，但是对中国旧戏发展而言，却是有积极意义的，它"对于当时的青年人都

---

[1] 张厚载：《新文学及中国旧戏》，载《新青年》，第4卷第6号"通信"栏，1918年6月15日。

是极大的刺激，惊醒了他们的迷梦，把他们的眼光从'皮黄戏'和'昆剧'的舞台离开而去寻求一种新的更合理的戏曲"。[1]

当然，论争对戏曲的消极影响也是十分显见的。戏曲在后来的创作与表演中过多借鉴话剧的创作和表现手段，"话剧加唱"越来越多地在戏曲创作和表演中使用，自身的审美特性逐渐丧失，戏曲的"非戏曲化"越来越突出。从古典走向现代的过程中，戏曲该何去何从，直到今天也是学者们讨论不休的话题。

《新青年》派对旧戏的批判从根本上来说是从革新政治、鼓吹革命、批判封建文化的角度出发，以政治、思想和文化启蒙为目的进行的，"此种文学，盖与吾阿谀夸张虚伪迂阔之国民性，互为因果。今欲革新政治，势不得不革新盘踞于运用此政治者精神界之文学。使吾人不张目以观世界社会文学之趋势，及时代之精神，日夜埋头故纸堆中，所目注心营者，不越帝王权贵、鬼怪神仙与夫个人之穷通利达，以此而求革新文学，革新政治，是缚手足而敌孟贲也"。[2]"文学革命"包括戏曲论争，其目的仍然是要求文学艺术为社会政治、为启蒙国民大众、为建立独立富强的国家机器服务，反映的是近代中国知识分子的政治诉求。从这个意义上，它是晚清戏曲改良运动的延续。从极力推崇戏曲，夸大其社会价值和功用，到竭力批判并从根本上否定戏曲，表面截然相反的结论，却有着惊人的内在一致性。它是晚清戏曲改良运动在新的历史条件下的新发展，是中国现代思想启蒙运动的组成部分。与此不同，张厚载等人的论辩是对中国传统旧戏的审美艺术特征的探讨，他们之间的论争虽在同一命题之下，但其出发点和落脚点根本上却不在同一个层面，因而是一种理论上的错位。尽管《新青年》派的理论主张在当时具有时代意义，具有合理性，但今天当我们反观张厚载等人的旧戏辩护，会发现，它更符合传统戏曲自身的审美特点。

---

[1] 郑振铎：《文学论争集导言》，见刘运峰编：《1917—1927中国新文学大系导言集》，天津：天津人民出版社，2009年版，第46页。

[2] 陈独秀：《文学革命论》，载《新青年》，第2卷第6号，1917年2月1日。

第三节　戏曲改良论

　　"五四"戏曲论争对中国戏曲的批判，并没有随着《新青年》讨论的结束而终止，相反，他们思想言论的影响，倡导改良的呼声，延续至整个20世纪20至30年代的戏曲批评中。具体来说，批评者对中国旧戏的态度大致可以分为三种，第一种是因袭了《新青年》派一味否定中国旧戏的态度，认为旧戏不是真正的艺术，而是民族精神卑劣的表现，应当废弃。第二种是强调中国旧戏的价值和意义，不反对改良，但要求不能以话剧的标准改良旧剧，而是必须遵循旧剧自身的特点和规律。第三种是从舞台实践出发，将改良的舞台艺术实践与理论结合，指出改良的必要性和历史必然性。

一、新派剧人的戏曲批评与改良理论

　　20世纪20年代初期的戏曲理论批评，承袭了《新青年》派对戏曲的批判精神，对于传统戏曲抱着完全否定的态度，其中以1921年3月成立的"民众戏剧社"及其成员的理论主张最有代表性。他们认为戏剧是"为人生"的，戏剧的意义在于指导社会，改造社会。他们在《民众戏剧社宣言》中提出："萧伯纳曾说：'戏场是宣传主义的地方。'这句话虽然不能一定是，但我们至少可以说一句：当看戏是消闲的时代现在已经过去了，戏院在现代社会中确是占着重要的地位，是推动社会使前进的一个轮子，又是搜寻社会病根的X光镜；他又是一块正直无私的反射镜，一国人民程度的高低，也赤裸裸地在这面大镜子里反照出来，不得一毫遁形"。[1]以此为出发点，他们提倡"写实的社会剧"，希望负起指导社会的责任。传统旧戏陈腐堕落，既不能表现人生，亦不能反映现实，与时代、社会脱

---

[1]《民众戏剧社宣言》，载《戏剧》，1921年第1卷第1期。

节,无法担负起探寻社会病根,启蒙、娱乐民众的历史重任。郑振铎的
《光明运动的开始》[1]一文指出,旧戏"里面所包含的思想,与现代的思
想,相差实在太远了。他们不是'海淫',就是'海盗'。开始于'才子佳
人',而结局于'荣封团圆'。不是'色情迷',就是'帝王梦',就是'封
爵欲',借古人的事,以献媚于观者,读者……这种与时代精神相背驰的
戏曲之没有再现于剧场上的价值,是自然的结果"。旧戏内容上与时代脱
节,陈腐愚昧。在艺术上,"他们的剧本的形式与演作的态度简直笨拙极
了……不惟剧本的格式如此,就是其中情节也是如此:必定是佳人才子,
偶然相遇。然后琴挑订盟。订盟以后,天下忽然大乱。他们互相分离,于
流离之途中,必是遇救,为人继女,或为人参军。然后克敌,然后封官,
然后团圆。无论如何,都是百变不离其宗。像这种死板板的东西还有什么
艺术可言呢? 陈腐到了极点,自然就不能不崩坏了"。所以无论是思想上
还是艺术上,"中国的旧剧都没有立足在现代戏剧界中的价值"。他的意图
是创造新剧,其"精神必须是:平民的,并且必须是:带有社会问题的
色彩与革命的精神的"。要求戏剧承担改造社会的责任,"我们的责任有两
重,一重是改造戏剧,一重是改造社会。光明的制造者,应该牢牢的记住
这句话,不要把自己的使命忘了"。"在现在的丑恶,黑暗的环境中,艺术
是应该负一部分制造光明的责任的。戏剧感人的力量尤深,这种责任也更
大。"蒲伯英也尖锐地指出:"锣鼓,唱工,脸谱……都是旧戏组成底要
素,也就是一般人所承认旧戏最能适应国情底特质。拿近代戏剧的眼光来
看,这些东西,不但找不出他真正适应国情底地方,并且恰恰对于国情是
一剂毒药。怎么讲呢? 中国现社会,无论那一方面,都可以说是在病的状
态之中……旧戏(一切文武昆乱都在内),差不多全是助长病的状态的。
别种不良的社会制度,或者只在消极方面妨碍社会进步,助长病的状态的
不良戏剧,却更在积极方面引导社会向堕落退转的路上走,简直比毒药还

---

[1]郑振铎:《光明运动的开始》,载《戏剧》,1921年第1卷第3期。见《郑振铎全集》第3
卷,石家庄:花山文艺出版社,1998年版,第405—412页。

厉害。"戏剧的改良"必以'对治社会病'为第一步进行底目标"。[1]"我们对于现代的戏剧，应该说他一面是'教化的娱乐'，一面是'为教化的艺术'。"[2]茅盾《中国旧戏改良我见》也认为旧戏的改良是必须的，原因在于："一是旧戏的艺术如脸谱等等有点要不得；一是旧戏的思想要不得。如今反对中国旧戏的先生们，似乎隐隐对于这两方面各有偏重注意。在艺术方面根本反对旧戏的，大概对于旧戏脚本的本质倒不十分反对；在思想方面根本反对旧戏的，便反是。但无论如何，有一句话总是大家承认的，这就是：旧戏至少须得'改编'其一部分。"如何改良旧戏？那就是"借西洋戏剧已有的成绩做个榜样。"[3]陈大悲批评中国旧戏"是中国历史的产物，虽然面目不同，骨子里实在一样，都是代表中国这野蛮、龌龊、愚蠢、荒谬……一部不进化的大历史"。[4]他们所要创造的是具有社会问题和革命精神的社会化与民众化的现代戏剧。

民众戏剧社成员对传统旧戏的批判从根本上说与《新青年》派没有实质区别。从理论主张来说，它以西方戏剧衡量传统戏曲，强调戏剧的写实性，无视中国戏曲的文化传统和独特的艺术特性；从目的和任务上说，他们追求"艺术上底功利主义"，要求戏剧有"教化底意味"，"能使民众精神常在自由创造的新境界里活动"，[5]这既是传统儒家功利主义教化观念的继承，也有西方启蒙思想的影响。

在民众戏剧社成员中，不完全否定旧戏，同时对中国旧戏的艺术审美特性进行探讨的是熊佛西。"我以为中国现在流行的旧剧，若在戏剧的种类里有它的地位，亦只能算为歌剧，但是不幸，大部分它已成为一种有'歌'而无'剧'的玩艺了！它已成为仅有'程式'而无'剧'的东西

[1]蒲伯英：《戏剧要如何适应国情》，载《戏剧》，1921年第1卷第4期。
[2]蒲伯英：《戏剧之近代的意义》，载《戏剧》，1921年第1卷第4期。
[3]雁冰（茅盾）：《中国旧戏改良我见》，载《戏剧》，1921年第1卷第4期。见《茅盾全集》第18卷，北京：人民文学出版社，1989年版，第137页。
[4]陈大悲：《爱美的戏剧》，北京：北京晨报社，1922年版，第20页。
[5]蒲伯英：《戏剧之近代的意义》，载《戏剧》，1921年第1卷第2期。

了……现在流行的旧剧其所以在民间有相当的魔力，显然是因为它的'调调儿'……总起来说，我对于中国旧剧的结论是：第一，它是破碎的，片段的，稀稀散散的，有许多地方是可有可无的，不是整个的，所以在完美的戏剧艺术中很难有它重要的地位。第二，'剧'的成分太少，程式与故事太多。第三，它的音调太少，而且过于简单，很不足抒发我们现在繁杂的情绪。第四，缺少世界性。第五，旧剧在民间虽有相当的势力，但能否代表中国人的思想仍是疑问。假如旧剧想在戏剧艺术中占一个整个的位置，非从这五方面进步不可。"[1]熊佛西继承了宋春舫的戏剧分类观，认为中国旧戏属于歌剧范畴，但尚不能称之为"完美的戏剧"，因为它在思想上、艺术上、音乐上以及舞台表演上都存在着诸多的问题，必须改良。具体来说，他的改良意见，一是"将现在最流行的旧剧，在思想与结构上，仔细修改一下"，"使它成为一个完美的剧本"；二是希望音乐家与演员合作，"多作几个新的调调儿"。[2]

民众戏剧社诸人的旧剧观在20世纪20甚至30年代的戏剧界有着广泛的市场。他们从现实主义戏剧观出发，批判旧戏不能深刻表现人生，反映社会现实。向培良认为："旧剧这样的东西，侮弄着性，赏玩着残酷而创造一些浅薄夸张卑劣的趣味的，在虚伪飘浮像我们的民族似的社会里，让梅兰芳的像片永恒地挂在廊房头条，称他为艺术家，原也是应有的花样，毫不足惊奇"。[3]他得出结论，"皮黄最劣下，实为昆曲徽剧梆子等堕落后的一种残余物。要以皮黄所演代表中国戏，未免僭妄"，[4]"旧剧不独不是艺术，并且是一种民族卑劣精神的表现物"，因此"绝对攻击旧剧"。[5]针对有些批评家称道的旧戏程式，他认为："旧剧动作的程式化，为提倡

[1]熊佛西：《国剧与旧剧》，见《佛西论剧》，上海：新月书店，1931年版，第146—148页。
[2]熊佛西：《国剧与旧剧》，见《佛西论剧》，第149页。
[3]向培良：《中国戏剧概评》，上海：泰东图书局，1928年版，第7页。
[4]向培良：《论旧剧之不能改良》，载《申报·自由谈》，1935年9月6日。
[5]向培良：《中国戏剧概评》，第15页。

旧剧的人最所自夸的一点，并诩为象征。殊不知旧剧所有简单的动作，既非合理的基本形式，更非象征。只是低级的写实退化后所剩余的残余物而已。如挥鞭代马，既不足以表达骑马的情绪，亦不足以显示骑马的思想。不过在穷尽模仿以后，取最容易的方式暂代，并参以儿童式的妄信。"不独程式不足取，音乐也至为卑下："皮黄起于民间，为毫无音乐素养的人所创始，故音调最简单，所用乐器又最劣下。皮黄主乐胡琴，在我国器乐里并没有什么地位。然而就是这种简单陋劣的音乐，也无人能够改良，也不愿改革，故旧剧决无改良之可能。"[1] 戏剧家张庚亦认为："要是谁真的在'表现古代生活'上去下死劲'改革'旧剧，那事实的讽刺会像夏天的骤雨一样打得他通身透湿的。"他同时引用宋春舫《看了俄国舞队以后联想到中国的武戏》一文的话说："我们不能把旧戏仍旧保持成为一整个，只有希望把它的技巧分别归纳到新的，民族的戏剧，跳舞以致Dramatic Singing中去，因为只有新的形式方可以完全克服技术遗产，把它溶化到新技术中去表现新的情感，反之，在旧形式中加进新的去，倒会被旧形式所限制，绝不会增加它新的生命的。"[2] 形式与内容是密不可分的，旧戏的内容是与旧戏的形式相对应的，"旧瓶装新酒"——以旧形式去表现新内容是行不通的，相反会被它所限制，新的思想和观念无法表达出来。导演兼戏剧理论家焦菊隐亦表达了相同的看法，他认为："已有的戏曲已经和中国的音乐相仿，是不能不废掉重新创造的了。二黄和秦腔，只能供有意间或无意间还微乎遗留下些原始的美之概念者的欣赏，却不能适合现代化的人们的要求。我们只可把它们看成怪物，看成古董，只供少数成癖的人的观摩。"[3] 旧剧成为陈腐、堕落、古董的代名词，必须废掉，重新创造新剧。

[1] 向培良：《论旧剧之不能改良》，载《申报·自由谈》，1935年9月6日。

[2] 张庚：《从怎样的视角去看旧戏——谈我的方法论兼答李培林先生》，原载于《生活知识》，1936年第2卷第5期。见《张庚文录》第1卷，长沙：湖南文艺出版社，2003年版，第78—79页。

[3] 焦菊隐：《"职业化"的剧团》，原载于《晨报》副刊，1927年11月14日。见《焦菊隐文集》第1卷，北京：文化艺术出版社，1986年版，第1页。

同向培良等人观点相近的还有洪深和郑伯奇等。洪深认为，戏剧首先是描写人生的艺术，其价值亦在于此。"戏剧所搬演的，都是人事，戏剧的取材，就是人生。同别的艺术（如图画音乐）相比较，戏剧更是明显地、充分地描写人生的艺术了"。[1]他要求作家"亲自去阅历人生、观察人生、了解人生、直接的记录人生"，而人生不是固定不变的，人生与作者所处的时代社会是紧密相联的，"一个时代有一个时代的精神与状态"，因此，"一切有价值的戏剧，都是富于时代性的。换言之，戏剧必是一个时代的结晶，为一个时代的情形环境所造成"，[2]"每一个剧本必然包含一种人生哲学；必然是对社会某一问题表示主张和态度的"。[3]他称赞汪笑侬倡导并躬行实践京剧改革："他的好处，不仅在他的文辞，更在他能够使用了戏剧，来发泄他胸中对于政治社会时代人生一切的不平。……结果，那一般看戏的人，从来没有像在看他的戏的时候，这样的觉得戏剧的意义，戏剧的宗旨，甚是庄严与重要。"[4]与汪笑侬的京剧改革对应，他针对当时以梅兰芳为代表的京剧舞台演出提出批评，"凡是一出戏，演得久了多了，戏的各方面，所有的一切，俱已烂熟在观众的心目中，这出戏便不能给与他们很多兴趣，而成为旧的不中用的了。于是乎不得不去寻觅或编制'又一个''新'的戏了。即如梅兰芳，因为他最初所演的《汾河湾》，《六月雪》等，渐渐地不能十分的引起人们必欲看他争先恐后的热忱和决心，才演《黛玉葬花》，《天女散花》等'新戏'。后来又因为这几出也太熟了，所以又演《霸王别姬》，《太真外传》等'新戏'。今年更有《凤还巢》，《俊袭人》等'新戏'。这许多戏，诚然是新的，但在意义方面，及材

---

[1] 洪深：《属于一个时代的戏剧》，作于1928年6月，原载于《洪深戏曲集》，上海：现代书局，1933年6月版。见孙青纹编：《洪深研究专集》，杭州：浙江文艺出版社，1986年版，第158页。

[2] 洪深：《属于一个时代的戏剧》，见孙青纹编：《洪深研究专集》，第158页。

[3] 洪深：《十年来的中国的戏剧》，见上海文艺出版社编：《中国新文学大系》第1集《文艺理论集一》，上海：上海文艺出版社，1987年版，第296页。

[4] 洪深：《从中国的新戏说到话剧》，原载于《广州日报》，1929年2月。见孙青纹编：《洪深研究专集》，第166页。

料，形式，音乐，舞蹈，表演的机会（动作表情），登场的范围（布景打武走场等等），种种方面，换言之，诸戏所给与观众最后的整个的印象，未能显然的各别与特殊，总觉大同小异而已。如果我们看了他的两出三出代表作，便同全看了一样，因为其余是可以想象而得的。"洪深批判旧戏的主要原因在于它们缺少"主义"，相比而言，"现代话剧的重要有价值，就是因为有主义"，[1]因此他要求："消灭那可以减少或抵消新的戏剧的教育力量的一切戏剧！譬如平剧，除了极少数以小旦小丑为主的玩笑戏……内容不是帝皇，就是神仙；不是封建，就是迷信。非经彻底改善，不可再许其上演。"[2]

郑伯奇认为，中国戏剧运动的道路之所以阻塞不通，原因在于没有找到正确的道路和方向。旧戏正是阻碍中国戏剧发展的绊脚石，"中国封建社会从来就未曾有过纯为艺术的戏剧"，"无论那一种旧剧，不管是昆曲，或是二簧，或是秦腔，乃至上海滩黄，它们的内容和形式，都是封建社会的艺术的顶好的模型"。旧戏是封建社会的腐朽没落的代表，已经无法适应时代的要求，"从来在内容上，在形式上，旧剧都失了它固有的魅力。完全以封建思想为内容的旧剧，在封建势力一天一天没落的现社会中，不仅不能不予人以刺激，反来足以引起有觉悟的观客的反感。虽然还有一点残余势力，可以说全部在形式方面……旧剧的一切技巧，当然脱不了幼稚拙劣的批评……旧剧的动作诚然是样式化了，然而那些样式成立得太早，已经化石一般地没有生命了，不足表示我们的生活。至于舞台美术，简直只是一个'0'。歌唱虽然音节太单调，辞句多有不通，尚不失为旧剧的生命，可是现在差不多和舞台渐渐脱离关系了。大凡一种社会到了老衰期，那社会固有的艺术，在内容上失了魅力，只得偏重形式，以图苟延

　　[1]洪深：《从中国的新戏说到话剧》，见孙青纹编：《洪深研究专集》，杭州：浙江文艺出版社，1986年版，第165—166页。
　　[2]洪深：《十年来的中国的戏剧》，见上海文艺出版社编：《中国新文学大系》第1集《文艺理论集一》，上海：上海文艺出版社，1987年版，第302页。

残命"。[1] 因此"促成旧剧及早崩坏"，中国戏剧运动才能成功，才能创造出时代所要求的戏剧，也就是他所说的"普罗列塔利亚演剧"。

强调戏剧的社会功能，批判旧戏思想陈腐、缺少艺术的还有顾仲彝。他认为戏剧具有改良社会的功能，因为是它是艺术的，"艺术的教训人是感化的不知不觉的深入人心而带有愉快性质的。它使人的情感思想意旨志趣都向上超升，不同凡俗……它使人了解什么是真什么是假，什么是美什么是丑。它是社会反映，人群活动的索引；它是社会的指针，群众的明灯，指点照耀出一条达到向上而求完美的路。"因此它"是批评改良社会，培养高尚的思想，促进民智民德，激发爱国爱人类的最直接最普遍最容易感动人的极好工具"。[2] 然而旧戏多半是历史剧，"缺少艺术，结构松懈。极其能事只不过讲述故事，铺陈旧说。间或有几处具有剧性的地方，只像昙花一现，不一会就埋没在浮华的辞藻里去了"。[3] 因此无法完成这一历史任务。

应该说，民众戏剧社及向培良、洪深等人对旧戏的批判是有一定见地的。他们从戏剧的社会功能出发，批判旧戏不能反映现实，不能紧跟时代潮流，演出内容过于陈旧，无法真正实现指导社会，教化大众的目的，这是旧戏历史发展过程中存在的且不能回避的问题，但是他们并没有给京剧指出一条光明大道，而是一棍子打死，既无视京剧在当时拥有的广泛的群众基础，也没有给京剧改良提出可行的方案。更重要的，他们在否定京剧和传统旧戏缺少新思想、新内容的同时，连其艺术价值也一并抹杀了。

这一时期对新旧剧的认知态度较为客观且对旧剧的艺术特征有较深入

---

[1] 郑伯奇：《中国戏剧的进路》，原载于上海《艺术》，第1卷第1期，1930年3月。见上海文艺出版社编：《中国新文学大系》第1集《文艺理论集一》，上海：上海文艺出版社，1987年版，第308—309页。

[2] 顾仲彝：《中国新剧运动的命运》，原载于《新月》，第4卷第1号，1932年4月。见周靖波主编：《中国现代戏剧论》上卷《建设民族戏剧之路》，北京：北京广播学院出版社，2003年版，第147页。

[3] 顾仲彝：《今后的历史剧》，原载于《新月》，第1卷第2号，1928年4月。见周靖波主编：《中国现代戏剧论》上卷《建设民族戏剧之路》，第138页。

探讨的是欧阳予倩、田汉等。

　　欧阳予倩是一位既精通旧戏又谙熟话剧的戏剧家、理论批评家。早在1918年，欧阳予倩就发表了《予之改良戏剧观》一文，针对《新青年》派和张厚载的论争发表了自己的看法（详本章第二节）。20世纪30年代，他又出版了《自我演戏以来》和《予倩论剧》二书。前者是他从事戏剧实践活动的自述，后者是戏剧理论著述，其核心是探讨戏剧改革问题。欧阳予倩并不反对将戏剧作为宣传的工具，不否认戏剧的社会作用，"很鲜明的使人们认识人生，认识自己，能给人类新力量，而助其发展，这才是戏剧的真正使命"。[1] 但他认为戏剧不能只求消遣娱乐，不能只顾功利主义的启蒙教化，戏剧（包括传统戏曲）是一项综合艺术，"而所谓综合不是生吞活剥随便拼演，是在各种创作之统一与调和！就是取各种艺术精华完全戏剧化而统属之于一点。分开看好像各归各，合起来就是一个完整的个体，丝毫不能分开，然后这个戏剧才能造成浓厚清新的空气（Atmosphere）与美妙和谐的节奏（Tempo and Rhythm）。再归总一句，就是戏曲有丰富而坚固的内容，在舞台上得充分而适切的表现，我们所要求的是这种戏剧，这种戏剧才庶几能用以宣扬文化"。[2] 这是他对戏剧本质的认知。戏剧首先是艺术，"艺术的要素，不在知识，而在情绪。艺术是拿感情情绪对感情情绪的东西"。[3] 戏剧家不是知识的贩卖者，他是通过作品以情绪来感染观众，暗示观众，给观众以精神上的需要和满足。戏剧社会功用的表现与传达，也必须借助于"情绪"的创造来完成，"戏剧的情绪，是美的情绪，戏剧所供给公众的是快乐。快乐就是美的精神……在剧场里面，纵然流眼泪，不是身受痛苦与悲哀的结果，这正是由观照得来的美的情绪，就是人类本能的情绪为艺术的情绪所触动而起的反应"。这是戏剧与政治宣传的

　　[1] 欧阳予倩：《戏剧改革之理论与实际》，原载于《戏剧》，第1卷第1期，1929年5月25日。见苏关鑫编：《欧阳予倩研究资料》，北京：中国戏剧出版社，1989年版，第191页。
　　[2] 欧阳予倩：《戏剧改革之理论与实际》，见苏关鑫编：《欧阳予倩研究资资料》，第194—195页。
　　[3] 欧阳予倩：《戏剧改革之理论与实际》，见苏关鑫编：《欧阳予倩研究资料》，第198页。

本质区别，也是戏剧艺术的审美特质。当然艺术还必须要有思想，要有内容，但同时又"万不能为思想而艺术。艺术若囿于思想，就失了艺术的真义，必使艺术没有生气"。[1]欧阳予倩肯定戏剧作为社会教育宣传工具的功能，同时又强调"用戏剧来宣传，必要先有健全的戏剧"，[2]戏剧的教育教化功能不能脱离戏剧独立的艺术品格和审美特性。基于此，他对传统旧戏的批评也更具有客观实在性。

欧阳予倩批判了晚清以来旧戏改良中存在的问题："在旧戏里加上许多的组织，和新的词句。而意义的重心也随之而变。如爱国复仇一类的思想，就代替了一部分的道德的观念。可惜一般伶工，不过拿些新名词或取演说的形式，或不管妥与不妥胡乱应用，以取悦一时；不能把真正的思想融汇在艺术里面。这种浅薄的方式，只显得不调和，不自然，观众也就极容易厌倦。我亲眼看见潘月樵的大声疾呼，刘艺舟的尽情谩骂，虽然是痛快淋漓，然非但不能感动观众，而且引起许多反感，致令人家不愿或者不敢去看戏。"[3]清末民初的旧戏改革如此，至20世纪30年代，旧戏改良并没有多少实质进展，"二黄戏已经成了强弩之末"，已经落伍了，"非根本加以改革不可"，究其根本原因，在于"形式，内容，音乐，都不能应现在社会的需求"，"现代人的情绪和思想，很难在旧的形式里而表现"。[4]在《戏剧运动之今后》一文中，他也表达了相同的看法。

欧阳予倩的旧戏改良主张是在承认旧戏是歌舞戏的基础上展开的。"中国戏是拼凑拢来的，其内容非常复杂，论其性质当然是一种歌舞剧"。与西洋歌剧相比，其成长路径和表演形式迥异，是"中国特有的艺

---

[1]欧阳予倩：《戏剧改革之理论与实际》，原载于《戏剧》，第1卷第1期，1929年5月25日。见苏关鑫编：《欧阳予倩研究资料》，北京：中国戏剧出版社，1989年版，第200页。

[2]欧阳予倩：《戏剧与宣传》，原载于《戏剧》，第1卷第2期，1929年7月25日。见苏关鑫编：《欧阳予倩研究资料》，第241页。

[3]欧阳予倩：《戏剧改革之理论与实际》，见苏关鑫编：《欧阳予倩研究资料》，第197—198页。

[4]欧阳予倩：《戏剧改革之理论与实际》，见苏关鑫编：《欧阳予倩研究资料》，第212页。

术"。[1]他批判新剧家们完全以新剧的写实主义标准来评说旧戏："拿写实的眼光来批评中国旧戏是根本错误。"[2]他认为中国要建设新歌剧，必须改造皮黄剧，并提出了改革的实际方案。具体来说，改革皮黄剧有以下几个方面：一是剧本，要"有美的具体化的情绪，有适时代的中心思想，有诗的文词，有剧的行为，有鲜明的性格，有表现的技巧：须求整个的完成，不取片段的齐整"。而中国旧戏情绪的表现依靠词藻，因此在情节结构上缺少内在关联性，人物性格塑造弱化，叙事简单。二是音乐，创造新歌剧，必须要有新音乐，办法是"将中国古今的音乐算一回总账"，"参考西乐而编制中国的和声学"。三是动作，"线条和变化确有很美的地方，我们可以拿来变一种新用法，而且可以作成新舞"。四是舞台装置，"用中国画的布局色彩手法使之近代化，而利用之于舞台"。五是化妆与服装，化妆要根据人物性格、剧情、音乐、舞台布景等确定；"服装要调和"，[3]要与剧情不冲突。总而言之，旧戏的改革并不是破坏旧戏，"有计划的改革，才真足以延长旧戏的生命"。[4]说到底，旧戏就是要表现人生，要有"时代的精神，和超时代的理想"。[5]

欧阳予倩的戏曲理论和改革理论是比较全面系统的。他没有简单地以西方话剧的写实理论和标准来衡量旧戏，否定旧戏，他是将戏曲作为一项综合艺术进行考量和评价的，指出了中国旧戏（主要是皮黄剧）在发展过程中不适应时代、社会，艺术表现中存在的问题。尽管他的改良主张中有强调剧本的一面，认为"第一最不令人满意的，就是中国剧本。旧剧本应当束之高阁，坏的当然已经等于消灭，好的也只好供专家当古

[1]欧阳予倩：《戏剧改革之理论与实际》，原载于《戏剧》，第1卷第1期，1929年5月25日。见苏关鑫编：《欧阳予倩研究资料》，北京：中国戏剧出版社，1989年版，第211页。

[2]欧阳予倩：《戏剧改革之理论与实际》，见苏关鑫编：《欧阳予倩研究资料》，第221页。

[3]欧阳予倩：《戏剧改革之理论与实际》，见苏关鑫编：《欧阳予倩研究资料》，第224—229页。

[4]欧阳予倩：《关于旧剧改革》，原载于《克敌》周刊，第23期，1938年8月13日。见苏关鑫编：《欧阳予倩研究资料》，第304页。

[5]欧阳予倩：《戏剧改革之理论与实际》，见苏关鑫编：《欧阳予倩研究资料》，第229页。

董来鉴赏"[1]，有学者称之为"以剧本为基础整合其它戏剧要素的改革思路"。[2] 但总体来说，他的改革主张还是比较全面、有见地的，非一般戏剧理论家可比。

与欧阳予倩一样，田汉也是一个既从事话剧创作又搞戏曲的剧作家、理论家。他深受西方文艺思潮和"五四"新文化运动的影响，但同时对中国传统戏曲有着亲切的感情和比较清醒的认识。他曾说过："我不否认欧洲形式对我们的巨大影响，但我主要是由传统戏曲吸引到戏剧世界的，也从传统戏曲得到很多的学习。"[3] 早在1923年，田汉留学归国之初，即就旧戏改良和新剧实践发表了自己的看法："中国旧剧实亦有其固有之优越性，为吾人所不可忽视者。""大体旧剧名伶以十数年或数十年之努力始获得此一点叫座之能力。而今日之演新剧者大都视为出风头之事，又加以无唱工武打，不必学而知之，如是皆不肯下死功夫以练磨其艺术，奈之何其能与根深蒂固之旧剧抗也！"[4] 尽管文中对中国戏曲的表演特点并没有作具体的论述，但他对当时旧戏在大众中的影响及新剧舞台情况的概括是比较准确的。

田汉戏曲观念的发展和完善是在新国剧运动以后。1928年11月，田汉在《梨园公报》上发表了《新国剧运动第一声》[5] 一文，对新旧剧改革提出了新的看法。他首先概括了当时戏剧舞台上人们关于新旧剧的普遍认知："从事新剧运动的人，说演旧剧的没有生命，说旧剧快要消灭。演旧剧的人看不起新剧，说新剧还不成东西，还不能和旧剧竞争……说歌剧便是旧剧，话剧便是新剧……"称歌剧为旧剧，话剧为新剧，是当时戏剧理论界

---

[1] 欧阳予倩：《怎样完成我们的戏剧运动》，原载于《戏剧研究》，第8期，1929年4月8日。见苏关鑫编：《欧阳予倩研究资料》，北京：中国戏剧出版社，1989年版，第237页。

[2] 李伟：《从两份戏改方案看两种戏改模式之差异》，载《戏曲艺术》，2010年第3期。

[3] 田汉：《答〈小剧本〉读者问》，见《田汉全集》第16卷，石家庄：花山文艺出版社，2000年版，第413页。

[4] 田汉：《致宗白华》，原文刊载于《少年中国》，1923年第4卷第4期。见《田汉全集》第20卷，第17、18页。

[5] 田汉：《新国剧运动第一声》，原载于《梨园公报》第22、23号，1928年11月8日、11日。见《田汉全集》第17卷，第1—2页。

对中国戏曲和话剧的普遍称呼，但这种称呼背后，是将中国戏曲与愚昧落后、衰败腐朽划等号，将西方话剧与进步、先进等同。田汉认为，新旧不能以剧种来标识，"因为不独歌剧有新旧，话剧也有新旧"。戏剧的"新"应当是在继承基础上的创新，"拿起我们唱的二簧戏来说，完全承袭前人的死的形式而忘记了他的活的精神，便是旧剧。能够充分理解自己所演的人物的性格与情绪，而加以个性的、自由的解释的便是新剧。这样说起来，程、汪、孙、谭诸前辈先生，真是我们的好模范，因为他们真能创造地演出他们所与的性格，不专做前人的孝子贤孙"。因此即便是旧戏，如果能够真正承袭前人的精神而加以重新创造，同样也可称为新戏。他的新旧剧观在承认传统旧戏属于歌剧性质的基础上，打破了此前称传统戏剧为旧剧、话剧为新剧的机械划分，从戏剧艺术历史发展的角度来看待皮黄和话剧，指出需要改良的不仅仅是皮黄剧，还包括新剧。

　　田汉认为，传统旧戏已经不适应现代的生存，"现在实在不是失了生命，便是走入魔道"，[1]"思想内容空疏陋劣，充满着封建时代的毒菌，已经由一种富有新生命的革命艺术降为纯粹市民阶级的消闲品了……"[2] 传统戏曲之所以会出现既不通俗又非常恶劣无意义的原因，"是民间艺术'贵族化'后必然的结果"。[3] 因此，中国现在当务之急是创造新歌剧。但是"五四"以来，戏剧界虽一直倡导改良，但是从根本上说，"对于中国旧剧的批判，客观地没有比五四时代更进步，许多人还是蹈袭着当时的《新青年》的观点"，[4] 原因在于："一、改革者多属'外行'，内行本身始终没有十分动。二、外行改革者也不过动于一时的兴趣。事过境迁，兴趣亦减，多不能持之以恒。三、旧剧有其深厚之传统，枝叶的局部的改革曾不

　　[1] 田汉：《新国剧运动第一声》，见《田汉全集》第17卷，石家庄：花山文艺出版社，2000年版，第2页。

　　[2] 田汉：《南国社的事业及其政治态度》，见《田汉全集》第15卷，第41页。

　　[3] 田汉：《中国旧戏与梅兰芳的再批判》，原载于上海《中华日报》，1934年10月21日。见《田汉全集》第17卷，第14页。

　　[4] 田汉：《中国旧戏与梅兰芳的再批判》，见《田汉全集》第17卷，第5页。

能动摇其根本。"[1]田汉所要创造的"新国剧"并不是彻底废除旧剧,而是在尊重旧戏传统的前提下,吸收其艺术精髓再加以改造,"尊重中国的传统,以现有的'京剧'乃至'昆剧'为根据寻觅其没落之径路,阐发其原有或应有之精神,对于其形式施以改造,或使多量吸收新的要素"。[2]也就是"以新话剧代替旧话剧(文明戏之类),新歌剧代替旧歌剧"。[3]正是在这样的认知下,他提出了"新国剧"的概念。新国剧的目标是"使我们唱的歌剧,音乐的价值更高,思想的内容更富。尤其应该使他成为民众全体的东西,不应该成为专供某一阶级的消闲品"。[4]建设新国剧,不独要吸取皮黄剧艺术的精华,古老的昆曲艺术也应加以吸收和学习,"中国旧戏剧艺术的最好的传统有许多不能求之于流行的京剧,反只能于昆剧中见之。它的有些部分如艰深的台词、封建的意识等虽渐次失去了时代的意义,而在表演艺术上,剧本的结构上,其优美与谨严仍使人不能不为之低首……我们必须取旧有艺术之足以代表其最高阶段者观摩之,学习之"。[5]

20世纪30年代以后,田汉的戏曲观发生了转变。他认为传统戏曲充斥着封建思想,而创造有益于被压迫大众解放的戏剧,"通过文化的特殊性唤起全国劳苦群众起来彻底执行五四运动未完成的任务",是当务之急,"京戏在今日真是成了这样'既不通俗又无意义的恶劣戏剧'了。这其实是民间艺术'贵族化'后必然的结果。梅兰芳及其亚流的京戏目前是走着昆曲一样的路……梅兰芳的'新戏'的雅致化,是同它的封建的内容分不开的","他在舞台扮演的是深宫的美人,在阶级的斗争场里所扮演的是播散

[1]田汉:《关于旧剧改革》,原载于《新长沙报》小丛书《旅伴》,约1939年2月出版。见《田汉全集》第17卷,石家庄:花山文艺出版社,2000年版,第43页。

[2]田汉:《南国对于戏剧方面的运动》,原载于《南国》第6期,1928年12月版。见《田汉全集》第15卷,第8页。

[3]田汉:《南国社的事业及其政治态度》,见《田汉全集》第15卷,第41页。

[4]田汉:《新国剧运动第一声》,见《田汉全集》第17卷,第1—2页。

[5]田汉:《给真挚的艺人们——介绍白云生韩世昌剧团》,原载于南京《新民报》,1936年12月16日。见《田汉全集》第17卷,第40—41页。

昆曲大师俞振飞与京剧四大名旦之一程砚秋合演《春闺梦》剧照。俞振飞饰王恢，程砚秋饰张氏。摄于1934年。

封建意识的活工具"。[1]田汉对以梅兰芳为代表的旧戏的批判，是在民族危机日益加深、民族主义思想高涨的情况下，对传统戏曲提出的要求，即反对戏曲艺术的雅化、精致化，要求戏曲反映现实，服务社会，这也是20世纪20年代末期及30年代戏剧理论家们对传统戏曲提出的共同要求。

"五四"以后至抗日战争全面爆发前，新剧家们对传统戏曲批评的突出特点是：一、他们大多数人对传统旧戏的批评仍延续了五四运动时期以西方戏剧理论和评价体系来衡量传统戏曲的特点，否定旧戏，既没有认真探究古典戏曲在舞台改良实践方面取得成功的内在原因，也没有注意到中国观众的审美心理、欣赏习惯，因此他们对旧戏的批评一定程度上脱离了舞台演出实际，存在着明显的片面性和局限性。二、他们大多自觉地将中国戏曲和话剧分为对立的两个阵营，中国传统旧戏成为落后、愚昧的象征，西方的、新剧的与"先进"划等号。戏剧评论家们对新旧戏剧的批评不是学理性、学院式的，而是带有强烈的个人主观情绪色彩，"实质上，所谓批评文字，充其量也不过是一些胡捧与乱骂，还有就是一部份新闻记者作为补白的'新闻式'的批评了"。[2]"二十年来新文化运动……不仅是一般人的心目中所谓批评只等于'捧'或'骂'，就是某一部分写批评的，或口头发表他们的宏见的时候，也不免流为'捧'或'骂'……在戏剧这方面，同样的难以免掉这种现象"。[3]戏剧批评流于简单化、表面化。三、他们对传统旧戏的批判关注点在社会功能，在宣传教育作用方面，缺少艺术本体的分析、探讨和把握（个别人除外），"它们个个都以

---

　　[1]田汉：《中国旧戏与梅兰芳的再批判》，见《田汉全集》第17卷，石家庄：花山文艺出版社，2000年版，第5、14、13页。

　　[2]田禽：《中国戏剧运动》，上海：商务印书馆，1944年版，第2页。

　　[3]刘念渠：《抗战剧本批评集》，武汉：华中图书公司，1940年版，第1页。

宣传主义为目的，以戏剧为最方便之工具，它们只谈主义，不研究戏剧艺术，所以戏剧的运动至此已失去其艺术的真灵魂"。[1]戏剧批评成为宣传"主义"的工具，成为批评者宣传启蒙主义思想、教化大众的工具，脱离了戏曲艺术本身。

二、传统剧人的戏曲改良理论与批评

面对新派剧人的猛烈攻击，一些熟悉中国传统戏曲艺术特点的文人知识分子对旧戏改良表现了迥异的态度。他们从不同视角、不同层面表达了对旧剧改良的看法。

接续"五四"戏剧论争的思想观点，这一时期，张厚载重申了他对旧剧改良的态度。他指出："我向来主张旧剧不能废除，只能在可能的范围里，渐渐地把他改良。"原因在于"旧戏的组织，是很复杂，而且很固定，他有特别的规律，和方法，决不容轻易改革"。那么怎样改良，张厚载认为，"可以先从舞台方面着手"，具体来说就是把检场等"戏剧以外的人，整个儿排除在舞台之外"，从剧场变革入手。[2]不完全反对改良，但也不轻易改良，要遵循旧戏自身的组织特点和规律，在有限的范围内进行改良。应当说，张厚载的旧戏改良态度是非常谨慎的，范围也是十分有限的。

对改良持谨慎态度的还有熟悉京剧舞台的剧作家齐如山。齐如山早期的著作《观剧建言》、《说戏》等，与新派剧人一样，都是以西方戏剧的眼光和标准来衡量旧剧，如他自己所说："我于民国二年曾写过一本书，名曰《说戏》，立论是完全反对国剧的……其实我在书中所写的改良国剧的话，到如今看来都是毁坏国剧的。"[3]他认为，旧剧并非不可改良，但旧

---

[1]顾仲彝：《中国戏剧运动的命运》，见周靖波主编：《中国现代戏剧论》上卷《建设民族戏剧之路》，北京：北京广播学院出版社，2003年版，第151页。

[2]张厚载：《旧戏问题》，载《国闻周报》，第2卷第13期，1925年4月12日。

[3]齐如山：《齐如山回忆录》，见梁燕主编：《齐如山文集》第11卷，石家庄：河北教育出版社，2010年版，第76页。

剧的改良必须慎之又慎，他曾经对梅兰芳说："倘有人怂恿您改良国剧，那您可得慎重，因为大家不懂戏，所以这几年来，凡改良的戏都是毁坏旧戏，因为他们都不懂国剧的原理，永远用话剧的眼光来改旧戏，那不但不是改良，而且不是改，只是毁而已矣……万不可用看话剧的眼光衡量国剧。凡话剧中好的地方，在国剧中都要不得；国剧中好的地方，在话剧中都要不得。"[1]旧剧可以改良，但它必须以遵循旧剧的内在规律和艺术特点为前提，千万不能以话剧的标准和手段来施行，这是对旧剧的破坏。

改良作为普遍的共识，首先遇到的是实施主体问题，即由谁来进行改良。徐凌霄认为："现在欲求'国剧'地位之明显，使其特质与要素可以大白于世人，体大绪繁端赖多数嗜爱'国剧'具备'常识'精勤不懈之青年人物，认定目标联合进行……"[2]署名暖朱的《对今后戏剧界的希望》一文提出："将来对于旧剧的改良，更非由内行外行合作不可……凡属以外行资格参加的，最要紧是把便利之点保持坚牢，对于旧剧的一切，应细心去观察，去研究，这样始可以免除闭门造车的笑话。""内行"即是戏曲艺人、梨园中人。他认为，旧戏的改良需要内行和外行合作才行得通，"希望不要卤莽从事，要晓得病人吃错了药，病势是要变本加厉的"。[3]吴瑞燕在《国剧之将来》中指出，旧剧的改良、新剧的创作"是要交给懂得旧的理论同技巧的戏剧诗人去完成的。不然终少收获"。[4]改良主体是关系到改良成败的关键，改良者若不懂旧剧，不清楚旧剧的艺术规律和特点，以话剧的写实来改造旧剧，那只能是有病乱投医，病症只能更加严重，熟悉旧剧的特性，具备

齐如山像

[1] 齐如山：《齐如山回忆录》，见梁燕主编：《齐如山文集》第11卷，石家庄：河北教育出版社，2010年版，第163页。

[2] 徐凌霄：《"权威者"与"国剧前途"》，载《剧学月刊》，1935年第4卷第3期。

[3] 暖朱：《对今后戏剧界的希望》，载《剧学月刊》，1935年第4卷第1期。

[4] 吴瑞燕：《国剧之将来》，载《剧学月刊》，1932年第1卷第5期。

旧剧之"常识"的内行,才有可能对旧戏进行改良。

　　旧戏哪些方面需要改良? 一些戏曲批评者提出了他们的看法。首先,他们对旧剧的剧本问题提出了尖锐的批评。"旧剧情节之荒谬,非特大雅通人所不屑道,即在通俗,亦心知其非,相沿既久,习焉不察"。[1] "旧剧提倡封建迷信,说神道鬼,宣示愚忠愚孝"。[2] "中国旧剧的注重结构,却予西洋人以及喝过洋水的朋友们,作攻击的资料,其实,中国旧剧,并不是不要讽刺,而仅仅只是忽略。结构呢这是中国旧剧一个传统的主义——便是本文所说的出气主义……旧剧的出气主义……是神权时代的产物,原则是高台教化,而教化的手段,不是用科学的,而是拿神权作辅助,行善的一定有好处,作恶的就是人类不能制裁它,菩萨也要制裁他的。"[3] 旧剧情节荒谬,宣扬愚忠愚孝,鬼神迷信,这是"五四"以来戏曲被论者诟病最多的方面。因此旧剧成为落后、腐朽、残渣的代名词,与西方戏剧相比,它不是以科学的手段来启发民智、教育大众,而是以封建的神权、超自然的力量来施行高台教化,扬善惩恶,它要人们相信"神"是正义的执行者,是公正的裁判者,具有明显的虚伪性和欺骗性,这是必须改良的首要方面。

　　也有学者认为,对旧剧包含的封建思想,不能一概而论,应区别对待。马肇彦《旧剧之产生及其反封建的色彩》[4]一文指出:"我们若随便打开一部戏考来看,还可以发见上面所载的剧本,正和一般人们的想像相反,十九都是属于反封建的描写方面。"他举例说,《取荥阳》一剧,"张良之为高祖筹划,亦并非忠于高祖,乃为的是想藉此施展自己的本领",而且此剧"曲折讽刺的描写,简直把古来的英君,贤相,名将等流,骂得

　　[1]了翁:《论旧剧宜改良情节:社会教育攸关,外人观瞻所系》,载《戏杂志》,1923年第7期。
　　[2]白雪:《改良旧剧(发刊词):要创造旧剧的新生命,从改良旧剧本身做起》,载《戏剧周报》,1936年第1卷第1期。
　　[3]慕耘:《出气主义是旧剧的桎梏,是西洋人攻击旧剧的工具》,载《戏报》,1936年11月26日。
　　[4]马肇彦:《旧剧之产生及其反封建的色彩》,载《剧学月刊》,1934年第3卷第5期。

百倍地不堪"。同样，《五人义》是"反对封建时代的滥刑的"，《法门寺》是"揭露官场黑幕的剧本"，《打渔杀家》"把封建时代的地方官和豪绅地主阶级加于小民的剥削，说得太明显了"。这些旧剧从不同侧面揭示了封建制度的弊端和罪恶，说它们是"属于人臣尽忠，人子尽孝的事情"，显然是错误的。他认为，这些人"只是抓住它的表面上的意义作根据，就糊里糊涂地下了这样一个轻率的判断……什么叫做拥护封建制度？那不过是它表面上的意义罢了"。对旧剧所表现的主题内容加以区别对待，不是一棍子打死，肯定其中有价值、有意义的部分，这一看法是非常有见地的。

旧剧除了在情节内容上有明显的弊端之外，在舞台表演等方面亦存在诸多问题。徐凌霄《旧剧整理之一部分事宜》即就"现在戏园状况"这一问题提出了具体的改革主张。（一）必名实相副，不得以一出而冒全本之名。（二）必情节完具，不得因迁就各人之故而成为割裂。（三）必妥为编序，生旦净丑末武各行各有主演之戏，应妥为支配；武戏锣鼓声刺激力太大，宜演于大轴。（四）勿乱用实质布景。（五）更正戏报款式。（六）印售戏本说明。（七）选择适宜之剧场。（八）打扫戏台上之垃圾。（九）排演不习见之戏本。[1]徐凌霄所列举的九个方面主要是针对当时旧戏园演出中存在的积习而言的。文中有两点特别值得注意，一是角色的配置问题，"不得专重生旦武生，而将净角，丑角置之不是轻重之数"。也就是说，戏曲角色之间要搭配适宜，突出主角的同时也不能忽略了配角，这是关系到戏曲结构整体的问题。二是布景问题。旧戏以"音乐之传写，及演员身手之虚拟为主，有时兼用实质亦以不妨及演员之身步为限度"。采用实景是话剧舞台的办法，由话剧写实主义的美学特性所决定，旧戏的舞台情境、氛围的呈现，是靠演员写意性、虚拟性、程式化的动作来实现的，不需要实质性的具体布景，采用实质性的布景，有时反而会分散观众的注意力，影响到演员的表演。徐凌霄认为，即使要借鉴话剧的实景也要以不妨

---

[1] 霄（徐凌霄）：《旧剧整理之一部分事宜》，载《京报·戏剧周刊》，1925年9月7日。

碍演员的身段动作表演为宜。此外，徐凌霄还指出了旧戏中存在的其他问题，"趋向'小池子'——听唱——信任'台柱子'——重伶——皆是京朝派的积习所致，又如后台的迷信，神怪的传染，古董的色彩，猥亵的词句等，皆是必须整理，修改或翻造的。伶人机械式技术，以及剧场上缺乏'实现'的研究，不能适应时代的迫切要求，也属无可讳言"。[1]这些观点主要是针对当时恶俗的演剧风气、伶人因循守旧的习气以及剧本问题而言的，都是值得重视的。

针对旧剧存在的诸多问题，改良的具体措施和方法是什么？论者们提出了不同的看法。马肇彦的主张比较具有代表性。"（一）将来的动作，将由千篇一律的程式，进而为变化不同的程式，即以程式作为技术训练之基础，在每一出中，应造成其特有的风格，最宜打破者，即同一风格的程式，运用于凡百戏内。（二）将来的歌唱，将以科学的发音学为基础，采取中外凡百歌曲之长，创为新声。（三）将来的表情，宜重内心，尤其是静态的表情，殊使台上动静对比，情调得以调和。（四）将来的舞台装置，应采取欧美最新式的装置法，但每一出均应有其特有之设计，或半写实，或象征，或怪诞，均无不可。但动作不离装置，装置应根据动作，动作装置应两相调协。（五）将来的服装，应以科学的服装术为根据，用极少数金钱，做出极美丽服装，并仿照欧洲制度，分为A.历史的，B.幻想的，C.跳舞的，D.时髦的四种；举凡中国舞台旧有之服装，均须在此四种功用以内，求其存在价值，否则一概废除，均所不惜。（六）将来的剧本，除唱白词句而外，宜将装置，动作，歌唱，服装等，各种设计，或近乎设计的一种意见包含在内。（七）将来的情节，应以一个问题为全剧发展中心，最好遵A.铨明，B.发展，C.高潮，D.解决，E.收煞等，五种过程展开，如曩时旧剧本编年式的体裁，切忌采用。（八）将来的唱词，不必死守'三三四'或'二二三'之限制，宜长短兼收，雅俗共赏，虽欧化

---

[1]徐凌霄：《中剧的第一个立场》，载《剧学月刊》，1932年第1卷第3期。

而为近代白话诗之体裁，亦无妨害，天才伶人得之，且能产生种种新腔调也。（九）经济为凡百事业之母，如剧中设置过事铺张，必致亏损之累，结果无人敢用，剧本必被搁置"。[1] 概括来说，马肇彦的戏曲改革主张主要包括：演员的程式动作、歌唱、表情、舞台的布景、服装、剧本（包括剧本情节、唱词、腔调）及剧本搬演的经济问题等。这些戏曲改革理论主张和建议，明显地受到了程砚秋《赴欧考察戏曲音乐报告书》的影响（程砚秋的改革主张详后），如歌唱以科学的发音学为基础，采用欧美的舞台装置等。但他的改良建议中仍有值得重视的地方。一是程式动作不局限于原有的范围，要在原有程式的基础上，在不同的戏曲表演中，创造并使用新的程式。程式是中国戏曲旧有的特点，但程式不是僵化不变的动作，它是对日常生活形态的高度提炼和加工，随着日常生活的丰富和变化，旧剧内容的创新，程式也要能够随之变化。二是关于布景装置问题。中国戏曲是写意性、虚拟性的表演方式，剧情、人物心理、舞台情境的表现不是靠布景而是靠人物的动作来实现的。马肇彦提出采用欧美舞台装置，用"半写实，或象征，或怪诞"的布景，同时又要求动作不离装置，装置根据动作，二者相互协调，力求中西结合。三是关于剧本的写作问题。一方面情节要波澜起伏，曲折有致，有鲜明的故事性；一方面要求编剧将唱白词句之外的舞台布景、动作、服装等都明确写在剧本中。这种写作方式显然不同于旧剧，具有明显的欧化色彩。总而言之，马肇彦的戏曲改良主张尽管大多数是以中国戏曲为本体，但西化倾向却是非常明显的，即要求借鉴并吸收西方戏剧的表演方式、表现手法来改良旧剧，这也是20世纪戏曲改良以及现代化过程中一直存在且困扰戏曲的问题。

此外，马肇彦还专门从导演方面对旧剧改良提出了具体的主张。他的《旧剧的导演术及其导演权威之建设论》一文，在中西戏剧的对比中，从导演艺术出发，对旧剧的改革发表了看法。他认为："（一）旧剧改革，

---

[1] 马肇彦：《为在困难征服下的旧剧改革同志提议一个最初可能的办法》，载《剧学月刊》，1936年第5卷第5期。

虽有种种办法，但设立导演者，实为最初重要之关键。（二）旧剧导演者应具有社会科学，新旧戏剧之方法与理论，及舞台技术之全般的知识。（三）专门学校为造成上述人才之最好机关。（四）在上述人才未造成之前，不妨采取变通办法，就旧剧界选择有声望，年青，兼有新的美术思想者，担任导演职务。（五）另一变通办法，可就新剧界选择对于旧剧一切有相当之认识，对于旧剧改革持有相当之计划者，试行担任之。（六）于必要时，可采取联合导演制度，由新旧戏剧专家，联合担任之。"[1]导演制是西方戏剧的传统，旧剧是否需要导演制至今仍是个需要探讨的问题，但马肇彦以导演制作为旧剧改良的方剂，显然受到了西方戏剧观念的影响。旧剧改革除了要建立完善的导演制度，其他方面也必须进行改良，"如科学化的舞台之建立，剧场秩序之刷新，化装术与乐器之改良，剧本之整理与创作，演员教育之设施，在在都要以适合于现代的精神为原则，而从事努力改良和提倡，并且于必要时，还要借重西洋的艺术理论和方法，以之互相参证，互相发明，必使每一出戏剧之演唱，反映在任何新派旧派的人物的心目中，都感觉到毫无指摘之余地，则吾国的戏剧艺术，将从此进入于一种更完美，更成熟的境界，直可与世界任何国家的戏剧艺术争辉并耀，而同垂不朽矣"。[2]

　　在承认旧戏应当改良的大前提下，一些论者特别强调改良中要认清和发挥旧戏的优长。了翁认为："旧剧经百余年之陶冶，如场子，如表情，如腔调，已有水到渠成之妙（旧剧之场子，如作长篇小说，其中穿插转折联缀，繁简咸宜，层次清晰，皆寓至理；腔调则疾徐缓急，能将喜怒悲哀曲曲传出，如悲哀时唱反二簧，闲情时唱慢板，皆极行文之能事，广东戏、绍兴戏，以视京剧，望尘莫及矣），确无可移易之理。"[3]冯懊侬指出：

　　［1］马肇彦：《旧剧的导演术及其导演权威之建设论》，载《剧学月刊》，1936年第5卷第1期。

　　［2］马肇彦：《在欧化的狂热中——谈我国旧剧之价值》，载《剧学月刊》，1934年第3卷第2期。

　　［3］了翁：《论旧剧宜改良情节：社会教育攸关，外人观瞻所系》，载《戏杂志》，1923年第7期。

"西洋戏剧大都趋于'求肖'，东方戏剧大都在乎'意会'，二者相较，以艺术论，求肖当然不及意会之程度为高。艺术之于我国，已有二千余年文化美术之历史，举凡一切人事中间，每有隐现流露，而此真正艺术之戏剧，实已进入艺术之堂奥，得艺术之神髓，一切布置表情，俱能以描写灵魂之法，使观众于事实相去甚远之处，领悟而了解之，此种高超奥妙之艺术戏剧，实非一斑西洋剧家所能梦见。""抱改良旧剧之巨愿者，每诟病于举鞭为马、张手为门等之为不可通，殊不知惟其不可通，而能使人想像同于事实，乃真正艺术之出神入化处。今以最浅显之《空城计》剧为喻，张布为城，叠椅作楼，司马懿举鞭而挥，卧龙先生可颠自敌楼也……使改为'求肖'之演法，则百雉之城，寻丈之池，遥望孔明城楼闲坐，司马懿率领万众（放大舞台之后）蜂拥而至，见西城四门大开，望望然而去之，试问此情此景值得一顾否？"[1]在中西戏剧的对比中，指出中国戏曲"意会"的特点，称之为"高超奥妙之艺术戏剧"，虽有夜郎自大之嫌，但观点确有可取之处。倦鹤认为："旧剧有词有调，抑扬高下，能传无限深情，此人演之而长在此者，彼人演之又长在彼，即就一人而言，板眼虽历久不易，而声调时有异同……文字的意味旧剧胜，社会的观感新剧胜，文字与社会，彼此并吞不下，则旧剧新剧，正不必互相谤毁哉。"[2]徐凌霄认为，旧戏的优点是"最能写实，最与人生有关系的"。所谓写实，并不是西方戏剧的写实主义，而是"在情节中虚涵着中心的意义，在多方中暗示着待决的问题，而并不容剧中人露出演说的口气来"，也就是通常所说的艺术真实。"与人生有关系的"，是指戏曲"能够把人的心理，人的行为，个人与个人，个人与社会，其间一切的矛盾，调协，正映，反射，动机，结果，细密的传写出来，使人们得到极深的印象，发生广大的联想。并且可以觉悟常人眼中所谓善恶，是非，良莠，都不过是片面表面的幻景，而

---

[1] 冯懊侬：《改良旧剧之我见》，载《戏剧月刊》，1928年第1卷第6期。
[2] 倦鹤：《我之新剧旧剧观》，载《戏杂志》，1922年尝试号。

并非确定的真实"。也就是说，戏曲在表现人性、人的心理、行为以及复杂的人际关系等方面都具有优长，从创作及表演的技巧方面来说，能把"实在的状态，繁复的情境，写的细，演得足，却不参杂一毫主观，不加入半点议论，而只是'案而不断'让观众们自己去寻味去想象……"[1] 马肇彦认为，旧剧的意义和价值，首先在于其"充满了种种'写意'的精神"。其次"中国戏剧与各国戏剧之不同点，就在其舞蹈，说白，歌唱之同时贯串一气。原中国旧剧系由古时歌舞递嬗而来，剧中人出场之前，先有音乐领起，一俟音乐作到分寸，方可出台；出台之后，一举足，一抬手，莫不含有舞意；而且每一走动，每一动作，皆有音乐随之；并且在迂回徐疾的走舞动作之中，发生种种自然的停顿，恰形成了一种古雕像的空间节奏美……白的说法，皆有韵味，盖取其清脆好听，以求博得观众之注意与易懂也。并且到了有相当的感触，即所谓'言之不足'的时候，于是因着感触的不同，而开始种种不同的唱工……至于剧中的引子，通名，背供……等事，俱为我国戏剧特优之点，尤其是背供一法，实为戏剧文学上一种最经济的手腕，由此可以省却无数的笔墨和无数的烘托"。[2] 中国戏曲的写意性、歌舞性等都具有西方戏剧无法比拟的优点。

此外，一些学者还就戏曲音乐、舞台美术的改良等提出了具体的意见和建议。如王泊生《中国乐剧进一步的办法》[3] 一文认为，中国戏曲音乐存在诸多问题，一是"乐理太庞杂，零乱，标准音缺乏科学的规定"，二是"记谱符号的不完备"，这也是戏曲音乐"致命的创伤"，即"工尺谱子不但无轻重疾徐的记号，并且笔画多不便缮写，音色高低又不能一望即明。且最大的限制，是仅供单音乐谱之用，至复音谱即无法措置"。针对戏曲音乐中存在的具体问题，他认为改良的办法有二：一方面，"整理故

[1] 徐凌霄：《中剧的第一个立场》，载《剧学月刊》，1932年第1卷第3期。
[2] 马肇彦：《在欧化的狂热中——谈我国旧剧之价值》，载《剧学月刊》，1934年第3卷第2期。
[3] 王泊生：《中国乐剧进一步的办法》，载《剧学月刊》，1932年第1卷第1期。

旧，是用科学的方法，整理旧有的昆曲皮黄，及各省杂剧"。所谓科学的方法就是，"厘订记谱最完全的方法——音符，音名，音阶"，"或竟采用西洋五线谱方法"。另一方面，"创造新声，自然要以自己的需要为立场，外来的东西，可以作一个很好的参考"。以西方音乐为参照，但不违背旧剧的传统，以科学的、现代的方法整理旧乐，包括昆曲、皮黄和地方戏，同时创造新声。对旧剧而言，这是可以施行的改良措施，也是一件极有价值和意义的工作。另外，王泊生还就舞台布景提出了具体的改良意见。在《舞台艺术第一讲》[1]中，他运用戈登·克雷"完整的戏剧艺术"的理论观点，指出中国旧戏舞台布景的特性及改良的方法。"在他表现原则上说，他是一件纯意境的表现……他的精神是不靠布景来暗示，一般科学来协助的。他的表现中心，完全集中在演员的身上……演员不止有抒情的动作，而且有写景的动作。话白也是一样"。他认为，中国戏曲的舞台表现包括布景、动作、话白等都是写意的，而非写实的，这是中国戏曲的基本特性，也是它的长处，如果以话剧的写实改造戏曲，"那便是自己戴上了禁锢自我的一个大刑枷"，自缚手脚，戏曲的写意也就荡然无存了。王泊生主张尊重旧剧的传统来改良布景，"在这种自成风格的有机组织之下，用一幅中立性背景，单纯站在衬托演员，未始不是一种方法。不过现在旧剧的种种因陋就简，和不加思考的胡乱凑和，那确是失去本来面目。在这方面，是要下一种合理的肃清同修理。但是在另一方面，我们可以尽力向纯意境的方向表现。用纯图案的形体，与演员的动作，服装，声音，调和一气。专在不着实体的线条色彩和动作声音的有机组织，用适宜的光影烘托出他的生动。这样旧剧也会有一个很好的发展"。"用一幅中立性背景"、"适宜的光影"，表现和烘托人物，向纯艺术和纯意境方面去发展，可见，王泊生并不避讳旧剧布景借鉴西方戏剧的某些因素，但这借鉴并不是西方话剧传统的写实主义，而是现代的形式主义，也就是戈登·克雷舞台美术理论

---

[1] 王泊生：《舞台艺术第一讲》，载《剧学月刊》，1932年第1卷第2期。

的影响，以线条和色彩为表现手段，以意境为依归，这也是中国所有艺术包括戏曲艺术努力追求的最高的美学境界，王泊生的理论主张既具有可操作性，也具有前瞻性，其价值和意义自不待言。

大体来说，旧剧需要改良是旧派文人基本一致的认识，与新派剧人不同的是，他们的态度更理性，更客观，提出的理论主张和建议也更具有可行性。更为重要的，他们不是一味将西方话剧的概念和理论强加于旧剧，而是在尊重旧剧的艺术特性和艺术精神的基础上倡导改良。

三、戏曲艺人的改良主张和态度

与新派剧人和传统剧人一样，戏曲艺人在舞台艺术实践和理论批评中亦倡言改良，但其改良和创造的方向却有别于前者。他们主要是通过舞台艺术实践的实际行动来呼应改良，如梅兰芳、程砚秋、荀慧生、杨小楼、马连良等等，他们不仅演出了大量的新戏，而且参与创编和整理，提高了戏曲的思想性、观赏性和艺术性。另一方面，他们也发表言论来阐述其改良的理论主张。

梅兰芳是20世纪京剧表演艺术的杰出代表，也是20世纪中国戏曲舞台改革实践的先锋。他的改良理论主张是与他的舞台演出实践紧密联系在一起的，既改良旧戏，又创作新戏。

20世纪初，受戏曲改良思潮影响，1913年第一次到上海演出之后，梅兰芳开始着手戏曲改良的舞台实践，他先后排演了《孽海波澜》、《宦海潮》、《邓霞姑》、《一缕麻》等时装新戏。梅兰芳认为"时装新戏能够描写现实题材"，每出戏都"针对着社会某些方面的黑暗，加以揭露"，[1]表现的主题更贴近现实，比老戏有更直接的"教育意义"。也就是说，他的时装新戏实践的出发点主要是戏曲的社会功能。但戏曲的改革不能为求新而改，它必须依据戏曲艺术的表演特点和内在规律，时装新戏在这一点上有

---

[1]梅兰芳述、许姬传记：《舞台生活四十年》，见梅绍武、屠珍等编撰：《梅兰芳全集》第1卷，石家庄：河北教育出版社，2001年版，第265页。

明显的劣势，这也是梅兰芳新戏表演时间很短的主要原因，他认为："古典歌舞剧是建筑在歌舞上面的。一切动作和歌唱，都要配合场面上的节奏而形成它自己的一种规律。前辈老艺人创造这许多优美的舞蹈，都是根据现实生活中的动作，把它进行提炼、夸张才构成的歌舞艺术。所以古典歌舞剧的演员负着两重任务，除了很切合剧情地扮演那个剧中人之外，还有把优美的舞蹈加以体现的重要责任。时装戏表演的是现代故事。演员在台上的动作，应该尽量接近我们日常生活里的形态，这就不可能像歌舞剧那样处处把它舞蹈化了。在这个条件之下，京戏演员从小练成功的和经常在台上用的那些舞蹈动作，全都学非所用，大有'英雄无用武之地'之势。"[1]不演出时装新戏并不等于旧戏不需要改良，相反，戏曲改良的任务是非常急迫而必须的。1932年，他在国剧学会发起缘起中指出："愈信国剧本体，固有美善之质；而谨严整理之责任，愈在我剧界同人……发扬光大之举，尤以为不可或缓……所冀以转移风俗，探求艺术之工具，收发扬文化，补助教育之事功。区区苦衷，惟我国人，共赐谅鉴。"[2]戏曲改良的核心是发挥其移风易俗的教育作用，刻不容缓。怎样改？简单说就是取其精华，去其糟粕，"艺术是没有新旧区别的，我们要抛弃的是旧的糟粕部分，至于精华部分，不单是要保留下来，而且应该细细地分析它的优点，更进一步把它推陈出新地加以发挥，这才是艺术进展的正规"。[3]也正是因此，他的戏曲舞台改良实践都是在保留传统艺术精华基础上的创新。

梅兰芳的舞台改革实践中最成功的当属古装新戏，包括《嫦娥奔月》、《黛玉葬花》、《千金一笑》、《木兰从军》等。他排演古装新戏的原则是："只要故事生动，合乎情理，能对群众起教育作用，或者虽然没有积极的教育意义，却也并无毒素，又能给观众欣赏上的满足的，这些都可以拿出

[1]梅兰芳述、许姬传记：《舞台生活四十年》，见梅绍武、屠珍等编撰：《梅兰芳全集》第1卷，石家庄：河北教育出版社，2001年版，第276页。

[2]梅兰芳、余叔岩：《国剧学会缘起》，载《戏剧丛刊》，1932年第1期。

[3]梅兰芳述、许姬传记：《舞台生活四十年》，见梅绍武、屠珍等编撰：《梅兰芳全集》第1卷，第252页。

来上演。"[1]古装新戏的排演除了观照戏曲的社会功能，还特别强调戏曲观众的审美趣味和审美需求。戏曲是一种带有鲜明的商业性的舞台艺术活动，它的繁荣离不开演员和剧作家的艺术创造，同样也离不开观众的审美要求，观众的审美趣味和审美需要在相当程度上决定了戏曲艺术的市场生存状态。正是充分认识到这一点，无论参与剧本编写还是登台表演，他都十分注意观众的态度和反映。"演员是永远离不开观众的。观众的需要，随时代而变迁。演员在戏剧上的改革，一定要配合观众的需要来做，否则就是闭门造车，出了大门就行不通了"。[2]"从来舞台上演员的命运，都是由观众决定的。艺术的进步，一半也靠他们的批评和鼓励，一半靠自己的专心研究，才能成为一个好角，这是不能侥幸取巧的"。[3]"艺术的本身，不会永远站着不动，总是像前浪推后浪似的一个劲儿往前赶的，不过后人的改革和创作，都应该先吸取前辈留给我们的艺术精粹，再配合了自己的工夫和经验，循序进展，这才是改革艺术的一条康庄大道。如果只是靠着自己一点小聪明劲儿，没有什么根据，凭空臆造，原意是想改善，结果恐怕反而离开了艺术"。[4]不完全为教化而改良，而是遵循戏曲自身的、内在的规律进行改良，重视艺术美的创造，不单单在布景、灯光、服装、化装、造型、道具等方面都有革新和创造，而且从演技上下功夫，特别重视人物形象的刻画，以符合剧情为原则，要求唱念、动作、神情，都要跟剧中人的身份吻合，成为他戏曲改良成功的最主要因素。

这一时期，戏曲艺人的改良理论最值得重视、最有影响力的是程砚秋。

---

[1]梅兰芳述、许姬传记：《舞台生活四十年》，见梅绍武、屠珍等编撰：《梅兰芳全集》第1卷，石家庄：河北教育出版社，2001年版，第288页。

[2]梅兰芳述、许姬传记：《舞台生活四十年》，见梅绍武、屠珍等编撰：《梅兰芳全集》第1卷，第150页。

[3]梅兰芳述、许姬传记：《舞台生活四十年》，见梅绍武、屠珍等编撰：《梅兰芳全集》第1卷，第104页。

[4]梅兰芳述、许姬传记：《舞台生活四十年》，见梅绍武、屠珍等编撰：《梅兰芳全集》第1卷，第285页。

　　程砚秋的戏曲改良主张主要体现在他1932年至1933年赴欧考察回国后撰写的《赴欧考察戏曲音乐报告书》一文中。赴欧考察之前，程砚秋在《赴欧洲考察戏曲音乐出行前致梨园公益会同人书》中明确提出他赴欧考察的目的："预定在半年以至一年的工夫，想游历法、英、德、意、比和瑞士六国，把他们的戏剧原理与趋势考察一下，带一个有系统的报告回来，以为我们梨园行改进戏剧的参考……目前，我们的工作，就是如何使东方戏剧与西方戏剧的沟通。"[1]《在北平缀玉轩梅兰芳为程砚秋赴欧游学举行的欢送会上的致谢词》中，他重申自己赴欧洲考察是为了"想把西方戏剧的原理与趋势认识一些"，"替中国戏剧找一点西方的参考品回来"。[2]不同于梅兰芳将京剧艺术带到西方，使西方人认识和了解中国戏曲，他的赴欧考察是为了学习西方戏剧原理，为改良中国戏曲作参考，以便沟通中西戏剧。

程砚秋《荒山泪》剧照

　　《赴欧考察戏曲音乐报告书》对中国戏曲的改良提出了十九项建议，具体内容包括：（一）国家应以戏曲、音乐为一般教育手段。（二）实行乐谱制，以协合戏曲音乐在教育政策上的效果。（三）舞台化装要与背景、灯光、音乐……一切协调。（四）舞台表情要规律化，严防主角表情的畸形发展。（五）习用科学方法的发音术。（六）导演者权力要高于一切。（七）实行国立剧院，或国家津贴私人剧院。（八）剧院后台要大于前台，完成后台应有的一切的设备。（九）流通并清洁前台的空气，肃清剧场中小贩和茶役等的叫嚣。（十）用转台必须具有莱因赫特的三个特点。（十一）应用专门的舞台灯光学。（十二）音乐须运用和声和对位

　　[1]程砚秋：《赴欧洲考察戏曲音乐出行前致梨园公益会同人书》，见《程砚秋戏剧文集》，北京：文化艺术出版社，2003年版，第17—18页。
　　[2]程砚秋：《在北平缀玉轩梅兰芳为程砚秋赴欧游学举行的欢送会上的致谢词》，见《程砚秋戏剧文集》，第20页。

法等。(十三)逐渐完成以弦乐为主要的音乐。(十四)完成四部音合奏。
(十五)实行年票制或其他减价优待观众的办法。(十六)组织剧界失业
救济会。(十七)组织剧界职业介绍所。(十八)兴办剧界各种互助合作
社。(十九)与各国戏曲音乐家联络,并交换沟通中西戏曲音乐艺术的意
见。[1]这十九项建议主要从舞台实践和表演艺术出发,将中西戏剧加以对
照之后,对中国戏曲提出的改良建议,包括导演、表演、音乐、灯光、布
景、化装、以及剧院管理、国家政策等方面。程砚秋认为:"这里所列举
的,都是我们所应效法欧洲的。"很显然,他希望借鉴欧洲戏剧的优长
来弥补中国戏曲的不足,以沟通中西戏剧,这也是他赴欧考察戏剧的初
衷。这份改良建议中,有几个方面颇值得注意:

一是关于戏曲的教育和功能问题。他认为,欧洲戏曲音乐之发达,
原因在于"他们的许多教育——如宗教教育、伦理教育、政治教育、社会
教育……等等,可说全是以艺术为手段……更明显些说:许多给予国民
的教育,我们用着经典的或者论文的教科书,他们则是用戏曲音乐为教科
书……他们的小学生便读剧本、听音乐,中学也是如此,大学生还是如
此,经典论文宁可说较后的学年的时候才需要。他认为,戏曲音乐可说是
他们的国民教育、常识教育,中国哪里是这样的呢"。因此,国民教育中
仅仅蔡元培的"美术代宗教"和李石曾的"戏曲代宗教"尚不足,他提出:
"不仅宗教教育要以戏曲音乐为手段,其他如政治经济教育、伦理道德教
育……等等,也都要以戏曲音乐为手段。"[2]程砚秋这一理论主张的核心
是,要求国民教育以戏剧为最主要手段,将戏曲作为学校教育的工具,并
借此实现全民的教化。这是他对中国戏曲改革的基本认知。关于这一点,
赴欧之前,程砚秋已有类似的言论,1931年8月,他在《皮簧与摩登》一
文中提出,皮黄改革要担负起一种责任:"第一步,要使'皮簧摩登化'。

---

[1] 程砚秋:《程砚秋赴欧考察戏曲音乐报告书》,见《程砚秋戏剧文集》,北京:文化艺术
出版社,2003年版,第82—83页。

[2] 程砚秋:《程砚秋赴欧考察戏曲音乐报告书》,见《程砚秋戏剧文集》,第72—73页。

第二步要使皮簧完全成为摩登的社会教育。"[1]1931年12月在中华戏曲专科学校的演讲中亦提出，"戏剧是以人生为基础的，人生常识是从享受普通教育中得来的"，作为戏曲演员，演剧"第一要注意戏剧的意义，第二要注重观众对于戏剧的感情"，"每个剧总当有它的意义；算起总账来，就是一切戏剧都要求提高人类生活目标的意义，绝不是把来开心取乐的，绝不是玩意儿"。[2]戏剧要负起劝善惩恶的社会责任，这是程砚秋戏剧观的核心，也是他倡导戏曲改良的目的。这一观点与晚清戏曲改良运动和"五四"戏曲论争对戏曲提出的历史要求是一致的。为启蒙而改良，用改良促启蒙，这是20世纪中国文学艺术最主要的命题之一，戏曲也不例外。

二是关于戏剧的导演问题，强调导演权威高于一切。在《话剧导演管窥》一文中，他论导演在戏剧中的地位："导演者应当有无上的权力，因为这是戏剧生命之所寄托。"[3]"导演者则是在演剧以前所要考察演出的全部。导演者如同军队的司令，他不上火线，他也不发枪，可是要没有他，就失了军队的秩序，就失了战斗力。军队应绝对服从司令，所以演员应绝对服从导演"。[4]不仅演员要绝对服从导演，表演、灯光、布景及后台工作也都必须要服从导演。虽然以上言论是针对话剧演剧活动而言的，但它同样适用于戏曲。程砚秋认为，中国旧戏排演太过随意，"我们排一个戏，只在胡乱排一两次，至多三次，大家就说不会砸了，于是乎便上演……"不仅如此，演员连剧本也没有，台词也都是演员自己编的"流水词"，相比于莱因赫特"排一个戏至少总得三个星期以上，还要每天不间断地排"，实在太过草率。因此，皮黄剧排演中引进西方戏剧的导演制是十分必要的。"近些年来，中国新的戏剧运动者和批评者，大概也都能说明导演都重要了；但这空气在皮黄剧的环境中似乎是不甚紧张的，何怪

[1] 程砚秋：《皮簧与摩登》，见《程砚秋戏剧文集》，北京：文化艺术出版社，2003年版，第5页。

[2] 程砚秋：《我之戏剧观》，见《程砚秋戏剧文集》，第11、12页。

[3] 程砚秋：《话剧导演管窥》，见《程砚秋戏剧文集》，第88页。

[4] 程砚秋：《话剧导演管窥》，见《程砚秋戏剧文集》，第89页。

人家说我们麻木和落伍呢！不用消极，更不必护短，从此急起直追，我们当中也可以产生出莱因赫特来的"。[1] 应当说程砚秋关于戏剧导演特别是话剧导演问题的认识和探讨在当时是很有识见的。他试图用西方演剧体制上的成功来弥补中国戏曲缺乏导演的"缺陷"，借欧洲戏剧之长，以弥补中国戏曲之短，以推进中国戏曲的改良。不过，话说回来，中国戏曲是否需要导演制，却是一个值得商榷的问题。西方戏剧的导演制度是基于西方的历史文化土壤、科学求真的思维方式以及写实主义的戏剧传统等发展建构起来的，与中国戏曲在历史背景、审美旨趣以及表现方式和表演技巧上有根本性的不同。长期以来，导演制的缺乏并没有影响和妨碍中国戏曲的发展和繁荣，"角儿制"的皮黄剧观众买账，剧院也"招座"，这是中国近代戏曲舞台的现实。个中原因，并不在于中国观众本身审美能力的低下，而是多方面、非常复杂的。其中最重要的原因在于它符合了中国观众的审美心理和审美习惯。换句话说，观众观剧，欣赏的主要不是剧情，不是情节结构，不是矛盾冲突，甚至不是人物本身，而是演员的表演，是唱腔、姿态、念白、表情、动作，是表演本身，而这些不是导演的威权可以解决的，不是三个星期以上、不间断的排练能够完成的，而是演员从幼年开始的长期学习、锻炼积累的结果。程砚秋突出强调导演问题，实际上与"五四"戏曲论争时陈独秀、胡适、傅斯年等人推崇西方戏剧，以西方戏剧为评价标准来衡量中国戏曲在思想方法上是一致的，他们都没有看到中西戏剧之间内在精神上的差异，没有意识到引进的种子并不一定都适合中国土壤。

　　三是戏剧的灯光、布景的问题。程砚秋在参观考察德、法剧院之后，感叹欧洲戏剧舞台灯光的"神乎其技"，"进了剧院，全部精神便随着视线而集于美妙的灯光之下，恍如脱离了这个可厌恶的人间而另入于一个诗意

---

[1] 程砚秋：《程砚秋赴欧考察戏曲音乐报告书》，见《程砚秋戏剧文集》，北京：文化艺术出版社，2003年版，第74、75页。

的乐园！月下的园林、海中的舟楫，岸头的黄昏，山上的云气，一切在诗
人幻想中的伟大、富丽、清幽、甜蜜，在欧洲舞台——献给我们的，那就
是灯光的不可思议的力量"。[1]他强调，灯光在戏剧演出中有着多方面的
意义，既可以区分台上、台下两个不同世界，也可以象征剧的意义，既可
以"随着剧情的转变而转变，即是表现剧的推进状态"，也可以"映出剧
中人的心理状态，以加重演员的表现力"，同时它还具有"表明季候的寒
热，时间的迟早，天气的晦明，山林房屋的阴暗……"，渲染舞台气氛的
功能。因此"中国舞台的前途必不能忘记灯光的重要，我们将来必须采用
欧洲舞台上的灯光，这是毫无问题的"。同属于舞台美术，程砚秋对于舞
台布景的意见则不同于灯光，他引用法国戏剧家兑勒的话说："欧洲戏剧和
中国戏剧的自身都各有缺点，都需要改良。中国如果采用欧洲的布景以改良
戏剧，无异于饮毒酒自杀，因为布景正是欧洲的缺点。"[2]他肯定了中国戏
曲写意性布景的意义。可以看出，不论是灯光还是布景，程砚秋的改良意
见都是以西方戏剧为样本和目标的，戏曲布景以及脸谱的"不需改良"的意
见，在很大意义上也源于西方戏剧理论对中国戏剧这两方面的肯定。

　　四是艺人的表演与戏曲的音乐伴奏问题。程砚秋认为："他们（指戏
剧演员）的表情是面面周到的，是以整个剧为单位的，断非我们的主角表
情之畸形发展者所可及；自从戈登格雷和莱因赫特以来，他们表情的规律
越发整齐而严肃了，这在我们也是不可忽略的。"[3]音乐方面，中国戏曲
"旋律尚不十分健全，和声和对位法等等更很少运用；乐器是以打乐为
主，弦乐和管乐反而是次要的；四部的合奏是没有，连低音乐器也少见得
很"，因此，中国音乐"不如欧洲的柔和、复合、伟大而完全"。但他也并
没有主张"抛弃我们固有的而去完全照抄欧洲的老文章；但是，在乐理上

---

　　[1] 程砚秋：《程砚秋赴欧考察戏曲音乐报告书》，见《程砚秋戏剧文集》，北京：文化艺术
出版社，2003年版，第76页。
　　[2] 程砚秋：《程砚秋赴欧考察戏曲音乐报告书》，见《程砚秋戏剧文集》，第76、81页。
　　[3] 程砚秋：《程砚秋赴欧考察戏曲音乐报告书》，见《程砚秋戏剧文集》，第74页。

所不可缺的,如和声、对位法、四音部合奏……等,纵令欧洲没有,我们也应当研究而应用之。"[1]应该说,程砚秋关于演员表演和戏曲音乐的意见是有一定见地的。但与上述关于导演等问题一样,他也是以西方戏剧为标准来衡量中国戏曲,这一点与"五四"时期陈独秀、胡适、傅斯年等人的观点是相通的。

　　与"五四"时期陈独秀等人一味否定戏曲有所不同,程砚秋指出中国戏曲中被西方艺术家肯定的部分是不必改良的,"至于背景只用中立性,化太极拳为太极舞……等等,或是我们已经如此,或是中国自己的事,这里就不列举了"。[2]不必改良的是写意性的艺术表现手段,是非写实性的布景等。

　　应当说,程砚秋主张吸收西方戏剧之长以改良中国戏曲、沟通中西戏剧的意图是好的,但是他所提出的戏曲改良方案在当时是行不通的,"我在欧游报告书里十九个建议,除关伶界自身救济的几项,已经在勉力试验之外,关于舞台上的一方面,因为环境和经济的关系,虽然用了一点心思,但是还是事与愿违"。[3]究其原因,中国戏曲的写意性、虚拟性、程式化的表演特质与西方戏剧写实性的特点是完全不同的,二者之间的沟通只能是技术层面的接受和融通,而不可能是精神层面的深层次的融合。换句话说,他的改良建议只是使"皮簧摩登化",表面的西化动摇不了京剧的实质。

　　综合而言,程砚秋所提出的改良戏剧的十九项建议,是在他还未来得及深入考察西方戏剧的内在精神气质的情况下提出的,具有浓厚的西化色彩,他的沟通中西戏剧的理想虽以中剧为体西剧为用,但以西方戏剧美学理念为标准的评价体系,理论上却有使中国戏曲西化的嫌疑。中西戏剧表

　　[1]程砚秋:《程砚秋赴欧考察戏曲音乐报告书》,见《程砚秋戏剧文集》,北京:文化艺术出版社,2003年版,第77页。
　　[2]程砚秋:《程砚秋赴欧考察戏曲音乐报告书》,见《程砚秋戏剧文集》,第83页。
　　[3]程砚秋:《对于改良旧剧的感想新屋未成旧屋须爱护》,见《程砚秋戏剧文集》,第156页。

演体制和艺术追求的差异，使二者之间的沟通存在着巨大的障碍。因此，尽管程砚秋急切地想要改良京剧，认为"伶界现在是一个很严重的时代，改革是不容再缓了"，但他同时也指出："现在的京剧，好像一幢旧房子，虽然急需改造，但是在新屋未完工以前，是不能不加以保护的。因为在这旧屋下面，有许多我们伶界同业靠它来掩护，而且很有价值的旧房子修葺起来，或者比偷工减料的新房子也许还来得可靠些。"[1] 不是不可改，但在改的同时，保护旧有的艺术却至关重要，不能为改新而毁旧。

在倡导戏曲改良的潮流中，麟派的创始者周信芳的理论亦非常值得重视。针对新剧家预言旧剧必将破产、新剧将取而代之的论调，他指出，京剧确实存在着诸多的弊病，主观方面，是演员对京剧艺术的态度问题，"不讲什么艺术不艺术，以为快学几出时髦戏，挑着谭派的幌子，就可以赚钱吃饭，照这样把演戏当成投机事业，老戏不是越趋越下了么"。[2] 一切以金钱为上，不在唱腔、念白、做派、身段上下功夫，不求表演艺术精进，一味迎合观众，其结果只能是愈趋愈下。客观方面，"皮黄剧的人材'日趋凌替'，其势确大有江河日下之概，并非是由于演员们自甘坠落；伶人因喷饭计，只好迎合潮流，投其所好"。[3] 伶人社会地位低下，基本生活没有保障，为生存计，不得已迎合观众，这些都影响了京剧的发展，必须加以改良。

新剧家们批判旧戏的一个主要方面是要求废唱。周信芳认为，唱腔正是旧戏的基本特点和优长所在，新剧固然有"能言词恳切，表演写实，以情感动人"[4] 的优点，但只有说白和做工，没有锣鼓和演唱。唱腔在戏曲

[1] 程砚秋：《对于改良旧剧的感想新屋未成旧屋须爱护》，见《程砚秋戏剧文集》，北京：文化艺术出版社，2003年版，第156—157页。

[2] 周信芳：《怎样理解和学习谭派》，见《周信芳文集》，北京：中国戏剧出版社，1982年版，第284页。

[3] 周信芳：《唱腔在戏曲中的地位》，原载于《梨园公报》，1930年9月。见《周信芳文集》，第309页。

[4] 周信芳：《唱腔在戏曲中的地位》，见《周信芳文集》，第309页。

中的地位"是代表不紧要的叙事,或窃思自叹,碰巧戏剧紧凑的时候,嫌唱烦琐,破坏戏的空气,叙事一段,就由排子代替。'唱'在编戏的时候,可以说是随意添置。但是重要的话,编戏的却不能删去,而且还要使他念得清楚,才能使观众明白剧情。谓之'七分话白三分唱',以念白为主,先使观众明了剧情,以做工辅助话白的不足,用锣鼓使'白'和'做'全节入轨,第四部再用'唱'来助观众兴致"。[1]唱不是或有或无的随意添加,它在表现剧情、渲染气氛、塑造人物方面是不可或缺的,不可少,更不能废,它与念白、做工相互配合,才成为一台戏。"'念白'表明情节,'做工'辅助不足,利用锣鼓的声音来表现剧情的紧缓,振作观众的精神,使台下不知道台上是真、是戏,喜、乐、悲、哀都要使看客同情,那才叫戏剧呢⋯⋯'唱'不是不要,如悲时用二黄,喜时用西皮,腔也是要和剧情吻合才对呢。有人说皮黄戏音乐简单,还要添置乐器,或者,这些个新腔和将来的新乐有关系也未可知。我说,'老调新腔'我都不反对,而且望多造一点,还是那句话,'可是别要只顾耍腔,却忘了戏'。"[2]唱是戏曲不可或缺的重要组成部分,但无论西皮还是二黄,是创制新腔还是使用老调,都必须符合剧情,不能一味"耍腔",脱离剧情,脱离人物形象。

如何对皮黄剧加以改良,周信芳认为,改良并不是照搬西方戏剧,不是"场子用分幕法,布景完全写实,对戏的处理是补不足,去烦琐",[3]用话剧的写实取代戏曲的写意和虚拟,不是打倒旧剧、打倒伶界,"旧的戏剧能够添加新的思想,对观众有充分的影响,去芜存菁,彻底来改造一下,立刻就是新的。新的随便怎么新,对观众要是没有感动的力量,靠宣传到底也不能实现。要想对戏剧创造或改革,必须在研究、思想、表演、

[1]周信芳:《唱腔在戏曲中的地位》,原载于《梨园公报》,1930年9月。见《周信芳文集》,北京:中国戏剧出版社,1982年版,第310页。

[2]周信芳:《唱腔在戏曲中的地位》,见《周信芳文集》,第314页。

[3]周信芳:《皮黄运动话"东方"》,见《周信芳文集》,第316页。

布置上努力。要是空呐喊不务实，非但是过激其词，而且还有盲人瞎马的危险"。[1]新与旧，并不是绝对的，"现在旧的就是当初的新的，过去就是将来的旧的"，戏新旧与否，关键看思想是否能够感动观众，改良戏剧不是一句空话，而是必须确确实实在思想、表演、舞美等方面努力。表演艺术方面，周信芳最推崇的人物是谭鑫培。他认为，谭鑫培的戏之所以深受观众欢迎，原因就在于他不因袭守旧，大胆创造革新，删改破坏旧戏，创造了符合潮流、有感染力的新剧。"老谭所演的戏，为什么出出讨好，处处讨俏？因为他能够知道世事潮流，合乎观众的心理，旧的错误，大加纠正，讨厌之处，大胆删改，这不是戏剧革命的先进么？老戏新戏有什么分别？我盼望照老谭一辈的办法，把老戏来改革一下，坏的去掉，好的保存，就能够变成自己一派的戏。不错，谭派戏是有价值的，但是要晓得老谭合乎时代潮流。他破坏、创造、努力革新，经过多少年的研究，才成为独具风采的艺术"。[2]创造革新，需要的是胆识和能力，谭鑫培适逢其时，学的是冯润祥、孙春恒，见的是程长庚、王九龄诸前辈，同时竞争的有龙、余、汪、孙诸名角，"把各家的好处，聚于一炉，再添上他的好处，使腔、韵调、念白、酌句、把子、姿势、做派、身段，给他一个大变化，果然自成一派。诸前辈死后，老谭堪称庙首，执伶界牛耳。那时候我还常听见老前辈批评他不该抄袭青衣腔调取巧，可见得老谭破坏成规，努力革新，是大胆的；可想老谭成功，是很不容易的。他成功在哪里呢？就是取人家长处，补自己的短处……这就是老谭的本领，这就是他的成功"。[3]不因循流派、行当角色限制，不循规蹈矩、依样葫芦，而是取长补短，博采众家之优长，熔于一炉，再加以创造和变化，这才是戏曲改良的正确道路。

---

　　[1]周信芳：《皮黄运动话"东方"》，见《周信芳文集》，北京：中国戏剧出版社，1982年版，第315页。
　　[2]周信芳：《怎样理解和学习谭派》，见《周信芳文集》，第289页。
　　[3]周信芳：《怎样理解和学习谭派》，见《周信芳文集》，第286—287页。

可以说,不论是程砚秋具有浓厚西化色彩的改良建议,还是梅兰芳、周信芳强调在继承传统艺术基础上的改良理论,都是从舞台艺术出发,从演员表演出发的。他们的改良主张一方面继承了晚清戏曲改良运动以来要求戏曲承担启蒙民众的历史任务,另一方面关注到中国戏曲艺术自身的规律和精神特质,因此他们的改良主张更具有实践性,也更具有现实意义。

第四节 戏曲本体论

"五四"戏曲论争中,张厚载曾对旧戏的艺术特性进行了分析。他认为,"中国旧戏是假像的",都有"一定的规律",且称之为"中国文学美术的结晶"。他所说的"假像"即是舞台表演动作的虚拟性,"一定的规律"即指舞台动作的程式化,"文学美术的结晶"主要是就戏曲的艺术特性而言(详第二节)。但是他对戏曲本体特征的探讨还比较浅薄,不够深入,到了20世纪20年代中后期的国剧运动,戏曲本体论的美学探讨才有了实质性的进展。

一、国剧运动中的戏曲美学探讨

1925年,以余上沅、赵太侔、闻一多等为代表的一批留学欧美的青年戏剧家陆续回国,意图实践他们在国外构想的"国剧运动"。1926年6月17日,在徐志摩的支持下,他们于《晨报副刊》开辟"剧刊"专栏,发表戏剧理论文章,宣传戏剧理论思想。他们力图从中国戏曲的美学特征出发,融合西方话剧的写实特点,从"整理与利用旧戏入手",创建一种新型的戏剧样式,也就是"由中国人用中国材料去演给中国人看的中国戏"——"国剧"。"所谓'国剧'不是我们现在所指的'京戏'或'皮簧戏',也不是当时一般的话剧,他们(国剧运动派)想不完全撇开中国传统的戏曲,但要采纳西洋戏剧的艺术手段;不只是理论上的探讨,他们还希望能有一个'小剧院'来做实验"。[1]

　　国剧运动倡导者余上沅提出："艺术虽不是为人生的，人生却正是为艺术的。"[2]在这一戏剧理念的指导下，他们反对当时中国戏剧界人生与艺术因果倒置的做法，认为："政治问题，家庭问题，职业问题，烟酒问题，各种问题，做了戏剧的目标；演说家，雄辩家，传教师，一个个跳上台去，读他们的词章，讲他们的道德。艺术人生，因果倒置。"[3]认为艺术是超政治、超现实、超功利的，不应该以"问题"、"词章"、"道德"为戏剧，不应该用艺术去"纠正人心，改善生活"，它的核心是纯艺术。国剧运动的支持者徐志摩也认为："戏剧是艺术的艺术……它最主要的成分尤其是人生的艺术……那一样艺术能有戏剧那样集中性的，概包性的，'模仿'或是'批评'人生？如其艺术是激发乃至赋兴灵性的一种法术，那一样艺术有戏剧那样打得透，钻得深，摇得猛，开得足？小之震荡个人的灵性，大之摇撼一民族的神魂。"[4]戏剧就如同鲜花，应当"拿来供养在一个艺术的瓶子里"。[5]戏就是戏，是艺术，不是思想观念的传声筒，"你尽管为你的

1935年6月，梅兰芳在英国伦敦考察戏剧，恰逢美国黑人歌唱家罗伯逊在伦敦演出，梅兰芳观看了罗伯逊主演的《码头工人》一剧。二人交流表演心得和歌唱经验。在伦敦期间，中国在伦敦教学的熊式一教授接待了梅兰芳、余上沅。图中左一罗伯逊，左二好莱坞华裔女演员黄柳霜，右一余上沅，右二梅兰芳，右三熊式一。

[1]梁实秋：《悼念余上沅》，载《戏剧》，1996年第3期。
[2]余上沅：《国剧运动·序》，见余上沅编：《国剧运动》，上海：新月书店，1927年版。
[3]余上沅：《国剧运动·序》，见余上沅编：《国剧运动》。
[4]徐志摩：《剧刊始业》，见余上沅编：《国剧运动》，第2—3页。
[5]徐志摩：《剧刊始业》，见余上沅编：《国剧运动》，第2页。

思想写戏，你写出来的，恐怕总只有思想，没有戏"。[1]不能因为问题随便写戏，"把思想当作剧本，又把剧本当作戏剧，所以纵然有了能演的剧本，也不知道怎样在舞台上表现"。[2]他们反对将思想和问题强加于戏剧，强调从戏剧艺术自身的审美特性出发，从艺术形式出发，表现人的灵性，"艺术最高的目的，是要达到'纯形'pure form的境地"。[3]以此为出发点，他们对戏剧艺术的审美特性进行了探讨。

（一）综合性

关于戏剧综合性的艺术特点并非国剧运动首先提出来，近代以来，戏剧研究者对此多有所论及，王国维指出："后代之戏剧，必合言语、动作、歌唱，以演一故事，而后戏剧之意始全。"[4]欧阳予倩亦曾提出："戏剧者，必综文学，美术，音乐，及人身之语言动作，组织而成。"[5]国剧运动的倡导者们论及戏剧时，首先亦强调戏剧是一门综合性的艺术。余上沅对此进行了较为系统的阐释，在《演剧的困难》一文中他十分明确地指出："在一切艺术里面，戏剧要算最复杂的了。编剧一部独立起来，要算一种艺术；导演，表演，布景，服饰，光影，独立起来，也各自要算一种艺术；还不论戏剧与建筑，雕塑，诗歌，音乐，舞蹈，等等艺术的关系。一部做到了满意，戏剧艺术依然不能存在；要各部都做到了满意，而其满意之处又是各部的互相调和，联为一个整的有机体，绝无彼此攘夺的裂痕，这样得到的总结果，才叫做戏剧艺术。"[6]戏剧是一项综合艺术，但它并不是构成戏剧的各个组成部分的简单相加，而是各个部分的有机协调，是一个相互关联的有机整体。徐志摩也提出戏剧"不仅包含诗，文学，

---

　　[1]闻一多：《戏剧的歧途》，见余上沅编：《国剧运动》，上海：新月书店，1927年版，第58页。

　　[2]闻一多：《戏剧的歧途》，见余上沅编：《国剧运动》，第56页。

　　[3]闻一多：《戏剧的歧途》，见余上沅编：《国剧运动》，第56页。

　　[4]王国维：《宋元戏曲考·宋之乐曲》，见《王国维戏曲论文集》，北京：中国戏剧出版社，1984年版，第29页。

　　[5]欧阳予倩：《予之改良戏剧观》，载《新青年》，第5卷第4号，1918年10月15日。

　　[6]余上沅：《戏剧的困难》，见余上沅编：《国剧运动》，第124—125页。

画，雕刻，建筑，音乐，舞蹈各类的艺术，它最主要的成分尤其是人生的艺术"，"戏尤其是集合性的东西"。[1]因此戏剧不仅仅是剧本文学，它是各种艺术的集合。国剧运动的另一位主将赵太侔亦指出："戏剧的概念是什么？我们可以很老实的归纳起来说：他是以文学为间架，以人生及其意义为内容，以声音动作——身体——为表现的主要工具，以音乐或背景等等为表现的辅助的一种艺术。"[2]从戏剧发展史来看，剧本产生是后来的事，要晚于表演，它的作用是为舞台表演提供材料，戏剧演出"必须受当时的剧场，观众，演员，三条件的限制和影响"。[3]余上沅等人对戏剧综合性的概括主要着眼于建设"国剧"，"我们的出发点是中国旧戏，不是希腊悲剧"[4]。

在国剧运动中，关于戏剧综合性特点阐述最为系统和深入的不是主将余上沅和赵太侔，而是并不出名的俞宗杰。在《旧剧之图画的鉴赏》一文中，他指出："戏剧是一切艺术的结晶，他备具文学，绘画，音乐，雕刻和舞蹈等等的美术。他总其大成，活泼地在观众前表演，这是多么一种精神的艺术呵！戏剧的精髓固然寄托在完善的剧本上，但是一个作家的健全思想全赖精明熟练的演员传达于观众的。其间的媒介，就是艺术，表现三个要素——语言，情绪与动作……艺术的戏剧，虽然是人生的反照，决不是实事，他是作家由复杂的经验而集成的联想，是他心坎上迅速间浮起的印象。由作家的印象，经过演员，再达到观众，其间已经过几次的翻印了。作家表现某思想的经验，不是演员表演他的经验，观众被引起的印象，也不是作家的经验或演员的经验。他们所以能够融合在一起，因为他们都同情于某种抽象的共同经验。"[5]俞宗杰认为，戏剧是一种融文学、绘画、

[1]徐志摩：《剧刊始业》，见余上沅编：《国剧运动》，上海：新月书店，1927年版，第2—3页。

[2]赵太侔：《国剧》，见余上沅编：《国剧运动》，第9页。

[3]赵太侔：《国剧》，见余上沅编：《国剧运动》，第8页。

[4]余上沅：《中国戏剧的途径》，见张余编：《余上沅研究专辑》，上海：上海交通大学出版社，1992年版，第56页。

[5]俞宗杰：《旧剧之图画的鉴赏》，见余上沅编：《国剧运动》，第204—205页。

音乐、雕刻和舞蹈而成的综合艺术，是一切艺术的结晶。戏剧的主题是表现情绪，情绪的传达包括两方面的内容，一是属于时间的言语、歌唱、动作，一是属于空间的表情、动作和装饰。与其他人对戏剧综合性的笼统表述不同，俞宗杰还认为，戏剧是一个不断创造的过程，从生活到创作，从作家到演员，从演员到观众，戏剧文本的媒介转换过程，也是戏剧重新创造的过程，演员呈现于舞台的已经不是作家的思想经验，而是演员的理解；同样，观众的印象，也不是作家或演员的经验，而是结合了自身生活体验和感受的重新创造，但它们都统一于艺术活动中。强调演员和观众在艺术创造中的积极意义和作用，而不是简单地把戏剧理解为各种要素的集合体，这是俞宗杰戏剧特性理解的独特价值所在。

（二）写意性

"写意性"是国剧运动倡导者们对中国艺术包括旧戏审美特性的概括，也是国剧运动对中国戏曲美学最主要的贡献。

"写意性"是中国艺术——书法、绘画、诗歌等基本的美学特点。中国绘画中追求"气韵生动"，"迁想妙得"，"外师造化，中得心源"，"古画画意不画形"；诗歌理论中强调"立象以尽意"，"得意忘言"，"言有尽而意无穷"，"象外之象，景外之景"，"含不尽之意见于言外，状难写之景如在目前"；书法创造中讲究"书之妙道，神采为上，形质次之，兼之者，方可绍于古人"等，皆是写意精神在不同艺术样式中的不同表述。它不拘泥于形迹，不着意客观对象的"似"与"真"，强调对描写对象的"神"的把握，略形取神，要求在有限的形象之外包含无限丰富的意蕴，追求简约、散淡、超远、洒脱的意境。它突出创造主体的情感、意识、灵性的表现，注重感受和直觉的传达。它借助线条、语言、墨色等不同载体媒介，通过对对象本身形式化、符号化的简笔勾勒，达到虚实相生、繁简结合、疏密相宜、错落有致的艺术效果。

中国古典戏曲理论中没有明确的关于戏曲"写意性"的概括，但由于古人把曲看作广义的诗，因此，曲论中的诸多审美概念就直接从诗论中移植过来，如神、意、趣、境等。汤显祖评《红梅记》云："境界纡回宛转，绝处逢生，极尽剧场之变。大都曲中光景，依稀《西厢》、《牡丹亭》之季孟间。"[1]他在《答吕姜山》时亦云："凡文以意趣神色为主。四者到时，或有丽词俊音可用。尔时能一一顾九宫四声否？"[2]李贽有"化工"之说："《拜月》、《西厢》，化工也；《琵琶》，画工也。"[3]原因在于《拜月》、《西厢》"率性而行，纯任自然"。又如吕天成评高明《琵琶记》："志在笔先，片言宛然代舌；情同境转，一段真堪断肠。"认为"其词之高绝处"，在于"布景写情，真有运斤成风之妙"。[4]祁彪佳《曲品》评自著《全节记》云："穷愁萧瑟之景，与慷慨激烈之概，历历如睹，令观者若置身其间，为之歌哭凭吊，不能自已。"[5]可以看出，中国古代戏曲理论中关于写意性的表述，主要是针对曲辞的，强调曲辞描写的意趣、意境，关于戏曲舞台表演艺术的写意性并没有引起古代戏曲理论家的足够重视。"五四"戏曲论争中，张厚载曾就旧戏的舞台表现提出"虚拟性"非写实的特点，但论述相对简单，也没有提出明确的"虚拟性"或"写意性"的概念。直到国剧运动，中国戏曲表现的写意性特点才得到明确系统的概括和总结。

余上沅在《旧戏评价》中说："近代的艺术，无论是在西洋还是在东方，内部已经渐渐破裂，两派互相冲突。就西洋和东方全体而论，又仿佛一个是重写实，一个是重写意。"[6]国剧运动的另一位主将赵太侔在对比中西戏剧时也说："西方的艺术偏重写实，直描人生；所以容易随时变化，却难得有超脱的格调。它的极弊，至于只有现实，没了艺术。东方

---

[1]汤显祖：《红梅记总评》，见《汤显祖集·诗文集》，上海：上海人民出版社，1982年版，第1485—1486页。

[2]汤显祖：《答吕姜山》，见《汤显祖集·诗文集》，第1337页。

[3]李贽：《焚书续焚书》，北京：中华书局，1975年版，第96页。

[4]吕天成：《曲品》，见中国戏曲研究院编：《中国古典戏曲论著集成》（六），北京：中国戏剧出版社，1959年版，第210、224页。

[5]祁彪佳：《全节记序》，见祁彪佳：《远山堂文稿》，清初祁氏起元社抄本。

[6]余上沅：《旧戏评价》，见余上沅编：《国剧运动》，上海：新月书店，1927年版，第193页。

的艺术，注重形意，义法甚严，容易泥守前规，因袭不变；然而艺术的
成分，却较为显豁。不过模拟既久，结果脱却了生活，只余了艺术的死
壳。"[1]东西方艺术的差异性在于一写实，一写意。写意性是中国艺术的
基本特质，当然也包括戏曲在内。"中国的戏剧，是完完全全和国画、雕
刻以及书法一样，他的舞台艺术，正可以和书法相比拟着。简单一点说，
中国全部的艺术，可以用下面几个字来形容：——它是写意的、非模拟
的、形而外的、动力的和有节奏的"。[2]只有写意性的艺术才是纯粹的艺
术，何谓纯粹的艺术？余上沅以绘画为例加以说明："譬如画家看见了一
面墙，墙前面摆了一张桌子，几把椅子，他忽然起了创造冲动。他越看越
真切，越想把他所看到的画在纸上。假使他是个写实者，他可以一笔不苟
的把这些东西全摹下来；假使他真是个艺术家，他一定看不见墙，看不见
桌子椅子，他所看见的只是一些线条和颜色彼此在发生一种极有趣味的关
系——形象……因为这幅画只是些形象的关系，它是不是代表桌子椅子倒
不要紧，要紧的是你去正看倒看，左看右看，它都能给你一种乐趣。绘画
要做到了这一步，我们就叫它是纯粹的艺术。"[3]中国的各种艺术包括戏
剧，"至少是趋向于纯粹的方面，如果不是已经达到了这个方面"。[4]余上
沅认为，戏曲作为纯粹的艺术，表演过程中，就是"凭着演员的自身，至
多拿一根不像马鞭的马鞭，他能够把骑在马背上的各种姿势，各种表情，
用象征的方法，舞蹈的程序，极有节奏，极合音乐的表现出来：这是何等
的难能可贵。在中国的舞台上，不但骑马如此，一切动作，无不受过艺术
化，叫它超过平庸的日常生活，超过自然。到了妙处，这不能叫做动作，
应该叫做舞蹈，叫做纯粹的艺术"。[5]这种纯粹的艺术其实就是通过符

---

[1] 赵太侔:《国剧》，见余上沅编:《国剧运动》，上海:新月书店，1927年版，第10页。

[2] 余上沅:《国剧》，见张余编:《余上沅研究专集》，上海:上海交通大学出版社，1992
年版，第75页。

[3] 余上沅:《旧戏评价》，见余上沅编:《国剧运动》，第194页。

[4] 余上沅:《旧戏评价》，见余上沅编:《国剧运动》，第194页。

[5] 余上沅:《旧戏评价》，见余上沅编:《国剧运动》，第196—197页。

号、象征等艺术手段，借助于虚拟性的动作，表现人物，传达剧情。对演员来说，要非常明确自己是"老老实实在做演员，决不是在做剧中人；因为在一丛烛光之下，台上台下能够互相看见。彼时演员与观众，彼此联为一体，没有隔膜"。[1]也就是说，表演者是演员，他与剧中人是分离的，他始终明确自己是一个扮演者，而不是剧中人。可以看出，余上沅的表演理论明显受到了布莱希特的影响。"演员一刻都不允许使自己完全变成剧中人物，'他不是在表演李尔，他本身就是李尔'——这对于他是一种毁灭性的评语"。[2]"必须使演员摆脱全面进入角色的任务。演员必须设法在表演时同他扮演的角色保持某种距离。演员必须能对角色提出批评。演员除了表演角色的行为外，还必须能表演另一种与此不同的行为，从而能使观众作出选择和提出批评"。[3]这与其说是中国戏曲表演艺术的特点，倒不如说是布莱希特陌生化理论在中国的发现。

余上沅的戏曲写意观不仅止于此，他认为，写意性还表现在舞台美术上："旧戏不用布景，在理论上是说得过去的。舞台上的布景，服饰，光影，一切都要打成一片，不露裂痕，固然是一个很健全的理论；而绝对不用背景，或只用带中立性的背景，使穿着华丽服饰的演员，在相当的光影之下，组成一幅可爱的画图，——这样也是一个很健全的理论。这两个理论并不冲突。来因哈特导演的Sumurun，便替第二说作了一个它是健全的明证。中国旧戏是恰合第二说的……假使我们的歌，舞，乐，都不是写实，都自身站得住，不用布景，当然也就不成问题。"[4]他承认了中国戏曲舞台布景简单的合理性，但衡量合理性的标准不是基于中国戏曲自身的形式特点，而是以西方戏剧为准绳的。赵太侔则是从程式化角度来探讨旧

---

[1]余上沅：《旧戏评价》，见余上沅编：《国剧运动》，上海：新月书店，1927年版，第195页。

[2][德]布莱希特：《布莱希特论戏剧》，丁扬忠等译，北京：中国戏剧出版社，1990年版，第24页。

[3][德]布莱希特：《布莱希特论戏剧》，丁扬忠等译，第262页。

[4]余上沅：《旧戏评价》，见余上沅编：《国剧运动》，第198—199页。

戏的布景的："就旧剧的程式化来讲，它是不需要布景的……好像没有一种布景可以不伤它的简洁，妨碍它的动作，复杂它的空气，分了观众的注意。"[1]布景的简洁是与程式化的表演相应的，是中国戏曲的优点。

　　国剧运动之后，关于中国戏曲写意性的特点，得到了戏剧理论家们的一致认同。齐如山最具代表性，他认为，中国戏曲本质特征之一是写意性。"国剧无论何处何时都不许写实。有一点声音，就得有歌的意味；有一点动作，就得有舞的意味。""国剧脸谱则是用以表现剧中人之心情，根本就没打算像真，所以用不着作假。"[2]"国剧之一切动作，无论大小，绝对不许写实，都必须以舞式表演。"[3]齐如山认为，中国戏曲最忌的就是写实，"不许写实"表现在戏曲舞台的方方面面，包括演员表演、舞台布景、服装、化妆等。

　　"中国剧之规矩处处都重在抽象，最忌逼真，尤不许真物上台，布景更无论矣"。[4]追求像真、逼真即是强调写实，与之对应的是假，是虚，是"摩空"，也就是中国戏曲的写意特性。这一点在他到台湾之后的著述中得到更系统的阐释："话剧以写实为本质，越演得像真越好，国剧则完全与此相反，处处事事避免写实，一经像真便算是出了规矩。""写实剧等于现场的表演，国剧乃是歌舞，所以话剧想表演一段故事，必须把该一段故事应用的处所、器具、衣服、桌椅等等，都要照该段故事当时的真正情形，一样一样地都布置妥当之后，方能出演。倘不如此，则处所、器具等等与该段故事所说的话，所表现的神气等等，都不能呼应，则绝对不能像真。国剧则不然，它虽也是演故事，但是以歌舞为重，它所演的场所只是一个舞场的性质，所用的物器都只是供歌舞所用，于所演的故事没什么重

　　[1]赵太侔：《国剧》，见余上沅编：《国剧运动》，上海：新月书店，1927年版，第17页。

　　[2]齐如山：《齐如山回忆录》，见梁燕主编：《齐如山文集》第11卷，石家庄：河北教育出版社，2010年版，第170、172页。

　　[3]齐如山：《国剧艺术汇考》，见梁燕主编：《齐如山文集》第3卷，第61页。

　　[4]齐如山：《国剧浅释》，见梁燕主编：《齐如山文集》第4卷，第267页。

要的关系……它是以合乎情形为目的，不是以像真为目的。"[1]他论化妆，"不但不是胡来的，不是没有意义的，且是极有思想的，极有道理的"，因为脸谱可以把"各人的性质、脾气表现出来"，已经不再是"像真的化妆"，而是更"进一步为美术的化妆了"，之所以称为"美术的化妆"，原因在于"他有传神的气味，有写实的气味，有写意的气味，有图案的气味，有雕刻的气味，有金石的气味"，[2]这是"像真"的化妆所无法比拟的。他论切末，"所有物件器械均有特别规定，或将原物变通形式，或将原事设法用一二物事以代表之……尤不能用真物上台"。[3]他论布景，认为中国戏绝对不宜有布景，即使为了迎合观众，添置布景，也"必须使衣服与布景呼应，必须使身段动作与布景呼应，不但如此，就是词句也必须与布景呼应"。[4]布景的使用，既要与剧情相关，也要与表演相配合，但是以歌舞为核心的写意性的中国戏曲，如果安上了布景则既妨碍了剧情的表现，分散了观众的注意力，也影响了演员动作舞蹈的姿态。与余上沅等人对写意性的概括不同，余上沅等人的写意论虽也涉及到舞台布景方面，但主要是就戏曲舞台呈现的整体性而言的，齐如山的写意论已经深入到布景之外的动作、化妆、切末等方面，是非常具体的、具有经验性的美学概括。

此外，马肇彦也对中国戏曲的写意性特点进行了说明。他认为，要了解中国戏曲的写意特性，"最好还是平心静气的在我国的旧舞台上去捉摸，那儿却充满了种种'写意'的精神"。"布景方面，遇有山之剧景，则用一块绘有山石形状的画布钉在长方形的木架上，立于台后之一侧，凡是习于看旧剧的人，没有不知道这便是剧中情节导入于一种山野之景的暗示。……又如以手挥鞭代表走马，摇桨代表行船……，诸如此类的富有象

[1]齐如山：《国剧的原则》，见梁燕主编：《齐如山文集》第4卷，石家庄：河北教育出版社，2010年版，第309、317页。
[2]齐如山：《脸谱·弁言》，见梁燕主编：《齐如山文集》第1卷，第151页。
[3]齐如山：《中国剧之组织》，见梁燕主编：《齐如山文集》第1卷，第131页。
[4]齐如山：《国剧漫谈二集》，见梁燕主编：《齐如山文集》第5卷，第227页。

征意味的布景法,实为我国戏剧一向所特有。"[1]这是对国剧运动写意性理论的认同与重申。

(三)程式化

国剧运动者认为,中国旧戏的写意性特点还表现在它的程式化上。"旧剧中还有一个特出之点,是程式化Conventionalization。挥鞭如乘马,推敲似有门,叠椅为山,方布作车,四个兵可代一枝人马,一迴旋算行数千里路,等等都是……艺术根本都是程式组织成的"[2]。程式是中国戏曲表演的特点,也是旧戏表演的有机组成部分,二者是不可须臾分离的。"旧剧中的程式同旧剧的各种技术,已经交融成一气。我们见了,并丝毫不怀疑的承认它是代表某项事物——实在,连代表事物这件事也好像不曾注意……我们要知道,上马,关门,转身,等等程式,已不仅是代表事物,实在都是旧剧动作的一部分,都属于'做工'……中国旧剧的程式就是艺术的本身。它不仅是程式化,简直可以说是象征化了"[3]。旧戏的程式化不仅表现在做工上,它的化妆、脸谱、服饰等也具有程式化的特点,余上沅说:"脸谱这个东西,起初是要符合节奏的原理,和非写实的精神;忠奸善恶,全是后人的附会牵强;我们应该把它当纯粹图案看,本来它就是纯粹图案……它颜色的简单鲜明,它线条的超脱大方,叫它在不着色彩的背景前面舞蹈起来,越显得可以动人。"[4]程式化是中国戏曲的特点,也是它的优长,不同于"五四"戏曲论争时期《新青年》派对脸谱、程式等戏曲形式化、符号化艺术特点的否定,国剧运动的倡导者们从写意的角度出发,指出了程式化的中国戏曲的价值和意义。

(四)比拟性

中国戏曲表演艺术的优势和特点还在于它时空表现的灵活性,俞宗杰

---

[1]马肇彦:《在欧化的狂热中一谈我国旧剧之价值》,载《剧学月刊》,1934年第3卷第2期。

[2]赵太侔:《国剧》,见余上沅编:《国剧运动》,上海:新月书店,1927年版,第14页。

[3]赵太侔:《国剧》,见余上沅编:《国剧运动》,第15—16页。

[4]余上沅:《旧戏评价》,见余上沅编:《国剧运动》,第199页。

以《坐楼杀惜》一剧来说明："他在方丈的台上表现出广大的地域，平面上表现出高楼，几分钟间表现过黄昏，深夜，微明，天晓，从这里我们应承认旧剧表现的经济手段。""见演员种种不同的表演，一座空虚的台上便建设出许多布置了。"[1]俞宗杰所说的"经济手段"就是中国戏曲表演时空上的自由性，这种时空自由性主要是通过虚拟性的舞蹈、动作来完成的，它超越了舞台时间和空间的有限与固定，达到了写实性舞台所无法表现的自由，这是中国戏曲的长处。

中国戏曲表演的虚拟性在创造舞台形象、表现戏剧情境中具有重要的意义和作用，俞宗杰以《打渔杀家》来说明虚拟性的好处："萧恩打鱼时船身的簸荡，只看见他和他女儿腰肢的上下屈伸，进船只用手摇桨，双脚密步移过，身体的倾仰，表示水波的冲撞，扶杆步行，以表上岸。这里的水，船，岸，无一有具体的布景，但是我们是知道他确在水上打鱼的。""视觉所得到的，为演员身手所作的虚拟……"[2]演员借助于简单的道具，通过丰富的形体、动作、表情等，在有限的舞台时空内表现环境，渲染气氛，塑造人物，揭示人物心理，它既克服了中国戏曲舞台布景简单所带来的不利因素，也为演员的舞台创造提供了广阔的空间，同时也极大地激发了观众的艺术想象力。

不过，俞宗杰在论述戏曲表演的虚拟性时，主要采用的不是"虚拟"一词，而是用"比拟"。他认为，模仿与比拟是两种不同的戏剧表现对象的方法，中国旧戏"在舞台上的表现，印在观众脑筋上的印象比写实的话剧更明显"，原因在于它采用了比拟即暗喻的表现手段，"象征的艺术是一种比拟的表现。如果懂得他的暗喻，反觉得他所表现的意义更明了"。[3]旧戏的比拟即暗喻方法表现在多方面，包括脚色、身段、台步、容止、脸

[1]俞宗杰：《旧剧之图画的鉴赏》，见余上沅编：《国剧运动》，上海：新月书店，1927年版，第210、211页。
[2]俞宗杰：《旧剧之图画的鉴赏》，见余上沅编：《国剧运动》，第220页。
[3]俞宗杰：《旧剧之图画的鉴赏》，见余上沅编：《国剧运动》，第212页。

谱、服装甚至布景等等。以丑角的脸谱来说，"是代表轻浮滑稽的人，相貌要能眉飞色舞的，格外要其显明，只有化装，所以用白垩抹鼻，浓墨描鼻上和眼下的皮纹，胭脂涂颧，这样一打扮，稍一言笑，颜容自然浮动；但是后来不明真义，化装相去远了。可是演化以后，意义广泛了，脸谱在旧剧上占一特殊位置了"。借助于"表情的演奏，也出乎寻常，喜怒哀乐，总形容过火，给人一种强烈的刺激。我以为这种深刻的形容，就是'脸谱'的渊源……"[1]脸谱的意义在于，通过化装和"形容过火"的表演，暗喻人物的个性特征，即比拟特性。俞宗杰对中国戏曲虚拟特性的概括以及虚拟性对舞台时空处理上的意义，阐述还不够系统，对于二者之间的关联性，也没有作更深入的探讨，但其意义却是不言而喻的。

国剧运动中，关于中国戏曲表演美学特性的阐述，除了余上沅、赵太侔的写意性、程式化概括之外，俞宗杰也从中西戏剧比较中，强调了中国戏曲特殊的价值和意义："西洋的戏剧，多用烘托法表现情节，趣味贵浓厚。我国戏剧的情节多曲折，趣味贵变幻。前者属于平面的描写，后者属于线段的结构。这和中西绘画的习尚是一样；如西洋人爱色调美，而中国人爱线条美。色调利于烘托，故构成平面美；线条宜于缠绵，故贵曲折。"所谓的"线条美"主要是针对旧戏的故事情节而言，即情节线索的曲折变幻，波澜起伏。他评绍兴班所演《吴汉杀妻》一剧云："首尾完竣，起伏曲折，极尽其妙，繁简疏密，亦尽适宜。"[2]这是中国旧戏特有的特点，它不像西方戏剧那样重烘托、渲染，造成情绪和氛围，而是追求情节结构繁简、轻重相互配合，疏密有致，张弛有度，首尾完整。可以说，俞宗杰对于旧戏情节结构的概括还是比较准确的，这也是中国戏曲理论批评史上首次从审美角度，在中西对比中揭示中国戏曲情节结构的特点。

---

[1]俞宗杰：《旧剧之图画的鉴赏》，见余上沅编：《国剧运动》，上海：新月书店，1927年版，第217页。

[2]俞宗杰：《旧剧之图画的鉴赏》，见余上沅编：《国剧运动》，第207、209页。

民国十六年（1927）北平《顺天时报》首次举行旦角名伶评选，梅兰芳、程砚秋、荀慧生、尚小云、徐碧云被评为五大名伶。后徐碧云辍演，梅、尚、程、荀各成一派，被观众誉为中国京剧"四大名旦"。图中前排为程砚秋，后排左起分别为尚小云、梅兰芳、荀慧生。

由于国剧运动脱离了当时社会大环境对戏剧的政治性、功利性需求，他们的"国剧"畅想亦只有理论，没有形诸舞台实践，所以运动只持续了近两年时间就结束了。国剧运动的核心是创建具有民族特色的"国剧"理论探索，但是它对戏剧本质、特性的认知，对中国旧戏的理解，及对"写意性"的归纳，远远超越了"五四"戏曲论争，为20世纪后来的戏曲美学研究奠定了基础，其历史贡献是十分显见的。

首先，与"五四"戏曲论争完全以西方戏剧理论体系和评价标准一味否定中国旧戏不同，国剧运动倡导者们认为，中西戏剧属于两种不同的体系，一为写意，一为写实，写意的中国戏曲自有独特的价值和意义。"只要它越接近纯粹艺术，越站立得稳，那怕在文学上，在内容上，它是毫无所谓。不过要免除流入空洞的危险，要使它充实丰富，我们不应该抹煞内容罢了。"[1]"我们虽然欢迎外来艺术洗刷固有艺术的污点，并增补残缺，但是我们须有相当的估量，而予以取舍。旧剧的缺点，当然不能免脱，至于它有无保存的价值，和整理的必要，希望富有新旧戏剧知识的人们用诚恳忠实的态度来批判这件公案。"[2]认为旧戏是"我国的民族性的表现，和我国文化的结晶"，[3]也正是在此基础上，他们对中国旧戏的表演艺术特性进行了归纳和总结。

其次，他们第一次非常明确地对中国戏曲的表演艺术特性——写意

[1] 余上沅：《旧戏评价》，见余上沅编：《国剧运动》，上海：新月书店，1927年版，第201页。
[2] 俞宗杰：《旧剧之图画的鉴赏》，见余上沅编：《国剧运动》，第202页。
[3] 俞宗杰：《旧剧之图画的鉴赏》，见余上沅编：《国剧运动》，第203页。

性、程式化、虚拟性等进行了归纳和总结，这是非常准确且具有开拓意义的。与"五四"戏曲论争时期《新青年》派一味以西方戏剧为标准批评中国旧戏一无是处不同，余上沅等人虽然在评价中国戏曲时，仍是以西方戏剧为参照系，但并没有盲目、不加甄别地将其用之于中国戏曲批评中来，而是在明确二者属于不同体系的基础之上，探讨中国戏曲的表演艺术特性。"我们与其是顺着写实的歧途去兜圈子，回头来还是要打破写实，那就未免太不爱惜精力了。非写实的中国表演，是与纯粹艺术相近的……"[1]正是因此，他们的戏曲美学特性概括既有开阔的视角，也有深刻的挖掘。他们对戏曲写意性、程式化、虚拟性的概括，也为20世纪戏曲美学研究奠定了基础，现代戏曲理论观念亦由此而确立。

再次，他们在肯定中国戏曲价值的同时，也揭示了戏曲发展过程中存在的问题与弊端。赵太侔指出旧戏"模拟既久，结果脱却了生活，只余了艺术的死壳。中国现在的戏剧到了这等地步"；[2]余上沅亦认为旧戏"只留一个空洞的格律很足以致任何艺术的死命。旧戏的格律空洞最大的原因，在剧本内容上面"。[3]都指出了旧戏反映社会生活方面存在的不足，近代以来中国社会的深刻变迁，丰富复杂的社会情状，现实人生的千姿百态，都没有及时地反映到戏曲中来，这是近代以来戏曲发展中存在的一个非常明显的问题。他们的理想就是希望能够融合中西戏剧之长，建设所谓的"国剧"，"两派各有特长，各有流弊；如何使之沟通，如何使之完美，全靠将来艺术家的创造，艺术批评家的督责"。[4]这是话剧民族化道路上理论探索的重要一环，同时也回应着戏曲现代化的理论命题。

当然，国剧运动倡导者们对中国旧剧的评价和认知，还存在着十分明显的问题和局限。

---

[1] 余上沅：《旧戏评价》，见余上沅编：《国剧运动》，上海：新月书店，1927年版，第196页。

[2] 赵太侔：《国剧》，见余上沅编：《国剧运动》，第10页。

[3] 余上沅：《旧戏评价》，见余上沅编：《国剧运动》，第201页。

[4] 余上沅：《旧戏评价》，见余上沅编：《国剧运动》，第193页。

一是他们在评价旧戏、建设"国剧"的过程中，始终是以西方戏剧为参照物，这使他们的研究具有开阔的视野。然而他们改造的途径却是"借用西方的方法。要训练旧剧的动作，使它感觉灵敏，心身相应，能够随时自由表现，最好的方法，是借用西方的舞蹈——形意的舞蹈作基本的训练"。[1]这显然是本末倒置的。

二是由于他们不是从中国传统文化、传统艺术着眼对中国戏曲进行考察，因此他们对中国戏曲的理解不可避免地存在着一定的误解。他们将艺术特性概括为写意性、程式化、虚拟性，属于"纯粹艺术"。其实"纯粹艺术"的理论观念，来源于西方形式主义美学，王尔德等倡导的"唯美主义"，克罗齐提出的"艺术即直觉"，克莱夫·贝尔的"有意味的形式"等理论主张，都是形式主义美学的代表性说法和流派，虽然他们的表述不尽相同，但他们都强调文学艺术的超功利性，重视文学艺术包括戏剧的形式而不是内容在文艺创造中的重大意义。而中国戏曲表演的形式美，则是强调通过声腔、身段、脸谱、动作等传情写意，以形写神，以虚写实，亦真亦幻，言简意赅，追求一种诗性简约、意蕴醇厚的美，它根植于中国传统文化的土壤之中，与中国其他艺术有相通之处，但与西方戏剧的陌生化是绝然不同的。国剧运动的倡导者们并没有意识到这一点，他们意图用所谓"纯粹艺术"沟通中国的"写意"与西方的"写实"，然而却忽略了他们早已明确的二者属于不同的话语体系，因此他们的"国剧"构想只能是空想，注定了失败的命运。

二、"无声不歌，无动不舞"

这一时期，除了国剧运动的倡导者们之外，对戏曲本体特征有着深入探讨和精彩论述的还有对旧剧情有独钟的剧作家、戏曲理论家，这其中以齐如山最具代表性。

齐如山对中国旧剧本体特质的认知可以用八个字概括，即"无声不

---

[1] 赵太侔：《国剧》，见余上沅编：《国剧运动》，上海：新月书店，1927年版，第14页。

歌，无动不舞"，或曰"有声皆歌，无动不舞"。他在晚年所作的《回忆录》中多处强调了这一特征："国剧的原理，有两句极扼要的话，就是：'无声不歌，无动不舞。'凡有一点声音，就得有歌的韵味；凡有一点动作，就得有舞蹈的意义。""国剧以歌舞为原则，为本体，倘废了舞，那国剧也就跟着消灭了。""国剧虽也是扮演实事，本质是歌舞，处处以歌舞为重，避免写实"。[1]有学者指出："真正形成'有声必歌，无动不舞'这八个字的科学论断，是在《国剧的原则》一书中。以后在《国剧艺术汇考》、《五十年来的国剧》等著作中，又得到更加充分的丰富和论证。"[2]应当说，齐如山关于"无声不歌，无动不舞"的观点系统阐述虽是在到台湾之后，但其主要思想在20世纪20、30年代的著作中已基本形成，后来的著作只是进一步将其系统化、逻辑化。早在1928年，他为梅兰芳赴美演出所写的《中国剧之组织》一书中已对这一特征进行了论述，此后1935年出版的一系列著作《上下场》、《国剧身段谱》、《国剧浅释》等又从不同方面对这一思想进行了阐述。

将歌舞定义为中国戏曲的本质特征，并不始于齐如山。20世纪初，王国维《戏曲考原》、《宋元戏曲史》已从历史考证入手，提出"戏曲者，谓以歌舞演故事也"、"合言语、动作、歌唱，以演一故事，而后戏剧之意义始全"，但王国维并没有对此作进一步的阐述，他的观照中心是文学，是曲词，真正将歌与舞作为中国戏曲的本质特征并从舞台艺术的角度加以深入探讨的是齐如山。他指出："中国剧乃由古时歌舞嬗变而来，故可以'歌舞'二字概之。出场后一切举动，皆为舞，一切开口发音，皆为歌。"[3]戏曲起源于歌舞，发育成熟后的戏曲并没有摒弃歌舞，它的舞台呈现仍是以歌舞为主。齐如山分别从歌和舞两个方面对戏曲的本质特征进行了观照。

---

　　[1]齐如山：《齐如山回忆录》，见梁燕编：《齐如山文集》第11卷，石家庄：河北教育出版社，2010年版，第86、170、171页。
　　[2]梁燕：《齐如山剧学研究》，北京：学苑出版社，2008年版，第34页。
　　[3]齐如山：《中国剧之组织》，见梁燕编：《齐如山文集》第1卷，第96页。

《中国剧之组织》一书中，齐如山提出："唱念白三者皆古之歌。"也就是说，所谓"歌"，包括唱、念、白三方面，这三个方面与话剧之说白都不同，具体来说，"词之唱法，引子之念法，姓名之通法，白之说法，皆有韵味。唱词固然有工尺，引子亦有工尺，惟不用音乐配合。诗与白虽无工尺，然确有腔调，不过比唱词曲折较简单耳，实即歌之变态也"。[1] 不但唱是"歌"，演员上场之后的念白包括引子、上下场对联、坐场诗、通名、定场白、背躬、叫板等都有"韵味"、"腔调"，是歌的"变态"，都可称为"歌"。同时他将"歌唱"细分为惊讶、着急、叹息、悲痛、感慨、愁闷、想念、愤恨、欢喜、有气、恐惧、怜爱、逍遥自在、做事等十四种，同时指出不同腔调在表现情感上的差异。这一思想在齐如山20世纪60年代写作的《国剧的原则》、《国剧要略》、《五十年来的国剧》等著作中得以进一步系统化，他将歌唱分为四级，一级歌唱是"有音乐伴奏"的"纯粹歌唱"，二级歌唱是没有音乐伴奏但有腔调韵味的念引子、念诗、念对联等，三级歌唱是长短节奏不一、但有韵有调的一切话白，四级歌唱是"哭、笑、嗔、怒、忧、愁、悔、恨以至咳嗽等发出来的声音"。从金元时期燕南芝庵的《唱论》到明魏良辅的《曲律》，再到清人徐大椿的《乐府传声》等，都对歌唱甚至宾白的吐字、行腔等进行过论述，指出其中的音乐性，但把引子、念诗、念对联、通名、叫板以及各种哭、笑、嗔、怒等都作为歌，这在中国戏曲理论批评史上是第一次，其意义是十分明显的。一是，"无声不歌"的概括阐明了中国戏曲表演艺术的本质特征，既将中国旧剧与话剧区别开来，同时也将它与西方歌剧区别开来。话剧与戏曲之区别自不待言，"无声不歌"的中国旧剧与西方歌剧亦有根本性的区别，西方歌剧的语言都是用有音乐伴奏的纯粹歌唱来完成的，"无声不歌"，既包括有音乐伴奏的"歌"，同时也包括了其他无音乐伴奏的"声"，层次上、内容上比西方歌剧更为丰富。二是，"无声不歌"四级层次的划分，

---

[1] 齐如山：《中国剧之组织》，见梁燕编：《齐如山文集》第1卷，石家庄：河北教育出版社，2010年版，第89、97页。

指出了中国旧剧"歌"的丰富性和复杂性。不仅纯粹的歌唱是有曲调的音乐，场上的念白及其他声音的长短疾徐、抑扬顿挫、铿锵宛转等都具有一定的音乐性。这是旧剧舞台表演的根本特点之一。

与"歌"紧密相连的是"舞"，"动作即古之舞"，"脚色在台上之举动，名曰身段，亦可名曰舞式"。[1] "盖中国剧自出场至进场，处处皆含舞意，惟俗呼舞之姿势曰身段"。[2] "指点形容的举动，戏界都名之曰身段，即是舞的原理"，"演员出场之后，时时刻刻种种举动皆系舞式也"。[3]
"舞"不仅仅是指剧中纯粹的舞蹈动作，脚色的行为举止动作皆有一定的规程，皆有舞义，包括在上下场、暗上暗下、行走、进门出门、举动、饮茶、饮酒吃饭、睡觉、交战等一切动作。《国剧身段谱》中，齐如山从袖、手、足、腿、胳、腰等肢体动作要领出发，按照国剧不同的脚色行当，详细介绍了国剧的各种身段。不仅袖、手、足、腿、腰等肢体动作有舞的姿态，即使是胡须、翎子也都可以做出舞的姿势，表现出喜怒哀乐的不同情感。有学者统计，此书中一共"记述了京剧舞台最基本的256种形体动作"。[4]《上下场》一书中，齐如山还从剧中人物的身份、地位、剧情等方面，总结并分析了上下场动作、发声和音乐之间的关系，指出戏曲之"舞"与日常生活动作之间的区别。到台湾之后的著作《国剧概论》、《国剧要略》、《国剧的原则》、《国剧艺术汇考》、《五十年来的国剧》中又对"舞"进行了类别划分，[5]理论亦更加系统化。"戏剧固然不是非舞

---

[1] 齐如山：《中国剧之组织》，见梁燕编：《齐如山文集》第1卷，石家庄：河北教育出版社，2010年版，第98页。

[2] 齐如山：《中国剧之组织》，见梁燕编：《齐如山文集》第1卷，第101页。

[3] 齐如山：《国剧身段谱》，见梁燕编：《齐如山文集》第1卷，第254、256页。

[4] 梁燕：《齐如山剧学研究》，北京：学苑出版社，2008年版，第37页。

[5] 齐如山的这些著作中对"舞"的类别划分并不一致，在《国剧概论·论国剧的舞蹈化》中，齐如山将戏曲动作分为三类：形容人的心思意志之舞，形容人做事之舞，形容歌咏辞句意义之舞。《国剧要略》中，在前三种基础之上，又增加了"加入舞式之动作"、"改为美观之动作"、"删去的动作"、"用曲线表现的动作"四方面。《国剧的原则·舞蹈》中略同。其中前三种齐如山称为"成片段的舞"，后四种称"动作"。《五十年来的国剧》、《国剧艺术汇考》中，亦有对"舞"的类分，内容略有出入。

不可，但国剧以歌舞为原则，为本体，倘废了舞，那国剧也就跟着消灭了"。[1] 戏曲和话剧相比，其根本区别在于歌舞，或者说，歌舞才是戏曲艺术具有本体意义的特质。

关于戏曲表演中的舞台形体动作，明人潘之恒的《鸾啸小品》、清人黄潘绰的《梨园原》、王继善订定的《审音鉴古录》等，都有一定的介绍，但论述比较简单，且基本上局限于技术层面，缺少深入的开掘和理论概括。齐如山的《国剧身段谱》，不仅从技术层面上详细论述了各种"舞"的动作要领及其适用脚色，集中国戏曲舞数量之大成，而且在理论上对其进行了提升，对每种"舞"给予明确的命名，同时也进行了详细释义。"无动不舞"，"舞"不再仅仅是一个单独的身段动作，而是构成戏曲舞台艺术的无处不在的最基本要素，是戏曲艺术的本质特征。张厚载曾对齐如山的戏曲身段研究作过这样的评价："国剧以歌舞两种要素，组合而成，与西国之歌剧OPERA，初无二致；顾西国歌剧，歌舞两项，皆有谱可稽。吾国于歌，亦有工尺，便于寻声，而舞则向少专书，无从索解。……（国剧身段）故能深入显出，笔之于书，盖往古所未有也。西国论剧，每及动作之艺术，ART OF ACTING，先生此作，凡国剧一切动作之艺术，包罗万象，纤细靡遗，纲举目张，厘然有当。他日国剧倘更得发皇进展，则斯篇之成，实与有力焉。"[2]

歌与舞并不是各自为政、互不相干的，而是紧密联系、相互呼应的。"一切的词句，都要用舞式表现出来，……又须与腔调呼应，与音乐合拍。"[3] 音乐配合舞蹈，以表现人物的身份、地位、心理、情绪，诠释故事。"无声不歌，无动不舞"，深刻地揭示了中国戏曲舞台表演艺术的本质

---

[1] 齐如山：《齐如山回忆录》，见梁燕编：《齐如山文集》第11卷，石家庄：河北教育出版社，2010年版，第170页。

[2] 张厚载：《国剧身段谱·序》，见齐如山：《国剧身段谱》，北京：北平国剧学会，1932年版。

[3] 齐如山：《国剧艺术汇考》，见梁燕主编：《齐如山文集》第3卷，第86页。

特征。这是齐如山戏曲理论的重要贡献。

齐如山之外,对中国戏曲的歌舞特性有比较明确认知的还有梅兰芳、马肇彦等。梅兰芳说:"古典歌舞剧是建筑在歌舞上面的。一切动作和歌唱,都要配合场面上的节奏而形成它自己的一种规律。前辈老艺人创造这许多优美的舞蹈,都是根据现实生活中的动作,把它进行提炼、夸张才构成的歌舞艺术。"[1]马肇彦认为:"中国戏剧与各国戏剧之不同点,就在舞蹈,说白,歌唱之同时贯串一气。原中国旧剧系由古时歌舞递嬗而来,剧中人出场之前,先有音乐领起,一俟音乐作到分寸,方可出台;出台之后,一举足,一抬手,莫不含有舞意;而且每一走动,每一动作,皆有音乐随之;并且在迂回徐疾的走舞动作之中,发生种种自然的停顿,恰形成了一种古雕像的空间节奏美!"[2]与齐如山相比,他们的论述相对简单,亦缺少更为深入的分析和比较完整的理论体系。

三、象征主义的戏曲本质观讨论

在20世纪20、30年代的戏曲本体论探讨中,戏剧理论家们还涉及到一个非常重要的议题——象征主义。

将象征主义引入到戏曲领域,是这一时期西方象征主义理论在中国广泛传播和接受的结果。相关理论的译介与评价,作品的翻译和出版,对中国文学创作产生了巨大而深刻的影响。从诗歌到散文,从小说到戏剧,都留下了象征主义的深刻印迹。象征主义的文艺潮流也涌入戏曲批评领域。如前所述,国剧运动的倡导者余上沅、熊佛西等人已用"象征"一词评价中国戏曲,他们称中国戏曲是"象征的艺术"、"用象征的方法"、"象征化"等等,将"象征"与写意性、程式化、比拟性联系在一起,但并未称其为象征主义。西方象征主义是19世纪后半叶在法国出现并席卷世界的一

---

[1]梅兰芳述、许姬传记:《舞台生活四十年》,见梅绍武、屠珍等编撰:《梅兰芳全集》第1卷,石家庄:河北教育出版社,2001年版,第276页。

[2]马肇彦:《在欧化的狂热中——谈我国旧剧之价值》,载《剧学月刊》,1934年第3卷第2期。

股文艺潮流。作为一种艺术思潮，它崇尚非理性主义，主张通过暗示、通感、象征等艺术手法，表现隐藏在普通事物背后的真实世界，体现出强烈的社会批判意识以及文化反思的特性。

关于中国戏曲是象征主义的认知，在20世纪20、30年代的戏剧界有着相当的市场。程砚秋提出："东西两方戏剧，已经有了一个共同的倾向了，就是打破写实主义，成为写意主义的，或者象征主义的。"[1]认为西方戏剧和中国戏曲可以沟通，原因在于二者都有一个共同的特点——象征主义，将象征主义等同于写意主义。程砚秋的观点在当时的戏剧界得到广泛的认同。"平心而论，中国的旧戏也只能称为象征主义，因为那是太神秘的东西了。不过这种象征主义是暧昧的象征主义，是神秘的象征主义，是要经过多年苦才能完全理解的贵族的象征主义。"[2]佟晶心认为："象征主义要求以记号代表一切意义，写实主义就要求一切写实……设使中国戏曲依了写实主义一切的要求，则中国戏曲象征的色彩将完全破坏。但若将中国舞台一切象征主义破坏而实现写实主义，则实现的方法应依照唐宋以来真实古典的状态无疑，不然中国舞台装饰更要露出混乱的状态。"[3]佟晶心对象征主义的认识是简单而片面的，他只注意到象征手法与象征主义艺术的相似性，而忽略了西方象征主义所产生和发展的历史背景，当然也就无法理解象征主义的真正内涵。西方戏剧不断寻求写实主义的自我突破，对东方戏剧进行借鉴和学习，并不意味着西方戏剧成为写意主义，同样，西方象征主义戏剧也不等同于中国戏曲的象征手法，二者在精神旨趣上是完全不同的。林松年指出："戏剧的最大要件，是在乎具象性……赋与这具象性的，即所谓之象征。所谓象征主义者，决非单是前世纪末法兰西诗坛的一派所曾经标榜的主义，凡是一切戏剧，古往今来，是无不在这

[1] 程砚秋：《在北平缀玉轩梅兰芳为程砚秋赴欧游学举行的欢送会上的致谢词》，见《程砚秋戏剧文集》，北京：文化艺术出版社，2003年版，第20页。

[2] 韩世桁：《梅兰芳与俄演剧问题》，载《大晚报》，1934年6月15日。

[3] 佟晶心：《中国舞台装饰与绘画》，载《剧学月刊》，1936年第4卷第12期。

样的意义上，用着象征的表现法。"[1]他认为戏剧的象征主义并非西方象征主义戏剧或诗歌，而是通过具体生动的形象将抽象的思想和内容呈现在观众面前，这就是戏剧的象征。他对象征的表现手法和象征主义的认知是比较清晰明确的，但对戏剧象征的理解又有一定的片面性。

当然，亦有不少学者对戏曲象征主义的认知提出了反对意见。哲学家艾思奇认为："中国戏没有纯化的情调，只有英雄美人忠君爱国的事迹，这不是象征主义。""中国戏只有格律性和原始性，看不见半滴象征主义的血液。"在艾思奇看来，象征主义必须具备两个条件：一、"用作代表的东西，和被代表的东西，其内容并不是一致的"；二、"被代表的抽象的东西，是不可捉摸的"。[2]以鞭代马，以筋斗代战争，既不能如实表现事物，也不能代表事物全体，是非常幼稚的，是中国戏原始性的表现，因此不是象征主义的。很显然，艾思奇比较精确地概括了西方象征主义的内涵，但同时又以此来衡量中国戏曲，这是不恰当的。如前所述，中国戏曲的象征与西方象征主义之间并不是一回事，二者之间既不可等量齐观，亦不可以此代彼。与艾思奇观点比较接近的还有戏剧家张庚。他说："说我国旧戏是象征主义的，这是一个开玩笑的话头。无论从象征主义产生的时代，从它所内涵的意义，从它底作品形式与内容来说，都是讲不过去的。"有人之所以认为旧戏是象征主义，张庚认为，原因在于"不明白中国旧戏的几个舞台特质"，具体来说，一是"剧本上的特质"，不遵守三一律，时间、地点皆不确定；二是"舞台装置上的原始性"，如以鞭代马，以桨代船；三是"戏剧底图式化"，动作和言语图式化、律动化；四是"脸谱"，具有装饰性，其颜色代表的是封建品味主义。这些都"不是近代象征主义的表现"。[3]张庚明确指出，中国旧戏不是西方所谓的近代象征主义，不能简单地以脸谱、图式、装置（相当于写意性）判定旧戏为象

---

[1] 林松年：《戏剧艺术之征象》，载《剧学月刊》，1935年第2卷第5期。
[2] 艾思奇：《中国戏与象征主义》，载《申报·自由谈》，1934年11月29日。
[3] 张庚：《旧戏中为什么产生了"象征主义"》，载《文艺电影》，1935年第1期。

征主义。这一观点是非常正确的。但遗憾的是，他并没有对旧戏的象征手法与写意性、程式化、虚拟性作更进一步的说明。

这一时期针对中国戏曲象征提出否定意见的还有现代文学史上的巨匠鲁迅。针对当时有人提出中国戏曲脸谱是有象征手法的，如以白色表示奸诈、红色表示忠勇、黑色表示威猛等，他提出疑义，认为脸谱是人物形象的夸大化、漫画化，"和实际离得很远，好像象征手法了"而已，实际上，"脸谱，当然自有它本身的意义的，但我总觉得并非象征手法，而且在舞台的构造和看客的程度和古代不同的时候，它更不过是一种赘疣，无须扶持它的存在了"。[1]

1934年《申报》刊发了《梅兰芳与中国旧剧的前途（三）》一文，文中指出："中国旧剧我们可以说丝毫没有包含象征主义的成分。象征主义是以官感的具体记号来表现一种神秘的、感情的倾向和作风，但中国旧剧，其取材大半是历史上的传说，其立论大都是'劝善罚恶'的老套，这里面既毫不含有神秘的感情，也就用不着以官感的具体的符号来象征什么。我们从旧剧中能看到一出表现得不明不白使人难解的剧吗？……就艺术价值上说，这种单纯的表现方法是低级的，与西方资本主义制度下所产生的象征主义有非常大的距离，即如那一般人认为最含有象征主义意味的脸谱，和那以马鞭代马的玩意儿，也只能说藉以帮助观众对于剧情的理解，不能认为即是象征主义。所谓象征主义不是指形式，主要的是指内容。"[2]西方象征主义是特定社会历史条件下的产物，它以官感符号来象征事物，这与中国旧戏的所谓象征是根本不同的，这一理解是不错的，但遗憾的是，作者同时也否认了旧剧的象征手法。

这一时期，针对旧戏的象征看法比较客观、理解比较深刻的是田汉。他认为，中国旧戏不是象征主义，但很多都采用了象征手法，"不过多是

[1]鲁迅：《脸谱臆测》，见《鲁迅全集·且介亭杂文》第6卷，北京：人民文学出版社，1981年版，第134页。
[2]《申报》1934年7月2日"读书问答"栏目，原文未署名作者。

比较单纯的、低级的，即没有产生象征主义的作品"，它与"十九世纪末期那一种纤细的、幽玄的、神秘的象征主义有本质的不同。但象征主义的作品是非常注重形式的，并非'不指形式而专指内容'"。他指出："中国旧剧虽则颇能采用象征的手段，但与真正的象征主义无关了。事实上，我们没有理由说旧歌剧是'象征的'，话剧是'写实的'。因为歌剧与话剧之中，随着作者处理题材的态度不同，也都容许有'写实的'或'象征的'、'梦幻的'的场面。"[1] 这就从根本上明确区分了中国戏曲的象征和西方象征主义，概括了旧戏象征的特点。马彦祥也认为："中国的旧剧是象征的，我很相信这句话，因为我根本相信所有戏剧都是象征的，也可以说一切文学，一切艺术无一不是广义的象征的。""旧剧中的'象征'已'象'到了极端。'挥鞭如乘马，推敲似有门，叠椅为山，方布作车，四个兵可代一枝人马，一迴旋算行数千里路'等等，都是自'无'象'有'的例……"[2] 这里所论的"象征"，实际上是就中国戏曲的艺术表现手法而言，但他同时又将象征与虚拟性、写意性等混为一谈。

象征性是中国戏曲与生俱来的艺术特性，是艺人们在长期的舞台艺术实践中不断加工创造形成的，在表演、服装、脸谱、舞台设计上，象征性都有着极为鲜明的表现。它通过某一特定的具体形象，使其与所表现对象之间形成对应的关联关系，让观众通过视觉形象去感知事物的存在，进而产生联想和想象，有着鲜明的舞台假定性和约定俗成性。但20世纪以前，象征性几乎无人提及，这一时期关于戏曲象征性的讨论，尽管还有诸多的问题尚有待于进一步深入，特别是象征与写意、程式和虚拟之间的关系等，讨论还不够深入，但它为后来的戏曲象征特性的探讨奠定了坚实的基础。一方面，它比较明确地区分了象征手法与象征主义的概念，指出中国

---

[1] 田汉：《苏联为什么邀梅兰芳去演戏》，见《田汉全集》第17卷，石家庄：花山文艺出版社，2000年版，第23、24页。

[2] 马彦祥：《论国剧运动》，见范祥善：《现代艺术评论集》，上海：世界书局，1930年版。

戏曲的象征与西方象征主义之间的本质差异，廓清了中国戏曲象征的内涵和外延。另一方面，它扩展了中国戏曲本体特性的探讨，在写意性、程式化、虚拟性以及"无声不歌，无动不舞"之外，指出了中国戏曲包含的象征性的特点，以及象征与写意等之间的关系等。

这一时期关于中国戏曲本体特性的探讨，具有以下特点：

一是，关于戏曲本体论的理论探讨，是在"五四"新文化运动这一重大的思想解放运动推动下进行的。外来文化的冲击和中外文化的交流碰撞，促进了整个文化领域内思想观念的变革，同时也为戏曲传统观念的革新提供了契机。"五四"戏曲论争中，胡适、陈独秀等人对中国旧戏的批判虽然是偏激甚至是错误的，但它却促使戏曲理论家们以崭新的眼光和视角来审视传统戏曲，认识戏曲艺术的本质特征和审美特点。从余上沅等人倡导的国剧运动到齐如山的"无声不歌，无动不舞"，再到象征主义的本质观探讨，经过戏曲理论家们的不断争论与研讨，中国戏曲的本体特性和审美本质逐渐被廓清，现代的戏曲观念最终得以形成并确立起来。

二是，这一时期的戏曲本体论探讨是在中西文化、中西戏剧的对比中来进行的，表现了比较开阔的学术视野和高屋建瓴的理论高度。一方面，戏曲批评的主体如余上沅、赵太侔、齐如山、田汉以及鲁迅等都曾留学西方或日本，深受西方戏剧观念的洗礼，他们将西方的戏剧观念与传统的戏曲观念相对照，反向观照中国戏曲的本质特征；另一方面，包括西方形式主义美学、象征主义等在内的现代美学思潮、美学观念被广泛接受和认可，它们超现实、超功利的美学追求，促进了戏曲理论家们对戏曲本质特征的把握和艺术特性的理解，使其更具有现代的审美特质和美学品格。

三是，这一时期的戏曲本体论讨论不再拘泥于剧本文学，不再局限于戏曲音律曲谱，而是将戏曲作为一门综合艺术，作为一种舞台艺术来对待，这是近代以来戏曲理论观念的重大突破。从晚清戏曲改良运动到"五四"戏曲论争，戏曲理论家们对戏曲本质的认知，或偏重于剧本文学和历史文献，或强调于曲谱曲律，认识相对片面。20世纪20、30年代的戏曲本质论讨论,将戏曲作为一门"综合艺术"而不是专门艺术来对待,包括剧本文学、演员表演、舞台美术等被作为一个艺术整体,作为一个完整的审美对象来审视和把握,强调其超越现实生活、超越社会功利的审美现代性。

第五节　戏曲创作论

戏曲创作论是戏曲理论批评的重要组成部分,一个时期戏曲创作的宗旨、审美取向、艺术形式、技巧方法等都会不自觉地反映到同期的创作论中来。晚清以来,传统的昆曲创作急剧衰落,其典雅富丽的曲词,谨严的格律,柔婉的声腔,细腻含蓄的表演,典型地代表了文人的艺术趣味和审美取向,距普通大众的审美需求越来越远,观众锐减,戏曲创作亦随之衰退,只有吴梅等个别作家尚能谨守传奇创作的规范进行创作。与之相反,20世纪以来,特别"五四"新文化运动以后,京剧及其他地方戏曲的创作则蓬勃发展,呈现出繁荣的局面。它们以通俗见长,曲词浅显易懂,内容题材更接近下层人民的生活,因而迅速取代昆曲,成为观众最为喜爱的艺术样式。同时,相对简单的格律创作,也吸引了一批受过新式教育的知识分子,参与到京剧及其他剧种的创作中来,并有针对性地为艺人编剧,如齐如山之于梅兰芳,罗瘿公、金仲荪及翁偶虹之于程砚秋,陈墨香之于荀慧生,庄清逸(清逸居士)之于尚小云,其他如陈水钟、李寿民、吴幻荪等等,他们或以编剧为事业,或出于对京剧的喜爱参与到编剧中来。如齐如山一生编写剧本33个,其中为梅兰芳编写的有26个;再如陈墨香,从1924至1935年间,为荀慧生编写剧本50多个。

京剧名编罗瘿公像

这些剧目既包括根据杂剧、传奇及其他地方戏整理改编的古装新戏，也包括根据传统小说、故事重新创作而成的新戏，同时包括一些时装新戏。长期的舞台观摩，深厚的古典文化素养，为他们的剧本创作提供了保障，大量的创作实践和丰富的编剧经验，又促进了其创作理论的形成和完善。因此，他们的创作论既是对传统理论的继承和发展，也是对创作经验的总结和提升，这其中以齐如山最具有代表性。[1]

这一时期研究创作论的，除了专门为艺人编剧的传统文人之外，还有既从事戏曲创作同时也从事话剧创作的剧作家、理论家，如欧阳予倩。他的话剧的创作经验和创作理论影响了他对戏曲创作的理解。

一、吴梅与许之衡的传奇创作法

20世纪初期，在资产阶级维新派和革命派一片倡导戏曲改良的浪潮中，吴梅却置身于事外，将戏曲作为一门专门的学问，潜心研究，辨其得失，考其正误，论曲、制曲、谱曲、度曲之外，还对戏曲创作发表了看法。

吴梅的戏曲创作理论主要体现在《顾曲麈谈》第二章第一节《论作剧法》和《霜厓曲跋》[2]中。《论作剧法》分为"结构宜谨严"、"词采宜超妙"、"宾白宜优美"三个部分，其中"结构宜谨严"部分又具体细分为戒讽刺、立主脑、脱窠臼、密针线、减头绪、均劳逸、酌事实七项，其条目内容与李渔《闲情偶寄·词曲部》中"结构第一"、"词采第二"、"宾白第四"三部分大致相同，思想观点上也无特别新颖之处，可以说是李渔等前人戏曲创作理论的因袭和重申，并没有突破传统戏曲创作论的框架和范

---

[1] 按，这一时期为艺人编剧的传统文人虽不少，但如罗瘿公、陈墨香、金仲荪等大多没有专门的理论著述，本节所论主要以有著述流传的齐如山为主。此外，后来为程砚秋编剧的翁偶虹亦有相关理论著述，但时间不在本阶段内。

[2] 按：吴梅《霜厓曲跋》，乃吴梅读曲之心得体会，写于书前、书后或发表在刊物上，任讷编辑《新曲苑》时，辑录94篇，成《霜厓曲跋》三卷，列为《新曲苑》第三十四种（中华书局1940年出版）。后来徐益藩又将未收录部分辑为《霜厓序跋》54篇（发表于1942年《戏曲》三辑）。王卫民编辑《吴梅戏曲论文集》（中国戏剧出版社，1983年版）时，又从中选录一部分，命名为《瞿安读曲记》和《瞿安叙跋》。

围。如他在"结构宜谨严"中论"立主脑"云：

> 传奇主脑，总在生旦，一切他色，止为此一生一旦之供给……原其初心，止为一人而设，即其一人之身，自始至终，又有无限情由，无穷关目，究竟都是衍文。原其初心，又止为一事而设。此一人一事，即所谓传奇之主脑也。[1]

对照李渔《闲情偶寄》之"立主脑"一节，可以发现，文字几乎相同。文中其他内容亦大多类此。另如他论戏曲的社会作用，强调劝惩、讽谏；论情节，强调新奇，反对雷同因袭；论辞采，要求本色，既反对堆垛典实、词意隐晦，也反对粗鄙、不登大雅之堂；论宾白，要求协律调声、须调平仄，同时还要肖似、少方言等等，多是蹈袭前人之言，并无多少新见。

吴梅在论作剧的具体方法时，提出了戏曲美的评价标准，即真、趣、美。

> 大抵剧之妙处，在一真字。真也者，切实不浮，感人心脾之谓也……其次须有风趣……曰真、曰趣，作剧者不可不知。真所以补风化，趣所以动观听。而其唯一之宗旨，则尤在于美之一字。[2]

以"真"、"趣"、"美"论戏曲，前人多有阐述。如明人论王玉峰《焚香记》云："其填词皆尚真色，所以入人最深"；[3]"兹传之总评，惟一真字足以尽之耳"，[4]皆以"真"论剧。又如"趣"，李渔《闲情偶记》云："机者，传奇之精神；趣者，传奇之风致。少此二物，则如泥人、土马，有生形而无生气。"[5]黄周星论"趣"云："曲为诗之流派，且被之弦歌，自当专以趣胜。"[6]至于以"美"论剧者，李贽有"以自然之为美"说，

---

[1] 吴梅：《顾曲麈谈·论作剧法》，见王卫民编：《吴梅戏曲论文集》，北京：中国戏剧出版社，1983年版，第52页。

[2] 吴梅：《顾曲麈谈·论作剧法》，见王卫民编：《吴梅戏曲论文集》，第48—49页。

[3] 玉茗堂：《焚香记·总评》，见蔡毅编选：《中国古典戏曲序跋汇编》，济南：齐鲁书社，1989年版，第1324页。

[4] 剑啸阁主人（袁于令）：《焚香记序》，见蔡毅编选：《中国古典戏曲序跋汇编》，第1323—1324页。

[5] 李渔：《闲情偶寄》，见中国戏曲研究院编：《中国古典戏曲论著集成》（七），北京：中国戏剧出版社，1959年版，第24页。

[6] 黄周星：《制曲枝语》，见中国戏曲研究院编：《中国古典戏曲论著集成》（七），第120页。

并以此作为戏曲和所有文学的评价标准。吴梅把"美"作为"唯一之宗旨"，虽有超越前人之处，但它却是20世纪初期戏曲小说理论中被广泛关注的，如王国维1904年发表的《红楼梦评论》，即对《红楼梦》美学价值进行了讨论；觉我（徐念慈）1907年发表《〈小说林〉缘起》，论小说（包含戏曲）的美学特征亦云："所谓小说者，殆合理想美学、感情美学，而居住其上乘者乎？"摩西（黄人）《〈小说林〉发刊词》也称："小说者，文学之倾于美的方面之一种也。"冯叔鸾《剧学讲义》称"剧为文艺美术之混合物"，美术指戏剧的审美特性。吴梅以"美"论戏曲，正是这一时期文学理论讨论话题的体现，具有鲜明的时代特色。

由于吴梅接受的新理论有限，他在《霜厓序跋》中读曲、评曲与传统的曲论家并无根本不同，但其中不乏真知灼见。如他推崇元杂剧创作的本色，反对明传奇的饾饤习气："余尝谓元词之不可及，正在俚俗处。自明人以冶丽之词作北曲，而蒜酪遗风渺不可得。"[1]他评周宪王朱有燉《继母大贤》："通本皆用本色语，无饾饤习气，犹有元剧体思。"[2]评王子一《误入桃源》云："通本词藻浓丽，与元词以本色见长者不同，文气稍薄，此亦气运使然，非古今人之智慧不齐也。"[3]评徐渭《四声猿》："余独爱其字字本色，直夺关、马之席，明人北词，似此者少矣。"[4]本色论是明清曲论中讨论比较集中的话题，尽管各家对本色的理解不尽一致，但以本色作为戏曲的评价标准之一，反对传奇创作"以时文为南曲"的出发点却是相同的。吴梅以本色论曲正是前人观点的继承。又如他论戏曲故事内容的虚实，"元剧之胜，正在荒唐，不得执此以訾议也"，[5]称赞元剧创作虚构的特点。论洪昇《长生殿》剧"依据白傅《长恨歌》，摭拾开天遗事，

[1]吴梅：《读黄粱梦》，见王卫民编：《吴梅戏曲论文集》，北京：中国戏剧出版社，1983年版，第393页。
[2]吴梅：《读继母大贤》，见王卫民编：《吴梅戏曲论文集》，第413页。
[3]吴梅：《读误入桃源》，见王卫民编：《吴梅戏曲论文集》，第419页。
[4]吴梅：《读四声猿》，见王卫民编：《吴梅戏曲论文集》，第420页。
[5]吴梅：《读范张鸡黍》，见王卫民编：《吴梅戏曲论文集》，第394页。

巨细不遗，而于史家所载杨妃秽事概削不书，深合风人之旨。后人以《冥追》、《神诉》、《怂合》诸折，谓凿空附会，是未知传奇结构之法，无足深辨"。[1]亦强调故事虚构的意义，以及历史真实和艺术真实之间的区别。他所说的真实即情理真实，"作剧之道，在入情入理而已，必欲证时代之后先，考故实之真伪，即是笨伯矣。"[2]吴梅关于戏曲虚实论并无新颖之处，明清以来小说戏曲中多有论述，因此有老生常谈之诮。

另外，吴梅论曲还常常从舞台出发，对结构排场、演出效果等提出中肯意见。如他论朱有燉《八仙庆寿》："此剧通本末唱，中间用旦曲数支，布置既匀，耳目亦新，不独节省末角之劳而已。"[3]论阮大铖《春灯谜》："一部传奇，必须有耐唱曲几支，方足餍度曲家之望。若力求简单，少用慢板，可以娱目，无可悦耳，此则排场不合矣。"[4]不独重视案头的可读性，还强调场上搬演的艺术效果。

总体来说，吴梅的戏曲创作论创新之处不多，主要是传统戏曲理论的重申和总结，研究方法也主要局限在传统曲学的范围之内，这也是我们称吴梅为中国近代旧曲学代表的原因之一。

吴梅的戏曲创作理论直接影响了另一位曲论家许之衡。许之衡的戏曲创作论，强调创作与舞台演出相联系，其理论主张主要体现在他的《曲律易知》、《作曲法》等著作中。

如他论传奇的结构："传奇出数既多，则未下笔之先，布置全局，悲欢离合，宜将情节大略拟定，何处宜用长剧，何处宜用短套，角色分配如何可以匀称，排场冷热如何可以调剂，通盘筹算，总以线索分明、事实脱俗乃为佳妙。若不预定大概，逐出凑成，则是支支节节而为之，纵使文词

[1] 吴梅：《读长生殿》，见王卫民编：《吴梅戏曲论文集》，北京：中国戏剧出版社，1983年版，第456页。

[2] 吴梅：《读踏雪寻梅》，见王卫民编：《吴梅戏曲论文集》，第417页。

[3] 吴梅：《读八仙庆寿》，见王卫民编：《吴梅戏曲论文集》，第401页。

[4] 吴梅：《读春灯谜》，见王卫民编：《吴梅戏曲论文集》，第440页。

精妙，亦不足观矣。"[1] "凡一部大剧，宜有种种线索，于未下笔之先，应将局势布置粗定。所有事实情节，即分布于各出之中，某出应如何穿插，某出应如何照应，是所谓布局也。布局不宜重复。如以前已有送别开宴等事，则以后再有类似此者，宜避去为是；如不能避去，则场子须稍变换。"[2] 结构是关系到戏曲创作成败的关键问题，作家在下笔之先的构思过程中，必须通盘考虑，有一个总体的筹划，线索之安排，情节之照应，内容之悲欢，角色之搭配，冷热场之相剂等，要合理安排，周密规划。在这一创作原则指导下，许之衡把结构的创作方法概括为：布置局势、安排角色、繁简相间、用暗场法、宜脱窠臼、线索宜清、须有照应、须酌事实、注意宾白、注意科介等十个方面。这些手法既是对戏曲结构布局的要求，也是对情节内容的要求。这里值得注意的是"用暗场法"。暗场就是"此事为剧中应有情节，而一一铺演，则觉其累赘，只须补述于道白中，根节自不遗漏，故谓之暗场"。用暗场，一方面可以"免场子之陈旧"，一方面"可使局势之紧密"。[3] 这是前人论戏曲作法时忽略的地方。许之衡关于戏曲结构的论述，基本上继承了李渔《闲情偶寄》"立主脑"、"脱窠臼"、"减头绪"、"密针线"等理论主张，没有超出传统戏曲创作论的范畴，但他对传奇创作手法的总结，对近现代以来的戏曲创作具有鲜明的指导意义。

不仅是整体性的情节结构，具体的排场安排也具有重要的意义。许之衡《曲律易知》第八章《论排场》中把南曲排场分为：欢乐类、悲哀类、游览类、行动类、诉情类，把短剧分为过场短剧类、急遽短剧类、文静短剧类、武装短剧类等，指出："曲律以排场为最要，亦惟排场为最难明……

[1] 许之衡：《作曲法·论传奇之结构》，见秦学人、侯作卿编著：《中国古典编剧理论资料汇辑》，北京：中国戏剧出版社，1984年版，第436页。
[2] 许之衡：《作曲法·论传奇之结构》，见秦学人、侯作卿编著：《中国古典编剧理论资料汇辑》，第432页。
[3] 许之衡：《作曲法·论传奇之结构》，见秦学人、侯作卿编著：《中国古典编剧理论资料汇辑》，第433页。

若能排场妥帖，则宫调、管色等，皆是第二义耳。"[1]第十章《论配搭》亦云："必先布局选调，大致已定，然后下笔填词，则事半功倍。"[2]排场是戏曲创作成功与否的关键。

戏曲创作的成功，还有一个很重要的方面——作曲法。许之衡把作曲法归纳总结为三十一种：徐徐引起法、一起擒题法、风景起法、譬喻起法、虚笼起法、反笔起法、题前烘托法、题前挪展法等等。他认为，作曲之法与作文无异，都要求"灵动"，对曲而言，其灵动之处，"全在善用衬字；能善用衬字，则正面反面、起承转合种种笔法，皆由衬字表出，而通体灵动矣"。在美学追求上，曲与文亦相同，即要"于凝练之中贵新颖，于新颖之中又贵自然。如意境高妙，则造句亦其次焉耳"。[3]这是对曲文的要求，表现了他重视戏曲文学性的一面。

许之衡创作论的核心是技巧与方法。他在《曲律易知》第一章《概论》中言"务发前人所未备，而以显浅出之。若夫极精研几，则以俟诸宏达。虽仅粗有所得，然已无冥行索途之患矣"。[4]吴梅《曲律易知·序》评云："昔王伯良《曲律》、李笠翁《闲情偶寄》，其于循腔按调，措词布局，亦既言之详矣，而南词定式，剧场动作，尚多罅漏。守白注全力于此，所论排场、配搭诸篇，足为词家之正鹄，而又非词隐、鞠通辈所齿及也。"[5]说明他的理论意在指导戏曲创作。

许之衡的戏曲理论在研究内容和精神旨趣上与吴梅有一脉相承之处，是旧曲学理论的重申和发挥，创见不多，影响亦比较小。他们戏曲创作论

[1] 许之衡：《曲律易知·论排场》，见俞为民、孙蓉蓉编：《历代曲话汇编·近代卷（第3集）》，合肥：黄山书社，2009年版，第100页。

[2] 许之衡：《曲律易知·论配搭》，见俞为民、孙蓉蓉编：《历代曲话汇编·近代卷（第3集）》，第106页。

[3] 许之衡：《作曲法·剧曲之文学》，见秦学人、侯作卿编著：《中国古典编剧理论资料汇辑》，北京：中国戏剧出版社，1984年版，第449页。

[4] 许之衡：《曲律易知·概论》，见俞为民、孙蓉蓉编：《历代曲话汇编·近代卷（第3集）》，第36页。

[5] 吴梅：《曲律易知·序》，见俞为民、孙蓉蓉编：《历代曲话汇编·近代卷（第3集）》，第32页。

的核心是关于明清传奇创作的技巧和方法，是清代李渔《闲情偶寄》创作方法的重申和简单发挥，创新之处不多，更多的意义上，它们是作为传统曲学的代表再现于中西交汇、新旧交替的20世纪中国戏曲理论批评史中。

二、齐如山的编剧理论

对一个剧作家而言，创作之时，首先面临的是创作宗旨的问题，也就是剧作家的创作意图。齐如山认为："剧本内容之意义，则应视国家指示之题材及编剧者自己之选择为依归。"[1]他主张："国剧的主要宗旨在发挥忠孝节义及各种旧道德，要想发挥这种道德，则戏须长，且须有曲折，否则烘托不出来。没有奸佞显不出忠来，没有淫邪显不出节来。因为须写反面，则文字当然要多，则戏自然就长了。"结合自己的创作经验，他指出："替旦脚编戏，多数都是偏重节义二字，至于孝字，尚有时写到，若忠字，则实难得写到的。"[2]可见，齐如山的戏曲创作是以教育为目的，强调戏曲的实用功能，但他的戏曲功能论在内容上既不同于以改良、维新为启蒙任务的晚清戏曲改良思潮，也不同于以科学、民主为启蒙任务的"五四"戏曲论争，受旧剧题材内容的限制，他要求戏曲描写忠孝节义及各种旧道德。具体到旦角戏来说，要描写节和义。忠孝节义和旧道德作为中国封建社会基本的行为准则和价值观念，有着非常深厚的文化传统和巨大的历史惯性，渗透在人们日常生活的方方面面，但其内涵并不是一成不变的，而是随着时代和社会的发展变化而衍变的，直到今天它仍有相当的价值和意义。如罗瘿公写《花舫缘》和《玉镜台》是"描写士人阶级欺骗妇女的可恶"；写《鸳鸯冢》，是"尽量暴露了父母包办婚姻的弱点，结果就完成一个伟大的性爱的悲剧"；写《青霜剑》，"是写一个弱者以'鱼死网破'的精神来反抗土豪劣绅"。金仲荪写《碧玉簪》、《红拂传》、《文姬归汉》等剧，都是针对中国近代社会的现实，是"现时中国社会的不

---

[1] 齐如山：《编剧回忆》，见梁燕编：《齐如山文集》第6卷，石家庄：河北教育出版社，2010年版，第345页。

[2] 齐如山：《齐如山回忆录》，见梁燕编：《齐如山文集》第11卷，第106、107页。

苦口而又利于病的良药"。罗瘿公和金仲荪为程砚秋编剧的基本理念是以
"'不与环境冲突，又能抒发高尚思想'为原则"。[1]剧作家所"发挥"的
忠孝节义和旧道德，并非都是为了宣扬旧道德，恰恰相反，是为了批判，
为了抨击。当然，传统文人剧作家为了戏能够叫座，迁就观众的情况也在
所难免，如程砚秋所说："在积重难返的社会里，受着生活的鞭策，你不迁
就一点是不行的。"[2]这是剧作家面对的现实，齐如山的创作如此，罗瘿
公、金仲荪等传统文人剧作家的创作也概莫能外。
基于这样的创作宗旨和社会现实，他们的戏曲创作
不是一味地求新，而是在尊重传统、尊重舞台以及
突出名脚优长的基础上进行，他们的创作论也充分
体现了这一点。

　　齐如山认为，皮黄剧的创作，首先需要明了
的是"路子"。所谓"路子"就是剧的类别，编剧
之前，先要确认它属于哪一路，然后再进行构思。
他将皮黄剧的编写分为七类，分别是：以曲折见长
的，以身段见长的，以神气表情见长的，以话白见
长的，以唱工见长的，以情节见长的，以武工把子
见长的。[3]类别之间，各不相同，也各有各的编
法。"宜于什么，就应该在哪一方面用力。如此则编
着排着都较省力，演出去也容易受人的欢迎。"[4]
以宜于身段见长者来说，就是要舞台演出"以身
段舞态见长"，如《嫦娥奔月》、《天女散花》、《洛

名梅芳齐山北車站平在如欢迎范朋克

Mei Lan-fang and his friend we comin
Donglas Fairbanks at the Peiping
Railway Station

1931年2月，美国著名电影演员范朋克来
华访问，齐如山、梅兰芳到北京车站迎
接。

---

　　[1]程砚秋：《检阅我自己》，见《程砚秋戏剧文集》，北京：文化艺术出版社，2003年版，第8、
9页。

　　[2]程砚秋：《检阅我自己》，见《程砚秋戏剧文集》，第8页。

　　[3]齐如山：《编剧回忆》，见梁燕编：《齐如山文集》第6卷，石家庄：河北教育出版社，
2010年版，第346页。

　　[4]齐如山：《编剧回忆》，见梁燕编：《齐如山文集》第6卷，第365页。

神》之类，"绝对不能加添情节，因为加添情节，则必至婆婆妈妈，闹得神、人界限分不清楚"。[1] 其他题材类型的剧目创作亦是如此。这是创作之前的准备，也是一出戏成功的基础。

确定了创作路数之后，创作时首先要考虑的是结构布局问题。一出戏既要有正场也要有副场，正副场之间要配合得当，主次分明，切忌平均用力。"剧中的副场及过场可以随便编之，不必费力。若正经重要场子则非注意不可"。[2] 正经场子，也称之为硬场，是指矛盾冲突比较集中或情节发生突转或舞蹈、演唱等比较出彩的地方，也是一个戏最精髓的部分。全戏没有硬场就无法招揽观众，"每出戏若有三几个硬场也就够了"[3]，但是硬场的安排也同样需要技巧，"倘尽是硬正场子，亦不合用，因旧剧都是一场接一场，中间无休息时间，如此则演者将有力竭声嘶之虞，或至闹得全无彩"。[4] 因此硬场的安排不可全连在一起，场与场之间要有过场和副场分隔开来，如此演员、观众才能两便，演员不累，观众的神经也可以稍微松弛。硬场中"还是末一场为最重要，所谓压得住"，[5] 这是一出戏的高潮和精髓，只有末场压得住，观众才会买账，戏才算成功，因此末场最重要。

正、副场安排之外，故事的发展推进过程中，情节的安排也十分讲究，具体来说，"比方演悲惨的情节，若一场比一场严重，所谓步步紧，则观众的心情亦跟着一步比一步紧张，如此越显悲惨的严重，观众容易被感动，是编悲惨剧的目的算是达到了"。[6] "一出戏能够编的一场比一场好，所谓步步紧，那固然是好，但这不是容易的事情。如果有许多情节不能步步紧，那就选几个节目编为硬场。"[7] 结构紧凑，情节紧张，固然重要，

---

[1] 齐如山：《编剧回忆》，见梁燕编：《齐如山文集》第6卷，石家庄：河北教育出版社，2010年版，第366页。

[2] 齐如山：《编剧回忆》，见梁燕编：《齐如山文集》第6卷，第345页。

[3] 齐如山：《编剧回忆》，见梁燕编：《齐如山文集》第6卷，第346页。

[4] 齐如山：《编剧回忆》，见梁燕编：《齐如山文集》第6卷，第349页。

[5] 齐如山：《编剧回忆》，见梁燕编：《齐如山文集》第6卷，第346页。

[6] 齐如山：《编剧回忆》，见梁燕编：《齐如山文集》第6卷，第348页。

[7] 齐如山：《编剧回忆》，见梁燕编：《齐如山文集》第6卷，第346页。

但不是所有的戏，所有的故事都曲折跌宕，中国戏曲向来不以情节见长，这就要求编者将其中一些内容编为硬场，也就是要在矛盾冲突最为尖锐或情节内容发生突转或唱腔或舞蹈最为出彩的地方，特别着力，提起观众观剧的兴趣。中国戏曲不以情节曲折取胜，并不意味着故事要平铺直叙，波澜不惊，编剧同样需要一波三折，"编戏就怕平铺直叙，最好是在题外加添曲折，然亦不可出题之范围"。[1]具体到每场戏也都要有变化。场上多变化，是吸引观众观赏兴趣的重要手段。此外，编戏时，编者还要学会"蓄势"。所谓蓄势，"就是用一个人或几个人托一个人，或是用一场或几场托一场"。[2]蓄势既能够增加情节的曲折性，也能够增加剧的可看性。

此外，在人物塑造上，齐如山提出要编者多从反面着墨，以奸衬忠，以乱显忠等等。在演唱的安插上，要"有所感触，方能起唱"。[3]在戏曲语言上，他认为："戏中词句不可太文，亦不可太俗。太文则多数人听着不能十分明了，太俗则较文墨些的人不爱听……总之，还是以戏中恒用之词句而加以稍稍改正为最好。"[4]如果把齐如山的戏曲创作论与李渔《闲情偶记》中关于结构、词采、宾白、科诨、格局等内容相对照，可以发现，他的创作论与李渔有诸多相近之处，虽然李渔是就传奇创作谈，而齐如山是就皮黄创作言，但二者在理论上、在创作规律和技巧的认知上是相通的。

齐如山认为，剧作家在编剧时应当有鲜明的演员表演意识，编剧时最忌讳的是"只管随意编制，不管演者"，"当编某一句时，则必须闭目想一想，台上该脚说此一句时，他是怎样的神气？怎样的举动？甚至其他别的脚色都是怎样？如此编出来，则此句方有着落，更容易有精彩。"[5]编剧过程中，时时刻刻都要有演员意识、表演意识，考虑到舞台演出的现实性

---

[1] 齐如山：《编剧回忆》，见梁燕编：《齐如山文集》第6卷，石家庄：河北教育出版社，2010年版，第348页。

[2] 齐如山：《编剧回忆》，见梁燕编：《齐如山文集》第6卷，第357页。

[3] 齐如山：《编剧回忆》，见梁燕编：《齐如山文集》第6卷，第350页。

[4] 齐如山：《编剧回忆》，见梁燕编：《齐如山文集》第6卷，第358页。

[5] 齐如山：《编剧回忆》，见梁燕编：《齐如山文集》第6卷，第348页。

和可能性。这既是创作论，同样也涉及到戏剧的导演问题。齐如山为梅兰芳量身打造的神话戏，如《嫦娥奔月》、《天女散花》、《上元夫人》、《洛神》等，都是结合梅兰芳能歌善舞及长于表情的优点加以编排的。以《洛神》一剧来说，"因《洛神赋》词句的形容，当然是要看舞态的，然洛神与曹植梦中相晤，不能一点表情也没有，这种表情倒相当的难，因为表现得稍一过火，则近于真人，未免烟火气太重，且不似仙；倘做得太雅淡，则大众不容易明了；若想做得不即不离，而观众又能明了，则确非易事"。[1]很显然，这不仅是创作中剧作家对题材的理解，对演员表演的想象与要求，也是齐如山针对梅兰芳长于表情、擅长歌舞的优长而精心编排的。正是出于"为梅叫座"的宗旨，齐如山编写了一系列的歌舞剧，"把古代的舞，如：掉袖儿舞、羽舞、拂舞、垂手舞、杯盘舞、绥舞等等，设法变通安置在各戏中"。[2]鲜明的演员意识、舞台意识，既是齐如山创作论的突出特点，也是他戏曲创作成功的主要原因之一。

齐如山的创作论中还有着非常鲜明的观众意识。他认为，编剧过程中要时时考虑到观众可能的反应。"观众"一词频频出现在他的《编剧回忆》中，"使观众满意"，"抓住观众的心理"，"观众欢迎与否"，"能吸引观众"等等，贯穿在他戏曲创作论的始终。编剧过程中，要揣摩观众心理，考虑到观众观剧时的感受。如他在编硬正场子时强调："编这一场之时，总要详细地想一想用什么方式可以得到观众的欢迎，所谓抓住观众的心理。"[3]因为旧剧是场制，场与场之间无休息，因此编剧时还要考虑到观众观剧时的情绪状态，"编剧时总要设法插入一些诙谐，悲惨剧尤非有不可，否则观众必嫌沉闷。可是有一点要注意，悲情剧加上一些诙谐，固然可以调剂观众之脑思，但有时因诙谐，便可以减少悲情的成分及作用"。[4]"倘尽是

———————

[1] 齐如山：《齐如山回忆录》，见梁燕编：《齐如山文集》第11卷，石家庄：河北教育出版社，2010年版，第106页。

[2] 齐如山：《齐如山回忆录》，见梁燕编：《齐如山文集》第11卷，第103—104页。

[3] 齐如山：《编剧回忆》，见梁燕编：《齐如山文集》第6卷，第345—346页。

[4] 齐如山：《编剧回忆》，见梁燕编：《齐如山文集》第6卷，第348页。

硬正场子,亦不合用……不但演者须存休息之闲空,而观众也须有休息之时间,否则精神一疲倦,连硬正场子他也不容易感兴趣了。"[1] 既兼顾到观众的审美感受,抓住他们的审美心理,也考虑到观众的审美疲劳、身心状态。此外,他在论"蓄势"、论"悲情剧"、论戏曲语言、论唱功、论舞蹈、论结构、论情节等方面,都考虑到观众的反应,充分体现了他以观众为先的戏剧理念和创作原则。尽管以观众为先的创作有时会出现迎合迁就观众审美趣味和欣赏习惯的倾向,但这并不等于艺术水准的丧失,而是充分体现了旧剧作为舞台艺术的特性。

此外,齐如山还指出,编剧中话剧加唱不等于旧剧,这既不是话剧,更不是旧剧。同样,昆腔、梆子腔、皮黄虽都是旧剧,但三者之间剧本亦不能互用,昆腔与皮黄之区别自不待言,而梆子腔和皮黄"话白差不了多少,唱词则都是七字句或十字句,似乎可以通融,彼此利用的了,但因结构关系,亦不能彼此整个的搬来应用,间或有一两场可以互相通融,而整本整出则绝不可能"。[2] 皮黄剧的创作有自己一定的规则,既不与其他剧种相同,更不是简单的话剧加唱。

总之,齐如山等传统文人的戏曲创作论,涉及到戏曲创作的各个方面,是他们创作实践经验的总结和提升,也是传统戏曲创作论的重申和概括,相对于传统的戏曲创作论,创新之处并不多,但却具有鲜明的舞台实践性。如果说前一时期吴梅的戏曲创作论侧重于曲谱、曲律的话,那么显然,齐如山的关注点是在舞台,在表演,"戏曲是一门舞台表演艺术",创作服务、服从于舞台的思想,在他的理论中得到了极致性的发挥。以舞台表演为中心,他的戏曲创作论与戏曲本体论、戏曲史研究相互呼应,共同构建了他的戏曲理论体系。他的其他著作如《戏剧脚色名词考》、《脸谱图解》、《上下场》、《戏班》、《行头盔头》、《国剧身段谱》等,无不体现了

---

[1] 齐如山:《编剧回忆》,见梁燕编:《齐如山文集》第6卷,石家庄:河北教育出版社,2010年版,第349页。

[2] 齐如山:《编剧回忆》,见梁燕编:《齐如山文集》第6卷,第345页。

以舞台、以表演为中心的思想。

当然，齐如山等人创作论的局限也是十分明显的，一是重技巧、重实践，理论的概括和开掘的深度不够；二是内容零散，抒写随意，内容之间的逻辑关联性不够，体系性不强；三是论述的重点偏重于形式技巧及题材类型方面，对创作内容及思想方面关注较少。

三、欧阳予倩的戏曲创作论

与齐如山不同，欧阳予倩身兼剧作家及演员双重身份，有着大量的戏曲剧本创作[1]和丰富的舞台演出实践，他的戏曲创作论表现出与齐如山等人迥异的倾向。欧阳予倩认为，戏曲不是人们闲暇时候的消遣，不是某种主义宣传的工具，"使人们认识人生，认识自己，能给人类新力量，而助其发展，这才是戏剧的真正使命"。戏曲创作要实现这样的任务和使命，就必须"以戏剧的情绪和思想为根本"，以"社会"为情绪和思想所表现的对象，作为戏剧家，要"站在时代思想的前面，要苦心孤诣地斟酌，要认定戏剧的意义，要培养自己的情绪，要锻炼自己的思想，要与社会民众以极深的同情"。[2]戏剧要以情绪来感染观众，将思想暗示给观众，使其如滋养品一样，成为观众的精神食粮，进而培养其德性，实现对观众的教育和启蒙。这是欧阳予倩对戏曲艺术的要求和理解，也是他创作论的出发点和立足点。很明显，欧阳予倩与齐如山虽都强调戏曲对观众的教育作用和意义，但对戏曲作家的要求却是完全不同的，齐如山将忠孝节义和旧道德作为旧剧的创作宗旨，欧阳予倩则从中国戏曲的发展历史出发，认为旧剧也要随时代的变化而变化，要从封建的桎梏中解脱出来，重新加以有新时代意义的组织，以变化了的时代和社会为表现内容，"应当有美的具体

---

[1]欧阳予倩自称，自排自演的京戏有24个，另写京戏本8个，但未演出过。参见苏关鑫编：《欧阳予倩研究资料·我自排自演的京戏》，北京：中国戏剧出版社，1989年版，第73页。

[2]欧阳予倩：《戏剧改革之理论与实际》，见苏关鑫编：《欧阳予倩研究资料》，第191、201页。

化的情绪，有适时代的中心思想"，[1]"适应现代的需要，建设现代的戏剧"。[2]出发点的不同，直接影响了他们旧剧创作论内容上的差异。

　　欧阳予倩认为，戏剧剧本由这样几个要素构成，即故事、性格、危机、对话、结构、分幕，"有诗的文词，有剧的行为，有鲜明的性格，有表现的技巧，须求整个的完成，不取片段的齐整"。[3]戏剧的构成基础是故事，它是思想和情绪得以安放的载体。故事选材要完整精密，足以表现思想，发展情绪。不是任何历史、小说、笔记都能成为戏剧材料，戏剧的材料必须加以特别的选择和特别的组织。平铺直叙的故事不算是戏，故事的排列要有次序，人物行为的展开，矛盾的展现，构成了戏剧情节推进的动力。在戏剧情节发展的过程中，由行为冲突带来的是性格冲突，因此作家要描写由运命和性格造成的悲剧，性格的塑造方法是"以意志斗争为根本"，人物性格意志的强弱决定了戏剧力量的强弱。戏剧的力量还决定于"戏剧的危机"。"戏剧的危机"不是寻常所说的危险，它"是根据意志斗争来的"，意志斗争包括两个部分——内部和外部。"危机"指的是戏剧的矛盾冲突。内部冲突是人物内心世界中伦理、道德、责任、信仰、理想与现实社会要求之间的所产生的矛盾冲突；外部冲突是人物与人物以及人物与自然、社会之间因各种矛盾而产生的冲突。内外结合，戏剧才有了张力。戏剧危机的紧张、激烈还需要铺垫和烘托，一步紧一步，戏剧的危机才显得出来。与戏剧危机相连的是Dramatic Suspense，"这个字义是悬心，而又有希望之意，在戏剧里就是使人要急于看下文的一种手法"。[4]欧阳予倩所说的"Dramatic Suspense"，就是通常所说的戏剧的悬念。悬念是制造戏剧危机的重要手段，是激起观众观剧兴趣的常用手法。

---

　　［1］欧阳予倩：《戏剧改革之理论与实际》，见苏关鑫编：《欧阳予倩研究资料》，北京：中国戏剧出版社，1989年版，第224页。

　　［2］欧阳予倩：《再说旧戏的改革》，见《欧阳予倩全集》第5卷，上海：上海文艺出版社，1990年版，第20页。

　　［3］欧阳予倩：《戏剧改革之理论与实际》，见苏关鑫编：《欧阳予倩研究资料》，第224页。

　　［4］欧阳予倩：《戏剧改革之理论与实际》，见苏关鑫编：《欧阳予倩研究资料》，第205页。

对话是戏剧构成的基础，戏剧的对话不同于普通对话，它"要根据戏剧中的人物，而适合其个性情感，境遇才行。什么人物说什么样的话，一字一句不能苟且，一句话限定是什么人说的，决不能到第二个人的口里。要恰与其身份性格相符，要能前后照应，整个的将剧中人的外部生活，内部生活烘托出来"。[1]对话是为人物性格塑造服务的，必须与人物的身份、地位、情感等相一致，同一个人物的语言前后要有内在的一致性。中国旧剧属于歌剧，"歌剧的唯一要素就是音乐"，它的歌词最好是"长短句"，"要崇尚素朴的美，不取传奇式的专趋典丽"；它的道白，除了符合上述要求之外，"最好也要音乐化"，"不能去实生活的言语太远"。

戏剧的构成要素中另一个重要方面是结构，戏剧的结构应包括"发端，渐进，顶点，转降和收煞"，或者分为"开场，中段，结局"，"将顶点归在结局之中"，这是戏剧创作的一般结构模式，但在具体的创作过程中，并不是固定不变的，运用之妙，全在于剧作家本人。对旧剧创作来说，一是要善于用暗场，二是要注意情节的紧凑性，三是要注意叙事技巧，切忌平铺直叙，四是要有分幕的段落。[2]这既是对当时旧剧创作的具体要求，也是对旧剧创作缺乏结构技巧意识的批判。这里需要特别说明的是"分幕"问题。欧阳予倩认为，分幕一方面可以"为休养注意力和调节看客的疲劳"，另一方面，它还有一种特别的效果，就是突出"戏的精神"的"完整"性。这与欧阳予倩要求戏剧表现情绪与思想的观念相呼应，因为分幕不是随便的内容划分，它"与全剧的精神有密切的关系"，体现"现代人的情感，非用这种方法不能得充分的表现"，[3]是戏剧的情绪和思想得以表达的重要手段。其实，分幕是话剧创作的基本方法，旧剧用的是场制，以幕制取代场制，要求旧剧向话剧看齐，显然消除了旧剧场

---

[1] 欧阳予倩：《戏剧改革之理论与实际》，见苏关鑫编：《欧阳予倩研究资料》，北京：中国戏剧出版社，1989年版，第205页。

[2] 欧阳予倩：《戏剧改革之理论与实际》，见苏关鑫编：《欧阳予倩研究资料》，第202、225页。

[3] 欧阳予倩：《戏剧改革之理论与实际》，见苏关鑫编：《欧阳予倩研究资料》，第226页。

面区分的特性，取消了旧剧场面划分的优长。这是欧阳予倩与齐如山等人创作论最明显的区别。

此外，欧阳予倩还对旧剧本的改编提出自己的看法："改编并不是拿旧时固有的剧本随便把词句改得通顺一点就算完事，是要根据新定的原则，用新的形式，根本加以改造。其实改编也等于创作。所谓改编，不过是利用既有的故事和其一部分的技巧而已。"[1]改编不是简单的词句修改，而是借用旧故事的外壳，重新加以演绎和创造，采用新的形式，添加新的内容，赋予新的思想，表现新的观念，其实质是旧瓶装新酒，这才是旧剧本改编的意义所在。

欧阳予倩认为，戏剧是一门综合艺术，是"综合艺术的各部门，综合戏剧的各种形式，以完成完全无缺的舞台艺术"。[2]不仅要有丰富的思想，美的情绪，还要使其在舞台上得以呈现。在这些综合因素中，剧本创作是基础，是戏剧活动得以实现的基本保证。这是他戏曲创作论的核心内容。他的戏曲创作论虽然要求剧本与舞台装置、灯光、服装、化妆等配合，但根本上却是以文本为中心，以文学为中心。如果说齐如山等人的戏曲创作论是为了舞台表演，为了成就名脚，剧本从属于舞台的话，那么欧阳予倩的戏剧创作论正好相反，他的舞台是从属于剧本的，剧本才是戏曲作为综合艺术的重心。

还需要特别指出的是，欧阳予倩的戏曲创作论是从属于他的戏曲改良理论的。他以旧剧改良为出发点和立足点，以剧本的改良和创作为核心，以传达新思想、新观念、新意识为目的，来谈论戏曲创作，因此剧本的文学性、思想性成了创作的第一要义，演员的表演只是剧本的舞台呈现，是剧作家思想观念的传达、体现，剧本才是真正的"一剧之本"。

[1]欧阳予倩：《再说旧戏的改革》，见《欧阳予倩全集》第5卷，上海：上海文艺出版社，1990年版，第20页。

[2]欧阳予倩：《再说旧戏的改革》，见《欧阳予倩全集》第5卷，第16页。

第六节　表演艺术理论

"从谭鑫培逝世到抗日战争全面爆发前后，是京剧史上第三个时期。这是京剧艺术发展史上的鼎盛时期"。[1]谭鑫培于1917年逝世，这位艺术大师的离去，是京剧发展的损失，与此同时，受他艺术惠泽的年轻一代艺人迅速成长起来，京剧表演艺术进入了一个全新的发展时期。受"五四"新文化运动影响，外来的艺术思想观念、戏剧艺术样式都极大地刺激、影响并促进了以京剧为代表的民族戏曲样式的发展和变革。各个行当之间争奇斗艳，异彩纷呈。特别是以四大名旦为代表的旦行艺术蓬勃兴起，形成了各自的风格和流派。梅兰芳的访美、访苏，程砚秋的访欧等，极大地开阔了他们的视野，使他们对自身所从事的表演艺术有了更为清醒的认识和更为深刻的理解。他们结合自身的舞台实践，对表演艺术发表了看法，提出了具有实践意义的理论主张。

一、梅兰芳的表演艺术理论

一切以"美"为旨归，这是梅兰芳舞台表演艺术永恒的追求，也是他舞台人物形象创造的基本原则。他所创造的舞台形象，无论是高贵的皇妃，还是低贱的丫环，无论是不食人间烟火的天界仙子，还是斤斤计较于柴米油盐的家庭妇女，无论是古代典型的大家闺秀，还是受过新式思想教育的现代女性，一切人物形象的创造都是从"美"出发的。他说："这四十年来，我所演的昆、乱两门，是都有过很大的转变的。有些是吸收了多方面的精华，自己又重新组织过了的。有的是根据了唱词宾白的意义，

---

［1］马少波等主编：《中国京剧史》（中卷），北京：中国戏剧出版社，1990年版，第3页。

逐渐修改出来的。总而言之，'百变不离其宗'，要在吻合剧情的主要原则下，紧紧地掌握到艺术上'美'的条件，尽量发挥各人自己的本领。"[1]这是梅兰芳从事舞台演出四十年的经验总结和舞台艺术创造的宗旨。如何在保证吻合剧情的基础上，既成功地塑造了人物，又体现了"美"，对演员的表演提出了很高的要求。梅兰芳所应工的行当是闺门旦，他认为，这一行当所表现的"往往是被封建礼教束缚的女性，因此，在生活中喜怒哀乐都不能失掉'庄严'，悲痛到了极点的时候，只有掩面而泣，身上姿态所表现的悲哀也是有分寸的。这些都是人物形象所要求的，同时也是古典戏曲表演的传统规范，这样才符合舞台上的美学原则，自然真实和艺术真实的区别也就在这里"。[2]"庄严"是闺门旦基本的舞台表现形态，因此她的姿态、动作、表情等在任何状态下都不能失了分寸，也唯有在此前提下进行人物形象创造，才能体现出"美"。对演员来说，要创造"美"的形象，还必须要能够表现出艺术真实。艺术真实不是现实生活的机械照搬，而是对自然真实的加工再创造，对表演艺术来说，就是要运用有限的艺术表演手段如夸张、变形等表现无尽的生活现象。《宇宙锋》是他的代表作之一，对于赵女装疯以后的表情、身段、动作、唱腔，梅兰芳都有独到的体会，他认为，一方面赵女要使赵高看她是真的疯了，另一方面要使观众看了有装疯的感觉，但是"不论剧中人是真疯或者假疯，在舞台上的一切动作，都要顾到姿态上的美。赵女在'三笑'以后，有一个身段，是双手把赵高胡子捧住，用兰花式的指法，假做抽出几根胡须，一面向外还有表情。这个身段和表情，虽说带一点滑稽意味，可是一定要做得轻松，过于强调了，就会损害到美的条件"。[3]装疯的赵女必须在青衣行当的规范

---

[1] 梅兰芳述、许姬传记：《舞台生活四十年》，见梅绍武、屠珍等编撰：《梅兰芳全集》第1卷，石家庄：河北教育出版社，2001年版，第174页。

[2] 梅兰芳述、许姬传记：《舞台生活四十年》，见梅绍武、屠珍等编撰：《梅兰芳全集》第1卷，第473页。

[3] 梅兰芳述、许姬传记：《舞台生活四十年》，见梅绍武、屠珍等编撰：《梅兰芳全集》第1卷，第155页。

内完成各种表情和动作，行为、动作应掌握好分寸，以适度为宜，恰到好处，既不能滑稽过火，也不能刻板呆滞，一切要符合"美"的条件，创造出艺术的真实。

美不仅表现在舞台动作（包括舞蹈、手势、姿态等）、演员的面部表情上，还表现在唱腔上。梅兰芳说："我认为不少名演员创造的好腔，多半是按照角色当时的思想感情、喜怒哀乐的情绪来安排组织的，才能流传众口，争相仿效。而吸取他人的东西，也要量体裁衣，运用得当。……有了好腔，并不等于万事大吉，还要看你嘴里咬字是否清楚了……必须吐字准确、气口熨贴，面部还要保持形象的'美'，然后配合动作表情，唱出曲情、味儿，使观众看了听了之后，回味无穷，经久难忘。"[1]美的声腔是在符合角色情感、性格的基础上，咬字清晰，吐字准确，气息熨帖，有曲情，有味道，演员面部形象要"美"，这样才能给观众以久久难忘的印象。梅兰芳所演出的三类剧——穿老戏服装的新戏、时装新戏和古装新戏，都是遵照这样的宗旨和原则来表演的。

梅兰芳对表演艺术"美"的追求，不仅体现在舞台人物形象的塑造上，还体现在他对戏曲作为舞台艺术和表演艺术全面而深刻的理解上。他以自己的业余爱好——绘画为例来加以说明："（绘画）这种大和小、简和繁的对比，与戏曲舞台上讲究对称的表现手法也是有相通之处的。画是静止的，戏是活动的；画有章法、布局，戏有部位、结构；画家对山水人物、翎毛花卉的观察，在一张平面的白纸上展才能，演员则在戏剧的规定情境里，在那有空间的舞台上立体地显本领。艺术形式虽不同，但都有一个布局、构图的问题。中国画里那种虚与实、简与繁、疏与密的关系，和戏曲舞台的构图是有密切联系的……戏曲演员，当扎扮好了，走到舞台上的时候，他已经不是普通的人，而变成一件'艺术品'了，和画家收入

---

[1] 梅兰芳述、许姬传记：《舞台生活四十年》，见梅绍武、屠珍等编撰：《梅兰芳全集》第1卷，石家庄：河北教育出版社，2001年版，第574—575页。

笔端的形象是有同等价值的。画家和演员表现一个同类题材，虽然手段不同，却能给人一种'异曲同工'的效果。"[1]不局限于单个的人物形象塑造，而是从全局着眼，从舞台美术、舞台效果来看待演员的舞台表现，这是梅兰芳对京剧"美"的高屋建瓴的概括。戏曲作为一种舞台表演艺术，带给观众的是美的享受，美的愉悦，它要求戏曲演员在舞台上的举手投足、音容笑貌都必须符合美的原则，一切以"美"为旨归。正是明确了这一点，梅兰芳的舞台艺术才取得了他人无可比拟的成绩。戏剧家欧阳予倩评价梅兰芳为"真正的演员——美的创造者"。[2]

梅兰芳认为，优秀的演员还要懂得在长期的舞台实践基础上，广泛地吸收前辈艺人优秀的表演技艺，借鉴同辈艺人表演艺术的长处，使自己的表演艺术不断成熟完善。"艺术的本身，不会永远站着不动，总是像前浪推后浪似的一个劲儿往前赶的，不过后人的改革和创作，都应该先吸取前辈留给我们的艺术精粹，再配合了自己的工夫和经验，循序进展，这才是改革艺术的一条康庄大道。如果只是靠着自己一点小聪明劲儿，没有什么根据，凭空臆造，原意是想改善，结果恐怕反而离开了艺术"。[3]在继承的基础上加以创造，汲取精华，将自己的艺术理解融入其中，这是艺术得以向前发展的动力，

梅兰芳《天女散花》剧照

也是必由之路。梅兰芳的舞台生活正体现了这一点。他广泛观摩前辈各个行当艺人的演出，虚心向前辈艺人请教，包括谭鑫培、龚云甫、谢宝云、

[1] 梅兰芳述、许姬传记：《舞台生活四十年》，见梅绍武、屠珍等编撰：《梅兰芳全集》第1卷，石家庄：河北教育出版社，2001年版，第503页。

[2] 欧阳予倩：《真正的演员——美的创造者》，见《欧阳予倩全集》第5卷，上海：上海文艺出版社，1990年版，第156页。

[3] 梅兰芳述、许姬传记：《舞台生活四十年》，见梅绍武、屠珍等编撰：《梅兰芳全集》第1卷，第285页。

王瑶卿、陈德霖、路三宝、钱金福、李寿山、乔蕙兰、谢昆泉、陈嘉良等等，这其中既包括昆曲艺人也包括京剧艺人，既包括旦行的闺门旦、贴旦、花旦、刀马旦等，也包括生行、末行、净行等其他行当。他认为："台上各行角色的身段，都离不开生活的现实，只要做得好看合理，相互间都能吸收和运用的……不要旦行只看旦角，什么戏都要看，就是这个用意。"[1]

"我对演技方面，向来不分派别，不立门户，只要合乎剧情，做来好看，北派我要学，南派我也要吸收"。[2]"我心目中的谭鑫培、杨小楼这二位大师，是对我影响最深最大的。虽然我是旦行，他们是生行，可是我从他们二位身上学到的东西最多最重要。他们二位所演的戏，我感觉很难指出哪一点最好，因为他们从来是演某一出戏后就给人以完整的精彩的一出戏，一个完整的感染力极强的人物形象"。[3]不局限于单一行当的表演艺术经验，不立门户，不分派别，广采博收，灵活运用，这是一个演员演艺得以成熟的基础和保障。同时，作为一个京剧演员，还要注意吸取其他剧种艺术的长处，特别是昆曲。他认为："昆曲具有中国戏曲的优良传统，尤其是歌舞并重，可供我们采取的地方的确很多……"[4]昆曲每一句唱词都安插有一定的身段，用身段诠释唱词，歌舞合一，唱做并重，是京剧艺人表演艺术借鉴的宝库，梅兰芳深明这一点，所以他不仅学习昆曲，也借鉴昆曲，同时免去了昆曲歌舞繁重的一面，吸收了其歌舞并重的长处。

除了广泛地学习与借鉴，梅兰芳还强调，演员在撷取精华的基础上还要能够创造。他认为，谭鑫培的成功就源于他的创造性："总之他是吸收了许多宝贵的传统演技，根据剧情的需要，加以变化了来灵活运用的。所以

---

[1] 梅兰芳述、许姬传记：《舞台生活四十年》，见梅绍武、屠珍等编撰：《梅兰芳全集》第1卷，石家庄：河北教育出版社，2001年版，第232页。

[2] 梅兰芳述、许姬传记：《舞台生活四十年》，见梅绍武、屠珍等编撰：《梅兰芳全集》第1卷，第176页。

[3] 梅兰芳述、许姬传记：《舞台生活四十年》，见梅绍武、屠珍等编撰：《梅兰芳全集》第1卷，第671页。

[4] 梅兰芳述、许姬传记：《舞台生活四十年》，见梅绍武、屠珍等编撰：《梅兰芳全集》第1卷，第317页。

他的表演方法是有生活、有感情的，这样才能在一出戏的前后场子里面造成各种不同的气氛。”[1]创造能力是一个演员成功的重要条件。他论《玉堂春》中唱腔的创新：“这种唱法，跟老腔老调，已经有很明显的不同了。在当时算是新鲜玩艺儿，所以用在台上，一般观众们听到，就立刻分出两派的批评。有的说这是标新立异，离开传统的方法太远了；有的觉得新的好听，应该把旧的加以改良。其实在那时候所谓新腔，还是萌芽时代，好比赛跑的刚刚起步，要拿现在的观众的耳朵来听，一定还会嫌它太旧呢。时代是永远前进的，艺术也不会老停在某一阶段上，不往前赶的。”[2]不独唱腔要能够创造，动作、姿态、表情等，也要能创造和革新。他改造了青衣原有的“抱肚子傻唱”的表演方式，将花旦、刀马旦的表演融入青衣，创造了一个新的行当“花衫”。创新贯穿了梅兰芳四十年舞台表演艺术的始终。

　　基于对表演艺术的全面深刻的理解，在具体的舞台形象创造上，梅兰芳提出，要在吻合剧情的前提下创造人物。“每一个戏剧工作者，对于他所演的人物，都应该深深地琢磨体验到这剧中人的性格与身份，加以细密的分析，从内心里表达出来”。[3]所谓吻合剧情地创造人物，就是“扮谁像谁”，“他的唱念、动作、神情，都要跟剧中人的身份吻合，仿佛他就是扮的那个人。同时台下的观众看出了神，也忘了他是个演员，就拿他当作剧中人。到了这种演员和剧中人难以分辨的境界，就算演戏的唱进戏里去了，这才是最高的境界呢”。[4]中国戏曲是一种表现的艺术，它要求演员运用程式化的具体动作创造角色，表现人物，但程式不是僵化的动作身

---

　　[1]梅兰芳述、许姬传记：《舞台生活四十年》，见梅绍武、屠珍等编撰：《梅兰芳全集》第1卷，石家庄：河北教育出版社，2001年版，第453页。

　　[2]梅兰芳述、许姬传记：《舞台生活四十年》，见梅绍武、屠珍等编撰：《梅兰芳全集》第1卷，第92页。

　　[3]梅兰芳述、许姬传记：《舞台生活四十年》，见梅绍武、屠珍等编撰：《梅兰芳全集》第1卷，第39页。

　　[4]梅兰芳述、许姬传记：《舞台生活四十年》，见梅绍武、屠珍等编撰：《梅兰芳全集》第1卷，第102页。

段，而是对自然现象和日常生活的高度提炼，是技术美和艺术美的融合，但这并不意味着人物的塑造不需要演员的生活体验，恰恰相反，演员只有将日常生活的体验融入到人物的创造中，设身处地地体验和感受，"首先要忘记了自己是个演员，再跟剧中人融化成一体，才能够做得深刻而细致"，[1]惟其如此，程式才能够更好地得以表现，否则程式也只是僵死的外壳，既没有了意义，也缺少了美。

要切合剧情地表现人物，首先要对人物性格有正确的理解。梅兰芳认为："演员掌握了基本功和正确的表演法则，扮演任何戏曲形式的角色，是能够得心应手，扮谁像谁的。但他们在创造角色时，却必须经过冥心探索，深入钻研，不可能一蹴而就，不劳而获。"[2]基本功和正确的表演法则，是对任何一个演员的基本要求，但要塑造出个性鲜明的人物形象，必须对人物有恰当的理解。如他对《穆柯寨》中穆桂英的理解："穆桂英是一个山寨大王的女儿。她有天真而善良的性格，是应该描摹出她的那一种娇憨的形态来的。可是又要做得大方，如果过火一点，就使人感到肉麻了。"[3]又如他对《游园惊梦》中杜丽娘的认知："她是受着旧礼教束缚的少女……少女的'春困'，跟少妇的'思春'是有着相当的距离的，似乎也不一定要那样露骨地描摹。"[4]又如二本《虹霓关》中的丫环，"是一个正派角色。要演得活泼娇憨，不能做出油滑轻浮的样子……如果让专工花旦的角色来唱，容易偏在冶荡佻达的一面，那就不合这戏的身份了"。[5]

[1] 梅兰芳述、许姬传记：《舞台生活四十年》，见梅绍武、屠珍等编撰：《梅兰芳全集》第1卷，石家庄：河北教育出版社，2001年版，第154页。

[2] 梅兰芳述、许姬传记：《舞台生活四十年》，见梅绍武、屠珍等编撰：《梅兰芳全集》第1卷，第563页。

[3] 梅兰芳述、许姬传记：《舞台生活四十年》，见梅绍武、屠珍等编撰：《梅兰芳全集》第1卷，第137页。

[4] 梅兰芳述、许姬传记：《舞台生活四十年》，见梅绍武、屠珍等编撰：《梅兰芳全集》第1卷，第177页。

[5] 梅兰芳述、许姬传记：《舞台生活四十年》，见梅绍武、屠珍等编撰：《梅兰芳全集》第1卷，第112页。

准确到位的理解，是人物形象塑造成功的重要前提，惟其如此，舞台表演才可能恰到好处，生动传神。

具体的人物舞台塑造离不开歌和舞两部分。"歌"包括唱和白两方面。唱是剧本曲词的舞台呈现，是剧情和人物心理情感的传达，梅兰芳认为，曲词借演员之口传达给观众，必须"注重感情"，"唱到凄凉的句子，如果使一个高亢的腔调，那就不是在替剧中人说话，是唱的人，自己在那里耍，这跟剧情就完全不符了"。[1]他论《天女散花》中《云路》一场的唱腔："不求花巧，但须唱得稳重灵活，表现天女的庄严妙谛。"[2]演员的演唱必须是建立在对人物情感理解的基础之上，如果脱离了剧情，脱离了人物情感与心理，即使演唱再好，也有损人物形象，观众也不会买账。

理解剧情是歌唱的前提，演员要唱得好，除了好嗓子，还需要做很多。梅兰芳认为，演唱既要避免呲牙咧嘴，矫揉造作，有损舞台形象，也要避免发音不准，模糊不真，使人不能明了唱词内容，"必须吐字准确、气口熨帖，面部还要保持形象的'美'"。[3]发音准确清楚，气口妥帖，干净自然，有曲情也要有曲味，如此方能表达人物的思想情感，喜怒哀乐，准确传达剧情，观者听后才能印象深刻，回味无穷。同时唱还要与动作相配合，保持面部表情的"美"。此外，唱腔与其他舞台技艺一样，最忌雷同。梅兰芳认为，新腔的创造也要符合角色的身份、性格，符合人物的思想情感、心理情绪。他引用著名曲家陈彦衡的话说："腔无所谓新旧，悦耳为上，和为贵，歌唱音乐要讲究结构、章法、体贴剧情、安排唱腔……"[4]

---

[1]梅兰芳述、许姬传记：《舞台生活四十年》，见梅绍武、屠珍等编撰：《梅兰芳全集》第1卷，石家庄：河北教育出版社，2001年版，第102页。

[2]梅兰芳述、许姬传记：《舞台生活四十年》，见梅绍武、屠珍等编撰：《梅兰芳全集》第1卷，第525页。

[3]梅兰芳述、许姬传记：《舞台生活四十年》，见梅绍武、屠珍等编撰：《梅兰芳全集》第1卷，第575页。

[4]梅兰芳述、许姬传记：《舞台生活四十年》，见梅绍武、屠珍等编撰：《梅兰芳全集》第1卷，第574页。

借鉴吸收他人的腔调"也要量体裁衣，运用得当"，不能以"花巧取宠"，如此才能"流传众口，争相仿效"。

戏曲念白首先要求吐字清楚准确，切合人物身份、地位、性格和情绪。如《穆柯寨》中穆桂英的念白，梅兰芳认为："她的嘴里那一口京白，应该说得口齿清楚，语气熟练。每一个字都得送入观众的耳朵里，才能把这生动的剧情完全衬托出来。"[1]

中国戏曲的白还必须有腔调和节奏，即使没有音乐伴奏，也是如此，即所谓"无声不歌"。梅兰芳论《奇双会》中桂枝出场时用的干引子："这种引子的念法，必须要在调门里。引子是干念，并没有音乐伴奏，怎么会有调门呢？这就需要演员注意听着前面赵宠更衣时场面上所奏〔工尺上〕唢呐牌子的调门，必须符合它的音阶。"[2]调门就是乐器伴奏时所定的音高，演员演唱时要按照这一音高，才称之为合调门。同样，引子也要符合调门，不同的引子有不同的调门，只有符合调门，听着才能顺耳。

"古典歌舞剧的演员负着两重任务，除了很切合剧情地扮演那个剧中人之外，还有把优美的舞蹈加以体现的重要责任"。[3]歌舞是古典戏曲最基本也是最重要的表现形式，"古典歌舞剧是建筑在歌舞上面的。一切动作和歌唱，都要配合场面上的节奏而形成它自己的一种规律。前辈老艺人创造这许多优美的舞蹈，都是根据现实生活中的动作，把它进行提炼、夸张才构成的歌舞艺术"。[4]对于戏曲演员来说，以舞蹈来表现人物是基本的也是主要的任务。舞蹈不仅仅指具体演出过程中穿插的舞蹈动作，戏曲演员从上场、亮相到下场，一举手，一投足，都是舞蹈化了的，即齐如山所

[1]梅兰芳述、许姬传记：《舞台生活四十年》，见梅绍武、屠珍等编撰：《梅兰芳全集》第1卷，石家庄：河北教育出版社，2001年版，第137—138页。

[2]梅兰芳述、许姬传记：《舞台生活四十年》，见梅绍武、屠珍等编撰：《梅兰芳全集》第1卷，第476页。

[3]梅兰芳述、许姬传记：《舞台生活四十年》，见梅绍武、屠珍等编撰：《梅兰芳全集》第1卷，第276页。

[4]梅兰芳述、许姬传记：《舞台生活四十年》，见梅绍武、屠珍等编撰：《梅兰芳全集》第1卷，第276页。

谓“无动不舞”。

“演员在台上的身段是永远离不开词义的”。[1]身段是演员对剧本台词的舞台诠释和演绎，既要与台词紧密结合，吻合剧情，符合人物，也要与唱腔和音乐、节奏等配合，疾徐相应，张弛有度，舒展自如。梅兰芳论《思凡》中〔风吹荷叶煞〕曲文相对应的动作，“要完成扯破袈裟、埋藏经、弃木鱼、出门、关门、走圆场这六种动作，时间上相当紧促，身段非快不可，快了就怕慌张。或快或慢，都要随着腔走，跟音节融洽调和，让台下看不出这个演员有什么显著的呆板和慌张的地方……”[2]他论《女起解》中苏三离开监狱在城内所唱流水板，与出了城门之后唱原板时的台步，前者要快，后者要慢，同样是行路，地点、环境的变化也要通过身段表现出来，因此“台步的快慢，既要随着唱腔，还要吻合剧情，而不是按照一种步子来走的”。[3]快慢之外，台步也要有尺寸。所谓有尺寸，就是要随着唱腔、音乐的节奏而起伏变化。再如《贵妃醉酒》中第一次衔杯的动作，他指出：“演员在台上，不单是唱腔有板，身段台步无形中也有一定的尺寸。像做到这个身段的时候，打鼓的点子准是打得格外紧凑，你就要合着它的尺寸，做得恰当，才能提高观众的情绪。”[4]身段动作一定要紧密配合音乐节奏，才能将人物的情绪烘托出来，“要不跟着唱腔和过门走，是永远不会合适的”。[5]同样，《天女散花》第四场《云路》中的绸带舞，演员除了要灵活地运用两根绸带，表现天女御风而行的飞翔，还要“配合舞蹈的身段步法快慢疾徐进退自如，同时还必须和唱腔、音乐

---

[1] 梅兰芳述、许姬传记：《舞蹈生活四十年》，见梅绍武、屠珍等编撰：《梅兰芳全集》第1卷，石家庄：河北教育出版社，2001年版，第378页。

[2] 梅兰芳述、许姬传记：《舞台生活四十年》，见梅绍武、屠珍等编撰：《梅兰芳全集》第1卷，第349页。

[3] 梅兰芳述、许姬传记：《舞台生活四十年》，见梅绍武、屠珍等编撰：《梅兰芳全集》第1卷，第224页。

[4] 梅兰芳述、许姬传记：《舞台生活四十年》，见梅绍武、屠珍等编撰：《梅兰芳全集》第1卷，第239页。

[5] 梅兰芳述、许姬传记：《舞台生活四十年》，见梅绍武、屠珍等编撰：《梅兰芳全集》第1卷，第240页。

的节奏相合"。[1]

梅兰芳创造的舞台形象中有很多是借舞蹈来展示人物形象和心理的，如《天女散花》中的绸带舞，《嫦娥奔月》中的花镰舞，《霸王别姬》中的剑舞，《西施》中的羽舞，《麻姑献寿》中的杯盘舞，《上元夫人》中的拂尘舞等等。这些舞蹈并非无谓的添加，而是塑造人物形象不可或缺的组成部分，它们不仅生动地诠释了人物形象，而且姿态优美，生动传神，给人以美的享受，是全剧中最精华、最画龙点睛的部分。如果没有了舞蹈，这些戏也就乏善可观，全剧亦为之减色。梅兰芳论《嫦娥奔月》最后一场的袖舞："一切袖舞的姿态都直接放在唱腔里边。把一家家欢乐的情形，一句句描摹出来，唱做发生了紧密的联系。"[2]戏曲舞台上的任何舞蹈动作和身段都必须在符合剧情、表现人物的基础上才具有意义，否则便是无的放矢。同时舞蹈还要与唱腔相合，烘托出剧情，表现出剧中应有的气氛和环境。

舞台表演是现实生活的再现，但并不意味着是对现实生活的机械照搬。演员的音容笑貌、举手投足，既源于生活，但又要区别于生活，是在生活真实的基础上，以"美"为旨归，通过变形实现艺术创造。曾有小报副刊挖苦梅兰芳的表演，"虞姬宝剑舞如叔宝锏，嫦娥花锄抡如虹霓指枪"，梅兰芳承认《霸王别姬》中虞姬的剑舞，既吸收了《群英会》中的舞剑，也借鉴了《卖马》中秦叔宝的耍锏，但他同时指出："台上各行角色的身段，都离不开生活的现实，只要做得好看合理，相互间都能吸收和运用的。"[3]不拘泥于传统旧规，但符合"美"的原则，符合艺术创造的规律，"做得好看，合乎曲文，恰到好处，不犯'过与不及'的两种毛

---

[1]梅兰芳述、许姬传记：《舞台生活四十年》，见梅绍武、屠珍等编撰：《梅兰芳全集》第1卷，石家庄：河北教育出版社，2001年版，第514页。

[2]梅兰芳述、许姬传记：《舞台生活四十年》，见梅绍武、屠珍等编撰：《梅兰芳全集》第1卷，第286页。

[3]梅兰芳述、许姬传记：《舞台生活四十年》，见梅绍武、屠珍等编撰：《梅兰芳全集》第1卷，第232页。

病,又不违背剧中人的身份",同时"要做得从容自然、合乎音节",[1]这是梅兰芳对戏曲"舞"的基本理解和概括,也是他艺术能够创新成功的根本原因。

歌舞之外,梅兰芳特别强调表情在表演中的意义。传统的青衣表演专重唱工,对于面部表情大都不讲究,常常是冷若冰霜。梅兰芳继王瑶卿之后,突破了传统青衣行当不重面部表情的表演方式,在演技方面有了重大的发展。他认为:"演员在台上的表情,是有两种性质的。第一种是要描摹出剧中人心里的喜怒哀乐,就是说遇到得意的事情,你就露出一种欢喜的样子,悲痛的地方,你就表现一种凄凉的情景。这还是单纯的一面,比较容易做的。第二种是要形容出剧中人内心里面含有的许多复杂而矛盾又是不可告人的心情,那就不好办了。我只能指出剧中人有这种'难言之隐'的事实……要把它在神情上表现出来,还得靠自己的揣摩。"[2]表情是人物内心思想情感的外化,人物的喜怒哀乐、痛苦纠结等情感除了需要靠动作、姿态来体现以外,表情是不可或缺的表现手段。他论《黛玉葬花》中黛玉的表情,"演员应该把她寄人篱下的孤苦心情,曲曲表达出来"。[3]《贵妃醉酒》中杨玉环的表情,应随着剧情的进展而变换,"始则掩袖而饮,继而不掩袖而饮,终则随便而饮",三个阶段,"含有三种内心的变化",一次饮酒,听闻唐明皇驾转西宫,"感觉内心苦闷,又怕宫人窃笑,所以要强自作态,维持尊严";二次饮酒,"想起唐明皇、梅妃,妒意横生,举杯时微露怨恨的情绪";三次饮酒,"不能自制,才面含笑容,举杯一饮而尽"。此后方进入"初醉状态"。三次饮酒,都围绕一个"醉"字做文章,"必须演得恰如其分,不能过火。要顾到这是宫廷里一个贵妇

[1]梅兰芳述、许姬传记:《舞台生活四十年》,见梅绍武、屠珍等编撰:《梅兰芳全集》第1卷,石家庄:河北教育出版社,2001年版,第348页。

[2]梅兰芳述、许姬传记:《舞台生活四十年》,见梅绍武、屠珍等编撰:《梅兰芳全集》第1卷,第150页。

[3]梅兰芳述、许姬传记:《舞台生活四十年》,见梅绍武、屠珍等编撰:《梅兰芳全集》第1卷,第291页。

人感到生活上单调苦闷，想拿酒来解愁，她那种醉态，并不等于荡妇淫娃的借酒发疯"。[1]作为一个演员，只有对人物性格、身份有明确的认识，才能把握好人物的表情。《宇宙锋》中的赵女，是一个充满矛盾、情感复杂、内心纠结的人物，她的表情更加难以把握，演员在演出时"要处处顾到她是假疯，不是真疯。那就全靠在她的神情上来表现了。同时给她出主意的，偏偏又是一个不会说话的哑巴丫环，也要靠表情来跟她会意的。所以从赵女装疯以后，同时要做出三种表情：（一）对哑奴是接受她的暗示的真面目；（二）对赵高是装疯的假面具；（三）自己是在沉吟思索当中，透露出进退两难的神气。这都是要在极短促的时间内变化出来的"。[2]没有细腻而富于变化的表情，就无法使赵高相信她是真疯，也无法让观者看了明白她是装疯，因此也就谈不上恰当、成功的舞台人物塑造。而表情塑造成功的要诀在于设身处地地体验和感受，跟剧中人融为一体。

《舞台生活四十年》是梅兰芳舞台演出的片段性回忆，是其表演艺术的解说和表演心得的总结，其中涉及的表演艺术理论穿插于具体剧目的表演说明中，内容虽非常广泛，却是相当零散而缺乏系统的，有些内容还只是表演的体会和感想，尚没有上升到理论的高度，即便如此，它在20世纪戏曲理论批评史上的意义也是不言而喻的。

这一时期，对戏曲的表演艺术有精彩论述的还有麟派创始人周信芳。

周信芳的表演艺术理论与他对戏曲的理解是分不开的。他认为："演戏的能够把剧本中的真义，表现出来，或者创造个新的意思，贡献给观众，那才算是真艺术。"[3]他所谓"真艺术"的代表人物是谭鑫培。他评

---

[1]梅兰芳述、许姬传记：《舞台生活四十年》，见梅绍武、屠珍等编撰：《梅兰芳全集》第1卷，石家庄：河北教育出版社，2001年版，第39页。

[2]梅兰芳述、许姬传记：《舞台生活四十年》，见梅绍武、屠珍等编撰：《梅兰芳全集》第1卷，第154页。

[3]周信芳：《怎样理解和学习谭派》，原载于《梨园公报》，1928年11月，题名《谈谈学戏的初步》，署名士楚。见《周信芳文集》，北京：中国戏剧出版社，1982年版，第291页。

价谭鑫培的表演："唱则韵调悠扬，余音绕梁，行腔巧而不滑，作工能将人物、剧情表达得淋漓尽致，种种意态，难以笔墨描写，大抵色色兼能，无美不备。"[1]这既是对谭鑫培表演艺术的至高评价，也是他对表演艺术的理解和表演艺术理论的概括。

周信芳《徐策跑城》剧照

周信芳认为，作为一个演员，除了好的基本功之外，首先就是要广泛地学习，观摩前辈优秀艺人的演出，多看多学。他说："要唱好戏，非得勤学勤看不可。要想学到人家的好处，必须仔细研究，揣摩，好的极力学习，不好的情愿割爱，免得闹出东施效颦、画虎类犬的笑话来。"[2]"无论学什么技艺……总要自己有个主张，不可皂白不分，一路只顾盲从"。[3]吸收并借鉴前辈艺人的表演艺术，除了广泛观摩演出之外，还要懂得取其精华，去其糟粕，如此才能"唱好戏"，亦步亦趋，全盘接纳，不加取舍，也只能是东施效颦、画虎类犬了。

吸收借鉴之外，周信芳认为，好的演员还要懂得变化，也就是在借鉴的基础上能够创新。"仅学了人家的好处，总也要自己会变化才好，要是宗定那派不变化，那只好永做人家奴隶了。"[4]周信芳认为，谭鑫培是这方面的典范："老谭学的是冯润祥、孙春恒，见的是程长庚、王九龄诸前辈，又有同时竞争的龙、余、汪、孙诸位名角。老谭生在这个时间，他就把各家的好处，聚于一炉，再添上他的好处，使腔、韵调、念白、酌句、把子、姿势、做派、身段，给他一个大变化，果然自成一派。诸前辈死后，

---

[1]周信芳：《谈谭剧》，原载于《梨园公报》，1928年9月，署名士楚。见《周信芳文集》，北京：中国戏剧出版社，1982年版，第282页。
[2]周信芳：《怎样理解和学习谭派》，见《周信芳文集》，第286页。
[3]周信芳：《怎样理解和学习谭派》，见《周信芳文集》，第292页。
[4]周信芳：《怎样理解和学习谭派》，见《周信芳文集》，第286页。

老谭堪称庙首，执伶界牛耳。"[1]任何一个演员，任凭天赋再高，功底再好，都不可避免地出现这样或那样的不足，演员只有明确这一点，取人之长，补己之短，才有可能在前人的基础上有所突破和创新。谭鑫培的成功正是源于这一点。"他（指谭鑫培）成功在哪里呢？就是取人家长处，补自己的短处。再用一番苦功夫，研究一种人家没有过的，和人不如我的艺术。明明是学人，偏叫人家看不出我是学谁，这就是老谭的本领，这就是他的成功。"[2]

演员在舞台上的任务就是塑造人物，塑造人物的前提是理解剧情和人物。怎样塑造好人物，周信芳认为："要知道戏曲的价值，和其中的真义，非得读书不可……要唱戏也得多读、多看、多研究，不读书怎么会知道古人的历史和性情？自己不知道历史，表演起来，能够感动人吗？不能了解真义，就不能把剧情介绍给观众，与傀儡有什么分别呢？"深刻地理解剧情，真切地塑造人物，必须多读书，对人物性格加以认真地揣摩和研究，了解人物的性情，人物所处的时代、社会和历史，以及人物所处的环境，演员才有可能把人物生动地呈现在舞台之上。"伶人即使不易博古通今，也要略知文字，明达人情，演起戏来，方能够合乎情理，体贴入微；要是懵懵然的，内心没有感触，不但对于艺术，无所创造，恐怕所演的戏，观众也觉枯涩乏味哩！不晓得古今世情，没有感觉着人生苦乐的人，他就不能算是个唱戏的，倘要了然一切，将古人演得出色，非得学问帮助不可"。[3]演员只有深刻地了解剧情，准确地理解人物，才能传达"剧本中的真义"，才有可能创造"真艺术"。

中国戏曲不同于西方话剧，它以"歌"、"舞"来抒情和叙事，唱、念、做缺一不可。关于三者之间的关系，周信芳认为："'七分话白三分

[1]周信芳：《怎样理解和学习谭派》，见《周信芳文集》，北京：中国戏剧出版社，1982年版，第286页。
[2]周信芳：《怎样理解和学习谭派》，见《周信芳文集》，第286—287页。
[3]周信芳：《怎样理解和学习谭派》，见《周信芳文集》，第291页。

唱’，以念白为主，先使观众明了剧情，以做工辅助话白的不足，用锣鼓使‘白’和‘做’全节入轨，第四部再用‘唱’来助观众兴致。”[1]念、做为主，唱为辅。这是周信芳对于具体表演技艺的基本观点。“演戏的‘演’字，是包罗一切的。要知道这‘演’字，是指戏的全部，不是专指‘唱’”；“我拿戏情注重，自然要拿‘念白’、‘做工’做主要，拿唱看做助兴或辅助戏的哀乐的。”[2]显然，周信芳是将京剧作为一门综合性的表演艺术而不是单纯的歌唱艺术来看待，这是他对“闭着眼睛听戏”的传统观演关系的挑战，也是他对京剧艺术的深刻理解。

　　强调做工和念白，并不意味着周信芳主张废唱。他认为：“‘唱’的地位，是代表不紧要的叙事，或窈思自叹，碰巧戏剧紧凑的时候，嫌唱烦琐，破坏戏的空气，叙事一段，就由排子代替。‘唱’在编戏的时候，可以说是随意添置。但是重要的话，编戏的却不能删去，而且还要使他念得清楚，才能使观众明白剧情。”[3]唱是剧中情节的辅助和说明，是人物抒发内心情怀的重要手段，是表演艺术的重要组成部分。在唱、念之间，周信芳认为，应以念白为主唱为辅，“唱实在是代表叙事或助兴的……要紧的地方，还是以念为主要”，[4]二者之间是相辅相成的，都要顾及到字音、口齿、音律、节奏、身段等要求。“‘唱’要‘字正腔圆’，可是‘念白’的‘字正腔圆’，最不容易，‘念白’还要顾到身段、锣鼓、口齿、尖团、字义、字音等……‘念白’字音准确，‘唱’就容易。字音不准，‘唱’可以遮掩，‘念白’可不能瞒过识者了。”[5]“唱戏有音律，说白也有音律，唱有快板慢板，说白自然也要分出急缓来。”[6]唱、念都要求字正腔圆，都

　　[1]周信芳：《唱腔在戏曲中的地位》，原载于《梨园公报》，1930年8月，题名《答黄汉声君》，署名轩辕生。见《周信芳文集》，北京：中国戏剧出版社，1982年版，第310页。
　　[2]周信芳：《唱腔在戏曲中的地位》，见《周信芳文集》，第311页。
　　[3]周信芳：《唱腔在戏曲中的地位》，见《周信芳文集》，第310页。
　　[4]周信芳：《唱腔在戏曲中的地位》，见《周信芳文集》，第313页。
　　[5]周信芳：《唱腔在戏曲中的地位》，见《周信芳文集》，第310页。
　　[6]周信芳：《谈谭剧》，见《周信芳文集》，第274页。

要与身段、音乐、表情等相配合，但念白在字音、音乐节奏等具体要求上明显高于唱，这是舞台演出的实际，也是周信芳强调念白的根本原因之一。

总而言之，周信芳这一时期的戏曲表演理论内容并不多，但已不再是简单的观摩和演出经验的总结，其中涉及的理论观点是十分鲜明、深刻的，对当时以至后来的舞台演出都具有重要的指导意义。

此外，戏曲理论家兼京剧演员欧阳予倩对戏曲表演理论亦有专门论述。

欧阳予倩戏曲表演理论的突出一点是要求唱、做、念、打都要合乎剧情，合于角色。"必须要把唱的技术练得很熟，音和拍子要非常准，字正腔圆，这一些都要下意识地掌握住，唱起来就好像日常说话一样，意念一动，声音和节奏即刻伴随着表达出来，这才能够谈得上表达人物的感情。"[1] 唱不是简简单单地跟着乐器数拍子、打拍子，它要求音准、节奏、字正腔圆，这是唱的基本要素，必须纯熟，同时演员还要声随心动，随着意念，在音乐的旋律中，自然而然，应声而唱，对演唱技巧要有高超的驾驭能力，只有如此，才能更好地表达人物的感情。唱要达情，做、念、打也不例外。他论演员的步法，"每一步都合乎节奏，而每一步都包含着很深的感情"；[2] 论旦角的手势，"往往用很细微的动作表达内心的波动"；论动作的表现，"全靠演员根据剧情和角色的感情来处理"；[3] 论演员的眼神，除了手到眼到之外，还要心到，"不从角色的感情出发，所有的动作都是死的"；[4] 论念白"如何选择语调，如何运用声音，这两件事是要结合戏情和角色的性格来进行的"[5]；以《武家坡》中王宝钏的念白来说，"要把当时王宝钏那种又惊、又喜、又疑、又憎，而心的深处带着哀愁

---

[1] 欧阳予倩：《我怎样学会了演京戏》，见《欧阳予倩全集》第6卷，上海：上海文艺出版社，1990年版，第245页。

[2] 欧阳予倩：《我怎样学会了演京戏》，见《欧阳予倩全集》第6卷，第250页。

[3] 欧阳予倩：《我怎样学会了演京戏》，见《欧阳予倩全集》第6卷，第252页。

[4] 欧阳予倩：《我怎样学会了演京戏》，见《欧阳予倩全集》第6卷，第254页。

[5] 欧阳予倩：《我怎样学会了演京戏》，见《欧阳予倩全集》第6卷，第260页。

那样的心情曲曲传出"。[1]舞台表演的核心是合乎剧情和人物，这是欧阳予倩对京剧舞台表演艺术的基本理解。

演员在表演时既要学会忘我地体验，与人物一起感同身受，又要认识到自己是在表演："做戏最初要能忘我，拿剧中人的人格换去自己的人格谓之'容受'，仅有容受却又不行，在台上要处处觉得自己是剧中人，同时应当把自己的身体当一个傀儡，完全用自己的意识去运用、去指挥这傀儡。只能容受不能运用便不能得深切的表演。戏本来是假的，做戏是要把假戏做成像真；如果在台上弄假成真，弄得真哭真笑便不成其为戏。"[2]"容受"就是对剧中人物的设身处地的"体验"，感同身受；"用自己的意识"就是要明确自己是在演戏，也就是要"表现"。表演是要将体验和表现相结合，一方面要用真情实感去体验，另一方面要表现出人物的真实情感。演员只有情感真实地投入，才能够对人物有比较准确的把握，才能够吸引观众的注意，引起观众的共鸣，进而创造艺术真实。他说："角色的感情要体贴入微，声音跟着感情起伏流转，然后才能吸引观众的注意，抓住观众的感情，把演员的心和观众的心相交流，这才真正能够达到演戏的效果。""只要感情真实，表现的方法是可以灵活运用的；只要感情真实，任何格律也好，程式也好，必然成为次要。对韵白就可以这样看"。情感真实是指演员对剧中人物情感的生动的舞台呈现和传达，它是凌驾于程式、音乐、念白等艺术形式之上的表演中最重要的要素，也是使表演具有神髓的关键，因此"只要是一个懂得表演艺术的演员，不会拘泥于程式，而使自己的表演丧失灵魂"。[3]让表演成为充满灵魂的艺术，这是欧阳予倩对表演艺术的理解和追求。

欧阳予倩的表演艺术理论是与他的戏剧观念以及他对京剧表演艺术的

---

[1]欧阳予倩：《我怎样学会了演京戏》，见《欧阳予倩全集》第6卷，上海：上海文艺出版社，1990年版，第258页。

[2]欧阳予倩：《自我演戏以来》，见《欧阳予倩全集》第6卷，第42页。

[3]欧阳予倩：《我怎样学会了演京戏》，见《欧阳予倩全集》第6卷，第257、259、250页。

理解紧密结合在一起的。他是在一定的戏剧观念之下，通过表演艺术的舞台实践，来检验、修正和完善他对京剧表演艺术的理解，这一点与梅兰芳和周信芳是不完全相同的。

综观这一时期的表演艺术理论，可以发现，其特点是非常鲜明的。

首先，尽管这一时期的表演艺术理论主要出自梅兰芳、周信芳、欧阳予倩，批评主体不多，但在理论批评的深度与广度上却超越了以往任何一个时期。相对于其他内容的理论批评，中国古代的表演艺术理论非常少，除了黄旛绰《梨园原》这一戏曲表演理论专书之外，也只有潘之恒《鸾啸小品》等少数论著中偶有涉及。这些表演艺术理论对于演员的要求、昆曲的表演技巧、方法、唱工、做工等都有论述，但在论述内容的深刻性和丰富性上都无法与这一时期的表演艺术理论相比。

其次，由于梅兰芳、周信芳、欧阳予倩本身就是演员，他们的表演艺术理论与他们的演出实践紧密相结合，是其表演艺术经验的总结和概括，是其表演心得的提升。但他们的理论中还有一些内容还局限在经验总结层面，缺少一定的理论性，也缺乏相当的理论深度和美学的高度，同时，由于文化艺术水平的局限，除上述三人之外，其他艺人虽对表演艺术有深刻和独到的理解，但鲜有理论著述，这也使得表演艺术理论比同时期的其他理论内容看起来更单薄，当然也更可贵。

再次，不同于西方以狄德罗为代表的表现派和以斯坦尼斯拉夫斯基为代表的体验派戏剧表演理论，梅兰芳等人的戏曲表演理论表现了体验和表现相结合的特点。中国戏曲以程式化的动作表现人物，塑造性格，是比较典型的表现派，但程式化并不意味着演员对体验的排斥，相反，它同样要求演员设身处地去感受人物的情感心理，与人物融合为一体。梅兰芳所谓"首先要忘记了自己是个演员，再跟剧中人融化成一体"，[1]周信芳所言

---

[1] 梅兰芳述、许姬传记：《舞台生活四十年》，见梅绍武、屠珍等编撰：《梅兰芳全集》第1卷，石家庄：河北教育出版社，2001年版，第154页。

内心要有感触[1]，欧阳予倩所说"容受"等，都表现了表现与体验相结合的特点。

第七节 戏曲大众化理论

20世纪20年代后期至抗日战争全面爆发，中国社会的阶级矛盾、民族危机日益突出，建立民族国家的政治诉求愈加迫切，"五四"新文化运动所开启的相对自由开放的启蒙主义文化思潮发生了转变，"救亡压倒了启蒙"，一切服务于反帝的革命斗争，成为时代、社会和民族的共同要求。1928年，以创作社和太阳社成员为核心的作家团体提出了"革命文学"的口号，倡导无产阶级革命文学，开始了无产阶级革命文学运动。1930年，由中国共产党领导的革命作家组织——中国左翼作家联盟成立，"革命文学"的发展也进入了新阶段。服务于建立现代民族国家的使命和目的，"革命文学"要求文学为革命政治服务，认为"革命文学，不要谁的主张，更不是谁的独断，由历史的内在的发展——连络，它应当而且必然地是无产阶级文学"，[2]提出"文艺本来是宣传阶级意识底武器，所谓的本质仅限于文字本身，除此以外，更没有什么形而上学的本质"。[3]文学大众化理论正是在这样的背景下提出来的，戏曲大众化理论是其中重要的组成部分。

"文学的大众化"被明确提出是在1931年11月"左联"的决议中："为完成当前迫切的任务，中国无产阶级革命文学必须确定新的路线。首

---

[1] 周信芳：《怎样理解和学习谭派》，见《周信芳文集》，北京：中国戏剧出版社，1982年版，第291页。

[2] 李初梨：《怎样地建设革命文学》，原载于《文化批判》，第2期，1928年2月15日。见上海文艺出版社编：《中国新文学大系》第2集《文学理论集二》，上海：上海文艺出版社，1987年版，第58页。

[3] 克兴：《小资产阶级文艺理论之谬误》，载《创造月刊》，第2卷第5期，1928年12月1日。

先第一个重大的问题，就是文学的大众化。"[1] 所谓文学的大众化，"决不是简单的笼统的文艺大众化的问题，而是要创造革命的大众文艺的问题"，[2] "文艺大众化的运动必须是劳动群众自己的运动，必须在无产阶级领导之下。一定要领导群众，使群众自己创造出革命的文艺"。[3] 文学大众化的一个重要手段就是采用旧形式，"利用旧的形式的优点——群众读惯的看惯的那种小说诗歌戏剧，——逐渐的加入新的成分养成群众的新的习惯，同着群众一块儿去提高艺术的程度"。[4] 文学大众化的核心问题是将文学作为向大众宣传思想政治的工具和宣扬阶级意识的武器。

文学大众化的倡导影响到戏剧领域，与无产阶级革命文学运动呼应，戏剧理论家们提出了"无产阶级戏剧"的口号，要求戏剧加入到无产阶级领导的反帝反封建的运动中来："戏剧也同其他艺术一样，不站在前进的阶级的立场上，绝对没有发展的可能。若是规避斗争，不敢站在时代的先端，那种艺术一定没落，若是跟着落后的阶级，那种艺术一定流为反动。"因此"中国戏剧运动的进路是普罗列塔利亚演剧"。[5] 这是时代和社会赋予戏剧的历史使命，戏曲当然也不例外。

但是，在当时很多革命家和理论批评家看来，中国传统旧剧尤其是京剧不是普罗列塔利亚演剧，而是被士大夫据为己有、散播封建意识的工具，不能激发大众，表达大众情感，反映时代要求，因此他们针对以京剧为代表的旧剧提出了批评，要求戏曲大众化，通俗化。1930年黄素在

[1] 冯雪峰：《中国无产阶级革命文学的新任务——1931年11月中国左翼作家联盟执行委员会的决议》，原载于《文学导报》，第1卷第8期，1931年11月15日。见上海文艺出版社：《中国新文学大系》第1集《文学理论集一》，上海：上海文艺出版社，1987年版，第419页。

[2] 宋阳（瞿秋白）：《大众文艺的问题》，原载于《文学月报》，第1期，1932年6月10日。见上海文艺出版社编：《中国新文学大系》第2集《文学理论集二》，第348页。

[3] 瞿秋白：《"我们"是谁》，见《瞿秋白文集》（文学编）第1卷，北京：人民文学出版社，1985年版，第488页。

[4] 宋阳（瞿秋白）：《大众文艺的问题》，见上海文艺出版社编：《中国新文学大系》第2集《文学理论集二》，第353页。

[5] 郑伯奇：《中国戏剧运动的进路》，原载于《艺术月刊》，第1卷第1期，1930年3月16日。见上海文艺出版社编：《中国新文学大系》第1集《文学理论集一》，第314页。

《中国戏剧脚色之唯物史观的研究·旦的研究》一文中，对以梅兰芳为代表的京剧的"封建性"进行了批判："陈石遗送梅兰芳的诗：'一世名流总附君。'这句诗，直从以前说到现在，把梅兰芳的阶级性一语断定了。石遗老人自是名流之一；其他的，像樊增祥，易实甫，程颂万，陈小石，冒鹤汀，李拔可，况夔笙，况又韩，不是遗老，便是遗少，总可算伟然大观。""民国二三年间，梅老板为什么大红特红起来？因为这时候，却正是袁世凯解散国民党的时代（二年十一月），中国的革命气焰，全部地被扑灭了，潜伏在招牌民国底里的封建势力，却正在死灰复燃地昂起头来……这时候，遗老遗少们自都是兴高采烈的；学术上谈着'国粹'，戏场里捧着梅郎，刘师培做出些百读不解的词曲来，罗易们便也替梅兰芳编出些富丽典雅的古装戏剧来了。"[1] 认为梅兰芳所扮演的人物西施、虞姬、洛神、嫦娥等都是帝王家、深宫中的美人，他的戏中所散播的也都是封建思想意识，是文学侍从的艺术。黄素没有直接谈到戏曲大众化问题，没有要求戏曲为无产阶级大众服务，但他对梅兰芳及京剧的批判，却与这一时期文学大众化对戏曲的要求是一致的。

梅兰芳《嫦娥奔月》剧照

　　与黄素思想相近，对京剧的阶级属性进行批判的还有文学大众化的倡导者瞿秋白、田汉、郑伯奇等。瞿秋白提出，大众文艺从性质上说是"新兴阶级领导之下的文化革命和文学革命；这是要新兴阶级来领导肃清封建意识的文化斗争，彻底执行这个民权主义的任务"，它的语言形式与表现内容是"用劳动群众自己的言语，针对着劳动群众实际生活里所需要答复的一切问题，去创造革命的大众文艺"。[2] 由此出发，

---

　　[1] 黄素（黄芝冈）：《中国戏剧脚色之唯物史观的研究·旦的研究》，载《南国月刊》，第2卷第2期，1930年5月20日。

　　[2] 宋阳（瞿秋白）：《大众文艺的问题》，原载于《文学月报》，第1期，1932年6月10日。见上海文艺出版社编：《中国新文学大系》第2集《文学理论集二》，上海：上海文艺出版社，1987年版，第348、349页。

他反对文学艺术的贵族化、绅士化，对旧剧的态度也是如此。他在《乱弹（代序）》一文中指出，昆曲在清乾嘉时期"被贵族绅士霸占了去，成了绅士等级的艺术"，如今的乱弹——皮黄，正走着昆曲的老路，"统治阶级不但利用这种原始的艺术，来施行奴隶教育；他们还要采取这些平民艺术的自由的形式，去挽救自己艺术的没落。于是乎请乱弹登大雅之堂……因此，乱弹就在绅士等级蜕化出来的绅商阶级的手里，重新走上所谓'雅化'的道路"。皮黄由不登大雅之堂的平民等级的艺术变为绅商阶级的艺术，脱离了大众，艺术形式和文辞日趋雅化、贵族化，更重要的是，雅化和贵族化的背后，是"用奴才主义的内容放进平民艺术里去，帮助束缚平民的愚民政策"。[1]用封建的思想意识对大众施行奴化教育，才是皮黄雅化后最危险的事，而这正是文学大众化所反对的核心。以往的文学界由于缺乏新兴无产阶级的领导，作品用的是绅士的语言，只是空谈大众文学，因此只有"不肖的下等人再乱弹起来"，才可以反抗束缚；只有"运用最浅近的新兴阶级的普通话"，"反映现实的革命斗争"，[2]才可以创造真正的大众文学。瞿秋白的旧剧大众化完全以大众的审美需求为标准，要求大众自身从事创作，写出符合自身需要的文学作品。

在反对语言雅化的同时，瞿秋白同样也反对"五四""欧化"和"白话"的文学创作（包括乱弹）。他认为"五四"以来提倡的所谓白话如今已经"变成一种新文言，写出许多新式的诗古文词——所谓欧化的新文艺"，[3]于是乎，乱弹不乱，白话不白，欧化等于贵族化。"欧化"和"白话"是"五四"新文化运动的产物，是当时激进的知识分子批判传统文化，接受西方现代思想观念以实现文化启蒙在语言表达方式上的基本要

[1] 史铁儿（瞿秋白）：《乱弹（代序）》，见《瞿秋白文集》（文学编）第1卷，北京：人民文学出版社，1985年版，第348、349、350页。
[2] 宋阳（瞿秋白）：《大众文艺的问题》，原载于《文学月报》，第1期，1932年6月10日。见上海文艺出版社编：《中国新文学大系》第2集《文学理论集二》，上海：上海文艺出版社，1987年版，第352、354页。
[3] 史铁儿（瞿秋白）：《乱弹（代序）》，见《瞿秋白文集》（文学编）第1卷，第350页。

求，它是语言形式的变革，也是语言所传递的思想文化信息的革新。"欧化"和"白话"都是为了适应"五四"文学革命平民化的要求。瞿秋白从无产阶级的革命出发，要求文学、旧剧大众化，实际上是文学的意识形态化、政治化。

田汉的大众化倡导直接针对戏剧，他指出，当前文化运动的目的"是在通过文化的特殊性唤起全国劳苦群众起来彻底执行五四运动未完成的任务"。[1]大众戏剧的服务对象"毫无问题地应以工人以及一般的劳苦大众为对象。假使普罗戏剧而没有穿蓝衣的人们来看，或是就勉强动员他们来看也看不懂，引不起他们的兴趣，这只是'一厢情愿'的普罗戏剧"。[2]就传统旧剧来说，"京调"已经失去了它成长初期的"大众的语言、单纯化的曲调、自由简洁的形式，以及近于写实的技术"，"成了这样典丽雅驯、近于前朝乐章的东西，渐不为大众——即傅斯年先生所谓'下等人'们所理解"，成为真正的既不通俗也无任何意义的"恶劣戏剧"，这是作为民间艺术的"京调"雅化、贵族化的结果，缺少了质朴性和大众性的京调，"成为罗马皇帝皈依后的基督教，也成为给慈禧太后奖励过的义和团，把革命性都'去势'了"，[3]而梅兰芳及其亚流的京戏目前正走着昆曲化即过于雅致化的道路。

其实，田汉并不完全反对传统旧剧，也不反对"把京戏中过于鄙俚不堪的辞句改得通顺一些"。他认为，剧的新旧不是由形式而是由内容所决定的，也就是说京戏也可以是新剧，话剧也可以是旧剧，关键看它是否能够表现时代的精神，传达现代人的思想情感，"音乐的价值更高，思想的内容更丰富"，[4]这也是他所倡导的"新国剧运动"的核心思想。而梅兰芳

---

[1]田汉:《中国旧戏与梅兰芳的再批判》，见《田汉全集》第17卷，石家庄:花山文艺出版社，2000年版，第5页。

[2]田汉:《戏剧大众化和大众戏剧化》，原载于《北斗》，第2卷第3、4期合刊，1932年7月20日。见《田汉全集》第15卷，第234页。

[3]田汉:《中国旧戏与梅兰芳的再批判》，见《田汉全集》第17卷，第10、14页。

[4]田汉:《新国剧运动第一声》，见《田汉全集》第17卷，第1页。

所演的戏"在阶级的斗争场里所扮演的是播散封建意识的活工具"，更主
要的是，"在帝国主义经济、军事的压迫紧紧相加，民族危机日益严重之
际，其所演各剧的封建的内容与反大众的表现形式，决定了他的艺术已不
适于现代的生存"。[1] 在民族危机日渐突出之时，梅兰芳等艺人及齐如山
等剧作家没能够及时地作出反映，没有担负起一个职业戏剧家在文化上所
负的使命，依然轻歌曼舞，演着散播封建意识的旧剧。而这也正是田汉提
倡戏剧大众化、批判梅兰芳的根本原因所在。也就是说，田汉的戏剧大众
化倡导和对梅兰芳的批判，着眼点虽在于旧剧陈腐的内容和典雅的辞采，
但目的与指向却是要求旧剧反映现实斗争，为社会政治服务。而这也是文
学大众化倡导讨论的核心问题。

　　这一时期批判传统旧剧过于雅化，倡导大众化的还有现代文学史上
的思想巨匠——鲁迅。1934年11月，鲁迅发表了《略论梅兰芳及其他》一
文，阐明了他对旧剧的雅化和梅兰芳艺术的态度。他认为，梅兰芳"未经
士大夫帮忙时候所做的戏，自然是俗的，甚至于猥下，肮脏，但是泼剌，
有生气。待到化为'天女'，高贵了，然而从此死板板，矜持得可怜"。[2]
而士大夫们专门为梅兰芳量身订做的戏，如《天女散花》、《黛玉葬花》
之类，表现的"是士大夫心目中的梅兰芳。雅是雅了，但多数人看不懂，
不要看，还觉得自己不配看了"。而梅兰芳的戏之所以雅化、缺乏生气，
在于它"被士大夫据为己有，罩进玻璃罩"，成为士大夫的专利，"士大夫
是常要夺取民间的东西的，将竹枝词改成文言，将'小家碧玉'作为姨太
太，但一沾着他们的手，这东西也就跟着他们灭亡。他们将他从俗众中提
出，罩上玻璃罩，做起紫檀架子来"。鲁迅认为，将民间的艺术样式加以
改造，使之雅化、精致化，进而占为己有，这是中国士大夫阶级历来的传

　　[1] 田汉：《中国旧戏与梅兰芳的再批判》，见《田汉全集》第17卷，石家庄：花山文艺出版
社，2000年版，第13、14页。
　　[2] 鲁迅：《略论梅兰芳及其他》，原载于《中华日报·动向》，1934年11月6日，发表时署
名张沛。见《鲁迅全集》第5卷，北京：人民文学出版社，1981年版，第580页。

统，而艺术也在这一过程中逐渐僵化、消亡。因此有学者指出，这是鲁迅"主张京剧必须改革的坦诚之言"；[1]也有学者认为，"鲁迅的批评既表达着他对传统戏曲艺术现代命运的关注，也表达着他对以梅兰芳为代表的传统艺人个人艺术生命的思考"；[2]更有学者从审美取向上，指出鲁迅与梅兰芳在审美观上存在着"歧义"。[3]

其实，士大夫喜欢利用民间的艺术样式，不能说是坏事，恰恰相反，古今中外的艺术史、文学史已经证明，很多文艺样式正是经过文人之手，才有了进一步的提升，从粗鄙不堪的"小道"进入艺术殿堂，而且艺术样式的消亡也不能归罪于文人士大夫。鲁迅以"夺取"一词将民间文艺与士大夫文艺对立，言辞间有明显的偏激之处。但是也应该看到，鲁迅批判梅兰芳，倡导文学大众化，要求"应该多有为大众设想的作家，竭力来作浅显易解的作品，使大家能懂，爱看，以挤掉一些陈腐的劳什子"，[4]实际上是基于20世纪30年代政治斗争、民族矛盾异常尖锐的社会历史大背景的，它一方面"寄寓着作为启蒙思想家的鲁迅在民族灾难日益深重的年代里的沉痛思考"；另一方面也表明"鲁迅对梅兰芳及京剧艺术的严重隔膜，使得他的有些具体论断既不符合梅氏艺术的实际，也不完全契合艺术规律"。[5]

中国戏曲一直不缺乏受众，有着深厚的群众基础，即使是梅兰芳的《嫦娥奔月》、《黛玉葬花》之类典雅的剧目，亦同样受到普通大众的欢迎。梅兰芳回忆《黛玉葬花》和《嫦娥奔月》两出戏到上海演出的情形："第三次到上海来，在天蟾舞台唱了四十几天。《奔月》演过七次，《葬花》演了五次。这两出戏演出的次数，要占到那一期全部的四分之一，而

---

[1] 杜浙：《鲁迅与梅兰芳和柯灵》，载《书城》，1994年第11期。

[2] 曹振华：《关于鲁迅与梅兰芳评论的评论》，载《鲁迅研究月刊》，1999年第9期。

[3] 陈鸣树：《审美的认同与异趋》，载《戏剧艺术》，1986年第2期。

[4] 鲁迅：《文艺的大众化》，原载于《大众文艺》，第2卷第3期，1930年3月1日。见《鲁迅全集》第7卷，北京：人民文学出版社，1981年版，第349页。

[5] 徐改平：《鲁迅与梅兰芳》，载《文学评论》，2011年第3期。

且每次都卖满堂……其实上海的观众，也还不是为了古装的扮相和红楼新戏两种新鲜玩艺，才哄起来的吗？"[1]同样《天女散花》1920年在上海的演出也"很能叫座"，梅兰芳1922年又到上海演出时，《天女散花》也成为保留剧目。[2]可见，即使是雅化且"散播封建意识"的戏，在大众中还是有相当的反响，是大众所乐于接受的，并非只为士大夫和少数笃好者所占有和欣赏，而且古典与高雅并不一定妨碍京剧艺术自身的发展，同样也不应当成为梅兰芳艺术的缺陷。

　　戏曲大众化倡导对传统旧剧和梅兰芳的批判，表面看起来是继承了"五四"戏曲论争以来的批判精神，二者之间是一脉相承的，但表面上的相同却掩盖不了本质上的不同。具体来说，一是在批评主体上，"五四"戏曲论争是以城市平民为主体的资产阶级知识分子，是"有闲阶级的智识阶层"；"革命戏剧"则是以无产阶级工人群众为主体，确切地说是站在无产阶级立场的少数激进的知识分子。二是在批评的目的和任务上，"五四"戏曲论争是以改造国民性为目的，在科学和民主的旗帜下，通过对旧剧的批判和改良的呼吁，实现对大众的启蒙；而"革命戏剧"则是以救亡图存的革命为目的，通过对传统旧剧的批判，将戏剧政治化、意识形态化，要求戏剧成为宣传阶级意识的武器。三是在对待戏剧本质的认知上，"五四"戏曲论争对旧剧的态度虽具有明显的实用功利主义，但并未取消旧剧作为艺术的独立性，而革命戏剧则将旧剧作为政治宣传的工具，作为意识形态之一种，取消了旧剧的艺术独立性，使其存在性受到了质疑和否定。总之，戏曲大众化与"五四"戏曲论争对旧剧的批判在本质上是不同的。戏曲大众化主张是在民族危机和政治斗争日益突出的大的社会历史背景下提出的，"五四"新文化运动所开启的启蒙思潮尚没有取得实质性进展便中断了，

---

[1]梅兰芳述、许姬传记：《舞台生活四十年》，见梅绍武、屠珍等编撰：《梅兰芳全集》第1卷，石家庄：河北教育出版社，2001年版，第294—295页。

[2]梅兰芳述、许姬传记：《舞台生活四十年》，见梅绍武、屠珍等编撰：《梅兰芳全集》第1卷，第536页。

革命取代了启蒙，"革命戏剧"代替了"戏剧革命"，戏剧作为艺术的超现实、超功利的审美特质被取消了，它被当作一种阶级斗争的工具，被高度意识形态化，既丧失了自身的独立性，又抹杀了审美艺术特性，其弊端与局限是显而易见的，这是历史对文学、对戏剧选择的结果。"五四"新文化运动以来戏剧批评自由开放的空间氛围结束了，随着民族危机的加深，政治矛盾的激化，到20世纪30至40年代，"革命戏剧"的思想普遍化，成为戏剧批评的主流。到"文革"时期，其思想发展到极致。

　　此外，在中国共产党领导的统一战线倡导革命戏剧的同时，创造社、太阳社、左联之外的戏剧理论家批评家也发表了他们对戏剧平民化、通俗化的看法。1929年欧阳予倩发表了《民众剧的研究》一文，提出了"民众剧"的概念。他认为，民众剧不是"以民众为题材的戏剧"，不是"民众共有的戏剧"，也不

戏剧家欧阳予倩在《贵妃醉酒》中的剧照。欧阳予倩饰杨贵妃，摄于1925年。

是"教化民众的戏剧"，"民众剧是应当作'平民剧'解"。[1] 所谓平民剧，"是要建筑在平民身上，不外是'民享'for the people'民有'from the people及'民治'by the people"，是"平民自为的戏剧，就是民享，民有的戏剧"。[2] 它"以民众为中心，促民众之自觉团结，求民众之解放，以抵抗高压的势力"。[3] 原始的戏剧都具有这种品格，"可是以后渐渐的发达，就为特殊阶级所占有。民间艺术变了宫廷艺术，它便不能循着在民间

---

　　[1] 欧阳予倩：《民众剧的研究》，原载于《戏剧》，1929年第1卷第3期。见苏关鑫编：《欧阳予倩研究资料》，北京：中国戏剧出版社，1989年版，第246页。

　　[2] 欧阳予倩：《民众剧的研究》，见苏关鑫编：《欧阳予倩研究资料》，第248—249页。

　　[3] 欧阳予倩：《演〈怒吼吧中国〉谈到民众剧》，原载于《戏剧》，1930年第2卷第2期。见苏关鑫编：《欧阳予倩研究资料》，第279页。

的路径，自由发展，而受种种的限制变成畸形的"。[1]这是中国戏曲的发展历史，目前，皮黄戏已然走上了宫廷化的道路，"中国的旧戏在内容和形式方面都早已不能应大多数平民的需要"，"平民间就没有戏剧了"。针对这一现实，欧阳予倩提出："必要从'民享'作起：而第一步的方法就是'民有'——就是以平民为主，用平民的资料来编戏剧。"[2]但在平民剧的创造中，旧戏的"那种形式，万万不能拿来表现新精神，新思想，和现实的要求，是应当先决定的"。[3]旧剧不能表现时代精神，不能传达现代人的情感，是由旧剧所表现的题材内容决定的，是欧阳予倩早就否定了的，而今，他连旧剧的形式也进行了彻底的批判。他所要求的平民剧是新歌剧和新话剧，"可以自由选择形式"，内容上，"要情节单纯而有趣味，要使观众在不知不觉之中，受很深的暗示"。[4]在具体的改革方法上，"歌剧方面，目下就可能范围先从形式、演出法、舞台装置及思想内容加以改革，以期易于实现；这样一来，音乐也当然跟着会变。于是一面组织新乐队，采集民歌，从事根本的建设"。[5]欧阳予倩的民众戏剧论，虽然也对旧剧内容和形式的雅化进行了批判，但在指导思想上与无产阶级的文学大众化倡导不尽相同，他说："现在有一部分投机的新文艺家，高唱'无产阶级文学'，只喊的是暴动的口号，这是否就是中国民众的呼声，似乎颇有疑问。最要紧的是能够彻底明了中国民众的痛苦情形，亲亲切切地说出来，徒快一时之意，也不过替少数的野心家造机会。"[6]他反对冒无产阶级文学之名对民众戏剧阶级斗争式的干预，反对口号化、表面化的空

---

[1] 欧阳予倩：《民众剧的研究》，原载于《戏剧》，1929年第1卷第3期。见苏关鑫编：《欧阳予倩研究资料》，北京：中国戏剧出版社，1989年版，第249页。

[2] 欧阳予倩：《民众剧的研究》，见苏关鑫编：《欧阳予倩研究资料》，第250页。

[3] 欧阳予倩：《民众剧的研究》，见苏关鑫编：《欧阳予倩研究资料》，第254页。

[4] 欧阳予倩：《民众剧的研究》，见苏关鑫编：《欧阳予倩研究资料》，第252、253页。

[5] 欧阳予倩：《戏剧运动之今后》，原载于《戏剧》，1929年第1卷第4期。见苏关鑫编：《欧阳予倩研究资料》，第276页。

[6] 欧阳予倩：《怎样完成戏剧运动——5月17日在知用中学的讲演》，原载于《民国日报·戏剧研究》，第13期，1929年6月。见《欧阳予倩全集》第4卷，上海：上海文艺出版社，1990年版，第101页。

洞文章，要求戏剧切切实实地反映民众的情感和苦难，通过"民享"、"民有"，进而达到"民治"的程度。针对当时有人提出的平民戏剧不需要指导的说法，他指出："有人主张平民剧不要戏剧的专门家，我却以为不然。平民自为的戏剧，当然可以自己编演，可是照分工的办法，并不妨有戏剧专家……对于舞台导演和编制，应当有专门的人去任计划之责。"[1]平民戏剧离不开戏剧专家的指导和领导，这是平民戏剧得以顺利发展的保证。这一点与"文学大众化"的理论家们也是不同的。

同年，郑振铎在他主编的《文学周报》上编发了"梅兰芳专号"，并发表了《没落中的皮黄剧》一文，针对京剧的雅化和陈旧，以及梅兰芳的男扮女装问题进行了批判。郑振铎认为，皮黄剧之所以战胜了流行数百年的昆剧，原因在于它的通俗性。"她是通俗的，是句句话都为民众所懂的。她的唱句，文法尽管是不通，字面尽管是粗鄙，然而民众却十分的能够了解她，欣赏她，当然要比昆剧之'文绉绉'的，为民众所半懂不懂者容易流行得多了"。皮黄剧现在的命运"已临于'日落黄昏'"，原因在于"文字的典雅，有过于昆剧。……于是听众便又到了半懂不懂的境地"。[2]他认为，在演剧的技术、题材、内容等方面没有改革之前，一味地将剧本典雅化，皮黄剧自然是要失败，要没落的。在这方面又以李释戡、齐如山等人为梅兰芳编制的《太真外传》、《天女散花》等剧最具有代表性。同时，程砚秋、尚小云等人的剧本和表演也都有雅化的趋向。尽管郑振铎对于皮黄剧的批判有一定的片面性，但他呼吁戏曲大众化、通俗化的观点却是十分鲜明的。

这一时期，与郑振铎观点相近的主张戏剧平民化、通俗化的还有戏剧理论批评家刘守鹤。《剧学月刊》1932年第8期至第12期上，刘守鹤发表

---

[1] 欧阳予倩：《民众剧的研究》，原载于《戏剧》，1929年第1卷第3期。见苏关鑫编：《欧阳予倩研究资料》，北京：中国戏剧出版社，1989年版，第253页。

[2] 郑振铎：《没落中的皮黄剧》，载《文学周报》，1929年第1期。

了《戏剧》[1]一文，从"戏剧的内心"、"戏剧的外形"、"戏剧的手段"、"戏剧的目的"四个方面阐发了他对戏剧的理解。他认为，成熟的戏剧必须具备四个条件，即以最真挚的大众文学为内心，以最普遍的社会艺术为外形，以文学化的艺术为手段，以艺术化的文学为目的。其中又以第一个条件为核心。"以大众文学为内心"，要求剧作家创作剧本时要描写大众生活，"以指导大众生活为全人格的"为目的，就是"以某个环境的实际需要为转移"，根据时代和社会大环境的需要来进行创作，如果"某个环境所需要的是民族斗争，你就可以创作指导民族斗争的剧本来演唱；同样，某个环境需要的是政治斗争，经济斗争，社会斗争，你就可以创作指导政治斗争，经济斗争，社会斗争的剧本来演唱"。剧本创作要紧跟时代，反映现时代的社会生活，不能停留在封建的宗法社会里。现在是"民主主义的时代"，因此作家的戏剧创作要"以民主主义为中心"，只有以此为创作中心，观众才能"兴奋起来"，才能产生"积极的心理上的共鸣"，进而达到"全人格"。一句话，"戏剧要以大众文学为内心，而大众文学尤其需要最真挚的；不以大众文学为内心的戏剧不是成熟的戏剧，不以最真挚的大众文学为内心的戏剧不是成熟到了顶点的戏剧"。

1933年，他又在《剧学月刊》上发表了《戏曲的点滴》一文，再次阐述了他戏曲大众化的理论主张。他认为，"中国戏剧是以从古以来的思想和道德为基础的"，这是中国的古典主义戏剧创作的主要内容和主要意图，也是当时中国戏剧创作中存在的普遍现象，即"以古人的人格为模型"。中国戏剧不同于西方的古典主义戏剧，西方古典主义戏剧是文艺复兴的产物，是人文主义精神对神学迷信的否定和批判，是个性解放思潮在文学艺术包括戏剧领域的反映，二者在旨趣上有着根本的不同。要进行戏剧革命，就是要批判中国古典主义戏剧；做中国戏剧的革命者，必须要研究中国戏剧，"首要是戏剧情节之原理的研究。戏剧情节，包括着这五部：序

---

[1]　刘守鹤：《戏剧》，载《剧学月刊》，1932年第1卷第8—12期连载，关于大众文学的观点主要在论文第一部分，即第8期上。

说，纠葛，危机，释明及结束。要想戏剧生出指导人生的效果来，不从戏剧情节上去播新种子是不成的"。也就是说，只有从情节上对古典主义戏剧加以改革，剧作中表现平民的思想情感，戏剧才有出路。消除中国古典主义戏剧的影响，在创作中最主要的，是把戏剧中以古人的人格为模型的超人除去，如《上元夫人》、《天女散花》、《嫦娥奔月》之类，这样的戏剧只有黯淡下去，中国的戏剧才会进步。他旗帜鲜明地提出："我们对于那妞妞妮妮地跑到二黄剧里来唱'碧云天芳草地蜂愁蝶怨'的林黛玉，是坚决反对的；因为他充满着使二黄剧的平民文学变成贵族文学的危险。我赞成中国文艺复兴，和讴歌精神文明的人的说法不同；我的主张是以恢复平民文学为限，在戏剧上要求词句的澈（彻）底通俗；至于模型先贤和崇拜超人的古董文艺，只好让讴歌精神文明的人到棺材里去赏鉴，创作，祖述。"[1]

很显然，郑振铎与刘守鹤也主张平民戏剧，要求旧剧通俗化、大众化，反对以梅兰芳为代表的旧剧创作与表演中的雅化，但其精神旨趣与瞿秋白、鲁迅等作家的大众化要求是不同的。瞿秋白、鲁迅等人的旧剧大众化主张是以无产阶级为主体的、中国共产党领导下的革命戏剧，具有鲜明的阶级属性——普罗列塔利亚艺术，它的目的是通过文化的特殊性，号召全国群众起来彻底执行五四运动未完成的任务。郑振铎、刘守鹤等人的皮黄剧大众化、通俗化主张，在思想倾向上仍然是"五四"文学革命所倡导的平民文学，包括平民戏剧，它反对贵族化、古典化的戏剧，要求"进化"的戏剧，即它是"为平民的非为一般特殊阶级的人的"，[2]他们所说的大众也不是无产阶级的革命群众，而是"指的大多数人，并不一定是一色的农工，尤其不一定的产业工人"。[3]他们的戏剧大众化实际上是资产阶级民主革命时代智识阶层的平民文学，是"五四"文学革命所倡导的启蒙主义思想在这一时期的延续。因此，我们在考量旧剧大众化主张时须区别对待，不能混为一谈，更不可将二者等量齐观。

---

[1] 守鹤（刘守鹤）：《戏曲的点滴》，载《剧学月刊》，1933年第2卷第4期。

[2] 茅盾：《新旧文学平议之评议》，载《小说月报》，第11卷第1号，1920年1月25日。

[3] 刘守鹤：《戏剧》，载《剧学月刊》，1932年第1卷第8期。

第三章　从"新剧"到"国剧"：现代话剧批评的发端与问题

第一节　概述

这是一个危机四伏、求新求变的时代。

1840年的鸦片战争击碎了中国人"天朝上国"的美梦，中国沦为半殖民地半封建社会。尽管洋务派等一批有识之士掀起了"自强"、"求富"的自救浪潮，但1895年甲午中日战争的惨败却标志着清政府已经无力挽救政权的衰颓。1898年戊戌变法的矛头直指中国传统的封建政治制度，1919年的"五四"新文化运动则对传统道德和社会秩序造成巨大的冲击。内忧外患之中，国人恍然觉悟到中国积贫积弱的窘况，若不学习西人之长来补己之短，就不可能在西方列强的觊觎下苟存于世。在亡国灭种的焦虑之中，变法维新、革命建国等各种主张风起云涌，中国不得不面临一次史无前例的大变局。面对列强的东进，越来越多的国人开始关注西方的思想与文化，传统的中国中心世界观从社会、政治、文化等多个方面被瓦解，救亡图存、求新求变成为时代的主题。

在戏剧领域，"开眼看世界"亦成为当时最重要的议题。19世纪末期上海出现的学生演剧活动，几乎没有传统戏曲的唱工和做工。受到日本新派剧和新剧[1]的影响，1906年底，春柳社于日本成立。《黑奴吁天录》等作品的演出，正式拉开了文明新戏的帷幕。辛亥革命之后，春柳社的成员陆续回国。至此，一种不同于传统戏曲的新型戏剧艺术形式在中国发芽。从1914年开始，天津南开学校成为新剧发展的中心，1918年底演出的五幕剧《新村正》已经具有西方现代社会问题剧的形式。1919年"五四"新文化运动爆发，中国现代话剧纯正健全的形态亦由此诞生。

　　在"话剧"一词未诞生之前，此种新兴的艺术形式多被称为"新剧"，以区别被称为"旧戏"的传统戏曲。剑啸在《中国的话剧》一文中曾经指出：一般人通称"话剧"为"新剧"，是和"旧剧"的"旧"字相对而言。新剧由国外输入，在中国发展的时间不长且未经"蜕化"，根基尚不坚固。[2]而"话剧"

《黑奴吁天录》剧照

一词，早在1920年就在新加坡用于命名剧社（仁声话剧社），1928年经田汉提议，由洪深使用，命名这一新剧种。在洪深看来，"话剧，是用那成片段的、剧中人的谈话，所组成的戏剧。（这类谈话，术语叫做对话。）……春柳社的新戏，以及文明戏、爱美剧等，都应当老实地称作话剧的。有时那话剧，也许包含着一段音乐，或一节跳舞。但音乐跳舞，只是一种附

---

　　[1]董健认为，日本新派剧是明治中期以后在西方戏剧刺激下为对抗旧剧歌舞伎而产生的新演剧；新剧是明治末期在欧洲近代剧运动的直接影响下以否定歌舞伎和新派剧姿态而出现的更为崭新的演剧，在日本戏剧史上的地位相当于"近代话剧"和"现代话剧"。日本新派剧和新剧的差别，最主要表现在一为"表面的写实"，一为"真正的写实"。但是当时的欧阳予倩、陆镜若等春柳社前辈并未对二者的特质进行辨别，一概地把日本新派剧和新剧当作与传统旧戏相对立的"新派"，综合地接受了下来。参见董健为黄爱华《中国早期话剧与日本》一书撰写的导论《中国戏剧现代化初期借鉴西方戏剧的曲折历程》。参见黄爱华：《中国早期话剧与日本》，长沙：岳麓书社，2001年版，第8—9页。

　　[2]参见剑啸：《中国的话剧》，原载于《剧学月刊》，第2卷第7、8期合刊《话剧专号》，1933年8月。见梁淑安主编：《中国近代文学论文集（1919—1949）·戏剧卷》，北京：中国社会科学出版社，1988年版，第250页。

属品帮助品，话剧表达故事的方法，主要使用对话"。[1]可以说，话剧有两重意义：一是指一般艺术门类意义上的话剧，即创始于西方，流布于世界的以对话为基本形式的戏剧；二是指特定戏剧史意义上源起于中国现代的、借鉴西方的、流布于整个华人世界的、用华语演出的、以对话为主要形式的戏剧。[2]本书主要在第二重意义的基础上讨论问题。

与当时知识分子对中国社会、政治、制度等方面的思考类似，当时的戏剧界同样面临着"中西之争"与"古今之争"。传统戏曲在中国早已根深蒂固，在支持旧剧的人看来，新剧根本就是不成体统的，既不合理，也不合法。新的戏剧艺术形式被引进来，遇到的最大挑战即在于，如何保证其在中国拥有生存与发展的空间？在新旧剧的争论之中，早期新剧的推广者们在"古今之争"中确立了今优于古的观念，在"中西之争"中确立了西优于中的观念。新剧被视为文明、进步、自由的艺术形式，并以此来对抗粗俗、落后、死板的传统戏曲，甚至颠覆传统文化。

在中西之争、古今之争的第一个回合中，新剧似乎占据了优势。新剧推广者们当时最主要的工作分为两个方面：从知识的角度来说，要普及这一新艺术形式的基本知识，以期得到更多国人的认可与接受；从价值的角度来说，要为新剧以及之后的话剧寻找合理合法的身份，以求在中国生根发芽。然而，外来剧种的引进本就缺乏本土根基，新剧要想移植入中国这一陌生的土壤，就必须得到审美、社会、政治等诸多方面的认可。

在对审美合法性的追求方面，新剧的推广者们多以译介西方戏剧作品及理论为主，如周恩来《吾校新剧观》中对古典主义（Classicism）、浪漫主义（Romanticism）与写实主义（Realism）的介绍，《新青年》派对易卜生主义的推崇等。在新剧家们看来，"新派演艺"指的是"以言语动作感人

---

[1] 洪深：《从中国的新戏说到话剧》，原载于《现代戏剧》，第1卷第1期，1929年5月5日出版。见梁淑安主编：《中国近代文学论文集（1919—1949）·戏剧卷》，北京：中国社会科学出版社，1988年版，第23页。

[2] 参见周宁：《话剧百年：从中国话剧到世界华语话剧》，见周云龙编选：《天地大舞台：周宁戏剧研究文选》，厦门：厦门大学出版社，2011年版。

为主，即今欧美所流行者"，即西方现代戏剧艺术形式。[1]这种艺术形式以文学为中心，排演时遵照剧本而为，[2]"纯取自然之势"，既要让观众理解其中蕴涵的深意，也要根据人物、年龄、性格等方面的不同特征对角色进行个性化的定位，做到"遵守剧情"，"顾及身份"。[3]舞台与布景、服装都要力求"逼真"，用自然真情表现世道人心。[4]

这种"自然真实"的演剧方式，以西方自然主义、科学主义为背景。"自然主义"进入戏剧理论领域，始于1873年左拉撰写的《〈戴蕾丝·拉甘〉再版序》。韦勒克曾将19世纪的精神基调总结为"自由"、"科学"、"进步"、"进化"。在这种时代背景下，自然主义的出现也就不足为奇了。左拉给自然主义下的定义是："文学中的自然主义同样是回到人和自然，是直接的观察、精确的解剖以及对世上所存在的事物的接受和描写。对作家和学者来说，两者的工作一直是相同的，他们都必须以现实来代替抽象，以严格的分析来代替单凭经验的公式，这样一来，作品中就没有抽象的人物，不再有谎言式的说明，不再有绝对的事物，而只有真实的人物，每个人物的真实的故事，日常生活中的相对事物。"在一定程度上，自然主义是一种严格的、极端的现实主义模式。[5]雷蒙·威廉斯则为自然主义戏剧做了更加宽泛的定义："很清楚，实际上自然主义有多重不同的意义，就最宽泛的意义而言，它关注同时代的现实生活，反对或排斥任何既定的规矩或价值系统。它投入地再现人，在人性的范围内的生活真实，他们的言谈、感受、思想、举止、活动。在这一尺度下，许多拒绝或反对自然主义的戏剧活动，本身不过是自然主义的某种分歧。"[6]自然主义戏剧

---

　　[1]《春柳社演艺部专章》（光绪二十三年，1906年），载《北新杂志》，第30卷，1907年。

　　[2]参见远生辑译：《新剧杂论》，载《小说月报》，第5卷第1、2号，1914年。云父：《对于新剧之三大主张》，载《新剧杂志》，第2期，1914年7月1日。

　　[3]参见剑云：《新剧平议》，载《繁华杂志》第5期，1915年。昔醉：《新剧之三大要素》，见周剑云主编：《鞠部丛刊》，上海：上海交通图书馆，1918年版。

　　[4]参见许豪士：《最近新剧观》，载《新剧杂志》，第2期，1914年7月1日。

　　[5]参见周宁主编：《西方戏剧理论史》（上册），厦门：厦门大学出版社，2008年版，第611页。

　　[6] Raymond Williams, *Drama from Ibsen to Brecht*, Harmondsworth: Penguin, 1973, P382—383.

的基点，在于以生活真实作为戏剧真实的尺度，并在不同的时代具有各自的独立性。

在中国，这种自然主义形态的戏剧通常被称为"写实主义"戏剧。在象征主义、浪漫主义、表现主义等文艺思潮在西方强势发展的时代，中国人却对"写实主义"情有独钟，将其视为新剧发展的大势所趋，执着地认为新剧的"真精神"即在于写实主义。这样的创作崇尚"悲欢离合，实深合乎社会之心理，且布景丰富，以之陪衬内容，情节当能益肖"，期望这样的剧本可以"合社会心理，收感化之效"。[1]戏剧是对社会的反映，与社会的现实状况的关系最复杂也最密切。欧阳予倩提出，"写实主义戏剧对社会是直接的，革命的中国用不着藏头露尾虚与委蛇的说话，应当痛痛快快处理一下社会的各种问题……写实主义简单的解释，就是镜中看影般的如实描写"。[2]这是对新剧社会功用的期待，也是新剧推广者们在急于为新剧建构其存在于中国社会的合法性身份时所刻意强调的。在新剧发展的萌芽时期，砝码从未被公平地放置于审美现代性与社会现代性的两边，天平一直在向追求社会合法性的一方倾斜。

西方19世纪末、20世纪初出现的自然主义戏剧运动，不仅要反映现实，而且要介入、干涉现实。从某种意义上说，这是19世纪中叶批判现实主义文学思潮在舞台上的表现，带有鲜明的道德主义与意识形态色彩。在自然主义戏剧中，剧场性的尺度被统一到现实性尺度中，因此，自然主义戏剧的独特性在很大程度上决定于剧作与演出的道德——意识形态视点。在欧洲文艺批评传统中，"自然主义"与"现实主义"的概念在很多研究论著中并不作明显的区分，甚至被视为两个等同的概念。[3]无论是自然主义还是批判现实主义，在西方都是建立在民主制度下知识分子社会批判的前

---

[1]周恩来：《新剧筹备》，原载于《校风》，第38期，1916年9月18日。见崔国良主编：《南开话剧史料丛编（编演纪事卷）》，天津：南开大学出版社，2009年版，第12页。

[2]欧阳予倩：《戏剧改革之理论与实际》，原载于《戏剧》，广州戏剧研究所，第1卷第1期，1929年5月。见《欧阳予倩全集》第4卷，上海：上海文艺出版社，1990年版，第60—61页。

[3]参见周宁主编：《西方戏剧理论史》（上册），厦门：厦门大学出版社，2008年版，第612页。

提之下，是以想象的方式向权力言说真理的乌托邦。这里乌托邦的意义是作为否定现存秩序的知识与想象出现的，现实主义艺术的存在自有其制度根据。西方的现实主义推崇文学对现实生活的再现，他们的创作方法建立在"认知的真实论"的基础上，其间并不存有主观的臆造。对于无法实际观察到的事物，则多通过逻辑推理的手段，排除猜测的幻想成分。所以现实主义作家的第一个信条是作者必须具有客观的态度，写作的目的在于呈现客观的真实的现象，而不在批评，更不能肆意扭曲所观察到的真实，要让读者具有身临其境的感受。[1]然而，以自然主义和科学主义为知识背景的中国式的"写实主义"戏剧，对社会现实却难以保持客观中立的态度，无论是剧作还是剧论，多有明显的、自觉的社会批判企图，在很大程度上忽视甚至扭曲了当时中国社会的历史真实。

《新青年》派强调新剧革新社会的启蒙作用，将其视为促进社会进步的工具，认为新剧应有利于人的自由与发展，戏剧的进步则标志着社会的进步与人性的成熟。他们推崇"纯粹戏剧"的概念，这种戏剧表现人类的精神，动作和语言都是日常生活的。他们所推崇的"易卜生主义"被视为改革中国旧戏的标杆，其中的人道主义思想、审美的乌托邦式的伦理道德理想以及强烈的社会批判意识则被视为拯救病态落后旧中国的良药。这种写实主义的长处，就在于"肯说老实话"，"把社会种种腐败龌龊的实在情形写出来叫大家仔细看"。在胡适等人眼中，中国未来的出路，在于推翻旧制度，建立新社会；中国戏剧的出路，在于摒弃旧戏，建构以易卜生式的写实主义为核心的"纯粹戏剧"。似乎以写实主义为核心的"易卜生主义"就是在促进社会改革与进步的大环境下，为未来中国指出的一条明路。但是，"纯粹戏剧"的理想似乎更像是为变革社会而存在的功利性的工具，隶属于知识分子们的社会理想。在《新青年》派举着民主与科学的旗帜，吹着启蒙与救亡的号角的时候，他们忽略了一个重要的社会现实：

---

[1]参见马森：《中国现代戏剧的两度西潮》，台北：联合文学出版社有限公司，2006年版，第125页。

1912—1949年间，中国经济总增长量极为缓慢，农业人口至少占人口总量的75%以上，且多居住于交通不便的乡村之中，忍受着贫穷与饥饿。[1] 他们根本没有机会，也没有心情，更没有能力欣赏在少数大城市之中发展的新型戏剧艺术。新剧几乎仅仅存在于大城市的知识分子与学生之中，《新青年》派的社会改良之理想根本就是难以落实的。绝大多数的民众根本无法理解，也几乎没有机会理解新剧的审美特性，新剧要想发展就不能依靠其本身的艺术魅力。而用新剧的社会教育功用与启蒙救亡的职责来说服民众认同其存在的合法性，也只是城市知识分子们的一厢情愿罢了。民众，尤其是广大的农村民众对此尚不存在接受与认同。

如果是这样，新剧在中国的发展似乎已经走投无路，但绝境之下仍存两线生机：一、传统戏曲在中国根深蒂固，与其打倒，何不利用？二、新剧既然无法依靠审美经验与社会变革来证明自身的合法性，那么是否可以更多地进行与民众有关的戏剧实验？是否可以依靠政治手段来谋求在中国立足发展的合法性？对前者的实践，以"国剧运动"为先导，蹚开了话剧民族化的道路；对后者的实践，以"爱美的戏剧"为先驱，以熊佛西的农民戏剧实践为典型，构成早期的戏剧大众化运动。随着政局的变动与战火的纷扰，中国话剧在未来漫长的几十年中都紧密地与政治联系在一起。这一部分将在下一章做主要分析。

在知识分子们急于确立新剧的优势地位时，仍旧有许多人注意到了传统戏曲的价值。1916年，蔡元培在其《在北京通俗教育研究会演说词》中曾经提及新剧感化社会的力量不如改良的旧剧，且编演程度幼稚，民众一时难以接受这一新兴的艺术形式，难以与旧剧相抗衡。[2] 作为新剧先驱的

[1] 数据参见［美］费正清主编：《剑桥中华民国史（1912—1949年）》（上卷），北京：中国社会科学出版社，2007年版，第31—39页。然而，依照熊佛西在20世纪30年代的研究，当时的农民占全国人口的85%以上。参见熊佛西：《戏剧大众化之实验》，南京：正中书局，1947年版，第16页。

[2] 参见蔡元培：《在北京通俗教育研究会演说词》，见高平叔主编：《蔡元培教育论著选》，北京：人民教育出版社，1991年版，第70页。

南开新剧团，亦是在中西戏剧比较视野内思考新剧的意义，对于旧戏，他们采取较为中立和客观的态度，希望以旧剧为基点，通过改良旧戏，探寻中国传统戏曲的价值，从而找到新剧在中国蓬勃健康发展的出路，并且放眼世界，看到了中国传统戏曲的美学特色为世界戏剧潮流所作的贡献。张彭春较为客观地指出，"中国的戏剧及其他文化表现形式，已经受到西方文化的影响"，"在这种复杂的情形中，有两种动态很清楚，即对于戏剧的新形式的尝试和对于传统戏剧的重新评价"。[1]在张彭春看来，传统戏剧并非没有永恒的价值，其通过探寻戏曲演员的身体动作与舞台表现创造价值，是一种渐进式的、程式化的艺术形式。

这种对传统戏曲价值的探寻，较为集中地体现在余上沅、赵太侔、闻一多等人领导的"国剧运动"中。这一运动标志着中国话剧本土化问题的自觉，他们提出了现代民族国家戏剧的问题，试图超越西方戏剧范式，使中国现代话剧植根于民族生活和戏剧传统的深厚土壤中，创建出既世界化又本土化的现代"国剧"。"由中国人用中国材料去演给中国人看的中国戏"，是这一理论的思想核心。他们反对《新青年》派树立的"易卜生主义"的标杆，认为这样的剧作不知道探讨人心的深邃，却要利用艺术去纠正人心，最终会失去戏剧的艺术性。[2]尽管旧戏有着种种缺点和陋习，但在中国历史悠久，传播范围广，影响巨大，应吸收其合理的、独特的艺术形式，使其成为"兼有时代精神和永久性质的艺术品"。[3]"国剧运动"的理想是创造"古今所同梦的完美戏剧"[4]，在古与今的对比中，确立了

[1]张彭春：《中国的新剧和旧戏》，崔江译，马振铃校，原载于《南大半月刊》，第3、4期合刊，1933年7月15日。见崔国良主编：《南开话剧史料丛编（剧论卷）》，天津：南开大学出版社，2009年版，第213—216页。

[2]余上沅：《〈国剧运动〉序》，原载于《国剧运动》，上海：新月书店，1927年版。见上海艺术研究所话剧室等主编：《余上沅研究专集》，上海：上海交通大学出版社，1992年版，第50页。

[3]余上沅：《中国戏剧的途径》，原载于《戏剧与文艺》，第1卷1期，1929年5月。见上海艺术研究所话剧室等主编：《余上沅研究专集》，第56、58页。

[4]余上沅：《中国戏剧的途径》，见上海艺术研究所话剧室等主编：《余上沅研究专集》，第54页。

"古"不一定劣于"今"的观念；在中与西的对比中，确立了"西"不一定优于"中"的观念。于是，作为"写实"与"写意"的戏剧的桥梁，"古今同梦"的"国剧"理想应运而生。然而，"国剧运动"指出了中国现代话剧发展的方向，却没有指明具体的创作道路。随着民众戏剧运动如火如荼地展开，他们对于中国话剧民族化过早的、不成熟的思考被掩盖和忽视，直至建国之后，对这一道路才有了更为深刻的思考。

从文明新戏发展到"国剧运动"，中国人对西方戏剧的态度经历了从赞扬到质疑，从推崇到否定的蜕变。但不可否认的是，新剧的思想为中国现代话剧理论与批评奠定了基础。"新剧社不宜以营业为宗旨"的号召，[1]影响了20世纪20年代"爱美的戏剧"运动的发生；"谈剧者亦须具有专门学"[2]的观念以及校园演剧的发展，促进了中国话剧系统理论与批评的研究，对日后的民众戏剧运动有着不可磨灭的影响；对于新剧舞台的初步认识，为日后小剧场观念的引进与传播准备了土壤。在20世纪中国戏剧理论批评史上，新剧的思想有开创之功。这种开创之功主要体现在，知识分子们先以西方现代文化反对中国传统文化，动摇了中国传统文化的根基，在中国的土壤中孕育出了新剧。但在随后的20世纪20年代，这样的发展方向却发生了逆转。面对亡国灭种的家国危机以及推广新剧却鲜有民众问津的窘境，他们开始回归对传统文化和民众生活状态的思考，戏剧观念亦逐渐与建构现代民族国家观念的步调一致。——在一定程度上，这是对他们宣传与推广的西方现代性的反叛。面对动荡的政局，越来越多的知识分子开始期盼新剧能够走出一条融合古今中西戏剧艺术特色的、能为最广大民众接受的中国特色戏剧之路，在不成熟的话剧民族化道路之外，拓展出话剧大众化道路的广阔天地。但并非所有的新剧推广者们都如"国剧运动"一派那样较为单纯地追求新剧的艺术性，戏剧的政治工具论在20世纪30年代之后日益强大，甚至堵塞了本就微弱的新剧审美化路径。新剧在中

[1]张霆潮：《今日新剧家之十要件》，载《戏剧丛报》，第1期，1915年3月。
[2]君跃：《剧学镜原论》，载《新剧杂志》，第1期，1914年。

国发芽了，却没有稳定的根基；新剧一直在中国摸索着前行，却背负了太多沉重的包袱，步履维艰。

第二节　早期"新剧"批评[1]

　　早期所谓"新剧"，至少有三种意义：一是指传统戏曲的改编本，即旧事赋予新思想；二是指受西方戏剧影响，以白为主，加少量唱词的新创剧；三是指完全不用歌唱的话剧。话剧[2]传入中国，可以追溯到19世纪60、70年代。《上海新报》等杂志早在19世纪60年代就刊登过介绍莎士比亚的文章。王韬曾经记录下"西人工为戏剧……演剧时出山河宫阙，悉以画图，遥望之几于逼真"[3]的观剧体验。刊物上的介绍、外国戏剧团体的来华演出、租界侨民的演剧活动，成为中国人了解西方现代戏剧艺术的最初窗口。1866年前后，上海就已经出现侨民建立的欧式兰心戏院，有西方侨民组建剧社于此演出。与此同时，教会学校也成为在中国传播西方现代戏剧艺术的重要基地。1898年的圣诞节，上海圣约翰书院的学生演出英语剧及《官场丑史》；1900年南洋公学排演新剧《义和拳》，1903年排演《张汶祥刺马》；1905年年底，汪优游等人成立业余演剧组织文友会，排演《捉拿安德海》等剧目。这种校园内及业余团体的演出，为新剧在中国的孕育生成提供了滋润的土壤，报刊杂志上关于新剧的引进、介绍与批评等，都为"话剧"这一艺术形式在中国的生根发芽起到了奠基作用。1906年，春柳社于日本成立。这一戏剧团体既进行戏剧文学及舞台创作，又兼有对于新剧本体与审美特性的理论研究与批评。1914年—1915年前后，尽

---

　　[1]关于早期新旧剧的论争，本书第一章亦进行了论述。

　　[2]新剧曾有"文明戏"、"爱美剧"等名称，直到1928年，洪深提出用"话剧"一词命名新剧这种艺术形式，以区别于戏曲，话剧才成为新剧的固定或正式名称。话剧是对话的艺术，"话剧是用那成片段的、剧中人的谈话所组成的戏剧"，"话剧的生命就是对话"。

　　[3]转引自朱恒夫：《〈春柳社〉之前的上海新剧》，载《戏剧艺术》，2004年第6期。

管文明新戏的艺术形式已经渐趋衰落，但是《新剧杂志》、《戏剧丛报》、《繁华杂志》、《戏剧杂志》、《剧场月报》等一批新剧刊物却在此时印刷出版，新剧的研究者们开展了较为丰富的理论探讨与戏剧批评，涌现出了秋风、（许）啸天、朱双云、（周）剑云、昔醉、瘦月、冯叔鸾（马二先生）等一批早期新剧的理论与批评家。

中国最早的专业话剧剧场，上海兰心大剧院。

早期新剧论者看重的是戏剧的社会改良与启蒙功能。20世纪初期以来，中国人对西方戏剧的了解逐渐增多。这种"他者"的艺术形式在呈现手段、表现内容等方面都与传统戏曲有着极大的不同。而西方话剧多悲剧、重写实的特征给予了新剧家们极大的刺激，认为新剧可以为饱受欺辱的中国"造福"。早在1904、1905年前后，蒋观云、天僇生、三爱等人就提出了西方戏剧的这一艺术特征并指出其必须为中国所用以解决国内的社会问题和民生问题。三爱在《论戏曲》（1905年）一文中指出，与中国视演戏为贱业不同，西方的演员与"文人学士"是平等的，"盖以演戏事，与一国之风俗教化极有关系，决非可以等闲而轻视优伶也"。所以在戏曲改良的过程中"宜多新编有益风化之戏"，同时还要"采用西法"，这样才能于世道人心有益，"发生人之忠义之心"，"开通不识字人"，"感动全社会"。[1]当时将西方戏剧引进中国，在这个传统戏曲文化根深蒂固的社会得以存在甚至逐步发展壮大的最大合理性，就在于它不仅具有社会启蒙的功能，还可以宣传爱国救亡之思想。天僇生在《剧场之教育》（1908年）中指出，拯救国家的最有效方式是向民众灌输文明思想，树立国家意识。学校的教育多顾及的是中上社会，而下等社会受教育机会太少，戏剧却可以辅助学校教育感化教育民众以"救此众

---

[1] 参见三爱（即陈独秀）：《论戏曲》（1905年），见阿英主编：《晚清文学丛钞·小说戏曲研究卷》，北京：中华书局，1960年版，第53—55页。

生"，[1]可以有效地快速"激发国民爱国之精神"。[2]

1907年，李叔同（左）于东京演出《茶花女》。

到了1910年之后，西方戏剧在中国的传播速度更快，内容也更加地多元化。在1915年印行的《戏剧丛报》（秋风主编）上，胡寄尘、俞剑尘、豪士、佑孙等人多援引莎士比亚的"世界一剧场也"的观点，认为戏剧与社会改革以及民族国家建设具有同构的关系，新剧的社会责任极为重大。在他们看来，当时新剧的势力始终不及旧剧的势力，最根本的原因就在于社会改革出现困难。社会不易改革，新剧就不易提倡。社会与国民的程度低下，也使新剧难以受欢迎。[3]然而，"戏剧一日不改良，则社会之潮流一日无休止"。他们看重戏剧所具有的"鼓吹之力"，"希望社会之感情日与新旧剧之程度递开无形中以施其维持之功效也"。[4]同时希望新剧的从业者们道德高尚，将改良社会及"改良私德"视为天职，[5]担负起社会的责任。

在新剧家们看来，所谓的社会责任，主要是利用新剧的开通智识、启迪民智的通俗教育和社会教育功能来提高民众素质，促进社会进步。他们认识到新剧发展与社会发展的必然关系，较为客观地理解事物发展变化的规律，与时俱进，同时也认识到新剧的社会功能并不能仅仅局限于社会教育方面。"新剧以社会教育为目的，夫人而知之矣。然则社会愈进化，新剧当随之以俱进化，如此则社会教育之能事，即谓之已尽可乎？"瘦月对此

---

[1] 参见天僇生：《剧场之教育》（1908年），原载于《月月小说》，第2卷第1期。见阿英主编：《晚清文学丛钞·小说戏曲研究卷》，北京：中华书局，1960年版，第57页。

[2] 参见失名：《观戏记》（1903年），转自《黄帝魂》（1929年），原载何种书报不详。见阿英主编：《晚清文学丛钞·小说戏曲研究卷》，第68页。

[3] 参见豪士：《新剧角色及其资格》，佑孙：《新剧界前途之先决》，载《戏剧丛报》，第1期，1915年。

[4] 参见秋风：《发刊词》，俞剑尘：《序三》，载《戏剧丛报》，第1期，1915年。

[5] 参见季子：《新剧与道德之关系》，载《新剧杂志》，第1期，1914年。

的回答是否定的，新剧的功能"尚有他焉"。"夫新剧既摒唱工，而犹能博社会之欢迎者，良以其宗旨正大，戏情不涉邪淫，能于广场中发人深省，立懦廉顽。然苟旅进旅退，不从理想上着手，则必有倾覆之一日……今日谓之新剧者，他日即成旧剧矣。"如果能够使新剧"历久不失信用"，就一定要"捷足先登，日新月异"。想要使新剧历久弥新，最主要有两种手段："一则领起观剧者之精神，一则增加新剧之价值"，希望能用新剧的进步刺激世界的进步，"如此方不愧为社会之良导师，方不失社会教育之本旨"。[1]

在新剧创作中，新剧家们对创作者提出了较高的要求。豪士等人认为，新剧家应该具有社会的眼光，能从异邦的商业、财政、风土人情中摘取精华，要具有国家思想和社会观念，"对于社会上一切事业皆有提倡废革之责，故对于国内社会上种种状况必须确实调查搜罗无遗然后互相长短互相兴革"。[2]当时的研究者们不断地拓宽新剧的题材与内容，普遍认为新剧"不能遍编遍演古事忠孝节义剧"，提倡在新剧中去除迷信的内容，"改家庭戏为国家戏"以及富有"爱群心"的作品，甚至冒险戏与侦探戏也可以"鼓动人之进取心"，秦皇汉武、华盛顿、拿破仑、中国革命、外国战争等皆可以作为戏剧的题材。[3]当时大名鼎鼎的春柳社上演《黑奴吁天录》等剧目，就与亡国灭种的主题有关。春柳社的宗旨在于"以演艺为改良社会之前驱，促进文明之利器"，他们演出美洲黑奴的故事，最主要的动机即在于"以其与吾国之前途，有关系者在也。演此奚何？则种族是也"。春柳社同人将中国国民的命运与黑人命运作比，讲述"生存竞争"、"优胜劣汰"的道理。他们将这些道理以简明的舞台形式表现出来，则可以为社会大众所理解，从而加速社会的变革。[4]

---

[1] 参见瘦月：《新剧原于理想说》，载《新剧杂志》，第2期，1914年7月1日。

[2] 参见豪士：《新剧角色及其资格》，载《戏剧丛报》，第1期，1915年3月。

[3] 参见胡寄尘："序二"，俞剑尘："序三"，载《戏剧丛报》，第1期，1915年3月。瘦月：《戏剧进化论》，载《新剧杂志》，第2期，1914年7月1日。

[4] 江苏武进 谢祖元：《春柳社演艺之略说》，载《法正学家通社杂志》，第6号，1907年6月11日。

从19世纪中后期至新文化运动这长达半个世纪的时间里，中国的戏剧理论批评家们对西方现代戏剧艺术表现出了浓厚的兴趣。而这一时期与新剧有关的戏剧理论与批评，也呈现了与整个时代相互照应的特征：新剧的研究者们以传统戏曲（即旧戏）为参照，探索新剧的本体理论，包括剧本创作理论和舞台表演理论；但更为重要的是，他们极为注重探索新剧的社会教育与通俗教育功能，甚至将戏剧的概念与社会道德等概念相混淆，注重戏剧内容所体现的思想内涵，却在很大程度上忽视了对戏剧审美特征的追求。

"春柳四友"（从左至右依次为）：欧阳予倩、吴我尊、马绛士、陆镜若。

为了实现新剧的社会功利性目的，研究者们主要看重戏剧具有的快速有效传播的特质，将国家振兴、社会变革的希望寄托于新剧的繁荣发展。在强调新剧的社会改良功能的同时，戏剧批评也开始关注新剧的艺术形式问题。

在对新剧审美现代性的研究中，研究者们普遍将新剧同其他艺术形式作对比，探寻新剧优于旧剧的审美特质。在《春柳社演艺部专章》的开头，即有对于新剧艺术形式的介绍："报章朝刊一言，夕成舆论，左右社会，为效迅矣。然与目不识丁者接，而用以穷。济其穷者，有演说，有图画，有幻灯（即近时流行影戏之一种）。第演说之事迹，有声无形；图画之事迹，有形无声；兼兹二者，声应形成，社会靡然而向风，其惟演戏欤？"[1]从而突出了新剧简洁明了的艺术特质。春柳社创立演艺部，以"研究学理，练习技能为目的"，他们将戏剧分为"新派演艺"和"旧派演艺"，其中"新派演艺"指的是"以言语动作感人为主，即今欧美所流行者"，也就是西方现代戏剧艺术形式。该社"以研究新派为主，以旧派为附属科"，其"宗旨正大，以开通智识，鼓舞精神为主"，并将剧社的演

---

[1]《春柳社演艺部专章》（光绪二十三年，1906年），载《北新杂志》，第30卷，1907年。

出规范化、专业化。舞台上的音乐、布景等一定要请专家指导，绝不受人请托滥演新戏，剧社拥有对脚本的出版利用的权利等。[1]《春柳社演艺部专章》较为清楚明了地规定了社团的主旨及职能，从而使其具有了规范化专业化剧团的雏形，为其他新剧团的建立树立了榜样。

此外，在新旧剧的比较中，研究者们认为二者艺术水平的高低与其排演的难易程度也有着一定的关系。秋风曾言"演新剧似易而实难，演旧剧似难而实易"。因为旧剧主要关注演员的嗓音条件和动作形式，不在乎剧本是否逻辑严密，不以"国家观念文明思想"为准绳。而新剧的"思想与程度"是旧剧不能相比的，其"情节之结构，幕事之分配，人物之整齐，剧场之布置，又非旧剧所能望其项背"。新剧的发达与旧剧的式微的根本原因即在于"一易一难之故所致也"，即使新剧暂时萧条也没有关系，因为"其成难者其基必久"，期待新剧能够养精蓄锐，一鸣惊人。[2]

绝大多数新剧家们秉持新剧优于旧剧的观念，在对新剧艺术的研究中，为了加强对于新剧艺术本体的重视，他们提出了"光大剧学"的口号，倡导研究的专门化和演剧的专业化。奚溥才认为，尽管世人多认为戏剧可以"维持风化"、"开通人类"、促进"世界进化"，是"社会教育之良师"，但是这些功能及效果用于当时的社会，却未产生明显的效果。反而"风化益见其堕落，人类益见其愚懦，世界益见其陵替，社会益见其腐败"。面对这样的情况，"光大剧学其为今日维持戏剧、改良戏剧及彼经营戏剧者之不二法门哉！"其主要手段有：在观念上，改良旧剧与提倡新剧要同时进行，不能空喊口号，相互为敌，而应该互取精华；在组织上，应成立紧密团结的戏剧团体，以供互相研究讨论之用。在培育人才上，排演新剧者自身一定要对戏剧与社会、国家、人类、世界的关系了解掌握清楚。编写脚本之人务必具有专门的戏剧知识，要有世界的眼光，在编写时

---

[1] 参见《春柳社演艺部专章》（光绪二十三年，1906年），载《北新杂志》，第30卷，1907年。

[2] 秋风：《新旧剧之比较观》，载《戏剧丛报》，第1期，1915年3月。

注重加入与世界时局有关的内容；同时，"尚武的、美术的两种思想，为光大剧学之必不可少"。[1]这里所谓"尚武的"思想，主要指当时的新剧家们希望新剧能够继续崇尚"堂堂华胄"的"尚武精神"，认为虽然新剧中的武戏并不指"旧剧之乱跳乱打也"，但是无武戏却成为新剧的一大缺点；[2]"美术的"思想，则主要指的是在早期新剧时期，多采取幕表制进行排演，为了能够将新剧所要表现的内容与舞台较为生动形象地联系起来，"每编一剧本立一幕表于每幕之首，或幕中最关系要处皆加以图画或美术字使易触演者之眼帘，未演时易肯偶一浏览，则剧情易存于演者之脑膜，临场或少免忙乱"。[3]

　　然而，"尚武"的精神，在20世纪初期中国人开眼看西方戏剧的萌芽时期还有着其他层面的含义，即引进"悲剧"概念，培养民众战争观念，振兴民族主义之精神。蒋观云援引拿破仑的事例，指出"所以陶成盖世之英雄者，无论多少，于演剧场必可分其功之一也。……使剧界而果有陶成英雄之力，则必在悲剧"。例如戏剧界演出战争题材的作品，旧剧的表演"犹若儿戏，不能养成人民近世战争之观念"。中国的传统戏曲"有喜剧，无悲剧"，是"我国剧界之弊者也"，也是"最大之缺憾"。而如果多创造悲剧，就"能为社会造福"。[4]欧美戏剧不像传统戏曲那样塑造舍生取义的大侠，而是"随俗嗜好，徐为转移，而潜以尚武精神、民族主义"[5]，亦可以培养"尚武合群之观念，抱爱国保种之思想"。[6]

　　围绕着"光大剧学"的中心，新剧家们不断探索新剧艺术所应该具备的要素，主要包括脚本、说白（言论）、表情、布景、化妆等。首先，在

　　[1]参见奚溥才：《光大剧学应取何种主义乎》，载《戏剧丛报》，第1期，1915年3月。

　　[2]参见剑云：《新剧平议》，载《繁华杂志》，第6期，1915年。

　　[3]参见瘦月：《美术白话剧本之创议》，载《新剧杂志》，第1期，1914年。

　　[4]参见蒋观云：《中国之演剧界》（1904年），原载于《新民丛报》，第3年第17期。见阿英主编：《晚清文学丛钞·小说戏曲研究卷》，北京：中华书局，1960年版，第50—51页。

　　[5]参见陈佩忍：《论戏剧之有益》（1904年），原载于《二十世纪大舞台》，第1期。见阿英主编：《晚清文学丛钞·小说戏曲研究卷》，第66页。

　　[6]参见箸夫：《论开智普及之法首以改良戏本为先》（1905年），原载于《芝罘报》，第7期。见阿英主编：《晚清文学丛钞·小说戏曲研究卷》，第61页。

戏剧文学方面，脚本是"新剧之命脉"[1]，既要是"为剧场的"，也要是"为文学的"。作为"为剧场的"脚本，"下笔时必须注意此中每字每句，皆须上之舞台，必令上之舞台时，令观客为之娱悦，为之兴感，或对于人生妙谛，有所直觉是也"。同时，脚本"必以文学为中心，否则决非有生命之脚本"，"若仅仅情节离合，人物出入，分配得宜，如上所云合于剧场的要素，而兴人生真味渺无接触，不能供给观者以一种幽眇深远哀感顽艳之思，如所谓深味及厚味者，则决不得名为真实有力或有生命之脚本"。[2]演剧"宜剧本之遵循也"的原因，主要在于编者和演者各有所长，演者应该尊重编者的创造，否则易导致舞台呈现不伦不类。"演者未尽通人，编者类有学问，若自诩通才，师心自用，舍剧本而不从，惟己意之拦入，则不至是非颠倒不止。"[3]为了防止出现脚本互相抄袭，排演者擅自篡改，致使演出时"全失其中精彩"的状况，君跃、瘦月等认为赋予脚本专利权是保障戏剧文学能够原汁原味地呈现于舞台的有效手段。[4]其次，在言论、表情及动作等方面，研究者们认为，新剧应该"纯取自然之势"，既要让观众理解其中蕴涵的含蓄深意，也要根据人物、年龄、性格等方面的不同特征对角色做出个性化的定位，做到"遵守剧情"，"顾及身份"。[5]再次，在舞台艺术方面，研究者们普遍重视对于布景和化妆的研究。布景可以使演出更加"逼真"，"新剧界之与日俱进而足以睥睨旧戏者，其惟布景乎"，在设计时要"合乎情、通乎理，纯任自然而不悖于剧中人身份"。[6]在舞台构造方面，当时已经出现改良旧剧场，建设新式剧场的思想。陶报癖就指出："舞台之构造，与客座之位置，虽无一定之标准，然台不可过

［1］剑云：《新剧平议》，载《繁华杂志》，第5期，1915年。

［2］参见远生辑译：《新剧杂论》，载《小说月报》，第5卷第1、2号，1914年。

［3］参见云父：《对于新剧之三大主张》，载《新剧杂志》，第2期，1914年7月1日。

［4］参见君跃：《脚本专利说》，瘦月：《剧本专利及普及》，载《新剧杂志》，第1期，1914年。

［5］参见剑云：《新剧平议》，载《繁华杂志》，第5期，1915年。昔醉：《新剧之三大要素》，见周剑云主编：《鞠部丛刊》，上海：上海交通图书馆，1918年版。

［6］参见优优：《布景之为物》，载《戏剧丛报》，第1期，1915年3月。

高,高则不便于正座;亦不可太低,低则不便于楼座。演员之声浪,务使其聚;观者之视线,务求其平;庶不致发生种种之障碍。"[1] 此外,在戏剧批评方面,"未知戏剧之原理"、"未知戏剧良恶之点何在"、"对于某戏子而先存一种感情,演戏之是非良恶彼皆不问",是戏剧评论的"罪恶",[2] 从而为新剧批评提供了一种较为理性、客观的初步标准。

当时的新剧艺术观,主要是以真实自然的写实主义风格为背景,核心在于发扬真善美的感情。许豪士曾说:"世人之论新剧,辄曰'真',夫'真'固演剧之大要,无新旧一也……余尝谓新剧之有重于风俗人情,较之旧剧不可同日而语",[3] 而要想发挥新剧"真"的情操,对于自然真情的体验就至关重要。"新剧之道,惟在描写;描写之工,惟恃才学;……盖新剧之贵,全在乎情,于局外人而欲恃局内人揣摩尽致,体察入微,默化神移,功纯火候,而幕廉一卷,吐真情于顷刻,描现形于当时,千目共睹,惊为观止,万口同论,叹为绝唱,斯可谓感荡人心,移易风俗,不负为社会之先觉也。"[4]

然而,新剧的发展并非像新剧家们所设想的那样在社会中掀起颠覆性的变革,到了20世纪10年代初期,新剧逐渐有了衰颓的趋势,北京上海等地的新剧团多以失败收场。除了艺术本身的瑕疵之外,新剧家们多把新剧的失败归因于新剧团体未能坚持社会教育的目的,而以牟利为前提,过分迎合观众的低级趣味,忽视了戏剧内容的教育意义,从而导致艺术质量的下降。新剧的衰败,主要原因在艺术品质。时人对于新剧失败原因的分析,也多从新旧剧的比较出发,甚至新剧曾经的种种优点,都成为了批评的对象。有不少人认为旧剧的艺术水平要高于新剧,且新剧质量不佳,尚未摆脱旧剧的窠臼,是新剧失败的最主要原因。例如魂郎在分析北京铺民

---

[1] 陶报癖:《余之新剧观》,载《繁华杂志》,第4、5期,1914—1915年。

[2] 参见佩弦:《评剧之罪恶》,载《戏剧丛报》,第1期,1915年3月。

[3] 许豪士:《最近新剧观》,载《新剧杂志》,第2期,1914年7月1日。剑云:《新剧平议》,载《繁华杂志》,第5、6期,1915年。

[4] 许豪士:《最近新剧观》,载《新剧杂志》,第2期,1914年7月1日。

社、国声社、振乐社失败的原因时，指出这三社的新剧演出"表情既不良好，说白又无精彩，所谓布景者，洋椅二三、西桌一具而已"。其次，当时的新剧并未完全脱离旧戏的窠臼，多采取"新剧带唱"的形式，尽管魂郎认为新剧不一定"绝对不带唱"，但若唱工"声调粗恶，不中节奏，不独不能引起观者之兴味，并对于新剧而发生一种厌恶感矣"。在演员构成上，朱双云等人多将新剧的演员依旧机械化地按照旧剧的行当角色分为生旦两类，在生类中分为激烈派、寒酸派、潇洒派、滑稽派等，在旦类中分为闺阁派、娇憨派、泼辣派等，[1] 并且规定不同派别的演员所应该具有的性格特征，从而在一定程度上影响了真实自然的新式角色的塑造，不利于挖掘角色的复杂个性。

1914年上演的《不如归》剧照，由马绛士根据日本同名新派剧改编。

在舞台布景及艺术呈现等方面，当时的旧式舞台尚未革新，以致"一幕布景，非需时刻不能布出，即布出矣，又毫无悦目之处，可使观者称许"。在演员方面，没有良好的旦角做台柱，演员的表情大多从旧戏中挪移而来，用于新剧不免"稍嫌过火"，也是新剧失败的原因之一。[2] 马二先生（即冯叔鸾）也认为，部分新剧家对待新剧艺术不够严谨，必须要承担新剧失败的责任。新剧应该"以脚本为要素"，"有固定之台词"，"注重排练"，"不得用背弓或一人向台下说话"，且新剧"不应有幕外之门"，不宜分幕过多，五六幕即可。但是当时的新剧却无脚本，采取幕表制的形式，演员"绝不排练"且"无固定之台词"，往往存在着"幕外之门"，分幕往往多达"二三十幕"，照此发展，则新剧"决无艺术之可言"。甚至有些较为优秀的新剧，只是窃取了旧剧的表情及语言上的

---

　［1］参见朱双云：《新剧史》，上海：新剧小说社，1914年8月。
　［2］参见魂郎：《北京新剧失败之原因》，载《戏剧丛报》，第1期，1915年3月。

些许皮毛。[1]

不仅如此，在新剧刚刚进入中国时，演出失败的原因多为社会中下层百姓文化素质较低，无法理解演出的内容，不能接受这种新兴的艺术形式。但是到了20世纪10年代之后，新剧的失败则多是因为新剧的从业者们忘记了崇尚道德、促进社会革新的主旨，道德素质低下，一味地迎合粗俗的社会心理。"合文学、美术及人身之动作、语言而为剧，此种混合艺术，非流氓无赖所得知，亦非浅见寡闻者所能道，故东西洋俳优，其人格所以列与上等也。吾国俳优，向不尊重，二三败类，复以奸道邪淫之事，贻害全体，愈益不齿于清流。自新剧者出，社会之视剧人，稍稍异于曩昔。曾几何时，而流氓无赖又充塞于新剧界中，此萌芽之新剧，其不一败涂地者几希？"[2]他们没有创作促进时代变革的新剧本，而是改良思想内容不健康的旧剧本和旧小说，如新民社排演改编自旧戏的《玉堂春》，"足以鼓舞狂嫖者之兴趣"，甚至有些剧社将新剧视为敛钱的工具，因此是不可能完成新剧的社会教育的目的的。[3]和旧剧相比，新剧在创作上需要较为丰富的人生经验，需要对真实生活有深刻的体验，在排演上确有一定的难度："新剧一道，非有十分抱负，不能有惊人之举作；非有十分之阅历，不能有泣人之字句也。描写不求无实，发曳唯虑不快，然角色又不可不别也"，但是"今人之演新剧者，一登台上，顿忘其本来面目，演极正派者，每杂以诙谐，以至英雄视同流痞，贞女化作淫妇"。如此的艺术态度，新剧也就不可避免其失败的悲惨命运。[4]

不可否认，新剧思想为中国现代话剧理论与批评奠定了基础。"新剧社不宜以营业为宗旨"的号召[5]，影响了20世纪20年代"爱美的戏剧"

---

[1] 参见马二先生：《新剧与新剧家》，见周剑云主编：《鞠部丛刊》，上海：上海交通图书馆，1918年版。

[2] 旷望：《新剧之悲观——余之期望春柳者》，载《余兴》，第8期，1915年5月。

[3] 参见遏云：《新剧之前途》，载《剧场月报》，第1卷第2号，1914年12月30日。

[4] 许豪士：《最近新剧观》，载《新剧杂志》，第2期，1914年7月1日。

[5] 张霆潮：《今日新剧家之十要件》，载《戏剧丛报》，第1期，1915年3月。

运动的发生；"谈剧者亦须具有专门学"[1]的观念以及校园演剧的发展，
促进了中国话剧系统理论与批评的研究，对于培养人才、建设戏剧专修学
校以及日后的民众剧运动，都有着不可磨灭的影响；对于新剧舞台的初步
认识，为日后小剧场观念的引进与传播准备了土壤。在20世纪中国戏剧理
论批评史上，新剧思想有开创之功。

第三节　南开新剧团："纯艺术之戏剧"与"写实主义之真精神"

有关新旧剧的讨论，是20世纪中国戏剧理论与批评的一个重要主题，
它关系到中国戏剧的现代命运：戏曲要现代化，否则作为一种传统戏剧，
无法在现代文明社会生存发展；话剧要本土化，否则作为一种外来戏剧，
无法在中国生根发芽。戏曲的现代化，除了表现现代生活、参与社会改良
与革命事业之外，在形式上有必要借鉴西方现代话剧手法；话剧的本土
化，除了关注中国当代社会问题外，在形式上是否也可能借鉴戏曲手法？
这些问题的讨论逐步深入。早期新旧剧的讨论，是从旧剧论新剧，以戏曲
为尺度评论话剧；到南开新剧团时代，问题的基点已经转移了，从新剧论
旧剧，以话剧为尺度评论戏曲。但问题是，不论传统戏曲还是西洋话剧，
都不足以代表中国现代戏剧。如何融通古今中外，创立中国现代戏剧呢？
"国剧运动"中"国剧"概念的提出，似乎已经自觉地创立融合中西古今
戏剧的中国现代戏剧理想。在这一戏剧理论批评历程中，南开新剧团的话
剧理论探讨起到了重要作用，它不仅在中西戏剧比较视野内思考新剧的意
义，切实引进西方戏剧的写实主义观念与导演体制，而且将新剧的社会意
义扩展到现代校园，演剧成为实现教育救国理想的有效途径。

---

[1] 君跃：《剧学镜原论》，载《新剧杂志》，第1期，1914年。

从早期文明戏走向成熟的现代话剧，艺术实践是一个方面，理论探索是另一个方面，二者缺一不可。南开的校园戏剧，不仅见证与经历了新型话剧从早期的文明戏形态向现代形态过渡和演变的过程，也基本确立了新剧理论的格局。1904年，天津南开学校成立，1909年，南开的师生们就上演了新剧《用非所学》。如果说春柳社使西方戏剧艺术借道日本传入中国，极大地影响了以上海为中心的中国南方的演剧活动，那么张伯苓（1876—1951）、张彭春（1892—1957）兄弟二人，则是以满腔的热情和坚定的信念将话剧从欧美直接移植到天津，在北方开创了中国话剧实践与批评的新格局，其中最值得肯定的，是南开新剧团对现代话剧理论的探索。

张彭春像。他在南开新剧团中采用欧美话剧排演体制。其导演的《新村正》被视为中国新兴话剧由文明新戏走向现代戏剧的重要标志。

一、新剧的"纯艺术之研究"

在20世纪相当长一段历史中，中国现代戏剧理论始终无法摆脱"中西之争"与"古今之争"的二元对立的思想框架。要讨论话剧，必与戏曲相对比，要讨论戏曲，必与话剧相对比。南开新剧团对新剧的"纯艺术之研究"，亦是在话剧与戏曲的比较视野下开展的。南开新剧团对于"纯艺术"的研究与探索，主要体现在两个方面：一、通过新剧与旧剧的对比，既突出了新剧的价值，亦不否认旧剧的贡献，并探索新旧剧各自发展的新出路；二、学习西方戏剧理论，尤其是写实主义戏剧理论，并将其运用到舞台实践中，创建了较为系统和完善的以导演制为核心的排演体系。

张伯苓领导南开的戏剧活动长达数十年，他曾经指出："南开提倡新剧，早在宣统元年（1909）。最初目的，仅在藉演剧以练习演说，改良社会，及后方做纯艺术之研究。"[1]张伯苓认为，南开新剧的发展应分为两

---

[1] 张伯苓：《四十年南开学校之回顾》，1944年10月17日。见崔国良主编：《张伯苓教育论著选》，北京：人民教育出版社，1997年版，第308页。

个阶段，"练习演说，改良社会"是行使其社会教育功能的第一阶段，而之后，则应进入"纯艺术之研究"的阶段。南开新剧团自成立至20世纪20年代初期，排演剧目多以自编自导为主，并未完全摆脱文明戏之窠臼。以培养救国救民人才、启迪民智为目的，是探索新剧、改革旧戏的起步阶段。20世纪20年代至抗战前期，由张彭春主要负责剧团的排演工作，期间多以编译外国剧目为主，亦兼顾对于国内优秀剧目的学习，进行"纯艺术"的研究。[1]但是早在1918年，南开新剧团演出的《新村正》（张彭春导演），就可以视为中国新兴话剧由文明新戏走向现代戏剧的重要标志。南开人对于"纯艺术"的追求，始终贯穿在他们的戏剧创作与排演之中。

　　南开新剧团的成员，一直孜孜不倦地对新剧的艺术特征进行尝试与探索，而对于旧戏，也采取了一种较为中立和客观的态度。他们希望以旧剧为基点，通过改良旧戏，探寻中国传统戏曲的价值，从而找到新剧在中国蓬勃健康发展的出路，并且放眼世界，看到了中国传统戏曲的美学特色为世界戏剧潮流所作的贡献。张彭春较为客观地指出，"中国的戏剧及其他文化表现形式，已经受到西方文化的影响"，"在这种复杂的情形中，有两种动态很清楚，即对于戏剧的新形式的尝试和对于传统戏剧的重新评价"。[2]

　　在新文学运动的最初阶段，曾经有不少人断言"传统戏剧不包含具有永恒价值的东西并注定在进化过程中消亡"。然而，有不少南开人都在试图探寻戏曲的表演技巧中是否有值得分析和重新评价的特质。"虽然旧戏中可能有些观念已经不再适应时代要求了，但是在舞台上，在精彩演出中，

――――――――――

　　[1]有研究指出，南开新剧团排演特色的转向，以1922年为标志。这时的张彭春在美国完成博士论文（1919—1922）再度归国。但是，张彭春1916年由美返津后，就已在学校中推行写实主义戏剧，并担任多部戏剧的导演。1922年，由于博士论文必须以自费形式发表，才能被授予博士学位，张彭春当时"无钱促成此事"。1923年，其博士论文《从教育入手使中国现代化》才正式由哥伦比亚大学师范学院出版。关于张彭春1916年回国以及赴美就读博士等事，参见《张彭春年谱》，见崔国良、崔红主编：《张彭春论教育与戏剧艺术》，董秀桦英文编译，天津：南开大学出版社，2003年版，第620—623、637—640、647—648页。
　　[2]张彭春：《中国的新剧和旧戏》，崔江译，马振铃校，原载于《南大半月刊》，第3、4期合刊，1933年7月15日。见崔国良主编：《南开话剧史料丛编（剧论卷）》，天津：南开大学出版社，2009年版，第213—216页。

仍可发现有益和具启发性的因素。这种因素不仅对中国的新剧有好处，对世界其他地区的现代戏剧也有好处。"[1] 或者说，旧剧并不应该完全被淘汰，只不过需要彻底地改良才能演。因为旧剧只能作为一种研究从前风俗社会人情的参考，不能算作是一种艺术。"中国现代话剧正在发展着而尚未走到成熟时期，旧剧要想要继续存在，改良是绝对重要的。在西方也有十七十八世纪的剧在上演着，可是只是十七世纪的戏而不是十七世纪的精神，这也就是人家比我们好的地方，所以我们现在唯一的方法就是把旧剧大大的合理的改革一下，不然可就真没存在的价值了。"[2] 可见，在改良旧戏的过程中，其思想糟粕或文本内容可以抛弃，但是艺术技巧或舞台呈现方式是绝对值得保存和借鉴的。

张彭春在《从三个观点谈中国戏剧》一文中，谈及研究中国传统戏曲的三个角度——社会地位、戏剧艺术、文化变迁。从社会地位上看，国人一直认为戏剧是一种娱乐品，只是近年西方对于戏剧的看法逐渐传入中国，戏剧的社会地位才得以有所提高；从戏剧艺术上看，中国戏既不是话剧，亦不是歌剧，因为，在语言文字上，中国的戏由歌曲与念白混合而成，并非完全的代言体；而在表演上，中国戏在根本上承认"艺术"与"日常形式"之间的距离，程式化的动作代代相传，所以虽然中国戏的动作与身段脱离了日常形式的捆绑，却能够得到观众的肯定与认同；从文化变迁上看，任何一种文化方式，只要有可注意或可供参考之点，就应当研究与保存，使其适存于世界上。[3] 中国传统戏曲艺术独特的美学特色，是格外注重演员的程式化、虚拟、优美的动作与完美协调的身体造型艺术。所以，中国舞台艺术最首要的艺术特征，就是以演员的才艺造诣为主导与

---

[1] 参见张彭春：《中国的新剧和旧戏》，崔江译，马振铃校，原载于《南大半月刊》，第3、4期合刊，1933年7月15日。见崔国良主编：《南开话剧史料丛编（剧论卷）》，天津：南开大学出版社，2009年版，第214—215页。

[2] 参见梁仲谦：《谈谈旧剧》（节录），原载于《南开高中学生》，1936年第7期，1936年3月19日。见崔国良主编：《南开话剧史料丛编（剧论卷）》，第337页。

[3] 参见张彭春访谈：《从三个观点谈中国戏剧》，原载于《申报》，1935年2月22日。见崔国良主编：《南开话剧史料丛编（剧论卷）》，第288—290页。

中心要素，或者说，是以演员为中心的。13世纪时，中国的传统戏曲艺术就已经把舞蹈、哑剧、诗歌、杂技，甚至取道中亚传入中国的外国艺术等特殊技艺融合交织在一起了。中国戏曲注重演员的综合性技艺，演员们从小接受严酷的训练，在舞台上所展示的身段姿势匀称而优美，使肉体与精神的完美协调表现于控制自如的造型艺术中。[1]

这种造型艺术最大的特色在于，表演动作来自超越一切语言隔阂的、世界性的人类实际行动。动作的意义与判断的标准不在于"什么"，而在于"怎样"。重要的不是实物，而是人与事物之间的关系，表演动作的各种"模式"只是反映人与事物之间的各种不同关系而已。在张彭春的戏剧思想中，"模式的构成"即指的是日常生活与舞台动作之间所形成差距的"依据"。"模式"的构成，与日常表现的差距，来自于对真实动作的观察，但是可以将其适当地公式化，使观众得到艺术美的满足。[2]但这种"模式"并非一成不变，中国传统戏曲的演员，尤其是优秀的演员，并非机械地表演，而是将肌肉和头脑协调起来，在各种程式化的连续表演中，他们注重创造统一、和谐的气氛。并且，优秀的演员拥有创造新表演程式的权利，并将其流传于后世。"传统的技巧显然不是以单纯再现现实为目的的。中国传统戏不是以精确地摹仿现实生活的细节而著称的。"程式化的创造并非异想天开，在其中有一定的规律可循。"艺术和现实的区别是逐渐地以协调的方式程式化了的。把艺术从现实生活中分离出来的过程不是某些现代艺术运动所显示出的那种程式。""中国人是以缓慢、渐进的方式演化出现实与艺术之间的区别的。"[3]这些观点有力地反驳了传统戏曲不包含永恒价值，注定在进化中消亡，从而一味地贬低戏曲的论调，指出中国

[1] 参见张彭春：《中国舞台艺术纵横谈》，黄燕生译，柳无忌校，原载于《梅兰芳与中国戏剧》，1935年英文版。见崔国良主编：《南开话剧史料丛编（剧论卷）》，天津：南开大学出版社，2009年版，第279—284页。
[2] 参见张彭春：《中国舞台艺术纵横谈》，黄燕生译，柳无忌校，见崔国良主编：《南开话剧史料丛编（剧论卷）》，第279—284页。
[3] 参见张彭春：《中国的新剧和旧戏》，崔江译，马振铃校，原载于《南大半月刊》，第3、4期合刊，1933年7月15日。见崔国良主编：《南开话剧史料丛编（剧论卷）》，第213—216页。

戏曲艺术的最有价值的特征就在于它的渐进的而非停滞的程式化的发展。探寻戏曲演员的身体动作与舞台表现的创造价值，也成为张彭春新旧戏剧比较理论中的核心议题之一。

此外，此时的张彭春已经意识到保存中国传统戏曲艺术形式的重要性，提出若使中国戏能够继续存在于世界上，除了利用现有科学技术，例如照相、电影、留声机等，将身段、做工、说白等进行系统的分析与详密的记载，整理与修改剧本及演作法之外，还必须根据传统戏曲本身的特色，利用世界艺术与科学，创造新的剧本、音乐、身段、化装、布景等，这一切都必须要非写实、风格化。如此，中国戏在世界上就可以占有相当的地位。[1] 吸收世界艺术，保持非写实的自我风格，这是张彭春为中国传统戏曲艺术指明的出路，而与世界艺术潮流紧密相连，也是其在研究中国新剧艺术时始终看重的。当时的西方戏剧世界从中国传统戏曲中汲取的营养，也多集中在演员的身体训练等方面：

> 具有传统价值观念的传统戏剧的体裁虽然已经不适用于当代，但是，演员的艺术才能中，却可能蕴蓄着既有启发性，又有指导性的某种活力，它不仅对中国新戏剧的形成，而且对世界各地的现代化戏剧实验都将起推动作用。[2]

其中，梅耶荷德训练演员的"生物——技巧训练法"就受到了中国和日本的演员训练中注重身体的柔软性（Plasticity）和灵活性的影响。且这种思潮与世界戏剧潮流中的"反现实主义"趋势相吻合。"从艺术技巧的角度重新评价，中国的传统戏剧具有启发和教育价值。今天在西方，现代戏剧不是在反对三十年前一直占优势的再现现实的现实主义吗？现代戏剧实践不是正被导向一种简洁、综合和具有启发性的风格吗？"[3] 张彭春认

---

[1] 张彭春访谈：《从三个观点谈中国戏剧》，原载于《申报》，1935年2月22日。见崔国良主编：《南开话剧史料丛编（剧论卷）》，天津：南开大学出版社，2009年版，第288—290页。

[2] 参见张彭春：《中国舞台艺术纵横谈》，黄燕生译，柳无忌校，原载于《梅兰芳与中国戏剧》，1935年英文版。见崔国良主编：《南开话剧史料丛编（剧论卷）》，第284页。

[3] 参见张彭春：《中国的新剧和旧戏》，崔江译，马振铃校，原载于《南大半月刊》，第3、4期合刊，1933年7月15日。见崔国良主编：《南开话剧史料丛编（剧论卷）》，第213—216页。

为，这种风格的灵感来源，在于中国传统戏曲，作为中国人，有必要在戏剧艺术中为这样的艺术形式保留一席之地。

　　然而，对传统戏曲进行探索，更主要的目的是为了发展新剧艺术。新剧不仅在艺术特征上与传统戏曲大相径庭，更重要的是在思想内容上可以反映时代的需要。一些作家尝试写作新剧，因为"他们感到由于周围社会的变化，新的经历要求戏剧要有新的内容和新的生活哲学。旧的戏剧是传统道德观念和传统价值观念的载体，而这些正在经历着不可避免的改革。新的白话剧反映现实复杂的社会生活。例如有些反映新的无产业者的情况，有些反映青年们反抗家庭和社会的限制，对于浪漫爱情的狂喜和失意，还有些反映对于入侵者的义愤和不畏强暴的勇气。新的生活经验要求新的表达方式"。[1]

　　张彭春从多种艺术形式出发，探索新剧的美学特征。他认为，舞蹈、演作、歌唱，都是"以人体作发表工具的艺术"，观众能够较为直接地欣赏和领略。中国的旧剧根基已经不稳固，距离普通百姓的日常生活太远，不能满足人们的生活，而新的生活还没有成形，且需要将生活"艺术化"，所以新的艺术形式应运而生。如果想艺术化，就必须将戏剧与歌舞相联系，例如可以学习希腊的舞蹈训练方式。张彭春在这其中提出了"韵则"的概念，主要是指希腊舞蹈中"全身的、自然的、感情的"舞蹈训练，常人若经过此种训练，那么在日常生活中也可以拥有"韵则"的美感。他联系社会，认为若想形成一个美的社会应当从戏剧上着手，因为它最能影响普通日常生活。提倡戏剧（即使是以日常语言和动作为表现形式的新剧）必须从根本上在歌舞方面下工夫，将来的社会才有艺术化的希望。[2]

---

　　[1] 参见张彭春：《中国的新剧和旧戏》，崔江译，马振铃校，原载于《南大半月刊》，第3、4期合刊，1933年7月15日。见崔国良主编：《南开话剧史料丛编（剧论卷）》，天津：南开大学出版社，2009年版，第213—216页。

　　[2] 参见张彭春（张仲述）：《舞歌与剧——怎样改革新剧》，范士奎记，原载于《南开大学周刊》，第101期，1931年1月20日。见崔国良主编：《南开话剧史料丛编（剧论卷）》，第196—198页。

如果说"韵则"的概念尚有些语焉不详，那么张彭春关于新剧的舞台艺术原则的论述，则将新剧视为一种综合性艺术，以文本为基础，在舞台上做整体的观照与考察。他认为，艺术必须有两个原则，第一是"一"（Unity）和"多"（Variety）的原则，尤其是戏剧，舞台上的动作、线条、灯光等，都要合乎这一原则，要在"多"中求"一"，"一"中求"多"。这也就指的是多元的舞台元素与统一的戏剧整体表现之间的辩证关系。只做到了"多"，忘掉了"一"，就会失去逻辑性，松散；只注意"一"而忽视"多"，就会缺乏各方面的发展，导致舞台单调枯燥。第二是"动韵"的原则，这与"韵则"的概念有一定的联系。如果说"一"和"多"的原则是静态的逻辑的连锁，那么"动韵"则是指舞台上的缓急、动静、虚实等都应该有"生动"的意味。要想获得"多"与"一"以及"动韵"，就必须具有理智力、想象力以及敏感——这是从事戏剧的主要条件，也是一切艺术的根本。[1]

南开新剧团的成员们，在这种开放而宏观的戏剧视野下，既尊重传统戏曲的艺术形式，又以此为参照探索新剧的美学价值和表现方式。不仅对于新剧的舞台艺术原则有所探究，更重要的是，研究话剧艺术的本质特征，以写实主义为主线，对西方戏剧进行探索与批评。

二、西方戏剧观念与体制的引进

早在1916年，周恩来在其《吾校新剧观》中就指出了新剧艺术的本质特征："言语通常，意含深远；悲欢离合，情节昭然；事既不外大道，副以背景而情益肖；词多出乎雅俗，辅以音韵而调益幽。"认为新剧艺术包含语言、情节、思想、布景等多个方面。在"新剧之派别"的论述中，他将新剧的种类分为三类：悲剧（Tragedy）、喜剧（Comedy）以及感动

---

[1] 参见张彭春：《关于演剧应注意的几点原则和精神》，原载于《南开校友》，第1卷第3期，1935年12月15日。见崔国良、崔红主编：《张彭春论教育与戏剧艺术》，董秀桦英文编译，天津：南开大学出版社，2003年版，第588—589页。

剧（Pathetic drama）。在这其中，按照剧作内容，可分为古代剧与近代剧两种。采取历史事实的，为历史剧；注重诗歌的，为诗歌剧；描写社会情状的，为社会剧。而新剧的潮流，可以分为三大时期，即古典主义（Classicism）、浪漫主义（Romanticism）与写实主义（Realism）。周恩来整理了这三种潮流的发展过程，指出写实主义戏剧"意在不加修饰而有自然实际及客观趣味"，所以"空前之发达"。他较为推崇写实主义戏剧，指出新剧若不脱离旧戏的窠臼，就只能不伦不类，任何的"主义"也都无法健康发展，而写实主义戏剧则是大势所趋。[1]

　　周恩来客观而理性地选择了崇尚自然、客观的审美倾向的写实主义新剧，这与当时中国的社会状况和推行社会变革的需要紧密相连。南开人始终具有对写实主义戏剧的追求，能够较为客观地比较研究欧美戏剧，从中正视自己的差距，探寻"新剧之真精神"。李福景曾说："方之欧美，不啻幼稚，去新剧之真精神远矣。"[2]他们追求写实主义的"真精神"，在创作中，崇尚"悲欢离合，实深合乎社会之心理，且布景丰富，以之陪衬内容，情节当能益肖，此记者所冀实亦同学所乐闻。孰意众心所趋，而事实忽与之相反。……欧美现代所实行之写实剧，Realism将传布与吾校"。并且期望这样的剧本可以"合社会心理，收感化之效"。[3]在这样的理念前提下，南开新剧团排演了《一元钱》、《一念差》、《新村正》等一系列具有明显写实主义因素的剧作。尤其是《新村正》一剧，更是当时半殖民地半封建的中国社会的缩影，全剧通过生动的语言与动作，而非教条或是口号，塑造了生动的人物形象，被誉为"纯粹新剧"。它具有鲜明的思想倾向、写实主义的艺术形式以及颠覆性的戏剧观念，标志着南开新剧团告

　　[1]参见周恩来：《吾校新剧观》，原载于《校风》，第38、39期，1916年9月18、25日。见崔国良主编：《南开话剧史料丛编（剧论卷）》，天津：南开大学出版社，2009年版，第57—58页。

　　[2]李福景：《京师观剧记》，原载于《敬业》，第41期，1916年4月。见崔国良主编：《南开话剧史料丛编（编演纪事卷）》，天津：南开大学出版社，2009年版，第9页。

　　[3]周恩来：《新剧筹备》，原载于《校风》，第38期，1916年9月18日。见崔国良主编：《南开话剧史料丛编（编演纪事卷）》，第12页。

别了排演文明新戏的阶段，开启了我国新兴话剧的一个新阶段。高秉庸认为：

> 这写实派有两种的特点：
>
> 1. 重实际，不重修饰。
>
> 2. 用客观的批评。
>
> 《新村正》把社会上的一切罪恶，一切痛苦，都完完全全地表现出来，绝没有一点修饰，这就是重实际。编剧的人，用冷静的头脑、精细的眼光，去观察社会，将他的事实一桩一桩的写下来，让人去细想，自己不加一点批评，这就是客观的批评。

由此，他得出结论："《新村正》在近代文学潮流上，戏剧原理上，都占第一流位置。在中国戏剧幼稚时代，更是一出不可多得的新剧。"[1] 宋春舫也曾撰文指出："《新村正》的好处，就在打破这个团圆主义"，"把吾国数千年来'善有善报、恶有恶报'两句迷信话打破了"。[2] 南开演剧在社会上也造成了广泛的影响，新文学运动主要倡导者之一的胡适也关注到了南开的校园演出，认为《新村正》"颇有新剧的意味"。南开新剧团的成员，"做戏的功夫很高明，表情、说白都很好。布景也极讲究"，"以我个人所知，这个新剧团要算中国顶好的了"。[3] 这样的高度评价，也侧面反映了南开演剧的巨大社会影响力。

南开新剧团演出写实主义的戏剧作品，欣赏易卜生等人的"问题剧"，但是始终抱有一种理性而客观的态度，认为问题剧的创作目的并非为了单纯刻意地宣传某种"主义"。例如，贾问津在评论《娜拉》一剧时就指出，"所谓'问题剧'，并不是用戏剧艺术来宣传什么主义，解决什

---

[1] 参见高秉庸：《南开的新剧》，原载于《校风》16周年纪念号特刊，1920年10月17日。见崔国良主编：《南开话剧史料丛编（剧论卷）》，天津：南开大学出版社，2009年版，第74—75页。

[2] 宋春舫：《评新剧本〈新村正〉》，原载于《新潮》，第1卷第2号，1919年2月。见崔国良主编：《南开话剧史料丛编（剧论卷）》，第475—476页。

[3] 参见胡适：《谈南开新剧》（原名《与TEC关于〈论译戏剧〉的通信》（摘录），标题为编者所加），原载于《新青年》，第6卷第3号，1919年3月15日。见崔国良主编：《南开话剧史料丛编（编演纪事卷）》，天津：南开大学出版社，2009年版，第18页。

南开新剧团演出《一元钱》的剧照。

么问题的意思，换句话说，'问题剧'不是只要有一个角色，便使他讲一大堆社会主义、民治精神，或妇女解放等等时髦的话……易卜生戏剧，将社会的不完全与缺点，描写透入深处，病入膏肓了！"而问题剧的重要意义，就应该在于表现"伟大的灵魂"，试图找出"不幸福的人生的真理"。[1] 探求人生和心灵的意义，寻找真理，才是写实主义戏剧或问题剧应具有的要义。

　　然而，南开新剧团不仅仅演出写实主义的戏剧作品，他们对于世界戏剧潮流中的其他流派亦有着极大的关注。在对美国戏剧家奥尼尔的研究中，巩思文就已经意识到了世界戏剧潮流的转向。奥尼尔自20世纪20年代以后，转向表现主义戏剧的创作，而"自从欧洲大战以后，文学中的写实主义已成强弩之末。青年活泼的作家便由厌弃写实主义，以至明白反对写实主义。失望的时代充满着厌弃旧道德、旧宗教、旧政治、旧社会的空气；有思想的作家本着大慈大悲的心理，阐明人生的意义，对于人生加以普遍的矫正"。面对"机器昌盛"的时代，为了表现"一切男女都是机器的牺牲者"，表现主义应运而生。巩思文并未因为当时中国社会对写实主义的普遍推崇就否认表现主义戏剧的价值，而是意识到了奥尼尔表现主义作品中"真切动人的感情"，以及"充分利用宾白、独白和假面具"的表现方式。[2] 在讨论改编莫里哀的《财狂》时，巩思文认为改编要考虑"观

---

　　[1] 参见贾问津：《〈娜拉〉》，原载于《南开大学周刊》，第63期，1928年11月2日。见崔国良主编：《南开话剧史料丛编（剧论卷）》，天津：南开大学出版社，2009年版，第118—121页。
　　[2] 参见巩思文：《奥尼尔及其戏剧》，原载于《人生与文学》，第1卷第5期，1935年10月；1936年12月20日，《大公报·文艺副刊》，第269期。见崔国良主编：《南开话剧史料丛编（剧论卷）》，第315—317页。

众、时代和上演的地方"，要能满足本土的新需要和观众。张彭春、万家宝等人将剧中人物的名字中国化，人物形象摩登化，以莫里哀的原作为框架，调整情节节奏，穿插新的戏剧情节，表现中国本土的故事。同时，该剧运用了独白与旁白，尽管有人认为这是旧剧的技巧，但是巩思文认为这可以烘托人物的性格，预示人物的行动，"艺术的基本条件，不是逼真，'真'不一定是艺术。一切舞台技巧的重要目的，就是要如上所表演的，很像人生。既然是'像'，当然就不必是真的了"。"易卜生、高尔斯华绥等自然派的时代已经过去了。他们的作品在欧洲舞台上支配观众的力量已经减低。那么，我们对舞台上的自然主义，又何必强要留恋呢？"[1]在一定程度上，南开人时刻紧跟世界戏剧潮流，通过对外国戏剧进行本土化的改编，尝试话剧民族化的探索，希望能够以严肃的、高水准的演出，将话剧艺术从内容到形式都融入到本土文化之中，让更广泛的民众接受与认同。

　　张彭春带领南开新剧团的成员们排演了大量新剧，多数情况下充当导演的职能，在其努力推广下，南开新剧团改变了集体创作、随排随编的创作方式，导演中心制的戏剧排演方式正式确立。[2]在南开新剧团成立之时，剧团中只有四个部门——编纂部、演作部、布景部、审定部，尚未建立起"导演"的概念。[3]1916年8月，张彭春获得美国哥伦比亚大学文学硕士和教育学硕士学位后归国返津，被推举为南开新剧团副团长，旋即带领师生们排演了其按照欧美写实剧创作原则创作的独幕剧《醒》，这是欧美现代写实剧首次传入南开学校。同年9月，《一念差》也由张彭春担任导演进行排练。[4]虽然张彭春几乎没有专门的关于导演理论的著述，但是他

　　[1] 参见巩思文：《〈财狂〉改编本的新贡献》，原载于《南开校友》，第1卷第4—5期，1936年2月15日。见崔国良主编：《南开话剧史料丛编（剧论卷）》，天津：南开大学出版社，2009年版，第229—335页。

　　[2] 参见陆善忱口述：《南开新剧团略史》，郭荣生记，原载于《天津益世报》，1935年12月8、9日。见崔国良主编：《南开话剧史料丛编（编演纪事卷）》，第50页。

　　[3] 参见《南开星期报》，第25期，1914年11月23日。见崔国良主编：《南开话剧史料丛编（剧论卷）》，第5页。

　　[4] 参见《张彭春年谱》，见崔国良、崔红主编：《张彭春论教育与戏剧艺术》，董秀桦英文编译，天津：南开大学出版社，2003年版，第620—622页。

的导演中心制的排演方式以及严肃、严格的排演态度有力地推动了南开新剧团"名驰海内"。同其他爱美剧团相比，南开新剧团排练认真、表演娴熟，这一切都源于"南开确有良好之导演，良好之编译剧本者，良好之演员，良好之舞台，而其剧团完备之组织，盖又非朝夕之力也"。[1]其中，张彭春对于导演制的推广、编译剧本的观念、演员的训练等方面，贡献良多。

三、戏剧育人救国

张伯苓提倡话剧，思想渊源在于他的办学理念。他将话剧看作是校园文化的有机组成部分，认为校园戏剧的发展对于社会的进步及个人的发展都有着十分重要的意义。南开新剧团的戏剧活动注重对戏剧的社会教育功能的探索，主要体现在两个方面：一、新剧与学校教育的关系；二、新剧的社会功效。

张伯苓用毕生的精力创办了南开学校教育体系，终身奉行"教育救国"的理念，将南开的校训定为"允公允能，日新月异"，极为注重培养学生爱国乐群之心与服务社会的能力，希望"造就学生将来能通力合作，相互扶持，成为活泼勤奋、自治治人之一般人才"，要求学生的"德育、智育、体育完全发达"。[2]他始终注重教育与社会的关系，曾援引英国戏剧家莎士比亚的名言：The world likes stage（意即世界一舞台也），认为：

> 学校亦一舞台也……
> ……
> 一校犹一剧场，师生即其角色。Actors其竭虑尽思，以求导人之道及自励之方。佳者，亦犹扮角之多为预备也。学生在校，不过数

---

[1] 参见秋尘：《北洋画报》，第542期，1930年10月25日。见崔国良主编：《南开话剧史料丛编（剧论卷）》，天津：南开大学出版社，2009年版，第173页。

[2] 张伯苓演讲：《南开学校的教育宗旨和方法》（题目系当时编者所加），原载于《校风》，第18期，1916年1月24日。见崔国良主编：《张伯苓教育论著选》，北京：人民教育出版社，1997年版，第13、14页。

年，将来更至极大且之久之舞台，则世界之剧是。

世界者，舞台之大者也。其间君子、小人、与夫庸愚、英杰，即其剧中之角色也。欲为其优者、良者，须有预备。学校者，其预备场也。

……

则诸生可为新剧中之角色，且可为学校中、世界中之角色矣。[1]

可见，张伯苓认为戏剧与社会具有某种同构关系，认为通过戏剧锻炼学生展示自我的能力，有利于学生适应社会的角色。他将演剧与做人放在同等重要的位置上，认为学生念书"不单是要从书本上得学问，并且还是要有课外的活动"，"从戏剧里面可以得做人的经验。会演戏的人，将来在社会上必能做事。戏剧中有小丑、小生、老生等等，如果在戏剧中能扮什么像什么，将来在社会上也必能应付各种环境。我不反对这种组织，因为在社会上做事正如演戏一般"。[2]——由学校走向世界，由校园小舞台走上社会大舞台，戏剧为学生提供了"预演"的场所，为学生适应社会、走向成功提供了有力的保障。

南开学校的"教育救国"理念在张彭春身上继续发扬光大。"教育救国之说，容或近于辽阔，然其所期望于未来者则至大：其所求者乃永久之建设，非暂时之破坏；其所注意者乃底层之培植，而非表面之虚饰。故无论众议如何，吾人为根本上之解决计，固舍道莫由也。"[3]张彭春提出，教育的总目标是"如何改造中国使其西方化"，现代化之特色即在于"科学方法"和"民治精神"，这也就要求对国民的个人能力、团体生活的能力、生产技能等多方面进行锻炼，戏剧等艺术形式的教育与训练也就成为

---

[1] 张伯苓演讲：《舞台、学校和世界》（题目系当时编者所加），原载于《校风》，第20期，1916年3月6日。见崔国良主编：《张伯苓教育论著选》，北京：人民教育出版社，1997年版，第17—18页。

[2] 张伯苓演讲：《演剧与作人》，原载于《怒潮季刊》，创刊号，1938年10月1日。见崔国良主编：《南开话剧史料丛编（剧论卷）》，天津：南开大学出版社，2009年版，第373页。

[3] 张彭春演讲：《"开辟的经验"的教育》，原载于《南中周刊·南开学校23周年纪念专号》，1927年10月17日。见崔国良主编：《南开话剧史料丛编（剧论卷）》，第106页。

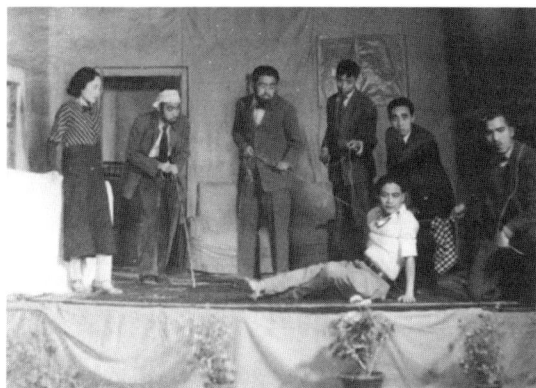

1934年，南开大学外文系学生演出话剧《西方健儿》。

其"开辟的经验"的教育的重要组成部分。[1]不仅如此，这样的教育要始终融入学生们的生活。在《本学期所要提倡的三种生活——在南开学校高级初三集会上的演讲》中，张彭春指出要提倡三种生活——艺术的生活、野外的生活、团体的生活。其中的让"多数学生得到练习领导的机会"，可以被视为戏剧教育的重要手段，[2]也与张伯苓提倡的"学校教育之一责在练习组织之能力"[3]的观点不谋而合。

这样的教育功能在南开校友们的著述中得到广泛的认同与回应。周恩来在《吾校新剧观》中的"新剧之功效"部分指出："语文文字者，国魂之所凭，国粹之所寄也。"语言文字是"通俗教育"最为重要的组成部分，而戏剧恰恰是"语言文字"最直观的展现。他亦援引莎士比亚的名言"世界为舞台，而人类为俳优（The world like stage，and men players）"来指出："世界种种之现状，类皆兴亡无定，悲喜无常，人类无异演技其中。故世界者，实振兴无限兴趣之大剧场，而衣冠优孟，袍笏登场，又为世界舞台中一小剧场耳"。借戏剧而"感昏聩，昏聩明；化愚顽，愚顽格。社会事业经愚众阻挠而不克行者，假之于是；政令之发而不遵者，晓之以是道。行之一夕，期之永久；纵之影响后世，横之感化今人。夫而后民智开，民德进，施之以教，奇之以耻。"这就与张伯苓所强调的学生在戏剧

---

[1] 参见张彭春演讲：《"开辟的经验"的教育》，原载于《南中周刊·南开学校23周年纪念专号》，1927年10月17日。见崔国良主编：《南开话剧史料丛编（剧论卷）》，天津：南开大学出版社，2009年版，第107—111页。

[2] 参见张彭春演讲：《本学期所要提倡的三种生活——在南开学校高级初三集会上的演讲》，原载于《南开双周》第1期，1928年3月19日。见崔国良主编：《南开话剧史料丛编（剧论卷）》，第113—116页。

[3] 张伯苓演讲：《学校教育之一责在练习组织之能力》，原载于《校风》，第72期，1917年9月13日。见崔国良主编：《张伯苓教育论著选》，北京：人民教育出版社，1997年版，第347页。

中"预演"社会人生，锻炼自我能力形成了戏剧教育功能的一体两面。用戏剧教化民众，中国就可以"一跃列强国之林"。当时中国社会的神圣使命，是"整重河山，复兴祖国"。中国人"贫极矣，智陋矣"，而"演讲则失之枯寂，书说则失之高深"，所以要想在中国推行通俗教育来教化民众，就必须"舍极高之理论，施以有效之实事。若是者，其惟新剧乎！"从而更加强调了新剧利用舞台艺术形象来感化、教育民众的重要意义。[1]

张伯苓、张彭春等人致力于南开的校园戏剧建设，一方面希望吸收西方现代化的教育理念，通过戏剧来改良社会，拯救家国于危难之中，并期冀戏剧走出校园，启迪民智；另一方面，则是锻炼学生的综合素质，让学生树立正确的人生观和世界观，成为社会栋梁之才。曾中毅在《说吾校演剧之益》一文中写到，排演一部戏剧作品，需要"摹仿风俗，刻入人情"，这是"学生于求学之外，又得此精深之阅历，其有助于将来处世，获益靡穷"。"本校演剧，又有改良人心，劝化风俗之效焉。虽然，此犹不过直接之益耳。来宾之众，不无有心人，其见演剧之足以感人心，而遂激发其志气，以发达新剧，吾人可想见将来剧社林立，观客如堵，社会之道德为之一新，国家之兴隆因之益进，此吾校演剧间接对于社会之益也。"[2]高秉庸也在《南开的新剧》中谈到，新剧"能表现时代的精神，揭破社会的黑暗，指导人生的途径"。[3]作为南开年轻的一员，在当时就能够指出戏剧对于体验人生以及改良社会道德的重要意义，也在一定程度上印证了南开演剧的深刻影响。

---

[1] 参见周恩来：《吾校新剧观》，原载于《校风》，第38、39期，1916年9月18、25日。见崔国良主编：《南开话剧史料丛编（剧论卷）》，天津：南开大学出版社，2009年版，第54—56页。

[2] 参见曾中毅：《说吾校演剧之益》，原载于《敬业》，第1期，1914年10月。见崔国良主编：《南开话剧史料丛编（剧论卷）》，第45—46页。

[3] 参见高秉庸：《南开的新剧》，原载于《校风》，16周年纪念号特刊，1920年10月17日。见崔国良主编：《南开话剧史料丛编（剧论卷）》，第72页。

第四节 《新青年》派："纯粹戏剧"与"易卜生主义"

早期文明新戏时期，现代戏剧观念引进中国，引起中国戏剧界剧烈的思想激荡，形成了20世纪中国戏剧理论批评史的第一次论争。这一论争主要围绕新剧的启蒙现代性和审美现代性展开，在探讨中注重现代戏剧的社会教育与通俗教育功能，在新旧剧的比较中，确立了新优于旧、西优于中的观念，但现代戏剧观念仍处于萌芽阶段，对西方戏剧的引进尚处于浅显的感性阶段，并未将其推广至全社会。1915年9月，《青年杂志》在上海创刊，1916年9月更名为《新青年》。在《新青年》的阵地上，胡适、傅斯年、钱玄同、周作人等人均热情地参与了"戏剧改良"的大讨论，涉及旧戏批判、西方戏剧的译介与传播、新剧之于人与社会的作用等主题。他们的讨论较为集中在《新青年》的第4卷第6号（即"易卜生专号"）中对"易卜生主义"的讨论，以及第5卷第4号中关于"戏剧改良"的讨论。

胡适，新文化运动的领袖之一，创作话剧剧本《终身大事》。

胡适的《易卜生主义》、《文学进化观念与戏剧改良》，傅斯年的《戏剧改良各面观》、《再论戏剧改良》，周作人、钱玄同的《论中国旧戏之应废》等都是其中重要的篇章。

在继承了早期文明新戏论争的重点之外，《新青年》派的戏剧观念较少地专门探讨戏剧美学问题，而是更加强调新剧革新社会的启蒙作用，将其视为促进社会进步的工具，指出新型戏剧应有利于人的自由与发展。与早期文明新戏的推广者们一样，在新旧之争中，《新青年》派确立了新胜于旧的观念；在东西对比中，则确立了"西优于中"的观念。在他们看来，社会的进步，就是文明战胜野蛮，先进战胜落后，成熟战胜幼稚。西方戏剧观念是文明、先进、成熟的，而中国传统戏曲则是野蛮、落后、幼稚的。戏剧的进步，在很大程度上标志着社会的进步与人性的成熟，所以《新青年》派的知识分子们将摒弃传统戏曲、推广西方戏剧尤其是现实主义戏剧视为促进社会进步之利器。他们的戏剧理论与批评，将西方这一巨大的他者与自我进行观照。在比较中，他们希望能够全面移植西方这一文明、先进、成熟的他者，并将自我幻化为这一他者，以完成中国现代戏剧观念的自我确证之路。

一、从"野蛮"走向"文明"：社会进步与戏剧改良

《新青年》派的知识分子们普遍接受了达尔文的生物进化学说，将其引入历史文化领域，认为社会的进步促成或影响了文学的进步，谈论文学也要有历史进化的观念。[1]而戏剧可以如实地表现人生，真实地描写人生的主客观两方面，所以"近代文学可称之为戏剧中心的文学"。[2]

《新青年》派的研究者们将中国"旧戏"与世界戏剧新趋势相比较，认为中国旧戏是野蛮落后的，社会要进化，就必须废除旧戏，发展新戏。从世界戏剧的发展趋势来看，中国戏是"野蛮"的，但"野蛮"二字在此并无恶意，而是"文化程序"上的区别。中国戏多含原始宗教的成分，是戏剧的原初形式，就如同古代是人类社会的少壮时代一般，中国戏自然也就是幼稚野蛮的。[3]而中国旧戏缺乏引人思辨的深度，是导致中国人思维幼稚的重要原因，也是被《新青年》派诟病的缺陷之一。"中国人恭维戏剧，总是说善恶分明，其实善恶分明是最没趣味的事。善恶分明了，不容看戏的人加以批评判断了。新剧的制作总要引起看的人批评判断的兴味，也可以少许救治中国人无所用心的毛病。"[4]虽然周作人等人承认中国旧

---

[1] 参见胡适：《文学进化观念与戏剧改良》，载《新青年》，第5卷第4号，1918年10月。

[2] 参见知非：《近代文学上戏剧之位置》，载《新青年》，第6卷第1号，1919年1月。（由于当时以农历划分年份，故原著所标出版年是"民国八年"，1918年1月。）

[3] 参见周作人、钱玄同答：《论中国旧戏之应废》，载《新青年》，第5卷第5号，1918年10月。

[4] 参见傅斯年：《再论戏剧改良》，载《新青年》，第5卷第4号，1918年10月。

戏在特定的时间和环境有其特殊的价值，但确实有害于"世道人心"。旧戏多宣扬淫杀、皇帝、鬼神等主题，替换到当时的社会就是"房中"、"武力"、"复辟"、"灵学"等事，是低俗且落后的，是国人精神不发达的表现。这其中的主要原因就在于社会尚未进步，国人思想尚未进化，而学习欧美的文学美术观念，才是"人类进化阶级上应有的新学"。[1]

胡适则更加系统地论述了文学的进化观念，认为其有四层意义，戏剧作为其中的重要组成部分，其进化观念亦包括这四层意义。第一，文学是人类生存状态的记载，"一代有一代的文学"，人类生活与戏剧均随着时代变迁。旧剧是旧时代的产物，在新时代，就应该产生新的戏剧，如果一味地留存旧有形态，戏剧将难以维系。第二，文学是由低级逐渐进化到发达的。西方戏剧就是自由发展的进化，中国戏剧却是"局部自由"的结果。例如杂剧的规则就过于严格，导致毫无生气，在表演上缺乏对于社会生活与人情世故的细腻体会的工夫。胡适并不否认从元杂剧到明传奇，题材更加自由，角色表情等更加生动，但是由于戏曲的守旧思想过于强大，"未能达到自由与自然的地位"。同时，他警告戏剧界不要被旧戏的恶习惯束缚，形成既不通俗又无意义的恶劣戏剧。第三，在文学进化的过程中，旧社会的遗形物仍有可能存在，只有将这些遗形物清除干净，才可能有"纯粹戏剧"出现。第四，只有经过了与其他文学形式的比较和接触，才有可能吸收他者的长处，继续进步。学习西洋戏剧的新观念、新方法、新形式，才可使中国戏剧有改良进步的希望。何为西洋戏剧的新观念与新方法？胡适从悲剧和经济的角度举例进行了说明。西洋戏剧的悲剧观念是中国戏剧向来缺乏的，若想出现"纯粹戏剧"，就必须打破团圆的迷信。悲剧能够将小我的悲欢哀乐消融在至诚高尚的同情之中，能够促使意味深沉、发人猛省的文学观念产生——这是救治中国说谎作伪、思想浅薄的文

---

[1]参见周作人、钱玄同答：《论中国旧戏之应废》，载《新青年》，第5卷第5号，1918年10月。

学的"绝妙圣药"。就经济[1]层面上讲，"戏剧在文学各类之中最不可不讲经济"，因为演戏的时间有限，做戏的人的精力与时间都有限，看戏的人的时间有限，看戏太久了会使观众心生厌倦。戏台上的布景等皆需要省钱省事，有些戏剧情节不适宜在台上演出，就不应该将其展现出来。中国戏曲就是不经济的，本可以四五十分钟演完的故事偏要七八十分钟演完。所以在学习西方戏剧，建构"纯粹新剧"时，不可不注意时间、人力、设备等方面的"经济"，要在最短的时间内将剧情全部演出且不使观众与演员疲劳。戏剧中的布景也不能超过戏园中相配备的能力，在舞台上无法演出的情节，要用间接法或补叙法演出来。胡适批评中国传统戏曲耗时长、浪费人力、布景繁多，"跳过桌子便是跳墙"、"站在桌上便是登山"等程式化的表现方式是"粗笨愚蠢"的，是"不真不实自欺欺人的做作"。而西方戏剧的"三一律"却是极经济的、值得学习的编排方法。[2]

　　胡适、傅斯年等人在论述中多次提到了"纯粹戏剧"的概念，认为进步的、文明的、成熟的戏剧，就是"纯粹戏剧"。这一概念是以西洋戏剧为参照，同中国传统戏曲对比得出的。西洋戏剧与中国戏曲是分属"纯粹"与"不纯粹"两大阵营中的差异极大的艺术形式。正如傅斯年所言，"现在戏剧的情形，不容不改良，真正的新剧，不容不创造"，但是"改良旧戏与创造新戏是两个问题"，"旧戏改良变成新剧，是句不通的话，我们只能说创造新剧"。[3]傅斯年所言的"创造新戏"即是创造"纯粹戏剧"。在西方社会，戏剧是人类精神的表现，"纯粹戏剧"的动作和语言都应该是日常生活的。戏剧应表现人生动作的自然，不是传统戏曲的固定形式能够限制的。中国戏曲在美学上违背"均比率"（law of proportion），形式僵化、动作粗鄙、音乐轻躁，只注重官能刺激，违背了"美术调节心情"的宗旨；在思想内容上"全不离物质上的情欲"，受到中国戏剧感化

---

[1]"经济"这一概念在20世纪中前期多指的是节省时间与金钱。

[2]参见胡适：《文学进化观念与戏剧改良》，载《新青年》，第5卷第4号，1918年10月。

[3]傅斯年：《戏剧改良各面观》，载《新青年》，第5卷第4号，1918年10月。

的中国社会也是和现代生活根本矛盾的。所以，傅斯年认为应将改良戏剧
当作社会问题来讨论。旧社会贫穷落后、民不聊生，旧戏就与旧社会相映
照，形成了落后的艺术及思想形式。而中国的命运和中国人的幸福全在于
推翻旧的社会思想，另造全新的社会意识形态。在当时的"过渡时代"，
要想真正实现"纯粹戏剧"，就要对"过渡戏"持包容的态度，这是将社
会上极端的旧戏观念引渡到"纯粹戏剧"的桥梁，是实现"纯粹戏剧"的
有效方法和必经阶段。此外，傅斯年较早提出了《新青年》派的戏剧批评
观念。他认为，当时戏剧批评的主要问题在于不敢、不愿批评或者不在大
处上批评而只是说些无关痛痒的话。而戏剧批评忌讳只会恭维人或骂人，
反对只看演员的身段与做工，却不讲情节、思想的优劣。《新青年》派的
知识分子们对戏剧的思想内容的重视程度，可见一斑。[1]

　　尽管《新青年》是胡适等人宣扬西方先进思想的主要阵地，但是他
们仍旧邀请张厚载撰写为旧戏辩护的《我的中国旧戏观》等文章，以期在
新旧戏的对比中突出新剧的优越性。张厚载认为：旧戏虽然使用假象，但
是这种假象是会意的，在表达剧情的时候有很大的便利条件，并且旧剧的
动作、说白等都有一定的规律可循，这些都是旧戏的优点。尽管张厚载也
承认旧戏不好的地方是用假象的地方过多，但这种较为守旧的观念仍旧是
和《新青年》派针锋相对的。在胡适等人看来，无论是改良戏曲还是包容
"过渡戏"，最终的目的都是为了彻底推翻旧戏，创建西方戏剧形式的新
剧，这才是"纯粹戏剧"的艺术形式。而这种新型戏剧形式最重要的代
表，就是"易卜生主义"。

二、易卜生主义：建构写实主义的"纯粹戏剧"

　　易卜生（1828—1906），是挪威著名戏剧大师，在西方戏剧艺术形式
走入中国之时，很多学者都将易卜生式的写实主义戏剧看作是改革中国旧

---

　　[1] 参见傅斯年：《戏剧改良各面观》，载《新青年》，第5卷第4号，1918年10月。

戏的标杆，将其中的人道主义思想、审美的乌托邦式的伦理道德理想以及强烈的社会批判意识视为拯救病态落后旧中国的良药。在《新青年》派看来，以写实主义为核心的"易卜生主义"就更是在促进社会改革与进步的大环境下，为未来中国指出的一条明路。

1918年6月，《新青年》第4卷第6号作为"易卜生专号"，刊发了《娜拉》、《国民之敌》、《小爱友夫》等三部易卜生的剧作，以及胡适的《易卜生主义》、袁振英的《易卜生传》等文章。其中，胡适的《易卜生主义》不仅涉及戏剧批评，更多的是利用易卜生戏剧中揭露社会黑暗、追求人物个性的特色，掀起《新青年》派思想革命的浪潮。

在这篇文章中胡适指出：写实主义是易卜生的人生观，是"易卜生主义"的根本方法，也是疗救"人生的大病根"的良药。社会产生疾患，最根本的原因就在于人类"不肯睁开眼睛来看世间的真实现状"，

《新青年》第4卷第6号为"易卜生专号"。

写实主义的长处，就在于"肯说老实话"，"把社会种种腐败龌龊的实在情形写出来叫大家仔细看"。在胡适看来，易卜生描绘的社会问题，主要包括家庭、社会、个人与社会的关系等方面。在家庭中，主要有四种"恶德"：自私自利、依赖性和奴隶性、假道德及装腔做戏、怯懦没有胆子。造成"恶德"的原因就在于人们过于照顾自己的面子，而且懦弱胆小，所以只能装腔做戏，虚伪不堪。社会中的三种恶势力，主要是法律、宗教和道德。世界上没有入情入理的法律，而宗教早就失去了感化人的能力，变得毫无生气，无法振奋精神，已成为"使人发财得意"的工具。所谓"道德"也不过是许多陈腐的旧习惯，"面子上都是仁义道德，骨子上都是男盗女娼"。在个人与社会的关系上，胡适认为："易卜生的戏剧中，有一条极显而易见的学说，是说社会与个人互相损害。社会最爱专制，往往用强力摧折个人的个性（individuality），压制个人自由独立的精神。等到个人的

个性都消灭了，等到自由独立的精神都完了，社会自身也没有生气了，也不会进步了。"

在讨论易卜生的世界观与人生观时，胡适指出，易卜生早年是个无政府主义者，且从不主张狭义的国家主义，也不是狭义的爱国者。"易卜生的人生观只是一个写实主义。易卜生把家庭、社会的实在情形都写出来，叫人看了动心，叫人看了觉得我们的家庭、社会原来是如此黑暗腐败，叫人看了觉得家庭、社会真正不得不维新革命。"——这就是"易卜生主义"。就社会环境而言，社会最大的罪恶就在于摧毁人的个性，限制人的自由发展。若想发展个人的个性，就必须有两个条件：一、使个人有自由意志；二、使个人能够负担责任。不仅对于个人，对于社会与国家，也是如此。否则，个人与家国社会就都无法拥有自由独立的人格，"那种社会、国家决没有改良进步的希望"。

在胡适等人眼中，中国未来的出路，在于推翻旧制度，建立新社会；中国戏剧的出路，在于摒弃旧戏，建构以易卜生式的写实主义为核心的"纯粹戏剧"。但是"纯粹戏剧"的理想在《新青年》派这里似乎更像是为变革社会而存在的功利性的工具，隶属于他们的社会理想。《新青年》派的戏剧理论与批评是当时社会探讨中西之争与古今之争的缩影，而他们所确立的"西优于中、今胜于古"的结论，尽管有片面与激进之处，却极大地影响了中国现代戏剧文化生态的发展趋势，亦为日后的话剧民族化与戏曲现代化的论争埋下了伏笔。

第五节 "国剧"：融通中西古今的国民戏剧理想

五四运动以对新剧的反思和对传统戏曲的批判与否定为切入点，标志着现代话剧意识的基本确立。《新青年》派的胡适、陈独秀、钱玄同、刘半农等人，以《新青年》为主要战场，以易卜生等人的西方近代写实主义戏剧理论为旗帜，吹响了"戏剧改良"的号角。但是，《新青年》派在完全接受西方戏剧理论，一味强调戏剧的社会教育意义的同时，对中国传统戏曲的形式与内容大加挞伐，在某种程度上不仅压制了西方其他戏剧流派在中国的传播与发展，亦忽视了戏剧艺术，尤其是中国传统戏曲艺术的审美与文化内蕴。在20世纪20年代前后，有不少学者已经注意到了《新青年》派的理论缺陷，宋春舫就将提倡话剧与改良旧戏同时视为现代戏剧观的重要组成部分，张厚载、冯叔鸾等人亦有着明确的"国粹派"立场。然而集中和系统地对《新青年》派戏剧理论与批评进行批判与反拨，思考"话剧"这一舶来品在中国的未来发展道路的，是余上沅、赵太侔、闻一多、徐志摩等人发起的"国剧运动"。

　　1924年夏天，余上沅、赵太侔、闻一多等人在美国亲历古装话剧《杨贵妃》、《琵琶记》的演出成功，这刺激了他们对于中国传统文化艺术的思考，更促成了他们回国践行非写实性戏剧的决定。1926年前后，在五卅惨案的阴影尚未挥散时，留美归国的余上沅等人，依旧固执地坚守着心中的艺术之梦。他们以北京为基地，在国立北京艺术专门学校创办了戏剧系——这是中国话剧史上第一个由政府主办的教育机构，被视为一件"于中国戏剧运动有重大关系的事"[1]，他们希望在学校中组织学生进行"国剧运动"理念的舞台实践与教学。在理论建设方面，"国剧运动"的主要倡导者们，在中西戏剧的比较研究中发掘出了新的研究视角，意欲打破中西戏剧二元对立的模式。同时深受爱尔兰民族戏剧运动的影响，叶芝、辛额（沁狐）等人的戏剧理论成为"国剧运动"的重要理论来源之一。他们希望通过对于西方戏剧文学与剧场理念等方面的借鉴，寻找一条中国现代戏剧民族化发展的道路。在一年左右的时间内，《晨报副刊·剧刊》上共发表了二十余篇论述"国剧运动"理论构想的文章，撰稿人主要包括余上沅（1897—1970）、赵太侔（1889—1968）、闻一多（1899—1946）、徐

---

　　[1] 洪深：《中国新文学大戏·戏剧集·导言》，上海：上海良友图书印刷公司，1935年版。转引自葛一虹：《中国话剧通史》，北京：文化艺术出版社，1990年版，第66页。

志摩（1897—1931）、邓以蛰（1892—1973）、梁实秋（1903—1987）等十余人。这些文章由余上沅编辑为《国剧运动》一书，于1927年在上海新月书店出版。但是"国剧运动"的理念似乎与当时血与火的时代浪潮格格不入，余上沅等人并未建立起他们所期望的"北京艺术剧院"来进行戏剧实践，而是以失败告终。研究这一理论流派的关键，即在于清理"国剧"的理念及来源，辨析该运动倡导者们对于艺术与人生的追求，探究程式化的、写意的戏剧在艺术上的独到之处，以及挖掘这一运动失败的原因与思考中国话剧该往何处去的启示。

一、何谓"国剧"？——古今中西戏剧观念的辨析与扬弃

厘清"国剧"的定义，意味着对于这一既吸收西方戏剧艺术形式，又注重中国传统戏曲美学价值的戏剧流派进行系统的概念清理。其中，余上沅对"国剧运动"曾有着如下定义：

> 艺术之所以为艺术，戏剧之所以为戏剧，甚至人类之所以为人类，都不外乎他们同时具有两种性格：通性和个性……艺术与戏剧正是如此。一幅中国画、一幅日本画、一幅法国画，其间相差几何！如果我们从来不愿意各国的绘画一律，各家的作品一致，那末又为什么希图中国的戏剧定要和西洋的相同呢？中国人对于戏剧，根本上就要由中国人用中国材料去演给中国人看的中国戏。这样的戏剧，我们名之曰"国剧"。[1]

其中，"由中国人用中国材料去演给中国人看的中国戏"，是"国剧运动"理论的思想核心。对于如何创造这样的戏剧，余上沅等人重点强调中国戏剧的个性，从对"非我"的西方戏剧，尤其是五四运动以来流行的"易卜生主义"戏剧，以及中国传统旧戏、文明戏的辨析、借鉴和批判入手，来阐述"国剧运动"的价值、必要性与迫切性。

首先，是对于西方戏剧，尤其是"易卜生主义"戏剧的辨析。余上沅

---

[1] 余上沅：《〈国剧运动〉序》，原载于《国剧运动》，上海：新月书店，1927年版。见上海艺术研究所话剧室等主编：《余上沅研究专集》，上海：上海交通大学出版社，1992年版，第49页。

认为，新文化运动大张旗鼓地引进了易卜生，却将中国戏剧带入了歧途——"我们只见他在小处下手，却不见他在大处着眼。中国戏剧界，和西洋当初一样，依然兜了一个画在表面上的圈子。政治问题，家庭问题，职业问题，烟酒问题，各种问题做了戏剧的目标；演说家、雄辩家、传教士，一个个跳上台去，读他们的词章，听他们的道德。艺术人生，因果倒置。他们不知道探讨人心的深邃，表现生活的原力，却要利用艺术去纠正人心，改善生活。结果是生活愈变愈复杂，戏剧愈变愈繁琐；问题不存在了，戏剧也随之而不存在，通性既失，这些戏剧便不成其为艺术（本来它就不是艺术）。"[1]闻一多在《戏剧的歧途》中

"国剧运动"的倡导者之一余上沅像

也指出，近代西方走入中国的戏剧，无不是以注重思想为主，并未介绍真正的戏剧艺术。注重思想，忽略艺术价值，易导致两种不良结果：一是剧本上多收获的是不能上演的closet drama（即案头剧——笔者注），缺少动作、结构与戏剧性；另一是将思想当作剧本，又把剧本当作戏剧，即使有了能演的剧本，也不知道如何在舞台上表现。艺术应该追求"纯形"（pure form）的境地，若达不到，则是害在了文学的手里。将道德问题、哲学问题、社会问题过多地依附在戏剧上，这种"纯形"的艺术就越少，虽然艺术不能完全脱离思想，但是也不能单纯地靠思想出头。一味地注重思想，就会忽略戏剧的文学价值与舞台艺术价值，从而使戏剧无从进步。[2]强调戏剧的艺术价值，反对一味地追求写实主义的戏剧，是"国剧运动"的倡导者们对近代西方"易卜生主义"戏剧批判的核心。

---

[1] 余上沅：《〈国剧运动〉序》，原载于《国剧运动》，上海：新月书店，1927年版。见上海艺术研究所话剧室等主编：《余上沅研究专集》，上海：上海交通大学出版社，1992年版，第50页。

[2] 参见闻一多：《戏剧的歧途》，见余上沅主编：《国剧运动》，上海：新月书店，1927年版，第55—60页。

其次，是对于中国传统旧戏等艺术形式的借鉴与反思。国剧运动的倡导者们，认为尽管旧戏有着种种缺点和陋习，但在中国历史悠久，传播范围广，影响巨大，难以抹煞其独特的价值，故较为倾向于吸收旧剧合理的、独特的艺术形式。余上沅就认为，"旧戏在中华民族里已经占了一个地位，谁也无法抹煞这个事实。你硬要抹煞它也可以，不过民众剧的势力在古今各国尽是或隐或现的存亡、发挥，中国旧戏大概也难得作一个例外。倒不如因势利导，剪裁它的旧形式，加入我们的新理想，让它成功一个兼有时代精神和永久性质的艺术品"，"建设中国新剧，不能不从整理并利用旧戏入手"。[1]此外，俞宗杰曾较为具体地阐述旧戏的价值。在《旧剧之图画的鉴赏》一文中，他指出旧戏可以表现民族思想，反观人生。旧剧注重形式，尽管有日益注重歌唱和音乐的倾向，但决不可忽略旧戏的表演形式。不可武断地与西洋戏剧比较优劣高下，而是应该看到各自独特的艺术价值。旧戏的经济手段、角色体制等都可吸纳到新剧的建设中。[2]闻一多所追求的"纯形"的艺术，则可以在旧戏中挖掘出相应的、可以为新剧所吸收借鉴的艺术价值。——考虑传统戏曲形式上的独特性，以及中国广大民众的认同与接受，是"国剧运动"的倡导者们格外注重对旧剧的利用与研究的重要原因。

余上沅等人的理想，是创造"古今所同梦的完美戏剧"[3]，在古与今的对比中，他们意识到旧剧以及包括文明戏在内的中国现代新戏剧形式的种种问题，重视探索传统戏曲的形式价值，确立了"古"不一定劣于"今"的观念；在中与西的对比中，他们注意到写实主义的戏剧只是近代西方戏剧思潮的一部分，一味地在戏剧中言说社会问题，单纯地追求艺术

[1] 余上沅：《中国戏剧的途径》，原载于《戏剧与文艺》，第1卷1期，1929年5月。见上海艺术研究所话剧室等主编：《余上沅研究专集》，上海：上海交通大学出版社，1992年版，第56、58页。

[2] 参见俞宗杰：《旧戏之图画的鉴赏》，见余上沅主编：《国剧运动》，上海：新月书店，1927年版，第202—213页。

[3] 余上沅：《中国戏剧的途径》，见上海艺术研究所话剧室等主编：《余上沅研究专集》，第54页。

的功利目的，会忽略戏剧的文学与舞台价值而无法长远发展，从而确立了"西"不一定优于"中"的观念。于是，作为"写实"与"写意"的戏剧的桥梁，"古今同梦"的"国剧"理想随之应运而生。

二、"国剧"应如何？——"为人生"还是"为艺术"？"写实"还是"写意"？

在对"国剧运动"理论的具体论述中，余上沅等人在戏剧的思想观念上着重思考"为人生"和"为艺术"二者的关系，在艺术形式上，则从世界戏剧思潮的走向出发，注重辨析"写实"与"写意"的特征与价值。

"国剧运动"理论的核心，是"由中国人用中国材料去演给中国人看的中国戏"，当时的中西交通已经较为便利，世界各国人民生活均发生了巨大变迁，戏剧艺术完全能够对其有所表现，而且需要用一种新的形式来表现。"艺术虽不是为人生的，人生却正是为艺术的"——这样的希望与热忱，即可称之曰"运动"。[1]余上沅提出，无论是写实派还是自然派，在通性上，都必须以"它的抽象成分之强弱为标准"；在个性上，他援引爱尔兰国剧的例子，认为还必须要研究民众的性情习惯和品位信仰，表现"一国一域的特点"，用中国材料写出的中国戏，必须从民众的实际情况出发，包含"相当的纯粹艺术成分"。[2]徐志摩在《剧刊始业》中从当时中国的社会文化背景出发，认为社会从不认真对待戏剧，然而戏剧的地位不可忽视，它是艺术的艺术，因为它不仅包含诗、文字、画、雕刻、建筑、音乐、舞蹈各类的艺术，它最主要的成分是"人生的艺术"。如果说艺术可以激发乃至赋予人类灵性，那么戏剧则可以深入猛烈地震荡个人

---

[1]参见余上沅：《〈国剧运动〉序》，原载于《国剧运动》，上海：新月书店，1927年版。见上海艺术研究所话剧室等主编：《余上沅研究专集》，上海：上海交通大学出版社，1992年版，第49—50页。

[2]参见余上沅：《〈国剧运动〉序》，见上海艺术研究所话剧室等主编：《余上沅研究专集》，第51页。

的灵性，摇撼民众的神魂。[1]赵太侔更是直接说明了艺术的民族性和世界性。例如莎士比亚的戏剧就和中国的传统戏剧在舞台设计等方面有着某种相通之处，但这只是偶然的巧合。中国戏剧长期以来没有进步，就在于戏剧要素（如动作、音乐、布景等）的各个部分未能得到独立的发展。中国的国民性，表现在艺术方面，即是不喜欢写实，但却日益对写实派充满误解，认为西洋一切艺术都是自然派。可是"艺术绝不是人生，全个儿的人生也绝不是艺术。要从艺术里寻人生，那何如跑到大街上，东安市场里去，岂不看的更亲切有味些？话剧诚然是最接近人生的艺术。但是正为这个缘故，我们总不要单被人生摄引了去，而看不见艺术"。[2]"国剧运动"的倡导者们强调"人生的艺术"，希望从震撼民众灵魂的角度出发进行创作，可见在对于戏剧是"为人生"还是"为艺术"的思考中，他们已经注意到了兼顾两者的重要意义。但是同时，他们的观念亦表明人生观应服从于艺术观，甚至可以忽略作品的现实意义和时代意义。人生观与艺术观看似辩证统一，实则倾向于后者，甚至难免陷入"唯美主义"的漩涡，偏离了当时的时代浪潮。

"国剧运动"的倡导者之一赵太侔像。

20世纪以来，西方戏剧中的现实主义、自然主义、象征主义、浪漫主义等思潮仍在蓬勃发展，"易卜生主义"不过是为《新青年》派所用的现实主义戏剧思潮中的一部分而已。"国剧运动"的倡导者们在对西方戏剧理论与批评的研究以及中西戏剧的比较中意识到这一问题，认为"中国剧场在由象征的变而为写实的，西方剧场在由写实的变而为象征的。也许在大路之上，二者不期而遇，于是联合势力，发展到古今所同梦的完美戏剧"。[3]或

[1] 参见徐志摩：《剧刊始业》，见余上沅主编：《国剧运动》，上海：新月书店，1927年版，第2—3页。
[2] 参见赵太侔：《国剧》，见余上沅主编：《国剧运动》，第7—20页。
[3] 余上沅：《中国戏剧的途径》，原载于《戏剧与文艺》，第1卷1期，1929年5月。见上海艺术研究所话剧室等主编：《余上沅研究专集》，上海：上海交通大学出版社，1992年版，第54页。

者可以说，古今中外没有一种戏剧艺术形式是绝对相同的，更没有必要强求相同。西方戏剧走向象征主义，中国戏剧却要走向写实主义——这是为了实现中西之间的"相同"吗？余上沅不愿对此问题进行回答，认为中国戏剧已无法拒绝写实主义的走向，但是剧场可以包括象征、浪漫、表现等多种流派，写实之路在中国不一定能走通，象征之路亦未必是"康衢"，应该分头努力，进行各种戏剧实验，联合各方势力。或许，写实与象征最终可以会合，因为它们彼此之前有"互倾的趋向，这个趋向是叫它们不期而遇的动机"，只有世间一切都调合了，才可能真正实现"古今所同梦的完美的戏剧"。[1]在对西方戏剧思潮的研究中，"国剧运动"的倡导者们，认为亚里士多德、莱茵、萨塞、戈登·克雷、莱因哈特、斯坦尼斯拉夫斯基、丹钦科等西方戏剧家的戏剧实验与理论均可以促使中国的国剧丰富，使中西融会贯通。[2]尤其是余上沅、张嘉铸、叶崇智等人，多关注莎士比亚（Shakespeare）、易卜生（Ibsen）、贝克（Baker）、萧伯讷（Bernard Shaw）[3]、高斯倭绥（Galsworthy）[4]、贝莱（Sir James M.Barrie）、辛额（John M.Synge）[5]等西方戏剧家的作品与理论，在对他们的批评与研究中，亦不难窥见"国剧运动"理论的各家观点，主要体现在对戏剧的社会教育作用的辩驳、对艺术良心、人性的追求以及对民族精神的推崇等方面。

"国剧运动"的倡导者们普遍对萧伯纳持批判态度。余上沅认为，萧伯纳是一个戏剧讽刺家，对于政治有无穷的悲哀与恐惧，却并不知道人类及文化上需要解决的社会问题。他既不注意描写真正的人生，也不肯描

---

[1] 参见余上沅：《中国戏剧的途径》，原载于《戏剧与文艺》，第1卷1期，1929年5月。见上海艺术研究所话剧室等主编：《余上沅研究专集》，上海：上海交通大学出版社，1992年版，第56—59页。

[2] 参见余上沅：《〈国剧运动〉序》，原载于《国剧运动》，上海：新月书店，1927年版。见上海艺术研究所话剧室等主编：《余上沅研究专集》，第52页。

[3] 今多译为萧伯纳。

[4] 今多译为高尔斯华绥。

[5] 今又译沁狐、辛格等。

写正当的人生；既不属于理想派，也不属于写实派。但是他和这两派关系密切，所以他一面观察现实世界，一面梦想更好的世界。虽然他有一个理想的人生，但并不直接表达出来，而是故意造出人生的误解，难免自我矛盾。萧伯纳希望借戏剧来实行自己教师牧师的职务，却只落得事倍功半的效果。[1] 张嘉铸则更为尖锐，认为萧伯纳的地位有些不可思议的重要，他一味地要求所有人追随他的思想与信仰，令人生厌，早已"病入膏肓"。在《病入膏肓的萧伯纳》一文中，他从莎士比亚与萧伯纳的比较入手，写道：

> 莎士比亚的著作，都是描写人类最细最微最后的种种可能同情感：譬如嫉妒，自大，憎恶，猜忌，悲哀，贪欲，狂爱，等等的东西，都是莎士比亚剧本的题目。萧伯纳则不然，他的题材，便是他个人对于时下人类不满意的牢骚：好像制度的冲突，组织的腐败，政策的不合，方法的不良，主义的不正确，种种意见，甚至于偏见，他都能运用自如。换一句话说，莎士比亚是讲先天的，萧伯纳是讲后天的。先天是不容易改的，亦许是根本不能改的，所以莎士比亚，亦就没有来教训过我们，劝导过我们，督责过我们，或者来"缺德"过我们。人类的天性，就是这个样子。既然是不能改的，又何必去改他。何况艺术的美，不一定是在一个善的本性里才能表现出来：而艺术的魂，亦不一定是仅在不善的习惯里……人类既然是像一个不完美的蜂巢，一个愁苦泣诉的怨海，我们又何必再拿后天的理智，陶冶的工夫，来增添我们的烦闷，加重我们的责任，壅塞我们生活的大道，所以莎士比亚这个人，不能不说"深"，"远"，"大"，"细"，的多了。[2]

由此看来，张嘉铸对于萧伯纳戏剧中过于强调的讽刺、教育、宣传

---

[1] 参见余上沅：《介绍萧伯纳近作〈长寿篇〉》（节选），原载于1922年8月17—22日《晨报》副刊，后收入《戏剧论集》，北京：北新书局，1927年版。见上海艺术研究所话剧室等主编：《余上沅研究专集》，上海：上海交通大学出版社，1992年版，第60—64页。
[2] 张嘉铸：《病入膏肓的萧伯纳》，见余上沅主编：《国剧运动》，上海：新月书店，1927年版，第159—160页。

功能不以为然，而是更加关注感性对于艺术发展的意义，注重戏剧的"纯粹艺术"性，但他也未单纯地追求艺术而忽略戏剧的社会功能。在批判萧伯纳的同时，张嘉铸对高斯倭绥及贝莱勋爵却赞赏有加。在《货真价实的高斯倭绥》及《顶天立地的贝莱勋爵》中，张嘉铸认为，高斯倭绥作为写实派戏剧家，写了很多文学作品为社会申冤，表达社会同情，并没有一点伤情分子（Sentimentality），亦不需要太多的动作和戏剧技巧。他同情贫困的人们，但是并不鼓吹革命、成群结党。高斯倭绥的美学特色和戏剧成就，就在于艺术良心同道德良心能平均地发展，共同地生存。[1] 而贝莱勋爵的剧作，都是描写人类最基础的本性，人性的变迁无恒等，这种变迁无恒，是天下唯一的真实（Reality），是我们能理会的真实，这样的作品可以给人的心灵以"躲风避雨"一般的慰藉。[2]

此外，在对西方戏剧家的批评中，有一种倾向必须注意，即爱尔兰文艺复兴运动中文学作品对于普通民众甚至农民阶层的重视。叶崇智的《辛额》一文，即是从这一角度出发探寻民族精神。他认为，爱尔兰文艺复兴运动的剧作可分为三类，即先民稗史、现在农民的简单生活，以及神秘与讽刺的剧本。辛额即是这第二种剧本的"唯一大家"。当时的中国深受《新青年》派的影响，写实的热度很高。但是中国的民族稗史和信仰比爱尔兰要丰富很多；而描写内地农民生活的著作，仍旧处在萌芽时代。对这种生活有兴趣的人，或者说致力于戏剧创作的人，应当多注意于方言和村民的各种信仰与传说；用同情的态度去和农民们一同生活，方可以得着民族的自然精神。[3]

可见，"国剧运动"理论并非单纯地追求"纯粹艺术"，而是追求超功利、非写实的艺术观，通过对于人性和普通民众生活的研究，获取戏剧

[1] 参见张嘉铸：《货真价实的高斯倭绥》，见余上沅主编：《国剧运动》，上海：新月书店，1927年版，第166—173页。

[2] 参见张嘉铸：《顶天立地的贝莱公爵》，见余上沅主编：《国剧运动》，第176页。

[3] 参见叶崇智：《辛额》，见余上沅主编：《国剧运动》，第183—192页。

创作的素材，从而创造独具特色、兼容古今中西的民族戏剧。

然而，若想真正实现"古今同梦"，就必须"中西合璧"，这也就意味着在对西方戏剧进行理论批判与汲取的同时，必须寻找出具体的方法对传统戏曲艺术进行甄别、舍弃与利用。余上沅等人已经意识到了西方戏剧日渐走上象征主义之路，然而，一直被《新青年》派所诟病的中国传统戏曲的艺术形式核心，即在于象征。余上沅曾经说，"写实是西洋人已经开垦过的田，尽可以让西洋人去耕耘；象征是摆在我们面前的一块荒芜的田，似乎应该我们自己就近开垦。怕开垦比耕耘难的当然容易走上写实，但是不舍自己的田也是我们当仁不能够想让的吧，所以我每每主张建设中国新剧，不能不从整理并利用旧戏入手。"[1]

在研究整理旧戏的过程中，"国剧运动"的倡导者们找到了旧戏与自己相关理论的契合点——中国的传统戏曲在某种程度上可视为"纯粹艺术"。余上沅认为，中国的全部艺术，均有"写意的、非模拟的、形而外的、动力的和有节奏的"等特征。中国的戏剧艺术，亦是非实在的，具有"写意的"特征。这种艺术的目的，并不在于记录一段事迹或者摄取一个影像，而只是表现一些"日常生活中可有可无的现象"。[2]在《旧戏评价》一文中，余上沅认为，中国的艺术中的"最纯粹的艺术"，第一是书法，第二是绘画。而由于传统戏曲在表演上采取的是"非写实"的手段，所以中国的戏剧有"纯粹的艺术"的趋势，亦可以算是"纯粹艺术"。戏剧的基本元素是舞蹈，是给人"看"的艺术，在音乐和歌唱的配合下，能够激起人们听觉、视觉、情感等多方面的感动。旧戏之所以能长期存在，也是因为它的艺术形式核心不在剧本而在动作，不在听而在看。在辨析了写实派与写意派的艺术特色之后，余上沅认为戏剧艺术的最高价值即

[1] 余上沅：《中国戏剧的途径》，原载于《戏剧与文艺》，第1卷1期，1929年5月。见上海艺术研究所话剧室等主编：《余上沅研究专集》，上海：上海交通大学出版社，1992年版，第58页。
[2] 参见余上沅：《国剧》，原文为英文，篇名为Drama。发表于《中国文化论文集》，部分译文载1935年4月17日上海《晨报》。见上海艺术研究所话剧室等主编：《余上沅研究专集》，第77页。

在于写实与写意、感性与理性的完美结合——"写实派偏重内容，偏重理性；写意派偏重外形，偏重情感。只要写意派的戏剧在内容上，能够用诗歌从想象的方面达到我们理性的深邃处，而这个作品在外形上又是纯粹的艺术，我们应该承认这个戏剧是最高的艺术，有最高的价值"[1]。于是，在如何建设"国剧"方面，考虑到当时的戏剧形式和戏剧艺术的特质，余上沅提出，希望能够在"写实的"与"写意的"戏剧之间，架起一座桥梁：

> 关于建设国剧，各方面的意见，不一而足，有的人要想移植西洋的戏剧到中国的领土来，有的人相信将来的国剧，要从现存的旧剧出发，但是我们觉得戏剧这种艺术，不论东西各国都是从舞蹈和诗歌发展来的，这是已经根深蒂固的……一个国体的变换固然容易。但艺术的兴趣是逐渐培养的。我们建设国剧要在"写意的"和"写实的"两峰间，架起一座桥梁，——一种新的戏剧。[2]

照此看来，旧剧在中国影响深远，中国的新型戏剧很难被写实主义彻底改头换面。寻找到"写实"与"写意"之间的契合点，走向剧场，探索"国剧"的舞台艺术，成为"国剧运动"的倡导者们由理论设想走向舞台实践的重要一步。

三、如何创造"国剧"？——程式化的民族化戏剧构想

在建设"国剧"的理想中，余上沅等人始终抓住传统戏曲中的"程式化"特征，从舞台艺术、表演、观演关系等方面建构具体实施这一理论的指导方法。这种方法的核心，则在于对旧戏的利用与改造，以及对介于"写实"与"写意"之间的、程式化的戏剧艺术新形式的建构。

---

[1] 参见余上沅：《旧戏评价》，见余上沅主编：《国剧运动》，上海：新月书店，1927年版，第193—201页。

[2] 余上沅：《国剧》，原文为英文，篇名为Drama。发表于《中国文化论文集》，部分译文载1935年4月17日上海《晨报》。见上海艺术研究所话剧室等主编：《余上沅研究专集》，上海：上海交通大学出版社，1992年版，第77页。

　　余上沅认为，实现"古今所同梦的完美戏剧"有两条途径，一条是以"做"（即动作）为中心，将旧戏写实化，而使旧戏的唱"自生自灭"。这是因为，旧戏中"做"的部分远比"唱"的部分有价值，但却历来被人忽视，因为二者一个可以口耳相传，道听途说，一个却转瞬之间，形影俱失。避难就易，"做"就被日渐忽略，"唱"的势力却越来越大。但是，"唱"永远达不到写实的程度，"做"却可以将日常生活的姿态加进去。他援引海派的新旧戏／旧新戏的例子，认为其以写实的标准去"做"，布景、化装等方面无不尽其写实化。假使旧戏的"唱"（音乐）是抽象的，"做"（动作、舞）是象征的，布景等又是非写实的，彼此调和，没有破绽，就可以说它"有做到纯粹艺术的趋向"。所以，把旧戏做到"纯粹艺术"，是实现"完美戏剧"的第一个途径。另一条途径，则是可以尝试去掉旧戏中"唱"的部分，只取白，用说或诵的方式，加上一点极简单的音乐，仍然保持整个舞台上的抽象、象征、非写实的艺术特征。这样的话，一方面免除了昆曲的雕琢，一方面免除了皮黄的鄙俗，把戏剧的内容充实起来，使其不致流入空洞。也就是说，对于旧戏，应该因势利导，剪裁它的旧形式，加入新理想，使其成为一个"兼有时代精神和永久性质的艺术品"。[1]

　　不仅是余上沅，"国剧运动"的其他倡导者们，亦十分重视对于戏剧动作和语言等方面的研究，探索戏剧的舞台性与剧场性。邓以蛰将戏剧与雕刻对比，认为雕刻与戏剧表现的体裁同是人的体格与人的动作，他将动作放置在戏剧艺术的核心地位，强调"雕刻式的动作"带给人们的卓立明晰的美感。[2]杨振声则提出，一切艺术都要借用一个介体（Medium）来表现自己的内容。介体不仅是划分不同艺术形式的主要依据，还是人们

　　[1]参见余上沅：《中国戏剧的途径》，原载于《戏剧与文艺》，第1卷1期，1929年5月。见上海艺术研究所话剧室等主编：《余上沅研究专集》，上海：上海交通大学出版社，1992年版，第55—56页。
　　[2]参见邓以蛰：《戏剧与雕刻》，见余上沅主编：《国剧运动》，上海：新月书店，1927年版，第83—97页。

"借以欣赏艺术唯一的实证"。戏剧的介体，就是舞台上的身段与语言。语言有国性、时代性、地方性、个性，表演在艺术上可以模仿外人，在内容情节上也可以模仿外人，可是在说中国话的听众面前表演，要得到他们充分的赏识，就不能不用纯粹的中国语言为介体。要想增进戏剧介体的功能，就只能在中国语言的本身进行思考，绝对不能求助于"外援"。由于只有语言有个性，文学才能有个性，才能在世界文学中占据一席之地，所以杨振声认为中国文学应拒绝外力的渗透，不愿意将中国文学完全欧化。中国的语言以单音字居多，将其用到话剧之中，就存在着理解上的困难。可是，如果说的语言与写的语言日益隔阂，导致各不相为谋，语言得不到文学的润色与滋养，便会日趋贫乏，而话剧的介体，即动作与说白，便羸弱不堪了。然而，中国的文字象物象声的比较多，对于戏剧表情（如喜怒哀乐的表现等）的发展，有极大的帮助，这是在研究戏剧的过程中所不能不注意的。[1]

西方的写实主义舞台，将第四堵墙拆开，把剧场分成两段，观演隔离，反而不易实现其营造幻觉的目的。如果将中国的非写实的、虚拟的舞台当作一种纯粹的程式（Convention）来看，便可发现这种舞台极生动、极严肃的部分。这样的程式由优伶创造，由脸谱、台步、做工相辅助，可以吸引观众的注意，因为"舞台趣味的中心是优伶"。[2]——照此来看，"国剧运动"的舞台理论，极为注重对观演关系的探寻，将演员提高至舞台上的核心地位。

在对观演关系的研究中，"国剧运动"的倡导者们普遍对于旧剧及文明戏剧场中的观演关系持不满的态度，对中国自古流传的剧场陋习深恶痛绝。在研究剧场的观演关系时，他们着重对"群众心理"进行了深入的研

---

[1] 参见杨振声：《中国语言与中国戏剧》，见余上沅主编：《国剧运动》，上海：新月书店，1927年版，第110—115页。

[2] 余上沅：《国剧》，原文为英文，篇名为 Drama。发表于《中国文化论文集》，部分译文载1935年4月17日上海《晨报》。见上海艺术研究所话剧室等主编：《余上沅研究专集》，上海：上海交通大学出版社，1992年版，第75—76页。

究。余上沅认为，"群众心理"是研究剧场与戏剧之间关系的关键问题。剧场中的个人，并非群众的一部分，好的戏剧可以使个人各自成为一个单位，这样的群众便不是一般意义上的群众，而是个人、若干单位所组成的群众。下流的"文明戏"产生了群众，莎士比亚式的戏剧则产生了个人。也就是说，好的剧场演出好的戏剧，则自然可以产生好的个人与好的组合。观众的素质与水准并不会相互影响，所以，懂戏的人绝不会因为不懂戏的人多而变为不懂，没有必要害怕陷入所谓的"群众心理"。[1]"群众心理"的形成，与剧本及剧场演出息息相关。而正是由于戏剧必须有舞台上的表演，所以不得不有舞台下观众的存在。一个完整的剧本，必须包括剧作家、演员和观众的合作。一个剧本的成功，至少得有观众的欣赏。陈西滢批判中国的观众向来不会看戏，将戏园视为中国民众的交际场、俱乐部，以及解闷的茶馆，这其中的观众们只爱好看程式化的表情，而非要看独创的思想或抽象的戏剧情节，新戏只会让观众感到痛苦，并不能收获愉快。所以，要发展中国的戏剧，有两条路可以走：一条是大路，就是创造现在观众能够欢迎的新戏剧。戏剧是民众的艺术，有生命的戏剧少不了民众的合作。但是，即使没有必要降低艺术标准来迎合观众的程度，这条路也非常地难走。只有天才作家才能创造雅俗共赏的作品，才力不足的人，只要稍不留神，就容易反让民众同化了，而且要走这条路，还必须要有天才的音乐家来配合。在没办法走大路以前，可以走一条小路。也就是说，可以联合北京、上海等地的戏剧爱好者们办一个小戏院，或是有能够号召他们的戏剧家及演员组织他们办一个小戏院——这是大可促进中国的新剧发展的重要手段。这种小戏院，一时虽然未必能在平常的观众里荡起怎样的波纹，它的将来的效果是一定极大的。因为有了实现他们艺术之梦的场所，戏剧家和演员也就都有了兴趣，他们的艺术也自然就有进步

---

[1] 参见余上沅：《论戏剧批评》，见余上沅主编：《国剧运动》，上海：新月书店，1927年版，第63—65页。

了。[1]陈西滢虽未言明小剧场的组织方式等内容，但是为民众服务，建立小剧场以实现新剧的理想，在"国剧运动"的理论实践中有着重要的意义。

　　在舞台实践中，"国剧运动"的倡导者们与其他当时主要的戏剧流派一样，引入了西方的导演制和舞台布景等方面的理论，使"国剧运动"的舞台实践指导方法不断地丰富。赵太侔和余上沅等人较为详尽地论述了他们各自的舞台构想。余上沅认为，戏剧是一门综合性的艺术，导演、表演、服装、光影、音乐等多方面各自做到满意，戏剧艺术尚不能存在，只有各部分全部做到满意且满意之处能够相互调和，联为一个综合的有机体，彼此之间不存在矛盾与裂痕，才能被称为戏剧的艺术。导演对于一部剧作应负整体性责任，编剧与导演则应该相互合作。舞台的设计应该体现戏剧的精神，在这其中必须要考虑，舞台上要怎样千变万化，才能使它"成功各种纯粹图案，而一切继续不断的纯粹图案，又能互相连贯，暗合戏剧的精神"。——也就是说，如何将舞台上的各种戏剧元素、不同的情节、场景有机地契合起来，是必须要研究的问题和要战胜的困难。[2]

　　其中，布景的工作由四部分构成，即图案、设计、营造、装置。图案是一种意境的表现。它是一个各部分相关的有机体；它是形状、色彩合成的一个"结体"。一切形状色彩都是这个"结体"的重要成分，任何形状色彩的变化必须起于这个有机体的要求，这样方能明确地表现其意义，引起观众的深切共鸣。布景家的图案等于演剧家的声音，一是传达戏剧于眼，一是传达戏剧于耳。景、光、服饰以及三者的组合是其媒介，剧本是其出发点；运用这种媒介表现剧本的意义是布景设计的根本目的。布景家要仔细研读剧本，为避免创造力被束缚，可以不读剧本中的布景部分，从

----

[1] 参见西滢：《新剧与观众》，见余上沅主编：《国剧运动》，上海：新月书店，1927年版，第120—123页。

[2] 参见余上沅：《戏剧的困难》，见余上沅主编：《国剧运动》，上海：新月书店，1927年版，第125—132页。

剧本的抽象处着想，重点考虑舞台的面积、布景中的线条与色彩对观众情绪的刺激等方面。[1]

在光影的塑造上，赵太侔区分了电气与煤气的优劣，指出电气的发明对于舞台光影技术重要的推动作用。他认为，在舞台上模仿自然，一定会失败——"艺术表现的价值，全在告诉人它是什么，不在它是假充的什么，这是一切艺术的根本问题"。所以，现代舞台对于灯光主要有两方面的要求，即"创造家的想象要表现一种什么景象"以及"工匠的技能要怎么样来表现这种景象"。舞台的灯光为了增加布景的意义以及加重戏剧的情调而服务，所以，光不能单纯地、机械地模仿自然，但可以通过模仿自然赋予观众舞台幻觉，它在舞台上的功用，主要有以下五种：一、照耀着舞台和演员；二、表示时间季候天气；三、用光的明暗、色彩来渲染背景；四、烘托出演员及背景的实体；五、帮助表演，使戏剧具有象征性的意义，加强其对于观众心理的作用。[2]

在表演方面，余上沅从儿童天性出发，认为要想成为一名成功的表演艺术家，必须具备儿童的两种本领。一种是毫无目的、不在乎是否有人理会的玩耍本领；另一种则是通过观察及摹仿，运用变化，编造出不可思议的故事的本领。这样的摹仿通常也具有某些新的创造，甚至可以创造出某些神妙的意象。他们的一切器具、仪式、方法、态度、精神，都"像"真的，却一毫也不"是"真的。这就是他们流露出来的表演天才，是需要演员着重学习的摹仿创造本领。面对批评家，演员不必太在乎批评家的批评，毕竟演员要面对的最重要的群体是剧场中的观众。表演要做到"像"真的，而并非"是"真的。要做到这个"真"字，用的工夫应该在内而不在外，这也就是所谓的"艺术智慧"（artistic intelligence）；可是在运用"情感工具"（emotional instrument）方面，就必须要熟悉表演的技术。

---

[1] 参见赵太侔：《布景》，见余上沅主编：《国剧运动》，上海：新月书店，1927年版，第135—137页。

[2] 参见赵太侔：《光影》，见余上沅主编：《国剧运动》，第140—143页。

但是，单纯地"真在于内神动于外"是不够的，还得要奉小孩子为师，依照情形，变通表演的工具和方法。余上沅在这里引用蒿俄得（Bronson Howard）[1]对于表演艺术的定义，指出"根据剧中人依照剧本情形所指定的实际生活而出的语言，动作，和形状，在舞台上去做出'似是而非'的语言，动作和形状：这个艺术，就是表演艺术"，"演员的艺术，就是要叫剧场内的观众，有许多坐在一百来尺远的观众，'以为'他的语言，动作，和形状，是和他所扮演的剧中人一样；而且，十回就有九回，要他们以为如此，只有一个方法，就是'不'这样做；另外做点别的东西罢"。也就是说，表演艺术来源于现实生活，却又有别于现实生活。艺术家最上乘的作品几乎都是从无意中流露出来的。如果忽视了演员的表演天赋，一味地去研究表演技巧，纵然不会失败，也无法达到一流的表演水准。如果将本就具有表演天才的人加以训练，然后由着天才去不知不觉地自由运用从训练里得到的东西，那么，在表演艺术上，哪怕成功也许不多，失败是肯定可以减少的。所以，在训练演员、研习表演等方面，"艺术智慧"与"情感工具"缺一不可。[2]

此外，对于戏剧批评家，余上沅给出了自己的忠告。他认为，剧场可以使戏剧批评家的想象更加丰富，帮助其"体会戏剧作家的使命"。剧场与剧作密不可分，有为戏剧而建设的舞台，有为舞台而创造的戏剧，各执一说以相互攻击是没有意思的。戏剧批评家要平等地对待导演和作家，不可被固定的理论束缚，不仅应该随时打破现有的理论，还应该随时打破自己的理论。有些戏剧批评家不承认表演是艺术，不愿意把戏剧拿到舞台上去排演，这样的想法是错误的。表演与批评应该具有同样的命运：要是艺术，就都是艺术，要不是就都不是。这种固步自封、死守成见的批评家，不但害了自己，而且也会害了许多没有辨别能力的观众。戏剧批评家只应该

---

[1] 指美国戏剧家布朗森·霍华德。
[2] 参见余上沅：《表演》，见余上沅主编：《国剧运动》，上海：新月书店，1927年版，第149—153页。

遵守一条金科玉律，就是打破一切传统的规律、主张、理论和批评。[1]打破传统的束缚，或许可以算作是"国剧运动"理论最有力的呐喊。

四、一个"半破的梦"——国剧运动的失败及启示

"国剧运动"理论始终憧憬着建构"古今所同梦的完美戏剧"，但尚未将其付诸实践，即宣告破产，未能产生预期的影响，也未能有效地推动当时中国新型戏剧的发展。

在反思这一戏剧运动失败的原因时，余上沅认为主要原因有二：第一，不应该只拿北京做国剧运动的中心。一种运动，如果不是在全国各地都有充分的理解和认同，即使在一个地方成功，也不可能影响全国。第二，"国剧运动"的倡导者们终究是年轻人，既要奋斗事业，更要做学问。在当时的社会条件下，二者很难兼顾。或许静下心来多读点书，"国剧运动"的根基也许会更加牢固。[2]此外，余上沅还认为社会上对戏剧的冷漠与不重视的态度，是国剧运动失败的主要客观原因。但是他似乎忽略了，当时的中国正处于家国危亡之际，追求表现人性的戏剧，探寻"纯粹艺术"的审美形式，与整个的社会大环境根本无法契合。他们所创办的北京艺术专门学校，也因为大量增加戏曲课程，经费紧张，学生不满而难以为继，《北京艺术剧院计划大纲》更是不了了之，最终未能将理论运用到实践中，"国剧运动"最终成为了一个"半破的梦"。

值得注意的是，作为旧剧的彻底否定者，向培良在自己的著作《中国戏剧概评》中对国剧运动专门进行了研究。向培良认为，余上沅等人"想在言论上建立起一种新的艺术来，他们要求一个新的方向，而他们却站在一种错误的根据上"。这种"新的艺术"，一方面攻击话剧，尤其是社会问题剧，另一方面又尊崇旧剧，反对自然主义。[3]国剧运动的根本错误在于

---

[1]参见余上沅：《论戏剧批评》，见余上沅主编：《国剧运动》，上海：新月书店，1927年版，第68—75页。

[2]参见余上沅：《余上沅致张嘉铸书》，见余上沅主编：《国剧运动》，第277—278页。

[3]参见向培良：《中国戏剧概评》，上海：泰东图书局，1929年版，第14—15页。

希望从旧剧出发建立起中国的国剧，"表面上是要创造一种新的东西，而实际则要整个儿搬出旧戏来"。[1]

首先，就表现手段而言，纵然当时的中国需要"表现我们自己的精神的戏剧"，但是这并不意味着需要"一种特异的表现底工具来表现我们的精神"，生硬地搬出"国剧"这样的名词，只能显示"国家主义者偏狭的眼光"，却忽略了"艺术是没有国界的"真理。创造新型的戏剧艺术，"只能用西方人创造得较好的方法，并且设法创造更好的方法——但不是旧戏的方法。并且，加入我们已经有了更好的方法，更好的工具，而这也应该是世界的，不能在上面加上一个'国'字"。这是因为文化本没有东西之别，只有好和坏的区分，如今中国的物质或精神方面都赶不上西方，刻意强调中国特色也就毫无必要了。[2]

其次，就国剧运动的"程式化戏剧"的理想而言，向培良认为此种戏剧形式根本不可能出现。"程式化"的艺术来源于旧剧，而旧剧"象征民族卑劣的趣味"。"挥鞭代马"、"举手当门"等，"都只是真的东西的无意义的缩省"，这主要是由于经济等方面的问题无法"像真"而不得不因陋就简而发展的。这样的艺术形式是不合理的，不仅不能表现动作，更不能表现动作赋予戏剧的"情绪"。于是，旧剧中的程式化动作只是"毫无意义的符号"，既没有改革的可能，亦没有改革的必要。[3]艺术表现的方法只有两种形式，即"写实的"和"象征的"，根本不存在"程式"的表现方法。艺术要表现人类的行为，在表现时应该尽可能地做到"和日常生活的程序相像"。无论是"写实的"还是"象征的"艺术，都必须"表现得真实"，所以旧剧中的程式都不能算是艺术。"把艺术放到一定的程式里面去，只是促成艺术的窒息和僵死而已"。[4]向培良主张完全抛弃旧剧的艺

---

[1] 参见向培良：《中国戏剧概评》，上海：泰东图书局，1929年版，第129—130页。
[2] 参见向培良：《中国戏剧概评》，第131—133页。
[3] 参见向培良：《中国戏剧概评》，第138—144页。
[4] 参见向培良：《中国戏剧概评》，第145—146页。

术特征而全盘借用西洋戏剧的美学观念建构中国的新型戏剧艺术，这样的
观点亦不免有专断之嫌，并且存在着对"国剧运动"的误读与误解，但也
可能为探究国剧运动失败的原因带来一些启示。

第四章 从"爱美剧"到"民众戏剧"：现代独立戏剧观的形成与发展

第一节 概述

从文明新戏到国剧运动，中国话剧的现代化进程迈出了艰难的第一步。而从"爱美的戏剧"到为抗战服务的戏剧的开展，则开启了中国话剧现代化进程的第二个阶段，即中国现代独立戏剧观形成与发展的阶段。[1]

一百多年来，中国现代话剧理论始终在探寻一个问题：话剧作为一种"他者"的艺术形式如何在中国走出一条具有自身民族特色的、适合本国国情的发展道路？自20世纪初期开始，这一问题始终围绕着两个向度展开：话剧的民族化与话剧的大众化。就前者而言，从话剧进入中国的第一天起，知识分子们就无时无刻不在思考话剧要如何适应中国广大民众的欣赏趣味这一问题。只有中国的观众像接受传统戏曲那样接受这种新型的戏剧艺术形式，话剧才有可能在中国苗壮成长。

---

[1] 从戏剧史的发展脉络来看，国剧运动发生于"爱美的戏剧"运动之后，但是陈大悲等人提出要建立以"真戏剧"为核心的现代戏剧体系，此后的欧阳予倩、田汉、洪深等人的戏剧理论研究亦体现着对"真戏剧"的追求，在中国现代话剧的理论体系建设中具有一脉相承的意义。从"爱美的戏剧"的提出到为抗战服务的戏剧的萌发，这一时期中国现代话剧理论的关注点始终围绕话剧如何为社会与民众服务进行探索，并且在中西之争与古今之争中确立了西优于中、今胜于古的观念，是中国现代独立戏剧观念初步形成与发展的阶段。而从文明新戏的萌发至国剧运动的失败，其戏剧理论特点主要是对新旧剧美学观念进行探索，尚处于中西之争与古今之争的初步探讨之中，无论是《新青年》派提出的完全抛弃旧剧，推广"易卜生主义"戏剧的观念，还是国剧运动中对话剧民族化的探索都是不成熟的。戏剧理论批评史不同阶段的划分不应完全以时间先后为标准，而应该以不同的理论观念谱系进行划分。

　　然而，话剧的民族化之路从一开始便负载了太多的误读。文明新戏作为现代话剧艺术的雏形，通常没有完整的剧本，表演中既有说白也有唱词，甚至穿插着演讲、歌舞或者武打，这并非当时的艺术家们有意追求的民族风格，而多是由于他们尚未脱离旧戏的窠臼。但是这种新旧杂陈的艺术形式，在一定程度上淡化了新剧作为"舶来品"的标签，更容易为观众所接受，是对话剧民族化的一种不自觉的尝试，属于"一种近乎本能的对外来物的同化"[1]。而到了"国剧运动"的阶段，话剧民族化的思考开始自觉，但是余上沅、赵太侔等人，身处中国现代戏剧发展的困境之中，对话剧合法性身份的焦虑和自身的不成熟导致他们忽略了对中国戏剧发展的客观规律的研究，在东西文化的撞击之中抱守着文化民族主义的偏狭观念，在很大程度上否认了人类文化的共同价值，忽略了"他者"文化的先进性因素，以一种非开放的姿态以及"国粹"的旗帜来对抗先进文化。纵然他们初步具备对话剧民族化思考的自觉意识，但国内的社会文化条件却不具备践行话剧民族化的契机。一方面，当时的话剧发展尚处于萌芽阶段，让民众接受新型戏剧形式的审美特征的任务要绝对紧迫于发展话剧民族化的要求；另一方面，中国人运用话剧艺术的能力尚不成熟，对话剧艺术形式以及功能的引进与介绍，对舞台编导艺术的实践等工作要绝对紧迫于对异域"舶来品"的否定与反拨。国剧运动的失败，证明了早产的话剧民族化之路的不切实际。而在20世纪20年代，比起追求话剧表现形式的民族化，其表现内容的大众化在中国似乎更加重要。中国现代戏剧理论批评，从这个时候开始逐渐从对中西古今优劣之争转向对西方戏剧理论观念的"拿来"与运用，由对民族化的呐喊转向对大众化的探索，从此进入中国现代独立戏剧观念形成与发展的重要阶段。

　　1920年10月，《华伦夫人的职业》演出失败，西洋戏剧要如何适应中国观众的审美趣味这一问题被更多的知识分子所关注。随后，陈大悲等人

―――――――――

　　[1] 邹红：《焦菊隐戏剧理论研究》，北京：北京师范大学出版社，1999年版，第226页。

从西方民众戏剧的理念中找到答案，认为用戏剧所表现的思想内容来教化民众、进行社会宣传才是现代戏剧的职责所在。"爱美的戏剧"的理论基点即在于此。它是"为社会"、"为人生"、"为民众"的戏剧，戏剧只有担负了指导民众思想道德进步的功能，才是可以长久发展的"真戏剧"。发展民众戏剧，建设民众剧场，成为建构中国现代独立戏剧观念的第一要义。

话剧是"为民众"的，"民享"、"民有"、"民治"是话剧大众化的基本手段与方式。在当时的戏剧理论中，"民众"主要指小资产阶级、学生、工人、农民等处于社会底层，受到帝国主义、官僚资本主义、封建主义压迫的广大平民。真正的民众戏剧，不仅要求

《华伦夫人的职业》作者萧伯纳和蔡元培等在莫利哀路29号合影。

民众在看戏的过程中受到教育，也要求民众亲身参与到戏剧的编排之中。无论是欧阳予倩、阎哲吾等人推行的学校戏剧运动，还是熊佛西等人推行的农民戏剧运动，都是让话剧走出文本，走下舞台，深入学校、工厂和田间地头，进行让民众真正参与戏剧创作的尝试。面对戏剧的中西古今孰优孰劣的探讨，话剧的大众化运动能够在与中国传统戏曲的比较之中获胜的最大优势，即在于表现内容贴近民众的生活现实。尽管阎哲吾、熊佛西、胡绍轩[1]等人推行的街头剧、活报剧、观众歌诵剧等多元话剧形式不可避免地吸收了传统戏曲的美学形式，但是这种话剧大众化的尝试绝不等同于话剧的民族化。民族化探讨的问题，是将"他者"的戏剧美学形式与本土的戏剧文化传统进行结合，从而创造出既不同于西方，又不同于传统戏

---

[1] 胡绍轩（1911—2005），湖北大冶人。九一八事变后曾自编自导自演群众歌诵剧《斗争》，24岁时任武汉《文艺》月刊主编，并任"武汉文艺社"社长。1937—1944年，曾创作《当兵去》、《卢沟桥》、《病院枪声》、《长江血》等近20部剧本。1938年春参与"中华全国文艺界抗敌协会"筹备工作，任常务理事。参见吕叙旺、何袖珍：《文坛老人胡绍轩》，载《黄石日报》，2007年2月1日，第006版。

曲的新型戏剧艺术形式；而大众化的初衷，则在于让话剧成为民众喜闻乐见的、平民化的艺术形式。尽管这二者并非互相排斥，而是有着密切的联系，甚至在舞台实践中具有相互交叠的部分，但是面对当时中国社会的实际情况，大众化是比民族化更为紧迫的任务，对民族化的探索必须要服从大众化的前提。对话剧大众化道路的研究，成为中国现代话剧理论批评的核心。

这种以大众化为核心的中国话剧理论批评的现代化进程，崇尚"人的戏剧"，表现人的精神风貌与道德情操，从当时戏剧作品中不难看出对思想自由和个性解放的追求，体现着反封建、反专制的呼声以及对两性平等、人格尊严、政治民主的向往。戏剧的社会教育功能，由此前《新青年》派高高在上倡导民主与自由，单向向民众灌输社会教育思想，转向在文本创作和舞台演出中的双向平等交流。洪深对集体创作的尝试，熊佛西让农民们上台演出农村题材的话剧等各种实验均试图打破教\受、观\演的二元对立模式，话剧舞台不是只存在于剧场之中，而是存在于广阔社会的任一空间之中。

在一定程度上，此时的大众化探索，也受到了苏俄戏剧新趋势的影响。中国话剧在"开眼看世界"的过程中，曾经借鉴过日本新剧和新派剧的经验，也曾经大量地学习欧美写实主义戏剧的演作方法，而这个时候则开始转向对苏俄戏剧新趋势的研究。苏俄戏剧在革命后的十七年中发展十分迅速，观众对于戏剧的兴趣极为强烈，戏剧不仅是城市中的少数知识分子和商人贵族的消遣，在农场中也有俱乐部进行演出。张彭春于1930年和1935年两次访美和访苏之后撰写《苏俄戏剧的趋势》一文，提出三个问题：第一，苏俄戏剧为什么值得注意？第二，苏俄戏剧有什么样的趋势？第三，由苏俄戏剧想到我们在戏剧上可有哪方面的努力？其中，他十分强调政府的支持和观众的作用，认为"只有大众才有人生经验的各方面；他们的欣赏与批评才是戏剧的真指导。现今苏联的戏剧能够得到大众诚恳热烈的欣赏和批评；因此，那里戏剧事业的前途，是不可限量的。"然而，与苏俄戏剧相比，在中国推行话剧运动，在社会环境、经济、民众欣赏水平等方面仍旧存在极大的困难与挑战。[1]发展话剧运动，除了要创作符合时代的戏剧作品，更重要的是需要观众的拥护与欣赏，观众是话剧振兴的主要力量。以话剧的娱乐功能为先导，行使其社会教育与宣传的功能，是在20世纪30年代推行话剧的最主要、最有效的手段之一。话剧是时代的"新武器"，应该走出神秘的象牙塔，以平和的姿态走入到平民大众的生活中。

　　然而，随着国内时局日益紧张，利用戏剧教化民众不再是大众化的首要任务，戏剧更多地负载向民众宣传革命的迫切性与必要性的任务。1930年3月，中国左翼作家联盟在上海正式成立，田汉等人亦在戏剧界举起了"向左转"的旗帜。民众戏剧由此更加明确了为无产阶级服务的观念，工农大众成为变革社会的主要力量。剧作家们纷纷创作此类题材的剧本，社会中的被压迫阶级更广泛地参与到话剧的编导演等各方面的工作中。"民众"的概念逐渐等同于"被压迫的无产阶级"，而话剧中的民众形象亦被塑造和建构为一个崇高的社会群体，被赋予了诸如"社会变革的主力军"等多重意义。1937年抗日战争正式打响，话剧更是被赋予了为抗战服务的意识形态色彩。知识分子们一直苦苦寻找的话剧在中国的合法性身份，从政治层面看到了希望。话剧被赋予了政治化的色彩，成为动员全民抗战的工具，参与革命的社会青年成为话剧的主要创作与接受群体。至此，话剧这一新兴的艺术形式似乎在中国借由政治的力量成长壮大，却也使得现代话剧的审美化路径彻底断绝。

---

　　[1]参见张彭春：《苏俄戏剧的趋势》，原载于《人生与文学》，第1卷第3期，1935年6月。见崔国良主编：《南开话剧史料丛编（剧论卷）》，天津：南开大学出版社，2009年版，第306—312页。

第二节 "爱美的戏剧"：建立以"真戏剧"为核心的现代戏剧体系

　　1921年1月，陈大悲[1]、蒲伯英[2]、沈雁冰、徐半梅、欧阳予倩、郑振铎、汪仲贤、熊佛西等人在上海组织民众戏剧社，建立了新文学运动中第一个专门性的戏剧杂志《戏剧》，提出了"爱美的"戏剧的口号。陈大悲的戏剧活动始于其大学期间参与的文明戏演出，作为"民众戏剧社"的骨干分子，他提出并推行"爱美的"戏剧运动，关注"人"本身，提倡"人的戏剧"，期盼现代戏剧能够指导社会与人生。1921年11月，陈大悲与李健吾等人共同组织了"爱美的"剧社——北京实验剧社，并于1922年冬出任北京人艺专门学校教务长。陈大悲倡导"爱美的戏剧"，注重西方现代戏剧的排演制度、舞台与布景知识的引进与研究。他编译了《爱美的戏剧》一书，并撰写了《戏剧ABC》、《表演术》等通俗戏剧知识的小册子。陈大悲"爱美的戏剧"理论与实践，奠定了中国现代话剧的理论基础。中国的话剧开始更加深入地探寻其与社会和民众的关系，这也被视为话剧能够在中国生根发芽最有效、最重要的途径。

陈大悲，曾经于1917年在上海演出文明戏。

[1] 陈大悲（1887—1944），浙江杭县人，中国现代话剧萌芽时期的演员、剧作家、戏剧理论家、戏剧教育家，"爱美的"戏剧运动的主要发起人与倡导者，又名陈听奕，笔名大悲、蛹公等。1908年考入苏州东吴大学，在校期间就经常参与文明戏的演出，1911年加入上海任天知领导的进化团。1918年赴日本学习戏剧，1919年五四运动前夕在北京与蒲伯英相识，并为蒲伯英创办的《实话》报、《晨报》撰稿。

[2] 蒲伯英（1875—1934），又名蒲殿俊，四川广安人，笔名止水、止庵等。他积极倡导传统旧戏向现代戏剧的变革，于1922年11月创建的私立北京人艺戏剧专门学校，是中国现代话剧最早引用西洋戏剧理论及技法训练戏剧人才的摇篮。

一、"爱美的"戏剧运动

1920年10月，汪仲贤组织的萧伯纳名剧《华伦夫人的职业》演出失败。1922年1月，他发表《营业性质的剧团为什么不能创造真的戏剧》一文，认为需要摹仿西洋Amateur和东洋的"素人演剧"，组织非营业性质的独立剧团，介绍西洋的戏剧知识，培养高尚的观众群体，试验真正的有价值的剧本。[1]陈大悲用"爱美的"一词替代了"非营业性质"，于1921年4月起连续在《晨报副刊》上以《爱美的戏剧》为名发表连载文章，推动"爱美的"戏剧发展。他与沈雁冰、郑振铎等人组织的民众戏剧社，是中国第一个"爱美的"戏剧社团。

在《民众戏剧社宣言中》，他们提出要努力创造推动社会前进、搜寻社会病根的戏剧。他们推崇法国19世纪初恩塔纳（Antoine）[2]建立的自由剧团，强调以"艺术化的戏剧表现人类高尚的理想"为宗旨，要与"营业性质的戏院消闲主义的戏剧"作斗争，实现提高"一般人的艺术观念"的最终目的。[3]此外，沈泽民发表的《民众戏院的意义与目的》一文，亦阐明戏剧作为正当的娱乐，要担负起使劳工的体力和道德都有进步的责任。蒲伯英在《戏剧之近代的意义》中也提出，现代的戏剧，一面是"教化的娱乐"，另一面是"为教化的艺术"，即戏剧能够使民众精神常在自由创造的新境界里活动，这种教化的意义正是现代戏剧的职责。尽管蒲伯英更倾向于提倡职业的戏剧，但是他与陈大悲一样，都认为戏剧人才应该是"高尚的"。[4]鉴于这种共同的理念基础，陈大悲在蒲伯英创办的人艺剧专开展了大量的"爱美的戏剧"的理论与实践研究。

---

[1]参见陈白尘、董健主编：《中国现代戏剧史稿（1899—1949）》，北京：中国戏剧出版社，2008年版，第52页。

[2]恩塔纳（Antoine），现多译为安托万，全名安德烈·安托万（1858—1943），法国小剧场运动创始人，1887年创办"自由剧团"，主张现实主义的、非营利的现代戏剧艺术。

[3]参见《民众戏剧社宣言》，原载于《戏剧》，第1卷第1期，1921年5月。转引自季玢主编：《中国现代戏剧理论经典》，苏州：苏州大学出版社，2008年版，第103页。

[4]参见阎折梧主编：《中国现代话剧教育史稿》，赵铭彝校订，上海：华东师范大学出版社，1986年版，第二章"第一次国内革命战争时期的话剧教育"的相关部分。

"爱美的"戏剧运动，以西方19世纪末至20世纪初的"独立戏剧"运动和"小剧场"运动为理论基点，这两种戏剧运动可视为"探索剧场"运动的重要部分。19世纪后30年，英国伦敦西区剧场中的一切都是为了娱乐，商业化的剧团、剧作家与演员，只有一个目标，就是在感觉享受上尽量讨好、满足观众。观众来到剧场并非是要聆听教诲或受到某种严酷的刺激，且观众中有大量的人来自社会下层，根本听不懂高深的道理。对于戏剧来说，娱乐就是一切，与教育或道德无关。

或许将戏剧当作大众娱乐本身就是一种堕落。1906年，萧伯纳在《我们90年代的戏剧·作者的精神》中指出："如果剧院严肃地把自己看作是一座思想工厂，看作是良知的激励者和社会行为的阐释者，看作是反对失望和愚昧的军械库，看作是人类进步的圣殿，那将是非常好的事。我就是那样严肃地看待它的。我鼓吹这种主张，而不仅仅像编年史一样记录它的新闻，也不是把它当作一种玩物来欣赏或斥责，而是把它当作一种特殊的公众娱乐形式……"[1]萧伯纳的思考形成于19世纪的最后20年，表现出对自然主义（Naturalism）的复归。这种艺术思潮的变化有着社会文化等多方面的原因。19世纪最后的10年，易卜生的戏剧出现在英国舞台，预示着一种新的戏剧观的出现。这种新戏剧观最有力的倡导者是萧伯纳，最有成就的剧院则是"独立剧场"。"独立剧场"创立的初衷是抵抗戏剧的商业化潮流，不计营利，不受官方束缚，真正面对大众面对社会。虽然它只存在了六年，但伦敦西区的商业戏剧的确在各方的挑战中逐渐衰落，现实主义戏剧赢得越来越多的观众。剧场变得严肃，开始思想。

除了"独立剧场"运动，"小剧场"运动是西方探索戏剧的第一次高潮。它起源于1887年法国人安德烈·安托万（1858—1943）创立的自由剧场。作为现代欧洲的第一个实验性剧场，它扛起了左拉和易卜生的旗帜，其中只能容纳三百余个观众并采用预售票制度，可以迫使观众参与检

---

[1]此处采用李醒先生的译文。

验舞台上的新方法和新题材的实验。"小剧场"是向"民众剧场（People Theatre）"过渡的必经阶段，1889年莱因哈特在柏林也建立了类似的"自由剧场"。1912年之后，这一剧场形式传到了美国及日本，具有顽强的活力。这一切都要仰仗其独特的性质：小剧场主要进行业余性质的演出，几乎不采用商业演出的明星制，是对商业娱乐化戏剧的新挑战。而小剧场中打破演出区与观众区的分别，也在观念背景上意味着打破剧场与社会的分隔。"小剧场"运动在演剧形式上的探索革新普遍具有一个社会背景，即抵抗逐渐奢侈化的娱乐戏剧，使有严肃意义的戏剧重新回到大众中间，也是一种大众化的戏剧形式。但是，尽管当时的探索剧院的初衷都是戏剧的大众化，可实际上戏剧的实验性与严肃性使其本质上无法大众化。小剧场大多寿命不长，主要的原因是票房收入太差。

　　在中国，"小剧场"运动观念的引进，目的在于建构新剧与更广泛的民众之间的联系，不仅让民众成为新剧的接受群体，更是让更多的民众成为新剧的创作群体，从而为新剧留一条生路。就陈大悲个人而言，推广"爱美的"戏剧，不仅与其关心社会、关注一般人的心灵的戏剧理想有关，也与其亲历文明戏的兴起与衰落的个人经验息息相关。反对文明戏排演陋习，反对旧剧的演剧体制，建立现代戏剧观念，成为陈大悲建设"爱美的"戏剧理论的最初动机。在陈大悲看来，旧剧根本没有"现代戏剧"的观念，缺乏审美意识，而文明戏也无法脱离传统戏曲的程式，在台上空发革命与爱国的议论，刻意迎合观众低级趣味，加之剧团中人结党营私、拉帮结派，只能是"失败的试验"，[1]"未入系统的艺术底阶段"[2]。尽管文明戏亦发源于"爱美的"剧团，春柳社、进化团等戏剧团体最初也并不是以营利为目的，但是毕竟曲高和寡，又为旧社会恶势力压迫，渐渐地

　　[1] 参见陈大悲：《戏剧指导社会与社会指导戏剧》。转引自韩日新主编：《陈大悲研究资料》，北京：中国戏剧出版社，1985年版，第33—35页。
　　[2] 陈大悲：《〈爱美的戏剧〉编述底大意》，见《爱美的戏剧》（《民国丛书》第4编），上海：上海书店，1922年版，第10页。

由"爱美的"变成了职业的，最终成为"一种游戏场底装饰品，无业者底栖流所"。[1]旧戏与文明戏，骨子里都代表着中国的野蛮、龌龊、愚蠢、荒谬、不进化的历史，以现代戏剧的角度来看，当时中国的职业戏剧都是"非戏剧"，甚至可以说中国无戏剧。[2]理想中的"爱美的"剧团，就是"要求根本上建设真好的现代戏剧，去代替那非戏剧的丑戏"。[3]

　　陈大悲发起"爱美的"戏剧运动，以拯救文明戏衰落之后戏剧界的颓靡状态、建设以"真戏剧"为概念核心的现代戏剧体系为最直接的目的，他对于"爱美的"戏剧有着如下定义："'爱美的'这个字，脱胎于蜡丁文底Amator，意思即是爱美的人；法国字Amateur底意义是爱艺术而不藉以糊口的人……大凡自由研究一种艺术的人都可称为爱美的。"[4]

　　这样的定义表明，"爱美的"戏剧人一定是自由的，不为种种势力所压迫，要对艺术有足够的热忱与研究的能力，且不以艺术糊口（"不受资本家底操纵，不受座资底支配"[5]）。换句话说，"爱美的"与"职业的"是一组二元对立的概念，"不论那一国都有爱美的戏剧出现，与职业的戏剧对抗"[6]。但是，提倡"爱美的"戏剧绝非是为了排斥与对抗职业的戏剧，它只是实现现代话剧兴起与传播的过渡状态，戏剧终将走上职业化的道路，"毕竟戏剧界底主力军还是要职业的而不是爱美的"[7]。只不过，"爱美的"戏剧是现代戏剧发展的必经阶段，要为良性的职业戏剧发展提供优质的人力资源——"从爱美的戏剧中，寻出真同志来，引出编剧与演剧的新欲望来，养成有鉴赏能力的新观众阶级来，做将来职业的戏剧底基

　　[1]陈大悲：《爱美的戏剧》（《民国丛书》第4编），上海：上海书店，1922年版，第15页。
　　[2]参见陈大悲：《爱美的戏剧》（《民国丛书》第4编），第20页。
　　[3]陈大悲：《爱美的戏剧》（《民国丛书》第4编），第23页。
　　[4]陈大悲：《爱美的戏剧》（《民国丛书》第4编），第13页。
　　[5]陈大悲：《戏剧指导社会与社会指导戏剧》。转引自韩日新主编：《陈大悲研究资料》，北京：中国戏剧出版社，1985年版，第37页。
　　[6]陈大悲：《爱美的戏剧》（《民国丛书》第4编），第14页。
　　[7]陈大悲在这里引用蒲伯英的话，强调提倡"爱美的"戏剧并不排斥职业的戏剧。见陈大悲：《为什么我没有提倡职业的戏剧——纵的戏剧与横的戏剧运动》。转引自韩日新主编：《陈大悲研究资料》，第43页。

础、墙脚、导火线。这就是我今日一心一意提倡爱美的戏剧底目的"[1]。陈大悲站在知识阶级的立场上，将职业的戏剧的"导火线"的一端放在了民众的手中，希望"爱美的"戏剧运动可以启迪民智，民众的觉悟是过渡到职业的戏剧的必要前提——"在市民未能觉悟之前，剧场还谈不到归还市民，爱美的戏剧当然尚不能取职业的戏剧而代之，但是直接提高爱美的戏剧就是间接对于职业的戏剧行促醒的旁攻法"[2]。可见，陈大悲将"爱美的"戏剧视为使中国走上现代戏剧道路的最直接、最有效的方式，希望以"爱美的"戏剧运动激发戏剧创作主体的热情，培养接受主体的审美能力与鉴赏能力，让他们成为理想的观众，促进高尚职业的戏剧在必要时顺利地出现。

辛亥革命后，上海新舞台在商业化倾向的影响下，依靠机关布景、连台本戏卖钱，最终于1924年关闭。

　　陈大悲的"爱美的"戏剧理论始终强调观众的重要作用，现代戏剧就是"为社会"、"为人生"和"为民众"的，必须指导民众的精神积极向上。然而理想的观众的作用不仅在于促成职业戏剧的发展，更重要的作用是促成戏剧运动的发展进而形成社会革命的主力军。在《为什么我没有提倡职业的戏剧——纵的戏剧与横的戏剧运动》一文中，他指出：

　　　　观众是剧场中极为重要的一部分，是戏剧运动得以成功的保障，亦是剧场资本家的来源之一。肯为艺术牺牲金钱的资本家，有许多都是从"好的观众"中出来的。所以，提高观众的素质就至关重要，是"治本的运动"，即"横的运动"——"爱美的戏剧"就是这种横的运动，一旦成功，就会在社会上根深蒂固，无法动摇。同时，"提高

---

　　[1]陈大悲：《为什么我没有提倡职业的戏剧——纵的戏剧与横的戏剧运动》。转引自韩日新主编：《陈大悲研究资料》，北京：中国戏剧出版社，1985年版，第43页。

　　[2]陈大悲：《戏剧指导社会与社会指导戏剧》。转引自韩日新主编：《陈大悲研究资料》，第37页。

职业的戏剧去征服恶劣的观众是治标的运动，是纵的运动"，但这种运动是局部的、片面的、暂时的、被动的，没有根基。这些对"爱美的戏剧"抱有兴趣与欲望的观众，会成为促成职业戏剧进行改善的推动者。既然剧场资本家极有可能从观众中来，那么提高观众的审美素质就会成为提高职业戏剧艺术质量的基础。而一旦"爱美的戏剧"普及全国，中国人"自然能够渐渐高看戏剧，发觉戏剧底需要"。[1]

在这里，理想的观众的重要组成部分，并非其在《戏剧指导社会与社会指导戏剧》一文中所期待的"觉悟的市民"，而是进一步具体所指拥有现代戏剧实践经验的"爱美的"戏剧家。陈大悲将"爱美的戏剧"运动的功用绝对化，似乎发展"爱美的"戏剧运动，就可以从观众以及资本等众多方面提高戏剧的地位，成为拯救病态社会的万能手段——这作为"爱美的"戏剧运动理论的结论，在其关于民众剧运动的论述中更加明显。

民众戏剧社及其刊物《戏剧》是"爱美的"戏剧运动的理论的集散地，其中的各位同人将罗曼·罗兰等人的西方民众戏剧观念引入中国。陈大悲认为，"中国社会由病的状态到健全的状态最短的一条路，就是爱美的戏剧"[2]，"爱美的戏剧家底惟一责任就是从戏剧艺术底一条路上引自己以及民众去实行个人灵魂底革命"[3]。但是，如何通过这样的戏剧运动实现民众灵魂的革命呢？陈大悲参照西方各国戏剧运动的发展状况，指出尽管欧美各国的职业戏剧发展已经比较成熟，但是仍旧有人提倡"爱美的"戏剧运动，他们并非不满足于职业戏剧的"质"，而是不满足于职业戏剧的"量"。"爱美的"戏剧运动就是通过"量"的优势扩充在职业戏剧之外的影响，使戏剧"民众化"。[4]其之所以能达到此种效果，是由戏剧的艺术特质决定的——戏剧可以从听觉和视觉两路刺激人的心灵，比单在视觉

[1] 参见陈大悲：《为什么我没有提倡职业的戏剧——纵的戏剧与横的戏剧运动》。转引自韩日新主编：《陈大悲研究资料》，中国戏剧出版社，1985年版，第44页。
[2] 陈大悲：《爱美的戏剧》（《民国丛书》第4编），上海：上海书店，1922年版，第261页。
[3] 陈大悲：《爱美的戏剧》（《民国丛书》第4编），第262页。
[4] 参见陈大悲：《爱美的戏剧》（《民国丛书》第4编），第19页。

上刺激人的书籍、图画和在听觉上感染人的音乐、讲演具有更大的感染力，引导他人从善，从而更易于民众化和社会化。[1]然而，现代戏剧最终能够起到教育民众作用的载体，则是现代剧场。

二、"爱美的"戏剧与现代戏剧理论建设

陈大悲的戏剧理论，侧重于剧场理论的介绍与论述，主要集中在最初连载于北京《晨报副刊》的《爱美的戏剧》系列文章（后编辑成书，共八章），以及《表演术》的小册子中。

他认为，研究戏剧可以分为两条道路，一条路是研究戏剧的文学（即剧本）；一条路是研究剧场、舞台的设备和艺术。二者不可偏废。"爱美的"戏剧运动，必须要两路并进。[2]其中，剧本是剧场的生命之源。编剧的技术问题是中国新戏剧建设运动中首先需要解决的问题。编剧的技术好坏，直接决定了戏剧的革命运动是否能够从破坏时代演进到建设时代。[3]尽管戏剧文学十分重要，但是陈大悲仍旧将其理论重点放在了剧场方面，原因有二：第一，戏剧文学内部复杂庞大，自成体系，需要专著进行阐释，不可能以戏剧概论的形式兼容并包。况且当时已经出现相关著作，能够为研究者提供基本的素材。第二，当时尚无剧场舞台方面的系统的研究著作，而若想实现"爱美的戏剧"，则亟需相关研究。[4]陈大悲将此书视为中国第一部关于剧场舞台方面的系统、及时且实用的著作，所以在编写时大量吸收了当时西方戏剧最为先进的剧场理念，如：雪尔敦·陈霏的《剧场新运动》（Sheldon Cheney's *The New Movement in the Theatre*），爱默生·泰勒的《爱美的舞台实施法》（Emerson Taylor's *Practical Stage Directing for Amateurs*），维廉·兰恩·佛尔泼的《二十世纪

---

[1] 参见陈大悲：《〈爱美的戏剧〉编述底大意》，见《爱美的戏剧》（《民国丛书》第4编），上海：上海书店，1922年版，第9页。

[2] 参见陈大悲：《爱美的戏剧》（《民国丛书》第4编），第24—25页。

[3] 陈大悲：《〈编剧的技术〉绪言》。转引自韩日新主编：《陈大悲研究资料》，北京：中国戏剧出版社，1985年版，第48页。

[4] 参见陈大悲：《爱美的戏剧》（《民国丛书》第4编），第25—26页。

的剧场》（William Lyon Phillip's *The Twentieth Century Theater*）等。陈大悲希望以国外先进的剧场理论为基础，"就我国戏剧界底现实情形立言"，"编一部专为中国人灌输常识而且可以眼前实用的书"。[1]

在他的剧场理论中，剧本是演剧的前提。选择剧本有四个标准，可归结为关于剧本排演价值以及创作与接受能力的思考。戏剧创作要从民众出发，因为戏剧属于民众，要由民众创造，也要为民众创造。所以在排演时，要先考虑戏剧对艺术和人生的贡献，既不能一味地迎合低劣浅薄的社会心理，也不能故作高明和渊博，演出高深的问题剧，而是要演出适合民众与时代的新剧。[2] "爱美的"戏剧与职业的戏剧最大的不同，就是演员缺乏现代戏剧的知识和舞台经验，在初上舞台时不一定能充分展示自己的才能。可是，"爱美的"戏剧绝不培养名角，而是要求每个人在台上都尽力而为——这也就是"戏剧演作底德谟格拉西化"[3]。在选择剧本时，"爱美的"剧团不鼓励演出独幕剧，而是多选择三幕以上六幕以下，两三个小时能够演完的剧目，这一方面是因为独幕剧演出时间较短，而观众尚未培养出基本的剧场素养，经常迟到或分心，另一方面是因为观众的文化教育水平比较低，独幕剧短少的内容不足以教育民众。在剧本的选择上，陈大悲始终坚持为剧场服务，注重观众道德素养的培养。

以剧本为基础，以"第四堵墙"的概念为中心，建设写实主义的剧场艺术，形成完善的、以"舞台监督"为中心的排演制度是陈大悲"爱美的"戏剧剧场理念的核心。他认为，文明新戏演出失败，根本原因在于"组织不完备"，所以"爱美的"戏剧"必要有一个管理剧场全部的舞台监督"。舞台监督（Stage-director），又译作"舞台主任"（Stage Manager），在日常排演和正式演出中主要负责管理前台、布景与灯光的变

---

[1] 参见陈大悲：《〈爱美的戏剧〉编述底大意》，见《爱美的戏剧》（《民国丛书》第4编），上海：上海书店，1922年版，第10—11页。人名与书名的分隔符号为韩日新主编：《陈大悲研究资料》，中国戏剧出版社，1985年版，第53页中所加。

[2] 参见陈大悲：《爱美的戏剧》（《民国丛书》第4编），第30—56页。

[3] 陈大悲：《爱美的戏剧》（《民国丛书》第4编），第41页。

换、服装与用品的守护、同场人的提示等，在演出时期有绝对的执行权，对全剧的成败负责。舞台监督要了解一切舞台艺术，指导演出的布景、化妆、服装以及演员的步位、动作等，是团结剧团一切力量的核心人物。[1]同时，在舞台监督之下设"庶务股主任"（Business Manager）、"布景股主任"（Scenery Manager）、"保存股主任"（Property Manager）、"电光股主任"（Light Manager）、"提示人"（Promoter，亦称"舞台副监督"）等职务，陈大悲明确地划分了各工种的职权，甚至清楚地规定了每个职务所要完成的细节，[2]要求各工种通力合作，形成团体的组织力，强调"团体的精神是新剧的灵魂"。[3]

但在"舞台监督"这一概念的论述上，陈大悲并没有明确地区分"导演"与"舞台监督"的职能，甚至从未提及"导演"的作用，更没有提到建立明确的、体系化的导演中心制的排演方式。只不过归属于"舞台监督"职能中的统领舞台艺术的权威、指导演员体验角色等工作，在现代戏剧的排演体系中，应视为导演的职能。

为了实现"第四堵墙"的演出效果，舞台各部门要相互协调，演员的表演是实现"一致"与"和谐"效果的核心。在培养演员方面，陈大悲坚决反对文明戏时期的男扮女装，亦坚决抵制文明戏的"分派制度"以及培养名角的陋习，而是要求男女合演，每个角色备选二至三个演员。在训练演员时，他从"体验派"的排演手段出发，多考虑演员的形体、声音等先天条件，也考虑演员后天的"理智力"，不为模式化、脸谱化的套数所束缚，让演员在所饰演的角色的身份与性格上设身处地地体验所演角色的个性，从而锻炼演员的想象力和心理体验能力。陈大悲要求演员的每一个行动都必须有意义，行动要完整且统一，对观众产生影响。在体验角色时，要时刻保持一颗表现真实人生的心，必须从现实社会出发，从真实的社会

---

[1] 参见陈大悲：《爱美的戏剧》（《民国丛书》第4编），上海：上海书店，1922年版，第61~67页。

[2] 参见陈大悲：《爱美的戏剧》（《民国丛书》第4编），第74页。

[3] 参见陈大悲：《爱美的戏剧》（《民国丛书》第4编），第161—164页。

中搜集人的态度、身份的特点，以配成当下要饰演的角色。当站在舞台上时，要时刻记得"第四堵墙"的概念，演员已经不是自己，而是一个活灵活现的角色，附着剧中人的灵魂，想剧中人所想的事，说剧中人所说的话。所以演员在上场之前，必须给自己"完全变换人格"的暗示，而自己的人格在闭幕之后才可以复活。[1]

在进一步论述表演艺术时，陈大悲指出戏剧是"运动的艺术"，演员表演的唯一前提就是在考虑环境、个性、地位、全剧人物、情节等基础上"体验剧情"。在演员创造角色时，具有"双重人格"，其中"创造剧中人物的人格"，即自己原本的、客观的人格，"代表剧中人物的人格"，即展现在观众面前的、主观的人格。要用客观的人格指导主观的人格，二者不可偏废，要主客观相调和，才能使一切动作深刻地"剧中人化"。[2]此外，陈大悲论述的关于演员注意力、表情、发音等各项能力练习的方法与手段等内容，对当时"爱美的"戏剧的演员们进行身体训练、理解角色等方面起到了极大的、实际的帮助作用。

在对现代剧场和舞台的研究中，陈大悲比较系统地整理了西方14世纪至20世纪初期舞台形式的变迁，以及演坛式的舞台（Platform Stage）、圆口的舞台（Apron Stage）、镜框式的舞台（Picture Frame Stage）等舞台形式的特点，认为剧场内的布置应该符合观众的心理，要"像一个庄严的礼拜堂"，并指出最适宜医治当时社会种种病症的舞台形式就是镜框式的舞台。因为这种舞台受到写实派剧本的影响，台上台下被分隔为两个世界，台上的演员只需要全心全意地去做剧中人，不用去讨台下"老爷们"的欢心，既不用"背躬"，也极少使用"独白"。这样的舞台，只适合演"人生的戏剧"，摒弃了"非人的戏剧"，从而使演剧者认清"独立的艺术生活"。陈大悲对写实派以及镜框式舞台的青睐，与其在训练演员时始终强

---

[1] 关于演员体验角色的问题，散见于陈大悲：《爱美的戏剧》（《民国丛书》第4编），上海：上海书店，1922年版，第三章至第五章。

[2] 参见陈大悲：《表演术》，上海：商务印书馆，1936年版，第14页。

调"第四堵墙"的观念是一脉相承的，这在营造舞台幻觉方面可以起到重要作用。但同时也不能过分追求逼真而导致舞台画面的臃赘，以免分散观众的注意力。在引进写实主义舞台理论的同时，陈大悲亦介绍了象征主义剧场理论的特色，强调灯光对布景的配合作用，用简洁的布景设计激发观众的想象。陈大悲在对待西方不同的戏剧流派时采取了较为冷静的态度，主张从中国的现实情况出发，吸收西方精华为己所用。[1]

三、"爱美的戏剧"的失败及对未来戏剧之路的憧憬

"爱美的"戏剧运动以西方19世纪末至20世纪初的"独立戏剧"运动和"小剧场"运动为理论基点，希望创建反对文明戏陋习的、非营利的、严肃的戏剧形式，通过反对明星制让新剧面对更多的大众。但是，它的理论与实践存在着较大的差距。"爱美剧"的演员多为在校学生，多将演出视作一种"游戏"，并不能认真地投入排演中。尽管在初创期曾强烈反对文明新戏的陋习，但是为了吸引欣赏水平与文化水平不高的广大观众，"爱美的"戏剧团体有意或无意地重蹈了文明新戏的覆辙，将角色"分派"，并上演了追求感官刺激和娱乐性的、内容较为低俗的戏剧。陈大悲的艺术主张与艺术实践之间存在着不可调和的矛盾，导致了"爱美的"运动最终衰落。向培良在《中国戏剧概评》中曾经论及："陈大悲同他一班人的功绩，第一是从幕表制改变成正式的剧本。……第二是在民众间确定了戏剧的地位，从旧剧从文明戏分离而独立起来。"[2]但也批评他们是"不很彻底的社会思想，含有宣传意味的教训，官感的刺激，趣味的创造。……不曾表现人生，传达真正的情绪，而只是诉之于感觉，感情的。"[3]马彦祥谈及"爱美的"戏剧运动衰落时则更多地考虑到社会文化因素，指出这一戏剧

---

[1] 参见陈大悲：《爱美的戏剧》（《民国丛书》第4编），上海：上海书店，1922年版，第191—203页。

[2] 向培良：《中国戏剧概评》（节选）。转引自韩日新主编：《陈大悲研究资料》，北京：中国戏剧出版社，1985年版，第96页。

[3] 向培良：《中国戏剧概评》（节选）。转引自韩日新主编，《陈大悲研究资料》，第97页。

运动发生在五四运动之后，五四运动是中国第一次的自觉的革命运动，青年们被时代思潮唤醒，在思想上谋求解放。但是五四运动的根基并不稳固，《新青年》派宣扬的思想亦未能在社会上普及。陈大悲的戏剧观念承袭了这种并不健全的社会思想，所以其作品曾受到一时的欢迎。然而陈大悲的创作为了迎合观众寻求刺激的心理，常常不惜破坏"舞台的空气"和"人物的个性"，在剧作中加入较多诸如自杀等刺激观众的场面。尽管那些"对于艺术的欣赏尚在极幼稚时期的观众"在短时期内易被其征服，但这种承袭了文明戏陋习的演剧形式也为最终的失败留下了隐患。[1]

作为最早将西方戏剧理论系统地译介到中国的戏剧家，宋春舫在总结"爱美的戏剧"的同时对未来戏剧道路进行了展望，为民众戏剧的进一步发展进行了理论铺垫。在宋春舫看来，《新青年》派推崇的易卜生主义曲高和寡，"爱美的戏剧"则毫无生气。中国戏剧若想革新，必须注意西方戏剧中的两个普遍趋势，即戏剧的"德模克拉西"[2]趋势与剧场艺术方面的新追求。

20世纪20年代初期，新旧剧均处于"破产时代"。当时上海盛行"狸猫换太子"、"济颠活佛"等类魔术戏，新剧除了文学革命的成绩，以及介绍了几本易卜生、萧伯纳的剧作，并未出现明显的发展。[3]被《新青年》派视为拯救中国社会之希望的易卜生派戏剧，只在校园中受到师生的重视，并未造成广泛的社会影响，根本无从起到拯救社会、启迪民智的作用。——"夫剧本虽有左右社会之势力，然须视社会之心理，不独迎合社会少数人之心理已也，而尤当迎合多数人心理，问题派剧本之失败即在当时提倡者之昧于此旨耳。试问在今日中国之社会，脑筋中有'人生观'

---

[1] 参见马彦祥：《现代中国戏剧》（节选）。转引自韩日新主编：《陈大悲研究资料》，北京：中国戏剧出版社，第109页。

[2] 来源于希腊词语"demos"，英语中为"democracy"，有"民主"之意。

[3] 参见宋春舫：《我为什么要介绍腊皮虚》，见《宋春舫论剧》第1集，上海：中华书局，1930年版，第247页。

三字者能有几人？其不能容纳此种剧本也明矣……"[1]从"为民众"的角度来看，由陈大悲倡导的"爱美的"戏剧运动和"平民剧社"的活动似乎在戏剧理念上能够弥补新旧戏剧的缺陷及《新青年》派曲高和寡的不足，但却难以长久维持，因为这种戏剧运动对于戏剧文学及舞台艺术的新趋势皆没有研究。当时欧洲剧坛影响较大的学说即是戈登·克雷和莱因哈特的"艺术的运动"，他们主张废除说白与剧本，甚至用傀儡代替演员，但"爱美的戏剧"却对此种思潮不闻不见。尽管陈大悲曾经研究过西方剧场艺术，但是在宋春舫看来，他们在实践中过于重视研究剧本，忽视了戏剧的其他元素。何况他们研究的剧本是"易卜生一类的剧本"，这种剧本虽然在欧洲戏剧史上有一定的成绩，但剧本只是戏剧艺术的"附属品"而并非主体。此种剧本"只有历史上的价值"，所以完全可以将其抛弃直接进行"艺术的运动"的探寻。在舞台实践中，"爱美的戏剧"完全不知道剧场中的"光"、"布景"、"舞台的建筑法"等知识，用"极丑恶的东西来骗人"[2]，尤其忽视了"光"这一"现代戏曲的灵魂"，也未能注意到"舞台监督"的问题，尚未树立起导演中心制的意识。对于对"爱美的戏剧"存在误解的"平民剧社"，宋春舫亦给出自己的忠告。平民剧中的"平民"二字，"固然是绝好的一块招牌，但是细细想起来，当然也有许多可以讨论的地方"。欧洲的平民戏剧受到政府津贴的支持，且剧本创作含有"平民"的趣味。莱因哈特等人的舞台改革，也是"倾向实行平民制度的"。但平民剧社的成员一定要明确剧社宗旨，"不要挂了一块革命的老虎招牌，去吓人……去骗人……"[3]于是在剧本创作上，宋春舫主张要兼顾、体验社会各阶层民众的心理，甚至要走进妓女、官僚、新闻记者等各

[1]参见宋春舫：《中国新剧本之商榷》，见《宋春舫论剧》第1集，上海：中华书局，1930年版，第267—269页。直接引用的原文的标点符号系引者所加。

[2]指的是布景的虚假。对于光与布景的问题，宋春舫在该文中亦强调布景的新趋势在于"简便"与"省俭"，布景需要光线辅助，否则"毫无生气"。参见宋春舫：《"爱美的戏剧"与"平民剧社"》，见《宋春舫论剧》第1集，上海：中华书局，1930年版，第52—53页。

[3]参见宋春舫：《"爱美的戏剧"与"平民剧社"》，见《宋春舫论剧》第1集，第47—56页。

行各业人们的生活，[1]才有可能具有发展真正平民戏剧的根基与氛围。

　　面对当时中国社会和剧坛的窘境，宋春舫不断思考"话剧的未来"。在分析了希腊戏剧以来的西方戏剧发展的趋势后，他指出"德模克拉西"是世界戏剧的大势所趋，"有识者佥以提倡人道主义为解决人生问题之关键，而吾之所谓平民戏曲（drame démocratique）者乃出现于舞台之上矣"。[2]戏剧的民主化趋势，也是陈大悲曾经提及的，用于反对剧场的名角制。这样的趋势，在很大程度上也反映社会民主化的进程。依照托克维尔的观点，在一切文艺当中，只有戏剧与社会的现实情况的关系最复杂和最密切。[3]大众对艺术的偏好，往往影响着作家的创作风格，当这种偏好浸入戏剧中，曾经为戏剧定制的清规戒律，也将由民众大张旗鼓地推翻，而这又极有可能预示社会革命的发展趋势，起到推动革命的作用。所以，话剧的发展必须从培养观众入手，注重观众和剧本的关系。尽管宋春舫推崇戈登·克雷等人颠覆戏剧文本的剧场艺术新观念，但从未完全否定剧本的作用，"有了观众，才有剧本，有了剧本，才有观众"。中国传统戏曲的《二进宫》、《三娘教子》、《汾河湾》等，宣传的都是忠孝节义的观念，观众受此影响颇深，所以话剧中的革命思想无法灌输到观众的头脑中，"必须先把旧有的一切驱逐出去"，再将新的戏剧题材与培养新型演员和观众的方法引入，话剧在中国的发展才有可能顺利。[4]在具体的指导方法上，尽管"爱美的戏剧"推行的"小剧场"运动并不成功，宋春舫还是从西方滑稽剧和对"小剧场"运动的较为系统的研究中看到了中国戏剧未来的希望。

---

　　[1]参见宋春舫：《改良中国戏剧》，见《宋春舫论剧》第1集，上海：中华书局，1930年版，第281页。

　　[2]参见宋春舫：《戏曲上"德模克拉西"之倾向》，见《宋春舫论剧》第1集，第229页。直接引用的原文的标点符号系引者所加。

　　[3]参见［法］托克维尔：《论美国的民主》（下卷），董果良译，北京：商务印书馆，2012年版，第608页。

　　[4]参见宋春舫：《话剧的将来》。转引自姜德铭主编：《中国现代名家名作文库 宋春舫卷》，北京：中国戏剧出版社，2001年版，第273—280页。

　　法国19世纪有一位滑稽剧大家，名为腊皮虚。宋春舫之所以对其非常推崇，主要是因为滑稽戏符合群众心理，"不像易卜生一派的戏剧，在我们中国只有几个穷教员，'新青年'，在那里拼命捧场罢了！"并且滑稽剧没有国界，可以为全世界人民带来欢笑。更重要的是，"滑稽剧是同吾人健康，很有关系"。当时的中国"南北交战，民穷财尽，西也闹旱荒，东也闹水灾"，"悲观主义"的情绪十分严重，提倡腊皮虚式的剧本，"苦中作乐"，有利于人们的身体健康。"腊皮虚的剧本，是合着群众的心理，而且部分过节，如果我们好好排演起来，一定是不至于失败的。现在的新旧戏剧，既然都破了产，吾们研究戏剧的人，不得不想出一种中国人向来没有见过的东西来试验一下子。要晓得纯粹的滑稽剧，吾国向来是很少……吾也承认这是过渡时代的一种办法。"[1]

　　如果说发展滑稽剧是为了挽救中国剧坛不得不做的妥协与退让，那么发展"小剧场"运动则凝聚了宋春舫的戏剧理想。陈大悲等人仅仅是了解法国自由剧院的皮毛，却并未将其与西方戏剧思潮与舞台艺术的新发展联系到一起。宋春舫却注意到了在1887年法国巴黎自由剧院建成之后，1890年俄国斯坦尼斯拉夫斯基（Stanislavski）创设的莫斯科"艺术戏院"、1891年英国的格林（Grein）[2]在伦敦创设的"独立戏院"均是"小剧场"运动的急先锋。莱因哈特还在小戏院的基础上发展了"诗剧"与"无声剧"。1912年，"小剧场"运动发展到美国，得到了迅猛发展。小剧场具有四个与大剧场不同的得天独厚的优势。第一，小剧场座位少，易利用大厅或讲堂等进行改造，成本低廉，观演区域接近，有利于观众对戏剧的理解。第二，小剧场主要以预约的方式购票。这样可以"免了金钱主义的压迫"，不必一定要"迎合社会的心理"。大剧院中不能演或是不敢演的

---

　　[1]参见宋春舫：《我为什么要介绍腊皮虚》，见《宋春舫论剧》第1集，上海：中华书局，1930年版，第247—251页。直接引用的部分，原文中所注标点符号即是如此。腊皮虚，现多译为拉比什（Labiche, Eugène, 1815—1888），法国著名剧作家。

　　[2]指的是J. T. Grein（1862—1935）。

戏，可以在小剧场中试演。第三，小剧场是非营业的团体，可以凝聚所有艺术家纯艺术的创造，剧本、布景、化装等"都带着一种试验的精神"，追求"简单的美"。第四，小剧场中经常排演独幕剧。这可以节省金钱和人力，每晚排演多个剧本，容易开展"各国戏剧的比较的研究"。所以，"小戏院实在是近代戏院历史里面一种最有意义的运动"。既可以通过"反封营利主义"提高戏剧的地位，也可以促进戏剧的进步。——这些特质也是改良中国戏剧亟需的。宋春舫对于"小剧场"理论研究的精华，被陈大悲等人忽视，却成为之后田汉等人进行"小剧场"艺术实践的理论基点。

其次，除了"小剧场"运动，宋春舫在对中国未来戏剧发展道路的憧憬中，始终注重探寻传统戏曲与话剧的关系。欧洲的戏剧分为两大类，即歌剧（Opera）和非歌剧（Drama）。在欧美各国，歌剧的发展势头要好于非歌剧。然而在中国，却一味地提倡白话剧，甚至摒弃一切传统戏曲艺术。宋春舫认为，话剧的发展必须以歌剧作为后盾，传统戏曲中的音乐无论如何都不能废弃——"中国戏剧数百年从未与音乐脱离关系，音乐为中国戏剧之主脑可无疑也"。新剧的失败并不是白话体裁、剧本、伶人道德堕落等方面的问题，更主要的原因在于废弃了"旧有之音乐而以淫词芜语代之"。[1]歌剧与白话剧并非二元对立的关系，而应该是并行不悖的。"中国的歌剧，虽然从原质上，构造法上两方面看起来，是应当改良。但是如果吾们能把白话剧重新提倡起来，与歌剧并驾齐驱，吾们竟可将歌剧置之不理，任他自生自灭，因为歌剧生存的理由，是'美术的'，美术可以不分时代，不讲什么'Isme'（主义）无论如何，吾们断断不能完全废除歌剧。'音乐'两个字，是人类天性中一种不可少的东西……可是现在提倡白话剧的人，不明白这个道理，极端主张废弃歌剧，这就是他们主张，不

---

[1]参见宋春舫：《戏剧改良平议》，见《宋春舫论剧》第1集，上海：中华书局，1930年版，第261—266页。直接引用的原文的标点符号系引者所加。

能受社会容纳的大原因。"[1]发展话剧,却不抛弃戏曲的精华;反对空喊"为民众"的口号,又注重剧场艺术发展新趋势。宋春舫对戏剧艺术的这种较为客观和理性的解读,为中国的戏剧艺术指出了新的思考方式和改革的方向。

在中国现代戏剧理论批评史上,"爱美的戏剧"的倡导者们首次提出要建立以"真戏剧"为核心的现代戏剧体系,并更加深刻地意识到民众之于戏剧运动的意义。从现代戏剧理论的基本范畴上来看,陈大悲等人将戏剧艺术研究的重点从文本转向剧场与舞台,在实践中建立起的以"舞台监督"为中心的现代排演制度,可以视为导演制的雏形。在表导演以及剧场设计等研究方面,他们始终推崇写实主义的编排方式,青睐能够呈现"人生的戏剧"的镜框式舞台形式,强调演员对角色的体验以实现主客调和。在对观演理论的研究中,他们逐渐意识到观众/民众对于社会变革与戏剧艺术发展的重要作用,亦希望戏剧艺术能够成为唤醒民众、拯救病态社会的"良药"。对于民众戏剧的初步构想成为日后陪伴中国现代戏剧发展二十余年的主潮,甚至蔓延至当代中国社会戏剧艺术的争鸣中。遗憾的是,无论是"爱美的戏剧"的倡导者们,还是宋春舫等人,他们希望引进西方戏剧艺术这个巨大的"他者"来激起中国戏剧艺术(包括传统戏曲、新剧等艺术形式)的变革,但中国新剧艺术发展滞后,决非仅仅因为忽视了音乐的作用、未建立新式剧院、未培养起优秀的演员与观众这么简单。尽管"爱美的戏剧"最终失败了,但其倡导者们仍旧是中国现代话剧理论的急先锋,在理论研究、创作、教育等方面作出了极大的贡献。

---

[1]参见宋春舫:《改良中国戏剧》,见《宋春舫论剧》第1集,上海:中华书局,1930年版,第280—281页。"美术的"在当时多指"美学"之意。原文标点符号即是如此。

第三节 "到民间去"：民众戏剧的进一步发展

夏衍曾经说过："中国话剧有三位杰出的开山祖，这就是欧阳予倩、洪深和田汉。"他们有着共同的身世："童年都处在国破家亡、民生涂炭的时代，都亲身受到了辛亥革命前后的爱国图存这种时代精神的影响。"[1] 欧阳予倩[2] 投身春柳社时，他们所排演的戏剧就反映了当时的时代特征，始终关怀被压迫劳苦大众的悲惨生活；田汉[3] 于20世纪30年代初期"左转"，举起救亡图存的社会主义现实主义戏剧运动的大旗；洪深[4] 则始终

---

[1] 参见夏衍撰写的序言。见欧阳予倩：《欧阳予倩全集》第1卷，上海：上海文艺出版社，1990年版，第1页。

[2] 欧阳予倩（1889—1962），湖南浏阳人，中国现代话剧的创始人与开拓者之一，推动中国戏剧教育事业和戏剧运动发展的先驱者。原名立袁，号南杰，笔名春柳，艺名莲笙、兰客、桃花不疑庵主。1902年赴日本留学，先后入成城中学、明治大学商科、早稻田大学文科学习。1907年参加春柳社，在中国第一部完整的话剧《黑奴吁天录》剧中扮演角色。1910年辍学回国，1912年在上海参加新剧同志会，后入春柳剧场、民鸣社等文明戏班，还曾"下海"演出京剧，与梅兰芳并称"南欧北梅"。1921年参与组织"民众戏剧社"，次年加入上海"戏剧协社"。他大力发展新式戏剧教育与研究事业，1919年在南通主持新型戏剧艺术学校——南通伶工学社，1929年正式建立广东戏剧研究所，倡导戏剧改革与戏剧运动。欧阳予倩不仅在戏剧创作、舞台表导演理论等方面成就显赫，在戏剧理论、戏剧改革等方面亦卓有建树。

[3] 田汉（1898—1968），原名田寿昌，湖南省长沙县人，中国现代戏剧重要的奠基者之一。田汉自幼热爱戏剧，受到辛亥革命影响，1913年就写出了《新教子》和《汉阳血》等剧本。1916年赴日留学，1921年与郭沫若、成仿吾等人组织了具有积极浪漫主义精神和强烈反帝反封建倾向的新文学团体"创造社"。1922年归国后与妻子易漱瑜创办文艺刊物《南国半月刊》。1927年，正式成立了南国社，并创办了南国艺术学院，推广进步的戏剧运动。

[4] 洪深（1894—1955），江苏武进人。1912年秋考入北京清华学校"实科"，1916年赴美国俄亥俄州立大学学习烧瓷工程专业，同时选读文学与戏剧等文科课程。1919年洪深放弃实业救国而改学戏剧，考取哈佛大学，师从贝克（Baker）教授，成为其唯一的中国学生。同时在波士顿表演学校学习发音、表演和跳舞，并且在柏莱剧院附设戏院学校学习表演、导演、舞台技术和剧场经营管理，获得硕士学位，1922年归国。1937年底，全国戏剧界抗日统一战线组织"中华全国戏剧界抗敌协会"于武汉成立，洪深任常务理事。1938年，洪深被任命为周恩来领导的军事委员会政治部第三厅第六处所辖的戏剧科科长，与郭沫若、田汉等人一起将汇集于武汉的各戏剧组织改编为抗敌演剧队与救亡宣传队，分赴各战区宣传抗日。1939年，政治部又设教导剧团，洪深任队长，同年8月开始，率剧团在川北广大农村宣传演出，历时两个半月。洪深的生平，参见韩斌生：《大哉洪深》，北京：中央文献出版社，2000年版，以及古今、杨春忠：《洪深年谱长编》，北京：中国戏剧出版社，2009年版。

坚持"为人生"的戏剧观念，积极宣传抗日救亡，促使戏剧走向了"血肉相搏的民族战场"。[1]而关注时代、关注社会，也是中国话剧一以贯之的传统。这一切都使民众戏剧在中国的发展更加深入与迅速。

一、"民享"、"民有"、"民治"：戏剧"为民众"的手段与方式

1927年，国民大革命失败的阴霾深深刺痛着欧阳予倩等人。中国的戏剧理论与批评界的关注点，逐渐从中西比较以探寻新剧的美学形式转向探索戏剧与革命和民众的关系，认识到戏剧的发展必须有民众的建设和参与。在1937年抗日战争的炮火正式打响之前，欧阳予倩等人的理论研究的焦点主要集中在民众剧的建设方面，呼吁剧场要为民众服务，利用戏剧向民众宣传革命的迫切性与必要性。在此期间写实主义戏剧观日益成熟，戏剧被寄予了崇高的社会理想与政治理想，不仅要表现"国民性"，更要表现"国民革命"的恢弘气势。

若建设民众戏剧，就必须言明民众之于时代与社会的重要意义。在中西戏剧的比较中，欧阳予倩清楚地意识到戏剧可以表现一国人民的"国民性"。早在1921年5月至10月，他就在民众戏剧社《戏剧》第1卷第1—6期上连续发表《西洋歌剧谈》、《法兰西歌剧》、《德国的歌剧》、《英吉利之歌剧》、《俄罗斯之歌剧》等专门谈论歌剧的文章。1925年1月，又在《国闻周报》第2卷第1、2期上发表《乐剧革命家瓦格拉》。在这一系列的论述中，他系统地清理了英、法、德、俄等国的歌剧发展历史，尤其分析了各国歌剧堕落的原因以及创新、革新的方式。现代歌剧发源于16世纪的意大利，注重歌词和艺术表现力，但是由于只照顾一般民众和宫廷的娱乐，意大利歌剧徒剩华丽的外表而逐渐堕落。欧阳予倩推崇俄罗斯歌剧，认为其"以艺术的优越点放异彩于世界之音乐界"[2]。俄罗斯歌剧原本从意大

---

[1] 洪深的为抗战服务的戏剧理论，将在本章第六节进行论述。

[2] 欧阳予倩：《西洋歌剧谈》之《俄罗斯的歌剧》部分，见《欧阳予倩全集》第5卷，上海：上海文艺出版社，1990年版，第317页。

利输入，但格林加（Michael Ivanovich Glinka）认为意大利歌剧这种"轻倩华丽的音乐不足以表现俄国人的国民性，所以非有纯俄罗斯国民的创作不可"[1]。后来格林加与修科夫斯基合作的《为皇帝之生命》（A life for the Tzar）于1836年11月首演，"国民的、种族的感情，居然流露，并采用民间歌谣的旋律深为得法"。格林加"结合独创与同化以造成俄国国民歌剧""是完全脱尽了意大利窠臼作的纯国民歌剧"。[2]通过对西方歌剧史的梳理，中国的戏剧家们在放眼看世界的过程中逐渐意识到戏剧具有表现国民性的重要作用，戏剧改革迫在眉睫。

20世纪20年代末30年代初，中国社会处于激烈动荡与变革的时期，反封建、反专制、反殖民的斗争日趋激烈，戏剧界的爱国热情也日益高昂。戏剧的宣传功能日益为人所知，对戏剧改革和民众剧的理论研究也进一步地深入，"左翼"思潮日益发展壮大，田汉亦逐渐意识到中国半殖民地半封建社会的黑暗现实，开始有意识地在作品中加强与时代和民众的联系，《孙中山之死》所反映的社会内容更加深刻，《火之跳舞》将拯救国家民族的希望寄托于社会底层的工农大众，《一致》则更是将拯救社会的希望寄托于中国共产党的身上，可视为左翼戏剧运动的先声。

欧阳予倩认为，凡革命，势必要有运动；凡运动，势必要有理想。戏剧运动，即戏剧革新运动，也就是艺术界的革命运动，是顺应时代自然之趋势产生的。戏剧并不只是起到宣传革命的作用，而是与革命具有深刻的内在关联。戏剧是动的艺术，有内部的动和外部的动。"动"在这里即革命之意。"革命的表面，是激烈的动；革命的里面，是为人类扫除腐秽，为被压迫者求解放。最后的目的，是要跟上大自然的Rhythm；跟上了大自然的Rhythm就合乎革命的原则。"[3]戏剧运动，即是这样的一场符合时代、符

---

[1]欧阳予倩：《西洋歌剧谈》之《俄罗斯的歌剧》部分，见《欧阳予倩全集》第5卷，上海：上海文艺出版社，1990年版，第318页。

[2]欧阳予倩：《西洋歌剧谈》之《俄罗斯的歌剧》部分，见《欧阳予倩全集》第5卷，第319页。

[3]欧阳予倩：《动的艺术》，见《欧阳予倩全集》第4卷，第69—70页。Rhythm，即是"节奏"之意。

合社会进化理论的"文化运动"或"革命运动"[1]，既是艺术的事业，也是革命的事业。[2]但为了社会与人类的幸福，戏剧的革命性掩盖了其艺术性，成为当时戏剧工作者最大的追求。

平民戏剧是这场戏剧运动的中心。[3]根据罗曼·罗兰的民众艺术论，"民众剧"可以理解为"平民剧"。根据戏剧的发展规律，戏剧本源起于平民间，后被特权阶级利用收买，成为知识阶级的专有品。而平民剧运动的目标，就是"使戏剧从特权阶级手里解放出来，回复到平民间去"[4]。平民剧的主体是平民，包括"民享"（for the people）、"民有"（from the people）、"民治"（by the people）三个层次。其中，完全由平民为满足自己的需要而作的戏剧，便是民治；平民自为的戏剧，资料取自平民，作用也完全在平民自身。所以平民自为的戏剧，便是民享、民有的戏剧。[5]戏剧被特殊阶级占有，便失去了平民性，而要想再从民间产生新的戏剧，"民治"就成为戏剧创作者和研究者进行戏剧运动的目的。要想实现"民治"，第一步的方法即是"民有"，以平民为主，以平民的资料来编戏剧。这又包含两层意义：一方面，平民可以认识自我，引导他们的生活积极向上；另一方面，也可以让上层阶级不忘平民。平民能认识自己，就会尊重自己、爱惜自己。上层阶级不忘平民，就可以时刻爱护平民，也可以渐渐使自己拥有平民意识。以平民的资料做戏，需要让平民自觉团结起来反抗压迫。[6]当时戏剧运动的组织者和倡导者虽然是知识阶级，但是他们始终强调，发展民众剧需要从民众中汲取营养，再回馈给民众，直至民众可以根据自己的需要，独立地创作新剧。这才是戏剧运动成功的标

---

[1]欧阳予倩：《怎样完成戏剧运动——5月17日在知用中学的演讲》，见《欧阳予倩全集》第4卷，上海：上海文艺出版社，1990年版，第97页。

[2]参见欧阳予倩：《开场白》，见《欧阳予倩全集》第4卷，第68页。

[3]参见欧阳予倩：《怎样完成戏剧运动——5月17日在知用中学的演讲》，见《欧阳予倩全集》第4卷，第99页。

[4]欧阳予倩：《民众剧的研究》，见《欧阳予倩全集》第4卷，第6页。

[5]参见欧阳予倩：《民众剧的研究》，见《欧阳予倩全集》第4卷，第8页。

[6]参见欧阳予倩：《民众剧的研究》，见《欧阳予倩全集》第4卷，第10—11页。

志。[1]

罗曼·罗兰的民众艺术论极大地影响了中国现代话剧的大众化道路。

平民剧的实现手段和形式是不拘一格的。平民剧是自由的戏剧，可以自由选择舞台表演形式和剧场形式，不为镜框式舞台或室内剧场所限制。在平民剧的创作上，首要注意的问题是剧本。"戏剧是民众创造（Creat）与享乐（Enjoy）的机关"，"现在民众演主角的时候到了"。好剧本的标准是"最能体现民众最大最深苦闷与期待的而又最适于舞台上的'新样式'的表现的"。[2]剧本既可以原创，也可以引进欧洲的戏剧，要让观众在不知不觉中受到教育。其次，剧本要有适宜的舞台上演。戏剧是"视"、"听"结合的艺术，小剧场、大剧场、平民剧场都要发展。小剧场进行艺术研究和试验，大剧场可以容纳较多的人看戏，平民剧场则可以"提供给大多数的民众欣赏艺术的会堂"[3]。在当时，"小剧场"理论已经引入中国，被陈大悲、宋春舫、欧阳予倩、田汉等人视为反抗娱乐化、商业化的、低俗戏剧的重要武器，甚至被视为革新社会的"战场"。即便此前已经出现以崇尚"小剧场"为旗帜的"爱美的"戏剧运动，但由于成绩不佳，这一戏剧运动尚未在中国普及。到了20世纪20年代末期，积累了较为丰富的舞台经验的田汉及南国社同仁深深地感到，"小剧场"运动有可能成为兼具"为艺术"和"为革命"的重要任务的绝佳载体：

> 我们的小剧场运动，不是单纯为艺术的，也不是单纯为革命的，它是基于"艺术的革命"与"革命的艺术"二者交错之一种新的运动之建设的信念上的。虽然目前我们的小剧场只是设为研究机关的性

---

[1] 参见欧阳予倩：《怎样完成戏剧运动——5月17日在知用中学的演讲》，见《欧阳予倩全集》第4卷，上海：上海文艺出版社，1990年版，第100页。

[2] 参见田汉：《我们今日的戏剧运动》，原载于1929年5月27日上海《申报》本埠增刊。见《田汉全集》第15卷，石家庄：花山文艺出版社，2000年版，第16—18页。

[3] 欧阳予倩：《怎样完成我们的戏剧运动》，见《欧阳予倩全集》第4卷，第2页。

质，但将来的愿望远还在那里啊！[1]

这一时期的"小剧场"戏剧运动，吸收了欧美"小剧场"运动的理念，但遗憾的是，几乎未提及具体的理论主张。"艺术的革命"与"革命的艺术"究竟如何结合、如何实现，田汉等人并未明确地进行说明，亦鲜有独立完整的小剧场理论论述。但不可否认的是，在民众戏剧的思潮之下，一定数量的小剧场公演为推行这一戏剧运动起到了重要作用。

此外，在具体的舞台实践中，欧阳予倩等人普遍认为，在舞台装置上，应该使用"最低廉舞台"（Minimum Stage）以节省成本。在舞台光影方面，考虑到要在城乡处处可演，主张利用任何"可顺其性质"的光线，[2]并且通过演员、舞台装置、音乐的发展，"完成真正的综合艺术"，"确定戏剧的独立与尊严"[3]。而之所以要发展这样的戏剧，是源于中国戏剧根深蒂固的传统。田汉在探究中国戏剧的起源时指出，中国戏剧的起源主要有两种动因，第一是宗教的起源，第二是政治的起源。前者与"巫"有关，后者则与"剧谏"有关。而这一点又与剧场的变迁紧密相关，古希腊戏剧中观众和舞台是不分的，而之后观演关系却发生分离，"与民众离开成为某种人的享乐，这便是戏剧的堕落"，"舞台面和民众的接触面愈大，便是愈有扩大以前生命的可能，因为真正的戏剧是属于民众的！"例如"锐角长三角形的舞台"的形式就是田汉极为推崇的。[4]"演戏的人将真的东西给观众看，把社会的真的症结、民众的真的要求与苦闷显示出来，观众自然要喝彩。"[5]这也与田汉与南国社坚持的求真求美求善的

[1]参见阎折梧：《我们的小剧场运动发端》，见阎折梧主编：《南国的戏剧》，上海：萌芽书店，1929年版，第22—28页。

[2]参见田汉：《我们今日的戏剧运动》，原载于1929年5月27日上海《申报》本埠增刊。见《田汉全集》第15卷，石家庄：花山文艺出版社，2000年版，第16—18页。

[3]欧阳予倩：《怎样完成我们的戏剧运动》，见《欧阳予倩全集》第4卷，上海：上海文艺出版社，1990年版，第4页。

[4]参见田汉：《戏剧与民众》，原载于《南国的戏剧》，见《田汉全集》第15卷，第22—24页。

[5]参见田汉：《南国社的事业及其政治态度》，原载于《南国周刊》，第1期，1929年7月28日。见《田汉全集》第15卷，第43页。

传统一脉相承。

为了开创民治的戏剧，纪念"六二三"沙基惨案，也为了介绍群众剧，1930年夏天，欧阳予倩导演苏联作家特列恰柯夫的《怒吼吧中国》，并在剧中扮演买办角色。在《演〈怒吼吧中国〉谈到民众剧》一文中，欧阳予倩明确指出，在革命的时代，革命的对象是帝国主义，革命的主体是被压迫的民族和被压迫的民众。被压迫的大众要求解放与自由，现代艺术的重心就要符合这一要求。"我们要替大众喊叫。要使民众自觉。要民众团结起来，抵抗一切的暴力，从被压迫中自救。"[1]同时，民众剧要以民众为中心，促进民众的自觉与团结，但也要表现民众的生活力与生活美，民众也要在自己的艺术中求得安慰——这也就形成了平民剧的主体与客体双向交流、融合为一的特点。罗曼·罗兰认为戏剧是精神的避难所，也是精神的培养场。而尽快创造民享、民有的新戏剧，通过大量的推广实践，就有可能在最短的时间开创民治的戏剧，实现民众戏剧的理想。

二、向"左转"：戏剧要为社会革命呐喊

1930年4月，田汉撰写长文《我们自己的批判——〈我们的艺术运动之理论与实际〉上篇》，全面地检查与批判了早年自己和南国社戏剧活动中的小资产阶级倾向的错误和缺点，希望"使我们同志深自警惕，努力担负这些责任，以便于过去有所补救，于将来有所贡献"。[2]同时强调"没有明确的理论便不会有明确的运动"，"进攻是唯一的出路"。[3]这成为田汉由激进的民主主义向共产主义信仰过渡的转折点，[4]同时也意味着戏

---

[1] 欧阳予倩：《演〈怒吼吧中国〉谈到民众剧》，见《欧阳予倩全集》第4卷，上海：上海文艺出版社，1990年版，第109页。

[2] 田汉：《我们自己的批判——〈我们的艺术运动之理论与实际〉上篇》，原载于《南国》月刊，第2卷第1期，1930年。见《田汉全集》第15卷，石家庄：花山文艺出版社，2000年版，第80页。

[3] 田汉：《我们自己的批判——〈我们的艺术运动之理论与实际〉上篇》，见《田汉全集》第15卷，第81页。

[4] 参见陈白尘、董健主编：《中国现代戏剧史稿（1899—1949）》，北京：中国戏剧出版社，2008年版，第144页。

剧与革命和民众的关系更加密切，戏剧日益从社会解放的角度表现半殖民地半封建社会中的矛盾与斗争。1931年3月，"左联"成立，田汉与鲁迅、夏衍等人被推举为常务委员，逐渐成为左翼戏剧与电影运动的领导者。在田汉早期的戏剧创作与戏剧理念中，他推崇新浪漫主义的审美观念，崇尚具有强烈感伤气息的、重感觉、重主观的新浪漫主义文艺创作观念，追求"真艺术"与"真爱情"，但也具有一定的革命民主主义的思想基础，注意到了现实主义的创作倾向。到了20世纪30年代，他开始关注国内革命战争和国内工人运动，对戏剧"写实性"的关注逐渐加强，日益注重戏剧的政治宣传功能和为民众呐喊的重要意义。

　　田汉"左转"的核心问题，在于对其早年具有强烈感伤气息的、重感觉、重主观的新浪漫主义文艺创作观念的反拨。他反省创造社的活动"理智比感情轻"，意识到面对恶劣的客观环境和迫切的革命要求时，这种"本着内心的要求而从事文艺的活动"的文学团体就只能"分裂"了。[1]他曾经希望自己的创作"在沉闷的中国新文坛鼓动一种清新芳烈的艺术空气"，然而此时则批判这一宣言"是模糊的感觉，而无一定的明确的创作意识……不想为着自己本来的阶级组织自己的力量"。同时，《获虎之夜》、《咖啡店之一夜》、《午饭之前》等早期作品，"同表示青春期的感伤、小资产阶级青年的彷徨与留恋和这时代青年所共有的对于腐败现状的渐趋明确的反抗"。[2]

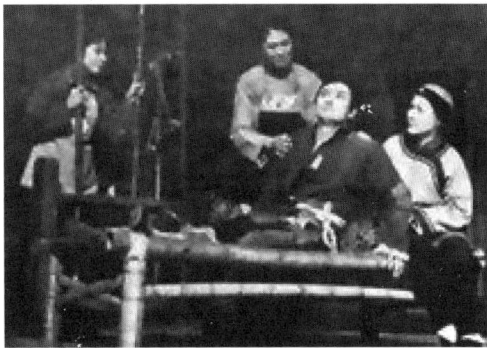

《获虎之夜》剧照

　　在"彷徨"与"反抗"的反复纠结中，在经历了《南国特刊》停刊之后的

---

[1] 参见田汉：《我们自己的批判——〈我们的艺术运动之理论与实际〉上篇》，原载于《南国》月刊，第2卷第1期，1930年。见《田汉全集》第15卷，石家庄：花山文艺出版社，2000年版，第85页。

[2] 参见田汉：《我们自己的批判——〈我们的艺术运动之理论与实际〉上篇》，见《田汉全集》第15卷，第86—87页。

一段"左右为难"的状态后，受到俄罗斯民粹派（Narodniki）的"到民间去"运动的影响，田汉拍摄了电影《到民间去》，希望"借Film宣泄吾民深切之苦闷"。这也成为田汉自我反叛的重要理论来源之一。但是俄罗斯的这一社会运动的浪漫性质居多，虽然极大地推动了俄罗斯社会思潮的转变，却以失败告终。田汉指出，俄罗斯民粹派思想的错误在于分不清"人民"与"阶级"，无法理解无产阶级的历史使命又过于看重农村的共产体，不切实际地幻想俄罗斯可以不经过资本主义而达到共产主义，必然导致"分裂"与"消灭"。当时的俄国文坛可以分为革命的"同路人"与无产阶级作家两派；在"同路人"中的左右两派中，右派对于革命始终是消极和悲观的，而左派则承认革命的胜利，以冷静的态度观察革命的现实，站在写实主义者的立场，如实地描写革命的积极与消极两方面。田汉详细地介绍了苏俄作家皮涅克[1]的创作观，认为其"艺术上的好处是处理材料的形式之新颖与构成的手法之独辟蹊径，以是能为苏俄新文艺作家的中坚；而他的缺点是态度之暧昧与思想之不彻底，以是常为无产阶级作家所不满"，而此时南国社的艺术创作态度与此极为类似。影片《到民间去》"很真实地描写了一个情热的、幻想的、动摇的、殉情的小资产阶级青年的末路"，仍旧包含着艺术至上主义的倾向，"思想不能很彻底，态度自然会流于暧昧"，"不知不觉地宣传了小资产阶级的枝枝节节、自相矛盾的改良主义"。[2]田汉对于俄罗斯民粹派的分析，具有一定的社会主义思想的萌芽，在一定程度上体现了他对无产阶级革命的肯定，更加关注人民之于变革社会现实的力量。在反省"到民间去"这一问题时，田汉所认同的"大众"并非仅包括都会小市民阶层，重视工场与农村戏剧之建设，发展俱乐部剧和乡村剧，发动工场、农村自己的剧运，也成为了田汉呼吁的目

---

　　[1] 今多译为波里斯·皮利尼亚克（1894—1937）。
　　[2] 参见田汉：《我们自己的批判——〈我们的艺术运动之理论与实际〉上篇》，原载于《南国》月刊，第2卷第1期，1930年。见《田汉全集》第15卷，石家庄：花山文艺出版社，2000年版，第86—103页。

标。[1]

到了上海艺术大学时期，田汉意识到应该做"真正的运动"，培养一些实际的人才，"由民间硬干起来"，此时他认为自己早年的"生活之艺术化"的观点，不过是一种"穷开心"，是一种"浪漫的生活法"，"暴露着对于生活之不严肃"。[2]于是在南国艺术学院成立时，他便决心在这一"私学"中做"在野"的艺术运动，从而反抗"官学的意识"，希望艺术成为"发扬民族精神、高涨革命的情绪的武器"。田汉批判徐悲鸿"虽然同时标榜着Realism（写实主义），而他自己实在也还是一种Idealist（理想主义者），他陶醉在一种资产阶级的甜美的幻影中"，从而"堕入个人主义的传统"，"非本意地成了资产阶级的画家"。[3]

南国社拍摄的影片《到民间去》。

对于徐悲鸿的批判，也是南国社对自己的批判。1927年，南国社成立，其宗旨在于"团结能与时代共痛痒之有为的青年作艺术上之革命运动"。但是在公演时，却被部分观众批判其作品反抗无力，不符合时代的要求。例如，在南京公演《苏州夜话》后，就曾有人来信说道：

> 最后的《苏州夜话》，剧情是诅咒战争与贫穷。这种乞怜声气，你们或许以为可以讨得那班吸血鬼似的军阀们的同情吧。他们会要发慈悲心，放松那抽紧的索子吧！先生！伟大的先生！你的作品是多么背着时代的要求啊……我所倾慕的先生，莫要自命清高、温柔、优美，我们被饥寒所迫的大众等着你们更粗野、更壮烈的艺术！
>
> ——南京公演后署名一小兵的来信

---

[1]　参见田汉：《临着南国第三期第一次公演》，原载于《南国周刊》，第16期，1930年6月11日。见《田汉全集》第15卷，石家庄：花山文艺出版社，2000年版，第192页。

[2]　参见田汉：《我们自己的批判——〈我们的艺术运动之理论与实际〉上篇》，原载于《南国月刊》，第2卷第1期，1930年。见《田汉全集》第15卷，第117—123页。

[3]　参见田汉：《我们自己的批判——〈我们的艺术运动之理论与实际〉上篇》，见《田汉全集》第15卷，第123—164页。

田汉极为看重这封信的价值，认为自己戏剧上的作风与徐悲鸿一样，"只顾清高、温柔、优美，不知不觉同民众的要求背驰了"，所以在第二期公演前的《告南国新旧同志书》中，明确地指出要坚持"民间的"道路，"南国艺术运动的对象自然是劳苦大众"。在另一篇名为《公演之前》的文章中，田汉则指出："艺术只是与时代同样地活动着，苦闷着，期求着！就是与大众同样地生活着的艺术家的喊叫。由他的作品，你必能看出他对于新的生活的路！"[1]

在对艺术的追求和对现实的剖析中，一方面，田汉对时代的把握日益敏锐，无产阶级革命意识日益强烈；另一方面，他日益看重文艺作品的政治宣传功能，这与其前期注重感性体验的新浪漫主义文艺观念极为不同，开始转向注重戏剧的社会批判价值，更加注重戏剧对于现实及革命的推动效果。只不过，这样的观念仍旧存在着不彻底、不健全的思想：

> 当时的南国实犯了几种错误，第一没有认清什么是我们的观众，即什么是"民众"。既然认清了我们的路是民间的，又认定南国艺术运动的对象是劳苦大众，并且把我们的努力的焦点放在如何使我们的艺术真成为民众的，并如何使民众认识艺术的真价上面，又把艺术当作报告新时代到来的"红色的号音"，又说我们愿意始终站在被压迫民众的地位喊叫，又说我们都是担着惨苦的重担的穷人，以相同的艺术上的倾向结合起来，不拿艺术来消闲，来歌舞升平，要使它成为一种运动以促进新时代之实现……但是我们一接触实际问题，马上把我们的患得患失，手忙脚乱，即动摇的意识暴露出来了。我们的剧本除了略略可以听见民众之声的《火之跳舞》与《第五号病室》外，依旧有所谓悠永的、神秘的《古潭的声音》，依旧有充满着诗，充满着泪的感伤情调的《南归》……[2]

---

[1] 参见田汉：《我们自己的批判——〈我们的艺术运动之理论与实际〉上篇》，原载于《南国》月刊，第2卷第1期，1930年。见《田汉全集》第15卷，石家庄：花山文艺出版社，2000年版，第157—174页。

[2] 田汉：《我们自己的批判——〈我们的艺术运动之理论与实际〉上篇》，见《田汉全集》第15卷，第177—178页。

在经历了1930年的自我批判之后，田汉日益倾向推崇"普罗大众文艺"，探究戏剧大众化的实际意义，强调加强与工农阶级的联系，认为"谁不能真走到工人里去一道生活，一道感觉，谁也就不配谈大众化"。[1]在发展戏剧运动时，他认为在中华民族危亡之际，"中国戏剧家的责任就在艺术地、有血有肉地描画出这个现实，使广大观众瞭解并且痛感这个现实，大家起来为中国民族的独立自由而战。——戏剧家以及一般的文化人，只有意识地担负这个责任的，才会产出划时代的东西，才能自致于伟大与悠久"。[2]——在很大程度上，田汉认为自己此时的创作观念转向了"新写实主义"[3]："旧写实主义的作品里是看不到出路的。它们都充满着一种绝望的苦闷。新写实主义在这点上是进步的，它于详细地解剖之后，而再赋予一种新的希望，唤起人们已死的心灵，勇敢地生活下去，使社会愈加健康起来。""我们干戏剧的，戏剧就是我们的武器，我们应当用我们的武器来创造人生，创造社会。"[4]

从20世纪20年代末期开始，动荡的时局，日益强大的革命浪潮时时刻刻激荡着戏剧工作者们的内心，他们希望通过话剧的革命来完成社会的革命。在艺术与现实的天平之间，他们急切地表达对于进步的政治立场的认同，在戏剧的理论研究与文学创作中不断地增强对现实的批判力度，单纯地认为革命要从写实主义做起，却在不经意间忽略了艺术形式的自觉。他们坚持"为民众"的主张，却尚未寻找到真正有效的"为民众"的方

---

[1] 田汉：《戏剧大众化和大众化戏剧》，原载于《北斗》，第2卷3、4期合刊，1932年7月20日。见《田汉全集》第15卷，石家庄：花山文艺出版社，2000年版，第234—236页。

[2] 田汉著：《对于戏剧运动的几个信念》，原载于1935年10月10日南京《新民报》日刊。见《田汉全集》第15卷，第255—256页。

[3] 田汉这里所言的"新写实主义"，主要指他在20世纪30年代"左转"之后所推崇的戏剧观念，即根植于大众的生活，不再像20年代那样描写小资产阶级的"灵"与"肉"的冲突并抒发苦闷彷徨的感情，仅仅从个性解放的角度表现反帝反殖民的时代精神，而是注重从社会解放的角度表现当时的矛盾与斗争，在作品中反映阶级斗争、民族斗争的激情。参见陈白尘、董健主编：《中国现代戏剧史稿（1899—1949）》，北京：中国戏剧出版社，2008年版，第144页。

[4] 田汉：《戏剧的理论与实践——在国立戏剧学校讲演》，原载于1935年11月17日《北平晨报》。见《田汉全集》第15卷，第261页。

法——"我们中国青年应做何种艺术运动，然后才不背民众的要求，才有贡献于新时代之实现"，希望"有一个正确的主张"，"然后遇事才不至于慌乱，而且旗帜也来得鲜明，步调来得雄健了"。[1] 这样的期冀与思索，于20世纪30年代开始生根发芽，并在接下来的30年里影响着中国戏剧界的文艺创作观念。

第四节 "促进光明的社会"：学校戏剧运动的理论与实践

20世纪20、30年代，现实革命斗争与戏剧的联系日益紧密。卢梭、罗曼·罗兰等人的"民众戏剧"理论传入中国，知识分子开始从多方面着手进行"民众戏剧"或"戏剧大众化"的理论研究与舞台实践。其中，南开新剧团的学生演剧活动，陈大悲倡导的"爱美的"戏剧运动，熊佛西在河北定县推行的农民戏剧运动，欧阳予倩在广州成立的戏剧研究所及其对于学生演剧的指导，田汉的南国戏剧运动等，从城镇居民、农民、学生等多个阶层、多个角度践行了"民众戏剧"用戏剧教化民众、指导民众生活的宗旨。戏剧走出文本，走下舞台，承担了日益重要的教育与宣传的功能。

话剧，作为新兴的艺术门类，从文明新戏时代开始就没有离开过校园和知识分子们对它的推广。它经由校园传递到一般民众之中，在转移风气、开启民智等方面起到巨大的作用，引发了知识分子们对戏剧教育功能的思考，并将推广戏剧艺术视为实施美育的重要组成部分。早在1916年，蔡元培在其《在北京通俗教育研究会演说词》中就曾提及：

> 讲演能转移风气，而听者未必皆有兴会。小说之功，仅能收之于粗通文义之人。故二者所收效果，均不若戏剧之大。戏剧之有关风化，人所共认。盖剧中所装点之各种人物，其语言动作，无一不适

---

[1] 田汉：《我们自己的批判——〈我们的艺术运动之理论与实际〉上篇》，原载于《南国》月刊，第2卷第1期，1930年。见《田汉全集》第15卷，石家庄：花山文艺出版社，2000年版，第186页。

合世人思想之程度。故舞台之描摹，最易感人。且我国旧剧中之白口，均为普通语言，听之者绝无隔膜之弊。未受教育之人，因戏剧而受感触者，恒较为锐敏。

　　……

　　西人之重视戏剧也，有将剧本采入学校中之教科书者，其价值可想。[1]

尽管当时蔡元培认为新剧感化社会的力量不如改良的旧剧，且编演程度幼稚，民众一时难以接受这一新兴的艺术形式，难以与旧剧相抗衡。但此时的他已经意识到实施戏剧教育的两个重要问题：一方面，戏剧教育是学校教育与平民教育的重要组成部分，其浅显直白的表现形式更加容易为民众接受；另一方面，通过校园传播此种艺术，在校园中开展戏剧教育，扩大戏剧的接受面，成为其能够扎根中国发展壮大的重要手段。然而，中国的现代戏剧教育却多强调设立专门的戏剧学校，培养专业的演剧人才，如1907年王钟声等人在上海创办的通鉴学校，1922年蒲伯英、陈大悲等人创办的北京人艺戏剧专门学校，1926年余上沅、赵太侔等人创办的国立北京艺术专门学校戏剧系等。在专门的戏剧学校发展的同时，一定程度上忽略了对校园中业余演剧的普及，造成普通民众对这一新兴的艺术形式接受困难。然而，欧阳予倩、阎哲吾[2]等人，仍旧致力于推行校园戏剧，与众多校园戏剧的倡导者以及研究戏剧教育的青年人一道，在校园戏剧的理论

---

　　[1] 蔡元培：《在北京通俗教育研究会演说词》，见高平叔主编：《蔡元培教育论著选》，北京：人民教育出版社，1991年版，第69—70页。

　　[2] 阎哲吾（1907—1988），原名阎葆明，字折梧，笔名哲吾，江苏扬州人。1928年在上海南国艺术学院戏剧科肄业，加入南国社，编写过《南国的戏剧》（1929年）一书，介绍南国社的戏剧活动与剧本创作，研究戏剧与民众的关系以及小剧场戏剧理论。还曾经在《民间日报》副刊《戏剧周刊》、《民众日报·摩登戏剧周刊》、《时事新报·戏剧运动周刊》等刊物上发表文章，一度主编《山东民报》副刊。抗日战争爆发之后，任抗战剧团训练部主任，1941年参与熊佛西、张骏祥创立的中央青年剧社，任剧务科长。1941—1944年任教育部实验戏剧教育队队长，为当时中华戏剧界抗敌协会理事，于1942年出版《导演方法论》及《剧团管理》等著作，建国之后主要担任上海中央戏剧学院华东分院教授，从事戏剧教学与研究工作。他于20世纪80年代编写的《中国现代话剧教育史稿》，系统地梳理了1907至1949年的中国话剧教育发展史，具有一定的影响。

与实践中开拓了一片天地。

　　欧阳予倩1930年前后在广州参与了较多的校园戏剧活动，发表《岭大最近之戏剧比赛》、《广州今日之学校剧》、《戏剧运动与学校戏剧》等一系列相关的批评文章。而阎哲吾则具有丰富的舞台实践与戏剧教育经验，其较为系统的学校戏剧理论论述主要见于20世纪30年代的两部理论性与实用性兼具的著作——《学校戏剧概论》（1931年）及《学校剧》（1936年），涉及学校剧的历史、意义与本质、组织形式、剧本的遴选、培训演员、排演方式、舞台与布景、灯光、化装等舞台艺术的各个方面，并对儿童剧理论有专章的论述。左明和姜敬舆为《学校戏剧概论》撰写的两篇序言，虽然在观点上存在差异，但均对学校戏剧运动理念与方针进行了提炼与总结，明确提出"学校戏剧运动是达到民众剧的一个不可少的阶段"，[1]将学校戏剧运动定义为一种有别于"爱美剧"及职业剧团组织形式的、独立的戏剧运动。

一、学校戏剧与民众戏剧之关系

　　戏剧本就是民众的艺术。20世纪20、30年代，戏剧运动的倡导者们几乎全都强调要将戏剧归还给民众。学校戏剧作为当时戏剧演出的重要载体之一，在中国已经发展了十余年，随着戏剧运动的猛烈推进，学校戏剧也取得了一定的成绩，是民众剧必不可少的阶段。

　　学校戏剧是戏剧运动的生力军。它不受政治以及封建思想的牵制，没有必要刻意迎合某一类观众。所以，学校戏剧有足够的空间致力于戏剧艺术各个方面的创造，获得更大范围的认同。不过，"剧艺以外比剧艺本身更伟大的目的，他们都没有工夫注意到，因此剧艺高至于进了艺术之宫，也不过等于特权阶级宫廷里的艺术一样，与民众是一点关系没有的"。由此左明认为学校剧是一种"爱美的"组合，不能说是一种运动。[2]

---

　　[1]左明："代序一"，《我们的学校剧运动》，第1页。见阎哲吾：《学校戏剧概论》，南京：中央书店，1931年版。

　　[2]参见左明："代序一"，《我们的学校剧运动》，第2页。见阎哲吾：《学校戏剧概论》。

但是,左明对于学校戏剧的这一定位似乎是矛盾的,既言学校剧是戏剧运动的生力军,又言学校剧不是戏剧运动的一种,而是具有"爱美的"性质。而学校戏剧究竟算不算"戏剧运动",要看"运动"二字如何理解:

> 凡是一种运动都是有目的的,持续不断的。学校剧只是凭着少数同学的趣味的追求,与艺术的冲动;又没有始终于戏剧的继续性,怎样能说是一种运动呢?——那么我们的学校剧运动又是怎样一回事呢?

> ……谈学校剧运动不要忘记了,我们的目的是要把戏剧归还给民众的。

> ……现在教我们马上在我们认为真正的民众面前去演剧,我们不但没有真正合于民众的剧艺没有表演民众剧的场所及一切设置,最困难的是我们没有真正民众来看我们的戏剧。因为民众们不但没有余钱来购买入场券,而且他们在层层重压之下,求生不能,求死不得,他们只有呻吟,挣扎的工夫,那有工夫看为他们而演的剧呢,因此本来有许多把戏剧归还给民众的表演,结果只落得被一些有钱而又有闲的人们半路横领了。[1]

如果将学校剧视为一种运动,那么其目的必然是把戏剧归还给民众,然而当时的中国并没有发展此种戏剧运动的良好环境,民众根本没有接受它的土壤。如果学校戏剧(甚至包括当时的民众戏剧运动)脱离了民众的环境,仅仅追求戏剧艺术的提高,戏剧就没有担负起"运动"二字所应有的责任,亦根本无法实现最初的目的。在这样的环境下,如果不能认识清楚比戏剧本身更伟大更急迫的意义和使命,学校戏剧的参与者就极有可能像此前"爱美的"戏剧艺术家们一样,沉溺于为演剧而演剧的艺术之宫中,不与民众接触,永远无法促进人们去追求光明合理的社会,学校戏剧也就失去了应有的价值与意义。学校戏剧即便是"爱美的"组合,也必须

---

[1]参见左明:"代序一",《我们的学校剧运动》,第2—3页。见阎哲吾:《学校戏剧概论》,南京:中央书店,1931年版。

抛弃"爱美剧"的糟粕，使学校戏剧的参与者（尤其是青年学生）成为"促进光明的社会的有力的分子"——这也是学校戏剧运动的重要意义所在。

所以，学校戏剧必须首先提高知识青年的觉悟。学校是知识青年的聚集场所，要让青年学生知道社会的虚伪与残暴，在舞台上和舞台下都能为民众的痛苦而奔走呼喊。其次，要提高民众的觉悟。社会由无数民众构成，光明掌握在民众手中，不唤醒民众，戏剧就无法顺利开演，社会也永远没有光明。民众成为戏剧舞台上的主角，民众戏剧运动才能最终完成。学校戏剧是民众戏剧的第一步，脚踏实地地去工作，最终一定可以实现民众戏剧的目的。

与左明"为民众"的呼喊不同，姜敬舆的《学校戏剧运动答客难》则旨在辨析社会上对于学校戏剧的误解，厘清学校戏剧的概念、主旨与意义。他认为，学校戏剧运动不仅仅是提倡校园中师生所排演的戏剧的意思，而是"运动"的民众的。学校戏剧运动与民众戏剧运动绝非对立，而是民众戏剧运动的一部分，是民众戏剧运动实现的方式之一，二者是相互完成的。发展学校戏剧运动，可以扩大民众戏剧的阵势，也可使自身蓬勃发展。学校戏剧运动的从事者不仅限于学校中的青年，而应当走出校园，走进社会，演给社会人士看，起到更广泛的教育民众的作用。有人认为，随着学校戏剧运动剧本质量的提高，稍能鉴赏戏剧但智识较低的民众会不得不退出剧场。姜敬舆则认为，事实正好相反，真正的农工尚不具备欣赏戏剧的能力，而学校戏剧运动的工作者与民众戏剧运动的工作者一样，对民众有足够的热忱，他们绝不会将民众从剧场中赶出来。学校戏剧运动选择的剧本是具有民众意识的，所以会在剧场中增长某些人的"纯艺术的鉴赏趣味"[1]一说亦纯属杞人忧天。学校戏剧运动主要目的在于改造民众，将民众从游艺会的喧哗中拉出来，让更多的人看到民众生活本身的样子。

---

[1] 姜敬舆："代序二"，《学校戏剧运动答客难》，第8页。见阎哲吾：《学校戏剧概论》，南京：中央书店，1931年版。

和左明不同，姜敬舆强调学校戏剧运动不是或不仅是"爱美的"，因为"爱美剧"是无法通向民众剧场的。学校戏剧运动的高明之处在于，在组织形式上，他们握住了"爱美剧"的一端，没有走职业戏剧的道路，而另一端则紧紧握住了民众。学校戏剧运动的参与者，应该是民众的友人，也是民众自己。

欧阳予倩在研究学校戏剧与戏剧运动的关系时亦指出，戏剧运动是迎合时代的需要而产生的，是戏剧的"布帛菽粟化运动"。它以平民为中心，是"平民生活运动"，是"平民的精神之所寄托"。而接近民众的最有效方式，就是发展学校戏剧。因为学校戏剧可以扩大戏剧运动与民众的联系，使民众更加深刻地了解时代的需求从而进行变革的努力。[1]学校戏剧运动与民众戏剧运动具有天然而紧密的联系，是民众戏剧运动的重要组成部分，学校戏剧运动要长久发展，势必走出学校，走入民众，适应时代与环境的需要，从民众出发，为民众呼喊，最终实现戏剧的社会教育功能。

青年欧阳予倩像

二、学校戏剧本质、意义及组织形式

研究学校戏剧，必须先明确"戏剧"以及"学校剧"的概念。"学校剧"原是指儿童剧而言，但随着戏剧运动的不断扩大，学校剧扩大至中学以及大学的团体，并与社会运动遥相呼应。[2]可以说，"凡是学生在学校时所演的戏，都称为学校剧"。[3]"学校剧"与一般的戏剧艺术形式一样，也是一种综合性的艺术，既要有"文学性"，也要有"上演性"：

> 学校剧就是一种戏剧，他是学校剧团中的由学生和教员合组演给

---

[1] 参见欧阳予倩：《戏剧运动与学校教育》，原载于1931年2月广州《民国日报·戏剧》，第78期。见《欧阳予倩全集》第4卷，上海：上海文艺出版社，1990年版，第118—119页。

[2] 参见欧阳予倩著：《戏剧运动与学校教育》，见《欧阳予倩全集》第4卷，第119页。

[3] 参见欧阳予倩：《在广州学校剧团联席会议上的开幕词》，春冰、如琳记录，原载于1931年2月广州《民国日报·戏剧》，第78期。见《欧阳予倩全集》第4卷，第120页。

民众或演给学生和教员观赏的一种戏剧，也可算是由知识阶级共同创作与欣赏的一种戏剧。他的性能比普通一切的戏剧可以更理智，更艺术，更深刻，更完善，但必须要合乎教育的原则。[1]

在广义的概念上，学校剧不可脱离学校的环境，应该包括小学、中学、大学及一切学校中的演剧在内，兼具研究和宣传的双重目的。根据性质及目的的不同，学校剧可分为儿童剧、文艺剧、教育剧和娱乐剧四类。儿童剧是小学校内的戏剧演出，是欧美各国所谓的"学校剧"的别名；文艺剧是专供中学及大学校园内的师生研究与欣赏的戏剧；教育剧专门起到推广学校教育，服务社会，教化民众，启发民智的教育与宣传作用；娱乐剧则专指各种集会娱乐之用的戏剧。[2]学校剧的特质有四：艺术的、教育的、运动的、经济的。其重要价值在于，它与学校教育、艺术教育、休闲教育、教学、训育、体育等方面密不可分。中国的话剧运动从清末开始一直由学校剧运充当主力军，没有学校剧运，中国的戏剧运动就不会有大的发展。这也是学校剧在中国具有特殊价值的重要原因之一。[3]

在很大程度上，学校还是培养新型演员的重要基地，新型演员的培养同样是发展"为民众的戏剧"的重要条件之一。1919年，欧阳予倩在南通主持伶工学社，建立更俗剧场，虽然他开办此学校的目的是排演他自己编

伶工学社学生军乐队

导的戏和改造二黄戏，甚至在办学过程中遭遇阻力，但确实在一定程度上培养了一批有新文化知识的戏剧人才，改革、建立了新的舞台管理制度和良好的剧场秩序。他始终坚持反对科班旧习，提倡培养新型演员，如增加国文课程，让学生学习算术、外语、京剧、昆曲、

---

[1] 阎哲吾：《学校戏剧概论》，南京：中央书店，1931年版，第17页。
[2] 参见阎哲吾：《学校剧》，上海：商务印书馆，1936年版，第2页。
[3] 阎哲吾：《学校剧》，第6—7页。

话剧、西洋歌舞等。1929年至1931年,欧阳予倩在广州创办广东戏剧研究所并附设戏剧学校、音乐学校,倡导"为民众的戏剧"。他要求学生们做有思想、有学问的演员,将戏剧视为一项重要的事业,以戏剧服务社会。

在《予之戏剧改良观》中,他具体提出五点培养新型戏剧人才的方法,包括:

1. 募集十三四龄之童子,于其中选拔优良,授以极新之艺术;劣者随时斥退之。

2. 不收学费。

3. 修业二三年后,随时可使试演于舞台,以资练习,并补助学费。

4. 课程于戏剧及技艺之外,宜注重常识及世界之变迁。

5.卒业后,须服务若干年。

如此四五年办去,必见好成绩,而于营业上,亦可决操胜算;盖四五年后之剧场,绝非腐败之俳优所得而左右也。[1]

在培养新型演员的过程中,欧阳予倩始终坚持增强演员的文化修养,拓宽演员的知识视野,注重舞台实践,是中国现代较早意识到培养服务社会的新型演员的重要性的戏剧家之一。

戏剧是人类情感生活的一个方面,发展学校剧是发展"人之生活"的全部,是戏剧教育的使命,戏剧可以通过"感化教育"对学生产生潜移默化的影响,能够用艺术的方法敲碎伪善与愚昧之门,使人获得全新的面貌。"戏剧是一切艺术的综合",要在学校中重视艺术教育,就必须注重学校戏剧这种最生动的艺术形式,戏剧是正当的娱乐,是最为适合群体协作的一门艺术。通过戏剧可以考察学生的人性,培养学生互助合作的精神,对他们进行群体道德上的训练。同时,由于戏剧的综合性,在戏剧文学上,编制剧本可以使学生增加人生的体验,发现社会的问题,让学生学到文学、社会科学、经济学、政治学、心理学等多方面的知识;在舞台艺术上,则可以让学生学习物理学、建筑学、数学、色彩学、电学、光学、金

---

[1] 欧阳予倩:《予之戏剧改良观》,见《欧阳予倩全集》第5卷,上海:上海文艺出版社,1990年版,第3页。

工等方面的知识；在表演艺术方面，则可以训练学生肌体的健全以及动作与发音的方式，培养他们对于音乐、美术、雕刻、舞蹈等艺术形式的感知能力，使学生身心健康协调发展。[1]

在探讨"人之生活"与戏剧教育之使命的同时，校园戏剧的倡导者们还在思考艺术与现实之关系的问题，指出学校戏剧应该摒弃艺术至上主义道路，创作写实主义的、为民众的戏剧。1930年至1931年之间，欧阳予倩在广州曾经多次担任学校戏剧比赛的评委，他并不喜欢岭南戏剧"清挥细抹"的喜剧风格，认为布尔乔亚的"幽默"与现代社会的艺术相距甚远，并质疑照此发展下去极有可能走上艺术至上主义的道路。[2]学校剧应当重视戏剧在教育方面的价值，这首要表现在"创造与组织"，其次在"感情之传达与组织"。艺术存在的价值在于增进人的生命力，尤其戏剧更是大众的艺术，是大众情感的组织者，甚至能够重塑社会价值体系。所以校园戏剧没有必要追求离奇的演法，而是"循规蹈矩"地表现戏剧的真实性，自然地表现动作与台词即可。——这种"戏剧性方面的倾向"，是学校剧走上大路的第一步。而在表现内容上具有社会意义，则是学校剧的文学性倾向。[3]戏剧性倾向与文学性倾向共同构成学校戏剧的演剧体系，也是学校戏剧存在与发展的意义。

不仅如此，学校剧必须有相应的社团进行组织与引导，才有可能进入良性发展的阶段。洪深曾经列举了学校剧团发展的种种错误，如追求低级趣味、追求趣味中心主义、为艺术而戏剧、借戏剧敛钱、态度不严肃、组织不健全等，提出学校剧社必须有明确的组织方法，分工合作。例如，学校剧社可以设置社长或主席委员统筹全组，下设剧务部与事务部等部门分别负责剧本创作、舞台艺术以及行政管理。也可以由社长或舞台监督总领

---

[1] 参见阎哲吾：《学校剧》，上海：商务印书馆，1936年版，第6—11页。

[2] 参见欧阳予倩：《岭大最近之戏剧比赛》，原载于1930年5月广州《民国日报·戏剧》，第42期。见《欧阳予倩全集》第4卷，上海：上海文艺出版社，1990年版，第94—95页。

[3] 参见欧阳予倩：《本年中上学校独幕剧比赛的评判》，原载于1931年5月广州《民国日报·戏剧》，第74期，与胡春冰合作。见《欧阳予倩全集》第4卷，第113—117页。

整个剧社，下设事务股、表演股、技艺股、研究股等部分协调日常一切事务。[1]教职员应当参与剧社的日常管理，以增加剧团的庄严性，并有助于指导排练，管理学生，避免学生间的矛盾。同时可以采用导演聘请制，在剧团公约中明确"为教育而戏剧，为社会而艺术"的学校剧团宗旨[2]，规定剧团成员必须锻炼身体，坚持良好的生活习惯，坚决杜绝抽烟喝酒的现象，从而从剧团的日常运行与剧团成员的个人行为与道德品质两个方面为学校戏剧的正常排演提供保障。

三、学校戏剧的舞台艺术理论

和一般的舞台艺术理论一样，学校戏剧亦同样注意剧本遴选、演员训练、舞台装置等问题。

首先，在剧团组织排演时，选择剧本是首要进行的工作。剧本是戏剧艺术的基础，应该采取较为灵活的标准，一切从实际出发，选用适合相应社会环境与演出性质的剧本。例如，可以先由剧团中的"研究股"按学校剧团客观环境和本身目标多选择几种剧本，再经过管理委员会审查通过。做到"客观环境"和"本身目标"相辅相成，即剧本选用要视地而定、视人而定、视时而定。在都市中演出，可以选择思想内容较为高深的剧本；而在乡村中，则需要内容浅显、动作多、对民众有教化意义的剧本。同时要考虑参演人员的数量，相应选择剧中角色数量适当的剧本。在纯公演时，要使用具有较强艺术表现力、形式较为郑重的剧本；而在游艺会时，则可以选择对话少、动作多、趣味性较强的喜剧、笑剧或者哑剧，不可演出哲理深奥的剧本。

在演出之前，应对剧本有系统的计划，如演出剧本的作家、流派、版本，计划演出几场等，由导演最终选定剧本、分配角色，并负责组织会议分析剧本的主旨情节等。演员也要自己分析角色，模拟出自己所扮演的人

---

[1] 参见阎哲吾：《学校戏剧概论》，南京：中央书店，1931年版，第24—25页。
[2] 阎哲吾：《学校剧》，上海：商务印书馆，1936年版，第17页。

物的形象，熟读剧本。之后的排练则注重校正演员读音，并让演员自己研究人物的动作与表情。在排演过程中应明确导演及演员的权利及义务。例如：导演负责指导一切与演出有关的事务，循序渐进地进行排演，不可放松对演员任何小动作的设计与安排；演员则应尽可能避免缺席，并拥有在排演中自由发挥的权利。在排练初期，导演就要计划好布景及走位，幕后的布景、灯光、道具等人员均需出席。在正式演出之前需要有一次化装试演，确保排演的纯熟。在临演之前，演员要避免喝酒及高声说话，除了演出服装以外，要避免多穿衣服，要提前候场，在台上要精力集中，说话时避免小动作，或站在两个同场人的后面或中间，若观众鼓掌，则可以稍微停顿几秒钟，但务必自然。在演出结束之后，应及时归还道具服装，再卸妆洗面。

其次，训练演员，培养有生力量是学校剧团得以存在的关键。在剧团组织成型之后，必须训练社员以及演员，让剧团中的所有人员对于戏剧理论常识有清晰简明的认识，同时指定相应的参考书，由社员共同研究，邀请对戏剧有研究的人进行讲座与指导，使每位成员都能明了"戏剧的意义"与"学校演剧的价值"。[1]国语的训练是其中至关重要的一环，演员还应注重揣摩体验角色，摹仿贫富贵贱男女老少各色人等平日的动作状态，并注重动作呈现于舞台表演之上的协调与适度。校园戏剧应着重培养"本色演员"，选择适合角色性格的演员去扮演相应的人物。欧阳予倩与阎哲吾皆撰文特意强调男女合演的问题，戏剧是表现人生的艺术，所以人生中不合理的事情就不应该加以表现，男扮女装正是侮蔑人性的、不合乎人性的艺术表演，所以必须主张男女合演，倡导男女平等。为了在实际排演中切实解决男女合演的困难，阎哲吾提出不能将台上台下混为一谈，坚决杜绝爱情戏中"假戏真做"现象的发生，使女性减少害羞与抵触的情绪，抵制社会舆论中认为男女合演大逆不道的风气，推动学校与家庭方面

---

[1] 参见阎哲吾：《学校剧》，上海：商务印书馆，1936年版，第19页。

的思想解放，坚决禁止取笑上台演戏的女演员的行为。然而推行男女合演绝非一朝一夕之事，要渐次缓步地进行推广与改进，例如可以先让女演员出演不太重要的角色，再逐渐增加戏份。此外还要尽可能多地向社会与家庭宣传与解释男女合演的作用，利用学校教师参加示范表演，严厉制裁因合演而发生枝节的当事人，规定剧团内的男女演员不允许谈恋爱，逐渐使男女合演能够成为戏剧演出的常态。

　　再次，在剧场设置方面，可以提倡小剧场的演出。这里的"小剧场"主要指剧场的容积"小"，以能容纳500—1 000人左右为宜。剧场的座次应"渐次高起"，左右两面以能见及四分之三的台面为佳。舞台以镜框式为主，不可过大。在运用灯光方面，为了集中观众的注意力，增加舞台效果，剧场（尤其是观众区）应以黑暗为主。为了便于更换布景，在开幕时使观众感到变换了视界而兴奋，在闭幕时使戏剧的表现恰到好处、意犹未尽，可以考虑使用幕布。幕布应以素静优美为原则，不可加贴广告或者书字，避免破坏整体布局的统一。布景可以分为写实与象征两种。写实的布景花费较大且搬运不便，易于分散观众对于戏剧的注意力，但是，写实性的戏剧亦只是真实性的神话，只是"自然之象征化"而已，决不可误解为"逼真"，象征性布景则可以借色彩的美反衬出戏的意义，可以永恒地便利地运用，创造出无限美幻的世界。[1]也就是说，学校戏剧可以鼓励使用象征性布景。在道具及服装方面，应使其配合全剧的情节以及演员的动作，不可以阻碍观众的视线，要能够注意到灯光的设置以及布景的美观。服装要务必起到"表记人物"的作用，既要能够区别角色之间的不同，也要使观众能够认识相应的角色。在舞台艺术方面，学校戏剧提倡以导演制为核心，以剧本为基础，强调所有舞台装置均应从学校戏剧实际的财力与人力情况出发，始终为戏剧演出服务。

---

[1] 参见阎哲吾：《学校剧》，上海：商务印书馆，1936年版，第37—38页，以及阎哲吾：《学校戏剧概论》，南京：中央书店，1931年版，第53—54页。

四、儿童剧理论

学校戏剧最早的定义即为儿童剧。儿童剧，顾名思义即指的是儿童的戏剧，内容以儿童为本位，强调戏剧内容和排演过程中的教育性。

在儿童的各种行为中，最丰富的两种元素是幻想和动作。二者皆是戏剧的元素，所以儿童与戏剧有着天然的联系。通过戏剧进行儿童教育，可以使儿童增强记忆力，培养他们的团结精神，训练他们的表现能力，帮助学校训育，是让儿童学习国语的重要工具，同时还可以锻炼儿童的身体与姿态。应鼓励学校的儿童教师从实际生活出发创制儿童剧剧本，例如可从历史以及传说中取材，引导儿童去幻想、去动作，培养儿童的道德观念。在创制剧本时，还应该注意人物的性格要简单易懂，可以在剧本中适度穿插歌曲，增加儿童的兴趣。剧本不可以过长，情节不宜单调，最好采用多幕剧。如果剧本中的角色比较多，则可以鼓励尽可能多的儿童参与表演，但也要确保每一个角色都是整个戏剧事件中必不可少的。

在排演阶段，由于向儿童解释如何演剧是着实有困难的，且儿童的表演方式与成人有别，所以作为一名儿童剧的导演必须要改变工作方式。最重要的一点就是导演必须有极大的信心，相信儿童天然的演剧才能。导演不过是站在旁边协助儿童的工作，不可带有任何的主观偏见，没有必要自己做出姿势或表情让儿童模仿，这样会扼杀儿童的创造力。儿童剧的布景、化装以及服装应简单牢固，合乎美的视觉，便于迅速装卸。考虑到儿童的睡眠及休息时间等问题，儿童剧最好安排在白天进行演出，7—9岁的儿童演出时间不宜超过30分钟，10—13岁的儿童演出时间以45分钟为宜，13岁以上可考虑演出时间在1个小时左右。此外，还可以考虑开办常设儿童剧场，这样可以专门进行儿童教育的研究以及戏剧艺术的研究，注重对儿童人格的培养。

20世纪20、30年代前后，学校戏剧的践行者们将学校戏剧与时代与民众紧密相连，将戏剧理论与中国的社会环境及丰富的舞台实践相结合，为学校戏剧的开展制定了指导方向。他们舞台实践的第一手资料，为日后学校戏剧健康长远的发展奠定了基础，在戏剧理论批评史上，学校戏剧理论始终与民众戏剧理论以及戏剧教育理论息息相关，具有极为重要的现实指导意义，不可小觑。

第五节　让剧运散发"异彩"：农民戏剧运动的理论与实践

20世纪20、30年代，中华大地上掀起了一股乡村教育运动热潮。其中，晏阳初深入河北定县农村，进行平民教育和乡村建设实验。他认为，平民教育运动是改造民族生活的运动，是一切建设的基础，教育的对象是全体人民。当时的中国，"愚、贫、弱、私"是民族的最大病源，亟需以生计教育救穷、以卫生教育救弱、以文艺教育救愚、以公民教育救私。他盛情邀请熊佛西[1]到河北定县进行戏剧大众化实验，希望通过戏剧教育拯救平民的愚昧状态，以期实现改进生活、改善环境的目的，进而达到农村建设乃至民族再造、民族复兴的最大目标。戏剧作为艺术教育的一种，可以直接影响民众生活。然而，传统戏剧不能适应这一时代民众生活的需要，所以晏阳初与熊佛西均期望能够在农村中创造一种适应时代需要的大众戏剧。[2]几乎与此同时，伴随着国内戏剧运动和政治形势的需要，中国

---

[1] 熊佛西（1900—1965），江西丰城人，原名熊福禧，字化侬，笔名写剧楼主、戏子、向君等。14岁到汉口开始接触文明新戏，1920年考入燕京大学，积极参加校园演剧活动，1921年加入民众戏剧社。1924年，熊佛西赴美国哥伦比亚大学专修戏剧并获得硕士学位，回国后担任北京国立艺术专门学校戏剧系主任、教授，带领师生开展"文艺戏剧运动"，与田汉并称"南田北熊"。他主编的《戏剧与文艺》是当时北方唯一一个以戏剧为主的大型刊物。从1932年至卢沟桥事变前夕，接受中华平民教育促进会干事长晏阳初的盛情邀请，赴河北定县从事戏剧大众化的理论研究与实践工作。抗日战争开始之后组建"抗战剧团"，后在成都创办四川省立戏剧教育实验学校，任校长。1947年初，接替顾仲彝先生任上海市立戏剧实验戏剧学校校长。建国之后，该校先后易名为上海市戏剧专科学校、上海戏剧学院，熊佛西担任校长、院长直至逝世。专著有《佛西论剧》（1931年）、《写剧原理》（1931年）、《戏剧大众化之实验》（1937年）等。

[2] 参见熊佛西：《戏剧大众化之实验》，南京：正中书局，1947年版，晏阳初为熊佛西一书撰写的序言以及该书第一章中熊佛西对晏阳初戏剧观念的论述。

晏阳初在河北定县平民学校授课。

共产党领导的"左联"、"剧联"发起了关于"戏剧大众化"等问题的讨论。经历了"国剧运动"失败的熊佛西已经开始思考戏剧如何更好地为平民大众服务，他将关注点转向中国广大的农村地区，以期在农村中创造适应时代需要的大众戏剧。

一、戏剧大众化实验的背景

要进行戏剧大众化的实验，必定要先认清进行实验的背景、动机与理论前提。熊佛西认为，"现在是大众的时代，所以一切文化艺术都应该以大众为目标"。[1]戏剧与民众联系极为密切，舞台与社会同是一种有机的组织，社会由各种不同的活动组织组成，戏剧则由不同的艺术调和而成。社会要发展，就不能只偏重物质生活，也要重视精神生活。戏剧的重要性尤其体现在当时一盘散沙、麻木不仁的中国社会中。戏剧的功用就是对民众的实际生活产生影响。[2]但是，中国的戏剧艺术（尤其是传统戏曲）自古以来一直为少数人独享，被皇族及文人学士垄断，能欣赏艺术的人少之又少，大多数的民众都缺乏欣赏艺术的能力。所以，戏剧运动必须走向大众，让大众学习与接受，才能完成更高的使命。今日中国的大众，是大多数被压迫的生产者，而农民占全国总人口的85%以上，所以"农民是今日中国的大众"[3]。新兴戏剧大众化，也就可以视为新兴戏剧农民化。所以戏剧工作者必须"要农民化再化农民"，[4]要深入农民、知道农民、了解农民、研究农民、与农民打成一片，才能在农民中创造既不固守传统，也不因袭欧西的新式的农民戏剧。

在20世纪初期于欧洲兴起的新式的农民戏剧运动，以爱尔兰文艺复

[1] 熊佛西：《怎样走入大众》，见《写剧原理》，上海：中华书局，1931年版，第125页。
[2] 参见熊佛西：《戏剧与社会》，见《佛西论剧》，上海：新月书店，1931年版。
[3] 熊佛西：《戏剧大众化之实验》，南京：正中书局，1947年版，第16页。
[4] 熊佛西：《怎样走入大众》，见《写剧原理》，第128页。

兴运动为代表。与"独立戏剧"运动和"小剧场"运动一样，爱尔兰民族戏剧复兴运动也以反抗商业化、娱乐化的戏剧为己任。1897年，爱尔兰演员费伊兄弟组建了"爱尔兰民族剧团"，两年后叶芝与格里高里夫人倡议筹建了"爱尔兰文学剧院"。1902年上述两个剧团合并为"爱尔兰民族剧社"，后来该剧社由富有的茶商之女霍尼曼小姐资助改造为都柏林"阿贝剧院"。阿贝剧院于1904年开幕后，上演格里高里夫人的独幕喜剧和叶芝的描绘爱尔兰农民生活的戏剧。这些戏剧在语言、结构与风格上都具有明显的爱尔兰特色。同时，该剧院于1907年上演辛格的《西部好汉》，批判爱尔兰乡民盲目的英雄崇拜、愚昧迷信与变幻无常的性格，具有真正的自然主义风格。在阿贝剧院所上演的辛格、叶芝等人的剧作，多反映爱尔兰人民的真实生活，包括普通民众的个性、命运与语言，也提出了爱尔兰的社会问题，具有浓厚的民族特色，同时亦明显具有自然主义戏剧的严肃性与社会道德意识。

爱尔兰的民族戏剧复兴运动曾经深深地影响"国剧运动"的倡导者们，他们曾经希望以此来探寻一条中国现代戏剧民族化的发展道路。当时的他们已经注意到爱尔兰文艺复兴运动中文学作品对于普通民众甚至农民阶层的重视，提出应该发掘民间的信仰与传说，深入农民之中汲取民族的自然精神。[1] 作为"国剧运动"的主要倡导者之一，在经历了惨痛的失败教训后，熊佛西愈发坚定地认为，深入农村地区，用话剧启蒙农民，让农民接受话剧，创作适合农民观看的剧目，并让农民具备自编自导自演话剧的热情与能力，是话剧能够在中国生根发芽的最有效路径之一。

但是，让话剧深入中国的农村地区，也必须要面对实际的困难和巨大的挑战。话剧是时代的产物，是新时代大众生活的表现，所以话剧必将深入民间，普遍全国。——这是熊佛西这一代的戏剧家们的憧憬。但是，

---

[1] 参见叶崇智：《辛额》，见余上沅主编：《国剧运动》，上海：新月书店，1927年版，第183—192页。

这种艺术发展规律却不符合20世纪20、30年代中国话剧发展的状况：从1907年开始，新兴戏剧逐渐发展，已经经过了"文明戏"、"学生剧"、"文艺剧"几个阶段，经历20年的发展却没有显著的成绩，在熊佛西看来，这其中最主要的原因就是传统的戏剧不能适应时代的需要——它的内容腐朽封建，不可能表现与现代人生有关的内容，加之绝大多数农民尤其是一般的青年农民对于封建势力具有相当的反感，所以决不能通过改革传统旧戏来教育农民，而新兴戏剧亦始终没有和大众的生活发生密切的关系。尽管"戏剧大众化"的口号已经被呼喊多年，但是对于大众戏剧的内容和形式，始终没有表证[1]的研究与实验。发展大众戏剧的迫切需求恰恰表明，戏剧是教育大众的最有力的工具，是"最民众"的艺术。[2]因为戏剧是全民生活的反映，是寓教育于娱乐的艺术，能够最直接地反映与接纳观众的酸甜苦辣、喜怒哀乐，是最具教育性的艺术形式。所以，教育的发达要靠戏剧辅助，通过通俗的、民众化的娱乐来教育民众，才是民众教育的根本。尤其是在农村中，戏剧作为农民享受教育的主要工具，自然要担负起"社会教育"的任务，只不过这一任务绝不简单，应吸取文明戏和"爱美剧"的教训，杜绝以"教育"为名任由人们随心所欲地"玩票"式地过戏瘾、出风头，否则只能被大众唾弃，失去社会的信赖。在创造大众戏剧时，应该主要依据大众的生活与环境。

二、如何创作适合农民的剧本

要创造这种新式的戏剧，首先需要解决的就是剧本问题。剧本是戏剧演出的灵魂，要想创造出使农民感到亲切的剧本，就必须深入农村，观察体验农民的生活与心理。农民戏剧的成功必须具有三大要素：剧本的材料必须从大众的生活中来，表现农工的生活，或表现与农工接近的生活；必

---

[1]"表证"一词在熊佛西的戏剧理论与实践中有"样板"之意，即通过平教会招募的职业演员演戏给农民看，最终达到培养当地农民演员，由农民自己演戏给农民看的目的。

[2]参见熊佛西：《平民戏剧与平民教育》。转引自《佛西论剧》，上海：新月书店，1931年版，第110—113页。

须深入浅出、雅俗共赏；通过巧妙的手法演绎动人的故事。[1]农民受尽压迫、地位低下，戏剧应该以民族和国家的福利为立场，为农民赋予"向上的意识"。"向上"的概念，指的是应从生产技能、身心健康、情感满足、集团训练、享受与给予、教育文化传递等方面"向上"，让农民树立行使权利与义务的意识，消灭压迫。通过创作者用"向上的意识"的领导，使农民成为"能担当民族国家最大多数的主力，在国际上显露一个活泼雄伟的姿态"[2]。为了实现这个目的，可以用创作、改编和改译三种方式解决剧本问题，例如改编历史的事实、流行的传说、文艺作品、已有的戏剧创作等，只要能与农民生活相契合，让农民接受且包容"向上的意识"即可。

　　从农民戏剧的必备要素出发，考虑到农民的接受程度，在创作剧本时，应注重内容的表现技巧问题。农民剧本的结构应该是一个具体而生动的故事，通过强烈的、外部的、具体的动作来表现，少用冗长的对话，同时应该富于浓厚的情感并接近农村中的实际生活，不能过于偏重理智和抽象的成分。例如熊佛西在1932年创作的《屠户》一剧，开场以吵架的方式吸引农民的兴趣，并且以在前半段实写农民的生活，在后半段以发表对农民的启示的方式发挥教育农民的作用。在创造人物时，为了能使农民感到亲切，最好将剧中人物以农民熟悉的方式类型化，并用合乎人物身份的语体结构表现出来。熊佛西着重创作"受压迫的青年"、"年轻的妻子"、"年轻貌美的姑娘"、"老辈的人"、"压迫人的老爷"、"老爷的副手"等几种类型人物，同时又不仅限于农村中现有的人物，而是创造农村中可能有的人物以及希望有的人物，如"锄头健儿"、"青年"、"大学生"等类型，以期这种人在农村中普遍出现，从而正面地影响农民的思想与行为。在创作中，熊佛西特意提到了剧作结尾的问题。他认为，结尾决不能有鼓动暴

---

　　[1]熊佛西：《怎样走入大众》，见《写剧原理》，上海：中华书局，1933年版，第127—132页。

　　[2]参见熊佛西：《戏剧大众化之实验》，南京：正中书局，1947年版，第22—23页。

熊佛西在河北定县创建农民剧团，进行农民戏剧运动的理论研究与舞台实践工作。

力的成分，一方面是避免审查员的留难，更主要的方面是因为必须顾及到社会中的组织，从社会功能的角度考虑农民看过之后的感想。《屠户》中将孔大爷交给一个贤明的政府，就是在当时的国情下唯一可以采取的办法，否则国家社会的一切都没有出路。尽管熊佛西深知这种结尾不能令民众完全满意，但是这样的经验却值得珍惜。

三、剧团的运行与剧场的设置

戏剧大众化的实践要想起到教育民众的根本作用，就必须在剧本创作的基础上考虑剧团的运营主旨和剧场设置、演员训练等问题。熊佛西希望能走一条"我们演剧给农民看到农民演剧给农民看"[1]的剧团发展之路。为了能有更多的观众看到演出，熊佛西"送戏剧上门"，带领剧团到乡村游行公演，希望在农民对戏剧发生了亲切的认识与浓厚的兴趣之后，能够演剧给自己看——这也是农民戏剧的价值与意义所在，具体体现在两个方面：从戏剧运动从事者的立场讲，农民演剧给自己看的形式可以使戏剧工作生根，在农村中有继续滋长的可能，使戏剧得到大众化的基础；从农民一方面讲，切身实践可以让他们觉得这项工作是属于自己的，感到亲切，满足人的"戏剧本能"。熊佛西认为，以这样的目标来完成的戏剧实践才是中国新兴戏剧大众化的基本实践。在具体的操作中，熊佛西采用由专业人员带动农民学习的方式来训练农民剧团。首先，为了保证演出质量，他拒绝玩票性质的演出，而是采取招收练习生的方式，训练两年，专心专力专人地进行排演工作。其次，由定县平民学校的毕业同学会牵头，组织农

---

[1] 熊佛西：《戏剧大众化之实验·第三章 剧团问题》，南京：正中书局，1947年版。

民学习文化与生活技能，提高农民服务社会的能力与合作团结的精神。第三，为了使农民剧团长远有效地发展，熊佛西制定了详细的活动指导原则与剧团管理章程，其中明确指出，农民剧团以提倡农民娱乐、联络感情、扩大戏剧活动为目的。此外，熊佛西仔细分析了农民演剧困难的原因及对策，指出农民演剧之所以有困难，是源于经济与人事两个方面：经济上，农民终日忙于劳作却仍在贫困线上挣扎；人事上，农民们缺乏团体生活的习惯，无法快速适应剧团的团体合作，且封建思想比较深厚，进行男女合演有困难。[1]在解决这些问题时，熊佛西依旧秉持"单纯主义"的美学原则，提出应在戏剧的范围内解决这些困难，而不求根本消除社会问题，故演出应以简易为原则。[2]——这一原则同样适用于其剧场理论之中。

在建设剧场的过程中，熊佛西曾经改造过考棚礼堂及其内部装置设备，但室内剧场吸收的观众多为城镇居民，要想照顾广大的、距离城镇较远的农民，就必须将剧场由室内转移至室外，到各村进行游行公演。在设计露天剧场时，熊佛西认为这种农民剧场应合乎大众的生活习惯，与大自然融为一体，遂提出四种临时解决剧场问题的方式，即利用原有土丘、利用高坡、利用旧式剧场以及临时搭建席棚木板台。同时，熊佛西提出四条建造剧场的基本原则——经济、适用、坚固、美观，这样的原则考虑到了当时中国的经济情形，同时也符合农民生活的背景。[3]

剧场是演出的载体，农民戏剧演出的基本原则决定了剧场的构成形式。熊佛西提出，演出者首先应以假想的观众身份来理解剧本，再根据理解处理戏剧（演出），不仅要在舞台上力求协调，还要在剧场中力图一致。由此，农民戏剧演出的基本原则有三，即简易、基本与经济。也就是

---

[1] 在上文中曾经提及，熊佛西认为传统戏剧的内容腐朽封建，不能适应时代需要，农民对于封建势力具有相当的反感，不宜用传统旧戏教育农民。而在这里，熊佛西确认为推行男女合演的最大困难就在于农村的封建思想根深蒂固。二者并不矛盾，前者主要指农民反感封建势力的压迫，但根植于农民头脑中的封建思想却并非短时期内可以拔除。

[2] 参见熊佛西：《戏剧大众化之实验·第三章 剧团问题》，南京：正中书局，1947年版。

[3] 参见熊佛西：《戏剧大众化之实验·第四章 剧场问题》。

说，农民戏剧应便于推行，使农民学习与自主从事时毫无困难，使戏剧本身容易开展；剧本内容的清晰，是演出中的核心问题，演出者应让观众明白故事的内容；此外，还应该考虑农村实际情况，少花钱少费料。在剧场中，表演、装饰与音乐三大元素不可忽视。[1]其中，表演是戏剧动态的表现，以视觉和听觉为传达的媒介，演员在演出中需要领导观众参加戏剧活动，在室外剧场演出农民戏剧，必须将演员的动作与声音的效果扩大，甚至可以采用多数演员同一步调的形式来表现雄伟的力量，让农民观众的身心获得震撼。舞台装饰是整个戏剧演出的辅佐者，是动作得以生发的环境，可以置放动作、强调动作并装扮动作，因此戏剧的动作是舞台装饰唯一的根据。熊佛西此时特意强调外部动作的重要性，认为农民戏剧的装饰必须与农民戏剧表演之"力学"、"集团"、"怒吼"等特色相呼应，所以在设计中应多采用粗犷的线条与颜色（如粗线条、直线、天蓝色、黄色等），同时听觉可以增加戏剧情调，所以不可忽视扩音机的作用。

在演出中，熊佛西从演出的意义出发，始终考虑剧场的构造，提出了观众与演员混合的新式演出法。这一理论来源于熊佛西对西方古代与现代剧场形式历史传承与演变的研究——古希腊时代，戏剧的最初形态就是观众与演员混合，西方现代戏剧中，德国戏剧家玛克斯·莱因哈德（Max Reinhardt）提倡舞台与观众席联成一个全整的有机体，用"轮道"、"马戏场"等方式达到此目的。苏俄的戏剧家梅雅荷德（Meierhold），[2]提倡构成主义演出法，将剧场变成仓库，以高大的台阶将演员与观众沟通起来，使观众与演员的动作混合起来，共同完成戏剧的表现。到了戏剧大众化的实验中，熊佛西继承这样的理念，坚持打破观演隔阂，将观众与演员混合起来。一方面，是呼应着"由分析走入综合"的世界戏剧发展潮流，使观众在与演员的混合之中不再是单纯的旁观者，而能够实际感受所参加的戏

---

　　[1] 参见熊佛西：《戏剧大众化之实验》，南京：正中书局，1947年版，第89页。
　　[2] 玛克斯·莱因哈德（Max reinhardt）与梅雅荷德（Meierhold），今多分别译为莱因哈特和梅耶荷德。

剧活动，这样就可以增加戏剧的力量，更深刻地表现戏剧的教育功能；另一方面，这种做法是受到农民习以为常的高跷、旱船、龙灯等在观众中流动表演的演出方式的影响，可以适应农民的喜好，避免他们在黑暗的剧场中看戏产生不适感。[1] 在具体操作中，熊佛西将台上台下的空间均视作表演的场所，为了保证舞台效果，他充分利用灯光技术，用灯光表示换幕换景、辅助动作的变化，同时用光由舞台上扫射台下，可以为演员在观众区的演出提供方便。熊佛西提出了新式演出法舞台形式的四种可能：台上台下沟通式、观众包围演员式、演员包围观众式、流动式。这几种形式使观众与演员联系成为完整的有机体，自由交流与对话，戏剧艺术的各方面也就受到了影响而有新的开拓。例如，在创作上就要着重动作的描写，表演也要打破固定的程式，形成立体的表演，亦可考虑利用面具等形式，不再局限于舞台上的装饰，而将装饰扩大到剧场的所有空间。这些手段充分利用了剧场本身各种可能的变化，扩大了剧场的功能，使剧场成为农村戏剧教育文化活动的中心。

四、农民戏剧对农民教育的辅助与实践

熊佛西的戏剧大众化实验，核心是农民戏剧的理论与实践，根本目的是利用戏剧的教育功能实现对农民的教育。农民戏剧与学校的教育的结构一致，也具备学校、学生、教职员、校址等要素，即观众、演职员、剧本、舞台，但却用与学校式教育不同的形式，以传递文化为目的，着重进行社会式的教育，培植民众的力量，使大多数国民都享有受教育的机会。戏剧是社会教育的重要组成部分，是由戏剧的特质决定的——它能在娱乐中无形地给人教育，具有直接的、具体的力量，内容可以联系生活，对象是不分男女老少的大众。中国农民的知识，尤其是做人的知识，多半得自舞台，戏剧大众化的实验恰恰就利用了这样的特点，为实现教育的广泛化与普遍化，使教育在符合中国政治经济的情况下实际地走入农村，促进农

---

[1] 参见熊佛西：《戏剧大众化之实验·第五章 演出问题》，南京：正中书局，1947年版。

村的建设，培植广大民众的力量，作为民族与国家复兴的基础。农民戏剧就是实现这种目的最具体、最有力、最适宜的工具。之所以这么说，是因为这种工具具有五种强大的力量：介绍知识、抒发情感、传布国语、公民训练、组织民众。[1] 熊佛西列出了21条开展农民戏剧活动的益处[2]，例如，戏剧可以使农民们在闭塞的生活中有机会得到各方面的知识，丰富人生经验和阅历，成为他们改进生活的依据，也可以使农民们宣泄心中的悲哀与欢笑、缓解身心的疲乏，学会分工合作的精神，学习国语、练习口才等，是组织民众最有力量的艺术。

在管理剧场与制定剧场规则的过程中，熊佛西从农民戏剧的实际出发，兼顾教育农民、训练农民的目的，制定农民剧团的运行章程，成立剧场管理委员会，明确农民剧团的组织与制度、内容与形式，由农民参与实际的管理与运行，充分发挥其自主性。在剧场规则上，熊佛西始终采取售票或赠票的形式，观众必须凭票入场，从而让农民树立看戏不能随便进出的意识。他还训练观众排队入场，不可以随意鼓掌、咳嗽、吐痰。这一切都可以训练农民学会在公共场所应该遵守的秩序，提高农民的素质。在具体推行和执行剧团制度的过程中，熊佛西提出戏剧制度就是以政治的力量推行戏剧艺术和戏剧教育的一种有计划有效果的方式，务期全国或全省的每一个人都有领受戏剧艺术熏陶及戏剧教育的感化的机会。[3] 所以，在编写剧本与剧团建设、乡村公演等方面都要有计划，避免"剧本荒"，形成"省立—县立—中心村剧场"的三级"剧场网"，达到每个人都有机会看戏的目的。[4] 然而，剧场制度得以实现，有三个条件必须先予解决——第一，国家要改变对戏剧的观念，应把戏剧的发展定为国家的策略之一；第二，要大规模地训练人才；第三，保障最低限度的财力支持。由上而下地推广戏剧大众化运动，会得到更好的效果。熊佛西建议，全省的戏剧事

[1] 参见熊佛西：《戏剧大众化之实验》，南京：正中书局，1947年版，第103页。
[2] 参见熊佛西：《戏剧大众化之实验》，第106—107页。
[3] 参见熊佛西：《戏剧大众化之实验》，第109页。
[4] 参见熊佛西：《戏剧大众化之实验》，第109—110页。

业必须在一个统一的机关之下设计推行，如"省单位戏剧教育委员会"，下设四个职能不同的部门——"研究实验部"、"编制出版部"、"人才训练部"、"表证推广部"，前三部平行，由"表证推广部"综合前三部的成果来从事戏剧的推广事业，并独立设置"秘书处"与"总务处"二处，各司其职。在研究实验的阶段，应深入田间地头，以中心村实验剧场→县立实验剧场→省立实验剧场的顺序自下而上地进行研究和实验。在推行的阶段，则应将研究实验的结果编辑总结，并根据实际情况训练人才，是由上而下地推行。只有这样，才能使戏剧大众化运动产生实际的效果。[1]

1937年，熊佛西的戏剧大众化实验的实践总结《〈过渡〉及其演出》由正中书局印行，其中，一直追随熊佛西学习与合作的杨村彬在序言中再次强调，农民戏剧是大众化戏剧的主潮，戏剧工作者必须从大众的角度出发，所创作的戏剧人物要以农民的意识为意识，要考虑到农民的接受与自主排演的能力，不能游离于现实，还要暴露现实，积极指导现实。戏剧属于大众，所谓的大众戏剧，就是由大众在大众中表演，以大众生活为题材而给大众看的戏剧，包括大众演、大众看、在大众生活的环境中演，演与大众生活有关的剧本。几个条件缺一不可，才能称为十全十美的大众戏剧。[2]直到1948年，熊佛西也还曾主张："二十年一贯看法，戏剧要有出路，必须奔向农村。我们应该奔一条新的道路。我们应该和农民打成一片，否则只逗留在几个有限的都市，使三万万七千五百万农村父老兄弟姐妹和新的戏剧绝缘，剧运是无法放出异彩的"。[3]在熊佛西等人看来，戏剧走向农村才是实现大众化发展的最直接、最有效的道路。

从20世纪20年代开始，直至建国之前，熊佛西始终站在戏剧理论研究与实践的第一线。他将农民戏剧的研究视为戏剧大众化理论最重要的组成

---

[1] 参见熊佛西：《戏剧大众化之实验》，南京：正中书局，1947年版，第113—115页。

[2] 参见熊佛西：《〈过渡〉及其演出》，杨村彬为该书撰写的序言。

[3] 参见任启明：《与熊佛西先生谈剧运——写在第五届戏剧节》。转引自熊佛西：《熊佛西戏剧文集》，上海：上海文艺出版社，2000年版，第1125页。

部分，以期实现戏剧教育大众，完成社会改造的远大理想。他的思想体系与践行过程中的经验与教训，都为中国当代的戏剧理论与戏剧教育工作奠定了坚实的基础。

第六节　"走向血肉相搏的民族战场"：为抗战服务的戏剧萌发

话剧走进中国30年，都是随着中国的时代潮流的演变而发展。随着五四运动、北伐战争、九一八事变等一系列事件的爆发，中国的新兴戏剧也从对家庭问题的关注转向对社会问题的关注，进而日益关注民族问题。话剧由都市到县镇，由县镇到乡村，不再是少数人把玩的工具，而是担负着神圣的教育任务，成为抗战的武器。[1]尤其是步入20世纪30年代以来，随着政局日益紧张，戏剧的社会教育功能和政治宣传功能逐渐被越来越多的戏剧工作者认识，排演的戏剧也多是为教育民众、宣传抗战、鼓舞士气服务。在抗战爆发前，洪深曾积极倡导"国防戏剧"，与夏衍等人创办《光明》半月刊。作为"国防戏剧"的重要阵地，该刊物积极宣传抗日救亡，洪深亦领导戏剧工作者们集体创作了《咸鱼主义》、《走私》等剧目。戏剧为抗战服务的呼声日益高涨。

在抗战爆发之前，农民戏剧运动在熊佛西的带领下于河北定县如火如荼地展开。在这样的氛围之中，洪深于1936、1937年前后初次尝试集体创作，并初步进行了农民戏剧的实践，不仅为农民戏剧运动提供了极为宝贵的实践经验，也为此后的抗战戏剧积累了灵感。他继承和发展了戏剧要表现"某时代某社会内一般大众的情绪"的观点，强调尤其是在抗战时期，戏剧更要表现大众反抗的情绪。当时的农民生活极为困难，在农村中置办

---

[1] 参见胡绍轩：《战时戏剧论·戏剧理论丛书总序》，重庆：独立出版社，1940年版，第1—2页。

依靠电力支持的电影设备是根本不可能的，而话剧艺术具有"绝大的感染性和渗透性"，可以直接地"提高农村文化水准，启发农民救亡意识"，自然成为教育农民的绝佳工具。[1]发展"农民戏剧"、推行"集体创作"的观念成为抗战爆发前后洪深最为重要的戏剧创作观念，也成为其从农民戏剧到宣传推广抗战戏剧的重要转折点。"农民戏剧"必须要成为农民自己的艺术，实现唤醒大众→教育大众→组织大众的目标，就必须使农民由旁观者变成亲身的实践者，自编自导自演他们亲身体验的国际形势和社会实态，直接地表现日本帝国主义者对他们的侵略，寻求自己真正的出路。但是剧本始终是发展"农民戏剧"的瓶颈，农村题材的剧本少，知识分子创作的剧本文艺气息过于浓厚，不适合农村的实际状况。而农民对社会的认识尚不深刻，对戏剧艺术又没有充分的理解，并没有编写的能力。[2]所以，发展"农民戏剧"的有效出路即在于发展集体创作。在编写剧本前，可以先以座谈会的方式请大家提出创作的题材，找出"剧旨"，思考剧本聚焦的问题和人物形象，再经由反复的讨论，交给一个人整理，之后再经过多次开会讨论，不断地提出意见，补充归纳与整理，最后形成一个完整的剧本。这种创作形式的优点在于剧本的材料来源广泛，多人的生活经验可以充实剧本的内容，也让创作者可以各自发挥所长，集思广益，在最短的时间创作出更多的剧本。但其缺点也十分明显，如人物的描写不够深刻，剧作易流于公式主义化，口号标语化等。[3]这样的问题亦同样暴露于抗战戏剧的理论与实践中，戏剧工作者们在此基础上进行了更为深入和系统的研究。

自20世纪20年代开始，戏剧界关于"为人生"还是"为艺术"的争论就没有停止过，但是抗日战争的爆发使这种争论发生了"一边倒"的转

---

[1] 参见洪深：《最近的个人见解》，见《洪深文集》（二），北京：中国戏剧出版社，1988年版，第621—623页。

[2] 参见洪深：《最近的个人见解》，见《洪深文集》（二），第624页。

[3] 参见洪深：《最近的个人见解》，见《洪深文集》（二），第627—628页。

向。艺术是社会的上层建筑之一，可以用来表现、反映、美化和批判人生，其变迁也都遵循着一定的社会历史条件。戏剧在战争时期可以激起全民抗战的情绪，对民众进行参与抗战建国的宣传，这也可以促进戏剧本身的发展壮大。[1]田汉在其1942年所作的《关于抗战戏剧改进的报告》中指出，抗日战争使戏剧"为人生"还是"为艺术"的争论归于统一，无论是新剧还是旧剧，都日益倾向于为人生、为抗战而服务，从而将戏剧与抗战在戏剧理论研究和日常实践中皆紧密地结合了起来。在田汉看来，中国的戏剧自古以来都没有对国家和民族起到过如此显著的作用："抗战以前，戏剧尽了推动抗战的作用。抗战到了现阶段，戏剧又尽着正视今天现实，唤起大众更坚定更勇敢争取最后胜利到来的作用。"由于抗战的特殊形势，戏剧不断地走向农村，"走向血肉相搏的民族战场"，让更多的观众于其中了解救亡图存的重要意义。[2]

在探究"戏剧怎样地在教育观众"的问题上，洪深以此前自己对于情绪和戏剧的教育功能的研究为基础，指出一切的艺术实质上都是"教育与制约情绪的工具"，"教育不能使人无情（使人不怜悯不恐怖），但可使人的情绪动得其正（何为而怜悯或恐怖，如何怜悯或恐怖）"。比如悲剧，就是"伟大失败的摹仿"，观众的情绪在体验悲剧时，也会受到净化和制约，从而将看戏的经验转化为生活的经验。戏剧可以"熏陶情感"，"制约情绪"，同时促使观众产生"合于时代需要的情操（Sentiment）"。在探讨戏剧之于观众的作用等问题上，洪深进一步地提出，在培养出观众的爱憎是非观念之后，还要鼓励观众"不吝出之于行动"。抗战时期的戏剧运动，不能仅仅单纯地发挥传统戏剧的惩恶劝善的功能。[3]

1939年8月至11月，洪深率领教导剧团赴川北进行巡回公演，在具体

---

[1]参见胡绍轩:《战时戏剧论》，重庆：独立出版社，1940年版，第1—2页。

[2]洪深:《抗战十年来中国的戏剧运动与教育》，见《洪深文集》（四），北京：中国戏剧出版社，1988年版，第123—124页。

[3]洪深:《抗战十年来中国的戏剧运动与教育》，见《洪深文集》（四），第121—123页。

的宣传实践中，洪深等人更加认识
到了战时戏剧的问题。剧团成员陈
志坚在名为《巡回演剧的实践》的
总结报告中一针见血地指出，抗战
初期的巡回公演，尽管收到了宣
传的效果，但多是只能做泛泛的宣
传，是单纯地为了宣传而宣传，忽
视或抹煞了戏剧的其他功能。在陈
志坚看来，战时戏剧还应该有其他
的意义。第一，要辅助民众教育。

1937年抗日战争爆发，上海话剧界救亡协会演剧二队在开封时的合影。后排左起第三人为洪深，是该队负责人之一。

因为抗战不仅是要求民族的解放，还要进行民族复兴的建国伟业。艺术形
式经由舞台的表现，可以使观众受到"潜移默化"的感染，无形中受到意
识形态的影响。第二，要沟通社会文化。由于交通闭塞等原因，西部偏僻
地区和农村地区的人们几乎没有机会了解大城市的生活，对于当时的社会
情形亦了解甚少。通过戏剧，可以将现代社会一切进步的事物展现传播于
广大民间，有利于民众增进对现实的了解，逐渐提高他们的文化程度。第
三，增加戏剧工作者自身的创作经验。如果戏剧活动在都市里日益沦落为
富豪们的娱乐品或消遣品，戏剧工作就不会有任何的进步。所以"戏剧下
乡"、"戏剧到民间去"才是今后重要的工作方向。通过深入农村体验生
活，剧本荒等问题亦可以解决。不仅如此，中国的农民们豪放的气魄、朴
素自然的动作，都可以作为建立中国话剧表演体系的参考。第四，开展戏
剧运动。巡回演剧的目的不仅仅在于完成政治教育的任务，还要物色和培
养戏剧干部，"在广大的民间，建立起无数戏剧的堡垒"，使得今后的戏剧
运动顺利开展。[1] 陈志坚的观点也为战时戏剧提出了一个重要的问题：戏
剧的审美功能与宣传功能如何协调？在某种程度上，艺术的宣传功能在于

---

[1] 洪深：《抗战十年来中国的戏剧运动与教育》，见《洪深文集》(四)，北京：中国戏剧出版社，1988年版，第138—140页。

其感染力，感染力强，艺术价值也会相应提高。这也可以视为艺术品成功
与否的重要标志。但是，宣传品不一定都是艺术品，宣传也不一定仅限于
空喊口号，尤其在抗日战争时期，戏剧艺术的责任在于宣传，但也不能忽
略创造戏剧的过程中审美价值的作用。[1]

　　抗战戏剧运动还有一明显特色，即民间戏与地方戏、职业的与业余的
戏剧工作者，都自发地争先恐后地参加抗战宣传。——这也为进一步探讨戏剧的民族形式问题提供了契机。王若愚、沈云陔等领导的楚剧宣传队，吴天保等领导的汉剧宣传队等，"深明大义，忠贞不移，甘愿受苦与牺牲"，具有"向上、求好、勇于学

1937年，《保卫卢沟桥》在上海上演，成为抗战时期话剧代表作。

习、自我教育"的精神。[2]洪深对于民间艺术形式和地方戏曲始终持宽
容的态度，认为"运用旧形式"一方面要消除用旧形式写成的剧本中含有
"毒素"的成分，另一方面要思考将旧形式现代化的问题。"运用旧的民
族形式，创造新的民族形式"可以更加有力地表现时代的生活，为人民服
务，这在当时也为延安的文艺工作者所注意。这将中国的戏剧发展道路引
向了一个新问题，如何让"话剧"这一西方"他者"的艺术形式更加适合
中国的土壤？如何让传统戏曲这一民族艺术形式适应时代及社会的需要？
《文艺突击》新一卷第二期发表柯仲平的《介绍〈查路条〉并论创造新的
民族歌剧》一文，指出要学习旧剧的剧本创作方法及表演方法，并且从中
找出规律性，发现旧剧表现技巧等方面的特点，并抓住这种优秀的民族戏

　　[1] 参见胡绍轩：《战时戏剧论》，重庆：独立出版社，1940年版，第2—3页。
　　[2] 参见洪深：《抗战十年来中国的戏剧运动与教育》，见《洪深文集》（四），北京：中国戏
剧出版社，1988年版，第141页。

剧的表现技巧加以改造，就有可能创造新的民族艺术形式。柯仲平所言的
"高度的创造性"指的是：

> 使艺术学中国化，而且使西洋艺术的优良作风中国化；从这种的
> 艺术学上，以中国民族特有的作风为主，将西洋艺术的适用的优良作
> 风融合起来，那高度的创作性，也才能充分发挥。这种新创造，是不
> 要脱离中国艺术传统的；它是中国艺术传统的一个否定，同时是一个
> 很好的继承。因此，这种新创造，对于在抗战中进步着的大众，是足
> 使他们喜闻乐见的。在今天尚被中国大众欢喜的中国旧戏，它的构成
> 部分中其实就有了许多中国化的外来因素。不过，今天是发挥高度的
> 民族意识，应该积极的站在主动的地位上，去融合外来的优良作风，
> 以便提高我们的抗战的，民族的，大众艺术的新创造。[1]

在柯仲平看来，"利用旧形式，即是创造新的民族形式的最初的一个
过程"。将旧形式民族化这一问题，在张庚于1939年所作的《话剧民族化
与旧剧现代化》报告中也有所讨论。旧剧具有深厚的群众基础，而话剧更
加易于反映现实生活，是进步的形式。改革旧剧并不仅是形式上的改革，
更重要的是使其能够表现"新时代的新生活的现实，并且能够从进步的立
场来批判并改造这现实"。在对旧剧的研究中，要将其艺术价值与封建迷
信的内容明确地区分开。在旧剧现代化的进程中，要坚持"一个正确的思
想方向"，即"政治的方向"，还要坚持"一个进步的创造艺术的态度"，
忠于剧作的思想及内容，同时使旧剧中"用成了滥调的手法重新给以新的
意义，成为活的"。——这一切工作的前提，是要戏剧工作者"具有一个
进步的戏剧以至艺术的观念"。[2]

在战时戏剧的讨论中引入旧剧现代化和话剧民族化的观念，最根本的
目的在于号召全体戏剧工作者摒弃20世纪以来戏剧领域的新与旧、中与西

---

[1] 参见洪深：《抗战十年来中国的戏剧运动与教育》，见《洪深文集》（四），北京：中国戏
剧出版社，1988年版，第164—165页。

[2] 参见洪深：《抗战十年来中国的戏剧运动与教育》，见《洪深文集》（四），第165、167—
169页。

之争的门户观念，全身心地投入到对敌抗战的斗争中来，"为了社会、教育、道德影响而戏剧，为了服务国家民族，人民大众而戏剧"。[1] 然而，为抗战服务的戏剧运动到了后期亦出现了一些问题。在对"抗战戏剧的自我批判"中洪深指出，在抗战后期，有不少戏剧工作者放弃前线演剧或乡村演剧的岗位，回到城市从事"职业化"与"商业化"的演剧，却在组织形式等方面未能真正的"正规化"，也不具备"商业化"所应有的道德操守，从而放弃了戏剧的教育作用，未能真正为人民服务。在剧作方面，始终不够"大众化"，知识分子的气味太过浓重，不易为多数民众理解，也很难激起群众的兴趣。[2]

如果说旧剧现代化和话剧民族化的观念是将戏剧领域的门户之争归于统一以更好地为全面抗战服务，那么戏剧的大众化问题则始终是20世纪中国戏剧界长期的牵绊，关系到"话剧"这一艺术形式能否在中国拥有合法性的身份问题。在谋求合法性身份的焦虑之中，戏剧工作者们曾经从学校戏剧、农民戏剧等多方面进行尝试，而战争的侵袭赋予了这种尝试绝佳的载体。随着抗日战争的爆发，资产阶级、知识分子、市民、农民等各个阶级被统一在了全民抗战的大背景下，敌我矛盾成为最主要的社会矛盾，国内社会各阶级的隔膜相对有所缓和。戏剧成为全民抗战的重要思想工具之一，若想发挥其最大的宣传与教育功用，首先要做的就是让各阶级民众都认同此种艺术形式，而认同的最有效路径之一，就是在思想内容上能为广大人民群众所感同身受与喜闻乐见，从中汲取力量去参与抗战。这一切的思考都最终指向了戏剧的大众化问题。

在具体的舞台实践中，抗战时期的戏剧大众化问题多涉及关于戏剧的题材与形式等问题的探讨。战时戏剧题材的选取范围是比较广泛的，如描写抗战将士的精神风貌、游击队的积极抗战、沦陷区同胞的痛苦生活等，

[1] 参见洪深：《抗战十年来中国的戏剧运动与教育》，见《洪深文集》（四），北京：中国戏剧出版社，1988年版，第200页。

[2] 参见洪深：《抗战十年来中国的戏剧运动与教育》，见《洪深文集》（四），第242—251页。

但是最主要的目的在于要纠正人民在战争时期的错误心理。因为战争时期
人民的生命财产难免会遭受损失，要避免因此而出现的消极抗战或情愿做
亡国奴或汉奸的思想。[1]

　　但是正如洪深等人所意识到的那样，为数不少的战时戏剧并不能为
广大群众所接受或理解，或高深难懂不够"大众化"，或在人物形象的塑
造上过于公式化和概念化。事无巨细地展现真实的生活，过分追求"药方
主义"或"卖座主义"，剧情牵强，人物形象不突出……这些都是戏剧公
式化和概念化的表现，[2]也导致许多人物形象只能是空想出的"衣冠傀
儡"，却不是"有血有肉的人"，在创作中忽略了对人物形象心理转变的原
因与过程的探究。[3]抗日战争的题材，应该包括三个方面：一、说明敌人
的侵略；二、激起抗战的情绪；三、指示抗战的方法。这才是发展抗战戏
剧的"药物"，而非"药方"。[4]在抗战初期，中国人民对于敌人的侵略和
抗战的意义还不具有普遍的认识，所以戏剧应该起到解释战争、激发人民
斗志的作用。当人民对敌人的侵略已有深入的认识，对抗战的意义也有明
确理解的时候，就需要指导民众"站在自己的岗位参加抗战"。煽动性的
工作只是前期的工作，对战争给予指导，才是在长时间的抗战中应该做
的建设性的工作。[5]这样或许可以弥补公式化或"药方主义"的遗憾。

　　战时戏剧的艺术形式也是多元的。戏剧不一定只发生在舞台上，也
不一定纯粹用演员来扮演。战争时期的戏剧可以发生在街头或广场上，也
可以让真正的群众参与到戏剧表演中来。胡绍轩认为战时戏剧的形式有几
种：舞台剧、观众剧、观众歌诵剧、街头剧、综合宣传剧、活报剧、象征
剧、默剧与歌剧。[6]这些戏剧形式各有优势，例如，观众剧可以打破舞台

---

[1] 参见胡绍轩：《战时戏剧论》，重庆：独立出版社，1940年版，第2—3页。

[2] 参见胡绍轩：《战时戏剧论》，第46—53页。

[3] 参见阎哲吾：《战时剧团组织与训练》，重庆：独立出版社，1939年版，第83—84页。

[4] 参见胡绍轩：《战时戏剧论》，第53页。

[5] 参见胡绍轩：《战时戏剧论》，第55页。

[6] 参见胡绍轩：《战时戏剧论》，第5—6页。

上下的隔膜，"大家都是演员，到处都是剧场"，从而赋予群众在演出中的参与权与话语权，既可以让群众了解戏剧的艺术功能，也可以夸大戏剧的煽动力量，进而塑造出具有相同的意识形态观点的群众思想，强化群众的斗争情绪。[1] 观众歌诵剧来源于苏联，是一种有韵的平民文学，形式类似于演讲，主要表现时代和社会的重大问题，可以使观众感到戏剧就是人生的缩影。[2] 而当时在中国极为活跃的街头剧，则并不仅仅是"街头演剧"，而是"凡在舞台外演出的戏而观众并不知那是在演戏的戏剧，就叫做街头剧"，或者也可以理解为"凡能以最便捷的方式，用最简单的设备，传达最通俗的剧情，而能在街头或旷野上实地演出者，都得为街头剧"。当时影响极大的《放下你的鞭子》只是街头剧的其中一种形式而已。[3] 同时，战时演剧也可以利用漫画展览、通俗演讲、电影放映、双簧、舞蹈等艺术形式来配合。[4] 但无论是哪种艺术形式，均始终强调题材要生动、通俗、具有启发性，形式上则要简洁明了，强调群众的参与度。战时戏剧不仅为被压迫、被奴役的

1936年，崔嵬、陈波儿在绥远前线演出《放下你的鞭子》。

崔嵬和张瑞芳在香山演出《放下你的鞭子》。

---

[1] 参见胡绍轩：《战时戏剧论》，重庆：独立出版社，1940年版，第15—17页。

[2] 参见胡绍轩：《战时戏剧论》，第19—21页。

[3] 参见胡绍轩：《战时戏剧论》，第23—24页。

[4] 参见阎哲吾：《战时剧团组织与训练》，重庆：独立出版社，1939年版，第2页。

广大民众提供了接受宣传与教育的机会，也为他们提供了感受战争、宣泄情感的机会。在抗日战争的大背景下，借着对政治局势的关切，话剧在中国的土壤里继续扎根。

为了鼓励抗战戏剧的蓬勃发展，洪深曾以"十项戏剧工作者公约"留赠后人：认清任务、砥砺气节、面向民众、面向整体、精研学术、磨炼技术、效率第一、健康第一、尊重集体、接受批评。他还预言："（戏剧艺术）今后十年，较之以往十年，当能更加健全，更加坚强，更能懂得如何真正的为国家民族服务，更可保证戏剧教育在人民大众中间发生更伟大更优善的社会影响。"[1]洪深的这一愿景，也是建国后的戏剧工作者们孜孜以求的。

[1] 参见洪深：《抗战十年来中国的戏剧运动与教育》，见《洪深文集》（四），北京：中国戏剧出版社，1988年版，第260—261页。

第五章 谈剧亦有专门学：现代话剧理论的引进与建立

第一节 概述

现代话剧理论批评的基本范畴，包括对戏剧文学、表导演、舞台与剧场、观众学等多方面的研究。中国现代话剧理论批评体系建设，亦始终围绕这几个层面展开，以对西方戏剧理论批评的译介与引进为起点，逐渐走向成熟的话剧理论与批评的建设。

对西方戏剧理论的译介与研究，在中国话剧理论建设方面具有极为重要的意义。首先，中国话剧的形成与发展，始终离不开对西方戏剧理论的译介、转化与应用。19世纪60、70年代，《上海新报》等杂志就曾刊登过介绍莎士比亚的文章。20世纪初期的戏曲改良思潮也提出过要"采用西法"。[1]春柳社在其成立伊始提出的对"新派演艺"的重视，指的也是"欧美所流行者"，即西方近代戏剧。[2]《新青年》派更是译介了多部易卜生的名著。到了"国剧运动"时期，尽管余上沅等人主张从传统戏曲中汲取精华创造与西洋戏剧不同的"国剧"，但是他们的理论依然极大地受到爱尔兰文艺复兴运动的影响。在20世纪的20年代前后，对西方戏剧理论思潮的译介达到第一次高峰，其中最主要的代表当属宋春舫。从译介的范

[1] 参见三爱（即陈独秀）：《论戏曲》（1905年），原载于《新小说》，第2卷第2期。见阿英主编：《晚清文学丛钞·小说戏曲研究卷》，北京：中华书局，1960年版，第53—55页。
[2] 参见《春柳社演艺部专章》（光绪二十三年，1906年），载《北新杂志》，第30卷，1907年。

围来看，《新青年》派主要译介"易卜生主义"的相关著作与理论，宋春舫的视野则更加多元，浪漫主义、象征主义、表现主义等当时西方戏剧思潮的主要形式皆有所涉及，并在剧场艺术方面系统地介绍了"小剧场"理论，同时将戈登·克雷、阿庇亚、莱因哈特等人的西方现代剧场理论第一次较为系统地引进到中国。不仅如此，宋春舫、熊佛西、洪深、朱光潜等人还将西方戏剧中的悲剧和喜剧的范畴引入中国，不仅有力地反击了传统戏曲中中庸的"团圆主义"观念，更是对中国现代话剧创作观念的形成起到了极为重要的作用。这一切，都为中国现代戏剧艺术的发展提供了全新的范式，为"小剧场"戏剧运动、民众戏剧运动等舞台实践提供了更为多元的理论支持。

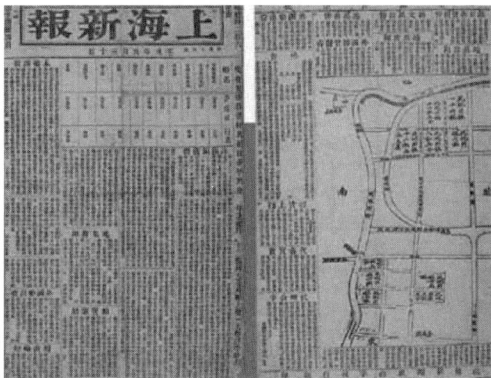

《上海新报》等杂志成为中国最早了解西方戏剧的窗口。

　　其次，中国话剧理论批评的根基，就在于对西方戏剧理论的接纳、移植与改进。话剧之所以可以作为一种独特的艺术形式存在于中国，就在于其美学特征的独特性。正如洪深所言，话剧"主要使用对话"来表达故事，其中的音乐、舞蹈都只是这种艺术形式的附属品。[1] 研究者们正是在具有了中西戏剧相互比较的意识之后，才树立了西优于中、今胜于古的观念，才有了对西方戏剧理论的研究，并不断进行改进，从而探索适合中国社会环境的发展道路。中国现代话剧观念始终围绕着话剧民族化与大众化两个向度展开，而这两个向度的发展始终离不开对西方戏剧观念的扬弃，甚至存在有意忽视或着重利用某一种或几种西方戏剧理论思潮的情况。在"为我所用"的过程中，对"易卜生主义"的推崇与洪深提出的"为人

---

　　[1] 洪深：《从中国的新戏说到话剧》，原载于《现代戏剧》，第1卷第1期，1929年5月5日出版。见梁淑安主编：《中国近代文学论文集（1919—1949）·戏剧卷》，北京：中国社会科学出版社，1988年版，第23页。

生"的现实主义戏剧观念的关系极为密切；尽管在中国从未发生过成熟的"小剧场"运动，西方戏剧家们对多元剧场形式的探索仍旧给予欧阳予倩、洪深、熊佛西等人极大的灵感，无论是从校园戏剧运动、农民戏剧运动的实践，还是从战时戏剧表演形式的研究中，都可以看到西方现代剧场艺术的影响。但是，这种影响并非机械地拿来或照搬，洪深、熊佛西、阎哲吾等人的戏剧理论均在实践中体现着因地制宜、因人而异的思想。他们创制的农民剧团管理办法，以及街头剧、秧歌剧等独特的表演形式，都并非对西方戏剧艺术的照本宣科。中国话剧理论批评的根基正是在这种情况下不断地变得稳固。

再次，中国话剧理论批评体系的成熟，亦标志着对西方戏剧理论批评研究的初步成熟。以陈大悲、宋春舫、田汉、洪深等人对西方戏剧理论的译介为基础，20世纪30年代，中国现代话剧理论与批评的成熟期正式到来。就话剧理论方面而言，作为中国现代话剧事业的开创者与奠基人之一，洪深创立了系统的话剧理论，加之欧阳予倩、熊佛西、田汉等人对西方戏剧的较为深入的、综合性的研究，他们丰富的理论成果共同标志着20世纪中国话剧理论走向成熟；就话剧批评方面而言，熊佛西于20世纪20年代就意识到了戏剧批评对于作家创作和观众欣赏等方面的重要作用，1928年向培良完成著作《中国戏剧概评》，他的戏剧批评观念的形成，亦标志着20世纪中国话剧批评走向成熟。

成熟的话剧理论与批评，承认话剧是一种既具有文学性又具有舞台性的综合性艺术，文学性是其根基，演员通过对动作的摹仿来完成戏剧的表演。其中，现实主义戏剧观念是当时的主潮，这种创作推崇塑造"典型环境"下的"典型人物"。面对当时的家国危机，戏剧家们更愿意将戏剧视为摹仿人生的艺术，强调戏剧的表演要体验人生，表现人性，从而借用戏剧解决时代与社会的重大问题。对话剧社会功用的研究，成为中国成熟的话剧理论研究中极为重要的话题。同话剧理论类似，成熟的话剧批评亦关注人性，强调艺术要表现人的真性情。话剧艺术批评观念的核心，就在于以动作为基点，以表现人的情绪为核心。至此，中国现代话剧理论批评体系正式建立。

值得注意的是，这一时期绝大多数的研究者对于话剧理论与批评的基本范畴与基本观念均持较为一致的态度，但多难以进行深入挖掘或专门性的研究。同时，由于中国现代话剧发展道路上对话剧的政治社会功用的过于重视，加之抗日战争的爆发，对话剧审美价值的研究逐渐处于无人问津的尴尬境地。

第二节　西方戏剧理论的译介与研究

20世纪20年代初期，《新青年》派的学者们为落后的中国打开了一扇向西方学习的大门，以向西方学习来启迪民智、拯救家国危亡为己任，他们确认了现代化进程中的社会现代性向度，却也在不期然间忽视了现代化应有的审美现代性向度。与《新青年》派学者希望从易卜生式的写实主义剧作中寻求疗救社会之希望的观念不同，宋春舫[1]等人却在译介与研究西方戏剧理论思潮时兼顾到了各个流派的特点，并在中西戏剧的比较中憧憬着中国戏剧未来的发展道路。在宋春舫大量译介西方戏剧各流派与思潮的同时，熊佛西、洪深、朱光潜等人对西方的悲剧、喜剧理论进行了较为深入的探索，田汉则开始了对新浪漫主义戏剧的探寻，中国话剧最终迈向以洪深为代表的现实主义的创作道路。在戏剧家们的共同努力下，西方戏剧理论的译介与研究在中国绽放出绚烂的光彩。

---

[1] 宋春舫（1892—1938），别号春润庐主人，浙江吴兴（今湖州）人，著名藏书家、剧作家、戏剧理论家。1911年入上海圣约翰大学，1912年赴瑞士日内瓦大学留学，获硕士学位，后游历欧美多国，精通英语、德语、拉丁语等多种语言。1916年，受聘于北京大学文科，讲授欧洲戏剧课，是我国第一位在北大讲坛开设戏剧课程的人。参见姜德铭主编：《中国现代名家名作文库　宋春舫卷》，北京：中国戏剧出版社，2001年版，前言部分。

一、对西方戏剧思潮的译介

西方戏剧思潮译介的急先锋当属宋春舫。1918年10月，宋春舫在《新青年》第5卷第4号发表《近世名戏百种目》，囊括了"一百种戏，代表五十八位文学家，代表十三国。著作的时代大概以最近的五六十年为限"，"已狠可代表世界新戏的精华"。[1] 1923年，中华书局出版了《宋春舫论剧》的第1集，1936年和1937年，又分别由文学出版社和上海商务印书馆

出版了《宋春舫论剧》的第2、3集[2]。宋春舫一生的主要戏剧理论与批评亦集中于这三本著述之中。他对法国、德国、意大利等国的戏剧潮流变迁以及当时较为先进的戈登·克雷、莱因哈特等人的剧场理论做了较为详细的介绍，引进了"小剧场"理论，翻译或介绍了德国表现派名作《煤气厂》（*Gas*）、《清晨至半夜》（*Von Morgens bis Mitternachts*），意大利未来派麦呢来梯（Marinetti）[3]《月色》等当时较为著名的西方各个流派的经典剧作。《宋春舫论剧》的成书目的即在于为中国戏剧的现代化进程的发展做理论方面的铺垫，因此足可从中发现20世纪20、30年代中国现代戏剧发生发展

宋春舫像

时期的理论发展线索和戏剧思想观念的变迁。

在《新青年》派民主与科学、启蒙与救亡的思潮强盛发展之时，宋春舫并未如其他人一般推崇易卜生式的"写实主义"，而是大量地介绍与写实主义戏剧特点大相径庭的浪漫派、表现派、未来派等流派的作家作品。他不赞同从悲剧、喜剧的角度划分现代戏剧，认为现代戏剧悲喜掺杂的趋势日益明显。如果"十二分地忠实地来描写社会状况，便不该有纯粹的悲

---

[1] 参见宋春舫：《近世名戏百种目》的"民国七年十月一日胡适记"部分，载《新青年》，第5卷第4号，1918年10月。

[2]《宋春舫论剧》第3集，又名《凯撒大帝登台》。

[3] 现多译为马里内蒂。

剧和喜剧"，反而"Tragi-Comedy"之类的名称"反倒有立足的余地"。所以宋春舫主张从文学的派别如"浪漫"、"古典"等方面去分析剧本，既醒目又能跟上时代的潮流，符合社会的背景，比悲/喜的划分范围更广，可以"随时添些新的旗帜"。[1]

1914年8月，第一次世界大战爆发，1918年11月，战争以协约国的胜利而告终，并导致了奥斯曼帝国、德意志帝国、俄罗斯帝国、奥匈帝国四大帝国的瓦解。政治格局的改变，促成了欧洲戏剧发展形势和潮流的改变。在对法国戏剧的研究中，宋春舫认为，大战前的法国戏剧流派繁多，雨果（Victor Hugo）就是反对三一律的"浪漫派首领"，[2]但"浪漫派的使命，完全是消极的"，只不过法国人总是带着"一点浪漫精神"，所以洛司堂（Rostand）[3]的著作能轰动全世界。[4]浪漫派戏剧虽然不同于浪漫派（Romantic Movement），但都含有"革命的元素"，所以世人仍给予此种戏剧思潮以"浪漫派"的称呼。"浪漫派之学说如天马行空无所凭借，渐至凭理想之所及而毫不注意于事实，对神说怪乖僻不经乃引起写实主义暨自然主义之反抗"，最大的成就在于打破了"三一律"（Theory of three Unities）的束缚。此外近代文学家对于象征主义的日渐重视亦是导致自然主义失败的重要原因。[5]尽管法国拥有"第一流的导演家"安托

---

[1] 参见宋春舫：《从剧本方面推测到现代戏剧的趋势》，原载于《文学百题》，题为《略述现代戏剧之种类及其技术上要点》。见《宋春舫论剧》第2集，上海：文学出版社，1936年版，第1—5页。

[2] 一般认为浪漫主义运动始于18世纪后期，主要发生在德国、英国和法国。其共同的主题是，如何以内在心性和审美来反抗工业革命建立的"庸俗的散文世界"；如何超越有限与无限的对立，为生命寻觅终极价值。浪漫主义戏剧理论从各个方面对新古典主义进行反拨。想象、象征、自由、天才等概念战胜了"逼真"，同时，想象也被视为"与生俱来的感觉力的结合，一种联系的能力，一种形成观念的本能"。浪漫主义者重新阐释了悲、喜剧的划分和意义。不同于以规范为旨归的新古典主义者追求体裁纯净的戏剧，对诗化人生的追求使浪漫主义习惯从艺术的整体性上去思考问题。以历史主义为视角的雨果，在突出滑稽丑怪地位的前提下提出美丑结合的体裁观。"三一律"在这一思潮中亦成为众矢之的。参见周宁主编：《西方戏剧理论史》（上册），厦门：厦门大学出版社，2008年版，363—374页。

[3] 现多译为埃德蒙·罗斯丹（Edmond Rostand，1868—1918），法国著名戏剧家。

[4] 参见宋春舫：《大战以前的法国戏曲》，见《宋春舫论剧》第2集，第20页。

[5] 参见宋春舫：《近世浪漫派戏剧之沿革》，见《宋春舫论剧》第1集，上海：中华书局，1930年版，第235—246页。标点符号为引者所加。

尼（Antoine），但"巴黎戏曲在大战以前确是无足轻重"。大战之后巴黎的剧院却发生了迅速的变革，接受了种种戏剧革新运动。在剧本创作上，"以先是臣服，现在是新奇；以先是门罗，现在是国际；这便是大战以后和大战以前巴黎的剧本不同之点了"。只不过巴黎仍旧缺少优秀的导演，导致观众"孤陋寡闻"。[1] 经过了一战，法国戏剧在一定程度上受到了神秘主义的影响，"大战后物质文明破产，故于未来之戏曲中神秘派学说之影响已有继长增高之势，此实世界文学之一种趋势，舍此他求，不啻固步自封。吾观今日巴黎剧界之现状而益信斯言之不谬也"。[2]

除了浪漫主义，在法国还存在一种影响较为广泛的戏剧潮流，即象征主义。[3] 世界戏剧潮流不断变化发展，从法国古典主义到浪漫派再到写实派一路走来，象征派这一阵营多主张发展个性，打破束缚，并且暗中极力反对自然派。在象征派眼中，"艺术是艺术，科学是科学，人生是人生。研究艺术，只是研究艺术！不必讲科学，更不必谈人生"。这种观点并不是认为科学的学说不能解决人生问题，只是绝口不提"科学"二字。而究竟何为"象征"，宋春舫似乎也没有定论，只是认为象征的精确定义很难指出，宽泛地来讲，是一种并非专以象征为宗旨的"譬喻"。法国象征主义诗人顾尔孟[4] 认为，象征派主张"在艺术内自由发展"，"是恢复最初的朴质及简明的一种运动"。梅特林克则认为，存在两种象征——一种是"演绎"的，一种是"无心"的。"演绎的象征，是作者用力的结果，无心

---

[1] 参见宋春舫：《战后法国戏剧的复兴》，见《宋春舫论剧》第2集，上海：文学出版社，1936年版，第26—32页。

[2] 宋春舫：《法兰西战时之戏曲及今后之趋势》，见《宋春舫论剧》第1集，上海：中华书局，1930年版，第69—70页。标点符号为引者所加。

[3] 象征主义（有时也叫新浪漫主义、理想主义或印象主义），在19世纪80年代出现于法国。它反对写实主义，否认终极的真理存在五官经验或理性的思考过程之中，而主张真理要靠直觉来把握。和写实主义者不同，象征主义者取材于过去，避免触及社会问题，也不重视人物角色的外在生活环境，风格倾向于模糊、神秘而不可解。在舞台设计上，象征主义者提倡简化布景和服装。演出时外在因素的重要性被抑低，使得注意力可以集中在剧作家的文字上。象征主义的演出多流于过分非写实，一直无法蔚为风气。参见［美］布罗凯特：《世界戏剧艺术欣赏——世界戏剧史》，胡耀恒译，北京：中国戏剧出版社，1987年版，第342—343、349—351页。

[4] 现多译为雷·德·古尔蒙（Remy de Gourmont, 1858—1915），法国后期象征主义诗坛领袖。

的象征，是作者无意中作的象征，为人类才智的结果，象征派学者的一切
著作，总逃不出这两种的范围。"针对此种观点，宋春舫解释道，象征派
的作者从不将自己的观点强加在读者身上，这也就导致了文本阐释的多元
化。"作者有意写出的象征，读者有能明白的，有不能明白的，这便叫作演
绎的象征，作者并没有诚意写出何种象征，但是读者以他读者自己的眼光
看出是某种象征，这就称作无心的象征……"宋春舫最推崇的象征派戏剧
家是爱尔兰人约翰沁其[1]，对梅特林克也评价甚高，同时在其研究中还
注意到了象征派与东方艺术的相同之处。[2]

　　对于意大利和未来派戏剧，[3]宋春舫则认为其受到了法国的影响。同
时由于"意国观剧者之程度殊幼稚不耐长思，故梅德林克、太哥尔、汉森
Knut Hamsun之名著不为意人所传诵，而白而司坦白德意Henri Bataille诸氏
之作反推崇备至也"。[4]意大利流行的剧本多为"有韵之文"，"多方言"，
独幕剧盛行。[5]流行于意大利的未来派剧作"亦多单幕剧，竟有短至四五

　　[1]现多译为约翰·沁狐或约翰·辛格（1871—1909），爱尔兰著名诗人、剧作家。

　　[2]参见宋春舫：《象征主义》，原载于《清华学报》，第2卷第1期。见《宋春舫论剧》第2集，
上海：文学出版社，1936年版，第13—17页。

　　[3]1909年2月20日，意大利诗人、剧作家F.T.马里内蒂（Filippo Tommaso Marinetti，1876—
1944）发表《未来主义的创立和宣言》，1915年，马里内蒂、科拉和塞蒂梅利共同起草并发表《未
来主义戏剧宣言》，与此前的《多样式的戏剧》一起成为未来主义戏剧纲领性文本。对传统戏剧、
当代戏剧激烈否定的态度，体现了未来主义整体的革命性的基本思想。未来主义主张创造"合成
戏剧"，即要求戏剧艺术在极其有限的时间里，通过简单的台词和急速的动作，把众多的感觉、
观念和事实经纬交织，融为一体。突出灯光、声响、语言等的综合运用。把电影手法移植入戏剧
中，表现传统戏剧无法表现的场景，如战争、飞行、天空、海洋等。作品中经常出现几条情节线
索互相渗透、平行展开的情况。戏剧同时在舞台和观众席之间进行，消除现实与幻觉、意识与无
意识之间的界限。参见周宁主编：《西方戏剧理论史》（下册），厦门：厦门大学出版社，2008年
版，805—807页。

　　[4]参见宋春舫：《现代意大利戏剧之特点》，见《宋春舫论剧》第1集，上海：中华书
局，1930年版，第178页。标点符号为引者所加。其中梅德林克，现多译为梅特林克（Maurice
Maeterlinck，1862—1949），太哥尔，此处指的是印度文学家泰戈尔（Rabindranath Tagore，1861—
1941），宋春舫在本文"注七"中写道："太哥尔之剧现极为德人所崇拜，此盖德人东方热之结果
也。"汉森，现多译为克努特·汉姆生（Knut Hamsun，1859—1952），挪威作家，1920年获诺贝尔
文学奖。白而司坦白德意，现多译为亨利·巴塔耶（Henri Bataille，生卒年等信息不详）。

　　[5]参见宋春舫：《现代意大利戏剧之特点》，见《宋春舫论剧》第1集，上海：中华书局，
1930年版，第179—180页。标点符号为引者所加。

行者"。未来派兴起，是为了"反对旧有之艺术"，意大利人思想活泼，不愿为"古代文化所束缚"，他们所秉持的学说是"排古"和"狂放"的，尽管宋春舫认为"未来派之曲本直与滑稽影片无异"且"其学说之不为外人所推许也"，但仍然相信意大利戏剧可以"为世界戏曲史上别开一纪元"，"将来意国戏剧必有特殊之国民性传布世间"。[1]宋春舫认为，未来派的戏剧理论，完全是一种"狂人"的学说，在分析及翻译了Marinette[2]等人的几部著作后，他指出"未来派的戏曲，完全是一种'没理由'的滑稽剧"，未来派的剧作家们认为"全世界无非是一个大游戏场罢了！无论怎样严重悲惨的事，他们看起来，总是一种供人玩笑的好题目"。未来派反对"现时通行的戏曲"多幕剧的人物众多、情节丰富的特点，而是提倡"速力"，多"单幕短剧"，"有时短的简直不成样子"。未来派的剧作没有"鬼神"二字，与"神秘派"没有丝毫的关系，"是完全意大利的一种出产品"，因为该国历史悠久，"只晓得崇拜古人新思想"，所以未来派剧作也是对崇古审美的一种反抗。[3]

　　而对于"四面楚歌"的德国来说，"大战以后欧人因环境之变迁，趋重唯物的观念，而写实派之戏剧亦有应时复兴之势"，所以德国人"今日之崇拜许泥紫尔Schnitzler韦特金Wedekind两人之剧本殆无足怪者"。许泥紫尔和韦特金二人同为"具象征性的写实派之戏剧家也"，其他艺术形式亦受到表现派[4]思潮的影响。在宋春舫看来，"自文学方面观察各种

---

[1]参见宋春舫：《现代意大利戏剧之特点》，见《宋春舫论剧》第1集，上海：中华书局，1930年版，第181—182页。

[2]即F.T.马里内蒂。

[3]参见宋春舫：《未来派剧本》，见《宋春舫论剧》第1集，第204—209页。

[4]表现主义戏剧亦是对现实主义的反叛，1910年左右兴起于德国，一战期间发展迅速，20世纪20年代末期逐渐衰颓。人，一直是表现主义者的兴趣焦点，他们反对工业社会将人降低为机械般的动物。表现主义剧作家希望先行了解人的灵魂或精神，接着来改造社会，使得人的伟大之处能够完全地实现。由于表现主义者认为真理主要是主观的，因此就必须以新的艺术方法表达出来，歪曲的线条、夸张的形状、异常的颜色、机械式的动作及电报式的语言，都是用来使观众超出表面形象的惯用手法。这类剧作通常是由主角的眼中观物，而主角的观点便可能转移事件的重心，加以激烈的阐释。参见［美］布罗凯特：《世界戏剧艺术欣赏——世界戏剧史》，胡耀恒译，北京：中国戏剧出版社，1987年版，第156—157页。

新运动皆为一种反动，然则表现派之兴将与自然派为剧烈之战争乎？曰：
'不然。'表现派所反抗者为新浪漫派、神秘派及其他种种新浪漫派之人
生观，认为人类之躯壳直同'传舍'（Taubenschlag），故其环境亦无足轻
重。夫尘世虚空本为一般理想家宗教家所承认，然此种观念足以使'势
力'、'情感'、'争斗'无存在之余地……故表现派一方面承认世界万物一
方面仍欲人类奋斗以剪除罪恶为目的。吾人对于外来之影响及其印象宜抱
主动的态度，正不必如新浪漫派以人类永处客观之地位而为被动之目的物
也。吾人生存此世，虽饱受苦辛，然决不当受命运之束缚，故表现派之剧
中常有一'我'与'世界'相抗，两种势力互相消长而终不能调和，果能
调和必在万恶俱灭理想世界实现之后也"。[1]表现派剧作的缺点，则在于
"无逻辑之思想，剧中情节与世间事实不相符"，且剧中人物举止狂暴毫
无理性可言。虽然表现派想要表现"世界为万恶之窟"，却未能在剧作中
展示理想世界应该有的样子，未能展现出奋斗的精神。但"德国之表现派
新运动足当文学革命四字而无愧"，"突有一新势力出而左右全欧之剧场舍
表现派外盖莫属也"。[2]

　　在《宋春舫论剧》的第1集中，宋春舫毫不掩饰对德国表现派的赞美
与期望，十几年之后的他所写的《表现派的末日欤》则更加清楚地阐明其
对表现派的理解及对于世界戏剧潮流演变趋势的分析。他援引司密脱氏
（K.Schmid）[3]的观点，认为表现派自古存在，是一种"由内到外的运
动，是从人心坎出发，而有'世界性'的色彩"，"表现派是反对理智的，
偏重幻象，轻视物质……"，"表现派一方面反对浪漫派所崇拜的'虚伪的

　　[1]参见宋春舫：《德国之表现派戏剧》，见《宋春舫论剧》第1集，上海：中华书局，1930
年版，第75页。标点符号为引者所加。许泥紫尔（Schnitzler），现多译为施尼茨勒（Arthur
Schnitzler，1862—1931），奥地利小说家、戏剧家。韦特金（Wedekind），现多译为魏德金德
（Frank Wedekind，1864—1918），德国著名剧作家。
　　[2]参见宋春舫：《德国之表现派戏剧》，见《宋春舫论剧》第1集，第82—83页。标点符号为
引者所加。
　　[3]现在多译为K.斯密特。

情感，'一方面又反对写实派的毫厘不错描写事实的方法，从这一派人目中看来，浪漫派的缺点，是要将伪造的东西来替代人类过去一切的经验，写实派的缺点，是太注意于事实的浮面以致反把内心的及心理的真实失去……"[1]莱因哈特、戈登·克雷、阿庇亚等人的舞台艺术受到表现派的影响，尤其在1893年，电气运用到了舞台上，剧场中开始逐渐表现"各种哲学的观念，灵魂的潜识，以及种种的理想"。同时，舞台艺术的进步影响到了剧本创作，剧本中出现了"电报式之谈话"。甚至写实主义剧作家易卜生也受到了表现派的影响，其晚年著作"亦颇有神秘色彩"，被称为"象征主义派"[2]。表现派的最大成功，是在"非战主义运动方面"，不少剧作家在战时亲眼目睹战争惨状，于是"毅然决然的，把以先一切偶像——祖国——都推倒了，力竭声嘶的起来反对战争……他们完全为的是人道主义，文学史上，幸有此一页，否则欧洲光明灿烂之文化，将万劫不复了"。[3]在宋春舫看来，对于战争的痛恨以及对于世界和人的悲悯，成为表现派极具活力，生生不息的重要原因。

宋春舫对反战的表现派戏剧格外偏爱。德国"非战主义的作家，都是表现派的健将……他们反对战争的精神，一往直前，毫不畏缩，造福人类，确乎值得吾们的敬礼的！"但是，战争由德国人挑起，他们宣传战事的剧本"只知道如何替战争辩护"，强调"德国此次是万不得已，是为文化而战，否则人类将从此沉沦，万劫不复了"。宋春舫对此说辞颇不以为然——"文化两字，是理想的，是空空洞洞的，没有切肤之痛的人，才能高谭文化"。也正是因为这样，深感国破家亡的法国和比利时，几乎没有

————————

[1] 参见宋春舫：《表现派的末日欤》，原载于《宋春舫论剧》第3集，上海：商务印书馆，1937年版。转引自姜德铭主编：《中国现代名家名作文库 宋春舫卷》，北京：中国戏剧出版社，2001年版，第258—259页。直接引用部分原文标点符号即是如此。

[2] 关于表现派与象征派的区分，宋春舫在该文中亦指出，虽然表现派和象征派都存在对于写实派的反抗，但表现派并非象征派的先锋。参见宋春舫：《表现派的末日欤》，原载于《宋春舫论剧》第3集。转引自姜德铭主编：《中国现代名家名作文库 宋春舫卷》，第258页。

[3] 参见宋春舫：《表现派的末日欤》。转引自姜德铭主编：《中国现代名家名作文库 宋春舫卷》，第259—262页。

颂扬战事的剧本，而是多描写德国人在战争中的残忍和暴戾；而在英国，除了萧伯纳始终反对大战外，其余剧作家多赞成战争。总的来看，英、德、法、美等国都"免不了用舞台来作不正当的宣传"。[1]这是宋春舫所嗤之以鼻的。

在对于西方剧作家个人的研究中，宋春舫较为关注王尔德和梅特林克。当时，王尔德的《少奶奶的扇子》（*Lady Windermere's Fan*）、《理想的丈夫》（*An Ideal Husband*）、《一个不重要的夫人》（*A Woman of no Importance*）等作品已经由洪深改译，尤其《少奶奶的扇子》更是在中国公演多次。尽管王尔德的剧本构造成熟自然，但是其短处在于过于注意剧本的构造，无法避免法国佳构剧（Well-Made play）的影响。且作者自视甚高，目空一切，"对于人类，毫无同情的表示"。[2]除了在对象征派的研究中对梅特林克颇有好感外，他还指出其剧本虽多具有强烈的神秘主义气息，但也受到大战的影响，所作*Le Bourgmestre de Stilmonde*一剧显示了强权与公理的博弈，从而在一定程度上将梅特林克的作品与当时"非战"、

"反战"的氛围联系起来。[3] 在《梅特林克之作品》一文中，宋春舫认为梅特林克是一位哲学家，其反对清楚切实的语言、营造静默氛围的戏剧观或多或少地带有悲观的成分，以至于某些剧中人物如傀儡一

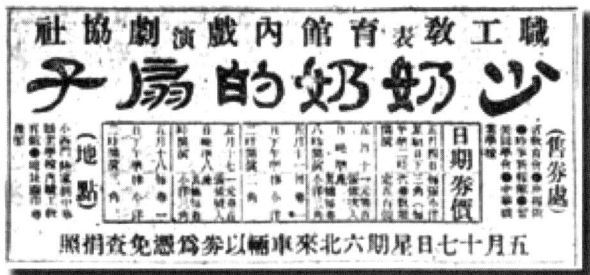

1924年，《少奶奶的扇子》在上海上演。

---

[1] 参见宋春舫：《大战时欧洲各国戏曲概况》，原载于《宋春舫论剧》第3集，上海：商务印书馆，1937年版。转引自姜德铭主编：《中国现代名家名作文库　宋春舫卷》，北京：中国戏剧出版社，2001年版，第246—252页。

[2] 参见宋春舫：《戏剧家王尔德》，原载于《宋春舫论剧》第3集。转引自姜德铭主编：《中国现代名家名作文库　宋春舫卷》，第176—178页。

[3] 参见宋春舫：《法兰西战时之戏曲及今后之趋势》，见《宋春舫论剧》第1集，上海：中华书局，1930年版，第67—68页。标点符号为引者所加。*Le Bourgmestre de Stilmonde*，现多译为《斯蒂尔蒙德市长》或《斯蒂蒙德市长》。

般，"预言"的地位非常重要，甚至一切都由命运支配。[1]尽管这篇文章篇幅不长，只是大致介绍梅特林克的作品及其风格，但也为国人打开了易卜生写实主义以外的一扇大门。

二、从新浪漫主义戏剧走向现实主义戏剧

与宋春舫全面译介西方戏剧思潮与流派不同，田汉则重点抓住新浪漫主义（即新罗曼主义）的特征，并以此进行了大量的舞台实践，而新浪漫主义也体现了其在20世纪20年代对于现代艺术与戏剧观念孜孜不倦的追求以及对于美好人性的期冀。

在研究新罗曼主义[2]文学的过程中，田汉始终注重新旧罗曼主义的比较，这其中的关键，即在于探讨"静观"之于新罗曼主义的意义，以及现实社会与新罗曼主义的关系。他认为，新罗曼主义"像止水一般的明静"，但并非止水不流而变成腐水或死水。日本著名文学批评家厨川白村的观点，新罗曼主义"已知不必漠然求知于莫须有的梦幻世界，而当努力求之于可以有的现实世界，其实在他们的新眼光里，现实不必非梦幻，梦幻也不必非现实"。如果说旧罗曼主义的梦幻是"无所梦而梦的""睡梦"（Sleeping Dream），那么新罗曼主义就是"有所梦而梦的""醒梦"（Waking Dream），虽然也注重情绪、直觉与主观的描绘，但着重表现人在现实世界中的希望与快乐，并不与现实世界相离或相远。[3]新罗曼主义并非空想之梦幻世界，而是与现实紧密相连，所以探讨其与现实的关系也成为缕析新罗曼主义概念的重要步骤。田汉援引乔治·罗素的观点，认为"旧罗曼主义之言神秘，徒然讴歌忘我之境，耽于梦幻空想，全然与

[1] 参见宋春舫：《梅特林克之作品》，见《宋春舫论剧》第2集，上海：文学出版社，1936年版，第44—48页。

[2] 关于新浪漫主义，田汉在《新罗曼主义及其它——复黄日葵兄一封长信》一文中作了较为明确的阐释，但在西方戏剧观念中，新浪漫主义通常被包括在象征主义的范畴之内，或者被放置于现代主义的范畴之中进行研究。

[3] 参见田汉：《新罗曼主义及其它——复黄日葵兄一封长信》，原载于《少年中国》，第1卷第12期，1920年版。见《田汉全集》第14卷，石家庄：花山文艺出版社，2000年版，第169、177—180页。

现实生活游离，而新罗曼主义（Neo-Romanticiism），系曾一度由自然主义，受现实之洗礼，阅怀疑之苦闷，陶冶与科学的精神后所发生的文学，其言神秘，不酿于漠然的梦幻之中而发自痛切的怀疑思想，因之对于现实，不徒在举示他的外状，而在以直觉（intuition）、暗示（suggestion）、象征（symbol）的妙用，探出潜在于现实背后的something（可以谓之为真生命，或根本义）而表现之"。[1]对于现实背后的something，田汉认为其与灵肉关系和对真理的追求有关——"新罗曼主义者所取由肉的世界窥破灵的世界，由刹那顷看出永劫，及'求真理'的手段，谓与重研究，宁重直觉；与重客观，宁重主观；与重知识，宁重情绪。"[2]田汉之所以批评宋春舫是"不类深能了解Modern Spirit（现代精神）之人"，认为其所选的泰西名剧百种有许多混淆、遗漏之处，就是因为他不认同宋春舫对于德国戏剧家苏德曼（Sudermann）作品中人物的社会道德伦理方面的分析，认为作品中展现了灵肉调和的世界，从而强调只有在感性经验层面上具备了一定的"了解力"和"批评眼"才能谈新剧和一切的学问，对于艺术作品，既要理解，也要欣赏，敢于面对事情的真相。[3]

不仅如此，田汉认为这样的重感觉、重体验的美学特征是与人类文明紧密相连的，只有灵肉一致，实现了"美"的协调，才有健全的文明。他赞同惠特曼的灵肉调和的思想，在评价19世纪法国著名诗人波陀雷尔[4]时，他认为波陀雷尔虽然和许多罗曼主义者一样追求美，但是在美中发现了丑的潜伏，从而苦于对人生根本矛盾的思考。世界上并没有绝对的"恶魔派"与"人道派"，而是此消彼长，恶魔主义的极致，即接近人道，从

---

[1] 参见田汉：《新罗曼主义及其它——复黄日葵兄一封长信》，原载于《少年中国》，第1卷第12期，1920年版。见《田汉全集》第14卷，石家庄：花山文艺出版社，2000年版，第166—167页。

[2] 参见田汉：《新罗曼主义及其它——复黄日葵兄一封长信》，见《田汉全集》第14卷，第169页。

[3] 参见田汉：《给郭沫若的信》，原载于《三叶集》，上海：亚东图书馆，1920年版，标题为编者所加。见《田汉论创作》，上海：上海文艺出版社，1983年版，第390—392页。

[4] 今多译为波德莱尔。

而感悟到美的极致与协调，引人去美化这个丑恶的世界。[1] "我们人类最大的职务在为世界创造一种健全的文明。健全的文明一定在灵肉一致的圣域。劳力劳动者——如工场劳动者，神圣在能于物质生产方面贡献于文明。同时不可忘记劳心劳动者，如新闻记者、美术家、思想家、文学家等，实于精神的生产方面，向永劫的文明为最大的寄与。"[2] 此外，田汉赞成英国批评家Arthur Symons[3]的观点，认为新罗曼主义的意思是"眼睛所看得见的世界，已不必为现实，眼睛所看不到的世界，已不必为梦幻"，"所谓新罗曼主义，便是想要从眼睛看得到的物的世界，去窥破眼睛看不到的灵的世界；由感觉所能接触的世界，去探知超感觉的世界的一种努力"。[4]

可见，新罗曼主义与现实主义的根本差异在于并非客观地描绘真实世界，而是从真实的世界中，以直觉、象征、暗示等创作方法，看穿隐藏在现实背后的人性、心灵与生命的意义。于是新浪漫主义的美学特征，也就具有了超越传统戏剧美学中悲喜二元对立的境界：

> 世间尽有悲极而喜，喜极而悲的。可见悲喜诚如Chesterton（恰斯特吞）所言，不过一物之两面。悲喜分的明白的便是Realism（现实主义）的精神。悲，喜，都使他变成其本形成一种超悲喜的永劫的美境，这便是Neo-Romanticism（新浪漫主义）的本领……[5]

田汉对于灵肉调和的新浪漫主义的现代艺术与戏剧观念是极为推崇的，甚至将新浪漫主义中追求真理的精神视为自己的人生信条。田汉的舅父梅园先生曾经教训他，做人与做文章，都要"言行务求一致，要心理上

---

[1] 参见田汉：《恶魔诗人波陀雷尔百年祭》，原载于《少年中国》，第3卷第4、5期，1921年。见《田汉全集》第14卷，石家庄：花山文艺出版社，2000年版，第327、334—335页。

[2] 田汉：《诗人与劳动问题》，原载于《少年中国》，第1卷第8、9期，1920年。见《田汉论创作》，上海：上海文艺出版社，1983年版，第407页。

[3] 即英国诗人、批评家阿瑟·西蒙斯（1865—1945）。

[4] 参见田汉：《新罗曼主义及其它——复黄日葵兄一封长信》，原载于《少年中国》，第1卷第12期，1920年。见《田汉全集》第14卷，第168页。

[5] 田汉：《给郭沫若的信》，原载于《三叶集》，上海：亚东图书馆，1920年版，标题为编者所加。见《田汉论创作》，第393页。

的想头硬从事实上表现得出来才是！"田汉认为这里所讲的"从事实上的表现"，指的是"其人必为苦求真理的有情人"，要能够对永劫的人生的真谛有彻底的了解，要有独特的能够追求真理的"慧眼"，同时又要具有强烈的追求真理的欲望，将人生视为一个"求真的巡礼"，在人生中与罪恶的恶战苦斗，就会衍生出关于人生的烦闷和疑惑，于是便诞生了伟大的诗人。诗歌是人生的反映，解救青年烦闷的方法，在于要具有唯美的眼光、研究的态度以及积极地工作。诗人应该是一个劳动家，是其所言的"劳力劳动者"与"劳心劳动者"的结合体：一方面是"做人的劳动"（work as human being），必须要从事物质生产；另一方面是"做诗人劳动"（work as a Poet），给予宇宙的众生许多精神的粮食。[1] 在某种程度上，田汉认为文艺作品要反映人生，要以唯美的眼光审视人生，作为艺术家，既要从事物质生产，也要进行文艺创作，在不脱离生活实际的前提下，为社会和人民提供有益的精神食粮。可见，田汉在这一时期始终践行着艺术实用化的理念，在实用中探寻真理与人生。

南国社部分成员的合影

不仅如此，在田汉的眼中，新浪漫主义并非高高在上的世外桃源，他一直在思索新浪漫主义与当时社会的关系，并将其运用到自己的戏剧实践中。真理中的"真"字，是他始终的追求。在艺术创作方面，他否定新写实主义的创作观念，认为中国"罗曼主义、自然主义还没有基础，讲什么新写实主义呢？"[2]

---

[1] 田汉在这里不仅论述的诗歌的问题，其早期的新浪漫主义诗剧也有此美学特征的渗透。参见田汉：《诗人与劳动问题》，原载于《少年中国》，第1卷第8、9期，1920年。见《田汉论创作》，上海：上海文艺出版社，1983年版，第419—420页。

[2] 田汉：《新罗曼主义及其它——复黄日葵兄一封长信》，原载于《少年中国》，第1卷第12期，1920年，见《田汉全集》第14卷，石家庄：花山文艺出版社，2000年版，第190页。

在社会环境方面，他对于当时的社会运动持不相信甚至否定的态度，指出："譬如现在的什么新运动，新人物，有许多面目不真的地方，使人觉得中国还未易乐观的。新人物中间，浮嚣者多，真挚者少，所以真可靠的很少。"真挚与真诚，才是当时的社会所应该推行的——"我最爱的是真挚的人。我深信'一诚可以救万恶'这句话，有绝对的真理。"[1]在追求真理的问题上，田汉将理想实现的场所定位在戏剧领域，希望自己能成为"中国未来的易卜生（A Budding Ibsen in China）"。[2]在田汉1920年写给郭沫若的信中，他这样介绍自己的作品："现在腹稿中的脚本第一是《歌女与琴师》。这剧是一篇鼓吹Democratic art（平民的艺术）的Neo-Romantik（新浪漫主义）的剧曲……此剧是通过了Realistic（现实主义的）熔炉的Neo-Romantik（新浪漫主义）剧啊。"[3]而田汉早期的戏剧作品，多与追求真挚而热烈的爱情等题材有关，也是因为他希望研究当时青年关于"现实的人生还是科学的人生"与"现实的人生还是艺术的人生"的冲突，认为这种冲突现象表现在恋爱问题上令人更有研究的兴趣，这是其新浪漫主义戏剧实践最重要的组成部分。[4]"我如是以为我们做艺术家的，一方面应把人生的黑暗面暴露出来，排斥世间一切虚伪，立定人生的基本。一方面更当引人入于一种艺术的境界，使生活艺术化Artification（艺术化）。即把人生美化Beautify（美化），使人家忘记现实生活的苦痛，而入于一种陶醉怡悦浑然一致之境，才算能尽其能事。"[5]——艺术的实用性，在这里体现在敢于暴露现实的黑暗，而对于人生与艺术的追求，则要美化人生，忘记现实的痛苦，实现灵肉协调一致的审美愉悦。

---

[1] 田汉：《给郭沫若的信》，原载于《三叶集》，上海：亚东图书馆，1920年版，标题为编者所加。见《田汉论创作》，上海：上海文艺出版社，1983年版，第387页。

[2] 田汉这里所言的易卜生，并非学习易卜生的现实主义创作观念，亦并未树立明确的艺术主张，更多的是希望自己成为如易卜生一般伟大的剧作家。易卜生对于田汉的影响，多集中在诸如《布朗德》等早期创作的诗剧中。参见田汉：《给郭沫若的信》，见《田汉论创作》，第389页。

[3] 田汉：《给郭沫若的信》，见《田汉论创作》，第389—390页。

[4] 参见田汉：《给郭沫若的信》，见《田汉论创作》，第390页。

[5] 田汉：《给郭沫若的信》，见《田汉论创作》，第393页。

在对新浪漫主义戏剧的推崇中，田汉始终在思考，面对玄妙的艺术境界，现实的黑暗与人生的痛苦要通过何种渠道才能转化实现生活艺术化的境界？面对日益严峻的社会政治形势，他以"左转"给出了自己的答案，只不过这样的答案与美化人生的生活艺术化之路渐行渐远。步入20世纪30年代之后，在对"为人生"的戏剧的探索中，洪深则逐渐在其戏剧创作中意识到戏剧具有针砭社会、拯救人生的作用。早在"五四"时期，新剧的创作就要求既要反映社会矛盾，也要反映时代变革。傅斯年曾提出"将来的戏剧，是批评社会的戏剧"的主张，胡适也已经意识到剧中人物应该有典型性和普遍性，不可过于单纯化与抽象化，剧本应当有深刻健全的反映社会生活的意识。[1] 这刺激了洪深对于西方现实主义戏剧观念的探索，强调戏剧作品应该塑造"典型环境"下的"典型性格"。

在洪深看来，戏剧对大众行为的影响极为巨大，作为剧作者，既可以编写个人经历的事实，也可以将观察与调查的生活当作自己生活经验的一部分来进行创作。这样的经验可以刺激剧作者产生一种"情绪的态度"，从而更好地把握社会现实。在创作中，要注意从人们的现实生活，即"人和环境的关系上"出发揣摩人物的心理和性格发展。[2] 洪深的这种观念促成了他对现实主义戏剧的进一步思考。首先，西方戏剧思潮中的浪漫主义、象征主义以及形式主义经常忽略真实的思想与情感，逃避现实，这几种艺术思潮不可能指出合理的、科学的社会改革的途径。[3] 尤其是在家国危难的特殊时期应该"不可逃避现实，而去把握住现实。这个可称为现实主义"。洪深在此时提出的现实主义，不仅仅是对不幸的人产生怜悯，而是更加强调"忠实地同情地记录人们在社会的环境中怎样去和丑恶的混乱的不公道的不公平的不自由的一切，对抗奋斗"，并由此勉励观众投入社

---

[1] 参见洪深：《现代戏剧导论》，见《洪深文集》（四），北京：中国戏剧出版社，1988年版，第29—30页。

[2] 参见洪深：《电影戏剧的编剧方法》，见《洪深文集》（三），第266、272—273、280页。

[3] 参见洪深：《电影戏剧的编剧方法》，见《洪深文集》（三），第287—292页。

会变革的大潮，带给观众乐观和希望。同时，现实主义要正确地传达"典型的环境"中的"典型的性格"，而非只是侧重于"人生黑暗面的描写"，"因为典型才有社会的意义，普遍的代表性的"。这样创作才是对"世道人心"有益的。[1]创造典型环境中的典型人物，关键在于塑造人物的行动与性格。这一研究主要体现在他的编剧理论和表导演理论之中，在本章第三节将进一步论述。

在对比了西方浪漫主义、象征主义等戏剧思潮的基础上，洪深对戏剧之于社会与人生的重要意义进行了深入的发掘，指出现实主义戏剧是拯救社会、唤醒民心的艺术形式，促成了现实主义戏剧艺术在中国的成熟。

三、对悲剧、喜剧理论的引进与研究

中国传统戏曲艺术，本没有悲剧（Tragedy）与喜剧（Comedy）的区分。1926年，冰心于《晨报副镌》发表《中西戏剧之比较——在学术讲演会的讲演》，可视为中西比较戏剧学研究的起点。在这一起点上，冰心最为关注的问题即在于中国戏剧与西方悲剧、喜剧观念的比较。西方悲剧与喜剧观念的引进，最初的动机在于反抗中国自古流传的戏剧惯例，提倡现代戏剧的创作观念。无论是《新青年》派还是熊佛西、洪深、向培良等人，皆希望借此反对传统戏剧中庸的"团圆主义"观念，以悲剧和喜剧的新形式给中国戏剧界迎头一击，以实现暴露社会、教育民众的社会功利性目的。[2]

首先，要明确悲剧与喜剧的定义。当时的研究者多以古希腊戏剧理论，尤其是亚里士多德的《诗学》作为主要的研究对象。正如熊佛西所

---

[1] 参见洪深：《电影戏剧的编剧方法》，见《洪深文集》（三），北京：中国戏剧出版社，1988年版，第292—293页。

[2] 在国内研究悲剧、喜剧理论的同时，在遥远的法国，1933年朱光潜（1897—1986，安徽桐城人）用英文完成博士论文《悲剧心理学》，其另一著作《文艺心理学》，于1936年由开明书店出版。在《悲剧心理学》中，朱光潜较为集中地探讨了"悲剧快感"的审美本质及特性等问题。但该书直至20世纪80年代，才由张隆溪译出中文版。由于该书在20世纪30年代对中国悲剧、喜剧理论的译介与研究几乎未产生影响，故本节不做具体研究。

言，《诗学》"始终是戏剧原理二千年来学者奉为唯一的权威经典"。[1] 在亚里士多德对悲剧的定义基础上，洪深归纳出悲剧乃是"描写一个伟大的人物或一件伟大的事情，可以不失败的，而终至于不免失败，所以引起观众如许同情，深愿这人这事不是这样失败；悲剧总是对于人生的缺陷痛苦作同情的呼喊的"。[2] 向培良则提出："所谓悲剧，并不仅指其故事结构中的可悲的成分。仅仅一种可悲的情境并不足以构成悲剧，主要的是由于一种理想之奋斗及其不能完成，所以称之为高尚的动作之模仿。我以为一种理想，殆为悲剧的主要性质。因为理想，才发动大的争斗；因为理想，才脱除个人主义而扩扬激进。"[3] 熊佛西则指出悲剧起源于古希腊的颂神歌（Dithyramb），目的在于祭神。其中，"动作的模仿"是亚里士多德理论的核心概念。"模仿"是具有创造性和想象性的行为，艺术的创造即对人生的模仿。"动作"即人生的动作——"吾人精神的波动，意志的冲突，情感的宣泄，心理的变态，无不包括于动作"。"人生的动作"有两种：一种是内心的，一种是外形的。这也就是现在经常说的内心动作和外部动作。然而外形动作并非戏剧中的主要动作，这种动作只能引起观众的感官刺激，不能激发观众心灵的颤动。内心动作才是更有力量的，也更加能感动人。内心动作必须相互调和与呼应，内心动作与外形动作亦需要相互协调，不可自相矛盾。[4]

在悲剧是对"动作的模仿"这一核心概念下，亚里士多德认为悲剧的结构必须要符合因果律、"有头有尾"。因为"结构倘无头尾，动作即不能统一；动作既不统一，则无结构可言，但动作的统一乃戏剧的命脉"，所以必须重视结构与动作，"性格不过是构成动作的附庸"。但是，现代戏剧

---

[1] 熊佛西：《悲剧》，原载于《写剧原理》，上海：中华书局，1933年版。见上海戏剧学院熊佛西研究小组主编：《现代戏剧家熊佛西》，北京：中国戏剧出版社，1985年版，第261页。

[2] 参见洪深：《术语的解释》，原载于《民国日报"戏剧周刊"》，1929年。转引自《洪深戏剧论文集》，上海：天马书店，1934年版，第29—35页。

[3] 参见向培良：《剧本论》，上海：商务印书馆，1936年版，第51—52页。

[4] 参见熊佛西：《悲剧》，见上海戏剧学院熊佛西研究小组主编：《现代戏剧家熊佛西》，第262页。

却并非如此，有不少现代戏剧家认为性格描写才是戏剧的要素，性格才是动作的载体。因为"倘无性格的表现，则动作无所寄托，结构无从架构。换句话说，动作与结构必借性格的表现方能完成"，"严密的结构可以促成动作的统一，特具性格的个性可以充实结构的内容，与生命于动作"。[1]《群鬼》、《麦克白》等西方剧作，其中的人物皆为"驱迫其中的人性趋向于无终止的争斗者"，所追求的都是"一种不能自已的理想，一种超越的意志。而对方的阻力，则也是超出人力以外的。于是两相激荡，才发出冲天的烈焰来"。现代悲剧的人物不一定是英雄，但由于奋斗或不奋斗所产生的冲突构成了其悲剧的人生。"他如奋斗而失败，则他不失为一英雄而适于悲剧的题材。他如不奋斗而失败，则深深追循到影响了他使之不能奋斗的原因，则这更深的悲哀亦适于悲剧的题材"，为追求理想而迫使人性不断地斗争从而产生悲剧。戏剧是表现"争斗和冲突"的艺术，悲剧的普遍性和永恒性即体现在"奋斗"与"不能奋斗"的纠结之中。[2]此外，对于亚里士多德理论的延伸与反叛还体现在对悲剧结局的研究。古代悲剧多以"死"收场，但现代戏剧则不然。现代戏剧家认为世界上最悲痛的事情是"内心的隐痛"，所以现代悲剧多描写"人生的矛盾"，"特种性格的分析"，采用的方式是"杀人不见血"，其结局虽不是"死"，然而与"死"相比，观众悲痛之情只能是有过之而无不及，而且这种悲痛更加含蓄、深刻。其实"死"本身并不存在戏剧性。在戏剧中，世间最痛苦的事情不是"死"，而是"求死不得，求生不能"的"局势"[3]。现代戏剧家重视描写内心的冲突，主要目的即在于营造此种"局势"，构成悲剧的"不团圆主义"。

对于喜剧，洪深的定义则是："喜剧是描写一个愚蠢的人物或一件愚蠢的事情，就从这愚蠢，引起了应当受而还不至于十分痛苦的麻烦。所以

---

[1] 参见熊佛西：《悲剧》，原载于《写剧原理》，上海：中华书局，1933年版。见上海戏剧学院熊佛西研究小组主编：《现代戏剧家熊佛西》，北京：中国戏剧出版社，1985年版，第265—267页。

[2] 参见向培良：《剧本论》，上海：商务印书馆，1936年版，第51—52页。

[3] 在熊佛西的研究中，"局势"一词的英文翻译为situation，可理解为"戏剧情境"。

使得观众觉得这是可笑；并且相信自己是决不会如此的；喜剧永远是理智的对于人生的批评。"[1] 和悲剧一样，喜剧的目的也在于祭神。喜剧起源于古代的一种"崇阳教曲"（Phallic Songs），是真正民间的产物。喜剧起源于悲剧之后，最初"只是一种漫无章序的嘲弄"，逐渐才有了比较完整的动作与结构。喜剧始终没有权威的定义，熊佛西以悲剧的定义作为比照，援引亚里士多德的《诗学》中的解释，提出"喜剧的目的是表现人类的劣点劣于实际，悲剧的目的是表现人生的优点优于实际"。但同时他也认为，正如悲剧并不完全展现人类的优点一样，喜剧的目的，也不仅是虚夸人类的弱点，更不仅是"下品性格的模仿"。在某种程度上，喜剧也具有"可哀"性。只不过在创作手法上，喜剧"不大宜于板起面孔来做。板起面孔，反因缺乏人情味而欠深刻"。[2] 无论是悲剧还是喜剧，关注点都在于人性。前者认为人性是不断奋进的，但由于外部的阻碍而失败；后者则重在指摘揭发人性的弱点。——这便是"悲剧和喜剧的分野"。[3]

综合来看，洪深从六个方面对悲剧和喜剧的范畴进行了详细的辨析：首先，就"戏剧的要素"而言，戏剧是人生解决自身命运的摹仿。如果解决的结果是好的，圆满的，成功的，就是喜剧；结果是恶劣的，失败的，或者半途而废，无法继续解决，以致没有结果的都是悲剧。第二，就给予观众的印象而言，如果戏剧的结局，是观众喜欢、乐意，且愿意无条件接受的，就是喜剧；如果是观众所不乐意、不希望、不愿接受，或勉强接受的妥协的结局，就是悲剧。第三，就戏剧的内容而言，如果引起了人生的痛苦，就是悲剧；如果描写的是"不附带着痛苦，没有毁灭力量的劣根性"，或是错误愚蠢引起的麻烦，就是喜剧。第四，就戏剧的作用而言，洪深借用亚里士多德的定义，认为如果能够引起人类的怜悯与恐怖，起到

---

[1] 参见洪深：《术语的解释》，原载于《民国日报"戏剧周刊"》，1929年。转引自《洪深戏剧论文集》，上海：天马书店，1934年版，第29—35页。
[2] 参见向培良：《剧本论》，上海：商务印书馆，1936年版，第52—53页。
[3] 参见向培良：《剧本论》，第53页。

净化情感的作用，则是悲剧；人们能够从中"晓得什么是于人生有益，什么是应当避免的"，则是喜剧。第五，就戏剧的情调而言，悲剧是"庄严诚挚"的，喜剧则是以"摹仿的态度"来"寻开心"、"开玩笑"。第六，从观众的接受心理方面来看，喜剧可以让人们想起"人的行为中种种矛盾，而这种种矛盾在所描写的事情的终了时，并不使得那行为者，处于那十分窘迫的状态中"。悲剧和喜剧"只有一点差别"，就是"当那剧情终了时，其中一个有关系的人有不幸或灾难"。[1]

但是洪深同时也指出，在古希腊时代，戏剧只有两种，即悲剧和喜剧。而到了莎士比亚时代，悲喜二元对立的教条被打破，常是将二者混在一个剧本内，被称为"悲喜剧"。到了近代，虽仍沿用悲剧和喜剧的名称，却很少有纯粹的悲剧或喜剧作品，"悲剧里也有滑稽的穿插，喜剧里也有严重的情事，仅问主要故事是悲是喜而已"。[2]

其次，在明确了基本概念与范畴之后，若想让中国的广大民众接受悲剧和喜剧的艺术形式，就必须说明这二者的社会功能。作为悲剧的最重要功能，亚里士多德所言的Kantharsis[3]一词在熊佛西看来至少含有"医学的"、"宗教的"、"道德的"三方面意义，在一般情况下，可以理解为"宣泄"（Purgation），也就是"情感的澄清"（Purifications of Passion）。悲剧所要宣泄的，是悲悯恐惧的情感，这样的情感能够激起人们的同情，"正义"与"同情"的美德也就应运而生。悲剧就是培植人类"正直"、"良心"的艺术。[4]熊佛西认为当时的中国极度缺乏同情心与敬畏之感，社会环境"乌烟瘴气"，民众情感压抑，自杀人数逐年增多，这一切都亟

　　[1]参见洪深：《术语的解释》，原载于《民国日报"戏剧周刊"》，1929年。转引自《洪深戏剧论文集》，上海：天马书店，1934年版，第29—35页。

　　[2]参见洪深：《术语的解释》，转引自《洪深戏剧论文集》，第29—35页。

　　[3]原书中英文即是如此，疑为印刷错误，应作"katharsis"。

　　[4]参见熊佛西：《悲剧》，原载于《写剧原理》，上海：中华书局，1933年版。见上海戏剧学院熊佛西研究小组主编：《现代戏剧家熊佛西》，北京：中国戏剧出版社，1985年版，第263—264页。

需救治，而根本救济法就是"铲去一切制造压迫的原料"，"提倡培植宣泄情感的艺术"——悲剧。[1]

喜剧则总是和"笑"有着千丝万缕的联系。笑的来源与功用分为两种，一方面，笑是先天的，属于心理或生理的，是人类自然的宣泄；另一方面，从社会的观点上看，"惟有反常的社会才能使人发笑"，"无论什么事物，只要离开社会意识与人的主义的标准必会使人发笑。笑里含有反抗的意思"。可见笑是随着社会意识与时代背景而变化发展的，所以笑是"文化的促进者"，"笑是革命的。文化愈进步，笑则愈高尚；文化愈高尚，笑则愈深刻"。能够引人发笑的"普通工具"有四种：滑稽、讽刺、机智、幽默。首先，滑稽在这四种中是最"粗暴"的，既不蕴蓄，也不幽雅，只有"浮面的表现"及"热闹的刺激性"。但是滑稽比较容易与观众接近，即使不能深入人心，但最容易引人注目——这也是在舞台表演中能够利用的长处。其次，讽刺高滑稽一等，性质是"辣而酸"的。讽刺的对象"是群众而不是个人"，"是派别的而不是个性的"，"是理智的而不是荒唐的"，目的在于"理智地讽刺派别"，"而不是情感地攻击个人"。第三，机智分为两种，一种是有意的（Tendency wit），一种是无意的（Harmless wit）；后者是借着思想和语言的弄巧而给人快愉的感觉，但除了快愉之外并没有别的目的，还会给人一种"性"的或"仇视"心理的满足。第四，幽默是这其中最高尚的一种，比滑稽细雅，比讽刺轻爽，比机智深刻。它的目的在于引人思考，引起群众与自己的反思，赋予人们"同情与公正"之感。在如何运用这四种工具上，熊佛西提出四种方法：第一，注重剧中人物外形动作的描写；第二，注重内心动作的描写，也就是性格的描写；第三，注重局势（即性格情境）的描写；第四，注重言语和行为的描写。与悲剧一样，熊佛西提倡喜剧的原因，在于当时中国的民众"太沉闷了"，不

---

[1] 参见熊佛西：《悲剧》，原载于《写剧原理》，上海：中华书局，1933年版。转引自上海戏剧学院熊佛西研究小组主编：《现代戏剧家熊佛西》，北京：中国戏剧出版社，1985年版，第260—269页。

苟言笑、沉默寡言已经成了民众的习惯，但是他希望民众们能够"笑笑我们的社会，笑笑我们自己，笑笑一切的横蛮，笑笑一切的非理"。[1]

悲剧与喜剧观念的引进，是20世纪中国戏剧理论批评界最重要的事件之一。它反抗了在中国流传上千年的传统戏剧观念，为中国戏剧艺术的创作提供了全新的范式，戏剧家们还将其社会功能扩大，期望能起到宣泄民众的压抑心理，以乐观的态度面对社会各种问题的作用。

四、对西方剧场艺术的译介与研究

西方戏剧理论的译介，并不仅仅局限于对各个戏剧思潮流派的介绍，更包括对西方先进的剧场艺术的研究，尤其是对"小剧场"理论的引进。

1922年9月，宋春舫于杭州写成《剧场新运动》一文，指出19世纪末期以来西方剧场艺术的新趋势。"剧场的新运动，是近二十五年来开始的。德俄两国，首受影响，其次英法；近七年来，美国剧场，也起变化了。"这种剧场新趋势最显著的特征，在于将新技术的应用与新戏剧的创作结合起来，探索戏剧和观众的新关系。这种新技术可以用于戏剧的各个思潮与流派，只不过这种新技术"最反对的，就是照相式的写实主义"。宋春舫通过对于戈登·克雷、莱因哈特、阿庇亚等剧场艺术家的理念进行分析，指出艺术家们既注重表现"极合剧情的格调"，又能保持戏剧的特性。这其中的关键就在于思考"表现的方法如何"。新式表现方法的探寻与新技术的发展息息相关。"新技术注重把剧本里四周的情景，传达到观者的心里。他们的目的，要把'色''光''线'三者支配起来，包含着一种情感，与剧情相合，要做成这件事，全看他的格调若何。"这种新技术所采用的方法有三：简单，暗示，融洽。宋春舫认为，旧式的布景易影响演员的发挥，"简单"既指效果简单，也指方法简单。也就是不仅在舞台上展

---

[1]参见熊佛西：《悲剧》，原载于《写剧原理》，上海：中华书局，1933年版。转引自上海戏剧学院熊佛西研究小组主编：《现代戏剧家熊佛西》，北京：中国戏剧出版社，1985年版，第270—279页。

示布景，更要展示演员的表演，切不可采用繁杂的布景而影响了演员的发挥。与"简单"相辅相成的，就是"暗示"。暗示的手法可以用较少的道具与布景将戏剧"精神上的美质，尽量表现出来"。使用新技术，最终要达到的目的，是"融洽"。也就是舞台上要表现的布景、光线、演员等元素"只能有一种特质，看不出有东拼西凑的痕迹"，从而体现舞台艺术的综合性。但是对于不同的舞台艺术家，这三种方法亦各有侧重。比如戈登·克雷较为注重"图画"，阿庇亚却较为注重"光线"。总体来看，"新运动的趋向，总是在抽象方面居多"。[1] 也正是因为如此，宋春舫格外关注西方剧场艺术中"抽象"的发展趋势，对戈登·克雷、阿庇亚、莱因哈特[2] 等人给予了格外的关注。"欧洲戏曲，到了十九世纪告终的时候，忽然起了两次大革命。第一次革命首领，当然要推易卜生；第二次却是戈登格雷。"但尽管易卜生的影响巨大，其"革命的宗旨，是专在以剧本上一方面着想"。加之易卜生的剧本除了加入了自己的新思想与新观念外，在很大程度上是受到司格立白（Scribe）[3] 佳构剧构造法的影响，所以也有人认为易卜生并非"革命家"，不过是一位"改良家"。"真正革欧洲戏曲

---

[1] 参见宋春舫：《剧场新运动》，见《宋春舫论剧》第1集，上海：中华书局，1930年版，第1、9—11页。

[2] 阿庇亚（1862—1928）和戈登·克雷（1872—1966）是西方现代剧场艺术理论的先驱，均致力于反叛舞台上的现实主义。阿庇亚的主要贡献是以音乐艺术为基础的象征性舞美设计以及对于戏剧未知领域的构想：一种仪式性的活的艺术。他主张运用象征主义的写意手法，让演员在一个经过净化的雕塑性的舞台上活动，协调音乐和剧情，运用现代灯光设计来突出演员，创造气氛，使演出达到高度的和谐美。阿庇亚还是现代"灯光之父"，他认为灯光是"可塑"的，可以把演员、舞台、布景连成一体，加强演员具有生命力的特征。戈登·克雷的主要戏剧理论是关于舞台导演和超级傀儡的论述。他要求演出的各个组成部分，包括演员在内，必须服从导演一人的意志，即导演专制。他不满于传统演员身体的缺陷，主张用超级傀儡代替演员成为表演者，希望演员成为一个巨人、美丽的神、神圣的偶像。参见周宁主编：《西方戏剧理论史》（下册），厦门：厦门大学出版社，2008年版，第818、822—827、832、837页。莱因哈特（1873—1943），亦是20世纪戏剧艺术革新运动的先驱者。他强调舞台艺术是音乐、布景、表演、灯光、音响的完美结合体，只有这样才能体现生活自身的多样性。在对待演员的态度上，他与戈登·克雷完全不同，认为演员是戏剧的诗人和创造者，应当在剧院中居主要地位。参见陈世雄：《导演者：从梅宁根到巴尔巴》，厦门：厦门大学出版社，2006年版，第73、79、87页。

[3] 现多译为斯克里布（1791—1861），法国剧作家。

的命的，要算戈登格雷"，[1]"戈登格兰可以说自易卜生以后，剧界上惟一的天才"。[2]

　　戈登·克雷在舞台上的创新，主要包括两个方面。一方面，他将戏剧视为一种综合了"无数科学"在内的"纯粹的科学"，将舞台上的布景、光线、演员等元素统一起来加以运用。另一方面，他认为对舞台必须有一种"特别评判的态度"，就是思考"剧场的目的到底是怎么样"。如果说易卜生注重戏剧的移风易俗的社会功能，那么戈登·克雷却全然不同。他反对写实派的戏剧，认为此类剧本"所能够有代表的，是极微细的一部分，反把现代的生活，奇形怪状，各种丑态，都宣布出来！""美术的宗旨，并不是要将种种丑恶的东西陈列出来，诗人越看越觉得可怕。美术是要将美丽的东西更加变得美丽，使看得人，有一种特别心灵上的愉快。"正是出于对"美术剧场"（Aesthetic theatre）的追求，他忽略甚至完全废弃剧本，格外注重布景以及光线的作用，并且发起了对演员的变革。[3]这种变革强调戏台上要有"统一的精神"，"剧场的艺术，不单是动作，不单是剧本，不单是背景，是动作剧本背景等种种原质合并而成的"，"活的伶人，是美术剧场（Aesthetic theatre）最大的障碍"。如果是人来扮演角色，人作为有感情的生物，具有创造力，常常要表现"个性"，所以导演在排演时往往不能指挥如意。于是他主张恢复"假面"，将"傀儡"运用到舞台实践中。正因为如此，戈登·克雷创立的剧场也被称为"傀儡剧场"（Super marionnette）。[4]

　　同样被视为开拓剧场新技术的另一位首领阿庇亚亦对旧技术深恶痛绝。他认为真人和假景不能混在一起，主张布景应该显示剧场四周的情

　　［1］参见宋春舫：《戈登格雷的傀儡剧场》，见《宋春舫论剧》第1集，上海：中华书局，1930年版，第13—15页。

　　［2］宋春舫：《剧场新运动》，见《宋春舫论剧》第1集，第4页。

　　［3］参见宋春舫：《戈登格雷的傀儡剧场》，见《宋春舫论剧》第1集，第15—20页。

　　［4］关于戈登·克雷的剧场观念，参见宋春舫：《剧场新运动》，见《宋春舫论剧》第1集，第7—8页。宋春舫：《戈登格雷的傀儡剧场》，见《宋春舫论剧》第1集，第15—20页。

景。既要简单，也要有"美术思想"，将布景与"活的扮演者联成一气"。所以在阿庇亚的理论中，光线具有举足轻重的位置，这也是他的"艺术根本观念"，即利用光线来配合演员及舞台上的各种布置。[1]

德国导演莱因哈特对戈登·克雷的主张也是十分佩服，并照此进行舞台实践。虽然"美术剧场"发源于英国，却在德意志发扬光大。[2]莱因哈特是当时"德国剧场中最有名望的'剧场监督'"。[3]"剧场监督"的作用是将"诗人，画家，剧员或音乐家"和谐融洽地整合于剧场之上——这也正是莱因哈特的"新剧场"观念，即将剧场视为"艺术的全体"。"剧艺"、"剧本"、"音乐"、"画术""不是排列的，乃是互相溶化，变成一种新的有机体"。——这种新剧场可以带来"一种深切的剧场的观念"，自然和谐如"天衣无缝"一般。同时，莱因哈特还追求"剧场监督的幻境"。这种幻境指的是，"在他脑子里，不但有一种具体的表现，且还能感觉着一切情绪。而这种所得的环境和情绪，都是由诗人所凭借的句子里流出，好似活泼泼地亲自由他的口中说出一般"，"把诗人来和自己溶合为一体"。莱因哈特的"艺术力"正是由于对幻境和情绪的感受而被激发的。加之他以宽容的态度对待合作的画家、音乐家等人，让他们各抒己意，使剧场各部分的创意都能"自然而然的从计划中生长出来"，塑造别具一格的舞台艺术。[4]

对剧场新技术和舞台艺术新观念的追求是世界戏剧思潮发展的主流，在很大程度上显示了与易卜生式写实主义的对抗。但宋春舫并非完全从戏剧艺术发展的角度进行反思，更多的是借用剧场新技术的旗帜纠正当时中国社会对易卜生主义的过分推崇，以期找出更加适合中国戏剧的发展道

---

[1] 参见宋春舫：《剧场新运动》，见《宋春舫论剧》第1集，上海：中华书局，1930年版，第6—7页。

[2] 参见宋春舫：《戈登格雷的傀儡剧场》，见《宋春舫论剧》第1集，第21—22页。

[3] 剧场监督在此即指导演。

[4] 参见宋春舫：《来因赫特》，见《宋春舫论剧》第1集，第25—46页。

路。所以，除了对当时先进的剧场艺术理念进行介绍之外，他结合中国的实际，认为莱因哈特的导演观念有助于中国戏剧的改良[1]，同时较为详细地介绍了"小剧场"理论，对"爱美的剧社"和"平民剧社"提出了自己的看法。这一部分已在第四章第二节进行论述。对剧场艺术新观念的引进折射出对中国话剧艺术未来道路的憧憬，是一种有别于"写实主义"的戏剧理想。

第三节　走向成熟的话剧理论

洪深像

20世纪20年代，话剧艺术由初创逐步走向成熟，话剧理论与批评也相应成熟，系统的话剧理论建设与批评实践在洪深、向培良等人的著述中明显地表现出来。洪深与田汉和欧阳予倩一并称为"中国话剧的三个奠基人"。郭沫若曾言："洪浅哉（深）兄是中国话剧运动的领导者之一人，话剧运动之有今日一半要仰仗他的功劳。"[2]在戏剧艺术方面，洪深是一位在创作、表演、导演、戏剧运动、戏剧理论与批评等方面均造诣颇深的大家。作为中国现代话剧事业的开创者与奠基人之一，洪深创立了系统的话剧理论，为中国现代话剧理论的建设作出了非凡的贡献。同时，欧阳予倩对西方写实主义戏剧的文学性与舞台性的共生关系进行了较为深入的探索，熊佛西的戏剧本体论系统地探讨了戏剧作为综合性艺术的特性与本质问题，田汉与南国社则推崇追求"真艺术"与"真爱情"的新浪漫主义审美观念。这些戏剧

---

　　[1]参见宋春舫：《来因赫特》，见《宋春舫论剧》第1集，上海：中华书局，1930年版，第46页。

　　[2]郭沫若为洪深所著《戏的念词与诗的朗诵》撰写的序言，1943年1月15日。转引自《洪深文集》（三），北京：中国戏剧出版社，1988年版，第515页。

家们丰富的理论成果，共同标志着20世纪中国话剧理论走向成熟。

一、戏剧是综合性的艺术——对本体论的研究

研究戏剧本体理论的前提，是厘清戏剧艺术的定义。毫无疑问，戏剧是一种既具有文学性又具有舞台性的综合性艺术，剧本是其根本，动作是其核心。动作分为内心动作与外部动作，演员通过对动作的摹仿来完成戏剧的表演。

早在1918年，深受新文化运动影响的欧阳予倩就发表《予之戏剧改良观》一文，指出"戏剧者，必综文学、美术、音乐及人身之语言动作，组织而成。有其所本焉，剧本是也"。[1]熊佛西也认为，戏剧的定义包括三个方面。第一，"戏剧是一个动作（action），最丰富的，情感最浓厚的一段表现人生的故事"，其中"表现人生"即是对"人生要素"（essence of life）的"摹仿"。[2]第二，戏剧是一种可读可演的艺术，它虽然具有文学性，可是并非起源于文学，脱胎时就富有独立性，与舞台互为因果，是一种综合的艺术。可读的剧本是戏剧文学，具有永久性。

文学性是戏剧艺术的根基。发展新戏剧，最有效的两种方法即在于"组织关于戏剧之文字"和"养成演剧之人才"。[3]戏剧文学应包括剧本、剧评和剧论。剧本可以代表一种社会或人生理想，解决人生难题，转移谬误思潮。中国旧剧之所以难以存在，就在于没有成型的剧本文学。剧论和剧评则应该注重分析剧本，起到戏剧改良与社会进步的作用。在对文学性的研究中，洪深进一步厘清了话剧的基本范畴与基本定义。其中，剧情（Dramatic Situation）并非"有戏剧意味的一种情形"，而充满

---

[1]欧阳予倩：《予之戏剧改良观》，见《欧阳予倩全集》第5卷，上海：上海文艺出版社，1990年版，第1页。
[2]参见熊佛西：《论剧》，原载于余上沅主编：《国剧运动》，上海：新月书店，1928年版。转引自上海戏剧学院熊佛西研究小组主编：《现代戏剧家熊佛西》，北京：中国戏剧出版社，1985年版，第231页。
[3]欧阳予倩：《予之戏剧改良观》，见《欧阳予倩全集》第5卷，第2页。

着纠纷与冲突，情感紧张而激烈，同时又能经过调整来"重立平衡"的剧情才是好的剧情。[1]在戏剧中所呈现的故事（Story），"就是作者所找出，所凑合，所编撰的片段的人生，本身能够自为起讫成为段落（即是有开场有经过有结局）而这个片段的人生，可以说明作者的哲学或人生观的"。情节（Plot）却不是故事，而是"将故事，按照'舞台上发生最大效果'的需要，重新布置支配过的"，可以打乱"故事的次序"。故事与情节的关系，可以归纳为："舞台上有效果，须情节好；戏剧有价值，须故事好。"[2]为了引起观众的兴趣，则可以采用设置悬念（Suspense）[3]、补叙（Expostion）、埋伏笔（Planting）等方式，让观众认为舞台上所呈现的剧情具有合理性，从而对剧中人物产生同情，"绝对不起怀疑与研究，而完全浸没在情感之中"。[4]

　　与欧阳予倩注重戏剧的文学性不同，熊佛西更加强调戏剧的可演性。他参考了法国戏剧理论家布伦退尔（Ferdinand Brunetiere）的戏剧意志冲突说，同时借鉴了美国戏剧批评家汉密尔顿（Clayton Hamilton）、马修士（Brander Matthews）等人关于演员、舞台、观众等方面的理论论述，提出必须要"能演"，才具有"戏剧To do的原意"。[5]其中，戏剧的动作性是戏剧艺术的核心，分为内心动作和外形动作。外形的动作发源于人类的天性，如对于"笑"的摹仿。内心的动作就是剧中的"力"（Force）、"奋斗"（Struggle）或"冲突"（Conflict），包括人与人的奋斗、人与物的奋斗、自己与自己的冲突。内心动作是艺术的，外形动作是技术的，一个绝妙的

---

　　[1]参见洪深：《术语的解释》，原载于《民国日报"戏剧周刊"》，1929年。转引自《洪深戏剧论文集》，上海：天马书店，1934年版，第1—4页。

　　[2]参见洪深：《术语的解释》，转引自《洪深戏剧论文集》，第5、7—8页。

　　[3]该词洪深当时译为"紧张"。

　　[4]参见洪深：《术语的解释》，转引自《洪深戏剧论文集》，第17—23页。

　　[5]参见熊佛西：《戏剧究竟是什么》，原载于《佛西戏剧》，北京：北平朴社，1928年版。转引自上海戏剧学院熊佛西研究小组主编：《现代戏剧家熊佛西》，北京：中国戏剧出版社，1985年版，第242页。

戏应该内外动作并重。[1]戏剧的重要功用之一，是给予人们正当的、高尚的娱乐。熊佛西所指的"娱乐"，具有给予人快愉、教训两大要素，真正的娱乐、正当的娱乐、高尚的娱乐是含有教育成分的，戏剧正是通过娱乐来实现教育的目的。

　　既然戏剧是综合性艺术，就必须思考"如何综合"的问题。1929年4月，欧阳予倩在《戏剧改革理论与实际》一文中提到，动作性是戏剧艺术的根本，此外还应当有对话、歌唱和剧本。故事、性格、危机、对话、结构都属于戏剧的必备要素。剧本必须要有故事，以来源于社会的情绪和思想为基本，通过剧中人物行为的展开推进情节的发展。故事要有戏剧性，平铺直叙的故事并不能算是戏剧。性格与行为关系密切，行为的冲突源于性格的冲突。戏剧是由于人和社会环境的不断斗争而成立，斗争起源于意志，戏剧完全以意志斗争为根本，人的意志越强，戏剧也就越强。也正是因为这样，才存在着戏剧的危机。戏剧的危机根据内外部共同的意志的斗争而来，剧中人物心理转变的情形，就叫作戏剧的危机。与"危机"相联的，是"悬心"（Dramatic Suspeuse）[2]。对话在戏剧中最为重要，通过对话可以表现剧中人物的性格。戏剧的对话要根据剧中人物的个性情感和境遇而设计，能将剧中人物的外部生活和内部生活都烘托出来，不能违背戏剧的"现在性"，即哪怕是已经过去的事实，也要表现的如当下发生的一般，适度得体，极其自然。在戏剧结构上，欧阳予倩推崇德国戏剧家弗来塔格的五段三节分法，分作开端、渐进、顶点、转降和收煞五段，也可分为开场、中段、结局三段。欧阳予倩较为系统地从戏剧本体论的角度梳理了话剧的美学形式等问题，同时亦注意到了话剧的文学性与舞台表演性的共生关系。

---

　　[1] 参见熊佛西：《戏剧究竟是什么》，原载于《佛西戏剧》，北京：北平朴社，1928年版。转引自上海戏剧学院熊佛西研究小组主编：《现代戏剧家熊佛西》，北京：中国戏剧出版社，1985年版，第243—244页。
　　[2] 原文英文即是如此，疑为印刷错误，应为"Dramatic Suspense"。现多译为"悬念"。

探讨戏剧艺术的本体问题，前提来自对艺术起源问题的研究，最终指向戏剧是"为艺术"还是"为人生"的探讨。在熊佛西看来，艺术起源于人类的模仿本能或功利主义，与政治宗教密切相关。但是，艺术的目的绝不是自然的模仿，艺术家要从模仿上升至创造，体现自我的个性与人格，给予他人美的享受。而推崇新浪漫主义的田汉和南国社则坚持艺术的"实用冲动起源说"。"艺术的起源，起源于人类有一种艺术的冲动（Art-impulse），艺术的冲动中，有一种为经济学上所谓在内目的（interior object）的，便是'游戏冲动'（Pay impulse）[1]；有一种为在外目的（ulterior object）的，便是'实用冲动'（Plactise-impulse）。游戏冲动表现于艺术的是'为艺术的艺术'（Art for Art's Sake），意义与价值（Meaning and Value）在快乐，或可谓'乐在艺术之中'；实用冲动表现于艺术的是'为人生的艺术'（Art for Lifes' Sake），其意义与价值在实用，或可谓'乐在艺术之外'。"[2]"艺术的本质在快乐的意义与价值，同实用的意义与价值调和，所以一切艺术，在于快乐中认出实用，实用中觉着快乐！！"[3]无论是熊佛西还是田汉，都并未将"为人生"和"为艺术"视为一组二元对立的概念。熊佛西认为，艺术不能脱离国情与伦理的束缚，也不能因为这种束缚而被征服。也就是说，艺术确实与"国情"、"伦理"密切相关，但对于这二者的表现却必须有限度，不可丧失艺术的独立品格，倘若艺术一味地做宣传道德的传声筒，那么有比艺术更好的宣传道德的工具。虽然熊佛西并未明确阐释艺术和社会、人生的关系，但是他在这个问题中的思考具有较为强烈的辩证色彩，从而在一定程度上突出了艺术的本质特征。对于田汉来说，他希望在愉悦的审美享受中强调艺术的实用价值，发挥艺术对于人生的积极意义——这也成为其现代戏剧观念的核心。

---

[1] 此处疑为原书印刷错误，应为Play impulse.

[2] 田汉：《诗人与劳动问题》，原载于《少年中国》，第1卷第8、9期，1920年。见《田汉论创作》，上海：上海文艺出版社，1983年版，第394页。

[3] 田汉：《诗人与劳动问题》，见《田汉论创作》，第395页。

至于艺术冲动的起源问题，田汉则同意近代学者大都认同的观点，即艺术的起源为"自己表现冲动"，认为"艺术的动机只在表现自己！把自己思想感情上一切的活动具体化（Bodify），客观化（Objectify）!! 我们的心的活动，对于人生（Life）有时而静观，有时而奋斗。静观人生之时，即艺术冲动之顷。所以文艺在'人生之静观'（The Contemplation of Life）时，发现他实用的意义于实用本能中，自然感到一种神秘的快乐（Mystic-pleasure），便发现他快乐的意义"。[1]

然而，面对当时的家国危机，戏剧家们更愿意将戏剧视为摹仿人生的艺术。对于"为人生"的戏剧艺术的探讨，更为明显地表现在对编剧理论、表导演理论以及戏剧的社会功用的研究之中。

二、塑造"典型环境"下的"典型性格"——对编剧理论的研究

熊佛西曾言："艺术家应该有两个世界：一个是现实世界，一个是理想世界；或是一个是灵的世界，一个是肉的世界。"[2]现实世界与理想世界相应而生，艺术家的创造就是将现实世界经过想象、剪裁、美化，形成动人的戏剧，将现实世界的刺激与感触带入理想的世界，将浓厚的情绪、深远的想象、敏锐的感觉具体化，依靠真挚的情感使作品永远不朽。

戏剧作品要想永远不朽，戏剧文学的创作就必须受到重视。剧本是戏剧艺术的根基，没有剧本，戏剧艺术的任何方面都难以滋长。而要想创作出优秀的戏剧作品，艺术家就必须要经受训练。在熊佛西看来，提高剧作家修养，有两种有效途径，即多读书、多经验。多读书能使艺术家在创作中下笔流畅，敏锐地体察身边事物，来激发新的创作动力。世界是一个大舞台，戏剧就是直接表现人生的艺术，所以戏剧家必须饱尝人生的经

---

[1] 参见田汉：《诗人与劳动问题》，原载于《少年中国》，第1卷第8、9期，1920年。见《田汉论创作》，上海：上海文艺出版社，1983年版，第395页。

[2] 熊佛西：《创作》。转引自《写剧原理》，上海：中华书局，1933年版，第1页。

验——既可以获得他人的经验，也可以总结自己的经验。在这其中，摹仿是创造的基础，是艺术家必经的时期，可以通过广读前人的作品激发自己的创造，但是不能流于摹仿，而要跳出前人的窠臼，创作表现自我个性与天才的原创性作品。

20世纪30年代以来，现实主义戏剧创作逐渐深入人心，戏剧已经被公认为表现人生的艺术。尤其是洪深，明确地提出戏剧具有针砭社会、拯救人生的作用，现实主义的戏剧创作，强调在编剧中塑造"典型环境"下的"典型性格"。[1]也正是因为如此，在创作的酝酿阶段，应注重对于"情绪"的把握，注重对于感性和理性的辩证关系的思考。情绪是人"表面行动的起点"，但情绪又受到理智的控制。把握人物个性的唯一方法就在于把握人的理智。[2]所以在编写剧本时，应该既让观众了解故事所呈现的"社会情形"，又让观众能够产生与这种社会情形有关的、剧作者"所预期的情绪的态度"，也就是既要"指陈事实"，也要"激动情绪"。[3]

而"指陈事实"与"激动情绪"都需要以阅历人生和观察人生为基础。洪深在清华学校读书时就经常深入附近贫民居住的地区体验生活。1916年初在编写《贫民惨剧》时，他就已经关注平民的生计与教育问题，[4]1921年的《赵阎王》亦是体现了时代背景与精神的创作，是作者"受了人生的刺激，直接从人生里滚出来的"。[5]戏剧是"描写人生的艺术"，"一切有价值的戏剧，都是富于时代性的"。所以戏剧是表现时代、展现人生的艺术。[6]剧作者必须要了解"时代的背景与一般的人生"，从实际的生

---

[1] 洪深对西方现实主义戏剧的引进与研究，参见本章第二节相关论述。

[2] 参见洪深：《电影戏剧的编剧方法》，见《洪深文集》（三），北京：中国戏剧出版社，1988年版，第309、311页。

[3] 参见洪深：《电影戏剧的编剧方法》，见《洪深文集》（三），第357页。

[4] 参见洪深：《〈贫民惨剧〉序》，这是洪深附在1937年版《洪深戏曲集》里的文章。见《洪深文集》（一），第445页，题目为编者所加。

[5] 参见洪深：《属于一个时代的戏剧》，1928年6月17日作于上海，附于《戏曲论文集》（1937年版）中。见《洪深文集》（一），第448、454页。

[6] 参见洪深：《属于一个时代的戏剧》，见《洪深文集》（一），第448页。

活经验中，经过自己的经历、观察体验以及不断地从报纸书本中学习，来提炼出自己想要表达的人生哲学。[1]相反，如果剧作家与描写的人物之间缺少所谓"心理上的全部认同"（Complete Psychological Identification），就很难编写出"适当的故事"。任何个人的个性和性格，都是由社会环境磨炼而成，都代表着社会上的某一种"动力"。剧中的个人也是某种社会群体的"典型"。人是时代即社会环境的产物，甚至可以从人物身上写出一个时代。剧作家应在反映时代特征的前提下，让观众对其中的人物产生同情或反感，从而含蓄地说明自己的观点。[2]

到了具体的创作阶段，则应该注重剧本整体的架构。剧本必须有三部分：头、身、脚。头部必须明晰清楚，介绍所有的角色，阐明人物关系，让观众能够明了剧情、发生兴趣；身部应有"风波"，也就是剧情的发展必须要交代清楚，处处暗示、处处有吸引力；结尾要含蓄而有韵味。由于写剧是为了演出服务，所以在创作时就应具有明确的舞台结构，考虑剧中人物的动作是否生动、台词是否有力、彼此关系是否清晰，只有这样才较易于舞台上演。熊佛西认为剧中角色应越少越好，确保每一个角色都与剧情发生密切的关系，避免影响剧情的表现和分散观众的注意力。剧情与角色的集中、紧凑、有吸引力，成为其戏剧文学创作中的重中之重，而这一观点的提出无不受到了西方戏剧"三一律"与"程式"问题的启发。

在较为详细地研究了三一律、程式等文艺创作的相关理论的前提下，熊佛西质疑与辨析了西方戏剧理论中有关三一律的时间、地点、动作统一的论述，认为动作的统一是三者中最重要的部分，要使情节集中，就必须遵守动作的统一，但是可以打破时间与地点统一的限制，因为戏剧不一定表现整个的人生，而摹仿可以剪裁、创造、缩短人生，只要每幕的时间统

---

[1] 参见洪深：《电影戏剧的编剧方法》，见《洪深文集》（三），北京：中国戏剧出版社，1988年版，第380—383页。
[2] 参见洪深：《电影戏剧的编剧方法》，见《洪深文集》（三），第300—302、305、316、327页。

一、动作紧凑，方便观众欣赏即可。地点虽然可以不受限制，但是它的统一对于剧作的成功有重大的帮助作用，在这一点上，主要考虑的是经济的因素。因为地点不统一就必须多花钱制作布景，多雇佣人力，制作成本增高，票价也会增高，会增加观众的经济负担，且场景过多会影响艺术的表现，引起观众的反感。

然而，任何艺术都受到相应的惯例的限制，艺术的目的是表现自然的精华，要取其精华去其糟粕，在创作中就不得不依赖某些惯例，即熊佛西所言的"程式"——"程式是自然与艺术的媒介，是生命到艺术的渡桥。"[1]程式的产生是历代经验结果的集合，是大多数人经验心血的集合，已经成为公认的规律。程式的内容可以随着时代变化，但是程式的原则是永远不变的。例如，戏剧不能没有演员、舞台、剧本及观众，这是古今中外戏剧的程式原则，永远不可能改变。同时，纵然程式与艺术关系密切，但是不可空洞，也不可过于偏重，否则就有有程式而无内容的危险，中国旧剧重程式轻内容的弊端，必须在现代戏剧的发展过程中予以注意。

摹仿人生、体验人生是编写与排演出优秀剧作的最重要手段，现实主义戏剧是拯救社会、唤醒民心的艺术形式，在当时的中国应该大力地推广。这样的观点亦明显地呈现在当时对表导演以及舞台艺术的研究之中。

三、摹仿人生、表现人生——对表导演及舞台理论的研究

欧阳予倩1907年即投身春柳社的戏剧表演之中，可视为表演理论研究的先驱者之一，熊佛西亦有着丰富的舞台实践经验。到了20世纪20年代末期，洪深对表演艺术也有了初步的认识，到了20世纪30年代中期，洪深则已经明确意识到戏剧艺术的生命在于真实地摹仿人生与表现人生。此时的洪深在对表演理论进行了较为深入地研究之后，又开始了对导演理论的探寻。他的表导演理论研究依旧与时代背景紧密相连，强调表演是视觉化

[1] 熊佛西：《程式》。转引自《写剧原理》，上海：中华书局，1933年版，第46页。

与听觉化的艺术。[1]1934年10月，田汉在《电影戏剧表演术》一书的序言中曾高度评价"洪深先生便是新戏剧家中学理地实际地最懂得'表演术'的"，并期待他能够"像1917年那样的奋起，领导青年断然为正义而战，以争取我们戏剧艺术自由发展的条件，这样才是我们最高的表演！"一切的表演都应该服从于这一主题，向日本帝国主义宣战。[2]也正是在对日全面战争一触即发的社会背景下，洪深更加全面深入地对戏剧与人生的关系等问题进行了研究。

（一）戏剧是对人生的摹仿

在这一时期，洪深依旧认为"戏剧是人生的解释、记录、反映"，但同时也强调"戏剧对于人生，不能像摄影的对于景物那样，一些不走样地反映"，而应该"将人生划成段落，编成所谓故事"。故事，在这里指的是完整的、某几个人物的"某一种或某一时期的阅历"，"故事必须有了个性清楚的人物，而后才能将它所反映记录的人生，解释得更为透彻；并且看戏的时候，才能使得观众们易于跟随，易于领会和易于认识"。[3]

同时从接受主体的角度出发，洪深更加强调戏剧对于观众视觉与听觉的刺激——这是与其他叙事性文艺的根本区别，也是演员最基本的任务之一。[4]但是在表演中一味地刺激观众的视觉与听觉是不能被称为"表演"的。表演的目的，在于"须是使得观众在看了表演之后，对于人生，有一个充分的认识；须使得观众，对于人生（即剧中故事所代表的一部分），作成一个主张，表示一个态度；须是使得观众对于那被环境社会所制造磨

---

[1]《洪深戏剧论文集》于1934年出版，集结了洪深20世纪20年代末期的文章，涉及对表演艺术的初步论述。在1935年出版的《电影戏剧的编剧方法》中，洪深对戏剧与人生的关系进行了较为深入的论述。洪深对表演理论的研究主要集中于1934年出版的《电影戏剧表演术》，对导演理论的研究主要集中于1941年出版的《戏剧导演的初步知识》。洪深在对表导演理论的研究中进一步对现实主义戏剧艺术进行探索。

[2]参见洪深：《电影戏剧表演术》，见《洪深文集》（三），北京：中国戏剧出版社，1988年版，第174—176页。

[3]参见洪深：《电影戏剧表演术》，见《洪深文集》（三），第179—180页。

[4]参见洪深：《电影戏剧表演术》，见《洪深文集》（三），第181页。

练成而此刻正在故事中受着压迫竭力挣扎着的人物，同情与了解，获得一个正确的估量与结论"。[1]为了使表演更加真实可信，演员则需将自己的人生经验与剧本中的人物个性"互相参证"，这也就再次涉及其此前提出的塑造"典型环境"下的"典型人物"的问题。一方面，人物是时代的产物，由环境造成。特定的社会才会产生某种特别的人物个性。如果想要了解人物，就必须对造成此种人物的社会进行透彻的分析。另一方面，必须以故事的形式呈现人生，观众才能看见人生的事实。所以观众可以通过了解剧中人物的行为来了解"人生的究竟"。[2]

洪深通过对悲剧和喜剧定义的研究，初步感悟到戏剧艺术的核心在于"摹仿人生"，戏剧艺术是为人生服务的，旨在营造人生的"真实幻觉"。戏剧所要表达的内容，是"故事情节人物文辞所表现出的所说明所证实那作者个人对于人生的认识，见解，结论，人生观，哲学；是那包含在剧本的许多事实当中，作者的一种抽象的普遍的主张！"[3]"一切编撰和出演的技巧，有一个重要的目的，就是使得上台所表演的'很像人生'To create the illution of life. 既然是'像'，当然就不必是真的了。"[4]这种"不必是真的"的表演技巧，根本在于"摹仿人生"。"摹仿"的定义，即是"戏剧是用了真的人在戏台上，当着观众的面，将人生表现摹仿出来，让观众自己去认识，自己去判断，自己去作结论的"。[5]虽然舞台上的"摹仿"并非狭义，"但大体精神上，仍是根据着人生的。不论是那一派的作品，不论是写实是表现，最低的限度，要使得看得人，并不觉得是违反人生。凡在一出剧里，愈是那故事对话布景服装等，异乎寻常，那剧中人物的性格

---

[1]参见洪深：《电影戏剧表演术》，见《洪深文集》（三），北京：中国戏剧出版社，1988年版，第252页。

[2]参见洪深：《电影戏剧表演术》，见《洪深文集》（三），第253—254页。

[3]洪深：《术语的解释》，原载于《民国日报"戏剧周刊"》，1929年。转引自《洪深戏剧论文集》，上海：天马书店，1934年版，第37页。

[4]洪深：《术语的解释》，转引自《洪深戏剧论文集》，第39页。

[5]洪深：《戏剧底方法》，原载于《民国日报"戏剧周刊"》，1929年。转引自《洪深戏剧论文集》，第46页。

思想情感，愈须忠实地彻底地摹仿着人生"。[1] 在一定程度上，"摹仿"是"戏剧的生命"。舞台艺术的根本目的，在于"给人看给人听"，戏剧的"摹仿人生"主要借助三种"工具"来刺激人们的视觉和听觉——"一是人的行动姿态，二是人的语言声音，三是背景服装，及一切应用的物件。这三种都是一样重要；如果三种的摹仿人生是充分的，戏剧便真了，便活了，便不仅'像'人生，而且使观众觉得竟'是'人生了"。[2] 照此看来，洪深强调戏剧要摹仿人生，尽管舞台上呈现的不是真实的人生，但必须要"像"人生，并且要调动各种舞台表现元素让观众产生"是"人生的幻觉。

戏剧，是通过"摹仿人生"来表现人生，"解决人生前途问题，使平淡无奇的人生充满意义"的艺术。[3] "在人生中，不论那一类人事，普遍如争名争利，偶然如杀人报仇，琐碎如洗脸吃饭，在这一时候，这一环境，这一件事的发生，对于人生的前途幸福，影响是愈大的，便愈是'戏剧的'——'戏剧的'是人生中有意义有关系的人事。"[4] 也正因如此，在探索"什么是戏剧"的问题中，洪深引用西方戏剧理论总结出"戏剧为人生"的三种见解。第一种见解来源于法国戏剧理论家布伦退尔，即戏剧是"人生的冲突奋斗"说（The Conflict Theory）。人们在生活中有可能被威权征服或束缚，也会去和这种威权去冲突抗衡（Inconflict）。戏剧所表现的就是人们同社会、风俗、道德、法律、人性等去奋斗的志向。第二种见解来源于英国戏剧理论家阿契尔，即戏剧是"人生的得失关头"说（The Crisis Theory）。也就是说，戏剧要表现在人生的关键时刻能够影

---

[1] 参见洪深：《术语的解释》，原载于《民国日报"戏剧周刊"》，1929年。转引自《洪深戏剧论文集》，上海：天马书店，1934年版，第40、42页。

[2] 参见洪深：《戏剧底方法》，原载于《民国日报"戏剧周刊"》，1929年。转引自《洪深戏剧论文集》，第49—50、52页。

[3] 参见洪深：《"戏剧的"是什么》，原载于《民国日报"戏剧周刊"》，1929年。转引自《洪深戏剧论文集》，第60—61页。

[4] 洪深：《"戏剧的"是什么》，转引自《洪深戏剧论文集》，第78页。

响到自己或他人的得失祸福的学说。第三种解释来源于美国戏剧理论家
汉密尔顿，即戏剧是"人生的相形比较"说（The Contrast Theory）。"广
义的说，一切戏剧，无非是人事性格情感幸福的相形比较。"注重冲突奋
斗的戏剧，是表现人们解决自身幸福"最积极的行为"；注重得失关头的
戏剧，是表现人们解决自身幸福"最紧要的机会"；而注重相形比较的戏
剧，则是"表现人们解决自身幸福，尚无成效与毫无办法的现象。什么是
戏剧？乃是表现一部分片段人事，其成功或失败，足以影响人类的前途与
幸福的"。[1]表现当下时代中人们认为与自身前途与幸福有重大关系的内
容，就是"这个时代最好的戏剧材料"。[2]

在对表演艺术的研究中，洪深始终强调表现真实的人生与真挚的情
感。"做戏"的第一步，在于摹仿"普遍的人事"，如走路等行为，要摹仿
得美观。第二步，在于将"特别的人事""做得内行"，比如摹仿"打烟
泡"之类。做戏，就是深思自己与观察人生的重要过程。做戏的最高境
界，就是"凡人生一切的人事（行为思想动作情感），不论是普遍的特殊
的，都集中在一个人身上；就是，样样晓得，件件精明；除了受身体相貌
的限制之外，都可以做得出做得到"。[3]在洪深看来，做戏就是"演员将
他的动作与姿态，来说明剧中人的心理"。[4]表演的目的，"就是将一个人
的身体，在实际人生受了某种刺激而引起的反应，能在舞台上镜头前，依
从了那演员的意志，忠实准确的发现出来。那最好的表演，不是浮面空洞
（缺少情感即未受到刺激）的摹仿动作；也不是勉强造作（人力假定，非
自然流露）的代表动作；而系自然的当然的必然的发现动作……要受到演

---

[1] 参见洪深：《"戏剧的"是什么》，原载于《民国日报"戏剧周刊"》，1929年。转引自
《洪深戏剧论文集》，上海：天马书店，1934年版，第61—65页。
[2] 参见洪深：《"戏剧的"是什么》，转引自《洪深戏剧论文集》，第68页。
[3] 参见洪深：《什么才是做戏》，原载于《电影月报》，1928年4月。转引自《洪深戏剧论文
集》，第83—85页。
[4] 参见洪深：《动作表现心理》，原载于《电影月报》，1928年5月。转引自《洪深戏剧论文
集》，第95、106—109页。

员意志的管束与支配，这就是表演的术了"。[1]洪深此时已经意识到表演
艺术中摹仿的动作必须是真实自然的，并且要受到演员意志的支配。

（二）情绪与动作的关系

戏剧艺术表达人类的基本情绪，情绪是人"表面行动的起点"，对情
绪的把握和控制可以使演员更好地理解社会环境及人物个性。在对表演和
导演理论的研究中，洪深则进一步阐释了情绪与动作的关系，并由此探讨
演员塑造角色的方式方法。

表演是视觉化与听觉化的艺术。动作与声音都是"从演员自己身上
发出来的"，表演的基本工具即演员的身体，也可以说，"演剧是身体的艺
术"，身体的呈现在戏剧艺术中格外重要。[2]演员要符合所扮演角色的身
份和心理，就必须清楚、真实、有力地展现所扮演角色的情感，既要让
声音"感情化"、"抑扬有致"、"耐听"，刺激观众的听觉，也要让动作优
雅、美观、自然。[3]

就动作而言，洪深将其分为"自然动作"与"社会动作"。这两种动
作类型皆可以表现情绪、塑造人物。自然动作通常指的是人在受了刺激之
后的"本能的自然的反应"。这种动作的练习，主要依靠身体的自然反应
而来，演员要充分相信自己的身体。然而在现代社会，人们的喜怒通常不
会尽形于色，发泄情绪的方式也更加隐晦和复杂，所做的动作就是社会性
的动作。这种动作的特征在于"有危险就自己抑制，而抑制了自己又感到
难受的话，便去寻替代的发泄方法"。社会动作的本质在于"肌筋收缩与
放松的机械作用"，这与自然动作是一样的。演员在学习社会动作的过程
中，一方面要加强对社会各色人物的生活情形的练习，另一方面则不可忽

---

[1]洪深：《你的身体服从命令否》，原载于《电影月报》，1928年5月。转引自《洪深戏剧论
文集》，上海：天马书店，1934年版，第142—143页。

[2]参见欧阳予倩：《自我演戏以来》，见《欧阳予倩全集》第6卷，上海：上海文艺出版社，
1990年版，第79页。

[3]参见洪深：《电影戏剧表演术》，见《洪深文集》（三），北京：中国戏剧出版社，1988年
版，第182—183页。

视自然动作的练习，要提高身体的敏感度，使自然动作"在需用的时候，可以毫不费力的'取出就是'"。[1]在对情绪的把握上，洪深指出情绪的表现永远没有固定的套路，一定不能将情绪与动作刻板地关联起来。演员要了解情绪的来源，以及发泄情绪时可以有的种种"花式"，并通过"准确地、有条理层次地仿效"来"交代清楚，充分发挥"，表演才可能生动而深刻。[2]

　　情绪对于塑造动作至关重要，动作由演员的身体直接呈现，于是"演员是否须有真情绪"也就成了塑造角色时必须考虑的问题。欧阳予倩1907年登台，1928年脱离舞台生活，多次参与春柳社、民鸣社等戏剧团体的演出。受到戈登·克雷、阿庇亚等西方现代剧场艺术理论的渗透，以及斯坦尼斯拉夫斯基"体验艺术"理论的影响，他在《自我演戏以来》一文中回忆自己表演的体验方式，包括模仿和联想。例如，到郊外的草地上练习哭和笑，甚至在没人的时候躲在草地上尝试各种哭的方法，每次都"气竭声嘶，胸口痛半天不能好"，"绝非不用苦工所能做到"[3]。还曾回忆和想象自己身边熟悉的亲友，学习模仿各种年龄的女人的情态动作。但是，春柳社演员马绛士那种入戏太深而在台上气绝身亡的过度忘我用情则是不合宜的：

　　　　做戏最初要能忘我，拿剧中人的人格换去自己的人格谓之"容受"，仅有容受却又不行，在台上要处处觉得自己是剧中人，同时应当把自己的身体当一个傀儡，完全用自己的意识去运用、去指挥这个傀儡。只能容受不能运用便不能得深切的表演。戏本来是假的，做戏是要把假戏做成像真；如果在台上弄假成真，弄得真哭真笑便不称其为戏。[4]

　　　　[1]参见洪深：《电影戏剧表演术》，见《洪深文集》（三），北京：中国戏剧出版社，1988年版，第202—205页。
　　　　[2]参见洪深：《电影戏剧表演术》，见《洪深文集》（三），第201页。
　　　　[3]欧阳予倩：《自我演戏以来》，见《欧阳予倩全集》第6卷，上海：上海文艺出版社，1990年版，第43页。
　　　　[4]欧阳予倩：《自我演戏以来》，见《欧阳予倩全集》第6卷，第42页。

　　此时的欧阳予倩已经意识到了在深入体验角色的同时，要学会控制和保持自我意识，在某种程度上，他将"体验"和"表现"的艺术形式结合起来，并强调演员在舞台上的自觉意识的运用。洪深在"真情绪"的问题上亦抱着折中的态度，认为演员既不能有太真的情绪又不能没有真情绪。首先，"没有真情绪动作就不完备"。因为一个人发泄情绪时可能会有许多的动作，如果不能获得真实可感的刺激，便无从效仿这些情绪，所以真情绪在塑造角色的过程中是必不可少的。其次，"情绪太真会妨碍表演"。因为真情绪并不等同于真体验。无论演员的生活如何丰富，有许多的情绪都是演员不曾经历过的。不仅如此，演员有了真情绪，反而可能会妨碍表演。比如"讲恋爱"、"接吻"、"划刀于仇人之胸"之类的动作，倘若演员有了真情绪，可能会侮辱甚至伤害其他演员。[1]

　　对情绪的把握尊崇"适度"的原则，于是，情绪"应真至如何程度"就成为在排演中必须考虑的问题。"真情绪"的"真"的程度应分为三个层面。第一层面，"在练习排演的时候，情感愈真愈好"。因为这样演员可以充分完成要发生的动作，并且得到旁边的人的提醒与控制。在体验情绪时，可以采用替代的方法，譬如以"做错了事的心虚"去替代"做贼心虚"。第二层面，"在台上实际表演的时候，不可有全部的真情感"。一方面，演员必须有真情绪，另一方面，情绪必须受到理智的控制，不可过火。第三层面，"情绪在可能的范围内，是愈真愈好"。"真"的极致大概介于"能管束"和"不能管束"的边缘，稍有过火便会失去控制情绪的能力。[2]换句话说，演员把握角色，既要"化身为剧中人"，也要依靠理智来控制"真情绪"，只有这样，情绪才不会过火，才能更容易让观众相信。[3]

---

　　[1] 参见洪深：《电影戏剧表演术》，见《洪深文集》（三），北京：中国戏剧出版社，1988年版，第219—221页。
　　[2] 参见洪深：《电影戏剧表演术》，见《洪深文集》（三），第221—222页。
　　[3] 参见洪深：《电影戏剧表演术》，见《洪深文集》（三），第259页。

在塑造角色的过程中，不仅要考虑演员如何把握角色的情绪，还要考虑表演要如何刺激观众。在这一点上，洪深较为强调戏剧的社会教育功能，认为表演的目的在于使观众看过之后能够对人生"有一个充分的认识"，人物是时代的产物，通过故事让观众看到人生的事实，从而能够对剧中被压迫的、挣扎着的角色有"同情与了解"，树立正确的价值观念。[1]

（三）人物形象的传达

把握情绪，塑造动作，无不是为表现角色形象服务的，以"演给人看"[2]视为艺术创作的完成。在戏剧的文本创作、排演以及舞台呈现等各个阶段，都必须考虑人物形象的塑造与传达的问题。

首先，导演是戏剧创作中极为重要的角色，戏剧演出也需要这样一个"深切理解而且真实同情于原作的主题，同时又熟悉各种舞台工具的功能并能预计本剧内每种工具应有的发挥程度的权威者来统筹、配合、调节各方面的努力，以求演出时不致有'辞不达意'、'文不对题'，甚或'歪曲原作'的流弊"。自19世纪写实主义戏剧盛行以来，导演的地位应该"至少与作家并列"[3]。熊佛西更是强调"导演中心制"的排演方式。戏剧是综合性的艺术，也是艺术中最为复杂的一种，编剧、导演、演员等必须多方协调，共同合作。剧本并非戏剧成功的唯一条件，导演才是现代舞台艺术中的主宰。导演是剧团的核心，指挥各部分分工协作而又能够统一调和。研究剧中人物性格、关系、舞台设计等内容，都是导演日常必须的工作。"导演的责任是要实现他自己的理想。任何艺术都有理想。但其中只能有一个理想。倘有两个理想，结果必难调和。演员，设计者，乐师是辅助导演实现他的理想。"[4]熊佛西明确将导演的作用放在了戏剧艺术的首要

[1] 参见洪深：《电影戏剧表演术》，见《洪深文集》（三），北京：中国戏剧出版社，1988年版，第252—254页。

[2] 洪深：《戏剧导演的初步知识》，见《洪深文集》（三），第394页。

[3] 欧阳予倩：《导演经验谈》，见《欧阳予倩全集》第4卷，上海：上海文艺出版社，1990年版，第133页。

[4] 熊佛西：《怎样导演》，转引自《佛西论剧》，上海：新月书店，1931年版，第59—60页。

地位。欧阳予倩则认为，虽然演出应该服务于剧本，但是导演的工作并非作者意图的单纯再现，而是有权加强、减弱或删除剧本的某些内容。导演改编剧本的根本前提，是为实现剧本的"社会目的"而服务。[1]他曾经把导演分为三种："教导式的导演法"、"讨论式的导演法"和"批评式的导演法"。[2]其中，"教导式的导演法"适合完全没有演戏经验的演员，导演要从最基本的动作、表情、对话教起，让演员模仿自己。"讨论式的导演法"适合有一定舞台经验并能独立思考剧本的演员。最后一种则适合比较成熟的演员。但这三种导演法绝非对立，而要在尊重艺术规则的前提下，因人制宜，可以随时因演员程度、舞台设备条件的不同做出调整。导演作为一剧之主导，应该与演员和舞台技术人员共同合作发挥才力。

　　与欧阳予倩和熊佛西不同，洪深则始终强调"剧本中心论"的前提。导演是戏剧中的统筹者和指挥者，但始终要为剧作而服务，戏剧艺术应该是以剧本为中心的。演出分为"服从的演出"、"批评的演出"以及"污蔑原作的演出"三类。"服从的演出"旨在忠实地"活化"（Vivify）与适当地充实原作，展现适合于当时的社会情形。当剧作不完全适合时代的要求却仍旧有演出价值的时候，可以考虑进行"批评的演出"——"所谓批判，一种常用的方法是将剧中正确之点予以稍为过分的夸张，两者显豁地时时地对比着，使得观众无须局外人的讲解而已了然于孰是孰非何去何从"。往昔的名剧和当下创作的、但受到世界观限制，却仍旧反映人生真理的剧本较为适合此类演出。洪深对"污蔑原作的演出"嗤之以鼻，导演利用名剧本表述自己的社会目的，"只管说他自己所要说的话，全不尊重剧作者原来的用意与他在剧本中所暗示的态度主张"是不道德的，"有正义感的从事者，决不肯这样做的"。[3]但是无论是哪一种导演，都必须深入研

---

　　[1]参见洪深：《戏剧导演的初步知识》，见《洪深文集》（三），北京：中国戏剧出版社，1988年版，第394—396页。

　　[2]欧阳予倩：《导演经验谈》，见《欧阳予倩全集》第4卷，上海：上海文艺出版社，1990年版，第132—133页。

　　[3]洪深：《戏剧导演的初步知识》，见《洪深文集》（三），第402—406页。

究剧本，与编剧进行深刻的交流，注意戏剧整体的氛围（Atmosphere）与调和。导演必须渊博、敏捷、吃苦耐劳、谦虚——这也是从事戏剧行业的人们应有的职业道德（Professional Ethics）。[1]

其次，剧本创作和排演工作关涉到作品的形象如何传达的问题。在洪深看来，剧作者的初步创造是作品的第一次形象传达，表达作家的"社会目的"。导演领导其他舞台工作者继续创造而进行的服从的或批判的演出，是作品的第二次形象传达。经由前两次的形象传达，剧作才能实现感动观众、影响观众的社会行动等"社会效果"。[2]

导演的工作主要涉及"第二次形象传达"。如果说第一次形象传达重在将剧作者抽象的理念具象化，那么第二次形象传达则是在剧本创作完成之后，使用各种舞台工具传递给观众的过程，主要的作用是将剧作的"社会目的"转换成"社会效果"。[3]在第二次形象传达的过程中，要树立演出是"为观众"的意识。观众是舞台演出必不可少的因素之一，"一个导演者的成功，不仅在他有独得的舞台经验，更须仗他有丰富的与观众共同的（但不必是一致的）生活经验"。导演要做到理解观众，必须要知道观众的爱恨憎恶，并用舞台手段予以适当的解释与说明，让观众了解与接受整个的戏剧。[4]

第三，在现实主义戏剧作品的形象传达的过程中，"真实性"的问题亦不可忽视。这是洪深的戏剧理论研究中一以贯之的线索。演出必须具有真实性——"演出是否成功的唯一试验，就是台上的一切是否为观众所承受、所接受"。从文艺批评或者接受美学的观点来看，这需要让观众"建立人生的幻觉（Creating An Illusion of Life）"。尽管这种幻觉是艺术创作

---

[1] 参见熊佛西：《怎样导演》，转引自《佛西论剧》，上海：新月书店，1931年版，第59—60页。

[2] 参见洪深：《戏剧导演的初步知识》，见《洪深文集》（三），北京：中国戏剧出版社，1988年版，第416页。

[3] 参见洪深：《戏剧导演的初步知识》，见《洪深文集》（三），第407页。

[4] 参见洪深：《戏剧导演的初步知识》，见《洪深文集》（三），第409—414页。

角度的而非人生的真实情况，但是要让观众产生"与人生同样真实"的幻觉，"入情入理（Veri-simliltudeo）"，从而让观众认为戏剧的人物和故事都具有真实性。真实性的基础，在于戏剧本身。[1]对于导演来说，建立戏剧的真实性，要进行三方面的努力，即建立"表面事物的真实（Surface Reality）"、"人格心理的真实（Psychological Reality）"以及"形相感觉的真实（Empathy Reality）"。"表面事物的真实"即主观的真实，"装龙像龙，装虎像虎"，让观众获得直接的剧场幻觉体验。"人格心理的真实"指的是不管舞台上表面上的"像"到何种程度，剧中人物的行为必须让观众认为合情合理，这才是舞台上"更高的真实（Higher Reality）"。而在缺乏表面真实的时候，"形相感觉的真实"就格外重要。舞台上的布景、灯光、音乐等因素都必须为观众"内心的对于当前真实的承认"而服务。剧场中的"真实性"永远为保持观众的幻觉而服务。[2]

洪深在对"真实性"的探讨中，依然坚持着戏剧为人生的宗旨，认为要通过唤起观众对"各自经验"的回忆或经过联想来让观众对剧本的内容"发生一个是非爱憎的情感态度"，以实现戏剧的教育作用。[3]"人格心理的真实"是这三重真实的基础，"表面事物的真实"与"形相感觉的真实"都要为其服务。若"形相感觉的真实"稍有欠缺，观众就会感到不安，而若"表面事物的真实"有所欠缺，则可以通过"联想"等手段进行补偿。补偿的手段依旧是洪深在训练演员时所提到的"替代象征"法，以及加强"形相感觉"的表现，也就是要充分利用线、形、色、光、音、调等舞台元素的配合，"以激动那表面真实唤起联想时可能激动的同样情感"。[4]

于是，导演在做设计时，第一步要确定的，就是演出的"风格"（Style）。"风格乃是艺术者为欲达到他的艺术目的，对于自己所用手段

---

[1] 参见洪深：《戏剧导演的初步知识》，见《洪深文集》（三），北京：中国戏剧出版社，1988年版，第417页。

[2] 参见洪深：《戏剧导演的初步知识》，见《洪深文集》（三），第418—420页。

[3] 参见洪深：《戏剧导演的初步知识》，见《洪深文集》（三），第422页。

[4] 洪深：《戏剧导演的初步知识》，见《洪深文集》（三），第425页。

的一种控制，有时在他本人或许是不经意的；但在美学的分析上，它是刺激与联想两种手段配合比例，可以具体的把握，应当理智的从事的"。设计的第二步在于"选择工具"。例如，音乐、布景、道具、演员的演技等等，都属于"工具"，不能离开剧本单独存在，必须在导演的掌控之下，共同服务于剧本。[1]这些"工具"不是刻意地、独立地存在的，它们的"唯一使命是烘托剧情，调剂动作，使它们更美丽、更生动"。[2]优秀的舞台装饰家要始终以剧本为核心，根据剧本装饰舞台，决不可喧宾夺主。舞台装饰是否具有美感，决定于线条、颜色以及光影的调和，光影的配合要有立体感。熊佛西引用美国著名舞台装饰家Joans的话，提出"'剧本好比火，舞台装饰就是空气。'火遇着空气的激发，可以更光明；剧本得着装饰的烘托，可以更美丽"。[3]同时，导演良好地运用舞台工具，可以使观众更加容易理解剧作内容，承认演出时的"真实性"，获得适当的"心理准备"（Psychological Preparation），更容易接受剧本的主旨。同时，还可以进一步地建立"舞台氛围"和"戏剧情调"，引起观众的情绪反应和爱憎态度。导演在计划演出的时候，应该以剧本为中心，而在配合利用舞台装置或工具时，则应该以演技为中心。一切布景灯光等"辅佐道具"应当配合演技这个"主力工具"，在导演的指挥下，表现剧作者的哲学见解主张，获得预期的社会效果。[4]

    无论是欧阳予倩、熊佛西还是洪深，他们的表导演理论多从观众接受的角度出发。在他们看来，观众是建设好的剧场和创作好的戏剧的动力，剧作家和舞台艺术家都要对观众负责。戏剧艺术不应该一味地迎合观众，而是应当引导和提高观众的鉴赏力，让观众与创作者相互携挈，促进艺术的发展。这不仅是20世纪20—30年代表导演理论与舞台理论的基本观点，

---

    [1]参见洪深：《戏剧导演的初步知识》，见《洪深文集》（三），北京：中国戏剧出版社，1988年版，第427、440页。
    [2]熊佛西：《怎样导演》，转引自《佛西论剧》，上海：新月书店，1931年版，第71页。
    [3]熊佛西：《怎样装饰舞台》，转引自《佛西论剧》，第74页。
    [4]参见洪深：《戏剧导演的初步知识》，见《洪深文集》（三），第441、455页。

亦代表着那个时代戏剧接受美学的基本倾向。

四、反映社会、认识人生——对戏剧艺术的社会功用的研究

欧阳予倩在其回忆性自传体文章《自我演戏以来》中曾经提及，在早期春柳社文明新戏演出时，排演新剧的目的就在于社会教育，为革命和爱国宣传，但也曾倾向唯美主义的戏剧创作，甚至"以唯美主义自命"[1]，主张为艺术而艺术。在参与春柳社演出以及回国之后的很长一段时期，欧阳予倩始终在戏剧的纯艺术观和社会教育观之中纠结。欧阳予倩的摇摆不定，也是当时多数戏剧家面对的问题。但随着政局形势的变化，他们的戏剧观多转向了"为民众的戏剧"之路，强调戏剧是为人生的艺术。在探索戏剧艺术审美特征的同时，对于戏剧的社会功用的研究，也是那个时代最重要的研究课题之一。

戏剧的内容取决于戏剧与时代的关系。"戏剧本是社会的反映，有什么社会，便有什么戏剧"。[2]要改革旧戏剧，建设新戏剧，"审查"和"取缔"的办法成效不大。应该找到一种"代替"的办法，"为最后的目的"和"为进行的步骤"[3]来进行新的建设。这里所言的"最后的目的"，即欧阳予倩的最高戏剧理想——在反映社会的前提下，认识人生，认识自己，促进人类发展——"这才是戏剧的真使命"[4]。

戏剧艺术是"为人生"的，但是当时的多数民众，即戏剧艺术的主要接受群体的文化水平和审美鉴赏能力皆处于较为低下的阶段。在对这一问题的思考中，熊佛西提出了两个重要的概念："趣味说"与"单纯主义"。

熊佛西认为，根据人的智愚的等级，趣味也是有等级的，教育可以提高人的趣味，对趣味的思考主要体现在其对观众这一戏剧的主要接受群

---

[1] 欧阳予倩：《自我演戏以来》，见《欧阳予倩全集》第6卷，上海：上海文艺出版社，1990年版，第71页。

[2] 欧阳予倩：《戏剧改革之理论与实际》，见《欧阳予倩全集》第4卷，第20页。

[3] 欧阳予倩：《戏剧改革之理论与实际》，见《欧阳予倩全集》第4卷，第44页。

[4] 欧阳予倩：《戏剧改革之理论与实际》，见《欧阳予倩全集》第4卷，第22页。

体的欣赏趣味和欣赏水平方面的研究。无观众则无戏剧，所以如果戏剧艺术离开了观众的趣味和欣赏力，也就没有任何的价值。时代需要的戏剧作品，是大多数人看得懂的、有趣味的戏剧。尽管相比于传统戏曲和电影，当时中国的话剧发展势力较弱，但它是新兴的、向上的、前进的艺术，加之艺术工作者的努力与提倡，必将会有一日千里之势，前途万分光明。话剧是表现时代最方便最有利的工具，充满了现代精神——现代人的痛苦与悲哀，快乐与希望，而现代的民众喜欢看有现代精神的戏剧，甚至可以说，有高级趣味的民众才会更加欣赏话剧，欣赏其中的趣味。所以，必须要经过趣味的训练提高民众的趣味，让更多的民众喜欢现代戏剧这种新兴艺术。戏剧要想成功，唯一的道路就是研究观众的心理，使观众为戏剧所动、所感，使观众发生高级的趣味。——这也是戏剧家成功的唯一秘诀。

　　艺术在不同的时代有不同的表现，要适应时代的发展。在20世纪20年代末30年代初，"经济时代"一词最能概括当时的现代精神与内容。其中，"经济"不仅指金钱，也包括精力与时间。因为"无观众就无戏剧"，所以戏剧家不能忽略观众经济、精力等方面的"经济"，要始终考虑戏剧艺术本身如何能够经济，怎样才能适应观众的经济要求。于是，熊佛西提出了三种方式来满足观众的经济要求，即剧本要短、布景应该少换、剧中人物应当简略。[1] 他吸收了易卜生作品中情节精粹、背景简略、人物关系简单、性格并不复杂等特色，提出在中国推广短剧可以节省观众的时间以及制作布景的费用，减轻观众的经济负担。同时，戏剧不能单纯地追求经济化，还要合乎美的原则。所以，熊佛西对于"单纯主义"的定义有着如下论述：

---

[1] 参见熊佛西：《单纯主义》，原载于《写剧原理》，上海：中华书局，1933年版。转引自上海戏剧学院熊佛西研究小组主编：《现代戏剧家熊佛西》，北京：中国戏剧出版社，1985年版，第252—253页。

"单"是简单而非复杂，"纯"是纯粹而非浑浊。单，有条理清晰一丝不乱的意思。纯，有取其精锐去其糟粕的意思。[1]

熊佛西明确强调了"单纯"具有"经济"和"美丽"的双重含义，并将这样的"单纯主义"贯穿其艺术创作与研究的始终。戏剧表现人生，用单纯的艺术表现复杂的人生，正是艺术家应该具备的能力。艺术的取材经过去粗取精、去伪存真的过程，有可能因为发挥了创作者的主观想象而发展出新的表现形式。[2]发展具有趣味的、"单纯主义"的戏剧，是实现戏剧的社会功用的最有效方法之一。

第四节　走向成熟的话剧批评

话剧批评与话剧理论具有同等重要的地位。戏剧批评的主要目的是估量艺术的价值，戏剧艺术亦是伴随着戏剧批评的发展而前进。作为一名优秀的戏剧批评家，必须全面而深刻地了解剧本、表演、音乐、舞蹈、雕刻等一切与戏剧有关的艺术，对戏剧史也应该有系统的研究。戏剧艺术在不同的时代具有各自的特点，随潮流而变迁，戏剧批评也应该"与时俱进"。在20世纪20年代的中国，观众尚不具备评判戏剧好坏的能力。在没有产生理想的观众之前，批评戏剧的任务多归属于批评家们。于是，批评家们也应该和戏剧的创作者们一道，担负起提高戏剧艺术质量以及指导观众欣赏戏剧艺术的责任。熊佛西憧憬戏剧批评应该是"没有偏见而又没有传统毒的批评"[3]，这样才能让群众发现戏剧艺术真正的价值。在同时

---

[1]熊佛西：《单纯主义》，原载于《写剧原理》，上海：中华书局，1933年版。转引自上海戏剧学院熊佛西研究小组主编：《现代戏剧家熊佛西》，北京：中国戏剧出版社，1985年版，第253页。

[2]参见熊佛西：《单纯主义》，转引自上海戏剧学院熊佛西研究小组主编：《现代戏剧家熊佛西》，第254页。

[3]参见熊佛西：《论剧》，原载于余上沅主编：《国剧运动》，上海：新月书店，1928年版。转引自上海戏剧学院熊佛西研究小组主编：《现代戏剧家熊佛西》，第237页。

期，向培良[1]完成了自己的第一部戏剧批评著作《中国戏剧概评》，这也是中国现代话剧理论批评史上第一部戏剧批评著作。[2]自20世纪20年代开始，向培良始终关注人性，强调艺术要表现人的真性情，形成了以动作为基点，以表现人的情绪为核心的戏剧艺术批评观念。

"情绪"是戏剧理论中的重要概念之一，与"情境"有关，前者是在后者中酝酿的。"情境"是西方戏剧创作中的一个重要问题，始于法国18世纪启蒙运动时期的理论家狄德罗。[3]俄国作家普希金曾经说过，"在假定情境中的人情的真实和情感的逼真——这便是我们的智慧所要求于戏剧作家的东西"。黑格尔则认为，"情境"是"一般世界情况""经过特殊化而具有定性"，也就是说，"有定性的环境和情况就形成情境"。而朱光潜则认为黑格尔所言的"情境"指的是客观的因素，而推动人物动作的"感情"、"心情"等，是主观因素，即黑格尔所说的"情致"。黑格尔还认为，"戏剧的主要对象不是实际行动，而是内心情欲的表现"。[4]德国戏剧理论家弗莱塔克也强调，"戏剧艺术表现的是人，人的内心如何向外发生作用"，瑞典剧作家斯特林堡亦认为戏剧创作的"主要兴味集中在人物的心理描写"。[5]而向培良所言的"情绪"，即利用戏剧的动作与情节，来表达剧中人物的感情，表现人性。情绪成为了向培良戏剧批评中"戏剧性"的

---

[1] 向培良（1905—1961），笔名漱美、漱年、姜良、乡下人，湖南黔阳县人。1925年，与高长虹等人创办《狂飙》周刊，同年加入鲁迅等人组织的莽原社。20世纪20年代中后期，任武汉政府机关报《革命军日报》副刊编辑、《衡阳日报》编辑及上海南华书店总编辑。1936年，主办上海大戏院，兼任上海美术专科学校教授。抗战时期，先后担任国立戏剧学校研究实验部主任，民国政府中央文化运动委员会第一戏院巡回教育队队长，率队在湖南、广西等地巡回演出。向培良是一位在戏剧创作、戏剧理论、戏剧表导演、戏剧批评等方面均具有广泛研究的戏剧家，一生著述颇丰。在创作上，有戏剧作品集《沉闷的戏剧》、《不忠实的爱》、《光明的戏剧》及未收集之剧本《继母》、《落月》、《死城》等，在戏剧理论与批评方面，有《中国戏剧概评》（1928年）、《人类的艺术：培良论文集》（1930年）、《戏剧导演术》（1932年）、《剧本论》（1936年）、《导演论》（1936年）、《舞台色彩学》（1936年）、《舞台服装》（1936年）等著作。

[2] 参见宋宝珍：《残缺的戏剧翅膀：中国现代戏剧理论批评史稿》，北京：北京广播学院出版社，2003年版，第98页。

[3] 参见谭霈生：《戏剧本体论》，北京：北京大学出版社，2009年版，第107页。

[4] 参见谭霈生：《论戏剧性》，第116—117、123页。

[5] 参见谭霈生：《戏剧本体论》，第106页。

主要来源。

洪深对"情绪"也有较为深入的研究，他认为"情绪"是塑造"典型环境"下的"典型性格"的基础，是塑造角色时必须要考虑的问题，体现了其对感性与理性辩证关系的思考。与洪深一样，向培良也将"情绪"视为其理论研究的重要部分，但是与洪深不同，向培良对于"情绪"的重视，主要是从审美经验出发，通过对不同情绪与表现人性的关系的探索，试图建构"真戏剧"的思想内涵。向培良戏剧批评观的形成，标志着20世纪中国戏剧批评的成熟。

一、"真挚的情调和完美的技术"：对于"情绪"的最初体认

1928年，向培良完成《中国戏剧概评》，1930年，南京提拔书店为其出版《人类的艺术：培良论文集》。从这两部著作中可以看出，向培良对于"情绪"这一概念已经有了最初的体认。他认为，艺术应该要反映时代和人类的精神。艺术的行为来源于人类渴望表现自己、了解他人的天性。人类的艺术行为并非为了自娱自乐，而是为了实现"自我之完成"与"自我之呈现"。——这是一切艺术行为的根本。[1]"个人把自我完全呈献出来"的人类行为构成了艺术行为，而艺术品则能够融合与表现这种行为的"力"。[2]在当时的社会环境下，应该认识到艺术隐存于一般民众间的趋势，艺术的正确方向，即在于反抗压迫、拯救人民的痛苦。所以要反对无病呻吟、艰深难懂、重技巧轻内容、脱离时代、仅能引起官能刺激的艺术，而欢迎"一切人都能了解的"、"和人类永远进展的步调相一致"、"从人性中吐露出来的"、充满着"爱和美"的艺术。[3]向培良相信，只要这种艺术出现，人类的美好新时代就会来到。

然而，理想与现实总是存在巨大的落差。在向培良看来，当时中国的

---

[1] 参见向培良：《人类的艺术：培良论文集》，南京：提拔书店，1930年版，第9、15、19—20页。

[2] 参见向培良：《人类的艺术：培良论文集》，第22页。

[3] 参见向培良：《人类的艺术：培良论文集》，第29—30、37—39页。

戏剧环境和戏剧人的创作皆不能令其满意。在探究其中原因时，他尖锐地指出"戏剧是什么东西，在中国还是许多人不能明了的问题"。一方面，旧剧正借着"国剧"这一"狡猾好看"的面具来窃取戏剧的地位，但其不过是"民族卑劣精神底表现"；另一方面，新剧剧本创作少、民众不了解新剧、舞台艺术发展滞后又导致了"我们戏剧界的薄弱可怜"。[1]他对当时中国剧坛较为活跃的戏剧家，如陈大悲、熊佛西、丁西林、郭沫若、田汉、郁达夫等人逐个进行细致点评，指出"趣味"、"教训"与"感伤"三种创作倾向皆不可取，但却对陶晶孙的创作大加赞赏。其衡量剧本优秀与否的重要标尺，即在于能否表现真挚的情绪。

对于"趣味底创造"的批评，向培良从批判陈大悲及"爱美的"戏剧入手，兼批评了丁西林等人的戏剧创作。陈大悲的戏剧直接承袭文明戏而来，最大的贡献在于废除幕表制，形成了正式的戏剧文本，同时"在民众间确定了戏剧的地位"。但也正因如此，他们"竭力吸收观众"，导致作品中含有"不很彻底的社会思想，含有宣传意味的教训，观感底刺激，趣味底创造"。他们"不曾表现人生，传达真正的情绪，而只是诉之于感觉，感情的"。所以，以刺激官能的趣味为剧本的出发点，是陈大悲等人的"致命伤"，"他们在精神和思想方面始终不能超出文明戏"。在舞台创作中，也是为了"激起官感的趣味"，他们不得不"用粗劣的富有刺激性的情节和穿插，不惜破坏人性，破坏情绪，破坏剧本的结构，而实际上做了与他们所标榜的人生的艺术相背驰的事"，从而脱离了真正的戏剧艺术。[2]

如果说向培良批判陈大悲等人过分追求"好奇"、"惊恐"、"赏玩残酷"的官能刺激而破坏了人性与情绪的表达，那么他对于丁西林的批判则主要集中于其"利用讽语，玩笑，炫耀聪明"，表现男女之间的神秘关系等"卑劣的趣味"。[3]这类剧本可以将暂时压抑的卑劣的欲望暂时转化为

[1] 参见向培良：《中国戏剧概评》，上海：泰东书局，1929年版，第2—5页。
[2] 参见向培良：《中国戏剧概评》，第21—24、29—30页。
[3] 参见向培良：《中国戏剧概评》，第43—44页。

一种错误的自我满足，却完全没有"人生，忠实的情绪现实底再现"，其空虚的漂亮的对话是毫无意义的，"与剧中的情节或情调毫无关系"。[1]无论是陈大悲还是丁西林，他们戏剧创作的性质皆属于"趣味底创造"，趣味是他们创作的出发点，也会成为他们"艺术的终结"。"趣味"、"教训"与"感伤"是"我们戏剧的核心"，"是从腐败的传统的旧文学里承袭下来的""红楼梦的幽魂"。[2]向培良要做的，就是赶走这种幽魂。

在批判"教训与感伤"的戏剧创作时，向培良较为集中地研究了郭沫若、田汉、白薇、郁达夫、陶晶孙等人的作品。在研究郭沫若的历史剧创作时，他毫不掩饰其对于郭沫若重教训轻艺术的创作观念的反感。在向培良看来，戏剧集《三个叛逆的女性》是"想要借三个女性来宣传他对于妇女运动的真理"，这本身就凸显了郭沫若"不了解戏剧不了解艺术"。他将这部戏剧集当作妇女运动的宣言，甚至作了长序解释自己的创作意图，但戏剧应该有独立的尊严，这样的历史剧创作不免"本末倒置"了。[3]在探究戏剧与历史的关系时，向培良认为"历史"应该是戏剧的背景。成功的历史剧是把剧中的人物放在某特定的历史时代的环境里面。人物的个性从环境中反映出来，根据变更人物所处的环境而变更人物的个性，所以在创作中可将某些历史人物移植到自己所处的时代，却没有权利借历史人物发挥新世纪的新思想。这也是向培良对郭沫若历史剧大加挞伐的重要原因。尽管历史剧可以杜撰人物，但所杜撰的人物应能够放置于"正确的历史环境"中，尽管戏剧人物和情节可以杜撰，但这种环境是不能杜撰的。所以从"历史"的角度讲，郭沫若的创作是失败的。与此同时，从"戏剧"的角度看，他创作的人物只是为了宣传自己的思想和主张，人物是脸谱化的，机械而无生命。在这里，向培良强调戏剧应该有自己的独立与尊严，忽视此点而让戏剧担负宣传与说教的使命，就会破坏戏剧艺术的生命。[4]

---

[1] 参见向培良：《中国戏剧概评》，上海：泰东书局，1929年版，第44—46页。
[2] 参见向培良：《中国戏剧概评》，第51—52页。
[3] 参见向培良：《中国戏剧概评》，第65—66页。
[4] 参见向培良：《中国戏剧概评》，第67—68、70—74、76页。

　　向培良批判郭沫若的历史剧创作注重说教而忽视了剧中人物的个性，那么田汉的失败则在于总是无法摆脱"人道主义者和社会主义者的面目"，在动手写剧本之后竭力将"教训"融入自己的剧本，从而和郭沫若一样"为他们的教训而牺牲了艺术"。《咖啡店之一夜》就是希望用悲壮的故事打动观众的心，表现"挣扎着的反抗着的人性"，但"作者却不能保持他的艺术，时时用他自己的手把他自己所创造的毁坏了"，造成这种状况的最主要原因即在于田汉希望给予观众"人道主义者似的教训"，"又有着时下流行的感伤的趣味"，从而忘记了自己的"真正使命"。[1]

　　对于在创作中兼顾着"教训"与"感伤"的田汉，向培良反对其"把戏剧放在人道主义之下"的主张，而对于偏重"感伤"导致作品无病呻吟忽略了真实情绪的白薇和郁达夫，向培良的批判则更加不留情面。他认为无法把握白薇作品中的"情绪"，不知道其中的"情绪""是怎么样发生的"，《琳丽》中对错综离奇的梦境的塑造并非"想表明一些特殊的情绪"，只是将其"想要表演而不敢表演的东西""通装进梦里面去"，而这硬装进去的只是"一些所谓美的有诗意的东西"，并没有"真的情绪"。[2]郁达夫的独幕剧《孤独者的悲哀》则充满"世纪末的精神"，"只看见衰弱和浅薄的自己怜伤，低能者的怪语与诅咒"。[3]这一类作品中的人物，是不敢反抗、不肯奋斗的"时代的落伍者"，没有正视现实的勇气，在逃避中躲入自己创作的虚伪的"艺术之宫"中，只有"矫饰的虚美"却没有真正的艺术。在向培良看来，真正的艺术才能感动人，才能让"真的情绪和人生底表现"引起共鸣，这种艺术需要"有真实的坦白的心的人"才能够感悟。无论是代表着"教训"的郭沫若、代表着"感伤和情绪底侮弄"的郁达夫，还是介于二者中间的田汉，他们的创造都不是艺术，也不是戏剧。因为"真的戏剧是应该忠实表现人生，忠实地传达情绪的"。只有忠实于

────────

[1] 参见向培良：《中国戏剧概评》，上海：泰东书局，1929年版，第58—61页。
[2] 参见向培良：《中国戏剧概评》，第85—86页。
[3] 参见向培良：《中国戏剧概评》，第80页。

表现人生的情绪，"才可以建筑起我们戏剧的生命来"。[1]

真情绪创造真戏剧。戏剧批评的目的在于实现真戏剧的理想，而真戏剧的核心则在于把握真情绪。在当时的戏剧家中，向培良较为欣赏陶晶孙和王新命。他大加赞赏陶晶孙的《黑衣人》，因为其"描写孤独，寂寞，恐怖和疯狂，描写在特殊时候的凄凉和失望"，"含着神秘的美丽的向往的心情"，"里面的情调，非常紧张而且静默，而从这紧张与静默中传出美和理想和现实底幻灭"，这样的作品"有着真挚的情调和完美的技术"。[2]王新命的作品《蔓罗姑娘》虽然在技术上不够完美，又夹杂着感伤的色彩，但可以从中看出"被压迫者的灵魂，同被压迫者的灵魂底孤苦奋斗，以及奋斗后失败的破灭"。在反对了低级卑劣的趣味、机械造作的教训、无病呻吟的感伤之后，向培良终于抽丝剥茧般地向世人呈现了其理想中的戏剧观念，即戏剧应该独立地表现人性、忠实地表现人类真实的情绪。但是"情绪"毕竟是抽象的概念，究竟何为情绪？如何表现情绪？向培良在其20世纪30年代的《剧本论》、《戏剧导演术》等著作中进行了进一步的分析。

二、"建立纯正的戏剧的基础"：向培良的剧作理论与批评[3]

在进行戏剧理论与批评研究的同时，向培良也是一位戏剧作家，对剧本创作有着独特而真切的体验。在1936年出版的《剧本论》中，向培良重点探索了戏剧动作与表现情绪的关系。

在向培良看来，戏剧文本与舞台表演是同源共生的，尽管现代的剧本可以不依赖舞台而拥有独立的生命，但是戏剧的本质在于它的舞台表演性，读的剧本只是一种变形。[4]在剧本创作中，向培良赞同"没有冲

[1] 参见向培良：《中国戏剧概评》，上海：泰东书局，1929年版，第79、87—88页。
[2] 参见向培良：《中国戏剧概评》，第89页。
[3] 本节包括向培良戏剧理论批评中对剧作和舞台等方面的研究。向培良话剧批评的核心在于把握真情绪，其对剧作与舞台理论的研究是对于"情绪"这一概念研究的进一步延伸，始终围绕"情绪"来开展论述，共同标志着话剧批评的成熟。
[4] 参见向培良：《剧本论》，上海：商务印书馆，1936年版，第1页。

突就没有戏剧"（no struggle no drama）的"冲突论"[1]，认为"一个剧本必须在有限的时间（通常约为两点半钟）和有限的空间（尽一个舞台所能表现的）以内表现一切。则以争斗和冲突为结构故事的基础亦是必然的了"。尽管斗争和冲突不是戏剧的主体，但也是"结构故事的中心"。"故事"指的是"人和其他力量相互之间的活动关系，而这种活动，则以动作（action）表现之。动作，是戏剧之最主要的部分，最早的戏剧……都是先有动作为其主体"。[2]由此看来，向培良将动作视为戏剧的主体，认为戏剧是用动作表现争斗和冲突的艺术。

然而，戏剧并非为动作而动作的艺术，动作的最终目的是为了表现情绪。在演出中观众最能直观感受的即动作与对话（dialogue），但是动作可以脱离对话而独立，使戏剧成为默剧，对话却不能脱离动作而独立。动作能够以最简单确切的途径引起情绪的波动，比语言更有力量。所以，"结构剧本，应以动作为基本条件"。——这一观点明显受到了戈登·克雷的影响，但也包含了向培良的个人思考：

> 所以结构剧本，应以动作为基本条件，此即戈登克雷（Gordon Graig）主张以傀儡代替演员的真正理由；他主张纯粹以动作为剧本的表现方法而排斥对话。不过照上面所讲的，动作之所以引起兴趣，主要地在于能够表现一个人的内心。所以浮面的动作，纵然写得很热闹，终不能成为良好的戏剧，不过是粗浅的感伤剧与笑剧（farce）而已。动作应有其更深的根底，即须从人的个性出发，显示其内心的活动，这才能够建立纯正的戏剧的基础。[3]

---

[1] 在西方戏剧理论中，关于"冲突论"的研究非常丰富。英国戏剧理论家尼柯尔就认为，所有的戏剧基本上都产生于冲突。把"冲突"确认为"戏剧的本质"而又建构成一个理论体系的，是法国戏剧理论家布伦退尔（1849—1906）。在他看来，戏剧要表现"自觉意志的行动"，当自觉意志的发挥遇到障碍时，不管障碍来自何方，都会与自觉意志发生冲突，即意志冲突。此后，美国戏剧理论家汉密尔顿将布伦退尔"自觉意志——意志冲突"的理论简化为"人与人的意志冲突"。英国戏剧理论家阿契尔则反对"冲突论"，认为戏剧的实质是"激变"。参见谭霈生：《戏剧本体论》，北京：北京大学出版社，2009年版，第15—22页。

[2] 参见向培良：《剧本论》，上海：商务印书馆，1936年版，第2页。直接引用部分标点符号即是如此。

[3] 参见向培良：《剧本论》，第3—4页。

"纯正的戏剧的基础"，源于符合人性的动作。但是动作究竟要如何表现才能构成这种基础呢？在向培良看来，任何的动作都有两方面的意义，一方面是"动作本身所引起的官能刺激"，另一方面则在于"动作所表示的情绪"。他援引梅特林克等人的理论，提出"使用动作，都在于借以表示内心的状态，而不从动作的本身引起观众的兴趣"。情绪要借由动作来表现。在某种程度上，情绪就是"内心的动作"，在舞台上要做的就是借用"体态的动作"显示"内心的动作"。[1]由此，创造情绪成为戏剧最重要的问题，利用对话、动作以及人物的个性来"正确地显示情绪"成为"一切好的戏剧的基础"。[2]为了展现符合人性的情绪，向培良推崇塑造个性化的角色。创造性格的第一步是实现对话和动作的一贯与统一，强调情调的一致，追求从内心发出的动作。因为只有塑造出了这样的动作，才是真实可信、合乎因果的，能够引起人们的同情。"良好剧本的基础"即在于"显明确定的性格"。[3]

在动作表现人性与性格方面，向培良以悲剧和喜剧作为研究对象，进行了较为细致的探讨，参见本章第二节中的相关论述。动作表现争斗和冲突，表现符合不同个性人物的情绪，是建立"纯正的戏剧的基础"。戏剧的本质在于用合理的动作表现真实的情绪。在对舞台表导演等方面的研究中，向培良更进一步地阐述了情绪之于戏剧艺术的作用。

三、"传达情绪"：向培良的舞台理论与批评

向培良关于戏剧舞台艺术的研究十分丰富，几乎囊括了导演、表演、布景、服装、灯光等舞台艺术的各个方面。他的这些研究始终贯穿着一个问题，即情绪如何呈现于舞台上。

---

[1] 在讨论外部动作与内心动作的过程中，向培良还提出"内心的动作"可以不依靠外部动作进行表现。但此观点的论述较为简单，并未说明如何不依靠外部动作来表现"内心的动作"，即情绪。参见向培良：《剧本论》，上海：商务印书馆，1936年版，第4页。

[2] 参见向培良：《剧本论》，第5—6页。

[3] 参见向培良：《剧本论》，第37、40—43页。

向培良的《导演论》，1936年由
商务印书馆出版。

　　向培良认为，戏剧是一种综合性的艺术，剧本是基础，导演则是剧场中的领导者。人类借用身体传达自己的情绪，显示自我的思想。戏剧艺术是人类行为的直观表现，需要剧作家、导演、演员等人合力完成。同时，戏剧艺术是"运动的艺术"，由人体的动作和声音，以及演员对于"人类直接的生活与活动"的呈现构成。既然要表现"人类直接的生活与活动"，戏剧就需要"恰当的环境，以造成适宜的情调与空气"。这也就包括了剧场、布景、灯光、服装及其他的舞台装饰。向培良受到戈登·克雷的影响，认为导演是剧本和演员的"中介"，将舞台、演员和剧本联合为一体。导演是舞台上的"领袖"，需要根据剧作家所写的剧本来设计所需要的环境，指导演员思考如何表现剧作家的思想，并经过排演将作品呈现于舞台上。[1]

　　戏剧艺术的生命在于将文本呈现于舞台上，导演成功的秘诀即在于调动舞台上各种元素刺激观众。在这些元素中，演员是舞台上的灵魂，所以向培良对于演员的创造力格外地关注。在遴选演员时，不应该以演员平日的个性来决定他们要出演的角色。因为"舞台不问人居心怎么样，更不问人平日的行为怎么样。舞台上所需要的是表现的能力"。所以导演应随时注意演员平日动作、声音等方面的改变，发掘演员内在的潜力。[2]指导演员的第一步就是教会演员如何观察，让演员们思考"以什么样的心情演角色"。对于此问题有两种解释，一种注重对日常生活中真实情绪的体验，另一种则倾向通过理智控制情绪，相同的情绪可以有不同的呈现方式。就前者而言，演员应先产生角色所应该有的情绪，如扮演革命者就应该有革命者的热情。演员受情绪的指挥，以实现所要表现的情感。而对后者而

---

　　[1]参见向培良：《戏剧导演术（第二版）》，上海：世界书局，1939年版，第3、8—9页。

　　[2]参见向培良：《戏剧导演术（第二版）》，第29页。向培良：《导演论》，上海：商务印书馆，1936年版，第14—15页。

言，演员表演时所需要的是理智而不是情绪。演员需要理智去了解他所要表现的是何种情绪，又需要理智去寻找表现情绪的方法。此种呈现的方式不需要演员的内在体验，这种体验对演员的情感塑造有害无利，因为情绪不可控制，可能"将带人到不可知的地方去"。向培良认为在舞台实践中应"折衷于这两种说法"。戏剧艺术要传达情绪，但传达的途径却是通过理智。演员要体验与控制自己的情感，研究以何种方式将相关的情绪更好地展现出来。比如，除了哭笑以外还有许多种方法可以表现悲哀、欢乐这两种情绪。人的情绪随时受身体的行动和环境的影响，演员身处相关环境做某种动作时，肯定会产生相应的情绪，经过切身的体验再通过理智将此种情绪传达出来，才能够实现"动作的和谐韵律的一致"以及情绪的融合，创造出优秀的舞台艺术。[1]

在舞台演出中，不仅演员要表现合理而恰当的情绪，舞台上的其他元素，如服装、灯光等，也可以传达戏剧的情绪，实现舞台艺术各方面的"调和"。向培良极为关注舞台上的"色彩"问题，认为"色彩主要地影响我们的情绪。故在任何戏剧，无不特别注重色彩"，这可以对人的心理和生理产生巨大的影响。[2]戏剧演出可能会在有限的空间和时间之内展现"整个的人生"，必须"抓住每一个人的情绪，要把观众的情绪充分激扬起来，又要使之镇静下去，所以非充分利用色彩这种原始的刺激不可"。所以涉及布景、服装设计等舞台色彩的部分必须相互合作以达到理想的效果。[3]这需要仔细研读剧本，同时为了避免喧宾夺主，在选择色彩时也要注意符合剧中人物的相互关系以及各自的情绪和个性，不可直接利用布景或服装的色彩来产生情绪，而只可以使其与情绪相互调和，使色彩能"合于情绪"。[4]

---

[1] 参见向培良：《戏剧导演术（第二版）》，上海：世界书局，1939年版，第35—36、39—40页。

[2] 参见向培良：《舞台色彩学》，上海：商务印书馆，1936年版，第1页。

[3] 参见向培良：《舞台色彩学》，第2页。

[4] 参见向培良：《舞台色彩学》，第29、42、63页。

　　在对舞台服装的单独论述中，向培良更加强调色彩应以表现性格和情绪为核心。他认为，舞台服装应有三种意义：一、历史的意义，即须具有历史的真实性，表明剧本的时代、人物、国家等。二、社会的意义，即须符合角色的身份、职业、环境等。三、性格的意义，即须与剧本所要求的角色的性格、情绪及剧本的情调相调和。在这三者之中，最后一条尤为重要，是服装设计者的最主要的职责，必须根据剧本的要求进行创造。同时还必须注意，服装会直接影响到动作的呈现，要根据演员的动作所呈现的情调来设计服装的样式。[1]服装不仅要表现角色的情绪，也要刺激观众的情绪，不仅要符合角色的性格，也要创造角色的性格。所以服装的颜色、线条、式样、材料等对于角色性格及环境的塑造就格外重要。颜色和线条可以直接影响情绪，所以是表现个性与情绪的主要工具，式样、材料则有利于环境的塑造，表现剧中需要的时间、民族、国界等。[2]

　　向培良始终在思考戏剧中的"情绪"应如何呈现，并从导演、表演、舞台设计等多方面进行探寻。表现情绪是戏剧艺术的本质，是其戏剧理想的最终旨归。只不过情绪终归是抽象的，难以把握。尽管对于真实情绪的追求体现了向培良对美好人性的探寻，但在某种程度上忽略了"情绪"之于现实与社会的作用。向培良在其1930年出版的《人类的艺术：培良论文集》中就提到艺术要反映时代和人类的精神，[3]但是关于戏剧艺术之于时代及社会的作用等问题，却在其20世纪30年代中期的剧本及舞台艺术的研究中鲜有提及。直到抗日战争爆发，向培良意识到戏剧应呈现民族的真实生活，应该将民众塑造为戏剧的主人公，戏剧应该为抗战的"基础力量"——农民大众服务，[4]从而将戏剧与时代和民众运动联系在一起。1940年，向培良《艺术通论》一书出版，其中借用弗洛伊德等人的理论解释了情绪产生的原因及作用，或许这可以算是向培良对自己之前研究的进一步探索与补充。

---

　　[1]参见向培良：《舞台服装》，上海：商务印书馆，1936年版，第4—5页。
　　[2]参见向培良：《舞台服装》，第6—7、31—32、34页。
　　[3]参见向培良：《人类的艺术：培良论文集》，南京：提拔书店，1930年版，第9页。
　　[4]参见向培良：《民族战》，重庆：华中图书公司，1939年版，"自序"部分。

20 世纪中国 戏剧理论批评史

[下卷]

主编：周 宁

山东教育出版社

目 录（下卷）

第十三章　“筑就我们的国家”：新中国戏剧批评的主要问题

第一节　概述

1942年5月，毛泽东《在延安文艺座谈会上的讲话》指出了20世纪后半叶中国戏剧发展的意识形态方向，1949年10月中华人民共和国成立，《在延安文艺座谈会上的讲话》成为国家文艺政策的最高纲领，不仅塑造着中国戏剧创作的基本形态，也划定了此后半个多世纪戏剧理论与批评的基本论述空间。建国后“十七年”戏剧理论与批评，就基本功能而言，与其他时期并无二致，都是一种判断、引导和框范；但又不同于其他时期，建国后“十七年”作为一段特殊的历史时期的描述，一种峻急的政治氛围的指代，[1] 其戏剧理论与批评又常常成为某种意识形态不加掩饰的直陈，而由不同的理论实践构筑的“批评空间”也体现为不同意识形态间交锋的场域。其中的整饬、标记与色彩以及彼此间隐而不彰的互动关联，既是诊断知识场域中各种文化位置变动重组的有效征候，更是感知戏剧生产中的文化架构更新的“绝对信号”。理论与批评源于问题。“十七年”戏剧理论批评有着相近似的核心关注，它们共同构建了一套价值观念和知识秩序，因此它们也分享了一种内在的、稳定的、同质性的理论品格。“十七年”戏剧理论批评正是其面对所处的时代，即新生的中华人民共和国生成的国内、国际情势，从戏剧艺术的角度直接或间接地对于时代命题参与和干预，其

---

[1] “十七年”指的是从1949年中华人民共和国成立到1966年“文化大革命”爆发之间这段时间，需要指出的是，“十七年”或“十七年戏剧理论批评”的命名本身就是一种叙事话语。

中的核心问题就是：新中国的戏剧艺术如何"筑就我们的国家"[1]？与此同时，国家的建立，也从制度的层面全面地为戏剧理论批评所履行的监督、控制、规训，甚至是对抗的话语职能提供基本的语境支持。

第二节　戏剧担负"国家艺术"使命

一、问题："筑就我们的国家"

"国家艺术"是一种制造"同意"的艺术，其根本目标在于营造"想象的共同体"[2]，于是，寻找准确的"想象的民族身份主体"（the supposed mainstay of national identity）[3]就成为"国家艺术"的首要关切。作为承载集体想象的最重要的公共领域之一的戏剧，被征用于构筑民族国家想象的做法并不新鲜。早在晚清时期，梁启超就已经在思考这个问题并付诸实践。在那些广为人们津津乐道的《论小说与群治之关系》、《小说丛话》、《饮冰室诗话》等名篇中，梁启超就论证了（包含在"小说"之中的）戏曲在凝聚民族精神时的功能。尤其是《论小说与群治之关系》一文更是把小说/戏曲的功能提升（也是夸大）到了无所不能的地步，即"欲新一国之民，不可不先新一国之小说。故欲新道德，必新小说；欲新宗教，必新小说；欲新政治，必新小说；欲新风俗，必新小说；欲新学艺，必新小说；乃至欲新人心，欲新人格，必新小说"。[4]晚清政局和思想的纷乱与无序造成了文化主体的阙失，而通过小说/戏曲"革命"来想象、建构这一主体

---

[1] 该表述借用自理查德·罗蒂。参见［美］理查德·罗蒂：《筑就我们的国家：20世纪美国左派思想》，黄宗英译，北京：生活·读书·新知三联书店，2006年版。

[2] "想象的共同体"（Imagined Communities）概念借用自本奈迪克特·安德森（Benedict Anderson）的名著*Imagined Communities: Reflections on the Origin and Spread of Nationalism*（London·New York: Verso, 1991）。

[3] 这一表述借用自周蕾（Rey Chow），参见Rey Chow, *Ethics after Idealism, Theory, Culture, Ethnicity, Reading*, Bloomington: Indiana University Press, 1998, pp. 113—116.

[4] 梁启超：《饮冰室文集之十·论小说与群治之关系》，见《饮冰室合集·2文集10—19》，北京：中华书局，1989年版，第6页。

不失为感时忧国的文人一展其文化政治（改良）抱负的一种有效手段。当然，这一眼光也是在欧美的启示下形成的，因为既然"欧美学校，常有于休业时学生会演杂剧者。盖戏曲为优美文学之一种，上流社会喜为之，不以为贱也"，[1]那么中国戏园同样作为"学校"，戏曲亦可作为"教材"。梁启超借用昆曲传奇的结构，挪用意大利民族复兴的题材写下的剧作《新罗马》[2]正是这种思考与尝试的成果之一，"新小说（戏剧）"与"新民"也正是在这种跨文化戏剧实践中确立为"手段"与"目的"的关系。等到帝制瓦解之后的"五四"时期，民族文化主体依然空缺，"以稗官之异才，写政界之大势"[3]的戏剧实践方式就被新文化运动者延续下去了。虽然后者曾激烈地抨击"戏曲"/"传统"，引进了另一种新的戏剧形式"话剧"扮演中国故事，但是晚清"小说界革命"的思想遗产和实践逻辑在"五四"一代激烈的"反传统"中却有着非常清晰而深刻的回响。比如对戏剧社会功能的倚重，以及由此而来的借戏剧对民族文化主体的塑造，还有跨文化的实践姿态等等都是老问题在新时空中改头换面式的再现与搬演。

　　如果借助于中国现当代戏剧历史的长镜头观察，晚清"小说界革命"与"五四""文学革命"之间的同与异决定了此后中国戏剧及其理论批评的基本问题。其中，戏曲和话剧形式本身所寄寓的民族文化属性与它们履行的构筑民族国家使命间的矛盾与纠葛，成为中国戏剧及其理论批评的原初性困扰，所有的问题都可以追溯到这个"原点"。"十七年"戏剧理论批评同样也处于这一脉络之中，自然也分享着其核心的时代关切。

　　中国的民族国家意识与西方的殖民主义是相伴相生的，[4]因此浮现

　　[1]梁启超：《饮冰室文集之四十五（上）·诗话》，见《饮冰室合集·5文集38—45》，北京：中华书局，1989年版，第91页。

　　[2]梁启超：《饮冰室专集之九十五·新罗马传奇》，见《饮冰室合集·11专集88—95》，北京：中华书局，1989年版，第1—24页。

　　[3]梁启超：《饮冰室文集之六·清议报一百册祝词并论报馆之责任及本馆之经历》，见《饮冰室合集·1文集1—9》，北京：中华书局，1989年版，第55页。

　　[4]本奈迪克特·安德森（Benedict Anderson）指出："19世纪的殖民国家（以及由之促生的政治集团）辩证地生产出了最终抵抗它的民族主义语法。"参见Benedict Anderson, *Imagined Communities: Reflections on the Origin and Spread of Nationalism*, London·New York: Verso, 1991, pp. XIV.

于文本的中国现代民族主义书写对"想象的民族身份主体"的追寻贯穿始终。上文已经指出，"五四"一代文人从晚清知识界的手中接过了建构国族文化主体的重任与方法，即通过"新小说"来"新民"；到了"五四"时期戏剧同样被包含在"文学"之中，[1] 通过"文学革命"来"改造国民性"。不再像梁启超那样借用戏曲的形式扮演西方民族复兴的故事来启迪民智，"五四"时期的戏剧（文学）革命恰恰是从批判戏曲本身所负载的意识形态功能开始的。与此同步，"戏剧"（后来被命名为"话剧"）也迅速得以从西方引进。既然戏剧的功能在于"改造国民性"，伸张具有独立意识的"个人"，那么，其主角必定是"国民"，题材也必须是"中国"故事。在"五四"时期的戏剧创作中，那个"想象的民族身份主体"往往由"平民"承担，所谓的"平民"基本上指的是"引车卖浆者流"，他们需要知识分子的启迪和思想改造，方可成为合格的"国民"。然而，在中国现代知识分子的文化实践中，对于"大众"、"平民"等表述往往和对于"西方"的援引是同步进行的，中国知识分子借助对于西方思想资源的引介和挪用实现中国的强盛，潜在地制造了作为"想象的民族身份主体"的"大众"与其书写诉求之间的断裂。[2] 因此，"五四"一代知识分子借"新剧"构建国族话语的实践似乎并不奏效。无论"五四"新文化倡导者的意愿如何，"平民"在其想象中始终是一个非常模糊的概念，它似乎是"都市"里面的贩夫走卒，也可能是"农村"里面的村夫野老。然而后见之明告诉我们，前者中能够识文断字的人读的是"鸳鸯蝴蝶"，迷的是"唱念做打"，后者多数目不识丁，热衷的是酬神社戏。启蒙文学与西式"新剧"中的"平民"人生真正波及到的往往是极少数寄身"都市"的知识青年，诸如怀揣着作为几天饭钱的铜元去到书店买《铁流》的电车售票员，他们显然不能够成为承担和负载"民族想象"的主体。在"平民文学"的倡导下，

---

[1] "五四"时期新文化倡导者对"戏剧"的"文学属性"的划分与倚重，正暗示了"五四"时期知识分子的国族政治抱负和文化实践策略，关于该问题的详细探讨可参见周云龙：《从书写符号拯救主体：重审五四时期的"戏剧文学"》，载《东南学术》，2010年第3期。

[2] Rey Chow, *Ethics after Idealism: Theory, Culture, Ethnicity, Reading*, Bloomington: Indiana University Press, 1998, pp. 113—116.

在"为人生"的大纛的指引下的"五四""新剧"作品，仍以"案头剧"居多，其极力想动员的"想象的民族身份主体"始终被屏蔽在文本之外，诚如张厚载所观察的那样，"但是纯粹的新戏，如今狠不发达。拿现在的社会情形看来，恐怕旧戏的精神，终究是不能破坏或消灭的了"。[1]更为尴尬的是，浮现在"戏剧"文本之中的"平民"则沦为知识分子"原初激情"（Primitive Passions）[2]的最佳投射对象。

"五四"时期借助"新剧"构建"想象的民族身份主体"的符号动员的挫败与失效，不能不引起后继者对其中的悖论的反省。20世纪20年代末期对于"五四""新剧"创作的回顾与检讨包含在对于"五四"时期文艺创作的整体性反思之中，这个时期的戏剧的核心关注仍然是国族文化主体的建构，只是这个主体已演变为"普罗列塔利亚"或"大众"。

郑振铎在《新文坛的昨日今日与明日》一文中分析对比了"五四时代的文学"和"五卅时代的文学"：

五四时代的文学	五卅时代的文学
一、个人的；	一、群众的；
二、普遍性的；	二、带阶级性的；
三、浮面的；	三、深刻的；
四、幻想的；	四、真实的；
五、旁观的；	五、参与的。[3]

---

[1] 张厚载：《我的中国旧戏观》，载《新青年》，第5卷第4号，1918年10月15日。

[2] 这一表述借用自周蕾，根据周蕾的描述，其基本含义是："在一个纠缠于'第一世界'帝国主义和'第三世界'民族主义力量之间的文化……原初性正是矛盾所在，是两种指涉样式即'文化'和'自然'的混合。如果中国文化的'原初'在与西方比较时带有贬低的'落后'之意（身陷于'文化'的早期阶段，因而更接近'自然'），那么该'原初'就好的一面而言乃是古老的文化（它出现在许多西方国家之前）。因此，一种原初的、乡村的强烈根基感与另一种同样不容置疑的确信相联在一起，这一确信肯定中国的原初性，肯定中国有成为具有耀眼文明的现代首要国家的潜力。这种视中国为受害者同时又是帝国的原初主义悖论正是现代中国知识分子朝向其所称的迷恋中国的原因。"参见周蕾：《原初的激情：视觉、性欲、民族志与中国当代电影》，孙绍谊译，台北：远流出版事业股份有限公司，2001年版，第43页。

[3] 郑振铎：《新文坛的昨日今日与明日》，见《中国新文学大系·1927—1937·第一集·文学理论集一》，上海：上海文艺出版社，1987年版，第259页。

从郑振铎的定性分析可以明显看出这一时期的文学议题是"阶级"，至于"群众"、"真实"、"参与"以及无从把握的"深刻"其实均由"阶级"生发而来——这是区分小资产阶级与无产阶级文艺的关键词和基本参数，[1] 虽然，在更多时候，作家们的创作证明了这些特性不过是一种理想。"文学的阶级性"的浮现促使"大众文艺"的倡导被紧锣密鼓地提上了日程。

在戏剧领域，郑伯奇通过对中国现代戏剧运动的"历史考察"，明确指出，"戏剧也同其他艺术一样，不站在前进的阶级的立场上，绝对没有发展的可能。若是规避斗争，不敢站在时代的先端，那种艺术一定没落，若是跟着落后的阶级，那种艺术一定流为反动。戏剧比任何艺术和社会的关系更密切，因而表示更为明显"。从戏剧的"阶级性"着眼，"普罗列塔利亚是现代负有历史使命的唯一的阶级。一切艺术都应该是普罗列塔利亚艺术。布尔乔亚艺术，就一般情势来讲，在半世纪前，还有它的进步的作用，自从入了帝国时代以后，它的进步性老早就消失了"。据此，郑伯奇断言："中国戏剧运动的进路是普罗列塔利亚演剧。"然而作者亦清醒地看到了这条路的重重障碍，这一走向至少面临着三重困难（或者说是矛盾）："一、普罗列塔利亚文化程度的低下；二、布尔乔亚文化的落后；三、封建社会文化的积久的惰性。"要走向"普罗列塔利亚演剧"，从"阶级"的角度盱衡并处理三种文化的关系颇为棘手：普罗文化与封建文化互相依附，其落后性需要布尔乔亚文化来净化和启蒙，而布尔乔亚文化的阶级性和"西方"性又是建构普罗文化的绊脚石。因此，普罗戏剧运动就需要一个"特殊的纲领"，郑伯奇认为需要从"四端"进行"长期的努力和斗争"："一、促成旧剧及早崩坏；二、批判布尔乔亚戏剧，同时要积极学得它的

---

[1] 参见《中国新文学大系·1927—1937·第一集·文学理论集一》里面的"历史回顾篇"专题内收入的文章，上海：上海文艺出版社，1987年版，第209—347页。还可以参见《中国新文学大系·1927—1937·第二集·文学理论集二》里面的"关于'革命文学'"专题内收入的文章，上海：上海文艺出版社，1987年版，第3—195页。

成功的技术；三、提高现在普罗列塔利亚文化的水准；四、演剧和大众的接近——演剧的大众化。"[1] 从郑伯奇的"戏剧比任何艺术和社会的关系更密切"的观点中，不难听到梁启超在晚清时期的戏剧观念的回声。而他提出的"四端"从表面看，有力地否定了"五四"的戏剧实践倾向，但在"阶级"分歧的背后，事实上是更为深刻地延续了"五四"的启蒙传统和"进化"的思维模式，因为郑伯奇在论证"普罗列塔利亚演剧"的合法性时，采用的逻辑和尺度依然是"进步性"与"时代性"。

　　我们不妨以田汉带领的文艺团体南国社为例来观察这一现象。田汉原是创造社成员，按照洪深的说法，"不是从舞台而是从文学走向戏剧的"。[2] 田汉在经历了"五四"的"新剧"运动之后曾面对一个巨大的困扰："不靠官府、不求资本家，搞'在野'的民众艺术运动，钱从哪儿来？就算能卖出戏票吧，可问题又来了——你不是要'为民众'吗？民众，尤其是那些挣扎在贫困线上的民众，哪有闲暇和余钱来看你的戏？另一方面，如果真像他在上海公演后所说的，戏剧要由'为民众'（for people）进到'由民众'（by people），那么自己在剧中所追求的那种'情'、那种'美'、那种'诗意'，能为那些被饥寒所迫的大众所理解和接受吗？"[3] 其实，南国社的戏剧实践面临的问题在本质上正是源自他们运用现代戏剧艺术营造的想象与现实世界存在着断裂和错位。根据田汉的自我剖白，所谓的"民众"与他们的戏剧实践根本就没有真正的联系，甚至谁是"民众"或者"民众"本身是否存在就是十分可疑的。田汉领导的南国社有着"波西米亚人"的热烈和反抗的激情[4]，有着这种文化习性的激进文艺青年一旦遇到合适的土壤，很容易从"文艺革命"走向"革命文艺"。于是，

---

　　[1] 郑伯奇：《中国戏剧运动的进路》，见《中国新文学大系·1927—1937·第一集·文学理论集一》，上海：上海文艺出版社，1987年版，第314、315页。

　　[2] 洪深：《导言》，见《中国新文学大系·戏剧集》，上海：上海文艺出版社，1981年版，第44页。

　　[3] 董健：《田汉传》，北京：北京十月文艺出版社，1996年版，第317页。

　　[4] 董健：《田汉传》，第296页。

随着20世纪20年代末期中国社会和文艺主潮的渐趋政治化，南国社在进行了"我们的自己批判"以后，便投入了轰轰烈烈的中国左翼文化运动。

到了1932年，田汉曾在其文章《戏剧大众化和大众化戏剧》里面毫不掩饰地表明："为着组织小市民层，过去的那种公演是证明了毫无力量，我们现在是要从许多'顾无为''张石川''刘春山'们去学习。这在专家们中间已有这样的决议而且开始了这样的运动，只有学会了他们所懂得的是什么，所喜欢的是什么，所要求的是什么，而给他们以恰恰适合的那样的东西，我们才能为广大的小市民层所有，才能叫他们听我们的话，跟着我们走。"[1]从"戏剧大众化"的实践指归看，"叫他们听我们的话，跟着我们走"的魅力丝毫未减；从其所属的实践空间看，都市仍是其中心；[2]唯一有所改变的是，知识分子开始把戏剧动员"大众"的实效作为一个问题提出来并进行了反思。但"大众"在其戏剧实践方案中依然没有着落，仍然是有待于知识分子帮助"提高水准"的一个匿名群体。这种不啻"自说自话"的实践规划其实是借助戏剧强化了阶级区隔，此时期的"大众"不仅面目模糊，而且暗哑无声。

在这个意义上，"左翼戏剧运动"的实质与"五四""新剧"运动的差别不过是"五十步"与"一百步"而已。1937年抗日战争的爆发，使戏剧的"民族性"问题再度凸现出来。1938年10月毛泽东在《中国共产党在民族战争中的地位》中讨论"马克思主义中国化"时指出，"使马克思主义在中国具体化，使之在其每一表现中带着必须有的中国的特性，即是说，按照中国的特点去应用它，成为全党亟待了解并亟须解决的问题。洋八股必须废止，空洞抽象的调头必须少唱，教条主义必须休息，而代之以新鲜活泼的、为中国老百姓所喜闻乐见的中国作风和中国气派"。[3]在这样的大

---

　　[1]田汉：《戏剧大众化和大众化戏剧》，见《中国新文学大系·1927—1937·第二集·文学理论集二》，上海：上海文艺出版社，1987年版，第379页。
　　[2]关于20世纪30年代的左翼戏剧运动与都市如上海的密切互动关系，参见葛飞：《戏剧、革命与都市漩涡：1930年代左翼剧运、剧人在上海》，北京：北京大学出版社，2008年版。
　　[3]毛泽东：《中国共产党在民族战争中的地位》，见《毛泽东选集》第2卷，北京：人民出版社，1952年版，第522—523页。

背景下，在1939年的延安，当时主要负责延安和陕甘宁边区戏剧组织工作的张庚倡议："要利用和改造旧形式不仅仅在为抗战作工具的意义上，而且在接受民族的戏剧遗产的意义上。要彻底转变过去话剧洋化的作风，使它完全适合于中国广大的民众。在这意义上，就把它们归纳成一句口号，就是：'话剧的民族化与旧剧的现代化。'"[1]

可以说，张庚提出的"话剧的民族化与旧剧的现代化"非常犀利地抓住了晚清和"五四"时期的戏剧实践所遗留下来的难题，即戏曲和话剧形式本身所寄寓的民族文化属性与它们履行的构筑民族国家使命间的冲突；同时，张庚的戏剧改进方案也把戏剧如何承担其国族使命的讨论提升到了一个新的理论层次，并且开启了稍后的解放区戏剧观念论述。

不可避免地，张庚的方案部署必须从对"五四"时期的"新剧"实践提出严厉的批评开始："这时期新的舞台剧不能说是中国民族在舞台上创作的贡献，而只能说是模仿，是近代技术的学习。如果讲到创作，一个中国的戏剧艺术家不懂得自己的民族，不懂自己民族中各阶级的生活，怎么能创作得出来呢？五四文化运动自从在各方面展开以后，都没能够向大众，向民族的底层深入，所以'五四'在文化上所贡献的是向西洋学习了许多近代的思想和技术，'五四'并没有创造出自己民族的新文化，因而也没有创造出新戏剧来。"[2]"左翼戏剧运动"同样疏离了"底层"、"大众"："话剧大众化的口号和运动，虽然有过许多的努力，虽然在整个的革命运动中起了若干的配合作用，虽然也培养出了少数的工人阶级出身的戏剧人才，但是并没有把新戏剧普遍地传播到大众中间去，使它成为大众自己的武器，自己的艺术，由大众自己来发展和创造它，因为这个缘故，左翼戏剧运动不能不自流地跟着走向了大剧场，走向了技术上的偏重，而

---

[1] 张庚：《话剧民族化与旧剧现代化》，原载于《理论与现实》，1939年第1卷第3期。见王运熙、张新主编：《中国文论选·现代卷》下册，南京：江苏文艺出版社，1996年版，第35页。
[2] 张庚：《话剧民族化与旧剧现代化》，见王运熙、张新主编：《中国文论选·现代卷》下册，第27页。

不能领导着它在大众中间创造出民族的新艺术的萌芽来。"与"五四""新剧"运动一样，"左翼戏剧运动"在张庚看来仍然不具备"创造""民族戏剧"的潜力，因为它同样没能找到真正的民族身份主体："大众化的问题结果只能在亭子间里面来冥想，至多，也不过在弄堂中间，极少数进步的加入了补习学校的工人中间去推行罢了。""亭子间"与"弄堂"显然是组构"都市"空间的基本单位，这种"空间局限"导致了"这个时期的戏剧运动，在旧戏的改革和话剧的大众化上，即是说，在戏剧的民族形式的创造上，并没有做多少，至少是没有意识地做多少工作。只是有了这种企图，萌芽了这种倾向而已"。[1] 由此看来，"大众"不能仅仅是"都市"中的"小市民"，其运作范围必须扩展到"都市"之外。

张庚在1933年曾任上海左翼剧联总盟常委，他对于"都市"戏剧的反思与批评别具象征意义——"戏剧民族化"似乎是知识分子的一次"知识返乡"。毛泽东在1939年5月发表的《五四运动》中指出，"知识分子如果不和工农民众相结合，则将一事无成。革命的或不革命的或反革命的知识分子的最后的分界，看其是否愿意并且实行和工农民众相结合。他们的最后分界仅仅在这一点，而不在乎口讲什么三民主义或马克思主义。真正的革命者必定是愿意并且实行和工农民众相结合的"。[2] 这一号召无疑为知识分子的"戏剧民族化"制定了方向，评价"戏剧的民族形式的创造"实绩的依据在于该戏剧实践是否找到了准确的民族身份主体，"都市"戏剧在这个方面显然是失败了，那么，在主观上，"戏剧工作者"只能到"广大的农村中间，民众中间去发展他的剧运了"，而抗日战争的爆发也直接促成了知识分子对于"农村"的深入。[3]

---

[1] 张庚：《话剧民族化与旧剧现代化》，原载于《理论与现实》，1939年第1卷第3期。见王运熙、张新主编：《中国文论选·现代卷》下册，南京：江苏文艺出版社，1996年版，第30、31页。

[2] 毛泽东：《五四运动》，见《毛泽东选集》第2卷，北京：人民出版社，1952年版，第546—547页。

[3] 张庚：《话剧民族化与旧剧现代化》，见王运熙、张新主编：《中国文论选·现代卷》下册，第31页。

中国现代戏剧的实践空间由"都市"到"农村"的转换背后，其实潜在地是由一个"阶级"与"民族"的此消彼长和互渗合作的过程在推动着。在民族危机深重的年代，过于强调"阶级"事实或完全无视"阶级"事实都会给抗战建国带来可怕的灾难，必须寻找一个恰当有效的名词来转移话题并在暗处填补社会鸿沟，这个名词就是"民族（国家）"。当准确的民族身份主体——"工农民众"被强有力的政治话语（指令）确认以后，知识分子的戏剧实践空间就必须转移，两个"阶级"在"农村"的会合，就自然而然地产生了两个戏剧"传统"，即"大都市的与农村中的"。两个戏剧"传统"的"合流"就是民族国家话语整合"阶级"的一个隐喻，知识分子在此贡献了一份不可忽视的话语力量。

"话剧"作为一种"都市"艺术，它与西方/殖民主义存在着某种深刻的联系，在其中潜在地包含着一个亟待解决的戏剧的"民族"身份问题；同时，布尔乔亚阶级的文艺实践亦依附于西方、都市文化，于是，戏剧的"民族性"与"阶级性"就可以借助没有明显的民族属性的"都市"空间进行置换，成为"二而一"的问题——当戏剧的"民族"身份被澄清并被"民族化"以后，"西方"、殖民主义文化等具有颠覆性的文化因素的危险就暂时不复存在，而依附于"西方"的小资产阶级也就随之消隐，因此戏剧的"阶级性"问题也就迎刃而解。"阶级"议题对于抗战建国来说，始终是一种具有破坏性的分裂力量，是构筑民族共同体的最危险的敌人和最大的干扰，在话语层面它需要被掩饰，在现实层面它需要被消泯，而戏剧"民族化"实践构想的基本职能即在于此。戏剧的"阶级性"是由知识分子/民众、西方/本土等二项对立构建出来的，但是现代民族国家的话语实践又不能完全拒绝西方的现代性模式，特别是在由西方引进的"进步的技术"方面。要掩盖这一基本的悖论，戏剧"民族化"的方案在用"民族"转译、替换"阶级"时，还必须重新生产现代戏剧的实践传统。张庚在《话剧民族化与旧剧现代化》里面成功地觅得了两个颇为中性的空间指称（"都市"与"农村"）来取代诸如知识分

子/民众、西方/本土等敏感语汇，使其戏剧"民族化"的规划既是"现代
的"，更是"民族（国家）的"，而不会是"阶级的"或者是"落后的"，甚
至"西方的"。如此，抗日战争中的戏剧实践就可以成功地弥合由血脉不
纯净的"现代"戏剧知识所制造的阶级区隔和民族身份困境，从而融入
到现代民族国家话语的大型交响乐演奏中去，"民族化"的实践方案也巧
妙地获得了轻易不会受到质疑的理论合法性。

　　从这个意义层面审视张庚的话剧"民族化"的倡导，它正是中国现代
知识分子和政治话语联手征用"农村"，并用"都市"同化"农村"的一
种实践。"农村"被转换为"国家"或者与"国民"发生意义关联时，"农
村"其实已经为"都市"书写所编码（比如自"五四"就已开始的"乡土
文学"创作），它已不再完全是某个本质意义上的地理空间的指称，而是一
个知识对象和想象力的运作场域。由此我们也可以看到"话剧民族化与旧
剧现代化"的理论倡导和实践方式在内在逻辑上与晚清及"五四"知识分
子的戏剧实践的一致性。

　　知识分子从"都市"进入"农村"这一象征性的空间转移和实践越界
行为，已经潜在地为"农村包围城市"的知识后果和实践格局埋下了伏笔。
1942年在延安开展了"整风运动"，是年5月，毛泽东的《在延安文艺座谈会
上的讲话》发表。从《讲话》的"结论"部分的核心问题即文艺为什么人服
务以及如何服务来看，这份文献承续了对于谁是中国历史主体的问题的思
考。《讲话》明确指出，"无论高级的或初级的，我们的文学艺术都是为人民
大众的，首先是工农兵的，为工农兵而创作，为工农兵所利用的"。[1] 不
同于晚清、"五四"及"左翼"论述的是，《讲话》对"人民大众"的界定相
当具体而明确，他们是"最广大的人民，占全国人口百分之九十以上的人
民，是工人、农民、兵士和城市小资产阶级"。毫无疑问，这种清晰的界定
仍是一种抽象的建构，"人民大众"仍是服务于民族国家话语的一个匿名群

---

　　[1] 毛泽东：《在延安文艺座谈会上的讲话》，见《毛泽东选集》第3卷，北京：人民出版
社，1952年版，第865页。

体，一个虚构的抽象概念。与晚清、"五四"及"左翼"论述另一重最大的不同在于，在组成"大众"的队伍中，知识分子（或城市小资产阶级）被阶级话语区隔至"底层"，虽然工人、农民"手是黑的，脚上有牛屎，还是比资产阶级小资产阶级知识分子都干净"。[1]因为《讲话》所具有的政治文件性质，它对既往的国族话语的承接与言说方式的翻转，在很大程度上决定了此后近40年包括戏剧在内的文艺作品的审美表达形式，用周扬的话说，就是"规定了新中国的文艺的方向"。[2]就戏剧而言，《讲话》所提出的审美形式的本质内容仍是张庚提出的"话剧民族化与旧剧现代化"，但是其实施方案不再由知识分子设计，而是以政治指示的方式直接发号施令。

"十七年"戏剧理论与批评基本上就是在《讲话》的论述框架内，对建构作为新中国主体的"人民大众"的戏剧审美形式的诠释、引申和商榷。

"旧剧改革"是"十七年"戏剧理论批评实践的第一个，也是最重要的一个领域。关于"旧剧改革"的开展，最核心的指导理论就是毛泽东提出的"推陈出新"，几乎所有"十七年"戏剧理论批评话语都与之发生着各种意义关联。裹挟在"十七年"戏剧理论批评话语最为紧张的激流漩涡中的话题，比如"戏改"、"历史剧"大讨论、"现代戏"问题、"鬼戏"争端、"题材"问题，还有"三大体系说"等，似乎都能听到"推陈"与"出新"之间的不和谐音。如果放开视野，我们从晚清借"新小说""新民"，到"五四"批判"旧戏"，再到"话剧民族化与旧剧现代化"和《讲话》这样一个实践脉络中，也不难发现"推陈出新"的思想源流，以及其中的文化政治寓意。因此可以说"推陈出新"是"十七年"戏剧理论批评的主题词。本文在这里拟对这一具有代表性的理论术语加以简要论述，探讨"十七年"戏剧理论批评的国族意义面向。

前文已经指出，晚清"小说界革命"与"五四""文学革命"之间的

---

[1]毛泽东：《在延安文艺座谈会上的讲话》，见《毛泽东选集》第3卷，北京：人民出版社，1952年版，第853页。

[2]周扬：《新的人民的文艺》，载《人民文学》，1949年创刊号。

同与异决定了后来中国戏剧理论批评的基本问题。晚清"戏曲改良"的成果之一如《新罗马》用昆曲的形式搬演西方民族复兴的故事，而"五四"则掀起"新剧"运动，批判戏曲，引进"话剧"构建中国的现实人生。二者都把戏剧作为想象现代民族国家的一种载体，但是戏剧形式本身并非一片意义真空，可以随意任人涂抹征用——无论是戏曲还是话剧都不言自明地负载着无法不言自明的民族文化属性，于是"本土"与"西方"、"旧"与"新"、"民族"与"殖民"、"传统"与"现代"等一系列表述时间、空间的二元对立项就与戏剧的形式和功能纠缠在一起，成为晚清以后的中国戏剧无法摆脱的尴尬与焦灼，中国戏剧实践也总是在不同的历史情势中因为上述概念而左右失据。直到中华人民共和国成立，"陈（旧）"与"新"依然是戏剧理论批评中令人头痛的难题。事实上，"推陈出新"中暗隐着"十七年"戏剧理论批评的"原罪"意识：如果"陈"意味着戏剧艺术（包括形式本身）中遗留的那些不可掌控的民间话语，那么"新"就有必要对"陈"进行改造，换句话说，就是用一种移植自"西方"的民族国家话语重释、发明"民间"，生产民族记忆，这无异于"弑父"行为。但是，戏剧作为艺术，其叙述缝隙并非国家话语所能够完全掌控，即使这种经过改造的"陈"也成了"新"，其中"陈"还是会泄露出来消解"新"；即使"新"能够全部实现，那时候的戏剧已不是戏剧，它将没有任何"语言市场"（linguistic market）[1]，结果是"新"变得毫无意义，呈自我消解状态，其"想象的民族身份主体"也无法建构。戏剧观众（"人民"）的接受惯例往往不会与"推陈出新"合拍，比如在"戏改"期间，"封建迷信"、"小市民趣味"都属于"陈"的范畴，涉及此类题材的戏目被禁或改以后，观众严重流失，几乎危及了戏剧行业的存在。"十七年"期间的"推陈出新"其实是一种借助戏剧构筑国家话语的实践策略，它不仅

[1]　"语言市场"（linguistic market）这一概念来自布尔迪厄，参见Pierre Bourdieu, *Language and Symbolic Power*, Edited and Introduced by John B. Thompson, Trans. by Gino Raymond and Matthew Adamson, Cambridge: Harvard University Press, 1999. pp. 37—42.

决定了这个阶段中国戏剧理论批评的核心问题,而且其中的悖论,也潜在地为此时期的戏剧理论批评设置了话语陷阱。

二、"国家"作为分析单元

"十七年"戏剧理论批评的核心问题是戏剧艺术如何"筑就我们的国家",但这并不意味着"十七年"戏剧理论批评研究的分析单元必然是单一的民族国家。既往最常见的研究模式总是把"中国"作为研究"十七年"戏剧或者其理论批评的基本单元,往往立足于这么一个假设:因为冷战的国际格局,新中国处于"闭关锁国"状态,戏剧艺术则严重"左倾",具有反启蒙、反现代的倾向。然而,这个假设需要进行检讨。

首先,"国家"是一个典型的元地理学(metageography)[1]概念,它往往是一种地缘政治的表述,而戏剧艺术与人为的政治实体并不完全一一对应。对这一前提预设不加反思地运用,将遮蔽全球戏剧艺术互动交流的自然生态状况,因为戏剧知识的生产和地形图并不依赖于元地理学的构图原则。所谓中国"十七年"戏剧理论批评,只是一种表述上的便利,中国"十七年"戏剧理论批评必定是全球戏剧理论批评的组成部分。

其次,"冷战"的国际格局并不构成新中国的"闭关锁国"状态,因为"冷战"本身就是一种关系描述。"冷战"作为"十七年"戏剧理论批评的背景,它至少为之提供了两种关系可能性:与"资本主义"阵营/"西方"/欧美戏剧思想的对抗关系,以及与"社会主义"阵营/苏联的追随关系。因此"十七年"戏剧理论批评既非新中国"内部"自生的事物,亦非"外部"影响的结果,它是关系的产物。

---

[1] 所谓"元地理学",即一整套被视为理所当然的空间结构,在这些地理"常识"背后,往往潜藏着一个隐形的空间秩序,进而形塑人类的空间想象,并构建出人们关于世界的知识。以西方为中心的元地理学知识不但发挥着宏观层面的国际政治领域中的意识形态权力,在微观层面也调动了人类对自身事务的所有全球性关照。这套习以为常的无意识空间结构和地理学框架操控着包括文学、历史学、社会学、人类学、经济学、政治学,甚或是博物学在内的诸多人文社会科学研究。参见Martin W. Lewis, Kären E. Wigen, *The Myth of Continents: A Critique of Metageography*, Berkeley and Los Angeles: University of California Press, 1997, pIX.

　　而且，"闭关锁国"在中国历史语境中很容易让人联想起"封建"、"帝国"这类描述，而"反启蒙"、"反现代"之类的表述似乎正是这一联想的顺延。当然，在既往的研究中也不乏严格的论证，比如"十七年"戏剧中"人"的淡出，"神"的出场，对于都市文明以及知识分子话语的拒斥等等现象。如果"十七年"戏剧艺术具有反启蒙、反现代的倾向，那么戏剧理论与批评则无疑是助长这种倾向的渊薮。但是，我们从"关系"的视角去观察"十七年"戏剧理论批评，就会发现既往的论述不仅在前提上立不住脚，更为可怕的是，这种研究路径已经构成了一种意识形态，其沿用的正是"冷战"式的非此即彼与二元对立的思维方式。这种研究立场不但使之无法对"十七年"戏剧或者其理论批评进行一种超越的批判性的考察，反而会构成一种话语上的危险合谋。

　　在"后冷战"的今天探讨"十七年"戏剧理论批评的关键在于"今天"，而不是"十七年"。所以，从既往研究的征候性问题中折射的意识形态光芒也要从"今天"的立足点上去分析。如果"十七年"时期的"中国"戏剧理论批评对应着蒙昧（"反启蒙"）、落后、传统或封建（"反现代"）的属性，那么，这套表述已经预设了一个本质化的"现代"标准。这个标准既有一个参照性的"五四"历史背景，同时还有一个始自"新时期"[1]的"实现四个现代化"语境作为依托。于是，中国现代历史被横切为三段：晚清到1949年、1949年到1976年、1976年之后，它们分别对应着"现代"、"反现代"与"现代（化）"的性质。这样的历史切分与叙述暗示了中国只有在和西方发生联系时才可能是"现代"的，或者说，"闭关锁国"的中国就是落后、蒙昧、非"现代"的，这种思维方式不仅继承了"五四""反传统主义"的遗产，而且参与了自"新时期"就已经开始的"现代化"交响乐大合奏。然而，这是一种"误识"，根本问题在于对"现代"的本质主义解读。如果从一种关系的视角重审"十七年"戏剧理论批评，就会发现它

---

　　[1]指代"文化大革命"结束后的时间段，即1976年之后。

并非既往研究所简单描述的那样，具有"反现代"的特质。

民族国家本身就是现代性的产物，"十七年"戏剧或者其理论批评作为一种"国家"戏剧不可避免地与现代性发生着意义关联。张庚在20世纪30年代末期提出的"话剧的民族化与旧剧的现代化"中的文化困境在"十七年"依然存在，而且是一个根本性的问题，建国后毛泽东在不同场合提出的"推陈出新"也正是应对这一困境的主要策略。"五四"时期从西方引进的"话剧"形式以及其中的"西方主义"话语，在20世纪30年代的民族危机中，在社会动员的效果以及文化主体性的凸显上，都显得力不从心，尤其是"西方"的概念与殖民主义有着千丝万缕的联系。但是"戏曲"形式及其负载的"地方性"、"民间"话语的所谓"封建性"无疑是中国步入"现代"的沉重负担，同时，"地方性"因素与"五四"时期的个人主义话语一样，都是构建民族共同体过程中的危险分裂因素。于是，重塑、发明一种既是现代的、又是民族的戏剧话语传统就成为必需。"话剧的民族化与旧剧的现代化"就是方案之一。中华人民共和国成立之后，"冷战"的国际政治格局使"西方""资本主义"阵营的文化观念成为"社会主义"阵营必须防范、免疫、警惕的东西。在这种情况下，"西方"、"资本主义"、"都市"都成为新中国戏剧必须剔除的因素，[1]寻找一种植根中国文化的现代民族国家的戏剧以及一套理论批评话语迫在眉睫。显然，"陈

---

[1]陈小眉（Xiaomei Chen）在讨论1960年代中国语境中的"西方主义"时指出，把中国当时的主流话语中的城乡二分法理论放在一个更大的世界革命语境中考察，可以看到一个第三世界的"农村"包围并最终战胜西方帝国主义的城市的期望。这一期望的下面存在着一个不断曼延的现代中国的反都市主义（anti-urbanism），其基本内涵就是对于作为外来统治者基地的都市和作为这些统治者的仆人的都市知识分子的深刻怀疑。陈小眉所说的这种"反都市主义"的根苗在这里似乎已经隐约可见。参见Xiaomei Chen, *Occidentalism: A Theory of Counter-Discourse in Post-Mao China*（Second Edition, Revised and Expanded），New York: Rowman & Littlefield Publishers, Inc., 2002, pp. 4.

汪晖亦指出抗战时期的"民族形式"论争的背后，"是关于如何评价'五四'文学运动，如何在民族战争背景下重新审视'五四'所确立的新/旧、现代传统、都市乡村的二元对立关系，如何处理1928年'革命文学'论争和30年代左翼文艺运动所建立起来的阶级论文艺观，如何在语言和形式上具体地理解地方、民族和世界的关系，等等"。参见汪晖：《汪晖自选集》，桂林：广西师范大学出版社，1997年版，第342页。

旧"的封建内容与构筑现代民族国家是抵触的，"都市"是"资本主义"的象征性空间，而封建因子在农村又普遍存在，但偏偏在落后、封建的农村保留着中华民族的文化根基和认同力量，那么改造本土戏剧的"封建"内容，使之成为"新"的现代的、中国的戏剧形式，进而塑造"新中国"的主体"人民"，[1] 就是提出"推陈出新"的现代性依据。这里姑且搁置"话剧的民族化与旧剧的现代化"或"推陈出新"的成效与后果不论，它们作为"十七年"戏剧理论批评的主要命题，其中包含着一个处于全球格局中的新生现代民族国家所面临的困境、矛盾和悖论。在这个意义上，可以说"十七年"戏剧理论批评是"现代"的，[2] 只是这种现代的立足点是全球格局中的中国经验。它的"现代性"来自于对全球殖民主义的主动回应，与"五四"时期移植自西方19世纪启蒙主义的现代性既有联系，也有区别。分析至此，我们似乎有必要对既往研究中的"反现代"论述加以审视。[3]

---

[1] 周蕾在其著作 Ethics after Idealism 中认为"人民"这一称谓是"大众"、"民间"和"底层"的另一种说法，她深刻地指出了"人民"这一概念的双重意义和意识形态功用：既被用来指代具有自足性和独特性的民族身份主体，同时它还被视为必须防止"西方"侵蚀的某种价值系统。Rey Chow, Ethics after Idealism: Theory, Culture, Ethnicity, Reading, Bloomington: Indiana University Press, 1998, pp. 113—116.

[2] 本文在这里要强调的是，笔者指出"十七年"戏剧及其理论批评的"现代"性质，并非就是要把批判锋芒仅仅转移到"西方"或"全球主义"，相反，"现代"在本文中毋宁是一种思维方法，而不是一个带有价值评判意味的描述性概念。本文对于"十七年"构成压抑性力量的主流意识形态同样持批判态度，事实上"十七年"戏剧及其理论批评的"现代性"同样依附于"西方"现代性的框架，其中不乏与殖民主义意识形态合作的成分，因为它深刻地吸纳了后者的逻辑前提。本文对既往研究的批评，根本意图在于指出本质主义思维模式的缺陷，它遮蔽了"现代性"的复杂性、多样性和无中心性。本文关于中国"十七年"戏剧及其理论批评的"现代性"的论述思路在许多中外学者那里都有所涉及。在笔者有限的阅读视野内，就有：帕尔塔·查特吉对民族主义与殖民主义的关系论述，参见［印度］帕尔塔·查特吉：《民族主义思想与殖民地世界：一种衍生的话语？》，范慕尤、杨曦译，南京：译林出版社，2007年版；乔治·E.马尔库斯和米开尔·M. J. 费彻尔对本土精英与西方启蒙思想的关系论述，参见［美］乔治·E.马尔库斯、米开尔·M. J.费彻尔：《作为文化批评的人类学：一个人文学科的实验时代》，王铭铭、蓝达居译，北京：生活·读书·新知三联书店，1998年版；以及汪晖的知名长文《当代中国的思想状况与现代性问题》，载《文艺争鸣》，1998年第6期中的相关论述。

[3] 本文对既往的"反现代"论述的批判性思考得益于贺桂梅《重读"二十世纪中国文学"》一文的启发，该文载于《当代作家评论》，2008年第4期。

显而易见，既往的研究是不承认本文所指出的"十七年"戏剧理论批评的"现代性"的。这意味着在既往的研究模式中，只承认一种血脉纯正的"现代"，那就是西方19世纪启蒙主义现代性。更为意味深长的是，"十七年"作为一段过去的历史时期，如果其戏剧及理论批评对应着"封建"、"落后"，那么，"新时期"则毫无疑问地对应着"现代"。把这种论述放置在"后冷战"、"现代化"以及急速启动的"全球化"语境中观察，不难发现其中与全球意识形态共谋的成分。美国学者雷迅马在其《作为意识形态的现代化：社会科学与美国对第三世界政策》一书中，精辟地分析了肯尼迪时期的美国主流社会科学如何追随国家意识形态，参与了政府的塑造第三世界的"发展"政策的行为。雷迅马指出，"现代化"理论在冷战时期，已经演变成一种关于进步的幻象，"即使当世界被正式地加以非殖民化后，现代化论者仍然在与贫困国家的固有'缺陷'的比较中界定'先进'国家的优点，论述与西方的联系必将对'落后'社会产生积极的连锁效应，宣称增进全球'发展'的途径之一是从美国过去的历史中得出正确的启示。现代化理论中似乎有一种以往传教士观点和帝国主义统治的混合物"。[1]我们把上面这段话的主语换成"戏剧"，把美国换成"西方"，正好可以描述既往研究"十七年"戏剧及其理论批评的内在理路。

在今天指出"十七年"戏剧及其理论批评的"反现代"性，除了知识分子在"泛政治化"年代结束后重温其久违的"启蒙"旧梦之外，潜在认同的正是"后冷战"时期弥漫全球的"现代化"意识形态，其中的中介因素就是中国在"新时期"启动的"四个现代化"建设理论。这种研究模式中暗含着一种"时间空间化"的逻辑，即"封建"与"中国"、"现代"与"西方"的一一对应，在价值上，则对应着"落后"与"进步"，这完全符合西方的殖民主义、帝国主义和全球主义意识形态的世界秩序构想。

---

[1]　[美]雷迅马：《作为意识形态的现代化：社会科学与美国对第三世界政策》，牛可译，北京：中央编译出版社，2003年版，第Ⅳ页，第97页。

1999年北京三联书店出版的福柯
《规训与惩罚》中译本封面。

另外还有两种新近的研究模式，它们的思路在表面上截然相反，然而在内在逻辑上却并无二致。一种是运用"规训与惩罚"[1]的套路，解构"十七年"政治话语对戏剧及其理论批评的严格控制与戕害，还有就是对"十七年"戏剧及其理论批评进行"去政治化"的审美解读。

就前者而言，在观念与方法上与前述"反现代"的研究模式可谓大相径庭，但是内在都源自一种否定的激情或"后见之明"——抵触国族政治话语对文艺进行政治编码的行为。"规训与惩罚"的研究套路在一定程度上有些"小题大做"，因为"十七年"戏剧及其理论批评中的国族政治话语是再也明显不过的"常识"，把繁琐的解构方法用于对戏剧或其理论批评叙事行为的"解码"，这种在一目了然的事实之上大费周章的做法无异于另一种"编码"，多少总是显得有些可笑。其所作的一切不过是用一些中国个案拙劣、重复地检验了西方理论的适用性或"普遍性"而已（这种套路在"样板戏"研究中似乎更为流行），这种研究正好等于搬演了一出"知识"的喜剧——行动严肃无比，内在却毫无意义。这种研究套路的危险之处还不在于其中没有问题意识，而在于它彻底地取消、遮蔽了真正的问题。利用"先进"的理论批判武器指责"十七年"戏剧及其理论批评的泛政治化倾向，潜在地表述了一种戏剧/社会的二元对立格局，在戏剧与社会之间划出一道不容逾越的界限，其实是反向复制了它意欲批判"十七年"戏剧及其理论批评的内在逻辑：因为戏剧作为国家政治制度的图解已经设定了戏剧/社会的二项对立，而运用解构的方法"拯救"出来的"纯粹"戏剧艺术依然被设定为社会的对立面，它并没能超出既往的思维

----

[1]　"规训与惩罚"借用自米歇尔·福柯，参见［法］福柯：《规训与惩罚：监狱的诞生》，刘北成、杨远婴译，北京：生活·读书·新知三联书店，1999年版。

模式。"纯粹"戏剧艺术事实上并不那么单纯、自足，它同样是另一种意识形态的潜在表达。这种"规训与惩罚"的研究模式看似犀利地穿透了问题的实质，事实上是对问题的再度遮蔽与取消，因为它更为深层次的遗憾在于对"十七年"戏剧及其理论批评中显在的政治话语进行解构，在一定程度上构成了对国族政治侵害戏剧艺术的难题的"想象的解决"[1]，最终的结果可能是对于苦难的潜在遗忘，进而导致对"新时期"隐性的国族/全球政治话语的无视和纵容。在这个意义上，"规训与惩罚"的研究套路与前文提及的"反现代"论述有异曲同工之处。

对"十七年"戏剧及其理论批评进行"去政治化"的审美解读的研究模式，这种刻意剔除政治因素、回归戏剧本体的思路往往与消费主义意识形态携手而至。"十七年"戏剧及其理论批评在这里被作为一种"怀旧"的材料（"红色经典"）进行消费，构筑一种想象的、已消逝的"激情岁月"。其背后

北京一家以"红色经典"为主题的餐厅。

隐喻的时代性问题与前述的两种研究模式一样：正是"（后）新时期"的全球化意识形态话语通过与人文知识界的合作，把经过学术包装的全球化（消费）意识形态在中国文化市场上巧妙推销。这三种常见的研究模式的根本问题都在于其研究单元局限于"新中国"，其中暗隐着"中国"与"西方"二元对立的论述结构。

三、一种关系视角

民族国家是全球化进程中的产物之一。建国后"十七年"戏剧理论批评实践无疑是全球化进程中的中国国家话语生产的组件之一，其中难免

---

[1] "想象的解决"借用自弗雷德里克·詹姆逊（Fredric Jameson），参见Fredric Jameson, *The Political Unconscious: Narrative as a Socially Symbolic Act*, Ithaca, New York: Cornell University Press, 1981, p. 79.

裹挟着超越了单一的民族国家的繁复多姿的思想资源。因此，"十七年"
戏剧理论批评的焦虑、渴望与愿景修辞都必须放置在一个全球语境中，一
种互动关系中才能够进行辨析、解读，呈示其复杂的历史面向。因此，正
如上述三种研究模式所昭示的那样，意欲对一种"国家"戏剧理论与批评
展开讨论，把分析单元局限在"中国"必定是不够的。比如，涉及"十七
年"戏剧理论批评的"现实主义"、"民族风格"、"历史真实"等概念本身就
隐含着构建国家戏剧的方式，如果仍然把研究局限在"国家"之内，势必要
循着上述概念的修辞方式思考问题，结果很可能是只看到理论批评实践的内
容，却看不到其内在逻辑。最终的研究可能只是历史文献的肤浅描述，而不
是深度阐释。当然，本文亦不简单否认既往研究把"中国"作为分析单元的
叙述方式的意义，这种研究自有其价值和合理之处。因此，作为一种对话、
一种补充，笔者尝试着将"十七年"戏剧理论批评作为"全球戏剧"的一个
组成部分，在一种文化互动关系中，对其进行一种跨文化的考察。

　　需要指出的是，"中国'十七年'戏剧理论批评史研究"，毫无疑问地
已经预设了一种线性的时间观念和"本土—全球"的空间格局。这对于
"史"的研究与写作的确不足为训，但它并不意味着其中的时空向度在学
术思辨中已经全然失效，最起码这一表述作为被断代的戏剧理论批评产生
的基本条件和言说语境仍然具有意义。因此，该项研究将仍然从这个时空
界定上开启。在这一前提之下，该项研究将在一种跨文化的关系主义视野
中，对不同的理论批评在以下三个层次上进行解析：一、"十七年"戏剧理
论批评实践是如何发生的？该问题涉及这个历史时段的文化批评场域的
"世界体系"与基本构成，需要分析各个文化位置的形成及其关系，它对
戏剧理论批评的产生具有形塑意义。其中，"冷战"的国际政治格局赋予
"十七年"的戏剧理论批评场域一种与"西方"对抗的特征，同时解放区
戏剧文艺思想和（1961年之前的）苏联戏剧理论成为其中最具号召力的
"符号资本"。这种与"五四"时期相对的"西方主义"倾向成为此时期
戏剧理论批评场域的主导性力量，并对"五四—左翼"的批评话语构成压

抑，两种"西方主义"的竞争成为"十七年"戏剧理论批评生产的结构性动力。二、"十七年"戏剧理论批评实践所倚重的理论资源是什么？其中发生了怎样的挪用、延续或断裂？该问题是对前一个问题的持续思考，它从知识类型学的角度探讨此时期戏剧理论批评的话语谱系。"十七年"戏剧理论批评的知识背景与理论资源颇为驳杂，彼此间既相互依赖又交互对抗。晚清的"文界革命"、"五四—左翼"文艺思想、西方19世纪启蒙现代性、解放区文艺思想（特别是毛泽东的文艺观）和苏联的戏剧思想之间的互动与关联，构成了"十七年"戏剧理论批评实践最基本的思想资源和知识动力。不同的戏剧理论批评与这些不同的资源之间既有挪用、承续，也有所断裂，彼此间的对话关系构成了"十七年"全球文化图式的一个"本土"缩影。三、不同的理论与批评话语之间呈现为怎样的关系？它从动态的视角考察这个时期的戏剧问题与时代命题间的隐喻关系，并思考不同的戏剧理论批评在构建自身合法性的过程中的"游戏"机制。在"十七年"的戏剧理论批评场域中，不同的理论批评话语所秉持的"斗争策略"以及其中蕴涵的"符号暴力"，暗含着全球语境中文化权力的"幻象"，其中的权力"误识"与全球语境中的权力话语构成了共谋关系，而自身的合法性也面临着自我消解的危机。

把"国家"作为"十七年"戏剧理论批评研究的唯一单元，很容易形成非历史化的理论盲区，无论应用的理论资源如何地"后"、"新"，始终无法避免这样一种研究困境：在一种非此即彼式的粗暴断语中，遮蔽某种戏剧批评现象的合理性，这种思维方式事实上正是颠倒地重复了研究者自身意欲否定的逻辑。学术研究的意义不在于做出常识性的价值判断，要指出"十七年"戏剧及其理论批评的缺陷并不困难，真正的问题在于阐释研究对象自身存在的合理性所在。之所以提出"十七年"戏剧理论批评研究的一种全球关系视角，一个主要的意图在于打破既往以单一的民族国家为立足点的研究格局，与既往的研究模式进行对话，构成一种具有启发性的补充，尽可能地反思并远离"非此即彼"的"十七年"批评模式。

第三节　"推陈出新"：一个"本土"的现代性方案

从"史"的角度看，"推陈出新"应该是"十七年"第一个用于戏剧理论批评的术语。更重要的是，"推陈出新"还是一个具有复杂内涵的象征性的文化方案，其提出与实施与中国自晚清开启的现代民族国家论述有着深刻的意义关联。

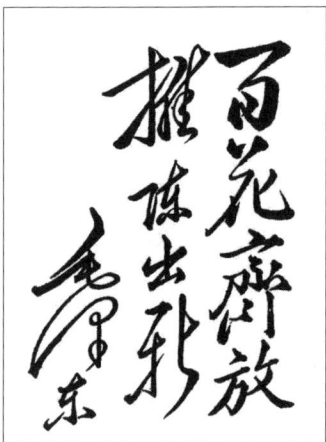

"百花齐放，推陈出新"，这是1951年中国戏曲研究院成立时毛泽东的题词。

在"十七年"时期，"推陈出新"的首次提出是在1949年7月27日，《人民日报》发表毛泽东为戏曲改进会的题词"推陈出新"，10月7日，中国戏曲改进委员会为贯彻"推陈出新"的文艺方针，在京举行演艺界座谈会。接下来，到了1951年4月3日，中国戏曲研究院成立，毛泽东为之题词"百花齐放，推陈出新"。1952年10月6日到11月14日，在文化部举办的第一届全国戏曲观摩演出大会上，周恩来详细阐明毛泽东提出的"百花齐放，推陈出新"的戏改方针。然后是1960年1月，《戏剧报》开辟了"关于'推陈出新'问题的讨论"专栏，批判张庚研究戏曲遗产的观点。再往后是1963年8月29日至9月26日，在文化部、中国剧协和北京市文化局召开的首都"戏曲工作座谈会"上再次讨论了"推陈出新"的问题，《戏剧报》对这次讨论进行了详细报道，"推陈出新"成为贯穿"十七年"的一个重要戏剧理论批评术语，同时也是一个经过深思熟虑的立足"本土"的现代性文化方案。

1951年4月3日，中国戏曲研究院在北京成立，梅兰芳任院长。

事实上，早在1942年10月10日延安平剧院成立之时，毛泽东就已经为其出版的《平剧研究特刊》

题词"推陈出新"。这意味着"推陈出新"的相关理念早在20世纪40年代初期就已经成熟，在这个意义上可以说这一戏剧批评术语的提出有两个语境：抗战与建国。"推陈出新"作为抗日战争时期的延安解放区以及新中国戏曲改进的指导方针，很明显地从属于晚清通过"新小说（戏曲）""新民"、"五四"时期批判"旧戏"、20世纪30年代末期"旧剧现代化"以及毛泽东的《在延安文艺座谈会上的讲话》[1]这一话语脉络。

"陈"与"新"在上述话语脉络中并非一种简单的描述性的价值判断，其中纠结着中国自近代以来在全球语境中文化定位的困境。晚清帝制的崩溃，西方列强的入侵，促使现代民族国家观念在本土的萌生。因为戏曲剧场所具有的"吸受此地空气之辐射，已觉此身已非我有"[2]之独特魅力，被近代知识分子视为"国之兴衰之根源"，[3]试图通过戏曲"输入国家思想"。[4]然而晚清戏曲在知识分子"改良"之前，在题材上"大都不出语怪、海淫、海盗之三项外"，[5]在形式上"陈陈相因，毫无新词"，"徒拘旧曲，令人生厌"，[6]在功能上"锢蔽民智，阻遏进化"，[7]这距离知识分子期望中的戏曲建构国族共同体的能力还相当遥远，其革新工作势在必行。

剧场空间是全球文化空间的缩影和隐喻。值得注意的是，晚清知识分子对于中国戏曲的态度是双重的：既大力鼓吹其"入人之深、行世之远"

---

［1］毛泽东：《在延安文艺座谈会上的讲话》，见《毛泽东选集》第3卷，北京：人民出版社，1952年版，第849—880页。

［2］健鹤：《改良戏剧之计划》，见王立兴：《中国近代文学考论》，南京：南京大学出版社，1992年版，第173页。

［3］无涯生：《观戏记》，见阿英：《晚清文学丛钞·小说戏曲研究卷》，北京：中华书局，1960年版，第72页。

［4］这一表述来自"今日欲救吾国，当以输入国家思想为第一义"，参见天僇生：《剧场之教育》，见阿英：《晚清文学丛钞·小说戏曲研究卷》，第57页。

［5］平子、梁启超等：《小说丛话》，见阿英：《晚清文学丛钞·小说戏曲研究卷》，第334页。

［6］无涯生：《观戏记》，见阿英：《晚清文学丛钞·小说戏曲研究卷》，第71页。

［7］箸夫：《论开智普及之法首以改良戏曲为先》，见阿英：《晚清文学丛钞·小说戏曲研究卷》，第61页。

的"使民开化"[1]功能，亦对其"卑陋恶俗"[2]的现状进行批评。同时，这种鼓吹与批评所依据的尺度也是双重的：一个是西方戏剧，另一个是中国古代正统儒家戏曲思想。梁启超曾指出"欧美学校，常有于休业时学生会演杂剧者。盖戏曲为优美文学之一种，上流社会喜为之，不以为贱也"，而中国古代戏曲搬演也曾用于"资劝惩，动观感"[3]。在批评中国戏曲现状时，晚清学者蒋观云以西方戏剧的"写实"性批评戏曲的"战争"场面："中国剧界演战争也，尚用旧日古法，以一人与一人，刀枪对战，其战争犹若儿戏，不能养成人民近世战争之观念"，[4]而戏曲的表现手法将导致"后人而为他国之所笑"。[5]与中国古代的移风易俗功能相比，当下的戏曲"仅借以怡耳而怪目也"[6]。在鼓吹与批评的标准整合中西方两种思想资源的过程中，中西方戏剧文化发生了汇流与参照。在这一过程中，以戏剧为中介，"今"似乎必须由"古"和"西"去为之定位，这种单向的评判方式暗示了晚清戏曲改良的方案。在思路上，"取旧日剧本而更订之，凡有害风化，窒思想者，举黜弗庸"，[7]"依其声调，改其字句，去腐败之点，进文明之思，或本民族主义、军国主义、及各种科学、实业"。[8]在题材上，写"虏酋丑类之慆淫，烈士遗民之忠芦，皆绘声写影，倾筐倒箧而出之"，[9]或"捉碧眼紫髯儿，被以优孟衣冠，而谱其历史，则法兰西之革命，美利坚之独立，意大利、希腊恢复之光荣，印度、波兰灭亡之惨酷，尽印于国民之脑膜"。[10]在方法上，"必也一一写

　　[1] 严复等：《〈国闻报〉附印说部缘起》，见阿英：《晚清文学丛钞·小说戏曲研究卷》，北京：中华书局，1960年版，第12页。
　　[2] 蒋观云：《中国之演剧界》，见阿英：《晚清文学丛钞·小说戏曲研究卷》，第50页。
　　[3] 天僇生：《剧场之教育》，见阿英：《晚清文学丛钞·小说戏曲研究卷》，第56页。
　　[4] 蒋观云：《中国之演剧界》，见阿英：《晚清文学丛钞·小说戏曲研究卷》，第50页。
　　[5] 蒋观云：《中国之演剧界》，见阿英：《晚清文学丛钞·小说戏曲研究卷》，第51页。
　　[6] 天僇生：《剧场之教育》，见阿英：《晚清文学丛钞·小说戏曲研究卷》，第56页。
　　[7] 天僇生：《剧场之教育》，见阿英：《晚清文学丛钞·小说戏曲研究卷》，第57页。
　　[8] 参见《绍兴戏曲改良会简章》，转引自王立兴：《中国近代文学考论》，南京：南京大学出版社，1992年版，第262页。
　　[9] 柳亚子：《发刊词》，载《二十世纪大舞台》，1904年第1期。
　　[10] 柳亚子：《发刊词》，载《二十世纪大舞台》，1904年第1期。

真，——纪实"。[1] 在表演上，"戏中夹些演说"[2] 或干脆"不用歌曲而专用科白"[3]。在题旨上，"以改革恶俗，开通民智，提倡民族主义，唤起国家思想为唯一之目的"。[4] 其中"民族主义"、"国家思想"、"科学、实业"、"碧眼紫髯"、"写真、纪实"、"演说、科白"等思想观念均有一个想象的"西方"作为参照背景。因为近代以来西方列强的入侵，在引进西方戏剧观念改良戏曲的跨文化实践背后既有中国与西方分庭抗礼的信心和期望，同时又有以敌为师的屈辱和焦虑。如此，晚清戏曲改良方案中的"古代"戏剧思想就可以被作为一种化解这种文化焦虑的民族传统，它和西方一道成为对抗"现时"压抑性的意识形态的资源。在这种论述中，以戏剧为隐喻，在价值层面上的"古代"是风俗淳厚的，意味着辉煌的民族根底，"西方"是文明富强的，暗示着未来的努力方向，而"现时"却是"卑陋恶俗"的，是需要罢黜的反价值。晚清戏曲改良过程中，"古代"、"西方"、"现时"这一组时空观念之间的繁复交错是剧场空间真正要呈示的内容，彼此间的关系组合隐喻着晚清知识界在全球（"万国"）中的自我文化定位。此后的戏剧革新方案及其面临的文化困境都能在晚清找到各自的根源，其中的对话、商榷甚至是歧异都未能脱出上述基本概念与时空组合图式。

晚清戏曲改良方案中存在着一个致命的陷阱：西方戏剧与中国戏曲是两种异质并列的戏剧形式，无所谓孰优孰劣。当知识分子把自己的价值判断和时空想象投射于其中，把西方现代戏剧观念与中国戏曲形式勉强进行混合叠加以服务于启迪民智之时，他们在实践的起点上就具有一厢情愿的性质。戏剧艺术的相对自律性以及观众的接受惯例将会对晚清知识分子的

---

[1] 健鹤：《改良戏剧之计划》，转引自王立兴：《中国近代文学考论》，南京：南京大学出版社，1992年版，第174页。

[2] 陈独秀：《论戏曲》，见阿英：《晚清文学丛钞·小说戏曲研究卷》，北京：中华书局，1960年版，第54页。

[3] 健鹤：《改良戏剧之计划》，转引自王立兴：《中国近代文学考论》，第175页。

[4]《招股启并简章》，载《二十世纪大舞台》，1904年第1期。

国族规划大计构成严重的干扰。当一种作为改良成果的"新戏"出现在国人面前，耗尽了其"保鲜"期和政治激情后，严苛的市场规律将对这种充满说教的"不中不西"[1]之剧进行毫不留情地淘汰，戏剧改良必然要惨淡收场。

"五四"一代文人在"改良新戏"终结的地方开始了其对于"新剧"的倡导。不同于晚清戏曲改良，"五四"时期的新文化倡导者把中国戏曲放在批判否弃之列，"不留余地"地直接引进西方的戏剧形式来表现中国的现实人生。比如新文化运动的骁将傅斯年就曾经指出，"未来的新剧，唱工废了，做法一概变了，完全是模仿人生真动作，没有玩把戏的意味了，——拿来和旧戏比较，简直是两件事。所以说旧戏改良，变成新剧，是句不通的话，我们只能说创造新剧"，"所以旧戏不能不推翻，新戏不能不创造"。[2]也就是说，傅斯年根本就不承认"旧戏"存在的合法性，在他看来，"旧戏"是不可能进化成"新戏"的，"新戏"的产生必须另行创造，而不是寄希望于"旧戏"的进化。钱玄同在一篇《随感录》里面也表达了同样的观点，"如其要中国有真戏，这真戏自然是西洋派的戏，决不是那'脸谱'派的戏……如其因为'脸谱'派的戏，其名叫做'戏'，西洋派的戏，其名也叫做'戏'，所以讲求西洋派的戏的人，不可推翻'脸谱'派的戏"。[3]从这里可以明显看出"五四""新剧"倡导者与晚清戏曲改良者的差异所在。

胡适在《文学进化观念与戏剧改良》一文中，通过参照"西洋的戏剧""自由发展的进化"，指出"中国的戏剧便是只有局部自由的结果"，"未能完全达到自由与自然的地位"，还带着诸如脸谱、嗓子、台步、武把子、唱工、锣鼓、马鞭子、跑龙套等"许多无用的纪念品"。在胡适看来，"局部自由"的"中国旧戏"正是中国黑暗、专制的统治下的产物，而"自由

---

[1] 雨苍：《致某君书》，载《新剧杂志》，1914年第2期。
[2] 傅斯年：《戏剧改良各面观》，载《新青年》，第5卷第4号，1918年10月15日。
[3] 玄同：《随感录》，载《新青年》，第5卷第1号，1918年7月15日。

与自然"的"西洋戏剧"对应的则是西方自由、进步的社会理念。"中国旧戏"不是没有进化，而是因为没能从"西洋戏剧"中取长补短，"便停住不进步了"。因此，在胡适的进化的文学观念中，"中国旧戏"可以说是"西洋戏剧"的低级阶段，其未来前景正是废掉了其负载的沉重的"遗形物"之后的中国的"西式戏剧"。[1]胡适在其进化的文学观念中，把中国戏曲放置在起点，视进步、自由、文明的"西洋戏剧"为"中国旧戏"的进化方向和未来目标；钱玄同批评对手"必须保存野蛮人之品物，断不肯进化为文明人而已"，[2]从而使他们的论述为西方中心主义思想所左右，中国戏曲成为停滞、愚昧、丑恶、野蛮的本土传统文化的载体之一。周作人更为明确地从世界戏剧史的角度指出中国戏曲在"文化程序"上的滞后性，他说："我们从世界戏曲发达上看来，不能不说中国戏是野蛮。但先要说明，这野蛮两个字，并非骂人的话；不过是文化程序上的一个区别词，还不含着恶意……野蛮是尚未文明的民族，正同尚未成长的小孩一般；文明国的古代，就同少壮的人经过的儿时一般，也是野蛮社会时代：中国的戏，因此也免不得一个野蛮的名称。"[3]而傅斯年等人根本就否认中国戏曲存在的合法性，在他们看来，"中国旧戏"作为中国"旧社会的教育机关"，"不能不推翻"，[4]因此，"旧戏本没一驳的价值；新剧主义，原是'天经地义'，根本上决不待别人匡正的"。[5]钱玄同也以嘲骂的口吻批判中国戏曲："旧戏索性把这种'阳秋笔法'画到脸上来了，这真和张家猪肆记卍形于猪鬣，李家马坊烙圆印于马蹄一样的办法。哈哈！此即所谓中国旧戏之'真精神'乎？"而刘半农则依据"个人经验"，谈到"平时进了戏场，每见一大伙穿脏衣服的，盘着辫子的，打花脸的，裸上体的跳虫们，挤在台上打个

---

[1]胡适：《文学进化观念与戏剧改良》，载《新青年》，第5卷第4号，1918年10月15日。
[2]钱玄同回复刘半农的信件《今日之所谓"评剧家"》，载《新青年》，第5卷第2号，1918年8月15日。
[3]周作人：《论中国旧戏之应废》，载《新青年》，第5卷第5号，1918年11月15日。
[4]傅斯年：《戏剧改良各面观》，载《新青年》，第5卷第4号，1918年10月15日。
[5]傅斯年：《再论戏剧改良》，载《新青年》，第5卷第4号，1918年10月15日。

不止，衬着极喧闹的锣鼓，总觉眼花缭乱，头昏欲晕"。[1]尽管胡适与傅斯年、周作人等人的改良方案不尽相同，但他们那种由中国到西方、从传统到现代的一元戏剧进化图式却毫无二致。

需要指出的是，新文化倡导者对于西方戏剧知识的挪用，背后是一种民族主义情感在做支撑。胡适在其《文学进化观念与戏剧改良》一文的最后指出，"大凡一国的文化最忌的就是'老性'，'老性'便是'暮气'。一犯了这种死症，几乎无药可医。百死之中，止有一条生路：赶快用打针法，打一些新鲜的'少年血性'进去，或者还可望却老还童的功效。现在的中国文学已到了暮气攻心、奄奄断气的时候！赶紧灌下西方的'少年血性汤'，还恐怕已经太迟了。不料这位病人家中的不肖子孙还要禁止医生，不许他下药，说道：'中国人何必吃外国药！'……哼！"显然，胡适的这段文字是在为他前面的戏剧进化观念陈述其文化主体性的根据，但这种陈述本身就意味着"新剧"倡导者内在的矛盾、焦虑的文化心态。近代以来的中国知识分子的民族主义与世界主义往往是水乳交融、一体两面的，而胡适本人信奉的世界主义就是以民族平等为基准的。[2]如此一来，胡适等人的戏剧进化观念事实上表达了他们对于（有待于中国现代知识分子创制的）本土文化与西方现代文化平起平坐的期望与想象，这种观念与晚清文人并无区别。然而，胡适等人规划的戏剧进化路径，事实上可能是一条不问收获的单程道——通过中国现代知识分子的跨文化戏剧实践，在很大程度上也是一个以"西方戏剧"文化审判"中国旧戏"文化的单向过程。戏剧空间作为全球文化汇流空间的一个微观体现，其内部结构隐喻着中西文化关系的基本图景。按照胡适等人对于戏剧革新方案的自我陈述，其民族文化的主体性既是破坏"中国旧戏"的依据，同时又是建设"西式新剧"的指归，那么，这种单向的批判很可能使其原本相当在意的"主体

---

［1］刘半农在"通信栏"发表的文字，载《新青年》，第4卷第6号，1918年6月15日。

［2］罗志田：《再造文明的尝试：胡适传（1891—1929）》，北京：中华书局，2006年版，第85—109页。

性"找不到其容身之地。因为如果"中国旧戏"的未来前景只能是"西式戏剧",那么这种戏剧进化观念也就意味着中国本土文化的未来除了接受西方现代性设计好的世界文化秩序之外,别无选择。这一潜在的文化困境可能是新文化倡导者所始料未及。周作人就曾经乐观地说:"其实将他国的文学艺术运到本国,决不是被别国征服的意思……既然拿到本国,便是我的东西,没有什么欧化不欧化了。"[1]显而易见,新文化倡导者最初对于"不含着恶意"的文化进化"程序"以及西方戏剧知识中可能隐含的话语殖民因素是估计不足的。

如果把晚清戏剧改良与"五四""新剧"倡导的方案所隐含的问题作一比较,就可以发现晚清知识分子所面临的文化困境的延续性。"五四"时期对戏曲的批判和对西方戏剧形式的引进是同时进行的,倡导"西式新剧"要以废掉"中国旧戏"为基础,反过来,废掉"中国旧戏"又必须以倡导"西式新剧"为指归。为了使"西式新剧"能够在传统文化势力强大的中国本土获得生存的机会,置身边缘的新文化倡导者不得不极力攻讦中国戏曲,于是,野蛮、丑恶、陈旧、落后、"非人"等一系列负面评价犹如排山倒海般覆盖在中国戏曲上,而其背后却是一种强烈的民族认同感。悖谬的是,这种原本意在摆脱沉重的民族历史重负,建构现代民族国家的跨文化戏剧实践却必须付出"自我东方化"[2]的代价,与之相反,这种反价值的本土建构的另一面则是自由、进步的美好西方想象。晚清戏曲改良中涉及的"古代"、"西方"、"现时"这一组时空观念及其隐喻的文化难题再次浮现,只是组合方式稍有不同。晚清知识分子在这种焦虑中保留了戏曲形式,然而最终失去了话语的市场;而"五四"一代文人在决绝地背离"传统"的表象下,从另一个层面与中国"传统"发生意义关联,即大力倡导"戏剧文学",攻击戏曲的"表演"特质,这正是本土知识分子在作为

---

[1] 周作人:《论中国旧戏之应废》,载《新青年》,第5卷第5号,1918年11月15日。

[2] "自我东方化"的具体论述参见[美]阿里夫·德里克:《后革命氛围》,王宁等译,北京:中国社会科学出版社,1999年版,第278—279页。

文化他者的西方戏剧文类特质中重新感知传统的知识载体的力量的表征，也是一个借用异域知识结构，再度赋予了传统的文字符号系统以想象中国的现代性的载体功能的过程。[1]

　　"五四""新剧"倡导对书写符号的倚重为"左翼"戏剧运动所继承，所谓的"大众"不过是知识分子在书写层面的建构与发明。到了抗战时期，这种书写符号本身具备的区隔（distinction）力量[2]构成的（"左翼"时期的）"阶级"鸿沟必须消泯或转化。因为在民族危机深重的年代，过于强调"阶级"事实或完全无视"阶级"事实都会给抗战、建国带来可怕的灾难，必须寻找一个恰当有效的名词来转移话题并在暗处填补社会鸿沟，这个名词就是"民族（国家）"。于是戏剧的"民族化"问题就出现了，其中最具代表性的文献就是张庚1939年在延安发表的《话剧民族化与旧剧现代化》。张庚的论述建立在对于"五四—左翼"戏剧传统的严厉批评上，即戏剧最终"走向了大剧场，走向了技术上的偏重，而不能领导着它在大众中间创造出民族的新艺术的萌芽来"，"大众化的问题结果只能在亭子间里面来冥想……"[3]事实上，张庚在这里运用了一个空间概念即"都市"为"五四—左翼"戏剧传统定性。由于抗战的特殊语境，"都市"显得尤其敏感——因为"都市"与"西方"、"殖民"等表述的意义关联使其很容易唤起中国人近代悲怆的历史记忆，所以"都市"戏剧在抗战时期必须走向负载着血脉纯正的民族属性的"农村"，才能担当起建构国族主体的符号动员重任。问题是不能对早已为晚清与"五四"知识分子充分论述过的戏曲（"农村"戏剧传统）的封建、落后、鄙陋性质视而不见，这些因素同样与现代民族国家的规划格格不入。那么，文明的、西式的"都

　　[1]参见周云龙：《从书写符号拯救主体：重审五四时期的"戏剧文学"》，载《东南学术》，2010年第3期。

　　[2]参见Pierre Bourdieu, *Distinction: A Social Critique of the Judgement of Taste*. Trans. by Richard Nice, Cambridge, Massachusetts: Harvard University Press, 1984.

　　[3]张庚：《话剧民族化与旧剧现代化》，见王运熙、张新主编：《中国文论选·现代卷》，下册，南京：江苏文艺出版社，1996年版，第30、31页。

市"戏剧传统即可发挥这一教育、提高的功能。晚清戏曲改良与"五四"新剧倡导中出现的文化困境再次以"古代"、"西方"、"现时"等时空观念的关系组合问题出现了，不同的是，此次以"都市"、"农村"、"民族"等概念转喻了"古代"、"西方"和"现时"。

"话剧民族化与旧剧现代化"论述根据其抗战建国的语境虚构的两种戏剧传统依然无法解决"五四—左翼"戏剧传统的问题。因为"话剧民族化与旧剧现代化"预设的实践主体是进入"农村"的知识分子，其最终的结果是在"都市"/"西洋"提供的民族志范文和视觉结构中，"农村"/"本土"传统被生产出来，并被指代为一个虚幻的、有待于"现代化"的"中国"。

1942年5月毛泽东的《在延安文艺座谈会上的讲话》发表，虽然以政治指令的方式翻转了此前从晚清到20世纪30年代末期文艺实践中的"知识分子"与"人民"/"大众"的关系，但仍然要面对此前的民族国家文艺难题。毛泽东在《讲话》中指出，"必须继承一切优秀的文学艺术遗产"，"作为我们从此时此地的人民生活中的文学艺术原料创造作品时候的借鉴"，"决不可拒绝继承和借鉴古人和外国人"。[1]这样的表述似乎可以作为他在10月提出的"推陈出新"的一个注脚，在某种意义上，可以说后者是前者在戏剧领域的具体落实。

"陈"与"新"这样的时间性表述已经暗示了这一理论术语对于既往"古代"、"西方"、"现时"等时空观念的关系组合问题的承续。从就事论事的角度看，"推陈出新"是一个针对解放区以及新中国的戏曲指导性理论，但是，从其涉及的问题而言，它其实是一个现代民族国家的文化方案。"推陈出新"的提出有两个不同的语境，一个是抗日战争，另一个是社会主义新中国。就1942年的"推陈出新"而言，可以说是"话剧民族化与旧剧现代化"的另一种表述。但是，启人深思的是到了1949年，言说语

———

[1] 毛泽东：《在延安文艺座谈会上的讲话》，见《毛泽东选集》第3卷，北京：人民出版社，1952年版，第862页。

境已经发生了"天翻地覆"的变化的情形下，"推陈出新"作为新中国的戏曲改进工作指导方针依然有效。因此，可以说新中国的成立并不意味着与之配套的文化已经形成，相反，仍是一种未完成的状态，另一方面，"推陈出新"的这种跨语境性也意味着"十七年"戏剧理论批评与20世纪40年代文艺思想的深刻联系。结合晚清、"五四"的戏剧革新所遭遇的悖论，在"国家戏剧"的构建过程中，中国戏剧一直依赖于"西方"的"东方主义"视觉结构，因此在文化隐喻的层面上，中国的现代民族国家话语的形成首先就要依赖于"西方"的凝视，或者说现代"中国"的形成部分地源自"西方"的话语形塑。那么，新中国成立的同时也宣告了一种文化危机意识，即来自于西方殖民意识形态凝视的"中国"的主体性何在？如何建构？其实，毛泽东在1942年发表的《讲话》中就已经思考了这个问题并给出了答案，他说："人类的社会生活虽是文学艺术的唯一源泉，虽是较之后者有不可比拟的生动丰富的内容，但是人民还是不满足于前者而寻求后者。这是为什么呢？因为虽然两者都是美，但是文艺作品中反映出来的生活却可以而且应该比普通的实际生活更高，更强烈，更有集中性，更典型，更理想，因此就更带普遍性。革命的文艺，应当根据实际生活创造出各种各样的人物来，帮助群众推动历史的前进。"[1] 显然，中国的主体是"革命的文艺"塑造出来的"群众"，建构的途径就在于用"更带普遍性"的"革命的文艺"创造这一主体，具体方法就是"普及"与"提高"。关于"普及"与"提高"，毛泽东说："普及工作和提高工作是不能截然分开的。不但一部分优秀的作品现在也有普及的可能，而且广大群众的文化水平也是在不断地提高着，普及工作若是永远停止在一个水平上，一月两月三月，一年两年三年，总是一样的货色，一样的'小放牛'，一样的'人、手、口、刀、牛、羊'，那末，教育者和被教育者岂不都是半斤八

---

[1] 毛泽东：《在延安文艺座谈会上的讲话》，见《毛泽东选集》第3卷，北京：人民出版社，1952年版，第863页。

两？这种普及工作还有什么意义呢？……我们的提高，是在普及基础上的提高；我们的普及，是在提高指导下的普及。"[1] "推陈出新"的观念即生发自《讲话》所勾画的意义框架。

"在传统被发明的地方，常常并不是由于旧方式已不再有效或是存在，而是因为它们有意不再被使用或是加以调整。"[2] 如果"陈"也可以视为一种"传统"，那么就中国戏曲而言，"陈"与"新"均有其意义脉络。"陈"即陈旧、落后、鄙陋，是封建中国（民间文化）的象征，是制造"同意"、动员民众的现代民族国家戏剧的沉重负担，在改进工作中是需要摒弃、"提高"的对象；"新"与"陈"相对，是先进、文明、强大的现代中国（人民文化）的未来愿景，是一个未完成的目标，是对过去和现时的否定。但是，具体到解放区以及"新中国"的语境中，"推陈出新"的内涵在原有的意义脉络中又出现了新的复杂的维面。按照1940年1月9日毛泽东在陕甘宁边区文化协会第一次代表大会上的讲演《新民主主义的政治与新民主主义的文化》[3] 所说的："中国革命到了今天，它的意义更加增大了。在今天，是在由于资本主义的经济危机和政治危机已经一天一天把世界拖进第二次世界大战的时候；是在苏联已经到了由社会主义到共产主义的过渡期，有能力领导和援助全世界无产阶级和被压迫民族，反抗帝国主义战争，打击资本主义反动的时候；是在各资本主义国家的无产阶级正在准备打倒资本主义、实现社会主义的时候；是在中国无产阶级、农民阶级、知识分子和其他小资产阶级在中国共产党的领导之下，已经形成了一个伟大的独立的政治力量的时候。""这个中国革命的第一阶段（其中又分为许多小阶段），其社会性质是新式的资产阶级民主主义的革命，还不是无

---

[1] 毛泽东：《在延安文艺座谈会上的讲话》，见《毛泽东选集》第3卷，北京：人民出版社，1952年版，第864页。

[2] 埃里克·霍布斯鲍姆：《导论：发明传统》，见［英］E.霍布斯鲍姆、T.兰格编：《传统的发明》，顾杭、庞冠群译，南京：译林出版社，2004年版，第10页。

[3] 这篇演讲后来刊载于1940年2月15日延安出版的《中国文化》创刊号，同年2月20日在延安出版的《解放》第98、99期合刊登载时，题目改为《新民主主义论》。

产阶级社会主义的革命，但早已成了无产阶级社会主义的世界革命的一部分，现在则更成了这种世界革命的伟大的一部分，成了这种世界革命的伟大的同盟军。这个革命的第一步、第一阶段，决不是也不能建立中国资产阶级专政的资本主义的社会，而是要建立以中国无产阶级为首领的中国各个革命阶级联合专政的新民主主义的社会，以完结其第一阶段。然后，再使之发展到第二阶段，以建立中国社会主义的社会。"[1]

毛泽东为时代做出的"全世界无产阶级和被压迫民族，反抗帝国主义战争，打击资本主义反动"定性判断意味着"推陈出新"的"陈"与"新"不同于既往，"陈"不仅指代封建中国，还指代晚清以降的中国都市文化，"腐朽"的资产阶级意识形态就寄居其中，"新"既延续了晚清、"五四"现代民族国家的内涵，还在其中明确地增加了"反资本主义"的内容。因为中国的现代国族意识来自于西方的殖民，如果说"推陈出新"的根本意义在于建构国家主体，那么一个"资本主义西方"的"他者"就成为必须。这个"西方"既是建构自我的对应物，又是现代民族国家文化建设中必须提防的东西。正是因此，毛泽东在1949年8月发表的《别了，司徒雷登》中豪迈地说："多少一点困难怕什么。封锁吧，封锁十年八年，中国的一切问题都解决了。"[2] "他者"愈明确，主体愈清晰。"西方"于"新中国"而言，正是一个构建主体的想象的"他者"。这个"他者"在"十七年"戏剧中有各种变体，渗透在各个层面，比如都市、小资产阶级、市民趣味、现代派、享乐思想、日常生活、个人等等，这些文化符码均演变为"西方主义"的话语对象。

"推陈出新"作为一种戏剧理论批评话语，它不仅以"西方"为"他者"，建构戏剧以及理论批评的"西方主义"话语，同时还在构建着本土的"东方主义"话语。在这个层面上，所谓的"普及"与"提高"针对的

---

[1] 毛泽东：《新民主主义论》，见《毛泽东选集》第2卷，北京：人民出版社，1952年版，第664、665页。

[2] 毛泽东：《别了，司徒雷登》，见《毛泽东选集》第4卷，第1500页。

就是"封建"、"落后"的本土"广大群众"，事实上，建国后"落后"群体又把来自都市的小资产阶级也囊括其中了。这里体现出一种社会主义美学对于资本主义美学的想象性征服和瓦解。源自解放区思想资源颇为驳杂的"革命文艺"成为唯一的创作尺度，它既是"推陈出新"的教材，也是"推陈出新"的方向。

"推陈出新"这一概念在"十七年"戏剧及其理论批评中整合了三种话语，即否定意义上的"西方主义"和双重意义上的"自我东方化"，其基本内涵是腐朽的"西方"、落后的"封建中国"以及灿烂的民族文化和悲壮的民族历史。这三种话语在政治家的论述中似乎清晰可辨，水火不容，在一种规划出来的稳定关系结构中迈向光明的"中华民族的新文化"的未来乌托邦。然而，不无悖论的是，从"推陈"到"出新"这一表述中，不难看到一去不返的线性时间之矢的隐喻，这一线性的空间、价值想象，正印证着这一戏剧改革方案与西方现代性的深刻联系。另一方面，"推陈出新"作为"十七年"戏剧的指导性理论，在具体落实时偏偏构成了与其初衷相悖的众声喧哗的局面，其中的民间资源、西方启蒙主义文化和官方话语彼此纠缠、商榷、借重，构成了它自身巨大的阐释弹性和空间。事实上"推陈出新"的论述可能只是"冷战"意识形态在戏剧领域中的一个隐喻，并非一个超越历史的绝对真理，它是对历史遗留的一系列难题和文化困境的继承与思考，自身已附带了沉重的历史重负，在不同的立场上、语境中可能有着不同的解读。毋宁说，"推陈出新"是一个植根于本土经验的现代民族国家文化建设方案，它为"十七年"戏剧及其理论批评实践提供了一个话语交锋的场域。

第四节　"（反）历史主义"史剧观：空间的时间化

1944年1月9日，毛泽东在观看了延安平剧院演出的京剧《逼上梁山》后，连夜给该剧的编导杨绍萱、齐燕铭写信："历史是人民创造的，但在

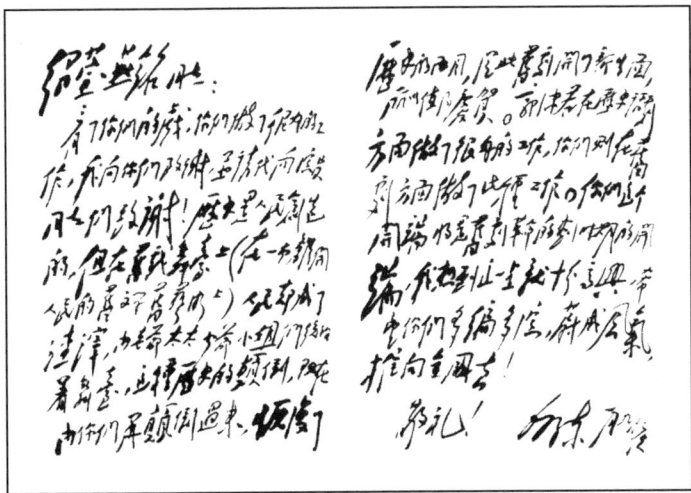

1944年1月9日，毛泽东在观看了延安平剧院演出的京剧《逼上梁山》后，连夜给该剧的编导杨绍萱、齐燕铭写的信件。

旧戏舞台上（在一切离开人民的旧文学旧艺术上）人民却成了渣滓，由老爷太太少爷小姐们统治着舞台，这种历史的颠倒，现在由你们再颠倒过来，恢复了历史的面目，从此旧剧开了新生面，所以值得庆贺。郭沫若在历史话剧方面做了很好的工作，你们则在旧剧方面做了此种工作。你们这个开端将是旧剧革命的划时期的开端，我想到这一点就十分高兴，希望你们多编多演，蔚成风气，推向全国去。"[1] 毛泽东对《逼上梁山》的表扬的要点在于这出戏的开创性，即这部戏曲历史剧对于既往历史观念的有力颠覆。

在戏剧理论批评"史"的层面上，这封书信有四个方面的问题值得注意：一、由于戏曲题材的古典性质，毛泽东的评论无意中把戏曲历史剧的"历史"外延扩大到无边，似乎所有戏曲扮演的"非现代"故事都可以视为"历史"；二、毛泽东对于郭沫若的历史话剧的褒扬，意味着他对既往历史剧创作传统的主动接续，京剧《逼上梁山》就此被纳入这一脉络之中，同时被赋予了创造性和过渡性，于是，这封信就像一种"蒙太奇"手法，把20世纪上半叶中国历史剧创作与1949年后的历史剧创作进行了跨越时空的剪辑、对接；三、毛泽东对于戏曲历史剧的遗憾与期望，暗示了"历史"不过是一种"故事"（叙事），其"面目"可以在不同的言说主体之间

---

[1] 毛泽东：《致杨绍萱、齐燕铭》，见中共中央文献研究室编：《毛泽东书信选集》，北京：中央文献出版社，2003年版，第199页。

发生变化；四、毛泽东对戏曲历史剧的思考正是其"推陈出新"的理论指示的一种具体落实。这四个问题在很大程度上框范了"十七年"关于历史剧的理论批评的题旨。

时隔八年，1951年8月杨绍萱的《新天河配》（又名《牛郎织女》）在全国上演，并在11个以"牛郎织女"为题材的戏曲中成为被关注的剧作。《新天河配》被关注的原因在于其争议性："大半经过种种不同程度的改编，但其中也发现有不少的缺点或错误。"[1] 同年8月31日刊出的《人民日报》上发表了艾青的文章《谈〈牛郎织女〉》，这篇文章事实上并非针对杨绍萱的《新天河配》而作，其中涉及了几种改写与整理神话的倾向，杨绍萱的《新天河配》在艾青的文章中只是"重新构造新的情节，借神话影射现实"这种创作倾向的一个例子。艾青发现在《牛郎织女》的演出中，有一类"经过很大的修改，或是全部重写，增加许多情节，或是重新构造新的情节，借神话影射现实，结合目前国内外形势，土地改革，反恶霸斗争，镇压反革命，抗美援朝，保卫世界和平等等。这一类占数目最多……这些剧本，把原来的神话传说一脚踢开，完全凭各人自己的构思能力来重新创造"。其中，"杨绍萱的剧本里，老黄牛竟唱了鲁迅的诗'横眉冷对千夫指，俯首甘为孺子牛'；当村民赶走长老时说'你那老一套，现在用不着'，'你这个老迷信，现在要打倒'之类的话；剧情里，也贯穿了和平鸽和鸥枭之争，用以影射目前的国际关系，最后是以'牛郎放牛在山坡，织女手巧能穿梭，织就天罗和地网，捉住鸥枭得平和'为结尾"。[2] 这种创作倾向的特征是："……杜撰许多情节，把这些情节生硬地掺和在里面，使原有神话的线索完全模糊了，他们喜欢借任何一个人物的嘴，来发表一些危言耸听的所谓'哲理'。"针对这种倾向，艾青指出："我们不是一般地反对影射，我们反对完

艾青像

［1］《本社组织〈天河配〉座谈会》，载《人民戏剧》，1951年第3卷第5期。

［2］艾青：《谈〈牛郎织女〉》，载《人民日报》，1951年8月31日。

全不根据历史事实和原有传说的情节，随便加以牵强附会的许多所谓‘暗喻’。”[1]

艾青可能没有意识到，自己的文章竟激怒了杨绍萱，并继续引发了一场关于历史剧的论争。杨绍萱在1951年11月3日刊出的《人民日报》上发表文章《论“为文学而文学，为艺术而艺术”的危害性——评艾青的〈谈“牛郎织女”〉》，在文中杨绍萱对艾青批评道：“你看他标举出的我所写《新天河配》的‘罪证’，有这么四句，‘牛郎放牛在山坡，织女手巧能穿梭，织就天罗和地网，捉住鸥枭得平和。’按照艾青的逻辑，这都属于‘野蛮行为’，因为他以为这‘鸥枭’是影射了他文章里的那个‘杜鲁门’……他为什么这样深恶痛绝地反对影射呢？艾青自己可以这样说他是为了保卫所谓‘美丽的神话’，另一方面却是坚决地不许动一动帝国主义‘杜鲁门’。”针对艾青关于其扭曲原来故事情节的批评，杨绍萱愤激地反驳说：“历史与革命就是这样无情，它是不管你什么‘为文学而文学，为神话而神话’，文学家们愿意不愿意，它是一股劲儿在那里变，这我们有丰富的经验，就是这样变一定会引起封建主义的士大夫和资产阶级的文学家们的不满，他们以为‘幼稚’、‘简陋’而不堪入目，以至痛骂为‘野蛮行为’，只是他们没有办法来阻挠这个变，那么怎么办呢？那就只有由惋惜而痛骂了。”[2]杨绍萱的“反批评”文章充满了诸如“为文学而文学，为神话而神话”、“封建主义的士大夫”、“资产阶级的文学家”等攻击对手的标签。杨绍萱的文章作为一种攻击对手的策略，这种给对手贴标签的做法不失为奏效，直接把艾青划入与“人民”敌对的阵营中了。然而，真正值得注意的是，杨绍萱在反驳艾青时，有一个前提，即他的创作与“历史和革命”保持了一致的步伐，既然“历史和革命”发生了变化，那么，神话故事也应该变化，这正符合毛泽东在1944年对于戏曲颠覆历史“面目”的号召，

---

[1] 艾青：《谈〈牛郎织女〉》，载《人民日报》，1951年8月31日。

[2] 杨绍萱：《论“为文学而文学，为艺术而艺术”的危害性——评艾青的〈谈“牛郎织女”〉》，载《人民戏剧》第3卷第6期，1951年。

因此他的改编是不容置疑的。从这个前提出发,那种试图保留神话/历史本来"面目"的批评者,无疑还停留在"为文学而文学"、"为艺术而艺术"、"为神话而神话"、"封建士大夫"、"资产阶级文学家"的落后立场上。从这个意义看,杨绍萱为艾青贴的标签也不是刻意为之,从他自身的立场上看,艾青等人确实如此。

艾青对这些标签颇为敏感,迅速在1951年11月12日刊出的《人民日报》上作出回应:"因为我在'谈《牛郎织女》'一文中,轻微地提到了杨绍萱同志的创作,杨绍萱同志封给我多少的称号啊:'为文学而文学'、'为艺术而艺术'、'为神话而神话'、'封建士大夫'、'资产阶级文学家'、甚至'为杜鲁门服务'、'资敌',真是罪该万死了。这当然只是杨绍萱同志的逻辑,这种逻辑,在革命阵营里是不流行的。在革命阵营里,任何工作都一样需要以批评和自我批评来取得进步。即使批评的人再多么'低能无知',也不妨'倾听'一下。"[1]意味深长的是,艾青同样借用了"革命阵营"中的"流行逻辑",即"任何工作都一样需要以批评和自我批评来取得进步",为自己身上被罗织的罪名开脱。艾青并不反对杨绍萱的改编、立论前提,他指出:"杨绍萱同志借鸱鸮与和平鸽之间的斗争,来影射帝国主义阵营与和平阵营之间的斗争。这里,无论鸱鸮也好,王母娘娘也好,都没有任何可以表现帝国主义性质的凶恶的侵略和压迫,鸱鸮不过是受长老的供以神位的条件,到牛郎家去扰乱,使'家宅不安'(这在舞台上也没有什么具体表现),王母娘娘不过是要织女不下凡嫁给牛郎,如此而已。而这场斗争,是由于长老没有被邀请去喝喜酒所引起的。这斗争不等于是儿戏么?难道帝国主义是这样的么?这个关系全人类命运的斗争,在杨绍萱同志看来,只要织女的一支'宝箭',一只'宝梭',也就解决了问题。这不是拿政治开玩笑么?杨绍萱同志提出了何等庄严的问题,但这个问题的回答却

---

[1]艾青:《答杨绍萱同志——我们不是谈群众创作》,载《人民日报》,1951年11月12日。

又是何等滑稽！"[1]艾青对于杨绍萱的批评重点似乎在于杨的"影射"不够严肃，把复杂的政治问题简单化了。由此可以看出艾青与杨绍萱事实上分享着同一种戏剧观念，即戏曲应该反映"历史与革命"，影射"帝国主义阵营与和平阵营之间的斗争"，双方的分歧在于如何改编既有的题材以适应当前的需要。换句话说，二人对"推陈出新"中的"推"字有着不同的理解。

艾青也找到了一个批评术语来批评杨绍萱等人的创作倾向，即"反历史主义"，关于这个术语，艾青这样界定："就是当处理历史题材和古代民间传说的时候，把许多只能产生于一定的历史条件中的人物和事件，拉扯到现代来，加以牵强附会的比拟，或是把只能产生于今天的观念和感情，勉强安放到古代人物的身上去。因此，在我们的戏曲舞台上就出现了似古非古、似今非今的混乱现象。"[2]"反历史主义"与"历史主义"相对，艾青的提法是有参照背景的。早在1950年12月1日，田汉就在全国戏曲工作会议上做的报告里面指出："我们对于历史人物应当采取历史主义的看法……恢复历史的本来面目，找到历史舞台上真正的主人。用历史唯物主义的观点反映历史真实、传达历史教训，表扬历史上英雄人物在当时历史条件下所具有的进步性、人民性和高尚的人民品质，以教育和鼓舞后代儿女。但不应生硬地将历史人物现代化，更不应将历史上自发的农民战争的事迹与现代人民革命斗争的事迹作不适当的对比，因为过去历史上不可能有无产阶级、共产党、毛主席。"[3]除了艾青，还有阿甲、何其芳也对杨绍萱的"反历史主义"创作方法进行批评。阿甲就杨绍萱的《新大名府》批评道："《新大名府》的创作方法，是把古人当作现代人来写，不是用马克思列宁主义的观点来批判历史。它刻划着这样一套模型：开展统一战线；反对专制独裁；依靠无产阶级；打倒帝国主义。这显然是作者强加到

---

[1] 艾青：《答杨绍萱同志——我们不是谈群众创作》，载《人民日报》，1951年11月12日。
[2] 艾青：《答杨绍萱同志——我们不是谈群众创作》，载《人民日报》，1951年11月12日。
[3] 田汉：《为爱国主义的人民新戏曲而奋斗——1950年12月1日在全国戏曲工作会议上的报告摘要》，载《人民日报》，1951年1月21日。

历史上去的主观臆造的内容。"[1] 何其芳指出, 杨绍萱"是用他脑子里面的几个为数甚少的概念来简单地以至牵强附会地解释它们","无论写现实剧还是历史剧, 都必须采用现实主义的创作方法(对于马克思主义的作家, 更必须是社会主义的现实主义)。这就是说, 写历史剧也应该按照历史事件、历史人物的本来面貌来描写, 使读者和观众得到对于他们的正确认识, 这就是历史剧为现实服务"。[2] 1952年11月14日, 周扬在第一届全国戏曲观摩会闭幕会上公开批评道:"反历史主义者, 例如杨绍萱同志", "以为为了主观的宣传革命的目的, 可以不顾历史的客观真实而任意地杜撰和捏造历史。"[3]

"反历史主义"作为一种批评话语, 是"历史主义"的衍生概念,"历史主义"是其先在的假设, 因此我们不能继续沿用"反历史主义"的评价去讨论杨绍萱的创作观念, 相反, 我们应该首先去检视批评杨绍萱的"历史主义"尺度。值得注意的是, 持戏剧改编的"历史主义"观点的人都以不同的方式提及"恢复历史的本来面目"或"历史的客观真实", 那么我们不能不去追问什么是"历史的本来面目"和"历史的客观真实"? 但是持"历史主义"观点的批评家们的文章都语焉不详。有趣的是, 杨绍萱在其文章《论"为文学而文学, 为艺术而艺术"的危害性——评艾青的〈谈"牛郎织女"〉》中, 同样提到一种他眼中的"历史的本来面目":"历史与革命就是这样无情, 它是不管你什么'为文学而文学, 为神话而神话', 文学家们愿意不愿意, 它是一股劲儿在那里变……"在杨绍萱看来, 根本就不存在"历史的本来面目", 或者说"一股劲儿在那里变"就是"历史的本来面目"。由此可见, 论争双方的根本问题就在于历史(神话)剧创作中的改编是否符合"历史面目"。这一根本问题决定了这场论争的荒诞性, 因为

---

[1] 阿甲:《评〈新大名府〉的反历史主义观点》, 载《人民日报》, 1951年11月9日。
[2] 何其芳:《反对戏曲改革中的主观主义公式主义》, 载《人民日报》, 1951年11月16日。
[3] 周扬:《改革后发展民族戏曲艺术——十一月十四日在北京第一届全国戏曲观摩演出大会闭幕会上的总结报告》, 载《山西政报》, 1953年第1期。

"历史面目"是什么样谁都说不清。在杨绍萱看来，"历史的本来面目"就是其当下性，是不断变换的；在"历史主义"者那里，"历史的本来面目"是其真实性，是固定不变的。从操作层面上看，"历史主义"者可能更容易陷入被动，因为"历史的本来面目"没有定论。

杨绍萱的历史剧创作观念很大程度上来自毛泽东在1944年的鼓励。不同的是，毛泽东也在1944年的信件中提到了"历史的面目"，但是，从表面上看，他的信件中存在一个自我解构的逻辑：既然旧戏舞台"由老爷太太少爷小姐们统治着"是一种"历史的颠倒"，《逼上梁山》"再颠倒过来，恢复了历史的面目"，那么这种被"恢复"的"历史面目"就谈不上是"恢复"，因为正是《逼上梁山》这样的历史剧证明了"历史"是可以不断改写的。换句话说，正是毛泽东的信件暗示了不存在所谓的"历史的本来面目"这一事实。杨绍萱创作的《新大名府》、《新天河配》正是这种"历史观"在戏剧中的具体实践。而持"历史主义"戏剧观的批评者，如田汉、艾青、光未然、阿甲、何其芳、周扬等人所谓的"历史的本来面目"放置在"十七年""推陈出新"的论述语境中，亦可追踪到其中的本质性内容。

毛泽东在1944年的信件中指出"人民"统治的舞台上搬演的"历史"才符合"历史的面目"，田汉亦有过相近的表述："恢复历史的本来面目，找到历史舞台上真正的主人。用历史唯物主义的观点反映历史真实、传达历史教训，表扬历史上英雄人物在在当时历史条件下所具有的进步性、人民性和高尚的人民品质，以教育和鼓舞后代儿女。"如此，这次"历史主义"论争中的"历史面目"并非一种绝对纯净的"真实"，其内涵的核心概念就是"人民"。然而，谁是"人民"？按照毛泽东在1942年发表的《在延安文艺座谈会上的讲话》中的界定，就是"工人、农民、兵士和城市小资产阶级"。然而，从毛泽东的信件的逻辑来看，"历史"不过是一种叙事，所谓的"人民历史"有赖于政治律令指导下的知识分子去书写，"人民"在"历史"中的面目依然是抽象、模糊的，是一个大而无当的匿名群体。因此，在"十七年"的冷战语境中，"人民（群体）"/无产阶级可以视为用于抵御

"（个）人"/资产阶级的话语工具。正如杨绍萱对艾青的反批评那样，艾青的观点是"为文学而文学，为艺术而艺术"。把这一批评放置在20世纪40年代以后开启的反精英论述脉络中，可以明显看出其中的"西方主义"特质。"为文学而文学，为艺术而艺术"令人想起"五四"时期启蒙主义者（如"创造社"）的"个人主义"话语，杨绍萱给艾青贴的艺术观念标签无疑等同于"资产阶级"的政治身份，这正是冷战政治在文学艺术中的铭写。我们如果把毛泽东信件中有待"恢复"的"历史面目"前面加个"人民"的定语，那么这封信件的意义就是圆满自足的，只是"历史主义"者没有意识到"人民"与"历史"的可改写性，一厢情愿地追寻某种本质化的"人民历史"，这既是对毛泽东的历史观的绝对遵从，也是对其的极大误解。

"历史主义"者所追求的"（人民）历史面目"同样来自毛泽东的一系列文艺思想论述，与他们所批评的"反历史主义"的做法所借用的资源没有本质的区别，只是前者吸纳了毛泽东的"人民的历史"思想，后者则借用了毛泽东"历史面目"可以"颠倒"的观念。双方在论争中都抓住毛泽东文艺思想中的一个方面攻击对方，却未能触及对方的逻辑前提，即"历史"的叙事性和"人民"的虚幻性，反而忽视了这些核心概念的建构特质。

"历史造就一个民族。"[1]正如毛泽东本人在1944年对于郭沫若戏剧的褒扬，以及对于既往历史剧创作传统的主动承接所暗示的那样，关于历史剧中的"历史"的本真性与当下性的对抗或合作是现代民族国家戏剧理论中贯穿性的问题。其实早在晚清时期，历史剧的"真实"与"虚构"问题就已经为知识界觉察。陈独秀就曾主张"以吾侪中国昔时荆柯、聂政、张良、南霁云、岳飞、文天祥、陆秀夫、方孝孺、王阳明、史可法、袁崇

---

[1] 参见［美］乔伊斯·阿普尔比、林恩·亨特、玛格丽特·雅各布：《历史的真相》，刘北成、薛绚译，北京：中央编译出版社，1999年版，第77—79页。

焕、黄道周、李定国、瞿式耜等大英雄之事迹，排成新戏，做得忠孝义烈，唱得激昂慷慨，于世道人心极有益"。[1]到了20世纪20年代，郭沫若的"三个叛逆女性"（即《王昭君》、《聂嫈》和《卓文君》）以及欧阳予倩的《潘金莲》等借用历史故事或民间传说高扬其"五四"精神，顾仲彝对郭沫若等人剧作中"明显的道德和政治的目标"提出批评，建议在"不违背史实"的基础上进行创作，因为"历史剧所描写的是过去的事实：一时代有一时代的思潮，须用考据的功夫找出来。"[2]关于历史剧相关问题的讨论的真正展开是在抗日战争时期，在上海、重庆等城市演剧中，以历史故事为题材的戏剧创作成为一个重要的现象，诸如抗战期间的三大题材系列，即战国史剧（如《屈原》、《卧薪尝胆》、《楚灵王》、《西施》等）、南明史剧（如《海国英雄》、《杨娥传》、《明末遗恨》等）和太平天国史剧（如《天国春秋》、《石达开的末路》、《金田村》、《李秀成之死》等）在此时期的城市戏剧舞台上相当活跃。创作的繁荣引发了理论的思考。郭沫若在1941年12月14日的《新华日报》上发文指出，"剧作家的任务是在把握历史的精神而不必为历史的事实所束缚。"[3]在另一篇文章中，郭沫若提出历史剧创作的"失事求似"[4]原则。1942年10月，在《戏剧春秋》杂志社举办的"历史剧问题座谈会"上，胡风、邵荃麟和蔡楚生等人就主张历史剧中的历史要"真实"，[5]而茅盾、柳亚子等人则认为历史剧"不必完全依照史实，但将历史加倍发挥也是可能的"。[6]陈白尘在1943年指出"而所谓历史戏剧，依然是现实的戏剧了"。[7]从这一历史剧创作观念

———————————

　　[1]陈独秀：《论戏曲》，见阿英：《晚清文学丛钞·小说戏曲研究卷》，北京：中华书局，1960年版，第54页。

　　[2]顾仲彝：《今后的历史剧》，载《新月》第1卷第2号，1928年。

　　[3]郭沫若：《我怎样写〈棠棣之花〉》，载《新华日报》，1941年12月4日。

　　[4]郭沫若：《历史·史剧·现实》，载《戏剧月刊》第1卷第4期，1943年。这篇文章实际上写就于1942年4月。

　　[5]参见《历史剧问题座谈》以及邵荃麟的《两点意见——答戏剧春秋社》，载《戏剧春秋》第2卷第4期，1942年。

　　[6]田汉、茅盾、胡风等：《历史剧问题座谈》，载《戏剧春秋》第2卷第4期，1942年。

　　[7]陈白尘：《历史与现实——〈大渡河〉代序》，载《戏剧月报》第1卷第4期，1943年。

的梳理来看，20世纪50年代初期的"（反）历史主义"论争与倡导中所提出的问题与观点毫不新鲜，"真实"与"虚构"、"历史"与"现实"、过去与当前始终是困扰中国戏剧创作的根本问题。或者说，20世纪50年代初关于"（反）历史主义"的论争是对20世纪40年代的历史剧问题的承接和延续，其中持"历史真实"论者与"虚构"论者事实上都潜在地假设了同一种历史的虚构性，彼此在表象差异的掩饰下是更为深刻的一致。只是峻急的政治氛围遮蔽了"真实"背后的虚构，并且极其肤浅地支持了"反历史主义"式的虚构而已，因为一旦离开了虚构也就没有了"历史"，这甚至连"历史真实"论者自身也未能察觉，多少有些掩耳盗铃地以为自己真的可能找到某种"本真性"。

到了20世纪60年代，历史剧创作的难题再度浮现。1960年，历史学家吴晗在12月25日刊出的《文汇报》上发文指出，"历史剧必须有历史根据，人物、事实都要有根据"，"人物、事实都是虚构的，绝对不能算历史剧"，"假如历史剧完全和历史一样，没有加以艺术处理，有所突出、集中，那只能算历史，不能算历史剧……反之，历史剧的剧作家在不违反时代的真实性原则下，不去写这个时代所不可能发生的事情，而写的是这个历史人物所处的时代完全可能发生的事情，在这个原则下，剧作家有充分的虚构的自由……"也正是依据这一原则，吴晗区分了故事剧、神话剧和历史剧。[1] 1962年，《戏剧报》第2期刊发李希凡的《"史实"和"虚构"》，这篇文章认为："在不违反历史生活、历史精神的本质真实的准则下，写戏应该有艺术虚构、艺术创造的广阔天地……"[2] 吴晗和李希凡的分歧在于前者强调"历史真实"，后者强调"艺术虚构"，按照李希凡的观点，吴晗的"故事剧"也应归入"历史剧"之列。吴晗和李希凡在"真实"与"虚构"统一的观点上没有区别，换句话说，二人的历史剧创作观念都是"历

---

[1] 吴晗：《谈历史剧》，载《文汇报》，1960年12月25日。
[2] 李希凡：《"史实"和"虚构"——漫谈历史剧创作中的历史真实与艺术真实的统一》，载《戏剧报》，1962年第2期。

史主义"的。同年，茅盾在《文学评论》上发表长文《关于历史和历史剧》，该文以正在上演的"卧薪尝胆"的戏剧为例，指出"历史剧既应虚构，亦应遵守史实；虚构而外的事实，应尽量遵照历史，不宜随便改动"，"凡属重大历史事件基本上能保存其原来的真相，凡属历史上真有的人物，大都能在不改变其本来面目的条件下进行艺术的加工"。[1] 在茅盾的论述中，"史实"、"事实"、"真相"、"真有的"、"本来面目"等词汇，暗示了其观点与20世纪50年代的"历史主义"创作观的一致性。其所谓的"本来面目"可能正是"人民"的"历史面目"的代名词，但是论者对其"本真性"的神话确信不疑。这种内在的悖论为"历史主义"者未来的遭际埋下了伏笔。

1959年，吴晗秉持着"历史真实与艺术真实相结合"的信念，创作了京剧《海瑞罢官》，到了1965年，姚文元撰文批评该剧"歪曲历史真实"，

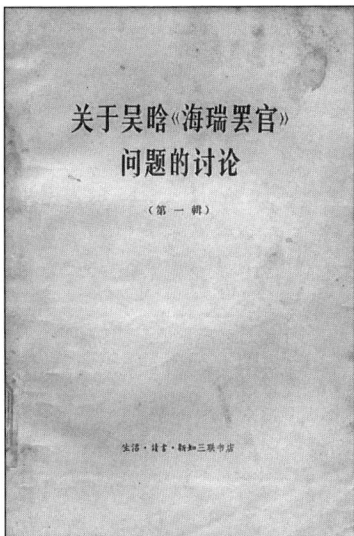

1965年北京三联书店出版的《关于吴晗"海瑞罢官"问题的讨论（第一辑）》书影。

它"并不是芬芳的香花，而是一株毒草，它虽然是头几年发表和演出的，但是歌颂的文章连篇累牍，类似的作品和文章大量流传，影响很大，流毒很广，不加以澄清，对人民的事业是十分有害的，需要加以讨论。在这种讨论中，只要用阶级分析观点认真地思考，一定可以得到现实的和历史的阶级斗争的深刻教训"。[2] 看来"历史真实"与"人民的事业"在不同的阐释立场上有着不同的意义，其建构性本质在姚文元的文章中暴露无遗。值得注意的是，姚文元的文章提到了"现实的和历史的"这样一对范畴，它们共同用来修饰"阶级斗争"，如果说"阶级斗争"是一个当下的概念，那么，姚文元的

---

[1] 茅盾：《关于历史和历史剧》，载《文学评论》，1962年第5期。
[2] 姚文元：《评新编历史剧〈海瑞罢官〉》，载《文汇报》，1965年11月10日。

"历史的阶级斗争"就是所谓的"反历史主义"了。1965年12月，毛泽东在杭州的谈话中说到："《海瑞罢官》的要害是罢官，嘉靖罢了海瑞的官，我们也罢了彭德怀的官，彭德怀就是海瑞。"这一不容置疑的权威定性，意味着历史剧中的历史无所谓"真实"，其根本问题在于"历史"的当下性。吴晗的遭遇表征着"（人民的）历史主义"者对于"（人民的）历史"的本质主义理解所付出的巨大代价。

如果把"（反）历史主义"论争放在"推陈出新"划定的论述空间中去观察，就能够清晰地呈现出其悖论的文化根源。我们在这里似乎首先有必要回顾一下本奈迪克特·安德森（Benedict Anderson）对于民族主义思想的起源及其散播的经典论述，他说："民族所表达的是这样一种理念，它是一种沿着历史向下（或向上）进行稳定运动的坚实的共同体，可以被形象地比喻为一个按照历时的方式穿越同质、空洞的时间的社会有机体"，[1] "民族国家可以定义为一个想象的政治共同体——这种想象在本质上既是有限的也是自主的。"他进一步解释到，"之所以说它想象的，是因为即使在最小的民族国家里面，其大多数成员之间也不可能认识、相遇，甚至从未听说过对方，但是每个人都想象着他们同属一个共同体"，"而它被想象成为共同体，则是因为尽管在每个民族国家内部可能存在着不公平和剥削，但它总是被看成是复杂的关系缔结体。正是这种亲缘关系，在过去的两个多世纪里，使成千上万的人为了这种有限的想象做出杀戮或牺牲成为可能"。[2] 安德森在其著作里面，论证了民族国家借助印刷资本主义、小说和报纸，在某一被划定的领土之内的一群人阅读和想象的过程中，建构起一种抽象的共时性和空间感，以及共时性下的共同生活，从而形成了某种

[1] Benedict Anderson, *Imagined Communities*: *Reflections on the Origin and Spread of Nationalism*, London · New York: Verso, 1991, p. 26.

[2] Benedict Anderson, *Imagined Communities*: *Reflections on the Origin and Spread of Nationalism*, pp. 6—7.

相同的归属感和身份感，这就是民族的想象共同体的胚胎。这一想象的民族共同体与宗教共同体和王朝的组构模式不同，它建构起来的时间感是线性的历时时间（而不是循环的），空间则是疆界明确的领土（而不是边界模糊的垂直秩序）。[1]

与纸质媒体相比较，戏剧的演出似乎更容易营造出想象的统一时空。戏剧的舞台呈现比纸质媒体（如小说、报纸）更为直接，而且不会受到文字符号区隔的限制，这对于偏远农村不识字的民众而言，是最为适宜的建构媒介。更为重要的是，剧场的观演是以集体而非个人的方式进行的，这一特殊的感知途径对于受众的凝聚力量非同小可。因为戏剧可以为共同的民族国家想象准备其必须的时空想象基础，而一个连续的民族身份所依托的对于"构成民族与众不同遗产的价值观、象征物、记忆、神话和传统模式的持续复制和重新解释，以及对带着那种模式和遗产及其文化成分的个人身份的持续复制和重新解释"，[2]使得中国古代的故事、神话、传说就被征用在文本之中，构建一种民族记忆，才能有效地将最大多数的民众纳入民族国家话语所极力建构的共同体中。"历史"在这里事实上已经被抽象为民族属性（nationness）的"象征物"和民众的"价值观"的具象依托，经由政治炼金术被整合在现代民族国家的集体合奏之中。

如果说"推陈出新"的"陈"指的是既有的故事、神话、传说，那么它作为一种民族记忆和历史素材出现的时候，其中的循环往复的时间观念（诸如前世今生、因果报应）显然与现代民族国家的线性历时时间观念相抵触，这一悖论决定了"历史剧"中的"陈"必须走向"新"（由"陈"到"新"本身就是一种线性时间观念的形象表述），如此才符合"国家"戏剧

---

[1] 参见Benedict Anderson," 2 Cultural Roots", *Imagined Communities*: *Reflections on the Origin and Spread of Nationalism*, London・New York: Verso, 1991, pp. 9—36.

[2] ［英］安东尼・史密斯：《民族主义：理论，意识形态，历史》，叶江译，上海：上海人民出版社，2006年版，第18页。

制造"同意"的意识形态目的。于是，麻烦就出现了，"真实"（"陈"）的"历史"必须改造，"虚构"（"新"）的"历史"不被认同。然而，真正的麻烦还在于，"历史主义"者误以为"虚构"（"新"）的"历史"就是"真实"（"陈"）的"历史"，这种误解致使"十七年"期间的"历史剧"与"历史"之间关系非常复杂暧昧："历史剧"的当下性需求是要以"人民大众"的名义书写"人民"的"历史"，这必然要把自身涉及的"历史""非历史化"。那么，无论是"历史主义"者还是"反历史主义"者都将陷入一个逻辑怪圈，这个悖论决定了"历史剧"的难题阴魂不散，一再复活。

我们如果把现代革命题材的戏剧也视为"历史剧"，就会发现这一类题材的剧作不会遭遇上述难题，因为现代革命的故事/"历史"可以轻易置换为"人民"的历史。"人民"的"历史"的当下性意味着它对于未来的开放性，因此就可以在剧作中随心所欲地植入现代民族国家的线性时间观念，比如新中国、共产主义、"金光大道"等论述方式，而以古代的"历史"作为题材的"历史剧"一旦出现此类现象，就很容易为人诟病，杨绍萱的作品就是一个例证。值得注意的是，"时间"虽然是"十七年"期间的"（反）历史主义"论争的原初性因素，但"时间"介入"历史"叙述的意义并不仅止于此，它最终服务于一种空间的政治。"人民"的"历史"的当下性又可以置换为一种空间上的对抗性。因为"当下"与过去是一种否弃与被否弃的关系，根据我们在前文已有的论述，"十七年"的历史剧创作对于当下性/未来性的追寻，在叙事策略上需要依赖"虚构"，那么被否弃的"过去"就会被误认为是"真实"。"过去"意味着落后（封建主义）、腐朽（资本主义），于是，谁占有了当下/未来，谁就拥有了先进、文明。在时间上把意识形态的对立面（西方、封建中国）推远，借以构建"冷战"格局中的空间（社会主义国家）的意识形态合法性，这是"十七年"（包括之前）的历史剧创作及其理论批评的根本命题，据此还可以解释负载着时空象征意义的"题材"何以会成为"十七年"文艺创作理论批评的焦点。

如果"真实"就是"虚构"，"虚构"亦是"真实"，那么所有争论都是真空中的呐喊。在这个意义上考察1960年的"三并举"[1]戏剧政策，它并非真正的"百花齐放"，根据题材划分出来的"传统戏"、"现代戏"与"新编历史剧"事实上都捆绑在同一根线性时间轴和意义链条上，"传统"、"现代"、"历史"均是当下/未来的别样表述。"三并举"其实是晚清到"五四"时期的知识分子遗留下的那个原初性的困扰，即戏曲（和话剧）形式本身所寄寓的民族文化属性与它们履行的构筑民族国家使命间的矛盾与纠葛的幽灵再现。同样，"（反）历史主义"论争中的"神话"、"故事"与"历史"之间也没有根本区别，都不过是一系列空洞且过剩的能指而已。

第五节　"写意"戏剧观与话剧民族化：西方的脉络

1962年3月2日至26日，全国话剧、歌剧、儿童剧创作座谈会议在广州召开，黄佐临在会上作了题为《漫谈"戏剧观"》的讲话，这篇讲话于同年4月25日在《人民日报》发表。在这篇文章里面，黄佐临以梅兰芳、斯坦尼斯拉夫斯基和布莱希特的戏剧实践与幻觉的关系为例，提出了写实的戏剧观、写意的戏剧观以及写实写意混合的戏剧观。[2]考虑到"十七年"戏剧创作中"社会主义现实主义"原则，《漫谈"戏剧观"》一文真正凸显

---

[1]"三并举"是"十七年"期间一个相当重要的戏剧政策，指的是在戏剧创作的题材上，"传统戏"、"现代戏"与"新编历史剧"要同时并举。这一政策最初由当时的文化部副部长齐燕铭提出，他在1960年5月7日刊发的《北京日报》上发表文章《现代题材的大跃进——祝现代题材戏曲剧目观摩演出的胜利》指出："我们要大力发展现代剧目，积极地改编、整理和上演传统剧目，多多提倡编写和演出新观点的历史剧，使我们戏曲事业从各方面更加繁荣。"其"百花齐放"的"意义"则来自1960年5月15日《人民日报》社论的延伸："我们在提倡现代剧目的同时，决不要忽视继续整理传统剧目的工作，我们应该坚持在为工农兵服务的共同方向下，做到戏曲题材、风格的多样化。应该大力提倡艺术上的自由竞赛，贯彻百花齐放的方针……为了丰富人民的文化生活，我们要大力发展现代题材剧目，同时积极改编、整理和上演优秀的传统剧目，还要提倡以历史唯物主义观点创作新的历史剧目，三者并举。各剧种、剧团可以根据自己的条件和特点，妥善安排，以满足广大人民群众多种多样的欣赏需要。"

[2]黄佐临：《漫谈"戏剧观"》，载《人民日报》，1962年4月25日。

黄佐临像   梅兰芳与前苏联戏剧大师斯坦尼斯拉夫斯基

的实际上正是"写意"。黄佐临在1962年提出的写意的戏剧观在一定程度上可以视为开始于1956年的"话剧民族化"思考的一个结果，写意的戏剧观与"话剧民族化"的背后纠缠着一个繁复的历史语境。在"话剧民族化"的论述框架中，写意的戏剧观中的"写意"被赋予了民族属性的意义。因此，在"十七年"的历史情势下，"写意"被作为一个与民族主义密切相连的现代性想象和"写实"进行区分，进而构成了表述主体自我确认的文化实践策略。

然而，从世界戏剧历史的视角衡量，"十七年"期间的"写意"戏剧观与"话剧民族化"论述所提供可能的正是一种与其初衷相悖的文化方案，因为它们并非中国的戏剧观念，其提出倚重和借助的是近代以来旅行至中国的西方戏剧思想的脉络以及其提供的视觉结构。从根本上看，它们是西方的现代戏剧（文化）观念在中国语境中的衍生性命题。

"写意"原本是中国画的一种表现手法，根据目前的资料，最早把"写意"引入戏剧论述的是冯叔鸾，他在《论戏答客难》中指出，"旧剧之演事实在传其神，如画家之有写意"。[1]在"五四"时期的新、旧剧观念论争中，张厚载曾这样描述戏曲："中国旧戏第一样好处就是把一切事情

---

[1] 马二先生：《论戏答客难》，见周剑云编：《鞠部丛刊·剧学论坛》，上海：上海交通图书馆，1918年版，第70页。

和物件都用抽象的方法表现出来。抽象是对于具体而言的。中国旧戏向来是抽象的，不是具体的。六书有会意的一种，会意是'指而可识'的。中国旧戏描写一切事情和物件，也就是用'指而可识'的方法。譬如一拿马鞭子，一跨腿，就是上马。这种地方人都说是中国旧戏的坏处，其实这也是中国旧戏的好处。用这种假象会意的方法，非常便利……现在上海戏馆里往往用真刀真枪真车真马真山真水。要晓得真的东西，世界上多着呢。那里能都搬到戏台上去，而且也何必要搬到戏台上去呢。"[1] 齐如山也认为："旧剧向来不讲究布景，一切的事情都是摸空，就是平常说的大写意"。[2] 对于中国戏曲"写意"特性进行系统论述的是"国剧运动"的发起人之一的余上沅，他在《旧戏评价》里面指出："在艺术史上有一件极可注意的事，就是一种艺术起了变化时，其他艺术也不约而同地起了相似的变化。要标识这一个时期的变化，遂勉强用某某派或某某主义一类的符号去概括它。所以写实派在西洋艺术里便占了一个重要的位置；与之反抗的非写实或写意派，也是一样。近代的艺术，无论是在西洋或是在东方，内部已经渐渐破裂，两派互相冲突。就西洋和东方全体而论，又仿佛一个是重写实，一个是重写意"，"写实派偏重内容，偏重理性；写意派偏重外形，偏重情感。只要写意派的戏剧在内容上，能够用诗歌从想象方面达到我们理性的深邃处，而这个作品在外形上又是纯粹的艺术，我们应该承认这个戏剧是最高的戏剧，有最高的价值"。[3] "国剧运动"的另一位主要发起人赵太侔也表达了相近的观点："西方的艺术偏重写实，直描人生，所以容易随时变化，却难得有超脱的格调。它的极弊，至于只有现实，没了艺术。东方的艺术，注重形意，义法甚严，容易泥守前规，因袭不变；然而艺术的成分，却较为显豁。不过模拟既久，结果脱却了生活，只余了艺术的死壳。中国现在的戏剧

[1] 张厚载：《我的中国旧戏观》，载《新青年》，第5卷第4号，1918年10月15日。
[2] 齐如山：《新旧剧难易之比较》，载《春柳》，1918年第2期。
[3] 余上沅：《旧戏评价》，见余上沅编：《国剧运动》，上海：上海书店，1992年版，第193页。

到了这等地步。"[1]"十七年"期间的"话剧民族化"与"写意"戏剧观显然隶属于这一表述谱系，并延续了其中的话语策略。

在此，我们有必要首先对"写意"戏剧表述谱系的话语策略和内涵进行解析。如果不那么容易健忘的话，不难想起晚清知识界在批评中国戏曲现状时，曾以西方戏剧的"写实"性批评戏曲的"战争"场面："中国剧界演战争也，尚用旧日古法，以一人与一人，刀枪对战，其战争犹若儿戏，不能养成人民近世战争之观念"，[2]而戏曲的表现手法将导致"后人而为他国之所笑"[3]的自卑心理。从前文述及"写意"的生成脉络来看，它的凸显来自于民族文化步入危机的那一刻，特别是"五四"新文化运动倡导者对于"旧剧"进行毫不留情的批判否弃之时。此时的中国戏曲成为阻碍"老大中国"迈向现代之前景的沉重负担的"旧"文化的载体和象征物，它不仅在西方戏剧（文化）的冲击下失却了存在的信心，更在近现代中国知识分子的唾弃中显得腐朽老迈。在这样的情势下，"写意"被引入中国戏曲大加褒扬之时，无疑已经预设了西方的"写实"，或者说"写意"在逻辑起点上就依赖于西方戏剧的"写实"性论述。然而这个"写意—写实"的二元对立项并非中性的，"写意"自始至终都深陷在"写实"的操作领域中。

在"五四"时期新、旧剧观念论争中，面对钱玄同、刘半农、傅斯年等人对中国戏曲的抨击，[4]张厚载为中国戏曲极力辩护，他从宏观角度对"中国旧戏"的"好处"加以辨析，即"中国旧戏是假像的"，"有一定的规律"以及"音乐上的感触和唱功上的感情"。值得注意的是，张厚载在论证"中国旧戏"的三大"好处"时，其理论支点几乎完全来自西方的戏剧知识。在论述"中国旧戏是假像的"时，张厚载指出，"而且戏剧本来

---

[1] 赵太侔：《国剧》，见余上沅编：《国剧运动》，上海：上海书店，1992年版，第10页。

[2] 蒋观云：《中国之演剧界》，见阿英编：《晚清文学丛钞·小说戏曲研究卷》，北京：中华书局，1960年版，第50页。

[3] 蒋观云：《中国之演剧界》，见阿英编：《晚清文学丛钞·小说戏曲研究卷》，第51页。

[4] 可参见钱玄同、刘半农在"通信栏"发表的文字，载《新青年》，第4卷第6号，1918年6月15日。傅斯年：《戏剧改良各面观》，载《新青年》，第5卷第4号，1918年10月15日。

就是起源于摹仿（亚里士多德就这么说），中国古时优孟摹仿孙叔敖便是一个证据。摹仿是假的摹仿真的，因为他是假的摹仿真的，这才有游戏的趣味，才有美术的价值。上回曾看见钱稻孙先生在北京大学画法研究会讲演的纪录，说：'美之目的不在生，故与游戏近似，鲜令斯宾塞所以唱为游戏说也。'又说：'哈德门之假像说曰，画中风景，胜于实在，以其假像，而非实也。'可见游戏的兴味，和美术的价值，全在一个假字。要是真的，那就毫无趣味，毫无价值。中国旧戏形容一切事情和物件，多用假像来摹仿，所以很有游戏的兴味，和美术的价值"；对于中国旧戏的"规律"，张厚载在西方戏剧的"三种的联合"里面找到了其"好"的依据："我看见《百科全书》的戏剧部说外国戏最讲究三种的联合（Three Unities），就是做作的联合，地方的联合，时间的联合，（Unity of action， Unity of flae， Unity of time）[1] '中国跟印度的戏剧，都没有这种规律。地方跟时间的联合，更是向来没有。'还有身手上的动作，可以表示意思的，（譬如，Gesture）也有种种的法律来整理伶人身体面貌上的做法。这岂不是跟中国旧戏上的'身段''台步'都有一定规律，是一样的道理吗"；关于中国戏曲的"音乐"的"好处"，张厚载有一个权威性的证据："何一雁先生《求幸福斋》随笔里面，说过有一善吹唢呐的中国人跟某人到西洋去，在船上吹唢呐，西洋人多大加叹赏。有一个德国人就拜他为师，学会了之后，就以善吹军笛出名，而且把中国《风入松》、《破阵乐》等曲牌，翻到德国军乐谱里头去。就这一节，已可见中国旧戏上音乐的价值了。"[2] 从张厚载的立论逻辑看，他丝毫不怀疑西方戏剧知识的优越性和权威性，无论他对西方戏剧知识的挪用有多大的刻意成分，但从"西方戏剧"知识中寻找中国戏曲存在的价值依据，这一修辞策略是确定无疑的。

有趣的是，在同期刊登的回应文章《再论戏剧改良》里面，傅斯

---

[1] Unity of flae原文如此，疑为Unity of place的误植。——引者
[2] 张厚载：《我的中国旧戏观》，载《新青年》，第5卷第4号，1918年10月15日。

年对于张厚载挪用西方戏剧知识这一点似乎特别敏感。在文章的前半部分，傅斯年调动了其大量的西方美学理论的知识储存，用来批驳张厚载对于西方戏剧知识的"误解"。比如，傅斯年通过指出张厚载对"抽像"与"假像"的"混做一谈"，提出"中国旧戏"采用的不是"摹仿"，而是"代替"；傅斯年还指出中国旧戏的确存在其"一定的规律"，但"仅仅是习惯罢了"，无法与西方戏剧"时间、地位的齐一（Unities of time and place）"相比……[1]胡适也指出："西洋的戏剧最讲究经济的方法"的最佳例证就是张厚载所挪用的"三种联合"，而张厚载用它来类比中国旧戏中繁琐、冗赘的做作，"便大错了"。[2]从傅斯年和胡适的文章来看，他们与张厚载之间的论争核心似乎并不是戏剧本身，而是对于"西方戏剧"知识的阐释的"正确性"或"权威性"问题。

　　在不同于胡适等人对中国戏曲的态度中，张厚载曾触及到了一个为论争的另一方所忽略的问题，即中国戏剧文化具备着一种对于西方艺术反向评估的潜力。在《我的中国旧戏观》里面，张厚载在谈到中国戏曲"音乐上的感触"时，援引了何一雁的《求幸福斋》随笔里面，中国的唢呐受到西洋人的叹赏，以及后来很多曲牌被"翻到德国军乐谱里头去"这一记载。[3]张厚载在这一事件中发现中国戏曲的音乐并非就是"轻躁"得"毫无价值可言"，[4]在西洋人对于唢呐的叹赏与化用中，暗示出中西戏剧文化可能各有所长，中国戏剧文化未必就是野蛮的代名词，它在某些方面完全可以与西方戏剧文化互为借用，而不是为"西式新剧"取代。张厚载援引这一事例实际上隐含了一种不同于胡适、傅斯年等人用西方戏剧单向审判中国戏曲的思路，而且，中国戏曲对于西方戏剧的意义呈述极大地挑战了由中国戏曲到西方戏剧这样的一元进化图式，凸显出一种反向的、

---

[1]傅斯年：《再论戏剧改良》，载《新青年》，第5卷第4号，1918年10月15日。
[2]胡适：《文学进化观念与戏剧改良》，载《新青年》，第5卷第4号，1918年10月15日。
[3]张厚载：《我的中国旧戏观》，载《新青年》，第5卷第4号，1918年10月15日。
[4]傅斯年：《戏剧改良各面观》，载《新青年》，第5卷第4号，1918年10月15日。

多元的、动态的中西戏剧文化交流图景。但是，值得注意的是，张厚载对于中国戏曲的价值的论证依然是以西方的认可为前提的，换句话说，如果缺少了"西方"这个权威性的肯定与支撑，张厚载很有可能就会在论争中理屈词穷，甘拜下风，因此，他的论述在逻辑前提上与其论争对手，即"新剧"倡导者们并没有根本的区别。

在关于"新、旧剧"观念论争的游戏中，每一位游戏者的论述都力图证明自己才是"合法"的西方戏剧知识的阐释者，即自身作为西方戏剧知识的权威代言人的身份，因为是西方戏剧知识规范着中国戏剧，从而使该论争的核心悄悄置换为对于西方戏剧知识的权威解读。西方的戏剧知识此时已经成为论争参与者追逐的一个知识幻象，获得了唯一的"合法性"，成为永远不会受到质疑的问题真空。此时，"写意"固然被凸显了，可是其代价是"写意"的论述必须依赖于那个不在场的在场者"写实"。

与冯叔鸾、张厚载、齐如山等人的论述一样，余上沅等倡导"国剧运动"者仍然在这种二元对立的结构中思考中国戏曲的"写意"性。"国剧运动"源自一种"中华文化的国家主义（Cultural Nationalism）"的文化冲动。[1]作为想象的"国剧"的理论合法性的前提论述，"写实"（西方戏

[1] 1924年冬，留学美国的闻一多在给友人梁实秋的信中，忧心忡忡地说："我国前途之危险不独政治，经济有被人征服之虞，且有文化被人征服之祸患。文化之征服甚于其他方面之征服百千倍之。杜渐防微之责，舍我辈其谁堪任之！"正是出于这一危机意识和使命感，闻一多在信中论证了他的"中华文化的国家主义"激情与规划："纽城同人皆同意于中华文化的国家主义（Cultural Nationalism），故于印度则将表彰印度之爱国女诗人奈托夫人，及恢复印度美术之波士（Nandalal Bose）及太果尔（Abanindranath Tagore）（诗翁之弟）等。于日本则将表彰一恢复旧派日本美术之画家，同时复道及鉴赏日本文化之小泉八云及芬勒搂扎，及受过日本美术影响之毕痴来。从一方面看来，我辈不宜恭维日本，然在艺术上恭维日本正所以恭维他的老祖宗——中国。我决意归国后研究中国画，并提倡恢复国画以推尊我国文化。"这封信的主旨是闻一多就中华戏剧改进社同人刊物的创办事宜向梁实秋征求意见，此前，闻一多与余上沅、赵太侔、熊佛西等人在纽约自编自演了一出英文剧《杨贵妃》，"成绩超过了"他们的预料，于是四人深受鼓舞，"彼此告语，决定回国"，"国剧运动"就是他们"回国的口号"。闻一多所谓的"中华文化的国家主义"正是内在于"国剧运动"的基本命题以及这一口号背后的思想支点。1925年5月，余上沅、闻一多和赵太侔结伴回国，在北京发起了为时短暂的"国剧运动"。分别参见闻一多给梁实秋的信件（《闻一多全集》第3卷，北京：生活·读书·新知三联书店，1982年版，第617页）和余上沅的《余上沅致张嘉铸书》（余上沅编：《国剧运动》，上海：新月书店，1927年版，第274页）。

剧）与"写意"（东方/中国戏剧）的区分成为了"国剧"论述的意义指涉框架，这种文化转喻的表述方式暗含着中国和西方两种文化体系的对立与比较。"国剧运动"的动力事实上来自西方的压抑与鼓励的交互作用。赵太侔在《国剧》一文中指出，"现在的艺术世界，是反写实运动弥漫的时候。西方的艺术家正在那里拼命解脱自然的桎梏，四面八方求救兵。中国的绘画确供给了他们一枝生力军。在戏剧方面，他们也在眼巴巴的向东方望着"。[1] "向东方望着"是从19世纪末就开始的，特别是"一战"之后迅速蔓延于西方的一股激进的文化思潮的典型姿态，其基本表征是对于西方的社会现代性经验的强烈质疑和否定激情。"一战"的巨大破坏与残酷使东西方同时意识到了西方凌驾于世界的现代性经验的合法性危机，[2]在这种内省思潮下，西方某些知识分子开始转向"东方"寻求疗治"西方"痼疾的良方。需要指出的是，这一激进的思潮依然建构在东方/西方二元对立的前提之上，"东方"依然是作为西方的知识客体出现在西方的审美现代性视野中的。换句话说，这个"东方"是"另一种东方主义"[3]形

[1]赵太侔：《国剧》，见余上沅编：《国剧运动》，上海：上海书店，1992年版，第10页。

[2]比如，梁启超在其《欧游心影录》里面曾记下这样一件事情："记得一位美国有名的新闻记者赛蒙氏和我闲谈，（他做的战史公认是第一部好的）他问我：'你回到中国干什么事？是否要把西洋文明带些回去？'我说：'这个自然。'他叹一口气说：'唉，可怜，西洋文明已经破产了。'我问他：'你回到美国却干什么？'他说：'我回去就关起大门老等，等你们把中国文明输进来救我们。'我初初听见这种话，还当他是有心奚落我，后来到处听惯了，才知道他们许多先觉之士，着实怀抱无限忧危，总觉得他们那些物质文明，是制造社会险象的种子，倒不如这世外桃源的中国，还有办法。这就是欧洲多数人心理的一般了。"参见梁启超：《欧游心影录（节录）》，收入陈崧编：《五四前后东西文化问题论战文选》，北京：中国社会科学出版社，1989年版，第365—366页。

再如，闻一多在给梁实秋的信件中，提到一位芝加哥大学法文教授Mr. Winter，说他是一个有"中国热"的美国人，并且搜集、制作了很多具有中国情调的物件，诸如乐器，中国古典诗歌，老子画像，中国香等，而且这位教授强烈地向往中国，很想到中国来。闻一多在谈到这位教授时，其自豪与欣慰的情感跃然纸上。参见闻一多给梁实秋的信件，收入《闻一多全集》第3卷，北京：生活·读书·新知三联书店，1982年版，第608—609页。

[3]"另一种东方主义"借用自周宁。周宁指出，后殖民主义文化批判意义上的东方主义构筑低劣、被动、邪恶的东方形象，这种东方形象参与了西方帝国主义意识形态的策划，但它同时也遮蔽了另一种东方主义，即一种肯定的、乌托邦式的东方主义，后者成为批判和超越西方不同时期的意识形态的乌托邦。参见周宁：《另一种东方主义：超越后殖民主义文化批判》，载《厦门大学学报（哲学社会科学版）》，2004年第6期。

塑的产物，这一重新生产"东方"的浪漫化工程同样属于世界的现代性规划的一道程序，不对称的世界等级秩序依然存在。这是"国剧运动"的构想萌生的基本语境，这一语境促使中国留学生固有的屈辱与信心交织成为一种强烈的"雪耻"情结，即"中华文化的国家主义"情绪，它直接鼓励了该"运动"的发起人对于"东方"/"中国"的重新发现、解读和表述。结合这一语境，我们就不难理解"国剧运动"为何总是无法迈出走向"古今所同梦的完美戏剧"[1]的哪怕是一小步——"国剧"怎能在二元对立的格局中超越二元对立，即在"'写意的'和'写实的'两峰间，架起一座桥梁"[2]？它根本就是一种从"西方"借来的激情。

当"国剧运动"的"中华文化的国家主义"实践指向预设了"写意"/"中国"与"写实"/"西方"的区分关系，其中的"中国"诉求就无法走出西方现代性的知识体系所划定的范围。事实上，"写实"与"写意"之间的分界线原本就是不存在的，而企图在"两峰间架起一座桥梁"根本就是不着边际的奢谈，"写实"与"写意"的区分实际上并不构成中西戏剧的差异关系，甚至可以说这种区分本身就是"写意"的，其构想指涉着一种文化民族主义和世界主义的辩证法。"国剧运动"的主要发起人正是要通过这种虚幻的区分，把中国戏剧的"通性和个性"[3]的辩证关系纳入其对于世界文化版图的想象逻辑之中，并藉此有效地生产出一种与文化身份相关联的情感记忆。按照赵太侔在《国剧》里面的论述，[4]中西方艺术作为对立的两

---

[1] 余上沅：《中国戏剧的途径》，见上海艺术研究所话剧室等主编：《余上沅研究专集》，上海：上海交通大学出版社，1992年版，第54页。

[2] 余上沅：《国剧》，见上海艺术研究所话剧室等主编：《余上沅研究专集》，第77页。

[3] 余上沅指出："艺术之所以为艺术，戏剧之所以为戏剧，甚至于人类之所以为人类，都不外乎他们同时具有两种性格：通性和个性。因为有了同情这个通性，人类才能领悟到互助；因为有了形象这个通性，艺术才能受到无论什么人的欣赏。"赵太侔也认为："我们承认艺术是具有民族性的，并且同时具有世界性；同人类一样，具有个性，同时也具有通性。没有前者，便不能发生出特出的艺术。没有后者，便不能得到普遍的了解与鉴赏。"分别参见余上沅：《〈国剧运动〉序》，赵太侔：《国剧》。收入余上沅编：《国剧运动》，上海：上海书店，1992年版，第1、7页。

[4] 赵太侔认为，"西方的艺术偏重写实，直描人生，所以容易随时变化，却难得有超脱的格调。它的极弊，至于只有现实，没了艺术。东方的艺术，注重形意，义法甚严，容易泥守前规，因袭不变；然而艺术的成分，却较为显豁。不过模拟既久，结果脱却了生活，只余了艺术的死壳。"参见赵太侔：《国剧》，收入余上沅编：《国剧运动》，第10页。

极，"西方/写实/现实/理性"与"东方/形意/艺术/情感"构成了中西戏剧艺术的基本差异格局。在这一格局中，艺术的本质化特征可以被置换为某种空间（如中国/西方）关系的转喻。

20世纪50年代中期，冷战格局中的"社会主义阵营"内部发生了分化，中苏关系日益恶化，在各个层面对既往向苏联的"一边倒"开始进行反思，"民族化"也在文化领域也被重新激活，于是"话剧民族化"再次成为戏剧理论批评的核心命题，直至黄佐临在1962年提出"写意"戏剧观。需要指出的是，此次的"话剧民族化"与张庚在1939年提出的"民族化"倡导不属于同一个话语脉络，二者关注的并非同一个问题。

张庚在1939年提出的"话剧民族化"是中国现代知识分子在民族危机时刻，将启蒙话语延伸到想象的"民间"，构筑现代民族国家话语的一种实践方案，从思想渊源上看，它承续的是"五四—左翼"的实践方式。如果说20世纪30年代末期的"话剧民族化"的构想是对"民间"的发明，其实施必须同时依附一个"旧剧现代化"的策略，那么，在最浅显的意义层面上，可以说20世纪50年代中后期至60年代初期的"话剧民族化"借用的资源与前者相反，它是要从"旧剧"（戏曲）的"写意"性中凸显中国话剧的民族性。然而，与张厚载、余上沅等人的"写意"论述一样，中国戏曲的"写意"性只是与西方戏剧思想的历史同步的文化密码，正如这个时期的"话剧民族化"论述中的"写实"一样，它不是、也不可能是一个可以用来客观分析的艺术特性。

根据黄佐临的论述，他选择梅兰芳、斯坦尼斯拉夫斯基和布莱希特各自代表的三种"绝然不同"的戏剧观进行比较，"目的是想找出他们的共同点和根本差别，探索一下三者之间的相互影响、相互借鉴、推陈出新的作用，以便打开我们目前话剧创作只认定一种戏剧观的狭隘局面"。[1] 三人的同与异在于"都是现实主义大师，但三位艺人所运用的戏剧手段却各有

---

[1] 黄佐临：《漫谈"戏剧观"》，载《人民日报》，1962年4月25日。

巧妙不同"。[1]由此可以看出黄佐临在论述其"写意"戏剧观时，"推陈出新"与"现实主义"的宗旨与大前提并未改变。《漫谈"戏剧观"》一文着重介绍的是布莱希特的戏剧观。在黄佐临的论述中，"布莱希特的戏剧观是针对第一次世界大战后西欧资产阶级腐朽话剧而形成的。当时的话剧和当时所有文艺一样，都是颓废的、逃避现实的。布莱希特的戏剧观是和这些针锋相对的……总之，当时资产阶级流行的反动的戏剧观企图麻痹人们的戏剧思想、削弱人们的斗志；而布莱希特的戏剧观却要求观众开动脑筋、激动理智、认识现实、改变现实"。[2]布莱希特戏剧观的"反资产阶级"性质在"十七年"的冷战语境中可谓具有相当的政治适切性，在这种情况下，布莱希特的戏剧观就获得了超越冷战阵营的阶级内涵，即立足冷战又超越冷战，其"西方"属性在此可以忽略不计。然而，正是这一修辞策略把"写意"戏剧观和"话剧民族化"纳入了西方戏剧思想脉络之中，且不为论者所觉察。

　　布莱希特戏剧观的这种定性描述，为评述斯坦尼斯拉夫斯基和梅兰芳的戏剧观提供了参照视野。与布莱希特的戏剧观比较，斯坦尼斯拉夫斯基的戏剧观和梅兰芳的戏剧观的差异体现于对待"第四堵墙"的态度上："斯坦尼斯拉夫斯基相信第四堵墙，布莱希特要推翻这第四堵墙，而对于梅兰芳，这堵墙根本不存在，用不着推翻；因为我国戏曲传统从来就是'程式化'的，不主张在观众面前造成生活幻觉。"而中国话剧的问题就在于对"幻觉"的过分追求造成的创作观念的封闭，布莱希特破除幻觉的方法即"间离效果"。[3]关于布莱希特戏剧观的思想资源，黄佐临指出："1935年梅先生第一次到苏联访问演出。布莱希特那时受希特勒迫害，正好在莫斯科避政治难。他看见了梅兰芳的表演艺术，不由分说，当然深深着了

---

　　[1]黄佐临：《漫谈"戏剧观"》，载《人民日报》，1962年4月25日。
　　[2]黄佐临：《漫谈"戏剧观"》，载《人民日报》，1962年4月25日。
　　[3]黄佐临：《漫谈"戏剧观"》，载《人民日报》，1962年4月25日。

迷，于1936年写了一篇《论中国戏曲与间离效果》的文章，狂赞梅兰芳和我国戏曲艺术，兴奋地指出他多年来所朦胧追求而尚未达到的、在梅兰芳却已经发展到极高度的艺术境界。可以说梅先生的精湛表演深深影响了布莱希特戏剧观的形成，至少它起了画龙点睛的作用。他最欣赏的是梅先生的《打渔杀家》。在他的文章里作了细致的描绘，对梅的身段，特别是对桨的运用尤为惊叹不已。"[1]在这种比较的基础上，黄佐临提出了三种戏剧观，即写实、写意以及写实写意的混合，它们在文中对应的例子分别是斯坦尼斯拉夫斯基、梅兰芳、布莱希特。黄佐临的表述谨慎且含蓄，他并不轻易褒贬三种戏剧观的优劣，而是说"梅、斯、布三位大师既一致又对立的辩证关系，事实上即是艺术观上的一致，戏剧观上的对立"。[2]接着，黄佐临批评了那种无视戏剧观，把话剧的戏剧观强加于戏曲的做法，并进一步指出"纯写实的戏剧观只有七十五年历史而产生这戏剧观的自然主义戏剧可以说早已完成了它的历史的任务，寿终正寝，但我们中国话剧创作好像还受这个戏剧观的残余所约束，认为这是话剧唯一的表现方法。突破一下我们狭隘的戏剧观，从我们祖国'江山如此多娇'的澎湃气势出发，放胆尝试多种多样的戏剧手段，创造民族的演剧体系，该是繁荣话剧创作的一个重要课题。"[3]黄佐临虽然没有明确说明"创造民族的演剧体系"的路径，但从其对不同戏剧观的评述上看，"写意"显然是不二之选。黄佐临对于话剧的戏剧观强加于戏曲的做法的批评很明显指涉着建国后的"戏曲改革"，反过来，中国话剧的"民族化"却要借助戏曲"写意"的手法，突破"写实"的藩篱，这种思考其实是对当时"斯坦尼"一统天下的局面的含蓄挑战。考虑到黄佐临"推陈出新"的书写意旨，以及他对建国后"戏曲改革"的含蓄批评，可以说他的论述巧妙地挪用政治话语声援了梅兰芳在1949

---

[1]黄佐临：《漫谈"戏剧观"》，载《人民日报》，1962年4月25日。
[2]黄佐临：《漫谈"戏剧观"》，载《人民日报》，1962年4月25日。
[3]黄佐临：《漫谈"戏剧观"》，载《人民日报》，1962年4月25日。

年提出的"移步而不换形"[1]。当然，黄佐临的论述有一个中苏关系破裂的时代背景作为依托。如何能够清楚地表述自己的戏剧观念，又保证"政治正确"，黄佐临可谓煞费了苦心。布莱希特的"阶级身份"与戏剧实践正好为黄佐临背离"斯坦尼"，走向"梅兰芳"提供了一个话语表述的中介物。

然而，黄佐临根据处理"幻觉"的方式界定出来的"写意"戏剧观正暗示出"写意"的衍生性质。"幻觉与反幻觉，代表着西方戏剧传统关于剧场经验的认识的两个极端。任何对传统的否定，都是从传统中产生的，任何一个肯定都同时意识着一个否定。亚里士多德的体系是西方的，反亚里士多德体系的布莱希特的体系，也是西方的。"[2]布莱希特对梅兰芳和中国戏曲的观察和思考，依据的思想资源正是西方戏剧知识，因此，他对中国戏曲的论述与其说是在讨论戏曲，毋宁说是中西方戏剧文化汇流的权力结构的产物。要进一步探讨布莱希特作为黄佐临"写意"戏剧观论述中介物的性质，就不能回避布莱希特眼中的中国戏曲和梅兰芳所从属的话语谱系。

通常，西方人对于中国戏曲表现出两种截然相反却并行不悖的态度：一是反感厌恶，认为中国戏曲是一种低劣粗俗、幼稚可笑的戏剧形式；还有就是欣赏痴迷，认为中国戏曲精彩神秘、婀娜多姿。这种看似悖反的情形需要回归到西方戏剧文化发展的脉络中才能解释。在西方戏剧文化中一直存在着两大传统，即表演剧场传统和文学剧场传统。在易卜生之前，这两种传统在西方戏剧里面都有所体现。易卜生的剧作不仅如左拉所追求的那样描写真实，语言生活化，提供逼真的人物活动环境，而且对于"佳构剧"技巧运用

---

[1] 1949年11月2日，梅兰芳对《进步日报》的记者说到："我想京剧的思想改革和技术改革最好不必混为一谈，后者在原则上应该让它保留下来，而前者也要经过充分的准备和慎重的考虑，再行修改，才不会发生错误。因为京剧是一种古典艺术，有它几千年的传统，因此我们修改起来也就更要谨慎，改要改得天衣无缝，让大家看不出一点痕迹来，不然的话，就一定会生硬、勉强，这样，它所得到的效果也就变小了。俗语说：'移步换形'，今天的戏剧改革工作却要做到'移步'而不'换形'。"参见张颂甲：《"移步"而不"换形"：梅兰芳谈旧剧改革》，载《进步日报》，1949年11月3日。

[2] 周宁：《中西戏剧的时空与剧场经验》，见周云龙编选：《天地大舞台：周宁戏剧研究文选》，厦门：厦门大学出版社，2011年版，第118页。

到了炉火纯青的地步，同时在里面注入了现代精神。此后，西方戏剧对于文学剧场的追求大大超过了表演剧场，几乎遗忘了表演剧场里面的独白、面具等手段，转而诉诸新发现的透视规律等科技手法，追求一种高度的幻觉模式。但是现代生活不可能满足于戏剧一味地展示生活细节，文学剧场的发展日益走向僵化的时候，必然要寻求新的戏剧审美资源，以另一种

布莱希特像

戏剧形态对其进行挑战和颠覆。[1]这种新的戏剧形态的共同本质就是向表演剧场传统回归，这种回归从19世纪后期就开始了，一直持续下来。一战的残酷和泛滥于资本主义工业社会的物质主义，导致西方的知识精英对于资产阶级的核心价值发起了激烈的批判，并以"反现代主义的现代性"对抗社会现代性。这种"反现代主义的现代性""试图脱离现代社会，因为它抨击这个社会或者至少与之保持距离，它要去寻找另一个世界"，[2]于是"东方"就再次以新的形象和意义出现在西方人的想象中。[3]在西方人"看"中国戏曲时，中国戏曲正是反映西方文化系统的一面模糊不清的镜子，他们真正关注的是西方自身的问题，中国戏曲仅仅是作为一个具有参照意义的他者出现的。

伴随着"西方没落"的幻灭情绪，西方艺术家们开始从古典戏剧和东方戏剧里面寻找资源，中国戏曲也开始被西方重新发现。在这样的戏剧文化传统互动交替中反观西方人对中国戏曲的矛盾态度，就可以发现其内在

---

[1]周宁主编：《西方戏剧理论史·导言》（上册），厦门：厦门大学出版社，2008年版，第93—94、110—111页。

[2][法]伊夫·瓦岱：《文学与现代性》，田庆生译，北京：北京大学出版社，2001年版，第83页。

[3]比如，美国戏剧家尤金·奥尼尔在20世纪20年代创作的一系列具有神秘主义色彩的实验戏剧（如《大神布朗》、《拉撒路笑了》、《马可百万》、《奇异的插曲》等），以及桑顿·怀尔德在其名作《我们的小镇》里面的形式革新，正反映着这一社会思潮。而这一时期在西方社会翻卷的那股关注东方文化的大潮亦为这些戏剧实验制造了相应的受众。

的必然性：西方人在看到中国戏曲时，一方面因为中国传统戏曲固有的惯例使其审美习惯遇到了巨大的挑战，出于一种傲慢的沙文主义心态，极尽丑化、诋毁之能事；另一方面，中国戏曲本身的魅力和他们深层文化心理中的"乡愁"，对于这种陌生却似曾相识的戏剧形式产生了本能上的亲近感。

事实上，在中国戏曲表演中，布莱希特联想到的正是西方的戏剧思想传统。[1]布莱希特的戏剧观并非来自梅兰芳的影响，"布莱希特不是在观看梅兰芳表演之后，才使用'陌生化或间离效果'这个术语，而是在此之前就试运用它了；不是布莱希特从梅兰芳那里借过了'陌生化'表演方式，而是他已经在用'陌生化'理论来解释梅兰芳的表演艺术了"。[2]正是由这种相似性出发，布莱希特在文化认同中发现了可以与戏曲相印证的东西，从而赋予了"戏曲"或"梅兰芳"以文化"他者"的意义。[3]这中间潜隐了一个文化价值转换的运作过程。

从这个意义上说，黄佐临以布莱希特的戏剧观念作为中介，提出的"写意"戏剧观自身就包含着许多复杂、彼此矛盾的特征：一方面，"写意"戏剧观提出的初衷在于建构民族的戏剧编演体系，对抗既往单一的苏联和想象的"西方"（"写实"）戏剧模式，另一方面它本身却又是西方戏剧思想脉络中的产物。

田汉在说明20世纪50年代中后期的"话剧民族化"理论批评浪潮的起因时曾提及在1956年春天举行的话剧会演上，欧洲社会主义国家同行对中国话剧"民族传统"的匮乏的批评，[4]如果把这些来自欧洲社会主义国

---

[1] ［德］贝·布莱希特：《中国戏剧表演中的陌生化效果》，见《布莱希特论戏剧》，丁扬忠译，北京：中国戏剧出版社，1990年版，第191、192页。

[2] 梁展：《也谈布莱希特与梅兰芳》，载《读书》，1997年第9期。

[3] 无独有偶，1932年，程砚秋以南京戏曲研究院副院长的身份赴苏联、德国、法国等欧洲国家进行访问考察，最终写成《赴欧考察戏曲音乐报告书》。在该书中他也曾借用一法国戏剧家之口指出，中国戏曲"是可珍贵的写意的演剧术"。

[4] 田汉：《看话剧〈万水千山〉后的谈话》，见《田汉全集》第16卷，石家庄：花山文艺出版社，2000年版，第460页。

家的同行置换为"布莱希特"，就可以看到这一批评中暗含的"西方"眼光。"阶级"的大标题并不能完全遮蔽文化交流的辩证法。如果按照余上沅所说的，"写实派偏重内容，偏重理性；写意派偏重外形，偏重情感"，那么，"十七年"期间的"话剧民族化"和"写意"戏剧观正是在"西方"的话语形塑中追寻一种以"情感"（审美主义）为取向的国族文化构建方案。换句话说，"话剧民族化"和"写意"戏剧观正是在一种"幻觉"中试图对中国戏剧文化进行提纯，其目的在于借助纯粹的中国戏剧美学克服西方的资产阶级和苏联的修正主义，只是这一提纯的过程依赖了"西方"的眼睛，并将其凝视的目光内在化了。它与张庚的"话剧民族化"虽然不属于同一个话语脉络，但在逻辑前提上二者并无二致，它们都依附于西方的现代性框架，区别仅在于彼此间的思想资源不同而已，其实质是借助西方的戏剧思想资源对抗"西方"/资本主义和苏联/修正主义。

"话剧民族化"和"写意"戏剧观显然继承了张厚载、余上沅等人的思想遗产，当然也包揽了他们留下的文化债务。在这里，戏剧思想传统的生产、跨文化散播、流动、挪用的时间过程被转化为东方主义和西方主义的空间关系，因此，黄佐临把其"写意"戏剧观的论述目标定位于"推陈出新"[1]亦无不可。

---

[1] 参见本章第三节对于"推陈出新"的具体论述。

第十四章 "样板戏"：戏剧作为一种国家艺术意识形态

第一节 概述

　　"文革"时期，所谓"八亿人民八个戏"，"样板戏"统驭了文艺舞台。1967年5月31日，《人民日报》发表了社论《光辉的革命文艺样板》，正式将革命现代京剧《红灯记》、《智取威虎山》、《沙家浜》、《海港》、《奇袭白虎团》，芭蕾舞剧《红色娘子军》、《白毛女》和交响音乐《沙家浜》八个现代戏命名为"样板戏"。社论中说："这八个革命文艺样板戏，突出地宣传了光焰无际的毛泽东思想，突出地歌颂了历史主人翁工农兵。它贯穿了毛主席的为工农兵服务、为无产阶级政治服务的革命文艺路线，体现了'百花齐放'、'推陈出新'、'古为今用'、'洋为中用'的正确方针，做到了'革命的政治内容和尽可能完美的艺术形式的统一'。"这一时期，不仅人人看的是"样板戏"，全国各地还"人人学唱样板戏"，戏剧在民间，从来没有过这样广泛深入的影响。"样板戏"成为革命文艺的至高无上的样板，这一时期的戏剧理论，自然也就只能是"样板戏"理论。

　　考察这一时期的"样板戏"理论，首先应该予以关注的是"样板戏"形态和理论正式出场之前的意识形态准备。20世纪60年代初开始持续不断地对孟超《李慧娘》、吴晗《海瑞罢官》和田汉《谢瑶环》等剧的批判，使得戏曲批评渐次脱离了学术论争的轨道，转而变为政治批判。如果说新中国建立之初的反历史主义批评及时遏制了戏曲批评领域的极左倾向，那么《李慧娘》、《海瑞罢官》批判则是极左思想在戏曲批评领域的泛滥。而打倒《李慧娘》、《海瑞罢官》等历史剧目，便为以"样板戏"为极端形态的现代戏及附着在其身上的话语体系的登场完全清空了舞台空间。1967年，毛泽东说："我们的无产阶级文化大革命应该从1965年冬姚文元同志对《海瑞罢官》的批判开始。"新近学者们的研究又认为对孟超《李慧娘》的批判应该早于对吴晗《海瑞罢官》的批判，从而成为"文化大革命"的导火线。到了对《李慧娘》、《海瑞罢官》的批判，新中国建立伊始展开的戏曲改革终于演变成为戏曲革命，甚而为京剧革命。革命在大"破"传统剧目、历史剧目的同时，大"立"京剧现代戏样板"一花独秀"。戏曲改革运动步入京剧革命的"样板戏"阶段。考察这一时期的"样板戏"理论，不能忽视"样板戏"及"样板戏"理论的历史渊源。毛泽东及江青有关戏剧改革和"样板戏"创作的一系列指示和谈话，是"样板戏"理论所必须遵循的方向和必须规守的疆域，因而也是考察"样板戏"理论时一定要注意的理论基础和价值指向。考察这一时期的"样板戏"理论，有一个有利的条件："文革"期间尤其是"文革"后期，临近"样板戏"创作十周年纪念的时候，各个"样板戏"剧组，都组织撰写了经验总结文章并在《人民日报》、《红旗》杂志和《文艺报》等权威报刊上发表，这一系列文章，呈现了"样板戏"理论的基本框架和具体内涵。

"文革"十年，中国现代戏剧理论与批评的所有问题，几乎都汇入"样板戏"观念中，平民戏剧与左翼戏剧、"戏改"、话剧民族化与戏曲现代化，甚至从艺术形式上看，"国剧运动"的理想也呈现在"样板戏"艺术实践中。"八亿人民八个戏"，是中国现代戏剧从最初就表现出来的政治化倾向被极端意识形态化的表现，"样板戏"的极端化实践虽然结束了，但样板戏的观念模式，却依旧潜在于国家戏剧政策与行政管理体制中。反思"样板戏"理论与实践，不在于批判一段已经结束的历史，而在于反省一种依旧在延续的现实。

创造一种新型的"无产阶级艺术"，是"样板戏"创作者的政治与艺术追求。在"样板戏"的发展史上，《林彪同志委托江青同志召开的部队文艺工作座谈会纪要》（简称《纪要》）的影响和制约作用是贯穿始终的。[1]《纪要》不仅明确提出要树"样板"，而且指明当时由江青牵头搞的一批文艺作品就是"样板"。《纪要》中说："我们一定要继续学好毛主席的著作，认真进行调查研究，种好试验田，搞好样板，在这一场兴无灭资的文化革命中起好带头作用。"又说："近三年来，社会主义的文化大革命已经出现了新的形势，革命现代京剧的兴起就是最杰出的代表。"认为："革命现代京剧《红灯记》、《沙家浜》、《智取威虎山》、《奇袭白虎团》等和芭蕾舞剧《红色娘子军》、交响音乐《沙家浜》、泥塑《收租院》等，已经得到广大工农兵群众的批准，在国内外观众中，受到极大的欢迎。"从而"使京剧这个最顽固的堡垒，从思想到形式，都发生了极大的革命"。

此外，《纪要》还明确指出了树立"样板"的方法和原则。具体而言，在题材上，要注重现代题材和革命题材："我们应当十分重视社会主义革命和社会主义建设的题材，忽视这一点，是完全错误的。"在创作方法上，要用"两结合"方法："要采取革命的现实主义和革命的浪漫主义相结合的方法，不要搞资产阶级的批判现实主义和资产阶级的浪漫主义。"在艺术形象上，则是要创造出新型的英雄人物："我们要满腔热情地、千方百计地去塑造工农兵的英雄形象"，"努力塑造工农兵的英雄人物，这是社会主义文艺的根本任务"。而在指导思想上，则明确以毛泽东思想为指针，摒弃一切资产阶级思想："只有无产阶级的社会主义革命，才是最后消灭一切剥削阶级的革命，因此，决不能把任何一个资产阶级革命家的思想，当成我们无产阶级思想运动、文艺运动的指导方针。"这一系列树立"样板"的方法和原则，当然最直接地影响到了"样板戏"的思想内涵和表现方式。"样板戏"中以毛泽东思想为指导的思想主题、中国革命史的现实题材、高大完美的"工农兵英雄形象"等等，都是从这里来的。

然而更值得注意的是，《纪要》中还提出了"样板戏"创作所应有的

---

[1] 参见1967年5月29日的《人民日报》。

艺术与文化追求。在创作态度上，《纪要》特别强调树"样板"要"标新立异"。"我们要标新立异，我们的标新立异是标社会主义之新，立无产阶级之异。"因此，在树"样板"的过程中，《纪要》强调"要破除对中外古典文学的迷信"，同时还指出："对十月革命后出现的一批比较优秀的苏联革命文艺作品，也要有分析，不能盲目崇拜，更不要盲目地模仿。"不仅如此，《纪要》还特别指出要"破除对所谓三十年代文艺的迷信"。这就不仅只是否定了"五四"新文学传统，也否定了过去曾认可的30年代以来的革命文学脉流。《纪要》中还引述了江青的话，认为："文艺上反对外国修正主义的斗争，不能只捉丘赫拉依之类小人物。要捉大的，捉肖洛霍夫，要敢于碰他。他是修正主义文艺的鼻祖。"肖洛霍夫是获得诺贝尔文学奖、拥有世界性影响的苏联作家，"捉肖洛霍夫"其实也就是说，文艺上的"反修"、树立"样板"，要敢于挑战那些被既有文艺标准视为顶尖的作家和作品。

《纪要》如此决绝地要求破除对"古今中外"既有文艺成果的"迷信"，明确地显现出一种特殊的创作态度："标新立异"地创造出一种与既往的"封、资、修"（封建主义、资本主义、修正主义）艺术相区别，又超越这些旧艺术的新型的"无产阶级艺术"。后来，"样板戏"的创作者们就是把"样板戏"当作"无产阶级艺术的里程碑"来定位阐发的。初澜的文章《京剧革命十年》中即说，"样板戏"的诞生，"宣告了中国社会主义文艺的新纪元已经到来"。[1]《纪要》既是前期"样板戏"创作经验的总结，也是后来"样板戏"不断样板化的理论指针，它使得"样板戏"的精神气质和形态特征进一步凸显。《纪要》中有关文艺"样板"的理论阐述和"样板戏"本身，二者是相互生成的，今天对"样板戏"的回顾和反思，自然不能忽略这一因果互动关系。

---

[1] 初澜：《京剧革命十年》，载《红旗》，1974年第7期。

第二节　不破不立：从艺术批评到政治批判

　　尽管在"文革"时期成为文化的中心，但是与文艺的其他领域相比，"文革"之前戏剧领域的风暴来得不是那么早、那么急。就在建国初文艺界火热批判电影《武训传》的同时，戏剧界却开展了一场反历史主义批评，有效遏制了左倾思想的泛滥。然而时隔十年，随着对孟超《李慧娘》、吴晗《海瑞罢官》等剧的批判越演越烈，逐渐由艺术批评推向政治批判，戏剧终于成为文艺乃至整个文化领域的聚光区。至此，"文化大革命"大幕掀启。而京剧"样板戏"作为戏剧界革命的成果终于粉墨登场。

一、反历史主义批评

杨绍萱像

　　建国之初，延安新编历史剧《逼上梁山》的编导之一、时任戏曲改进局副局长的杨绍萱改编创作出《新天河配》、《新大名府》、《新白兔记》、《愚公移山》等一系列神话剧和历史剧。其中，《新天河配》用的是牛郎织女的传说，却大量结合了当时的国内外形势，剧情与家喻户晓的牛郎织女故事相去甚远。剧本里，"老黄牛竟唱了鲁迅的诗'横眉冷对千夫指，俯首甘为孺子牛'；当村民赶走长老时说'你那老一套，现在用不着'，'你这个老迷信，现在要打倒'之类的话；剧情里，也贯穿了和平鸽和鸥枭之争，用以影射目前的国际关系，最后是以'牛郎放牛在山坡，织女手巧能穿梭，织就天罗和地网，捉住鸥枭得平和'为结尾。"[1] 其时，全国戏曲舞台上涌现了大量牛郎织女戏，大都与杨绍萱的《新天河配》一样，"经过很大的改动，或是全部重写，增加许多情节，

　　[1] 艾青：《谈〈牛郎织女〉》，载《人民日报》，1951年8月31日。

或是重新构造新的情节，借神话影射现实，结合目前国内外形势，土地改革、反恶霸斗争，镇压反革命，抗美援朝，保卫世界和平等等"[1]。由于杨绍萱的声名和地位，他的《新天河配》在众多牛郎织女戏中影响甚大。

1951年8月31日，艾青在《人民日报》上发表文章《谈〈牛郎织女〉》，批评其时牛郎织女戏创作泛滥的现象。在列举其时戏曲作品对牛郎织女神话的三类处理情况后，艾青指出："《牛郎织女》的神话，是中国人民的最好的文学创造之一，是我们民族的宝贵的遗产。"文艺工作者的任务之一，是"爱惜这类神话并给以整理，使之更丰美"。艾青认为，"像这一类神话，可以用各种形式去表现。但在改写的时候，希望能注意几点"：首先，应该"严肃的对待民间传说，尽可能地保留原有传说中美丽的情节，不要破坏神话的纯朴的想象"，这"是我们爱国主义精神的表现，也是一种群众观点"，因为神话传说"是各民族的祖先对自然现象、人生经验、劳动、爱情、斗争的一些观念的组合"，"强烈地流露了我们祖先对于幸福生活的愿望和意志"，"许多神话里，都反映两种势力的矛盾：人和神，人和恶魔，以及人间的善与恶的矛盾，这些矛盾，就是阶级社会的矛盾"；第二，改写牛郎织女神话"必须把主题思想明确起来，把劳动、爱情、反封建这三种基本的观念强调起来。把牛郎和织女回复到劳动人民的本来面目"，艾青批评把织女写成大家闺秀、把牛郎写成书生，认为这是"一种对劳动人民的歪曲"；第三，"神话虽然根据现实产生，但它并不完全是现实，它比现实富有更多想象，假如把这些想象抽掉，或是不适当地强调现实，都会丧失神话的纯朴和天真的美"，艾青认为，"忽略了创造这些神话的古代人民的基本观念"，"杜撰许多情节，把这些情节生硬地掺和在里面，使原有神话的线索完全模糊了"，"借任何一个人物的嘴，来发表一些危言耸听的所谓'哲理'"，都是不符合神话想象、与神话的"真实"、"科

---

[1] 艾青：《谈〈牛郎织女〉》，载《人民日报》，1951年8月31日。

学"和"动人"性有违的；第四，我们"反对完全不根据历史事实和原有传说的情节，随便加以牵强附会的许多所谓'暗喻'"，他指出："有些人一写历史剧和神话剧，就想'借古喻今'，根据现在的需要，把历史事件的情节给以重新编造，或是借历史人物的嘴发表现代人的理论，或是在结尾上加添一点'暗喻'之类……我们说文艺工作必须反映现实，必须联系实际，有的人把这个意思，理解成简单化、庸俗化了。他们以为联系实际，只是把每个时期的中心任务，像贴标语似的放到作品里去，完全不管那个作品写的是什么时间、地点、事件。"[1]

艾青的批评文章发表之后，杨绍萱反应激烈，于1951年9月1日、9月7日、9月21日连续三次致信《人民日报》，而且火药味一次比一次浓。在9月1日的信中，杨绍萱质疑艾青"由于个人的偏爱"，"对于抗美援朝运动的发展表示了不满"。9月7日，杨绍萱要求《人民日报》"彻底检讨这个问题"，"我觉得这篇文章是'为神话而神话'的典型，没有任何思想，不能解决任何问题。但它却做了一件事，就是枪口对内，帮助敌人；打击的是抗美援朝戏曲工作者，帮助的是美帝国主义杜鲁门。这样的所谓文章乃出现于检讨电影《武训传》之后，正当美帝国主义破坏停战谈判的时候。我觉得作为一个抗美援朝工作者，作为一个爱好和平的中国人民，这是不能容忍的。"9月21日，杨绍萱表示，艾青的文章"造成了干部中思想的混乱"，"我认为艾青这篇文章是一种错误思想的透露，不是单纯一篇文章问题，也不是为了什么个把剧本的问题。论文章的成色，有'低能无知'四个字就够了；在本质上则是违反了戏曲文艺政策。剧本呢？演出之后，全靠群众评论；在意义上，它是引出了一个严重问题，那就是什么思想在支配着戏曲文艺运动，这就关系了无产阶级文艺运动领导权的问题。"[2]

---

[1]艾青：《谈〈牛郎织女〉》，载《人民日报》，1951年8月31日。

[2]杨绍萱：《论"为文学而文学、为艺术而艺术"的危害性——评艾青的〈谈牛郎织女〉》，（附）《杨绍萱同志来信》，载《人民日报》，1951年11月3日。

到了1951年11月3日，《人民日报》发表了杨绍萱对艾青的反批评文章《论"为文学而文学、为艺术而艺术"的危害性——评艾青的〈谈牛郎织女〉》。杨绍萱在文中说艾青的文章提供了一个活生生的例子，解答了"为文学而文学、为艺术而艺术"于人民有什么样的危害性的问题。杨绍萱认为艾青主张"为神话而神话"，结果就是不许"影射反帝国主义"，"坚决地不许动一动帝国主义'杜鲁门'"。杨绍萱质问："艾青先生你这是替谁说话呢？"杨绍萱引用艾青文中关于牛郎织女的两个版本批驳艾青的"任意宰割的野蛮行为"、"把原来的神话传说一脚踢开"、"已找不到原有神话的线索"、"使原有神话的线索完全模糊了"的说法，他说："一个神话原是历代可以有创造的，那么在伟大的人民革命时代为什么就不许'借神话影射现实'而加以创造呢？人家有了一点儿创造，就又痛骂为'野蛮行为'，这所表现的思想是如此混淆和无理"，"这是瞪着眼睛说瞎话，因为任何一个编剧者既要采用牛郎织女神话故事，或多或少或好或坏虽等等不齐，总会有'神话的线索'，想完全没有线索是不可能的"，"真正模糊了原来神话的线索，特别是模糊了意义，不是别人，而恰恰是艾青自己"。针对批评牛郎织女戏"完全成了另外一个东西了"，杨绍萱指出，"这句话对于艾青先生来说，恰好证明他是一个典型的'为神话而神话'主义者"，杨绍萱说："历史与革命就是这样无情，它是不管你是什么'为文学而文学、为神话而神话'。文学家们愿意不愿意，它是一股劲儿在那里变，这我们有丰富的经验，就是这种变一定会引起封建社会的士大夫和资产阶级的文学家们的不满，他们以为'幼稚''简陋'而不堪入目，以至痛骂为'野蛮行为'，只是他们没有办法来阻挠这个变，那么怎么办呢？那就只有由惋惜而痛骂了。"杨绍萱在文章的开头"端正我们对于文艺运动和戏曲改革运动的观点"和结尾"谈谈戏曲文艺评论"中都给艾青扣了大帽子，认为艾青的批评是戏曲改革运动中"封建社会士大夫或资产阶级文学家们"对于"工人阶级和农民群众"的"文艺修辞或艺术形式"的打击，认为艾青的文章"找不出一条够得上科学的分析，找不出一条建设性的具体意见，充满全文的是个人的偏爱偏憎，爱的既不一定是真理，憎的也不一定是过错，这种文章有什么用处呢？资敌而已。"[1]杨绍萱给《人民日报》的三封信和《论"为文学而文学、为艺术而艺术"的危害性——评艾青的〈谈牛郎织女〉》已经显示出以阶级斗争来替代戏剧批评的端倪，几乎可以看作十年之后孟超《李慧娘》和吴晗《海瑞罢官》批判的先声。但是，建国初戏曲改革工作中的这一极左倾向及时得到了纠正。

《人民日报》在发表杨绍萱这篇文章的同时明确表达了态度和立场。《人民日报》"编者按"称，艾青的文章"虽有说得不完全的地方，但它的基本观点，是正确的"，"我们认为杨绍萱同志的基本观点和态度都是有错误的。但这是一个关于文艺创作中处理历史题材和神话传说的带有普遍性的问题，值得提出来公开讨论"。[2]

杨绍萱《论"为文学而文学、为艺术而艺术"的危害性——评艾青的〈谈牛郎织女〉》一文发表后，《人民日报》、《文艺报》、《人民戏剧》等先后发表马少波、陈涌、阿甲、光未然、何其芳等人的文章批评杨绍萱的观点和态度。艾青也于1951年11月12日在《人民日报》发表《答杨绍萱同志——我们不是谈群众创作》一文。艾青在文中再次批评20世纪50年代初的反历史主义倾向："在我们的戏曲改革工作中，存在着一种严重地违反历史唯物主义的倾向。这种倾向，通常叫做'反历史主义'，就是当处理历史题材和古代民间传说的时候，把许多只能产生于一定的历史条件中的人物和事件，拉扯到现代来，加以牵强附会的比拟，或是把只能产生于今天的观念和感情，勉强安放到古代人物的身上去。因此，在我们的戏曲舞台上就出现了似古非古、似今非今的混乱现象。"[3]除刊登理论界的文章之

---

［1］杨绍萱：《论"为文学而文学、为艺术而艺术"的危害性——评艾青的〈谈牛郎织女〉》，载《人民日报》，1951年11月3日。

［2］杨绍萱：《论"为文学而文学、为艺术而艺术"的危害性——评艾青的〈谈牛郎织女〉》，"编者按"，载《人民日报》，1951年11月3日。

［3］艾青：《答杨绍萱同志——我们不是谈群众创作》，载《人民日报》，1951年11月12日。

外，《人民日报》还组织广大读者对杨绍萱《论"为文学而文学、为艺术而艺术"的危害性》一文提出意见，并陆续刊登了部分读者来信。读者大都认为杨绍萱的"艺术思想和他对待批评的态度都是有错误的"[1]。

戏曲改革工作领域开展反历史主义批评其时，文艺界正在进行电影《武训传》大批判。这是建国后文艺界的首次大批判。"如果说对《武训传》的批判强调了阶级斗争，强调了文艺和政治的关系"，反历史主义批评则"补充强调了另外一个方面：反对把阶级斗争的理论与文艺和政治的关系简单化、庸俗化，反对对古人古事采取反历史主义和反现实主义的态度"。[2]建国之初的反历史主义批评，及时遏制了戏曲改革工作中新剧目编写的急进的功利主义，以及戏曲批评中"扣帽子、打棍子的极'左'的论辩态度"[3]，另外一方面，它是否一定程度地抑制了建国后新编历史剧创作也是一个值得探讨的问题。

反历史主义批评当然并没能完全从根本上铲除戏曲创作和戏曲批评中的"左"倾。历史何其相似，1958年，在大跃进浪潮里，戏曲舞台上又一次大量出现了牛郎织女戏，这些"新神话剧"与20世纪50年代初《新天河配》等牛郎织女戏几乎如出一辙，只不过这一次，牛郎织女传说是被社会经济领域的大跃进内容和主题冲击得支离破碎。大跃进中的"新神话剧"引发了戏剧界的激烈论争。直到大跃进过后，"新神话剧"创作中的假大空现象才被彻底否定。而反历史主义批评中杨绍萱对艾青的反批评方式和话语在20世纪60年代初的《李慧娘》、《海瑞罢官》批判中却得到了肆意发挥。

---

[1]《批判杨绍萱在戏曲改革中的反历史主义倾向　本报读者来信综述》，载《人民日报》，1951年12月5日。

[2] 郭志刚：《中国当代文学史初稿》（上册），北京：人民文学出版社，1980年版，第53页。

[3] 田本相、宋宝珍、刘方正：《中国戏剧论辩》（下），见《二十世纪中国学术论辩书系·艺术卷》，南昌：百花洲文艺出版社，2007年版，第678页。

二、孟超《李慧娘》批判

1963年对孟超新编昆曲《李慧娘》的批判是戏曲界乃至整个文艺界的一件大事，制造了前后株连一百多人的冤案，甚至被认为是早于吴晗《海瑞罢官》批判的"文化大革命"的导火线。

孟超在《李慧娘》之前没有涉足戏剧创作，《李慧娘》是孟超第一个也是最后一个戏剧作品，这一点与吴晗创作《海瑞罢官》相仿。建国后，孟超相继任国家出版总署图书馆副馆长、人民美术出版社创作室副主任等职，1957年调任戏剧出版社副总编辑，1961年任人民文学出版社副总编辑兼戏剧编辑室主任。1959年秋季，孟超在一次病中突然想到从幼时就熟悉、喜爱的戏曲人物形象李慧娘，于是开始阅读、研究明代周朝俊的《红梅记》及大量相关文献，酝酿构思《李慧娘》一剧。在友人张真和北方昆曲剧院负责人金紫光的建议和鼓励下，1960年春节期间孟超执笔创作，将《红梅记》改编为昆曲《李慧娘》。初稿1961年发表于7、8两个月合刊的《剧本》月刊。

孟超的《李慧娘》对周朝俊的《红梅记》作了大幅度的改编。《李慧娘》以裴禹和李慧娘的关系为主要线索，以李慧娘为中心人物，突出刻画了李慧娘"敢爱敢恨、憎爱分明、被害死后变为鬼魂复仇"[1]的艺术形象，盛赞李慧娘反抗强权、伸张正义的精神。孟超在1962年为《李慧娘》剧本单

李淑君扮演李慧娘。

北昆导演丛兆桓曾在《李慧娘》中演裴禹。

[1] 王培元：《孟超："悲歌一曲李慧娘"》，载《美文》（上半月），2007年第9期。

行本写的代跋《试泼丹青涂鬼雄》中，称他写作时"义溢于胸，放情的歌，放情的唱，放情的笑骂，放情的诅咒；是我之所是，非我之所非，爱我之所爱，憎我之所憎，是非爱憎无不与普天下人正义真理契合溶结而为一"，孟超说自己不过是"借戏言志"，"借此丽姿美丽之幽魂，以励人生"。[1]

1961年8月，北方昆曲剧院搬演《李慧娘》，被誉为"北昆第一旦角"的李淑君饰李慧娘，丛兆桓饰裴禹，周万江饰贾似道，白云生导演，陆放作曲。演出即刻引起轰动。《人民日报》、《光明日报》、《戏剧报》等纷纷刊登文章盛赞《李慧娘》的成就和六十一岁孟超的"老树开花"：《李慧娘》"是个相当成功的改编尝试"，"在百花园中，放出光彩，真是一朵新鲜的'红梅'"，"是昆曲剧目中继《十五贯》之后，贯彻党的'百花齐放，推陈出新'政策的又一次可喜的尝试"。[2]《李慧娘》也得到了时任中共中央政治局委员、主管意识形态工作的康生的赞扬。康生帮孟超改过《李慧娘》的台词，曾致信孟超祝贺演出成功，并称赞孟超"做了一件大好事"，同时指示"北昆今后照此发展，不要再搞什么现代戏"[3]。康生在1961年10月14日还把《李慧娘》作为"最近戏剧舞台上，最好的一出戏"[4]介绍给即将参加苏共二十二大的周恩来。周恩来曾先后两次观看演出。

在一片赞扬中也掺杂着不同的声音，这主要是对于舞台上的鬼戏的质疑。当然，对舞台演出鬼戏的态度并不是一个新问题。1953年马健翎秦腔新本《游西湖》对旧本做了李慧娘由鬼变人的改编演出后，即引起了建国后关于鬼戏的第一次论争。戏剧界不少人对马健翎粗暴删除鬼戏的行为不满，认为李慧娘的鬼魂"正是大家幻想的化身，是代替大家做了想做而做不到的事情的'好鬼'"[5]；李慧娘鬼魂的出现，"从整个作品的主要精神

[1]孟超：《试泼丹青涂鬼雄——昆曲〈李慧娘〉出版代跋》，见孟超、陆放：《李慧娘（昆剧）（附全部曲谱）》，上海：上海文艺出版社，1962年版，第113、118页。

[2]彭厚文：《20世纪60年代前期对〈李慧娘〉和〈有鬼无害论〉的批判》，载《党史博览》，2011年第4期。

[3]王培元：《孟超："悲歌一曲李慧娘"》，载《美文》（上半月），2007年第9期。

[4]丛兆桓口述：《我所亲历的〈李慧娘〉事件》，载《新文学史料》，2007年第2期。

[5]《改编〈游西湖〉的讨论》，载《文艺报》，1954年第5期。

中看，却不是迷信，改掉就是不妥当的了"，"鬼魂的出现，正是斗争在幻想基础上的继续发展。这种描写不是反现实主义的，而是现实主义精神的积极发扬的结果"。[1]到了1956年，继文化部第一次全国戏曲剧目工作会议之后，在"打破清规戒律"、开放剧目的工作中，鬼戏问题再次引起论争。论争中，"反对'鬼戏'登台的只占少数，大多数人都主张'鬼戏'可以上演"[2]。因此，孟超《李慧娘》演出后，观众中对于鬼戏的质疑之声并不新鲜，应该说在新中国意识形态的建构过程中，对传统戏曲包括"鬼戏"等诸多方面的认识终究会是一个历时漫长、观念复杂的问题。孟超1962年在单行本代跋《试泼丹青涂鬼雄》一文中说："不过，舞台上久已无鬼戏登场，有鬼固然无害，狰相怖人，固非我之初意，但始作俑者，我亦难辞其咎。"[3]孟超 "有鬼固然无害"之说出自他 "深感其深意"的 "为此戏作护法"的廖沫沙的《李慧娘》评论文章《有鬼无害论》。这是《李慧娘》演出后在肯定其成就的文章中最有影响力的一篇。

廖沫沙像

　　1961年，时任北京中共北京市委委员、统战部部长等重要职务的廖沫沙应《北京晚报》记者的邀约为《李慧娘》写观后感。记者约稿时说："许多人看了都觉得戏编得好，只是把李慧娘写成鬼，舞台上出现鬼魂，让人看了总觉得不好。"[4]8月31日，廖沫沙以"繁星"为笔名发表的《有鬼无害论》便主要就这个问题谈看法。廖沫沙在《有鬼无害论》一文中首先

　　[1]张真：《谈〈游西湖〉的改编》，载《文艺报》，1954年第21期。

　　[2]田本相、宋宝珍、刘方正：《中国戏剧论辩》（下），见《二十世纪中国学术论辩书系·艺术卷》，南昌：百花洲文艺出版社，2007年版，第692页。

　　[3]孟超：《试泼丹青涂鬼雄》，见孟超、陆放：《李慧娘（昆剧）（附全部曲谱）》，上海：上海文艺出版社，1962年版，第118页。

　　[4]穆欣：《孟超〈李慧娘〉冤案始末》，载《新文学史料》，1995年第2期。

肯定了《李慧娘》的改编成就："不但思想内容好，而且剧本编写得不枝不蔓，干净利落。比原来的《红梅记》精炼，是难得看到的一出改编戏。"接着提到了部分观众的一种疑虑："既是现代作家改编的剧本，为什么还保留旧戏曲的迷信成分？让戏台上出鬼，岂不是宣传迷信思想？"廖沫沙看到了鬼神在文学遗产中大量存在的现实客观性，他说："我们中国的文学遗产（其实不止是中国的文学遗产）——小说、戏曲、笔记故事，有些是不讲鬼神的，但是也有很多是离不开讲鬼神的。台上装神出鬼的戏，就为数不少……戏台上出现鬼神，是因为人的脑袋里曾经出现过鬼神的观念。前人的戏曲有鬼神，这也是一种客观存在，没有办法可想。"他认为文学遗产中的鬼神更多地代表社会斗争的力量，是阶级斗争的反映："在文学遗产中的鬼神，如果仔细加以分析，就可发现，它们代表自然力量的色彩已经很少，即使它们的名称还保存着风、雷、云、雨，实际上它们是在参加人世间的社会斗争。本来是人，死后成鬼的阴魂，当然更是社会斗争的一分子。""文学作品，是现实世界的反映，在阶级社会，就是阶级斗争的反映。"

由此，廖沫沙赞扬《李慧娘》一剧中李慧娘的鬼魂形象，提出"有鬼无害论"："戏台上的鬼魂李慧娘，我们不能单把她看作鬼，同时还应当看到她是一个至死不屈服的妇女形象。""《红梅记》这部文学遗产之所以可贵，就因为它揭露了卖国贼的荒淫残暴，摧残妇女；《李慧娘》之所以改编得好，就因为它把一部三十四场的《红梅记》（玉茗堂本），集中最精彩的部分，提炼为六场戏，充分发展了这场斗争，而以'鬼辩'作为斗争的高潮，胜利地结束斗争。""是不是迷信思想，不在戏台上出不出鬼神，而在鬼神所代表的是压迫者，还是被压迫者；是屈服于压迫势力，还是与压迫势力作斗争，敢于战胜压迫者。前者才是教人屈服于压迫势力的迷信思想，而后者不但不是宣传迷信，恰恰相反，正是对反抗压迫的一种鼓舞。""我们对文学遗产所要继承的，当然不是它的迷信思想，而是它反抗压迫的斗争精神。戏台上的鬼魂，不过是一种反抗思想的形象。我们要查问的，不是李慧娘是人是鬼，而是她代表谁和反抗谁。用一句孩子们看戏通常所要问的话：她是个好鬼，还是个坏鬼？""如果是个好鬼，能鼓舞人们的斗志，在戏台上多出现几次，那又有什么妨害呢？"[1]

廖沫沙的"有鬼无害论"也并非空谷足音。1957年3月12日，毛泽东在中国共产党全国宣传工作会议上说到，舞台上的"牛鬼蛇神"虽不予提倡发展，但"有一点也可以"，"用不着害怕"，"单靠行政命令的办法"去禁止，"不能解决问题"。[2]20世纪50年代末60年代初，毛泽东又请何其芳编选《不怕鬼的故事》，并多次作"不怕鬼"的讲话。廖沫沙接到记者的邀约后想到，"舞台上常演《游园惊梦》、《钟馗嫁妹》等鬼魂出现的戏，人们不都很喜爱吗？"，又想到毛泽东关于"舞台上的牛鬼蛇神无须禁绝"的话，[3]他还翻阅了马克思、恩格斯著作中有关宗教、神话的一些论述，于是写出《有鬼无害论》。

然而好景不长，1962年意识形态领域风云突变。这年9月，毛泽东提出"阶级斗争必须年年讲、月月讲、天天讲"，指责小说《刘志丹》"利用小说进行反党活动，是一大发明"。1963年初，毛泽东看过《李慧娘》，开始多次对"鬼戏"表达不满，决定批判"鬼戏"。3月29日，中共中央批转了文化部党组3月16日递交的《关于停演"鬼戏"的请示报告》。报告点名批评孟超的《李慧娘》和廖沫沙的《有鬼无害论》，说："近几年来，'鬼戏'演出渐渐增加，有些在解放后经过改革去掉了鬼魂形象的剧目（如《游西湖》等），又恢复了原来的面貌；甚至有严重思想毒素和舞台形象恐怖的'鬼戏'，如《黄氏女游阴》等，也重新搬上舞台。更为严重的是新编的剧本（如《李慧娘》）亦大肆渲染鬼魂，而评论界又大加赞美，并且提出

————————

　　[1] 繁星：《有鬼无害论》，载《北京晚报》，1961年8月31日。
　　[2] 毛泽东：《（一九五七年三月十二日）在中国共产党全国宣传工作会议上的讲话》，见《毛泽东著作选读》甲种本，北京：人民出版社，1964年版，第19页。
　　[3] 陈海云、司徒伟智：《廖沫沙的风雨岁月》，北京：十月文艺出版社，1991年版，第168页。

'有鬼无害论'，来为演出'鬼戏'辩护……虽然最近我们在戏剧工作者中间进行了反对'鬼戏'的讨论和对'有鬼无害论'的批评，但对于剧团、特别是农村剧团上演'鬼戏'问题，还没有采取进一步的措施，以致'鬼戏'还在流行，还在群众中散播封建迷信思想……'鬼戏'的演出，加深了人们的迷信观念，助长了迷信活动，残害了少年儿童的心灵，妨碍了群众社会主义觉悟的提高。而反革命分子和反动会道门也就利用群众的迷信进行活动。这种情况已经引起不少干部和群众的不满，提出了责难和批评……因此，我们认为在当前形势下，就广大群众的利益考虑，'鬼戏'有停演的必要。"[1]

1963年5月6日、7日，在江青的直接授意下，上海的《文汇报》连续发表了时任华东局宣传部部长的俞铭璜署名"梁璧辉"（即"两笔挥"）的长文《"有鬼无害"论》。"这篇文章以廖沫沙写的《有鬼无害论》作为切入口，打响了批判《李慧娘》和《有鬼无害论》的第一枪。"江青后来说，这是"第一篇真正有分量的批评'有鬼无害论'的文章"，"对于那个'有鬼无害论'，真正解决战斗的文章，是我在上海请柯庆施帮助组织的，他是支持我们的。当时在北京，可攻不开呵！"[2]有研究者称，这篇文章实际上揭开了20世纪60年代前期文化大批判的序幕，是"文革"的起点，"正因为有了这'第一枪'，才会有后来的'万箭齐发'、'万炮齐轰。'"[3]

梁璧辉《"有鬼无害"论》说，鬼戏不同于"较多地表现了那时人类征服自然的幻想，富于勇敢、勤劳的精神和乐观、奋斗的气概"的神话，"直接以鬼魂的形象在舞台上'活灵活现'，更是阴森可怕，对人们思想感情的毒害也更大"，"生活在当前国内外火热的斗争中，却发挥'异思逅

---

[1]《中央批转文化部党组〈关于停演"鬼戏"的请示报告〉》，见有林、郑新立、王瑞璞主编：《中华人民共和国国史通鉴》（第2卷、1956—1966年），北京：当代中国出版社，1999年版，第517页。

[2]孟云剑、杨东晓、胡腾：《共和国记忆60年》（编年记事），北京：中信出版社，2009年版，第82页。

[3]陈丕显：《陈丕显回忆录：在"一月风暴"的中心》，上海：上海人民出版社，2005年版，第8页。

想'，致力于推荐一些鬼戏，歌颂某个鬼魂的'丽质英姿'，决不能说这是一种进步的、健康的倾向"。文章指出孟超对于《红梅记》的改编"并没有吸取精华、剔除糟粕，相反的，却发展了糟粕"。与此同时，"另一位现代批评家却来为他辩解，强调历史遗产是'一种客观存在'，其实只是凭着自己的主观偏爱，帮助宣扬遗产中不健康的东西；强调'没有办法可想'，其实只是代表了'为历史而历史'、'为传统而传统'的一派议论。""传统剧目里的一些鬼戏，一部分是封建阶级中反动文人搞出来的，他们是为了宣传'因果报应'的思想；另一部分则是比较进步的文人、艺人搞出来的，他们也反映了农民（还有初期的市民）又倔强、又软弱的心理状态，大家反对封建统治，又无法摆脱封建思想的影响，因而不能求得自己的彻底解放。繁星同志忽略了鬼神迷信的阶级本质，因而也忽略了它对人民的毒害。"梁文称廖沫沙的《有鬼无害论》"为了辩护那出鬼戏，又来宣扬了一番对传统的迷信，这岂不是一害之外，又加两害吗？"[1]

《"有鬼无害"论》对孟超《李慧娘》和廖沫沙《有鬼无害论》的批判，主要延续了1953年和1956年关于鬼戏的论争，集中于对鬼戏的态度上。1963年，李希凡的《非常有害的"有鬼无害论"》、赵寻的《演"鬼戏"没有害处吗？》、景孤血的《鬼戏之害》等批判文章均"集中在能不能演'鬼戏'这个问题上，'着重谈鬼戏之害，并驳斥那种认为有鬼不仅无害而且有益的谬论'"。"这些文章，虽然有的文章（如《'有鬼无害'论》）已开始把演'鬼戏'与阶级斗争联系起来，但主要还是从'鬼戏'宣传封建迷信这个角度对《李慧娘》和《有鬼无害论》进行批判，认为《李慧娘》宣传了封建迷信，而《有鬼无害论》则是为'鬼戏'进行了错误的辩护。"[2]

到了1964年，陆定一、康生在全国京剧现代戏观摩演出大会上公开批

---

[1]梁壁辉：《"有鬼无害"论》，载《文汇报》，1963年5月6、7日。

[2]彭厚文：《20世纪60年代前期对〈李慧娘〉和〈有鬼无害论〉的批判》，载《党史博览》，2011年第4期。

判《李慧娘》及其它鬼戏，把鬼戏与阶级斗争相联系。陆定一称鬼戏"助长封建迷信的抬头"，"是资产阶级和封建势力再次向社会主义猖狂进攻"，"戏剧界里有些人，看不清这个形势，被所谓'有鬼无害论'所蒙骗，现在应该得到教训，觉悟起来"。[1]康生把《李慧娘》作为"坏戏"的典型，冠之以"反党反社会主义的大毒草"，号召大家批判。1964年底1965年初，邓绍基的《〈李慧娘〉———一株毒草》、齐向群的《重评孟超新编〈李慧娘〉》等文章终于将《李慧娘》批判"由学术批判转向政治批判（甚至是政治诬陷）"[2]。

邓绍基《〈李慧娘〉———一株毒草》定性《李慧娘》"就是一个反党反社会主义的作品，就是一株反动的毒草"。文章称孟超赋予李慧娘这个厉鬼以政治头脑，李慧娘这个厉鬼的反抗就是孟超从个人主义立场出发对党对社会主义的反抗，孟超还鼓励地主、富农、坏分子、反革命分子和资产阶级右派分子，以及资产阶级的代言人等"那些对我们党和社会主义心怀不满和充满仇恨的人，那些反对和敌视我们党和社会主义的人"起来反抗。[3]齐向群写道：《李慧娘》"这出戏在宣传任何思想之先，首先向今天的群众宣传的是鬼魂的存在，宣传'人死为鬼'的迷信思想，宣传人鬼之间的爱憎纠纷的鬼话"，"不仅是在散布封建迷信思想，实际上在宣传放弃斗争，放弃革命，使群众相信宿命论的思想，引导群众脱离现实斗争生活，只是一种有利于剥削阶级的反动哲学"。"用鬼魂来反封建，反不了封建统治的一根毫毛，相反，倒能起到巩固封建统治的作用。""孟超同志所写的李慧娘根本不是南宋时代那个'知人少阅世不宽'的相府姬妾，而是一个散发着资产阶级个人主义气味的人物。显然，这是不符合历史真实的；孟超同志是借了李慧娘的躯壳，装进了自己的灵魂。这种资产阶级个人主义的思想对今天社会主义时

————————

［1］陆定一：《让京剧现代戏的革命之花开得更茂盛》，载《人民日报》，1964年6月6日。

［2］田本相、宋宝珍、刘方正：《中国戏剧论辩》（下），见《二十世纪中国学术论辩书系・艺术卷》，南昌：百花洲文艺出版社，2007年版，第707页。

［3］邓绍基：《〈李慧娘〉———一株毒草》，载《文学评论》，1964年第6期。

代的群众，只会产生严重的毒害作用。"[1]

　　《人民日报》在为齐向群文章加的编者按中说："对于这样一出坏戏，我们不但没有及时揭露和批判它，而且还错误地发表了赞扬这出戏的文章，这说明我们对阶级斗争、特别是意识形态领域内的阶级斗争，缺乏深刻的认识；对于资产阶级和封建势力利用文学艺术形式向社会主义进攻，缺乏应有的警惕；对于文艺为社会主义服务、为工农兵服务的方向和'百花齐放，推陈出新'的方针，缺乏全面深刻的了解。通过对《李慧娘》的再评论，使我们进一步认识到，文艺评论工作和其他各项工作一样，必须坚决执行党和毛泽东同志提出的正确方针路线，必须遵循毛泽东同志所规定的文艺批评的标准。任何时候，任何工作，一旦忘记了毛泽东同志的指示，就会犯严重的错误。"[2]至此，戏剧批评已经完全转化为政治批判。从这个角度上说，对孟超《李慧娘》和廖沫沙《有鬼无害论》的批判大开以阶级斗争解读文艺创作和文艺批评等问题的风气，由此掀开了"文化大革命"的序幕。如果说建国初，杨绍萱对于反历史批评的反批评初露阶级

斗争端倪，又被有效扼制住，反历史主义批评终被限制在学术领域，那么到了《李慧娘》批判，以及紧接着的吴晗《海瑞罢官》批判，阶级斗争完全替代了学术论辩。

　　在孟超《李慧娘》批判中，《李慧娘》一剧导演、主演、支持者等一百余人受到株连。1975年，孟超从咸宁"五七干校"获准回到北京的家中，1976年暮春，孟超在孤苦、悲愤中去世。1966年，北方昆曲剧院被解散，昆剧《李慧娘》的主演之一丛兆桓从1967年起被以"反革命分子"的罪名关进监狱达八年之久，另一个主

北昆名旦李淑君，曾主演《李慧娘》、《红霞》。

　　[1]齐向群：《重评孟超新编〈李慧娘〉》，载《人民日报》，1965年3月1日。
　　[2]齐向群：《重评孟超新编〈李慧娘〉》，载《人民日报》，1965年3月1日。

演李淑君被迫认罪表态"要做红霞姐，不做鬼阿姨"（李淑君在昆剧现代戏《红霞》中饰演红霞一角），"文革"时又患上精神分裂症。

三、吴晗《海瑞罢官》批判

1965年11月10日，上海《文汇报》发表姚文元批判吴晗《海瑞罢官》的文章《评新编历史剧〈海瑞罢官〉》。1967年毛泽东接见阿尔巴尼亚军事代表团时谈到："我们的无产阶级文化大革命应该从1965年冬，姚文元同志对《海瑞罢官》的批判开始。"

《海瑞罢官》是历史学家吴晗第一个也是唯一的一个戏剧作品，是吴晗在毛泽东提倡党内干部学习海瑞精神的讲话的直接影响下写出来的。1959年4月初，中共中央在上

吴晗像

海召开八届七中全会，会间，毛泽东观看了湘剧《生死牌》，对剧中人物海瑞感兴趣，随后阅读《明史·海瑞传》。其时，毛泽东对反右运动后党内形成的讲假话讲大话讲空话的风气甚为不满，于是，就在八届七中全会上讲起海瑞批评嘉靖皇帝的故事，号召干部学海瑞讲真话。毛泽东关于海瑞的讲话迅速传达到文化知识界。时任北京市副市长的明史专家吴晗在胡乔木的鼓励下，相继写出《海瑞骂皇帝》和《论海瑞》等文章。在京剧表演艺术家马连良的推动下，吴晗又开始尝试戏剧创作，多次反复修改，历时近一年，终于编写出新编历史剧《海瑞》，后根据友人的建议改剧名为《海瑞罢官》。1961年1月，《北京文艺》发表《海瑞罢官》剧本。全剧写海瑞为百姓伸冤，处死横行乡里的首相徐阶之子徐瑛，并要徐阶退出强占的民田，徐阶贿赂朝廷官员，海瑞自身反遭陷害，被弹劾罢官。

1961年初，北京京剧团正式把《海瑞罢官》搬上舞台，由马连良主演。《海瑞罢官》演出大获成功，与当时上海周信芳主演的《海瑞上疏》齐名，在全国遍地开花的海瑞戏中脱颖而出。文艺界一方面纷纷为吴晗从历史研究转而进入戏剧创作叫好，一方面也充分肯定《海瑞罢官》的"古

《海瑞罢官》剧照

为今用"，即作品表现出的海瑞精神的现实教育意义。廖沫沙以"繁星"为笔名撰文《史和戏——贺吴晗的〈海瑞罢官〉演出》对吴晗"破门而出"的勇气大加赞赏："我认为你写《海瑞罢官》，总算开始打破'史'和'戏'这两家的门户，从姓'史'的一家踏进姓'戏'的一家去了。这就是很难得，是个创造性的工作。……就这一点，我得向你致贺，以便鼓舞干劲。"[1]史学家侯外庐署名"常谈"，在《从"兄弟"谈到历史剧的一些问题》一文中也表示佩服吴晗"破门的精神"："海瑞一剧是有收获的，我祝他从破门起步入堂奥。"[2]孟超也发表文章赞道："吴晗老兄以历史学家破门而写历史剧，这就是极令人兴奋的事，对历史学家，对戏剧工作者，都有很大鼓舞。"并称："在老兄们的带动之下，攻史搞戏，都有不甘寂寞跃跃欲试之思。"孟超在文章中还肯定《海瑞罢官》塑造的人物"生动感人地出现在舞台上"，"予读者或观众以历史教育和现实斗争的指导"[3]。在《看〈海瑞罢官〉所想到的》一文中，方三也称赞"《海瑞罢官》是一出好戏，是按照历史唯物主义观点编写的一个新历史剧"，"给观众以精神上的感染和滋养"[4]。邓允建称赞吴晗同志"是一位善于将历史研究和参加现实斗争结合起来的史学家"，"用借古讽今的手法做到了历史研究的古为今用"[5]。毛泽东看了《海瑞罢官》演出后也对马连良称赞道："戏好，海瑞是好人！《海瑞罢官》的文字写得也不错。吴晗头一回写戏，就写成功了！"[6]

---

[1] 繁星：《史和戏——贺吴晗的〈海瑞罢官〉演出》，载《北京日报》，1961年2月16日。

[2] 常谈：《从"兄弟"谈到历史剧的一些问题》，载《北京晚报》，1961年3月9日。

[3] 史优：《也谈历史剧》，载《北京晚报》，1961年3月17日。

[4] 方三：《看〈海瑞罢官〉所想到的》，载《北京日报》，1961年3月11日。

[5] 邓允：《评〈海瑞罢官〉》，载《北京文艺》，1961年第3期。

[6] 袁溥之：《忆吴晗同志二三事》，见吴江雄：《毛泽东谈古论今》，合肥：安徽人民出版社，1998年版，第898页。

　　然而，就在毛泽东于八届七中全会上提倡党内的海瑞精神之后不久，1959年8月的庐山会议上，毛泽东又有了"左派海瑞"和"右派海瑞"之说。他说："明朝的海瑞是个左派，他代表富裕中农、富农、城市市民，向着大地主大官僚作斗争。现在海瑞搬家，搬到右倾司令部去了，向着马克思主义作斗争。这样的海瑞，是右派海瑞。我不是在上海提倡了一番海瑞吗？有人讲，我这个人又提倡海瑞，又不喜欢出现海瑞。那有一半是真的。海瑞变了右派我就不高兴呀，我就要跟这种海瑞作斗争。"毛泽东说："我们是提倡左派海瑞，海瑞历来是左派，你们去看《明史·海瑞传》。讲我提倡海瑞，又不愿意看见海瑞，对于右派海瑞来说，千真万确。但不是左派海瑞，左派海瑞是欢迎的。""决议上有一句话说：对于那一些站在正确的立场而批评工作中的缺点的，这是完全应该保护的，应该支持的。这就是指的海瑞，左派海瑞。"[1]

　　随着中国共产党党内政治斗争和意识形态领域的变化，没过几年，《海瑞罢官》中的海瑞也变成了"右派海瑞"。1962年，江青多次看了《海瑞罢官》后，认为《海瑞罢官》存在严重的政治错误，要求停演。在北京找人批判吴晗《海瑞罢官》未果后，江青来到上海找到姚文元。在上海市委写作班的帮助下，姚文元数易其稿，终于，《评新编历史剧〈海瑞罢官〉》1965年11月10日发表于《文汇报》。

　　《评新编历史剧〈海瑞罢官〉》一文先分析"《海瑞罢官》是怎样塑造海瑞的"。文章写道："在这个历史剧里，吴晗同志把海瑞塑造得十分完美，十分高大，他'处处事事为百姓设想'，'是当时被压抑，被欺负，被冤屈人们的救星'，在他身上，你简直找不出有什么缺点。看来，这是作者的理想人物，他不但是明代贫苦农民的'救星'，而且是社会主义时代中国人民及其干部学习的榜样。"姚文元说："看完这出戏，人们强烈地感到：吴

---

　　[1]《毛泽东在中共八届八中全会闭幕会上的讲话记录》，见逄先知、金冲及主编：《毛泽东传（1949—1976）》（下），北京：中央文献出版社，2003年版，第1007—1008页。

晗同志塑造的这个英雄形象，比过去封建时代许多歌颂海瑞的戏曲、小说都塑造得高大多了。……但是，人们仍然不能不发出这样的疑问：封建社会的统治阶级当中，难道真的出现过这样的英雄吗？这个'海青天'是历史上那个真海瑞的艺术加工，还是吴晗同志凭空编出来的一个人物呢？"

姚文元接着指出《海瑞罢官》塑造的是"一个假海瑞"："根据我们看到的材料，戏中所描写的历史矛盾和海瑞处理这些矛盾时的阶级立场，是违反历史真实的。戏里的海瑞是吴晗同志为了宣扬自己的观点编造出来的。"姚文元说《海瑞罢官》"歪曲了阶级关系"：海瑞要乡官退田，并不是要地主向农民退还土地，不是为"徐家佃户"翻身，不是"为民作主"；海瑞并没有为了"穷农民"而反对"高放债"，他从来没有想从根本上解决农民同地主之间的矛盾，也没有"平冤狱"，海瑞也并非戏里写的那么民主。这个假海瑞是吴晗"编造出来"的，"用资产阶级观点改造的人物"，不符合于"历史真实"，"已经同合理想象和典型概括没有什么关系，只能属于'歪曲，臆造'和'借古讽今'的范围了"。

姚文元接着发难说吴晗通过《海瑞罢官》中的假海瑞宣扬了与"马克思列宁主义的国家观"和"阶级斗争论"相对立的"地主资产阶级的国家观"和"阶级调和论"。《海瑞罢官》要大家学习的并非海瑞的"退田"、"平冤狱"及海瑞"顶天立地"的"大丈夫"精神。姚文元联系《海瑞罢官》诞生的历史背景，指出《海瑞罢官》的阶级斗争性质："1961年，正是我国因为连续三年自然灾害而遇到暂时的经济困难的时候，在帝国主义、各国反动派和现代修正主义一再发动反华高潮的情况下，牛鬼蛇神们刮过一阵'单干风'、'翻案风'。他们鼓吹什么'单干'的'优越性'，要求恢复个体经济，要求'退田'，就是要拆掉人民公社的台，恢复地主富农的罪恶统治。那些在旧社会中为劳动人民制造了无数冤狱的帝国主义者和地富反坏右，他们失掉了制造冤狱的权利，他们觉得被打倒是'冤枉'的，大肆叫嚣什么'平冤狱'，他们希望有那么一个代表他们利益的人物出来，同无产阶级专政对抗，为他们抱不平，为他们'翻案'，使他们再上台执政。'退田'、'平冤狱'就是当时资产阶级反对无产阶级专政和社会主义革命的斗争焦点。阶级斗争是客观存在，它必然要在意识形态领域里用这种或者那种形式反映出来，在这位或者那位作家的笔下反映出来，而不管这位作家是自觉的还是不自觉的，这是不以人们意志为转移的客观规律。《海瑞罢官》就是这种阶级斗争的一种形式的反映。如果吴晗同志不同意这种分析，那么明确请他回答：在1961年，人民从歪曲历史真实的《海瑞罢官》中到底能'学习'到一些什么东西呢？"

姚文元最后对《海瑞罢官》作了明确的政治定性："《海瑞罢官》并不是芬芳的香花，而是一株毒草。它虽然是头几年发表和演出的，但是，歌颂的文章连篇累牍，类似的作品和文章大量流传，影响很大，流毒很大，不加以澄清，对人民的事业是十分有害的，需要加以讨论。在这种讨论中，只要用阶级分析观点认真地思考，一定可以得到现实的和历史的阶级斗争的深刻教训。"[1]

1965年11月10日，《文汇报》发表《评新编历史剧〈海瑞罢官〉》后，第二天，上海《解放日报》率先转载，接着华东地区的报纸相继转载。僵持十多天后，北京的《人民日报》、《北京日报》等以及华北地区的报纸也于11月末12月初相继转载。到了1965年12月21日，毛泽东在杭州与陈伯达等人的一次长谈中明确肯定姚文元的批判文章，说姚文元的文章"很好"，又说姚文元的文章"没有打中要害"：《海瑞罢官》的"要害问题是'罢官'"，"嘉靖皇帝罢了海瑞的官，1959年我们罢了彭德怀的官。彭德怀也是'海瑞'。"[2]毛泽东"要害是罢官"的说法一经传出，直接推动了《海瑞罢官》批判大升温。此后，《〈海瑞骂皇帝〉和〈海瑞罢官〉的反

[1] 姚文元：《评新编历史剧〈海瑞罢官〉》，载《文汇报》，1965年11月10日。
[2] 朱永嘉口述：《评新编历史剧〈海瑞罢官〉发表前后》，金光耀整理，载《炎黄春秋》，2011年第6期。

动实质》、《〈海瑞骂皇帝〉和〈海瑞罢官〉是反党反社会主义的大毒草》等批判文章纷纷把《海瑞罢官》与庐山会议，把吴晗与彭德怀相联系。至此，吴晗《海瑞罢官》引发的戏剧批评完全演变为政治批判，"文化大革命"就此拉开了序幕。

直到"文革"结束后，学术界才还原《海瑞罢官》批判内幕，拨乱反正，为《海瑞罢官》正名，为吴晗正名。吴晗《海瑞罢官》重新在舞台上搬演，成为京剧重要剧目之一。

第三节　走"现实革命题材"之路

一、"演革命的现代戏"

"样板戏"虽然是1967年才正式命名的，但1964年年中举行的"京剧现代戏汇演"，可以说是"样板戏"的先声。这年的6月5日至7月31日，在北京举行了全国京剧现代戏观摩演出大会，参加演出的有文化部直属单位和18个省、市、自治区的29个剧团，演出大戏25台，小戏10台，二千多人参加。这次汇演上演了《红灯记》、《芦荡火种》、《智取威虎山》、《奇袭白虎团》、《节振国》、《红嫂》、《红色娘子军》、《草原英雄小姐妹》、《黛诺》、《六号门》、《杜鹃山》、《洪湖赤卫队》、《红岩》、《朝阳沟》、《李双双》、《箭杆河边》等35个剧目，后来成为"样板戏"的几个戏，像《红灯记》、《芦荡火种》、《智取威虎山》、《奇袭白虎团》、《红色娘子军》、《杜鹃山》等，都是从这次汇演的剧目中选出并加以改编而成的。

也就是在这次汇演期间，江青在接见京剧现代戏观摩演出人员的座谈会上做了题为《谈京剧革命》的讲话。在这次讲话中，江青大谈"京剧革命"，强调"京剧革命"要走"革命的现代戏"的路子。她说："我们提倡革命的现代戏"，又说："对京剧演革命的现代戏这件事的信心要坚定。"[1] 从后来"京剧革命"的实践看，"演革命的现代戏"，或者说采用"现实革命题材"，确实是"样板戏"理论的一个核心。

江青的这一主张，其实也是毛泽东的主张，甚至可以说江青不过是把毛泽东的戏剧改革主张加以明确化和具体化。早在1962年12月21日，毛泽东在同华东省市委书记的谈话中提出："宣传部门应多读点书，也包括看戏。有害的戏少，好戏也少，两头小中间大。帝王将相、才子佳人多起来。有点西风压倒东风。东风要占优势。《梁山伯与祝英台》不出粮食，《采茶灯》不采茶。旧的剧团多了些，文工团反映现代生活，不错。"[2] 1963年9月27日，针对戏曲改造，毛泽东又在中央工作会议上说："推陈出新，出什么？要出社会主义。要提倡搞新形式。旧形式也要搞新内容。"[3] 从中可看出，毛泽东认为当时的情况是"帝王将相、才子佳人多起来"，"旧的剧团多了些"，"有点西风压倒东风"，新的意识形态在文艺界尤其是戏曲界没有取得优势和主导地位；他明确地要求"东风要占优势"，"推陈出新，要出社会主义"，确立"戏曲改造"的新意识形态方向。如何达到这一目标呢？毛泽东也表达了他的倾向："反映现代生活不错"、"旧形式也要搞新内容"，实质上也就是指出了"戏曲改造"应该走现代题材，亦即现代戏的路子。

江青的"京剧革命"，体现的是毛泽东的意志。就在毛泽东做了"反映现代生活不错"的讲话后不久，1963年初，江青即到上海做她的"文艺革命"的试验，抓现代题材戏曲。她当时看中的沪剧《红灯记》和《芦荡火种》，经她主持改编成京剧并定名为《红灯记》和《沙家浜》，后来都成

---

[1] 江青：《谈京剧革命——1964年7月在京剧现代戏观摩演出人员的座谈会上的讲话》，由《红旗》杂志1967年第6期正式发表。

[2] 转引自陈晋：《毛泽东与文艺传统》，北京：中央文献出版社，1992年版，第273—274页。

[3] 转引自陈晋：《毛泽东与文艺传统》，第274页。

了"样板戏"。[1]由此可见，江青抓现代戏，是体现着毛泽东的意图的，在组织措施上，也是跟得很紧的。在江青大谈"京剧革命"一年之后，毛泽东的一次谈话，对江青"演革命的现代戏"的说法给予了明确的支持。1965年6月10日，在接见华东局书记处同志的会议上，毛泽东又说："《讲话》算是放了一阵空炮，什么曹操、赵子龙、张飞，帝王将相在台上乱跑，劳动人民在台上只能打旗帜跑龙套。现在要改一改，让劳动人民当主角，在台上跑。让旧戏里的帝王将相根本一风吹，这样才符合我们的实际。"[2]后来的历史事实证明，"文革"期间的戏剧舞台，的确也是"让旧戏里的帝王将相根本一风吹"。"演革命的现代戏"的主张，就这样在毛泽东和江青的倡导和支持下树立起来。

二、"旧瓶装新酒"的"戏曲改造"

"演革命的现代戏"的路子，也是"戏曲改革"在多年的摸索实践中逐步得出的结论。早在延安时期，毛泽东就提倡"戏曲改造"，对"戏曲改造"尤其是京剧的改造，毛泽东一直寄予厚望。1942年10月10日，延安平（京）剧院成立时，他为该院题词："推陈出新"。[3]到了1951年4月3日，中国戏曲研究院成立，毛泽东又为其题词："百花齐放，推陈出新"。[4]

毛泽东个人不爱看"五四"新文化运动后风行起来的话剧，他只钟情中国戏曲。连他的警卫员都看出来了："我发现只要是中国的、民间的艺术

---

[1] 时为上海市委书记的陈丕显回忆说：1963年2月下旬，江青从北京来到上海。"她当时对我们说是来搞'文艺革命'。"江青1963年2月来沪后没多久的一个晚上，在张春桥的陪同下，她戴着大口罩，神神秘秘地在红都剧场观看了爱华沪剧团演出的沪剧《红灯记》。看完后江青很兴奋，她说这个剧基础可以，但是沪剧的地方性太强，观众面窄，要把这出戏改成京剧，推向全国，并且很得意地说："那样影响就大了！"这年秋天，江青又看中了上海沪剧院的《芦荡火种》，并把它推荐给北京京剧一团改编。参见陈丕显：《陈丕显回忆录：在"一月风暴"的中心》，上海：上海人民出版社，2005年版，第1、11、12页。
[2] 转引自陈晋：《毛泽东与文艺传统》，北京：中央文献出版社，1992年版，第244页。
[3] 参见毛泽东：《毛泽东论文艺》（增订本），北京：人民文学出版社，1992年版，第86页。
[4] 参见毛泽东：《毛泽东论文艺》（增订本），北京：人民文学出版社，1992年版，第86页。

形式，主席都喜欢。"[1] 在中国戏曲中，毛泽东又最迷京剧，对京剧的历史、流派和唱腔都很熟悉。毛泽东更深知戏曲在塑造人民群众思想意识中的重要作用。在延安时他曾带着警卫员到庙会上去看戏，并说"看庙看文化，看戏看民情"。[2] "看戏看民情"，这一方面固然指可以从民众对戏曲的喜爱中，看出他们的喜怒哀乐，

毛泽东主席接见文艺工作者，右二为中国戏曲研究院首任院长梅兰芳。

愿望和向往。另一方面，也指可以从戏曲中，看到封建意识形态对民众性情的塑造。毛泽东后来明确地说过，中国戏曲是"艺术化的封建意识形态"。[3] 他喜欢用"帝王将相、才子佳人、牛鬼蛇神"几个词来概括京剧及中国戏曲的内涵情趣，其中包含着嘲讽和不满。占据京剧及中国戏曲舞台的"帝王将相、才子佳人、牛鬼蛇神"，反映着封建社会的正统观念、人生情趣及迷信思想对民众思想意识的渗透及占领。毛泽东对京剧及中国戏曲的这一旧意识形态作用，自然是高度警惕的。正是从政治家的立场出发，作为戏迷和京剧迷的毛泽东，对京剧及中国戏曲又有诸多的不满，不断地要求京剧及中国戏曲"推陈出新"。

那么该怎样"推陈出新"呢？1944年初，在看过新编京剧《逼上梁山》后，毛泽东给两位编导写信，[4] 明确提出了京剧改造的两个基本方向：其一，在人物形象上，要让"人民"成为戏剧舞台的主角和主人。其二，在思想意识上，要体现"人民创造了历史"的唯物史观。毛泽东指出："历史本是人民创造的，但在一切旧艺术那里，劳动人民却成了渣滓，由太太老爷统治着舞台。这是历史的颠倒，应当把它再颠倒过来。"在这封

---

[1] 李银桥：《在毛泽东身边十五年》，石家庄：河北人民出版社，1991年版，第50页。

[2] 李银桥：《在毛泽东身边十五年》，第50页。

[3] 转引自陈晋：《毛泽东与文艺传统》，北京：中央文献出版社，1992年版，第234页。

[4] 毛泽东：《毛泽东论文艺》（增订本），第142页。

著名的信中，戏剧是否以劳动人民作为主角，是否体现唯物史观，毛泽东是把它当作"旧艺术"和"新艺术"的分水岭来看待的。虽然《逼上梁山》还只是显露了这一趋向的某些因素和可能，但毛泽东对此很欣慰，评价也很高，认为"这个开端将是旧剧革命的划时期的开端，我想到这一点就十分高兴"。对这一"划时期的开端"，毛泽东寄予了殷切的期望："希望你们多编多演，蔚成风气，推向全国去。"

三、"旧瓶装新酒"遭遇接受碍障

当年为毛泽东所赞赏的《逼上梁山》，采用的是"旧瓶装新酒"的"戏改"模式，也就是在传统剧目中，"加入"新的思想意识。此后的"戏改"，一方面注重贯彻毛泽东的"人民主角（主人）"论和"唯物史观"说，另一方面，在表现形式上，主要还是追随《逼上梁山》，走"旧瓶装新酒"的路子。

作为《逼上梁山》的编导，杨绍萱当然牢记着毛泽东希望他们多编多演的嘱托。建国初期，作为文化部艺术局负责人之一的他以高度的热情投入改编旧戏的工作，写下了《新天河配》、《新大名府》、《新白兔记》等剧本。"天河配"、"大名府"、"白兔记"等，都是历史悠久的传统戏曲题材，前面冠以"新"，即是用"人民主角（主人）"论和"唯物史观"对其作了新的改编。例如在《新天河配》中，他改动神话传说为现实中的"抗美援朝、保卫世界和平"服务，用和平鸽和鸱枭之争象征热爱和平的人民和美帝国主义的斗争。手法上也十分大胆，在剧中让老牛唱起了鲁迅"横眉冷对千夫指，俯首甘为孺子牛"的诗句，让村民们喊出了"打倒老迷信"的口号。他的《新大名府》，写梁山泊农民起义一方面有宋江开展的统一战线工作，一方面有燕青、春梅等男奴女仆的支持，大家同心协力粉碎了民族敌人（金兵）和阶级敌人（宋朝统治者）的联合进攻，以此隐喻现实中的新民主主义革命。

但是剧本上演后，却没被大家认可。艾青首先发难，他在《人民日报》上撰文，认为杨绍萱的《新天河配》，对待神话的态度是"不严肃"的，是对神话的"破坏"。[1]何其芳也认为，杨绍萱这样的新编历史剧"不真实"。他说："写历史剧也应该按照历史事件、历史人物的本来面貌来写，使读者和观众得到对于他们的正确认识，得到本来可以从中得出的经验教训和教育效果，这就是历史剧为现实服务。"[2]

"不真实"是人们否定杨绍萱"旧瓶装新酒"式新编历史剧的一条最重要的理由。然而从作品现象看，中国戏曲大多为历史剧。这些历史剧，大多数又都不是依据"正史"资料，而是源自被正统观念浸染的民间流传的历史演义和历史传说。有的历史剧，有一点点历史事实的影子，如三国戏、水浒戏等等。有的，则全属子虚乌有，如包公戏、杨家将戏等等。由此可见，所谓历史的"真实"或"本来面目"，在中国戏曲中所起到的制约作用非常有限，甚至微乎其微。

就艺术接受上看，作品是否"真实"并为人们所认可，并不取决于其是否为"本来面目"，也不取决于是否符合物理属性及生活常识，人们对作品是否"真实"的判断，更多的也就只是在欣赏实践中建立起来的一种逻辑和习惯，即所谓"虚则虚到底矣，实则实到底矣"。大致也就是"写实"性的作品，得遵循写实方式的一些规矩；"想象"性的作品，则遵循想象方式的一些通则。即便如此，这些规矩和通则的制约也是活泛宽松的。艺术创作和欣赏中的所谓"真实"，不过是人们普遍认同的作品构成方式的惯例和欣赏接受的习惯，归根结底，是人们看待文艺作品时的"真实感"和"真实观"。这样的"真实感"和"真实观"是在既往的（历史延续的）欣赏实践中形成的，因此，其中也就蕴含着人们从"传统"题材中吸取价值意义的心理定势，蕴含着人们对"传统"文艺作品构成方式的欣赏体认。说白了，也只是一种"习惯"而已。

---

[1] 艾青：《谈〈牛郎织女〉》，载《人民日报》，1951年8月31日。
[2] 何其芳：《反对戏曲改革中的主观主义公式主义》，载《人民日报》，1951年11月6日。

在艺术接受中，欣赏习惯起着重要的作用。"旧瓶装新酒"式的"戏曲改造"，和人们从传统戏曲中择取价值意义的心理定势相抵触，和人们对传统戏曲构成方式的欣赏体认相抵触。人们在既往戏曲传统和欣赏实践中所形成的欣赏习惯，形成了人们接受戏曲中"新思想意识"的阻力，增加了"戏曲改造"的难度。既往的"旧瓶装新酒"的"戏改"路子，遇到了难以走出的瓶颈，也就迟迟拿不出为人们喜闻乐见的新作品和好作品来。

对"戏改"的这一困境，毛泽东也很无奈，以至于在1957年前后，他甚至有所妥协地说可以演一点"鬼戏"。这也是一种不得已的权宜之计。1957年3月8日，在同文艺界谈话时，有人问是否演牛鬼蛇神不要紧？毛泽东回答得很明白："我不赞成牛鬼蛇神，演来看看也没有什么可怕。拿更好的东西来代替它，当然很好，又拿不出来，还是让他演罢。"[1]1957年4月15日，在四省一市省市委书记思想工作座谈会上毛泽东又说："谁说要牛鬼蛇神？谁说要《火绕红莲寺》？……他们有观众，不能压，只能搞些好的东西，与他唱对台戏嘛！"[2]到了1963年，在著名的"两个批示"之一中，毛泽东明确地说，戏曲部门的"社会主义改造"，"收效甚微"。[3]

四、"让帝王将相根本一风吹"

就在"旧瓶装新酒"式的"戏曲改造"路子因为受到既往欣赏习惯的阻碍而步履维艰之时，表现现代题材的戏曲改革却兴隆起来，在这方面，文化部门也做了许多工作。1958年3月5日，文化部发出《关于大力繁荣艺术创作的通知》，强调指出："现在急需创作反映我国当前的和近十年来的伟大变革，歌颂我国伟大社会主义建设者的英雄业绩的艺术作品。"1958年6月13日至7月14日，文化部召开了"戏曲表现现代生活座谈会"，出席座谈

---

[1]毛泽东：《毛泽东选集》第5卷，北京：人民出版社，1952年版，第349页。
[2]转引自陈晋：《毛泽东与文艺传统》，北京：中央文献出版社，1992年版，第253页。
[3]毛泽东：《建国以来毛泽东文稿》第10册，北京：中央文献出版社，1996年版，第436—437页。

会的有全国12个戏曲院团。大会提出口号："鼓足干劲，破除迷信，苦战三年，争取在大多数的剧种和剧团的上演剧目中，现代剧目的比例达到20%至50%。"[1] 1958年8月7日，《人民日报》发表了《戏曲工作者应该为表现现代生活而努力》的社论，明确指出"表现现代生活是今后戏曲工作的发展方向"，"以现代戏为纲，推动戏曲工作的全面大跃进"，显现了戏曲改革工作的指导方针。此后，各地掀起了戏曲表现现代生活的热潮。1960年4月13日至29日，文化部还在京举办了现代题材戏曲观摩演出大会，参加演出的有京剧、豫剧等6个剧种，演出了10个歌颂大跃进的现代剧目。[2] 表现现代题材的戏曲改革，在不断的探索中，逐步显出了实绩并昭示出"戏曲改造"的一条新路。

"戏曲改造"应该选择现代题材，走现代戏之路。前面所述1962年12月21日毛泽东在接见省市委书记时有关"帝王将相、才子佳人多起来。文工团反映现代生活，不错"[3]的谈话，以及1963年9月27日毛泽东在中央工作会议上所作的"推陈出新，出什么？要出社会主义。要提倡搞新形式，旧形式也要搞新内容"[4]的讲话，就是在此时现代戏已经取得相当成绩的基础上发出的。毛泽东明确表达了他的倾向："反映现代生活不错"、"旧形式也要搞新内容"，也就是指出了"戏曲改造"应该走现代题材，亦即现代戏的路子。紧接着江青就到上海做她的"文艺革命"的试验，抓现代题材戏曲。现代戏的路子得到了毛泽东的肯定，又有江青亲自抓、"做试验"，在此带动下，一大批思想意识上"出社会主义"、观众反响效果也很好的京剧现代戏得以凸显出来。1964年6月5日至7月31日，在北京举行的全国京剧现代戏观摩演出大会中所演出的35个剧目，就全都是现代戏。对

[1] 参见王世勋：《京剧现代戏断面谈》，载《戏曲艺术》，1992年第4期。
[2]《新中国戏剧大事记》，见高文升主编：《中国当代戏剧文学史》，南宁：广西人民出版社，1990年版，第384—385页。
[3]《新中国戏剧大事记》，见高文升主编：《中国当代戏剧文学史》，第274页。
[4]《新中国戏剧大事记》，见高文升主编：《中国当代戏剧文学史》，第274页。

此，毛泽东显然是满意的。在会演过后的1965年6月10日接见地方领导时他说："《讲话》算是放了一阵空炮，什么曹操、赵子龙、张飞，帝王将相在台上乱跑，劳动人们在台上只能打旗帜跑龙套。现在要改一改，让劳动人民当主角，在台上跑。让旧戏里的帝王将相根本一风吹，这样才符合我们的实际。"[1]

毛泽东通过各种途径表明了他对现代戏及"样板戏"的肯定和支持。1964年春，在看了《芦荡火种》后，他指示"要突出武装斗争"，并建议把戏名改为《沙家浜》。据陈丕显回忆，"对于《芦荡火种》这出戏，毛主席是很赞赏的。记得1965年6月一个星期天的早晨，毛主席来上海时专门打电话给我，要我立即找周谷城、李大杰两位教授来见他，他要请这两位教授对《芦荡火种》剧本提出修改意见……"[2]到了"文革"后期，1972年7月30日在接见《龙江颂》剧组有关人员的谈话中，毛泽东还说过："《海港》矛盾不突出，《智取威虎山》戏太少，'打虎上山'有戏，但还是学的《林冲夜奔》的'定计'一场。少剑波的大段唱腔搞得太长，《沙家浜》中有四个慢板，我不喜欢。"[3]毛泽东作为国家领导人，如此关注具体剧作的创作，作为个人爱好，无可厚非，但若作为国家文艺政策的最高意志，则可能影响到整个民族的艺术创造力。

五、"革命现代戏"的实践意义和理论意义

《林彪同志委托江青同志召开的部队文艺工作座谈会纪要》是发起"文化大革命"的标志性文件之一。也就是在这份《纪要》中，第一次明确地说明了要在文艺界树"样板"，并且指出江青"搞实验"所带出的一批作品，就是"样板"，可以说是《纪要》最直接地促成了"样板戏"。1966年2月2日至20日，林彪委托江青在上海举行了部队文艺工作座谈会，座谈会的

---

[1] 转引自陈晋：《毛泽东与文艺传统》，北京：中央文献出版社，1992年版，第244页。
[2] 参见陈丕显：《陈丕显回忆录：在"一月风暴"的中心》，上海：上海人民出版社，2005年版，第12页。
[3] 参见陈晋：《毛泽东与文艺传统》，第279页。

记录，后经毛泽东多次修改发挥，定稿为《林彪同志委托江青同志召开的部队文艺工作座谈会纪要》，4月10日作为中央重要文件下发，公开发表于1967年5月29日的《人民日报》及《红旗》杂志1967年第9期。

"演革命的现代戏"，体现在具体的创作实践中，就呈现为戏剧要采用"现实革命题材"。就是在这份《纪要》中，江青说："我们应当十分重视社会主义革命和社会主义建设的题材，忽视这一点，是完全错误的。"[1]此前几十年来"旧瓶装新酒"或"新编旧题材"的"戏曲改造"步履维艰、"收效甚微"，根本原因在于其遭遇了两大障碍。一方面，作为"艺术化的封建意识形态"，中国传统戏曲中帝王将相、才子佳人和牛鬼蛇神的故事，本身即是封建意识形态的意义载体，由于题材和意义的互生关系，这些传统题材和新的、"社会主义"的意识形态，先天地就存在着隔阂和疏离。另一方面，在中国戏曲中，某类题材常常和某种主题和道德情操相关联，例如"寻夫"题材和"贫贱之妻不可忘"戒律等等；各种表演方式，也是和表演内容相对应的。例如骑马开门的表演程式，服装脸谱与角色行当的对应关系，不同的情思依不同的唱腔表达等等。在这样的文艺传统和欣赏实践中，人们从"包公戏"中看清正廉明，从"杨家将"中看精忠报国，中国传统戏曲不仅驯化着民众的道德伦理观念和情感思维形式，建构着民众心目中的"历史知识"，同时，也养成了人们如何从题材中择取价值意义的心理定势，养成了人们对中国戏曲表现方式的欣赏习惯，这一心理定势和欣赏习惯，是人们接受"新编旧题材"戏曲作品的心理障碍。

就历史看，传统题材的这一隔阂和疏离，以及在此基础上形成的心理定势和欣赏习惯，确实影响到了"戏曲改造"的"推陈出新"和人们对这一"推陈出新"的接受。如前所述，杨绍萱在20世纪50年代初，借《天仙配》、《大明府》、《白兔记》等传统题材，新编了不少注入新的思想意识的

---

[1]《林彪同志委托江青同志召开的部队文艺工作座谈会纪要》，载《人民日报》，1967年5月29日。

神话剧和历史剧，但由于题材和新意识形态内涵的隔阂和疏离，以及和人们的心理定势和欣赏习惯的冲突，如艾青所言，杨绍萱的创作破坏了《天仙配》的"纯朴想象"和"美丽情节"，最终，杨绍萱式的"推陈出新"，也就被大家斥为"反历史主义"、"主观主义和公式主义"。与"新编旧题材"不同，"样板戏"全面采用"现实革命题材"，与传统戏剧相比，"样板戏"讲述的，已不再是帝王将相的征伐事功、才子佳人的恩爱情仇、牛鬼蛇神的灵异故事，而是"现实革命题材"、"社会主义革命和社会主义建设的题材"，亦即"工农兵火热的斗争生活"。

从艺术上看，就艺术表现而言，"现实革命题材"和新意识形态之间有着内在的契合。现实革命题材本身就蕴含着中国革命的斗争生活和历史经验，这是"样板戏"宣传建构的新意识形态的基本内涵。较之"新编旧题材"的方式，"样板戏"的现实革命题材之路，突破了题材与意识形态内涵间的隔阂和疏离，使其服务于新意识形态的宣传建构更加直接和便捷。从艺术接受方面来说，"样板戏"的现实革命题材之路，回避了观众看戏时从传统题材中择取价值意义的心理定势，即所谓从"包公戏"中看清正廉明、从"杨家将"中看精忠报国、像艾青那样从"天仙配"中看"美丽想象"等等，减少了人们接受新的意识形态的心理障碍。在"样板戏"中，现实革命题材中的人物、故事、情节等等，以及由此所体现出的新内容、新形象、新主题（新精神），和"样板戏"宣传建构的意识形态，是一体化的，不仅其本身即体现着新的意识形态内涵，同时，"样板戏"也以全新的题材风貌，培养生成着观众从现实革命题材中择取价值意义的心理定势。这一心理定势与"样板戏"的新内容、新形象和新主题（新精神）相互生成，使得"样板戏"宣传建构的新意识形态，得以顺利地深入人心。另一方面，"样板戏"中的现实革命题材，在体现新意识形态的同时，也导致新的表现方式和新的艺术情调生成、构成新的戏剧艺术形态。这种全新的戏剧艺术形态，在培养生成观众新的戏剧欣赏习惯的同时，也回避了人们从传统戏曲中建立起来的欣赏习惯，淡化甚至消除了人们欣赏接受"样板戏"的心理障碍。这样，"样板戏"的现实革命题材之路，既消除了题材和意识形态内涵间的隔阂和疏离，也回避了欣赏习惯造成的艺术接受障碍，解决了"戏曲改造"几十年来的历史难题。

六、中国革命史的意识形态化和艺术化

当"样板戏"择取现实革命题材作为艺术讲述的核心时，背后即已经蕴含着相应的价值立场和价值眼光。传统戏剧中帝王将相、才子佳人和牛鬼蛇神的故事在"样板戏"中已经变成了现实革命中"工农兵火热的斗争生活"，新的题材中，蕴含着新的价值内涵、价值判断和价值取向。也就是说，"样板戏"中的现实革命题材，已经蕴含着新的意识形态意义，经由特定意识形态立场和眼光的阐释，得以更充分地显现出来。这主要体现在四个方面：

其一，现实革命题材是新意识形态的丰厚基础。"样板戏"的现实革命题材，是"工农兵火热的斗争生活"，它代表性地反映了中国革命各个历史时期的社会矛盾及人民群众的现实生存，其中蕴含着人民群众的需求、情感及精神风貌，也蕴含着人民群众在历史发展中的力量和价值。"样板戏"中的现实革命题材，在人物、故事等各个方面，较之传统戏剧都有了彻底的改变，现实革命实践中传奇般的斗争故事，以丰富、生动、真切的生活事相，为"样板戏"提供了新的表现内容，为新的意识形态内涵提供了丰厚的现实基础和可供阐释的广阔空间。

其二，现实革命题材呈现了中国革命的历史经验。中国革命的历史经验，是新意识形态的重要组成部分，这些历史经验因其本身即蕴含并来源于中国革命的具体实践之中。因此在"样板戏"中，这些历史经验或者通过现实革命题材自然而然地体现出来；或者有意识地以历史经验为指导，挖掘整理现实革命题材，使历史经验更加凸显。例如反映"新民主主义革命"时期的几部"样板戏"，其基本剧情都是工农兵通过反抗、斗争，尤其是有组织的武装斗争，最终取得了胜利。这其实也就是毛泽东所概括的

"枪杆子里面出政权"的历史经验在"样板戏"中的具体呈现。而按毛泽东"强调武装斗争"的要求，《沙家浜》的结尾改成"正面奔袭"，[1]则是有意识地以历史经验整理阐释现实革命题材了。中国革命的历史经验是丰富多彩的，这些蕴含于现实革命题材中的历史经验，使得"样板戏"宣传建构的意识形态，具有了时代特色和中国特色。

其三，现实革命题材孕育着中华民族新的精神品格。民族精神不是凭空生成的，也不是一成不变的。事实上，逾百年来，中华民族在反抗外来欺侮和侵略，追求民族独立和解放的过程中，已经生成了一种新的民族精神。英雄主义和理想主义，就是这一新的民族精神的重要组成部分，它蕴涵于中华民族自我奋斗的历史事实并由这样的历史事实所体现。这是人民大众在追求民族及自身的独立解放的艰苦奋斗中，生成并不断发展的一种民族血性和精神品格。中国革命的历史进程孕育生成了这一民族血性和精神品格，现实革命题材则是蕴含和培植这一民族血性和精神品格的丰厚土壤。"样板戏"通过"工农兵火热的斗争生活"，以一个个工农兵形象的英雄业绩，充分强调这一民族血性和精神品格。

其四，现实革命题材昭示了中国革命的远大理想。在"样板戏"中，现实革命题材和中国革命的远大理想是血肉相连、相辅相成的，因此，"样板戏"的创作，总是一方面注重从现实革命题材中升华体现革命理想，一方面又注重以革命理想阐释整合现实革命题材。在反映"新民主主义革命"时期的"样板戏"中，其强调武装斗争最终取得胜利的剧情模式，不仅只是展现了劳动人民的英勇反抗及当家作主，不仅只是体现了"枪杆子里面出政权"的历史经验，在这样的浴血奋斗中，又始终贯穿着为共产主义而奋斗的远大理想。例如在《智取威虎山》中，"剿匪题材"并没有被处

---

[1] "我们永远都不会忘记的是：1964年7月23日，伟大领袖毛主席观看了京剧《芦荡火种》，亲自考虑了《沙家浜》这个剧名，并对剧本的修改、提高作了重要指示，要改成以武装斗争为主。"北京京剧团《沙家浜》剧组：《〈在延安文艺座谈会上的讲话〉照耀着〈沙家浜〉的成长》，载《红旗》，1970年第6期。

理成仅仅只是传奇故事，"消灭座山雕"的壮举也并不仅仅只是为着反抗压迫、报家族血仇，其中还有以此建立一个美好社会的深远意义。"把剥削根子全拔掉"、"为人民开辟那万代幸福泉"、"迎来春色换人间"，杨子荣等英雄人物的这些著名唱段，强化凸显了这一点。

由此可见，在"样板戏"中，现实革命题材中所蕴含的意识形态意义和阐释这一意义的立场和眼光，二者是相互生成的。对现实革命题材所作的意识形态意义阐释，促成了中国革命史的意识形态化。相应地，以现实革命题材宣传建构意识形态的"样板戏"，其艺术形态与现实革命题材及其所蕴含体现的意识形态，也就是一种相辅相成的关系。这也主要从以下四个方面体现出来：

其一，"样板戏"故事的传奇性和情节的冲突性，源自现实革命实践中生动丰富的斗争生活。"样板戏"的故事情节，取自中国革命各个历史时期惊心动魄、可歌可泣的斗争故事，无论是《红灯记》中没有血缘关系的一家三代在革命中的前赴后继，《智取威虎山》中杨子荣的独闯匪穴，还是《白毛女》中的"旧社会把人逼成鬼，新社会把鬼变成人"，以及《龙江颂》中的"淹了小家为大家"等等，都有坚实的生活基础，都是在真实事件的基础上加以改编创作的。其二，"样板戏"的基本主题和冲突核心，源自具体的中国革命的历史经验。中国革命的历史经验，是蕴涵于现实革命中的斗争策略和道路探索，是"样板戏"意识形态宣传建构意图中所要强

京剧《红灯记》剧照

《龙江颂》剧照

调的东西，它影响着革命的发展路向和得失成败，也制约着基于现实革命题材的"样板戏"剧情的起承转合。"样板戏"中，新民主主义革命时期的"武装斗争"主题及剧情冲突（如《沙家浜》），"自发反抗"转变为"自觉解放"的主题及剧情冲突（如《红色娘子军》），社会主义建设时期"斗私批修"（共产主义精神的培育和发扬）的主题及剧情冲突（如《海港》和《龙江颂》）等等，都是围绕着中国革命的历史经验发掘升华的。[1] 其三，"样板戏"的审美情调，源自孕育于中国革命中的精神品格。革命的英雄主义和理想主义，是逾百年来中国人民在追求民族以及自身的独立解放的艰苦奋斗中，不断生成光大的一种民族血性和精神品格。"样板戏"通过"工农兵火热的斗争生活"，以一个个工农兵形象的英雄业绩，充分凸显了这一民族血性和精神品格，在审美情调上，也就呈现出一种昂扬明朗的风格。其四，"样板戏"的艺术形态和意识形态化的中国革命史相互生成。如毛泽东所言，"推陈出新"要"出社会主义"。[2] "样板戏"宣传建构意识形态的意图是自觉且鲜明的。现实革命题材即"工农兵火热的斗争生活"，一方面，它是中国革命实践中具体呈现的活生生的生活现实，另一方面，其中又蕴含着"样板戏"所欲宣传建构的意识形态内涵。现实革命题材中的"斗争生活"及其意识形态内涵，孕育了"样板戏"的新故事、新主题及新情调，构成"样板戏"新型的艺术形态。具有新故事、新主题、新情调及新艺术形态的"样板戏"，使已经意识形态化的中国革命史进一步艺术化，构成新型的审美意识形态抑或"艺术化的意识形态"。[3]

---

[1] 当然，经验带有历史的具体性和局限性，某些历史经验，在历史的发展过程中，则可能被证实为历史的教训了。

[2] 1963年9月27日，毛泽东又在中央工作会议上说："推陈出新，出什么？要出社会主义。"转引自陈晋：《毛泽东与文艺传统》，北京：中央文献出版社，1992年版，第274页。

[3] 1957年3月19日在南京部队、江苏、安徽两省党员干部会议上的讲话中，毛泽东说中国传统戏曲是"封建社会遗留下来的艺术化了的意识形态"。转引自陈晋：《毛泽东与文艺传统》，北京：中央文献出版社，1992年版，第234页。

七、"用毛泽东思想占领思想文化阵地"

"演革命的现代戏"，不仅要求戏剧的题材要是"现实题材"，具有当下性，而且还要求是"革命题材"，渗透着意识形态的意义。值得注意的是，"样板戏"中的"现实革命题材"，具有代表性和连贯性。

最早确定的八个"样板戏"中，《红色娘子军》讲的是土地革命时期一支红军女兵部队的故事；《红灯记》、《沙家浜》和《白毛女》的时代背景，是在抗日战争时期；《智取威虎山》，说的是解放战争后期的东北剿匪传奇；《奇袭白虎团》，则是中国人民志愿军在朝鲜打击美国侵略者的英雄业绩；《海港》，表现了新中国码头工人胸怀全球、支援世界革命的广阔情怀。到后来，又树立了《杜鹃山》、《龙江颂》等新的"样板戏"。《杜鹃山》讲的是红军时期老革命根据地的故事，弥补了《红色娘子军》故事地域局限于偏远海南岛的不足；《龙江颂》则表现了人民公社社员团结互助战胜自然灾害，自身亦得到精神升华的过程。它和《海港》"珠联璧合"，进一步展现作为中国革命主力的"工农联盟"，在新社会中体现出来的新的英雄业绩和精神风貌。通常党史中所说的"新民主主义革命时期"和"社会主义建设时期"的各个重要的历史阶段，在"样板戏"中都得到了具有代表性的呈现；整个"样板戏"系列，连贯地呈现了中国共产党所领导的中国革命的历史进程。用当年的话说，就是：

第一次和第二次国内革命战争的历史转折期，"工农武装割据"的星星之火映红了杜鹃山；十年内战时期，红色娘子军的战旗飘扬在硝烟弥漫的琼崖岛；白毛女的斗争阐明了"哪里有压迫，哪里就有反抗"的伟大真理；《红灯记》、《沙家浜》、《平原作战》展现了抗日战争有几亿英雄的壮丽画面；追剿队发动群众智取威虎山，解放全中国军号雄壮；中朝人民并肩作战奇袭白虎团，国际主义凯歌嘹亮；社会主义的海港，洋溢着无产阶级专政下继续革命的豪情壮志；人民公社

的农村，传扬着共产主义风格的龙江颂……[1]

"样板戏"中现实革命题材的代表性和连贯性，是自觉而有意图地择取的。《红旗》杂志在纪念"京剧革命"十周年的社论中明确指出：

> 革命样板戏以党的基本路线为指导思想，深刻地反映了半个世纪以来，中国的无产阶级和广大人民群众在中国共产党的领导下进行的艰苦卓绝的武装夺取政权的斗争生活，和无产阶级专政下继续革命的斗争生活，为我们展现了一幅雄伟壮丽的中国革命的历史画卷。[2]

由此可见，"样板戏"有意以具有代表性和连贯性的"现实革命题材"，展现一幅"雄伟壮丽的中国革命的历史画卷"，以"党的基本路线为指导思想"，观照表现"夺取政权"和"继续革命"的斗争生活，将中国革命史意识形态化。这样做的目的，又是为了宣传建构新的意识形态。如社论中所说："革命样板戏是我们学习党史、军史、革命史的形象化教材，是我们进行路线教育的形象化教材。"[3]而在艺术表现的层面上，这也是在将中国革命史意识形态化的基础上，进一步将这一意识形态化的革命史艺术化，以戏剧的方式建构中国革命的史诗。

"样板戏"现实革命题材的"代表性及连贯性"，还蕴含着深层的意识形态意义。在"样板戏"中，现实革命题材的"代表性"体现在两个方面，一是"历史时期"的代表性，一是"斗争生活"的代表性。

作为一种舞台艺术，"样板戏"不可能将中国革命的历史进程作全程式的展现，只能是择取一些具有代表性的历史时期，即通常党史中所划分的那些具体的历史阶段，诸如土地革命时期、抗战时期、解放战争时期、抗美援朝时期、和平建设时期等等来加以艺术地呈现。各个历史时期的"斗争生活"，又是丰富多彩、惊心动魄、可歌可泣的，"样板戏"同样无

---

[1] 初澜：《中国革命历史的壮丽画卷——谈革命样板戏的成就和意义》，载《红旗》，1974年第1期。

[2] 初澜：《中国革命历史的壮丽画卷——谈革命样板戏的成就和意义》，载《红旗》，1974年第1期。

[3] 初澜：《中国革命历史的壮丽画卷——谈革命样板戏的成就和意义》，载《红旗》，1974年第1期。

法将此作巨细无遗的展示，只能是择取其中具有传奇性和冲突性的"斗争生活"，亦即适宜戏剧艺术表现的"斗争生活"来加以体现。也就是说，"样板戏"中现实革命题材的代表性，还和戏剧的艺术特性相关。"样板戏"中现实革命题材的这两重"代表性"，目的在于尽力呈现中国革命历史进程的丰富性和完整性，以丰富的"工农兵火热的斗争生活"，具体地呈现中国革命的历史风貌和历史经验。

事相中蕴含着意义。一个又一个事相的连贯，不仅只是呈现出事物运动的过程，也昭示着事物发展的趋势和规律。因此，在"代表性"的基础上，一个又一个"样板戏"，即"样板戏"系列所显现的题材的"连贯性"，也就在生动、丰富、完整地呈现中国革命历史进程的基础上，显现了中国革命史的趋势和规律，印证了历史的阶段论、规律论和目的论。

各个历史时期的历史风貌中，蕴含着特殊的历史矛盾，这些历史矛盾的冲突转化，促成各个历史时期的发展变化。"样板戏"中具有代表性的现实革命题材，具体生动地呈现了各个时期的历史风貌和历史经验，在"样板戏"中，以现实革命题材所呈现的中国革命，正是善于总结历史经验（诸如武装斗争、群众路线、超越狭隘意识、树立远大理想等等），把握住了历史发展的规律，才"由胜利走向更大的胜利"。因此，"样板戏"系列中由题材的"连贯性"所体现的从"新民主主义革命"到"社会主义建设"的中国革命的历史进程，在深层的意义上，就显现了历史的规律论和目的论：历史的发展是阶段性的、有规律的。中国革命的历史阶段和历史经验，即是其具体呈现；历史发展的目的指向，是走向共产主义。中国革命的历史进程及远大理想，则显现了这一历史趋势和历史目的。于此，"样板戏"的意识形态宣传建构意图，也就充分体现出来：中国革命的历史进程，是符合全人类发展的历史规律和必然趋势的。

值得重视的是，这一历史发展的阶段论、规律论和目的论，是以丰富生动的中国事相和中国经验具体呈现确证的。

在"样板戏"中，现实革命题材这一"工农兵火热的斗争生活"，具有丰富的生活内涵和深厚的现实基础，具体化为一个个具有冲突性情节的传奇性故事，这一个个传奇性故事，具有代表性和连贯性地取材自中国革命的各个重要的历史阶段。在局部上，一个个传奇故事展现了各个革命时期具体的现实风貌及其矛盾冲突；在总体上，具有代表性和连贯性的一个个传奇故事，透过现实风貌和矛盾冲突的发展变迁，在展现历史的时间进程时，也昭示历史发展的规律和取向。"样板戏"中以"工农兵火热的斗争生活"呈现的中国事相，真切生动、丰富具体地体现了人民群众推动历史发展的价值内涵。依靠武装斗争取得胜利，人民群众由自发反抗走向自觉解放，"斗私批修"、为全人类而奋斗——"样板戏"中所体现的人民群众的现实解放历程和精神解放历程，以中国经验的形式，昭示了历史发展的规律和走向，从而也使得马克思主义的唯物史观，得以史实化和中国化，具有了历史的具体性和中国特色。

在中国事相和中国经验的背后，是审视历史的中国立场和中国眼光。事实上，繁杂历史中的"事相"及其所蕴含的价值和意义，是需要人们剔除传统和习惯的遮蔽去"发现"的；蕴涵于历史进程中的"经验"和"规律"，更是需要人们以实事求是的立场和眼光去揭示。在"工农兵火热的斗争生活"中发现新的价值和意义，显然，受益于唯物史观的导引；武装斗争、群众路线、由自发反抗走向自觉解放、"斗私批修"、共产主义精神的培育和发扬等等，要揭示这些蕴涵于人民大众的现实解放历程及精神解放历程中的经验和规律，则有赖于直面中国现实的立场和眼光。正是这样的立场和眼光在纷繁的历史现象中，发现了中国革命的特殊性，找到了中国革命的特殊经验和规律，造就了"马克思主义的普遍真理同中国革命的具体实践相结合"的毛泽东思想。就像"样板戏"的创作者们所一再强调的那样，"样板戏"的创作以毛泽东思想为指导，要"用毛泽东思想占领思想文化阵地"。

第四节　塑造纯正完美的"无产阶级英雄形象"

一、"三突出"地塑造"无产阶级英雄形象"

所谓"三突出"，是由于会泳"根据江青指示"归纳出来的："在所有人物中突出正面人物来；在正面人物中突出主要英雄人物来；在主要英雄人物中突出中心人物来。"[1]服务于"三突出"，就还有"三陪衬"，即"在正面人物与反面人物之间，反面人物要反衬正面人物；在所有正面人物之中，一般人物要烘托、陪衬英雄人物；在所有英雄人物之中，非主要人物要烘托、陪衬主要英雄人物。"[2]甚至在舞美设计上，都要求"红、光、亮"，即英雄人物出场时，在灯光、扮相等方面，都要有相应的烘托，让他们红光满面、神采奕奕。归根到底，就是要"满腔热情、千方百计"地突出"无产阶级英雄形象"，让他们高大完美、光彩夺目地呈现在戏剧舞台上。

江青1964年7月所作的《谈京剧革命》是探究"样板戏"成因及特征的重要文献。在这次谈话中，江青明确地提出，塑造"当代的革命英雄形象"是无产阶级文艺的"首要任务"。她说："我们提倡革命的现代戏，要反映建国十五年来的现实生活，要在我们的戏曲舞台上塑造出当代的革命英雄形象来。这是首要的任务。"[3]1966年，在明确地提出来要搞"样板"的《纪要》中，又将这一意思表述为"根本任务"："要努力塑造工农兵的

　　[1]于会泳：《让文艺舞台永远成为宣传毛泽东思想的阵地》，载《文艺报》，1968年5月23日。
　　[2]江天：《努力塑造无产阶级英雄典型》，载《人民日报》，1974年7月12日。
　　[3]江青：《谈京剧革命——1964年7月在京剧现代戏观摩演出人员的座谈会上的讲话》，1967年5月10日由《红旗》杂志第6期正式发表。

英雄人物，这是社会主义文艺的根本任务。"[1] "文革"十年间戏剧舞台上的人物塑造，都是围绕着这一"根本任务"进行的。

　　要完成这一"根本任务"，用"样板戏"创作者的话说，就要"满腔热情、千方百计"[2]地塑造无产阶级英雄形象。由此，"无产阶级英雄形象"，也就成为"样板戏"最醒目的特征之一。洪常青（《红色娘子军》）、李玉和（《红灯记》）、郭建光（《沙家浜》）、杨子荣（《智取威虎山》）、严伟才（《奇袭白虎团》）、江水英（《龙江颂》）、方海珍（《海港》）、柯湘（《杜鹃山》）等等，都是"样板戏"中引人注目的"无产阶级英雄形象"。如何"满腔热情、千方百计地塑造无产阶级英雄形象"呢？一条基本的经验就是"三突出"。按当年的说法，"三突出"是"在具体的创作实践中，实践塑造无产阶级英雄典型这一社会主义文艺根本任务的有力保证"。[3]因此，"样板戏"中的"无产阶级英雄形象"是以"三突出"的表现方式呈现的。

　　"三突出"要使"样板戏"中的"无产阶级英雄形象"纯正而完美。所谓纯正，是指这些"无产阶级英雄形象"集中地体现着无产阶级的优秀品质，在他们身上，完全摒弃了"封、资、修"（即封建主义、资本主义和修正主义）的东西。所谓完美，则是说"样板戏"中的"无产阶级英雄形象"，没有个人品格上的弱点和缺点，他们是"高、大、全"的，有着惊人的胆识、非凡的智慧、宽阔的心胸和远大的理想。在他们身上，集中体现着为共产主义理想忘我奋斗的崇高品格。

　　为了塑造"纯正完美"的"无产阶级英雄形象"，"样板戏"的创作者们有意识地在剧作中摒弃传统的"孝道"和"人情味"。几千年来，"以孝治天下"是中国封建统治阶级的基本策略。在中国文化传统中，"孝道"已

---

　　[1]《林彪同志委托江青同志召开的部队文艺工作座谈会纪要》，载《人民日报》，1967年5月29日，另载《红旗》杂志，1967年第9期。

　　[2]初澜：《京剧革命十年》，载《红旗》，1974年第7期。

　　[3]小峦：《坚定不移，破浪前进》，载《人民戏剧》，1967年第1期。

经成为普通民众心目中基本的价值观和信仰形式。这样的"孝道"既是一种文化传统，也是现实生活中的一种实践力量。因此在几部"样板戏"的早期稿本中，也就还保留着一些崇尚"孝道"的倾向。例如在《红灯记》中，就强调了儿子（李玉和）对母亲（李奶奶）的"孝"，并把这种亲情之"孝"往安身立命的"为人之道"[1]上拔高，所以剧中的李玉和即有了这样的唱词："哪有孝子做汉奸。"对此，"样板戏"的创作者们是持批判和摒弃态度的，在改编中坚决地把这些都删去了，并认为这是一种渗透着浓厚封建意识的"腐恶词句"。[2]在"样板戏"的创作者看来，只有剔除了这些封建主义的东西，才能更加纯正地体现出无产阶级的意识形态。

在这方面，关于《红色娘子军军歌》的改编，也是一个有力的例证。在电影（故事片）《红色娘子军》中，《红色娘子军军歌》的唱词是这样的：

> 向前进，向前进，战士的责任重，妇女的冤仇深。古有花木兰替父去从军，今有娘子军扛枪为人民……

这首主题歌既体现了今天的特殊现实："今有娘子军扛枪为人民"，又承接着深远的文化传统："古有花木兰替父去从军"，在宣传新的革命道理的同时，又迎合着传统的道德文化心理，因而深受人们的欢迎，电影公映后不久，这首歌即成为家喻户晓、广为传唱的歌曲（近年来重新排演的芭蕾舞剧《红色娘子军》，也用了这首主题歌）。这表明人们是认同这种将革命道理和传统美德相结合的创作方式的。但在"样板戏"的改编中，这首已经深受欢迎的"军歌"的歌词，还是被改成了这个样子：

> 向前进，向前进，战士的责任重，妇女的冤仇深。砸碎锁链奴隶要翻身，今有娘子军扛枪为人民……

将现实的革命实践，和古老的道德佳话巧妙地结合起来，本是原来的"红色娘子军军歌"最出彩动人的地方，但在"样板戏"的改编中，"古

---

[1] 这是"孝道"的重要组成部分。《孝经》中即说："夫孝者，始于伺亲，中于事君，终于立身。"

[2] 中国京剧团《红灯记》剧组：《为塑造无产阶级英雄典型而斗争——塑造李玉和英雄形象的体会》，载《红旗》，1970年第5期。

有花木兰替父去从军"这样的传统美德和历史佳话却被剔除了。很显然，在"样板戏"的改编者看来，这种传统美德和历史佳话，不过是"孝道"的一种体现形式，是封建主义的东西，而以"砸碎锁链奴隶要翻身"来取代，则更进一步凸显了无产阶级反抗压迫、追求自身解放的历史诉求，与《共产党宣言》中"无产阶级失去的只是锁链，得到的却是整个世界"的论断相呼应，体现出鲜明的无产阶级的革命意识。

着意摒弃"人情味"和"人性论"的思想意识，也是"样板戏"为塑造好"无产阶级英雄形象"而自觉努力的一个方向。还以《红灯记》为例，在成为"样板戏"前的原改编本中，剧情的冲突和主题的展开，侧重于渲染家庭气氛和骨肉之情，展现革命、抗日与亲情的矛盾，在此基础上，突出革命者舍小家为国家、英勇献身的英雄气概。这种在骨肉亲情的基础上展开剧情冲突、提炼突出主题的方式，在"样板戏"的创作者看来，是一种"人情味"和"人性论"的创作方式，是资本主义和修正主义的东西，所以他们要坚决摒弃。在他们看来，这样的创作方式是在"竭力宣扬什么'家庭气氛'、'骨肉之情'，贩卖反动的人性论"。[1]甚至认为，原改编本"大肆宣扬'苦难'和'恐怖'，歪曲刑场斗争是什么'上刀山''过鬼门关'，美化法西斯刽子手鸠山，把他写成具有所谓'人类良心'，对李玉和'仁至义尽'的角色。原改编本用这些荒谬绝伦的对比，恶毒地杜撰出这样的'主题'：人民的苦难，英烈的流血，不是日寇有罪，倒是革命'残忍'"。[2]这样的措辞，当然带有当时将艺术分歧上升为政治斗争的恶劣倾向。但也从另一方面，显现出"样板戏"的创作者们极力反对和摒弃"人情味"及"人性论"的创作立场。

为了塑造"纯正完美"的"无产阶级英雄形象"，"样板戏"的创作者

---

[1]中国京剧团《红灯记》剧组：《为塑造无产阶级英雄典型而斗争——塑造李玉和英雄形象的体会》，载《红旗》，1970年第5期。

[2]中国京剧团《红灯记》剧组：《为塑造无产阶级英雄典型而斗争——塑造李玉和英雄形象的体会》，载《红旗》，1970年第5期。

们注重突出"英雄人物"的坚强意志和博大襟怀。以《智取威虎山》为例，原演出本中的杨子荣形象，注重突出"泼辣剽悍粗犷"的"匪气"，因此"让他上山时哼着黄色小调，上山后又与座山雕的干女儿玫瑰花打情骂俏，大讲下流故事……"在"样板戏"的创作者看来，这就"把杨子荣弄成一个满嘴黑话、浑身匪气的江湖客，一个莽里莽撞、浑浑噩噩的冒险者"。为了改变这一形象的性质，他们根据江青的指示，"在第四场当杨子荣请求任务时，特地为他设计了一段散起的〔西皮原板〕——〔二六〕——〔快板〕的成套唱腔《共产党员》，表现了他'一颗红心似火焰，化作利剑斩凶顽'的坚强决心和'明知征途有艰险，越是艰险越向前'的斗争意志"。在原演出本中，杨子荣"打虎上山"时的唱词是"茫茫林海形影单"，"白骨累累、血迹斑斑绝人烟"。但在"样板戏"的创作者看来，作为"无产阶级英雄形象"，一个重要的政治素质，就是要有"胸怀祖国，放眼世界"的远大的共产主义理想。为此，他们"把第五场作了彻底的改变，并特地为杨子荣安排了一个〔二黄〕接〔西皮〕的大套唱腔，揭示了他'愿红旗五洲四海齐招展'、'迎来春色换人间'的宏伟远大理想和革命的豪情壮志"。"样板戏"的创作者认为："如果不揭示这一侧面，那么杨子荣就势必会成为一个'林冲夜奔'式的主人公，一个鼠目寸光的侏儒。"[1]

在具体的表现层面上，"样板戏"的创作者们尽可能地调动一切细节手段，为塑造"纯正完美"的"无产阶级英雄形象"服务，在台词、唱腔、道具、灯光舞美等各方面都用足了功夫。例如，为了突出杨子荣的英雄形象，江青甚至亲自指点，"打虎上山"一场，杨子荣系的围巾应该要用什么样的颜色看起来才"亮"。在原演出本中，杨子荣"打虎上山"一场，舞美设计"用了一些枝垂干曲的树木"，"样板戏"的创作者们认为："这种萧疏冷落，无精打采的气氛，与杨子荣和他的战友们朝气蓬勃、雄壮英武

---

[1]上海京剧团《智取威虎山》剧组：《努力塑造无产阶级英雄人物的光辉形象——对塑造杨子荣等英雄形象的一些体会》，载《红旗》，1969年第11期。

的气概很不相称。"于是"样板戏"《智取威虎山》的"打虎上山"一场，舞美设计即改为"一株株高入云端的栋梁松，夹着从树隙中射入的道道光柱，与'气冲霄汉'的雄壮歌声交相辉映，生动地体现了杨子荣豪迈刚强、坚贞不屈的英雄性格"。[1]

同样的创作理念及表现方式，也体现在《红灯记》的改编中。为了塑造李玉和这一"纯正完美"的"无产阶级英雄形象"，"样板戏"的创作者们不仅删去了原改编本中"哪有孝子当汉奸"这样的"腐恶词句"，还删去了"回家偷酒喝"这样的表现李玉和苦闷彷徨的情节，删去了李玉和受刑后"趴在地上起不来"的痛苦场景，代之以激昂雄浑的手法，表现李玉和坚强的革命气节和远大的政治理想。如他们所言："（'刑场斗争'一场中）舞台上高坡处，劲松参天，远处峻岭入云。'戴铁镣，裹铁链，锁住我双脚和双手，锁不住我雄心壮志冲云天'。李玉和满怀着必胜的喜悦，气昂昂地抬头远看：'我看到革命的红旗高举起，抗日的烽火已燎原'，'但等那风雨过，百花吐艳，新中国如朝阳光照人间'。（这时候，音乐奏出了《东方红》的旋律）。"在"样板戏"的创作者们看来，李玉和的革命气节和政治理想，"放射着特别灿烂的光辉"。因为：

> 封建阶级、资产阶级的文艺家们也曾经在文艺作品中描写过他们的气节。"人生自古谁无死，留取丹心照汗青。"这是一种气节，封建阶级的气节。"生命诚可贵，爱情价更高，若为自由故，两者皆可抛。"这也是一种气节，资产阶级的气节。这些气节，是封建阶级和资产阶级的政治信念在一定的历史时期和一定条件下的反映。无产阶级的革命气节，同历史上任何阶级的气节迥然不同，它是建立在解放全人类这个无产阶级政治理想基础上的。[2]

---

[1] 上海京剧团《智取威虎山》剧组：《努力塑造无产阶级英雄人物的光辉形象——对塑造杨子荣等英雄形象的一些体会》，载《红旗》，1969年第11期。

[2] 丁学雷：《中国无产阶级的光辉典型——赞李玉和的形象塑造》，载《人民日报》，1970年5月8日。

二、"无产阶级英雄形象"的实践意义

注重塑造"无产阶级英雄形象"，首先是出于现实实践的需要。"样板戏"的创作者们明确地说：

> 革命文艺主要是通过英雄形象感染人、教育人的。革命样板戏运用革命的现实主义和革命的浪漫主义相结合的创作方法，运用在所有人物中突出正面人物，在正面人物中突出英雄人物，在英雄人物中突出主要英雄人物的创作经验，塑造高大完美的无产阶级英雄形象，高就高在具有高度的阶级斗争、路线斗争和继续革命的觉悟，美就美在他们是运用马克思主义、列宁主义、毛泽东思想武装起来的新人。他们是我国亿万工农兵群众的艺术再现，又成为鼓舞他们的光辉榜样。[1]

"榜样的力量是无穷的"，在艺术中，以"英雄"（也就是主角和被推崇的人物）做榜样来宣传思想，教化大众，是古今中外皆然的历史现象。在英语中，文艺作品中的主人公或主角，即被称为"英雄"。在荷马史诗的众多"英雄"身上，渗透着古希腊时期人们所推崇的价值观和人生观；中国戏曲中的帝王将相、才子佳人和牛鬼蛇神故事，也体现着封建社会的正统观念、人生情趣和迷信意识。艺术舞台的"主角"或"英雄"所体现的思想意识和价值倾向，因其"主角"或"英雄"的特征——重要或令人景仰敬畏，获得了某种权威性和神圣性，进而能有效有力地教化大众。

人的价值观念和精神信仰在现实的生成过程中，一方面固然会受到外在客观条件的限制，受到习俗传统和理性追求的影响，但在另一方面又深受人们心目中的人物及其故事的影响，这是更重要、更普遍、同时也是更真切和更具体的一种价值观念和精神信仰的生成形式。也就是说，看到什么样的人物和故事，影响到你以什么样的眼光和态度来看待世界和人生，

---

[1] 北京大学、清华大学写作组：《反映新的人物新的世界的革命新文艺——谈革命样板戏的历史意义和战斗作用》，载《人民日报》，1974年7月16日。

以什么样的眼光和态度来看待世界和人生，又影响到你面对世界和人生时的行为方式。也就是"看到什么样的故事，会影响到我们成为什么样的人"。

"样板戏"中的"无产阶级英雄形象"，具有非凡胆识、惊人智慧、崇高品格和远大志向，是中国革命历史进程中所涌现的大智大勇的"英雄"。这些"无产阶级英雄形象"，既有坚实的现实基础，是"我国亿万工农兵群众的艺术再现"，又是"感染人"、"教育人"、"鼓舞人"的"光辉榜样"，可以充分发挥宣传思想、教育人民的作用。所以江青才说，在戏曲舞台上塑造出"当代的革命英雄形象"，是"首要的任务"；"塑造工农兵的英雄人物"，在当时才会被视为"无产阶级文艺的根本任务"。"样板戏"的创作者们，也才要"满腔热情、千方百计"地塑造"纯正完美"的"无产阶级英雄典型"。

三、"无产阶级英雄形象"的历史意义

早在1944年，在看了新编京剧《逼上梁山》后所写的那封著名的信中，毛泽东即提出了要让劳动人民做艺术的主角和主人的思想，并且认为这样才是"把颠倒了的历史再颠倒过来"。"文革"期间"样板戏"创作中所倡导的"塑造无产阶级英雄形象"的主张，最直接地承接着毛泽东的这一文艺思想。延安时期所倡导的"劳动人民做主角"，到了"样板戏"这里已经发展成为"塑造无产阶级英雄形象"。以更宏观的历史眼光来看，"塑造无产阶级英雄形象"这一"根本任务"论，其实也是马克思主义文艺思想的发展和具体化。

恩格斯早年说过，无产阶级的艺术只要"动摇资产阶级世界的乐观主义"，引起人们"对于现存事物的永世长存的怀疑"，也就完成了它的历史使命。[1] 然而当时的艺术中，处处是愚昧麻木软弱的无产者形象，对此

---

[1] 恩格斯：《致敏·考茨基》，见《马克思恩格斯选集》第4卷，北京：人民出版社，1972年版，第453—454页。

他是很不满意的。在对《城市姑娘》的评论中恩格斯指出，不能只是自然主义地呈现无产阶级的所谓"真实"形象，而应在历史发展的趋势中来把握无产阶级形象的"真实性"。所以他说，书中愚昧麻木软弱的"无产阶级形象"的描写方式，在过去看来可能是"正确"的，但在无产阶级追求自我解放的斗争已经风起云涌之后，再如此描写愚昧麻木软弱的无产者形象，就不"正确"了。至少，在他这样一个投身于这一斗争几十年的"老战士"的眼中，就不"正确"。[1]由此可见，恩格斯认为在人物的塑造中，应该体现着思想意识和价值观念的倾向和导向。他曾经呼唤文学艺术塑造"倔强的、叱咤风云的革命的无产者形象"，[2]希望有一种高大完美的"无产阶级英雄"形象，鲜明有力地彰显无产阶级的意识形态。这是他所期待的"无产阶级艺术"的显著特征。

在恩格斯看来，文学艺术中的"无产阶级形象"的特征和气质，与无产阶级的现实处境和现实地位紧密关联。因此文学艺术应当"正确"地塑造"无产阶级形象"，进而反映现实中无产阶级的觉醒和奋斗，同时，文学艺术还应当具有远见地塑造"倔强的、叱咤风云的革命的无产者形象"，进而引领无产阶级的觉醒和奋斗。恩格斯的这一思想，在裴多菲那里也有继承和发扬。裴多菲曾经说过："假如人民在诗歌当中起着统治的作用，那么人民在政治方面取得统治的日子就也更加靠近了。"[3]

"塑造无产阶级英雄形象"的主张，和马克思主义的文艺传统是一脉相承的。"样板戏"的创作者们当年就是这么说的：

> 主题思想是靠人物来体现的。情节结构等，也是围绕着人物安排的。而在所有人物中，又以主要人物为核心。以什么样的人物为主要人

---

[1] 恩格斯：《致玛格丽特·哈克奈斯》，见《马克思恩格斯全集》第37卷，北京：人民出版社，1971年版，第40—42页。

[2] 恩格斯：《诗歌和散文中的德国社会主义》，见《马克思恩格斯全集》第4卷，北京：人民出版社，1958年版，第223—224页。

[3] 裴多菲：《给阿兰尼的信》，见《古典文艺理论译丛》第4册，北京：人民文学出版社，1962年版，第70页。

物，就标志着什么阶级占领舞台，什么阶级的代表成为舞台的主人。[1]

恩格斯所期待的"倔强的、叱咤风云的革命的无产者形象"在他那个时代还难以出现。在文学艺术中，"无产阶级形象"以什么样的形态体现出来，和无产阶级的历史地位相关，也和无产阶级的意识形态在现实中的地位和作用相关。在无产阶级取得了国家政权之后，新的无产阶级形象的出现，才有了现实基础。

"样板戏"是在已经取得了国家政权的条件下，借助国家权力建立的"样板艺术"和"主流艺术"，是一种特殊的"国家艺术"形式，其意识形态功能，自然也就不同于早期无产阶级艺术中"怀疑"资本主义永恒性的启蒙功能和"揭露"资本主义残酷性的批判功能，也不同于杰姆逊在资本主义制度下的大众文化和非主流文化中所看到的"痛斥现存世界之腐朽"的解构功能。[2] "样板戏"宣传建构的意识形态，是为了维护现存制度并昭示现存制度的光明前途，因此，塑造"纯正完美"的"无产阶级英雄形象"，为的是以他们的非凡胆识、惊人智慧、崇高品格和远大志向，感召人们认同现存制度和发展道路，激发人们为共产主义奋斗的热情，增强人们对这一远大理想的信心。"样板戏"的创作者们所以要"满腔热情、千方百计"地塑造"无产阶级英雄形象"，看重的就是艺术形象的这一意识形态功能，"样板戏"中"纯正完美"的"无产阶级英雄形象"和"样板戏"作为"主流艺术"和"国家艺术"的地位是密不可分的。

四、"无产阶级英雄形象"何以要排斥"人情味"

"样板戏"中"无产阶级英雄形象"最引人注目也是今天引起争议最多的一个特征，就是没有人们常说的"人情味"。这些英雄形象的塑造，

---

[1] 上海京剧团《智取威虎山》剧组：《努力塑造无产阶级英雄人物的光辉形象——对塑造杨子荣等英雄形象的一些体会》，载《红旗》，1969年第11期。

[2] 杰姆逊曾说："文化领域的真实功能，在于把具体世界里的诸般景象以镜映得的形式反射到自身之上。这些形式包括虚有其表的假意类同，批判讽刺的尖锐控诉，以至于透过一种乌托邦式的创楚痛斥现存世界之腐朽。"杰姆逊：《后现代主义：或晚期资本主义的文化逻辑》，见《晚期资本主义的文化逻辑》，张旭东等译，北京：生活·读书·新知三联书店，1998年版，第504页。

有意地淡化回避"人情人性"，尤其淡化回避"男女之情"及"爱情"。"样板戏"中的"无产阶级英雄形象"，如《红色娘子军》中的洪常青、《红灯记》中的李玉和、《沙家浜》中的郭建光、《智取威虎山》中的杨子荣、《奇袭白虎团》中的严伟才、《龙江颂》中的江水英、《海港》中的方海珍、《杜鹃山》中的柯湘等等，或是没有配偶、或是配偶已死、或是配偶不在身边的单身男女，这样的人物设置既是淡化回避"男女之情"的结果，也为剧情中淡化回避"男女之情"提供了方便。

在"样板戏"的改编过程中，原有的一点点"男女之情"，也被尽量地淡化回避，直至消失殆尽。例如在歌剧版和电影版的《白毛女》中，大春与喜儿的"爱情"是一条主线，但在作为"样板戏"的芭蕾舞剧《白毛女》中，这一主线已经被着意淡化了。洪常青和琼花之间，在共同的革命斗争中建立了朦胧的爱慕之情，在电影版的《红色娘子军》中，对此尚有一定的暗示，但在作为"样板戏"的《红色娘子军》中，这一男女之情的暧昧被清除，明确升华为前赴后继的革命同志之情。《智取威虎山》取材自长篇小说《林海雪原》，在《林海雪原》中，有一段"雪乡萌情心"，表现了"首长"少剑波和卫生员"小白鸽"（白茹）之间的"爱情"，在"样板戏"中，这一段也被回避乃至清除了。着意淡化回避"男女之情"，甚至体现在极其微观的创作过程中。例如《智取威虎山》中的"深山问苦"一场，小常宝一家被土匪残杀家破人亡，劫后余生的她和父亲在饥寒和躲藏中相依为命。原来有这样的一段唱词："到夜晚，爹想婆姨我想娘"，但在"样板戏"的改编过程中，这样的唱词也被要求修改为"到夜晚，爹想祖母我想娘"。从注重"男女之情"和"爱情"的创作立场看，这样的改动荒谬而可笑。然而这里且不急着对此做是非高下的判断，更值得探究的是，"样板戏"的创作，何以要如此坚决地淡化回避"男女之情"及"爱情"？

"男女之情"及"爱情"是古今中外艺术表现的一个核心，以至于有所谓"永恒主题"或"永恒母题"之说。这当然有生理本能的基础，"男欢女爱"毕竟是现实人生中的一个重要内容。但需要注意的是，基于生理本能的男女之情，在具体的历史文化环境中，又蕴含着不同的价值意义。文学艺术从什么角度来讲述"男女之情"及"爱情"，将"男女之情"及"爱情"讲出什么样的价值意义，是受制于具体的历史文化环境和意识形态立场的。例如孟姜女寻夫哭倒长城的传说，在"男女之情"及"爱情"的讲述中，蕴含着对暴政的控诉和想象性反抗；《孔雀东南飞》中的"爱情"故事，有对父母干预子女婚姻的不满，也透出了面对孝道和男女情爱冲突时的困扰。《桃花扇》中的"男女之情"及"爱情"，已经和家国大义、人世沧桑连在一起；而"杜十娘怒沉百宝箱"的故事，在对"负心男子"的鞭笞中，似乎还显出了抨击男权社会的女性意识。某种意识形态的意义倾向，总是在"男女之情"及"爱情"的艺术讲述中体现出来。

在"五四"新文化运动初期，周作人等提倡的"人的文学"，也就是以"人道主义"作为价值依据的文学。[1]郁达夫后来概括说，"五四"的时代精神，是"个人的发现"。[2]他们所说的"人"，也就是强调个人价值、个人自由和个人权利的人道主义的"人"及个人主义的"人"，是来自西方人文主义传统的价值观念。在现实生活中，"五四"新文化运动引发了人们追求婚姻自主、恋爱自由的社会实践，在文学艺术中，则导致了"五四"新文学注重此类题材，关注"男女之情"及"爱情"的小说潮流，如冰心等人的"问题小说"等即属此类，后来鲁迅的《伤逝》、巴金的《家》等都承接延续着这一潮流。"男女之情"及"爱情"在"五四"新文学中，既是民众爱读的情感故事，又有更深的社会文化含义，被视为个性解放的动力和人生价值的归宿。经由人道主义和个人主义立场的阐发，"男女之情"及"爱情"在新文学中被赋予了反对封建礼教、争取个性自由的意识形态意义。这一意识形态意义促成了"五四"新文学的巨大成功及广泛影响，反过来，又培养了人们对文学艺术中表现"男女之情"及"爱情"的推

---

[1] 周作人：《人的文学》，载《新青年》第5卷第6期，1918年12月。
[2] 参见郁达夫：《中国新文学大系 现代散文导论（下）》，上海：良友复兴图书公司，1940年版。

崇，使之成为一种主导性的艺术趣味甚至成为新的文艺传统。

就本质而言，推崇"男女之情"及"爱情"，是在现行家庭婚姻制度的基础上，从人道主义和个人主义立场出发张扬个人情感的价值观，是西方人文主义价值观的重要内涵。在宗教失去了统摄地位之后，这几乎已经成为现代西方社会一种新的精神图腾。文艺作品中那些圣洁永恒的"爱情神话"，一方面以艺术的方式肯定美化个人情感、个人价值及现行家庭婚姻制度，另一方面，也在思想意识上维护强化着人道主义、个人主义及现行家庭婚姻制度这一资本主义意识形态的重要基础。在对"男女之情"及"爱情"的推崇之外，还有对"骨肉之情"和"家庭亲情"的看重，因此，文艺作品中注重表现"男女之情"、"爱情"、"骨肉之情"和"家庭亲情"，即所谓注重表现"人情味"，既是一种艺术趣味，也体现着一种意识形态。

当中国新文学的历史进程由"文学革命"演变为"革命文学"时，[1]文学的价值立场，已经由注重"人情人性"的人道主义和个人主义，转变为注重"阶级性"的马克思主义。"革命文学"这一不同于"人的文学"的新的文学形态，蕴含着新的意识形态立场。

恩格斯在《家庭、私有制和国家的起源》一文中指出，专偶婚和父权制家庭的兴起，是和私有制的出现相适应的，并不是出于男女间性爱喜好的自然基础，而是基于社会的经济原因。恩格斯认为，专偶制的起源"决不是个人性爱的结果，它同个人性爱绝对没有关系"。"个体婚姻在历史上决不是作为男女之间的和好而出现的，更不是作为这种和好的最高形式出现的。"[2]"专偶制不是以自然条件为基础，而是以经济条件为基础。"[3]这种婚姻制度和家庭制度，本质上是为私有制服务的，目的是让私有财产能为"血统纯正"的子女继承。这是对私欲的保障，也是私欲的扩张。在马克思主义的观点看来，私有制是万恶之源。因而对这种维护私

---

[1] 参见成仿吾：《从文学革命到革命文学》，载《创造月刊》第1卷第9期，1928年5月。
[2] 恩格斯：《家庭、私有制和国家的起源》，北京：人民出版社，1999年版，第65—66页。
[3] 恩格斯：《家庭、私有制和国家的起源》，第77页。

有制的婚姻制度和家庭制度，以及被这种私有制观念所浸染过的"男女之情"、"爱情"、"骨肉之情"及"家庭亲情"等"人情味"，马克思和恩格斯的评价并不高，不仅视其为一种虚伪的空谈，同时也指出，这是遮蔽现实真实关系的一种意识形态"幻觉"。

在《共产党宣言》中，马克思和恩格斯就指出了这种婚姻和家庭制度的虚伪性：其是受私有财产关系的支配，同时又以通奸和卖淫为补充的。[1]在《家庭、私有制和国家的起源》一文中，恩格斯指出，在新兴的资产阶级那里，"在字面上，在道德理论上以及在诗歌描写上，再也没有比认为不以夫妻相互性爱和真正自由的协议为基础的任何婚姻都是不道德的那种观念更加牢固而不可动摇的了。总之，恋爱婚姻宣布为人权，并且不仅是'男子的权利'，而且在例外的情况下也是妇女的权利"。[2]然而这一切也仅仅只是"在字面上，在道德理论上以及在诗歌描写上"。所以恩格斯嘲讽说，古代偶婚时期的"父亲"身份，恐怕比现代家庭婚姻制度下的还要"确实"一些。[3]马克思和恩格斯认为，在金钱关系起支配作用的资本主义社会中，"资产阶级关于家庭与教育、关于父母子女的亲密关系等等的空谈，令人作呕"。[4]在马克思和恩格斯看来，资本主义制度用金钱关系这种"无耻而露骨的剥削"，"代替了用宗教和政治的幻觉掩盖着的剥削"。[5]而"男女之情"、"爱情"、"骨肉之情"及"家庭亲情"等"人情味"，则是掩盖这一残酷关系的"温情面纱"，同样是一种意识形态的"幻觉"。

马克思和恩格斯在《共产党宣言》中，并不讳言共产主义的实现，在消灭私有制的基础之上，最终也将导致现行家庭婚姻制度的消亡和"祖国"（民族国家）的消失，相应地，也将由此导致"私有财产神圣不可侵

---

［1］参见马克思、恩格斯：《共产党宣言》，北京：人民出版社，1978年版，第42—43页。
［2］恩格斯：《家庭、私有制和国家的起源》，北京：人民出版社，1999年版，第83页。
［3］恩格斯：《家庭、私有制和国家的起源》，第55页。
［4］马克思、恩格斯：《共产党宣言》，第42页。
［5］马克思、恩格斯：《共产党宣言》，第27页。

犯"、"祖国"，"个人主义"、"男女爱情"、"家庭亲情"等诸多在资本主义制度下看来是"神圣而永恒"的价值观的消亡。[1]当马克思和恩格斯在《共产党宣言》的结尾，号召"全世界无产者联合起来"时，一方面指出了无产阶级的解放途径：全世界的无产者只有联合起来，才能完成实现共产主义的历史使命。另一方面也揭示，是共同的处境和命运，促使全世界的无产者联合起来；"阶级情"，是全世界无产者联合起来的坚强纽带。马克思和恩格斯对"人情味"的贬抑和对"阶级情"的强调，具有深远的意识形态意义。

　　艺术趣味的背后隐含着意识形态，意识形态的立场影响着艺术趣味。从"文学革命"到"革命文学"，随着马克思主义在中国的不断深入，文学的内涵和趣味也相应地发生了变化。一些文艺理论上的论争，正折射着意识形态上的斗争。当年鲁迅说，"煤油大王不会知道北京拾煤渣老婆子的辛酸，贾府的焦大不爱林妹妹"，就是站在阶级论的立场上，反对梁实秋鼓吹的"普遍共同的人性"。[2]毛泽东《在延安文艺座谈会上的讲话》中也明确地说，只有具体的人性，没有抽象的人性。在阶级社会中，人性是打上了阶级的烙印的。并把鼓吹文学艺术就是表现"共同人性"和"人类之爱"的思想，斥为应当摒弃的资产阶级的东西。[3]毛泽东的论述，既有对以"人道主义"和个人主义为根本的资本主义意识形态的批判，也有对以此为基础的推崇"人情味"的艺术趣味的拒绝。

　　排斥"人情味"，强调"阶级情"的艺术倾向，源自马克思主义的意识形态立场，而对"人情味"的拒绝及对"阶级情"的弘扬，在中国革命的现实历程中，又有着坚实的生活基础。

---

　　[1]参见马克思、恩格斯：《共产党宣言》，北京：人民出版社，1978年版，第42—45页。
　　[2]鲁迅：《"硬译"与"文学的阶级性"》，见《鲁迅全集》第4卷，北京：人民文学出版社，1982年版，第195—222页。
　　[3]毛泽东：《在延安文艺座谈会上的讲话》，见《毛泽东论文艺》（增订本），北京：人民文学出版社，1992年版。

在阶级矛盾尖锐的旧中国，"阶级情"确实是各阶级尤其是劳苦大众借以相互沟通、认同和扶持的心理基础。歌剧《白毛女》在当时能如此强烈地打动劳苦大众，和他们所处的社会境遇是密切相关的，相同的境遇使得他们有了共同的仇恨和共同的关爱，有了共同的"阶级情"。历史已经证明，阶级和阶级斗争的观点，是中国革命重要的思想武器。对"阶级情"的弘扬，是发动民众、团结民众从事现实革命实践的有效手段。"样板戏"《杜鹃山》中的一场戏，就具体地表现了这一中国革命的历史经验：党代表柯湘为了化解农民义军对她的疑虑，自述身世，"家住安源萍水头……"说明自己也是工人阶级出身，为反抗压迫闹革命，家破人亡，尸骨难收。柯湘的身世打动了境遇与之相似的农民义军，在"阶级情"的基础上，大家认同了柯湘并进一步理解了"工友和农友，一条革命路上走"的共同境遇和追求。

以"阶级情"作为劳苦大众相互沟通、相互认同和扶持的心理基础，不仅是中国革命的历史经验，甚至还有着世界性的普适性。在《杜鹃山》中，党代表柯湘为了与农民义军做更好的沟通，自述身世后询问要求受过地主豪绅的剥削和欺压的人举手。农民义军们激情澎湃，纷纷举起了手。时过境迁，这样的剧情，在今天看来似乎矫情或不可思议，但据柯湘的扮演者杨春霞回忆，20世纪70年代他们受赞比亚总统的邀请到该国演出《杜鹃山》，配有翻译和字幕，演到这一幕时，不仅台上的演员举起了手，台下的许多黑人观众，这些远在非洲的劳苦大众，也纷纷举起了手……[1]

"男女之情"或"爱情"是革命队伍中不得不面对的一个问题，但在严酷的战争环境中，这样的"个人情感"往往妨碍革命工作乃至危及到生存，因而不得不对其采取压抑甚至杜绝的态度，生存的空间很小。例如在整个中央红军八万多人的长征队伍中，随行的女兵仅有40人，而且多为领

---

[1] 参见张广天：《江山如画宏图展——从京剧革命看新中国的文化抱负》，载《文艺理论与批评》，2000年第1期。

导干部的配偶。为了行军转移，许多人都把孩子送了人。朱德说过，红军以就地枪决的严厉处罚，来制止部队中出现的极少数的强奸事件。只有这样，才能消除民众的敌意，获得人民的支持，在敌强我弱的环境中生存下来。[1]战争环境难有条件保障"男女之情"或"爱情"，相反，同志战友之间的关爱扶持，才是挺过生死难关的根本保证。"阶级情"于此更显难能可贵，迷恋难舍"男女之情"或"骨肉之情"，则可能危及到个人和集体的生存。除了意识形态的影响，现实的生存环境，也使得"五四"新文化运动后注重个人主义的价值观及看重"人情味"的艺术趣味，在革命队伍中不合时宜，被视为"资产阶级意识"和"小资产阶级情调"。

在中国革命的历史进程中，注重"阶级性"反对"共同人性"，是一种基本的价值立场，反映在文学艺术中，即形成强调"阶级情"而贬抑"人情味"的艺术趣味。例如延安时期走"工农兵方向"的文学艺术，即凸显了这一倾向。取得全国胜利之后，更是以政权的力量，在教育体制和文艺政策上，激励弘扬这样的价值观念和艺术趣味。1963年5月，《江苏教育》发表《育苗人》一文，介绍南京师范学院附小教师斯霞精心培育学生的事迹，后此文被改写为《斯霞和孩子》，发表在5月30日《人民日报》上。这两篇文章都强调教师要以"爱心"爱"童心"，儿童"不但需要老师的爱，还需要母爱"。10月，《人民教育》在同期刊物上发表《我们必须和资产阶级教育思想划清界限》、《从用"爱心"爱"童心"说起》、《谁说教育战线无战事？》三篇文章。这组文章以讨论"母爱教育"为题，认为所谓"母爱教育"就是资产阶级教育家早就提倡过的"爱的教育"。说它涉及教育有没有阶级性，要不要无产阶级方向，要不要对孩子进行阶级教育，要不要在孩子思想上打上阶级烙印。随后，围绕着这些问题，在教育界掀起了一场关于"母爱教育"的讨论和批判。将近一年后，1964年10月，《人

---

[1] 参见师永刚、刘琼雄编著：《红军》，北京：生活·读书·新知三联书店，2006年版，第176—186页。

民教育》围绕这次"母爱教育"的讨论发表综述，再次强调："同伟大的无产阶级的爱比较起来，母爱只能是渺小的，而决不是什么伟大的。"[1]。

在文艺界，巴人等曾写文章呼唤文艺作品的"人情味"，[2]这一方面流露了他们对当时文艺创作一味强调"阶级性"的不满，另一方面，也显现了他们对"五四"新文学"人的文学"传统的怀念和迷恋。但他们的主张很快就受到批判，被斥为"鼓吹资产阶级人性论"，在政治上定性为"腐朽反动"的东西。当时社会上流行着"亲不亲，阶级分"的说法，"阶级情"因其意识形态意义被充分强调，注重个人之情、男女之情、骨肉之情的"人情味"，则被视为"小资情调"甚至"资产阶级意识"而被排斥。著名作家杨沫的例子就很有代表性。她对自己的孩子很少关心，却很关爱战友和同事的孩子。她家的亲戚保姆对小孩很好，杨沫却表示鄙夷。在杨沫看来，"亲情陈腐落后，母性是动物本能。格调不高，只有家庭妇女才那样"。她认为，只会关心爱护自己的孩子或有亲情的孩子，那是一种"连老母鸡都会"的动物本能，而脱离了血缘亲情的阶级情和同志情，才是一种超越了动物本能的更高贵的人间情感。[3]

正是在这样的历史境遇中，从自身的意识形态立场出发，"样板戏"的创作者们极力贬斥个人主义立场上的"人情味"，大力弘扬阶级论立场上的"阶级情"。可以说，在结构、情节、唱词等各个艺术表现的层面上，"样板戏"的创作都极力强调这一点。例如在《红灯记》中，在人物关系上大有深意地设计了"没有血缘关系的一家三代"。这不仅历史具体地呈现了中国工人阶级在革命历程中的前仆后继，同时，这样的"一家人"，在"样板戏"的创作者们看来，又是与一切"家"的传统观念彻底决裂的一个无产阶级的革命战斗集体。在"痛说革命家史"这场戏中，李奶奶向李铁梅挑明了这样的事实："爹爹不是你的亲爹爹，奶奶也不是你的亲

[1] 李辉：《红卫兵野蛮行为的教育学解析》，载《文摘报》，2006年9月10日。
[2] 巴人：《论人情》，载《新港》，1957年第1期。
[3] 参见老鬼：《母亲杨沫》，武汉：长江文艺出版社，2005年版，第292页。

奶奶。"在革命遭受了血腥的镇压之后，李玉和对李奶奶说："师娘，从今后，我就是你的亲儿子，这孩子，就是你的亲孙女，我们要把她抚养成人，继续革命！"这样的剧情安排，一方面显现了中国革命前仆后继的惨烈，另一方面，也强调了在革命斗争中建立起来的阶级情，不是亲情却又胜似亲情。这种情感在血雨腥风的革命斗争实践中经受过生死的考验，这样的情感又体现着为远大理想忘我奋斗、奉献牺牲的精神，在本质上，和"只有解放全人类才能最后解放无产阶级自己"的崇高使命，是一致的。因此在"样板戏"的创作者们看来，革命者之间的"阶级情"就是一种超越了"男女之情（爱情）"和"骨肉之情（家庭亲情）"的更加高贵的人间真情。即如李铁梅的著名唱段中所说：革命同志，是"比亲眷还要亲"的亲人，"他们和爹爹都一样，都有一颗红亮的心"。在"刑场斗争"一场，李玉和在诀别"亲人"和祖国的大好河山时豪迈地唱道："人说到世间只有骨肉的情义重，依我看阶级的情义重于泰山"，更是直接点明了这一题旨。

事相的意义不仅在于它是否存在，还在于人们以什么样的态度和眼光来看待它。"样板戏"的创作者们，并不是没有看到现实中存在着的"男女之情"和"骨肉之情"等等，而是在价值观念上，不把这样的情感当作自我解放的标志和人生的最高价值，并把它看成妨碍革命事业和革命理想的东西。他们从马克思主义的阶级论出发，大力弘扬"阶级情"，将其视为超越了个人主义及私有制观念的更加高贵的人间情感。在"样板戏"的创作者们看来，《红灯记》的原剧本以"家庭气氛"、"骨肉之情"作为剧情冲突核心，是在"贩卖反动的人性论"。[1]而这"人性论"，既是文学艺术中注重个人之情，男女之情、骨肉之情等"人情味"的价值根

---

[1] "原改编本恶毒地砍去了《粥棚脱险》一场戏，不仅根本不表现李玉和与群众血肉相连的阶级关系，还竭力宣扬什么'家庭气氛'、'骨肉之情'，贩卖反动的人性论。所谓'理论依据'，就是'写真实'论。"中国京剧团《红灯记》剧组：《为塑造无产阶级英雄典型而斗争——塑造李玉和英雄形象的体会》，载《红旗》，1970年第5期。

基，也是一种遮蔽了现实中的真实关系、维护私有制的资产阶级的意识形态，应当摒弃。因此，他们坚决地回避这种艺术趣味，撇开这样的文艺传统，并以弘扬新的艺术趣味的方式，宣传建构新的意识形态。对这种新的艺术趣味及其所宣传建构的意识形态，"样板戏"的创作者们同样是非常自负的，他们说：

> 在人类文学艺术史上，曾经出现过多少以描写家庭为题材的作品，但是，那些对在私有制基础上产生的小家庭的颂歌或哀歌，在李玉和一家这个光辉典型面前，显得何等卑微，何等渺小啊！李玉和的一家，是无产阶级的一家，是真正革命的一家，是"全世界无产者，联合起来！"的光辉象征。[1]

第五节　"古为今用、洋为中用"的形式创新

"样板戏"以京剧为主，与毛泽东及江青对京剧的喜好相关。但在剧种形式上，"样板戏"除了采用中国的京剧，另外还有来自西方的芭蕾舞，甚至还有交响乐。由此可以看出，在领导人的喜好之外，"样板戏"的形式抉择，还有其他的考虑。

一、"攻克堡垒"的艺术样式抉择

京剧是近代中国最受欢迎的剧种之一，艺术成就高，影响力大。"样板戏"要宣传思想、教育人民、建构新的意识形态，只有选取一种深受观众喜爱的、影响广泛的剧种，才能更加有效地完成这一意图。事实也确实如此，"样板戏"中的许多剧目，起先都是地方戏，后来才改为京剧。例如《红灯记》和《沙家浜》的前身分别是沪剧《革命自有后来人》和《芦

---

[1] 丁学雷：《中国无产阶级的光辉典型——赞李玉和的形象塑造》，载《人民日报》，1970年5月8日。

荡火种》。据陈丕显回忆，1963年2月下旬，江青从北京来到上海。"她当时对我们说是来搞'文艺革命'。""江青1963年2月来沪后没多久的一个晚上，在张春桥的陪同下，她带着大口罩，神神秘秘地在红都剧场观看了爱华沪剧团演出的沪剧《红灯记》。看完后江青很兴奋，她说这个剧基础可以，但是沪剧的地方性太强，观众面窄，要把这出戏改成京剧，推向全国，并且很得意地说：'那样影响就大了！'"[1]后来就是在江青的主持下，这两部沪剧被改成京剧并成为"样板戏"，《沙家浜》的剧名，还是毛泽东取的。

但"样板戏"注重京剧这一艺术形式，又还不仅只是从宣传的便利方面着眼的。毛泽东当年说过，"看戏看民情"。[2]由于深知戏剧艺术的意识形态功能，所以他鼓励新编京剧《逼上梁山》那样的戏改，就是要借助戏剧艺术宣传建构新的意识形态。后来他更进一步指出，中国传统戏曲是"艺术化的封建意识形态"。[3]点明了传统戏曲的意识形态性质。承接着这一基本思路，"样板戏"的创作者们，此时对戏剧尤其是京剧的意识形态功能，有了更进一步的认识。

初澜在总结"样板戏"成功经验的文章《京剧革命十年》[4]中说：

旧京剧是地主资产阶级在意识形态领域中的顽固堡垒……无产阶级文艺革命选择京剧作为突破口……就是要拆掉千百年来反动阶级赖以制造人间地狱的精神支柱。

由此可见，除了京剧的影响广泛外，"样板戏"的创作者们还看到了其在"旧意识形态领域"中的"堡垒"作用。因此"选择京剧作为突破口"，也就有在新的意识形态的宣传建构中，找重点，打硬仗的意思。对这一问题的难度和重要性，初澜的文章是这样看的：

---

［1］陈丕显：《陈丕显回忆录：在"一月风暴"的中心》，上海：上海人民出版社，2005年版，第1—2，11页。

［2］参见李银桥：《在毛泽东身边十五年》，石家庄：河北人民出版社，1991年版，第50页。

［3］转引自陈晋：《毛泽东与文艺传统》，北京：中央文献出版社，1992年版，第234页。

［4］参见初澜：《京剧革命十年》，载《红旗》，1974年第7期。

应该看到，地主资产阶级在京剧舞台上惨淡经营了一、二百年，使旧京剧成为我国戏曲中技艺性最强的剧种……京剧思想内容的革命，必然要求对京剧艺术形式实行根本性的改造。这个问题解决得好，工农兵英雄人物形象就能牢牢占领京剧舞台，解决不好，帝王将相、才子佳人就会东山再起。

同样的道理，"样板戏"借助芭蕾的形式和借助京剧形式一样，也是要在以文艺形式宣传思想、教育人民的过程中 "攻克堡垒"。"样板戏"的创作者们要在芭蕾这一被视为"高雅完美"的西方艺术形式中，剔除其中的封建意识和资产阶级意识，宣传建构新的、无产阶级的意识形态。在"样板戏"的创作者们看来，来自西方的"旧芭蕾"不仅在表现形式上"贫乏"，在思想意识上也是"低级庸俗"的。《红色娘子军》剧组在他们的创作体会中说：

> 旧芭蕾的舞蹈语汇，从十八世纪以来就一直被资产阶级吹嘘成"具有高度文雅高尚的特点"，"已达极为完臻的程度"，"再没有什么可以苛求的了"。事实上，却贫乏得可怜，充其量只能表现什么绝望、悲哀、颓废、疯狂等剥削阶级的变态心理。自从西方资产阶级和苏联现代修正主义的芭蕾走上了现代派、抽象派的道路，它们的舞蹈语汇就更是低级庸俗，不堪入目了。[1]

所以在《红色娘子军》中，他们不仅以芭蕾的形式讲述中国妇女翻身

芭蕾《红色娘子军》剧照

求解放的革命故事，在具体的表现形式上，还有意识地剔除旧芭蕾中在他们看来是"低级庸俗，不堪入目"的东西，大胆地新创芭蕾舞的"舞蹈语汇"。例如洪常青和吴清华的出场，借鉴了京剧中的"亮相"动作；军民在万泉河边跳起大刀舞和七寸刀舞，融入了中国民间舞蹈甚至武术的要素；娘子军们穿着军装短裤跳军训舞，挥动步枪作射击和刺

---

[1] 中国舞剧团：《毛泽东思想照耀着舞剧革命的胜利前程——排演革命现代舞剧〈红色娘子军〉的一些体会》，载《红旗》，1970年第7期。

杀状；重伤的洪常青，在刑场上昂首挺胸，作高难度、大跨度的旋转和跳跃，以此表现"砍头不要紧，只要主义真"的崇高精神。"样板戏"的创作者们认为，这样的变革势在必行且寓意深远：

> 试想，不对表现资产阶级娇小姐的"纯芭蕾"加以改造，按照那种女演员站立时一定要两腿交叉的矫揉造作的动作程式，怎么能塑造好这个贫农女儿的英雄形象呢……在第二场，吴清华被批准参军以后，从连长手里接过钢枪，又立起足尖，把枪高高举起，生动地描绘了这个贫农女儿拿起了枪杆子干革命的飒爽英姿……资产阶级运用足尖，是为了"使人离开地面"，以表现"个性的崇高"和所谓"潇洒飘逸"的风度。而今，无产阶级把它同革命的枪杆子结合在一起，这是一场深刻的革命！[1]

对芭蕾所作的一系列令人"震惊"的变革，"样板戏"的创作者们表现得十分自信乃至自负："翻遍世界芭蕾舞史，有哪一部舞剧像我们的《红色娘子军》这样，以饱满的政治热情，讴歌了历史的真正创造者——人民群众打碎了千年铁锁链，翻身求解放的风起云涌的斗争生活？又有哪一部舞剧像我们的《红色娘子军》这样，撼人心魂地展现了波澜壮阔的人民战争的宏伟图景？没有！根本没有！"[2]他们认为"《红色娘子军》正是贯彻执行'古为今用，洋为中用''百花齐放，推陈出新'方针的光辉典范"。[3]毛泽东本人也早早就对这种变革给予鼓励和赞许，1964年他在观看了《红色娘子军》后接见演员时说："方向是对的，革命是成功的，艺术上也是好的。"[4]

---

[1] 上海市舞蹈学校《白毛女》剧组：《无产阶级崭新的舞剧艺术——赞革命现代舞剧〈红色娘子军〉的舞蹈创造》，载《文汇报》，1970年7月16日。

[2] 中国舞剧团：《毛泽东思想照耀着舞剧革命的胜利前程——排演革命现代舞剧〈红色娘子军〉的一些体会》，载《红旗》，1970年第7期。

[3] 上海市舞蹈学校《白毛女》剧组：《无产阶级崭新的舞剧艺术——赞革命现代舞剧〈红色娘子军〉的舞蹈创造》，载《文汇报》，1970年7月16日。

[4] 中国舞剧团：《毛泽东思想照耀着舞剧革命的胜利前程——排演革命现代舞剧〈红色娘子军〉的一些体会》，载《红旗》，1970年第7期。

二、新程式和新形式

毛泽东在建国后谈及文艺政策时一再强调要"古为今用，洋为中用；百花齐放，推陈出新"。"样板戏"的创作者们也一再声称，他们是以毛泽东思想为指导来进行创作的。在这种古、今、中、外为我所用的立场和原则下，且不说"样板戏"在题材、故事、人物、主题等方面所呈现出的意识形态倾向和精神气质，较之传统京剧和芭蕾，已经发生了"革命"性的变化，就是在表现方式上，这一变化同样也是"革命"性的。在音乐、声腔、道白、舞美、舞姿、服装等方面，"样板戏"都呈现出全新的风貌，人们可以极其直观鲜明乃至尖锐地感受到。例如"样板戏"对传统京剧音乐的变革，其最直观醒目的特征，就是融进西洋音乐形式，使得京剧的音乐伴奏也有了"中西合璧的乐队、配器艺术、复调音乐及和声"。[1]

如果细作分析即会发现，这种外在风貌的改变，一方面固然是服务于意识形态的宣传建构意图，另一方面，"样板戏"鲜明的表现形式特征，也由此呈现出来。"样板戏"表现形式的变革，在展现意识形态倾向及其特殊精神气质的同时，也构建出一种新的艺术形式，具体体现在新唱腔、新对白、新芭蕾语汇等方面。

首先，对京剧音乐和声腔的改变和创新，是"样板戏"表现形式上最引人注目的地方之一。

传统京剧音乐伴奏上主要是"四大件"，声腔上则主要为板腔体，曲辞多为七字句和十字句，四句一节复沓演唱。按行家的说法，传统京剧的唱腔，以徽调的二黄和汉调的西皮为主体，又综合了"汉调"、"徽调四平"、"吹腔"、"拨子"和昆曲曲牌、民间小调。西皮有导板（倒板）、慢板、原板、快三眼、二六、流水、快板、散板、摇板等板式，二黄有导板（倒板）、回龙、慢板、原板、快三眼、散板、摇板等板式。另外还有反

[1] 张泽伦：《京剧音乐的里程碑——论"样板戏"的音乐成就》，载《人民音乐》，1998年第11期。

西皮、反二黄、南棒子、西平调、吹腔等。[1] "样板戏"的创作者们认为，传统的京剧音乐，对于新的表现内容以及新的意识形态的宣传建构意图来说是不够用了，因此必须"革命"。在他们看来，"旧的京剧音乐是为封建阶级代表人物称霸舞台服务的，从内容到形式俱已僵化，唱来唱去，不过就是喜怒哀乐、争三快慢的不同，阴阳上去、流派行当的小异。试想，塑造无产阶级英雄人物的音乐形象，不打破这一套，怎么得了？"[2]落实在具体的创作中，江青就反复强调，为了塑造好无产阶级英雄人物的高大形象，以此感染人，教育人，就必须给英雄人物设计成套的大段的唱腔，充分展现他们的心灵世界和精神情操。"样板戏"的创作者们，自然就极力照办。他们这样总结在唱腔变革中的心得体会：

> 江青同志屡次指出，揭示人物的精神世界要靠旋律。旧京剧中一些表现帝王将相、才子佳人的唱腔，是四平八稳、一成不变的。要表现无产阶级英雄人物的精神世界，就必须设计层次鲜明、富于变化的唱腔。我们按照江青同志的指示，为郭建光《坚持》一场的唱腔规定了一种新型的板式结构：［导板］——［回龙］——［慢板］——［原板］——［跺板］——［叫散］。这样的板式结构，就能充分地表现出无产阶级英雄人物感情奔放、生气勃勃的气质。

> 主要人物的唱腔大致可以划分为：成套唱腔、中型唱段、小段唱腔。中型唱段是展示主要人物的精神世界的不同侧面的重要手段。成套的主唱大都难度较大，而中型的唱段每每是在群众中易于流传的，这就必须精彩，必须动听、感人，又要平易好唱。小段唱腔可以对人物的思想感情作必要的补充。江青同志要求在关键的地方，小节骨眼上，不放过。郭建光《坚持》一场的"要学那泰山顶上一青松"的"高八度"，在《奔袭》一场的"此一去捣敌巢擒贼擒王"的［嘎调］，都不可忽略。

---

［1］ 参见祝可懿：《语言学视野中的"样板戏"》，开封：河南大学出版社，2004年版，第77页。

［2］ 上海京剧团《智取威虎山》剧组：《满腔热情，千方百计——关于塑造无产阶级英雄人物音乐形象的几点体会》，载《红旗》，1970年第2期。

成套唱腔着力刻画，中型唱段要求精彩，小型唱腔抓住关键，这是我们学习革命样板戏唱腔的一点心得。[1]

这些成套唱腔、中型唱段和小型唱腔，一方面融合各种字句形式，走出传统京剧七字句、十字句为主的限制，易于表现复杂丰富的内容。另一方面，服务于表现内容的多样化和复杂化，"样板戏"音乐也就在西皮和二黄的基础上，发展出一些新的板式类型。有专家对此作了细致的分类：

在"西皮"声腔方面发展出"西皮宽板"、"西皮排板"、"西皮吟板"、"西皮一板二眼"、"西皮回龙"、"紧拉慢唱西皮导板"、"西皮慢原板"、"西皮滚板"等。

在"反西皮"声腔方面发展出"反西皮原板"、"反西皮流水板"、"反西皮快板"等。

在"二黄"声腔方面发展出"二黄二六板"、"二黄流水板"、"二黄快板"、"紧拉慢唱二黄导板"、"二黄快原板"、"二黄慢原板"、"二黄垛板"等。

在"反二黄"声腔方面发展出"反二黄二六板"、"反二黄快板"、"反二黄吟板"、"反二黄快原板"、"反二黄中三眼"等。[2]

当年"样板戏"的创作者们，也对这样的音乐唱腔变革举例作了具体说明，并对这样的变革评价甚高：

就拿结构形式方面来说，已经产生了许多新的板腔，如：第三场常宝的［娃娃调反二黄］及其一系列板式，杨子荣唱段中间的新［反西皮］，第五场杨子荣紧拉慢唱的［二黄导板］，第七场的对唱［二黄二六］和李勇奇唱段中的［二黄垛板］，第八场杨子荣的［二黄二六］，第九场常宝的［娃娃调二黄］及其一系列板式。此外，在套式（即板式的连接形式）上，与过去也有更大的不同，特别要提到的是，用不同腔系构成的套式，如第五场的［二黄］接［西皮］，第三

---

[1] 北京京剧团，红光：《披荆斩棘，推陈出新——谈〈沙家浜〉唱腔和舞蹈创作的几点体会》，载《人民日报》，1970年2月8日。

[2] 张泽伦：《京剧音乐的里程碑——论"样板戏"的音乐成就》，载《人民音乐》，1998年第11期。

场的［反二黄］接［西皮］等。在旋律音调方面，改革的幅度就更大了！在这里，各个英雄人物的唱腔，已经不能再用什么"流派"、"行当"来衡量了。就拿杨子荣的唱腔来说，你说是老生腔吗？但其中又有很多武生、小生甚至花脸的唱腔因素，很难说是什么"行当"。同样，常宝的唱腔，从"行当"来说，既非青衣，又非花旦，从"流派"来说，既非梅派，又非程派。它是什么"行当"？我们说它只是常宝"这一个"人物的唱腔。它是什么"流派"？什么"流派"也不是，干脆说：革命派！[1]

其次，在"对白"上，"样板戏"也有大刀阔斧的变革，与传统京剧大不相同。

中国传统戏曲的特点是"无歌不诗"、"无动不舞"，京剧同样如此，注重演唱及演唱内容的文学性（诗性），注重表演的舞蹈性，因此，"对白"在传统京剧中就处于一种比较弱势的地位，主要用于说明缘由、过渡情节，形式结构上也就比较短小，不像源自西方的话剧那样，把对白（台词），尤其是具有冲突性的对白（台词），作为戏剧表现的核心手段。[2]"样板戏"的创作，在"对白"的艺术处理上，明显借鉴了话剧的手法，注重"对白"的冲突性，强化了"对白"在剧情表现中的作用，由此在"对白"这一表现形式上，"样板戏"也就和传统京剧拉开了距离。典型的如《红灯记》中"赴宴斗鸠山"一段。就剧情而言，其对白（台词）在语言的交锋中，显现两种人生观的斗争，并以"拆地狱"的豪言壮语，展现"无产阶级英雄形象"李玉和的英雄气概。这其中当然有鲜明的意识形态倾向，在内容上是服务于意识形态的宣传建构意图的。但在表现形式的层面上，像这样以大段的对白（台词）展开丰富复杂的剧情，呈现尖锐的矛盾冲突，强化激烈的表演效果，其对话剧艺术要素的借鉴非常明

---

[1] 上海京剧团《智取威虎山》剧组：《满腔热情，千方百计——关于塑造无产阶级英雄人物音乐形象的几点体会》，载《红旗》，1970年第2期。

[2] 参见周宁：《比较戏剧学》，上海：上海社会科学院出版社，1993年版，第15—19、78—92页。

显，就效果而言，较之传统京剧中的过渡说明作用，这样的"对白"在表现功能上已有很大的拓展。

为了让广大的老百姓也能听得懂，江青要求"样板戏"的创作者们把在发音和诵读上已经偏离日常口语的传统京剧的"京白"，改为接近日常口语的话剧式的对白，即所谓"一种既不完全是生活中的语言、又不同于传统戏的'京白'、为革命现代京剧所需要的新的舞台语言"。[1]传统京剧的京白在发音上延续古音，在诵读方式上，也以"吟唱式"为主并注重"和韵"，具有"歌"的韵味。"样板戏"的"对白"在发音上采用了接近日常口语的发音，在诵读方式上，则借鉴话剧的对话艺术形式，根据"对白"所表现的剧情内容和情感性质来处理"对白"的诵读，典型的如《红灯记》中"痛说革命家史"一段，这种大段的"对白"方式与传统京剧的"京白"大相径庭，不仅接近日常口语，同时，还让"对白"发挥了声情并茂地刻画人物、推展剧情的作用，充分发挥了"对白""讲故事"的功能。

在《杜鹃山》中，"样板戏"的创作者们还新造了另一种"对白"方式，即在发音上它是接近日常口语的，在诵读方式上是以台词的情思内容为依据的，但这样的"对白"，又是和韵的。这就与传统京剧的"京白"有了相通之处，也可说是承接了传统京剧中"京白"的基本特性。"样板戏"的创作者们将其称为"韵白"。典型的如柯湘宣判温其久罪状一段，当年有评论者认为："这里的韵白和唱词押韵相同，衔接自然，节奏相应；韵白六言句式，唱词七言句式，匀齐严整，显出唱、白配合贴切，韵律节奏协调和谐。"并且在总体上，对这种韵白体制给予了很高的评价："《杜鹃山》韵白的韵律节奏同歌舞的韵律节奏相适应，富于强烈的动作性和表现力，充分发挥了京剧舞台语言的表演性能，突出体现了京剧艺术集汉族歌舞之大成的风格特色。这种韵白体制，使念白同唱词在文学语言上更为接近、

---

[1] 北京京剧团，红光：《披荆斩棘，推陈出新——谈〈沙家浜〉唱腔和舞蹈创作的几点体会》，载《人民日报》，1970年2月8日。

有机统一，在旋律节奏上自然引进、相互连贯；它同'唱、做、打'在达意表情上脉搏一致，更有利于表现英雄人物的思想感情和性格特征。"[1]

总的来说，"样板戏"对传统京剧表现形式的变革，呈现出这样的基本途径：一是直接借用其他艺术的表现形式，如引进西洋音乐、现代舞美技术等，以此外在地拓展强化京剧的艺术表现力；一是为了表现复杂丰富的情思内容，改变传统京剧的表现程式，在深层次上融入其他艺术的表现要素，形成新的京剧表演程式和京剧韵味。

最后，"样板戏"对传统芭蕾的变革，也呈现出同样的途径。

在具体的舞蹈语汇上，《红色娘子军》大量借鉴了传统戏曲和民间舞蹈中的表现要素。例如，洪常青出场时的造型，就借鉴了京剧的"亮相"方式，吴清华的"足尖弓步亮相"，也是如此。这个动作造型，借鉴了民族舞蹈的动作——弓箭步，改造了芭蕾的技巧——足尖，同直接从生活中提炼的握拳动作糅合在一起，构成一个典型化的造型。而整个动作造型，又吸收了京剧的"亮相"手法，"样板戏"的创作者们认为，这一"富有雕塑感的姿态，在相对静止中，集中地、强烈地展现出人物的精神面貌"。[2]

再如在"南霸天"的寿筵上，团丁的长刀舞，保镖老四的拳舞；万泉河边军民联欢时洪常青的大刀舞，民兵的七寸刀舞，明显融入了中国传统武术的表现要素。而黎族姑娘在寿筵上被强迫的"献舞"等等，则具有鲜明的少数民族舞蹈特色。在剧情的推展中所呈现的这些舞蹈场面，有意识地在芭蕾中融入各种中国元素，从而在最直观的层面上，使得《红色娘子军》呈现出一种全新的芭蕾风貌。

如果说上述舞蹈语言主要是借鉴融入了中国元素而呈现出全新的外在风貌的话，那么，为了表现丰富复杂的内容，为了凸显剧中鲜明的意识形

---

[1] 邢映、时茵：《鲜明的时代特色，独特的民族风格——赞革命现代京剧〈杜鹃山〉的艺术语言》，见《革命样板戏评论集》，上海：上海人民出版社，1976年版，第610页。

[2] 上海市舞蹈学校《白毛女》剧组：《无产阶级展新的舞剧艺术——赞革命现代舞剧〈红色娘子军〉的舞蹈创造》，载《文汇报》，1970年7月16日。

态倾向，"样板戏"的创作者们在传统芭蕾的基础上，变化出一系列新的舞蹈语汇。例如，洪常青的"燕式跳"，"就是一个崭新的创造"。在他们看来，"旧芭蕾的任何一种跳跃动作都无法表现这个英雄人物，《红色娘子军》对旧芭蕾的弹跳进行了改造，创造性地设计了手臂部位的动作，使英雄人物像春燕展翅般凌空翱翔，形成一个矫健的空中造型"。[1]

在这一系列新的舞蹈语汇的基础上，"样板戏"的创作者们还营造出新的芭蕾表演程式。当年他们曾总结经验说，这种新的芭蕾表演程式的创造，"主要体现在舞姿、舞蹈组合形式和舞蹈表演技巧等几个方面"，并对此举例作了解释：

> 在舞姿方面，构成洪常青和吴清华的舞蹈语汇的大量动作和造型，都是以现实生活为依据加以提炼创造的。例如吴清华的"掀身探海"这个舞姿，通过挥拳扭身，单足挺立的姿态，突出地反映了人物倔强的反抗性格。洪常青的"吸腿大跳"、"旁腿空转"等等向上的、开阔的舞姿，"燕式跳"、"凌空越"等等勇武豪壮的舞姿，鲜明地揭示了洪常青高瞻远瞩的政治素质和英勇无畏的斗争精神这两个重要侧面。

> （舞蹈组合形式方面）例如吴清华上政治课后的一段独舞。层次分明，结构完整。起舞时，用舒缓的舞步，表现吴清华正在细心领会毛主席"只有解放全人类才能最后解放无产阶级自己"的伟大教导。随后，出现了一个"射雁"蹲造型，表现她开始领悟了革命的真理。由于觉悟有了提高，她痛切地回想起了自己为个人报仇而擅自开枪的错误，这时，舞蹈通过急速的足尖"造型"变化，再现了她抢打南贼时的情景，刻画出她悔恨的心情。吴清华跑到写着毛主席语录的黑板前停下来凝神沉思，心胸豁然开朗。于是，她在一个强劲转身之后，奔腾起舞，以"凌空越"、"鹤立式"等奔放挺拔的舞姿，表达了她内心澎湃的激情。最后，她阔步向前，举臂握拳，庄严宣誓，决心永远

---

[1]上海市舞蹈学校《白毛女》剧组：《无产阶级崭新的舞剧艺术——赞革命现代舞剧〈红色娘子军〉的舞蹈创造》，载《文汇报》，1970年7月16日。

跟着毛主席，为解放全人类奋斗终身。

舞蹈表演技法方面，《红色娘子军》保留了芭蕾舞的"足尖"、"跳"、"转"、"举"等基本技巧及脚位的"外开性"等特点，吸收了我国戏曲舞蹈的"手式"、"身段"、"步法"、"把子"、"工架性"的造型特点和"亮相"的手法，创造了既有鲜明的芭蕾舞特点，又有浓郁的时代气息和独特的民族风格的舞蹈程式。[1]

就演出实践看，这样的变革丰富了京剧和芭蕾的表现形式，建构出新的表演程式，既大大地扩张了京剧和芭蕾的表现领域，丰富了艺术表现手段，同时，又直观地改变了京剧和芭蕾的外在风貌，呈现出新的京剧形态和芭蕾形态。这种新的艺术形态，在"样板戏"的创作者们看来，也就是毛泽东所倡导的"为中国老百姓所喜闻乐见的中国作风和中国气派"。如他们所言：

为了使革命舞剧具有"为中国老百姓所喜闻乐见的中国作风和中国气派"（反对党八股），我们打破了西洋管弦乐队旧编制的束缚……成功运用了京剧打击乐和民间乐器。这样的革新，既充分发挥了西洋管弦乐队音域宽广、音量幅度大等特点，又增添了生动活泼的民族色彩，丰富了音乐的表现力，使舞蹈音乐有了为工农兵群众所喜爱的独特风格。[2]

当然，这只是"样板戏"的创作者们的自诩之辞。在具体的艺术欣赏实践中，人们是否接受这样的京剧形态和芭蕾形态，是一个艺术趣味上的"择取"问题；这样的京剧形态和芭蕾形态能否成立，则是一个艺术理论上需要"说明"的问题。

为着"充分地"同时也"艺术地"体现剧中的意识形态内涵，秉持古、今、中、外为我所用的原则，"样板戏"的创作者们对京剧和芭蕾的艺术表现形式作了大胆的变革。这一变革造就了新的艺术表现形式和表演程式，改变了二者的外在风貌并呈现出新的戏剧形态。就审美的角度来说，

---

[1] 山华：《为无产阶级的英雄人物塑像——学习革命现代舞剧〈红色娘子军〉运用舞蹈塑造英雄形象的体会》，载《人民日报》，1970年11月21日。

[2] 中国舞剧团：《毛泽东思想照耀着舞剧革命的胜利前程——排演革命现代舞剧〈红色娘子军〉的一些体会》，载《红旗》，1970年第7期。

也就形成新的表演方式，构成新的艺术韵味、艺术风格，在"样板戏"的创作者们看来，这一新的艺术形态是在风格流派上区别于一切"封、资、修"（封建主义、资本主义、修正主义）艺术的"革命派"，是"古为今用、洋为中用，百花齐放，推陈出新"的典范，是新型的无产阶级艺术：

> 纵览人类文艺史，各个剥削阶级为建立他们本阶级的文艺，用了多少年！封建阶级搞了几千年，资产阶级搞了几百年，流传下来的代表性作品有限得很……看看我们的十年，比比地主资产阶级的几百年，几千年，真是"风景这边独好"。[1]

"样板戏"的创作者们为了突出剧作的意识形态倾向，自觉地撇开某种真实感或真实观，以新的表演形式冲击人们的欣赏习惯也培养人们新的欣赏习惯，其实质也就是调整培养人们新的真实感和真实观，进而为新的艺术风格和艺术形态奠定欣赏接受的心理基础。"样板戏"及其相关理论涉及到艺术趣味、艺术观念、历史观和意识形态倾向等诸多复杂因素，结合"样板戏"的创作实践梳理文革十年的戏剧理论亦即"样板戏"理论的要点和特征，目的仅仅是在戏剧批评史上，结合现实和观念的制约因素，说明在那样一个历史时期，何以会有这样的戏剧理论及戏剧形态。

---

[1] 初澜：《京剧革命十年》，载《红旗》，1974年第7期。

第十五章　二度西潮：台湾的现代主义戏剧思潮

第一节　概述

一、政治转型与本土化思潮的兴起

20世纪60年代，随着欧美文化的大量涌入，台湾社会进一步"西化"，现代主义思潮也开始输入台湾并迅速蔓延，60年代初掀起的"中西文化论战"，是以胡适、李敖为代表的"全盘西化派"和以胡秋原、徐复观为代表的"中国文化派"之间的一场激烈的论争，这场论战最终没能阻止台湾社会的"西化"，反而成为"启动台湾社会、经济、文化西化的枢纽"[1]。这场文化论战涉及了从政治到外交、从经济到文化的台湾社会方方面面，可以说是现代主义文学思潮兴起的舆论先声。与此同时，台湾的威权政治依旧控制着文艺创作，"战斗文艺"政策的后续影响使得许多知识分子厌倦了政治化、工具化的创作；"白色恐怖"也迫使文艺工作者选择远离政治，在台湾现代戏剧发展方面，以姚一苇、马森、张晓风、黄美序等人为代表的诸多剧作家选择了反写实的现代主义戏剧形式，以象征、暗示、梦幻、直觉等手法，探索戏剧的另一种可能，使得台湾话剧跳脱意识形态的束缚，初步实现了现代转型。

"早先大都遵循中国话剧的写实传统，后来在西方现代戏剧影响下

---

[1]吕正惠、赵遐秋主编：《台湾新文学思潮史纲》，北京：昆仑出版社，2002年版，第218页。

求新求变，才推动了台湾话剧从写实主义向现代主义的转型"[1]。姚一苇、张晓风、马森等人作为台湾话剧现代转型的先行者，他们兼具中西文化素养，又有着深厚的戏剧理论基础，他们的戏剧创作既有西方戏剧的影子，也有中国传统戏曲的呈现，西方现代戏剧观念、技巧赋予他们的剧作现代风格，中国传统文化、戏曲艺术又使他们的剧作具有古典韵味，如姚一苇的《孙飞虎抢亲》(1965年)、《碾玉观音》(1967年)、《申生》(1971年)，张晓风的《武陵人》(1970年)、《自烹》(1973年)、《和氏璧》(1974年)等剧，都是如此。另一方面，他们处于同一个特殊的时代，对社会问题和生存困境的思考与表达更加深沉，往往借用历史或古典题材表达现代焦虑与人文关怀。马森的剧作多具有现代寓言性质，具有深刻的哲理寓意，"往往在荒诞的形式下寄寓他对人类命运、现实人生的观照与思考"[2]。

20世纪70年代，台湾内政外交的一系列挫败威胁着蒋家王朝的集权统治，也激荡着社会民众心理。随着1978年中美正式建交，国民党当局长期以来塑造的"政治神话"惨遭幻灭，连带的政治威权统治也难以为继，持续遭到来自党外势力的挑战。"美丽岛事件"[3]为纷扰的20世纪70年代做了悲剧注脚，却是促成台湾民主化的关键事件，虽然在当局的镇压下党外运动被迫转入低潮，但国民党的专制统治也在某种程度上动摇了。

与此同时，海峡两岸开始对话。中国大陆结束十年动乱后，进入改革开放的新时期，着力加快祖国统一的步伐。1979年元旦，全国人大常委会发出了《告台湾同胞书》，呼吁两岸同胞共同努力，实现祖国统一，在台湾民众中引起强烈反响。另外，随着中美关系正常化，美国也重新调整与台

---

[1] 胡星亮：《转型：从写实传统到现代主义——论1960至70年代台湾话剧的发展》，载《台湾研究集刊》，2005年第2期。

[2] 田本相：《台湾现代戏剧概况》，北京：文化艺术出版社，1996年版，第103页。

[3] "美丽岛事件"又称"高雄事件"，1979年9月，党外政论性刊物《美丽岛》在台北创刊，该刊物言词激烈，与国民党持续对立，12月10日，《美丽岛》杂志与"台湾人权委员会"不顾国民党政府反对，在高雄举办纪念"国际人权日"集会游行，最后国民党调动军警力量加以镇压，之后，当局开始大规模搜捕事件参与者，当时聚集在《美丽岛》杂志周围的党外运动核心人物或无故失踪、或遭军法审判，几乎被一网打尽。

湾的关系，于1979年4月撤走驻台的最后一批军事人员，双方还正式关闭了互设的"大使馆"。

　　面对这一内外局势的变化，国民党当局不得不重新调整政治策略——在进行党内改革的同时，也启动了台湾民主化进程。1986年民进党成立，对此，蒋经国召见各界首脑，表示不得轻举妄动，由此可见国民党专制统治的松动。1987年7月15日，国民党当局宣布解除在台湾实行了38年的"戒严令"，之后，"党禁"、"报禁"也相继开放，社会言论尺度大大放宽。与此同时，国民党当局开放台湾同胞回大陆探亲，打破了两岸近40年的隔绝状态，台湾掀起一阵"探亲热"。1988年，蒋经国逝世，李登辉继任总统，"蒋家王朝"彻底退出了历史舞台。台湾政治领导权力结构也逐步实现了转型，并于次年举行了第一次"国会"与地方选举。这次选举民进党多人当选，民进党正式步入台湾政治舞台。

　　台湾能够在短短几年内实现政治转型，一方面，是国民党迫于各方压力自内而外进行政治改革、政治妥协的结果，另一方面，也是台湾经济发展、文化反思共同推动的成果。台湾经济经过长期的发展，履创"经济奇迹"，位列"亚洲四小龙"，1978年到达国民党政府接管以来的最高记录。到1987年，人均所得已从1950年的100美元剧增到近5000美元。随着经济的发展，台湾社会结构也发生变化，已经从农业社会过渡到多元化的工商业社会，都市化进程也迅速发展，形成了以台北、台中、高雄为中心的三个都会区。在政治民主化、经济现代化的进程中，民众意识逐渐苏醒，社会转型中潜在的社会矛盾也不断显现，例如，人口问题、劳动就业问题、社会治安问题以及环境保护问题等。20世纪80年代末，社会发展中一系列问题逐渐激化，包括环保运动、农民运动、学生运动、女权运动等一系列社会运动也此起彼伏，民众意识空前高涨。

　　20世纪80年代的社会本土化思潮延续了乡土思潮精神，以对本土文化的文化反思为核心内容。一方面，政治"本土化"影响着文化"本土化"，在政治体制转型过程中，一些知识分子开始反思台湾的历史与文化，主张发展彰显台湾意识的本土文化。蒋经国晚年也对外说道："我是中国人，我也是台湾人"，社会本土化思潮的汹涌由此可见一斑。另一方面，都市化社会的形成，使得具有浓郁农业社会色彩的"乡土"概念为更具现代文化反思意识的"本土"概念所替代，从"乡土"到"本土"，概念的转化也依托于社会经济的发展及转型。

必须强调的是，总体而言，这一时期的文化反思，是对以闽南文化、客家文化、原住民文化为主体的本土文化的全面反思，其文化内涵仍然是台湾社会追求民主自由、文化认同的一次思想风潮。对本土文化的反思，也被一些"台独"分子所扭曲，他们企图将台湾本土文化与中华文化割裂开来，打着文化反思的旗号，却以"文化台独"为政治上、法理上的"台独"制造舆论、推波助澜，使得文化生态更加复杂。

随着解严后文化发展空间的开放，文化政策的政治色彩和族群分歧逐渐淡化，不再压制非"正统"[1]中原文化的其他文化，如闽南文化、客家文化、原住民文化等。因此，在本土化思潮的影响下，文化多元化格局日益拓展。

在戏剧艺术方面，台湾话剧与大陆话剧发展虽然再次长期分隔，但二者在精神上仍高度一致，并呈现高度意识形态化特点。现代戏剧的理论与实践长期以写实主义的话剧形式为主，台湾以"反共抗俄"为主题的"戡乱戏剧"尤其高度意识形态化。不同的是，在"二度西潮"的影响下，台湾戏剧的现代化进程开始启动，"以台湾本土意识对抗'反共抗俄'错乱的'中国情怀'。从小剧场运动发端的现代主义实验戏剧，到1980年代初声势浩大的'实验剧展'，台湾话剧从两岸对立的意识形态僵局中走出，在世界华语戏剧版图上率先开辟了现代主义戏剧运动"。[2]

---

[1] 注：国民党迁台后，以中华文化的"正统"继承者自居，将移民文化中的中原文化作为"正统"的中原文化，如将京剧称为"国剧"。

[2] 周宁：《话剧百年：从中国话剧到世界华语话剧》，载《厦门大学学报（哲学社会科学版）》，2007年第2期。

　　李曼瑰于20世纪60年代就开始倡导"小剧场运动"，举办了数届"青年剧展"和"世界剧展"；20世纪70年代，姚一苇、张晓风、马森等人的戏剧创作开始吸纳、借鉴欧美现代派戏剧的风格与手法，这些都成为台湾现代戏剧逐步回归戏剧本体的重要体现，也成为小剧场运动的孕育阶段。到了20世纪70年代末，台湾实验剧场已经逐渐浮出水面，在大专院校戏剧团体与民间戏剧团体中都有所显示，现代戏剧一改往日或沦为政治工具（如"反共抗俄剧"）、或于黑暗中摸索（如姚一苇等）的命运，开始以实验性的探索扬弃"拟写实主义"的话剧形态。1980年至1985年，以高校戏剧为主的连续五届"实验剧展"开始的初步实验与探索后，形成了颇具规模和社会效应的小剧场运动，尤其是政治解严前后异军突起的前卫剧场，更高举"反体制"旗帜投身于社会文化运动和本土化浪潮之中。前卫剧场以强烈的社会批判和独特的艺术手法迸发出前所未有的生命力，不断冲破政治、性别、文化的重重禁忌，并且走出剧场，汇入社会运动的波澜中，发挥着戏剧艺术强大的政治功能。在小剧场运动中，对于历史的反思和现实的批判十分激烈，风靡台湾的相声剧《这一夜，谁来说相声？》就是一例。

　　20世纪80年代，台湾小剧场运动独特的文化景观不仅刺激了社会情绪，也吸引了媒体的关注，"媒体的中介角色和小剧场团体主动选取敏感社会议题是交互作用的，举凡以性别关系、社会时事、两岸问题、台湾史等题材的剧场活动层出不穷，这一方面引起了媒体报导的兴趣，反过来媒体报导的鼓动也刺激着剧团在类似题材上的探险。"[1]

　　另外，在本土化浪潮的席卷下，台湾的地方戏曲、民间艺术也日渐兴盛。自1982年起，文建会每年举办以"传统与创新"为主题的全台文艺季活动。在戏曲展演活动中，不仅有一向被尊为"国剧"的京剧，也有歌仔戏、山地文化、南管、北管、大陆地方戏曲、布袋戏等。由文艺季戏曲部

---

　　[1]李世明：《小剧场与社会运动——台湾1979—1992》，见吴全成主编：《台湾现代剧场研讨会论文集：1986—1995台湾小剧场》，台北：行政院文化建设委员会，1996年版。

分的展演活动可以看出，台湾文化政策上开放程度和多元程度有了显著提高，台湾的文化多元性进一步增强。

台湾社会政治、经济、文化的转型于20世纪80年代末已初步完成，在本土化思潮汹涌的同时，社会文化空间更加开放，文化多元格局日趋清晰。不仅以欧美为主的西方文化更大规模地影响着台湾文化的各个方面，日本、韩国对于台湾大众文化的日渐兴盛更有推波助澜的作用。大量留学海外的学子成为异质文化在台湾传播的重要途径，这也是台湾许多学者、艺术家兼有中西文化素养的原因所在。同时，随着两岸文化交流的恢复，许多文学艺术作品都出现了"两岸情结"，在陈映真《山路》、蓝博洲的纪实文学《幌马车之歌》、赖声川的《回头是彼岸》等小说、戏剧作品中，都可以看到两岸恢复文化交流后，作家们对两岸关系的深刻反思和对中国传统文化的进一步认识。

在本土化思潮与"二度西潮"的激荡中，台湾社会后现代特质日渐明显，后现代思潮在20世纪80年代已经初露端倪，到了20世纪90年代更呈燎原之势。正如政论家南方朔所言："八〇年代的台湾，经历了威权政治的回光反扑，经历了政治狂飚和强人之逝及李登辉的继承。历史大门被重重撞开后，八〇年代的'飚'乃是九〇年代的'乱'的准备。今日的我们都活在'乱'之中。"[1]"乱"正是后现代的特质和表现。20世纪80年代，是台湾以政治转型为核心动力引发的社会转型的临界点，其中，长达38年"戒严"制度的结束是最集中的表现，它引发了一系列社会新动向，如民间的探亲潮、文艺界对台湾身份的反思、新兴政党登上台湾政坛等等。这是一个"狂飙突进"的年代，长期压抑的社会不满通过各种渠道得以释放，从频频出现的社会运动到不同文艺形式的批判反思，无一不是集体意识长期"冰封"后开始大规模"解冻"的表现。

---

[1] 杨泽主编：《狂飚八〇——记录一个集体发声的年代》，台北：时报文化出版，1999年版，第138页。

在台湾话剧的现代转型中，现代戏剧理论也开始逐步建构，姚一苇、马森等人成为台湾现代戏剧理论的拓荒者，不断引介西方戏剧理论，并以自己的创作实践其戏剧理论与戏剧观，为推动台湾现代戏剧的全面发展不断探索。20世纪80年代，台湾实验戏剧进一步扬弃了"拟写实主义"的话剧形态，扮演着中国现代戏剧革新的先锋性角色，不断探索西方前卫剧场的理论与实践，成为华语戏剧世界中现代主义戏剧的策源地。20世纪80年代中后期，台湾当代剧场迅速拥抱了后现代戏剧思潮，大量西方前卫戏剧的理论、作品开始在台湾得到传播与关注，包括布莱希特的史诗剧场、阿尔托的残酷剧场、格洛托夫斯基的贫穷剧场、理查·谢克纳的环境剧场等。这些西方前卫戏剧体系还掀起了台湾反写实戏剧的创作热潮和后现代戏剧思潮，促使台湾剧场在政治与美学上进一步激进化，以钟明德为代表的戏剧学者看到了台湾小剧场运动与西方前卫戏剧无限切近的特质，企图以反写实的前卫戏剧重塑台湾剧场美学。同时，关于小剧场运动的反思和后现代戏剧的论争也不断发生。但是，总体而言，台湾当代戏剧理论与批评已经摆脱了"大中国"意识形态的负荷，重新回归到关于戏剧本体的思考。

第二节 回归戏剧本体的思考

一、现代主义与乡土主义：现代台湾戏剧的转型

20世纪60、70年代，大陆正在将"无产阶级文化大革命"进行到底，全国人民唱样板戏，台湾却悄悄兴起两大文艺思潮——现代主义和乡土主义。这两大文艺思潮改变了台湾戏剧观念，最终使台湾戏剧走出意识形态的统治，恢复了戏剧的艺术精神。

首先是由现代主义思潮的传入开启的台湾"二度西潮"，使台湾戏剧逐渐走出意识形态化的阴影。台湾现代主义文化运动发生于20世纪60年代

中期，台湾戏剧界也开始接触西方探索戏剧。早在1956年，时任台大外文系教授的夏济安就创办了《文学杂志》，开始大量介绍西方现代派文学，"接通了台湾文坛和西方现代主义文学的关系"[1]。之后，白先勇主编的《现代文学》更加有力地促进了现代主义的推广，使得现代主义文学一举成为当时文坛的主流。《现代文学》有计划、有系统地引介西方现代主义理论，包括象征主义、未来主义、意象主义、表现主义、意识流、超现实主义等现代主义流派，对卡夫卡、乔伊斯、劳伦斯、伍尔芙、萨特、波德莱尔、福克纳等重要的现代派作家还以"专号"的形式着重介绍；同时，一些西方文学批评理论也被集中介绍，包括新批评、比较文学批评、神话原型批评、结构主义等等。而台湾作家的现代主义文学创作也渐成气候，出现了一大批现代派作家作品。在戏剧方面，以贝克特为代表的荒诞派戏剧和以布莱希特为代表的史诗剧，以及表现主义、象征主义、超现实主义、存在主义等戏剧流派，先后被介绍到台湾，各种现代主义戏剧观开始影响台湾剧坛，姚一苇、张晓风、马森、黄美序等戏剧家，都开始尝试现代派戏剧的实践，他们的创作对于台湾戏剧现代转型具有重要意义，也为20世纪80年代兴起的"小剧场运动"奠定了深厚的基础。

在戏剧思潮史上，现代主义以"战斗文艺"的战车解放了台湾戏剧，使戏剧得以回归艺术本体，就这一点而言，现代主义思潮发动的探索戏剧与小剧场运动，有着重要的意义。此时，除了《现代文学》、《创世纪》、《文学季刊》等刊物时有现代派戏剧思潮和作品的介绍，台湾的戏剧刊物也在20世纪60年代出现，与其他文学刊物一样，当时的戏剧刊物既有激进与西化的精神，也有反思与本土的信念。创刊于1964年的《剧与艺》是台湾第一本戏剧专业刊物，也是台湾文学界较早的跨国色彩浓厚的刊物，该刊物由菲律宾华侨出资创办，经常刊登本地话剧活动资讯和剧本。《剧场》[2]以电影和戏剧艺术的报导为主，不仅刊有西方现代剧作，更热衷

［1］吕正惠、赵遐秋主编：《台湾新文学思潮史纲》，北京：昆仑出版社，2002年版，第215页。
［2］《剧场》创刊于1965年1月，杂志的编辑由来自台湾、香港和美国、加拿大、德国等地人员组成，至1972年7月停刊，共出版了16期。

于西方新的剧场形式和戏剧观念的引介。《剧场》的成员甚至还曾经组织上演了《等待戈多》一剧，虽然并未引起热烈反响，但毕竟为台湾话剧揭开了现代派戏剧的神秘面纱。1965年5月，由马森担任主编、中国留法学生创办的《欧洲杂志》[1]是当时具有较高水准的艺术刊物，对法国当代剧作也多有介绍。这些戏剧刊物引介了战前与战后欧洲盛行的反写实戏剧作家和作品，如皮兰德娄、布莱希特、尤奈斯库等，成为当时台湾了解西方戏剧的重要通道，为现代戏剧的诞生耕耘了文化土壤。

1965年5月，由马森担任主编、中国留法学生创办的《欧洲杂志》创刊。

　　现代主义思潮在台湾的兴盛，进一步拓宽了多元文化格局，相较于其他文学类别，其对戏剧观念与创作的影响略为滞后，主要原因是戏剧的意识形态功能更强烈也更危险。诚如马森所言："戏剧与其他文学类别一样，本来具有抒发个人情怀、反映社会和抨击时事的功能，一旦作了官方的喉舌，自会失去了读者的兴味。由于官方对戏剧检查的严苛甚远于其他文类，故在反共抗俄的战斗大纛下，小说、散文、诗歌均易于逃脱检查而有分外之作，唯独戏剧不能也。"[2]

　　20世纪60、70年代，是台湾文化/文学现代思潮和乡土思潮并起与共生、对立与交融的时代，对台湾社会的各个层面几乎都产生了巨大影响。然而，它们对于这一时期台湾戏剧的影响，却并不如对其他文学类别的影响显著，事实上，政治体制的严苛是其中一个重要原因，来自经济发展及话剧艺术内部的原因也同样值得探讨。

　　首先，戒严体制与话剧现代转型的冲突是勿庸置疑的。除了严格的剧

---

　　[1]《欧洲杂志》为季刊，在巴黎编辑，然后送回台湾排版印刷，1965年创刊至1968年结束，共出了9期。

　　[2]马森：《西潮下的中国现代戏剧》，台北：书林出版社，1994年版，第216页。

本审查制度和泛滥的"反共剧"阻碍着话剧艺术的发展，话剧被作为"文化装饰品"也是障碍之一，"这个时期的台湾话剧还是（或基本是）当局提倡、组织、指导、规范下的一种教育重于艺术，或至少不会为当局添麻烦乃至'补衬升平'的文化行业。"[1]许多话剧作品、话剧演出或为对国民党政绩颂扬、或为对节庆活动的点缀，不再具有现实反映能力和现实批判精神。政治体制限制了戏剧队伍的壮大、戏剧题材的拓展、戏剧表现的丰富和戏剧观众的培养。台湾文坛著名的施家三姐妹中的施叔青和李昂（施叔端）都曾赴美留学并获得戏剧硕士学位，但是她们都不约而同地选择了小说创作而非戏剧，可以说代表了当时许多知识分子远离政治、远离戏剧的现象。

其次，经济发展与话剧现代转型的冲突也是不容忽视的。随着经济的发展，以中产阶级为主的新兴阶层逐步壮大，文化需求与文化表达也日益升温，现代主义思潮和乡土文学思潮的种种争论与文学作品都是知识分子文化表达的方式，而话剧却因为与政治宣传的亲近、与社会现实的疏离而无法成为民众的发声渠道。虽然20世纪60年代的"小剧场运动"一度企望有所突破，但当时的台湾话剧深陷传统话剧的窠臼，无法具备小剧场的环境和特质，甚至连基本的剧场硬件都十分匮乏。另一方面，电影、电视的兴起也影响着台湾现代戏剧的发展，影视剧创作的名利双收和快速高效，吸引了大量戏剧人才从话剧领域转向影视（尤其是电视）领域，从而导致了话剧编剧、舞台工作者和观众的大量流失，原本已羸弱不堪的话剧更加陷入困境。

最后，虽然"反共抗俄剧"衰落，但并不意味国民党放弃了对话剧的操控，台湾话剧的发展仍然笼罩在戒严体制与"反共"意识之下，正如钟明德所言："'反攻复国'的大中国主义神话和'巩固领导中心'的独裁政治现实，依然是一般艺文活动的预设立场：戏剧如果不再担任对外思想战

---

[1] 田本相：《台湾现代戏剧概况》，北京：文化艺术出版社，1996年版，第28页。

线上的尖兵，那么，它至少必须不妨碍国民党政权对内的社会控制……戏剧由反共抗俄的思想战线上撤退下来，成了和平时期为政权服务的社会教育工具。"[1]

李曼瑰像

台湾戏剧摆脱意识形态化的过程，是艰难缓慢的，在这个过程中，李曼瑰起到了重要作用。李曼瑰（1907—1975）被台湾戏剧界尊为"中国戏剧导师"，她在"战斗文艺"泛滥、"反共抗俄剧"盛行的年代，以大量的历史剧创作独辟"一方净土"。1960年，在赴美从事戏剧研究和赴欧亚各国考察戏剧后，李曼瑰深受启发，回台主持成立了"三一戏剧艺术研究社"，并举办话剧欣赏会，尝试仿效欧美小剧场的演出体制和演剧方式。1961年，再组"小剧场运动推行委员会"，不仅开始征求会员、预售长期票、演出话剧，还协助大专院校剧运的活动与推广。1962年11月，"中国话剧欣赏演出委员会"（以下简称"话欣会"）成立，李曼瑰任主任委员。话欣会每年举行十多次公演，由台湾各地最有经验的剧团参加演出；并且还举办了大专院校的戏剧展演，包括"世界剧展"（1967—1984）和"青年剧展"（1968—1984）。"世界剧展"和"青年剧展"使得话剧在院校中进一步推广，各种传统话剧及西方经典名剧的上演不仅拓展了观众群，也为台湾培养了一批现代戏剧的生力军。成立于1967年的"中国戏剧艺术中心"仍然是由李曼瑰主持大局，虽然该中心以民间团体的姿态出现，却和话欣会互为表里、相辅相成。"中国戏剧艺术中心"在与话欣会的合作下，开始大力开展儿童剧运、宗教剧运、青年剧运，将这一时期小剧场运动的触角延伸到各个层面，不仅使得台湾话剧开

---

[1] 钟明德：《台湾小剧场运动史：寻找另类美学与政治》，台北：扬智文化出版，1999年版，第206页。

始走向大众化和专业化的道路，也使得民间剧团的演剧活动渐显生色，打破了党政军戏剧团队一统天下的局面。虽然这一时期以"欧美小剧场"为台湾剧运的摹本，并且直接冠以"小剧场运动"之名号，然而，这场剧运却并不具备欧美"小剧场"的内涵与意义，反倒仍以易卜生以降的写实主义戏剧理念为本，同时大量政治宣传意识浓厚的剧作还在一定程度上显示着"战斗文艺"的后遗症，"六十年代初期的'小剧场运动'事实上不过是'反共抗俄剧'的延伸或转型罢了"。[1]然而，任何转型都是从量变到质变的过程，李曼瑰引领的台湾话剧运动毕竟为台湾话剧的现代转型做了量变的积蓄。有学者指出："在官方色彩的掩护下，李曼瑰所苦心经营勉力推动的台湾剧运悄然反拨，越来越从官方走向民间，从官办走向民办，从单一走向多元，戏剧演出越来越偏离台湾官方话剧，越来越边缘化，终于酿成80年代充满反叛性的生机勃勃的小剧场运动。"[2]

事实上，台湾文艺更为成熟的现代主义作品出现在现代主义艺术与台湾本土文化融合之后，有研究者指出："现代主义思潮发生在60年代，却在80年代后真正开花结果"[3]，这与同时兴起的乡土思潮密切相关。与现代主义思潮相比，"乡土思潮"对台湾话剧的影响相对隐蔽，更多体现在剧作对民族传统的反思、对社会现实的关注、对人的价值的思考之中。20世纪70年代末，台湾话剧开始强烈感应"乡土思潮"，集中表现为以"小剧场运动"的方式呼应"乡土"精神的召唤，并逐步融入20世纪80年代狂飚突进的种种社会运动中。

如果说现代主义思潮对台湾话剧的影响侧重在戏剧观念的更新和戏剧手法的借鉴，那么，"乡土思潮"的影响则更多地体现在题材内容和剧作

---

[1] 钟明德：《台湾小剧场运动史：寻找另类美学与政治》，台北：扬智文化出版，1999年版，第206页。

[2] 彭耀春：《台湾当代戏剧的奠基人——李曼瑰》，载《世界华文文学论坛》，2002年第2期。

[3] 朱立立：《台湾的台湾现代派文学研究管窥》，载《华侨大学学报（哲学社会科学版）》，2002年第3期。

内涵方面，姚一苇、马森、张晓风、黄美序等人的剧作，都能让人体察到古典与现代、传统与西化的共存。当然，必须强调不同思潮的"侧重"影响，因为形式与内容作为艺术作品的有机元素不能以二元对立的观念来区隔，即现代主义不等同于形式、乡土精神不等同于内容。现代主义思潮和乡土思潮对戏剧创作的影响是相互交织、有机融合的。

以李曼瑰、姚一苇、张晓风、马森、黄美序为代表的新一代戏剧人，可谓台湾话剧现代转型的先行者，他们"早先大都遵循中国话剧的写实传统，后来在西方现代戏剧影响下求新求变，才推动了台湾话剧从写实主义向现代主义的转型"[1]，他们或投身话剧运动的推广、或以自身的创作转型，为台湾话剧的创新与发展不懈努力，并使得新的戏剧思潮能够在相对贫瘠的话剧土壤中逐渐孕育，从而推动了台湾话剧的现代化进程。上述戏剧家之所以成为台湾话剧现代转型的先行者，一方面，因为他们兼具中西文化/戏剧素养，又有着深厚的戏剧理论基础，他们的戏剧创作既有西方戏剧的影子，也有中国传统戏曲的呈现，西方现代戏剧观念、技巧赋予他们的剧作现代风格，中国传统文化、戏曲艺术又使他们的剧作具有古典韵味；另一方面，他们处于一个特殊的时代，历史和现实的苦难使得他们对人生、人性的关注不谋而合，对人生困境的思考和对社会的人文关怀更使得他们当之无愧地成为时代的先行者。现代主义戏剧的产生和发展与现代哲学思潮密切相关。现代主义不仅为台湾话剧带来了新的观念和手法，更重要的是，现代主义唤醒了台湾话剧的现代意识，话剧创作开始更加关注现代人的生存困境，重新审视人的价值，深刻表达人文关怀。

二、台湾戏剧理论的奠基

在台湾戏剧的现代转型中，台湾戏剧理论的奠基也姗姗来迟。姚一苇

---

[1] 胡星亮：《转型：从写实传统到现代主义——论1960至70年代台湾话剧的发展》，载《台湾研究集刊》，2005年第2期。

姚一苇像

（1922—1997）[1]是20世纪台湾重要的戏剧家，他大力推动台湾小剧场运动，在戏剧创作和理论批评两方面成果丰硕，是台湾现代戏剧发展中承上启下的关键人物，被称为"暗夜中的掌灯者"。姚一苇的戏剧美学积淀深厚，在戏剧理论、美学和艺术批评方面著述甚丰，包括：《诗学笺注》、《艺术的奥秘》、《美好范畴论》、《艺术批评》、《戏剧论集》、《欣赏与批评》、《戏剧与文学》、《戏剧与人生》、《戏剧原理》等。其中，《诗学笺注》以我国传统的"笺"释与集"注"的研究方法，翻译研究亚里士多德的《诗学》；《戏剧论集》收集了他自1959年至1969年所撰写的关于戏剧批评与理论研究方面的文章；《戏剧原理》可谓当代台湾戏剧理论研究的扛鼎之作。

姚一苇的戏剧理论研究秉持西方经典戏剧理论传统，以开阔的视野，对西方戏剧理论的发展做了细致梳理，在此基础上系统阐述了自己的戏剧思想。《戏剧原理》分戏剧本质论和戏剧形式论两大部分，对戏剧的定义、戏剧意志、戏剧动作、戏剧幻觉和戏剧时空处理等问题，都进行了深入的探讨和剖析。其中，戏剧本质论又包括戏剧意志论、戏剧动作论和戏剧幻觉论。在戏剧意志论中，姚一苇从黑格尔、叔本华、尼采等人的意志论哲学观出发，着重论述了布伦退尔在《戏剧的法则》中提出的意志论、阿契尔在《编剧术》中阐述的"危机说"和琼斯在前二者理论基础上的"调合说"。在前人理论的基础上，姚一苇归纳出戏剧冲突的三个基本法则：一、戏剧的本质表现为人的意志自觉地对某一目标的追求，或不自觉

---

[1]姚一苇，本名公伟，江西南昌人。早年毕业于厦门大学，初学工程，后改学银行。1946年迁居台湾，供职于银行，并在大学兼职任教，主要讲授戏剧理论和美学理论，曾任台湾话剧欣赏委员会主任、台湾艺术学院戏剧系主任等职，为20世纪70年代以后的台湾戏剧做了巨大贡献，被誉为"台湾剧场的导师"，在戏剧创作、戏剧研究、戏剧教育和戏剧运动的推动等多方面都成绩卓越。

地应付一种敌对的情势。无论此意志系自觉或不自觉，均因受到阻碍而造成冲突，并因冲突而引起不安定的情势或平衡的破坏，从而产生戏剧。二、戏剧因冲突而产生，而向前推进；三、如果某一意志不能将冲突推向危机，或不足以造成平衡的改变，系所谓微弱的意志，但无论此一意志如何微弱，亦必须能维持冲突，以达戏剧的结束。[1]

姚一苇认为意志冲突时包含自身的、社会的、自然的三个部分，其中自身的冲突又包括生理的、心理的。他认为戏剧家在创作的过程中，是通过人物的意念化来达成"冲突的意念化"，即表面看来是人与人的冲突，但实际上是意念与意念的冲突，他以欧洲中世纪的道德剧、莫里哀的喜剧、中国传统戏曲和德国戏剧（如莱辛与席勒的某些作品）为例，说明冲突的意念化问题。在戏剧动作论中，姚一苇从亚里士多德的"动作"概念出发，并借用巴契尔（S.H.Butcher）的观念，对戏剧动作作了界定："动作乃是人类真实而具体的行为的模式，这个行为可以是外在的活动，但亦包含内在的活动，或者说心灵的活动之能形于外者，而且这些活动必须相互关联成为一个整体，但它不是情节，而是情节的核心部分，是情节所从而模拟的。"[2]

在分析了贝克、劳逊和弗格逊等人的动作观后，姚一苇概括了戏剧动作的三个基本法则：一、动作的单一性，即一部戏剧必须有且只有一个动作，这个动作是戏剧的核心；二、动作的发展性，即戏剧动作是发展的、生长的，也就是一系列情景的变化；三、动作的完整性，即戏剧动作必须是完整的，完整不是人生的完整，而是事件的完整，有开始、中间和结束。在界定戏剧动作的基础上，他还厘清了动作统一性与情节的统一、人物的统一和主旨的统一之间的关系。首先，他强调动作统一是情节统一的基础，二者相互关联而成为一个问题的两面。从外在来看，是情节的统一，从内在来看，是动作的统一。[3]其次，他认为人物的统一系依附

---

[1] 姚一苇：《戏剧原理》，台北：书林出版社，2004年版，第56—58页。
[2] 姚一苇：《戏剧原理》，第79页。
[3] 姚一苇：《戏剧原理》，第111页。

动作的统一而产生，而动作的统一亦唯有通过人物的统一来显现。[1]最后，他认为主旨是概念的范畴，同一个主旨可以有许多的剧本，但是同一个动作，只能有一个剧本，一个剧作家首先要建立的乃是动作而非主旨，并且，只要有一个完整的动作，就必然会传达出一个完整的主旨。[2]

在亚里士多德戏剧理论的基础上，姚一苇阐述了戏剧意志论和戏剧动作论的戏剧本质观，同时，他认为现代戏剧理论探讨的应该是剧场中的戏剧，并将观众作为重要因素进行研究，进而探讨观众的情绪反应。第一个从观众角度来谈论戏剧的是法国的戏剧家沙塞，他的《剧场原理》（1876年发表）提出了"无观众，无戏剧"的主张。沙塞认为戏剧给予观众的情感必须是单一的，悲与喜不宜混合，而雨果则主张悲与喜是可以混淆的，因为在真实的人生中就是如此。在姚一苇看来，除了演员表演、戏剧风格、剧本结构，还有剧作蕴含的道德意义、哲学思想等，乃至舞台上的一切，都可能引起观众的情绪反应。在马修斯、贝克和汤普逊等人关于观众情绪阐述的基础上，他得出结论："戏剧的效果不仅与意志冲突相关，而且与戏剧的动作结合在一起"[3]，并进一步阐释了戏剧的幻觉，认为戏剧幻觉是一种真实的幻觉（illusion of reality），是通过同一作用/现象（identification）和超然作用/现象（detachment）两种不同现象产生作用的，同一作用和超然作用是戏剧幻觉的两极，前者是观众与剧中人贴合为一，后者是观众与剧中人的距离无穷大。并且，观众情绪的统一性，是建立在戏剧幻觉的统一性之上，戏剧必须使观众进入幻觉状态（无论是同一幻觉还是超然幻觉），这样才能引起观众对戏剧动作的密切关注，观众的情绪才能依照动作的发展而变化，才能由动作的统一到情绪的统一。他认为剧场幻觉的制造不仅是剧作者的工作，还受到多方面的影响，尤其在现代导演出现以后。导演也应该以剧作者的文本（text）为依据，如果任意割

---

[1] 姚一苇：《戏剧原理》，台北：书林出版社，2004年版，第116页。
[2] 姚一苇：《戏剧原理》，第124页。
[3] 姚一苇：《戏剧原理》，第137页。

裂、删减或颠倒重组，则是自我的创作，与文本无关。一部戏剧不可避免地受到时代文化背景的影响，观众的戏剧幻觉也会随着时代、文化性质的不同而有所差异，并且，舞台上从表演到灯光、音响，都关系到幻觉的破坏，现代戏剧也常常突破传统戏剧幻觉的统一性，如布莱希特叙事体戏剧强调疏离效果等。

姚一苇的戏剧形式论主要探讨了戏剧的时间与空间问题，他回顾了从亚里士多德到文艺复兴时期、从古典主义戏剧到法国新浪漫主义戏剧等西方戏剧理论的时空观演变，认为戏剧发展的历史过程中，戏剧时空处理有着两大传统，一是希腊传统，希腊戏剧一般表现为集中的形式，把整个情节压缩到最后的部分，并采用单一场地；二是中世纪的传统，中世纪的戏剧带有浓厚的“仪式剧”意味，一般取材自新旧约的圣经，即所谓神秘剧或奇迹剧（mystery or miracle play），采用一种很散漫的延展的形式，不受时空的约束，表现出最大的自由。姚一苇认为，这两种戏剧时空处理的传统是戏剧的不同表现方法，无优劣之分，也将一直存在下去。时间延展型戏剧的时间向未来延展，“动作”也向前推进，通常把“动作”直接展示给观众，而甚少采取叙述的方法；时间集中型戏剧呈现事件最后的部分，戏剧动作不是向未来推进，而是向过去倒转，每一次倒转构成所谓的“推向一种不安定的情势或平衡的破坏”，亦即阿契尔所谓的“推向危机”；延展型戏剧长于表现人物性格，但容易吸收偶然因素，旁生枝节，戏剧结构也容易流于松散；集中型戏剧强调表现人的处境，较不适合表现人物性格的发展，在戏剧结构上需要高度的技巧，并具有较强的时空限制，不是所有的题材都适合以集中型戏剧表现。姚一苇认为，现代戏剧的发展不断突破时间两种形式，往往将“现在”与“过去”揉和。[1]

姚一苇通晓东西方戏剧理论，在对西方戏剧理论的研究中常常引入中国戏曲理论加以充实，对中国戏剧理论也有独到见解。他在探讨元杂剧的

---

[1] 姚一苇：《戏剧原理》，台北：书林出版社，2004年版，第171—207页。

时候，认为中国没有产生起源于对神的祭奠的希腊式的悲剧，"因为中国系生存于一个截然不同的精神文化的背景里，不仅不可能产生希腊式的悲剧，亦不可能产生有若文艺复兴时代的英国悲剧；如果悲剧一词是指特定历史条件下的艺术形式，则中国是没有悲剧的。"[1] 但是，他认为如果从展现"人生的悲剧感"这一更广泛的悲剧定义基础来看（或者以亚里士多德悲剧观来看），包含着受难且足以引起观众哀怜与恐惧之情绪，便是所谓的悲剧，那么中国历史上也产生过"悲剧"或一种"人生的悲剧感"。姚一苇认为"元杂剧中之具'悲剧'性质者，主要系表现善与恶之争"[2]，是一种建立在中国特有的宇宙观、自然观和宗教观基础上的广义的悲剧性。他在将中国悲剧与西方悲剧进行比较时发现，中国悲剧建立在世俗化了的儒、释、道思想和宗教观基础上，体现的是泛神化的宇宙观、宿命的人生观，这与希腊悲剧和文艺复兴时期的英国悲剧都差异极大。

除了对西方戏剧理论的引介和研究，姚一苇也进行大量的戏剧创作。他强调戏剧的文学性，认为没有文学的剧场实际上只是一个"空洞的剧场"，他的戏剧创作思想主要表现在以人为本体，并逐渐系统化创作了14个剧本，包括《来自凤凰镇的人》、《孙飞虎抢亲》、《碾玉观音》、《红鼻子》、《申生》、《一口箱子》（以上收录于《姚一苇戏剧六种》[3]）、《我们一同走走看》、《左柏桃》、《访客》、《大树神传奇》、《马嵬驿》（以上五种收录于《我们一同走走看》[4]）、《X小姐》、《重新开始》（以上两种收录于《X小姐，重新开始》[5]），此外，还有单独出版的《傅青主》[6]。

姚一苇认为，在所有的艺术中，与人生关系最直接最密切的就是戏剧。因为戏剧乃是将真实的人生搬移到舞台上，具体地表现出来，也就是

---

[1] 姚一苇：《戏剧与文学》，台北：远景出版，1984年版，第13页。
[2] 姚一苇：《戏剧与文学》，第15页。
[3] 姚一苇：《姚一苇剧作六种》，台北：书林出版社，2000年版。
[4] 姚一苇：《我们一同走走看》，台北：书林出版社，1987年版。
[5] 姚一苇：《X小姐，重新开始》，台北：麦田出版，1994年版。
[6] 姚一苇：《傅青主》，台北：联经出版，1989年版。

直接地将人生显露在观众面前，因此，每一部戏剧都是人生的一面。戏剧所表现的是人生中最突出、最精锐的部分，几乎都是人生的转折点。[1] 同时，姚一苇也肯定了戏剧的教育功能，他明确指出："戏剧除了使我们更深入的了解人生之处，更进一步，还可帮助我们改进人生，使我们的人生更有意义、更有价值。"[2]

在台湾戏剧理论史上，马森几乎是与姚一苇同等重要的人物。马森（1932—　）在戏剧批评方面的贡献主要表现在两个方面，一是他对台湾戏剧史的论述，二是他的戏剧观与"脚色式人物"的论述。马森的戏剧史观主要体现在《中国现代戏剧的两度西潮》一书中，该书提出了中国戏剧发展"两度西潮"的观点，为中国现代戏剧的发展和定位找到了指标。他以"进化论"和"传播论"为学理基础，采取宏观的社会学视境，视戏剧为整体社会活动及文化变迁之一环，

马森像

指出中国现代戏剧的产生及发展，与近代中国整体文化接受西潮之冲击而走上西化、现代化的道路属同一方向，同一步伐。20世纪60、70年代，台湾现代戏剧开始走出"拟写实主义"困境。马森认为，20世纪60年代以来台湾现代戏剧在风格上得以逐渐摆脱"拟写实主义"的原因，在于欧美战后戏剧新潮逐渐传入台湾（包括存在主义戏剧、荒谬剧场、史诗剧场、残酷剧场、生活剧场等），扩大了年轻一代剧作家的视野，他将这一现象称之为"中国现代戏剧的二度西潮"。在"二度西潮"中，台湾戏剧不仅在主题内涵上实现了现代主义觉醒，在艺术表现上也富于现代突破，各种新的表现手法开始丰富台湾的戏剧舞台，并逐步实现戏剧中心由剧本

---

[1] 苏格：《姚一苇谈戏剧》，载《书评书目》，第35期。
[2] 苏格：《姚一苇谈戏剧》，载《书评书目》，第35期。

向剧场的转移。

　　马森对现实主义与现代主义的认识有独到之处，将台湾戏剧现代化前后的形式分为"拟写实"和"写实"两种形态。他认为"现代主义与现实（写实）主义的区别之一，是关注的对象不同，现实主义比较关注社会问题，包括社会生活及社会正义等，现代主义比较关注人生和人性问题，包括人生的处境。"[1]他认为台湾在"二度西潮"的影响下，将现代主义思潮引入戏剧领域，从而取代了过度政治化、形式化的"拟写实"戏剧。他在研究台湾戏剧发展的时候，非常注重整个台湾社会乃至全球环境的变化，他认为，作为社会中的一种文化现象，戏剧运动不是孤立独行的，而是与整体社会的的政经发展以及其他领域的现状声息相通、密不可分的。

　　马森的戏剧观还集中体现在他的"脚色式人物"理论和戏剧创作实践。马森的剧作收录在《脚色——马森独幕剧集》中，大都写于他旅居墨西哥期间，不同文化环境的生活体验驱使他思考生活的真谛，他在戏剧作品集的序言《文学与戏剧》一文中谈到：透过了不同的肤色、不同的语言、不同的习俗，忽然见到人的一样的血肉、一样的欲望、一式的幻想与梦境。于是我的注意力似乎越过了表相，企图去把握一些更直接、更真实的东西。[2]马森的剧作并不拘泥于现实生活的真实呈现，而是将现实生活荒诞化、抽象化，将戏剧冲突内化，赋予剧中角色和剧作内容以更普遍和深刻的内涵。

　　虽然马森的剧作极具西方式的荒诞色彩，但是其深入批判的却是以中国为代表的现代人的生存状态，正如他自己所言："我所采用的戏剧表达方式与所表达的内容，不是传统的，既不是西方的传统，更不是中国的传统，然而却受着西方现代剧与中国现代人的心态的双重支持。换一句话说，在形式方面接受了西方现代剧的影响，在内容方面表达的则是中国现

---

[1] 彭耀春：《马森戏剧集〈脚色〉浅谈》，载《华文文学》，2003年第4期。

[2] 马森：《文学与戏剧》，见《脚色——马森独幕剧集》，台北：书林出版社，1996年版，第20页。

代人的心态。"[1]对于兼受中国和西方生活方式、价值观念影响的马森，其剧作正是他对台湾处境与命运（当然也扩及中国乃至全人类）独特而深刻的思考：一方面，中华文化的传统观念深深地扎根在民众心中；另一方面，西方文明日渐入侵现实生活，不断改变着社会关系和心理。马森对现代人"既不能回归传统又不能真正迈向现代化的两难体验"[2]的揭示，虽然具有浓郁的悲观色彩，但是，这种现代主义式的人文关怀，代表了新一代剧作家对人生的深刻思考。

马森戏剧创作中对于人的思考，所看重的是人物的特性，尤其是人物之间的关系，也就是人物在戏中所扮演的脚色。这种"脚色式人物"一方面体现了他的戏剧创作观，另一方面也表明了他对"拟写实主义"戏剧的突破。马森认为剧作家创造人物受到社会背景和时代思潮的影响，因此，舞台人物具有各自的片面性，他将戏剧人物的创造置于社会学视野中加以考察，并将戏剧史上的戏剧人物分为五种：

第一类：以古希腊戏剧、中国传统戏曲和意大利"艺术喜剧"为代表的"类别式"人物，这类人物以性别、年龄、地位等做简单归类，强调依靠演员表演，多以面具、化妆直观表现人物的特性。

第二类：以古典主义和浪漫主义时期戏剧为代表的"典型式"人物，多以帝王将相和英雄人物等身份出现，在人物个性上具有特殊涵摄的典型性，如莎士比亚笔下的哈姆雷特、李尔王、麦克白等。

第三类：以19世纪后半期在理性主义、实证主义和个人主义影响下的写实主义戏剧为代表的"个性式"人物，这类人物以日常生活中的普通人为主，人物是其社会性和个别性的统一，如易卜生笔下的娜拉、契诃夫笔下的万尼亚等。

---

[1] 马森：《文学与戏剧》，见《脚色——马森独幕剧集》，台北：书林出版社，1996年版，第20页。

[2] 徐学、孔多：《论马森独幕剧的观念核心与形式独创》，载《台湾研究集刊》，1994年第1期。

第四类：20世纪使用象征主义和表现主义方法表现的"心理式"人物，这类人物基本上仍然是写实的，但受到弗洛伊德心理分析学的影响，以象征主义和表现主义的方法丰富了人物心理的内容，最具代表性的是斯特林堡、奥尼尔、田纳西·威廉斯、阿瑟·米勒等剧作家笔下的人物。

第五类："符号式"人物，是对以写实主义为基础的"个性式"和"心理式"人物的"反动"，以荒诞派戏剧为代表，重视表现人类无意识、非理性的荒谬行为，人物完全失去个性，抽象化为代表人类某种处境的符号。

马森"脚色式"人物的戏剧创作早于理论概括，他创作的《一碗凉粥》、《弱者》、《野鹁鸽》、《在大蟒的肚里》等独幕剧，均以"夫妻、父母、男女"等作为"脚色"，剧作重视的人物特性是人物之间的关系以及他们在戏剧/社会中所扮演的"脚色"。马森认为演员扮演着双重脚色，"他既承担了人间相对关系中所赋予他的脚色，又扮演着剧中人的脚色。就戏剧艺术而言，就是借了演员扮演剧中人的这一行为，反映出人在生活中的某种特定时空和相对关系的局限下，所扮演的那种特别的身份。"[1]马森将戏剧中"脚色"的涵义拓展至社会学范畴，认为人的本性是其在生活中所扮演的种种脚色的总和，通过相对关系所显露的脚色正是一个人存在中最重要的基本要素。《一碗凉粥》、《野鹁鸽》批判的是传统观念对人性的压迫与戕害，受害者同时也成为吃人礼教的帮凶。马森以荒谬、冷酷的悲剧形式控诉了中国传统观念对人性的迫害，又以同样荒诞却充满嘲讽的喜剧形式来揭示现代文明导致人性异化的悲剧，《苍蝇与蚊子》、《弱者》、《蛙戏》等剧就是这类代表。

由此可见，马森剧作的荒诞意味，与他秉持的现代主义戏剧倾向和"脚色式"人物的戏剧美学息息相关。马森认为"现代戏剧不但不曾破坏了戏剧之为戏剧的特性（虽然有人用了反戏剧一词），反倒丰富了戏剧的

---

[1]马森：《脚色式的人物》，见《脚色——马森独幕剧集》，台北：书林出版社，1996年版，第8—9页。

形式与内容，拉近了戏剧与现代人感受的距离。"[1]，而"脚色"式人物的描摹有助于将讨论的焦点集中在对人生处境的探索中。马森在定义"脚色"式人物时有深刻解析：

> 为什么我这么强调脚色的作用？简单地说主要的原因是因为我生在二十世纪，呼吸着二十世纪中工业社会个人主义中的孤绝的空气，十九世纪以前的那种种复杂的外在社会关系，到了我的经验里都简约成几种主要的脚色关系。其次，我也有其他剧作家少有的生活在多种不同的文化和社会中的经验，这种经验使我忽视了人物的其他特点，却独独突显了脚色的扮演这一种特点，因为在任何文化和社会中都不脱脚色扮演的这一基本要素。再其次，就是尤乃斯柯（笔者注：尤奈斯库）和白凯特（笔者注：贝克特）等人把"符号"式的人物不论在内容上还是形式上都退到了极至，使我在欣羡之余无法步他们的后尘，不得不另开蹊径……[2]

马森剧作的脚色式人物多以夫妻、父母、兄弟等面目出现，至多也是如悲观的蛙、和尚、乞丐等高度概括性的代号，他认为"一个人的个性本来就是他在人间所扮演的种种脚色的总和"[3]。以"父母"的脚色为例，他认为父母的脚色是任何其他脚色的基础，影响了人物今后对脚色的认知与扮演的能力。这实际是从社会学的范畴解释了的社会脚色内涵。与荒诞派戏剧的"符号式"人物不同，"脚色式"人物更加强调他们在社会关系中所扮演的身份，但是二者都不同于传统戏剧作品中个性鲜明、背景复杂的典型人物，因为，无论是"符号式"人物还是"脚色式"人物，都具有抽象性、模糊性和可替代性，这种有别于传统典型人物的人物设定，有利于透过现实的表象去探知人性的本质和存在的荒诞。可以说，"脚色式"

---

[1] 马森：《文学与戏剧》，见《脚色——马森独幕剧集》，台北：书林出版社，1996年版，第20页。
[2] 马森：《脚色式的人物（新版序）》，见《脚色——马森独幕剧集》，第13页。
[3] 马森：《脚色式的人物（新版序）》，见《脚色——马森独幕剧集》，第8—9页。

人物理念集中体现了马森的戏剧创作观念，他还为其所创造的"脚色"概括了几种表现手法：

> 脚色集中：把人间的关系集中到几个主要的脚色身上，特别是父母、子女和夫妻的脚色。
>
> 脚色浓缩：把每一个脚色浓缩到最精练的程度，使他的存在与脚色的搬演合二为一。
>
> 脚色反射：以某种看来不相关的脚色反射出一种或多种本相关联的脚色。
>
> 脚色错乱：剧中人物并不了解自己搬演的脚色是什么，或是一个人可以"错"成两个以上的脚色。
>
> 脚色简约：利用同一个人物搬演两个以上的脚色。[1]

比较而言，"脚色式"人物一方面以脚色替代了写实戏剧中人物的"个性"，另一方面把荒诞派戏剧抽象化了的"符号式"人物重新赋予了具体的脚色特性。马森以"脚色式"人物为核心的戏剧创作和戏剧理论，是对"礼教吃人"等这类中国传统文化对中国人的危害批判，呼应了"五四"以来的思想启蒙；在戏剧美学上，虽然同其他戏剧人物类型一样无法把握生活中真实人物的整体，但是，这种人物创造的观点和方法加深了对人物的透视。

以姚一苇、马森为代表的台湾戏剧理论家对戏剧的思考，标志着台湾戏剧理论与批评的成熟，他们是台湾系统的戏剧理论与批评的奠基者，也是现代主义戏剧思潮的先驱，在他们开辟的戏剧探索的自由领域里，台湾的"小剧场运动"应运而生、蓬勃发展。

---

[1] 马森：《脚色式的人物》，见《脚色——马森独幕剧集》，台北：书林出版社，1996年版，第11—12页。

第三节　台湾探索戏剧的理论与实践

一、小剧场运动的兴起

20世纪80年代是台湾现代戏剧发展的重要时期，戏剧在各种社会文化浪潮中异军突起，以空前的实验精神和前卫意识，扮演了社会文化的记录者和批判者的重要角色。

台湾当代小剧场运动在连续五届的"实验剧展"（1980—1984）中拉开帷幕。1978年，姚一苇在文化压抑、戏剧冷寂的形势下接任话欣会主任委员一职，成为李曼瑰未竟事业的接班人，并以更专业的精神和更开阔的视野，在继续开展"青年剧展"和"世界剧展"的同时，积蓄各方力量推动"实验剧展"的开展。"实验剧展"以"汲取传统与西方所长，表现个人与集体的独创，透过不断的尝试，探索舞台表达的无限可能"为理念，将实验戏剧自大专院校推上社会文化舞台，成为20世纪80年代的文化盛事之一。

西方"小剧场"的出现，可以追溯自1887年安德烈·安都昂创办的自由剧场，之后西方各国皆热烈呼应其创新精神，小剧场也因此蔚为风潮，英、美、俄、德等国都有不同类型的小剧场产生，形成了世界范围的小剧场运动。中国早在"五四"时期就对小剧场就有所接触，陈大悲、欧阳予倩等人都曾大力倡导非职业戏剧——"爱美剧"。20世纪20、30年代，也出现了以"爱美剧"为名的小剧场实践，但是，相较于西方悠久的话剧传统以及现代派戏剧的长期发展，中国小剧场发展的文化土壤尚未生成；另一方面，易卜生主义的盛行、左翼戏剧思潮的崛起都使得传统写实主义话剧占据了中国戏剧的主流地位，因此，中国的小剧场在萌芽之初即走向中断。建国后，戏剧发展一直无缘于西方现代实验剧场，台湾戏剧却由于特殊背景，在"小剧场"的观念与实践上比中国大陆先行一步。

台湾关于小剧场的最早论述，是吕诉上的《台湾演剧改革论》一文（1947年7月发表于《台湾文化》杂志）。由于当时两岸戏剧交流处于热络期，且写实话剧一统天下，因此，吕诉上的引介并未受到重视。20世纪60年代，李曼瑰大力提倡的小剧场运动虽然不是真正意义上西方小剧场的实践，但是也在一定程度上推广了"小剧场"的概念及理念，其仿效西方小剧场的运作模式，如小型剧场演出、定时定点演出、组织业余剧团等，对台湾当代小剧场运动也产生深远影响。另外，姚一苇、张晓风、马森、黄美序等人的戏剧创作，因为受到西方存在主义、荒诞派、史诗剧场、超现实主义等现代主义戏剧的影响，不再墨守成规，使得台湾现代戏剧具有了小剧场突破的可能性。可以说，此时台湾现代戏剧经过"二度西潮"的浸染，加上大专院校戏剧团体、民间剧团的实践，已经逐步做好现代转型、迈向小剧场的前期工作。马森在《台湾小剧场的回顾与前瞻》一文中谈到：

1977年3月，《一口箱子》演出的海报。

"六、七十年代可以说是台湾现代戏剧主动吸收西方当代剧场的经验，加以酝酿、消化，不但在戏剧创作上有所突破，在演出上也尽力打破过去的成规，为八十年代多姿多彩的小剧场运动做了铺路的工作"。[1]

事实上，在第一届"实验剧展"之前，台湾小剧场已经经历了长期而艰辛的孕育期。1977年3月，文化大学艺术学院戏剧研究所的黄美序、汪其楣、司徒芝萍等人，将姚一苇极具现代意味和实验精神的《一口箱子》搬上小剧场舞台，该剧的表现手法十分新颖，获得了巨大成功，并"诱发后来之'实验剧展'"[2]。1978年5月，

---

[1] 马森：《台湾小剧场的回顾与前瞻》，载《戏剧艺术》，1999年第1期。
[2] 黄仁：《台北市话剧史九十年大事纪》，台北：亚太图书出版，2002年版，第103页。

汪其楣创办了"聋剧团"，并以肢体表演
为主演出了聋剧，开启了台湾剧场肢体表
演探索的先河。隔年，汪其楣又率文化
大学艺术研究所戏剧组学生演出了8个实
验性很强的现代剧[1]，被姚一苇称作是
"一个实验剧场的诞生"。就实验剧场的
诞生，学者石光生认为可以回溯至20世

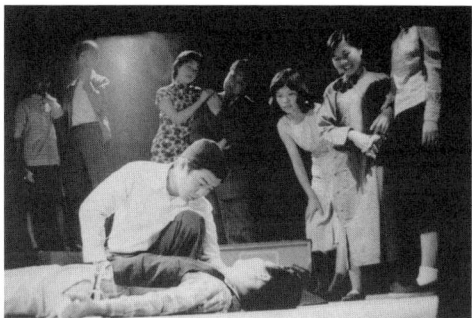

1977年3月，《一口箱子》演出的剧照。

纪70年代，因为"1970年代后半叶，台湾现代剧坛在戒严后期基本上已经
进入紧绷的对抗状态：反传统话剧主流的剧团或演出，皆高举'实验'之
名，对抗官方主导的话剧演出。'实验剧'成为当时的流行词汇，象征进
步、创新与不满现状。"[2]石光生认为，文化大学艺术研究所于1977年3月
演出的剧作《一口箱子》（姚一苇编剧）才是实验剧场的先声，是敲开兰
陵与实验剧展大门的重要活动。

　　另外，这一时期民间性质的"耕莘实验剧团"的戏剧实验尤其值得关
注。1976年，金士杰接手"耕莘实验剧团"，邀请了具有丰富西方前卫剧场
经验的吴静吉和在美国获得戏剧硕士学位回台的李昂担任该剧团的艺术指
导，并招募了新的剧团成员（包括活跃于20世纪80年代小剧场运动中的杜
可风、刘静敏、黄承晃、卓明、陈玲玲、黄琼华等人）。1980年4月，该团正
式更名为"兰陵剧坊"。吴静吉主张团员"将课堂上所学的'精致文化'跟
日常生活中的'通俗文化'结合起来，以达到'文化混血'的目的"[3]，
他将兰陵剧坊的剧场训练目标定为"三种剧艺"、"四个方向"和"五个类
别"。兰陵成员需了解的三种剧场艺术体系包括：1. 东西剧场艺术成就与发

---

[1] 这8个实验性很强的实验剧包括：《鱼》（小说原作：黄春明 编导：于玉珊）、《春姨》（小说原作：王祯和 导演：吴振芳）、《狮子》（原作：马森 导演：于复华）、《凡人》（小说原作：朱云薇 编导：黄建业）、《一碗凉粥》（原作：马森 导演：张妮娜）、《女友艾芬》（小说原作：陈若曦 编导：吴家璧）。

[2] 石光生：《跨文化剧场》，台北：书林出版社，2008年版，第82页。

[3] 钟明德：《台湾小剧场运动史：寻找另类美学与政治》，台北：扬智文化出版，1999年版，第38页。

展；2. 认识中国表演艺术传统；3. 了解实验剧场的发展与实验。[1]兰陵剧坊实验尝试的"四个方向"包括：

第一个方向是使每个人都有创作的热忱、能力与成就。

第二个方向是每一次演出都是集体创作的成品……每个成员都有机会献出自己的智慧与建议。

第三个方向是所有古今中外的生活经验、舞台语言都是创作的灵感素材。

第四个方向是所有的现代戏剧及相关艺术与学者专家都是学习的资源。[2]

吴静吉同时将"三种剧艺"和"四个方向"具体化为五个类别的训练课程，包括：1. 经常性的训练；2. 即兴的素材；3. 中国传统剧场的接触；4. 相关艺术的观察与参与；5. 日常生活的融入与体验。吴静吉这一表演训练理论和对身体的探索是对东西方剧场艺术的融会贯通，不仅以美国实验剧场的方式进行肢体、声音、心理的训练，而且有贫穷剧场的表演体系特征，同时也向中国传统曲艺学习。可以说，这是台湾较早的体系化的戏剧表演理论。虽然"兰陵剧坊"在"实验剧展"之前没有正式演出，但是，许多团员坚守寂寞，进行了长期的"地下"训练，这为第一届"实验剧展"中《荷珠新配》一剧的成功奠定了坚实基础。

1980年，第一届"实验剧展"剧目《荷珠新配》的演出剧照。

台湾现代戏剧的研究者多将兰陵剧坊《荷珠新配》的成功演出视为台湾当代小剧场运动的正式发端。钟明德作《兰陵剧坊的初步实验和小剧

---

[1] 吴静吉编：《兰陵剧坊的初步实验》，台北：远流出版，1982年版，第55页。
[2] 吴静吉编：《兰陵剧坊的初步实验》，第6页。

场运动：一切由〈荷珠新配〉开始》一文，肯定了兰陵剧坊是台湾小剧场运动的"火车头"，认为其开创了以《荷珠新配》和《包袱》（同在第一届"实验剧展"演出）为代表的台湾当代戏剧的两条创作路线：《荷》剧取法传统戏曲、融合中外的创作路线；《包袱》以身体动作替代语言，以肢体、声音、意象为剧场主要元素的路线。[1]学者于善禄也谈到，《荷珠新配》的成功使得戏剧界将其标记为台湾正式踏入小剧场时代的第一步，是20世纪70年代下半叶部分戏剧工作者实验与探索的结果，是中西合璧、移植插枝的果实。[2]

《荷珠新配》根据传统京剧《荷珠配》改编而成。《荷珠配》是一出讲述丫环冒小姐之名与金榜题名的书生结婚的"错误喜剧"，而《荷珠新配》不仅将故事时空背景置换为当代台北，人物关系和剧情组织都大胆创新。该剧的艺术创新，还体现在将写实话剧中难以处理的"读信"动作展现得既灵活自由又生动有趣，既有京剧"景随人走"的手法，也与许多丢掉"第四堵墙"、超越时空局限的西方现代派戏剧十分相似。除了时空处理外，语言、动作也既像传统京剧，又有西方实验戏剧的影子，"报家门"式的说白常有出现，演员的服饰、造型也是融合中外。《荷》剧的"东西混血"是全方位的，可以说该剧在剧作内涵、戏剧语言、舞台设置、表演风格上都达到了中西合璧的效果。钟明德有这样的评价：《荷珠新配》所推出的"新象"在于这个演出巧妙地回避了传统戏曲和现代戏剧美学上的冲突，柳暗花明地走出了融合传统戏曲和现代戏剧美学的一条新路。这个新辟的戏剧形式是如此贴切地贯穿20世纪80年代初期台北居民生活的现实。[3]

---

[1] 钟明德：《小剧场发展之评估》，见《继续前卫——寻找整体艺术和当代台北文化》，台北：书林出版社，1996年版，第94页。

[2] 于善禄：《如何众生，怎样喧哗？场边观看近二十年台湾现代剧场的政治策略与创作美学》，第四届华文戏剧节（澳门）研讨会论文，2002年。

[3] 钟明德：《小剧场发展之评估》，见《继续前卫——寻找整体艺术和当代台北文化》，第80页。

　　五届实验剧展共上演了36个剧目，其中，融合传统戏曲与西方现代戏剧美学的剧作占了很大比例，包括了姚一苇的《我们一同走走看》、黄美序的《傻女婿》和《木板床与席梦思》、金士会的《公鸡与公寓》、吴亚梅的《救风尘》、陈玲玲的《八仙做场》和《周腊梅成亲》等等。此外，兰陵剧坊的《猫的天堂》、黄建业的《家庭作业》等剧，以肢体语言创造舞台意象，带有后现代戏剧的色彩，也形成了台湾当代剧场另一个传统。

1985年，《杨世人的喜剧》的演出剧照。

　　在台湾的小剧场运动中，黄美序（1930—　）的创作与理论，与《荷珠新配》创造的传统一致，有着重要意义。黄美序的《傻女婿》剧取材自民间故事，虽然为一部现代戏剧，却"以京剧和地方戏为依据"[1]，在动作、台词、舞台设计、道具、服装、配乐上多借鉴京剧的形式。

该剧在舞台设置上无幕、无布景，只有简单的桌椅和道具，许多动作都以戏曲程式性动作加以呈现。黄美序具有西方戏剧专业背景，戏剧创作也常有荒诞戏剧、超现实主义戏剧的尝试，同时，他又喜欢从中国传统文化中汲取资源，在戏剧取材、戏剧语言、表现手法上都带有浓郁的中国传统色彩。黄美序的多部剧作都取材自民间故事、古典故事，除了《傻女婿》，还有《木板床与席梦思》、《蛇与鬼》、《南柯道人》等等。此外，黄美序的《杨世人的喜剧》虽然不是"实验剧展"的剧目，但是创作时间大致相同，《杨》剧是根据西方道德剧《Every Man》改编而成，却进行了"中国化"的现代改造，改变了原作的西方宗教色彩，将戏剧情境设置成具有中国特色的阳世生活和阴间之旅。黄美序将这称为"拼盘式"编剧方式：

[1] 黄美序：《杨世人的喜剧》，台北：书林出版社，1988年版，第83页。

这里有我国民间传统讲唱文学的色彩；有俳优式的讽谏和荒谬剧语言的影子；有借自汤姆斯·哈代和杰姆士·史蒂芬斯短诗的故事；还有哈姆雷特中的独白，以及庄周梦蝶等等。"我将西方的上帝和中国的无常请到一起，基督徒和佛教的善男信女可能会骂我在胡闹；不过，我确曾听不止一位有道之士说过：耶稣也是菩萨。"[1] 他对编剧方式的自我分析集中体现了多元文化融合的特性，也就是说，黄美序具有自觉的将多元文化融合进戏剧创作之中的意识，这种多元融合既体现在编剧方式、创作语言、戏剧选材等创作方面，也体现在剧作自身的语言、动作、舞台设置、内涵等文本特色方面。

黄美序对古今中外文化元素的运用十分灵活和丰富，并且往往在一部剧作中始终贯通，这种创造性的多元文化融合使得他的剧作具有奇异的"混血"风貌。黄美序认为："发展我们的现代戏剧……应多从我们的传统中去寻找一些'活根'，而用西方剧场的优点去做肥料。"[2] 可见，总体而言，黄美序戏剧创作的多元融合仍然是台湾现代戏剧"西学中用"的表现。

"实验剧展"被称为"台湾当代剧场史的分水岭"[3]，因为"实验剧展"实现了台湾话剧的现代转型，使得实验剧场在台湾不断成长，并在以下几个方面做了多元探索：第一，多元的剧本创作模式。参展剧目既有从剧本到舞台双重文本的传统模式，如姚一苇的《我们一同走走看》、黄美序的《傻女婿》等；也有集体创作的作品，如金士杰导演的《包袱》、赖声川导演的《我们都是这样长大的》等；还有个人自编自导自演的单人剧，如蔡明亮的《房间里的衣柜》。第二，多元的戏剧题材。既有原创作品，也有改编作品，包括改编自西方经典剧作、台湾现代小说和中国传统

[1] 黄美序：《杨世人的喜剧》，台北：书林出版社，1988年版，第3页。
[2] 黄美序：《戏剧欣赏》，台北：三民书局，1995年版，第107页。
[3] 陈玲玲：《落实的梦幻骑士——记戏剧大师的剧场风骨》，见陈映真编：《暗夜中的掌灯者——姚一苇先生的人生与戏剧》，台北：书林出版社，1998年版。

戏曲的剧目。第三，多元的艺术风格。既有现实主义话剧，也有融合中国传统戏曲与西方现代主义戏剧元素的尝试；既有镜框式写实话剧和歌舞剧，也有以肢体、光效表现的意象剧，有的剧目甚至具有后现代主义戏剧的元素。第四，多元的舞台表现手法。"实验剧展"对舞台语汇的拓展十分突出，也体现了中西融合的特色，不仅有传统戏曲的时空处理，也吸取了西方现代派乃至后现代的戏剧表现方式。正如姚一苇在第一届"实验剧展"成功后欣言："所有的舞台原则和惯例，没有一条是不可更易的，除了演员。"[1]台词方面有生活语言和诗化语言、叙事语言和唱颂语言的融合，如《木板床与席梦思》、《八仙做场》等。同时，声音、肢体、灯光、道具、布景、舞蹈等各种舞台语汇都得到充分的运用，有助于舞台时空的延展与灵活转换。

实验剧场在现代化与本土化的双向驱动下，不仅更新了戏剧观念，也拓展了剧场语汇，催生了新一代的戏剧团体和戏剧人士。20世纪80年代中后期，在政治转型及社会运动的推动下，小剧场剧团大量涌现，不断挑战社会禁忌、政治议题，甚至以前卫剧场的姿态直接汇入社会运动，一度显示出小剧场政治化的态势。笔记剧场、环墟剧场、河左岸剧场、临界点具象录、优剧场等小剧场剧团，也在日趋激进的社会运动浪潮中，实践着政治上的"反体制"、"反权威"、"反传统"和美学上的"反剧本"、"反叙事"、"反语言"。随着社会民主浪潮的风起云涌，这些前卫剧场打着"反体制"的旗帜，以更加激进的姿态走上街头、走入民众，成为社会批判的利刃，甚至出现新的"政治化戏剧"趋势。不同风格的实验剧场、前卫剧场不断登场，台湾剧场空前繁盛，并最终形成了轰轰烈烈的小剧场运动。小剧场运动在文化躁动与文化反思并行的年代中集体反叛，"戏剧地再现台湾此时此地的欲望"[2]，使得戏剧在艺术观念、美学风格、表现手法等方

[1]姚一苇：《一个实验剧场的诞生》，载《现代文化》副刊，1979年第8期。
[2]钟明德：《台湾小剧场运动史：寻找另类美学与政治》，台北：扬智文化出版，1999年版，第126页。

面都取得了历史性的突破。进入20世纪90年代，社会文化朝着开放、多元方向深入发展，各种社会禁忌不断被政党纷争、文化反叛行动所消解，百无禁忌、众声喧哗成为时代特色，小剧场的前卫意识也从政治介入转向了戏剧美学的继续探索，并且在后现代主义思潮的影响下，呈现出新的剧场景观。小剧场虽然不再以"运动"的激进形式出现，但是众多小剧场剧团仍然不懈努力，一部分走上了专业化和商业取向的道路，另一部分则保持另类姿态，进行不同理念与风格的戏剧探索。

　　台湾戏剧界对小剧场的历史由来与审美特性做过系统的思考。台湾当代小剧场运动是社会转型时期戏剧向现代化的进一步迈进，既受到西方现代戏剧思潮的影响，也有来自本土社会思潮的冲击。一方面，长期以来，西方现代派戏剧源源不断地汇入台湾，不仅开阔了文化视野，也累积了剧场实验经验与颠覆精神；另一方面，在社会转型的临界点，种种反体制思潮和运动不断汹涌，导致社会"威权瓦解"、"禁忌松弛"，台湾现代戏剧以富于实验精神的"小剧场"为突破口，不断汇入社会民主运动之中。可以说，台湾当代小剧场运动是艺术与政治的双重实验和运动，"在社会思潮挟持中小剧场运动走向社会，表现出强烈的现实感应特征"[1]。

　　钟明德毅然将小剧场与传统话剧相区隔，认为"小剧场运动"在20世纪80年代的台湾兴起的原因主要有四点：（1）传统戏曲和传统话剧脱离现实；（2）20世纪60年代以来欧美前卫剧场的影响；（3）台湾急速的现代化产生了不良后果和造成了合法性危机；（4）青少年人口剧增和知识青年次文化的出现。当然，台湾当代小剧场运动与本土化思潮的兴起也关系密切，在本土意识的进一步推动下，小剧场成为进步青年、知识分子关注社会、表达民声的有效途径，在20世纪80年代乡土思潮向本土思潮的转化中，台湾当代小剧场作为重要的文化现象，也起到了巨大的推动作用。

　　台湾当代小剧场运动肇始于1980年，这在研究领域已经达成共识，但

---

[1] 彭耀春：《台湾当代戏剧论》，北京：中国戏剧出版社，2003年版，第4页。

是，关于台湾当代剧场或小剧场发展如何划分阶段的问题却人言人殊。钟明德将20世纪80年代台湾小剧场运动分为两代，1985年之前的小剧场，包括之后发展壮大的兰陵剧坊、表演工作坊和屏风表演班这"三大小剧场"，称之为第一代小剧场/实验剧场；将1985年之后追求反文学、反体制的小剧场称之为第二代小剧场/前卫剧场。实验剧场及三大小剧场在20世纪80年代走的大都是结合传统与现代、东方与西方剧场的路线，其主要贡献在于：（1）打开了走向传统戏曲的创作路线；（2）扩大了剧场的观众人口；（3）初步建立了专业制作的基础。钟明德认为，第二代小剧场不仅在量上不断扩增，还在质的方面多元化与激进化，主要体现在社会关怀上，虽然许多演出"粗糙"或"非艺术"，却显现了社会改革的先锋力量。[1]

在1996年的台湾现代剧场研讨会中，马森撰《八〇年代以来的小剧场运动》一文，主张将20世纪80年代以来的小剧场分为80年代与90年代两代，他认为：第一，十年算作一代，在历史的长流中已经够短了，如果把十年再分成两代，实在短得看不出什么变化。第二，20世纪80年代的小剧场运动与20世纪90年代的小剧场的确有明显的不同。20世纪80年代是台湾小剧场萌发及分裂的年代，同时也显实了小剧场前卫性、实验性和政治性的特色。到了20世纪90年代，分裂出去的小剧场已经不再是小剧场，剩余的和新兴的小剧场其作为小剧场的特质更为明确。[2]

黄美序在回应此文时，提出了十五个问题，其中，第三个问题就是关于小剧场发展分阶段的问题："我是认为讲剧场发展的阶段，最起码要有一个历史观，年轻固然是可以为此时此地而活，但是在脑中你永远要有一个渊远流长的经验和文化……而不光是从政治、社会的发展，而从台湾本身的一些特殊的（像经济发展）的发展，来谈剧场的关系，这样，我们会看

---

[1] 钟明德：《小剧场发展之评估》，见《继续前卫——寻找整体艺术和当代台北文化》，台北：书林出版社，1996年版，第20页。
[2] 马森：《八〇年代以来的小剧场运动》，见吴全成主编：《台湾现代剧场研讨会论文集：1986—1995台湾小剧场》，台北：行政院文化建设委员会，1996年版。

到剧场的面貌不光只是某一个部分。"[1] 黄美序虽没有提出具体的划分方案，但是主张应该以"历史观"来观照当代小剧场的划代问题，这一提醒无疑是冷静而必要的。

钟明德在《台湾小剧场运动史：寻找另类美学与政治》一书中，又以戏剧美学和政治意识形态为重要指标，将1980年之后的台湾现代戏剧发展分为1980—1985、1986—1989、1990至今三个阶段。另外，更有人戏言台湾小剧场已经发展到X世代。可见，台湾当代剧场的更新换代十分迅速，这与剧场的创新意识、社会的急遽变化都密切相关。

如果以"历史观"来考量台湾当代小剧场发展，并不应该急于为之分代划期，虽然小剧场二十多年来的发展确实处于急遽的变化之中，但是，纵观台湾现代戏剧的发展历程，与战后三十年台湾现代戏剧发展截然不同的，是这一时期戏剧转型后多元文化融合的进一步探索，以及对于社会现实的关注。

值得注意的是，由于这一时期各种社会因素和戏剧思潮的影响，的确在不同阶段呈现出不同倾向与特质。20世纪80年代至20世纪90年代前期，由于"实验剧展"的倡导，小剧场以与传统话剧对立的姿态进行剧场实验与探索，实验剧场甚至大有将话剧推向边缘、跃居主流之势。实验剧场在剧本创作和剧场实验方面表现不俗，虽然某些剧作具有一定的社会批判力度，但是，仍然与政治保持距离。

实验剧场的出现和探索，对于台湾现代戏剧的发展具有重要意义和深远影响，尤其在文化融合方面独具多元性和创新性。观察参与"实验剧展"的戏剧人士和戏剧团体可以发现，多元性和创新性来自两个方面的影响。

首先，是参与者多为"文化混血"的戏剧人士。活跃于这一时期的戏剧家，几乎都是从西方返台的学者或留学生，他们将西方戏剧的创作形

[1] 黄美序：《十五个问题——回应马森教授〈八〇年以来的台湾小剧场运动〉》，见吴全成主编：《台湾现代剧场研讨会论文集：1986—1995台湾小剧场》，台北：行政院文化建设委员会，1996年版。

式、表演手法陆续引进台湾。从兰陵剧坊的艺术指导者吴静吉到富于西方剧场经验的黄美序、汪其楣，再到当时刚刚留学归国的赖声川、陈玲玲，另外还有司徒芝萍、黄建业、李光弼等人，都有着丰富的欧美剧场经验。他们兼具东西方文化的素养，也能敏锐地感悟到两种文化的差异，并洞察两种文化之间的契合处和共通点，从而更深刻地撷取两种文化的精髓融入戏剧创作之中。

其次，是戏剧团体的大专院校背景。不仅以上论及的"文化混血"的戏剧家此时多任教于台湾各大高校，许多大专院校的学生或校友也参与了各届剧展。陈玲玲创办了方圆剧场，文化大学的毕业生王友辉、蔡明亮创办了小坞剧场，文化大学戏剧系影视组、艺术研究所分别组成了华岗剧团和人间世剧团，台北艺术学院创办了工作剧团（该团即"表演工作坊"的前身）。高素质戏剧人士（包括师生）和实验剧场的结合，必然有助于台湾现代戏剧的多元探索和台湾实验剧场的壮大。

但是，在钟明德看来，实验剧场在题材、语言、舞台形式、美学风格上仍与"此时此地"的台湾有一定距离，还只是中国戏剧传统和欧美前卫剧场初步遇合的产品而已，实验剧虽然使得台湾现代戏剧的发展挣脱了话剧的束缚，却没有深入吸纳欧美前卫剧场精髓（强调此时），也没有就近审视台湾丰富的、现成的戏剧材料（强调此地），题材上展示的多半是一个即将成为过去的、为大中国主义意识形态笼罩的台湾，且往往借着中国传统戏曲来捕捉当代台北生活的经验；舞台演出使用半调子"京片子"（台湾国语）；仍然在镜框舞台上"闭门造车"，仍然重视戏剧叙事性和角色扮演，没有把握住台湾在国民党当局四十年威权统治下追求本土自主性的欲望。1986年之后新起的前卫剧场工作者甚至视"实验剧"为话剧这个老法统之后的"新法统"，并不是台湾此时此地应有的剧场形式。[1]

---

[1] 钟明德：《继续前卫——寻找整体艺术和当代台北文化》，台北：书林出版社，1996年版，第104—105页。

由于政治体制的局限，此时的台湾实验剧场虽然对社会现实有所反映，但仍然远离政治和社会敏感话题，着重于对戏剧观念、戏剧美学的探索。实验剧场的发展，突破了写实话剧的种种束缚，打破了意识形态操控下台湾现代戏剧发展的僵局，开创了台湾当代剧场求新求变的新局面。

二、台湾剧场的后现代主义思潮与论争

当代台湾是个具有浓郁"后现代气质"的地区，这是由其历史发展的复杂动荡和现实社会的行色匆匆共同造就的。就历史层面而言，移民文化特质、殖民文化背景和边缘化地位注定了台湾文化具有极强的反叛性和可塑性。台湾一直就是冒险家和投机者的天堂，这个社会本来就具有野性的自然素质。过去的历史为台湾的社会带来文明，也形塑了文化。[1]

台湾的野性素质和冒险冲动与后现代的激进和反叛是极度神似的。就现实层面来说，经过20世纪80年代的经济调整与发展，20世纪90年代社会经济结构发生重大变化，不仅业已进入多元化的工商业社会，并且社会产业进一步由劳动密集型向技术密集型转化，技术引进、技术革新成为产业发展的重心。电子产业、资讯事业更是高度发达，消费力量空前高涨，都市化进程不断加速，社会开始由工业文明向后工业文明过渡。比如，社会民主的极端化、价值观的改变、社会犯罪率上升等等，一切混乱、错位、反叛、疏离、矛盾都使台湾无限地切近后现代。另一方面，与经济全球化相伴而生的文化全球化已经成为任何民族都无法抵御的文化趋势，而西方的后现代文化也日益演变为一种国际性的文化现象、文化潮流。长期以来，在与外界持续的政治、经济、文化交流中，台湾社会已经具备了强大的文化兼容性，因此，对台湾社会来说，后现代的来临和后现代语境的产生并不让人意外。

后现代主义自20世纪50年代在西方社会崛起后，迅速席卷了西方文学、艺术、哲学、科学等诸多领域，并且以强大的文化辐射力影响着世界

---

[1] 叶启政：《台湾社会的人文迷失》，台北：东大图书出版，1991年版，第108页。

不同区域文化的走向。台湾文化界对于后现代的认知早在20世纪80年代后期就已经开始，关于"后现代"的言论（包括建筑、艺术、剧场等）不断出现于报刊杂志。1987年，美国后现代主义大师哈桑[1]赴台，在台湾大学外文系做了一系列关于后现代主义的演讲。同年，詹姆逊[2]也应台湾清华大学之邀赴台讲学，进行关于后现代文化逻辑及理论运用方面的解释。这一后现代文化的直接输入，更加强了社会各界对"后现代"的关注，当时，《中国时报》的《人间》副刊还设专辑对"后现代主义"加以讨论。1989年，罗青编译了《什么是后现代主义》[3]一书，对西方后现代主义做了内容较为丰富的引介，同时，他撰写了《文化论述三讲》一文，并编制了一份《台湾地区后现代状况大事年表》以阐述自己的观点，虽然他的观点遭到诸多学者的质疑，但是，该书对后现代理论的引介仍有重要意义。之后，又有《回顾现代：后现代与后殖民论文集》[4]、《后现代/女人：权力、欲望与性别表演》[5]等论著继续对后现代主义做引介和研究。

　　20世纪80年代台湾文学领域小说创作中显露作者的写作意图和叙述过程的"后设潮"实际上已经具有了后现代色彩，其代表人物有张大春、黄凡、蔡源煌等，他们的作品以彰显作家主体意识的后设叙事为主，显示出某种程度的游戏趣味。20世纪90年代之后，随着陈裕盛、骆以军等新世代作家的出现，后现代小说创作也逐渐"普及"。后现代语境下的另一个文化现象是大众文化的空前兴盛，表现在文学领域，则为通俗文学的大量生产，从琼瑶的爱情小说到古龙的武侠小说再到三毛的流浪散文，通俗文学成为大众的"精神快餐"。随着后现代创作的熟练，许多作家也开始打破传统书写模式，与现代传媒相结合，例如，1985年，"中国现代诗季"举办期间就出现了"诗的声光"演出，演出运用了摄影、电影、幻灯、

----

[1]台湾译为：哈山。
[2]台湾译为：詹明信。
[3]罗青：《什么是后现代主义》，台北：五四书店，1989年版。
[4]廖炳惠：《回顾现代：后现代与后殖民论文集》，台北：麦田出版，1994年版。
[5]张小虹：《后现代/女人：权力、欲望与性别表演》，台北：时报出版，1993年版。

乐器、布袋戏等诸多形式来"朗诵"新诗，将诗歌以独特的方式加以呈现。事实上，在消解一元、趋向多元的后现代语境下，台湾各种跨界文化现象不断出现，文化与政治、商业的结合十分密切，产生了新闻诗、广告文学等诸多新兴形式。

后现代文化对于台湾现代戏剧的影响，不仅体现在种种后现代戏剧的输入，也表现为各种后现代文化元素、戏剧元素对于戏剧（从形式到内容、从观念到实践）的多元拓展。20世纪90年代之后，残酷戏剧、环境戏剧、贫穷戏剧等后现代戏剧逐渐落实在台湾剧场中，新的表现手法不断丰富着台湾剧场；在后现代的探索中，创作者更注重与本土文化的融合，甚至出现后现代戏剧本土化和中国民俗后现代化的现象。

与剧场内风格多元的戏剧探索相映成趣的是地方戏曲、传统民间艺术的精彩呈现。在已然进入现代化的台湾社会，种种与民间信仰紧密联系的庙会仪式、曲艺表演仍然十分兴盛，极具草根性的野台戏也热闹非凡，甚至原住民也维持着他们古老的祭奠仪式。民间表演中的通俗娱乐表演也同样兴盛，20世纪80、90年代伴随着经济的发展，为迎合民众休闲娱乐的各种工地秀（建筑公司为促销房产所做的野台表演）、餐厅秀（西餐厅内部的说唱活动）、牛肉场（带色情色彩的表演）、电子花车表演（丧葬仪式中的表演）十分泛滥。

"台北打破四季，模糊国界，兼具最草根的古典与最前卫的现代，勇于嬗变，拙于处理变化所带来的灾难，终于出现了独树一帜的台北逻辑。"[1]台湾女作家简媜的这一表述正契合了台湾文化乱象丛生的后现代情境，因为后现代的突出特点就是逻各斯中心的消解。

台湾社会的混乱状况造成了文化上的百无禁忌，加上后现代对于各种文化界限的瓦解，使得这一时期台湾文化以更加多元的姿态呈现：外来文化与本土文化、主流文化与边缘文化、精英文化与大众文化、城市文化与

---

[1] 简媜：《忧郁女猎人》，石家庄：河北教育出版社，1995年版，第113页。

乡土文化、传统文化与时尚文化，高雅文化与通俗文化……不同文化形态的种种反差促成了一种冲突的、富有张力的文明情境，这种文明情境为多元文化融合发展提供了肥沃的土壤，使得不同文化得以从相互对峙开始相互对话进而相互融合。

20世纪80年代后半期以来，随着政治民主化和社会自由化，台湾的文化空间空前开阔，在剧场方面则表现为戏剧创作的主体性、个性化和自由度的日益增强。与此同时，台湾后现代戏剧也开始发展，并不断影响推动当代剧场的多元探索。

1994年，美国"面包傀儡剧场"创始人彼得·舒曼在台进行后现代戏剧的表演研习和经验传授，图为演出后烘焙面包发给现场观众。

台湾后现代戏剧的出现，来自西方后现代思潮和台湾社会文化思潮的双重影响。20世纪90年代之前和之后的情况有所不同，如果说后现代戏剧在解严前后的初露端倪，只是当代剧场进行政治反叛的某种特例，具有剧场自发性特质；那么，20世纪90年代之后，剧场发展与后现代思潮则在内在逻辑上达成了一致——多元化，体现了剧场的自觉性。台湾后现代戏剧在前一阶段的发展与对政治体制的反抗密切相关，体现为以肢体的解放呼唤思想的解放和社会文化空间的解放；在后一阶段则更加多元，既有保持与社会体制对立的后现代反叛，也有纯艺术探索方面的后现代实践。总之，后现代戏剧对台湾当代剧场的美学观念、表现手法都产生了巨大影响。

台湾当代剧场的后现代趋向，既是社会后现代化语境所致，也源自西方后现代戏剧的直接影响，这一直接影响又来自三个方面的共同作用。首先，不仅哈桑、詹姆逊等"后现代大师"曾赴台介绍后现代主义，美国环境戏剧创始人理查德·谢克纳（于1990年）、美国"面包傀儡剧场"创始人彼得·舒曼（于1994年）也先后赴台进行后现代戏剧的表演研习和经验传授，这直接刺激了台湾后现代戏剧的发展。其次，大量在欧美学习戏剧的青年留学生回台投身当代剧场，如赖声川、钟明德、刘静敏、陈伟诚、纪蔚然、马汀尼、彭雅玲、黄建业、陈玲玲等，他们为台湾当代剧场带来了丰富的欧美后现代剧场理念和经验，格洛托夫斯基、彼得·布鲁克、理查德·谢克纳、罗伯·威尔森等人的后现代戏剧理念逐渐为台湾当代剧场所接纳和推广。此外，来自香港、日本的后现代戏剧展演也进一步推动了后现代戏剧在台湾的发展，且香港、日本的前卫戏剧同样深受西方影响。香港"进念·二十面体"[1]于1982年和1984年两度在台北演出，并举办研习会。该团深受美国前卫戏剧的影响，创作时常将中国传统文化元素与社会政治问题紧密结合，并以西方前卫戏剧形式呈现，这些戏剧理念对于同样具有文化兼容性和政治反叛性的台湾当代剧场，无疑十分受用。在日本文化日益冲击台湾青年一代的同时，日本对台湾戏剧的影响也开始复燃，日本白虎社重视肢体表现和仪式性的演出，也与越来越重视肢体语言的台湾当代剧场十分契合。

　　20世纪90年代后，台湾当代剧场开始自觉地进行后现代戏剧的探索，也集中体现了台湾当代剧场对西方文化的借鉴和对本土文化的反思。钟明德是台湾后现代戏剧的重要倡导者和实践者，在前卫剧场方兴未艾之际，他就与黄建业、马汀尼等留学归台学者合组"当代台北剧场实验室"，以明确的后现代理念投身于当代小剧场运动，并开始大量介绍西方后现代戏剧。钟明德对西方后现代戏剧的介绍和实践，立足于对

钟明德是台湾后现代戏剧的重要推手，被称为"钟后现"。

---

[1] 香港"进念·二十面体"成立于1982年，创始人荣念真。

文化的本土反思，他认为台北文化是缺乏主体性和无法再现时空特异性的"仿冒文化"，唯有"告别仿冒文化"，才能创造真正的台湾剧场：

> ……我们需要剧场。在文化创造和社会改革方面，剧场都是个很轻便而有效的工具。这个属于当代的、台北的剧场——姑且称之为"当代台北剧场"——可以用各种不同的形式来推展我们的文化和社会运动……为了创造出这样的"当代台北剧场"，首先，我们可以用这些资源配合我们的历史和环境，创造出真正适合我们文化需求和属于我们自己的文化产品。[1]

"当代台北剧场实验室"的第一个剧场作品——《寻找——》，以拼贴整合的方式，将残酷戏剧、贫穷剧场、环境戏剧、舞蹈剧场等西方后现代戏剧理念与台湾独特的文化经验相融合，也是钟明德等剧场人士以后现代戏剧理念实践台湾剧场"形式上的革命"和"美学上的解放"的体现。

《马哈台北》是钟明德和马汀尼带领艺术学院戏剧系学生进行的又一次后现代戏剧实践。该剧改编自欧美剧场名剧《马哈/萨德》（注：中国大陆译为《马拉/萨德》），《马哈/萨德》是一部典型的后现代戏剧作品，同时，也是具有强烈政治性、批判性、时代性的作品。钟明德在回答为什么选择这一剧本时谈到："我们选择这个剧本来作为一个当代台湾剧场演出的出发点，主要即因为'马哈/萨德'跟我们当前的情境鸡犬相闻，齿牙交错……为了让艺院戏剧系的同学能有系统地学习、实验六〇年代以后的编导演方法，同时，为了使剧场成为我们社会运动的舞台，于是，六〇年代以'全面改革社会是否可行'造成轰动的《马哈/萨德》，成了八〇年代我们剧场创新最理想的一个出发点。"[2]

《寻找——》和《马哈台北》的后现代探索，是台湾剧场自觉将后现代戏剧与"此时此地"台湾现实密切相连的开始，集中体现了台湾在解严前后对历史、政治、现实的文化反思。

---

[1] 钟明德：《台湾小剧场运动史：寻找另类美学与政治》，台北：扬智文化出版，1999年版，第207页。

[2] 钟明德：《从马哈/萨德到马哈台北》，台北：书林出版社，1988年版，第164—165页。

在后现代戏剧思潮的影响下，台湾剧场的行动性、参与性、政治性等后现代特征锋芒毕露，几乎所有的台湾前卫剧场都将批判矛头直指台湾社会的种种弊端，不仅各种社会禁忌（如"二二八事件"、"同性恋"等）在剧场内不断受到挑衅与颠覆，甚至直接引发了介入社会运动的政治剧场、行动剧场。此外，在后现代戏剧的影响下，剧场表现方式也更加多元，身体语言、肢体动作、剧场意象等表现手法已经融入台湾剧场，成为联结剧场与"此时此地"台湾现实的主要方式。

进入20世纪90年代，随着政治转型的完成和言论尺度的放开，当代小剧场运动蓬勃之势消退，后现代戏剧与政治体制的关系逐渐淡化，台湾剧场也开始反思后现代戏剧与台湾现代戏剧的关系。1994年，台湾剧场掀起一场关于"后现代剧场"的论战，这场论战是由钟明德《抵拒性后现代主义或对后现代主义的抵拒》一文引起的，姚一苇、黄美序、马森等诸多台湾戏剧人士都发表论文加入讨论，他们对于剧场的定义、后现代剧场的特征，以及台湾后现代剧场趋势都做了各自的表述。

钟明德认为："小剧场运动在政治上的激进化之前，在1986—87年间，已经先经历了美学上的激进化：一方面，前卫剧场工作者摒弃了镜框舞台和'中产阶级的剧场结构'，打破了表演者和观众之间有形和无形的界限，戮力反省表演者自身的文化构成，以企图开发出一种属于此时此地台湾的戏剧表演艺术；另一方面，前卫剧场工作者以反叙事结构的意象剧场语言来取代了话剧或实验剧的文学剧场传统，质疑了情节、角色的虚构性和宰制功能，从而解构戏剧、表演这个再现系统和国家意识形态结构（社会宰制系统）的血源关系，以图解放出台湾被压抑的本土论述。"[1] 钟明德将前者定义为"环境剧场的尝试"，将后者称之为"后现代剧场的转向"，并希望透过这两种剧场语言形式上的革命，进一步达成"艺术是个武器"的

---

[1] 钟明德：《抵拒性后现代主义或对后现代主义的抵拒》，载《中外文学》，第269期，1994年10月。

政治剧场理想。钟明德这一观点，实际上是其追求台湾政治剧场的论述，他认为"政治剧场"或"政治艺术"在台湾是一种被压抑的传统，无论是理论或实践都有待进一步的探索和反省。马森认为"后现代主义"一词在欧美也仍为一个不确定的概念，将其用来界定台湾剧场的"历史事实"有待商榷，对钟明德只取"反叙事"与"拼贴整合"作为后现代剧场的美学特征表示质疑，并进一步认为这些完全颠覆了文学语言、角色塑造、主题情节的表演是否已经脱离了戏剧/剧场范畴，自成一种艺术。[1]虽然这场论战没有明确的结论，但对台湾后现代戏剧的混乱现象进行了深刻反思，对台湾戏剧的未来走向具有启迪作用。

台湾当代剧场关于后现代的反思与检讨，预示着台湾现代戏剧必须以新的态度应对新挑战和新转机。事实上，诸多戏剧团体、工作者也在戏剧实践中不断调整，纯粹摹仿西方后现代戏剧的作品减少了，而是立足本土将后现代戏剧与本土文化相融合，还有一些戏剧团体和戏剧人士并没有强调后现代戏剧的实践，但是，他们的作品也时常出现后现代倾向和特性。可以说，台湾在后现代戏剧发展方面，已经开始由最初的迷狂变为理性，后现代戏剧也推动了台湾当代剧场的多元拓展。

三、前卫剧场政治与美学激进化

五届"实验剧展"之后，台湾小剧场发展迅速，小剧场剧团数量大幅度增加，演出场所也不断增加。很多研究者都发现小剧场在20世纪80年代中期出现了分裂，因此，往往将其划分为第一代小剧场和第二代小剧场。钟明德认为，第一代小剧场，包括兰陵剧坊、表演工作坊和屏风表演班"三大小剧场"和它们的模仿者，在艺术上多保留剧本或叙事作为剧场的出发点和终点，剧本构成了五届实验剧展的重心。此外，第一代小剧场的剧场活动几乎都停留在剧场之内，剧本的主题多是"向永恒看齐"的存在

---

[1] 马森：《对〈后现代主义剧场〉的再思考与质疑》，见《台湾戏剧——从现代到后现代》，台北：秀威资讯出版，2010年版，第121—128页。

哲学的变奏、淡淡的历史乡愁，或人道主义情怀的社会讽喻。而第二代小剧场则发生了质变，它们撑开了社会批判和文化运动的大旗，将剧场活动带入了街头，带入了社会反抗运动的中心，将剧场外延扩展至整个社会，如洛河意展剧团在忠孝东路的街头演出，"奶·精·仪式"剧团的《试暴子宫》，环墟、河左岸、笔记三个小剧场剧团在台湾北海岸联合演出了《十月》，社会行动剧场在兰屿演出了反核剧，零场剧团和环墟剧团声援农民运动演出了《武贰零》，425环境剧场抗议环境污染和地产商的《孟母3000》，临界点剧场批判封建独裁心态的《割功送德台湾三百年史》，"反UO剧场"争取校园民主的《图腾与禁忌血祭罗文嘉》等。

钟明德也将第二代小剧场称为前卫剧场，构成这股前卫剧场风潮的剧团包括：笔记、洛河意展、环墟（台湾大学校园戏剧社）、河左岸（淡江大学校园戏剧社）、奶·精·仪式、当代台北、零场、优剧场、临界点剧像录、425、反幽灵、人子、受精卵、8X½等剧团。前卫剧场的呼啸而出，正值台湾社会进程和变革的临界点，这也是它20世纪80年代中期迅速崛起、20世纪90年代初迅速偃旗息鼓的原因。可以说，这是一场呼应社会变革、拯救戏剧危机的小剧场运动，这场运动使得台湾当代戏剧得以直面台湾社会现实、反叛威权体制，改变了以往戏剧远离社会现实、甚至作为"战斗文艺"一环的不良态势，具备了旺盛的创作创新能力，出现了大量在题材上批判现实、反思历史和在美学上挑战旧传统、表达新观念的剧场作品，尤其是一些具有西方后现代戏剧观念、特征的前卫作品，更将整个小剧场运动推向社会运动的前沿。

钟明德认为，第二代小剧场虽然在艺术上不够精致，但作为社会改革的先锋力量，企图用剧场演出来追求和唤醒"另一种文化"和"另一种社会"。第二代小剧场所坚持的"另一种精神"，是五四青年的新文化、新社会爱国运动的传承。

实验剧展虽然结束了，但是台湾当代小剧场运动并没有落幕，而是以更广泛的戏剧群体、更充沛的艺术激情和更宏大的运动规模进行着台湾戏剧现代化的纵深发展，主要体现为前卫剧场冲破重重禁忌（尤其是政治禁忌），实现对社会体制的反叛。

事实上，以五届实验剧展为主的实验剧场已经开始从剧场内部对社会体制进行了潜在的反拨。一方面，实验剧场的多元探索，不仅显示了与僵化体制相悖的原创精神和前卫气质，还培养了诸多关注现实、积极表达的剧场生力军；另一方面，实验剧场不仅冲击着传统写实话剧，还超越了冷战意识形态戏剧。但是，也许是创作思维突破得还不够彻底，也许是现实环境不允许，实验剧展仍然自觉或不自觉地回避着作为"最高禁忌"[1]的政治：

> 实验剧展很少或无力触及当代台北的具体政治、社会问题，只能抽象地对台北的社会问题表达抽象的人道关怀，对台北的阴阳昏晓只能提出印象主义式的批评而已。[2]

虽然钟明德的这一说法略显偏颇，但是，"实验剧展"远离政治、疏离现实这一现象的确存在。参与了五届实验剧展的台湾戏剧工作者王友辉也提到：

> 实验剧展时代的创作者对于社会的关怀基本上是含蓄的，他们鲜少或甚至不曾对政治体制、社会理想提出太多批判，而大多在人性的层面挖掘可用的题材，这不仅和中国新剧的发生时期有所不同，和一九八五年以后的小剧场创作者也有着极大的差异。[3]

可见，实验剧场仍然禁忌重重、"包袱"沉重。这一现象在笔记剧场的《杨美声报告》（1985年）一剧中得以直接呈现。在《杨》剧中，七名演员始终排坐在台上面对观众，身后为历年报纸标题的投影，他们面无表情、语调平缓地述说自己的出生、成长以及台湾的变迁，除了另一名演员

---

[1] 钟明德：《台湾小剧场运动史：寻找另类美学与政治》，台北：扬智文化出版，1999年版，第201页。钟明德谈到："由于三、四十年的戒严体制和反共教育，剧场和任何文化活动的'政治层面'几乎完全被'消毒干净'，'政治'成了最高禁忌。"
[2] 钟明德：《台湾小剧场运动史：寻找另类美学与政治》，第84页。
[3] 王友辉：《台湾"实验剧展"研究》，载《戏剧》，2001年第4期。

包裹着地毯在舞台上滚动外，全剧没有什么具体动作。《杨》剧以剧场的方式、鲜明的意象，表达着对压抑的社会风气的不满，然而，专制体制正如紧紧包裹的地毯，任人翻滚挣扎却难以挣脱。

实验剧展催生了大量小剧场剧团，这些小剧场剧团，如笔记、洛河意展、环墟、河左岸、优剧场、临界点剧象录、优剧场等等，不再满足于实验剧场对政治、社会、体制的旁敲侧击和隔靴搔痒，开始越过剧场"临界点"，以更加前卫、激进的姿态冲破禁忌、反抗体制，在台湾政治解严前后形成一股独特的前卫剧场风潮。

河左岸、环墟、临界点剧象录是这一阶段前卫剧场中较有代表性的三个剧团，并且三个都是学生剧团。感应着当时台湾社会思潮的脉动，这一时期的青年学生对政治、文化反应敏感，他们自发组成剧团，吸收了政治改革和小剧场运动的双重能量，以挑战体制、挑战传统的作品宣告着他们自由意识的觉醒。

1988年，田启元创作的《毛尸》作为临界点剧象录的创团作品上演，引起了文艺界的瞩目和争议。在《毛尸》的演出舞台上，六位身披白色长袍的演员或歌或舞、或匍匐或呆立、或歇斯底里或压抑呻吟……同时以论辩的形式讨论着孔子是不是同性恋的议题。《毛尸》以严谨的逻辑推理出荒谬的结论，而荒谬的结论却似一枚重磅炸弹，同时"轰炸"了性、文化以及政治三重禁忌。首先，"同性恋"话题在当时台湾尚属大忌，《毛尸》不仅公开谈论，而且从中华民族所崇拜的孔圣人和儒家文化下手，着实令人震惊。然而，最为尖锐之处，还在于它以同性恋、儒家思想作为"幌子"（以"同性恋"禁忌掩饰"政治"禁忌），挑衅僵化的体制，将矛头直指国民党当局的威权统治。即先通过揭开同性恋议题对儒家思想进行批判，再通过"批儒"来对国民党思想教育体制进行批判，最终暗藏对现实社会威权体制的批判。钟明德认为："《毛尸》最好的特色，同时也是它所以令观众动容的地方是：他们这一群'艺术劳动者'，仿佛有人在监视他们一般，像'有神附体'一样地狂热、拼命、急躁、不安。因此，在东拼西凑、意法凌乱和业余行经的论调之间，反而真实地呈现出某种台湾社会最受压抑的真实。"[1]

《毛尸》的语言具有古典韵味，对诗经、儒家思想、孔子等中国传统文化内容有大量体现，只不过，作者将它们当作象征性的符码，暗喻国民党的威权统治，剧作企图批判的并不是中国传统文化，而是将中国传统文化作为统治工具之一的国民党专制体制。同时，《毛尸》这种反体制、反传统的剧场诉求其实已经具有了鲜明的西方前卫剧场观念，该剧的肢体表现、舞台呈现也极具西方现代派乃至后现代戏剧的特征。

事实上，在临界点剧象录的《毛尸》上演之前，环墟剧场就以梦魇一般的意象剧场对社会体制做了暗指，《奔赴落日而显现狼》就是一例。《奔》剧在风格、手法上都十分前卫，该剧的第一部分是排练（非表演）斯特林堡《冤家债主》的舞台呈现，两男一女三位演员或交换台词、或面对观众陈述大段独白，但都面无表情、声无起伏，随着一群"歌队"演员无声地穿过舞台，这一部分"剧情"发展被打断。第二部分演员跳出剧情探讨这一剧作与台湾社会现实的格格不入，表演也逐渐演化为三个演员的独白、梦魇、潜意识的表现。最后，"歌队"将《冤家债主》的景片疯狂地劈碎，道具怪异地畸形膨胀，人群相互奋力追逐、纠打，舞台充斥着暴力与尖叫。可见，环墟剧场的后现代倾向已经十分鲜明，与临界点同样强调肢体表现的探索，该剧可以说是政治潜意识的剧场呈现。

相较前二者，河左岸剧场的政治反叛更加明显，代表作《闯入者》包括三个部分的内容：第一部分是梅特林克的独幕剧《闯入者》，第二部分是"卡波特与他的'美莉安'"，第三部分则是演员的肢体构成的意象和导演黎焕雄的"现身说法"——"台湾的历史正是一连串闯入者所构成的历史"。该剧"相当热情地表达了他们对整个台湾岛屿的命运的关怀，质

[1]钟明德：《台湾小剧场运动史：寻找另类美学与政治》，台北：扬智文化出版，1999年版，第216页。

疑了‘大中国主义’的神话"。[1]该团的代表作《兀自照耀的太阳》改编自陈映真的同名小说，但是演出却颠覆了原小说的叙事逻辑，以反复出现的片段式语言和意象来表现原作对于日据时期台湾苦难生活的描写，并在该剧结尾做了一个突兀的处理：将一个火红的太阳影像投印在黑幕旁的白墙上。在谈"红"（注：在台湾，人们往往以颜色象征政党，红色代表共产党）色变[2]的台湾社会，该剧的政治批判色彩已经十分鲜明。河左岸的导演黎焕雄表示："为了要刺激观众思考反省，在剧场中，常必须出现一些逾矩的、颠覆的行动，以对于一般看似理所当然的价值标准进行质疑"[3]；另一编导叶智中也说："……我以为剧场的确有其积极性，目的是除去某种意识形态所塑造的伪神，进而提出建立新的思维方式与新的秩序。"[4]

钟明德认为，如果1980年到1986年足以称为"荷珠时代"，那么，环墟剧场和河左岸剧场当可说是"后荷珠时代"剧团中的两支劲旅了。它们所走的频道是目前狂飙一般席卷艺文世界的"后现代主义"。[5]

临界点剧象录、环墟、河左岸以反传统、反体制的姿态不断挑衅社会禁忌，同时也对戏剧美学、肢体表现做了多元探索，他们的戏剧创作可以说是当时社会临界状态的剧场反映，也是前卫剧场呼应本土化浪潮的表现之一。

随着政治"解严"以及党禁、报禁的解除，社会运动日益高涨，台湾现代剧场的政治意识也在20世纪80年代末到达"沸点"，甚至形成了新一波"政治剧场"风潮。20世纪50、60年代"战斗文艺"推动下的戏剧政治

[1] 钟明德：《继续前卫——寻找整体艺术和当代台北文化》，台北：书林出版社，1996年版，第121—130页。

[2] 台湾剧场谈"红"色变的另一例为姚一苇的《红鼻子》，该剧在上演时改名为《快乐的人》。

[3] 转引自钟明德：《台湾小剧场运动史：寻找另类美学与政治》，台北：扬智文化出版，1999年版，第152页。

[4] 转引自钟明德：《台湾小剧场运动史：寻找另类美学与政治》，第152页。

[5] 钟明德：《在后现代主义的杂音中》，台北：书林出版社，1989年版，第23页。

化是国民党专制体制下戏剧工具化的表现，与此不同，20世纪80年代末的
"政治剧场"则是反对国民党专制体制，政治剧场成为台湾社会寻求民
主、自由的文化途径。对此，钟明德有"1989，所有的剧场都很政治：剧
场的政治与政治的剧场"[1]的详细论述。

在这样的情势下，各家剧团继续创作挑战敏感政治话题、社会禁忌
的作品，例如临界点剧象录的《夜浪拍岸》、《割功送德——台湾三百年
史》，优剧场的《重审魏京生》，环墟剧场的《暴力之风》等等。

优剧场的《重审魏京生》引发了剧场内外的热烈争论，导演刘静敏在
该剧的结尾开放五名台大研究生讨论海峡两岸的民主政治问题，导致该剧
衍生出重审二二八、重审美丽岛、重审五二〇等系列议题，甚至引发了沸
沸扬扬的观众争执、扭打等过激事件，优剧场也因此遭到台北市教育局的
警告和处罚。"二二八事件"是国民党当局统治下最严重的政治禁忌，是禁
忌中的禁忌，在戒严时代严禁任何公开的讨论或纪念活动，《重审魏京生》
的原意只是想将"二二八事件"轻轻带过，却意外地引起社会的关注。之
后，以"二二八事件"为背景或题材的戏剧作品不断推出，环墟剧场的
《暴力之风》（1990年）是一出反映"二二八"受害家属故事的抒情剧，
该剧甚至登上了台湾"国家剧院"演出。另外，河左岸剧场的《海洋告
别》（1992年）则直接以"二二八事件"受害人的故事为题材。

由此可见，经过前卫剧场激烈的政治反叛，各种社会禁忌、政治禁
忌在台湾剧场中被一一瓦解。当然，这一时期"政治剧场"造就的剧场与
"反体制"空前结合的局面，得力于"反专制"的社会思潮和社会运动的
推波助澜，或者说，"政治剧场"俨然成为当时社会政治、文化本土化思潮
的剧场浓缩。台湾剧场人士王墨林甚至极端地将这种潮流诠释为一种"造
反表演"：

[1]钟明德：《台湾小剧场运动史：寻找另类美学与政治》，台北：扬智文化出版，1999年
版，第200页。

　　在解严前夕新兴的台湾小剧场运动，在解严后，已然成为台湾解严生态的一种文化气象……小剧场运动与解严后社会上的其他泛政治化现象一样，都是一种超越现实的主观造反，与其说是一种"运动"，不如说它是一种"表演"吧！[1]

　　在剧场内硝烟弥漫的同时，许多前卫剧场甚至走出剧场，以更积极的姿态直接投身于社会运动之中，诸多研究者将小剧场运动与农运、学运等社会运动的结合称为"行动剧场"，"行动剧场"以真实现场取代了传统舞台，使得台湾剧场终于站在了与政治、体制实质性对立或对话的"舞台"上了。

　　1989年2月，由王墨林、周逸昌策划，诸多剧团参与的《驱逐兰屿的恶灵》，是一场融合了化妆游行、集体表演、乐队参与的大型反核示威演出，为剧场与社运的结合拉开了序幕。此后，与社会运动串连、声援的"行动剧场"盛极一时。同年3月，环墟、河左岸、临界点、观点、零场和优剧场六个小剧场共同参与演出了环保议题的《三一二

1989年，台湾425环境剧场进行环境剧场《孟母3000》的演出，主题为环境保护，是当时台湾环境剧场实践的作品之一。

抢救森林行动》，整个演出、游行从国父纪念馆集合出发，中途不断有即兴表演，最终以在林务局前演出官商勾结、滥伐森林的讽刺剧结束。稍后，425环境剧场继续环保诉求，于公园、社区演出《孟母3000》。为了配合农运，抗议国民党农业政策，环墟剧场和零场演出了《武贰零》[2]。与学生运动结合的"行动剧场"，以台大学生组成的"反UO剧场"演出的《图

---

　　[1] 王墨林：《小剧场的成长与消失——小剧场史是一场"表演"或是一场"运动"》，见吴全成主编：《台湾现代剧场研讨会论文集：1986—1995台湾小剧场》，台北：行政院文化建设委员会，1996年版。

　　[2] 注：《武贰零》为"五二〇"的谐音，1988年5月20日，台湾农民团体发动了一次抗议国民党农业政策的示威游行，最终演变为国民党镇压农民运动的血腥事件，台湾各界称之为"五二〇事件"。

腾与禁忌——血祭罗文嘉》为代表，所有演出学生一律披麻带孝为蒋公"歌功颂德"，极尽讽喻。

在解严前后，台湾环境剧场的实践大量出现，以1987年为例，就有《艺术自助餐》、《第一种身体行动》、《拾月》和《马哈台北》等环境剧场的作品出现，钟明德期望环境剧场的实践可以使台湾剧场艺术落实在生活环境之中。

事实上，无论是"政治剧场"还是"行动剧场"，其戏剧理念多受西方前卫剧场或后现代戏剧思潮的影响，这一时期的台湾前卫剧场或多或少都带有残酷剧场、环境剧场、史诗剧场的某些特性，如反权威、反体制、反现实主义戏剧传统、注重肢体声音表现等，而这些特性正契合了当时台湾秩序混乱、文化躁动的社会状况。

台湾小剧场运动对社会禁忌的突破，不仅表现了台湾剧场对社会转型的能动反应，也是小剧场自身艺术追求的体现。值得注意的是，西方前卫剧场和后现代剧场的反叛具有深厚的戏剧发展和传承的底蕴，是现代戏剧发展进程中对于戏剧传统的颠覆。而对于现代戏剧诞生还不足百年的台湾，这一横向移植必然难以达到从形式到内涵全方位的吸纳；另外，许多前卫剧场实践者的创作出发点多为情势所致、兴趣使然，缺乏戏剧反思精神，因此，前卫剧场很容易就成为他们表达不满、反抗体制的"政治工具"，这也是前卫剧场在台湾禁忌瓦解、逐步走上民主化道路后显得后劲不足的原因所在。

虽然在特殊背景下诞生的"政治剧场"、"行动剧场"使台湾剧场体会到了难得的自由，从舞台到现实，所有的禁忌都被一一冲破。从试探性触犯到全面性冲破，时间之短、速度之快着实惊人。然而，这一时期的剧场在消解了政治禁忌之后，似乎也完成了"革命"任务。随着社会大环境的改变，一度蓬勃高涨的剧场政治化潮流迅速地进入消歇状态。马森对这一情形深表忧虑："经过政党政治的落实，有许多敏感的话题，到了20世纪90年代，都可以经过反对党之口吐露出来，小剧场渐次失掉了先前的政治批判的着力点……政治的事既然可以直接诉诸民意代表之口，何须戏剧、文学或艺术来旁敲侧击呢？"[1]赖声川也对1990年前后台湾剧场泛政治化所缺乏的专业基础提出质疑："当全社会都想讲话的时候，每一个人都有意见的时候，好像剧场变成最容易讲话的地方，因为你好像不需要什么训练就可以做这个事情。"[2]20世纪90年代之后的小剧场无法再依赖豪情万丈的社会运动挽留民众的视线，如何在"革命"结束之后仍然继续保持乃至提升"战斗力"，是所有小剧场工作者面临的共同难题。

　　前卫剧场倡导的政治介入和美学探索是当代小剧场运动发展的两个重要风向标，而这两个戏剧诉求的思想动力仍是外来文化（此时尤其是现代主义、后现代主义思潮）和本土文化（乡土文化思潮）。一方面，西方戏剧元素（尤其是现代派戏剧、后现代戏剧）不仅在前卫剧场中线索分明，且在逐渐成长为台湾剧场主流的三大剧团——兰陵剧坊、表演工作坊和屏风表演班的创作实践中也清晰可辨。"反体制、反权威、反传统"的西方前卫戏剧精神是此时台湾剧场的动力所在，颠覆写实、追求意象的西方现代戏剧诸多表现方式也在舞台上不断实践；另一方面，前卫剧场超越了文字剧本、镜框舞台、纯艺术表演等方面，直接汇入台湾20世纪80年代后期的社会运动之中，可以说，前卫剧场的政治介入是台湾本土化思潮中最直观、与民众互动最直接的一环。台湾小剧场运动在一个社会旧秩序已瓦解、新秩序未建立的临界点上，政治介入必然成为小剧场承担着社会使命的主要表现，"小剧场运动发展到了这个阶段，已经从剧场走到街头，它面对的不只是一个更为宽广的表演空间，而是一个被压抑四十年的民众主体文化"[3]。

　　[1]马森：《八〇年以来的台湾小剧场运动》，见吴全成主编：《台湾现代剧场研讨会论文集：1986—1995台湾小剧场》，台北：行政院文化建设委员会，1996年版。
　　[2]高妙慧：《台北·即兴·超现实·赖声川》，载《表演艺术》特刊"在诚品阅读"，1992年8月1日。
　　[3]王墨林：《小剧场的成长与消失——小剧场史是一场"表演"或是一场"运动"》，见吴全成主编：《台湾现代剧场研讨会论文集：1986—1995台湾小剧场》，台北：行政院文化建设委员会，1996年版。

台湾当代小剧场运动实现了台湾戏剧的现代变革，是台湾现代戏剧发展的黄金时期，不仅成功更新了台湾戏剧的美学观念，也对社会政治、文化演进颇有贡献。经过小剧场运动的冲击，台湾剧场也呈现分流之势：

第一，传统话剧从中心走向边缘。以实验剧场、前卫剧场为主要形式的小剧场运动，将写实的传统话剧推向了边缘，官方掌握剧场发言权的时代也宣告终结，更多的民间小剧场、院校小剧场纷纷登场，官方话剧团体、军中话剧团体的话剧创作不得不走向边缘。

第二，实验剧场从边缘走向中心。经过小剧场运动的演练，许多小剧场剧团逐渐走上专业化道路（如表演工作坊、屏风表演班、果陀剧场等）。这些小剧场剧团坚持"精致艺术"与"大众文化"相结合的戏剧路线，经过长期的发展，突破小规模、小制作、小群体的"小剧场"局限，成为具有较大规模、有固定演出和票房收入的"主流剧场"，兼具专业化和商业化特征。

第三，前卫剧场从边缘走向边缘。当代小剧场运动催生了许多前卫剧场，它们的剧场探索和社会批判丰富了小剧场运动的文化内涵，也彰显了小剧场的生命力。虽然随着社会运动的结束和后现代戏剧高潮的消退，一些前卫剧场（如笔记、环墟、河左岸等）或夭折或重组，但是，也有一些前卫剧团坚持以边缘身份继续反叛与探索（如临界点、优剧场等）。另外，20世纪90年代之后成立的许多小剧场剧团，如渥克剧团、金枝演社、密猎者剧团等，也以独具特色的戏剧创作表达了年轻戏剧工作者对于台湾文化和剧场的态度和思考。创作社、莎士比亚的妹妹们剧团等小剧场团体具有深厚的专业素养，其成员大都具有丰富的剧场专业知识，它们的创作量也十分可观，大有从边缘向主流进军之势。

钟明德认为第二代小剧场从"实验剧"继续发展，形成了环境剧场、政治剧场、后现代剧场三个前后呼应的"前卫剧"新潮，并在1989年年底的选战中，达到了"美学与政治齐飞"的最高点。

第四节　重构台湾剧场美学

一、关于小剧场运动的反思

20世纪80年代后期，前卫剧场逐渐跟各式各样的社会运动汇流，几乎所有的前卫剧场都被卷入或投入政治剧场的潮流之中，一直到1989年年底的立委选举期间到达最高潮而后倏然结束。进入20世纪90年代以来，社会文化朝着开放、多元方向深入发展，各种社会禁忌不断被各种政党纷争、文化反叛行动所消解，百无禁忌、众声喧哗成为时代特色，小剧场的前卫意识也从政治介入转向了戏剧美学的继续探索，并且在后现代主义思潮的影响下，呈现出新的剧场景观。小剧场虽然不再以"运动"的激进形式出现，但是众多小剧场剧团仍然不懈努力，一部分走上了专业化和商业取向的道路，另一部分则保持另类姿态，进行不同理念与风格的戏剧探索。

小剧场的先锋性与实验性使得政治介入与美学探索始终贯穿于台湾当代戏剧的发展之中，但是，由于社会环境的不同，小剧场对二者的偏重也有所变化，大致上是这样一个变化轨迹：【1】重美学探索、轻政治介入→【2】重政治介入、轻美学探索→【3】重美学探索、轻政治介入。即：实验剧场为【1】，解严前后的前卫剧场为【2】，20世纪90年代之后的小剧场为【3】。台湾当代小剧场的政治介入在20世纪80年代末到达沸点，从对政治体制的反抗、对政治禁忌的触犯到与社会运动的汇流，剧场与政治的融合形成一股强大的社会反叛思潮，甚至到达"政治剧场"、"行动剧场"的激进状态。在政体转型结束后，小剧场的社会使命也相应结束，"政治介入"的剧场诉求也逐渐消解。可以说，20世纪90年代之后，台湾小剧场重新纳入美学探索的轨道，并在后现代戏剧发展中进行更加多元的艺术探索、呈现出更加多元的艺术风格。

台湾当代剧场经过20多年的发展，与世界剧场日渐接轨，但是，对西方戏剧观念、形式不再局限于形式上的套用，而是将各种外来文化和戏剧元素加工、处理成为适合台湾剧场实验的一部分。台湾当代剧场的独特风貌和创新精神，在于它实现了剧场从创作方式、剧场议题到剧场语汇的多元　探索。

一是创作方式的多元拓展。台湾当代剧场虽然独具前卫性、实验性，但是传统的创作方式仍然存在。既有第一代戏剧者黄美序、马森等人继续剧本编写，也有李国修、纪蔚然等新一代戏剧者采用个人编剧方式。不同的是，新一代戏剧工作者在担任编剧的同时，往往也身兼导演（甚至身兼演员）一职，编导一体成为许多剧团和工作者的创作方式，李国修、刘静敏、梁志民、周慧玲、钟乔、陈梅毛……都是台湾编导一体的剧场创作者，屏风表演班的李国修甚至在兼任编导工作时也亲自上台演出。以2002年台湾戏剧演出为例，编导合一的作品占相当大部分：台湾渥克剧团陈梅毛编导的《阿弥陀佛——从雷锋日记谈起》、创作社周慧玲编导的《记忆相簿》、外表坊符宏征编导的《当它们击鼓时》、莎士比亚的妹妹们剧团魏瑛娟编导的《给下一轮太平盛世的备忘录——动作》、果陀剧团梁志民编导的《再见女郎》、表演工作坊丁乃筝编导的《他和他的两个老婆》等等。

集体创作是台湾当代剧场另一个重要的创作模式，与编导合一的创作方式密切相关。"集体即兴"创作方式虽然源自西方前卫剧场，但经过长期剧场实践业已本土化，不仅成为台湾剧场日常演员训练的主要方式，也成为强调共同参与、脑力激荡的剧场创作方式。台湾当代剧场关注现实、反思文化的观念形成后，剧场日益成为"集体发声"的场所，因此，共同参与的集体创作方式不仅有利于凝聚参与者的个体体验以形成共同体验，而且也为作品修改、观演互动提供了方便。在后现代剧场、政治剧场、行动剧场盛行的时代，集体创作的例子不胜枚举，上文提及的当代台北戏剧实验室的《寻找——》等剧就是采用集体创作实验发展而出的。专业化剧团同样也采用集体创作的方式，赖声川领导的表演工作坊的大部分作品都采用集体即兴创作的方式，集体即兴创作已经成为表演工作坊的主要特色。20世纪90年代之后，集体即兴创作方式仍为诸多小剧场团体所实践。

　　台湾剧场编导合一和集体即兴的创作方式突破了传统的编剧剧场（以编剧和剧本为中心），也拓展了当前广泛存在的导演剧场（以导演为中心），对于发挥剧场参与者的集体才智十分有利，但是，也从侧面反映了台湾剧场专业编剧人才的缺乏。

　　此外，由于台湾小剧场剧团多为民间、业余性质，剧团成员大都为大专院校学生或年轻的剧场爱好者，演员和技术人员也多处于"自由状态"，他们通常是围绕某个剧目而聚集在一起，一旦剧目演出完成，主创人员随即解散。台湾很多舞台剧演员都是影视工作者，都以电影、电视工作为主（尤其是电视），舞台演剧只是他们的兼职，像长期与表演工作坊合作的李立群、赵自强、唐从圣，长期与屏风表演班合作的曾国城、李丽音，果陀剧团的很多歌舞剧演员都是台湾流行音乐界人士。即便如表演工作坊这样的大规模、专业化剧团，除了固定的剧场行政人员，同样缺乏全职的编剧、导演、演员、舞美、灯光等创作人员。可见，这种创作组织方式虽然自由灵活，但是无法为剧场工作者提供经验沉淀和深入钻研的安定环境，也容易导致剧场人才的流失。

　　二是剧场议题的多元拓展。台湾解禁之后，社会言论十分自由，剧场议题也空前繁盛，从现实生活层面的政治问题、社会问题、性别问题、道德伦理、婚姻情感到历史反思层面的台湾命运、两岸关系、殖民记忆，剧场的触角都一一碰触。由于社会言论长期压抑后的突然开放，台湾剧场出现"自我叙述焦虑"的倾向，新的剧场议题、剧场文化不断出现，主要表现为政治议题闹剧化、外国剧作"台湾化"、跨文化戏剧的产生。

　　在后现代思潮的催化作用下，台湾现代剧场的议题呈现几乎可用"全民乱讲"形容。以政治议题为例，与20世纪80年代政治剧场的悲壮与沉重不同，当前台湾剧场以对政治人物、政治体制、政治事件的嘲弄和戏仿为主。实行"民主宪政制度"之后，台湾政坛的政党斗争、"蓝绿对立"导

1986年，表演工作坊推出的集体创作作品《暗恋桃花源》，反响热烈，影响深远。

致的政治问题层出不穷，媒体对政坛"口水战"、政治"秀"空前关注，政治讽刺性的电视节目数量惊人、观点繁杂，整体社会大有政治娱乐化、娱乐政治化的趋势。这类政治议题在剧场中也大量存在，例如，表演工作坊的《乱民全讲》中"Democratization（民主化）"段落充斥着当代人对民主的滥用和困惑，可以说是台湾政治乱象的缩影；屏风表演班的《三人行不行Ⅴ——空城状态》也是极尽讽刺揶揄之能事，将台湾政治及社会问题赤裸裸地呈现；石光生的《台湾人间〈兼〉神/1996》（1997年）不仅以当时轰动台湾的宗教新闻事件为题材，且充满了大量有关政治乱象、社会百态的描绘，"马英九"、"阿扁"、"立法院"、"民进党"等政治关键词在剧作中时有出现。关乎政府大事的政治议题尚且如此百无禁忌，其他现实题材的剧场呈现就可想而知了。政治议题的闹剧化使得一些剧场表演成为讨论政治问题的"社会论坛"，以至于剧场与生活的界限模糊了。此外，还有一些作品将社会问题、政治问题、两岸问题、家庭问题等诸多社会议题杂糅合一，不同议题在单个作品中相互交织、互相指涉，形成独特的"复调"戏剧，例如，表演工作坊的《暗恋桃花源》和《如梦之梦》等。

外国经典剧作、文学的"台湾化"也是台湾剧场议题处理的独特之处。当代剧场的一大特色是强烈的现实性，即使在搬演外国剧作的时候，也加以"台湾化"处理，而"台湾化"处理手法也多种多样，如时空置换、后现代探索方式。台湾许多剧团都将创造性地诠释外国经典剧作作为主要演出规划，并发展出了许多独具台湾风格的改编剧目。果陀剧场的《淡水小镇》和《动物园故事》将时空置换为当代台湾，使得全剧既有异域情调又有本土风情。还有一些剧团在演绎外国经典文学、剧作时仍然注重即兴表演、肢体表达的后现代探索，密猎者剧团阎鸿亚的《三次复仇与一次审判——民主的诞生》就是一例。《三》剧将古希腊悲剧《俄瑞斯忒亚》作了小剧场呈现，并将贵族仇杀的主题引向对民主的思考，剧中诸多现代道具的使用意味深长，全剧的政治隐喻及对现实政治的影射也昭然若揭。

跨文化戏剧作为一种新兴的表演美学，已经成为世界剧场的一大趋势，世界许多大师级导演都热衷于对跨文化戏剧的探索，如英国的彼得·布鲁克、法国的亚瑞安·莫努虚金、丹麦的尤金尼奥·巴尔巴、波兰的格洛托夫斯基、美国的理查德·谢克纳。台湾跨文化戏剧的出现，是台湾剧场与世界接轨的体现，代表性的戏剧团体有当代传奇剧场、优剧场、身声演绎社等。

当代传奇剧场的创作理念为："让传统与现代在剧场里接轨"、"融合东西方剧场艺术"、"创造这个时代的当代"，体现了融合东方与西方剧场艺术的开放态度与决心。当代传奇剧场对莎士比亚剧作的演绎，正是这一创作理念的剧场呈现，《欲望城国》、《王子复仇记》、《李尔在此》分别改编自莎士比亚的《麦克白》、《哈姆雷特》、《李尔王》，这些演出不仅赋予西方戏剧故事以中国文化涵义和精神，还将传统京剧艺术与现代剧场艺术相融合，并结合舞蹈、电影、现代音乐等剧场元素，呈现出东西方文化交融的独特魅力。该剧团多次赴欧美、日本演出，成功地塑造和推广了"东方莎士比亚"。当代传奇剧场的跨文化戏剧探索，更集中体现在与环境戏剧大师理查德·谢克纳合作执导的古希腊悲剧《奥瑞斯提亚》一剧，该剧于台北大安森林公园上演，不仅有西方经典故事与中国京剧唱腔的交相辉映，也有古典戏剧元素与环境剧场的自然融合，甚至还有台北都市生活意象的呈现，其跨文化和多元文化融合的特质十分鲜明。

当代传奇剧场以京剧形式演出莎士比亚名剧《李尔在此》，吴兴国一人挑战十个角色。

优剧场的创始人刘静敏曾师从格洛托夫斯基，该剧团成立伊始便将贫穷剧场作

1996年，理查·谢克纳在台担任当代传奇剧场《奥瑞斯提亚》一剧的导演。

为实验和创作的方向，早期作品《钟馗之死》将传统的中国祭典、民俗曲艺及武术、气功等元素融入现代剧场，形成了强烈的具有中国风貌的现代剧场形式。优剧场于1989年开展为期三年的"溯计划"，继续以贫穷戏剧理念指导团员静坐修行，并且更加潜心地追溯台湾本土表演艺术根源，广泛学习武术、狮鼓、艺阵、八家将等民俗，期望透过对文化生态、民俗艺术的亲身体察，逐步解放身体、释放心灵，实现生命潜能的探寻和东方精神的回归，其代表作品《优人神鼓》（1994年）是台湾目前最完整的"类剧场（Paratheatre）"活动。

此外，跨文化戏剧也为其他小剧场剧团所实践，金枝演社在延续格洛托夫斯基的肢体训练方式的同时，也将太极拳、歌仔戏、进香仪式等传统民俗元素一一转化为剧场表演形式，做到了前卫剧场与庶民文化两极风格的揉合。

台湾政治议题的闹剧化、外国剧作的台湾化、跨文化戏剧的出现，体现了台湾现代戏剧在政治批判和美学探索两个方面的传承与坚持，可见，在后现代戏剧影响下，台湾剧场打破了戏剧与其他艺术、戏剧艺术与生活、传统观演区分隔的界限，以更加多元的风貌呈现。

三是剧场语汇的多元拓展。多元化的剧场语汇是台湾当代剧场多元文化融合的重要体现，这里谈及的剧场语汇不仅指传统意义上对话的语言，也指肢体、声音、舞美、道具、音效等物质性的剧场语汇。

台湾特殊的历史境遇造成了语言使用的多元格局，国语（汉语普通话）、闽南语、日语、英语、客家语、原住民语……诸多语言在生活中都被广泛使用。多元语言共存的现象同样出现在台湾当代剧场之中，许多剧作在反映社会现实、记录文化经验的同时，刻意以多语言方式呈现台湾独特的语言文化景观，以达到对台湾历史、现实的真实再现。

屏风表演班的《三人行不行Ⅳ——长期玩命》一剧就容纳了八种语言——国语、英语、日语、闽南话、客家话、上海话、广东话、四川话，到了《三人行不行Ⅴ——空城状态》一剧，则以细微的口音差异使得语言格局更为复杂繁复，这样复杂多元的语言呈现在世界剧场史上也是罕见的。语言是文化符码，具有深刻的文化意蕴，因此，从该剧语言的多元化呈现完全可以体察台湾的多元文化冲突与交融。如果说"三人行不行"系列剧只是将多种语言作为舞台表现手段展现台湾现实情境，那么纪蔚然的《夜夜夜麻》和《无可奉告》、赖声川的《乱民全讲》则直接将台湾语言混杂现象以及混乱极致后的失语现象作为剧作题材加以展示，作品如同关于语言的黑色幽默，嬉笑怒骂的同时，尖锐地指向台湾混杂语言风貌潜藏的社会隐忧。

台湾当代剧场对于物化的剧场语汇的拓展自20世纪80年代就开始了，在后现代戏剧的影响下，舞台上对于肢体、声音、舞美、道具、音效等剧场语汇的运用已经日渐纯熟和多样。台湾剧场在肢体探索方面表现突出，以莎士比亚的妹妹们剧团魏瑛娟的《给下一轮太平盛世的备忘录——动作》（2003年）一剧为例，该剧的创作灵感来自意大利作家伊塔洛·卡尔维诺的《未来千年文学备忘录》，全剧以雕刻般的肢体动作诠释卡尔维诺的文学理论，简洁而富有表现力的肢体意象将卡尔维诺"轻、快、准、显、繁"的文学理念做了精彩的剧场呈现，打通了文学、舞蹈与戏剧之间的脉搏。在其他剧场语汇的运用上，台湾当代剧场也勇于突破，不仅幻灯、多媒体等现代技术被广泛使用，巨型傀儡、傩仪面具等传统物件也时有使用，另外，舞蹈、电影、仪式等表现手法也日渐成为剧场语汇的变体，不断丰富着台湾的舞台表演。

钟明德认为，"五四以来的戏剧学者处于一个全盘西化或'现代化'的时代，不知不觉就身不由己地接受了西方剧场的整套美学典范。用萨义德的（Edward W. Said）的话来说：我们大部分的现代剧场工作者都成了买办阶级式的东方主义者（Orientalists）而不自知！京剧曾经被五四学人打成野蛮的戏剧形式就是这种东方主义化了的中国学者的谬论。今天我们虽然已经开始重视我们的戏剧传统，但是，由于西方戏剧传统已经被移植为'中国现代剧场'的典范，因此，如果我们不先解构'剧本为剧场艺术中心'这个观念，我们的'现代戏剧'发展将日渐成为西方戏剧的一个支流，而不是真正溯及我们的剧场传统，从而创新另一种的'中国现代戏曲'。"[1]他将优剧场作为"另一种剧场"的典型。他认为，优剧场受到"贫穷剧场"、"根源剧场"和"泛剧场活动"的影响，代表了第二代小剧场企图融合现代剧场和传统戏曲、仪式的严肃用心，并且，在剧场美学上摆脱了剧本文学的束缚，另辟了一条融贯东方与西方、传统与现代的途径。[2]钟明德表明，台湾前卫剧场在剧场美学上开始解构剧场的意义构成系统，举凡剧本、语言、情节、角色、演员、布景、灯光、空间等剧场元素的符号功能（sign-functioning）和符码作用（codification），都成了被解构的对象，将剧场艺术由西方文学艺术——drama——的范畴中解放出来，"不但促成了环境剧场、政治剧场、后现代剧场和'表演艺术'的多元发展，更为实验剧场回归我们的戏曲传统开辟了一条新路：中国传统戏曲史以表演者为中心的表演艺术，跟西方倾向于以剧本为中心的戏剧形式大不相同"。[3]

在前卫剧场思想基础的探讨上，钟明德认为"前卫剧场不满意于剧场艺术只沦为国家资本主义的润滑剂，替政府的'文化建设'做涂脂抹粉的工作，或替新兴的中产阶级提供时髦的文化商品。"[4]"艺术上的实验创新必须从检讨跟整个体制的关系出发，因此，逐渐凝聚出'小剧场是反体

[1] 钟明德：《继续前卫——寻找整体艺术和当代台北文化》，台北：书林出版社，1996年版，第38页。
[2] 钟明德：《继续前卫——寻找整体艺术和当代台北文化》，第24页。
[3] 钟明德：《继续前卫——寻找整体艺术和当代台北文化》，第23—24页。
[4] 钟明德：《继续前卫——寻找整体艺术和当代台北文化》，第101页。

制的’这个口号，主张小剧场必须跟台湾现行的国民党专政和资本主义文化划清界限，让小剧场成为一个‘社会行动剧场’，积极加入推翻或改造台湾当权体制的工作。"[1]

可见，前卫剧场比实验剧场更加决绝地告别写实主义话剧，在美学上也进一步激进化。钟明德认为小剧场运动的美学激进化先于政治激进化，"一方面，前卫剧场工作者摒弃了镜框舞台和‘中产阶级的剧场结构’，打破了表演者和观众之间有形和无形的界限，戮力反省表演者自身的文化构成，以企图开发出一种属于此时此地台湾的戏剧表演艺术；另一方面，前卫剧场工作者以反叙事解构的意象剧场语言，来取代了话剧或实验剧的文学剧场传统，质疑了情节、角色的虚构性和宰制功能，从而解构戏剧、表演这个再现系统和国家意识形态机构（社会宰制系统）的血缘关系，以图解放出台湾被压抑的本土论述。"[2]

钟明德指出，以笔记、环墟、河左岸、当代台北剧场为代表的一批前卫小剧场已经具有了不同于实验剧场的特质，并呈现了小剧场的后现代转向。它们的剧场作品具备了反叙事、拼贴整合、"精神分裂性经验"等后现代戏剧内涵。不同于欧美后现代剧场之处在于，"对内可以解构台湾的资本主义意识形态主流，改写‘大中国主义’的大叙事；对外可以抵拒欧美的文化霸权，为区域性论述和文化表演取得一片生存空间。"[3] 这股"后现代剧场"潮流并不是一个孤立的现象，它跟同时期的"后现代诗"、"后现代画"、"后现代舞"、"后现代建筑"等以"后现代"为名的艺术活动相互呼应，是当代台湾重要的文化现象。同时，他强调"这股后现代主义热一方面反映了台湾新兴的媒体社会、消费社会和后工业社会的势力，另一方面，由于论述‘真实效应’（reality effects），也塑造和促进了整个台湾社会

[1] 王墨林：《都市剧场与身体》，台北：稻香出版社，1990年版。

[2] 钟明德：《继续前卫——寻找整体艺术和当代台北文化》，台北：书林出版社，1996年版，第101—102页。

[3] 钟明德：《继续前卫——寻找整体艺术和当代台北文化》，第132页。

的'后现代化'。"[1]

在亲历了小剧场运动的风起云涌后，钟明德热情地说："我自己对'小剧场运动'最迫切的期望是：在晚期资本主义和文化逻辑之下，一种融汇了'环境剧场'、'政治剧场'和'后现代剧场'的当代台北剧场，可以将我们目前的关心和我们的历史传统联接起来，开创出一个属于此时此地我们的'当代台北文化'！"[2]他所追求的当代台湾小剧场，是一种企图融合当代台北生活和理查·谢克纳的"环境剧场"、罗伯·威尔森的"意象剧场"、碧娜·鲍什的"舞蹈剧场"、彼得·舒曼的"面包傀儡剧场"的混合物。

钟明德对20世纪80年代台湾小剧场运动高度赞誉，认为经过这个风起云涌的"剧场十年"，台湾已经改写了它的"现代剧场"面貌："小剧场"成了台湾艺文界最活跃的一股新潮，剧场和演出场地显著增加，职业剧场呼声日高，演出水准日趋专业，同时，更可喜的是，剧场活动直接有力地切入了当代台北的政治、经济、社会变迁，形成了剧场史难得一见的"美学与政治齐飞"的盛况。[3]但是，他同时也意识到台湾剧场发展根基不深，尤其在转型时期缺乏社会关怀的文化，强调台湾的"小剧场运动"的奋斗目标应该是"另一种文化"和"另一种声音"的先声，也就是必须紧扣时代的政治、经济和社会变迁。

钟明德认为缺乏文化主体性的模仿已经使台湾文化成为外来文化的附庸。与钟明德对当代剧场中"仿冒文化"的尖锐批判不同，马森强调的是，台湾当代剧场在探索戏剧的实践中的"仿冒"其实质是"模仿"，而"模仿"是"创造"的准备，在"二度西潮"中吸纳西方前卫剧场的经验

---

[1] 钟明德：《继续前卫——寻找整体艺术和当代台北文化》，台北：书林出版社，1996年版，第133页。

[2] 钟明德：《在后现代主义的杂音中》，台北：书林出版社，1989年版，第135页。

[3] 钟明德：《重省小剧场和当代台北文化》，载《自由时报》之《自由副刊》，1989年8月7日。

是戏剧创新的必要途径。

黄美序对前卫剧场是否已成为剧场主流深表质疑，他的戏剧批评多从观众接受的角度出发，"前卫剧场的观众均属小众，至多每场几百人而已，艺文界人士参加的也很少。观众是任何剧场不可或缺的要素，尤其是知识分子，剧场主流而不包括观众的因素实难理解。"[1]

钟明德虽然不断强调台湾后现代剧场的自发性和特殊性，却也不否认欧美后现代戏剧思潮的影响，"台湾的后现代剧场潮流开始时容或有相当的自发性成份，但是，一旦展开之后，却无法不跟欧美的后现代主义汇流与不受其影响。"[2]"台湾的后现代剧场潮流虽然跟欧美的后现代剧场逐渐合流、同步了，但是，由于剧场工作者主观的对欧美艺文思潮的抵抗，以及台湾80年代的客观条件的限制，这股后现代剧场的后劲并不仅止于形式上/美学上的'颠覆'或'解构'而已。跟欧美的'抵拒性后现代主义'相当不一样的地方是：台湾的'后现代剧场'乘着美学上的解放，进而企图政治上的革新，因此，形成了一种'逾越性的后现代主义'（transgressional postmodernism）或'政治的后现代主义'（political postmodernism）。"[3]他期待台湾后现代戏剧在"形式革命"的基础上往"社会革命"的目标迈进，并以当代台北剧场实验室的《寻找——》一剧为例，该剧完全没有剧本，甚至也没有设立导演一职，全剧有三个部分组成："个人作品的拼贴整合"、"集体创作部分"、"集体潜意识的拼贴整合"，作品压抑了语言叙事，突出"物质性语言"（physical language）或"符征"（signifier），并截断符征与符征之间的语法关联，强调类似抽象画的知觉经验而不是心理学或历史学的联想。也就是说，"整个演出因素的'整合'不在于情节、主

---

[1] 黄美序：《细谈〈抵拒性后现代主义或对后现代主义的抵拒〉》，载《中外文学》第23卷，1994年第7期。

[2] 钟明德：《继续前卫——寻找整体艺术和当代台北文化》，台北：书林出版社，1996年版，第134页。

[3] 钟明德：《继续前卫——寻找整体艺术和当代台北文化》，第134页。

题，而在于观众和演员直接面对和共享的此时此地的我们。作品的意义是开放的，除了每个人的'现存'之外，没有中心；除了共同的历史存在和命运之外，没有封口。"[1]这些都体现了环境剧场、残酷剧场（阿尔托强调的非再现性的、非文学性的整体剧场）[2]和贫穷剧场等多重戏剧思想在台湾现代戏剧中的汇聚与实践，甚至还有碧娜·鲍什舞蹈的动作和意象的加入，以"形式上的革命"（revolution of form）或"美学性的解放"（aesthetic liberation）表现台湾现代戏剧的创作冲动，企图实现震撼性、笼罩性、颠覆性的美学/政治经验。

　　虽然关于20世纪80年代的小剧场运动，戏剧界大部分为褒奖之言，但在戏必取法西方的大趋势下，也有学者进行冷静的思考。学者戴雅雯就提出了台湾对斯坦尼斯拉夫斯基体系研究和实践的缺失问题，认为这导致了台湾的剧本创作多为"电视喜剧"，缺乏文本深度和表演训练，他认为斯坦尼体系能够从细部着手深入戏剧情境，切入文本和角色，而台湾"大多数剧团的经营，根本没有方法可言，其他的则是蜻蜓点水般运用所谓的葛罗托斯基（Grotowsky）方法，不然就是祭出彼得·布鲁克（Peter Brook）、李察·谢喜纳（Richard Schechner）、罗伯特·威尔森（Robert Wilson）、铃木忠志（Tadashe Suzuki）等名字，但是据称源自这些戏剧学家的表演却是囫囵吞枣依样画葫芦，仅止于表面上的相似。这一类的取巧挪用，以往可以有借口，说是在发展自己的剧场的长期过程中，以复制其他剧场为初步阶段，如今借口依然如故。取巧挪用既无助于创造鲜明的本土风格，也无助于奠定帮助演员和导演了解外来的表演技巧与文本的可行方法。"[3]

　　[1]钟明德：《继续前卫——寻找整体艺术和当代台北文化》，台北：书林出版社，1996年版，第421页。
　　[2]钟明德认为，亚陶（阿尔托）对非再现性的、非文学性的、"使用舞台上所欲能使用的表现方式"的整体剧场的鼓吹，使他成为上承瓦格纳"有机整合"、下开罗伯特·威尔森的"拼贴整合"的关键人物。
　　[3]Diamond Catherine（戴雅雯）：《作戏疯，看戏傻：十年所见的台湾剧场的观众与表演》，台北：书林出版社，2000年版，第7页。

因此，他认为台湾剧场应该在演员训练、文本创作和导演意识所需要的肢体、心理、情感和想象等方面，以严谨的斯坦尼体系加以严格要求。

戴雅雯还意识到这一时期攀附西方前卫剧场的另一个硬伤——对文本创作的忽视。"自从一九八零年代中叶小剧场运动始兴之际，台湾的演员和戏剧家就采纳美国的反文本（anti-text）趋向。在美国和某些欧洲剧场，一九六零年代目睹一场针对文本的优势与剧作家的权威而展开的造反运动，而在台湾并没有这样的优势存在；就这样，反文本运动活活压死了和编剧有关的不管是什么芽苗。写出好的文本提供剧场厚植现代传统是当务之急，台湾的剧团不图此道，而是构想戏的内容然后即兴表演——即兴表演固然有潜在的创意技巧，却留不下太多根基。"[1]以集体即兴作为主要创作方式，造成的结果是演技流于表面和文本深度缺失这样两头落空的情况，在制作上"欠缺潜文本（subtext）以及深入诠释的可能性"，只能为观众提供即时性的满足，是"假托实验之名发生的"。台湾舞台的表演经常是经过稀释以后的风格化的传统表演和千篇一律、做作夸张的电视通俗剧。在剧场技术和硬件上虽有进步，但是剧场基本要素，如表演、文本等，却基本不足。

作为老一辈的戏剧家，姚一苇对小剧场运动的创新成果十分肯定，但也对台湾剧场的愈来愈"后现代"的状况表示担忧："在这样的戏剧里，没有故事、没有情节、没有人物、没有语言、没有特定时空的情境，也不传达出何种意义，有的甚至不要引起观众的兴趣，而是要观众感到无法忍受。"[2]姚一苇在《戏剧原理》一书的序言部分，分析了欧美前卫剧场的四个基本性质：（一）这是一种非语言剧场。后现代剧场排斥使用语言，即使使用语言，也只是作为音响或音乐，或将语言的功能降至最低。他进一步指出，后现代剧场也是反文学的，他们没有剧本，也就没有剧作者，

---

[1]Diamond Catherine（戴雅雯）：《作戏疯，看戏傻：十年所见的台湾剧场的观众与表演》，台北：书林出版社，2000年版，第8页。

[2]姚一苇：《戏剧原理》，台北：书林出版社，2004年版，第8页。

导演成为戏剧的创造者。（二）这是一种反意义的剧场。它只要我们"感"（sensing），而不要我们"知"（knowing），它把我们的审美停留在最低层次，不需要我们的知性与思考的能力。（三）这种剧场实际上是"表演艺术"。后现代剧场有许多可以归为表演艺术，它与以往的表演不同的是，以往的表演是为表演而表演，而后现代的表演可能是为某种冲动、感受或发泄，尤其是对传统的反抗，一般人把表演艺术和戏剧加以混淆了。（四）后现代剧场具有仪式性和集体性。后现代剧场是现代剧场对传统的回归，由个人转向集体，将戏剧退回到它的母体——仪式，但现代人缺少了原始人的虔诚之心，因而，戏剧成为一种集体游戏。（五）后现代戏剧并非人类戏剧的未来。[1]姚一苇认为，后现代戏剧将传统的戏剧规律完全打破，已经反到没东西可反了，但它毕竟是戏剧历史发展中短暂的一瞬，不能代表未来发展的方向。

二、对西方后现代戏剧理论的译介

20世纪80年代之后，台湾现代戏剧的发展迅猛，在创作上推陈出新，从剧场内部实现了对传统戏剧观念的突破和现代戏剧观念的实践。相较而言，戏剧理论批评虽有发展，却仍显得迟缓。纪蔚然认为原因有三："第一，专研戏剧的人口尚属少数；第二，有些戏剧学者与剧场评论家的理论基点仍停滞于'新批评'的窠臼，这种评论大部分'就戏论戏'，仍将文本视为封闭系统，仍将研究的重心放在主题与人物的分析；第三，剧场评论界对'理论'根深蒂固的反感与漠视。"[2]

当代台湾对西方戏剧理论的引介和研究，主要集中在后现代戏剧和表导演艺术理论上，在这方面最有贡献者，莫过于钟明德、蓝剑虹和纪蔚然三人。钟明德的理论贡献主要体现在对后现代剧场理论的译介与研究上，蓝剑虹的理论贡献在以人为核心的现代剧场理论的建构上，纪蔚然的理论

---

[1] 姚一苇：《戏剧原理》导言，台北：书林出版社，2004年版。
[2] 纪蔚然：《现代戏剧叙事观——建构与解构》，台北：书林出版社，2006年版，第8页。

贡献在现代戏剧叙事理论上。

钟明德在台湾"后现代剧场"的兴起中扮演了旗手的重要角色，被台湾学界称为"钟后现"。钟明德从台大外文系毕业后，赴美留学，获纽约大学戏剧硕士学位，曾任台湾省电影制片厂编导，美国《世界日报》影剧专栏作家，现为台北艺术大学戏剧系教授。有《纽约档案》、《从马哈／萨德到马哈台北》、《在后现代主义的杂音中》、《神圣的艺术——葛罗托斯基的创作方法研究》、《舞道——刘绍炉的舞蹈路径与方法》、《台湾小剧场运动史：寻找另类美学与政治》、《继续前卫：寻找整体艺术及当代台北文化》、《现代戏剧讲座：从写实主义到后现代主义》等艺术评论、戏剧理论专著。20世纪80年代中后期，除了在报刊上发表大量有关"后现代剧场"的评论文章外，又身体力行地加入剧场的艺术实践中，与朋友创办了"当代台北剧场实验室"。

在《现代戏剧讲座：从写实主义到后现代主义》一书中，钟明德立足于现代主义基础，厘清了现代戏剧发展中所涉及的种种术语与概念，他将现代戏剧作为一个戏剧发展的阶段性概念，认为西方现代戏剧自19世纪70年代挪威戏剧家易卜生的社会问题剧开始，包括所谓的写实主义戏剧、现代主义戏剧和后现代主义戏剧，都是最近百年来的现代戏剧，三者是现代艺术演变中的三种潮流。这一提法，既对现代戏剧和现代主义戏剧做了区隔，也强调了写实主义戏剧、现代主义戏剧和后现代主义戏剧的共时性。钟明德还强调了导演兴起与现代戏剧变革的密切关系，现代戏剧已然兼指戏剧文学（属于剧作家的）与剧场艺术（属于导演的）。在观察现代戏剧流变时，钟明德认为，现代戏剧大致分为写实主义和反写实主义两大阵营：写实主义戏剧及其变奏（如自然主义、社会写实主义）占据了20世纪的舞台，可说是现代戏剧的主流。而反对、批判和抵拒写实主义的各种反写实流派包括象征主义、前卫运动、史诗剧场、残酷剧场、第二次前卫运动和后现代剧场等。他还指出，中国现代戏剧也受到以上各种主义的影响，写实主义和以现代主义为代表的反写实主义浪潮，二者之间的辩证性发展使得现代戏剧一直与我们的生活、时代、环境亦步亦趋。[1]

钟明德对欧美当代戏剧思潮和理论的引介不遗余力，除了在实践上身体力行，还较为详尽和系统地介绍了格洛托夫斯基、理查·谢克纳等人的戏剧思想。钟明德认为谢克纳除了"环境剧场"的理论成就之外，对"表演理论"的探讨也颇有建树，认为谢克纳的"表演理论"是其在"环境剧场"之外的另一个传世之作，"环境剧场"是集大成式的，而"表演理论"则是开路先锋式的，谢克纳力图摧毁欧美种族中心偏见影响下的西方戏剧观，他主张的"表演理论"是种"文化交流"、"科际整合"和"类型整合"的学说。在"文化交流"层面，将"表演"范畴扩充到包括整个文化、生活的内容，认为艺术并不是生活的模仿，艺术就是生活，生活就是艺术，而作为生活中心的表演艺术是种最活泼的生活（行动）。在"科际整合"方面，谢克纳的"表演理论"广泛摄取了人类学、心理学、社会学和其他艺文方面的论述方法。

钟明德认为，现代主义不仅为台湾话剧带来了新的观念和手法，更重要的是，现代主义唤醒了台湾话剧的现代意识，话剧创作开始更加关注现代人的生存困境，重新审视人的价值，深刻表达人文关怀：

> 如果我们把传统戏曲和源自西方影响的现代剧场，界定为目前我们剧场界的两个类型，那么，以训练和表演两个范畴而言，由传统戏曲出发接触现代剧场的三种模式可能是：
>
> 第一类接触：演员训练和表演均未受到现代剧场的影响。有的话只是枝节性的灯光、布景使用而已，譬如雅音小集。
>
> 第二类接触：整个演出（包括剧本）已经受到现代剧场的影响，可是，演员训练方面却依然是"中学为体"，譬如《欲望城国》的演出。

---

[1] 钟明德：《现代戏剧讲座：从写实主义到后现代主义》，台北：书林出版社，1995年版，第8—9页。

第三类接触：从演员训练、公演到观众的接受都已呈现"戏曲传统"和"现代剧场"相互渗透的现象。目前尚未见到。[1]

因此，他认为台湾现代剧场向传统戏曲取材、效法、"从现代向传统回归"的成果较多，但"从传统走向现代"则还在摸索当中，尤其在"第三类接触"的探索方面。当代传奇剧场和优剧场作为台湾当代两个引人注目的剧团，是这两个走向的代表：当代传奇剧场由京剧的唱、念、做、打出发，借排演西方经典名剧，将京剧传统和西洋戏剧融合起来，从而拉近传统与现代、东方和西方的距离；优剧场由欧美的前卫剧场理念（主要是格洛托夫斯基的演员训练方法）出发，经由太极拳、气功、剑道、布马和落地扫的台湾戏曲形式，逐步溯回我们戏曲表演艺术的根源。

台湾后现代剧场的出现，与对西方前卫剧场（尤其是导演艺术、表演艺术等方面）的引入与模仿密切相关。相较于中国大陆，台湾对欧美前卫戏剧理论、训练方法的引入的"文化时差"较小，葛罗托斯基的戏剧体系就是一例。在20世纪70年代末，吴静吉就将纽约辣妈妈剧团（LaMama）的训练方法用至当时的耕莘实验剧团（1976年）。1984年至1986年，陈伟诚、刘静敏二人在美国加州大学尔宛分校（University of California, Irvine）参加了葛罗托斯基的"客观戏剧计划"，并利用暑假时间，返台带领兰陵剧坊新作《九歌》的演员进行一系列的山训。[2]回台后，陈伟诚创办了"人子剧团"，刘静敏创办了"优剧场"，对葛罗托斯基戏剧理念与训练在台湾的传播与本土化发展具有重要意义。

钟明德对葛罗托斯基理论的研究主要集中在《神圣的戏剧——葛罗托斯基的创作方法研究》一书，这一成果使得台湾"大致底定了葛罗托斯基在台湾传播与研究之'训练/陈伟诚'、'表演/刘静敏'、'学术/钟明德'的

---

[1] 钟明德：《继续前卫——寻找整体艺术和当代台北文化》，台北：书林出版社，1996年版，第374—376页。

[2] 叶素伶：《台湾小剧场运动中的葛罗托斯基》，台北艺术大学戏剧学系研究所，硕士论文，2004年。

铁三角"[1]

也有学者对台湾一味追随西方前卫戏剧理念的状况担忧，阎鸿亚认为台湾当代剧场"事实上，一味引用西方前卫理念催生创作呈现，正是近来台北实验剧场的隐忧。理论固属激发想象之一源，但如果凌驾为专横的领导者，以'主义'的旗号挂帅，极易牺牲创作者真实而独特的感知能力，沦为将本地的生活体验与思考方式削足适履地为既定的信条服役。而在从事批评时，尤易落于以标签识别来判定良窳，从而忽略其间真正笔触优劣的陷阱"[2]。

蓝剑虹对西方戏剧理论的引介和现代戏剧理论的建构，主要包括两本著作：《现代戏剧之追寻——新演员或是新观众》（1999年）和《回到斯坦尼斯拉夫斯基——人作为一种技艺》（2002年）。他从哲学的层面上思考现代剧场的建构，统领这两部专著的思想是对人的思考。他认为20世纪现代导演的出现，以及20世纪戏剧的现代变革，不可避免的一环是表演艺术的全面革新，并且，表演艺术的革新并不只是一个技术及美学上的革新，"它从其本质上来说是一个哲学或人类学上的问题，因为任何一个深层的对表演艺术的革新都不可避免地触及到人类学及哲学的共同课题——'何谓是人'的问题。从外部来看，戏剧的主题不外乎就是'人及由人所构成的人生'；从内部来看，此一主题乃是透过人（演员）来演出。戏剧不只是各种艺术（文学、美术、舞蹈、音乐等）的集合，它更是一个'人的艺术'，一个'如何做人'及'如何看人'的艺术。"[3]

此外，他在研究现代戏剧表演美学的《回到斯坦尼斯拉夫斯基——人作为一种技艺》一书中，也引用波德莱尔关于"现代人"的概念，指出现代戏剧或现代表演美学是要建构具有主体性的现代人："现代表演美学和其

[1]张佳棻：《人子剧团：孤独的表演者》，载《戏剧学刊》，第9期，2009年1月。
[2]鸿鸿：《跳舞之后·天亮以前——台湾剧场笔记（1987—1996）》，台北：万象图书，1996年版，第10页。
[3]蓝剑虹：《现代戏剧之追寻——新演员或是新观众》，台北：唐山出版社，1999年版，第6—7页。

实践为这样一个‘现代人’和‘现代性’中重要的‘主体性’课题，提供了一个具体的实践和技术，一个人如何去观察，诠释人和人如何去制作人的技术和思考的领域。也是在此，演员问题才与政治社会问题相遭遇。"[1] 并且，他认为，在现代剧场诞生之前，表演艺术的全面革新是一个不可避免的前提性问题。现代戏剧表演艺术的革新不仅是技术和美学上的革新，而且是一个哲学或人类学的问题。他支持巴霍的观点："戏剧是一个关于人的、透过人的、且为了人而存在的艺术"。认为戏剧对于演员及表演艺术的探求及革新，正是一个对创造（制作）人及观察人的技术的探求和革新，是一个从深层意义上展开对"何谓是人"这个问题的询问。

蓝剑虹认为以剧场为中心从观演关系的范畴对现代戏剧的建构，对20世纪新的剧场观影响深远，剧场是演员与观众交流的文化创作和传播场所，是艺术虚构与现实生活交汇的场所。

蓝剑虹肯定了导演对于现代戏剧的重要性。导演的出现改变了西方戏剧的生产方式，使戏剧自19世纪中叶以来发生了重大变化，导演成为新的"剧场主人"。导演的出现，激化了"剧本/舞台"的二元性，同时，这一二元性也规定了导演的角色及功能：一方面，导演革新演员的表演技法及创新种种舞台布置；另一方面，他对剧本做出诠释而得以暂时性地成为"作者"。[2]现代导演构建了一个新舞台，新舞台又要求新演员，对新演员的寻找是一批带领西方戏剧走入20世纪的导演们的主要课题和成果。例如，法国导演科波的"旧鸽棚"演员学校、斯坦尼斯拉夫斯基的演员训练体系，梅耶荷德创立了"生物力学"（"活机器"）表演理论，英国格雷的"超级傀儡"理念，即便是拒绝设立任何演员学校的法国第一代现代导演

---

[1] 蓝剑虹：《回到斯坦尼斯拉夫斯基——人作为一种技艺》自序，台北：唐山出版社，2002年版。

[2] 蓝剑虹：《现代戏剧之追寻——新演员或是新观众》，台北：唐山出版社，1999年版，第4页。

安托万，也深刻意识到演员革新的必要性。[1]同时，蓝剑虹也强调，整个20世纪出现的现代戏剧家的戏剧实践和理论，无不以寻找"新演员"和"新观众"为己任，包括阿尔托的"情感运动员"和"残酷戏剧"，布莱希特的"间离效果"，莫雷诺的"自发性演员"理论，巴尔巴创立的"国际戏剧人类学学校"，布鲁克组织的"国际戏剧研究中心"，格洛托夫斯基的"贫穷剧场"，冈铎（T.Kantor）的死亡剧场等等。

对20世纪现代戏剧这一新的戏剧革新，蓝剑虹在理论论述层面上以A、B两种不同的倾向加以区分："A. 只以找寻新演员为唯一目标的戏剧理论。B. 不只以找寻新演员为唯一的任务，但以找寻'新观众'为最终目标的戏剧理论"。[2]他认为现代剧场革新中对"观众"的革新（找寻"新观众"）自布莱希特已有特别论述："戏剧需要从头到尾、彻彻底底的革新，所以不只是剧本、演员和整体的演出需要被改革而已。戏剧的彻底改革必须包含对观众的革新，所以观众的态度必须被修正……观众态度的革新是与台上演员的态度息息相关的。"[3]布莱希特观众革新的要求与其始终强调的戏剧应该打破幻觉、激发观众理性思考的艺术功能是一致的，并期望观众能成为生活中主动的"演出者"。这一理念不仅消解了演员和观众的二元对立，也消解了艺术（戏剧）与真实生活的分野，使得"演出者"不仅包括传统定义上的舞台演员，也包括在生活中演出的观众，并坚持重新定义戏剧与生活的关系。

蓝剑虹认为A类导演寻找的新演员是一个"器具性演员"，其基础就是"演员工具论"，根源为导演的威权，蓝剑虹引用了剧评家多尔"演员器具论"中对安托万和格雷的论述："安托万认为一个绝对理想的演员应该变成一组'键盘'、一个协调完美的乐器，以便让作者能随性地自由弹奏。格

---

［1］蓝剑虹：《现代戏剧之追寻——新演员或是新观众》，台北：唐山出版社，1999年版，第5页。

［2］蓝剑虹：《现代戏剧之追寻——新演员或是新观众》，第8页。

［3］B. Brecht, *Ecrits surle théâtre*, I, L'Arche, 1989; Paris; P.219.

雷则认为演员消失了，而取代他的是一个无生命的人物——称作'超级傀儡'。可以看出，无论是"键盘"还是"超级傀儡"，器具性演员是无法离开导演和由"戏文/舞台"二元性所规定的生产方式而存在。而B类导演，期望演员扮演一个教育者、引导者的角色，演员的合目的性源自更深层次的改革意图，即对观众的革新。以莫雷诺的"自发性剧场"为例，在自发性剧场里，演员的主要任务就是解消"观众"这一角色的存在。将一个观看者转变成一个演出者，将剧场还给观众，这就是演员们的一个实验性的战场。

蓝剑虹对诸多现代戏剧理论进行阐述和探讨，包括阿尔托（A.Artaud）和他的残酷戏剧理论、布莱希特（B.Brecht）和他的间离效果、莫雷诺（J.L.Moreno）和他的心理剧场、葛罗托斯基和他的贫穷剧场、布鲁克和他创立的"国际戏剧研究中心"以及巴尔巴（E.Barbar）和他创立的"国际戏剧人类学学校"等。

蓝剑虹从人和语言及语言的"认同作用"出发，建构了现代戏剧的两个新的模拟论：一、自发性原则及其运作策略；二、批判性模仿原则及其运作策略。在自发性原则中，从剧作家（兼导演）、演员到观众，每一个环节都建立在自发性的即兴演出原则上，这一原则是一个"瞬时性的哲学"、一个"瞬时性的艺术"，这与布莱希特的"过去化"、"历史化"效应一致。同时，自发性剧场（或心理剧）并不局限在个人的、心理的层面，各种社会问题，任何具体的、可以激起观众兴趣的问题都可以作为自发性剧场的剧目，甚至可以说，自发性剧场是一个政治性的剧场。在批判性模仿原则中，他认为批判性模仿过程包含同时性二重性的运动：模仿/批判；认同/去—认同，一个批判性的模仿旨在将其所要模仿的对象的单音逻辑系统植入一个异质的批判元素，使其原本完整的体系产生矛盾和"病变"。他还强调，批判性模仿原则并不消极地避免认同作用的产生，它是主动地制造"去—认同"作用，也就是说认同作用和去认同作用就是批判性模仿原则中的二重性运动，这在布莱希特的陌生化效果理论中就可以看出。此外，蓝剑虹还在这两个模拟论的基础上，探讨了角色、演员、观众的三重关系。

蓝剑虹认为布莱希特和莫雷诺都确认人类生活的成长步伐和基本模式是依据着戏剧原理在运作，这一"人生如戏"的观点是他们革命性戏剧观运作的起点，这个人生与戏休戚与共的观念在莫雷诺的"角色理论"中十分鲜明。二人的戏剧主张不仅仅是对戏剧艺术的新演进，还是对戏剧艺术的"革命"，既颠覆了传统戏剧美学的根基，也同时推翻了艺术和生活的关系。布莱希特和莫雷诺的戏剧实践所提供的"自发性模仿"和"批判性模仿"这两个新的模拟论，以"反戏剧"的姿态，反对以认同为基础的模仿论，他们虚拟化现实世界，将现实世界置回可以不断改变的状态中，使得戏剧实践可以打开人的主体性困境，从而恢复人的主体能动性，使人自身作为一个艺术实践的场域：艺术实践的目的在于生产出新的人、新的生命和发明新的生活。[1]

在《回到斯坦尼斯拉夫斯基——人作为一种技艺》一书中，蓝剑虹仍然从人的主体性观点出发，阐释现代戏剧表演美学的内涵。他首先论述了狄德罗的表演论和亚里士多德的模仿论的差异，认为狄德罗的表演论的基础，不是将真实视为一个值得膜拜并加以百分百再现的现实，而是将真实视为一种演出，狄德罗颠覆了从亚里士多德以来将生活"真实"作为演出"真实"的基础。他认为狄德罗的理论贡献在于提出创造理想范本，并企图用艺术虚构的手段建构出真实的生活。蓝剑虹认为布莱希特的间离效果也明确要求演员去除认同作用，继而形成自己的表演理论。

蓝剑虹认为，斯坦尼所追寻的"真正的演员"正是以狄德罗的"理想范本"为基础，希望演员在表演时创造出另一种生命，另一种比现实生活更加深刻美好的生命。并指出，斯坦尼的追求中存在矛盾，即他要求演员在舞台上有其独立自主的创造性主体地位，但是，演员在接受这个人物的

---

[1] 蓝剑虹：《现代戏剧之追寻——新演员或是新观众》，台北：唐山出版社，1999年版，第219—238页。

同时又得无条件地接受作者的话语。这个矛盾在深层次上，已经不是演员如何在舞台上成功扮演角色的问题，也不是演员和剧作家、演员和角色之间关系的问题，而是"人"和"演员"的冲突问题，这是一个哲学性的问题，一个关于演员作为人的存在的思考。因此，斯坦尼的困境在于："演员如何在演出一个由他人（剧作家）指派的人物（异己）的同时还能完整地保有作为人的真实性存在"。[1]

纪蔚然是台湾当前较为活跃的剧作家兼学者，1977年毕业于辅仁大学英文学系，1980年就读于辅仁大学英文硕士班，在辅大阶段开始戏剧创作，作品有《死角》、《愚公移山》、《难过的一天》等。毕业后前往美国进修，先后从堪萨斯大学与爱荷华大学攻得戏剧硕士与英文博士学位。回台后曾任教于国立政治大学英语系、国立台湾师范大学英语学系、国立台湾大学戏剧学系，2007年起始任台大戏剧学系系主任。另外，纪蔚然还是台湾重要戏剧团体"创作社剧团"（创立于1997年）的初始团员，现任该团的艺术总监与剧作家。

纪蔚然不仅从事戏剧理论研究、戏剧批评和戏剧教育，同时也是多产的学者型剧作家，其剧作产量在台湾戏剧界是十分可观的。纪蔚然的剧作在编剧技巧、社会批判、美学风格上都十分具有代表性和独特性，他的作品中所表现出来的语言暴力、戏中戏结构以及戏仿、复调等手法都极具现代性特征，而其理论著作《现代戏剧叙事观——建构与解构》从后结构主义叙事学的角度深入分析了西方现代戏剧经典作品，从中探析现代戏剧叙事观的建构与解构，在戏剧叙事学研究方面意义深远。

以叙事学的观点研究戏剧在当代欧美较为兴盛，但在华文戏剧界则为数不多。话剧的现代化进程是不断扬弃传统戏剧模式的过程，现代派戏剧的创新意义正在于其对传统戏剧模式的否定，并出现了与"戏剧叙事"相

---

[1] 蓝剑虹：《回到史坦尼斯拉夫斯基——人作为一种技艺》，台北：唐山出版社，2002年版，第202页。

关的两个趋势："反叙事"趋势和"叙事化"趋势，前者以荒诞派戏剧为代表，后者则以叙事体戏剧为代表。纪蔚然还独辟蹊径，以后结构叙事理论的观点重新研究西方现代戏剧的叙事结构、对白风格、语言观等，提出了新的批评视角，开拓了戏剧研究的方法。纪蔚然对现代戏剧叙事观的研究，在当代台湾戏剧环境下具有特殊的意义。20世纪80年代小剧场运动之后，台湾剧场实践愈来愈前卫，后现代戏剧更是甚嚣尘上，纪蔚然的戏剧论述有助于理论与实践重新回归现代戏剧的本体。

纪蔚然的观点在于，现代派戏剧并未解构语言，而是呈现特殊情势下语言故意矛盾、隐藏的形态。现代情境下有关叙述的困境在于叙述的吊诡：现代人一方面不相信叙述，另一方面却得仰赖叙述来建构一套新的观念[1]。"后结构主义者致力于发掘文本内部隐含的差异要素，去揭示这些差异性构成文本内部自我颠覆的过程。"[2] 后结构主义理论方法，使得文艺作品的批评研究任务重新回归到阐释任务。

纪蔚然认为当代戏剧界的后设剧场已经有点烂俗，他指出皮兰德娄剧作《六个寻找作家的剧中人》不同于以往并未具备"后设"意识的早期"戏中戏"作品（如莎士比亚的《哈姆雷特》），呈现了一个相对的世界，确定的现实和绝对的真理已荡然无存，这种处理现实的方式，在现代戏剧史上是一大突破。在写实主义或自然主义的戏剧里，现实是可以被掌握的；在象征主义或表现主义的戏剧里，唯物的现象已不受重视，唯心的、非理性的现象才是关照的重点。因此，反写实主义的剧作家在直觉、潜意识、传说或神话里探索真理。同时，纪蔚然认为，尽管反写实的剧作家感应到了真理的变幻万千与深不可测，但是，在他们的剧作里，真理的面貌仍然是以一种绝对的、单一的方式被呈现出来的。直到皮兰德娄的出现，

---

［1］纪蔚然：《现代戏剧叙事》，台北：书林出版社，2006年版，第162页。
［2］陈晓明、杨鹏：《结构主义与后结构主义在中国》，北京：首都师范大学出版社，2002年版，第6页。

绝对的真理才受到严重的质疑。他认为，"'后设剧场'的定义不宜过度开放：一部具有戏中戏结构的剧本并不一定是后设剧场，而一部后设的剧作并不一定得具有戏中戏的结构。"[1]可见，戏中戏并不是界定后设剧场的必要条件，"若一出戏剧于关照人生或现实的同时，亦对戏剧的各种面向（本质、形式、手法、人物等等）进行探讨的话，则这出戏应可被归属于后设剧场的范畴。"[2]

"现代戏剧的谐拟仿佛双面镜，一面照向人生，另一面照向艺术。照向艺术的那面就是后设的安排：藉着凸显某个作品或流派的缺陷来烘托自己的正当性。因此，现代戏剧蕴藏着极多的负面能量，以否定他者来肯定自我。"[3]纪蔚然认为，谐拟之所以成为现代戏剧主调的原因，在于现代戏剧是一个极为自觉的运动：它亟欲体现真理，却同时意识到真理之无法体现。在这种讲究"体现"的戏剧里，真理总是以"缺席"的姿态被暗示着。现代戏剧质疑语言，因为语言无法完全体现不可说的真理，但它却又不得不依赖语言。它意识到形式是固态的，只会将无边无涯的真理加以框限，没有适切的形式，真理无法被适切地呈现：因此，现代戏剧求新求变，一再寻找一种可以传达液态、流体的动感形式。[4]

纪蔚然从传统戏剧的戏剧性与现代戏剧的反戏剧性入手，从情节"铺陈"的方式，来区分现代戏剧两种不同的整体叙述策略：单音与复调。他认为契诃夫的"复调"文本打破了自我/角色、生活/扮演的二分，剧中每个演员都在主要体现在人物处于自我与姿态之间的"中界"地带。契诃夫的《樱桃园》是最具代表性的"复调"作品，呈现了崭新的叙述策略。纪蔚然认为契诃夫的戏剧建构了崭新的叙事策略，采用的是一种"不"说故事的方式，没有传统戏剧所谓的冲突、危机、高潮，有时刻意减低冲突，

[1] 纪蔚然：《现代戏剧叙事》，台北：书林出版社，2006年版，第15页。
[2] 纪蔚然：《现代戏剧叙事》，第15页。
[3] 纪蔚然：《现代戏剧叙事》，第89页。
[4] 纪蔚然：《现代戏剧叙事》，第90页。

以此拉开距离，以免观众过分投入。"俨然是激进剧场（radical theatre）的前驱，它既是一种新的说故事的方式，一边营造戏剧张力，一边削减戏剧冲突，仿佛在预告布莱希特疏离剧场的来临。"[1]契诃夫的戏剧叙事开启了两大剧场，一方面，他剧作中反讽的运用不是为了道德批判，而是为了减低冲突，拉出距离，以免观众过分投入，这一特点类似于布莱希特的间离效果；另一方面，契诃夫的剧作没有传统的冲突、危机、高潮，开启了贝克特反戏剧的戏剧。

纪蔚然认为不同的戏剧流派对现代戏剧的研究往往过于强调写实戏剧与非写实戏剧的差异，而忽略了两者对"真理"（truth）"真实"（authenticity）及"原则"（originality）的坚持是一致的。即便是1890至1920年这一各种现代戏剧流派"众声喧哗"的时代，各种创作者为了捍卫自己的权威性和独特性，也极具排他性，不断强调与他者的不同，然而，他们之间基本信念和哲学思想的互通款曲才是最值得思考的地方。[2]现代戏剧主要流派都追求真理，只不过，它们对于真理有着不同的理解和信念。写实主义（自然主义）认为真理就隐藏在可触知的现象里，只要善用理性就能穿透表象，看到内里。象征主义主张真理深不可测，唯有依靠直觉才可于自然现象、神话或传说里惊鸿一瞥。表现主义认为真理即在人心，唯有改造人心才能改造人类，造福社会，并将探究的触角伸向了潜意识　层面。

纪蔚然认为现代戏剧以各种方式揭开了一层又一层的真相（真相背后的真相，背后的真相的背后还有真相），也揭开了人们认知上的焦虑。现代性的时代精神应该是撕裂假象、追寻真相。而现代主义的重要命题之一是：形式就是内容，内容即为形式。这一命题打破了将形式与内容一分为二、忽视形式的传统。形式就是内容，内容即为形式——这个美学命题正

---

[1] 纪蔚然：《现代戏剧叙事》，台北：书林出版社，2006年版，第71—72页。
[2] 纪蔚然：《现代戏剧叙事》，第74页。

是现代主义的主要特色之一。就现代主义而言，要说什么故事和要如何说故事实为叙事的一体两面。

纪蔚然探析语言在写实主义、象征主义和荒诞主义不同流派风格戏剧里所扮演的角色，和他们各自的语言观。认为戏剧叙事学中的语言不仅指构成对白的文字，还包含对白的技法及其所透露出的语言概念。纪蔚然在探讨现代戏剧的语言观时，分三个部分论述：写实主义（自然主义）对语言的迷信及其背后的意识形态；象征主义对语言的质疑与憧憬；荒诞剧场的语言角色。纪蔚然认为象征主义是现代戏剧各个流派里最早对语言提出质疑的一支，象征主义打破了写实主义对语言的迷信，尝试"发明"另一种语言，但是，这"另一种语言"走向了另一个极端，拥抱了另一种迷信，语言被置于真空之中，被"去社会化"了，象征主义戏剧的世界也因此被"去历史化"了，完全无视语言与意识形态纠葛缠结的复杂关系，其本质无非是"语言乌托邦"和"乌托邦语言"迷失。[1]

荒诞戏剧理论家艾斯林命名了"荒诞剧场"，并认为荒诞剧场摒弃了传统戏剧的理性思考和逻辑推论，以表现人类处境的无意义。荒诞剧场的语言特色即"胡言乱语"。纪蔚然肯定了艾斯林对荒诞剧场命名与定义的意义，但是，认为其理论也产生了一些盲点。首先，"荒诞"一词意味着非常态，脱离正轨，本身恰恰暗示了"正常"的存在，而戏剧传统中所谓的"正常"的戏剧发展脉络源自亚里士多德的悲剧理论，传统戏剧所谓"正常"其实是哲学与美学的产物，不是经验的反映，而荒诞剧场则较忠实地反映了人们的体验，在这一点上，更趋近"正常"，也就以"荒诞"之名赋予传统戏剧更为优越的"正常"地位。

一般研究认为，荒诞戏剧的颠覆性在于其没有依照亚里士多德有开头、中间、结尾起承转合的戏剧结构，看似"没事发生"，但实际上，以《等待戈多》为例，纪蔚然认为该剧的叙事结构恰恰十分严谨：两幕、两

---

[1] 纪蔚然：《现代戏剧叙事》，台北：书林出版社，2006年版，第103—124页。

个流浪汉、两次自杀的念头、果陀[1]两次失约、两个小孩、两位主仆、两个陪耶稣基督受刑的小偷等等。在语言方面，也并非以往学者所认为的是支离破碎、无法沟通的"胡言乱语"，以幸运儿的独白为例，分为三个部分：第一部分和漠然的神祇有关，第二部分和人类的萎缩有关，第三部分和人类的居所有关。纪蔚然认为，在传统戏剧里，语言是表现内心思考的媒介，但在荒诞戏剧中，语言（说话）成了麻醉思考的方法，在《等待戈多》中，Vladimir与Estragon的对话并不是毫无逻辑，也并非表达了"行动无用"的主题，纪蔚然认为艾斯林、黑蒙（Ronald Hayman）等人的解读源于对语言的狭隘认知。

纪蔚然以贝克特的《等待戈多》与尤奈斯库的《秃头歌女》两剧为例，讨论荒诞主义的语言观，认为荒诞戏剧在一个将矛盾视为常态的世界里，救赎机率的渺茫和救赎的可能性并存不悖，《等待戈多》一正一反的语言，表现了语言的建构性和破坏性，既可建构意义又可解构意义。

纪蔚然认为艾斯林在20世纪60年代发表的《荒谬剧场》在研究方法和研究面向上对欧美学界有深远影响，其关于荒谬剧场的论述得到了普遍的认可，但其对荒谬剧场的界定和剧作者的归类仍有待更细致的分析。艾斯林把战后欧美所有非写实、实验性强的剧作家都纳入"荒谬剧场"的范畴，包括贝克特、尤奈斯库、阿达莫夫，且还论及了热内、塔度、维安，由于荒谬剧场本身就不是一场具有统一性的戏剧运动，之所以将这些剧作家归入荒谬剧场范畴，源于他们对所处时代的"同质的感应"[2]。此外，纪蔚然认为，品特更新了西方戏剧中的叙述元素，语言不再仅仅是抒情表意的工具，具有写实主义对语言的零度敏感，一些戏剧里开始凸显戏剧叙述的政治性：叙事不只是借由语言来客观陈述一件事实，说话者的欲望、使用的语法或节奏，以及他们述说的观点都是戏剧

---

[1] 大陆译为"戈多"，台湾译为"果陀"。
[2] 纪蔚然：《现代戏剧叙事》，台北：书林出版社，2006年版，第128页。

叙述政治性的体现。

如何以理论更好地解读文本，如何善用哲学、美学、社会学、文化学范畴的理论来重新解读戏剧文本，正是纪蔚然现代戏剧叙事观论述的基本模式，他以后结构主义的叙述学为理论与戏剧搭起对话的桥梁，于双方的互动中丰富戏剧评论的内涵。因此，他以后结构叙述理论的观点研究西方现代戏剧的叙事结构和语言观，并大量借助米勒（J.Hillis Miller）、彼得·布鲁克、卡尔维诺、巴赫汀、罗兰·巴特、本雅明的观点加以佐证，为研究西方现代戏剧提供了新的理论基点、研究方法和批判视角。

三、回归传统：台湾关于戏曲现代化的探索

随着20世纪60、70年代文化环境的改变，当代台湾总体上的文化走向从对欧美文化的一味崇拜，转向对中国情怀的探询。国民党政府迁台后开始反思内战失败的原因，并在文化上找到原因，为了维护其"正统"的地位，在文化上以"国家形象"进行塑造。因而，整个戒严时代，京剧成为传统剧坛的官方剧种，成为当时台湾戏曲的主流，而乱弹戏、布袋戏、歌仔戏等则被视为"地方戏曲"。直到20世纪80年代，"古老"与"前卫"不再对立，成了一体两面，此大环境推动了"雅音小集"等民间剧团对戏曲的创新，影响之后的戏曲创作走向盛大。[1]在台湾政治、文化变迁的影响下，台湾文艺的本土化思潮扭转了文化西化的局面，开始回归中国文化传统。王安祈认为："一九七〇年代的文化风潮明显地由对西方艺术的崇拜模拟转而对中国情怀的溯源寻根……中国传统的文化一时成为热潮，'台湾的文艺复兴在七〇年代'的说法至今已为大家所接受。"[2]

台湾自20世纪70年代后期开始戏曲创新运动。1979年，郭小庄创办了"雅音小集"，王安祈认为，"京剧性格的转变，是'雅音小集'为台湾京剧转型的最主要意义"。雅音小集对台湾戏曲的开创性影响包括三个层面：

---

［1］王安祈：《传统戏曲的现代表现》，台北：里仁书局，1996年版，第97页。
［2］王安祈：《当代戏曲》，台北：三民书局，2002年版，第75页。

（一）对戏曲制作方式的影响：

1. 首先结合传统戏曲与现代剧场观念。

2. 首先引进戏曲导演观念。

3. 首先聘请专业剧场工作者设计戏曲舞台美术、扩大戏曲创作群。

4. 首开民乐团与戏曲文武场合作之先例。

（二）对戏曲文化的影响：

1. 京剧身份性格转换：使京剧由"前一时代大众娱乐在现今的残存"转型为"当代新兴精致艺术"。

2. 京剧观众结构的改变：京剧观众由"传统戏迷"扩大至"艺文界人士、青年知识分子"，培养大批原来从不接触戏曲的年轻世代。

3. 戏曲审美观的改变：京剧与当代各类艺术之间变得关系密切，当代的戏剧（包括电视、电影、舞台剧等）开始逐步渗入京剧，与京剧展开"对话"，京剧的"纯度"开始减弱，传统的表演技艺已不是剧评的标准，观众对戏的要求已明确地由"曲"放大到"戏"的全部。

4. 戏曲评论范围扩大，传统与现代的结合引发艺文界广泛关注，使戏曲的评论人由传统戏迷扩大至西方戏剧、现代戏剧学者及艺文界人士，引发宏观论述。

（三）对剧坛生态的影响：

1. 化被动为主动深入校园强力宣传，不仅确立了往后各剧团的宣传方式，更预示了"传媒、行销"时代的来临。

2. 不仅直接影响同时期军中戏队的演出风格，对于其他剧种（如歌仔戏）进入现代剧场时的制作方向亦有相当大的带动作用。[1]

1986年，吴兴国创办了当代传奇剧场，凭借《欲望城国》一举成名，受邀国际各大艺术节，包括英国皇家剧院、法国亚维侬艺术节等，成为"传统戏曲艺术发展与创新的掌旗先锋人物"[2]。之后，当代传奇剧场陆续以京剧改编了一系列"中国式莎剧"。2004年，当代传奇剧场接受邀请，

---

[1] 王安祈：《台湾京剧五十年》（上册），宜兰：传统艺术中心出版，2002年版，第108—109页。

[2] 顾湘：《到底是李尔王，还是吴兴国？》，载《外滩画报》，第380期，2010年4月1日。

远赴丹麦参加"欧丁剧场40周年庆"演出《李尔在此》，成为整个活动中唯一受邀的东方表演艺术团队。在剧中，吴兴国一人分饰剧中十个不同人物角色，生旦净丑。在观看《李尔在此》演出之后，尤金·巴尔巴[1]向吴兴国表达他的感动："你不仅撼动了自己的传统，你也同时撼动了欧洲莎士比亚的传统！年轻的时候我们认同哈姆雷特，年老的时候我们认同李尔王。传统必须在21世纪存活下来，而只有运用传统、改变传统，甚至破坏传统，才能使之获得生命力。这条路漫长而孤独，但你必须坚持到底，继续向前。"[2]吴兴国希望借由莎士比亚等西方名著剧本，帮助京剧在文字修养、主题寓意上有新发展。

王安祈的戏曲现代化思考值得研究和加以实践，她认为："（戏曲）现代化不只是增加灯光布景，不只是新作服装，现代化的核心是剧本的情感思想，新编剧本的内涵一定要能反映现代人的欲求想望，贴近现代人心灵。'保存传统'不只是演古人编写的戏，传统的内涵是'传统戏曲唱念做打表演体系'，不只是传统戏码。戏曲不仅具备'文化资产'的意义，更是鲜活的'剧场艺术'，除了保存之外，更该积极延续，而现代化正是延续传统最有效的手段。"[3]王安祈的观念，实际上是提倡保留戏曲表演体系和美学，并在思想上使得戏曲美学焕发出新的思想之光。王安祈本人的新编京剧在戏剧叙事技法上不断突破，她的京剧现代化努力主要分为两个阶段：前期是与郭小庄、吴兴国的当代传奇剧团合作，主要突破包括在叙事手法和舞台节奏等方面，如冲突、悬念、逆转、反差、倒述、插叙、分割空间、旋转舞台等。后期，王安祈担任台湾国光剧团艺术总监，将创作导向了京剧女性意识的开掘。作为理论家兼剧作家，她的京剧现代化理念深入到剧本创作之中，她认为戏曲中对女性形象的塑造、内心的挖掘不够细腻，并认为应该循序渐进，遵循戏曲美学，不能立刻大刀阔斧地以女性意

---

[1] 尤金·巴尔巴曾于2002年在台湾观看此剧，后力邀该剧赴丹麦演出。

[2] 顾湘：《到底是李尔王，还是吴兴国？》，载《外滩画报》，第380期，2010年4月1日。

[3] 王安祈：《绛唇珠袖两寂寞》自序，台北：INK印刻出版，2008年版，第16页。

识为女性形象翻案，而需要更深地挖掘女性隐秘细微的情感与心理波动，注重以优美细致的场次曲文来抒发古代女子的内心情事，尤其是现代化思维与古典情韵的融合。因此，王安祈从女性心理出发，开始了京剧思想观念的现代化。例如，她认为以曹七巧为代表的卑微、负面的女性形象不见容于主流价值和道德世界，但在艺术文学里应该得到一席之地，这是戏曲现代化的观念更新所在。

王安祈改编或创作的剧本十分注重体现现代人情感的题材，在人物塑造上更是独具匠心，擅长塑造虽然卑微渺小，但性格复杂丰富、命运多舛、具有强烈自觉意志的女性形象，总是力求颠覆传统戏曲善恶二分的传统思想和价值观。此外，常常实践将戏剧性与抒情性结合的创新，将扭曲变态的人性剖析与传统具有抒情美感的诗韵唱文相结合。王安祈的戏剧创作还重在更新戏曲价值观。传统戏曲剧情和时代观念与当代的巨大隔阂，文化传承中如何应对"文化遗产"中巨大的价值差异。如何还原人性，转换传统忠孝节义的伦理价值，如何以古典优美的表演形态阐释出属于现代的情思。戏曲现代化绝非无端挪用西方理论，古典记忆与现代感受之间的关系，才是反复探索的主题。[1] 王安祈改编自传统京剧《御碑亭》而成的京剧小剧场《王有道休妻》，将传统守旧的故事，演绎成为诠释现代人性别意识与欲望呈现的戏码。同时，她的戏曲作品还以"京剧小剧场"的舞台形式实现了艺术创新。《王有道休妻》将舞台主要场景"御碑亭"做"拟人化"处理——由丑角饰演，便于男女主人公进行虚实交汇的对话交流，改进京剧传统的程式化表演，加强创作与时代的"共振"。

从《荷珠新配》舞台形式的现代化，到《王有道休妻》等剧思想精神的现代化，再到《欲望城国》戏曲改编的跨文化，台湾当代剧场进一步实现了戏曲的跨文化创新，开创了传统戏曲现代化的新局面。

---

[1] 王安祈：《我懂得你的深情：〈三个人儿两盏灯〉编剧理念·之二》，见《绛唇珠袖两寂寞》，台北：INK印刻出版，2008年版，第37—38页。

第十六章　从现实主义到现代主义：探索戏剧的观念与实践

第一节　概述

　　1976年"文革"结束，中国历史进入了一个新阶段。社会环境的改变必然带来文艺政策以及文艺思潮的变化，中国戏剧理论界终于迎来了它的又一个春天。文革结束，首先进行的是"拨乱反正"，思想界、学术界进行了关于真理标准的大讨论。1978年《光明日报》发表的社论《实践是检验真理的唯一标准》成为学术界拨乱反正之圭臬，戏剧界也开始了"拨乱反正、复归传统"的理论建设和反思，中国大陆的戏剧创作与研究由此进入新 时期。

《光明日报》发表《实践是检验真理的唯一标准》，开启了新时期思想解放的大门。

　　进入新时期以后，戏剧界一方面开始对以往艺术创作中出现的"左"的思想倾向及造成此类现象的根源自觉地进行清算与反思，另一方面也对当下中国话剧所面临的困境，即表现手法单一、表现题材狭窄、"戏剧观念的封闭和僵化"[1]等问题有了清醒的认识。那么如何解决这些问题，从而将中国话剧的发展引入正轨呢？答案是显而易见的，即戏剧观的更新。

　　然而，"戏剧观"本身不是一个特别的名词，黄佐临在20世纪60年代初提出的时候，一直被人有意无意地悬置，长期无人认真地思考。也可以说，几乎所有关于戏剧的论争最后都能归结到戏剧观上去，但是就在20世纪80年代初的时候，这个名词一再地被人提起，并形成一场声势浩大的戏剧论争。这场论争规模宏大，几乎所有的理论学者、或者具有一定理论素养的戏剧工作者以及许多戏剧从业者都参加了论争；其持续时间较长，20世纪80年代中期两本《戏剧观争鸣集》（1986、1987年）出版，直至20世纪90年代还不断有人提起这次讨论，并对其中的某些问题进行论述；不仅如此，此次论争产生了深刻的影响，直接改变了许多戏剧理论学者的观念，也直接导致了戏剧从业者的戏剧观念的深刻转型，这在中国戏剧史上是罕见的。可以说，新时期的戏剧观大讨论是中国戏剧理论史上的一次划时代的讨论，奠定了中国现代戏剧的发展方向、艺术品格、理论探索的基调。

　　"五四"时期的关于新剧与旧剧的争论其实是观念之辩，集中在对戏剧形式以及戏剧文化的社会价值指向的探讨，希望利用一种新型的艺术样式来承载启蒙的社会理想。而新时期的戏剧观大讨论则是以讨论戏剧本质的姿态开始的，所谓戏剧观就是指对戏剧作为艺术本体的最本质的思考。戏剧观的争论本质上是中国戏剧要求从工具论到戏剧艺术本体回归的表现与努力。所以，不论是黄佐临提出的写意戏剧观，还是所谓的三大戏剧表

---

[1]　董健、胡星亮主编：《中国当代戏剧史稿（1949—2000）》，北京：中国戏剧出版社，2008年版，第273页。

演体系，抑或以后相继译介的西方现代表演理论，都是本体意义上而非工具论意义上的戏剧观念的建立。而戏剧的本质是由戏剧的外在形式承载的，并受到当时的政治、社会环境的影响。戏剧观的大讨论以探讨戏剧的表现形式开始，开启了中国戏剧史上新一轮的现代意识启蒙，也开始了真正艺术本体意义上的观念革新和艺术追求。到戏剧观讨论的后期，最初的戏剧观的讨论方向已经转变，转向了对戏剧文化的探讨，对西方现代演剧理论的译介和评价，以及对中国戏剧如何融入现代戏剧体系的思考。这和理论探讨的逐步深入有关，也和改革开放的进一步深化，舆论环境的进一步宽松有关。

戏剧观大讨论在很人意义上可以说是中国现代戏剧的一次启蒙，直接影响了中国新时期戏剧创作实践的走向和戏剧理论的品格。它是新时期戏剧突破题材禁区、理论禁区的努力和奋争，是在戏剧审美取向上具有划时代意义的标志性事件，为当时的探索戏剧之发展及以后的戏剧实践指明了方向。这次讨论不仅有戏剧理论家的参与，更是戏剧理论家和戏剧艺术家共同参与互相探讨共同发展的经典案例，是理论和实践互相促进实现双赢的实际事件，也是实践和理论共同发展相互学习的绝佳契机，是中国话剧觉醒的一个标志。童道明说："从话剧艺术演进的角度来看，中国话剧50年经历了两个觉醒期。建国之后的17年，以民族意识的觉醒为标志；新时期以来的23年，以革新意识的觉醒为标志"，而新时期革新意识的觉醒与高涨以戏剧观大讨论为开端。

戏剧观念的重建是从两个层面展开的：从对戏剧审美本质的把握上说，剧作家重新审视了自己以往所坚持的对于"戏剧社会功能的认识，所恪守的艺术方法、原则"[1]，并对之加以检讨。他们意识到，话剧并不仅是一种用于宣传某些社会政治思想的有效工具，它作为一种独特的艺术

［1］董健、胡星亮主编：《中国当代戏剧史稿（1949—2000）》，北京：中国戏剧出版社，2008年版，第274页。

样式是具有其审美自足性的。因此在创作中，他们不能仅仅只把眼光聚焦在如何准确地传达出思想政治观念上，更要"着眼于对人的研究，写人的生存遭遇、生命体验和人本体的困惑等，表现人的精神世界的丰富性和复杂性"[1]。从对戏剧表现形式的突破上说，戏剧创作者们对一直以来在中国剧坛上占据着最权威地位的表现手段——"幻觉主义"的合理性提出了质疑。所谓"幻觉主义"，其基点即是"第四堵墙"理论，而这一理论的核心思想是试图在舞台上逼真地再现生活场景，其目的在于让观众相信眼前所发生的一切是真实的。剧作家们发现，在这种创作思维的束缚下，戏剧表现形式的单一和僵化问题日渐突出。导演胡伟民就曾一针见血地指出："艺术来源于生活，又绝非生活的复制。照相式的精致描绘，往往不能准确揭示生活的本质真实。"[2]显然，他已经悟出了现实生活与艺术创作之间的差异。要言之，艺术家的任务并非是在舞台上"复制"生活，而是在承认和尊重舞台的"假定性"原则的前提下，运用特殊的艺术表现手法对日常生活事件进行整合、提炼，从而将"生活的本质真实"以更为艺术化的形式展现出来。也正是基于对戏剧"假定性"的领会，他们一方面从西方现代戏剧作品中汲取养分，大胆地借鉴了诸如"表现主义"、"象征主义"、"存在主义"的戏剧表现手段，另一方面则将视线投入到中国传统戏曲中，试图从高度程式化的、极具审美表现性的呈现形式中寻求新的出路。

尤其值得注意的是，20世纪70年代末到80年代初期，戏剧工作者特别对中国语境下的"现实主义"创作理论的美学向度加以了重新审视。他们意识到，一直以来被尊为圭臬的"革命现实主义"、"社会主义现实主义"实际上是西方语境下的"现实主义"偏狭化和意识形态化的产物。在此种

[1]董健、胡星亮主编：《中国当代戏剧史稿（1949—2000）》，北京：中国戏剧出版社，2008年版，第273页。
[2]胡伟民：《导演的自我超越》，北京：中国戏剧出版社，1988年版，第5页。

创作思维模式的限制下，剧作家非但无法在作品中展现出人们真实的生活情状，揭示出真正的人性，反而将话剧创作引入到"假、干、浅"的歧途之中。1979年，《剧本》杂志召开了青年题材创作座谈会。次年，中国剧协、中国作协和中国影协又组织了剧本创作座谈会。在这几次会议中，作家在回顾自己的创作历程的基础上，进一步对戏剧创作中的"真实"的内涵进行了再讨论。[1]他们认为，"真实"作为"现实主义"的核心美学观念，要求作家"直面现实'讲真话'、'干预生活'"，"提出为千百万人所关心的重大问题"。[2]也正是以此类讨论为契机，剧作家们纷纷将眼光投向以往被视为"禁区"的社会生活领域中。在短短的几年内，中国剧坛上涌现出了一大批以《报春花》、《权与法》、《未来在召唤》和《救救她》为代表的"问题剧"。这些作品有一个共同的意义指向，即它们均以暴露社会生活的腐败面、党内的不正之风为目的，意在唤起人们对这些社会现状的思考。尽管在特定的历史时期内，它们曾备受观众的追捧，然而观众对此类作品的热情却并没有持续多久。当剧中所描摹的特殊年代过去之后，这些剧作便无人问津，在剧场中也销声匿迹了。造成这种现象的原因何在？晚年的曹禺对于当时流行的"问题剧"所持有的态度是极具代表性的。他说："如《报春花》啦，《救救她》啦，《未来在召唤》啦！我看了，当时是非常受感动，真的很受感动，激动得不得了，觉得非常有道理，确实说出了我心里话。但是，有一个问题，如果党也觉得这样好，党的领导，看到是指责社会上的缺点，哪些是好的，哪些是坏的……是不是这样就成为一部杰作呢？成为一部真正的好戏呢？……我是怀疑的，是很值得研究

---

[1] 1978年5月11日，《光明日报》刊载"特约评论员"文章《实践是检验真理的唯一标准》，引起巨大反响。全国广泛展开关于"真理标准"的讨论，为新时期拨乱反正，为确立实事求是的思想路线奠定了坚实的理论基础。而戏剧界也以"真理标准"的讨论为契机，展开了一场关于如何理解戏剧创作中的"真实"问题的讨论。参见董健、胡星亮主编：《中国当代戏剧史稿（1949—2000）》，北京：中国戏剧出版社，2008年版，第269—270页。

[2] 董健、胡星亮主编：《中国当代戏剧史稿（1949—2000）》，第270页。

的。"[1]在这段表述中，曹禺首先肯定了"问题剧"特殊的社会功用价值。它们所试图传达的观念，所宣泄出的政治情绪与曹禺的思想感情产生了共鸣，他才会为这些剧作所感动。然而，曹禺也极其清楚，讲"道理"与写"戏"是两种性质完全不同的工作。前者以社会占主导地位的政治思想意识形态为导向，将说服人们接受某种明晰的观念作为最终目的；而后者却以人们的审美趣味为依据，以创作出能满足人们艺术审美需求的作品为己任。虽然从某种意义上说，诸如《报春花》之类作品的问世标志着中国戏剧的进步——剧作家们已置身更为宽松的政治环境中，他们的思想开始逐步解放，并敢于在作品中针砭时弊，但是这些作品本身是缺乏艺术审美价值的，它们无法带给观众更深层的审美享受。而作品艺术性的缺失无疑证明，当时中国大多数剧作家依然未能准确地把握戏剧的艺术本质。

与戏剧界对"现实主义"的批判相呼应，学界中也鲜有学者再为"现实主义"缀上诸如"革命的"、"社会主义的"之类带有强烈的政治意识形态色彩的定语了。他们试图从艺术审美的维度来对这种创作方法加以再阐释。例如田本相在解读曹禺的剧作时，创造性地提出"诗化现实主义"这一概念，并将曹禺剧作的戏剧美学特质表述为"以诗人般的热情拥抱现实"。[2]在他看来，曹禺"写剧从来都是一种诗情的迫切需要"。他的诗情又"来自他那种高度的社会责任感，来自他那种对历史人生的艺术良知"。[3]也正是受着"诗情"的影响，曹禺在作品中不仅"无情地暴露了现实生活的丑恶，揭示了人物命运的严酷"，[4]更是表达了自己"对现实人生的哲学沉思"。[5]这些特征让其早年的作品呈现出极高的艺术格调。田本相本人虽未对"诗化现实主义"的内涵做出严格地界定，但是它

---

[1]田本相、刘一军编著：《苦闷的灵魂——曹禺访谈录》，南京：江苏教育出版社，2001年版，第29页。

[2]田本相：《论曹禺的诗化现实主义》，见《现当代戏剧论》，南昌：江西高校出版社，2006年版，第82页。

[3]田本相：《论曹禺的诗化现实主义》，见《现当代戏剧论》，第82页。

[4]田本相：《论曹禺的诗化现实主义》，见《现当代戏剧论》，第83页。

[5]田本相：《论曹禺的诗化现实主义》，见《现当代戏剧论》，第84页。

的提出却表明，学界用于评判戏剧作品艺术价值的理论尺度发生了变化，即社会功用性不再被当作衡量作品艺术品格高低的最重要标准。研究者们在承认作品社会功能的同时，更为看重作品的表现形式是否具有美感，作家在文本中是否对人性作出深入地探究。这种解读和评论视角的变化是可喜的。这说明，学界也在努力地挣脱思想束缚，积极地拓展理论视野。虽然，中国当代语境中的"现实主义"的核心价值指向依然是要求作家的思想要与社会中占主导地位的价值观念保持高度的一致性，但是它不再苛求剧作家在具体创作中必须遵照"写实"的手法来结构戏剧事件。相反，它同样承认戏剧的表现手段是可以多样化的，甚至可以是非"现实主义"的。尽管如此，客观地说，"诗化现实主义"的提出也从一个侧面表明，"现实主义"的话语模式已经根植于大多数学者的头脑之中。在作品阐释活动中，他们表现出了对这种话语方式和思维定势的留恋。他们甚至煞费苦心地扩大"现实主义"的内涵，将"现实主义"臆想为是一种极具有包容性的戏剧观念。

不难想象，从20世纪80年代至20世纪末，中国话剧势必是向着多元化方向发展的。事实也的确如此。以北京人民艺术剧院（以下简称"人艺"）为代表的戏剧创作团队坚持将"现实主义"作为最主要的创作方法。从创作题材的选取上看，"人艺"的创作者们依然热衷于在舞台上表现生存在某个特定社会历史环境内的人的精神状态与"国家前途和民族命运"之间的关系。比如苏叔阳于1980年所作的《左邻右舍》一剧就十分具有时效性。在这部作品中，作者截取了北京某大院中的人们在1976至1978年里过国庆节的场景。他通过细致地描绘发生在大院中的种种琐碎的事件，反映了邻里之间的微妙关系，其意在揭示出"中国社会在噩梦初醒后生活的曲折艰难"[1]。从对于经典作品的解读方式上看，"人艺"是十分

---

[1] 董健、胡星亮主编：《中国当代戏剧史稿（1949—2000）》，北京：中国戏剧出版社，2008年版，第321页。

尊重原著的。在排演过程中，他们不但严格地按照作品中舞台提示来设计布景，制作道具，而且还以作品中的人物小传为依据来塑造舞台形象。从演员的表演方式上看，他们一方面承袭了斯坦尼斯拉夫斯基的"体验论"，力求在表演中达到演员与角色合二为一的境界；另一方面，他们也极为珍视由焦菊隐所创造的以"心象说"为核心的表演理论。在排演部分经典作品时，他们大胆地借鉴了中国戏曲的表演方法。然而，颇具意味的是，林兆华恐怕是"人艺"创作群体之中的异端。他对"人艺"所坚持的"现实主义"风格提出了质疑，并表示了担忧。在《戏剧的生命力》一文中，他中肯地指出："我觉得中国话剧舞台太贫乏，太整齐了。我认为一个国家在戏剧上用一个'主义'、一种样式去统治是非常荒诞的事情。怎么这个戏就得这么写？怎么这么写了就得这么导、这么演？不明白。"[1] 由此，他和他的团队一道，将北京人民艺术剧院的"小剧场"变成了他们的话剧实验场。在"人艺"的"小剧场"中，他排演了后来被冠以"探索戏剧"之名的《绝对信号》、《野人》等作品。尽管在当时的历史环境下，这些作品的创编和排演之初无法得到剧院中大多数坚持"现实主义"创作观的老艺术家的支持和理解——惟有院长曹禺和副院长于是之鼓励林兆华的创作活动——但是就如"人艺"为纪念建院六十周年所摄制的纪录片《人民的艺术》中所描述的，当《绝对信号》在"小剧场"首演时，观众们不禁惊叹道，原来话剧还有这样的演法！

　　与林兆华相类似，中国剧坛上还有一批艺术家，如胡伟民、王延松、王晓鹰等人，他们同样致力于新的话剧表现方式的探索。早在20世纪80年代初，胡伟民在《话剧艺术革新浪潮的实质》一文中表达了试图"突破70多年来中国话剧奉为正宗的传统戏剧观念，想突破我们擅长运用的写实手法……演剧方法上的'第四堵墙'理论……表导演理论上独尊斯坦尼斯

---

[1] 林兆华：《戏剧的生命力》，载《文艺研究》，2001年第3期。

拉夫斯基体系一家的垄断性局面"的诉求，[1]同时，他更是为广大的戏剧创作者指出了"走向舞台假定性的途径"，即："东张西望"论、"得意忘形"论和"无法无天"论。[2]胡伟民在排演《秦王李世民》的过程中便实践了自己的理论构想。以该剧的舞台设计方案为例，胡伟民着意于"冲出镜框式的舞台框，打破四堵墙"，故而他采用了"一组跌宕多姿的平台，灰平绒组成的多层条幕"，其选用的道具也少而精。这样布置的目的在于"和观众席拉近距离，使舞台更具纵深感、亲切感"。1985年，王延松排演了音乐剧《搭错车》（他自己将这部作品的呈现形式规定为"音乐歌舞故事剧"）。这部作品的首演地点亦不是剧院，而是一个可以容纳一万二千人的体育馆。在此剧中，王延松打破了话剧与其他艺术样式之间的界限，他将流行歌曲穿插到剧情发展的过程中，使它们成为推动剧情发展、表达人物情感的媒介。这种新的表现手法受到了青年观众的普遍认同。此剧的受欢迎程度如此之高，以至于创下了连演千余场的记录。当时的学界将这一演出盛况称为"《搭错车》现象"，甚至还专门组织了专题学术研讨会来对之加以探讨。同年，王晓鹰执导了《魔方》一剧。[3]这部剧作并不以讲述一个具有起承转合性质的完整故事为目的，它是由九个看似各自独立的片段组成的。而王晓鹰选择排演这部作品的原因在于："《魔方》充满了挑战意味，其锋芒直指我们长期以来对'戏'的理解……九个段落之间竟没有任何情节联系……各段所使用得艺术语汇也很不相同，毫无'戏剧规范'可言"。然而，也恰恰是它对所谓"戏剧规范"的悖逆，才构成了它作为一出"戏"的存在价值。[4]

---

[1] 胡伟民：《导演的自我超越》，北京：中国戏剧出版社，1988年版，第3页。

[2] 胡伟民：《导演的自我超越》，北京：中国戏剧出版社，1988年版，第6—13页。

[3] 需要指出的是，《魔方》是由上海师范大学的学生陶骏及王哲东等人于1985年年初创作的。王哲东担任了这部作品的首任导演。这部作品首演于1985年4月，首演地点是上海师范大学东部礼堂。这部作品一经推出，便在戏剧界引起了极大反响。同年，中国青年艺术剧院的导演王晓鹰将它搬上了首都舞台。参见李晓主编：《上海话剧志》，上海：百家出版社，2002年版，第231页。

[4] 王晓鹰：《让戏剧的胸怀宽广一些——〈魔方〉导演谈》，载《戏剧杂志》，1986年第4期。

在20世纪80年代，无论是恪守着"现实主义"创作传统的戏剧创作群体，还是对探索新的戏剧表现形式怀有极大热情的青年艺术家们，均试图以自己特有的方式来冲破旧的戏剧观念对自身创造的束缚，并通过丰富的舞台语汇来表述自己对戏剧艺术本质的体认。但是，超越现实主义并非一朝一夕之事，因为现实主义已经成为中国现代戏剧的传统。台湾戏剧批评家钟明德认为，大陆在20世纪80年代也相应出现"二度西潮"，但种种探索戏剧的努力，并未能撼动根基厚实的话剧写实主义传统、体制，因为大陆的"二度西潮"不仅要面临写实主义的抵拒，更要冒"搞形式主义"的大不韪和"商品化"、"企业化"的煎熬。或许，前卫剧场如果缺乏政治使命，其美学变革则显得羸弱无力。钟明德认为，在中国现代戏剧的写实主义和现代主义交汇之际，有太多的问题需要思考："台湾八〇年代的小剧场运动，在吸收、消化、生产剧场现代主义方面，显得时机和形势都比大陆要好，同时也多少累积了相当的成果。但是，由于台湾的写实主义现代戏剧太弱，小剧场运动的剧场现代主义也因此显得空泛，没有目标，经常给人标新立异、光怪陆离的印象，而没有令人深刻地体认到剧场现代主义在台湾社会的历史性任务。另一方面，就大陆的现代戏剧发展来看，八〇年代的一些新声很清楚地指出了写实主义剧场的局限和危机。当写实主义所预设的'能动的主体'、'透明的语言'和'客观存在的真实'，愈来愈无法体现'四个现代化'之后的生活经验时，剧场的现代主义化似乎是一个迟早必须面对的问题和一个可能的出路。"[1]

丁罗男在论述新时期探索戏剧时对戏剧文体的探索和突破总结了三个方面：

第一，布莱希特式的"叙述体戏剧"作为一种破除舞台幻觉的文体受到许多剧作家和导演的青睐。第二，出于对写实模式的一种反叛，新时期

---

[1] 钟明德：《继续前卫——寻找整体艺术和当代台北文化》，台北：书林出版社，1996年版，第192—193页。

的话剧作家，尤其是中青年一代对本世纪以来西方各种非写实、反写实的戏剧文本情有独钟。第三，"写意戏剧"的提出和实践，成为80年代话剧创新的又一热点。[1]

20世纪80年代开始的探索戏剧研究，与戏剧观大讨论密切相关，是当年思想解放大潮在戏剧界的反应。探索戏剧就其理论特质而言，具有以下特点：

第一，探索戏剧理论力图在艺术本体的美学范畴中从审美的角度去探索戏剧的发展。"在艺术观念上尽力摆脱戏剧对政治的从属关系，摈弃'政治工具论'的桎梏，由'政治文化'视角转向'整体文化'视角。"[2]戏剧观大讨论力图让戏剧回到戏剧作为艺术的本身，这个方面的理论探索基本上属于戏剧观大讨论的参与与深化的内容，关于戏剧观的重要论述基本就是要回到艺术本体的努力。而探索戏剧理论力求在介绍西方戏剧理论的同时也结合中国戏剧自身的一些特点，有意识地思考戏剧的现代化与民族化的问题。探索戏剧理论倡导注重人物内心之变化，注重戏剧的哲理化表达，注重对戏剧结构形式的探索。在实践上，从《绝对信号》对人物内心的表现，意识流在戏剧中应用，《野人》综合运用戏剧表现手段，形成疏离但震撼的剧场效果，到《车站》对人生哲理的思考，虽然模仿的痕迹较浓，但毕竟是走向现代主义戏剧的具体实践，而《屋外有热流》和《我为什么死了》、《魔方》等在对形式的实验中进一步丰富了探索戏剧的艺术表现手段，既是在探索戏剧理论影响下的成果，又进一步对探索戏剧理论产生影响。

第二，20世纪80年代开始的探索戏剧理论一直努力探索的是戏剧如何找寻现代生活的现代感受，在艺术表达、舞台呈现等层面进行探索和革新。陈恭敏认为新时期的探索戏剧是一个从规则向不规则转换的过程，其

---

[1] 丁罗男：《中国话剧文体的嬗变及其文化意味》，见《二十世纪中国戏剧整体观》，上海：文汇出版社，1999年版，第175—176页。

[2] 田本相：《新时期戏剧述论》，北京：文化艺术出版社，1996年版，第33页。

实就是剧场表现形式由单一向多样化的转变，由传统向现代的转换。而多姿多彩的现代戏剧理念造就了艺术表达的形式多样性，在舞台呈现上出现多种形式的探索和革新，在理论促进舞台革新的同时，新的舞台表现形态也加深了理论家对戏剧的理解和发展。《我为什么死了》的非写实布景，随即变换的舞台布景之运用，充分利用倒叙、旁白等手段，使戏剧实验之风在舞台形式的革新上呈现一种繁荣景象。王晓鹰导演的《魔方》以其马戏晚会式的特点，让几个互不关联的片段相互组合，增强演员和观众的现场交流，使观演气氛活跃。

第三，20世纪80年代开始的探索戏剧还具有一个明显的特点就是在借鉴西方现代主义演剧理论和学习西方现代演剧实践的基础上，对中国传统的戏剧资源进行整合和继承，许多的探索都比较重视对西方戏剧理论的中国民族化努力。对西方戏剧理论的译介蔚为大观，从布莱希特到阿尔托，从梅耶荷德到格洛托夫斯基，从马丁·艾思林到彼得·布鲁克，从皮斯卡托到博雅尔等人的戏剧理论，都被翻译和介绍到了中国。并且中西传统开始汇融，中国戏剧理论进行的探索有一种与西方现代戏剧理论合流的趋势。20世纪80年代中后期以后，这种融汇形成一股强大的现代化和民族化的探索潮流，并对后来的戏剧发展影响巨大。黄佐临、胡伟民、林兆华、徐晓钟、陈颙等的导演阐述都在强调此类的话题。有一些戏剧家和导演，在借鉴西方现代戏剧理论的同时，注意民族戏剧形式的探求，例如对"民族史诗"形式的追求，是这方面最具探索性的形式。

第四，20世纪80年代开始的探索戏剧理论存在追求新奇的、不同常规的理论表述，在戏剧精神上追求哲理思考，表现出浓重的新启蒙特色[1]和关注现实的理性思考。虽然其以一种反叛的、先锋的姿态出现，但他们的思考却是在西方哲理思辨的形式下对中国当下的一种深层次的理性关

[1] 许多人认为，自"五四"以降的新文化运动引发的中国现代启蒙运动由于历史原因被迫中断，而20世纪70年代末80年代初甚至一直到现在要补启蒙的课，而现实环境与当年的启蒙运动有了极大的不同，理念上也有很多差别，所以有些学者将之称为"新启蒙"。

注。就是这种哲理性的、新启蒙特色的、充满对现实关注的激情以及艺术承担启蒙的理想情怀，成为了探索戏剧理论的一大特色。探索戏剧关注的是人、人性、生命的意义等重大问题，它借鉴了西方现代主义乃至后现代主义艺术观念与手法，在戏剧形式上进行大胆尝试，同时也不忘戏剧的人性使命，以戏剧的方式探索人生的基本问题与困境，叩问生死的大问题，使戏剧成为现代人生存的哲理启示录。

第二节　最初的论争：超越政治工具论？

正如新旧戏剧观念会发生争论一样，所有的时代都存在理论、立场、思维乃至具体戏剧技巧的论争。20世纪60年代以来已经形成的短暂的戏剧传统，即三突出、阶级斗争的政治传声筒的观念已经深入到某些剧作家、戏剧理论家的心灵深处，而政治形势也影响到戏剧理论界的走向和论争。因而在新时期最剧烈的争议仍旧发生在艺术和政治观念之间，僵化的政治观念融入艺术创作之中形成僵化的艺术观念，政治附庸的思维、工具论的观念在艺术创作领域形成强大的定势。但是艺术家不再满足于在政治的夹缝里进行有限地创作，他们要在观念上形成以艺术为本体的创作理念，在价值观念上要形成以人道主义为核心的现代思想体系，因而新旧两种艺术观念掺杂着政治观念，并在政治权力的干涉下进行了一定的争论，最后在形式的层面对戏剧观念进行了彻底的争论，也因此颠覆了以政治为核心的艺术观。

新时期也有对一系列戏剧展开的批评与论争，如对《枫叶红了的时候》、《曙光》、《于无声处》、《有这样一个小院》、《报春花》等剧的评论，以及对传统剧目《四郎探母》的争论。实际上争论的双方都没有脱离工具论的底色，由于政治参与的原因，这种争论不可能彻底，也不可能使一方彻底说服另一方，或者由于时代的局限，这种争论只能在某种意识形态的控制下，在有限的戏剧理论基础上进行有限地讨论。虽然当时诸多的剧作家、戏剧理论家迫切地希望戏剧能回到戏剧艺术本体上来，抛开一系列的政治决定论的影响，但由于对《假如我是真的》的争论及此剧被禁演的风波，舆论导向受到影响，戏剧创作陷入不敢触及生活，逃避现实，甚至胡编乱造的泥潭当中，戏剧再次出现危机。

新时期初期戏剧的短暂繁荣已经不在，面对戏剧的危机，戏剧工作者和戏剧理论家普遍感到一种理论上突破的需要。一种艺术样式要想进行真正意义上的突破，必须进行观念上的突破，而这必须通过一系列的批判和重构来实现。由此，中国戏剧界掀起了声势浩大、影响深远的关于戏剧观的大讨论。"关于戏剧观的论争是中国戏剧在进入到新时期后第一场大规模的论争，它不是一桩孤立的事件，而是和当时中国文艺思潮的演变不可分的。"[1]戏剧观大讨论的缘起复杂，有客观原因，也有戏剧艺术发展到一定阶段的内在要求。其直接原因是戏剧面临的危机与困境，而这种危机与困境的缘由则是复杂的。这其中最纠结的问题在于，戏剧艺术如何表现人性？戏剧艺术应该以何为尺度，可否自由地表现现实？关于《四郎探母》和《假如我是真的》的论争最具有代表性。关于《四郎探母》的争论实际上是人民个体意识高涨的体现，要求戏剧艺术表现普通人的思想情感，要表达的是个体在国家机器面前的权利和尊严。关于《假如我是真的》的论争则要表达的是对艺术自由的追求，思考艺术如何对现实进行关注和干预。

《假如我是真的》一剧的遭遇对于中国戏剧而言是个契机，一大批艺术家和理论家由此开始审视戏剧本身。虽然《假》剧在姿态上是艺术与权力话语的对抗，但其实也是工具论的另一种表现形态，企图以艺术干涉政治，介入现实，而这种试图干涉现实的戏剧在某种程度上戕害了戏剧作为艺术的自由发展。在当时的社会境遇下，艺术强烈干预现实的道路是走不

---

[1]陈世雄：《三角对话：斯坦尼、布莱希特与中国戏剧》，厦门：厦门大学出版社，2003年版，第293页。

通的，就艺术的发展而言也不是其本质的表现方式。

应当说该剧是中国戏剧观念的一个集中体现，而这种狭隘的戏剧观念也使中国戏剧在20世纪80年代初由最初的热闹和繁荣走向冷落与萧条，导致中国戏剧危机的出现。当然《假》剧的遭际也使一大批中国的艺术家、理论家开始反思戏剧本身，就是《假》是不是中国现实主义的代表剧作，如果是，那么现实主义戏剧应该是这样的吗？如果不是，现实主义应该是什么？现实主义是不是戏剧的全部？如果不是，戏剧应该是什么？

实际上，中国话剧的发展带有先天不足的特点。其引进之初就具有极浓重的政治功利色彩，这也导致国人对话剧的理解产生偏差。例如，在很长一段时期内，易卜生的社会问题剧被国人奉为无上的圭臬，却对其艺术水平极高的《皮尔·金特》、《野鸭》等作品知之甚少。这和中国现代戏剧发展的社会背景有关。20世纪初的中国风雨飘摇，在军阀混战、民族危亡的时刻，在救亡压倒启蒙的语境里，戏剧并没有作为艺术本身发展的可能性。20世纪中叶以来，由于政治因素的介入、干预，幻觉剧场成为唯一的舞台呈现形式，艺术从工具沦为附庸，彻底丧失了作为艺术的本性与主要特征。而《假》恰好给艺术家、理论家提供了一个反思的契机。这和当时的社会环境密不可分，改革开放之初，文艺政策相对开放、宽松，大家在"东张西望"的时候开始反思自身，逐渐意识到戏剧完全可以有多元化的表现方式。

如果《假》剧等具有明显政治功利的戏剧不是戏剧的全部，更不是戏剧本质最具体最充分的展现形式，那么作为现实主义舞台表现方式的斯坦尼体系是不是就是戏剧的唯一的表现方式呢？幻觉剧场是不是戏剧存在或者是戏剧应该存在的唯一的舞台呈现形态呢？如果是，那它为什么是，如果不是，另外的表现形式有哪些？这些其实都牵扯到"戏剧是什么"的问题，也就是戏剧最本质的问题。于是，一场声势浩大、影响深远，彻底改变了中国戏剧品格和观念的戏剧观大讨论开始了。

一批艺术家、戏剧理论家意识到戏剧不能作为政治的工具，它是一种艺术样式。而艺术要给人以美的享受，美必须有具体的表现形式，因而戏剧观大讨论是从戏剧的艺术形式开始的。艺术史上许多大的观念革新都从形式开始，因为所有的艺术样式其形式与内容都是密不可分的，没有没有内容的形式，也没有没有形式的内容，而内容在很大程度上是观念的替代词。要想有内容/价值观念的改变，必须有形式的突破。而形式的改变也必然带来内容/价值观念的更新。戏剧观大讨论前发生的一系列论争，几乎都局限在内容、思想、价值等领域进行，由于政治的阻力，社会的压力，以及正统、传统观念的牢不可破，最后大多没有进展。

然而，我们也必须承认，很多艺术层面上的大论争往往缘起于某一件具体的艺术作品，很多观念的更新也往往发自于某些具体的小争辩。很多之前熟视无睹的作品在一次论争中被人发现其具有非同一般的理论价值，在某些特定的时代背景下，具有非同一般的标本意义，可以在很大程度上体现某些理论的价值。

一、个人意识与集体理性之争：关于《四郎探母》的争论

《四郎探母》是传统京剧里广受欢迎，也广受责备的一出戏。它汇集了众多京剧艺术家参与演出，受到观众的追捧。它是最受观众欢迎的一出杨家戏，也是最为另类的杨家戏。它一改杨家将往日的英雄气概与忠君报国形象，在一种温情的、个人的、普通人的亲情表现中进行叙事与观念传达。

京剧《四郎探母》被禁不是一次，也不仅仅在大陆，在蒋时期的台湾亦是如此。其实建国之后，《四郎探母》一剧在大陆基本就失去了演出的市场。"文革"中说："旧京剧《四郎探母》是鼓吹孔孟之道、贩卖叛徒哲学和投降主义的大毒草。"[1] 甚至出现有人说《四郎探母》可以演出却因言获罪的极端事例："刘少奇曾认为《四郎探母》可以演的一段话被批为宣

---

[1] 陈勤忠、陈安顿：《一出鼓吹投降主义的毒草戏》，载《中山大学学报（哲学社会科学版）》，1974年第5期。

扬'叛徒哲学'，并成为他'叛徒、内奸'罪名的一部分"[1]，这不是耸人听闻，而是确有其事。即使到了新时期的初始阶段，还有人说："在'借鉴'艺术形式的借口下，大肆贩运最反动、最腐朽的东西。内容极端反动、表演低级下流的旧戏《四郎

京剧《四郎探母》剧照。2010年11月，中国戏曲学院庆祝建校60周年，于北京长安大戏院再度上演该剧。

探母》、《游龙戏凤》、《恶虎村》……等等，'四人帮'却一再强令剧团演出，供其欣赏，西方资产阶级的腐朽电影，包括春宫片、裸体片，他们崇拜不已，大量进口。凡此种种，触目惊心，不胜枚举。"[2]但是，"《四郎探母》等戏，是好是坏，争论了有三十年，虽然没有定论，但解放以来是不大有人上演了"[3]，这的确是建国三十几年以来的事实。

　　"文革"结束，经过拨乱反正，以及一系列的政策调整，文艺政策也逐渐变得宽松，人们开始怀念那些久违了的传统旧戏，其中的经典剧目就包括《四郎探母》。郭永江的文章《蔡文姬和杨延辉》（载《上海戏剧》1979年第3期）揭开了关于《四郎探母》论争的序幕。就在《上海戏剧》的同一期，许思言以建议的口气说："我建议《坐宫》、《见娘》内部先作观摩彩排，请社会科学家、历史学家、文艺理论家共同'会诊'。如果认为无伤民族气节这一大关节目，那么就允许它生存在百花园中。至于《回令》一折，如果吾辈中尚无高手使之能博得皆大欢喜的整理改编，那也无妨留待

　　[1]谢国祥：《杂议〈四郎探母〉》，载《长寿》，2001年第2期。
　　[2]齐武吉：《"四人帮"的极右路线与文化遗产的批判继承》，载《安徽师大学报（哲学社会科学版）》，1977年第2期。
　　[3]刘梦德：《〈四郎探母〉等戏绝对不能上演》，载《上海戏剧》，1979年第4期。

下一代去解决。"[1]关于《四郎探母》争论就此开始，此后多人进入此主题进行辩论，甚至时至今日还有人撰写文章对此戏进行解读和辩驳。

就当时争论的焦点而言，"主要集中在对杨延辉（四郎）这个人物的评价上。由对这个人物的肯定与否而得出对该剧肯定或否定的结论"[2]。当时双方都对这部戏的艺术性进行了肯定，"结构完整紧凑，环环相扣"、"每个角色都有发挥演技的机会"、"具有完美的唱词有优美的唱腔"[3]，其丰富的唱腔和情节的发展，包括众多杰出表演艺术家的演绎，更是获得了广大观众的认可。同时，毁誉双方基本都认为："一、这出戏具有极高的艺术性，是京剧传统戏中罕见的珍品。二、都在很大程度上把它当作历史剧或受历史演义制约的'历史戏'来加以评量。"[4]尽管对其艺术性都有较为肯定的评价，但对其思想性的探讨却针锋相对。"一百多年来，所有针对《四郎探母》的批评，都带有很强烈的道德与政治色彩，义正辞严，不容置辩。"[5]

关于《四郎探母》能否上演基本有如下观点：一种观点认为，"《四郎探母》是一出美化叛徒、鼓励投降变节的坏戏"[6]。这种观点基本没有脱离20世纪50、60年代的论调，甚至最有力的文章也是李希凡在1963年发表于《人民日报》的《〈四郎探母〉的由来及思想倾向》以及郭汉城同样发表于1963年的文章《对几个传统剧目的分析》[7]。虽然这一派的观点不新，文章也少，但是在这场争论中对另外一种或者几种观点产生了很大的影响。并且这种观点具有一种"政治正确"的天然优势，自然获得一部分人的认同。还有一种持否定意见的观点是，《四郎探母》讲述的是宋与辽的战争，是汉族与周边契丹族的冲突，现在汉族与各个少数民族同属中华

---

［1］许思言：《抢救京戏艺术遗产！》，载《上海戏剧》，1979年第3期。

［2］安志强、陈国卿：《京剧〈四郎探母〉的艺术魅力》，载《戏曲艺术》，1985年第4期。

［3］何开庸：《〈四郎探母〉何以常演不衰》，载《中国京剧》，1998年第8期。

［4］张汉英：《蒙尘的绝代佳人——为京剧〈四郎探母〉一辨》，载《中国戏剧》，1985年第8期。

［5］傅谨：《杨四郎的伦理底线——老戏新说之四》，载《博览群书》，2006年第6期。

［6］刘梦德：《〈四郎探母〉等戏绝对不能上演》，载《上海戏剧》，1979年第4期。

［7］该文载《戏剧报》，1963年05月16日。

民族之大家庭，为安定团结起见，不宜再上演有关民族冲突的作品。与这种观点一并引起争论的还包括岳飞等是不是民族英雄的探讨。

对该剧持肯定观点的人们普遍认为这是一部好戏，虽然有许多地方值得商榷或者修改，但整体而言还是优大于劣，即使思想倾向上有瑕疵，也不应因噎废食而禁演。针对《四郎探母》是美化叛徒不应上演的观点，有人认为杨四郎不是叛徒："说《四郎探母》美化叛徒，确乎耸人听闻。杨四郎到底算不 算叛徒就是个疑问。他是在宋辽兵争的金沙滩战役中被辽邦掳获，改名木易，招为附马的，十五年来过着'笼中鸟'、'失群雁'的生活，念故土、思骨肉终日愁锁眉尖，如他自己所说：'胡地衣冠懒穿戴，每年花开我心不开。'他既未出卖过杨家一兵一将，也没暴露过自己的身份，回宋营探母后'撒了一家'又返辽邦，为的是免使铁镜公主和儿子受'一刀之苦'，他心里想的却是'但等我住三五载，大破天门转回来'。虽然仅就唱词很难证明他真是'身在曹营心在汉'，但也难说他就是死心塌地为敌作伥的叛徒。何况，这里的所谓'敌'本当打上引号，因为我国是个多民族聚居的国家，在统一国土的漫长过程中，民族间的冲突和纠葛往往在所难免，究其实质，本属我们国家内部汉民族与少数民族之争。"[1]这种观点在当时极具代表性。

此外，对于该剧主题的探讨亦不可忽视。"《四郎探母》的主题是什么？该剧通过多情明理的铁镜公主、颇懂人情的萧太后、高瞻远瞩的佘太君、思念汉家的杨四郎等主要艺术形象的塑造，向观众画龙点睛地表达了一个美好的愿望：即中华民族要和好，不要分裂，中华民族只是分族，而不是分家。今天来评价这出戏，必须让我们自己置身于中华民族的大家庭之中，否则就难免对它做出不公正的结论。谁都知道，我国是个多民族的国家。在中华民族大家庭的内部，民族矛盾的发展趋向，应是渐近于和睦相处和不断地融合。尽管《四郎探母》产生的历史年代，使这一美好愿望

---

[1] 龚济民：《〈四郎探母〉也是一朵花》，载《上海师范大学学报（哲社版）》，1979年第4期。

难以实现，并在一定程度上掩盖了阶级矛盾，粉饰了封建统治者，但是仅就它蕴涵的中华民族的分族而不分家的观点来说，仍是有其积极意义的。应该承认，在《四郎探母》中，宣扬的不是民族之间的仇恨，残杀，不是大汉族主义与狭隘的民族主义。这一点是很明显的。"[1] "而今，有的人面对在历史上曾经是不同民族，今天事实上已经融合，历史上曾经有不同的国号，而今早已实现统一的状况视而不见，偏偏硬要去区分哪一个是中国，哪一个是外国，哪一个曾经侵略哪一个，进而去区分谁家是侵略者，谁家在保家卫国，甚至给一些人戴上'民族英雄'的桂冠，给一些人扣上'叛徒'的帽子，这是在对《四郎探母》乃至诸多'杨家将'剧目的讨论中出现的怪现象。""《四郎探母》应当恢复它应有的地位。因为这是一出在传统戏曲里绝无仅有的反映民族平等、民族和睦，反对分裂，向往统一的好戏。"[2]

很多争论其实并不是像表面的论述那么简单，作为新时期戏剧论争的焦点之一，《四郎探母》的讨论实际是一种新思潮与旧有传统观念的交锋，是个人主义的觉醒，是以对个人亲情的追求对抗集体理性的所谓爱国主义、英雄主义的具体表现。

《四郎探母》是杨家将戏中最为另类的一出戏。在这部戏中，杨家将的英雄气概都只是存在于某些背景与回忆之中，而戏中所表现的更多的是对自身苍凉的感叹，对亲情的向往，对现实的无奈，以及人生的无助。所有关于杨家将的英雄传说在这部戏中都成为观众心中的背景。"在这出戏中，威镇边关令敌丧胆的杨家将雄风扫地以尽，'一场血战，只杀得血成河尸骨堆山，只杀得杨家将东逃西散，只杀得众儿郎滚下马鞍'，杨四郎描画的是一幅凄凉景象。在这里，战争的正义性不见了，失败主义情绪充溢字里行间，在这里，杨家将的英雄形象褪色了：身为全军统帅的杨六郎，不再是国家民族利益高于一切的民族英雄，而是'人情大于王法'，两军阵

［1］石松：《观〈四郎探母〉有感》，载《戏曲艺术》，1985年第3期。
［2］伊河巴雅尔：《关于传统戏曲中的大民族主义思想》，载《戏曲艺术》，1985年第3期。

前私纳降敌的哥哥，还要'传将令，晓喻三军莫高声，哪一个大胆的不遵令，插箭游营不徇情'。深明大义、忠心报国的老英雄佘太君得知杨四郎认敌作父，不仅不予斥责，反而'听罢言来喜心怀'，'眼望番邦深深拜'。知书明礼的孟氏，当杨四郎不顾夫妻情义、执意返回番邦时，竟妄求杨四郎带她同往，没有半点国家民族之念了。高尚的爱国主义情操被淹没在骨肉分离的痛苦之中。而掠夺战争的发动者萧太后一家却是善良仁慈的：你看铁镜公主是那样的贤惠；二位国舅是那样的多义；萧太后又是那样的通情达理。"[1] 尽管在这里王蕴明是在否定《四郎探母》，试图以此来说明杨家将如何不晓大义及没有英雄气概，从而表明这样的戏根本不应该上演，要上演必须大刀阔斧地进行改编的观点，认为只有这样才能使之变成"政治上"正确的"艺术"。在那种国家话语里，在宏大的叙事企图里，国家、民族压倒了一切，英雄、忠诚成为一切的口号与最后的要求，国家、集体的主流话语完全淹没了个人的一切要求。

有意思的是，论战的双方都是用工具论的理论与话语方式，从现实与历史出发，在几乎相同的话语体系里各自寻找有利于自己的证据或言说方式。说杨四郎是叛徒的固然如是，说他不是叛徒的亦是如此，双方都是在国家话语模式下进行各自的辩护。他们虽然交锋激烈，但却是各自为战地自我言说，甚至他们想要维护的核心观念都并不是很明确。当然，这样的论战不可能有结果，直到今天仍然有人在不断地挖掘关于《四郎探母》在政治、伦理等诸方面的意义与价值[2]，只是由此论战展现出来的潜在内涵更具有时代意义。

关于《四郎探母》论战的核心，表面上看是伦理、道德、政治之争，

---

[1] 王蕴明：《如何评价和对待京剧〈四郎探母〉》，载《中国戏剧》1980年第4期。

[2] 其实今天的很多文章或许都可以看作是当时《四郎探母》争论的延续或注解，比如施旭升的《形式的意识形态——京剧〈四郎探母〉的文本策略分析》一文（《戏曲艺术》，2009年第2期），郭玉琼的《杨四郎：从伦理困境到政治困境》（《读书》，2007年第11期），张立环的《〈四郎探母〉内心矛盾的文化成因窥微》（《戏剧文学》，2008年第6期），傅谨的《杨四郎的伦理底线》（《博览群书》，2006年第6期）都是分别从意识形态、文化成因、伦理政治等诸方面对《四郎探母》的深入探讨。

但是所有的论争也多不了了之，只不过有时该剧被禁演，有时又获得重新演出的机会。"《四郎探母》并没有因为这些激烈的批评而终止它的生命，相反，它出人意料经受住了一次又一次的打击而顽强地存活了下来，比起绝大多数看起来比它更没有理由被禁、却在事实上早就赶下了舞台的传统剧目，表现出久远得多的生命力。几乎没有什么站得住脚的有力的理由它就那么演着，哪怕就剩下'坐宫'这一场戏；而让'坐宫'这场戏在1950年代初那样大规模的禁戏背景下仍然能够在北京舞台上露面的理由，据说是'取其音乐上的完整'，但事实上'坐宫'这一场在音乐上，除了杨四郎'叫小番'的一句嘎调以外实在是缺乏情致，相反，我以为像'坐宫'的情境，杨四郎和铁镜公主夫妻选择用大段的西皮快板，如同夫妻平时为小事斗嘴那样谈论生死大事是不合适的，至少是不精彩的，更谈不上什么'完整性'。然而，就算后来的演员唱不上那句嘎调了，'坐宫'还在演。这样的狡辩居然也可以为《四郎探母》留下一线生机，真是个奇迹。"[1]反复的相似的遭遇必定包含深刻的文化蕴涵，也都透露出人类内心深处最为深刻崇高的精神追求。虽然该剧在海峡两岸都有过被禁的经历，但都是禁而不绝，《四郎探母》依然在舞台上大放异彩。

　　许多人不容其政治上的"瑕疵"，对其进行改编。"台湾诗人蒋勋回忆道，上世纪[2]七十年代中期后，'有一阵子，不知道为什么，《四郎探母》忽然被禁演了，在政治恐怖的年代，众说纷纭，没有人讲出什么道理，却都在耳语着。不多久，又解禁了，甚至加上《新四郎探母》这样的名字'。《新四郎探母》在'见娘'一折，'照样痛哭，照样磕头，照样千拜万拜，但是，拜完之后，忽然看到杨四郎面孔冷漠，从袖中拿出一卷什么东西递给母亲，然后告诉母亲：'这是敌营的地图，母亲可率领大军，一举歼灭辽邦'"[3]，而中国大陆对《四郎探母》的改编竟然也如出一辙："数十

[1] 傅谨：《杨四郎的伦理底线》，载《博览群书》，2006年第6期。
[2] 指20世纪。
[3] 郭玉琼：《杨四郎：从伦理困境到政治困境》，载《读书》，2007年第11期。

年来对它的改写层出不穷。还真有把杨四郎往007的路上去写的，把杨四郎故事演绎成宋代中国的间谍戏，让杨四郎成为在辽邦收集核心军事情报的卧底，于是'探母'就成为在个人私情掩饰下为我大宋朝'踏平贺兰山阙'做出重要贡献的地下工作者。改编者大约是想通过这样的情节，让杨四郎从'叛徒'变成像杨家其他的儿郎一样伟大的民族英雄，而且还十分地忍辱负重"[1]，互相隔绝的两地的改编都极为相似，大陆改编的较为有名的《三关明月》成为反战和歌颂民族团结的一部戏，但是很令人沮丧的是这些所谓政治、伦理、道德正确的戏并没有受到观众的欢迎，人们直到今天爱看的仍然是老版的《四郎探母》，而不是《新四郎探母》，更不是《三关明月》。

　　所有的文化现象都不是孤立、偶然地存在于人类生活的场景之中，《四郎探母》作为中国戏曲史上的另类文本，其命运遭际反映了中华民族普通民众内心深处最为渴望表达的情感，这也导致了它的经久不衰、屡禁不止。中国戏曲的传统价值观念，受制于高台教化的体例，以及以儒家作为道德规范的中央集权的封建社会体制。高台教化的戏曲宣扬忠孝节义成为常态，所谓的政治正确在这里成为首位。而在忠孝节义的价值观念里，在现实的表达与观念的灌输上，四者地位是不同的。"忠"由于代表了对国家及君主统治的态度而被置于首要位置，其余的在"忠"的覆盖下都可以妥协。也可以说，"忠"是所有道德准则的基础，只有在这个基础上，孝、节、义等等才有存在的价值与可能，没有了对"国家"[2]的忠，就没有了其他任何伦理与道义的正确与正统，其他任何道德与美行也就烟消云散了。

　　而《四郎探母》恰恰就是这样一部戏，没有对国家/朝廷的忠，但孝、节、义却都存在，这也是其引起长久争论的重要原因之一。《四郎探

---

[1] 傅谨：《杨四郎的伦理底线》，载《博览群书》，2006年第6期。

[2] 国家是个抽象的概念，代表国家的是具体的政权，是现实中当时的政府，而在中国漫长的历史演绎中，代表国家的是一个个交替的王朝，而这些王朝的直接代表就是在位的一个个君主与皇帝，所谓"朕即国家"，"国家即朕"，所有的关联都在皇权一家。

母》一剧主要宣扬的是亲情：杨四郎战败被俘，改名换姓被招为驸马，与铁镜公主共同生活15年之后，两国再度交战，而对方的统帅是自己的母亲和兄弟，于是杨四郎历尽艰险，不惜冒着生命危险回宋营看母亲一面，而看完之后还要回到那个被称作敌国的地方，理由是不回去的话妻儿就要因此丢掉性命。

　　文本具有意识形态意义，不存在不表现价值观念的文本。杨春时说："中国传统文化中没有产生现代性的土壤，无论是儒家文化、道家文化，还是佛家文化，都缺乏科学精神和人文精神（儒家的人文精神是集体理性，而不是个体理性），因此现代性无从发生。"[1]杨春时的说法无疑是正确的，但是不存在清醒的、自觉的、明确的个体理性不意味着就没有个体意识的存在，也不意味着个体理性的全然缺失。也许作为个体生命存在于社会之中，即使所有外在的社会性的集体理性加之于个人之上，个体理性还是会时不时地在某些地方显现，即使是潜在地显现。就其艺术呈现看来，《四郎探母》一剧就存在明显的个体意识对集体理性的对抗与颠覆。

　　首先，关于杨四郎是不是叛徒，这个判断关系到对个人价值与国家利益的理解。杨四郎没有像其他的杨家英雄们一样，或者战死沙场，或者驰骋边关保家卫国，在战败之后他选择了保全自己的性命，成了敌国的俘虏[2]。这是杨四郎个人价值对绝对皇权利益的挑战，叛徒的名分是坐实了，但从个人生命价值而言，是否也有合理性？

　　其次，就杨家将其他人员而言，在这部戏里，杨六郎、余太君、杨宗保都完全没有其他戏里的英雄气概和忠君报国的形象，杨六郎、余太君一见杨四郎只有亲情思念，没有任何的道德、政治责备，并对萧太后、铁镜公主充满感激之情，丝毫没有大义灭亲的英雄举止，即使杨四郎要再返敌

---

[1] 杨春时：《现代性与中国文学思潮》，北京：生活·读书·新知三联书店，2009年版，第11页。

[2] 在这里用"俘虏"一词也许并不恰切，叛徒与投降实际有严格的区别，虽然按传统的观念，杨四郎私节有亏，大都采用"投降"一词。但他并没有做危害他的祖国——宋朝利益的事情，只是成为了一名俘虏，为叙述简单起见，故采用比较传统也带有中性色彩的"俘虏"一词。

国，他们除了亲情的不舍之外也再无其他情感的表达。

再次，对于辽国众人的表现，"铁镜公主是那样的贤惠；二位国舅是那样的多义；萧太后又是那样的通情达理"[1]。按照国家叙事的原则，对于敌人不能赞颂，他们都应该是茹毛饮血、杀人不眨眼的野蛮的刽子手，毫无人性、美德可言，否则国家/君主的正统与正确就失去了存在的基础。

对于此剧的历次论争，其核心其实就是一种个人意识自觉或不自觉地对集体/国家理性的对抗，表达对个体生命的尊重。对普通人普通亲情的讴歌，实际上是对个人操守的新理解，是对爱国/忠君旗帜下无视个体生命和尊严的颠覆与对峙。所以对该剧进行论争的意义不在于其是否能够重新上演，而在于在这些论争背后，对个体意识、个人主义以及人文主义观念的唤醒与激发，在于对某种以愚民为目的所进行的某些理念宣传的反叛。

对于新时期艺术的复苏而言，个体意识的觉醒是一个重要起点，只有个体意识觉醒，中国大陆才可能重新扛起启蒙的大旗，高涨起理想主义的激情，在恢复"五四"传统的基础上向现代主义发展。就戏剧理论的发展而言，对《四郎探母》的论争和对《假如我是真的》的争论一起推动中国新时期戏剧理论的思考与深入，从而爆发出声势浩大、影响深远的关于戏剧观的大讨论。

二、 工具论与反映论的交锋：《假如我是真的》

如果说对《四郎探母》的论争局限于某些学者的自觉思考，对《四郎探母》一剧的热爱是观众内心个人意识的释放，是普通人情感的共鸣，那么关于《假如我是真的》一剧的争论则是一场政治与艺术的较量，是政治工具论在新时期和艺术上的现实主义的对峙，是政治在艺术中的反映，也是艺术追求自我创作空间的努力。

中国有太漫长的戏剧高台教化传统和政治权力对艺术的绑架和压制。

---

[1] 王蕴明：《如何评价和对待京剧〈四郎探母〉》，载《中国戏剧》，1980年第4期。

戏剧作为艺术在很长时间只是政治或者某种道德观念的附庸，所谓"工具论"只是人们在某个时期赋予它的名词，在很长一段时期戏剧艺术都成为了工具论的牺牲品。新时期在中国戏剧史或中国戏剧理论史上是一个特别的时期。"五四"时期的启蒙精神因为战争的原因半途而废，新中国成立之后，某些政治因素导致戏剧几乎没有按照艺术规律发展的可能，到了"文革"时期，戏剧成为政治的传声筒，成为图解概念的僵化的表现形式，"现实"只是存在于对政策的图解与歌颂之中。新时期开始后，中国没有了"五四"时期启蒙的环境，西方文艺已经发展到后现代主义阶段，单纯的启蒙理想在中国已经不合时宜。个体意识的觉醒，独立意识的高涨，西方艺术进入中国艺术的视野，面对中国的现实，很多人开始进行反思。这些人意识到，艺术不能只是在虚幻的境遇里表达幻想而不涉及现实的内容，但是对于现实的表现是中国戏剧所缺乏的。对于现实该如何表现的争论不断，是艺术的方式还是政治/现实的方式依然是戏剧创作中充满争议的问题。

　　关于文艺与政治、艺术与现实的激烈争论自新时期伊始便存在。政治哲学领域关于真理标准的讨论是在官方背景下进行的，是一场自上而下的讨论，而新时期肇始于《于无声处》的讨论更像一场政治斗争的舆论烘托。

《假如我是真的》作者沙叶新像

　　"1978年9月，话剧《于无声处》在上海首演，该剧以1976年发生在天安门广场，群众性的悼念周总理、声讨'四人帮'的'四五运动'为表现对象，抨击'四人帮'及其爪牙的恶行，表达人民群众的正义呼声，演出后引起了观众的强烈反应。当时，这一被'四人帮'定性为'反革命事件'的自发性群众运动尚未平反，而话剧人以极大的勇气，冲破了思想禁区。"[1]但是这一时期对于戏剧的讨论更多地是出于政治的需要以及人

---

[1] 宋宝珍：《话剧三十年：走出沉寂，走向多元》，载《北京日报》，2008年11月24日。

们主观感情的选择，尚不存在真正的理论交锋。

到了1979年，剧作家沙叶新创作了《假如我是真的》，同时期的类似创作还有电影剧本《女贼》（王靖）和《在社会的档案里》（李克成），这三个剧本在当时都引起巨大争议，其中以《假如我是真的》影响最大。该剧根据当时一个真实的案件改编："上海籍知青张泉龙冒充中国人民解放军副总参谋长李达的儿子，招摇撞骗，要小车、要戏票，要把他的知青伙伴'张泉龙'调回上海……原上海市委书记夏征农、歌唱家朱逢博都上了当。"[1]沙叶新一开始将剧名定为《骗子》。1979年8月20日，《骗子》第一次连排，紧接着剧本以《假如我是真的》为题在《上海戏剧》发表，"9月27日，《假》剧的剧本在静安区文化馆门口发售，十几分钟卖出去几百本。西安电影制片厂的导演吴天明、滕文骥联系沙叶新把剧本改拍成电影。一时间，上海青年话剧团和杭州、福建、新疆、河南的话剧院团都要排演《假》剧。中央戏剧学院导演进修班更是改变了原有的教学计划，突击排演"[2]，同时引起的争议也随之展开。

先期阻力主要来自官方，先是上海市委宣传部禁止这部戏公演，紧接着各地的排演计划相继被中止。争论主要集中在歌颂与暴露上，实际上是戏剧要不要反映现实，能不能反映现实以及反映现实的哪些方面的问题。究其实质，是艺术和政治/权力之间的一场博弈。

《假如我是真的》一剧，秉承讽刺喜剧传统，通过某个特例来揭露、讽刺社会上存在的某些阴暗面，讽刺权贵的特权，表现普通民众的无奈。正如沙叶新所说："《假》剧尽管是不成熟的或不够成熟的，但它决不是反党反社会主义的，也不是像某人所说的是'引导人民推翻政府'的。它没这么大的政治能量，作者亦无这种反动企图，敬请放心……《假》剧只

---

[1] 石岩：《争议是如何引发的——〈假如我是真的〉台前幕后》，载《南方周末》，2008年12月10日。

[2] 石岩：《争议是如何引发的——〈假如我是真的〉台前幕后》，载《南方周末》，2008年12月10日。

是一个满怀赤子之心的孩子向自己亲爱的母亲提点意见的剧本，也许意见提得过于直率和尖锐，但正因为是向自己亲爱的母亲提，才无所顾忌，才敢于如此的直率和尖锐。"[1]沙叶新之所以如此辩护，甚至急于表白对党和国家的忠诚，恰恰在某种程度上反映了其压力之大。而利用党和国家的强势话语直接针对个别艺术工作者是"文革"话语的重要特征之一，这在"文革"刚刚结束的新时期初期，对作家的影响与压力可想而知。当时的戏剧理论依然在政治工具论的漩涡里打转，即使那些清醒的理论家、剧作家也要打起类似的招牌保护自己和他人。这种表白也许是作者内心深处真实心理的外化，也许是作者不得已的自我保护策略，这也反映了当时知识分子的心境与所处的政治、文化环境，正如陈白尘所说："去年报纸上发表《骗子落网记》之前，我在南京就听到这传闻了，而且有好几位朋友都怂恿我把这故事写出一部讽刺喜剧来。对此，我也曾一度动过心，但细想一下，又知难而退了。也就在这前后，还有几位好朋友曾经这样劝告或责问我：'你为什么不再写一部新《升官图》？'你想，在今天，在我们的社会主义社会，我能再写那样的《升官图》么？"[2]"我说过，《升官图》不过是一部'怒书'，并非成功之作。国民党反动透顶、腐朽透顶的黑暗统治逼得我不得不以愤怒的语言，毫无保留地骂他个狗血喷头。因为我明白他是人民的公敌，企图动摇他的反动统治。而今天，我能用同样的手法来对付自己内部的官僚主义么？不能。为什么？因为我们有句成语，叫做'投鼠忌器'，以鼠比官僚主义也许不恰当，但为了说明我们的'器'和旧社会有本质的不同，我们必须小心翼翼地爱护它，让我还是借用这句成语吧。你知道，我们的社会主义社会制度，是以千百万人的鲜血换来的宝器，我们都有责任保卫它，不能损害它一丝一毫。"[3]在陈白尘看来，暴露要掌握尺度，这实际上也是在委婉地进行劝诫。

---

[1]沙叶新：《〈假如我是真的〉戏剧创作断想录之三》，载《上海戏剧》，1980年第6期。
[2]陈白尘：《"讳疾忌医"与讲究"疗效"》，载《文艺研究》，1980年第2期。
[3]陈白尘：《"讳疾忌医"与讲究"疗效"》，载《文艺研究》，1980年第2期。

正如有人说："谁也不能说文艺作品只要真实性，全然不顾政治影响。文艺要对社会主义、对人民有益，这是所有的文学艺术家都应有的崇高责任感。但是，坚持'政治标准第一'，而且把'政治'标准实用化，把革命倾向性与生活真实性比作领导与服从的关系，未必是对'革命现实主义'的科学的阐述。可惜的是，这种'实用的'革命现实主义理论在我国文学艺术、特别是电影的创作领域中，影响是普遍的、具体的、实实在在的。它比一般艺术性的规律和原则更加强而有力！"[1]这段论述出现于1987年，可见在当时的争论中，政治决定论的影响之大与时间之久。

在中宣部直接领导下，中国戏剧家协会、中国电影家协会、中国作家协会于1980年1月23日至2月13日，在北京召开了全国剧本创作座谈会，对《假如我是真的》等三个剧本进行讨论。时任文化部长的贺敬之说："要前进，就要出汗、排泄……《骗子》有大的影响，一下子捅到政治局了，如果它干脆是一个毒草就好办了，就可以禁，否则专政就没有对象了。但是，要不要同情'骗子'，这是一个很大的问题。剧本里的年轻人没有一个向上的人生观，光靠社会同情，几百万，一下子解决不了……同甘共苦、同舟共济，剧本提出的这个口号非常好，但大家要知道，现在我们这个舟千疮百孔，不能由着性子来。"[2]随后主持中央宣传工作的胡耀邦也做了类似的发言和总结。文艺界领导通过委婉的方式提出限制和批评。"当时兼任中宣部长的胡耀邦在座谈会的最后两天作了六个小时的总结讲话，对三个剧本也是有肯定有否定，否定多于肯定"[3]，这个总结，亦决定了《假如我是真的》不能公演的命运。

参加这次会议的有近200名剧作家、理论家。贺敬之、夏衍、陈荒

---

[1] 马德波：《电影理论的"合纵"、"连横"体系——评电影理论（一九八〇—一九八二）的争鸣态势》，载《当代电影》，1987年第1期。

[2] 石岩：《争议是如何引发的——〈假如我是真的〉台前幕后》，载《南方周末》，2008年12月10日。

[3] 彭礼贤：《评80年代初对三个剧本的论争》，载《井冈山师范学院学报》，2002年第1期。

煤、张庚等文艺界领导先后发言，就文艺创作如何真实准确地反映现实、文艺与政治、歌颂与揭露、作品的社会效果与作家的社会责任感以及文艺批评等问题，从理论和实践两方面进行了探讨。虽然这次会议上对有争议的剧本展开自由讨论，持不同意见的剧作家、戏剧理论家有发言陈述的机会，比之往日（"文革"时期）的做法和政策已经宽松了很多，但《假如我是真的》仍旧被禁止演出。会后《人民戏剧》发表的评论员文章《戏剧家的职责》就是这种风格与观点的集中体现。文章说："在戏剧创作中，没有疑问，必须与各种妨碍四个现代化的阻力进行斗争。小资产阶级无政府主义是一种严重的破坏力量；而官僚主义则是我们肌体上的一种恶毒的脓疮……我们既要坚决对无政府主义进行斗争；对于官僚主义和封建特权，戏剧创作同样应该加以鞭挞，帮助加强并改善党的领导……与此同时，我们也要看到，社会上也有右的东西，从右的方面来曲解三中全会精神，用资产阶级、小资产阶级的思想观点来影响我们。我们都应该有所警惕。在创作上更加要注意避免受到这类错误思想包括资产阶级腐朽东西的影响，不能忽视他们的腐蚀性和破坏性。同时也要考虑到一个作品发表后的社会效果，是否有利于安定团结，有利于鼓舞人民同心同德实现四个现代化……为了促进安定团结，实现四个现代化。我们应当在描写和培养社会主义新的精神风尚和新的人物方面，付出更大的努力，要用革命现实主义的笔触，真实地热情地塑造四个现代化建设中的创业者，表现他们的革命理想和科学态度……来激发人们的社会主义积极性，坚定人们建设社会主义的信心……塑造新时代创业者的典型形象，无论如何是我们当代戏剧创作的主要课题。我们深信，随着时代的脉搏和新长征的步伐，具有时代特征的新人形象和他们的新的生活，将会越来越多地涌进戏剧作家的视野，形成戏剧创作的主流。"[1] 毫无疑问，在"文革"刚刚结束，知识分子前瞻后顾，普通民众对政治风暴心有余悸的20世纪80年代初，如此的措辞和

---

[1]《戏剧家的社会职责》，载《人民戏剧》，1980年第3期。

导向，以及上层的态度，决定了今后戏剧创作的发展态势和戏剧家的创作心态："座谈会后的戏剧创作在选材上普遍回避了官僚主义、特权思想、党内不正之风等尖锐题材，而大都转向历史事件、身边琐事、爱情纠葛、海外华侨、中日中美友好、两岸骨肉情等的描写，有的甚至胡编乱造、逃避现实。这种倾向在相当长时间里对戏剧发展产生了消极影响。"[1]

虽然这次争论的争辩双方的地位与所操理论话语的合法性是不平等的，但都是持国家话语体系为自己辩护，不管是反对者还是支持者基本都是工具主义的态度。当时的一个重要观点是："文艺不从属于政治，但又不能脱离政治，这个提法是辩证的，符合实际的"，这其实没有脱离开政治工具论与政治决定论的本质。当时的戏剧批评其实和文革，和"十七年"时期没有本质的区别。当时接连召开的第四次文代会、关于三个剧本的研讨会等，为当时的戏剧创作以及戏剧理论定了基调，导致戏剧创作与理论研究在很长一段时间内陷入危机。

《假如我是真的》一剧，直至今天仍有人对其提出质疑，但不再是对政治是否正确，是否有利于四个现代化建设的质疑，而是对其由于强烈的现实干预表征而丧失自身艺术审美特性的质疑。"《假如我是真的》，是在人们对特权现象普遍不满的形势下应运而生的，作品的观点，是常人皆晓的，正是这样。因而人们即使称道作者，也仅在其政治魄力上，而不是犀利的眼光，该作笑料丰富，但众多的笑料并无补益于思想的深化……沙叶新剧作中的这种一贯性特征，终于使它赢得一定的观众，同时，也走到了审美层次较低的阶梯上去。"[2]对其审美层次的质疑就是对其工具主义表现的质疑，也是对艺术附庸论、服务论的不满和反驳。

这次争论实际是政治工具论和艺术现实主义的一次交锋。虽然支持《假如我是真的》一方所操话语也是正统的工具主义，且以国家话语的姿

---

[1] 胡星亮：《戏剧现代性的追求与失落——新时期戏剧思潮与戏剧运动述论》，载《首都师范大学学报（社会科学版）》，2006年第4期。

[2] 陆葆泰：《论沙叶新剧作审美的低层次性——关于话剧创作观念的思考》，载《上海师范大学学报》，1989年第2期。

态反驳回应种种质疑，力图通过正统的政治化，使自己获得合法的立身根基，但实际上是希望借此表达自己的现实主义戏剧观念。这场争论实际上并未留下可供后人借鉴的戏剧理论与批评成果，却为戏剧工作者设置了心理藩篱，令人叹惋。

应该说以《假如我是真的》为代表的新时期社会问题剧，并不是艺术地表现现实与思考，而是明显地以艺术的形式干涉或者介入生活现实。这种戏剧的表现方式注定不能在艺术的发展上进行突破。对于《假如我是真的》的批评，不论是支持、赞颂、鞭挞、反对，还是以政策干预，实际上都是工具论的另一种表现，只是在这种表现背后，《假如我是真的》引起的轰动效应，是一种以工具论的姿态出现的"现实主义"与工具论的对抗，也是戏剧作为艺术要求自由进行表达的潜在要求。

第三节　反思与突围：走出易卜生
　　　　——斯坦尼体系的强势话语

在中国语境下，易卜生剧作被全面译介及广泛接受肇始于"五四"新文化运动时期。[1]1917年，《新青年》杂志推出了"易卜生专号"。专号上

---

[1] 据日本学者濑户宏考证："中国第一个介绍易卜生的人是鲁迅，这是阿英在《易卜生的作品在中国》里指出的。"具体而言，在1908年的2、3月，在日本发行的中文杂志《河南》上，鲁迅以"令飞"的笔名，发表了《摩罗诗力说》一文。在此文中，他将"易卜生"写作"伊孛生"，并在该文中赞扬了其所创作的《人民公敌》一剧。参见［日］濑户宏：《从日本人眼中看中国接受易卜生作品的过程——以五四时期为主》，载《戏剧》，第一届亚洲戏剧论坛专辑。在1914年，陆镜若在《俳优杂志》第1期上发表了《伊蒲生之剧》一文。在该文中，陆镜若不但简略地介绍了"伊蒲生"的生平事迹，而且还评价了其剧作的艺术水平。他说："以上著作称为伊蒲生之社会剧，皆描写欧洲现代社会实象之名作。殁于一九〇六年七十八岁。自彼出世而剧界趋势为之一变，谓为莎翁之劲敌，非过分也。虽其将来之势力如何姑勿论，要其为剧界革命之健将，破坏莎翁势力之爆裂弹，彼实为导火线，呜呼，其文章魄力亦以惊人传世已。"在这段表述中，陆镜若一方面指出了"伊蒲生"剧作的主要艺术特征，即它们均是"描写欧洲现代社会实象"的作品，另一方面也敏锐地意识到，"伊蒲生"的剧作已经极大地影响了西方剧坛，他在西方剧坛上的地位甚至超越了莎士比亚。由此可见，陆镜若是极为推崇"伊蒲生"剧作的。参见陆镜若：《伊蒲生之剧》，载《俳优杂志》，1914年第1期。

刊登了由潘家洵、罗家伦、胡适、陶孟及吴弱男等人翻译的易卜生的部分作品，以及由胡适所撰写的长文《易卜生主义》。

值得注意的是，"易卜生专号"上所推介的均是易卜生中期的剧作，即《玩偶之家》、《人民公敌》等，而易卜生晚期的作品，诸如《建筑师》、《海上夫人》和《野鸭》之类则被漠视甚至是被无视。而恰恰是这些被他们所忽略的剧作却被西方学界视作是易卜生创作的最具有艺术审美价值的篇章。事实上，造成这种接受眼光差异的根本原因在于，以"新青年"派为代表的话剧倡导者们有意识地误解易卜生，"误读"易卜生的作品。胡适就曾说："我们的宗旨在于借这些戏剧里的思想……我们注意的易卜生并不是艺术家的易卜生，乃是社会改革家的易卜生。"[1]换言之，他们之所以会不遗余力地向国人介绍易卜生的作品并不是出于艺术审美上的需求，而是出于开启民智的需要。胡适在《易卜生主义》一文中，专门对此种观点作了阐发。他说："易卜生把家庭社会的实在情形都写了出来，叫人看了动心，叫人看了觉得我们的家庭社会原来是如此腐败，叫人看了觉得家庭社会不得不维新革命——这就是易卜生主义。"[2]在他看来，"易卜生主义"作为一种创作方法，它要求作家在作品中"如实地"描写社会家庭中的"实在情形"。他认为，只有当作家做到了这一点时，读者或观众们才能通过他们的作品认识到自己的生存境况是多么的恶劣，由此，他们才会产生要通过维新革命来改变现状的诉求。

胡适的"易卜生主义"不仅为解读易卜生剧作的后学们设定了基本理论视域，而且它也为中国话剧的创作走向定下了基调，即话剧作品应当以抨击社会政治制度的弊病、揭露社会家庭生活的阴暗面为主题，它们应有助于启发民众的革命意识。胡适也用实际行动践行了自己的戏剧美学追求。1919年，胡适创作出了《终身大事》，这部作品被誉为是"娜拉剧"

---

[1] 胡适：《论译戏剧：T.E.C——致适之，附胡适复信》，载《新青年》第6卷第3号，1919年。
[2] 胡适：《易卜生主义》，载《新青年》第4卷第6号，1918年。

的开山之作。[1]它从题材选择到结构布局，再到主题设置均有明显摹仿
《玩偶之家》的痕迹。尽管胡适本人并不擅长戏剧创作，该剧的艺术水平
也十分有限，但是它在当时却产生了相当大的社会影响。[2]这种影响在
戏剧创作方面表现为，在《终身大事》发表一年以后，《新妇女》杂志推出
了一系列的"娜拉剧"。这些作品包括凌均逸的《醒了么？》，庸觉的《谁害
我？》，严棣的《心影》、《自诀》，慧奇的《生死关头》等。甚至，熊佛西、
郭沫若、欧阳予倩、余上沅和白薇等人也顺应了这股"娜拉剧"的创作风
潮，分别撰写出了《新人的生活》、《卓文君》、《泼妇》、《兵变》和《打出
幽灵塔》等作品。随着社会的主导政治意识形态的变化，在20世纪30、40
年代，"易卜生主义"被演化为"革命现实主义"；在解放后的"十七年"时
期，"革命现实主义"又被更进一步地偏狭化为"社会主义现实主义"。[3]
然而，无论是"易卜生主义"、"革命现实主义"，还是"社会主义现实主
义"，这三者具有共同的价值指向，即十分强调话剧作品的社会功用性。

孙惠柱曾指出："中国社会的需要首先引来了长于反映社会问题的西
方写实剧作，这类戏剧文学的引进又召唤着表演艺术的革命。"[4]中国
传统戏曲高度程式化的表演方式显然无法满足"写实剧"的在舞台上"真
实"地展现社会情态的需要，因此"建立迥异于传统戏曲的现代话剧表导
演体系的任务已迫在眉睫"。[5]而洪深从美国带回的一套正规的演剧方法
恰好解决了这一燃眉之急。有学者考证，"美国是世界上和俄罗斯一样受斯

---

[1] "五四"时期，"《玩偶之家》在当时风靡中国剧坛"，"勇敢地冲破虚伪的礼教和丑恶
婚姻的樊篱而去争取独立人格与幸福人生的娜拉"是当时中国青年男女所崇拜的偶像。因此在中
国剧坛上，一大批以家庭婚恋为题材的作品应运而生。尤其值得注意的是，这些剧作中的女主角
无论是在思想境界上，还是在行为方式上，都与《玩偶之家》中的"娜拉"十分相似，甚至都以
"出走"的行为来表达自己对于家庭与社会环境的不满，并表达自己对于独立人格的追求。这些
剧作被称为"娜拉剧"。参见周安华：《20世纪中国问题剧研究》，北京：中国戏剧出版社，2000
年版，第82页。

[2] 周安华：《20世纪中国问题剧研究》，第83页。

[3] 详见本书第六章。

[4] 孙惠柱：《第四堵墙——戏剧的结构与解构》，上海：上海书店出版社，2006年版，第
185页。

[5] 孙惠柱：《第四堵墙——戏剧的结构与解构》，第185页。

氏体系影响最深的国家"。[1]这也就意味着，洪深所建立的排演制度与斯坦尼体系中所规定的排演方法和导演原则是具有内在同一性的。正是基于此，有研究者认为，洪深所建立的排演制度，"客观上为斯氏体系正式来到中国扫清了道路"。[2]

　　从1938年到1941年的三年间，张庚在延安鲁迅艺术学院戏剧系讲授戏剧理论课程。他尤为推崇斯坦尼体系的表导演理论。虽然在课堂上他也间或提及了包括戈登·克雷、梅耶荷德在内的西方其他演剧流派的理论家及其主要的戏剧美学思想，但他的本意却并不是出于开阔当时中国戏剧工作者的理论视界的目的，而是将此类非斯坦尼体系的理论设为了斯坦尼理论体系的对立面，通过对比来凸显后者的优越性。1952年，北京人民艺术剧院正式组建。1959年，"中央戏剧学院开办了由苏联专家讲学的导表演训练班，来向中国优秀的话剧人才传授斯坦尼的真经"。[3]"人艺"不但选派演员去"中戏"的导表演训练班"取经"，他们还邀请了斯坦尼斯拉夫斯基的"嫡传弟子"、前苏联瓦格坦戈夫剧院的导演鲍里斯·葛里果利维奇·库里涅夫来剧院系统地讲授斯坦尼体系的基本理论，并指导《耶戈尔·布雷乔夫和其他的人们》一剧的排练。通过这一系列话剧实践活动，"人艺"培养出了一批如蓝天野、赵韫如之类的优秀演员，他们也逐渐对斯坦尼的表导演理论产生了极深的认同感，尊其为权威。

　　在中国语境中，"易卜生主义"之所以能和"斯坦尼体系"嫁接在一起，构成一套完整的话语体系，是因为这二者具有共同的理论基点，即它们均以"写实"为戏剧美学追求。中国语境下的"写实"或者"真实"等语词是被人为地涂染上了政治意识形态色彩的。"易卜生式"的"写实"要求作家揭露社会生活的黑暗面，而"斯坦尼体系"则要求导演和演员以

---

　　[1]孙惠柱：《第四堵墙——戏剧的结构与解构》，上海：上海书店出版社，2006年版，第186页。

　　[2]孙惠柱：《第四堵墙——戏剧的结构与解构》，第186页。

　　[3]参见张帆：《走近辉煌》，北京：中国戏剧出版，2001年版，第24页。

最真实、最直观的方式将生活的本真情态呈现在舞台上。不难推知，"易卜生—斯坦尼体系"实际上是从剧本创作、舞台搬演、文本解读等戏剧创作的各个环节对戏剧创作者的创作加以限制。

然而，尽管在建国后的近三十年的时间里，"易卜生—斯坦尼"的话语体系一直是中国戏剧创作领域中的强势话语，大部分艺术家坚守现实主义阵地，但是依然有不少戏剧工作者不断地对这一体系的合理性和合法性加以审视、质疑与反思，从而对现实主义有所深化、发展和更新。

在这一历史时期内，"人艺"对"现实主义"的文本解读方式和"第四堵墙"式的舞台呈现形式表现出了留恋。被视为"人艺"保留剧目的《小井胡同》是由剧作家李云龙于1983年创作出的。《小井胡同》一剧描述了居住在"小井胡同"中的刘家祥、石掌柜、许六、陈九龄、小媳妇等五户人家及与他们朝夕相处的街坊四邻的生活状态。在写作该剧时，李云龙尤其强调作品的"历史感"。而为了凸显"历史感"，他沿用了老舍在写作《茶馆》时所运用的方法，即截取了"旧中国崩溃前夕"、"大跃进的1958年"、"'文革'初期"、"1976年秋天"及"中国开始历史新长征的1980年夏末"等不同历史时期内的人们的生活片段。[1]他将这些场景连缀在一起，其用意就是为了表达"小井人民这30多年来的悲欢离合、酸甜苦辣""与北京城乃至整个国家民族的命运休戚相关"这一主题。尽管在目前通行的当代戏剧史或者戏剧文学史中，不少著者对于该剧的艺术价值赞赏有加，[2]但是不难看出，这部作品的政治实效性依然十分突出，仍然没有彻底脱离"问题剧"的窠臼。

除此之外，"人艺"的戏剧创作者对于"现实主义"的"留恋"在排演国内外经典作品时体现得尤为明显。从剧作的阐释上说，"人艺"的解读者

---

[1] 董健、胡星亮主编：《中国当代戏剧史稿（1949—2000）》，北京：中国戏剧出版社，2008年版，第323页。

[2] 董健在《从民俗画卷看历史风云》一文中评价道："在'小人物'身上写出人的伟大，在'市井细民'身上寄托对祖国的爱，从民俗画卷看历史风云；这样一来，李云龙便找到了自己的'艺术立足点'。"参见董健：《从民俗画卷看历史风云》，载《南京大学学报》，1981年第4期。

依旧倾向于开掘作品的社会功用价值。1981年，夏淳在复排《雷雨》一剧时，曾对该作品的主题思想作了这样的阐释，他说："我们说《雷雨》是一部伟大的现实主义作品，就是因为它通过一个家庭概括了旧中国的一个社会，一个时代。"[1]显然，导演夏淳还是将《雷雨》定位在了"社会问题剧"上，它的主题无疑仍是"反封建"。[2]在具体的排演过程中，周朴园被毋庸置疑地贴上了"封建主义的卫道者"、"封建家长专制的典型"的标签，而繁漪则是一个"处于被逼迫、被强制地位"的受害者形象。[3]从舞台展演形态上说，"人艺"对于经典作品所持有的是极为尊重的态度。这种"尊重"在具体的排演过程中表现为，排演者甚至将剧本中的舞台说明都作了细致地研读，并严格按照舞台提示来设计舞台及道具，力求做到每个细节都与原著相吻合。例如在排演《雷雨》时，舞台设计师陈永祥采纳了焦菊隐的意见。焦菊隐说，在《雷雨》的第一幕中，周朴园从矿上回到家，发现小花厅里的家居摆设被人改变了，于是他又吩咐人按照"原来"（三十年前）的样式重新布置了此屋。而通过繁漪与四凤的一段对话，排演者可清楚地认识到，"这屋里的现在的家具应该是分三部分：一是，三十年前无锡的老式硬木家具，是周朴园让重新搬进来的；二是，原是周繁漪留在这客厅里式样比较古老的几件西式家具，周朴园觉得这两件与中式硬木家具搁在一起还统一相称，看着还舒服，被留下来，这是为数不多的两件（指老式沙发、立灯）；三是，原是在这屋里，可能是周繁漪置的当时的西式家具，被搬了出去"。[4]由此而见，"人艺"的戏剧工作者在进行舞美设计时，对戏剧场景逼真程度的追求几乎达到极致。在排演西方戏剧名著时，"人艺"更是要求在每个细节上贴近原著。演员们不仅在语言表达、行为方式上都摹仿西方人，他们甚至在化妆上也试图接近西方人的面部特

---

[1] 刘章春主编：《〈雷雨〉的舞台艺术》，北京：中国戏剧出版社，2007年版，第27页。
[2] 在谈论"周朴园"这一人物时，夏淳说："抓住反封建这个主题，便会清楚地看到，周朴园是这个戏中的关键人物。"参见刘章春主编：《〈雷雨〉的舞台艺术》，第28页。
[3] 刘章春主编：《〈雷雨〉的舞台艺术》，第31页。
[4] 刘章春主编：《〈雷雨〉的舞台艺术》，第313页。

征。正如当时的亲历者所描述的，参与演出的演员均戴着假发，贴上髭须，还装上大鼻子。有意思的是，1983年，《推销员之死》的作者阿瑟·米勒应曹禺及英若诚的邀请访问中国，他就对当时"人艺"演出外国名著的演员化妆方式感到十分不可思议。他很友善地提示道，"人艺"的艺术家们完全不必追求人物外部特征与原作的相似。他说，《推销员之死》一剧所讲述的是一个发生在典型的美国家庭中的故事，展现的是他们"美国梦"的破灭过程。这个故事中的主角，既可以是美国的本土居民，也可以是侨居于美国的中国移民。也即是说，戏剧人物的原籍和种族并不重要，重要的是在美国的语境下，这些人的生命展开形式具有内在的一致性。受到米勒的启发，"人艺"的演员放弃了对西方人外部特征的摹仿，转而将注意力完全集中在对剧中人物的人生境遇及生存状态的展演上。

从某种意义上说，"人艺"严谨的艺术态度是值得肯定的。然而按照诠释学的基本观点，"文学作品的真正存在只是在于被展现的过程（Gespieltwerden），这也就是说，作品只有通过再创造或再现而使自身达到表现"。[1] 具体到戏剧舞台实践之中，戏剧作品正是在被导演加以再创作的过程中展开自身的存在的。对于作品本身而言，它的意义在导演不断解读中而日益丰富；而对于导演而言，他不但要开掘出作品所蕴藏的独特审美意蕴，提炼出某种特殊的观念——这种观念往往正是导演对于自身生命展开过程的独特体验，他们还要为之赋予一个最为合宜的表达形式，让这种观念以更加立体的、直观的形式呈诸舞台之上。由此可见，对作品进行"再创作"的过程无异于一次从无到有的"创造"的过程。因此，从这个维度上说，"人艺"将原著几乎是"复制"到舞台上的做法，实际上可视为是一种解读行为上的惰性——他们似乎太习惯于在既定的思维模式下来阐释和搬演作品，而没有有意识地去突破这种思维定势，并尝试着以一种全新的视角来对作品进行重新诠释。

---

[1] 参见洪汉鼎：《译者序言》，见［德］加达默尔：《真理与方法》，洪汉鼎译，上海：上海译文出版社，2004年版，第5页。

　　1988年，徐晓钟排演了话剧《桑树坪纪事》，这部作品可谓是对现实主义的深化、发展和更新。它是根据朱晓平创作的系列同名小说改编的。作者在描绘身处于20世纪60年代末农村的农民的生存状态——他们经受着物质贫乏与精神愚昧之折磨——的基础上，进而对"民族历史、对现实社会"加以"深沉反思与批判"。[1]徐晓钟在他的戏剧"实验报告"中也提到，他之所以会选择小说《桑树坪纪事》作为其创作素材，同样是因为"它不仅使人看到我们民族非凡的韧性和生存力，而且对民族命运作了勇敢的反思，具有深刻的历史内涵"。[2]由此，徐晓钟将开掘与凸显原著中所蕴藉的反思精神与"深刻的历史内涵"作为了舞台创作的重点。基于此，徐晓钟一再强调，导演所要关注的是怎样将其自身对于作品的理解外化为诸多具体的艺术形象，并将之直接呈诸观众面前，而不应当过分地强调如何用最生活化的、最自然的方式将戏剧事件再现于舞台上。因此，在具体排演过程中，徐晓钟选择了"表现"与"再现原则"相结合的方法。[3]

　　在创作中，"再现原则"被用于舞台设计及人物形象的塑造上。就舞台设计而言，徐晓钟用较为写实的手法搭建了戏剧事件发生的场景——他将黄土高原上特有的窑洞、牲口棚搬上了舞台；就人物形象的塑造而言，他要求演员深入到西北山区去体验生活，并在此基础上设计出大量的人物生活观察小品。不仅如此，他还从这些观察小品中进一步提炼出"'桑树坪人'的人物形象小品"。[4]他希望通过小品排演的练习，使演员们不但能"把剧中人物的性格、形象特征揉透"，而且还能完全掌握剧中人物思维方式和语言习惯。"表现"手法被运用在"诗化的意象"的呈现上。

　　[1]转引自朱光潜：《西方美学史》下卷，北京：人民文学出版社，1964年版，第51页。

　　[2]参见徐晓钟：《在兼容与结合中嬗变——话剧〈桑树坪纪事〉实验报告》，见雷达、黄薇主编\编选：《中国新时期戏剧研究资料》（甲种），济南：山东文艺出版社，2006年版，第376页。

　　[3]徐晓钟：《在兼容与结合中嬗变——话剧〈桑树坪纪事〉实验报告》，见雷达，黄薇主编\编选：《中国新时期戏剧研究资料》（甲种），第383页。

　　[4]徐晓钟：《在兼容与结合中嬗变——话剧〈桑树坪纪事〉实验报告》，见雷达，黄薇主编\编选：《中国新时期戏剧研究资料》（甲种），第385页。

所谓"诗化的意象"，徐晓钟将之阐释为能够直接表现出导演"主观意识"的"诗意的联想和意境的幻觉"。这一表达似乎有同义语重复之嫌，其语义也不甚明确。"意象"是中国传统美学的重要范畴之一。尽管历代的思想家、艺术家均未用逻辑化的语言对这一范畴的内涵加以严格地界说，但是他们中的不少人却用文学性的语言对它的基本特征进行了描述。郑板桥曾用"眼中之竹、胸中之竹、手中之竹"来表述艺术作品的创作过程。"眼中之竹"即是指的艺术家所看到的客观事物；"胸中之竹"是指艺术家通过自己的想象、联想，对"眼中之竹"进行了加工、提炼之后，其脑海中所形成的关于"竹"（事物）的形象。"胸中之竹"的形成过程，也正是审美意象的生成过程。康德曾经对审美意象的特征做过这样的描述："审美的意象是指想象力所形成的一种形象显现，它能引人想到很多的东西，却又不可能由任何明确的思想或概念把它充分表达出来，因此也没有语言能完全适合它……"[1]要言之，审美意象作为一种"形象显现"，它是具有非明确性、似是而非之特征的；"手中之竹"可被理解作是艺术家为"胸中之竹"所赋予的一个相对恰切的具体形态。从这个层面上说，徐晓钟所言的"诗化的意象"的展现过程也即是他将自己在解读《桑树坪纪事》的小说文本时所产生的审美意象赋予具体形式，并将其展演于舞台之上的过程。例如在原著中，作者朱晓平曾描写过青女被自己的疯子丈夫福林扯下裤子的情节。这一惊心动魄的事件极大地震慑了徐晓钟的心灵，他说："被扯去裤子的不是一个青女，几千年来有多少中国妇女不都是这样或那样被封建的愚昧野蛮地损害与凌辱……过去几千年如此那还是可以理解的，而今日仍在重现这宗惨剧则实在令人难以平静！"[2]可见，徐晓钟所同情的不仅只是青女的悲惨遭遇，他更是对中国妇女整体的命运加以了反思。他将自己对该情节的感悟外化为这样的形式：他在青女被按倒的地方，安置

---

[1] 转引自朱光潜：《西方美学史》下卷，北京：人民文学出版社，1964年版，第51页。

[2] 徐晓钟：《在兼容与结合中嬗变——话剧〈桑树坪纪事〉实验报告》，见雷达，黄薇主编\编选：《中国新时期戏剧研究资料》（甲种），济南：山东文艺出版社，2006年版，第383页。

一尊残缺的汉白玉材质的古代妇女塑像。而"彩芳——另一个被封建习惯势力所戕害的妇女——徐徐站起走向石像，肃穆地把一条黄绫献上"。[1]这样的场面是极具有仪式感的。雕像的"残缺"暗示了中国女性已经饱受男权的压制，她们的身心具已受到极大的伤害，甚至连她们自身都似乎已淡忘自己本应该是具备独立的人格的"人"了。如青女曾发问道："女人是人呀不？"[2]这样的问话其实正反映出女性对于自身存在价值的困惑。而采用"汉白玉"作为雕塑的原材料，很可能是因为汉白玉坚硬的质地和纯白的色泽与女性的坚强、善良的性格特质有着相通之处。在徐晓钟眼中，生活在"桑树坪"的妇女们的生存环境十分恶劣。婚姻对她们而言并不是获得幸福的途径，相反它却经常被她们所在家庭的家长（男性家长）当做用于换取金钱、财物乃至自己的"儿媳妇"的条件。例如，月娃就被自己的父母"卖"到甘肃的一户人家作童养媳（"干女子"），她的父母又利用对方家庭所支付的钱物给她的胞兄疯子福林买了一个"婆姨"。虽然她们的婚姻并非出自于自己的意愿，但是无论她们嫁给了谁，都始终忠于自己的丈夫，并努力地经营好生活，她们甘愿默默地承受分娩的痛苦为家族繁衍后代，甘愿承担繁重的体力劳动为家庭创造价值。尽管如此，在两性关系中，她们却不仅无法得到应有的尊重，而且还常常遭受来自男性的欺侮和伤害。这样的遭际无疑是令人痛心的。由此，徐晓钟专门让与青女有着相似经历的"彩芳"为雕像献上黄绫，这一举动的设计不但表达了他对于青女的怜惜，而且传达出他对女性所怀有的某种敬意。不但如此，他还希望通过这样的场景设计来迫使观众们对造成女性群体被欺凌、漠视的根源加以思索与探寻。尤其需要指出的是，为了能激发观众们对于剧中事件的思考，徐晓钟在该剧中专门设置了"歌队"。"歌队"代表着"桑树坪的良

---

[1] 徐晓钟：《在兼容与结合中嬗变——话剧〈桑树坪纪事〉实验报告》，见雷达，黄薇主编\编选：《中国新时期戏剧研究资料》（甲种），第384页。

[2] 徐晓钟：《在兼容与结合中嬗变——话剧〈桑树坪纪事〉实验报告》，见雷达，黄薇主编\编选：《中国新时期戏剧研究资料》（甲种），第377页。

心"。[1]"歌队"的成员由"桑树坪"的乡民们充当。在舞台搬演过程中，出场的演员一方面扮演着"桑树坪"的民众，一方面他们还依照导演的意图，与角色相间离，担负着随时对剧中事件加以冷峻地评论的职能。例如，在"青女化石"这场戏中，当福林向众人展示青女的裤子，并失去理智地嚎叫着，这是他的"婆姨"，是他家用二百块钱买来的、他妹子换来的婆姨时，饰演众后生的演员们拥挤着一起围观受辱的青女。而当汉白玉的古代妇女塑像出现在众人所围成的圆圈中心时，这些演员则从其扮演的人物中迅速地跳出并排列成歌队。他们哼唱着主题音乐，"规范化地形成半圆展开"，[2]跪在了塑像周围。按照徐晓钟的创作意图，这样的场面设计是为了传达出他作为导演对于此事件的态度，用他的话说也即是："人们，面对我们民族生生不息的本源——女人、大地、母亲，低下头来吧！"[3]从现场的观剧效果上来说，这样的情景无疑能够让观众们更进一步地感受到剧中所蕴藉的深重的历史感，进而关注"桑树坪"人乃至整个中华民族的精神状况。

　　1988年2月，《桑树坪纪事》在北京首演。有学者评价道："《桑树坪纪事》……几乎所有的话剧探索的成果都在其中得到验证……深刻的历史反思和所传达的丰富的艺术信息是新时期话剧所罕见。"甚至将这部作品誉为"自八十年代初从《绝对信号》等开始的实验话剧艺术实践发展的一个里程碑……它标志着中国新时期话剧的成熟"。[4]尽管在此评价中多有溢美之辞，但是应当承认的是，《桑树坪纪事》确实是一部具有较高艺术价值的作品，它的成功进一步印证了戏剧观念的更新对戏剧艺术形式改变的影

————————

　　[1]徐晓钟：《在兼容与结合中嬗变——话剧〈桑树坪纪事〉实验报告》，见雷达，黄薇主编\编选：《中国新时期戏剧研究资料》（甲种），济南：山东文艺出版社，2006年版，第382页。

　　[2]徐晓钟：《在兼容与结合中嬗变——话剧〈桑树坪纪事〉实验报告》，见雷达，黄薇主编\编选：《中国新时期戏剧研究资料》（甲种），第383页。

　　[3]徐晓钟：《在兼容与结合中嬗变——话剧〈桑树坪纪事〉实验报告》，见雷达，黄薇主编\编选：《中国新时期戏剧研究资料》（甲种），第384页。

　　[4]雷达、黄薇主编\编选：《中国新时期戏剧研究资料》（甲种），济南：山东文艺出版社，2006年版，第432页。

响是巨大的，这种影响无疑是积极的。戏剧工作者们越来越清晰地意识到，"话剧"不仅仅只依靠"话"来展示自身，它必须借助吸纳其他艺术门类中的表现手段来丰富自身的表现力。

第四节 借鉴与探寻：对于话剧新的表现形式的探索

对中国语境下的"现实主义"创作观念的突破与超越，在戏剧工作者的思想意识层面上表现为戏剧观念的逐渐更新——他们不但意识到了"易卜生—斯坦尼"体系的局限性，而且还自觉地对非"现实主义"的戏剧美学思想加以了再认识与重新接受。而戏剧观的变化在戏剧创作者的艺术实践过程中则被直接外化为对话剧新的表现形式的探求。一直以来，由于受到"易卜生—斯坦尼"体系创作思维定势的限制，戏剧创作者们感到他们的话剧舞台语汇极为贫乏。是故，在新的创作理论的引导下，他们尝试用一种更为开阔的眼光来观照其他艺术样式中的表现手段，并将之运用到创造出更具美感的艺术形象的实践中。然而新的话剧呈现形式的探索过程并不顺利。黄佐临对于新的话剧表达手法的寻求就是在对以往创作思维方式的不断反思以及在对舞台艺术坚持不懈的实验中逐步推进的。

黄佐临于20世纪60年代所发表的《漫谈"戏剧观"》一文并没有在当时的中国剧坛引起强烈的共鸣和反响。可是，他的努力使中国话剧创作者们逐渐认识到，话剧的呈现方式应当有也必须有其他的可能形态。20世纪70年代末，中国青年艺术剧院筹备排演布莱希特的《伽利略传》。当时"青艺"的导演陈颙邀请了黄佐临与之一同执导此剧。值得注意的是，早在20世纪30、40年代，布莱希特便在该剧的"几点说明"中给试图搬演此作品的导演们提供了建议：在舞台布景上，导演"不应使观众相信他们是置身于中世纪意大利的一个房间里或者是在梵蒂冈，要让观众们相信他们是在一个剧院里"；在展演形式上，导演"一刻也不要忘记，许多事件和对话不易理解，因此有必要在人物的位置上把事件的基本意思表达出来"；在表演方法上，导演应当提示演员——尤其是饰演伽利略的演员，他的表演目的"不应是使观众停留在对他产生同情的共鸣，而跟着他跑；更多地是要使观众产生惊奇、批判、思考的立场"。[1] 由此可见，布莱希特希望导演在排演此剧的过程中，尽力地拉开舞台时空与现实生活之间的距离。他们要以让观众时刻记住舞台上所发生的一切只是在做戏，并必须将观众对戏剧事件"产生惊奇、批判、思考"作为设计舞美方案及选择演出方式的重要依据。可见，布莱希特是极为反对在舞台上制造"生活幻觉"的，他甚至将精于此道的导演贬斥为跟不上时代进程的"马车夫"——他们是难以驾驭被他比喻为新生事物"汽车"的"叙述体戏剧"[2]作品的。

黄佐临和陈颙显然对布莱希特的导演思想有所领悟。他们在排演该剧时，尽量避免用布莱希特所说的"马车夫"式的理论视野来观照此剧，而是在剧中将"间离效果"加以充分地运用。在演员的表演方法上，黄佐临一再强调演员必须自觉地放弃"内心体验"的演出方式。在《〈伽利略传〉排演厅内的讲话》中，他把布莱希特对演员的要求概括为了六点，即："1. 要求演员像一个旁观者。不是说演员在表演的时候这样做，就是在准

---

［1］［德］布莱希特：《伽利略传》，丁扬忠译，郑州：河南人民出版社，1980年版，第137—138页。

［2］余匡复在《〈伽利略传〉：一部充满戏剧性的叙述体戏剧》一文中指出，从戏剧情节的建构上看，布莱希特的《伽利略传》似乎与西方的传统戏剧，也即承袭由亚里士多德所开创的戏剧传统而来的富有戏剧性的戏剧似乎并无二致。甚至连布莱希特自己都曾说：《伽利略传》在技术上是一个大倒退，像《卡拉尔大娘的枪》一样"；"剧中按叙述体戏剧安排的场面非常具有戏剧性"；"在形式上，我并不特别强烈地为这个剧本辩护"。基于此，余匡复总结道："这些话说明作者自己似乎也承认《伽利略传》在结构上属于'戏剧性戏剧'，至少在技术上是一个倒退。"然而，尽管这部作品从形式上说，与布莱希特的其他作品诸如《胆大妈妈和她的孩子们》等相比，其"叙述性"的特征似乎并不那么明显，而其"戏剧性"反而却十分突出——"整个剧本虽有些枝节，但基本上围绕一个中心戏剧事件展开，即：伽利略如何为了他的科学（日心说）和当时的教会斗争，及在这场斗争中伽利略如何屈服和失败"，但是由于布莱希特一再强调，这部剧的演出方法"应该用揭示的（demonstrativ）表演方法"，这也就意味着，此剧的演剧目的依然是让观众能在关注事件的过程中，对事件本身加以思考或联想，而这也恰恰就是"叙述体"戏剧的创作目的。从这个意义上说，《伽利略传》仍然是一部"叙述体"戏剧。参见余匡复：《〈伽利略传〉：一部充满戏剧性的叙述体戏剧》，载《外国文学评论》，1988年第2期。

备角色时也是这样，即如叙述一个故事，比如一件车祸他是见证人……
2. 演员必须把他即将扮演的人物反映出来并把这个'反映'记住，保持新鲜感……3. 演员必须从社会批判的角度去对待角色……有分析（或有批判）地用社会观点去看待角色……4. 演员必须有自己的观点自己的表示，不是角色拎出来让观众看，而是用自己的观点来认识角色并表示出来……5. 演员必须把历史独特性表达出来，切忌公式化、概念化……6. 必须把客观世界表现得陌生化，把日常生活中熟视无睹的事情加以集中、剪裁、概括，使观众一看就觉得新鲜并感奋起来……引起观众思考。"[1]
这也就是说，在排演《伽利略传》时，黄佐临要求演员与角色保持一定距离，而不是进入到角色中去，成为他所要扮演的剧中人。不但如此，演员还必须对角色和戏剧事件加以点评。而这种评判不能止于发生在演员的思想意识中，而更需要他们在舞台上直接把观点传达给观众。这就要求演员在剧情里"跳进跳出"。质言之，演员不只要饰演角色，而且要同时充当戏剧人物与事件的评论者和叙述者。那么演员怎样才能达到这种状态呢？黄佐临虽然并没有正面解答这一问题，但是他却提出了"陌生化"的概念。在他看来，所谓"陌生化"也即是"把日常生活中熟视无睹的事情加以集中、剪裁、概括"，"对已熟悉的东西加以限制、重新规定，使其具有新的内涵"。[2]在这段表述中，"熟悉的东西"可被理解作演员在长期的训练和演出实践中所形成的某种特定的表演思维习惯——对剧中人物进行逼真和细腻的模仿。而"陌生化"效果则要求演员对这种惯常的表演方式加以搁置、重新审视及限制，这也即是要求演员以一种非自然状态的表演方式来演绎角色。这种方式可以是略带夸张的肢体动作，也可以是歌舞的表现形式。尽管这段表述尚存着不少昧而不明的地方，但是不难看出，黄佐临实际上已经领悟到布莱希特导演思想的个中三昧。在舞台呈现形式上，黄佐

[1]黄佐临：《我与写意戏剧观》，北京：中国戏剧出版社，1990年版，第175—177页。
[2]邹元江：《中西戏剧审美陌生化思维研究》，北京：人民出版社，2009年版，第184页。

临和陈颙更是将"陌生化"的表现手段加以大量运用，他们在剧中引入了歌舞、曲艺表演。例如，在处理剧中意大利斋前节人们在街头狂欢的场面时，就把原著中歌谣演唱者的部分歌词内容直观化了——他们利用木偶戏的形式来将之加以呈现。而人们带着假面游行的情景则被他们改编成了集体舞蹈。[1] 1979年，《伽利略传》公演，演出在戏剧界引起了轰动。从某种意义上说，人们对于《伽利略传》的接受不仅仅是对这一作品艺术价值的肯定，更是意味着他们对一种新的，异于"斯坦尼"理论的戏剧观念的认同，以及对与这种新的戏剧观相对应的戏剧呈现形式的肯定。

　　1987年，黄佐临与孙惠柱等人共同执导了后者撰写的《中国梦》。孙惠柱在作品的标题上注明所写的作品的性质是"八场写意话剧"。孙惠柱的"写意"化的戏剧美学追求与黄佐临所倡导的"写意"的戏剧主张不谋而合。故而，在黄佐临眼中，这部作品恐怕是"迄今为止，体现他的戏剧观的最好的载体"。[2] "写意"最初应是绘画领域中的专有名词。它是指"用单纯而概括的笔墨来表现对象的精神意态，是不求形似求神似的画法"。[3] 如北宋苏轼、文同用以绘制墨竹，释仲仁画墨梅的技法就可归入到"写意"之中。与"写意"相对照的是"工笔"画法。后者是指用线条细腻地描摹出花、鸟、鱼、虫及人物的形态的绘画技法。有学者考证，最早将"写意"引入到戏剧研究领域中的是冯叔鸾和齐如山等人。[4] 他们将这一语词用于描述中国传统戏曲的基本审美特征。将"写意"与话剧创作结合起来，明确地提出"写意"戏剧观，应该是黄佐临的首创。事实上，黄佐临所谓"写意"戏剧观是相对于西方传统的"写实"戏剧理论而

　　[1] 参见林克欢：《舞台的倾斜》，石家庄：花城出版社，1987年版，第108页。

　　[2] 参见纪宇：《喜剧人生·黄佐临》，济南：山东画报出版社，1996年版，第157页。

　　[3] 李乡状主编：《花鸟画技法与欣赏》，长春：吉林音像出版社，2006年版，第90页。

　　[4] 胡星亮在《现代戏剧与现代性》一书中写道："冯叔鸾指出：'旧剧之演事实在传其神，如画家之有写意。故扬鞭则为骑，划桨则为舟，而马与舟之形物不必备也；绕场之为行路，推手则为阖扉，而路之远近，与扉之广阔不问也'……齐如山指出：'旧剧向来不讲究布景，一切的事情都是摸空，就是平常说的大写意。' '写意'，此后也就成为人们阐释戏曲美学的比较普遍的说法。"参见胡星亮：《现代戏剧与现代性》，北京：人民文学出版社，2007年版，第246页。

言的。在他看来，在话剧创作中，"写意"也即要求创作者在舞台上"破除生活幻觉"[1]。如何打破生活幻觉呢？黄佐临认为最有效的方法是在话剧创作中引入非写实性的表现手段。

黄佐临导演，话剧《中国梦》剧照。

《中国梦》这部被冠以"写意"戏剧之名的作品，本身就具有"梦"的特质：其一，作者在写作过程中刻意淡化了情节的建构，而着意于展现人物的思想和情感状况；其二，作者似乎是在一种极度自由的状态中创作此剧的，他没有受到所谓"三一律"等成法的限制。因此这部作品的场景极多，时空跨度也极大，"一会是美国，一会是中国，忽而是纽约富翁的豪宅，忽而是山村大河中的沙丘"[2]，这部剧的排演难度之大可见一斑。而这些特征恰恰也为黄佐临的二度创作留下很大的余地。在具体排演的过程中，由于有了十年前排演《伽利略传》所积累下的经验，黄佐临在运用起非"现实主义"的表现手法时更加得心应手。从舞美设计上说，他大胆地借鉴了中国传统戏曲舞台的布置方法，没有设置任何的实景，几乎是将一个"空"的舞台呈现给了观众；从演出方式上说，由于舞台本身就是空无一物的，这也就意味着舞台的假定性被充分利用，因此演员也就难以以"进入角色"的方式来塑造人物，他们不得不选择非生活化的表演方式来表现角色。例如，在剧中有场戏是展现明明到侨居美国的外祖父家的情景，后者为前者介绍其居所的环境和格局。外祖父将餐厅、厨房、贮藏室以及明明的卧室一一展示给明明。在这场戏中，舞台空间的转换是通过演员的念白及一系列的虚拟

---

[1] 黄佐临：《导演的话》，上海：上海文艺出版社，1979年版，第183页。
[2] 纪宇：《喜剧人生·黄佐临》，济南：山东画报出版社，1996年版，第157页。

动作完成的。就如黄佐临所描述的："演出中是外祖父的虚拟动作。双手推开餐厅门，右手打开厨房门，双手推上贮藏室门，用迈楼梯的步子上到寝室……"[1]可见，"空"的舞台空间既给予了他们极大的演出空间，无疑也对他们的表演技巧提出了极高的要求。

《中国梦》面世后，戏剧界给予其一致好评。比如方杰在《黄老的"梦"——看上海人艺〈中国梦〉随想》中评价道："《中国梦》的出现，对于当前我们的戏剧现状来说，我觉得，应该是有突破性意义的。这个戏别具一格，形式优美，意境深邃。它以写意的手法，吸收了戏曲的虚拟形式，当舞则舞，当歌则歌，很抒情，又很豪放。"[2]显然，在这段表述中，评论者并未运用"易卜生—斯坦尼"体系的权威话语方式来评述此剧。他所关注的既不是该作品的社会功用价值，也没有因演出者没有遵循"斯坦尼"表导演理论的教条而对之加以苛责。他站在纯粹的艺术审美视域下对该剧呈现形式的艺术特征加以评价，而这个评价也是中肯且恰切的。这无疑说明，当时的中国戏剧界对"写意"戏剧的美学意义指向已经有了更为深刻地理解。

令人欣慰的是，在当时黄佐临所身处的上海，有一批中青年导演也开始以极大的热情投身于对话剧新的表现形式的探索实践中，如胡伟民、陶骏、王哲东、谷亦安等，他们的代表作品有《红房间·白房间·黑房间》、《魔方》、《屋里的猫头鹰》等。

进入20世纪80年代后，以胡伟民为代表的导演们重新意识到，黄佐临对于"戏剧观"的种种论述是具有前瞻性的。尤其是黄佐临所提出的剧本必须"哲理性高深（不是指一般的思想性，而是指时代的世界观、人生观，透过作家的心灵，挖到一定的深度）"，剧作的舞台表达手段需要多样化，而不能仅尊"斯坦尼"一家的建议，引起了新时期不少话剧工作者的

[1] 黄佐临：《〈中国梦〉导演的话》，载《戏剧报》，1987年第12期。
[2] 方杰：《黄老的"梦"——看上海人艺〈中国梦〉随想》，载《中国戏剧》，1987年第9期。

重新关注。

　　胡伟民在《真诚的探索：从意蕴到形式——〈二十岁的夏天〉编导三人谈》一文中专门探讨了如何解读《二十岁的夏天》以及如何排演该剧作的问题。在解析《二十岁的夏天》的主旨内涵时，他说："剧作虚构的一切那么荒谬不经……不管排斥它还是接纳它，面对它的人们不约而同地想起过去不久的那一场十亿人的可怕游戏，想起人类文明进程中一次次人为的灾难，并且从中看到自己心灵深处的某些影子。理念、自然、历史被人生地呈现了……正是埋藏

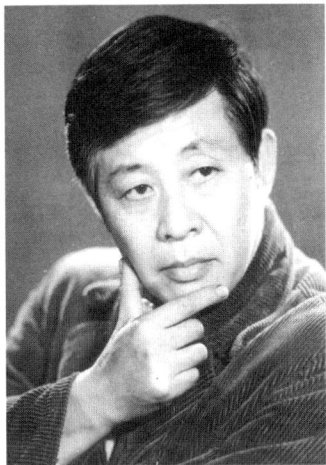

胡伟民像

在剧中的这种普遍性的意蕴，渗透在剧本中的现代人生意识、审美意识吸引了我，使我决意要把《二十岁的春天》展现于舞台，用我的人生意识、审美意识去表现它，强化它。"[1] 值得注意的是，在谈论如何对剧本文本进行分析时，胡伟民没有再使用"主题思想"一词，取而代之的是"意蕴"，他的用意是显而易见的。在中国语境下，"主题思想"一词已然被赋予了太过浓重的意识形态色彩。一直以来，在对某个剧作的所谓"主题"进行阐释时，大多数研究者的理论眼光始终囿于"现实主义"之中。就如胡伟民所言，在他们眼中，"似乎现实主义就是马克思主义的，非现实主义就是政治上反动的"。[2] 他放弃使用这一语词，实际上也正是表明了自己对于话剧作为一门独特艺术样式的审美特性的尊重。"意蕴"所强调的是剧作本身所蕴含的审美价值指向。而对剧作"意蕴"的把握是以解读者在更高的、形而上学的理论维度下对剧作加以阐释为基础的。这也就意味着，他们的解读重点不再是对作品的社会功用价值的开掘，而是要从作品中悟解出某种特殊的人生在世经验。

---

　　[1] 胡伟民：《导演的自我超越》，北京：中国戏剧出版社，1988年版，第212—213页。
　　[2] 胡伟民：《导演的自我超越》，第212页。

在体悟到剧作的审美意蕴后，胡伟民倾向于用更为自由的、灵活的审美形式来将此加以外化。用胡伟民自己的话说就是："戏剧本来就应允天马行空的，发挥你最大的想象，创造出一个天地……只要观众喜欢，能表现我们心里的东西就行。"[1]正是基于此种对于话剧艺术本质的理解，胡伟民十分乐于尝试新的、非现实主义的表现手法。比如在《陶俑的新生命——话剧〈秦王李世民〉导演手记》一文中，他专门阐述了"陶俑"的作用。他说："陶俑的表演，和剧中其他人物可以拉开一定的距离，因为他们是具有一定象征寓意性质的。他们代表历史，代表普通人。在很大程度上，他们也代表池座里的观众。出其不意地评价人物的思想和行为，又使之合乎情理，这就是我们所要追求的艺术效果。"[2]简言之，"陶俑"在演出中同时充当了演出者、评论者和观众。它们与主线剧情若即若离，既参与到故事的发展之中，又能随时出离于主要事件之外来引导观众对剧中人物的行为进行评判。事实上，胡伟民设置和使用"陶俑"的灵感一方面来自于布莱希特在《高加索灰阑记》中所运用的借助于歌手之口唱出对剧中人物的评价，另一方面也得益于川剧中"帮腔"的演唱形式。[3]尽管胡伟民在一定程度上受到了布莱希特戏剧理论的影响，但他更是看到了布莱希特理论与中国戏曲美学思想的相通之处。因此，他所选用的戏剧表现手段不仅投合了观众的民族审美习惯，而且在舞台上成功地营造出了"间离效果"。他对"易卜生—斯坦尼"体系的突破，以及对话剧新的表现形式的探索是较为成功的。

胡伟民在《红房间·白房间·黑房间》一剧中虽然没有完全扬弃"现实主义"的表现手法，但是在排演中却将"象征主义"、"表现主义"等手

---

[1] 胡伟民：《导演的自我超越》，北京：中国戏剧出版社，1988年版，第35页。

[2] 胡伟民：《导演的自我超越》，第124页。

[3] "帮腔指演出时乐队的帮唱……川剧以前是男生帮唱，由鼓师领腔，场面（音乐）人员合唱，习称'齐呐喊'。"帮腔的作用主要体现在两个方面：一是渲染舞台氛围；二是揭示或评述剧中人物思想情感。参见胡度、刘兴明、傅则编：《川剧词典》，北京：中国戏剧出版社，1987年版，第1页。

法加以充分运用。不难看出，这部作品的标题本身就极具象征意味。正如该剧的撰写者所阐释的，此剧是想表达"精神家园的失落和找寻"[1]的主题。剧作家的创作意愿与胡伟民的戏剧美学追求恰好相投合。后者在研读剧本时虽然一再感慨，由于该剧的主旨是非确定性，非明晰化的，他常常感到很困惑，"仍然感到没有把握破译"作者"隐藏的迷"，[2]然而，他也同样体认到，虽然该剧的情节十分陈旧——戏剧事件大致可以被概括为"痴情女子负心汉"，但是作者的创作目的绝不是向观众们重复这一类型的故事，而是仅以这个情节为依托来"展现人与环境、人与自然、人与社会、人与文化、人与人之间震荡与变迁"。[3]故而，胡伟民"不满足于毕肖，而是想跃入符号的天地"。[4]也即是说，他的创作重心不在将这个老套的故事加以完整地复述、展演上，而要用符号化的舞台语汇将剧作者的人生体悟表达出来。在具体的舞台实践中，他受到了毕加索在绘制"牛的变形"时所运用的创作思维的启发，他仅用红、白、黑的色块和极为简洁的线条在舞台上搭建出了极富层次感的、意象化的审美空间。当前所通行的话剧史也给予这部作品较高的评价："在这部剧中，胡伟民强调戏剧场景的写实、虚幻、荒诞等多层结构，注重对舞台色调这演出语言和形式元素的独特把握，使演出获得了富有意蕴的视觉体现和意义超越。"[5]这样的评论无疑是中肯的。

　　《魔方》的作者将该剧戏称为"马戏晚会"。《魔方》一剧的作者陶骏和王哲东等人是当时上海师范大学的学生。1985年，他们为了参加上海市大学生文艺会演而创作编排了此剧。这部作品由九个相对独立的故事拼贴而成。这九个片段分别是《黑洞》、《流行色》、《女大学生圆舞曲》、《广

　　[1]胡伟民：《导演的自我超越》，北京：中国戏剧出版社，1988年版，第205页。
　　[2]胡伟民：《导演的自我超越》，第197页。
　　[3]胡伟民：《导演的自我超越》，第199页。
　　[4]胡伟民：《导演的自我超越》，第199页。
　　[5]董健、胡星亮主编：《中国当代戏剧史稿（1949—2000）》，北京：中国戏剧出版社，2008年版，第336页。

告》、《绕道而行》、《雨中曲》、《无声的幸福》、《和解》和《宇宙对话》等。不同的剧情单元分别被设定了不同的主题内容，比如《黑洞》是"写人面临绝境的真诚和回到现实的虚伪"，《流行色》是写人盲目追求时尚而失去自我等。因此，该剧的思想内涵是非确定性又具有多义性的。将这几个戏剧场面串接起来的是一个"主持人"。这个人物游离于故事情节之外，他以局外人的身份对已经结束的事件作出点评，又对即将开始的故事加以介绍。剧作的呈现方式杂糅入了哑剧、歌舞、相声、时装表演等。这样的展演形式让观众耳目一新，深受他们的欢迎。

尤其值得一提的是《屋里的猫头鹰》一剧。它被有些研究者誉为"上海小剧场第一部里程碑性的剧作"。这也就意味着，无论是在戏剧美学追求方面，还是在舞台呈现形式方面，此部作品均有超越前作之处。从选材上说，它突破了以往戏剧作品取材的禁区——它直面两性关系，并将舞台当作了讨论人的原欲的场所；从戏剧展演方式上说，这部作品试图在观众与演员，观众与作品之间建立起一种新的关系。按照该剧创作者的最初意图，他希望观众能够亲身参与到戏剧演出活动中，甚至充当剧中的角色，而不是坐在观众席上静观台上所发生的一切。由此，他设计了一整套观剧程序，即："观众进场前被命令首先在一间空屋里集中，由演出向导讲述有关看戏的注意事项，然后每人发给一件猫头鹰面具和一件黑色斗篷，并一再叮嘱大家看戏时必须戴上面具。然后每十人编一组在手执电筒的'猫头鹰'队长的带领下穿过一条蜿蜒曲折的小路，来到一间'黑屋子'（上海青艺原排练厅）。"[1] 在戏剧演出正式开始后，散坐在观众之中的"猫头鹰"队长会根据剧情的需要来模拟猫头鹰的鸣叫，甚至追打台上的演员。在他们的鼓动下，头戴猫头鹰面具、身着黑斗篷的观众们也会效仿他们的行为。从舞台呈现形式上说，该作品运用了大量的象征手法。比如，导演在舞台上频繁使用一块红绸的道具。这块红绸"一会儿是女主人公的床

---

[1] 周传家、薛晓金：《小剧场戏剧论稿》，北京：燕山出版社，2006年版，第210页。

榻，一会儿是浴盆，一会儿是被褥，一会儿是躁动的心脏和子宫……一会儿又成了性欲的祭坛"。[1] 无论红绸是被坐实为诸如床榻等具体的器物，还是被用于暗喻女主角的生理器官，它本身所承载的意义均是潜藏在人性之中的强烈原欲，是一种难以遏制的冲动和渴望。有意味的是，在《屋里的猫头鹰》一剧演出时，并不是所有的观众都乐于参与到表演活动中。正如某些文献所记载的："该剧演出时，有些观众不愿意戴面具、披风，有的还为此和演出组织者争吵起来。至于演出中有一些'观众'——猫头鹰跳上台来'痛打'剧中人沙沙，那也是事先组织圈内人说好了的。"[2] 不仅如此，学界鲜有研究者对其艺术成就进行评判。甚至在目前所通行的话剧史上，著者在提到该剧时不过寥寥数语，而没有对该剧的思想内蕴及艺术价值加以深入地探究。[3] 这一点实际上恰恰说明了，该作品所蕴含的艺术审美观念太过前卫，以至于大多数观众、戏剧研究者难以进入导演的语境之中。

在北京的话剧舞台上，林兆华在"人艺"小剧场里展开了对话剧新形式的探索实践。林兆华曾不止一次地表白过，是"人艺"培养了他，但是他却以"异端"的姿态出现在"人艺"的演出场域中。早在1983年，《戏剧界》杂志就发表了《论戏剧观》一文。这篇文章通过回顾西方现当代不同戏剧流派的形成及其主要的艺术主张，得出了"易卜生的戏剧和斯坦尼斯拉夫斯基的方法不过是戏剧史上的两家"[4] 的结论。这也就意味着，中国话剧创作者应该开阔自己的眼界，去了解和接受更多的话剧创作方法和呈现样态。这篇文章除了介绍布莱希特之外，还提及了很多当时不为国人所熟悉的戏剧艺术家，包括：苏联的导演梅耶荷德，法国的导演、戏剧

---

[1] 周传家、薛晓金：《小剧场戏剧论稿》，北京：燕山出版社，2006年版，第211页
[2] 周传家、薛晓金：《小剧场戏剧论稿》，第212页
[3] 在《中国当代戏剧史稿（1949—2000）》一书中，著者写道："《屋里的猫头鹰》以神秘的、变形的、隐喻的故事片段和戏剧场面，以及舞台的整体象征，表现了人类对理想的无望、生存困境等的哀叹。"参见董健、胡星亮主编：《中国当代戏剧史稿（1949—2000）》，北京：中国戏剧出版社，2008年版，第339页。
[4] 杜清源编：《戏剧观争鸣集》（一），北京：中国戏剧出版社，1986年版，第35页。

教育家戈波，德国表现主义戏剧的代表人物韦特金特，以及主张"完全的戏剧"的法国戏剧理论家兼导演阿尔托和"质朴的戏剧理论"的提出者、波兰导演戏剧理论家和教育家格洛托夫斯基。[1]这些导演、戏剧理论家和戏剧教育家在戏剧美学追求上具有一个共性，即他们都"反对在舞台上去再现生活的本来模样"，同时十分强调戏剧的剧场性。如何理解"剧场性"呢？从某种意义上说，对于戏剧"剧场性"的探讨实际上已关涉到对戏剧本体的追问。一直以来，无论是在理论界还是在文艺界，大多数研究者和创作者基本认定，在戏剧创作过程中，剧本的地位是至关重要的——它是戏剧舞台实践活动得以展开的依据。那么什么样的剧本才是优秀的呢？大多数研究者将"文学性"视作评价剧本是否具有艺术价值的重要尺度。实际上，"文学性"这一语词的意义是十分含混的。[2]一般认为，具有"文学性"的作品必须具有可被阅读性。例如巴金在评价曹禺的作品时，他就认为曹禺的剧作是"既能读，又能演"的。"能读"也就是指《雷雨》的剧本具有如小说等文学样式的特征——它具有极强的情节性，人物形象饱满而鲜明，语言流畅。它完全可以被当作一部案头作品而加以研读和品鉴。也即是说，"能读"与流俗意义上的"文学性"是同质的。然而，戏剧作为一种独立的艺术门类，它具有区别于其他艺术样式的特征。戏剧之所以能成其为"戏剧"自身，取决于其形式本身。具体而言，虽然剧本是以文字作为载体的，但是这并不意味着"文学性"就是它的根本属性。比如，黄佐临在《漫谈"戏剧观"》一文中明确地指出，话剧的语言必须"生动"。他将这个"生动"具体化为"既生活，又提炼，并含有动作性"。[3]而在80年代探讨戏剧语言的本质特征时，研究者似乎比黄佐临走得

---

[1] 参见杜清源编：《戏剧观争鸣集》（一），北京：中国戏剧出版社，1986年版，第37—39页。

[2] 姚文放在《"文学性"问题与文学本质再认识——以两种"文学性"为例》一文中指出，"目前文学理论界对于'文学性'问题的考量存在着歧见"，"从古到今，比喻、象征、比拟、隐喻等修辞手法并不是文学的专利，而是一切文体公用的表达方式"。参见姚文放：《"文学性"问题与文学本质再认识——以两种"文学性"为例》，载《中国社会科学》，2006年5期。

[3] 黄佐临：《导演的话》，上海：上海文艺出版社，1979年版，第173页。

更远，"要对戏剧这门艺术的本质作一个概括的话，不如说是动作语言的艺术，更为贴切"。[1]显然，"动作性"被赋予了戏剧本体论上的意义。众所周知，"话剧的语言"一般包括台词和舞台提示。具有"动作性"的语言不仅指以演员对话的形式传达给观众的台词，还指具有能通过演员的肢体表演而被直接呈现在舞台上的对白与舞台说明。同时，具有"动作性"的语言并不限于上述两种形态，还包括一切能"诱发观众想象"的元素和符号。[2]从这个意义上说，"动作性"语言的特征即是本身不受一般语言逻辑规律和语法限制，形式极为灵活，"它大量诉诸暗示、象征与假定……把彼时彼地变为此时的，把想象的当成现实的，把可能的变成直观的"。[3]受此影响，林兆华在回顾自己的创作历程时说："82年我搞《绝对信号》时就一个思想：我觉得中国话剧舞台太贫乏了，太整齐了。我认为一个国家在戏剧上用一个'主义'、一种样式去统治是非常荒诞的事情。"[4]显然，他不满足于只能在中国语境下的"现实主义"、"斯坦尼"表导演理论的维度下进行舞台创作。他几乎是自嘲地将自己当时的创作状态描述为："没有什么雄心大志，但多少还算有点追求。"[5]事实上，他的艺术"追求"正是在新的视域下对话剧作品加以阐释，并赋予它更具表现力的呈现形式。

林兆华导演，北京人民艺术剧院演出《绝对信号》剧照。

1982年，林兆华导演了《绝对信号》一剧。尽管从选材上说，该剧"直面严峻的社会问题"，深度地剖析了当时被称为"待业青年"的社会群体的生存状况，但是在作品的舞台展演

[1] 杜清源编：《戏剧观争鸣集》（一），北京：中国戏剧出版社，1986年版，第46页。
[2] 中国戏剧出版社编辑部编：《戏剧观争鸣集》（二），北京：中国戏剧出版社，1988年版，第361页。
[3] 中国戏剧出版社编辑部编：《戏剧观争鸣集》（二），第361页。
[4] 林兆华：《戏剧的生命力》，载《文艺研究》，2001年第3期。
[5] 林兆华：《戏剧的生命力》，载《文艺研究》，2001年第3期。

形式上，却没有沿用被"人艺"视为"传统"的斯坦尼理论体系所规定的呈现方式。从表演方法上说，导演林兆华鼓励演员以一种"没有表演的表演"的方法来塑造角色。[1]《绝对信号》一剧中"不少的戏心理时空与现实时空在舞台上是重叠出现的"，也即是说此剧的舞台时空结构具有双重性。戏剧人物的回忆、想象均发生在"心理时空"中，而这种心理活动又是由发生在"现实时空"中事件所触发的。在具体的排演过程中，导演要求演员把"现实的心境与回忆、想象同时都演出来"，[2]这就要求演员的表演必须具有层次感。如何实现这种"层次感"呢？回答即是："这个戏需要多层次的表演，但基调应该建立在自然朴素上……那种似乎是不表演的表演。而在梦境里则又是极度的夸张和冲动的，甚至是神经质的，但这种夸张不是程式化的。比如黑子想象中的小号，并不是小号本人，而是带有黑子想象的主观色彩，是冷漠的、恶意的……表演上应该有明显的区别。"[3]在这段表述中，"自然朴素"、"不表演"实际上是强调表演的真实性。而这里所指的表演之"真实性"的内涵与斯坦尼意义上"逼真"的意义显然是大相径庭的。后者为了凸显真实，要求演员与角色合二为一；而前者则主张演员在表演中能准确地把握住人物心理变化的逻辑层次，敏锐地捕捉戏剧人物每个细小的心理变化，并用最简洁、质朴的肢体语言来将之加以外化。由此不难理解，这里所追求的乃是情感和心理上的真实感。也正是基于这样的戏剧审美取向，在《绝对信号》中的排演中，林兆华等人既不要求演员能够将台词加以精确的记诵，也不要求他们用朗诵式的腔调来处理这些对白和独白，更不要求他们在舞台上刻意地做出夸张的表情，他们只期待演员能用最恰切的身体姿态和行动方式将处于不同状态下的（回忆中、想象中或现实中）的同一人物表现出来。从舞台设计上说，

[1]北京人民艺术剧院《绝对信号》剧组编：《〈绝对信号〉的艺术探索》，北京：中国戏剧出版社，1985年版，第117页。

[2]北京人民艺术剧院《绝对信号》剧组编：《〈绝对信号〉的艺术探索》，第116页。

[3]北京人民艺术剧院《绝对信号》剧组编：《〈绝对信号〉的艺术探索》，第121—122页。

导演放弃使用沉重的景片，而是将舞台还原为一个"空的空间"。他仅用钢筋架就在舞台上勾勒出了戏剧事件的发生地——守车的框架，又在这一被划定的场域之中布置了几把椅子。这样的设计一方面是为了给演员留出更大的表演空间，另一方面也是为了尽量扩大演出区域，从而促进演员与观众之间的直接交流，拉近这二者之间的距离。正如演员冯远征所回忆的："有一段戏是，'蜜蜂'就是演员尚丽娟走下台，就在我旁边说词，我就这么看着她。她眼含着眼泪……我当时就傻了……因为那个时候没想到演员会走到你跟前来演戏。"[1]不难想象，这种"走到你跟前来演戏"的展演方式无疑更能感染观众，更能震撼他们的心灵。值得注意的是，《绝对信号》中的灯光与音响的运用也是颇具匠心的。就灯光设计而言，导演一方面利用"圆形、长方形、窄条形的光斑等追光突出演员表演"，另一方面，他用不同颜色灯光的交替与叠加来实现戏剧人物心理层次的转换。比如，剧中有个片段是描写蜜蜂和黑子均沉浸在憧憬未来生活中的情景。这原本是发生在二者思想意识层面的场面，导演却将它直接呈现在舞台上。为了将人物的幻想场景与主线情节发生的场所相区分，导演特意安排将舞台的灯光全部暗下来，仅用追光将演员从正在进行的剧情中抽离出来，让他们将内心的活动用行动直接加以外化。[2]就音响设计来说，音响不再是舞台演出的辅助手段，而是作为了一个角色而在场。该剧中的音响"不只是通常那种解说性的，仅仅烘托一下气氛"，而是应当像剧中的角色一样"来沟通人物和观众的感情"。[3]对于演员而言，音响的作用表现在：它将演员带入到角色之中，使他们能更为敏感地捕捉到人物的心理变化。比如在该剧中，蜜蜂有一段长度约为七八分钟的独白。按照导演的意图，演

---

[1] 北京电视台、北京人民艺术剧院摄：纪录片《人民的艺术》第6集，2012年6月。

[2] 林兆华曾指出："这个戏大量的是回忆、想象及内心的对白，如何区别心理活动的戏与现实的戏比较好办，如何在戏不间断的进行中，间隔现实与心理的戏比较难解决……我想最简便的办法使用追光把人物从现实中抽象出来，演员便可以立即进入人物的心理时空，而现实的时空依然在观众的想象中进行着。"参见北京人民艺术剧院《绝对信号》剧组编：《〈绝对信号〉的艺术探索》，北京：中国戏剧出版社，1985年版，第116页。

[3] 北京人民艺术剧院《绝对信号》剧组编：《〈绝对信号〉的艺术探索》，第124页。

员尚丽娟应当用一种最朴素的方式来处理台词。因此，她放弃了追求语音语调上的抑扬顿挫，而将这段极具诗意的宾白用"喃喃自语"的方式念诵出来。然而，林兆华也意识到，这段冗长的独白，"从想象到梦境……光念是念不下来的，得在音响、灯光、调度上给她创造个情境，把她身上的那种诗意和感情上的震动传达给观众"。[1] 故而他在蜜蜂进行独白的时候，引入了一段音乐。这段音乐轻柔而缥缈，仿佛来自遥远的地方，同时又略带忧伤。它的情调与蜜蜂内心的既对前路寄予希望，又有一种孤独感的情感倾向具有某种一致性。在音乐的诱导下，饰演"蜜蜂"的演员能更准确地理解角色的心理特征，并能用最适宜的语音语速及肢体动作将之展示出来。对于观众而言，音响能够帮助他们窥测到戏剧人物的情感变化。在欣赏蜜蜂的自白时，观众无法通过演员并无太大变化的表情和声调来捕捉角色内心变化。而这段音乐一方面能激发他们的想象与联想，将他们带入到戏剧的既定情景之中，另一方面它也能调动观众们的情绪，让他们进入到剧中人物细腻而深刻的情感世界。

《绝对信号》一共演出了百余场。观众们通过观剧第一次深切地感受到："戏还可以这么演！"[2] 无疑，《绝对信号》一剧对观众以往所持有的戏剧呈现方式的陈见、前见造成了极大的冲击。而他们似乎也乐于接受这种新的表现样式——《绝对信号》的演出次数多达百余场！以曹禺为代表的老一辈艺术家也对林兆华等人所作的努力大加赞赏。曹禺说："我赞同你们提出的'充分承认舞台的假定性，又令人信服地展示不同的时间、空间和人物的心境'的创作方法，演出方法……我十分喜爱你们勇于进取的

---

[1] 北京人民艺术剧院《绝对信号》剧组编：《〈绝对信号〉的艺术探索》，北京：中国戏剧出版社，1985年版，第124页。

[2] 查明哲在回忆自己观看《绝对信号》时说："我也知道在激动之中，没有准确的话，但是又是内心一种真实情感的话。我就说，我在这个小剧场里面，突然感受到了从来没有感受到的一种戏剧的震撼。"李六乙也说："82年之前，学戏剧、考戏剧学院之前，所理解的、认识的戏剧更多的是传统戏剧，是'四堵墙'的戏剧。82年一来，一看，啊！戏还可以这么演！"参见北京电视台、北京人民艺术剧院摄：纪录片《人民的艺术》第6集，2012年6月。

精神。"[1]我们完全可以相信，这段表述并非是曹禺矫情的客套之言，而应是他的肺腑之声。他对于《绝对信号》的艺术价值的肯定从一个侧面表明，戏剧界对非"现实主义"的戏剧舞台展演形式、非"斯坦尼"式的表演方法逐渐开始关注与接受。

1983年，林兆华负责排演《车站》一剧，这是一部创作于1981年的作品。它无论是在立意上，还是在舞台呈现上都很明显地受到了西方"荒诞派戏剧"的影响。众所周知，在西方语境中，"荒诞派戏剧"流行于20世纪50年代，是西方剧作家们用于探讨人类认识的有限性的方式之一。按照西方传统哲学（形而上学的）的思路：虽然人先验地具有了理性——它是人的认识得以可能的先决条件，而人在理性的指引下获得了认识世界的能力——知性，并凭借着它习得了关

林兆华像

于其自身生存世界的相关知识，但是人的认识范围却是有一定限度的。人自身便是"物自体"，也即是不可被认知的。因此，尽管当代西方"已经获得巨大成就，科学进步，生产发达，政治相对民主，社会相当自由，固有矛盾或是已经解决，或是正在解决"，[2]但是人却日益陷入到一种虚无、迷茫、困顿的精神困境之中。德国思想者海德格尔对造成此种状态的原因作了如下解释，他在《诗人何为？》一文中写道："在这样的世界时代里……时代之所以贫困，乃是它缺乏痛苦、死亡和爱情之本质的无蔽。这种贫困本身之贫困是由于痛苦、死亡和爱情所共属的那个本质领域自行隐匿了。"[3]在这段表述中，海德格尔意义上的"时代的贫困"之"贫困"

[1]北京人民艺术剧院《绝对信号》剧组编：《〈绝对信号〉的艺术探索》，北京：中国戏剧出版社，1985年版，第2页。

[2]［英］马丁·艾思林：《荒诞派戏剧》，华明译，石家庄：河北教育出版社，2003年版，第1页。

[3]［德］马丁·海德格尔：《林中路》（修订本），孙周兴译，上海：上海译文出版社，2004年版，第284—288页。

并不是指现世生活中物资的匮乏，而是指精神领域中某种东西的缺失。在海德格尔看来，所缺失的也就是"痛苦、死亡和爱情之本质的无蔽"。换言之，人缺乏对于"痛苦、死亡和爱情"的真理性的认识。需要指出的是，这里的"真理"并不是指的西方认识论中的主观意识和客观对象相符合，而是指的"无蔽"，即"揭示事情本身"。而对于"痛苦、死亡和爱情"的真理性的认识显然不是通过逻辑推理和科学实验获得的。人只有通过认真体验自身的生存状态，才能领悟到"痛苦、死亡和爱情"的真谛。西方语境下的荒诞派戏剧正是对处于精神"贫困"中人的生存状况的形象化表达。需要指出的是，荒诞派戏剧在形式上的"荒诞性"是相对于西方传统戏剧作品的形态而言的。如果说后者深受着由亚里士多德所开创的戏剧传统的影响，以架构具有起承转合性质的复杂剧情、塑造鲜明生动的人物形象为目的，那么前者的创作所依循的是某种"新程式"。用马丁·艾思林的话说就是："这些剧作没有故事或情节可言……这些剧作时常没有鲜明的人物，呈现给观众的只有一些几乎是机械的木偶……这些剧作既没有开端也没有结尾……这些剧作时常似乎只是梦境和噩梦的反映……这些剧作时常只有不合逻辑的唠唠叨叨。"[1]比如由贝克特所创作的《等待戈多》一剧，其主要情节非常简单，即两个流浪汉在树下议论着"戈多"是否会来的问题。他们的言辞大多毫无实际意义，他们之间的讨论也毫无结果。正如艾思林所言，它所试图表达的是作者"在正视人类生存状态时的神秘、困惑和焦虑之感，以及他无法找到生存意义时的绝望"[2]。不难理解，这种"困惑和焦虑"以及"绝望"也正是海德格尔所描述的精神"贫困"的具体化。

《车站》与《等待戈多》一剧的相似之处颇多。在前者中，剧中人物的主要行动就是"等待"。他们等待的是开往城里的公共汽车。这些人进城

---

[1]　[英]马丁·艾思林：《荒诞派戏剧》，华明译，石家庄：河北教育出版社，2003年版，第21页。

[2]　[英]马丁·艾思林：《荒诞派戏剧》，华明译，第44页。

的目的各不相同——"姑娘进城找对象，做母亲的回家看孩子，戴眼镜的青年去考大学，老大爷进城去杀一盘棋，马主任进城赴宴，愣小子进城是为了喝几瓶酸奶，还有一位沉默的人"。[1]然而，开往城市方向的汽车却并没有在他们所在的车站停靠，于是除了沉默的人离开了车站之外，其他人只有继续等待，最后居然忘了自己进城的目的。《车站》同样既没有完整的戏剧情节，也没有鲜明而生动的人物形象。它所展示的也是人的焦虑、无奈与困惑。值得注意的是，在《车站》上演后，戏剧评论界对这部作品的评价并不高。大多数研究者认为，该作品的思想内容与当时的"主旋律"格格不入。而这种"格格不入"在剧中人"沉默的人"身上被体现得尤为突出。如在《〈车站〉的创作倾向》一文中，有学者指出，该剧"存在严重的倾向性"。[2]他认为，这个戏"非但不是在帮助观众正确地认识生活、激励观众奋发向上的情绪，反而是在把人们引向一种思想的歧路，引进一种对我们社会的怀疑和对生活前景的迷惘中去"，"那一个个无望地等待在车站上，一边发着牢骚，一边互相埋怨，浑浑噩噩地消耗着自己生命的人们"显然不是与剧作家"同时代的人民精神面貌的真实写照"。[3]而这个"沉默的人"本应该是作者要着意塑造的"觉醒者"、"进取者"的形象，他原该担负起"唤醒人们"、"催促人们积极进取"的责任，但是"沉默的人"却选择了独善其身——他不但在全剧中没有一句台词，而且他在第一次车到站未停后便悄然离开了。不仅如此，"作者在剧本提示中一再让这个形象化作越来越宏大的'宇宙之声'，作为对那群上当受骗的等车人们的嘲讽……"[4]由此，在此位研究者的眼中，这一艺术形象带给他的感受"只是用沉默来对抗周围的世界，来抗议'汽车公司'对人们的愚弄和欺骗"，[5]且他的举动是与社会主义国家内占主导地位的价值观念相

[1]周传家、薛晓金：《小剧场戏剧论稿》，北京：燕山出版社，2006年版，第206页。
[2]杜高：《转折与前进——论新时期的戏剧创作》，长沙：湖南人民出版社，1985年版，第201页。
[3]杜高：《转折与前进——论新时期的戏剧创作》，第201页。
[4]杜高：《转折与前进——论新时期的戏剧创作》，第201页。
[5]杜高：《转折与前进——论新时期的戏剧创作》，第204页。

悖的。[1] 按照这样的思路，《车站》的排演恐怕不能算作是一次艺术创作上的创新实践，它不过是对于西方荒诞派戏剧的全盘抄袭，是"步西方没落文艺的后尘而已"。[2] 在此种意义上，《车站》一剧所提供给其他青年艺术家的是创作上的失败教训，而并非是成功经验。

不难理解，在当时的历史语境下，西方"荒诞派戏剧"中所蕴含的对于整个社会人生报以虚无、悲观态度的思想倾向以及沉闷、压抑的剧场氛围是无法被中国语境下占主导地位的意识形态话语所容纳的。因此，当时北京人艺的领导者并不赞同林兆华等人再做这样的实验性作品，而希望他们能回归到"现实主义"的正轨上去。令人欣慰的是，林兆华等人并没有因《车站》思想倾向的"落后性"所招致的来自于学界的诸多非议而停止他们的探索实践。1985年，林兆华及其团队再度创编了《野人》一剧。有研究者认为，这是一部艺术审美价值极高的作品。作者在此剧中对多声部、复调结构戏剧的构想进行了实践。事实上，早在排演《车站》的时候，就进行了"多声部戏剧"的最初实验。"多声部"、"复调"这些语词均来自于音乐学。所谓"多声部"，是指以两个或两个以上声部同时唱奏陈述的音乐形式。而"复调"是多声部音乐的类型之一，它是由两条或两条以上各自具有独立性（或相对独立性）的旋律有机地结合在一起，同时陈述而成。20世纪80年代，这两个概念被引入到戏剧创作领域中，意在打破传统的摹仿一个单一而完整的行动的编剧规则，从而试图建造起具有复合结构的戏剧样式。在《车站》中，"多声部"的"复调"结构主要体现在演员台词的处理上。在通常情况下，演员之间台词的衔接是有着时间上的先后顺序的。而此剧的编导却尝试着取消这种台词对接的一般形式。他们

---

[1] 该学者指出："我们今天对生活的改造，我们的四化建设事业，尽管前途多艰，却是无比壮美的。一些青年作者面对着我们所处的时代和现实生活，暴露出思想上的一些弱点，他们缺乏必要的思想理论准备和生活实践的锻炼。"参见杜高：《转折与前进——论新时期的戏剧创作》，长沙：湖南人民出版社，1985年版，第205页。
[2] 杜高：《转折与前进——论新时期的戏剧创作》，第202页。

借鉴了复调音乐的作曲法，将不同演员的念白比照着复调音乐作品中多声部旋律的组合方式加以重新整合，即："两组以上事不相干的对话互相穿插，然后再衔接在一起……两个以上的人物同时各自说各自的心思，类似重唱……众多人物讲话时错位拉开又部分重叠……以一个人物的语言作为主旋律，其他两个人物的语言则用类似和声的方式来陪衬……两组对话和一个自言自语的独白平行地进行，构成对比式的复调……多声部中，有三个声部的不断衔接构成主旋律，其他四个声部则平行地构成衬腔式的复调……"[1]由此可见，这里的"台词"是具有复合意义的。它们是戏剧作品的意义载体，同时它们本身也具有音乐性，且能够满足观众听觉上的审美需要。这一点无疑与"戏剧不只是一种的语言艺术"的戏剧观念相契合。

　　《野人》一剧集中体现了构筑"多声部、复调戏剧"[2]的创作走向。从戏剧时空结构上说，这部戏的时间跨度是相当大的——"它写的是上下几千年"；从作品选材上说，"戏中四条平行的线（生态问题、找野人、现代人的悲剧、《黑暗传》）按作者的话讲是'几条不同的主题交织在一起构成一种复调'；这个戏人物不怎么贯串，故事也不完整，说是三章，其实写了跳跃很大的三十多段戏，还有歌、舞和朗诵"。[3]这也就是说，戏剧"复调"式结构的建构不再仅仅只是局限在语音声部的组合上，《野人》的整体构架、表现手段以及主题意蕴均是采取的此种架构方式。由此，林兆华在导演此剧时，他也十分清楚："寻求一种抽象化的表达方式在这个戏里

---

　　[1]《谈多声部戏剧试验》，载《戏剧电影报》，1983年6月19日。

　　[2]由林兆华执导的《野人》一剧，被认为具有"多声部主题"。但是也有研究者指出："《野人》难以承载作者所追求的'多声部主题'，它内容杂多但不丰富、不深刻；即使是在维护生态平衡、寻找野人中所体现的关于人与自然的关系、人类的发展与命运的思考，也显得较为苍白枯燥。"参见董健、胡星亮主编：《中国当代戏剧史稿（1949—2000）》，北京：中国戏剧出版社，2008年版，第347页。

　　[3]林兆华：《〈野人〉导演提纲》，见《探索戏剧集》，上海：上海文艺出版社，1986年版，第356页。

是必须的。"[1]因此，无论是在舞美设计上，还是在演员表演方式上，他采用的是一种"抽象化"的呈现手段。关于前者，由于该剧所要"表现的是生态学家的意识流动"，[2]而"意识流动"往往又是绝对自由、极其灵动的，具有不确定性的，所以导演在舞台实践中不宜使用过多繁复的道具和景片。故而，林兆华将舞台还原为了一个"空的空间"，他用"人体去表现原始状态的森林"，用"满台巨幅尼龙布覆盖着各种形态的演员（十男十女），看去像是大地"。[3]简言之，他用人体造型组合的变化配合着灯光的变幻来实现戏剧场景的转换。这样的处理方式不但使整个舞台环境显得十分简洁，而且它也营造出一种神秘莫测的舞台氛围。不但如此，人体造型本身就有一种独特的美感。正如林兆华所描述的，"二十个人各自不同形体的造型——高的、矮的、胖的、瘦的、直的、斜的、扭曲的、舒展的、魁梧健壮的、发育不全的等等"[4]，这些人体组合造型无疑能给观众带来极大的视觉冲击力，并让他们获得一种特殊的审美快感。关于后者，林兆华要求演员不但要承担扮演角色的任务，而且他们还演"动物、植物、水灾、噪音"，甚至必须充当布景、道具。也就是说，林兆华所要求演员展演的不仅是有具体形态的生物，还要求他们表现抽象的事物。不难想象，有形的物是可以通过演员的形体、声音被模拟出来的，但是诸如"水灾、噪音"等没有具体形态的事物该如何呈现在舞台上呢？林兆华从中国传统戏曲中得到了启示。通过观看南昆《铁扇公主》的表演，他领悟到："舞台上没有不能表现的东西。"[5]由此，他将歌舞、哑剧以及口技等艺术形式

---

[1] 林兆华：《〈野人〉导演提纲》，见《探索戏剧集》，上海：上海文艺出版社，1986年版，第357页。

[2] 林兆华：《〈野人〉导演提纲》，见《探索戏剧集》，第356页。

[3] 林兆华：《〈野人〉导演提纲》，见《探索戏剧集》，第356—357页。

[4] 林兆华：《〈野人〉导演提纲》，见《探索戏剧集》，第357页。

[5] 林兆华在回忆自己观看南昆《铁扇公主》一剧时说："孙悟空想借扇，公主不借，孙悟空借公主饮酒钻到公主的肚子里作乱，要挟她借扇，公主无奈只好答应，孙悟空才从肚子里出来。哪一个国家的戏剧可以表现一个人进到另一个人的肚子里，这样绝妙的情节，唯有在中国的戏曲中能见到。"参见林兆华：《〈野人〉导演提纲》，见《探索戏剧集》，第357页。

杂糅进话剧表演中，其目的也就是为了赋予"不能表现的东西"一个完满的审美形式，将之直接呈现在舞台上。

诚如林兆华所言，他和他的团队所进行的"多声部、复调戏剧"的实验受到了当时戏剧界的质疑。戏剧界"有的同志讲这是话剧吗？"[1]林兆华的回答也十分巧妙，即"这是戏剧"。[2]在林兆华等人眼中，"假定性"乃是"戏剧"的根本性质。也正是在承认了"假定性"的前提下，他们才会对当时中国话剧按照一种特定的思维模式进行创作的现象加以反思："这可能来源于对于话剧的一种误解。西方的这种戏剧样式引进中国后，被译成了话剧，以区别于传统的戏曲。这新词一出来不要紧，把个戏剧中的唱、做、念、打都译没了，只剩下了说话……"[3]显然，在他们看来，"话"并不是话剧唯一的展现方式，话剧作为一种独特的艺术样式，它是可以也是应当吸纳其他艺术门类的表现手段的。

1990年，林兆华排演了莎士比亚的名剧《哈姆莱特》[4]。在创作过程中，他似乎无意于向观众复述这个人们早已经耳熟能详的丹麦王子为父报仇的故事，而是要借助这个情节框架来表达他对于某种人生困境的体悟。林兆华"将哈姆莱特对'生存还是毁灭'的两难，当成人类普遍的生存处境"。[5]这也就意味着，在他眼中，"哈姆莱特"并不是芸芸众生中最为特殊的"那一个"，他身上反映出的是最普遍的人性。哈姆莱特无论是在复仇上的延宕，还是对于生和死意义的不懈追问，均源自他对自身存在状态的深度反思。从表面上看，哈姆莱特在是否为父报仇上的犹豫似乎表明他在善恶之间做着艰难的抉择，实际上，致使他难做决定的重要因素是他对

---

[1] 林兆华：《〈野人〉导演提纲》，见《探索戏剧集》，上海：上海文艺出版社，1986年版，第358页。

[2] 林兆华：《〈野人〉导演提纲》，见《探索戏剧集》，第358页。

[3] 北京人民艺术剧院《绝对信号》剧组编：《〈绝对信号〉的艺术探索》，北京：中国戏剧出版社，1985年版，第108页。

[4] 即《哈姆雷特》。

[5] 林克欢编：《林兆华导演艺术》，哈尔滨：北方文艺出版社，1992年版，第238页。

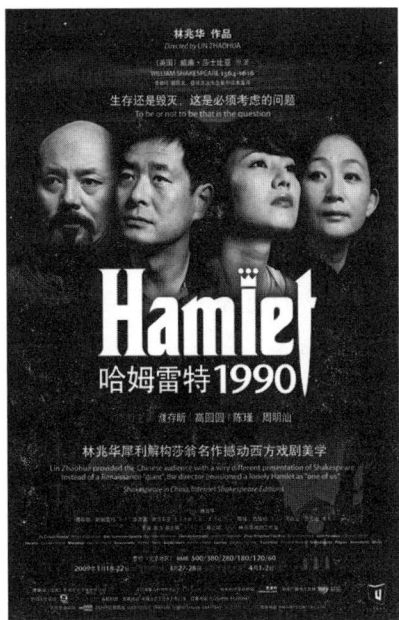

林兆华导演，《哈姆雷特1990》演出海报。

于某种终极关怀的渴求。在其父亲被篡位谋杀之前，哈姆莱特是位快乐王子。他曾将"人"奉为"高贵的天神"、"万物的灵长"。这表明他是极其欣赏人身上的"善"的特质。这种"善"既可以被理解为人所具备的理性，也可被阐释作人性中善良、宽和的品性。从他热情的话语中不难看出，哈姆莱特将"善"当作了一种信仰。然而当他父亲的鬼魂向他申述了自己被克劳狄斯杀害篡权的真相后，哈姆莱特开始对人性中的"善"产生了质疑。他试图弑叔，以此来替父报仇。然而他却深知弑叔这一行为本身也是极大的罪行，这与他的善良本性是相悖的。假如他施行了这一行动，那么就背叛了自己的良知。而这种背叛所要付出的代价即是他从此丧失信仰，换言之，也就是放弃其生命形式得以展开的依据，他的心灵也会因此而跌入到虚无的状态中而永远无法获得救赎。何谓"虚无"呢？虚无是一种无法被规定的状态。人们对于"虚无"的经验最直接的是来自于对死亡的本能恐惧。"死"之后的情形的不可知性是造成这种畏惧感的根本原因。正如哈姆莱特所言："没有人从死亡的国度里回来"，由此也就没有人能被告知死后的世界到底是怎样的情态。人人都希望在跨越"死"之后，并不是归于虚无，而是能以另一种形式继续存在。这种心理从根本上说也正是对于终极关怀的期待。故而，哈姆莱特在复仇上的犹疑实质上是出自于对死后之境的惶惑。由此看来，他对于人之生死的困惑、痛苦、惶恐均是具有普泛性的。从这个意义上说，"人人都可能是哈姆莱特"。因此，在戏剧人物形象、关系的处理上，林兆华没有严格地按照原著的设定来分配角色，而是刻意地去消解剧中人物的独特性。在具体的排演中，他让三个演员共同扮演哈姆莱特、克劳狄斯和波洛涅斯。"他们在演出进行中，经常毫无过渡地互换角色。"[1]例如，在该剧的最后一场戏中，哈姆莱特将涂抹着毒药的利剑刺向克劳狄斯，而在舞台上倒下的却是原先扮演哈姆莱特的演员。饰演克劳狄斯的演员则转过身改扮哈姆莱特，他在吩咐霍拉旭将自己的故事加以宣扬后便颓然倒地。这样的处理似乎令人匪夷所思，它却恰恰与林兆华对于《哈姆莱特》一剧的独到理解相呼应。既然"人人都可能是哈姆莱特"，那么人人也即将经历或者正在经受着"哈姆莱特"的命运。在这个意义上，具体到作品中，到底持剑杀人者是谁，被杀者又是谁，这也是毋庸深究的了。在该剧的舞台设计上，林兆华也是颇费心思。他不愿简单地"复原"出戏剧事件的发生场所——装饰繁复的丹麦王宫，而是将舞台的设置加以最大程度的简化。就如林克欢所描述的："舞台后景整面墙挂满了肮脏的、折皱的黑灰色的幕布，整个台面也以同样肮脏、折皱的黑灰色布幕作地布……左右两侧临近台口处，堆满了敲打起来叮当作响、能够转动、红绿小灯仍在闪烁却一无用处的废机器；在舞台上空的吊杆上，悬吊着五台时转时停、残破不堪的电风扇；甚至国王或王后的御座，也是一张七扭八歪的、废旧的理发椅。"[2]不难看出，尽管整个舞台的布置是简陋的，但是其内蕴却极为丰富。舞台上所呈现出的肮脏、破败而无序的情状正是林兆华所理解的人生困境的形象化表达。

在20世纪80年代的话剧舞台上，虽然不少艺术创作者满怀热情、坚持不懈地探索着话剧表现形式的新出路，但是他们的探索之路并不顺畅——他们的努力一直为学界中不少研究者所质疑。例如1985年，导演王延松所排演的《搭错车》一剧就引发了戏剧研究界的一场大讨论。

《搭错车》一剧改编自台湾同名电影。王延松将这部作品的性质界定为"音乐故事剧"。按照王延松的思路，"音乐故事剧"的形式决不能被简单地理解为"话剧+唱"。在他看来，《搭错车》中的音乐所起的是"补

[1] 林克欢编：《林兆华导演艺术》，哈尔滨：北方文艺出版社，1992年版，第239页。
[2] 林克欢编：《林兆华导演艺术》，第238—239页。

充和张扬演员这种人的语音的不足力度"、"维系舞台行动的推进"的作用。[1] 由此可知，该剧中的音乐不能被一般性地理解为是导演为了烘托舞台气氛，强化人物的情感所用的工具，它已然成为一种叙事手段。需要指出的是，音乐的叙事性并非指音乐具备直接讲述一个复杂而完整的故事的功能，相反，音乐旋律是由音符遵照着作曲家的意愿排列、组合而成，它是一种极为抽象的形式呈现。从这个意义上说，音乐本身是不承载任何具体意义的。事实上，音乐对于事件的"讲述"是在听众（观众）的意识层面中完成的。音乐旋律作用于听众（观众）的听觉，激发他们的联想和想象，使他们获得某些意象性的形象和画面。而这些审美意象可能与他们所正在亲历的事件和情感体验有某种联系。也正是通过一系列审美意象的连缀和拼接，音乐才得以完成对于事件的"讲述"。例如，在《搭错车》一剧中，导演设计"阿美练功"的一场戏："红极一时的女歌星阿美，在朝着自己辉煌的人生阶段攀缘而上的时候，反而为远离相依为命的贫寒的养父而沉湎于人类良知的痛苦抉择中。"[2] 具体而言，当阿美取得事业上的极大收获时，她是感念养父的。她甚至极其渴望能将养父接至自己身边赡养，以报答他的养育之恩。但是，她又不敢、不愿这样做。因为她的养父是个拾荒者，他的社会地位与她当下的身份有着天壤之别。不仅如此，阿美更是害怕人们通过她的养父而了解到自己的身世——她是一个弃婴。她担心曾经的经历会对自己的前途造成负面影响。在这场戏中，充斥在舞台空间的只有一段"流落街头的养父思念阿美的凄楚号声与练功大厅里铮铮作响的现代音乐'跳接'在一起"的声响，而演员却一句台词都

王延松像

---

[1] 参见王延松：《戏剧解读与心灵图像》，上海：上海人民出版社，2010年版，第165页。
[2] 王延松：《戏剧解读与心灵图像》，第168页。

没有，她只是在舞台上伴随着《是不是这样？》的歌曲展示着一个个诸如"乌龙绞柱"、"翻身探海"之类的形体造型。尽管阿美没有通过言辞来向观众传达此刻心中的犹豫和痛苦，但是观众通过这两种截然不同的类型的乐音对比、碰撞，却能清晰地感受到戏剧人物情感上的矛盾和她心理上的细微变化。

需要指出的是，"音乐故事剧"《搭错车》不但在表现形式上较为新颖，而且它的展演方式在当时看来也是较为前卫的。它的演出地点并非剧院，而是可以容纳千人同时观演的体育场。王延松之所以会选择这样一个开放的空间作为展演作品的场所，是因为他试图"建立新型的戏剧与观众的关系"。[1]在他看来，这种新关系建立的基础是艺术家创作视角的转变。用他的话说也就是，艺术家不能将艺术创作仅当作是表达自我感情的途径，他必须"'以观众的名义'来审视自身的创造"。要言之，艺术家若试图取消传统的观众与作品之间的"看"与"被看"的关系，转而让观众作为参与者加入到对戏剧作品的完成中，那么在创作中他必须要顾及他将面对的观众的普遍的艺术接受能力。而王延松在排演《搭错车》一剧时，对当时中国普通观众的审美习惯有着清楚的了解。在20世纪80年代末，随着电视、电影等媒体的普及，观众的艺术接受视野被大大拓宽了。他们不再对以宣传时事、传播政见为目的的剧作感兴趣，同时也逐渐厌倦了端坐在剧场中看戏的观演模式。王延松敏锐地发现了这一点。他不但将"'宣传任务与阶级斗争为纲'之外"[2]的故事搬上了舞台，而且更是在故事的"叙演"方式和展演地点的选择上都做了新的尝试。用吴戈的话说即是："王延松……将一度画地为牢的戏剧演出'剧场'搬到了'体育场'，绝决地冲决了僵化的演剧成规……不再有台前、幕后的回旋，不再有熟悉的观、演交流方式，场面的细节展示颓然失效……用流淌的音乐伴随疏朗

---

［1］王延松：《戏剧解读与心灵图像》，上海：上海人民出版社，2010年版，第219页。

［2］王延松：《戏剧解读与心灵图像》，第241页。

的故事，音乐的美感与歌声的魅力变成了剧目的主要内容，尤其是歌女阿美的奋斗故事与她养父——哑叔的传奇生活表现，感伤又浪漫，时髦又温情……"[1] 由此可见，新颖的演出形式与新奇的故事情节无疑极大地投合了当时观众的审美趣味，因此《搭错车》极受观众的欢迎也就是情理之中的了。

直至1987年底，《搭错车》在全国巡演的总场次将近1 500场，观剧人数高达二百余万人次。这样的演出业绩引起了戏剧界的高度关注。有学者将《搭错车》的大受追捧且获得极大经济效益上升为"'搭错车'现象"而加以研究。学界甚至专门组织了一次讨论，学者们试图以探讨"'搭错车'现象"的成因为契机来进一步探寻何谓话剧的"本体论"问题。在学术研讨会上，有学者曾尖锐地质疑道，"音乐故事剧"是否隶属于话剧类，也即它到底"姓不姓'话'"呢？[2] 有意味的是，王延松却拒绝对此提问作出回应。他认为，这个问题本身就是个伪命题。既然《搭错车》的性质已经被界定为"音乐故事剧"，那么它本身就是一种异于话剧的戏剧形态，因此讨论它"姓不姓'话'"的前提就是不成立的。由此可见，在当时特定的历史条件下，理论界对于"音乐故事剧"这一新生事物的认识是有限的，这一点直接导致了"对《搭错车》的意义估计不足、评价不到位"。[3] 而这种评价的错位所反映出的事实也即是，从某种程度上说，学界的戏剧美学观念的更新速度事实上是滞后于中国戏剧舞台实践的实际发展状况的。

对于中国话剧的发展而言，20世纪80年代是一段极为重要的时期。在这一历史阶段内，话剧工作者们开始自觉地对中国语境下的"易卜生—斯坦尼"式创作思维模式与"现实主义"的创作方法加以反思。他们逐渐意识到，这种既定话剧思维方式和创作模式是造成他们创作灵感枯竭，舞

---

[1] 王延松：《戏剧解读与心灵图像》，上海：上海人民出版社，2010年版，第241页。
[2] 王延松：《戏剧解读与心灵图像》，第241页。
[3] 王延松：《戏剧解读与心灵图像》，第241页。

台语汇贫乏的根本原因。那么如何走出这种艺术创作上的困境呢？他们不约而同地将戏剧观念的更新当作了用以解决这一问题的最为行之有效的方法。因此，他们一方面审视了"现实主义"创作方法的合理性，并对其内涵加以了重新界定；另一方面，他们既积极地从西方戏剧理论界引入最前沿、最先锋的戏剧美学观念，又从本土的戏剧样式中汲取了大量的养分。通过一系列话剧新的表现形式的探索实践，艺术家们对话剧的艺术本质与呈现方式有了新的认识：在他们看来，话剧不该继续被视作是用于宣传某种政见的工具，它作为一种独特的艺术样式是具有审美自足性的；"话剧"不仅只有"话"这种表现方式，作为一门综合艺术，它完全可以吸纳其他艺术门类的表现手法。需要注意的是，在这段时期内，对话剧的艺术本质思考得最为深入而全面、把握得最为准确的，往往不是一些"理论家"，而是活跃在话剧创作第一线的艺术家。

第五节　回归戏剧本体：从戏剧观大讨论到戏剧本体理论研究

一、戏剧观大讨论

黄佐临所作的《漫谈"戏剧观"》（后刊登在1962年4月25日的《人民日报》上），是他于1962年在广州召开的"全国话剧、歌剧创作座谈会"上的发言，也是阐发他"写意戏剧观"的第一篇重要论文。打倒"四人帮"之后，他又陆续发表了《梅兰芳、斯坦尼斯拉夫斯基、布莱希特戏剧观比较》、《我的"写意戏剧观"诞生前前后后》等文，更明确、系统、深入地阐明了他的主张。进入新时期以后，黄佐临的"写意戏剧观"引发了一场关于"戏剧观"的大论辩，同时围绕"写意戏剧观"的批评和争议也成为热门话题。

  戏剧观是对戏剧艺术从观念上、本质上进行把握的一个概念，也是对戏剧艺术本体进行反思的一个概念，实际上是对政治附庸论的反叛，是对回归戏剧艺术本体的呼唤，是对戏剧中图解政策、图解政治理念的公式化、概念化倾向的强烈冲击。黄佐临在所有名词当中选择了这种貌似中性的"戏剧观"作为讨论的核心，试图规避由此带来的学术之外的麻烦。而对戏剧观的研究在当时的社会环境和文化发展状况下并不合时宜，于是这个观点被艺术界、学术界长期有意无意地搁置。

  在被选择性地遗忘了近20年后，上海的戏剧理论家陈恭敏首先再次提起黄佐临的戏剧观问题，从而揭开了20世纪80年代戏剧观大讨论的序幕，上海的两家戏剧杂志《戏剧艺术》和《上海戏剧》率先展开了对戏剧观的讨论，之后北京以及全国的大部分艺术杂志都卷入了戏剧观大讨论的浪潮。"戏剧观"在新时期由人们重新提起，是一种积压已久的情绪的宣泄，是对戏剧艺术探索的热望，也是对此前政治介入学术的"拨乱反正"。正如有学者提出："就在以后的时间内'戏剧观'两次被重提，一次是70年代末80年代初，中西戏剧再次进行了强烈的碰撞与深刻的交流，戏剧理论也因此产生了一种历史性变异。这种历史性变异滥觞于1981年至1986年前后的那场意义大于成果的'戏剧观'论争。这是由'戏剧危机'激发，黄佐临的'戏剧观'引发，西方现代派戏剧触发的具有颠覆性意味的理论清理和观念反思。另外一次就是21世纪初，以丁罗男、陆炜为代表的戏剧理论工作者在戏剧再次步入'黄昏'之境之时，开始对戏剧的本质与功能进行了深刻的反思。"[1]

  黄佐临在《漫谈"戏剧观"》和《我与写意戏剧观》等诸多论文中对"戏剧观"所下的定义相当简洁："是对整个戏剧艺术的看法。"丁扬忠进一步认为，戏剧观是戏剧家对戏剧作为一种艺术形式的总体认识，包括艺术方法、原则等诸多复杂内容。而以童道明为代表的观点则认为戏剧观是

---

  [1] 季玢：《重提"戏剧观"的意义》，载《四川戏剧》，2008年第7期。

对微观层面上的戏剧表演的总体认识。童道明在《也谈戏剧观》一文中认为"戏剧观"就是"舞台观"："一百年来的戏剧发展史证明，戏剧家正是在对舞台和舞台真实的看法上，表明自己的戏剧观的基本倾向；戏剧观的转变与发展，也集中表现在对舞台和舞台真实的观念的转变上。说得再简要点就是：戏剧观主要表现在对舞台假定性的看法如何。"[1]

《戏剧报》1985年第3期"编后"指出："讨论时更应把对戏剧本质的认识，戏剧自身的特性和规律，戏剧与社会、生活、政治诸方面的关系等更宏观更广泛的问题，纳入视野之内，对过去长期形成的种种违反创作规律的创作思想和方法，有所突破，对创作有所推动。"随着讨论的深入，戏剧理论工作者从哲学、美学、政治学、社会学等不同的视角对"戏剧观"进行了新的阐释，通过对"戏剧观"与"艺术观"、"政治观"、"价值观"等之间关系的辨析，提出了许多深刻而系统的观点。

戏剧观的大讨论不同于以往的戏剧争论。当时的研究者们多强烈要求戏剧回到其艺术本体上来，希望能够在艺术的范畴里进行创作和研究。当时的焦点问题有两个，一是关于戏剧本质，一是关于写意戏剧观，此外还有关于戏剧的舞台假定性等问题的探讨。这些问题实际上都是脱离工具论与附庸论、回归戏剧作为艺术本体要求的体现。中国话剧长期对内容与政治功利的强调和突出，造成中国戏剧观念的偏差和狭隘，忽略了作为艺术的戏剧的审美功能。而要回归艺术的本体就是要回归戏剧的审美功能，而审美在某种程度上就是艺术的表现形式，"美即形式"与"形式即美"是艺术讨论中的经典概括。

"戏剧观"大讨论首先涉及的是戏剧观的问题，也就是戏剧是什么的问题，即戏剧的本质，讨论此问题的主要目的在于打破原先一元化的狭隘的现实主义戏剧观，希望借此批判独尊僵化、凝固的幻觉剧场的现象。对于"第四堵墙"的过分推崇，导致观演交流出现障碍，加之影视音像艺术

---

[1] 童道明：《也谈戏剧观》，载《戏剧界》，1983年第3期。

的冲击，戏剧由此陷入危机。研究者们围绕黄佐临的《漫谈"戏剧观"》发表了诸多文章，例如陈恭敏的《戏剧观念问题》、《当代戏剧观的新变化》，丁扬忠的《谈戏剧观的突破》，童道明的《也谈戏剧观》、《我主张戏剧观念的多样化》，马也的《戏曲的实质是"写意"或"破除生活幻觉"的吗——就"戏剧观"问题与佐临同志商榷》，谭霈生的《〈当代戏剧观念的新变化〉质疑》，乔德文的《中西悲剧观探异》等，这些文章从中西戏剧理论和历史角度对戏剧观问题以及当时的戏剧现状进行了探讨。

　　黄佐临认为当时的戏剧观狭隘，他讨论戏剧观的目的很明确："我想围绕三个绝然不同的戏剧观来谈一谈，那就是：斯坦尼斯拉夫斯基戏剧观，梅兰芳戏剧观和布莱希特戏剧观——目的是想找出他们的共同点和根本差别，探索一下三者之间的相互影响，相互借鉴，推陈出新的作用，以便打开我们目前话剧创作只认定一种戏剧观的狭隘局面。"[1]而黄佐临介绍、比较梅、斯、布并力图找出其戏剧观的异同，实质上是对某一种戏剧观念独霸剧坛的现象进行反驳与批判："突破一下我们狭隘戏剧观……放胆尝试多种多样的戏剧手段，创造民族的演剧体系，该是繁荣话剧创作的一个重要课题。"[2]所以，黄佐临的写意戏剧观一方面是对长期占据主导地位的幻觉剧场戏剧观进行冲击，更重要的是试图以一种结合了中国自身传统的戏剧观来打破原先的一元论戏剧观。在20世纪60年代初的中国，这种观念曾一度被忽略与搁置。而80年代初戏剧观大讨论开始时，一批有勇气、有见识的理论家、艺术家，沿着黄佐临的理论进行了更进一步的探讨，以此试图冲击陈旧的戏剧观念，破除戏剧观念一元论的霸权，进行多样化、现代化的艺术实践。

　　陈恭敏在《戏剧观念问题》一文中花费大量篇幅论述理性与感性，呼吁对形象思维的重视。他说："艺术创造从感性的直观开始，经过形象思维

---

　　[1]黄佐临：《漫谈"戏剧观"》，见杜清源编：《戏剧观争鸣集》（一），北京：中国戏剧出版社，1986年版，第4页。
　　[2]黄佐临：《漫谈"戏剧观"》，见杜清源编：《戏剧观争鸣集》（一），第14页。

达到认识的深化，又回到感性的形象（显现）"，他主张回归艺术本体，在戏剧的形式上进行"大胆创新"，并对戏剧出现的新的形式结构，比如"散文化"、"电影化"等给予肯定，他认为："现在的禁区已被打开，文艺戏剧研究人性、人情、人民性、人道主义是理所当然的。话剧一旦从社会学转向心理学，进入丰富多彩的现代人的心灵世界，从现象的外部世界进入典型性格与心理的领域，在结构形式和表现手法上，必将发生巨大的变化，并为话剧的突破、革新，创造良好的土壤和条件。"[1] 他认为当下的社会环境、文化背景发生了变化，戏剧由关注社会转向关注人本身，而关注人本身实际是艺术的重要转向。在转向的过程中，由于内容的变化引起形式的巨大变化，而形式的巨大变化必定引起戏剧观念的变化，应当借鉴布莱希特的演剧体系，从形式上实现中国话剧的突破。

参与者普遍认为，就戏剧观进行讨论是必要的，并呼吁戏剧观念要多元、开放并进行创新。陈恭敏等人认为若要改变单一的戏剧观念，使其走向多样化和现代化，就必须破除独尊斯坦尼的局面。他们对布莱希特、梅兰芳，以及对其他的戏剧理论家、戏剧艺术家的介绍和尊崇实际上也是出于这种目的。他们的观点得到大多数人的响应和支持，随后丁扬忠、童道明、徐晓钟、胡伟民等人也以多种形式表达了对这种戏剧观念的支持。胡伟民倡导的"东张西望"、"无法无天"实际也是将这种戏剧观念形象化和具体化。

戏剧观往往是和舞台假定性联系在一起的，甚或有人说"戏剧的本质就是假定性"（梅耶荷德语），而要从戏剧观上破除幻觉主义剧场一元独尊的局面，就需要在具体的内容或者形式上有所突破，对具有宏观作用的形式的突破还需有观念上的讨论，于是，舞台假定性的问题成为戏剧观大讨论的焦点问题之一。

耘耕强调："任何艺术形式都是一种假定性，都是给欣赏者提供对象

---

[1] 陈恭敏：《戏剧观念问题》，载《剧本》，1981年第5期。

的幻觉。没有艺术的假定性，也就没有艺术的真实性。"[1]他认为艺术形象不是生活真实，都是幻觉中的生活假象，而观众只有通过对艺术的感受和想象才能体会到艺术的魅力。薛殿杰认为幻觉主义戏剧无法回避舞台的假定性，幻觉主义也不能等同于现实主义，所以要突破幻觉主义的束缚，就要强调舞台假定性，发挥观众的想象力。他指出："观众是承认舞台假定性的，观众并不因为幻觉的被破坏而不承认人物所处的是一个什么环境，这是因为观众知道他们是在剧场中看戏。每一种艺术样式都有自己独特的表现生活的特殊形式，而不能相互替代，舞台假定性正是戏剧表现生活的独特形式"，"戏剧史的常识告诉我们，幻觉主义戏剧只是整个话剧发展史上的一个阶段，所以不能将现实主义和幻觉主义划等号……探求和寻求多样化演出形式的努力应该受到满腔热情的支持。"[2]徐企平在《导演思维的转变》中提出："写实的风格与写意的风格，幻觉式的空间与假定性空间，各有千秋，并没有是非之分，也没有高低之别，无意厚此薄彼"，"'体验'与'表现'争论了两百余年，两派都在理论与实践中产生自相矛盾，因为要求得一个精确的结论，因此便陷入'非此即彼'的泥坑。其实体验与表现这两端之间，并没有不可逾越的鸿沟"[3]，他呼吁综合各种戏剧观念和表现手法，突破思维定势，避免单一思维。胡伟民也认为："开放的戏剧观念意味着在坚持现实主义方向的前提下，向各种戏剧流派、各种演剧方法全面开放，不能患'独尊一家、罢黜百家'的'艺术贫血症'。"[4]这些观点都对戏剧舞台形成多样化的风格起了推波助澜的作用。

　　当时对于假定性的关注多和对于现实主义、幻觉剧场、第四堵墙等问题的讨论联系在一起。人们在讨论假定性的同时，对斯坦尼、布莱希特

---

[1] 耘耕：《舞台假定性和舞台幻觉》，载《戏剧论丛》，1982年第2辑。

[2] 薛殿杰：《摆脱幻觉主义束缚，大胆运用舞台假定性》，载《舞台美术与技术》，1981年第1期。

[3] 徐企平：《导演思维的转变》，载《戏剧艺术》，1985年第4期。

[4] 胡伟民：《开放的戏剧》，载《文艺研究》，1985年第2期。

和梅兰芳的表演体系有了更深入的研究和理解。中国的戏剧观大讨论由最初的叛逆姿态走向深入，开始探讨观众学和戏剧文化背后的戏剧观念，这些讨论包括对戏剧总体形式的把握和深入研究，也有对戏剧内容和戏剧文化的进一步理解和阐述。戏剧观的讨论，是在中国话剧陷入危机时，通过对戏剧舞台呈现形式的讨论，打破封闭的一元化戏剧格局的尝试，是在文化借鉴和融合中面向世界的现代化的观念革新，是一次戏剧观念的彻底更新与解放。但是同时，对于戏剧观的争论可能会受到政治的限制，这次讨论多集中在探索戏剧的形式问题。而对西方各种流派戏剧观念的引入也是以一种他山之石的姿态来试图改造中国的戏剧观念，从而达到改造戏剧本身的目的。但不可否认的是，仍旧有一些文章，如陈恭敏《戏剧观念问题》、胡伟民《话剧要发展，必须现代化》、杜清源《戏剧思维辨识》、林克欢《戏剧的超越》等从整体上对戏剧观念进行了探讨，在西方戏剧理论框架内对戏剧本质的问题进行了中国式的介绍和研究。

在20世纪80年代的戏剧观讨论中，陈瘦竹写下了《关于当代欧洲"反戏剧"思潮》、《谈谈荒诞戏剧的衰落及其在我国的影响》、《〈论戏剧观〉读后》等文章，对当时流行的荒诞派戏剧以及我国对这种戏剧样式的盲目跟风提出了批评性意见。他认为戏剧是"演员在舞台上演给观众看的一段人生故事"，要"以凝练集中的方法，写出戏剧冲突的发展"[1]，因此，"对于当代欧美资产阶级戏剧思潮和流派，应该根据我国社会主义戏剧的需要，借鉴其中某些形式和技法，同时还应善于总结我们戏剧创作中的新经验和新尝试，然后建立具有中国特色的马克思主义的戏剧观念"。[2]这些观点在奉西方戏剧为圭臬，一切以反戏剧为潮流的当时戏剧理论界中显得不合时宜却弥足珍贵。

陈瘦竹从三个方面来说明戏剧与观众的关系。第一个方面是"无观众

---

[1] 朱栋霖、周安华编：《陈瘦竹戏剧论集》（上），南京：江苏教育出版社，1999年版，第208页。

[2] 朱栋霖、周安华编：《陈瘦竹戏剧论集》（上），第214页。

则无戏剧"，他从戏剧发展史和戏剧与小说等文学样式的区别着手，说明戏剧中观众是绝不可少的，在戏剧艺术中占有重要的地位。第二个方面是"戏剧之盛衰系乎民族之盛衰"，他从人类历史发展的角度，指出国家的兴衰与戏剧发展之间的关系，他认为，当国家处于强盛时期，人民大都爱好悲剧，而衰弱时期则大都喜好喜剧。第三个方面，他以中国的实际情况为例：在抗战时期的重庆，戏剧艺术完全成为商品，毫无艺术价值可言；在抗战胜利后，那些无聊低级的东西吸引了许多人，而真正有艺术性的戏剧表演却无人问津。针对这种现实状况，他"一方面希望凡是从事戏剧的人，都能具有艺术良心，启发观众引导观众，不要甘心做观众的尾巴；一方面希望国家走上正轨，安定人民的物质生活，提高人民的文化水准，有好国民，然后才有好观众，有好观众，然后才有好戏剧"。[1]

有关戏剧冲突问题的思考，与20世纪60年代那场有关戏剧冲突的论争有关。在这场论争中，戏剧理论家们集中讨论了这样几个问题：对"没有冲突就没有戏剧"这句话的理解、戏剧冲突是内容还是形式的问题、戏剧冲突与生活矛盾的关系问题、戏剧冲突与性格冲突的关系问题等等。在这次讨论中，陈瘦竹结合历史与现实阐明了自己的观点：在对于"没有冲突就没有戏剧"这句话的理解上，他首先回顾了这句话产生的过程。从亚里士多德的发现和突转是构成戏剧的基础，到狄德罗和莱辛所提出的"对比"、"对立"和"因果关系"这些在实际上已经接近矛盾冲突的理论，一直到马克思那里，才对戏剧冲突作了正确的解读，由此，陈瘦竹得出结论说："无产阶级美学和资产阶级美学在这一方面的本质区别，并不在于是否承认戏剧以矛盾冲突为基础，而是在于如何理解戏剧所反映的社会生活中矛盾冲突的实质，我们所反对的只是资产阶级理论家对于这一艺术规律的唯心主义的歪曲，而不是这一艺术规律本身。"[2]在戏剧冲突是内容还是

---

[1] 朱栋霖、周安华编：《陈瘦竹戏剧论集》（上），南京：江苏教育出版社，1999年版，第19页。

[2] 朱栋霖、周安华编：《陈瘦竹戏剧论集》（上），第141页。

形式的问题上，陈瘦竹认为，戏剧冲突是构成戏剧情节的基础，不是什么艺术手段，戏剧冲突与生活中的矛盾是有着一定的联系的，这就是生活与艺术的关系问题。艺术来源于生活又高于生活，离开现实生活，任何艺术都将成为无源之水，无本之木。戏剧冲突与生活的关系就是文艺与生活的关系，戏剧冲突是既包含内容又有表现形式的。这是戏剧中一个必不可少的条件。

　　戏剧观大讨论在一些问题上存有共识，在一些问题上也有争论。陈恭敏在《当代戏剧观的新变化》一文中，把不同的戏剧观的变化总结为四点：一，从诉诸情感向诉诸理性的变化；二，从重情节到重情绪的变化；三，从规则的艺术向不规则的艺术的变化；四，从外延分明的艺术向外延不太分明的艺术的变化。[1]谭霈生则在《〈当代戏剧观念的新变化〉质疑》一文与陈恭敏进行商榷："就我国戏剧艺术而言，如果不彻底肃清庸俗社会学的影响，所谓'个性'，'主体创造性'，'创作自由'，都只是空洞的口号……在有些阐明'新观念'的文章中，不是已经出现否定戏剧艺术基本规律的倾向吗？"[2]马也是这次讨论者中比较冷静的论者，他先是于1983年在《戏曲的实质是"写意"或"破除生活幻觉"的吗——就"戏剧观"问题与佐临同志商榷》一文中对黄佐临提出的中国戏曲的写意戏剧观进行质疑，他认为黄佐临在"客观再现的范围内使用'写意'这个概念，混淆了艺术'对象形态特征'和艺术手法"，并认为黄佐临把"'写意'等同于'革命的现实主义和革命浪漫主义相结合的创造方法'"是不合理的，他认为黄佐临说戏曲的实质是破除生活幻觉也并非是完全正确的。根据艺术的特质，虚与实是相对的，幻觉也是戏剧的特征之一。"研究中国艺术的规律应该从其自身出发。引进外国理论无可非议，但即使在别国是正确的理论也不能以其代替戏曲自身的规律，更不能以其为模式来剪裁中国艺

---

　　[1]张法：《走向艺术规律：改革开放初期艺术学的走向（之一）》，载《当代文坛》，2008年第6期。

　　[2]谭霈生：《〈当代戏剧观念的新变化〉质疑》，载《戏剧报》，1986年第3期。

术。"[1]而后在1986年，他在《理论的迷途与戏剧的危机》一文中对中国话剧理论进行分析。他指出中国的戏剧理论因为求新而陷入迷途，反对把"'形式和手法'抬高成戏剧观"，反对新的戏剧观的"盲目性"与"虚无性"。而这些论述，包括黄佐临的写意戏剧观的提出，三大戏剧体系的论述，以及马也、陈维仁等对写意戏剧观的质疑，以及由此引发的一系列质疑商榷的文章，实际在戏剧观念上把整个的中国戏剧推向了现代化的进程，是五四以后戏剧启蒙理想的延续，是现代理性重新进入戏剧艺术的表现，亦是原先一元化戏剧观被破除的表现。

有论者认为自"'五四'以来，由于中国的特殊国情，中国的文学和戏剧一直关注的是思想启蒙和现实人生，致使中国话剧舞台上长期占统治地位的是易卜生式的写实主义戏剧和斯坦尼式的幻觉主义表演体系"。"进入新时期，中国话剧再次面向西方，大量引进西方当代戏剧理论和现代主义戏剧作品。面对中国话剧的困境和危机，受西方当代戏剧的启发，戏剧界对主宰中国话剧舞台的'易卜生——斯坦尼模式'进行反思，开展了一场'戏剧观'的大讨论。戏剧家们普遍认为，戏剧观应当是一个开放的体系，不同体式的各种戏剧都可以互补。包括现代主义在内的不同流派的戏剧也可以吸收借鉴。戏剧观应当是多样化、互补性的，任何一种排他的、自我封闭的戏剧观都不可能完成对戏剧艺术潜能的深刻开掘。中国话剧长期独尊'易卜生——斯坦尼模式'，排斥其他的戏剧观和艺术方法，这种单一、僵化的戏剧观和表现手法，已不适应表现丰富多变的当代社会生活，已不能满足观众日益丰富和多向发展的审美需求，戏剧观的变革是必然的。戏剧观的变革促进了话剧的创新，新时期在中国戏剧界掀起了一股话剧探索热，出现了大量具有浓郁现代主义色彩的新潮话剧作品。这些新潮话剧突破了传统写实主义戏剧的束缚，标新立异，大胆创新。在西方现代主义戏

---

[1] 马也：《戏曲的实质是"写意"或"破除生活幻觉的吗——就"戏剧观"问题与佐临同志商榷》，载《戏剧艺术》，1983年第4期。

剧的影响下，中国话剧的艺术视觉发生了转向：或向人物的心灵深处开掘，使中国话剧的重心由外向内转，着重表现一定情境下人物的情绪和心态，'内向化'成为新时期话剧的一大趋向"，[1]当时的现代主义对中国剧坛有着强烈冲击，改变了长期以来现实主义一元独霸的格局，使中国剧坛出现多种观念并存的多元化的局面。

正如有论者后来指出，"戏剧观的讨论，与创作思想的解放、实验戏剧的兴起有关系，与外来戏剧的影响也有直接的关系"[2]，由于中国话剧观念的长期偏差和斯坦尼戏剧观念的长期"垄断"，对于戏剧观、舞台假定性以及戏剧本质的讨论实际上是对多样化戏剧观念的肯定和褒扬。

虽然杜清源说"关于'戏剧观'的讨论，其涉及的范围、方面和内容，有了相当的扩展、丰富和深化了。戏剧作家、艺术家、理论家和观众们，不仅从戏剧艺术的本身，诸如剧本创作、导、表演、舞台美术、戏剧理论和戏剧发展史等方面，对'戏剧观'问题进行较为细致深入的探讨，而且还从美学、哲学、心理学和不同艺术门类等角度和范畴来思考、研究'戏剧观'的问题"[3]，但是事实上，当时的讨论主要还是集中在戏剧的形式与表现的问题上，多涉及表导演、剧本创作等具体的舞台表现手段等方面。

黄佐临在广州会议上提出的戏剧观问题，虽然也涉及哲理性的探讨，但基本上是浮光掠影，并不深入具体。在《导演的话》一书中，

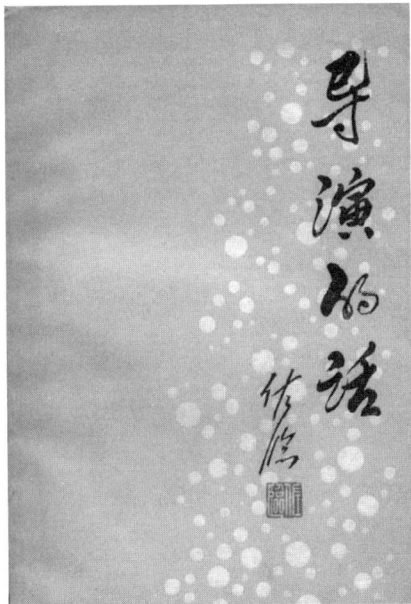

黄佐临的著作《导演的话》

---

[1] 杨文华：《西方现代主义戏剧对中国戏剧的深层影响》，载《山西师大学报（社会科学版）》，2006年第4期。

[2] 刘平：《新时期戏剧启示录》，北京：中共党史出版社，2009年版，第57页。

[3] 杜清源：《"戏剧观"的由来和争论》，载《戏剧艺术》，1984年第4期。

他对"戏剧观"有所解释和规范："关于'戏剧观'，一词，是我本人杜撰的。有人认为应改作'舞台观'，更确切些，事实不然，因为它不仅指舞台演出手法，而是指对整个戏剧艺术的看法，包括编剧法在内。"由此可以清晰地看出，黄佐临一开始就是针对戏剧的舞台观念提出戏剧观问题的。

实际上许多观念的争论、变革一开始都是从形式上切入的，新时期的戏剧探索也是从形式上开始的，后来才进行观念上的深入探讨。戏剧观的讨论亦是如此，从对三大戏剧理论的介绍，到对写意戏剧观的争论，再到舞台假定性的争论，尽管局限于对戏剧形式的论争，但最后几乎都会上升到对于内容与文化的论争。丁罗男《关于"戏剧文化"的几点思考》开始运用系统论的观点与方法检讨中国新时期戏剧理论中的诸多问题，反对将戏剧孤立于其他文化系统之外，应当将复杂的戏剧生产过程置于中国本土文化的整体体系之中进行创作和研究，并且和全球文化体系相交融，他说"戏剧的寻'根'决不意味着怀旧复古。强化戏剧文化的民族意识，最终目的仍是求得与世界戏剧的发展同步。所谓现代化与民族化，实际上不是绝对对立的概念"，希望中国戏剧文化在本民族文化与世界文化发展的交叉点上健康发展。由此戏剧观的争论更进一步深化，吴方认为当时处于"思考大于欣赏"的时代，"受欢迎的不会仅仅是形式，更主要的是戏剧演出作为一个整体，对生活和哲理的思考"，"显然，戏剧表现哲理并不意味着图解观念和宣讲教义。但是任何社会的戏剧都必然具有较大的思想深度和意识到的历史内容"[1]，认为应该用多样化的舞台艺术手段使戏剧的"哲理内涵深化和凝聚"，以达到戏剧在表现形式和内容上的有机统一。王世德在《探讨"思考大于欣赏"说》中认为吴方的观点应该具体分析。观众是多种多样的，他们"有不同的生活经历、文化修养、性格爱好，因而有不同的审美要求。他们进剧院的目的与要求也各种各样"，而认为当今"观众审美要求主要是追求哲理，要得到思考的乐趣，我们今天都处于'思考

---

[1] 吴方：《话剧哲理性追求漫议》，载《文艺研究》，1985年第1期。

大于欣赏'的时代，这恐怕太简单化了"，[1]而这种简单化的戏剧观念也会导致单调、僵化的戏剧局面，所以不能将戏剧局限于某一类型。林克欢在《戏剧的超越》中回顾了中国话剧80余年的创作演出历史，认为："当人们从多方面苦苦地去探索剧作形式、舞台风貌单一化、模式化、雷同化的原因，力图打破写实主义——幻觉主义戏剧的独尊局面时，戏剧假定性问题的提出以及假定性的美学地位的确立，可以说是剧作观念、演剧观念的一大突破。当代戏剧视听结构复杂化的倾向，实际上是人对社会、对自身认识日趋复杂、深邃的反映。戏剧的超越不在于对写实主义的摈弃，而在于对写实主义统治舞台的摈弃。"[2]这些文章都在尽可能深入地探讨戏剧文化的诸多问题。

随后，徐企平的《导演思维的转变》、徐晓钟的《导演创造意识的觉醒》等由戏剧艺术家所撰写的文章进一步地对戏剧形式的变化与革新进行探索。戏剧观大讨论是中国现代戏剧的一次启蒙。"只有围绕本体论的讨论才具有最大的自由度和引伸力，它可以从哲学、美学、社会学、心理学等各个角度探讨戏剧的本性，也可以微观地剖析戏剧内部诸成分的构成特点及其相互关系。事实上，持续数年的'戏剧观'讨论和舞台探索，也是在冲破狭隘、凝固的戏剧模式的总目标下，各抒己见，各行其事的。其结果不是获得关于戏剧的新的统一定义，而是从各个侧面丰富了对戏剧本性的认识，极大地增强了戏剧的艺术表现力。"[3]戏剧观大讨论是对新戏剧本体的一次艺术深层次的探讨，而艺术本体回归意味着戏剧作为审美形式对自身形式的重视，舞台艺术地位得到显著提高。在这场争论/讨论的过程中，对写实与写意的辨析、如何进行创新、舞台假定性的探讨、西方戏剧理论的借鉴与民族艺术的延续、民族化与现代化等，成为中国当代艺术家

---

[1]王世德：《探讨"思考大于欣赏"说》，载《戏剧》，1986年第1期。
[2]林克欢：《戏剧的超越》，载《文学评论》，1986年第6期。
[3]丁罗男：《在反思和探索中前进——试论新时期话剧十年》，载《戏剧艺术》，1987年第4期。

和理论家不停探索和思考的主题。这些都促进了对中国传统戏剧资源的整理和对外国戏剧理论的翻译、介绍和借鉴。

戏剧观大讨论是20世纪中国戏剧思想走出工具论，回归艺术本体的真诚努力。写意戏剧观的影响之深是这次戏剧理论大讨论的成果之一。"眼下国内的话剧舞台，想看到一台纯'四堵墙'的演出已不太容易；同时，想看到一台跟'写意戏剧观'一点儿不搭界的话剧，恐怕更不容易。和三十年前的话剧舞台相比，更远和1906年以来、'五四'运动以来的话剧舞台相比，不能不承认，这个变化是历史性的巨变。如果焦菊隐、黄佐临、张庚等前辈大家在世，一定会颔首微笑或击节称好的，他们终于看到了生前为之奋斗、朝企暮盼的这个局面。尽管这个局面目前还带有未臻圆熟的青涩。"[1]应该说这是戏剧观大讨论影响深远的具体体现，这次大讨论让整个中国戏剧舞台的审美选择出现重大变化并持续了数十年的影响。此后进行的戏曲现代化、话剧民族化甚至到21世纪初的戏剧命运大讨论无不有戏剧观大讨论的烙印存在。

戏剧观大讨论的意义有如下几个方面：

一、突破当时的理论禁区，开阔了戏剧视野，为当时的戏剧实践和理论研究指明了方向，对戏剧艺术向艺术本体的回归开辟了道路。

"中国20世纪80年代以来的戏剧实践，在突破传统观念限制、建构新的舞台形态方面也作出了积极的探索。这一探索的动力，既来自自身戏剧舞台趋势的内在需求，也由于东西方戏剧观念碰撞所发出璀璨火花的点燃。80年代中后期，对于戏剧观的探讨成为中国戏剧理论界的显学，曾经在全国范围内爆发一场有关争论。争论的话题涉及到宽幅的领域，东方、西方、写意、写实、悲剧、喜剧、自由体戏剧、戏剧的隐与显、舞台假定性与舞台幻觉、革新浪潮、'心象'学说、观众学、哲理性、戏剧思维、戏剧文化、戏剧本质、戏剧创作的出发点、反传统、荒诞、超越、形式、口味、

[1]陈昆峰：《中国话剧的中国性的确立——近三十年话剧谈》，载《当代戏剧》，2009年第2期。

剧场意识、开放观念等等，都在讨论中被提及和论述。"[1] 也有论者指出："通过戏剧观的论争，带来了探索戏剧的兴起，并促使真正的现实主义戏剧得到回归，中国当代的话剧艺术在从生活出发走向心灵深处的同时，对艺术表现形式的探索方兴未艾，戏剧舞台升腾出盎然的诗意，发生了深刻而且巨大的变化。"[2]

这些论述表明，戏剧观大讨论对戏剧的舞台呈现形式和戏剧本质都有深入的探讨。虽然由于时代的局限，对于戏剧本质的探讨并不彻底，也不深刻。但是这样的讨论并未使中国的戏剧理论批评在中西文化碰撞的情势下丧失自己的文化品格，之后的戏曲现代化以及话剧民族化的争论与实践实际上正是在中西文化交汇、碰撞中进行的本土的现代化探索。

二、戏剧观大讨论承接传统和现代，在中国和西方演剧理论和实践之间架起一座桥梁。

众所周知，经历过某种畸形的社会特别时期，中国的文艺环境、文艺观念已经严重扭曲，中国的文艺实践、理论探索都已与世界隔绝太久，也与传统断裂太深。戏剧观的大讨论，开阔了人们的视野，开拓了人们思考的深度，结束了文化禁锢的黑暗时代，特别是黄佐临对于中国传统的思考和对西方艺术的介绍与借鉴，促进中国艺术工作者形成了融合古今中外艺术形式的意识，并且对具有现代特色的独特的中国戏剧形式的形成起到了启蒙和引领作用。正如胡星亮所说："论争对话剧发展的影响，主要表现为探索话剧的探索和现实主义话剧的深化。"[3] 探索话剧其实既是对西方现代演剧体系的一种探索，也是对中国戏剧传统的一种反思和深化。

戏剧观大讨论，使中国戏剧理论界开始沉重地思考中国戏剧传统，并开始真正地、系统地学习、研究西方戏剧理论，各种戏剧理论的翻译、介

[1] 刘彦君：《戏剧观的进程》，载《人民政协报》，1994年6月30日。
[2] 蔺海波：《新时期中国话剧论纲》，载《云南艺术学院学报》，2002年第1期。
[3] 胡星亮：《戏剧现代性的追求与失落——新时期戏剧思潮与戏剧运动述论》，载《首都师范大学学报（社会科学版）》，2006年第4期。

绍、评论开始出现；戏剧舞台也开始了对西方戏剧理论的实践，搬演西方经典的现代剧目，探索西方现代主义戏剧在舞台上的演出，同时开始了中国本土的现代主义的戏剧创作。蔺海波说："新时期的话剧探索，则对几十年来以'再现'为美学原则，以'写实'为表现方式的演剧传统进行了突破，显示出对'表现'与'写意'的青睐，和试图在'再现'与'表现'，'写实'与'写意'之间寻求平衡的整体的美学追求。"[1]童道明对新时期的评价为"以革新意识的觉醒为标志"，[2]希望"突破一下我们狭隘的戏剧观"，他借用胡伟民导演的话说："我想突破什么，想突破七十多年来中国话剧奉为正宗的传统戏剧观念，想突破我们擅长运用的写实手法，诸如古典主义剧作法的'三一律'，以及种种深受'三一律'影响的戏剧结构；演剧方法上的第四堵墙理论，以及由此派生的'当众孤独'，表导演理论上独尊斯坦尼斯拉夫斯基体系一家的垄断性局面。简言之，想突破主要依赖写实手法，力图在舞台上创造生活幻觉的束缚，倚重写意手法，到达非幻觉主义艺术的彼岸。"[3]

有人认为，"'戏剧观'论争的影响是巨大的。新时期话剧无论是现实主义的拓展、探索戏剧的探索，还是新的演剧体系的崛起，都可以从这场论争中找到理论依据和发生根源"[4]。其实，真正的作为戏剧艺术本体的戏剧观，就是在大讨论中建立的，而正是这场大讨论，探索戏剧与新的演剧理论与实践[5]逐渐建立、发展，它们几乎和戏剧观的大讨论同步兴起，也是这场大讨论的重要部分之一，更是这场大讨论的实际表现和舞台

[1]蔺海波：《新时期中国话剧论纲》，载《云南艺术学院学报》，2002年第1期。
[2]童道明：《中国话剧的两个觉醒期》，载《中国戏剧》，2000年第1期。
[3]童道明：《中国话剧的两个觉醒期》，载《中国戏剧》，2000年第1期。
[4]胡星亮：《现代戏剧与现代性》，北京：人民文学出版社，2007年版，第23页。
[5]"探索戏剧和新的演剧理论与实践"的提法有些模糊，实际上这两者更多的是指现代主义的演剧理论，主要是表现主义、象征主义与荒诞派等等。由于中国戏剧进程的特殊性，现代演剧方法和现代主义演剧方法在时间上有交叉、融合和冲突，只不过由于它们在实质上都是对中国传统戏剧观念、戏剧理论的反驳和对峙，所以在观念论争时期，便都成为了对抗传统的理论武器。

支持。

戏剧观大讨论，使中国戏剧摆脱了工具论的束缚，使中国戏剧走向了一条艺术自觉、本体主导的道路。

戏剧观大讨论和历史上的论争不同的一个很大原因就是它最后形成了一些对于传统的颠覆性的观念与共识。虽然有很多具体观念的分歧与争论，但是，从此以后，戏剧作为艺术的观念深入人心，戏剧回归到艺术的本体是在戏剧观大讨论中形成的，这对中国话剧以及中国戏曲的创作和研究的影响是根本性和颠覆性的。虽然以后中国的戏剧创作和研究还都不可避免地带有许多非艺术的影响，但是从戏剧艺术家和理论家真正的观念上，艺术本体的观念已经牢不可破了。"大多数戏剧家都认识到拓展戏剧观念的重要性，论争就从非此即彼走向兼容并包。本来，各种戏剧观念之间不是排他性而是互补性的，世界上不存在一个包罗万象可以解决所有艺术问题的戏剧体系，任何一种戏剧观念的自我封闭都不可能完成对戏剧艺术潜能的深刻开掘。再者，因为戏剧表现的丰富性是和戏剧观念的多样性分不开的，戏剧家就应该以繁荣戏剧为目标，以能真实深刻地反映现实为前提，拓展戏剧观念，通晓多种戏剧艺术语言。"[1]所谓的戏剧观念的多样性是和戏剧理念一元独尊背道而驰的，这是中国多元化戏剧理念的真正开始。可以说，在中国，艺术工具论是以戏剧观大讨论终结的，从此中国戏剧理论才进入到现代时期，才从保守的、传统的、古典的戏剧理论转向开放的、现代的戏剧理论，极大地推动了戏剧的发展。

戏剧观大讨论的重大意义，建立在对戏剧的本质考察、形式讨论、文化发掘等深层次的基础之上。这次大讨论是对戏剧观念进行现代化的探索，随着这次大讨论的深入，艺术本体论的观念深入人心，各种现代演剧观念进入中国，斯坦尼体系进一步发展，布莱希特与叙事体戏剧成为中国戏剧从业者的研究热点和模仿对象，其他诸如阿尔托的残酷戏剧、格洛托

---

[1] 胡星亮：《新时期"戏剧观"论争的反思与批判》，载《学术月刊》，2009年2月号。

夫斯基的贫困戏剧，以及各种的现代主义、后现代主义的戏剧理论与实践都得以在中国传播，表现主义、象征主义、荒诞派以及其他的先锋派流都在中国有了传播的土壤，这无疑是戏剧观大讨论的成果。

四、戏剧观的影响巨大，这种影响是全方位的。这次讨论的参加人员之广，涵盖了戏剧活动的各个方面：戏剧理论工作者、剧作家、戏剧导演、演员、舞台美术、剧场管理、政府官员，以及许多的观众。这次讨论内容广泛，从舞台形式到戏剧文化的各个层次，从具体的表演方法到对戏剧哲学反思。涉及的范围十分广泛，古今中外的戏剧艺术都进入戏剧观大讨论的视野。而全方位的广泛的反思和探讨对戏剧活动具有极大的推动作用，不论是戏剧创作、戏剧批评，还是戏剧欣赏，这些戏剧活动真正从僵化的概念桎梏中解脱出来，从政治走向艺术，从前现代走向现代。

然而，在戏剧观的大争论过去了20年之后，2003年丁罗男《重提"戏剧观"》（《戏剧艺术》2003年第3期）又一次发起了对戏剧观大讨论的检讨。对于戏剧观大讨论的重新审视，是在新的形势下新的理论思考与清醒认识。丁罗男说："自从黄佐临在1962年广州会议上提出'戏剧观'问题以来，至今已经有40个年头了。众所周知，那时的戏剧界对此并没有引起足够的重视，可以说大多数人还没有真正理解其中的涵义，根本的原因在于时代与环境，空谷足音，佐临是超前了。过了20年后，中国历史迎来了前所未有的改革开放新时期。从1983年开始，上海的《戏剧艺术》、北京的《戏剧报》又相继以此为题，发起了一场持续一年多，席卷全国的'戏剧观大讨论'，对于80年代以来的中国戏剧界产生了巨大而深远的影响，被学术界称为'新时期开创了美学意义上的戏剧理论研究'的'契机'和'标志'"[1]，"这场关于戏剧观的讨论，如今又过去了20年。反观90年代以来，尤其是进入新世纪后话剧创作的发展变化，近来理论批评界似乎越来越因混沌与困惑而处于失语状态。历史的记忆又一次被激活，有一个问

---

[1] 丁罗男：《重提"戏剧观"》，载《戏剧艺术》，2003年第3期。

题——'戏剧究竟是什么？'像幽灵似地重新缠绕着我们。我由此想到了已经被人们淡忘了的'戏剧观'问题。事过境迁，当年曾引起戏剧界巨大热情的戏剧观问题是不是都解决了呢？现在看来未必。'戏剧观'也是一个与时俱进的理论课题，老问题会常常出现，新问题还会不断冒出来。"[1]

《二十世纪中国戏剧整体观》作者丁罗男像

丁罗男开始检讨那场讨论："在80年代那场戏剧观大讨论中，历史语境已然大不相同，人们可以敞开思想，畅所欲言了。讨论中绝大多数人认为戏剧观应当是对戏剧的总体或本体的看法，即回答一个'戏剧是什么'的根本性问题，其次才是戏剧的形态、方法等派生性的问题。当然，这一系列问题是相关互动的，因而可以反过来说，什么样的戏剧形态、方法，也反映了戏剧家什么样的戏剧本体观念"，"在80年代的那场讨论中，关于戏剧本质的探讨应当说达到了相当的广度和深度。尤其针对传统的'话剧'概念，针对几十年来中国话剧形成的僵化的写实模式，许多戏剧家提出了尖锐的批评。在讨论中，人们穷本溯源、引经据典，有从戏剧起源于仪式、游戏之说概括出'演员'、'观众'为戏剧不可缺少的两大要素的；有借鉴现代西方戏剧改革家阿尔托、布莱希特、格洛托夫斯基、彼得·布鲁克等人的理论，提出对'表演'和'剧场性'进行返朴归真的探索的；也有从中国传统戏曲的写意特征，特别是'舞台假定性'原则出发，要求突破话剧舞台上'幻觉主义'样式一统天下局面的……由此而出现了戏剧本质的'动作本义说'、'演员——观众本质说'、'假定性本质说'、'情境本质说'等等看法。其中，'完全的戏剧'（又称为'总体戏剧'）说和戏剧'外延模糊'说，颇

---

[1] 丁罗男：《重提"戏剧观"》，载《戏剧艺术》，2003年第3期。

为引人瞩目，当时甚至引起了争议。现在看来，这些关于戏剧外延将大大拓展的观点，正是从时代与社会发展变化的眼光，指出了戏剧面临的挑战与前景。总之，80年代的'戏剧观大讨论'对戏剧本质的追寻，并不是要找到新的关于'什么是戏剧'的定义，恰恰相反，通过一场广泛的争鸣和探讨，打破了长期以来禁锢着中国话剧界的那些狭隘、陈旧的'话剧'定义。与其说回答了'戏剧是什么'，倒不如说明确了'戏剧可以不是什么'的问题，从而从各个方面极大地丰富了人们对于戏剧本质的认识。这便是那场讨论所取得的最大的历史性成功。在理论的支持和鼓励下，80年代的'探索戏剧'实践一度非常活跃，终于造就了话剧舞台上延续至今的艺术样式和风格空前的开放化、多元化格局。这正是戏剧观念更新、拓宽的结果"[1]，正是这种开放的与时俱进的戏剧观念，使丁罗男一方面对20世纪80年代的戏剧观有了更加清醒的认识，又对当下的戏剧现状作出了理性的分析，对戏剧本质、戏剧功能作再一次的深入认识。

有人认为丁罗男《重提戏剧观》一文是又一次的戏剧观大讨论，虽然规模、影响皆不如曾经的戏剧观大讨论，但提供了对那次大讨论的检讨与反思："虽然这次反思并没有像前次引起很大的震荡，但我认为意义重大：进入21世纪的中国戏剧到底如何生存下去？"[2]实际上与其说这次反思是再一次发起戏剧观的大讨论，不如说是第一次戏剧观大讨论的延续和深入，是在时隔20年后的系统的反思与深化。甚至可以说，21世纪初这次检讨的出现，使20世纪80年代的戏剧观大讨论有了一个比较完满的谢幕。

二、悲剧论与喜剧论：基于中国现实的思考

在新时期，悲剧与喜剧理论的研究以陈瘦竹为代表。陈瘦竹的悲剧论推崇悲剧崇高的一面，提倡悲壮的悲剧精神，将悲剧分为英雄人物的悲剧、正面人物的悲剧和错误造成的悲剧。他认为在现代社会，悲剧并不会

[1] 丁罗男：《重提"戏剧观"》，载《戏剧艺术》，2003年第3期。
[2] 季玢：《重提戏剧观的意义》，载《四川戏剧》，2008年第7期。

衰亡。在喜剧方面，他批驳了那些认为喜剧并不表现矛盾冲突的形式主义的观点，说明喜剧仍是以冲突为基础的，它可以分为幽默喜剧、讽刺喜剧和赞美喜剧三类，它们分别以幽默、讽刺和赞美为喜剧精神的三种特征。在其戏剧基本理论中，他重视观众的因素，赞成外在戏剧性与内在戏剧性的融合，主张戏剧不能忽视思想内容而仅仅在形式上花样翻新。

1. 悲剧论

陈瘦竹以亚里士多德开创的西方传统悲剧观念为基础，同时紧密联系中国的现实情况，提出了自己的悲剧论点。其悲剧论主要包括悲剧精神、悲剧冲突、悲剧分类等几个方面。在他看来，悲剧是一种崇高的战斗艺术，具有悲壮的精神。以此为基点，他提出悲剧人物和悲剧分类的观点。悲剧的人物不一定都是英雄和贵族，以英雄和贵族为主角的悲剧只是悲剧种类的一种，悲剧还包括正面人物的悲剧和错误造成的悲剧，这三种悲剧样式是社会主义悲剧创作的主流。而对于西方盛行的"悲剧衰亡论"，陈瘦竹则从历史与现实两方面予以驳斥。

陈瘦竹关于悲剧精神的观点是从对亚里士多德观点的重新思考开始的，他认为其观点"并不完全符合实际"，因为自古希腊以来的许多悲剧作品，并没有与亚里士多德的观点相吻合。但是，"关于悲剧快感的理论，亚里士多德和黑格尔的见解在当代欧美各国还很流行"。[1] 接下来，他通过分析美国戏剧理论家格莱巴涅、柏伦，以及美国评论家缪斯和希勒的观点说明了这一问题。通过对西方悲剧快感理论的述评，陈瘦竹认为有几点是值得我们重视的："一、观众或读者在看悲剧时经常和悲剧人物融为一体；二、悲剧的功用不是排除而是充实人的感情；三、悲剧具有乐观主义精神。"[2]

---

[1] 朱栋霖、周安华编：《陈瘦竹戏剧论集》（上），南京：江苏教育出版社，1999年版，第358页。

[2] 朱栋霖、周安华编：《陈瘦竹戏剧论集》（上），南京：江苏教育出版社，1999年版，第364页。

《陈瘦竹戏剧论集》

通过分析，陈瘦竹认为："悲剧所引起的感情，不是怜悯和恐惧，而是强烈的爱和憎，对于悲剧英雄的崇敬和仰慕，对于黑暗势力的仇恨和鄙视，从而使人受到鼓舞，增强斗志。"[1]就像埃斯库罗斯的《被缚的普罗米修斯》那样，它带给我们的悲剧感受，并不是"怜悯与恐惧"，可见，"悲剧精神的实质是悲壮不是悲惨，是悲愤不是悲凉，是雄伟而不是哀愁，是鼓舞斗志而不是意气消沉。悲剧的美，属于崇高和阳刚；正因为这样，悲剧才是战斗的艺术"。[2]为了使自己的观点更加具有说服力，他列举了中国的著名悲剧《窦娥冤》和莎士比亚的悲剧《哈姆莱特》，说明观众在看完这些悲剧之后的心情，不是宁静而是激动，这更加验证了悲剧的鼓舞作用。

陈瘦竹提出这一观点，现在看来不足为奇，甚至早在20世纪30年代，朱光潜就讲过这个问题，但因为表现其观点的《悲剧心理学》一书是在国外出版的，对当时的中国戏剧界并没有产生多少影响。不仅如此，陈瘦竹提出这一观点在当时是有着极为重要的实际意义的。因为建国之后的悲剧论争中，依然有人认为悲剧引起的精神是悲惨凄凉，会对社会产生不良的影响，所以反对悲剧的创作，否认悲剧在社会主义社会存在的可能。陈瘦竹从艺术本体出发，提出关于悲剧精神的这一观点，从而能够打破庸俗社会学对戏剧创作的不利影响，有助于戏剧的发展。

关于悲剧冲突的观点，陈瘦竹认为，当代欧美悲剧理论家大多没有脱离黑格尔的窠臼，比如亚培尔、希勒、塞华尔和柯列根等人的说法都是如

［1］朱栋霖、周安华编：《陈瘦竹戏剧论集》（上），第257页。
［2］朱栋霖、周安华编：《陈瘦竹戏剧论集》（上），第258页。

此，"悲剧冲突的根源在于内心矛盾和人性分裂，这种见解在欧美比较普遍"。[1] 但是，通过分析《安提戈涅》和《麦克白》这两部剧作，陈瘦竹驳斥了他们的观点，"善恶这些伦理观念都是社会意识形态，没有抽象的永恒的善恶和价值"。[2] 陈瘦竹的分析表明，《安提戈涅》所揭露的不是"善与善的冲突"，而是善与恶的冲突，换句话说，就是安提戈涅所代表的民主精神和克瑞翁所代表的暴君专制的冲突。而莎士比亚的《麦克白》中的冲突更不是所谓善与善之间的冲突，也是善与恶的冲突，"他揭露麦克白被野心所驱使逐步陷入罪恶深渊，终于自趋灭亡。这种善与恶的冲突还在麦克白的内心展开，他每次犯罪之后必然遭到良心谴责，道德观念和野心权欲在他的灵魂中，发生激烈的斗争。麦克白虽不是极恶的人，但不能说他始终是善，他不是所谓善与善的冲突的牺牲者，而是他罪恶野心的牺牲者"。[3]

对于其他的悲剧冲突的说法，陈瘦竹也作了分析。悲剧冲突的根源历来流行的说法是"命运"说和"性格缺陷"说。"命运"说的最早提出者是亚里士多德，他的理论建立在古希腊悲剧创作的基础上，因此他关于悲剧起源的观点深受古希腊人的影响。古希腊人对许多现象无法解释，对自然怀着敬畏之情，他们就把悲剧的根源归于"命运"，悲剧的发生是由于主角"犯了错误"，看事不明。"性格缺陷"说的代表作就是莎士比亚的悲剧作品，哈姆莱特的犹豫不决造成了自己和丹麦王国的大悲剧，奥赛罗轻信伊阿古造成了他和苔丝德蒙娜的悲剧，罗密欧的莽撞急躁使得他和朱丽叶都失去了生命。19世纪50年代俄国美学界流行一种理论，认为悲剧人物都是由于过失或罪恶而招致死亡，否则就没有悲剧意味。陈瘦竹援引车尔尼雪夫斯基的分析认为，在人类之上根本就没有一种人类永远都无法认识的，只能徒然地等待接受它惩罚的命运或者自然规律存在，假如人面对自

---

[1] 朱栋霖、周安华编：《陈瘦竹戏剧论集》（上），南京：江苏教育出版社，1999年版，第339页。

[2] 朱栋霖、周安华编：《陈瘦竹戏剧论集》（上），第342页。

[3] 朱栋霖、周安华编：《陈瘦竹戏剧论集》（上），第343页。

然毫无作为，那么我们也不会发展到今天的这个样子了。至于"性格缺陷说"，陈瘦竹认为并不是所有的悲剧都是由于主角的性格所致，即使是在莎士比亚的悲剧中也是这样，造成哈姆莱特悲剧的是那个黑暗的社会，造成奥赛罗悲剧的是那个奸佞小人伊阿古，造成罗密欧与朱丽叶悲剧的是封建世仇，就如车尔尼雪夫斯基在《论崇高与滑稽》中所说，难道苔丝德蒙娜所以死真是自趋灭亡吗？谁都看得出，全是伊阿古的卑劣的狡计置她于死地的。当然，假如我们一定要在每个灭亡者的身上找出过失来，正如通常的美学概论要求我们这样做的话，那么人人都有过失。于是苔丝德蒙娜是有过失的，为什么她要这样天真烂漫呢？于是罗密欧与朱丽叶是咎由自取的，为什么他们要彼此相爱呢？[1]

　　陈瘦竹的《悲剧从何处来》一文对西方20世纪50至80年代关于悲剧来源的观念进行了述评。在这篇文章中，陈瘦竹分析了迈尔斯、乔治斯丹纳、乔弗雷布里雷顿、本特莱、柏林等人的观点，虽然他们的说法不一样，但实质上都是"命运观"或"性格缺陷说"的变异，他们"脱离现实生活和社会矛盾，否认悲剧来自社会生活中悲剧性矛盾"。[2]陈瘦竹提醒人们，悲剧来源于社会矛盾，悲剧冲突的根源既有外部的也有内部的，我们不能把这些来源神秘化，应当实事求是地真正解决悲剧从何处来这个问题，将悲剧这一文学样式发扬光大。

　　悲剧的分类问题，在西方美学家那里似乎已有定论，按照造成悲剧的原因来说，悲剧一般分为命运悲剧、性格悲剧和社会悲剧，代表作分别是古希腊悲剧、莎士比亚的悲剧和描写普通人命运的悲剧；按照时间来说，通常又分为古典悲剧、巴洛克悲剧和现代悲剧。陈瘦竹认为这几种分类方法对悲剧成因的界定过于机械化，他从悲剧人物与悲剧精神着眼，将悲

[1] 参见车尔尼雪夫斯基：《车尔尼雪夫斯基论文学》（中卷），辛未艾译，上海：上海译文出版社，1979年版，第81页。
　　[2] 朱栋霖、周安华编：《陈瘦竹戏剧论集》（上），南京：江苏教育出版社，1999年版，第317页。

剧分为三类美学样式：英雄人物的悲剧、正面人物的悲剧和错误造成的悲剧，就像陈瘦竹所说的，"因为悲剧冲突的性质和作家的创作个性的各不相同，悲剧就有不同风格。有的悲剧崇高雄伟，表现悲剧英雄为真理而斗争，为正义而献身，真是虽败犹荣，虽死犹生，令人敬仰。有的悲剧凄怆怨愤，表现人民横遭摧残，备受苦难，缺乏抗争勇气，以致含恨而终，令人怜悯。此外还有一些悲剧，描写高贵人物由于性格弱点而铸成大错，甚至犯罪，以致追悔不及而自食其果，令人惊心动魄，不胜惋惜"。[1]这也是陈瘦竹所认为的这三种悲剧样式的审美特征。

2. 喜剧论

陈瘦竹的喜剧理论以强调矛盾为基础，以主客体相统一为特征，是对西方各种不协调理论的超越。以此为基础，他根据社会主义社会的现实，对喜剧的种类进行了划分，将喜剧分为讽刺喜剧、幽默喜剧和歌颂喜剧三类，它们分别以讽刺、幽默和赞美为特征，在思想倾向上，"讽刺喜剧以敌人为揭露对象，是对于反面人物和黑暗现象的全盘否定，从而衬托或暗示正面人物和光明前途……幽默喜剧以人民的缺点错误为描写对象，是在基本肯定的基础上对于部分的否定……幽默是一种善意的讽刺……赞美喜剧则是对于正面人物和光明景象的热烈歌颂……"[2]此外，陈瘦竹对中国喜剧理论建设所作的又一重要贡献表现在他对讽刺、幽默、机智和嘲弄这几个喜剧概念的理论界定。因为在20世纪80年代陈瘦竹写《论喜剧中的幽默与机智》等文章之前，我国喜剧界对这几个概念应用非常混乱，各种喜剧名称乱用，这影响了喜剧美学研究的展开和深入。在这种情况下，陈瘦竹对喜剧范畴理论所作的清理和阐释工作，其重要意义是不言而喻的。

陈瘦竹主张将喜剧分为三类：讽刺喜剧、幽默喜剧和赞美喜剧，对这三种喜剧的特征，陈瘦竹也做了界定，"讽刺喜剧以敌人为揭露对象，是

---

[1] 朱栋霖、周安华编：《陈瘦竹戏剧论集》（中），南京：江苏教育出版社，1999年版，第1061页。

[2] 朱栋霖、周安华编：《陈瘦竹戏剧论集》（上），第387页。

对于反面人物和黑暗现象的全盘否定，从而衬托或者暗示正面人物和光明前途。这一阵一阵讽刺的笑声，就像用鞭子一下一下抽打着凶恶狡猾的敌人，抽的他破皮，打的他流血，粉碎他的伪装，露出他虚弱腐朽的本质。幽默喜剧以人民的缺点错误为描写对象，是在基本肯定的基础上对于部分的否定从而使剧中人物放下包袱轻装前进。幽默是一种善意的讽刺，在性质上和对敌人的讽刺完全不同。我们根据毛泽东同志关于敌我之间和人民内部之间两类不同性质的矛盾的理论，就将讽刺人民的缺点错误的喜剧称作幽默喜剧，以区别于讽刺敌人的喜剧。赞美喜剧则是对正面人物和光明景象的热烈歌颂，显示社会主义社会的大好形势和光辉前景，表现在共产党领导下革命人民的高尚风格和远大理想，发扬革命的乐观主义精神"。[1] 其实，歌颂性的喜剧并不是凭空创造出来的，它与我国的喜剧传统有很大的关系。在关汉卿的《望江亭》、传统喜剧《拾玉镯》、《柜中缘》等许多剧作中就以歌颂正面主人公为主。

我们经常说"没有冲突就没有戏剧"，但喜剧中是否存在矛盾冲突呢？有人认为，"歌颂性喜剧由于不反映矛盾或不是以反映矛盾为主要特征，就缺乏喜剧基础"，并且提出，"对于歌颂性喜剧来说，戏剧冲突主要的是建筑在巧合、误会的基础上的。由此而创造出奇趣横生、引人入胜的情节。如果没有这些喜剧性的情节，也就无从产生喜剧效果了"。[2] 还有一种意见反驳了这一观点，认为："歌颂性喜剧的实质也还在于它的幽默、诙谐风趣，这种喜剧的对象无疑的是正面人物，而且他之引人发笑，并不是由于对这种喜剧人物的缺点进行了善意的讽刺，甚至歌颂性的喜剧不一定要表现角色的什么缺点……"[3] 其实，无论是误会、巧合也好，还是幽默、诙谐也罢，这两种观点都有一个相似之处，那就是否认生活矛盾，脱离实际，走向形式主义。

[1] 朱栋霖、周安华编：《陈瘦竹戏剧论集》（上），南京：江苏教育出版社，1999年版，第387页。
[2] 周诚：《试论喜剧》，载《文汇报》，1960年11月16日。
[3] 秋文：《从"笑"谈起》，载《文汇报》，1960年12月14日。

　　陈瘦竹通过分析中国和外国的喜剧作品，如李渔的《风筝误》、莎士比亚的《无事烦恼》（《无事生非》）、传统剧《碧玉簪》和艾明之的《幸福》等，说明"喜剧中的笑是手段不是目的，喜剧要塑造正面形象就必须描写性格，而作为各种社会关系的总和的人的性格，只有通过矛盾冲突而不是依靠'幽默、诙谐、风趣'才能表现出来。而所谓'幽默、诙谐、风趣'，只有联系矛盾冲突并且符合人物性格的时候，才能产生真正的喜剧效果。假如我们承认这些就是喜剧的'实质'，那就等于鼓励喜剧作家不去反映现实生活中的矛盾而只是去追求'幽默、诙谐、风趣'的语言，这样的作品也许能使观众哄堂大笑，却不能使他们受到深刻教育"。[1]这样为误会而喜剧的做法，会为喜剧创作带来巨大的危害，所以，这种误会戏的论调"将会妨碍我们正确理解优秀喜剧（无论是古代的或现代的）的丰富的社会内容和深刻的现实意义"；[2]并且，这种论调"将会引导喜剧创作脱离生活走上制造'误会'和力求'巧合'的错误道路"。[3]由此可见，喜剧不同于滑稽剧和闹剧之处就在于它在幽默诙谐的形式之下还要承载一定的意义，让人们在嬉笑怒骂之中思考，受到一定的启发。戏剧如果不反映社会现实，不反映生活中的矛盾，终究也不会有长久的生命力。

　　新中国成立后，在喜剧研究的初始阶段，尚未建成规范的学术体系，各种喜剧名称不统一，为研究者带来困难。像"Irony"一词，有人翻译为嘲弄，有人翻译为反讽，有人翻译为揶揄，为研究者带来许多的麻烦。陈瘦竹努力地廓清各种喜剧名称之间的界限，为学界的研究扫清障碍。他主要解释了幽默、讽刺、机智和嘲弄这几个喜剧范畴之间的联系与区别。

　　陈瘦竹回顾了西方研究幽默的历史和比较重要的关于幽默的观点，并且对比了幽默与滑稽、幽默与机智、幽默与讽刺的区别。在他看来，幽默

---

　　[1]朱栋霖、周安华编：《陈瘦竹戏剧论集》（上），南京：江苏教育出版社，1999年版，第408页。

　　[2]朱栋霖、周安华编：《陈瘦竹戏剧论集》（上），第412页。

　　[3]朱栋霖、周安华编：《陈瘦竹戏剧论集》（上），第412页。

与滑稽并非同义词，幽默有时也包含忧悒之意，并不让人觉得好笑。"幽默是一个人所特有的言谈举止的方式和性格的自然流露……幽默是一种人生态度。"[1]幽默具有三方面的特征：一是感性与理性的统一："幽默的人在观察世界时虽从理性出发，但更带着丰富的感情"；[2]二是对人对己一视同仁："他遇事都要设身处地，在严肃中蕴藏着宽厚仁爱；在嘲笑别人的荒谬愚蠢的言行时，同时嘲笑自己的缺点错误。"[3]因此，幽默的第三点特征就是具有重大的社会意义，"有幽默感的人并不孤僻怪诞，而和别人打成一片，无拘无束，自由奔放，善于反省，富于同情，因而使我们感到非常亲切，即使在嘲笑他的缺点错误时，也还感到他不无可以宥谅甚至可爱之处"。[4]因此，幽默是一种温和的善意的讽刺。幽默与讽刺也极其相似，只是程度不同罢了，如果对象的缺点和错误极其严重，使人不能容忍，那么幽默就转变为讽刺了。

讽刺的历史源远流长，早在《诗经》中就有"美、刺"，孔子也认为诗的功用之一在于"怨"，也就是讽刺，文学中就有了讽刺的传统。在喜剧表演中，讽刺的功能也一直在应用。古代那些优的讽谏即是对不合理现象的讽刺。元代戏剧兴盛之后更是有了许多讽刺喜剧，关汉卿的《救风尘》、《望江亭》、徐渭的《歌代啸》和徐复祚的《一文钱》都是优秀的讽刺喜剧。陈瘦竹主张，在新的社会应该正确区分敌人和人民内部两种不同的矛盾，运用不同的讽刺手法，注意把握好"度"的问题。尤其要注意讽刺与幽默的区别，"讽刺是对于反面现象的全面否定，幽默是在肯定正面现象的基础上，对于正面现象中的某些反面因素的善意批评；对敌人，我们采取

[1] 朱栋霖、周安华编：《陈瘦竹戏剧论集》（上），南京：江苏教育出版社，1999年版，第432页。
[2] 朱栋霖、周安华编：《陈瘦竹戏剧论集》（上），第432页。
[3] 朱栋霖、周安华编：《陈瘦竹戏剧论集》（上），第432页。
[4] 朱栋霖、周安华编：《陈瘦竹戏剧论集》（上），第432页。

'讽刺的'态度，对人民，运用'幽默'的态度"[1]。

在欧洲文艺复兴时，机智原指"天才"而言，和"学问"相对称。17世纪以后才成为文艺理论的一个术语，表示才智机敏、迅速发现矛盾，言语巧妙，立刻压倒对方。机智来自理性和想象，几乎不假思索就能逸趣横生。陈瘦竹通过比较机智与幽默来说明机智的特点。"机智的人，善于同中见异，异中见同，旁敲侧击，出奇制胜。机智的语言，文雅细致，明快尖锐，而幽默的语言则朴素浑厚，意味深长。机智常有人工气息，幽默则较自然，机智表现人的聪明，幽默显示人的性格，两者虽然都能引人发笑，但在喜剧中幽默却高于机智。机智形象敏慧善辩，谈笑风生，使人感到新奇有趣；然而有时近乎文字游戏，这就缺乏深刻意义。"[2]此外，幽默是"对己对人一视同仁"，它不仅嘲笑别人也嘲笑自己；而机智只嘲笑别人，对自己却是尊敬和爱惜的，用一种居高临下的眼光来看待周围的一切。由此可见，幽默中常有机智，但机智并不是幽默。在概念的界定上，这两者有明显的不同。但是，由于这两者所引起的笑都以某种矛盾为基础，所以在作品中，这两种方法常常结合使用。

"嘲弄"是我国文艺理论界使用比较混乱的一个概念，至今还是如此，在对"Irony"的翻译问题上竟然是如此的五花八门，"嘲弄"、"反讽"、"挪揄"、"讽刺"不一而足。陈瘦竹将此词翻译为"嘲弄"，并对其进行了历史的考察。英文"Irony"一词来源于希腊文，指的是早期希腊喜剧中eiron这个角色的言行的一种方式，这个角色是剧中主角的对手，灵巧机敏，故意装傻，隐藏其知识和力量，用以迷惑对方，而使那个恃强凌弱的主角一败涂地。此后"嘲弄"成为文学术语，分为语言嘲弄和情境嘲弄两种。当人们运用反语而存心嘲弄某人的时候，这就是语言的嘲弄；而情境嘲弄在戏剧中表现得最为突出。此外，"嘲弄"与"发现"、"突转"等戏剧

---

[1] 朱栋霖、周安华编：《陈瘦竹戏剧论集》（上），南京：江苏教育出版社，1999年版，第427页。

[2] 朱栋霖、周安华编：《陈瘦竹戏剧论集》（上），第434页。

手法紧密结合在一起，从而扩展了戏剧的表现力。作为一种艺术手法，嘲弄并不仅限于戏剧中，诗歌、小说、电影都可以运用它，从而增强自己的艺术表现力。

陈瘦竹虽然对易混的几个喜剧概念进行了严格的区分，但这并不代表它们必须是泾渭分明的。他认为，在具体的喜剧创作中，这几种手法可以结合使用达到良好的喜剧效果，而古今中外那些优秀的喜剧作品也充分地说明了这一点。在莎士比亚的喜剧中，福斯塔夫就是一个既幽默又有些机智的代表，而《无事生非》中，贝特丽斯和培尼狄克是机智形象的代表。在我国的优秀喜剧中，剧作家们也是很好地应用了这些手法：关汉卿的《望江亭》歌颂了机智的谭记儿，讽刺了霸道的杨衙内，沙叶新的《陈毅市长》塑造了幽默机智的陈毅形象。

熊佛西在20世纪30年代曾经写过《喜剧》一文，对滑稽、讽刺、机智和幽默的基本含义进行界定，陈瘦竹在几十年后对这几个概念重新进行梳理，他所做的工作更加深入也更加细致，在理论界同样意义重大。

三、"情境"说：戏剧的本体论研究

陈瘦竹对悲剧、喜剧这两种体裁的研究是其戏剧理论研究的重点，相比之下，他对戏剧本体的思考不够丰富与系统。虽然他的戏剧理论以摹仿论为基调，以"戏剧是诗"为重要审美标准，但他并没有深入戏剧的本体，进一步思考戏剧的本质问题。而对戏剧本体的考察，是戏剧理论建设的基础。谭霈生的戏剧理论研究成果主要体现在他对戏剧本体的思考上。

谭霈生对戏剧本体的思考始于《论戏剧性》，该书完稿于1979年，出版于1981年，几乎成为当时剧作家案头必备的工具书。其后1985年出版的《戏剧艺术的特性》延续了他对戏剧艺术本体的思考，成为谭霈生戏剧本体论思想中承前启后的一部主要著作。这两部书在2005年合为一本，作为《谭霈生文集》第1卷《论戏剧性》再次出版。1988—1989年曾连续发表在《剧作家》杂志上的《戏剧本体论纲》在2005年也经重新修订再版为

《谭霈生文集》第6卷《戏剧本体论》。这几
本著作是谭霈生对戏剧本体论思考的重要理论
结晶。此外，2005年出版的六卷本《谭霈生文
集》还收录有谭霈生对影视艺术的思考、对世
界名剧的赏析以及他的其他一些戏剧理论文
章。毋庸置疑，对戏剧本体的思考是谭霈生戏
剧理论最精华以及最有价值的部分。

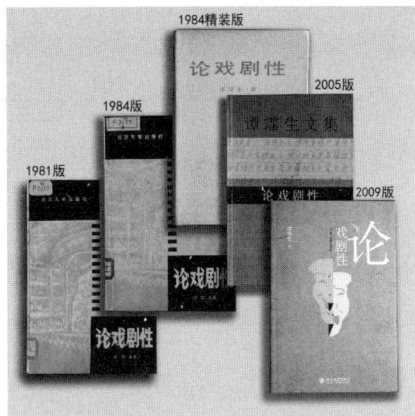

《论戏剧性》

1. 戏剧情境的逻辑模式与定位

在对戏剧本质的考量中，戏剧理论史上曾
经出现过几种不同的观点，从最早的"摹仿—
动作"说，到"观众"说、"激变"说，以及
在我国有着巨大影响的"冲突"说，通过考察
这些关于戏剧本质的理论，谭霈生认为，戏剧
的本质是情境。

《谭霈生文集》

"某种戏剧样式的基本特性主要取决于它
特有的表现手段，据此，可以说：戏剧是动作
的艺术。动作是表演艺术的基础，也是戏剧艺术的基础。尽管如此，我并
不完全否定'情境说'的合理性。甚至可以说，'情境'乃是戏剧艺术的
中心问题。"[1] "现代戏剧理论的一个潜在的趋向，是由冲突说转向情境
说。"[2] "把情境视为戏剧的本质所在，提醒我们从新的角度去观照当代
戏剧中的某些实践性问题。"[3] 因此，从戏剧情境这个角度去认识戏剧的
本质，可能更有道理。

谭霈生的戏剧情境说是从对狄德罗、黑格尔以及萨特关于戏剧情境的
论述开始的。西方戏剧理论史上，狄德罗首次把情境在戏剧艺术中的重要

---

[1] 谭霈生：《谭霈生文集一·论戏剧性》，北京：中国戏剧出版社，2005年版，第398页。
[2] 谭霈生：《谭霈生文集五·论文选集Ⅱ》，第83页。
[3] 谭霈生：《谭霈生文集五·论文选集Ⅱ》，第85页。

性提了出来，他在与多瓦尔的谈话中说道："到目前为止，在喜剧里，性格是主要对象，处境只是次要的。今天，处境却应成为主要对象，性格只能是次要的。过去，人们从性格引出情节线索，一般是找些能烘托出性格的场合，然后把这些情景串起来。现在，作为作品基础的应该是人物的社会地位、其义务、其顺境与逆境等。"[1]他关于戏剧情境的观点主要可以概括为：戏剧作品的基础是情境，它比人物性格更重要；人物性格能够在与情境的冲突中得到充分的发展；情境是由各种人物之间的关系构成的。其实，狄德罗的情境说是建立在其美学观基础上的，他认为美就是关系，因此，他认为情境是与性格、冲突等因素联系在一起的。[2]狄德罗之后，黑格尔对情境进行了系统的论述，"情境是本身未动的普遍的世界情况与本身包含着动作和反应动作的具体动作这两端的中间阶段。所以情境兼具有前后两端的性格，把我们从这一端引到另一端"。[3]他将情境分为三个层次：无定性的、平板的定性的、冲突的。他虽然没有对情境的内涵做出明确的界定，但他却首次对情境的各要素进行了详尽的阐述，是经典戏剧叙事理论论述戏剧情境的高峰。黑格尔之后，在存在主义戏剧家萨特那里，"情境"是重于一切的。他认为：戏剧的目的在于探索一切人类经历中具有普遍性的情境，以及人在情境中的选择行动。其二，萨特主张用"情境剧"取代"性格剧"。其三，剧作家必须找到普遍性的情境，即所有人的共同处境。其四，萨特还主张："每个时代的剧作家都要关注人的处境，通过特定的情境确定为获得自由而面临的难题。"[4]然而，萨特的情境剧理论不过是其哲学观念的戏剧学体现，而他的戏剧作品也只是其哲学思想的注解，因此，从某些角度来看，他的情境剧理论也是有问题的。萨特的"情

---

［1］［法］狄德罗：《狄德罗美学论文选》，张冠尧、桂裕芳等译，北京：人民文学出版社，2008年版，第98页。

［2］参见谭霈生：《谭霈生文集一·论戏剧性》，北京：中国戏剧出版社，2005年版，第398—399页。

［3］［德］黑格尔：《美学》第1卷，朱光潜译，北京：商务印书馆，1979年版，第255页。

［4］参见谭霈生：《谭霈生文集六·戏剧本体论》，第96—97页。

境"是其理论的一个重要概念，"自由"则是其理论的基本概念，"情境"从属于"自由"取决于"自由"，其实人的境遇并不总是由主体自由选择的，他们往往是突然到来迫使主体做出选择的。除了上文所述，在西方戏剧理论史上，苏珊·朗格在情感与形式框架内也对戏剧情境进行过解释，俄国的普希金，美国的贝克、劳逊，英国的高尔斯华绥、马丁·艾斯林，德国的歌德、席勒、布莱希特，法国的小仲马、波尔蒂、苏里奥，前苏联的斯坦尼斯拉夫斯基、梅耶荷德也都曾关注过戏剧情境，但他们似乎并没有超出黑格尔对情境的论述范畴。

从戏剧史以及艺术史的角度回溯情境一词的来龙去脉后，谭霈生总结出戏剧情境的主要构成要素与内涵。在他看来，戏剧情境的主要构成要素有：人物活动的具体环境；对人物发生影响的具体事件，这是构成戏剧情境的一个重要因素；特定的人物关系，这是构成戏剧情境的最重要的因素，也是最有活力的因素。总之，戏剧情境的内涵主要是：特定的环境、特定的情况、特定的关系。这三者相互联系，构成特定的情境。[1]情境乃是人的内心与行动交合的具体的实现形式。个性与情境的契合，情境的推动力与凝聚力使个性凝结成具体的动机，动机则是行动（动作）的驱力。对这一过程可以归结为一条逻辑模式：[2]

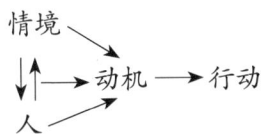

$$情境 \searrow$$
$$\updownarrow \rightarrow 动机 \longrightarrow 行动$$
$$人 \nearrow$$

可以说，情境乃是戏剧艺术的中心问题。那么，在戏剧艺术中，情境的重要性表现在哪些方面呢？谭霈生通过分析情境与戏剧创作、表演艺术以及观众的联系来说明这一问题。

在戏剧创作中，情境居于特殊的重要地位，动作、冲突、悬念、情

---

[1] 参见谭霈生：《谭霈生文集一·论戏剧性》，北京：中国戏剧出版社，2005年版，第403—405页；谭霈生：《谭霈生文集六·戏剧本体论》，第122页。

[2] 参见谭霈生：《谭霈生文集六·戏剧本体论》，第118页。

节、性格等其他要素都在不同程度上受它的限约。动作是戏剧艺术的表现手段，戏剧人物的动作都是由某种心理动机引发的，而心理动机也往往是外界环境激发的。因此，"情境是人物内心活动的触发力，是人物产生特有动作的'外因'。一般地说，人物的丰富有力的动作，都源于具体有力的情境"。[1] "特定情境是人物产生具体动作的前提条件，动作受情境的制约。"[2] 他以萨特的《死无葬身之地》、易卜生的《玩偶之家》和契诃夫的《万尼亚舅舅》中的某些场景为例说明了这一观点。特定的情境赋予动作以特殊的意义。因此，只有明确地展现出动作的情境，我们才有可能真正理解动作的意义。[3] 曹禺作为一位戏剧大师，他对戏剧情境、人物内心与戏剧动作之间关系的熟稔把握，使得他的剧作中人物的动作有着丰富的思想内涵，其脍炙人口的佳作《北京人》与《雷雨》即是如此，谭霈生通过具体分析《北京人》的第三幕和《雷雨》的第二幕充分地说明了这一点。总而言之，戏剧情境与戏剧动作有着紧密的关系，剧作家要想让剧中人有着生动合理的戏剧动作，必须为剧中人提供一个合适的戏剧情境。展现戏剧情境的传统方式"是先展现出情境的各种因素，再引出动作"。除此之外还有一种方式：在开端部分很快引出动作，在动作的进展过程中逐步交代情境的因素。而像易卜生的《玩偶之家》和《群鬼》这样的剧作则同时采用这两种不同的方式，"即在动作展开之前展现出情境的必要部分，而对其他部分，则留待动作的进程中逐步交代"。[4] 只有把情境展现清晰了，观众才能理解动作的意义。

情境与悬念也有着紧密的联系，探讨两者之间的关系是戏剧理论中的一个基础性的命题。通过分析易卜生的《玩偶之家》和莎士比亚的《麦克

---

[1] 谭霈生：《谭霈生文集一·论戏剧性》，北京：中国戏剧出版社，2005年版，第407页。
[2] 谭霈生：《谭霈生文集六·戏剧本体论》，第144页。
[3] 参见谭霈生：《谭霈生文集一·论戏剧性》，第409页；谭霈生：《谭霈生文集六·戏剧本体论》，第151页。
[4] 谭霈生：《谭霈生文集一·论戏剧性》，第413—414页。

白》，谭霈生认为，"悬念内在于情境"[1]，"悬念依托于情境而生成，情境则依赖悬念而具有戏剧性"。[2]然而，情境与悬念也有着诸多的区别，"情境的构建，有赖于对诸多已知因素的呈现与交代；而悬念则是指观众对未知因素的期待"。[3]

在戏剧理论史上，"戏剧的本质是冲突"的说法源远流长，亚里士多德、伏尔泰、黑格尔都曾被认定为"冲突说"的鼻祖，但是，布伦退尔才是"冲突说"的集大成者，他的《戏剧的规律》在戏剧界引起巨大的争论，其中尼柯尔、阿契尔和劳逊是反对"冲突说"的代表。赞成也好，反对也罢，"冲突说"来到中国后，却在被误读的道路上越走越远，成为庸俗社会学戏剧理论的代表。而且，现代戏剧的发展也使得戏剧冲突的存在受到了质疑。因此，谭霈生通过分析认为，冲突并不是戏剧的本质，但与此同时，他也认为，冲突在戏剧创作中还是有着举足轻重的作用。在戏剧中，冲突是处理情境的一种特殊的方式，某些情境可以爆发为冲突，然而，它是否具有戏剧性，也要取决于情境的构成——情境是冲突爆发、发展的基础和条件。构成情境的最重要的因素是人物之间的关系，人物关系可以分成矛盾关系与非矛盾关系，而处理的方式也有多种可能，矛盾关系可能引发冲突，也可能会导致"抵触"（指得到和平解决并不引发冲突），由此可以得到以下这种结果：

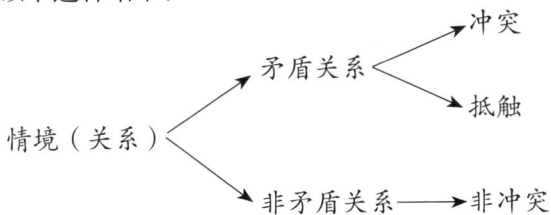

因此，在谭霈生看来，有力的情境是展开冲突的机缘，这在《玩偶之家》、《麦克白》等剧中都有明显的表现。然而，在《安娜·桂丝蒂》等剧

---

[1] 谭霈生：《谭霈生文集六·戏剧本体论》，北京：中国戏剧出版社，2005年版，第158页。
[2] 谭霈生：《谭霈生文集六·戏剧本体论》，第156页。
[3] 谭霈生：《谭霈生文集六·戏剧本体论》，第156页。

中，人物之间的矛盾并没有导致冲突的爆发，他们所表现出来的只是一种心理的抵触。谭霈生在分析戏剧冲突这一部分时，着重突出了抵触这一非戏剧冲突的功能与形式，这是对"冲突观"的有益补充。

情境与情节这两个词经常被混淆，而人们对"情节"一词的定义也是五花八门，不一而足。综合考察高尔基、约·埃·史雷格尔对情节的定义后，谭霈生认为："在情节中，既包含着人物关系发展的进程，也包含着人物的心理动机及其外现为行动的因果相承的发展进程。"[1]因此，"我们或者把情节理解为人物关系的历史（即发展进程），或者理解为包含着动机和因果关系的一系列事件"，但不管哪种定义，我们都可以得出这样的结论："特定的情境乃是情节的基础。"[2]因此，剧作家在构思戏剧情节的时候，要善于发现能够构成情节基础的有力的情境；而他在构思情境的时候也应该考虑到情境能否为情节的展开提供足够的艺术吸引力。"悬念"的有效利用是提高艺术吸引力的法宝，而围绕悬念组织起来的情境必然是有力的、戏剧性的情境，在此基础上组织起来的情节也必然是有吸引力的。虽然谭霈生在此处并没有过多地展开对悬念的阐述，但他通过分析顾仲彝的《编剧理论与技巧》以及《玩偶之家》、《安娜·桂丝蒂》等作品说明了这一点。

特定的人物关系是构成戏剧情境的最重要的因素，也是最有活力的因素，"戏剧情境是性格完成自我实现的条件"。狄德罗认为"情境比性格更重要"，泼拉斯也说过"突出性格的唯一方法是：把人物投入到一定的关系中去"。情境是推动人物行动、显现人物性格的客观力量。剧作家要塑造生动、丰满的性格就需要从多方面解决好性格与情境的辩证关系，剧作家在写剧之前应该对人物性格了然于胸，在这个前提下，为人物性格的展现精心构思有力的情境。特定的情境只是为人物性格的显现提供必要的条件，而人物进入情境之后究竟会有什么样的行动，其根据又在于性格本身。强

---

[1] 谭霈生：《谭霈生文集一·论戏剧性》，北京：中国戏剧出版社，2005年版，第423页。
[2] 谭霈生：《谭霈生文集一·论戏剧性》，第423页。

调"戏剧行动是性格的行动"，并不是否定情境对人物行动的影响。同一性格在不同的情境中会产生不同的心理内容和行动方式，因此，要塑造生动、丰满的性格，就需要使情境丰富多变，使性格中的各种因素能够在丰富多变的情境中有充分显现的可能性。[1]

情境不仅与戏剧创作诸因素有着密切的关系，它与表演艺术、与观众也有着紧密的联系。在戏剧表演过程中，演员根据剧本进行二度创作，将剧本中的人物树立于舞台之上。要想塑造鲜明的人物形象，演员必须深刻地理解角色所处的特定的情境，因此对于演员的角色再创作来说，"情境"也是一个中心问题。不同的演员对不同情境的理解不一样，因此在塑造人物时他们的表演方法可能不一样，一千个演员可能会塑造出一千个哈姆莱特。在构成戏剧的诸因素之中，观众也是不可或缺的一环，戏剧演出要使观众产生共鸣，而使观众与剧中人物产生共鸣的媒介就是情境。情境"是唤起观众对剧中人物进行'设身处境'的体验的客观条件"。[2]合理的情境设置才能使观众进入戏剧之中，理解剧中人物的行动。

通过以上所谈，谭霈生为我们勾勒出了戏剧情境的内涵以及作为戏剧中心问题的情境的定位，包括其与戏剧创作、戏剧表演艺术、观众的联系。通过这些论述，我们可以看出戏剧情境是戏剧的中心问题，它在不同程度上对其他要素都起着影响与制约的作用。

2. 戏剧情境的运动形态与结构类型以及情境形态的嬗变

戏剧由不同场面连接而成，而戏剧情境的运动性就体现于场面与场面的转换及联结之中。不过，戏剧情境的运动并不是一成不变的，而是呈现出多种多样的运动形态，由此形成了几种不同的结构类型。谭霈生将戏剧情境的运动形态总结为三种：集中于主线路的运动形态、链条式的运动形态以及并列交错的运动形态。

---

[1] 参见谭霈生：《谭霈生文集一·论戏剧性》，北京：中国戏剧出版社，2005年版，第432页。

[2] 谭霈生：《谭霈生文集一·论戏剧性》，第446页。

　　集中于主线路的运动形态的戏剧作品的共同特点是："情境与人物相契合的运动是单线发展的。"[1]这里的单线，"并不限定为只有'单一'的线路，也可能包容着两条以上的线路，但是，鲜明的主线路总是使其它线路成为从属"。[2]大多数戏剧作品都是这种运动形态。自亚里士多德的《诗学》对戏剧下了定义，之后的戏剧家们就对戏剧这一艺术样式有了诸多的限制，直至发展出情节整一、时间整一、地点整一的"三一律"。诸多戏剧家按照"三一律"的要求确实创作出了戏剧佳作，这体现在那些"锁闭式"戏剧作品诸如《玩偶之家》、《俄狄浦斯王》等经典名剧上。传统戏剧创作除了运用锁闭式的方法，还运用"开放式"的方法。不管采用哪种创作方法，它们都是遵从"情境与人物相契合"这一原则，并且采用较集中的方式来实现这一原则的。因此，这类戏剧作品都是有一个明显的情节线贯穿始终的。

　　虽然在戏剧发展历史上，集中于主线路的运动形态的戏剧作品占据了创作的主流，但现代戏剧的发展已经突破了这一种戏剧形式独大的局面，在谭霈生看来链条式运动形态的戏剧作品和并列交错运动形态的戏剧作品也越来越多。链条式的运动形态的剧作的特点是："全剧有统一的主人公，亦可没有，它们一般都分成诸多场戏，每一场都有一个新的、相对独立的情境，内在于情境的悬念在一场戏中从生成、发展到解开，使这一场戏自成一个相对独立的单元；而场与场之间以不同的方式相互联结（或用统一的主人公，或用贯串全剧的总悬念……），使全剧环环相扣，行成链条式的统一体。"[3]凯泽的《从清晨到午夜》、高尔斯华绥的《逃亡》、奥达茨的《等待勒夫梯》以及布莱希特的《大胆妈妈和她的孩子们》都是属于链条式运动形态的剧作。

---

　　[1]谭霈生：《谭霈生文集六·戏剧本体论》，北京：中国戏剧出版社，2005年版，第219页。

　　[2]谭霈生：《谭霈生文集六·戏剧本体论》，第219页。

　　[3]谭霈生：《谭霈生文集六·戏剧本体论》，第226页。

　　"出场人物较多，但却没有统领全剧的中心人物；其中较为重要的人物虽有自己的行动线，但却难分主从；与分散的人物相契合，情境也是分散的，它们的运动亦不汇合成统一的主渠道，而是分流成一条条小溪；内在于情境的悬念也是各有指向，有时相互并列，有时此隐彼现……据此，我们可以称之为并列交错的运动形态。"[1] 在谭霈生看来，奥斯特洛夫斯基的《大雷雨》、霍普特曼的《织工》、高尔基的《底层》以及我国剧作家夏衍的《上海屋檐下》、老舍的《茶馆》都是采用这类剧作形式的。

　　总体来看这三类戏剧情境运动形态，就戏剧情境的集中性而言，集中于主线路的运动形态最强，链条式的运动形态次之，并列交错的运动形态最弱。但是，诚如谭霈生所言，对这三种不同的结构形态的分类也是相对而言的，在具体判断某一作品是属于哪种形态时，我们既要注意它符合此类形态的共性，又要知道它也有自己的个性。因此，剧作家的每部作品都应是外在形式与内在意义统一的创造过程，而这不应该为某种艺术创作规范所拘囿。

　　戏剧情境由多种因素构成，这可能导致各种不同的形态出现，从而出现戏剧情境形态的嬗变。在这个嬗变的过程中，戏剧的假定性是非常重要的一个因素。假定性是戏剧艺术固有的本性，而假定性的中心是戏剧情境的假定性。考察戏剧情境的假定性，谭霈生发现，戏剧情境的形态是丰富多彩的，并非单一、凝固不变的；假定性的幅度既是无限的又是有限的。由此，戏剧情境与假定性的关系也是值得研究的一个问题。在戏剧情境的构成因素上，莎士比亚与易卜生是经常被人拿来做对比的两位戏剧家。英国戏剧家萧伯纳非常推崇易卜生的戏剧，对莎士比亚的剧作却看不上眼，因为他认为："莎士比亚把我们搬上舞台，可是没把我们的处境搬上舞台。例如，我们的叔叔轻易不谋杀我们的父亲，也不能跟我们的母亲合

---

　　[1] 谭霈生：《谭霈生文集六·戏剧本体论》，北京：中国戏剧出版社，2005年版，第238页。

法结婚。我们不会遇见女巫；……易卜生补做了莎士比亚没做的事。易卜生不但把我们搬上舞台，并且把我们自己处境中的我们搬上舞台。剧中人物的遭遇就是我们的遭遇。"[1] 诚如斯言，易卜生的戏剧情境是我们日常生活中常见的，这是对之前欧洲剧坛一味追求布局新奇的佳构剧的反叛，在当时的戏剧语境下有着历史的意义。但因莎士比亚戏剧中的事件我们不常看到而断定其戏剧价值不高，这种观点要结合具体的语境来看。莎士比亚靠其超群的想象力为戏剧营造了一种奇妙的超世的情境。莎士比亚戏剧中的鬼魂、女巫等超自然因素的运用，使他的戏剧情境具有不同凡响的意义。萧伯纳尊易卜生抑莎士比亚有当时戏剧环境的考量，时至今日，我们如果也以此为戏剧创作的标准，那就失之偏颇了。因此，"情境是为人物而设，考察情的价值，唯一的标准是它能否使人物的生命活动获得完整地显现"。[2] 戏剧借助于假定性这一特点，才能够反映丰富多彩的世界。假定性是戏剧情境的本性，如果为了追求反映生活的逼真性而盲目追求现实主义或者自然主义的标准，终将是缘木求鱼，无功而返。"在戏剧中没有真实的现实生活，莎士比亚用'非自然因素'和'超自然因素'构建成的情境固然是假定性的，而易卜生剧作中那些被称之为'家常平凡'式的情境，也是假定性的，它们之间的区别，只在于形态的差异，而决非本性的改变。"[3]

易卜生作为现代戏剧的先驱，其戏剧中已经具有现代主义戏剧的因子，自他之后的戏剧，更是在反叛现实主义、自然主义的道路上越走越远。在皮兰德娄、迪伦马特等人的剧作中，怪诞、变形的戏剧情境比比皆是，这为戏剧图谱增添了一种别样的风采。直到荒诞派戏剧那里，戏剧情境更是出现了前所未有的全新局面。荒诞派戏剧"反戏剧"，他们舍弃了冲突、行动、情节等，提倡"直喻"的方式，在谭霈生看来，"直喻""所表

---

[1] 转引自谭霈生：《谭霈生文集六·戏剧本体论》，北京：中国戏剧出版社，2005年版，第246页。

[2] 谭霈生：《谭霈生文集六·戏剧本体论》，第251—252页。

[3] 谭霈生：《谭霈生文集六·戏剧本体论》，第254页。

示的正是人与情境相契合的一种特殊的方式"。[1]

　　关于戏剧情境的论述构成谭霈生的戏剧本体思想，这成为他的戏剧思想中最为重要的部分，"是对包括现代戏剧在内的戏剧实践的理论概括，是对世界戏剧理论的进一步发展"。[2]他在宋春舫、朱光潜、陈瘦竹等戏剧理论家之后，对戏剧本体的探寻与思索，具有重大的意义。

第六节　尾声或先声：关于理论探索的反思

　　中国现代戏剧理论批评的基本范畴，包括戏剧文学、舞台艺术诸多方面。在中国现代戏剧理论批评史上，"爱美的戏剧"的倡导者们首次提出要建立以"真戏剧"为核心的现代戏剧体系，陈大悲等人将戏剧艺术研究的重点从文本转向剧场与舞台，在实践中建立起初具规模的现代排演制度。在陈大悲、向培良、洪深、熊佛西、田汉、欧阳予倩等众多戏剧家的努力下，中国现代戏剧理论批评体系建设，于20世纪30年代走向成熟。早期的戏剧研究者们，希望引进西方戏剧艺术这个巨大的"他者"来激起中国戏剧艺术（包括传统戏曲、新剧等艺术形式）的变革，但是随着政局的变动与战火的纷扰，中国戏剧在20世纪始终被赋予浓厚的政治化色彩，戏剧艺术看似借由政治力量成长壮大，却也有意或无意地将现代戏剧艺术的审美化路径彻底断绝。在新时期，中国的戏剧理论批评建设仍旧关注西方戏剧理论，但更为深入地探寻戏剧本体理论，希望建构中国戏剧美学的本土化理论体系。

　　纵观20世纪中国戏剧理论的发展，宋春舫、朱光潜、陈瘦竹、谭霈生等人的戏剧理论研究，构成一条理论探索逐步深化的主线。他们执着地译

---

　　[1]谭霈生：《谭霈生文集六·戏剧本体论》，北京：中国戏剧出版社，2005年版，第265页。
　　[2]丁涛：《写在前面的话》，见谭霈生：《谭霈生文集六·戏剧本体论》，第4页。

介了大量西方戏剧理论，集中而深入地对戏剧本体理论进行研究，为中国现代戏剧理论体系的建构做出了重大的贡献。正如宋宝珍在《残缺的戏剧翅膀——中国现代戏剧理论批评史稿》中所言："在中国现代戏剧理论批评史上，很少看到具有独特创造性的戏剧理论著作，很少看到具有深厚戏剧学术根基的戏剧理论家，更很少看到真正的戏剧理论的学术争鸣，而更多的却是非学理式'批判'。甚至理论受到轻视，始终没有形成理论的风气，没有形成理论生成的优化环境"[1]，在这种环境与风气下，几个有限的戏剧理论家所做的工作显得意义重大。

宋春舫作为早期戏剧理论家的代表，为国人介绍了大量西方戏剧知识，当时在国内产生了极大的影响；与此同时，他并未像当时大多数知识分子那般一味贬低戏曲抬高西方戏剧的位置。他对戏剧理论研究的贡献值得我们铭记。朱光潜是著名的美学家，但他在戏剧理论研究尤其是悲剧心理学方面造诣颇深，表明中国人对戏剧的认识进入了审美层面。陈瘦竹的戏剧研究横亘中外，包容古今，其理论成果不仅包含悲剧论、喜剧论、戏剧本体论，外国戏剧理论以及中国剧作家散论也是其戏剧理论的重要组成部分。他为中西戏剧理论研究之间架起了一座桥梁，在中国戏剧理论建设中起到了承上启下的作用。谭霈生的戏剧理论具有强烈的现实性与独创性，他对戏剧性以及戏剧本体的思考丰富了中国的戏剧美学，他的戏剧理论文章，对中国的戏剧理论建设以及实践发挥了积极的推动作用。

回顾这些戏剧家们的戏剧理论研究之路，我们看到中国现代戏剧理论研究者筚路蓝缕，开创中国现代戏剧研究的独立道路的艰辛。沿着他们的足迹，我们也看到了中国现代戏剧理论发展的方向。宋春舫与朱光潜的理论研究大多集中于对外国戏剧理论的介绍与研究，并没有将外国戏剧理论与中国的实际相结合，因此这种外国戏剧理论仅仅是表面的，并没有被消

---

[1]宋宝珍：《残缺的戏剧翅膀——中国现代戏剧理论批评史稿》，北京：北京广播学院出版社，2002年版，第13页。

化吸收进中国的现代戏剧理论中。陈瘦竹以构筑中国的戏剧理论为目标，他对外国悲剧、喜剧的述评都是为了将其更好地融入中国戏剧理论大厦中，但其研究仍没有进入戏剧理论的本体论层面。谭霈生从对戏剧性的理论思考到对戏剧本体论的系统研究，标志着中国现代戏剧理论建设体系化的开始。

宋春舫是"五四"时期最著名的戏剧理论家，他的戏剧理论主要表现在三个方面：一是对西方戏剧思潮尤其是现代派戏剧的介绍与评价；二是提出"戏剧整体观"的戏剧观，介绍"新剧场运动"；三是针对当时戏剧运动的实际，提出新旧剧并存，相互融合的观点。就戏剧理论研究而言，宋春舫对剧场艺术有很深刻的了解，这体现了他的"戏剧整体观"，但对于戏剧的具体理论形态就没有深刻的论述了。宋春舫作为第一代介绍西方戏剧理论到中国来的理论家，他对外国戏剧理论的引进与介绍在国内产生了重大的影响。他的"小戏院"理论与"整体戏剧观"也与后来的爱美剧倡导者以及洪深等人的思想遥相呼应。宋春舫对非现实主义戏剧理论的关注，对戏曲的宽容态度，使得他在当时的戏剧理论潮流中格外与众不同。但因为各种原因，他的戏剧理论思想没有得到应有的重视，他独特的戏剧思想长期淹没在历史的尘埃中。朱光潜对悲剧快感理论进行了深入研究，其关注的问题已经超越了一般戏剧理论，上升到戏剧美学和艺术美学的高度。可是，我们在其戏剧思想中，看到的一般都是西方的理论，与中国实际结合得甚少。

与他们相比，陈瘦竹与谭霈生是从本土视角构建中国戏剧理论的代表。陈瘦竹有对西方戏剧理论介绍与评述的鸿篇巨制，而且他能够有意识地将西方理论与中国实际情况相结合，因此在中国戏剧理论建设的道路上，他是一位重要的承前启后者。谭霈生则是系统地建设中国戏剧理论的重要代表。他对戏剧性的思考，对戏剧本体理论的考察，已经触及到戏剧最为本质性的东西。

陈瘦竹从20世纪40年代开始戏剧理论研究，一直持续到80年代。"在南方，只有陈瘦竹先生终其一生都在从事中国话剧研究，这可以说是现代

陈瘦竹像

戏剧研究队伍中的凤毛麟角，因此，他所取得的成就和所作出的贡献，对'中国现代戏剧史学'这门学科的建设来讲，可谓非常突出而且难能可贵。"[1]陈瘦竹对西方的戏剧思潮、作家作品都有介绍和评述。在对待东西方戏剧的问题上，他也不是片面论者。他比较详细地介绍西方的戏剧理论，同时对它们又有所鉴别，结合我们的实际提出自己的理论。作为一个对话剧有着深刻考察的戏剧理论家，他对中国戏曲的美学特征也进行了系统地研究，曾写过《徐渭的讽刺喜剧〈歌代啸〉》，分析过《窦娥冤》、《望江亭》、《救风尘》、《幽闺记》、《陈州粜米》、《狮吼记》等剧

作，用西方的戏剧理论来考察中国的戏曲，这是他的重大贡献之一。

陈瘦竹对悲剧理论的研究体现在他的《当代欧美悲剧理论述评》一文中。在这篇文章中，陈瘦竹先是对亚里士多德以来的西方悲剧理论史作了一个简短的回顾，然后从悲剧人生观、悲剧冲突、悲剧人物、悲剧节奏和悲剧快感各方面来阐明悲剧的特征，如果说就悲剧快感一点来说，他当然没有朱光潜论述的深刻，可是就论述的范围来说，他比朱光潜要广得多。由于陈瘦竹的悲剧理论主要诞生在建国之后，所以他更能够联系当时的戏剧论争，提出更符合中国实际的悲剧理论。他的悲剧理论是在对东西方悲剧观念详细考察的基础上结合中国的具体情况提出来的，更有针对性和借鉴性。

陈瘦竹将自己更多的精力放在喜剧研究上，在《欧美喜剧理论概述》一文中，他对自古希腊、罗马、中世纪一直到20世纪60年代的喜剧理论都

---

[1] 宋宝珍：《残缺的戏剧翅膀——中国现代戏剧理论批评史稿》，北京：北京广播学院出版社，2002年版，第342页。

有所介绍，涉及的喜剧理论家不仅有朱光潜提到的那些大家，还包括塞弗、爱里克·本特莱、艾尔德·俄尔森等许多并不为人们熟悉的喜剧理论家。陈瘦竹的喜剧理论不是简单的评述，他对喜剧的分类问题，喜剧范畴中的幽默、讽刺、机智和嘲弄等问题提出了自己的观点。

从宋春舫到朱光潜和熊佛西、章泯等人，我们可以看到中国戏剧研究的发展方向。作为早期戏剧理论研究的代表，宋春舫面临的问题是"戏剧应该向何处去"，即如何对待中国的戏曲和外国的戏剧的问题。而朱光潜所探讨的问题是戏剧的内在特质，是人们为什么会喜欢戏剧的问题。这体现了中国戏剧界理论研究的深入。陈瘦竹的戏剧研究与中国戏剧理论的发展相一致，他在戏剧研究的开始也只是对戏剧作家、作品等作一些介绍，而自20世纪60年代开始，他的思考已经深入到戏剧的内质，于是发表了一系列关于戏剧冲突、悲剧精神、悲剧人物、喜剧冲突和悲剧冲突的文章。他就是这样与时代紧密结合着，所以他总是能够奉献出时代最需要的研究成果。不仅如此，他有时又超越了时代，具有比当时的戏剧研究者更长远的眼光。他关于西方悲剧、喜剧等研究理论的述评，不仅为当时的研究者提供了资料，开阔了视野，同时他还指出西方戏剧研究的现状，为人们的研究指明了方向。

作为戏剧理论界的杰出代表，谭霈生在对戏剧本体的研究中提出，动作是戏剧艺术的基础，但戏剧的本质是情境。亚里士多德在讨论戏剧时认为戏剧是摹仿在行动中的人，由此开始，戏剧的基本特性被认为是动作。因此，在古希腊时期，人们称演员为行动者，称剧场为行动的场所。谭霈生将戏剧动作分为剧中人物的外部动作和内心动作。外部动作指的是演员的形体动作，这在剧本中是写明的，演员把它呈现于舞台之上。一部剧作中可以有很多外部动作，但并非所有的外部动作都有戏剧性。谭霈生认为，要使外部动作具有戏剧性，必须具备两个条件：它应该是构成剧情发展的一个有机部分，又推动剧情的发展；观众能够通过可见的外部动作洞察人物隐秘的内心活动。除了外部动作之外，戏剧中也有许多揭示人物内

谭霈生像

心的方式，比如剧本"舞台指示"中所说的"沉默"，或者说"停顿"；此外，台词，包括对话、独白、旁白是展示内心动作的基本手段。谭霈生特别指出，音响也可以成为戏剧的动作，比如《琼斯皇》中的鼓声。因此，戏剧动作的内涵相当广泛，它包含着多种成分，而在创作过程中，它又渗透在各个环节中，因此，要谈论其他戏剧要素，都不能离开动作这个基本的因素。

有关戏剧情境的阐述，是谭霈生戏剧理论最精华的部分。他认为，戏剧情境是人的生命活动的规定形式和实现形式，因此，"所谓'戏剧的本体'也就是情境中的人的生命的动态过程"。[1]特定的环境、特定的情况和特定的关系构成戏剧情境的内涵。可以说，情境乃是戏剧艺术的中心问题。在戏剧创作中，动作、冲突、悬念、情节、性格等其他要素都在不同程度上受它的限约。此外，它与表演艺术、与观众也有着紧密的联系。戏剧情境的运动性体现于场面与场面的转换及联结之中，它主要有集中于主线路的运动形态、链条式的运动形态及并列交错的运动形态三种。假定性是戏剧情境的本性，怪诞、变形甚至"直喻"的戏剧情境，是情境形态在当代戏剧中的新变化，值得我们研究。

陈瘦竹、谭霈生等当代戏剧理论家致力于戏剧理论本土化体系的建构，这是学术发展的必然趋势，也和当时的社会环境息息相关。由戏剧观大讨论开启的新时期戏剧理论与批评，在中国现代戏剧理论批评史上占有重要地位。探索戏剧理论研究以戏剧观大讨论为背景，引发了一系列戏剧观念的变革，标志着中国现代话剧由现实主义走向现代主义，在社会转型

---

[1] 谭霈生：《谭霈生文集六·戏剧本体论》，北京：中国戏剧出版社，2005年版，第313页。

的大环境下，继续探索现代理论发展之可能。所不同的是，20世纪初的三十年，戏剧面对的是封建王朝即将崩溃灭亡而新的民主制度尚未形成，国内军阀混战而对外则民族危机加深的社会背景，这注定了其理论具有粗砺的特点。在西方理论与本身传统戏剧理论惯性的双重迫压之下，最初的中国现代戏剧理论具有视野阔大但浅尝辄止，勇于探索但难成体系的特点。新时期三十年也处在社会转型时期，不同的是，新时期是在传统与现代理论都几乎断裂了几十年以后的再次勃兴。在随后的几十年里，稳定的社会秩序、不断发展的社会经济、国际交流日益密切的外部环境以及相对宽松的文艺政策，都促成了新时期戏剧理论的迅速发展，几乎在十余年间走完了西方上百年的发展轨迹。各种现代主义、后现代主义的思潮都在中国的戏剧理论上有所反映，而传统的戏剧理论也在继续发展，所以，新时期关于戏剧理论的争论与探索也不曾停息。

　　20世纪的中国现代戏剧理论批评主要在图存救亡的语境里挣扎，而新时期后半期戏剧理论批评则在经济与市场的挤压下发展。这两个时期的启蒙激情与理想分别在战争或市场的压迫下变得屡弱。不同的是，20世纪最初的三十年戏剧家将救亡的激情与革命的理想融合在一起，贯穿在戏剧理论与批评当中。新时期后半期，启蒙的理想则消解在后现代主义的犬儒心境下，湮没在市场大潮里。理想的缺失使新时期后半期的戏剧理论变得杂乱而混沌，形成多元的理论状态。学术在经济和权力的迫压下丧失其主体性，而戏剧主流传播媒体地位的丧失也使戏剧理论处于一种艰难状态，主流意识形态的引导以及民族主义的再次勃兴使当代戏剧理论在一种状似后现代的混沌中前行。当然，新时期的戏剧理论包含有大量的对西方戏剧理论的引进与介绍，但本时期的戏剧理论更多的是在自身的审美传统上思索戏剧的现状与发展，关于戏剧命运的讨论就是对这种努力的检阅。其他如对历史剧的进一步反思，对话剧民族化以及戏曲现代化的进一步探讨都取得了很大成绩。

　　新时期戏剧理论可以划分为两个阶段，一是20世纪70年代末到1989年的理想主义高涨时期。这个时期有国家权力意志的引导，其主流话语是知识精英在激情和启蒙理想支撑下的现代戏剧理论探索，这种探索主要在一种相对宽松的文化环境下进行。由于长时间的文化专制和文化封闭状态，戏剧理论一方面要梳理戏剧传统资源，突破僵化的、专制的理论状态，对"五四"传统进行回归，对启蒙理想进行二次的普及与深化。另一方面是对隔绝了几十年的西方现代戏剧理论进行介绍和整合，力图追赶世界戏剧发展之步伐，进行现代主义理论探讨。这个时期最为突出的特点是高涨的启蒙激情与人文精神的建立。二是20世纪90年代以来，戏剧理论界形成多种理论并立的局面，包括国家主流意识形态主导下的主旋律戏剧理论，知识精英界依然存在的启蒙话语，以及商业戏剧探索的理论雏形，还有因理想幻灭后湮没在商业大潮中，丧失了精英立场又不同于主流意识形态的后现代戏剧理论，他们在后现代语境中，甚至同犬儒主义/犬溺主义相结合形成一种独特的解构的理论话语。

从新时期开始到世纪末的戏剧理论与批评，汇聚了整个20世纪戏剧思想的主要问题，有反思，但乏创见。在20世纪中国戏剧理论批评流变的过程中，始终有三股力量互相在博弈，互相影响，彼此矛盾而又在斗争和争论中相互促进，那就是以建立现代演剧体系和戏剧理念为己任的，以启蒙话语作为现代意识构建的一部分知识精英的跨世纪努力，一直具有较大影响；以权力意识为依托的主旋律戏剧带有明显政治色彩的戏剧理论也始终具有极高的社会地位；以观众作为自己戏剧演剧主体之一的艺术体系，自然不可能少了以观众作为研究对象或者以观众立场作为表达的戏剧理论与批评。而20世纪90年代以后，随着后现代情绪的漫延，商业戏剧的逐渐发展，大众戏剧理论有了更广阔的发展空间与理论构建，逐渐占据戏剧理论的重要位置。

改革开放之初，戏剧仍处于一种工具论、附庸论的状态，这时，回归戏剧艺术本身便成为戏剧艺术自身发展的首要需求，人们对自身的封闭、短视、无知与鄙陋感到不满，于是开始了声势浩大、意义非凡、影响深远的关于戏剧观的大讨论。戏剧观大讨论的结果不单是戏剧形式上的突破，更是观念上的本质改变。对戏剧艺术本体的回归实际是一种拨乱反正，是对戏剧现代性的重新追寻与构建。几乎整个的20世纪80年代，知识精英处于一种启蒙理想重建的激情与亢奋当中，戏剧艺术家和戏剧理论家也在不停的探索和实践当中，此时，国家倡导的主流意识形态在一定程度上与知识精英的启蒙理想和现代性追求合流，而大众也在主流意识形态和知识精英的话语诱导和观念教化下进入激情的理想主义时代。

在20世纪80年代，戏剧创作与理论批评都呈现出一种开放的姿态，一种强烈的现实关怀，一种现代性的追求，这个时期的各种意识形态几乎达成共识。就这个时期的戏剧领域而言，戏剧创作和戏剧理论与批评形成一种良好的生态关系，许多的戏剧艺术家兼具戏剧理论家或者戏剧批评家的身份或者功能，戏剧创作在戏剧理论的观照下进行关于现代性与民族性的诸多探索和尝试，并以自己的实践良绩促进理论家对戏剧的进一步的认识和理解。而戏剧理论家放眼世界，真实地观照中国当下的戏剧实践活动，并在逐步深入中国戏剧舞台、市场活动的基础上加深对戏剧的理解与研究，也促使中国戏剧的实践进一步发展。

进入20世纪90年代以后，中国知识分子和民众首先遭遇的是现代化理想的重大挫折。知识精英开始分化，一部分在坚守以往的启蒙理想和现代性追求，一部分在大众狂欢掩映下遵行犬儒理性而道德沉沦，一部分成为政治的附庸而丧失其独立品格与艺术品味，20世纪90年代的戏剧理论局面呈现一种迟钝而混沌的趋势。以主流意识形态为主导的国家舆论控制，使戏剧理论探索处于一种被动的状态，同时，戏剧理论又在一种后现代的文化语境下呈现一种貌似众声喧哗的无主流状态。体现国家权力和主流意识形态并试图构建为国家舆论导向服务的主旋律戏剧理论，在主流媒体占据主要位置，但在民间的文化系统里，一直没有相应的影响。随着商业戏剧的发展，以大众文化为理论依托的大众戏剧理论在很长时间里，得不到正统意识形态的认可，也被激进的知识精英所鄙夷。而曾经占据戏剧理论主流的现代性的戏剧理论（很大程度上体现为中国知识分子的启蒙理想），在主流意识形态和大众文化意识的双重挤压下，变得处境艰难而不再拥有话语的主导地位。理想遭受重创的大众迷失在后现代的狂欢语境之下，以民间话语的独特姿态解构意义，生活的虚无感和荒谬感，使知识精英的文化权威和权力意识形态的话语霸权，同时被现实边缘化。20世纪90年代的后半叶，中国的文化环境悄然发生变化。连续的经济高速增长，中国经济实力在逐年增强，经济地位的变化带来文化的新需求，民族自尊情绪高涨，伴随着政府有意识的舆论导向，在文化和戏剧界都有所表现。本土意识加强，文化保守主义情绪出现，20世纪90年代末进行的关于现代化与民族化的争论，以及关于《中国现代戏剧史稿》的论争，实际都是这种矛盾和文化转移的表现。

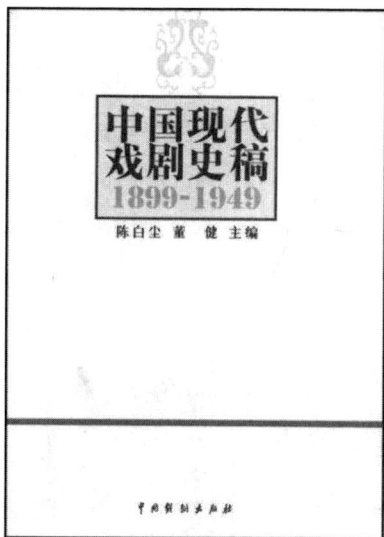

陈白尘、董健主编的《中国现代戏剧史稿》，中国戏剧出版社，2008年第2版。

在戏剧理论上俗称三驾马车的主旋律戏剧理论、体现现代性焦虑的精英戏剧理论、具有明显后现代特质的大众戏剧理论，在世纪末变得界限模糊，其内部也有纷争，但整体上趋于平和，意义的解构与价值的消解成为一种姿态，知识精英依然坚守对现代性不懈的追求，大众狂欢冲击传统的观念，塑造新的传统，也被传统和新的传统诱导和塑造，主流意识形态也转变霸权姿态，以一种温和的姿态引导学者和民众。

第十七章　异类空间：中国戏剧的跨文化书写

第一节　概述

1907年春柳社在日本演出《茶花女》的同时，广东陈少白就率领"志士班"巡回到香港演出新剧，不久后香港进步报人组织的振天声剧团开始演出白话剧，至1910年前后，中国话剧版图上出现了不容忽视的香港、澳门两地。[1]20世纪上半期，香港话剧是中国话剧传播、影响和发展的产物，特别是在抗战中华话剧一体化时期，中国大陆的剧团和剧人相继南下，带来了新文学戏剧的经典剧目，以及高水平的舞台艺术，为香港话剧的发展奠定了基础，并形成了现实主义和启蒙传统。20世纪下半期，香港话剧持续地接受世界剧场美学的影响，不仅较好地实现了专业化趋势，而且与世界现代戏剧潮流保持同步发展。经过几代剧人负笈欧美对话剧艺术本体的追寻，以及随着"九七"回归走向了本土化和主体建构，香港话剧在中西文化多元整合中创造出了独特风格，特别是近30年来，香港话剧表现出相当繁荣的发展态势。迄今为止，在世界各地的华语话剧圈中，香港的话剧活动最蓬勃和最有活力，被世界同行誉为"亚洲话剧的奇迹"。但由于各种原因，学术界有关香港话剧的研究凤毛麟角。在香港本地，话剧的发展充盈着不断自我革新的艺术活力，但是香港话剧的艺术评论和理论研

---

[1] 周宁：《话剧百年：从中国话剧到世界华语话剧》，载《厦门大学学报〈哲学社会科学版〉》，2007年第2期。

究始终是最薄弱的环节。随着"九七"回归，香港的政治和文化身份也逐步在转变，香港话剧因而更突显出重要性，成为大陆台港澳话剧交流，乃至世界华语话剧交流的中心之一。

第二节　剧作评论

陈丽音像

关于香港话剧剧本批评首推陈丽音，她具有代表性的长篇论文《简述香港的话剧剧本创作（一九五〇至一九七四年）》和《香港话剧的文学性》，对香港剧本创作做过系统的梳理和评介，并且从文学性角度切入，深层透视香港剧本创作的成就与问题。在《简述香港的话剧剧本创作（一九五〇至一九七四年）》一文中，陈丽音根据剧本创作内容思想的深层转变，分成1950至1966年的剧本创作，和1966至1974年的剧本创作两部分，从内容思想着眼，指出1966年可为分界线。理由是1966年后年青一代相继投入剧本创作行列，创作主体打破了局限于老一辈剧人的局面。而年青一辈主要属于土生土长的一群，他们所处的时代背景与老一辈的不同，思想亦因而各异。笼统一点而言，前一阶段以传统思想作主导，后一阶段则倾向于个人及社会意识；前一阶段的创作题材更多地从中国古代的历史故事、传奇小说中改编而来，体现出南来剧人在殖民地香港的话剧创作遥接民族文化传统和文化身份认同的意识或无意识；后一阶段更多以香港本地生活为创作素材，体现出本地成长起来的新一代剧人现实关怀和本土意识的加强。

一、1950至1966年香港的剧本创作批评

陈丽音界定这个阶段香港的剧作家，主要是大陆南来和经过现代剧运的老一辈剧人，并把这个时期剧本创作类型分成两大类：古装剧和时装

剧。所谓古装剧，是指历史剧和改编自古代小说或传奇故事的剧目，前者如姚克的《西施》、《秦始皇帝》，柳存仁的《红拂》、《涅盘》，黎觉奔的《赵氏孤儿》等，后者如熊式一的《西厢记》，黎觉奔的《红楼梦》，李援华的《孟丽君》，鲍汉琳的《三笑缘》等。陈丽音分析古装剧特点：首先故事多为观众所熟悉，因此较容易为观众所接受。以历史为题材的剧本，写的多是一些可歌可泣的人物和事迹，主题也主要围绕着忠孝节义等传统思想。其次这一时期大多数古装剧，除了在主题思想上较多宣扬传统的忠君爱国精神外，剧作者亦喜于为剧本添上教育色彩。

另一类古装剧改编自小说或传奇故事的剧目，由于改编的幅度较大，具有很大程度上的创作成分。这一类所采用的题材，主要也是一些为人熟知的故事，如黎觉奔的《红楼梦》，改编自曹雪芹的同名小说，鲍汉琳的《三笑缘》故事则源于《唐伯虎点秋香》，李援华的《孟丽君》，是根据一本"木鱼书"——《再生缘》和一本章回小说——《孟丽君》改编而成。相对于历史剧，这类改编的古装剧的传统思想意识和教育意味比较淡薄，而从剧作者对题材的选择和增删取向来看，或多或少可了解到剧作者的意图和当时剧本创作的状况。总的来说，古装剧借用了观众熟悉的故事，以戏剧形式把故事呈现于观众面前。1950—1965年间，古装剧的绝对数目不多，但陈丽音指出有两点值得注意：一是古装剧所要求的人力、物力较多，其演出也就往往较具规模，影响也就较大；二是古装剧借古人的故事，较容易避免内容的敏感。1950—1960年代间，香港的社会渐趋安定，经济开始上扬，唯独政治上敏感的地带不少。这期间的香港剧人，主要还是来自中国大陆的话剧工作者，他们经历过社会动荡时期，经历过政治上的动乱，心底里也就容易产生阴影。古装剧为他们提供了一个"避难所"。

这个时期的时装剧，数目较古装剧为多，不下四十出，而主要出现在20世纪60年代。这类创作剧本，陈丽音又分为长剧和短剧。长剧如柳存仁的《我爱夏日长》、鲍汉琳的《无妻之累》、姚克的《陌巷》、尹庆源的《工厂燃犀录》和黎觉奔的《五世其昌》；短剧如翁擎天的《还君明珠双泪垂》、《子归》，王德民的《离婚》、《人猫之间》、《心理学家》和黎觉奔的《这个经理》。从内容看这一类时装剧，主要都是以故事情节为主，虚构成分颇高。短剧方面，由于篇幅较短，一般内容都较薄弱，所反映的主题思想也欠深刻。不少剧本的内容都环绕在一些生活琐事、家庭伦理或男女恋情等方面，例如王德民的《离婚》、翁擎天的《还君明珠双泪垂》，又如《子归》和《半明半暗之恋》等等。此外，尚有一些称为讽刺喜剧或闹剧的，如王德民的《人猫之间》和《心理学家》。陈丽音批评这类讽刺喜剧或闹剧，固有一定的娱乐效果，惟在思想内容方面，始终流于肤浅，而且社会感不强。长剧方面，由于篇幅较长，对于人物性格的刻划、故事情节的开展，及主题思想的发挥，均较短剧为有利。然而，一个长剧更需要有严谨的结构、丰富的内容、深刻而鲜明的人物，因此，对剧作者的要求也就更高，而成功的长剧作品，更是不可多得。这个时期的长剧，数目很少，陈丽音又将其分为两大类：一是较重视故事情节、娱乐成分较高的，如鲍汉琳的《无妻之累》、柳存仁的《我爱夏日长》；二是较注重话剧的教育意义，希望能引起观众共鸣的，如姚克的《陋巷》、黎觉奔的《五世其昌》和尹庆源的《工厂燃犀录》。前一类剧本，由于较注重剧情，所以虚构的成分居多；后一类的剧本在内容上较重视当时的社会现实。踏入20世纪60年代，一些侧重社会现实的剧本开始出现。这类剧本比较着重话剧的教育意义，也即试图通过话剧引起观众对一些社会问题的注意。例如黎觉奔的《五世其昌》，又如尹庆源的《工厂燃犀录》。这类剧本中，影响较深、内容较直接涉及香港社会现实的是姚克的《陋巷》。《陋巷》的成功，一方面固然是由于剧作者能成功地把剧本的内容跟形式紧密地结合起来，另一方面是剧作者大胆地暴露了一些人们熟

姚克与鲁迅的合影。20世纪50年代以后，姚克在香港继续倾全力倡导话剧运动，创作了历史剧《西施》、《秦始皇帝》和现代剧《陋巷》，并导演了英译《雷雨》。

悉的社会人物的惨况。陈丽音认为，毫无疑问，《陋巷》是这一时期里最重要的一个剧本，20世纪60年代末开始出现的一些"社会剧"，或多或少都受到了它的影响。

香港剧界对于《陋巷》的关注和评论较为集中。除了陈丽音，还有何杏凤认为《陋巷》的价值在于它是首个以香港为背景的创作剧本，因为回顾当年的剧本，大部分是历史剧或翻译剧本；而20世纪60年代的《陋巷》取材自香港，意味着香港本土独特文化意识的产生。张秉权谈到，姚克写《西施》、《楚霸王》、《秦始皇帝》和《清宫怨》等都是历史剧，唯独《陋巷》以香港为背景，但是他以后没有再写这类题材；并且特别指出20世纪50至60年代西方涌现了新写实主义，出现了好像第昔加[1]等的电影，西方思潮和文化的冲击可能影响了姚克的创作。鲍汉琳谈到姚克之所以写《陋巷》是因为当年香港戒毒会邀请他创作，目的是为该会筹款。他认为《陋巷》影响往后香港创作剧本的取材，如后来1963年左右朱瑞棠写的《毒海余生》，同样以反吸毒为题材。但姚克自己没有再写以香港为背景的戏剧，是因为搜集资料费时，如果写历史剧，故事都是耳熟能详，只需重新演绎便行，酝酿的时间也较短，《陋巷》却花了半年时间才完成。因着客观条件上的限制，《陋巷》成为独一无二的类型。姚克并不是专业编剧，他平日要上课，只能利用课余时间参与戏剧创作，不能放下教学工作不顾。他对自己的要求很严格，编写的剧本全部都是有水准的作品。[2]

陈丽音认为，综观香港1950至1965年的创作剧本，主要还是消闲式的作品居多。一般的创作剧本内容，或取材自历史故事、传奇小说，或建基于一些虚构的故事情节，总体上跟社会具体生活关系不大。其原因主要是政治对话剧的影响。当时社会上的风气——对政治的敏感，很大程度上

---

[1] 第昔加，即维托里奥·德·西卡（Vittorio De Sica，1901—1974），意大利著名导演，代表作《偷自行车的人》。

[2] 《鲍汉琳醉心于演员艺术》，见张秉权、何杏枫编访：《香港话剧口述史：三十年代至六十年代》，香港：香港中文大学邵逸夫堂香港戏剧工程，2001年版，第211页。

起了阻吓作用。话剧与政治，话剧与现实社会，似是完全分开的两回事。为了避免引起不必要的麻烦，剧作者惟有集中精力创作一些历史剧、传奇剧，或所谓"情节剧"，而尽量避免涉及社会现实问题。话剧往往被视作"消闲式"作品，或者"纯艺术"来欣赏。于是，看话剧的人不多，关心和讨论话剧的人也很少，因此热衷于话剧剧本创作的人则更少。[1]方梓勋、卢伟力等却认为20世纪50年代老一辈剧人和南下剧人，如姚克、胡春冰、柳存仁、黎觉奔、李援华等，创作和演出了一批力能扛鼎的剧目，如《西施》（姚克，1956）、《李太白》（胡春冰，1959）、《红拂》（柳存仁，1960）、《秦始皇帝》（姚克，1961）、《红楼梦》（黎觉奔，1962）、《陋巷》（姚克，1962）等，无论是"消闲式"作品，还是传统的"载道"思想，都算得上文学艺术功底深厚，形制成熟的话剧作品。

二、1966至1980年香港创作剧的批评

20世纪60年代中期，以后是香港本土创作剧开始蓬勃发展的时期。李援华先生在《香港话剧的过去与未来》一文中，评论这个时期香港剧坛出现了几个新现象：一是年青人活跃而成年人淡出，1966年专上学联戏剧节的诞生标志着这一转变；二是西方新派剧的兴起，存在主义流行于专上学院，影响到剧本的内容与演出的形式；三是公演多了，正是剧坛蓬勃的先兆。[2]陈丽音从剧本的内容思想角度，区分了与前期的分别。这时期古装剧本不多，短剧的创作却比较蓬勃。在这个时段的初期，不少剧本仍然保留着前一时期的特色，着重故事情节，强调娱乐性和教育性。但总体而言，创作剧在思想内容上较之前一时期更为多姿多采。陈丽音将之划分为三大主题范畴：着重刻画人性或探讨人生哲理的；着重反映社会现实的；着重讨论认识国家问题的剧作。陈丽音分别归纳如下：

---

[1] 参见陈丽音：《香港话剧的文学性》，载《香港戏剧学刊》第1期，1998年10月。

[2] 参见李援华：《香港话剧的过去与未来》，见方梓勋、蔡锡昌编著：《香港话剧论文集》，香港：中天制作有限公司，1992年版，第58—61页。

（1）着重刻画人性或探讨人生哲理的剧作。这些剧作通常刻画错综复杂的心理状态，甚至进而探讨一些人生哲理问题。陈丽音概括这类剧本的特点是：台词的哲学意味很重，讨论的问题很广泛、抽象，当中有集中讨论人的生死问题的，有论及人的存在价值，人与人之间、与环境之间的关系的，也有关于整个人类所面临的问题的思考等。《夜别》（梁凤仪编）、《围墙外》（集体创作）、《冥破》（何崇政编）、《日落》（李可减编）、《尘》（冬眠编）、《五十万年》（林大庆编）和《冬眠》（林大庆、袁立勋编）是其中例子。黎觉奔写了剧论《一九六八年的回顾》，总结了五点经验和教训：（一）演剧困难没有改善：大会堂加租，场地难找；（二）一年来青年朋友站在前哨；（三）成名作家不努力，除李援华有新作外，其他剧作家没有作品产生，今年公演的都是老剧本；（四）十二个剧社共同排演《陋巷》是一喜事；（五）专上学联会及各院校的努力可嘉。剧评人寒连在同年的回顾中指出：量颇可观，质未有突破表现。

这时期的剧作曾被批评为多写绝症、迷惘、失落。李援华在《剧坛的追忆和反思》中批评：那种"失落、迷惘、绝望、灰色的调子很浓，加上形式主义与神秘感"，"看来同学们传达的是外国思潮，未必是内心的感受"，[1] 这个情况从1969年持续至1972年。1969年第四届冠军剧是黄韵薇的《等待》，内容讲述男主角患上绝症，等待死亡；最佳创作是梁凤仪的《夜别》，也是谈绝症、死亡。1970年演出后，一位剧评家写道："本港剧坛陷入迷惘阶段了"。1972年第八届冠军剧是中大洪少棠创作的《市外》，有人说："技巧相当好，只是调子有点灰色。思想空洞"；有人说："同学们受外国影响过大，且多接受形式与消极思想"；还有人说："毛病是只把思想、论调说出来而没有运用戏剧形式"。张秉权先生在编选《香港剧本十年集：七十年代》时不仅把《市外》收进了集子，而且评价相当高。他认

---

[1] 李援华《香港剧坛的追忆及反思》，见方梓勋、蔡锡昌编著：《香港话剧论文集》，香港：中天制作有限公司，1992年版，第60页。

为《市外》可以从不同角度阅读，剧中流露的反战思想，对朴素的生存状态以及卑微而真实的喜怒哀乐的肯定，其实是对惯于"大话"的现实政治的讽喻。世外桃源般的"市外"在哪里或者并不重要，重要的是作者乐天知命的态度，是他对"人本"精神的肯定，在动荡的20世纪70年代初，确乎是别具意义。[1]李援华先生则认为，这几年的剧本与演出，不能说不好，只是失落、迷惘、绝望、灰色的调子很浓，加上形式主义与神秘感，林大庆、袁立勋创作的《冬眠》可为代表。

（2）着重反映社会现实的剧作：这类剧本主要出现于20世纪70年代（1973、1974年间）。从数量上来说，这类作品只占这时期剧作的一个很小的比例。然而，陈丽音指出，在1974年后，这类作品的发展较大，曾一度成为香港创作剧的主流，因此，其重要性也就不容忽视。再者，纵使这类剧作在这一时期的数量很少，但却不乏较为成熟之作，如古天农、凌嘉勤的《垃圾记》，冼丽云的《劝君莫作男子汉》等。1974年浸会大学演出冼丽云的《劝君莫作男子汉》，陈丽音评论："纵使剧作者没有尝试去探讨问题的根源，其敢于在舞台上直接嘲讽警察，在当时来说，已是一个很大的突破"；[2]并指出这可以看作1973年"反贪污、捉葛柏"运动与廉政公署成立时的社会心声。20世纪70年代香港社会经济起飞之前，物质上还谈不上富裕，但是人们却有潜在的个人奋斗理想，深信通过教育可以提升社会地位。这样的理想是中国传统的"朝为田舍郎，暮登天子堂，将相本无种，男儿当自强"的变奏，所以这个时期有许多反映社会现实和教育问题的剧作出现，这与创作主体多是学界中人，尤其是学生本身有很大关系。冬眠的《六分一》和校协戏剧社集体创作的《五月四日小息》、《会考一九七四》就是属于较直接讨论香港教育制度问题的一类。剧界的好评也

[1]张秉权编：《躁动的青春》（香港剧本十年集：七十年代），香港：国际演艺评论协会（香港分会），2003年版，第xi—xii页。

[2]陈丽音：《简述1950—1974年的创作剧》，见方梓勋、蔡锡昌编著：《香港话剧论文集》，香港：中天制作有限公司，1992年版，第15页。

较集中在这三个教育问题剧。如《六分一》一剧的主要内容，是讨论升大学的问题。全剧交插地描述五家人的生活，反映出不同背景，不同性格的学生，如何辛苦地在大学入学考试前挣扎、搏斗。剧本不仅反映了教育制度的问题，也反映了社会制度的不合理。一位剧评者在观后作出评论：

　　　　编剧的写实，表现在描写的细腻和观察的广阔上，在香港长大和在香港受教育的青年，看来必会有十分亲切的感受……写实是一件说来容易，而做起来会产生许多困难的事。许多号称写实的人士最易流于公式化，而写不出现实的生动之处，又或者态度流于偏激，酸溜溜，叫一两句批判的口号，却看不到现实的细微与变化……相反的，《六分一》一剧显得有情味、幽默感，而不说教，这是最难的地方。[1]

　　更有剧评者拿《六分一》跟《七十二家房客》、《人间地狱》作比较，认为《六分一》更能道出"此时此地之现实性"。[2]陈丽音总结为：从1971年上演的《尘》到1974年的《会考一九七四》，是从迷惘、灰色到思考当下的社会现实问题；到了1975年第十届的五个集体创作剧，有谈帮助劳苦大众修桥的《桥》，有学生参加社会运动的《炼》，有学生参与政治的《急流》等，显然认识现实和关心社会成为这时期剧作的主流。

　　（3）着重讨论认识国家问题的剧作。自20世纪50年代以来，由于社会上对政治的敏感，涉及国家问题的题材，从没有被搬上舞台。20世纪70年代开始，大专学生开始关注认识祖国问题，以讨论认识国家问题为主题的创作剧本开始出现。较之反映社会现实的创作剧，这类剧作的出现更晚，成绩也稍逊。一般而言，这类剧本在技巧上未趋成熟，而长剧更少，较为完整的要算是1974年初"学联戏剧节"里的两个剧目：《日出日落》和《雾散云开》。陈丽音认为："在一九七〇年代前半期来说，这样直接的在舞台上讨论认识祖国的问题，《雾散云开》算是一个创新"，并且由致群剧社

---

　　[1] 也斯（梁秉钧）：《写实·六分一》，载《快报》，1973年10月1日。
　　[2] 刘森：《〈七十二家房客〉与〈人间地狱〉的现实性》，载《星岛晚报》，1973年12月10日。

演出的《雾散云开》是个群戏，"从准备到演出的过程便是一次'群众活动'"。[1]

在系统梳理和研究的基础上陈丽音得出结论：1966至1980年香港的创作剧比起1950至1966年有较大的分别，导致这个分别的原因主要是社会环境的变化，以及剧作者性质的改变。所谓剧作者性质的改变，是指这一时期出现的剧作者，在背景、年龄方面，都跟前一时期的有所不同。也即在这一时期里，在剧本创作的行列，开始出现了新兴的力量。这些新兴的力量，主要来自大专学生方面，影响所及，部分中学生也开始创作。虽然这段时期成熟的作品仍少，但在普及话剧、吸纳观众方面，这时期的发展是不容忽视的，同时体现了香港剧作家从老一辈过渡至年青一辈的历程，以及创作剧从消闲式过渡至注重时代脉搏的演变。张秉权也认为这时期香港剧坛"大专同学开始培养自己的戏剧传统了"。[2]

经过20世纪70年代中后期的话剧建制，跨进20世纪80和90年代，香港话剧因应"九七"回归的契机突飞猛进地发展起来。具体而言，在中英两国政府关于香港问题的联合声明发表之后，香港话剧在新形成的历史主体意识驱使下，涌现了一批以香港人身份探索或香港历史为题材的本土叙事作品，被称为"九七剧"。其时涌现了一大批活跃的剧作家，如袁立勋、陈尹莹、杜国威、蔡锡昌、陈敢权、张棪祥、莫唏等，影响较大的剧作如袁立勋的《香港四部曲》：《逝海》、《迁界》、《命运交响曲》、《天远夕阳多》，陈尹莹的《谁系故园心》、《花近高楼》，杜国威与蔡锡昌的《我系香港人》，杜国威的《人间有情》，张棪祥与蔡锡昌的《香港梦》，陈敢权的《一八四一》，莫唏的《倒数也疯狂》等。这些剧作有的以殖民地的历史为题材，有的以香港不同时期的发展为故事骨干，有的更追溯香港开埠前

---

[1] 陈丽音《简述1950—1974年的创作剧》，见方梓勋、蔡锡昌编著：《香港话剧论文集》，香港：中天制作有限公司，1992年版，第15页。

[2] 张秉权编：《躁动的青春》（香港剧本十年集：七十年代），香港：国际演艺评论协会（香港分会），2003年版，第xi页。

的农村和渔港，描述原居民的历史和生活，从不同的角度探讨香港人的身份，确认自己的历史和价值。其中杜国威、蔡锡昌的《我系香港人》，陈尹莹的《花近高楼》，杜国威的《人间有情》，这些最典型的香港身份探索剧创造了香港话剧的经典，即使置于整个中国话剧史，和那些最优秀的经典剧作相比也毫不逊色。[1]

三、香港话剧的文学性

陈丽音的《香港话剧的文学性》一文主题是对香港原创剧文学性的呼吁，以及整个香港话剧发展的省思。"戏剧一词包括文学性的剧本和剧场中的演出，话剧作为戏剧的一种，也就理应有其文学性和表演性的两个方面。二十世纪的香港话剧，在剧场艺术方面的发展惹人注目，相对而言，在文学艺术方面的成绩则稍逊。这个不平衡的发展，长远来说，对香港话剧的成长是不利的。踏入二十一世纪，面对舞台技术的急速发展，话剧的内容实质方面更应有所提高。"该文就此问题着重探讨了几个老生常谈的话题：话剧的雅与俗，商业和艺术的考虑，方言和白话的取舍等。陈丽音的基本观点是，"要使香港话剧立足于本土，面向整个华文世界，就不能不重视香港话剧的文学性"，立论的核心落在"文学性"。[2]

陈丽音认为，香港话剧的发展可从作为剧场艺术和作为文学艺术这两方面着手，而从这两方面回顾香港话剧的发展，脉络相当清晰。1949年以前，除了抗战话剧的短暂繁荣，香港话剧基本上是沉寂的，无论是剧场艺术或

《香港戏剧学刊》（张秉权、方梓勋编）

---

[1] 参见梁燕丽：《试论香港话剧本土化的特征》，载《复旦学报》，2009年第5期。
[2] 陈丽音：《香港话剧的文学性》，载《香港戏剧学刊》第1期，1998年10月。

文学艺术方面，发展都不大。20世纪50、60年代，随着社会的逐步稳定，话剧开始渐见生机。官方的艺术节、学校戏剧节等，为话剧演出提供了机会，加上业余团体的相继出现，话剧演出较前一时期蓬勃，剧坛也较为活跃。虽然这一时期剧坛上一片"剧本荒"的呼喊，但剧人如姚克、胡春冰、柳存仁、黎觉奔、李援华等主要来自中国内地，文学根底深厚，对话剧报有"载道"的传统观念，因此从未漠视剧本的文学性。他们的创作或改编自文学作品，或取材历史故事，或从现实生活着手，都算得上是重视思想内容和文字的作品。这个阶段香港话剧批评前文已述，在此略过。

20世纪70年代中后期以至跨进80年代，香港话剧的发展进入一个新的阶段。剧场的增加、专业剧团的出现、演艺学院的成立，为香港剧坛带来了新的面貌，客观条件的改善，促使香港话剧进一步蓬勃发展起来。至20世纪80年代中后至90年代，香港话剧更出现了前所未有的蓬勃局面。方梓勋在《〈不健全〉的香港话剧》一文中颇引以自傲地谈到：

> 香港的话剧活动，是全世界华语区域之中最蓬勃的，这包括了中国、台湾和新加坡。香港的话剧演出，有激进派的、现代派的、身体语言的；也有百老汇式的、商业化的、靠明星作号召的；从正剧、悲剧、喜剧、悲喜剧、多媒体剧，以至歌舞剧，无不包罗万有，多姿多样。[1]

但在同一篇文章里又有这样一段话：

> 然而，假如我们从香港文化或者文学去看香港话剧的定位，它的地位是卑微的，不受人重视……话剧是香港文化的孤儿。在表演艺术的行列里，它攀不上音乐、舞蹈的殿堂；在文学体裁当中，又不及小说、诗歌和散文受人重视。[2]

这说明香港话剧的蓬勃发展主要还是表现在剧场艺术方面，而作为一种文学艺术，香港话剧还有待更大的突破。这从剧本的数量、出版和销量，剧作家的数量，剧本评论和研究风气等方面都可以窥知一二。剧坛老

---

[1] 方梓勋：《〈不健全〉的香港话剧》，载《新晚报》，1996年7月1日。
[2] 方梓勋：《〈不健全〉的香港话剧》，载《新晚报》，1996年7月1日。

一辈的李援华先生谈到：

> 引以为憾的是，本港剧作出版奇少。港人喜看戏而不爱读剧本，甚至剧人也如此……但不妨想想：战后多年来本港剧坛积存不少佳作，加上六、七十年代的学联戏剧及近来历届汇演的佳作，如不出版以作剧坛记录，对本地戏剧发展来说，岂非一件憾事么？[1]

年青一辈剧人吴家禧以运动员作喻，谈及香港剧本创作问题：

> 八十年代末九十年代初的香港剧坛，正像一个经常训练、目标鲜明、准备起步的运动员。可惜的是在表演和技术都已蓄势待发的舞台上，剧本创作仍是个未解决的难题，就如运动员身上的一些重要肌肉，却缺乏力量，使他在上路时总不能全力以赴……[2]

武耕（张秉权）在《呼唤更成熟的文本》一文中说：

> 在"表演文本"显赫一时的当下，重申"文学文本"的价值，使我们的剧场发展更全面，无疑是有意义的。[3]

陈丽音在《香港话剧的文学性》一文结尾总结道：如果从1949年算起，香港话剧走了近半个世纪的路。作为一种表演艺术，香港话剧的成就是有目共睹的。今天，在整个华文世界里，香港话剧的地位是颇高的。但从更全面的角度来看，香港话剧是有缺憾的。作为一种文学艺术，香港话剧一直未受人重视。换言之，香港话剧的文学性向来不高。在发展的进程中，在商业文化的大氛围下，香港话剧偏向于通俗化、商业化，即使在语言的运用上，也选择群众挂在嘴边的方言。这些倾向，间接印证了香港话剧文学性不高的说法。其实，这也是商业社会中剧本文学不受重视的必然结果。要使香港话剧立足于本土，面向整个华文世界，就不能不还话剧艺术本来的特性，加强对香港话剧文学性的重视。[4]

---

［1］方梓勋、蔡锡昌编著：《香港话剧论文集》，香港：中天制作有限公司，1992年版，第58—59页。

［2］方梓勋、蔡锡昌编著：《香港话剧论文集》，第84页。

［3］武耕：《呼唤更成熟的文本》，载《信报》，1996年12月1日。

［4］陈丽音：《香港话剧的文学性》，载《香港戏剧学刊》第1期，1998年10月。

第三节　演出评论

香港话剧表演批评最有代表性的观点莫过于何应丰的《揭开"暖大衣"背后的"隐忧"与"文化迷失"——探索香港本地演员在表演艺术上的几则问题》。"在香港这文化基础不算深厚的地方，要演员建立独特风格的表演语言并不容易"，该文借进剧场的《迷失在彼得堡街上的暖大衣》的演出，抓住香港中西文化交汇或夹击的问题，探讨了香港话剧演员表演的普遍问题：一方面是传统"抑压情感"文化的后遗症，另一方面却是前殖民文化和教育下的"被动性"劣根等。此外，香港话剧演出的语言问题，艺术与商业关系问题，都是香港话剧批评最为集中关注的问题。

一、传统"抑压情感"文化的后遗症

首先，何应丰在《揭开"暖大衣"背后的"隐忧"与"文化迷失"》一文中认为：香港本地话剧演员某种程度上成长于"依然深受传统儒家道德伦理影响"的中国家庭，无论行为、语言和表现感情方式，在某种程度上，都普遍较西方压抑、含蓄，潜移默化地在他们身心底层种下牢固的日常生活行为和语调模式，非朝夕能瓦解这"有形"束缚。当演员未曾较深入注意自身成长所集结的行为与说话模式，每在角色创造的同时，承袭的惯性便会潜意识地支配着表演，将应有的"创造可能""抑压"着，未能神形于外，而似乎可以倚仗的"表演技巧"亦未能"淡化"这份束缚色泽。这种"症状"可能无法彻底瓦解。应对这种"特殊文化"时刻起着的"副作用"，关键在于演员如何认知其存在性，尤其是对自身文化的应有透视和消化力，继而找寻身体本包含的"额外创造空间"，拓展仍未发现的潜藏天赋资源，来弥补缺口或用以提供额外的内在资源。这种"症状"背后，也可能在根底上潜藏着一些可挖掘的"精神资源"，又或是将"抑压"

作为一种"动力"看待，这全赖于从积极方向去试探和追寻。但从中国传统戏曲，如香港自小习艺的粤剧伶人当中，却可见精彩的表演。其身体、语声、唱做全然与空间融合，发挥出令人感动的生命力。这是否意味着其中一些重要的表演元素，能将上述的"症象"解决？传统戏曲演员更是普遍承袭"特殊文化"，但其自小习艺的严格"程式"训练，经过深切的生活体验和滤化，竟成为释放"抑压"的程式……这或许说明人无论在什么文化下扎根，其传统中必定有某些文化泉源，与可能呈现的种种生活中的"抑压"模式对衡，其中不乏可参照和引用的良方和例证。[1]

二、前殖民文化和教育下的"被动性"恶根

何应丰进一步发现，经历长期承接着传统的"家长式"和前殖民"填鸭式"教育的熏陶，或随之而来经年恶性循环的基建教育方针，香港话剧演员能否主动地建立独立思维和自省意识是关键问题。纵然意识虽存，无奈经年的习性还需要每一位演员付出巨大的意志、毅力和自律心，才能真正找着信念，逐量解放身心，释放身体，重新替不同形式或风格的创作订立相应的行为和语言轨迹，真正接触和享受表演创作的生命火种。这前提是演员需要自省和对受感染的文化及曾受教育的环境作出透彻分析，卸下身体承接着的"包袱"，与作品中特定文化和环境脉搏相依，重新建立身体和语言上应有的表演导向的"起步点"。何应丰从"进剧场"的《迷失在彼得堡街上的暖大衣》一剧总结香港话剧表演出现的普遍问题。"进剧场"的演出试图朝着"创造出一种独特的表演风格"这个方向迈进，对陈丽珠、纪文舜二人（一个土生土长的香港本地人，一个苏格兰人）来说，从他们在爱丁堡的第一部作品《The Melting Wings》到回港后第一次着陆的《鱼战役温柔》，及至《迷失在彼得堡街上的暖大衣》，一直尝试在作品中融汇二人背后所认知的香港和苏格兰文化和脉搏，挖掘出一条独特的戏轨，令

---

[1] 何应丰：《揭开"暖大衣"背后的"隐忧"与"文化迷失"》，载《香港戏剧学刊》第1期，1998年10月。

渐趋向更多元姿态发展的香港本地戏剧再添一道亮丽的风景……在两人之间的默契开始显现出一种鲜有和微妙的化学作用的同时，其他参与演出的演员却令其作品出现某种与两人风格"不协调"的状况，主因是未能在技巧上意会或摸索出陈、纪二人创作中文化双交的艺术脉搏和特性，或是在根本上未曾对以上状况有足够的意识、探究和沟通，那不单是香港一个普遍要解决的表演课题，实质上正反映不少香港本地演员普遍欠缺的自省意识——突破承袭的束缚着的身体和语言习性，开拓真正的表演创作空间！这绝对不是说香港本地演员懒惰，只说明香港本地戏剧氛围中，对表演艺术的研究与培训，需要建立更深广的空间。假如仍流于"只求制作，不求探索"的大前提，问题会更趋复杂，要从基础的表演理念和功夫中脱胎，如果只纠缠在某种过于狭隘的戏剧观或未循融汇贯通的"表演方法"上，就只能停滞不前。[1]

在大气候"气压"普遍偏低的环境下，一些演员一直以来的努力受到赞美。首先是香港话剧团的首席演员罗冠兰，被称赞为"少有的好演员"和"最勤力"的例子，她对文本和角色的研究都十分认真，角色塑造过程很扎实，主动"寻根究底"，在缺乏相应的氛围时，孤独面对各方压力，绝不受役于"被动"文化，形成一幅值得我们深切反思的图像，"因为真正热爱和尊重表演的演员对我们的戏剧发展是多么重要"。此外被褒扬的演员还有陈炳钊、林奕华、詹瑞文、甄咏蓓、邓树荣等，他们"自觉性高"，"不断地默默耕耘"，以"行动"凿出清流，改善这"低压"境况。又有香港话剧团的部分演员，常因演出剧目中的独特文化背景，在有限的空间和环境底下，主动争取到广州和台湾考察，以增广理解和开垦"创作资源"，这些都是本地演员中罕有的主动力。面对这些重要的"起步点"，何应丰的结论是"若能假之以时日，二十年后或许有一个较全面的局面"。[2]

---

[1] 何应丰：《揭开"暖大衣"背后的"隐忧"与"文化迷失"》，载《香港戏剧学刊》第1期，香港：香港中文大学，1998年版，第30—31页。

[2] 何应丰：《揭开"暖大衣"背后的"隐忧"与"文化迷失"》，载《香港戏剧学刊》第1期，1998年10月。

三、粤语方言话剧的特色与局限

香港话剧语言问题一直是个热门的批评话题。由于中国话剧主要是用普通话演出，有别于戏曲用方言演出，所以早在20世纪40年代广东和港澳的剧人用粤语演出就遭到批评。从《西南剧展》辑录的材料中可以看到，田汉等人曾批评如下：

> 用方言演出的剧，原创最好也是用方言写的……《油漆未干》是一个外国剧本，如今用粤语演出是二度翻译，究竟忠实到什么程度，颇是疑问。而且，就我们听到的来说，剧中人物的对话，尤其是几个主要人物的对话，几乎使我们不能相信我们的耳朵。赵如琳先生在剧本中采用的是广州中下层的语言，也许是"丰富生动"了吧，我们尤其欢迎大量采用下层民众的语言，但得和剧本需求的情调，必须做到十分切合……然而，舞台上的哈医生，他的说话，他的用辞，未免过野。[1]

香港剧人张秉权却认为用粤语方言演出话剧，是香港早期本土意识的一种萌芽。[2]方言既然是生活中的语言，粤语方言区的人用粤语演出话剧，本是很自然的事，但在殖民地特殊的文化空间，用什么语言演出戏剧不是偶然的选择，背后往往透露出微妙的信息。研究翻译剧的陈嘉恩先生指出："本港的戏剧表演，不论是原创或翻译的，大都以'香港话'念台词，这是一种意图肯定自我的举措"。[3]20世纪80年代以来，更有一种本土化的翻译方法，即把西方戏剧作中国化或本地化的处理，语言上夹杂了大量口语化的港式广东话，这种翻译的代表人物陈钧润自道：

> 翻译中试图保存其"推而放诸四海而准"的基本元素，而以译文的语言——香港式日常口语化粤语，相对于古老传统的舞台对白——

---

[1] 广西戏剧研究室、广西桂林图书馆编：《西南剧展》，南宁：漓江出版社，1984年版，第23页。

[2] 参见张秉权、何杏枫编访：《香港话剧口述史：三十年代至六十年代》，香港：香港中文大学邵逸夫堂香港戏剧工程，2001年版，第xi页。

[3] 陈嘉恩：《本我的书写与他者化：后殖民主义与香港翻译剧》，载《香港戏剧学刊》第6期，2006年。

辅助整体演出效果，求取与本地观众产生共鸣。[1]

陈钧润还进一步解析了香港话剧使用这种"香港话"演绎西方戏剧的三个理由：一是为接受对象着想；二是香港粤语能够出色地胜任话剧语言；三是最根本的理由，在于"树立本地特色"。在殖民地语境下，港式粤语话剧使"香港性"从英国的语言文化中疏离出来而独树一帜。用方言翻译和演出话剧，还可以把中外文本先行过滤，筛掉本地方言所排斥的成份，同时保留本地方言中不易被外来文化所取缔的文化和语言传统。因而，语言的问题实际上是文化的问题，大陆新时期以来特别关注香港话剧的林克欢先生在他的《香港戏剧，戏剧香港》一书中认为：

> 假若说文化只能在语言中被表述，要认识一种文化，极其重要的一个方面便是从认识这一文化的语言特性出发。在香港戏剧舞台上，那些香港市民日常生活中耳熟能详的俗语口语，那些幽默抵死的港式俚语，那些夹杂着大量英语单词、短语、中西混杂的新方言，再加上贯串其中的粤语歌曲，使香港的普通观众倍感亲切，极大地增强戏剧的感染力，拉近演出与观众的距离。[2]

随着香港话剧呈现多元化发展态势以后，香港剧人中的有识之士开始反思粤语方言话剧，何应丰在《揭开"暖大衣"背后的"隐忧"与"文化迷失"》中认为，由于缺乏真正粤语作为表演用语的训练，粤语方言话剧也存在着一些问题。演员对日常使用的粤语缺乏立体的认知、解剖和探索，随时间的转化，在历史、政治、社会和传媒文化的变迁和影响下，粤语在词汇、语法、语意、声调上究竟起了怎样的变化，其作为表演用语又拥有多少可摸索和再创造的空间？其实演员要先清楚用语的本有空间，才可能懂得在表演上灵活运用母语。演员透过粤剧中的"粤语性"，可以体味、发挥和发现语言的本有特质和创造力，从而与其它语言文化作可能的比较，用以模拟非本地或非当代角色/风格的语言特性，开拓粤语作为表演

---

[1]陈钧润：《尽在"不言"中》，见《1988年香港艺术节纪念特刊》，香港：香港艺术节，1988年版，第28页。

[2]林克欢：《戏剧香港，香港戏剧》，香港：牛津大学出版社，2007年版，第4页。

用语的真正艺术空间，只可惜最能表现语言特性的广东大戏（粤剧）未曾受到认真的重视。对香港本地成长的人来说，因自小在校内学习的"国语语文"是建基于正统中文语体而设计的课程，反而对日常使用的粤语缺乏一个系统的认识，造成一种严重的语系矛盾——阅读和书写文本与口语运用出现颇大的语法差异，在这"后天性"扶植出的语言双重标准下，加之已"香港化"（如间接或直接地混合了英语元素）的粤语，又每每涉及时代性、政治性及社会性环境染指的"本地色彩"，令情况更复杂。因此演员更要谨慎地去重新衡量作品中角色用语的使用环境，编剧、翻译和导演更要适当地提供清晰的艺术取向，令演员能解除"后天性"建立的语系相对性矛盾，避免只顾将文本语体本土化，而忽视文化、背景或种种可能元素所影响的平衡和"调音"，令粤语的意态局限于"当代性"的地方色彩而缺乏多元的文学和艺术上的"模拟性"。"其实当我们早已'习惯'了这种本属不健全的'一文双语'文化后，事情似乎很容易在不知不觉间变成'理所当然'的现象，不加整理，形成普遍上对其中种出的'异果'委实欠缺较合理和科学的解剖，矫正方言上的缓迟艺术及文学空间。"[1]

陈丽音在《香港话剧的文学性》中从文本的角度批评了粤语方言话剧的局限性：

> 作为阅读文本，方言始终是不及白话的，对于不谙粤语的人来说，实在无法欣赏。即使是土生土长的香港人，也不一定能习惯阅读方言写成的作品。或说用方言写作和出版可更接近群众和社会，更具本土特色，这是值得商榷的。近年来，有关"本土性"和"本土特色"的讨论不少，但似乎倾向于狭隘。一个作品的"本土性"，应该体现在作品的内涵里，而不是在它的载具上。不用方言创作的作品可以很有"本土特色"，用上方言的也不一定是具"本土特色"之作……一个具有普遍意义的用白话文写成的剧本，比一个用方言写

---

[1] 何应丰：《揭开"暖大衣"背后的"隐忧"与"文化迷失"》，载《香港戏剧学刊》第1期，1998年10月。

成，但欠深度、内涵的剧本更为优胜。方言不等同于"本土特色"，作为阅读文字，它的局限较白话大得多。[1]

最后陈丽音区分阅读文本与演出文本的不同要求，认为："作为表演艺术，话剧演出的对象是当代的观众，采用惯性的方言是合情合理的。但作为文学艺术，剧本文本的对象可以是不同时空的，较具普遍性的白话就比较有利。"[2]

四、商业化是恶性循环或良性循环？

香港是一个商业社会，香港话剧也有很浓厚的商业色彩。商业剧场引起较多批评。何应丰认为：在现今本地商业挂帅及行政主导的社会体系下，被视为"主流"的戏剧作品大部分无奈地依循着经济大气候行转，遂成为以数字为本的"成果效益"推广和模式化的"文化活动"，多数作品是"短线投资"，没有太大的艺术凝聚力和生命感染力，导致本地戏剧普遍在根本上缺乏深化、钻研和提升的健康空间。在此环境下，部分创作人乃至重要职业剧团因要顺应基本"生存"而将重点放在包装、大众文化认受性和技术制作的方面，令创作本末倒置，最重要是创作人在表演艺术和内容上的挖掘，亦欠缺应有的能耐、胆识和空间，不少演员和导演因此承接了一系列不科学的排练方法、态度和陋习，忘却本有的艺术的生命动力和脉搏，资源有限往往成为"创作不遂"的借口，又或是因习惯了早已被认定（或假设被认定）的剧场行政机制，很多演员更是在不知不觉间，过分倚赖机制上厘定的物资性制作条件，结果创作变得处处"见步行步"，而自律性较强的剧团亦仿佛有近乎"孤军作战"的感觉，与剧场艺术中本存的创作互动性实有颇远的偏差，根本谈不上较严肃地对自身表演艺术造诣作出真正提升和努力。然而何应丰认为，以上被商业所掣肘的情况在近十年来

---

[1]陈丽音：《香港话剧的文学性》，载《香港戏剧学刊》第1期，1998年10月。
[2]陈丽音：《香港话剧的文学性》，载《香港戏剧学刊》第1期，1998年10月。

已有缓慢改善。[1]

陈丽音也探讨了商业与艺术的问题：香港是一个商业社会，各类文化艺术活动多少都沾上商业味道。话剧作为表演艺术，需要观众，也要面对观众，没有可能完全不涉及商业化问题。20世纪80年代的浩采制作、中天制作和艺进同学会，都是开宗明义走商业化的路线。他们或以舞台上说"粗口"、现场表演强奸和暴力场面作噱头，又或以明星担纲演出作招徕，务求吸引观众进场。话剧成为一种商品，除了在内容上迎合大众口味外，在形式上则重视包装、宣传。真正为香港商业剧场打开缺口的，是《我和春天有个约会》，这个剧之后所成立的春天制作又推出《南海十三郎》、《播音情人》、《窈窕淑女》、《人间有情》等，尝试为香港剧坛开创一条新路向。但是，这条商业化的路是否走得通，现在仍是言之过早。可以肯定的是，成功的关键不单在于商业化本身，更在于艺术性。[2]

剧评人程芷芳也对话剧商业化发出疑问："《我和春天有个约会》开创了话剧大规模商业化的先例，有人说是一个特殊例子，也有人认为，掌握了社会中一群新兴中产阶级，追求具文化品味的娱乐的需要；究竟这个《春天》现象，会延续下去吗？"[3] 著名导演和演员毛俊辉更是对话剧商业化潮流充满忧患意识："单凭商业上的成功并不能代表戏剧发展的全面成长。这种概念如果被肯定下来，那么典型香港商业化的反应就是怎样将制作搞得更大，更有噱头，怎样包装得更吸引人，而忽略了内在的实质、排练的试验、技艺上的磨炼"。[4]

张秉权则认为："商业跟艺术，究其实并非一对同层次的概念，它们本不必然相对应或相排斥。若论其本质属性，对应于'商业'的是'非牟

---

[1] 何应丰：《揭开"暖大衣"背后的"隐忧"与"文化迷失"》，载《香港戏剧学刊》第1期，1998年10月。

[2] 陈丽音：《香港话剧的文学性》，载《香港戏剧学刊》第1期，1998年10月。

[3] 程芷芳：《春花谢了，话剧继续〈风流〉？!》《经济日报》，1995年10月23日。

[4] 张秉权、朱琼爱编：《香港戏剧360度》（96—97剧评人座谈会纪录），香港：国际演艺评论家协会（香港分会），2003年版，第24页。

利'，而对应于'艺术'的是'丑俗'，是'粗糙'。"[1]张秉权作过一个统计，从1996年4月到1997年3月的一年里，香港话剧演出了135个剧目，观众人数共约288 640人次，商业剧团春天制作的《播音情人》有59 000人次，中天制作的《白雪公主》、《零时倒数》、《仙乐飘飘处处闻》和《虎度门》合起来共约33 000人次。这些商业性剧目加起来便有92 000人次，占全年总数的32%。这个数目还未把其它娱乐性强的剧目包括在内，可见这类剧目的受欢迎程度。[2]戏剧学者方梓勋在《欢乐今宵与人民剧场》一文中，通过考察香港商业社会的文化特征，梳理香港话剧商业化的历史和发展趋势，运用法国文学家罗曼·罗兰所倡导的"人民剧场"为民众提供娱乐的观点和当代文艺理论家罗兰·巴特的"文本的欢乐"理论，肯定了话剧的"欢乐"原则，从而肯定了香港商业话剧的一些剧场理念与追求。香港自开埠以来，它的生存条件主要就是转口商埠的运作所提供的，因此逐渐形成商业社会的地方性格。方梓勋谈及在这个生活节奏急促竞争压力大的社会里，为什么香港的观众要看话剧？他们的动机是什么？不必非得肯定或否定心理上的宣泄，观众买票到剧场去看戏，就是一种主动行为，他们或者是寻找娱乐，或者是为了满足好奇心，也有的是为了欣赏艺术……如此种种，都是不同的欲望，如果得到满足，便是找到了欢乐。方梓勋进一步从理论上证明，剧场是一个可以为观众提供欢乐的理想的地方，在欣赏话剧时，人们可以抛开烦恼，暂时搁置生之苦痛、责任和工作。哪怕这只是片刻的逃离现实，而如果现实是残酷和令人不快的，那么片刻的"欢愉"则是舒缓和释放情绪不可或缺的。在香港成熟形态的商业社会里，消费成为社会动力的主导，商业主义和消费主义成为不可抗拒的洪流。在消费时代，看话剧可以被当作一种消费活动，剧场也可以是观众寻找自我的场所，因而话剧与流行文化结合，剧场商业化已成为一种发展趋势。商业剧

---

[1]张秉权：《如何打破香港剧场的瓶颈——以〈万世歌王〉为例》，见潘诗韵编：《消费时代的表演艺术》，香港：剧场组合有限公司，2007年版，第85页。

[2]张秉权：《从边缘出发——思考一些本地戏剧用语》，载《信报》，1998年8月15日。

场把更多非知识分子带进剧场，话剧开始被更广大的市民所接受，由此香港社会和文化也可以通过剧场来肯定自己。[1]陆润棠也认为："由于经济环境和市民的生活模式陆续转变，故此从戏剧艺术衍生而成的商业剧场亦乘势崛起，成为普罗阶层文娱生活的另类选择。"[2]

对于香港商业话剧的成功个案——詹瑞文现象，中国大陆、香港和台湾的戏剧人都有广泛的关注和批评。詹瑞文回顾自己的剧场道路："我们第一个戏已经很受欢迎，大概演了二十多场……之后我不断在每一次创作里寻找新的东西。"[3]詹瑞文第二个戏是和张达明、陈曙曦合作的《甩麻骚》，也很受欢迎；之后的《大小不良》票房也暴满；特别是与邓树荣合作的《无人地带》，与林奕华合作的《万世歌王》，与潘惠森合作的《男人之虎》，反映了香港社会的国际多元，但作为原创剧主调却倾向于反映香港的大众文化，显见其人文底蕴的深厚和商业化的成功。评论者指出詹瑞文剧场组合的戏剧试验，主要建基于PIP（Pleasure In Play）艺术观念。PIP艺术观念来自菲立普·高利耶（Philippe Gaulier）表演体系。詹瑞文多次到英、法师从形体剧场的名师贾克·乐寇（Jacques Lecoq）和菲立普·高利耶，其表演理念和技法植根于编作、即兴和默剧传统，主张任何剧种的表演都必须with pleasure，即展现表演的兴味与生趣。詹瑞文具备高超的表演才能且玩兴过人。菲立普·高利耶本人曾撰文称詹瑞文与甄咏蓓为"神圣的怪兽"——超级巨星（Super Stars）。[4]剧评人林如萍则撰文评价詹瑞文剧场的表演性为"珍禽可贵，异兽难寻"。[5]

詹瑞文在《男人之虎》和《万世歌王》中演绎的PIP剧场紧紧地吸引

［1］参见方梓勋：《欢乐今宵与人民剧场》，载《香港戏剧学刊》第1期，1998年10月。

［2］转引自陆润棠：《西方戏剧的香港演绎》，香港：香港中文大学出版社，2007年版，第34页。

［3］参见潘诗韵编：《消费时代的表演艺术》，香港：剧场组合有限公司，2007年版，第195页。

［4］参见"剧场组合"十年特刊《十年·有限·无限》。

［5］参见林如萍：《"珍禽"可贵，"异兽"难寻——谈詹瑞文的表演艺术》，见潘诗韵编：《消费时代的表演艺术》，第133页。

香港"剧团组合"及PIP艺术学校创办人詹瑞文

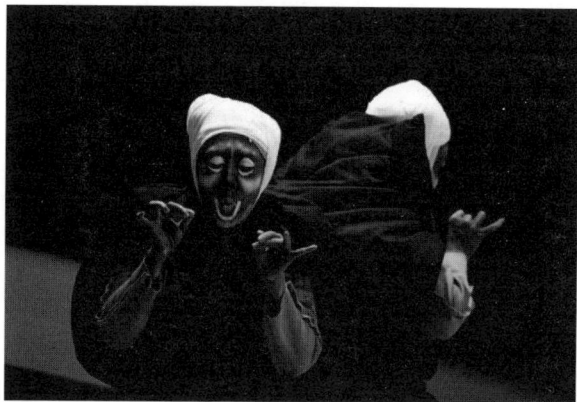
香港"剧团组合"演出剧照

着无数的观众，创作出不仅票房飚红，而且舞台制作精良的作品。林克欢从观众的角度评论詹瑞文的演出："人们哈哈大笑或会心微笑，既嘲笑社会、嘲笑他人，也嘲笑自己。在笑声中宣泄郁积在心的苦闷与焦虑，在娱乐中获得审美的愉悦和思想的启迪。"[1]资深导演林荫宇特别指出：《男人之虎》不仅有我们惯常熟悉的戏剧元素和表演形式，更提供了新的东西，开拓了新的表演形态与表演样式，表现出某些新的美学特点。[2]陶庆梅从詹瑞文商业剧场对流行文化和主流文化的批判的可能性角度，评价其"以喜剧的方式呈现的是与同质性的流行文化绝对异质的生活的艰辛以及无奈的坚忍"；[3]"这种硬邦邦的、内在于流行文化之中不肯被其融化的质感，在我看来，就是一种'批判'。"[4]王墨林从文化经济学的角度，指出詹瑞文现象的启示是：艺术与商业是否应该完全泾渭分

[1] 林克欢：《笑声之外——詹瑞文的表演技艺》，见潘诗韵编：《消费时代的表演艺术》，香港：剧场组合有限公司，2007年版，第159页。

[2] 参见林荫宇：《〈男人之虎〉——一种新的表演样式？》，见潘诗韵编：《消费时代的表演艺术》，第108—123页。

[3] 参见陶庆梅：《从〈男人之虎〉谈流行文化批判的可能性》，见潘诗韵编：《消费时代的表演艺术》，第97页。

[4] 陶庆梅：《从〈男人之虎〉谈流行文化批判的可能性》，见潘诗韵编：《消费时代的表演艺术》，第96页。

明？或者是你中有我，我中有你的关系？在传统的意义上，艺术似乎意味着曲高和寡，商业化意味着迎合大众，但在"文化产业"的语境中，这二者却扭结在一起。艺术不可能完全避开它所身处的社会关系，也不可能完全存在于真空地带。艺术家是否应该与社会连接起来？这是问题之所以成为问题的真正原因所在。[1]

一个民主的文化制度和多元的文化生态，在认可知识精英知性的欢乐的同时，也应该能容纳更为大众化的感性的欢乐。特别是在香港这个商业性的社会里，话剧要生存乃至发挥它的功能——无论是服务群众或是个人化的抒情言志，以至追求艺术的至善至美，都不能不面对香港整体文化的本质与诉求，反映、参与和表述香港文化的独特话语。在香港较为包容和自由的生态环境中，艺术家试图使话剧被市场和市民所接受，也即从精英文化走向大众文化，这就是香港话剧商业化的正当性与合理性。而艺术与商业的关系在当今社会则是个重要问题，是"文化产业"潮流中话剧艺术在美学论述上发生变化的核心问题，也是两岸四地华语话剧共同面临的问题，其背景显然是全球化语境下的"文化经济学"的兴起。[2]

第四节　翻译剧评论

大量翻译剧的演出是香港剧场的一大特点。翻译剧的研究方法首先是导入翻译专业理论、技术和技巧的研究框架，从舞台艺术和戏剧美学等角度解读香港异常蓬勃的翻译剧，如何体现了香港中西文化荟萃的大都会特色。其次是从后殖民理论的方法和角度，研究香港翻译剧场与香港本我的建构。

---

[1] 王墨林：《试论"詹瑞文现象"中的文化经济学》，见潘诗韵编：《消费时代的表演艺术》，香港：剧场组合有限公司，2007年版，第26—27页。
[2] 参见梁燕丽：《试论香港的商业话剧》，载《戏剧艺术》，2011年第4期。

自1841年至1997年，香港作为英国殖民地长达150年之久，这段殖民历史造就了一个东西汇萃的社会文化语境，体现在话剧领域就是自20世纪60年代以来翻译剧成为香港剧场的一大特色，今日依然处于本地剧坛的中坚位置。根据香港浸会大学翻译研究中心杨慧仪等人的报告，1962—2005年香港本地已知演出纪录共有5224个，其中粤语翻译剧就有922个。[1]把西方剧作翻译成本地话介绍给本地观众，或者把西方戏剧移花接木至本地背景和题材，作中国化或本地化改编翻译，具体采用哪一种方法与殖民地文化和意识形态有关，因此对于翻译剧的研究也多涉及后殖民的批评方法。

首先关于香港翻译剧的研究，最集中的有陆润棠先生的《西方戏剧的香港演绎》一书，对香港翻译剧的历史、理论和实践作了较为系统的梳理。此外，还有方梓勋的《悬置的自我认同：香港戏剧翻译的背后》和陈嘉恩的《本我的书写与他者化：后殖民主义与香港翻译剧》等较有分量的论文。"西方戏剧的香港演绎"这个标题表明了陆润棠先生著述的总体思想，这里"西方翻译剧"仅仅作修饰语，中心词则是"香港演绎"。该书主要以香港话剧团为例，同时涉及其它演出团体在香港演出的翻译作品，收集翻译戏剧的演出资料，研究方法是按照历史时期描述翻译演出的作品和类型，勾画出普遍性，具体说明演出背后的理论与实践，找出具有代表性的方法和方向。该书值得注意的研究翻译剧的理论和方法有以下几个方面：[2]

1. 戏剧翻译和改编乃是由一个源头文化（source culture）转到另一个目标文化（target culture）的可能性。大前提是假定这种文化转移的可行

---

[1]参见杨慧仪：《寻找香港翻译剧1962—2005一些数据及现象》，载《香港戏剧学刊》第6期，2006年。

[2]参见陆润棠：《西方戏剧的香港演绎》，香港：香港中文大学出版社，2007年版，第1—5页。

性，然后研究原著剧作本身（source text）的历史和文化脉络，如何在转移过程后成为目标文本（target text）的语境（context）所产生的异同。

2. 翻译及改编过程中，如何厘定美感、文化和戏剧价值标准，使翻译剧成为沟通中西戏剧文化的桥梁，并探讨如何选择剧本的标准，好让目标观众观赏和接受。

3. 如何为目标观众进行改编和翻译，在新的文化环境下产生新的意义。翻译和改编的过程中需要何种程度的本地化，才能调适本地观众的接受和领悟。

4. 探讨翻译剧如何经过舞台处理、克服源头文本和目标文本的文化差异。文化和语境上的隔阂，不应构成不可译（untranslatability）的借口。障碍当然存在，克服的方法也不缺。文化和形体上的对等（equivalence），可以弥补语言上的隔阂，进而达到语言上的对等。

5. 戏剧的翻译和改编并不只是文本的翻译和改编，而还有制作演出的环节：也即由文字剧本，到舞台演出本，经过导演的介入后，最终到达观众的整个过程。一个翻译剧的最终舞台呈现，很重要的是舞台导演的介入，对其修正或删改，并加入了导演的戏剧视野和舞台艺术；而译者和改编者则往往止于传达原著文字的意义。

6. 翻译和改编西方戏剧在香港主要是一种从外界移植养分，其目的在于配合本地的创作，共同建构富有香港特色的剧场，这种剧场荟萃了香港各种混杂的文化于一体，并显示出翻译剧演出的跨文化交流，"可体验香港作为'亚洲国际之都'（Asia's World City）的风范，把本身的文化关照面向国际，而非过往一贯作为'窥探中国橱窗' 而已"。

这些研究的重要性在于导入翻译专业理论、技术和技巧的研究框架，从舞台艺术和戏剧美学等角度解读香港异常蓬勃的翻译剧，如何体现了香港中西文化荟萃的大都会特色。陆润棠先生认为："虽然香港舞台曾借助大量外来的戏剧文本，香港的舞台艺术并未受到一般文化上的侵略，或戏剧文化沦为次文化的情形……反之，这些外国翻译戏剧的上演，对本地剧坛带来了新的养分和刺激。"[1]这是《西方戏剧的香港演绎》一书贯穿始终的基本观点。但与此同时陆润棠先生也意识到，在接受和推介这些外来文本的过程中，会出现文化、社会性和语言上的困难；上演翻译剧必须帮助观众克服这些方面的困难，才能让他们看出翻译剧的演出与当前社会是如何关联起来的。要达到这些目的，翻译或改编西方戏剧，当不限于对剧本文字的翻译，而应包括从文字翻译剧本到演出本，从译者到导演和演员的身体呈现，以及最后到达观众认受的整个过程。这个翻译剧本的演变过程包括：原戏剧文本——翻译文本——导演介入后的演出本——舞台演出——观众解读的演出本，这个过程也代表一个目标观众或目标文本如何挪用及改编源头文本的具体过程。为追求源头文本的精髓和神韵，翻译的方法是找出文化和语言的对等；而另一方面，受到目标文化的召唤，译文要求根据目标文本的产生过程和功能而改变译文。相应地就产生两种翻译方法，一是翻译剧在内容和形式上基本忠实于原著，二是有意识改写成为本土化的解构或重构演出，对于原著所包含的意识形态，那些具欧美中心价值的话语，通过本地剧场的文化转移而成为有修正和抗衡作用的言说。具体采用哪种方法，取决于本地意识和全球化的话语对剧场风气的影响，同时也由个人的翻译风格所决定。忠实于原著的翻译在香港属于主流翻译，许多前辈翻译家和严谨的学者、剧人都要求能忠实地传达原著精神和神髓的纯翻译，如鲍汉琳、杨世彭、钟景辉、黄清霞、黎翠珍等；但由于种种特殊的原因，香港又盛行着一种另辟蹊径的改编翻译，陈钧润、何文汇等可为这方面的代表。两种翻译方法的不同在于，究竟是服膺于一套中西荟萃大前提下翻译或改编的政治原则，抑或只是基于实际需要的文化生产有关；同时也与接受对象有关，前者是学院派，后者是通俗派。因此，在香港翻译和改编西方戏剧，也就有本地化（localization）与全球化

---

[1]陆润棠：《西方戏剧的香港演绎》，香港：香港中文大学出版社，2007年版，第5页。

（globalization）的取舍或融合等多种方向。

研究翻译剧应采用与研究创作剧不同的方法，著名翻译理论家罗伦·克鲁嘉认为："翻译戏剧并不光是找寻两个文本的对等，而更是表现出目标文本如何挪用源头文本的途径。"[1]戏剧翻译比起一般文学翻译，除了文字本源之外，多了一个环节是剧场演绎，所以除了讲究语意对等外，还要以剧场舞台调度的层次为依归。舞台上演绎非本土的作品，不应只从原有文字着眼，因为文字所包含的意义及其应用，往往超乎其语言和文化的源头。围绕着原著与翻译、原著和改编、本地和外来等价值取向问题，如何在舞台上呈现，从宏观来看，包括"衍变"（offshoots）、"简化"（abridgment）、"修改"（reduction/emendation）、"衍生"（spin—off）和"译编"（tradaptation）等多种方法和观念，类似的还有改写、本地化、省略、删节等较大改动的翻译和改编方法。这些翻译的变种（mutation），为香港舞台演绎西方翻译剧，提供多元而各胜擅长的演出方式，相应的也就有多种角度的分析和研究方法。西方戏剧的翻译和改编，除了包括上述的变种过程外，更涉及文化转移的问题。无论采用哪一种翻译方法和观念，被翻译或改编的剧作，往往一方面具有本身文化和社会的独特性，另一方面也有超越国界和具体文化的共通性。因此，翻译的文化转变，可以通过舞台表达而实现，使不同文化不同时空的观众观赏时产生美感与共鸣，或通过本地化的改编，令观众更感亲切而心领神会。还有一些外国剧作，则无须改动，亦可为异国观众所欣赏，产生普遍的效果。所以翻译与改编，仅从翻译的美学与技巧来看，也具有本地化或本地全球化两种不同目标的演绎方式。

翻译或改编，总不免要与原著比较。因原著具有珠玉在前的优势，对翻译或改编剧作的看法往往囿于忠于原著前提的束缚。但翻译戏剧作品本身就是改编行为，西方戏剧的香港演绎，无论采用怎样的方法，都只能

---

[1] 转引自陆润棠：《西方戏剧的香港演绎》，香港：香港中文大学出版社，2007年版，第6页。

是一种变种。以原著为原点出发，翻译剧的排演改编过程，是一种不断改变的活动，包括译者的翻译或改编，演员的演绎，舞台的调度，即使同一出戏剧的翻译，也关乎媒介的改变，每一场演出的变化……所以，翻译剧的研究不能局限于以是否忠实于原著为唯一标准。香港式的改编翻译，常常从很实用的角度，从考虑接受对象甚至票房价值出发，对当前香港社会和文化，提供切合时宜的解读和反映；而那些纯粹翻译剧的演出，具有共通的宇宙性题材，上演此种剧本，目的在于促进文化艺术的大同（cultural globalization）。虽然翻译剧相当复杂，有为文化艺术的大同理想，也有基于实际需要或政治原则的文化生产等多种面向，但正如著名翻译理论家 Loren Kruger 所言："所有翻译活动某种程度隐含着将源头文字作某种目的的操控或挪用"（All translation implies a degree of manipulation of the source text for a certain purpose）。[1] 因此，根据一般的翻译理论，翻译戏剧的方法与过程可以概括为：翻译文本的定位受目标文化中语言、社会、文学构成接收的体系左右—决定翻译的模式和方法—规范翻译的文本。[2] 由此，《西方戏剧的香港演绎》一书用主要篇幅，从香港的历史和文化发展看翻译剧流变：风格、方法和实践。

方梓勋的《悬置的自我认同：香港戏剧翻译的背后》和陈嘉恩的《本我的书写与他者化：后殖民主义与香港翻译剧》等则从后殖民理论的方法和角度，研究香港翻译剧场与香港本我的建构。罗逊（Alan Lawson）的后殖民理论认为，后殖民主义（postcolonialism）源于一个地方的政治状态，但不一定为时间所限，后殖民性（postcoloniality）泛指被殖民者对殖民主义的反应，就历史和文化而言，它见诸各类文本如戏剧、小说和电影等，涉及殖民者及其存在如何影响被殖民者的创作，以及殖民者和被殖民者如何理解彼此的文本，再反过来反映于本身的文本中。体现这个过程，殖民

---

[1]转引自陆润棠：《西方戏剧的香港演绎》，香港：香港中文大学出版社，2007年版，第7页。

[2]参见陆润棠：《西方戏剧的香港演绎》，第11页。

地的翻译是最直接的标本——我阅读你的文本，然后用我的语言重新说出来。对殖民者来说，翻译用以铲除可能抗拒或冒犯帝国权威的本土语言文化，并否定本土历史与主体性的有效性；另一方面，被殖民者把殖民者的文本译成本土的语言，以翻译作为更新与创造的催化剂，最终目标可能是重新获得文化的自主性。[1] 在此香港翻译剧研究者提出的问题是：被殖民者有没有可能借着这个身份"获益"，取得有助建构主体性的条件？就此问题另一后殖民理论家费殊·利克特（E.Fischer-Lichte）提出"具生产力的接收"（productive reception）一词，用来指戏剧翻译跟所有文类的翻译一样，是以本我（或族裔）为中心的活动，目的不是为介绍他者或外来文化，而是基于本我（即目的语的读者）的需要，选取跟本身的文化匹配或相类的外来文本，把他者加以调整与改造，容易被本我接受和吸收，继而使之强化本我。"具生产力的接收"强调兼容和融合，前提是他者与本我有若干相似或配合的地方（如处境、情感，艺术特色等），以求转化和重塑他者，甚至造成"文化典型"（cultural stereotype）。[2] 殖民主义理论家法农（Frantz Fanon）则提出一个被殖民者文化演进的范式，包括文化同化期、回归期和战斗期：

1. 同化期：本土的知识分子认同殖民者的文化，他们生产的文化制成品在形态上与殖民主类似；

2. 回归期：本土知识分子回归自己的历史和真正的文化认同，追忆自己是谁，企图挣脱殖民者文化的同化；

3. 战斗期：本土知识分子投入人民之中，负上振奋民众和唤醒民众的任务，让他们了解殖民主义压制民众的现实，这是具有革命意味的时

---

[1] Michael Cronin, *Translating Ireland*: *Translation, Languages, Cultures*. Cork: Cork University Press, 1996, p.126.

[2] Fischer-Lichte, 1990b，转引自Sirkku Aaltonen, *Time-Sharing on Stage*: *Drama Translation in Theatre and Society*. Clevedon, England; Buffalo, NY： Multilingual Matters, 2000, pp.49—52.

期。[1]

　　法农的重要之处在于把目光放在被殖民者文化生活的动力及其演变。从法农的文化演进范式来看，香港话剧与西方翻译剧的关系基本上是依循法农的同化期和回归期的发展模式，战斗期似乎没有出现。1960—1970年代是同化期，同时也是香港话剧自觉的第一度西潮。此时最主要的目标是追求本地全球化（glocalization），翻译剧的演绎方式是在内容和形式上基本忠实于原著的纯翻译。这时期自觉的香港话剧西潮持续时间较长，细分起来大致有三个波浪：第一波是左倾剧人演出翻译剧，如李援华改编自奥尼尔的《在水之湄》（1963），朱克等人的"业余香港话剧团"演出的《绞刑架下的中锋》（1964）、《人间地狱》（1965）、《特派专员》（1965），前者是拉丁美洲当代戏剧，后两者改自俄国经典，是左翼戏剧的保留剧目。最重要的是第二波：包括鲍汉琳，钟景辉等人所引发的翻译剧风气。鲍汉琳任职惩教署，20世纪50年代初往英国受训；钟景辉是20世纪60年代初第一位留学美国专修戏剧专业归来的香港人。鲍汉琳的翻译侧重富有

戏剧效果的喜剧，如《妙想天开》（1960）、《无妻之累》（1961）、《并无虚言》（1963）、《一家之主》（1965）、《我是凶手》（1966）、《青龙潭畔》（1969）等；钟景辉翻译或导演的基本上是美国当代经典，如《淘金梦》（《推销员之死》，1964）、《浪子回头》（1965）、《小城风光》（1965）、《玻璃动物园》（1967）、《佳期近》（1969）和《素娥怨》（1971）等，其以"剧场主义"和"象征主义"等现代艺术形式演绎，突破了香港本土写实主义话剧的表现形式，对香港话剧的现代主义实验起了推动作用。第三波是香港大学的师生配合教学

钟景辉像

[1] Fanon Frantz, Trans. by Constance Farrington. *The Wretched of the Earch*（*Les damnes de la terre*）. Harmondsworth: Penguin, 1967, p.168.

演出中英文话剧，以及后来组织海豹剧团，专门演出翻译剧。黄清霞、黎翠珍和林爱惠等先后留学英国，归来后为香港观众用粤语演出现代主义话剧，剧目较多来自英国，如莎士比亚、贝克特（Samuel Beckett）、品特（Harold Pinter）的作品，排演的荒诞派戏剧包括《椅子》、《哑侍》、《看守人》、《微痛》等，用粤语演出布莱希特的《四川好人》、《高加索灰阑记》、《沙胆大娘》等，也都是以忠于原著的直译形式演出。战后西方戏剧以荒诞剧和布莱希特的史诗剧影响最大，这两股戏剧思潮，以破解现实为目的，可以说是第二次世界大战之后西方戏剧美学的新范式，与自19世纪末主导戏剧文化的、以在舞台上塑造生活幻觉为主的、写实主义样式的现实主义戏剧（Realistic Drama）鼎足而立。香港戏剧迟来的西潮，其美学向度多元化，基本包括了战后西方的各种戏剧新范式，因此到20世纪70、80年代，在香港剧场可以同时见到西方传统经典和现代、后现代的戏剧演出。特别是存在主义和荒诞主义等思潮传入香港，吸引了不少年轻人，20世纪60至80年代，贝克特、尤涅斯库和品特的剧作长盛不衰，对香港话剧影响深远。一时间，反映在年青创作者的创作剧本里的，就不乏一些刻画个人的心理状态，描绘世界的虚无飘渺，及探讨人生哲理等的思想。20世纪70年代香港的校园戏剧，曾被批评为多写绝症、迷惘、失落，"看来同学们传达的是外国思潮，未必是内心的感受"。[1] 这就是殖民主义的同化期。1977年香港话剧团成立以后，也大量搬演西方翻译剧，话剧团的宗旨定位在以"制作和发展优质、具创意兼多元性的中外名剧及本地原创的戏剧作品"[2] 为目标，背后的意识形态和推广方式起很大作用。所以从1977年正式成立，演出美国剧作家霍尔敦·怀特（Thornton Wilder）的作品——《大难不死》（*Skin of Our Teeth*），至2005年上演另一美国剧作家大卫·奥本（David Auburn）的《求证》（*Proof*），期间共演出了91出翻译剧，而上

---

[1] 李援华：《香港剧坛的追忆及反思》，见方梓勋、蔡锡昌编：《香港话剧论文集》，香港：中天制作有限公司，1992年版，第60页。

[2] 参见《理想及宗旨》，载于香港话剧团网页http://www.hkrep.com/tc_chi/aboutus-mission.html。

演的本土原创剧和大陆剧本，只有56出。[1]而香港演艺学院作为专业的戏剧教育机构，从1985年创办至1990年之前，演出剧作31出，翻译剧为23出，占74%。这些作品包括欧美等地的经典和现代作品。

当谈及"香港特色"时，香港常自诩是"中西汇萃"、"华洋杂处"、"亚洲的世界城市"等。这一切显示了被殖民者的文化动力和认同。方梓勋在《悬置的自我认同：香港翻译剧的背后》一文中，借用霍尔（Stuart Hall）的后殖民理论，指出文化认同必然地是一种掺杂（hybridity），在"社会蜕变"（social transformation）生成的过程中，意念、世界观和其它物质力量产生互动，再经过重写，直至取代了过去的条件。[2]因为掺杂的特点，香港人自我认同的流动性颇高。文化转移中的不可能和翻译过程中的不可译，都显示语言或文化的差异；从策略来看，流动的认同可以部分暂时放弃或挪用，去弥补因为差异而导致的空白，借以完成接受的动作，而整个文化转移或传播的过程便会变得更为流畅和全面，同时因为主体的可塑性高，所以较容易适应。面对不同年代的"西潮"，香港话剧显现出抗拒性偏低的特性，对外来的语言、故事、演出风格兼收并蓄，逐渐形成多样化的特色，方梓勋先生用"悬浮的自我认同"描述香港剧场乃至香港人的显著特征，并认为中国大陆民族形式戏剧的争论，如针对斯坦尼斯拉夫斯基和布莱希特戏剧的引进，诸如此类的"抗拒"行动，在香港就从来没有发生。香港独特之处就是它最能体现全球化的趋势，它的成功之道在于对外来力量的容纳和容忍。他者是一个载体，让观众可以探索内在的本我，"本土"与"全球"不总是处于对立或抗争的状态，两者也可以相互交并，衍生出各种新的关系。

但香港翻译剧还是迎来了文化回归期，即1984年中英签署《联合声明》前后。中英谈判改变了香港人对殖民政府的态度，香港在中国和

[1] 参见陆润棠：《西方戏剧的香港演绎》，香港：香港中文大学出版社，2007年版，第20页。
[2] 参见方梓勋：《悬置的自我认同：香港戏剧翻译的背后》，载《香港戏剧学刊》第6期，2006年。

港英政权的夹缝里，个人和集体的自我意识出现了一次大觉醒，香港人开始寻索自我身份和文化身份。此时西方戏剧的香港演绎流行本地化（localization）改编或改写剧。按照翻译理论，翻译戏剧如果居于强势的是原著剧本的世界，剧本里的元素会被照单全收，悉数搬往译入语的舞台上，这就是所谓忠于原著、原汁原味的翻译剧；如果占上风的是目的语的世界，剧本的元素则会被再语境化（recontextualize），这个表演就是所谓的改编（adaptation）。本来，按照殖民者的意愿，被殖民者的翻译应尽量向殖民者的面貌靠拢，这就是一种"同化"，但当译者公开承认他们围绕外来作品的构思或内容，以创造新的文本时，翻译的目的变成"借助外来文本来建构本我"。20世纪80年代以后香港社会本土意识逐渐形成，香港剧界也因此催生了不少本土化改编或改写翻译剧，著名改编翻译剧有何文汇改编的莎剧《王子复仇记》（*Hamlet*）、陈钧润改编的《元宵》（*Twelfth Night*）、《家庭作孽》（*A Small Family Business*）、毛俊辉为演艺学院导演的布莱希特作品《阿茜的救国梦》（*The Visons of Simone Marchand*）等。这些颇具香港特色的改编在翻译剧中渗入了中国文化和香港本地文化，形成香港独特的中西杂糅或融合的文化景观。在殖民地的社会里，这种被殖民者用以向殖民者的文化文本靠拢而又疏离的模仿和改编手段，霍米巴巴（Homi K. Bhabha）名之为"拟态"（mimicry），是"差不多但并非一样"（almost but not the same）。霍米巴巴认为"拟态"的存在使殖民空间变成一个长期斗争的场地，因为"似是而非"中的消极成分，就肯定了殖民者企图压抑的本土文化组成，所以这种反抗可以比公开进行的反抗更有力量，例如变为"戏谑"（parody）。[1] 更有甚者是伍宇烈分别于1999年和2001年改编、改写的苏丝黄歌剧（*Chiao Chiao Suzie Wong*）和《苏丝黄的

[1] Homi K. Bhabha, *Signs Taken for Wonders: Questions of Ambivalence and Authority a Tree outside Delhi, May 1817*, Critical Inquiry 12, No.1, 1985. Repr. As *Signs Taken for Wonders* in Bill Ashcroft, Gareth Griffiths and Helen Tiffin, eds.1995, *The Post-colonial Studies Reader*. London; New York：Routledge, pp.29—35.

美丽新世界》，对西方的东方想象和香港想象，进行了意识形态的反批判和问题化。这些中国化和本土化的改编，目的不只是介绍西方经典作品，而是"为观众提供了重新认知中国和本土文化历史的媒介和渠道"。[1]改编者的志趣不在于对原剧的意识形态和论述进行问题化处理，也不追求翻译的对等（语意对等、时序对等），而是在探索文化的路上，有意识有目标地解构、重构或批判原剧的想象结构，把原作置于目标文化中考虑后，重新改写，有所增删，进而重新定位，重新思考其价值，通过戏剧来转化源头文本所表述的西方意识，甚至试图提出一种抗衡原著的话语。

　　为什么香港选用翻译剧场作为书写本我的工具？陈嘉恩先生在《本我的书写与他者化：后殖民主义与香港翻译剧》一文中引入了福柯（Michel Foucault）的"异类空间"（heterotopias）的概念，即在一个真实的空间内，汇集了多个本来可能互不兼容的空间。[2]在翻译剧场里，剧场这个单一的物理空间内，包含了多个不同的虚拟空间，包括剧本里设定的不同场景，还有译入语及译出语所代表的两个"世界"。同样，殖民地也是一种"异类空间"，殖民地的地理位置在宗主国之外，本来不属于殖民者，尽管殖民者获得了领土的主权，但在语言文化层面，殖民者文化的世界与被殖民者文化的世界两者并不融合，任何一方也无法彻底侵蚀另外一方。在翻译剧场里，演员拥有双重身份：演员本身的身份，以及他通过扮演外来剧本的角色，暂时得到另一个身份。同样，被殖民者的身份都是分裂的：官方身份由殖民者所赋予，而民族身份则是与生俱来的，两者不相一致。于是，被殖民者成为双重的他者——对殖民者而言，由于语言、文化与国族的不同，被殖民者固然是一个他者；对于原属国的同胞来说，被殖民者在法律上不再是原属国的人民，也毋宁是一个他者。由此可见，翻译剧场与殖民地有着相似的模糊与疏离的问题，所以翻译剧场是一个可以比喻自

---

　　［1］陆润棠：《西方戏剧的香港演绎》，香港：香港中文大学出版社，2007年版，第8页。

　　［2］Michel Foucault, *Of Other Spaces*, trans. by Jay Miskowiec, 1988. http://www.foucault.info/documents/hetero Topia.en.html. Accessed August 14, 2006.

身处境的场域，让被殖民者透过翻译剧探索本我的存在。香港的翻译剧场尤其体现出"异类空间"的特质，戏剧工作者在剧场借来的特定时空里，挪用外来的剧本和他者的元素，按照自己的理念来建造出本我的主体性。从这个角度出发，与其泛泛而谈香港是一个中外文化的交汇点，不如更准确地说香港是在中外文化的夹缝中寻找出一处生存的空间，同时也是一处富具生产力的空间，创造出新的文化产品和文化场域。时至今日，香港根据她逾150年的殖民经验，经历过同化和回归，"拟态"和"掺杂"，练就一种独特的建构自我认同的策略，而香港悬置的自我认同，又扩阔了"第三空间"，有利于融合更多的外来文化。也即，翻译剧场持续地在英国与中国的主流文化的夹缝中，开拓出一个独特的空间，以建构香港话剧的"本我"。

正如香港话剧的发展越来越趋向于多元化，香港话剧批评也是多种声音并存多声部合奏，在这"嘈嘈切切错杂弹"的批评景观中，让我们领略到香港话剧的多姿多彩，以及批评话语的多种面向，更重要的是这样的批评并非只为了寻找绝对正确的真理，或以权威的方式导致某种统一和共名的需要，而是包容和预示着香港话剧发展的多种可能性。

参考文献

说明：

一.中文书目（含译著）以第一作者或编者姓名的汉语拼音为序排列。

二.外文书目以第一作者姓氏的字母顺序排列。

三.期刊、其他类以其名称的汉语拼音为序排列。

著作类：

中文著作：

A

阿甲：《阿甲戏剧论集》，北京：中国戏剧出版社，2005年版。

［美］阿里夫·德里克：《后革命氛围》，王宁等译，北京：中国社会科学出版社，1999年版。

阿英主编：《晚清文学丛钞·小说戏曲研究卷》，北京：中华书局，1960年版。

艾克恩：《延安文艺运动纪盛》，北京：文化艺术出版社，1987年版。

［英］安东尼·史密斯：《民族主义：理论，意识形态，历史》，叶江译，上海：上海人民出版社，2006年版。

［美］安敏成：《现实主义的限制——革命时代的中国小说》，姜涛译，南京：江苏人民出版社，2001年版。

B

白金华：《毛泽东谈作家和作品》，长春：吉林人民出版社，1993年版。

北京人民艺术剧院《绝对信号》剧组编：《〈绝对信号〉的艺术探索》，北京：中国戏剧出版社，1985年版。

［德］布莱希特：《布莱希特论戏剧》，丁扬忠等译，北京：中国戏剧出版社，1990年版。

［德］布莱希特：《伽利略传》，丁扬忠译，郑州：河南人民出版社，1980年版。

［美］布罗凯特：《世界戏剧艺术欣赏——世界戏剧史》，胡耀恒译，北京：中国戏剧出版社，1987年版。

C

蔡世成选编：《〈申报〉京剧资料选编》，上海：上海市文化局，1994年版。

蔡仪主编：《中国抗日战争时期大后方文学书系（第二编 理论·论争第一集）》，重庆：重庆出版社，1989年版。

蔡毅编著：《中国古典戏曲序跋汇编》，济南：齐鲁书社，1989年版。

［俄］车尔尼雪夫斯基：《车尔尼雪夫斯基论文学》，辛未艾译，上海：上海译文出版社，1979年版。

陈白尘：《陈白尘文集》，南京：江苏文艺出版社，1997年版。

陈白尘：《太平天国》，上海：生活书店，1937年版。

陈白尘、董健主编：《中国现代戏剧史稿》，北京：中国戏剧出版社，2008年版。

陈大悲：《爱美的戏剧》，北京：北京晨报社，1922年版。

陈大悲：《爱美的戏剧》（《民国丛书》第4编），上海：上海书店，1922年版。

陈大悲：《表演术》，上海：商务印书馆，1936年版。

陈登原编著：《中国文化史》，上海：世界书局，1935年版。

陈多、叶长海选著：《中国历代剧论选注》，长沙：湖南文艺出版社，1987年版。

陈海云、司徒伟智：《廖沫沙的风雨岁月》，北京：十月文艺出版社，

1991年版。

　　陈晋：《毛泽东与文艺传统》，北京：中央文献出版社，1992年版。

　　陈丕显：《陈丕显回忆录：在"一月风暴"的中心》，上海：上海人民出版社，2005年版。

　　陈平原、夏晓虹编：《二十世纪中国小说理论资料》，北京：北京大学出版社，1989年版。

　　陈铨：《戏剧与人生》，上海：大东书局，1947年版。

　　陈世雄、周宁：《20世纪西方戏剧思潮》，北京：中国戏剧出版社，2000年版。

　　陈世雄：《导演者：从梅宁根到巴尔巴》，厦门：厦门大学出版社，2006年版。

　　陈世雄：《三角对话：斯坦尼、布莱希特与中国戏剧》，厦门：厦门大学出版社，2003年版。

　　陈顺馨：《社会主义现实主义理论在中国的接受与转换》，合肥：安徽教育出版社，2000年版。

　　陈思和主编：《中国现代文论选》，上海：上海教育出版社，2010年版。

　　陈崧编：《五四前后东西文化问题论战文选》，北京：中国社会科学出版社，1989年版。

　　陈晓明、杨鹏：《结构主义与后结构主义在中国》，北京：首都师范大学出版社，2002年版。

　　陈业主编：《江潮集》，沈阳：辽宁人民出版社，2007年版。

　　陈映真编：《暗夜中的掌灯者——姚一苇先生的人生与戏剧》，台北：书林出版社，1998年版。

　　程华平：《中国小说戏曲理论的近代转型》，上海：华东师范大学出版社，2001年版。

　　程砚秋：《程砚秋戏剧文集》，北京：文化艺术出版社，2003年版。

　　重庆地区抗战文艺研究会编：《国统区抗战文艺研究论文集》，重庆：

重庆出版社，1985年版。

崔国良主编：《南开话剧史料丛编（编演纪事卷）》，天津：南开大学出版社，2009年版。

崔国良主编：《南开话剧史料丛编（剧论卷）》，天津：南开大学出版社，2009年版。

崔国良主编：《张伯苓教育论著选》，北京：人民教育出版社，1997年版。

崔国良、崔红主编：《张彭春论教育与戏剧艺术》，董秀桦英文编译，天津：南开大学出版社，2003年版。

D

戴鸿慈：《出使九国日记》，长沙：湖南人民出版社，1982年版。

Diamond Catherine（戴雅雯）：《作戏疯，看戏傻：十年所见的台湾剧场的观众与表演》，台北：书林出版社，2000年版。

［法］狄德罗：《狄德罗美学论文选》，张冠尧、桂裕芳等译，北京：人民文学出版社，2008年版。

［法］狄德罗：《狄德罗美学论文选》，施康强译，北京：人民文学出版社，1984年版。

丁罗男：《二十世纪中国戏剧整体观》，上海：文汇出版社，1999年版。

丁淑梅：《中国古代禁毁戏剧史论》，北京：中国社会科学出版社，2008年版。

［美］丁韪良：《花甲记忆——一位美国传教士眼中的晚清帝国》，沈弘、恽文捷、郝田虎译，桂林：广西师范大学出版社，2004年版。

董健：《田汉传》，北京：十月文艺出版社，1996年版。

杜高：《转折与前进——论新时期的戏剧创作》，长沙：湖南人民出版社，1985年版。

杜清源、中国戏剧出版社编辑部主编：《戏剧观争鸣集》，北京：中国戏剧出版社，1986年版。

［美］多米尼克·士风·李：《晚清华洋录：美国传教士、满大人和李家的故事》，李士风译，上海：上海人民出版社，2004年版。

E

[英]E.霍布斯鲍姆、T.兰格编：《传统的发明》，顾杭、庞冠群译，南京：译林出版社，2004年版。

[德]恩格斯：《家庭、私有制和国家的起源》，中央编译局译，北京：人民出版社，1999年版。

F

范祥善：《现代艺术评论集》，上海：世界书局，1930年版。

方梓勋、蔡锡昌编著：《香港话剧论文集》，香港：中天制作有限公司，1992年版。

[美]费正清主编：《剑桥中华民国史（1912—1949年）》，北京：中国社会科学出版社，1994年版、2007年版。

[美]费正清、刘广京主编：《剑桥中国晚清史》，北京：中国社会科学出版社，1985年版。

冯叔鸾：《啸虹轩剧谈》，上海：中华图书馆，1914年版。

逄先知、金冲及主编：《毛泽东传（1949—1976）》，北京：中央文献出版社，2003年版。

佛雏：《王国维诗学研究》，北京：北京大学出版社，1987年版。

[法]福柯：《规训与惩罚：监狱的诞生》，刘北成、杨远婴译，北京：生活·读书·新知三联书店，1999年版。

傅谨：《新中国戏剧史（1949—2000）》，长沙：湖南美术出版社，2002年版。

G

高平叔主编：《蔡元培教育论著选》，北京：人民教育出版社，1991年版。

高文升主编：《中国当代戏剧文学史》，南宁：广西人民出版社，1990年版。

高义龙、李晓主编：《中国戏曲现代戏史》，上海：上海文化出版社，1999年版。

葛飞：《戏剧、革命与都市漩涡：1930年代左翼剧运、剧人在上海》，北京：北京大学出版社，2008年版。

葛贤宁：《论战斗中的文学》，台北：中华文化出版事业委员会，1955年版。

葛一虹：《中国话剧通史》，北京：文化艺术出版社，1990年版。

龚稼农：《龚稼农从影回忆录》，台北：传记文学出版社，1980年版。

古典文艺理论译丛编辑委员会编：《古典文艺理论译丛》，北京：人民文学出版社，1963年版。

古今、杨春忠：《洪深年谱大编》，北京：中国戏剧出版社，2009年版。

顾颉刚：《通俗读物论文集》，上海：生活书店，1938年版。

广西戏剧研究室，广西桂林图书馆编：《西南剧展》，南宁：漓江出版社，1984年版。

郭沫若：《郭沫若论创作》，上海：上海文艺出版社，1983年版。

郭绍虞、王文生编：《中国历代文论选》，上海：上海古籍出版社，1980年版。

郭延礼：《近代西学与中国文学》，南昌：百花洲文艺出版社，2000年版。

郭志刚：《中国当代文学史初稿》，北京：人民文学出版社，1980年版。

国务院法制局编：《中华人民共和国法规汇编1957年1月—6月》，北京：法律出版社，1957年版。

H

韩斌生：《大哉洪深》，北京：中央文献出版社，2000年版。

韩日新主编：《陈大悲研究资料》，北京：中国戏剧出版社，1985年版。

［德］汉斯—加达默尔：《真理与方法》，洪汉鼎译，上海：上海译文出版社，2004年版。

何锡章：《中国现代文学传统》，北京：人民文学出版社，2002年版。

［德］黑格尔：《美学》，朱光潜译，北京：商务印书馆，1979年版。

鸿鸿：《跳舞之后·天亮以前——台湾剧场笔记（1987—1996）》，台北：万象图书，1996年版。

洪深：《洪深文集》，北京：中国戏剧出版社，1988年版。

洪深：《洪深戏剧论文集》，上海：天马书店，1934年版。

［德］胡塞尔：《纯粹现象学通论》，李幼蒸译，北京：商务印书馆，1996年版。

胡冬生主编：《中国京剧史》，北京：中国戏剧出版社，1990年版。

胡度、刘兴明、傅则编：《川剧词典》，北京：中国戏剧出版社，1987年版。

胡绍轩：《战时戏剧论》，重庆：独立出版社，1940年版。

胡伟民：《导演的自我超越》，北京：中国戏剧出版社，1988年版。

胡星亮：《二十世纪中国戏剧思潮》，南京：江苏文艺出版社，1995年版。

胡星亮：《现代戏剧与现代性》，北京：人民文学出版社，2007年版。

胡星亮：《中国话剧与中国戏曲》，上海：学林出版社，2000年版。

胡志毅：《国家的仪式——中国革命戏剧的文化透视》，桂林：广西师范大学出版社，2008年版。

黄爱华：《中国早期话剧与日本》，长沙：岳麓书社，2001年版。

黄霖：《中国文学批评通史·近代卷》，上海：上海古籍出版社，1996年版。

黄美序：《杨世人的喜剧》，台北：书林出版社，1988年版。

黄仁：《台北市话剧史九十年大事纪》，台北：亚太图书出版，2002年版。

黄宣范：《语言、社会与族群意识——台湾语言社会学的研究》，台北：文鹤出版，1993年版。

黄远生：《远生遗著》《民国丛书》，上海：上海书店，1990年版。

黄佐临：《导演的话》，上海：上海文艺出版社，1979年版。

黄佐临：《我与写意戏剧观》，北京：中国戏剧出版社，1990年版。

J

季玢编：《中国现代戏剧理论经典》，苏州：苏州大学出版社，2008年版。

纪蔚然：《现代戏剧叙事观——建构与解构》，台北：书林出版社，2006年版。

纪宇：《喜剧人生：黄佐临》，济南：山东画报出版社，1996年版。

简媜：《忧郁女猎人》，石家庄：河北教育出版社，1995年版。

姜德铭主编：《中国现代名家名作文库 宋春舫卷》，北京：中国戏剧出版社，2001年版。

江沛：《战国策派思潮研究》，天津：天津人民出版社，2001年版。

蒋星煜：《中国戏曲史钩沉》，上海：上海人民出版社，2010年版。

焦菊隐：《焦菊隐论导演艺术》，北京：中国戏剧出版，2005年版。

焦菊隐：《焦菊隐文集》第1—4卷，北京：文化艺术出版社，1986年—1988年版。

焦菊隐：《焦菊隐戏剧论文集》，上海：上海文艺出版社，1979年版

焦菊隐：《菊隐艺谭》，天津：百花文艺出版社，2000年版。

焦尚志：《中国现代戏剧美学思想发展史》，北京：东方出版社，1995年版

焦桐：《台湾战后初期的戏剧》，台北：台原出版社，1990年版。

K

[德]卡尔·曼海姆：《意识形态与乌托邦》，黎鸣、李书崇译，北京：商务印书馆，2000年版。

[德]康德：《判断力批判》，宗白华译，北京：商务印书馆，1985年版。

康有为：《康有为全集》，上海：上海古籍出版社，1992年版。

柯文辉：《梅阡》，北京：十月文艺出版社，1995年版。

柯仲平：《陕甘宁边区民众剧团艺术纪实》，西安：西北大学出版社，1993年版。

L

蓝剑虹：《现代戏剧之追寻——新演员或是新观众》，台北：唐山出版社，1999年版。

老鬼：《母亲杨沫》，武汉：长江文艺出版社，2005年版。

老舍：《老舍文集》，北京：人民文学出版社，1990年版。

雷达、黄薇编：《中国新时期戏剧研究资料》，济南：山东文艺出版社，2006年版。

［美］雷迅马：《作为意识形态的现代化：社会科学与美国对第三世界政策》，牛可译，北京：中央编译出版社，2003年版。

黎之：《文坛风云录》，郑州：河南人民出版社，1998年版。

［美］理查德·罗蒂：《筑就我们的国家：20世纪美国左派思想》，黄宗英译，北京：生活·读书·新知三联书店，2006年版。

李春熹选编：《阿甲戏剧论集》，北京：中国戏剧出版社，2005年版。

李纶：《杂谈戏曲改革问题》，沈阳：东北戏曲新报社，1951年版。

李书磊：《1942：走向民间》，济南：山东教育出版社，1998年版。

李乡状主编：《花鸟画技法与欣赏》，长春：吉林音像出版社，2006年版。

李晓主编：《上海话剧志》，上海：百家出版社，2002年版。

李银桥：《在毛泽东身边十五年》，石家庄：河北人民出版社，1991年版。

李泽厚：《美学三书》，合肥：安徽文艺出版社，1999年版。

李泽厚：《中国现代思想史论》，合肥：安徽文艺出版社，1994年版。

李贽：《焚书续焚书》，北京：中华书局，1975年版。

梁启超：《饮冰室合集》，北京：中华书局，1989年版。

梁淑安主编：《中国近代文学论文集（1919—1949）·戏剧卷》，北京：中国社会科学出版社，1988年版。

梁燕：《齐如山剧学研究》，北京：学苑出版社，2008年版。

廖炳惠：《回顾现代：后现代与后殖民论文集》，台北：麦田出版，1994年版。

刘海平编：《中美文化的互动与互联》，上海：上海外语教育出版社，1997年版。

刘念渠：《抗战剧本批评集》，重庆：华中图书公司，1940年版。

刘念渠:《战时旧型戏剧论》,重庆:独立出版社,1940年版。

刘平:《新时期戏剧启示录》,北京:中共党史出版社,2009年版。

刘章春主编:《〈雷雨〉的舞台艺术》,北京:中国戏剧出版社,2007年版。

林鹤宜:《台湾戏剧史》,台北:空中大学出版,2003年版。

林克欢编:《林兆华导演艺术》,哈尔滨:北方文艺出版社,1992年版。

林克欢:《舞台的倾斜》,石家庄:花城出版社,1987年版。

林克欢:《戏剧香港,香港戏剧》,香港:牛津大学出版社,2007年版。

林同华主编:《宗白华全集》,合肥:安徽教育出版社,1994年版。

鲁迅:《鲁迅全集》,北京:人民文学出版社,1981年版。

鲁迅等:《1917—1927中国新文学大系导言集》,刘运峰编,天津:天津人民出版社,2009年版。

陆润棠:《西方戏剧的香港演绎》,香港:香港中文大学出版社,2007年版。

罗青:《什么是后现代主义》,台北:五四书店,1989年版。

罗志田:《再造文明的尝试:胡适传(1891—1929)》,北京:中华书局,2006年版。

洛蚀文:《抗战文艺论集》,上海:上海书店,1986年版。

吕诉上:《台湾电影戏剧史》,台北:银华出版部,1961年版。

吕正惠、赵遐秋主编:《台湾新文学思潮史纲》,北京:昆仑出版社,2002年版。

M

[苏联]玛·阿·弗烈齐阿诺娃:《斯坦尼斯拉夫斯基体系精华》,郑雪来等译,北京:中国电影出版社,2008年版。

[英]马丁·艾思林:《荒诞派戏剧》,华明译,石家庄:河北教育出版社,2003年版。

[德]马丁·海德格尔:《林中路》(修订本),孙周兴译,上海:上海译

文出版社，2004年版。

　　［德］马克思、恩格斯：《共产党宣言》，成仿吾译，北京：人民出版社，1978年版。

　　［德］马克思、恩格斯：《马克思恩格斯全集》，北京：人民出版社，1971年版。

　　［德］马克思、恩格斯：《马克思恩格斯选集》，北京：人民出版社，1972年版。

　　马森：《脚色——马森独幕剧集》，台北：书林出版社，1996年版。

　　马森：《台湾戏剧——从现代到后现代》，台北：秀威资讯，2010年版。

　　马森：《西潮下的中国现代戏剧》，台北：书林出版社，1994年版。

　　马森：《戏剧——造梦的艺术》，台北：麦田出版，2000年版。

　　马森：《中国现代戏剧的两度西潮》，台北：联合文学出版社有限公司，2006年版。

　　马少波：《戏曲改革论集》，上海：华东人民出版社，1952年版。

　　马少波等：《中国京剧史》，北京：中国戏剧出版社，1990年版。

　　马新国主编：《西方文论史》，北京：高等教育出版社，2002年版。

　　茅盾、田汉等：《戏剧的民族形式问题》，桂林：白虹书店，1943年版。

　　毛泽东：《建国以来毛泽东文稿》，北京：中央文献出版社，1996年版。

　　毛泽东：《毛泽东论文艺》（增订本），北京：人民文学出版社，1992年版。

　　毛泽东：《毛泽东书信选集》，北京：人民出版社，1983年版。

　　毛泽东：《毛泽东选集》（一卷本），北京：人民出版社，1964年版。

　　毛泽东：《毛泽东著作选读》，北京：人民出版社，1964年版。

　　梅绍武、屠珍等编撰：《梅兰芳全集》，石家庄：河北教育出版社，2001年版。

　　梅绍武：《我的父亲梅兰芳（续集）》，天津：百花文艺出版社，2003年版。

　　孟超、陆放：《李慧娘（昆剧）（附全部曲谱）》，上海：上海文艺出版社，1962年版。

孟云剑、杨东晓、胡腾：《共和国记忆60年》，北京：中信出版社，2009年版。

N

倪梁康：《胡塞尔现象学概念通释》，上海：三联书店，1999年版。

倪梁康：《现象学及其效应——胡塞尔与当代德国哲学》，上海：三联书店，1994年版。

牛汉、邓九平主编：《荆棘路·记忆中的反右派运动》，北京：经济日报出版社，1998年版。

O

欧阳予倩：《欧阳予倩全集》，上海：上海文艺出版社，1990年版。

P

[印度]帕尔塔·查特吉：《民族主义思想与殖民地世界：一种衍生的话语？》，范慕尤、杨曦译，南京：译林出版社，2007年版。

潘诗韵编：《消费时代的表演艺术》，香港：剧场组合有限公司，2007年版。

彭耀春：《台湾当代戏剧论》，北京：中国戏剧出版社，2003年版。

Q

齐如山：《国剧身段谱》，北京：北平国剧学会，1932年版。

齐如山：《国剧艺术汇考》，沈阳：辽宁教育出版社，1998年版。

齐如山：《齐如山回忆录》，北京：中国戏剧出版社，1989年版。

齐如山：《齐如山文集》，石家庄：河北教育出版社，2010年版。

[俄]契诃夫：《契诃夫论文学》，汝龙译，北京：人民文学出版社，1959年版。

[美]乔伊斯·阿普尔比、林恩·亨特、玛格丽特·雅各布：《历史的真相》，刘北成、薛绚译，北京：中央编译出版社，1999年版。

[美]乔治·E.马尔库斯、[美]米开尔·M.J.费彻尔：《作为文化批评的人类学：一个人文学科的实验时代》，王铭铭、蓝达居译，北京：生活·读

书·新知三联书店，1998年版。

秦学人、侯作卿编著：《中国古典编剧理论资料汇辑》，北京：中国戏剧出版社，1984年版。

邱坤良：《传统与现代之间——台湾新剧剧本搜集整理计划期末报告》，台北：台北艺术大学，2001年版。

邱坤良：《日治时期台湾戏剧之研究：旧剧与新剧（一八九五——一九四五）》，台北：自立晚报出版，1992年版。

瞿秋白：《瞿秋白文集》，北京：人民文学出版社，1985年版。

R

任葆琦：《任桂林戏曲文集》，北京：中国戏剧出版社，1992年版。

人民文学出版社编辑部：《苏联文学艺术问题》，曹葆华等译，北京：人民文学出版社，1953年版。

S

［英］莎士比亚：《莎士比亚全集》，朱生豪译，北京：人民文学出版社，1994年版。

山西省文学艺术工作者联合会编：《山西文艺史料》，太原：山西人民出版社，1959年—1961年版。

陕甘宁边区民众剧团艺术纪实编辑委员会编：《陕甘宁边区民众剧团艺术纪实》，西安：西北大学出版社，1993年版。

上海社会科学院文学研究所编：《多维视野的文学文化研究——上海社会科学院文学研究所论文精选》，上海：上海社会科学院出版社，2008年版。

上海文艺出版社编：《探索戏剧集》，上海：上海文艺出版社，1986年版。

上海文艺出版社编：《中国新文学大系》，上海：上海文艺出版社，1981、1987、1990、1999年版。

上海戏剧学院熊佛西研究小组主编：《现代戏剧家熊佛西》，北京：中国戏剧出版社，1985年版。

上海艺术研究所话剧室等主编:《余上沅研究专集》,上海:上海交通大学出版社,1992年版。

施叔青:《西方人看中国戏剧》,北京:人民文学出版社,1988年版。

师永刚、刘琼雄编:《红军》,北京:生活·读书·新知三联书店,2006年版。

石光生:《跨文化剧场》,台北:书林出版社,2008年版。

石婉舜:《林抟秋》,台北:文建会,2003年版。

[俄]斯坦尼斯拉夫斯基:《斯坦尼斯拉夫斯基全集》,郑雪来译,北京:中国电影出版社,1985年版。

[德]叔本华:《作为意志和表象的世界》,北京:商务印书馆,1982年版。

宋宝珍:《残缺的戏剧翅膀——中国现代戏剧理论批评史稿》,北京:北京广播学院出版社,2002年版。

宋春舫:《宋春舫论剧》第1集,上海:中华书局,1923年版。

宋春舫:《宋春舫论剧》第2集,上海:文学出版社,1936年版。

宋伟杰:《中国 文学 美国——美国小说戏剧中的中国形象》,广州:花城出版社,2003年版。

苏关鑫编:《欧阳予倩研究资料》,北京:中国戏剧出版社,1989年版。

苏民、左菜等:《论焦菊隐导演学派》,北京:文化艺术出版社,1985年版。

孙宝瑄:《忘山庐日记》,上海:上海古籍出版社,1983年版。

孙惠柱:《第四堵墙——戏剧的结构与解构》,上海:上海书店出版社,2006年版。

孙青纹编:《洪深研究专集》,杭州:浙江文艺出版社,1986年版。

T

谭霈生:《论戏剧性》,北京:北京大学出版社,2009年版。

谭霈生:《谭霈生文集》,北京:中国戏剧出版社,2005年版。

谭霈生：《戏剧本体论》，北京：北京大学出版社，2009年版。

汤显祖：《汤显祖集·诗文集》，上海：上海人民出版社，1982年版。

田本相、刘一军主编：《曹禺全集》，石家庄：花山文艺出版社，1996年版。

田本相、胡叔和编：《曹禺研究资料》，北京：中国戏剧出版社，1991年版。

田本相：《现当代戏剧论》，南昌：江西高校出版社，2006年版。

田本相、刘一军编著：《苦闷的灵魂——曹禺访谈录》，南京：江苏教育出版社，2001年版。

田本相：《台湾现代戏剧概况》，北京：文化艺术出版社，1996年版。

田本相：《新时期戏剧述论》，北京：文化艺术出版社，1996年版。

田本相主编：《中国近现代戏剧史》，南京：江苏教育出版社，2008年版。

田本相、宋宝珍、刘方正：《中国戏剧论辩》，南昌：百花洲文艺出版社，2007年版。

田汉：《田汉论创作》，上海：上海文艺出版社，1983年版。

田汉：《田汉全集》，石家庄：花山文艺出版社，2000年版。

田汉：《田汉文集》，北京：中国戏剧出版社，1986年版。

田汉：《田汉戏曲选》，长沙：湖南人民出版社，1980年版。

田禽：《中国戏剧运动》，上海：商务印书馆，1944年版。

茗水狂生：《海上梨园新历史》，上海：小说进步社，1910年版。

[法]托克维尔：《论美国的民主》，董果良译，北京：商务印书馆，2012年版。

W

汪晖：《汪晖自选集》，桂林：广西师范大学出版社，1997年版。

王安祈：《传统戏曲的现代表现》，台北：里仁书局，1996年版。

王安祈：《当代戏曲》，台北：三民书局，2002年版。

王安祈：《绛唇珠袖两寂寞》，台北：INK印刻出版，2008年版。

王尔敏：《近代文化生态及其变迁》，南昌：百花洲文艺出版社，2002年版。

王桂亭：《电视艺术学论纲》，上海：学林出版社，2008年版。

王国维：《王国维戏曲论文集》，北京：中国戏剧出版社，1984年版。

王宏韬、杨影辉编：《演员于是之》，北京：十月文艺出版社，1997年版。

王立兴：《中国近代文学考论》，南京：南京大学出版社，1992年版。

王墨林：《都市剧场与身体》，台北：稻香出版社，1990年版。

王卫民：《吴梅戏曲论文集》，北京：中国戏剧出版社，1983年版。

王兴平、刘思久、陆文璧编：《曹禺研究专集》，福州：海峡文艺出版社，1985年版。

王延松：《戏剧解读与心灵图像》，上海：上海人民出版社，2010年版。

王运熙、张新编著：《中国文论选·现代卷》，南京：江苏文艺出版社，1996年版。

闻一多：《闻一多全集》，北京：生活·读书·新知三联书店，1982年版。

文振庭编：《文艺大众化问题讨论资料》，上海：上海文艺出版社，1987年版。

翁佳音译注：《台湾社会运动史：劳工运动、右派运动》，台北：稻香出版社，1992年版。

翁偶虹：《翁偶虹编剧生涯》，北京：同心出版社，2008年版。

吴江雄：《毛泽东谈古论今》，合肥：安徽人民出版社，1998年版。

吴全成主编：《台湾现代剧场研讨会论文集：1986—1995台湾小剧场》，台北：行政院文化建设委员会，1996年版。

吴若、贾亦棣：《中国话剧史》，台北：文化建设委员会，1985年版。

吴泽、袁英光编：《王国维学术研究论集》，上海：华东师范大学出版社，1983年版。

吴祖光：《吴祖光谈戏剧》，南昌：江西高校出版社，2003年版。

X

向培良：《剧本论》，上海：商务印书馆，1936年版。

向培良：《民族战》，重庆：华中图书公司，1939年版。

向培良：《人类的艺术：培良论文集》，南京：提拔书店，1930年版。

向培良：《舞台服装》，上海：商务印书馆，1936年版。

向培良：《舞台色彩学》，上海：商务印书馆，1936年版。

向培良：《戏剧导演术（第二版）》，上海：世界书局，1939年版。

向培良：《中国戏剧概评》，上海：泰东图书局，1928年版。

谢柏梁：《中国当代戏曲文学史》，北京：高等教育出版社，2006年版。

辛夷楣、张桐：《记忆深处的老人艺》，北京：生活·读书·新知三联书店，2009年版。

熊佛西：《〈过渡〉及其演出》，南京：正中书局，1947年版。

熊佛西：《佛西论剧》，上海：新月书店，1931年版。

熊佛西：《戏剧大众化之实验》，南京：正中书局，1947年版。

熊佛西：《写剧原理》，上海：中华书局，1931年版。

熊佛西：《熊佛西戏剧文集》，上海：上海文艺出版社，2000年版。

徐钜昌：《戏剧哲学》，台北：东方出版社，1968年版。

徐慕云：《中国戏剧史》，上海：上海古籍出版社，2001年版。

徐道翔主编：《台湾新文学辞典》，成都：四川人民出版社，1989年版。

学苑出版社编：《民国京昆史料丛书》，北京：学苑出版社，2008年版。

Y

[古希腊]亚里士多德：《诗学》，陈中梅译，北京：商务印书馆，1996年版。

延安平剧活动史料征集组等编：《延安平剧活动史料集》，北京：文津出版社，1985年版。

延安文艺丛书编委会编：《延安文艺丛书》，长沙：湖南人民出版社，1984年版。

阎折梧主编：《南国的戏剧》，上海：萌芽书店，1929年版。

阎哲吾：《学校戏剧概论》，南京：中央书店，1931年版。

阎哲吾：《战时剧团组织与训练》，重庆：独立出版社，1939年版。

阎折梧主编：《中国现代话剧教育史稿》，赵铭彝校订，上海：华东师范大学出版社，1986年版。

杨春时：《现代性与中国文学思潮》，北京：生活·读书·新知三联书店，2009年版。

杨春时主编：《中国现代文学思潮史》，南京：南京大学出版社，2011年版。

杨渡：《日据时期台湾新剧运动（一九二三——一九三六）》，台北：时报文化出版，1994年版。

阳翰笙：《阳翰笙选集》，成都：四川文艺出版社，1989年版。

杨明等：《滇剧史》，北京：中国戏剧出版社，1986年版。

杨泽主编：《狂飙八〇——记录一个集体发声的年代》，台北：时报文化出版，1999年版。

姚淦铭、王燕编：《王国维文集》，北京：中国文史出版社，1997年版。

姚一苇：《傅青主》，台北：联经出版，1989年版。

姚一苇：《我们一同走走看》，台北：书林出版社，1987年版。

姚一苇：《X小姐，重新开始》，台北：麦田出版，1994年版。

姚一苇：《戏剧原理》，台北：书林出版社，2004年版。

姚一苇：《戏剧与文学》，台北：远景出版，1984年版。

姚一苇：《姚一苇剧作六种》，台北：书林出版社，2000年版。

叶长海主编：《中国戏剧研究》，福州：福建人民出版社，2006年版。

［俄］叶·科瓦列夫斯基：《窥视紫禁城》，阎国栋等译，北京：北京图书馆出版社，2004年版。

叶启政：《台湾社会的人文迷失》，台北：东大图书出版，1991年版。

叶肃科：《日落台北城：日治时代台北都市发展与台人日常生活

（1895—1945）》，台北：自立晚报出版，1993年版。

叶永烈：《"四人帮"兴亡》，北京：人民日报出版社，2009年版。

[法]伊夫·瓦岱：《文学与现代性》，田庆生译，北京：北京大学出版社，2001年版。

有林、郑新立、王瑞璞主编：《中华人民共和国国史通鉴》，北京：当代中国出版社，1999年版。

余从、王安葵主编：《中国当代戏曲史》，北京：学苑出版社，2005年版。

余上沅编：《国剧运动》，上海：新月书店，1927年版。

于是之等：《论北京人艺演剧学派》，北京：北京出版社，1995年版。

于是之：《我演程疯子》，北京：中国戏剧出版社，1987年版。

俞为民、孙蓉蓉编：《历代曲话汇编·近代卷》第3集，合肥：黄山书社，2009年版。

郁达夫：《中国新文学大系现代散文导论》，上海：良友复兴图书公司，1940年版。

郁风编：《郁达夫海外文集》，上海：生活·读书·新知三联出版社，1990年版。

袁国兴：《中国话剧的孕育与生成》，北京：中国戏剧出版社，2000年版。

Z

詹明信：《晚期资本主义的文化逻辑》，张旭东等译，北京：生活·读书·新知三联书店，1998年版。

张秉权、何杏枫编访：《香港话剧口述史：三十年代至六十年代》，香港：香港中文大学邵逸夫堂香港戏剧工程，2001年版。

张秉权，朱琼爱编：《香港戏剧360度》（96—97剧评人座谈会纪录），香港：国际演艺评论家协会（香港分会），2003年版。

张秉权编：《躁动的青春》（香港剧本十年集：七十年代），香港：国际演艺评论协会（香港分会），2003年版。

张次溪：《清代燕都梨园史料续编》，北京：中国戏剧出版社，1988年版。

张东川：《张东川剧本评论选集》，沈阳：辽宁人民出版社，1995年版。

张帆：《走近辉煌》，北京：中国戏剧出版社，2001年版。

张庚主编：《当代中国戏曲》，北京：当代中国出版社，1994年版。

张庚：《张庚文录》，长沙：湖南文艺出版社，2003年版。

张庚：《张庚戏剧论文集：1949—1958》，北京：中国社会科学出版社，1981年版。

张庚、郭汉城主编：《中国戏曲通论》，上海：上海文艺出版社，1989年版。

张炯主编：《新中国话剧文学概观》，北京：中国戏剧出版社，1990年版。

张黎编选：《布莱希特研究》，北京：中国社会科学出版社，1984年版。

张秋华编：《"拉普"资料汇编》，北京：中国社会科学出版社，1981年版。

张深切：《里程碑》，台中：中央书局出版，1961年版。

张深切：《张深切全集》，台北：文经出版，1998年版。

张维贤：《张维贤》，台北：文建会，2005年版。

张小虹：《后现代/女人：权力、欲望与性别表演》，台北：时报出版，1993年版。

张学新等：《晋察冀文学史料》，天津：天津社会科学院出版社，1989年版。

张枬、王忍之：《辛亥革命前十年间时论选集》，上海：三联书店，1960年版。

郑明娳主编：《当代台湾政治文学论》，台北：时报文化出版，1994年版。

郑振铎：《郑振铎古典文学论文集》，上海：上海古籍出版社，1984年版。

郑振铎：《郑振铎全集》，石家庄：花山文艺出版社，1998年版。

中共冀鲁豫党史工作组文艺组编：《冀鲁豫文学史料》，石家庄：河北教育出版社，1989年版。

中共中央文献编辑委员会编辑：《周恩来选集》，北京：人民出版社，1980年版。

中共中央文献研究室编：《建国以来重要文献选编》，北京：中央文献出版社，1992年版。

中共中央文献研究室编：《毛泽东书信选集》，北京：中央文献出版社，2003年版。

中国社会科学院外国文学研究所外国文学研究资料丛刊编辑委员会编：《外国现代剧作家论剧作》，北京：中国社会科学院出版社，1982年版。

中国社会科学院文学研究所现代文学研究室编：《“两个口号”论争资料选编》，北京：人民文学出版社，1982年版。

中国戏曲研究院编：《中国古典戏曲论著集成》，北京：中国戏剧出版社，1959年版。

中国戏曲志编辑委员会等编：《中国戏曲志》，北京：中国ISBN出版中心，1999年版。

钟明德：《从马哈/萨德到马哈台北》，台北：书林出版社，1988年版。

钟明德：《继续前卫——寻找整体艺术和当代台北文化》，台北：书林出版社，1996年版。

钟明德：《台湾小剧场运动史：寻找另类美学与政治》，台北：扬智文化出版，1999年版。

钟明德：《在后现代主义的杂音中》，台北：书林出版社，1989年版。

周安华：《20世纪中国问题剧研究》，北京：中国戏剧出版社，2000年版。

周传家、薛晓金：《小剧场戏剧论稿》，北京：燕山出版社，2006年版。

周策纵：《五四运动——现代中国的思想革命》，周子平译，南京：江苏人民出版社，1999年版。

周剑云编：《鞠部丛刊》，上海：上海交通图书馆，1918年版。

周靖波主编:《中国现代戏剧论》,北京:北京广播学院出版社,2003年版。

周蕾:《原初的激情:视觉、性欲、民族志与中国当代电影》,孙绍谊译,台北:远流出版事业股份有限公司,2001年版。

周宁:《比较戏剧学——中西戏剧话语模式研究》,上海:上海社会科学院出版社,1993年版。

周宁主编:《西方戏剧理论史》,厦门:厦门大学出版社,2008年版。

周宁:《想象与权力》,厦门:厦门大学出版社,2003年版。

周信芳:《周信芳文集》,北京:中国戏剧出版社,1982年版。

周扬:《周扬集》,北京:中国社会科学出版社,2000年版。

周扬:《周扬文集》,北京:人民文学出版社,1984年版。

周云龙编选:《天地大舞台:周宁戏剧研究文选》,厦门:厦门大学出版社,2011年版。

朱栋霖、周安华编:《陈瘦竹戏剧论集》,南京:江苏教育出版社,1999年版。

朱光潜:《朱光潜全集》,合肥:安徽教育出版社,1993年版。

祝可懿:《语言学视野中的"样板戏"》,开封:河南大学出版社,2004年版。

邹红:《焦菊隐戏剧理论研究》,北京:北京师范大学出版社,1999年版。

邹元江:《中西戏剧审美陌生化思维研究》,北京:人民出版社,2009年版。

左鹏军:《近代传奇杂剧研究》,广州:广东高等教育出版社,2001年版。

外文著作:

Aaltonen, Sirkku., *Time-Sharing on Stage: Drama Translation in Theatre and Society.* Clevedon, England; Buffalo, NY: Multilingual Matters, 2000.

Anderson, Benedict., *Imagined Communities: Reflections on the Origin and Spread of Nationalism.* London·New York: Verso, 1991.

Ashcroft, Bill., Griffiths, Gareth., & Tiffin, Helen., *The Post-colonial Studies Reader.* London; New York: Routledge, 1995.

Bourdieu, Pierre., *Language and Symbolic Power.* Edited and Introduced by John B. Thompson, Trans. by Gino Raymond & Matthew Adamson, Cambridge: Harvard University Press, 1999.

Chen, Xiaomei., *Occidentalism: A Theory of Counter-Discourse in Post-Mao China* (Second Edition, Revised and Expanded). New York: Rowman & Littlefield Publishers, Inc., 2002.

Chow, Rey., *Ethics after Idealism: Theory, Culture, Ethnicit, Reading.* Bloomington: Indiana University Press, 1998.

Cronin, Michael., *Translating Ireland: Translation, Languages, Cultures.* Cork: Cork University Press, 1996.

Frantz, Fanon., *The Wretched of the Earch* (*Les damnes de la terre*). Trans. by Constance Farrington. Harmondsworth: Penguin, 1967.

Jameson, Fredric., *The Political Unconscious: Narrative as a Socially Symbolic Act.* Ithaca, New York: Cornell University Press, 1981.

Lewis, Martin W., & Wigen, Kären E., *The Myth of Continents: A Critique of Metageography*, Berkeley and Los Angeles: University of California Press, 1997.

Williams, Raymond., *Drama from Ibsen to Brecht*. Harmondsworth: Pengucn, 1973.

期刊、其他类：

A

《安徽师范大学学报（哲学社会科学版）》

B

《半月戏剧》

《北京晚报》

《北新杂志》

《北洋画报》

《表演艺术》（台湾）

《博览群书》

C

《长寿》

《晨报》

《创造月刊》

《春柳》

D

《大晚报》

《淡江评论》

《当代电影》

《当代文坛》

《当代作家评论》

《党史博览》

《东方杂志》

《东南学术》

《读书》

E

《二十世纪大舞台》

《二十一世纪》

F

《法正学家通社杂志》

《繁华杂志》

《复旦大学学报》

G

《光明》

《公言报》

《国闻周报》

《国艺》

H

《华侨大学学报（哲学社会科学版）》

《红旗》

J

《教育世界》

《解放日报》

《进步日报》

《晋察冀日报》

《京报》

《经济日报》

《救亡日报》

《剧场月报》

《剧学月刊》

《军事与政治》

K

《抗敌戏剧》

《抗战文艺》

《快报》

L

《理论与现实》

《立言画刊》

《鲁迅研究月刊》

M

《美文》

《民立报》

N

《南方都市报》

《南方周末》

《南国月刊》

《南台科技大学学报》

P

《俳优杂志》

Q

《青青电影》

R

《人民的艺术》(纪录片，北京电视台、北京人民艺术剧院，2012年6月。)

《人民日报》

《人民文学》

《人民戏剧》

《人民音乐》

《人民政协报》

《文汇报》

《文史精华》

《文史杂志》

《文学评论》

《文学与人生》

《文学周报》

《文艺报》

《文艺创作》

《文艺电影》

《文艺战线》

《文艺阵地》

《文艺争鸣》

《文摘报》

《文章》

《舞台美术与技术》

X

《西安晚报》

《戏报》

《戏剧》

《戏剧报》

《戏剧春秋》

《戏剧丛报》

《戏剧电影报》

《戏剧界》

《戏剧论丛》

《戏剧文学》

《戏剧学刊》

《戏剧研究》（台湾）

《戏剧艺术》

《戏剧月刊》

《戏剧杂志》

《戏剧周报》

《戏迷传》

《戏曲艺术》

《戏杂志》

《厦门大学学报（哲学社会科学版）》

《现代文化》

《现代文艺》

《香港戏剧学刊》

《翔风》

《小说月报》

《新地文学》

《新港》

《新华日报》

《新建设》（台湾"皇民奉公会"机关刊物）

《新剧杂志》

《新青年》

《新生报》（台湾）

《新晚报》

《新闻报》

《新文学史料》

《新新》（台湾）

《新月》

《信报》

《星岛晚报》

《兴南新闻》

《学术月刊》

Y

《炎黄春秋》

《炎黄子孙》

《1988年香港艺术节纪念特刊》（香港艺术节，1988年）

《艺丛》

《艺术百家》

《余兴》

《云南艺术学院学报》

Z

《战斗》

《战时艺术》

《质文》

《中国京剧》

《中国社会科学》

《中国社会科学报》

《中国图书评论》

《中国文化》

《中国戏剧》

《中华读书报》

《中山大学学报（哲学社会科学版）》

《中外文学》

《中央周刊》

Foucault, Michel., *Of Other Spaces*, Trans. by Jay Miskowiec, 1988. http://www.foucault.info/documents/hetero Topia.en.htmal. Accessed August 14, 2006.

作者撰稿分工

后 记

　　五年前申报"20世纪中国戏剧理论批评史"，只想到这个项目需要有人做，没有充分考虑自己是不是做这个项目的合适人选。项目竟然获批，而且，本来申请的是一般项目，获批的却是"重点"项目。短暂的意外惊喜过后，细想却感到沉重。一个本来就有难度的项目，加上"重点"，要求高了，难度也加大。项目如期启动，承蒙厦门大学戏剧影视学专业同仁的支持，还有国内学界师友们的关照，四年以后，终于完成百余万字的书稿。"质"虽不敢妄说，"量"是足以交差了，甚至比最初的规划字数多出一倍。

　　本书是集体项目的成果，功归大家，过是我个人的。项目论证时，周云龙博士还在学，协助我做了不少工作。项目能申请下来，多亏他的帮助。项目启动后，我们现任的教研室主任杨惠玲博士，同事赵春宁博士、王晓红博士，还有我以前的学生周云龙博士、张默瀚博士、郭玉琼博士、梁燕丽博士、朱玉宁博士，先后参加了研究与写作。其间高波教授从厦门大学调往新疆大学，行前承担了"样板戏"部分，广西师大李江教授撰写了抗战期间国统区的戏剧理论与批评，武汉大学邹元江教授推荐他的高足库慧君博士，参与本书的撰写。最后是我目前在读的博士生许映婷，她不仅独自撰写了十余万字的稿件，还在半年时间里协助本人完成艰难的统稿工作。他们的功劳，都记在书后的作者分工页，但也有遗漏。本人的博士生王寅生在本书的编校过程中，做了许多工作，作者们由衷地感谢他。

　　本书有些章节是由不同作者合写的，需要特殊说明。其中"第十二章'北焦南黄'：探索中国的演剧理论"有关焦菊隐部分的第二、三、四节由郭玉琼撰写，黄佐临部分的第四、五节由库慧君撰写，第一节"概述"系二人合作；"第十四章 '样板戏'：戏剧作为一种国家艺术意识形态"第一、

三、四、五节由高波撰写，第二节由郭玉琼撰写；"第十六章 从现实主义到现代主义：探索戏剧的观念与实践"第二节由张默瀚撰写，第三、四节由库慧君撰写，第五、六节由张默瀚、朱玉宁二人合作，第一节"概述"系库慧君、张默瀚二人合作。

我深深地感激他们所有人，没有他们的努力，便没有本项目的成果。本项目虽然是"重点"项目，但项目经费只有9万元。多亏山东教育出版社慷慨相助，愿意无偿出版，本书才有面世的机会。在此，我最后需要感谢的是祝丽女士和山东教育出版社的朋友们。

周　宁

2013年7月26日于厦门大学

版权声明

　　读者可将本书提供的内容进行个人学习、参考、研究等合理使用。但同时应遵守著作权法及其他相关法律的规定，不得侵犯本书作者及相关权利人的合法权利。除此以外，将本书任何内容用于其他用途时，须征得本书作者及相关权利人的书面许可，并支付报酬。

　　本书出版之前，我们通过多种渠道与本书插图（包括照片等）作者进行了联系，得到了他们的大力支持。对此，我们表示衷心的感谢！但由于部分插图历史悠久或几经转载，所以插图的原作者不详。如有原作者的版权，请及时联系我们，我们将按照相关法律规定及时为您支付使用费用。

山东教育出版社

《20世纪中国戏剧理论批评史》编委会